ÜBER DIESES BUCH »Einen Höhepunkt des viktorianischen Romans und einen der reizvollsten Einfälle der Romanliteratur aller Zeit« hat Arno Schmidt, »der Wünschelrutengänger im großbritannischen Erzählpark des 19. Jahrhunderts« (Heinz Friedrich), die ›Nachrichten aus dem Leben eines Lords‹ genannt, die der englische Modeschriftsteller Edward Bulwer-Lytton von 1857 an unter dem Titel ›What will he do with it?‹ als Vorabdruck-Fortsetzungen in ›Blackwood's Magazine‹, Englands renommiertester Literaturzeitschrift jener Tage, herausgegeben hat. Mit seiner nuancierten, genußvoll-literarischen Übersetzung hat Arno Schmidt dieses gewaltige Opus für die deutschen Leser wiederentdeckt.
»Was wird er damit machen?« ist die schicksalhafte Frage, die der neugierige Erzähler immer wieder an seine vierzehn Hauptfiguren richtet, unter ihnen drei ausgesprochen ausgefallene und nur auf sehr verschlungenen Pfaden zu guter Letzt melodramatisch zueinander findende Liebespaare. An der ingeniös verworrenen Handlung sind des weiteren beteiligt: reichlich britische Gentlemen von den besseren Ständen, verschrobene Gestalten, verkrachte Kavaliere, kriminelle Elemente, abgefeimte Bösewichte, Hochstapler, Neureiche, herz- und gewissenlose Schurken nebst den jeweils zugehörigen Damen.
Mit seinem großangelegten, spannend und raffiniert erzählten Schmöker, einer intelligenten Mischung aus Gesellschafts- und Kriminalroman, erfreut Bulwer-Lytton nicht nur Leser, die eine amüsante, exquisite und kulinarisch reichhaltige Unterhaltung suchen, sondern gerade auch jene, die »die unablässigen Übergänge zwischen Trivialität und Literatur auszukosten verstehen« (Karl Krolow).

DER AUTOR Edward Bulwer-Lytton (Sir, Baronet, später Lord Lytton of Knebworth), am 25. Mai 1803 in London geboren und zwei alten sächsischen Geschlechtern Norfolks entstammend, gehört zu den anziehendsten Erscheinungen der viktorianischen Epoche, deren Bild er mitgeprägt hat. Hervorragend gebildet, war er in gleicher Weise brillant als Schriftsteller – er schrieb über 30 Romane, außerdem Essays, Bühnenwerke und Satiren – wie als Parlamentsredner, Staatsmann, Minister.
Bulwer-Lytton hatte großen Einfluß auf deutsche Schriftsteller des 19. Jahrhunderts (Raabe, Immermann, Gutzkow, Freytag u.a.); sein ›Rienzi‹ inspirierte Richard Wagner zu der gleichnamigen Oper. Seine Werke sind mit Ausnahme des historischen Romans ›Die letzten Tage von Pompeji‹ später allerdings in Vergessenheit geraten.
Bulwer-Lytton starb am 18. Januar 1873 auf seinem Landsitz bei Torquay; er wurde in Westminster Abbey beigesetzt.

EDWARD BULWER-LYTTON

WAS WIRD ER DAMIT MACHEN?

Nachrichten aus dem Leben eines Lords

Roman

I

Deutsch von Arno Schmidt

FISCHER TASCHENBUCH VERLAG

Titel der Originalausgabe
›What will he do with it?‹

Ungekürzte Ausgabe in 3 Bänden
Veröffentlicht im Fischer Taschenbuch Verlag GmbH,
Frankfurt am Main, November 1990

Lizenzausgabe mit freundlicher Genehmigung
des S. Fischer Verlags GmbH, Frankfurt am Main
Die Erstausgabe dieser Übersetzung von Arno Schmidt
erschien 1971 im Goverts Krüger Stahlberg Verlag GmbH, Stuttgart

Umschlaggestaltung: Jan Buchholz/Reni Hinsch
Gesamtherstellung: Clausen & Bosse, Leck
Printed in Germany
ISBN 3-596-10602-8 (Band I)

ISBN 3-596-10603-6 (Band II)
ISBN 3-596-10604-4 (Band III)
ISBN 3-596-10605-2 (Kassette)

EDWARD BULWER-LYTTON

WAS WIRD ER DAMIT MACHEN ?

PERSONENVERZEICHNIS

Guy Darrell, Herr auf Fawley, Grundbesitzer, Ex-Parlamentarier und -Rechtsanwalt, Letzter der Darrells
Richard (Dick) Fairthorn, sein Sekretär
Mills, sein Diener
Mr. Gotobed, sein Anwalt in London
Lionel Haughton, ein jüngerer Vetter Guy Darrells
Jessica Haughton, Lionels Mutter
Frank Vance, Lionels Freund, ein junger Maler
William Losely (auch Gentleman Waife oder Mr. Chapman), wandernder alter Schauspieler
Sophie (auch Juliet Araminta) das »Phänomen«, begleitet ihn als seine Enkelin
Jasper Losely (auch Mr. J. Courtenay Smith oder Mr. Hammond), William Loselys Sohn, der »Taschen-Kannibale«
Arabella Fossett (auch Mrs. Crane), die Frau in eisengrau
Bridget Greggs, ihr Faktotum
Cutts und seine Gesellen, aus Londons Unterwelt
Gabrielle Desmarets (auch Mme. Caumartin), aus Paris, die »Cobra-Capella«
Samuel Adolphus (Dolly) Poole, zeitweilig ›Mitarbeiter‹ Jasper Loselys
Mrs. Poole mit Söhnchen Billy
Lorenzo Rugge, Direktor eines Wandertheaters
Mrs. Gormerick, die ›Alte‹ dieser Schmiere
Sir Isaak, Pudel; (früher Mop genannt)
Mrs. Saunders, Bauersfrau, Mops alte Herrin
Kit Merle, Schuster und Amateur-Astrologe
Josiah Hartopp, Gerber und Bürgermeister von Gatesboro'
»Mrs. H.«, Hartopps Frau
Anna Maria Hartopp, später Mrs. Jessop in Ouzelford, seine Tochter
Mr. Williams, Hartopps Geschäftsführer

Mr. und Mrs. Gooch, Verwalterehepaar bei Hartopp
Die Wirtin vom »Sarazenenkopf« in Gatesboro'
Mike Callaghan, Gepäckträger in Gatesboro'
Marquis von Montfort, Oberhaupt des großen Hauses Vipont
Lady Caroline Montfort, vorher Miß Lyndsay, seine Gattin
Carr Vipont, führt im großen Hause Vipont die Regie
Lady Selina Vipont, seine Gattin
Honoria Vipont, ihre Tochter
Oberst Alban Vipont Morley, ein anderer Angehöriger des großen Hauses Vipont, Vertrauter von Guy Darrell und von Carr Vipont
Reverend George Vipont Morley, Alban Morleys Neffe
Mrs. Morley, Großnichte des Primarius Allsop von Humberston, George Morleys Gattin
Ladies Janet und Wilhelmina Prymme
Sir Gregory Stollhead, im Parlament
Mr. Crampe, der Witzbold
Lady Frost
die Dudley-Slowe's
Lord Vyvyan
Flora Vyvyan, seine Tochter
Lady Adela*****

Angehörige der feinen Gesellschaft Londons

ZUR VORGESCHICHTE GEHÖREN NICHT MEHR LEBENDE:

Mrs. Darrell, Guy Darrells Gattin, eine geborene Vipont Crooke
Matilda Darrell, (später Mme. Hammond), ihre und Guy Darrells Tochter
Mrs. Lyndsay, Lady Caroline Montforts Mutter, eine geborene Seymour Vipont
Robert Haughton, Lionel Haughtons Großvater
Charlie Haughton, Captain, Lionels Vater
Sidney Branthwaite, Theologe, Studienkamerad Guy Darrells und Alban Morleys
Arthur Branthwaite, Lyriker, Sohn Sidney Branthwaites und Schwager Frank Vances
Sir Julian Losely, Baronet, William Loselys Vater
Gunston, ein Gutsbesitzer

I. BUCH

1. KAPITEL

In welchem die Geschichte mit der Beschreibung gewisser geselliger Bräuche, Gewohnheiten und Belustigungen des Englischen Volkes einsetzt, wie solche anläßlich einer unvordenklich-ehrwürdigen Nationalen Festlichkeit zur Schau treten. / Gestalten, die in der Geschichte von Wichtigkeit werden dürften, eingeführt und anschaulich porträtiert, samt einer Erläuterung aus der Nasologie. / Originelle Hypothesen bezüglich der Abneigungen, wie sie zwischen den Berufen und Gewerben entstehen; nebst anderen beachtenswerten Materien; alles vorgetragen in kunstloser Dialogform nach Art des Herodot, Vaters der Geschichte, (Mutter unbekannt).

Es war ein Sommermarkt in einem der hübschesten Dörfchen von Surrey. Die Hauptstraße war gesäumt mit Buden, in denen Spielzeugs die Fülle, glänzende Töpferware, hellbunte Bänder und vergüldete Pfefferkuchen prangten. Weiterhin, dort wo die Straße sich zum geräumigen Dorfanger erweiterte, erhoben sich die anspruchsvolleren Aufbauten, welche die anziehenden Erscheinungen der Seejungfer beherbergten, des Norfolker Riesen, der Dame mit dem Schweinskopf, des Gescheckten Jungen, und des Kalbs mit zwei Köpfen; während hoch über selbst diesen Baulichkeiten noch, und einwandfrei die vorteilhafteste Geschäftslage einnehmend, eine ragende Bühne ländlichen TheaterHabitués das ›Große Melodramatische Ausstattungsstück: DER HARTHERZIGE BARON UND DAS KIND DES RÄUBERS‹ verhieß. Musik, lebhaft wenn auch kunstlos, erscholl von allen Seiten – Trommeln, Pfeifen, Pfennigflöten, QuäkTuten; und eine DrehOrgel, bedient von einem arg brünetten Ausländer, mit einem Äffchen auf der Schulter, das, menschenverachtend aber aufmerksam, von seiner Höhe aus das Getümmel beäugte und dazu Nüsse knackte.

Die Sonne ging zur Rüste – das Gewühl hatte einen Höhepunkt erreicht – eine lebhafte fröhliche Szene. Der Tag war drückend gewesen; aber Wolken waren keine zu sehen, ausgenommen tiefunten am westlichen Horizont, wo sie sich in langgedehnten Hügelrücken aus lauter Gold und Purpur hinzogen, gleich dem Übergangsland zwischen Erd' und Himmel. Die hohen Ulmen auf dem Anger standen regungslos; mit Ausnahme von einer oder zweien nahe der großen Bühne, auf die ein paar Lausbuben geklettert waren, deren lachende Gesichter hier und da aus dem Laubwerk lugten, das unter ihren unaufhörlichen Bewegungen raschelte.

Mitten in der Menge, wie sie müßig dahinströmte, befanden sich zwei Zuschauer – fremd am Ort, wie die Aufmerksamkeit die sie erregten zur Genüge dartat; oder auch die derben Scherzworte, die ihr Anzug und Auftreten bei den ländlichen Witzbolden hervorrief – Scherze, die sie amüsiert und gutgelaunt über sich ergehen ließen; manchmal allerdings auch mit einer Mundfertigkeit vergalten, die sie bereits zu ausgesprochen populären Persönlichkeiten gemacht hatte; und sie hatten tatsächlich das an sich, was günstig stimmen und geneigt machen kann. Sie waren jung, und die Frische und Echtheit des Vergnügens stand derart ansteckend auf ihren Antlitzen geschrieben, daß es Sympathie erzeugte, und, wo immer sie erschienen, die Gesichter um sie herum aufleuchteten.

Einer der Zwei, die wir solchermaßen individualisiert haben, stand in jenem unschätzbaren Alter, das sich zwischen 25 und 27 erstreckt; und in dem ein Mensch, der es dann nicht fertig bringt, sich sein Dasein über die Maßen angenehm zu gestalten, schon mit wahrhaft kläglich funktionierenden VerdauungsOrganen behaftet sein muß. Diesem Herrn allerdings hätte man es vom Angesicht ablesen können, daß, gäbe es Viele wie ihn, es um die Ärztewelt übel bestellt wäre. Seine Wange, ob schon nicht tief gebräunt, war rot und rein; die nußbraunen Augen lebhaft und scharf; sein Haar, das los' und buschig unter einer, flott auf den wohlgeformten Kopf gedrückten, zwillichnen JagdMütze hervorquoll, war von jenem satten sonnigen Hellbraun, das man, außer bei Leuten von rüstiger und verwogner Gemütsart, nur selten antrifft. Er sah, alles in allem genommen, ausgesprochen gut aus; ja, er würde das noch schmeichelhaftere Prädikat ›hübsch‹ verdient haben, wäre nicht seine Nase gewesen, eine von der Sorte, welche Franzosen ›HimmelfahrtsNase‹ nennen – keine anmaßende Nase, auch nicht eine herausfordernde Nase, wie derlei Nasen meistens sind; wohl aber eine Nase, ernstlich entschlossen, aus sich selbst und den Dingen im allgemeinen, das Beste zu machen – eine Nase, die ihren Aufwärtsweg im Leben durchzusetzen entschlossen war; aber dabei so pläsierlich, daß es selbst die irritabelsten Finger schwerlich jemals danach jücken konnte, sich an ihr zu vergreifen. Mit solch einer Nase durfte ein Mann sich erlauben, auf dem ViolonCello zu dilettieren; aus Liebe zu heiraten; ja sogar Verse zu schreiben – und dennoch nicht vor die Hunde zu gehen. Nie würde er im Schlamm stecken bleiben, solang' er dieser HimmelfahrtsNase folgte!

Kraft solcher Nase trug besagter Herr denn auch eine schwarze ManchesterJacke von fremdländischem Schnitt; dazu einen Schnurr- plus Napoleon-III.-Bart, (eine Kombination, damals beträchtlich rarer in England, als sie es seit der Belagerung von Sebastopol geworden ist); und dennoch hinterließ er bei einem die völlige Überzeugung, daß er ein honetter Englischmann sei, der nicht nur keine Absichten auf fremde Taschen hege, sondern sich auch bei etwaigen Anschlägen auf die seinigen gar nicht so leicht begimpeln lassen werde.

Der Begleiter der also abgeschilderten Persönlichkeit, mochte so etwa um die 17 sein; aber sein Gang, seine Miene, die biegsam-kraftvolle Gestalt, besprachen eine Mannhaftigkeit, die im Widerspruch zu dem knabenglatten Teint des Gesichtes stand. Er fiel weit mehr ins Auge, denn sein älterer Kamerad. Nicht, daß er nun regelrecht hübsch gewesen wäre – weit gefehlt; dennoch wär' es kein Paràdoxon gewesen, ihn schön zu nennen – zumindest würd'es wenig Weiblein gegeben haben, die ihm dies BeiWort versagt hätten. Sein Haar, lang wie das seines Freundes, war von einem tiefen Kastanienbraun, (mit goldnen Glanzlichtern darauf, dort, wo die Sonne hinfiel), natürlich-gewellt, und von eigentümlich weich- und seidner Webe. Seine großen, klaren, dunkelblauen glücklichen Augen, waren mit langen ebenholzschwarzen Wimpern befranst, und überbogt mit Brauen, die jetzt schon intellektuelle Kraft besprachen, beziehungsweise, was mehr wert ist, Freimut und Biederkeit. Sein Teint war rein, obschon was blaß; und seine Lippen zeigten, beim Lachen, Zahnreihen von exquisiter Weiße und Regelmäßigkeit. Aber, so klar geschnitten sein Profil auch war, vom griechischen Ideal hatt'es nicht viel; überdem gebrach es ihm an der entsprechenden Statur, die man im allgemeinen zu den persönlichen Vorzügen des männlichen Geschlechts zu rechnen gewohnt ist. Ohne direkt kurzgewachsen zu sein, war er doch unter Mittelgröße; und die anscheinend vollendete Entwicklung seiner Proportionen legte den Schluß nahe, daß er bereits vollkommen ausgewachsen sei. Sein Anzug – obwohl nicht ausländisch, wie der seines Begleiters – war immerhin eigentümlich: ein breitrandiger StrohHut, mit mächtigem blauem Band; der HemdenKragen heruntergeschlagen, also halsfrei; ein dunkelgrünes Jackett, aus dünnerem Material als Tuch; sowie weiße Hosen und Weste vollendeten sein Kostüm. Er wirkte wie der Liebling einer Mutter – vielleicht war er's.

Rrritz fuhr ihm über den Rücken eine jener sinnreichen mechanischen Vorrichtungen, wie sie auf Jahrmärkten überaus im Schwange, und dazu ersonnen sind, bei dem Opfer dem sie appliziert werden die angenehme Überzeugung hervorzurufen, das betreffende Kleidungsstück sei soeben mitten durchgerissen.

Der Junge fuhr so behend herum, daß er den Arm des Missetäters noch erwischte – ein hübsches DorfMädchen, 1 oder 2 Jahre jünger als er selbst. »Auf frischer Tat ertappt, verurteilt, abgestraft!«, rief er; raubte ein Küßchen; und kassierte dafür einen zärtlichen Klaps. »Und jetzt Böses mit Gutem vergolten; hier sind Bänder: such Dir eins aus.«

Das Mädchen wich schüchtern zurück; aber ihre Gefährtinnen stießen sie wieder vor; und am Ende wählte sie dann doch ein kirschfarbenes Band, das der Junge sorglos bezahlte; indes sein älterer und weiserer Freund ihn gravitätisch und mitleidig-rügend betrachtete, und dann brummte – »Doktor Franklin berichtet uns zwar, daß auch er ein Mal in seinem Leben ein Pfeifchen zu teuer bezahlt habe; aber da war er erst 7 Jahr alt, und ein Pfeifchen hat immerhin seinen Nutzen. Aber einen derartigen Preis für eine Rückenratsche? Tz – Verschwender! Kommt nur weiter.«

Als die Freunde dahinschlenderten, hatten sie jetzt natürlich sämtliche junge Mädchen, die sich Bänder wünschten und über eine RückenRatsche verfügten, in ihrem Kielwasser. ›Rrritz‹ gingen die Instrumente; aber vergebens.

»Mädchen«, sagte der Ältere, indem er sich, die Nase hoch in die Luft, mit einem Ruck zu ihnen umdrehte: »Bänder sind reichlich – Schillinge knapp; und Küsse, obschon privat recht angenehm, vor aller Öffentlichkeit abgeschmackt. – Wie; immer noch? Paßt Euch bloß auf!: wißt denn, daß, unschuldig wie wir wirken, wir dennoch WeiberFresser sind; und Wer uns jetzt noch länger nachkommt, wird 'runtergeschluckt!«. Bei diesen Worten machte er seine Kiefer so übernatürlich weit aufgaffen, und stellte dabei eine so formidable Reihe von Mahlzähnen zur Schau, daß die Mädchen betroffen zurückprallten. Die Freunde bogen in einen engen Durchgang zwischen den Ständen ein; wo sie, obwohl noch immer von einigen besonders waghalsigen und gewinnsüchtigen Geistern verfolgt, doch relativ ungestört ihren Weg, die Hinterseiten der Buden entlang, fortsetzen konnten; bis sie endlich auf dem Dorfanger, unmittelbar vor der Großen Bühne herauskamen.

»Oho, Lionel!«, sprach der Ältre der Freunde: »Thespisch und klassisch – ohne Zweifel sehenswert.«. Dann wandte er sich zu einem gesetzten FlickSchuster mit lederner Schürze, der seinen Blick mit schwermütigem Interesse über die buntscheckige Reihe der Figuren hinwandern ließ, die sich als ›*Dramatis Personae*‹ vor dem Vorhang aufgestellt hatten;: »Ihr scheint gefesselt, Sir; Ihr habt der Vorstellung vermutlich schon einmal beigewohnt?«

»Tcha«, erwiderte der Flickschuster; »das ist der dritte Tag heute; und morgen wird der letzte sein. Ich hab noch keine einzje verpaßt, und werde auch keine verpassen; obwohl es nich mehr das iss, was es früher mal war.«

»Das ist bedauerlich; aber sagt nicht Jeder, der Euer ehrwürdiges Alter erreicht hat, Freund, von All und Jedem schließlich genau dasselbe? Ob Sommersonne, ob fade alte Modebäder oder hübsche junge Frauen, ›nichts ist mehr das, was es früher mal war‹. Wenn Menschen und Dinge in dem Tempo fortfahren zu entarten, stehen unsern Enkeln ziemlich langweilige Zeiten bevor!«

Der Schuhflicker musterte den jungen Mann, und nickte dann beifällig. Er war vernünftig genug, um die weltanschauliche Ironie der Erwiderung zu würdigen – und unser Schuhflicker liebte einen Diskurs, der vom ausgetretenen Wege abwich. »Wahr und treffend gesprochen, Sir. Aber wenn schon alte Leute grundsätzlich behaupten, daß die Dinge schlimmer sind, als sie einst waren – ist nicht auch immer etwas Wahres in dem, was immer derart wiederholt wird? Ich bin für die alten Zeiten; mein Nachbar, Joe Spruce, ist für die neuen, und behauptet, wir wär'n Alle beim Fortschreiten. Aber er 'ss eben 'n Roter – Ich 'n Blauer.«

»Ihr seid ein ›Blauer‹!«, sagte der junge Lionel – »das versteh ich nicht.«

»Ich bin'n Tory, junger Mann – das bedeutet ›blau‹; und Spruce 'ss'n Radikaler – das iss ›rot‹! Beziehungsweise, was in dem Fall mehr besagen will, er ist eben Schneider, und ich bin ein Flickschuster.«

»Ahà!«, sagte der Ältere, mit beträchtlichem Interesse: »soso, das will mehr besagen? Wie das?«.

Der Schuhflicker brachte den Zeigefinger der rechten Hand mit dem Zeigefinger seiner Linken in Berührung; d. i. die Gebärde eines Mannes, der sich zu einer Schlußfolgerung oder Beweisführung anschickt – wie Quintilian in seinen Beiträgen zur Rhetorik der Finger höchstwahrscheinlich bemerkt hat, (bzw. falls er es nicht getan haben sollte, ist das ein Makel an seinem Essay).

»Sie sehen, Sir«, hob der Schuster an, »daß der Beruf eines Mannes eine ganze Menge mit seiner Art zu denken zu tun hat. Kalkuliere, jegliches Gewerbe wird seine Ideen haben, die ihm allein angehören. Der Fleischer sieht das Leben nich so an wie der Bäcker; und wenn Sie sich erst mit einem Dutzend Lichtzieher unterhalten, und anschließend mit ei'm Dutzend Grobschmiede, dann wer'n Sie sehn, daß Lichtzieher ne Sorte für sich sind, und Grobschmiede desgleichen.«

»Ihr seid ein scharfer Beobachter«, sagte Der mit der Zwillich-Mütze bewundernd: »Eure Bemerkung ist mir neu; und ich möchte meinen, sie sei auch wahr.«

»'türlich iss sie das; und die Sterne haben irgndwie damit zu tun: ich meine, wenn sie schon eines Menschen Berufswahl entscheiden, entspricht es ja wohl der Vernunft, daß sie dem Mann dann auch den entsprechenden Geist verleihen. – Nun hockt ein Schneider, mit Mehreren zusammen, auf seinem Tisch, und andauernd plaudern sie unter'nander, und das Zeitunglesen hat kein Ende; weshalb er denn auch so denkt, wie seine Kameraden tun, flink und helle und immerfort auf dem Laufenden; aber von originell und was eig'nem iss nich die Rede. – Der Schuster dagegen«, fuhr der Mann des Leders fort, und sein Aussehen ward majestätischer, »sitzt für sich allein, und redet mit sich allein; und was er denkt, das geht in seinen Kopf, ohne daß die Zunge eines anderen Menschen es hineinpraktiziert hat.«

»Ihr erleuchtet mich mehr und mehr«, sagte unser Freund mit der HimmelfahrtsNase, und machte eine respektvolle Verbeugung, »ein Schneider also west herdenweise; der Flickschuster lebt einsam. Die Herde geht immer mit der Zukunft; der Einsame hält es mit der Vergangenheit. Ich begreife jetzt, warum Ihr ein Tory seid – und vielleicht ein Poet dazu?«

»Jå; Stück davon«, sagte der Schuhflicker, mit einem selbstironischen Lächeln. »Und so manchen Schuhflicker gibt es, der ein

Dichter iss – oder auch wundersame Dinge in dem ein- oder andern Kristall erblickt – wogegen ein Schneider, Sir«, (mit großer Verächtlichkeit gesprochen), »in seiner Zeitung bestenfalls das Oberleder der Welt zu sehen bekommt.«

Hier ward die Unterhaltung durch einen plötzlichen Andrang der Menge zum Theater her unterbrochen: die zwei jungen Freunde sahen hoch; und gewahrten, daß der Gegenstand der neuen Attraktion ein kleines Mädchen von anscheinend kaum 10 Jahren war, (obwohl sie in Wahrheit 2 mehr hatte). Sie war soeben erst von hinter dem Vorhang aufgetaucht; machte der Versammlung ihr Kompliment; und spatzierte dann, mit der denkbar ziersten KinderFeierlichkeit, die so ein Dinglein sich nur geben kann, ganz vorn, am Rand der Bühne, hin und her. –: »Die arme Kleine.«, sagte Lionel. : »Die arme Kleine.«, sagte der Schuhflicker. (Und wären Sie, geneigter Leser, dagewesen: 10 gegen 1, aber Sie hätten dasselbe gesagt.) Und dennoch war sie angetan mit weißem Satin, mit Flitter besetzt und Falbeln, und einem Jäckchen aus Brokatell; sie trug ein Kränzlein von Blumen (gewiß, die Blumen waren nicht echt) auf den langen schönen Locken; und prunkende Armbänder (selbstredend, die Steine waren nachgemacht) an ihren schlanken Armen. Gleichwohl war etwas in ihr, was all der Tand nicht ordinär zu machen vermochte; und eben weil er es nicht ordinär zu machen vermochte, bemitleidete man sie darob. Sie besaß eines jener bezaubernden Gesichtchen, deren Blick uns Allen, Jungen wie Alten, geradenwegs ins Herz dringt. Und ob sie gleich völlig selbstbewußt wirkte, so war doch nichts von Unverfrorenheit in ihrem Wesen; vielmehr die Ungezwungenheit einer kleinen Dame, zusammen mit der simplen Unwissenheit des Kindes, an ihrer Situation könne irgendetwas sein, das Anlaß gebe zu dem Seufzer »Die arme Kleine«.

»Sie sollten sie agieren sehen, junge Herren«, sagte der Schuhflicker – »spielt ganz ungewöhnlich. Aber wenn Sie erst Den gesehen hätten, Der sie unterrichtet hat – ihn nur vor 1 Jahr noch gesehen.«

»Um Wen handelt sich's?«

»Waife, Sir; kann sein, Sie haben von Waife schon reden hören?«

»Zu meiner Schande: nein.«

»Oh, Der hätte sein Glück im KofentGarten machen können; aber das'ss ne lange Geschichte. Armer Kerl!, 'ss irgndwie ganz zusamm'gebrochen jetz. Aber sie sorgt für ihn, das Goldkind – ja,

Gott segne Dich!«, und der Flickschuster tauschte an dieser Stelle ein Lächeln und ein Zunicken mit dem kleinen Mädchen, dessen Gesicht sich sogleich aufheiterte, da sie ihn inmitten der Menge gewahrte.

»Bei Pinsel und Palette Rafael's! –«, rief der Ältere der jungen Leute: »bevor ich noch ein paar Stunden älter bin, muß ich den Kopf dieses Kindes haben!«

»Ihren Kopf, Mann?!«, rief der Schuhflicker entgeistert.

»Jawohl, in mein Skizzenbuch. Ihr seid Dichter – ich bin Maler. Kennt Ihr das kleine Mädchen?«

»Und ob! Sie und ihr Großvater wohn'n bei mir – ihr Großvater – d'iss eben dieser Waife – erstaunlicher Mann! Aber er wird mißbraucht hier; und wäre sie nich, er würd' verhungern. Früher hat er sie Alle ernährt; jetz kann er sie nich länger ernähren – da lassen se'n hungern. Der Lauf der Welt: sie nützn 'n Genus ab, sie verbrauchen ihn, und wenn er auf der Straße umfällt, fahrn se weiter ohne anzuhaltn; das iss das, was Joe Spruce sein Fortschreiten nennt. Aber da ist das Trommelzeichen! die Vorstellung fängt gleich an; kommen die Herren nich mit rein?«

»Natürlich!«, rief Lionel, » – selbstverständlich. Und, hört Vance: wir losen mit'm Geldstück, Wer von Uns den Kopf der Kleinen zuerst nehmen darf.«

»Mörder; in jeglichem Sinne des Wortes!«, sagte Vance, mit einem Lächeln, das einem Correggio Ehre gemacht haben würde, dem ein Anfänger vorschlüge mit ihm darum zu losen, wer einen Cherub zuerst porträtieren dürfe.

2. Kapitel

Der Geschichtsschreiber widmet eine kurze Untersuchung dem großbritannischen Bühnenwesen, repräsentiert durch das Irreguläre Drama; da das Regelrechte (längst vor dem Zeitpunkt der Ereignisse, auf die der vorliegende Bericht sich zu beschränken hat) spurlos aus der Schöpfung verschwunden ist.

Sie betraten das kleine Theater, und der Schuhflicker mit ihnen; doch zog der Letzt're sich, bescheidentlich, auf die Dreipfennigsbank zurück; wogegen die jungen Herren mit Sperrsitzen beehrt wurden, Preis 1 Schilling das Stück. »Enorm teuer«, murrte Vance; indes er sorgsam die Tasche wieder zuknöpfte, nachdem er ihr eine Börse zurückerstattet hatte, aus Stahlringen gewoben, nach Art der alten Kettenpanzer.

Ah, *Messieurs & Confrères*, die Herren DramenAutoren, schmeichelt Euch ja nicht, wir schickten uns nunmehr an, Euch zu einem selbstgefälligen Triumph zu verhelfen über das Große Melodrama ›Der hartherzige Baron und das Kind des Räubers‹. Wir räumen ein, es bestand unterm ästhetischen Gesichtspunkt betrachtet, aus nichts als Kitsch und Horrörchen; aber vom theatralischen aus, war es unvergleichlich wirkungsvoll. Niemand hojahnte; nicht ein Husten war zu vernehmen; ja nicht einmal das Gequäk jenes allgegenwärtigen Babies, das seinen *vagitus ingens,* oder nicht zu beschwichtigendes Geheul, grundsätzlich an der int'ressantesten Stelle jedes klassischen FünfAkters aufschlägt, der zum ersten Mal über die Bretter der Metropole geht. Hier stürmte die Handlung dahin-voran, *per fas aut nefas*, und die Zuschauerschaft ging mit! Traun, wer diese Episoden gereiht hatte, war ein Bühnensachverständiger gewesen; ob er es dann auch jedem unliterarischen Komödianten übrig gelassen hatte, die Worte dazu selbst zu finden — ach, ›Worte‹, meine teuren *Confrères,* bedeuten so wenig in einem Stück das ›Handlung‹ hat. Tempo, das ist's!: *Das* ist das Große Geheimnis! Analysiert es; wendet es praktisch an; und vertraut dann dankbaren Gestirnen, jene verlorengegangene Plejade, das Britische Stück mit Handlung, zurückzuführen.

Selbstredend war der Räuber ein unverstanden-mißbrauchter, dabei höchst achtungswerter Mann; der irgendwie mysteriöse Ansprüche auf die Liegenden Gründe und das Schloß des Hartherzigen Barons hatte; weswegen dieser Usurpator mit Rechtstitel, denn auch alles in seiner Macht stehende aufbot, den Räuber aus seinen Schlupfwinkeln herauszuholen und zu einem blutigen Ende zu bringen. Ab hier concentrierte sich das Interesse auf des Räubers Kind; welches, unnötig zu betonen, eben jenes kleine Mädchen, mit Kränzlein und Armspangen war, auf dem Programm als ›Fräulein Juliet Araminta Waife‹ bezeichnet; und die weiteren Episoden bestanden eigentlich nur aus ihren diversen Tricks, die Verfolgungen des Barons zu vereiteln, und ihren Vater zu retten. Einige dieser Episoden waren rein der Komischen Muse verpflichtet, und bewirkten anhaltend-schallendes Gelächter beim Publikum. Ihr schalkhafter Mutwille war aber auch köstlich hier. Mit welcher Munterkeit verfoppte sie nicht den OberSheriff (der von seinem König den Auftrag hatte, den Räuber einzubringen, tot oder lebendig), zu dem Glauben, daß es sich bei des Barons eignem Advokaten um eben den verkleideten Verbrecher handle; und was für PerlenZähnchen zeigte sie nicht, als jener UnrechtsAnwalt gefaßt und geknebelt wurde; wie erzgeschickt wußte sie nicht den schwachen Punkt im Charakter des ›KönigsLeutnants‹ (*jeune premier*) ausfindig zu machen, der von Se. Majestät ermächtigt war, den Hartherzigen Baron bei seiner mühvollen Hatz auf den Räuber zu unterstützen; wie schlau sie in Erfahrung brachte, daß er in die Mündel (*jeune amoureuse*) des Barons verliebt sei, die jener unwürdige Edelmann, ihres Vermögens halber, zur Heirat mit ihm-selbst zwingen wollte; wie artig sie die Süßbriefchen hin & her paschte, ohne daß der Leut'nant den geringsten Verdacht zu hegen begann, sie möchte des Räubers Kind sein; ja, zuletzt den Repräsentanten der Krone auf ihre Seite brachte, wie der Verlauf dann auswies. Und oh wie lustig, und mit welch possenhafter Kunst sie sich, als Hexe verkleidet, in des Barons Schloß einschlich; sein Gewissen durch Enthüllungen und Weissagungen aufrüttelte; sämtliche Vasallen mit Blauen Flämmchen und sonstigem chemischen Blendwerk erschreckte; ja, sich sogar in das eig'ne Privatgemach des Usurpators hineinwagte, indes jener Tyrann sich schlaflos auf dem Lager wälzte, über welchem sein furchtbares Schwert hing, und dort aus seiner Truhe heimlich die Dokumente entwendete, die das gegründetere Anrecht des verfolgten Räubers bewiesen. Als er dann doch noch erwachte, bevor sie mit ihrem Schatz zu entkommen vermochte, und sie mit seinem Schwerte verfolgte: mit welcher

Munterkeit sie sich scheinbar in Brand steckte, und inmitten von Explosionen und Funkenregen aus dem Flügelfenster hüpfte. Und als das Drama sich seinem *dénouement* näherte; als die Leute des Barons, zusammen mit den königlichen Justizbeamten, nun doch, trotz aller Künste der Kleinen, die Spur des Räubers bis zu der Höhle verfolgt hatten, wo er, nach diversen Rückzügen, jetzt verborgen lag, durch Schüsse verwundet und ganz zerschlagen durch den Sturz von einer Klippe, – unter welch bewundernswertem stummem Gebärdenspiel, sie die Stelle da umschwebte; mit welchem Pathos sie die Verfolger davon abzulenken-wegzulocken suchte – es war die Lerche, die ihr Nest umschwirrt. Und da alles vergebens war – als die nicht länger zu täuschenden Feinde nun sie selbst zu ergreifen suchten, wie spöttlich sie ihnen entschlüpfte, auf den Felsblock sprang, und ihre dünnen Finger verachtungsvoll gegen sie schüttelte: '!' Bestimmt rettet Die den ehrenwerten Räuber doch noch! Nun war bis hierher – obgleich der Räuber der nominelle Held des Stückes war; obschon man andauernd von ihm hörte: von seinen Kränkungen; Tugenden; Entkommen um Haaresbreite – noch nie bisher war er sichtbar geworden. Missis Harris, in jenem unsterblichen Bericht vom ›Martin Chuzzlewit‹ kann nicht apokrypher und öfter zitiert gewesen sein. Aber in der letzten Scene, *da war* der Räuber; da in seiner Höhle, hilflos vor Quetschungen und Wunden, lag er auf seinem Felsen. Herein stürmten die Feinde, Baron, OberSheriff und Alle, sich seiner zu bemächtigen. Nicht ein Wort sprach der Räuber; aber seine Attitüde war schlechthin erhaben – selbst Vance rief »bravo!« – und gerad' als man ihn gepackt hält, schon liegt der Strick um seinen Hals und er soll eben gehängt werden: springt da nicht von oben aus der Kluft herab sein Kind, die dem Baron stibitzten Besitzurkunden in den Händen?; ihr zur Seite der Königsleutnant, der die Begnadigung des Räubers verkündet, nebst seiner gebührenden Wiedereinsetzung in alle Güter und Ehrenstellen; dem verblüfften Sheriff dagegen die geheiligte Person des Hartherzigen Barons zur Aufbewahrung übergibt. Dann noch die ergreifende Szene, wie Vater und Kind einander in den Armen liegen; und dann brach der Ruf, der schon geraume Zeit so Manchem der Zuschauer auf den Lippen geschwebt hatte, sich gewaltsam Bahn: »Waife!, Waife!«. Ja; der Räuber, der erst in der allerletzten Scene aufgetreten war, und selbst dann noch kein Sterbenswörtlein von sich gegeben hatte, war der einstige große Schauspieler jener thespischen WanderBühne, auf so manchem Jahrmarkt wohlbekannt ob seines sprudelnden Humors, seiner StegreifWitze, seines schalkisch-durchtriebnen Auges, seiner überquellend lebendigen Drolligkeit; aber ebenso seines seltsamen Pathos, der Würde wegen, womit er, unversehens, eine Spaß-macherRolle tiefsinnig aufzufassen, das eben noch schallende Gelächter zum Schweigen zu bringen, und dafür Tränen hervorzulocken wußte; er, von dem der Flickschuster sehr richtig geurteilt hatte, daß er ›in Covent Garden hätte 'n Vermögen machen können‹. Das also waren die Überreste des alten volkstümlichen Komödianten! – alle Attribute einstiger Beredsamkeit eingeschrumpft zu stummem Gebärdenspiel! Meisterlich der Zug von Natur plus Kunst in dieser Darstellung seiner selbst – ein Zug, den Alle, die ihn in früheren Jahren auf dieser Bühne gehört und gesehen hatten, unwillkürlich gleichzeitig empfanden. Er kam, um seinen persönlichen Anteil am dramatischen TränenBeifall entgegenzunehmen; und: »Waife, Waife!« rief so manche DörflerStimme, da das kleine Mädchen ihn nach vorn, zur Rampe führte. Er humpelte; um seine Augen lag eine Binde. Als das Stück die Unfälle schilderte, die dem Räuber zugestoßen waren, hatte es lediglich die wirklichen Gebrechen des Mannes idealisiert – Gebrechen, die erst seitdem man ihn das letzte Mal im Dorf hier gesehen hatte, über ihn gekommen waren. Er war auf einem Auge blind; er war zum Krüppel geworden; irgendein Leiden von Kehlkopf oder Luftröhre hatte offenbar den einst so erfreulichen Ton der altbekannten gefälligen Stimme gebrochen. Er getraute sich selbst auf dieser seiner alten Bühne nicht zu sprechen; er neigte nur schweigend das Haupt vor dem ländlichen Publikum; und Vance, der regelmäßig-häufig ins Theater ging, erkannte sofort, einfach an dieser Art zu grüßen, daß der Mann ein Künstler in seinem Fach war.

Alles war vorüber; die Zuschauer strömten hinaus, tief bewegt, und Jeder erzählte sich mit dem Andern. Es war so gar nicht wie die gewöhnlichen Bühnendarstellungen bei einem Dorfjahrmarkt gewesen. Vance und Lionel tauschten Blicke des Erstaunens; richteten dann, wie auf einen gemeinsamen Antrieb hin, die Schritte bühnenwärts; schoben den Vorhang, der gefallen war, beiseite; und befanden sich in jener wunderlichen Welt, von der es, (Fragmente des einen großen zerbrochenen Spiegels), so viele Duplikate gibt, ob im stolzesten Schauspielhaus oder der niedrigsten Scheune – nein, ob in den Palästen der Könige, dem Kabinett des Staatsmannes, am heimischen Herd des Bürgers – der Welt, die wir ›hinter den Kulissen‹ nennen.

3. Kapitel

Frappante Belege sowohl für ungesetzliche Tyrannei, als auch infantile Habsucht; erläutert an Beispielen aus den sozialen Verhältnissen Großbritanniens. / Aberglauben aus dem dunkelsten Mittelalter noch immer in Kraft unter der gewerbetreibenden Bevölkerung; einerseits geeignet, gewisse amerikanische Journalistenkreise mit unschätzbaren Materialien für Anspielungen zu versehen; andrerseits erheblich dazu angetan, demütigende Betrachtungen über NationalEitelkeit auszulösen.

Der Hartherzige Baron, der niemand anders war als Eigentümer und TheaterDirektor zugleich, lehnte, den Porterkrug in der Hand, an einer Seitenkulisse. Im Hintergrund konnte man den Königsleutnant gewahren, wie er sich, auf der Spitze seines regierungstreuen Schwertes, einen Brocken Käse röstete. Der Räuber hatte sich in eine Ecke verkrochen, und das kleine Mädchen klammerte sich liebevoll an ihn, während seine Hand über ihr Blondhaar hinfuhr. Vance schaute in die Runde; und trat dann auf den Räuber zu — : »Gestatten Sie, Sir, daß ich Sie beglückwünsche: Ihre Verbeugung war bewundernswert! Ich habe zwar John Kemble niemals gesehen — war vor meiner Zeit — aber ab jetzt werd' ich mir einbilden, ihn gesehen zu haben — gesehen am Abend, da er für immer der Bühne den Rücken kehrte. Was Euer Enkelkind, Miss Juliet Araminta, angeht, so ist sie schlechthin ein Juwel.«

Bevor Mr. Waife noch antworten konnte, trat der Hartherzige Baron bereits herzu, in einer Laune, seiner Rolle als Tyrann und Widerling gänzlich würdig. »Was haben Sie hier zu suchen, Sir? Ich dulde keine Verschwörer hinter der Szene, die meinen Leuten Flöhe in die Ohren setzen.«

»Bitte respektvoll um Verzeihung: ich bin Künstler — ehemaliger Schüler der Königlichen Akademie — ich möchte gern eine Skizze von Miss Juliet Araminta machen.«

»Skizze! Unsinn!«.

»Sir«, sagte Lionel jetzt, mit der altersbedingten Unbesonnenheit früher Jugend: »ich bin überzeugt, mein Freund würde für die Sitzung bezahlen — anständig!«.

»Ah so«, sagte der Direktor besänftigt, »Sie sprechen wie ein

Gentleman, Sir; aber, Sir: Miss Juliet Araminta steht unter meinem persönlichen Schutz – ist praktisch mein Eigentum. Sprechen Sie doch morgen wieder vor, ehe die erste Vorstellung beginnt, was um 12 Uhr sein wird; dann können wir darüber reden. Werde mich glücklich schätzen, Ihre Freunde und Bekannten auf den Sperrsitzen zu sehen. Im Moment sehr beschäftigt, und – und-ä – kurzum – Sie entschuldigen – Ihr Diener, Sir – Diener, Sir.«

Die Art und Weise des Barons ließ keinen Raum für weitere Verhandlungen. Vance verbeugte sich, lächelte, und zog sich zurück. Aber mittlerweile hatte sein junger Freund die Gelegenheit benützt, um Beide, sowohl Waife als dessen Enkelin anzureden; und als Vance ihn jetzt beim Arm ergriff und mit sich fort zog, lag ein halb verblüffter halb grübelnder Ausdruck auf Lionels Gesicht; und er blieb stumm, bis sie aus dem Gedränge der Nachzügler wie solche noch vor der Bühne herumtrödelten, heraus, und in einer ruhigeren Ecke des Angers angelangt waren. Mond und Sterne standen am Himmel – eine liebliche Sommernacht.

»Wo in aller Welt seid Ihr mit Euern Gedanken, Lionel? Ich hab' Euch jetzt schon drei Fragen gestellt, und Ihr habt nicht 1 davon beantwortet.«

»Vance«, erwiderte Lionel langsam, » – ganz komische Sache. Ich bin in einem Maße enttäuscht von diesem kleinen Mädchen – so was von Gier und Käuflichkeit!«

»Frühreifer Schlingel!; wieso wollt Ihr wissen, daß sie gierig und käuflich ist?«

»Hört. Als dieser grämelnde alte Direktor auf Euch zutrat, sagte ich – ganz höflich natürlich – etwas zu Waife; der mir mit heiserer brüchiger Stimme, aber in sehr gebildeter Ausdrucksweise antwortete. Ja, und als ich nun den Direktor informiert hatte, daß Ihr für die Sitzung bezahlen würdet, ergreift das Kind doch ganz hastig meinen Arm, zerrt mich zu ihrer Kopfhöhe herunter, und wispert: ›Wieviel wird er geben?‹. Ich, verwirrt über eine derart direkte-nackte Erkundigung, antworte aufs Geratewohl: ›Ich weiß nicht; 10 Schilling vielleicht.‹ Das Gesicht solltet Ihr gesehen haben!«

»Ihr Gesicht gesehen?: strahlend – kann ich mir vorstellen. Tz, um die Hälfte zuviel!«, rief Vance. »10 Schilling! Verschwender!«

»Zu viel? – Sie hat dreingeschaut, wie etwa Ihr dreinschauen würdet, wenn man Euch für Euer Gemälde ›Julius Cäsar, erwägend ob er den Rubicon überschreiten solle‹ auch 10 Schilling böte. Aber als der Direktor sie als sein Eigentum erklärt, und Euch für morgen vormittag bestellt hatte – was ja bedeuten soll: er will dafür einkassieren, daß er ihr zu sitzen erlaubt – da verfinsterte sich ihr Gesicht, und sie murrte verdrossen: ›'ch will nich sitzen – will nich!‹. Dann wandte sie sich zu ihrem Großvater, und ein äußerst flinkes und heimliches Geflüster fand zwischen den Beiden statt; und dann zupft sie mich wieder am Ärmel, und sagt mir – aber auch schon *so* erpicht! – ins Ohr: ›Ich brauch' 3 Pfund, Sir, – drei Pfund! – wenn er 3 Pfund geben würde; – und kommen Sie doch in unsre Wohnung – Mr. Merle, Willow Lane. Drei Pfund, ja? –: drei!‹ – Und so, mit diesen Worten mir im Ohr noch nachzischend, – aus diesem FeenMündlein, dem doch nichts als Demanten und Perlen entträufen sollten! – so hab' ich sie verlassen«, schloß Lionel, so würdig und gesetzt, als wär' er 60, »und bin um eine Illusion ärmer!«

»Drei Pfund?!«, rief auch Vance, indem er seine Augenbrauen zum höchsten Bogen des Erstaunens wölbte, und seine Nase in die Luft, zu Ihrer Majestät dem Mond hin erhob –« 3 Pfund! – eine fabelhafte Summe! Wer hat schon drei Pfund rauszuschmeißen? Herzöge mit Gütern, die 100 000 pro Jahr abwerfen, denken nicht dran, 3 Pfund auf derart ruchlose, liederliche Art aus der Tasche zu ziehen. – Tz drei Pfund! – was könnt' ich mir nicht alles für 3 Pfund kaufen?: ich könnt' mir die komplette ›Bibliothek der Dramen‹, in Leder gebunden, kaufen für 3 Pfund; 'n Frack könnt' ich mir machen lassen für 3 Pfund, (das Seidenfutter allerdings nicht gerechnet); einen ganzen Monat lang zur Miete wohnen kann ich für 3 Pfund! Und so eine beflitterte Hummel, kaum 'n Teener zu nennen, verlangt schlankweg 3 Pfund für was?: dafür, daß sie auf einer Leinwand von Francis Vance unsterblich werde? – Henker noch eins!«

Hier fühlte Vance, daß man seine Schulter anrührte. Er fuhr herum, barsch wie Jedermann, der die Fassung verloren hat, unter ähnlichen Umständen tut; und gewahrte das schattenhafte Gesicht des Schuhflickers.

:»Na, Master?; hat sie nich fein gespielt? – wie hat sie Ihn'n gefall'n?«

»Was ihren natürlichen Charakter betrifft, nicht so übermäßig; sie legt ja einen verdammt hohen Wert auf sich selbst.«

»Wie?; das hab' ich jetz nich mitgekriegt.«

»Sie soll mich weder drankriegen noch reinlegen! –: Drei Pfund! –: drei Königreiche!–«.

»Moment!«, rief Lionel dem Schuster zu; »ä-sagtet Ihr nicht, daß sie bei Euch wohnten? Seid Ihr Mister Merle?«

»Merle iss mein Name; und wohnen tun sie bei mir – in der Willow Lane.«

»Dann kommt doch, bitte, ein paar Meter weiter, die Straße runter – ruhiger so. – Sagt mir doch, falls Ihr könnt, was das Kind gemeint haben mag?«; und Lionel berichtete, a) das Anerbieten seines Freundes; b) die Entscheidung des Direktors; und c) den rapschenden Geiz von Fräulein Juliet Araminta –: ?–.

Der Schuhflicker antwortete nicht; und als die zwei jungen Freunde, überrascht durch sein Schweigen, sich zu ihm wandten, ihn anzuschauen, sahen sie, daß er sich mit dem Hemdsärmel die Augen wischte.

»Armes kleines Ding!«, brachte er endlich heraus; und noch wesentlich eindringlicher, als er die gleichen Worte bei ihrem Auftreten vor'm BühnenVorhang betont hatte; –: »D'iss alles für ihren GroßVater; – ich weiß schon – weiß genau.«

»Och! –«, rief Lionel, erlöst, »was ich darüber froh bin! – Das ändert ja den ganzen Fall, Vance, nicht wahr?«.

»Das ändert den Fall mit den 3 Pfund nicht im geringsten,« brummte Vance: »Was ist mir ihr Großvater, daß ich seiner Enkelin 3 Pfund schenken soll; wo jede andere Göre im Dorf vor Freuden aus der Haut fahren würde, um ihr Gesicht in mei'm Skizzenbuch zu sehen und 5 Schillinge in ihrer Tasche? Zum Henker ihr Großvater!«

Sie waren inzwischen auf der Hauptstraße. Der Schuhflicker setzte sich auf einen einsamen Meilenstein, und schaute erst in das eine der beiden Gesichter vor ihm, und dann in das andere; das von Lionel schien ihm am meisten zuzusagen, und beim Sprechen jetzt war es auch Lionel, an den er sich vorwiegend wandte.

»Junger Herr«, sagte er, »es sind nun just vier Jahre, daß Mr. Rugge, als er her kam – wie er und seine Truppe zur Jahrmarkts-Zeit immer getan haben, solang ich denken kann –, zum erstenmal den Mann mitbrachte, den Sie heut Abend gesehen haben, William Waife; ich sag' immer Gentleman Waife. Wieso der Mann je in derartige Verlegenheiten geraten – wie dazu kommen konnte, sich so einer Karawane anzuschließen, würde wohl den meisten Köpfen Rätsel aufgeben. Joe Spruce findet's jedenfalls ungemein rätselhaft; ich nich im geringsten.«

»Inwiefern?«, fragte Vance.

»Wegen Sàturn.«

»Satan?!«

»Saturn – hoffnungslos conträr im 2. und 10. Haus, möcht' ich wetten. Herrscher im Ascendenten möglicherweise; – in Combustion mit der Sonne – wer weiß.«

»Ihr seid doch nicht etwa Astrolog?«, sagte Vance argwöhnisch, indem er ein Endchen von ihm abrückte.

»Stück davon – nichts für ungut.«

»Was tut das alles zur Sache?«, sagte Lionel ungeduldig; »macht weiter. Ihr nennt Mr. Waife also ›Gentleman Waife‹; und wenn Ihr nicht Astrologe wäret, würd'es Euch Rätsel aufgegeben haben, ihn in so einem Beruf zu erblicken.«

»Ja, genau; denn er war nich wie Andre, die man sonst wohl hier'rum auf diesen Brettern zu sehen kriegt; und doch auch wied'rum nich so ganz wie 'n Londoner Schauspieler, wie ich sie ma' in Londn gesehen hab'; eher mehr wie'n gescheiter Kerl, der aus Jux an der Sache aufs Theater geht. Er wußte so drollige Witze, und schaute so komisch drein, obwohl ja-nich ordinär, nein, immer das, was ich eben 'n Gentleman nenne – gerade so, wie wenn Einer von Ihnen-Beiden sich ma' irgndn Jokus machte, bloß Ihren Freunden zum Spaßvergnügen. Naja, jedenfalls ›zog‹ er mächtig; und jedes Mal, wenn er kam, wieder; so daß die Großen Famil'jen aus der ganzen Umgegend sich aufmachten, um ihn zu hören; und er wohnte bei mir im Hause, und war immer freundlich und angenehm im Umgang, und dann war er auch das, was ich 'n Ackerdämiker heiße. Aber trotzdem möcht' ich Ihn'n keinesfalls was vormachen; ich würd' durchaus mein'n, daß er zu seiner Zeit 'n wilder Bube gewesen sein kann. Merkur in üblen Aspekten – gibt's gar kein'n Zweifel. Letztes Jahr nun traf sich's, daß einer von den großen Herren, wie sie zu'n Londner Theatern gehören, zur JahrmarktsZeit hier war. Ob er ma zufälligerweise von Waife gehört hatte, und nu ausdrücklich herkam, um sich selber 'n Urteil zu bilden, kann ich nich sagen; wahrscheinlich ississ. Und als er Gentleman Waife hatte spielen seh'n, hat er ihn zu sich einladen lassen, ins Wirtshaus – ›Roten Löwen‹ – und hat ihm 'n Haufen Geld geboten, daß er nach Londn käm – in'n Kofent Garten. Naja Sir, Waife biß nich etwa sofort auf der Stelle an; sondern zögerte hier und druxde da; und ließ sich erst ganz am Ende dazu beschmeicheln; und dann iss er halt mit gegangen. Aber das Unglück kam über ihn; und ich wußte, daß das so würde, denn ich hatt' es alles längst in mei'm Kristall gesehen.«

»Oh«, rief Vance, »'n Kristall auch noch! Also wahrhaftig, es wird allmählich spät, und wenn Ihr etwa Euern Kristall zufällig bei Euch haben solltet, könntet Ihr darin sehen, daß wir Appetit auf's Abendbrot kriegen.«

»Und? Was geschah?«, fragte Lionel, weit freundlicher; denn er sah, daß der Schuster, der durch Erwähnung seines Kristalls anscheinend einen großen Eindruck hervorzubringen gehofft hatte, gekränkt war.

»Was geschehen iss?«: nu genau, was ich vorhergesehn hatte. 'n EisenbahnUnglück iss passiert, zwischen hier und Londn; und der arme Waife hat dabei ein Auge verlor'n, und wurde'n Krüppel auf Lebenszeit – so war's also vorbei mit dem Auftreten auf der Lond'ner Bühne; und, was schlimmer war, er hat lange Zeit zwischen Tod und Leben geschwebt, und hat's infolge von Erkältung irgndwie auf die Brust bekommen, und seine Stimme verlorn; und so iss der traurige Anblick zustande gekommen, wie Ihr ihn gesehen habt, glückliche junge Gesellen, die Ihr seid.«

»Aber er hat 'ne Entschädigung von der Eisenbahn erhalten, wie ich doch annehme?«, sagte Vance, mit der gefühllosen Unparteilichkeit eines stoischen Dämons.

»Das hat er; und ausgegeben hat er sie auch. Ich nehm' an, der Gentleman iss bei ihm durchgebrochen, sobald er Geld gespürt hat; und krank wie er war, d's Geld iss weggegangen. Dann hat er sich, scheint's, kein'n andern Rat mehr gewußt, und hat's versucht und iss zu Mr. Rugge zurück. Aber Mr. Rugge war ausgesprochen sauer und gehässig, weil er damals von ihm weggegangen war; denn Rugge hatte sehr mit ihm gerechnet, und soll sogar dran gedacht haben, dies RiesenTheater in York da zu pachten, und Gentleman Waife dort als sein TrumpfAß rauszubringen. Aber's war nich schicksalsgerecht; und Rugge hielt sich für ausgenützt und ungerecht behandelt, und wollte zuerst überhaupt nichts mehr mit Waife zu tun haben. Und es iss ja auch wahr: was konnte der arme Mann einem Rugge noch nützen? Aber da bringt Waife auf einmal die kleine Sophie zum Vorschein.«

»Ihr meint Juliet Araminta?«, sagte Vance.

»Dieselbe – im Privatleben ist sie Sophie. Und Waife hat ihr 's Theaterspielen beigebracht; und Stücke für sie zusamm'gestellt. Und Rugge faßt natür'ich sofort zu; und sie erhält Waife mit dem, was sie verdient; denn ihm gibt Rugge bloß 4 Schilling die Woche, und das geht für Tabak und dergleichen drauf.«

EDWARD BULWER-LYTTON

WAS WIRD ER DAMIT MACHEN?

PERSONENVERZEICHNIS

Guy Darrell, Herr auf Fawley, Grundbesitzer, Ex-Parlamentarier und -Rechtsanwalt, Letzter der Darrells
Richard (Dick) Fairthorn, sein Sekretär
Mills, sein Diener
Mr. Gotobed, sein Anwalt in London
Lionel Haughton, ein jüngerer Vetter Guy Darrells
Jessica Haughton, Lionels Mutter
Frank Vance, Lionels Freund, ein junger Maler
William Losely (auch Gentleman Waife oder Mr. Chapman), wandernder alter Schauspieler
Sophie (auch Juliet Araminta) das »Phänomen«, begleitet ihn als seine Enkelin
Jasper Losely (auch Mr. J. Courtenay Smith oder Mr. Hammond), William Loselys Sohn, der »Taschen-Kannibale«
Arabella Fossett (auch Mrs. Crane), die Frau in eisengrau
Bridget Greggs, ihr Faktotum
Cutts und seine Gesellen, aus Londons Unterwelt
Gabrielle Desmarets (auch Mme. Caumartin), aus Paris, die »Cobra-Capella«
Samuel Adolphus (Dolly) Poole, zeitweilig ›Mitarbeiter‹ Jasper Loselys
Mrs. Poole mit Söhnchen Billy
Lorenzo Rugge, Direktor eines Wandertheaters
Mrs. Gormerick, die ›Alte‹ dieser Schmiere
Sir Isaak, Pudel; (früher Mop genannt)
Mrs. Saunders, Bauersfrau, Mops alte Herrin
Kit Merle, Schuster und Amateur-Astrologe
Josiah Hartopp, Gerber und Bürgermeister von Gatesboro'
»Mrs. H.«, Hartopps Frau
Anna Maria Hartopp, später Mrs. Jessop in Ouzelford, seine Tochter
Mr. Williams, Hartopps Geschäftsführer

Mr. und Mrs. Gooch, Verwalterehepaar bei Hartopp
Die Wirtin vom »Sarazenenkopf« in Gatesboro'
Mike Callaghan, Gepäckträger in Gatesboro'
Marquis von Montfort, Oberhaupt des großen Hauses Vipont
Lady Caroline Montfort, vorher Miß Lyndsay, seine Gattin
Carr Vipont, führt im großen Hause Vipont die Regie
Lady Selina Vipont, seine Gattin
Honoria Vipont, ihre Tochter
Oberst Alban Vipont Morley, ein anderer Angehöriger des großen Hauses Vipont, Vertrauter von Guy Darrell und von Carr Vipont
Reverend George Vipont Morley, Alban Morleys Neffe
Mrs. Morley, Großnichte des Primarius Allsop von Humberston, George Morleys Gattin
Ladies Janet und Wilhelmina Prymme
Sir Gregory Stollhead, im Parlament
Mr. Crampe, der Witzbold
Lady Frost
die Dudley-Slowe's
Lord Vyvyan
Flora Vyvyan, seine Tochter
Lady Adela*****

Angehörige der feinen Gesellschaft Londons

ZUR VORGESCHICHTE GEHÖREN NICHT MEHR LEBENDE:

Mrs. Darrell, Guy Darrells Gattin, eine geborene Vipont Crooke
Matilda Darrell, (später Mme. Hammond), ihre und Guy Darrells Tochter
Mrs. Lyndsay, Lady Caroline Montforts Mutter, eine geborene Seymour Vipont
Robert Haughton, Lionel Haughtons Großvater
Charlie Haughton, Captain, Lionels Vater
Sidney Branthwaite, Theologe, Studienkamerad Guy Darrells und Alban Morleys
Arthur Branthwaite, Lyriker, Sohn Sidney Branthwaites und Schwager Frank Vances
Sir Julian Losely, Baronet, William Loselys Vater
Gunston, ein Gutsbesitzer

»›Dergleichen‹? – Getränke, nehm ich an!«, sagte Vance.

»Nein – trinkn tut er nich. Aber er raucht; und da hat er eben noch so die kleine noble Angewohnheit, und 4 Schilling' geh'n dafür drauf. Und sie sind dies Frühjahr weit im Land 'rum gewesen, und haben gut eingenommen, und jetz sind sie hier. Aber Rugge benimmt sich schändlich hart gegen Beide; und daß er irgnd'n gesetzliches Recht auf die Lütte hätte, wie er immer vorgibt, glaub' ich nich – höchstens so'ne Art mündlicher Übereinkunft, die sie und ihr Großvater ohne weiteres kündigen könnten sobald sie wollten; und *das* ist es, was sie vorhaben; und *deswegen* will die kleine Sophie so gern die 3 Pfund.«

»Wie?!«, rief Lionel eifrig. »Wenn sie 3 Pfund besäßen, könnten sie sich losmachen?; und wenn ihnen das gelänge, wovon würden sie leben? Wohin wollten sie gehen?«

»Das ist eben ihr Geheimnis. Aber ich hab' Waife sagen hör'n – den ersten Abend, als sie hierherkamen – ›daß, wenn er nur 3 Pfund zusamm'kriegte, da wär' ihm ein Plänchen aufgestoßen, wodurch er quasi unabhängig sein könnte‹. Ich will Ihn'n sagen, was ihn so aufgebracht hat: daß Rugge darauf bestand, er müsse wieder auf der Bühne erschein'n!; wogegen er, als so'n Wrack, sich überhaupt nich mehr sehen lass'n wollte. Aber er wurde gezwungen nachzugeben; und da hat er denn den Ausweg erdacht, diese Stücks-Geschichte da zuzurichten, wo er am Schluß selber erscheint, ohne daß er ein Wort zu reden braucht.«

»Mein guter Freund! –«, rief der junge Lionel, »wir sind Euch für Eure Geschichte überaus verbunden – und es würd' uns ein großer Gefalle geschehen, könnten wir die kleine Sophie samt ihrem Großvater morgen in Eurem Hause sehen & sprechen – ist das möglich?«

»Sicherlich, gewiß könnt Ihr das – sobald die Vorstellung vorbei iss; heut-spätabends, wenn Ihr wollt?«

»Nein; morgen; Ihr seht, mein Freund ist ungeduldig und will umdrehen – morgen sprechen wir vor.«

»Naja'llso, das wär' aber der letzte Tag ihres Aufenthaltes;«, sagte der Flickschuster. »Obwohl Ihr sie vor 10 Uhr abends, in meinem Hause mit Sicherheit nich sprechen könntet – und nicht 1-Wort Rugge gegenüber, gelt-ja?!«

»Nicht 1 Wort Rugge gegenüber!«, bestätigte Lionel; »Eine Gute Nacht Euch.«

Die jungen Leute verließen den Flickschuster, der noch auf seinem Meilenstein sitzen blieb, und grüblerisch in die Sterne schaute; während sie in flottem Tempo die Straße hinunterschritten.

»Ich bin eben recht ins Schwatzen geraten«, sagte Lionel, in seinem süßesten Ton. Er hatte vor, dem reicheren Freunde 3 Pfund abzuschmeicheln, was einige Geschicklichkeit erfordern dürfte; denn unter Vance's jüngeren übermütigen Kunstgenossen waren nicht wenige Anekdoten über die Gewandtheit im Umlauf, mit der er irreguläre Attacken auf seinen Geldbeutel zu parieren wußte; und da besagter Herr einstmals, die Nase noch höher als gewöhnlich in der Luft, solchen Spöttern bemerkt hatte, ›daß sie von ihm aus auf seine Kosten Witze reißen könnten, noch und noch‹ – hatte ein Spaßvogel gerufen: ›Auf Eure Kosten? Überlegt Euch das; denn wenn ein Witz auch nur auf 1 Heller zu stehen käme, Ihr würdet die Erlaubnis dazu nie und nimmer erteilen.‹

Als daher Lionel jene unschuldige Bemerkung machte, warnte der süße Ton den Künstler sogleich, daß hier irgendeine Schlange im Grase verborgen wäre – und er blieb klüglich still. Worauf Lionel, mit noch gleisnerischerer Stimme wiederholte – »Ich bin eben recht in's Schwatzen geraten.«

»Natürlich«, erwiderte Vance nunmehr: »'ss doch ganz natürlich; denn ich nehme an, Ihr werdet es ja auch sein, der ganz allein dafür zu zahlen beabsichtigt, und 3 Pfund scheinen da der Preis zu sein. Bißchen teuer, eh?«

»Ach Vance, wenn ich nur 3 Pfund besäße!«

»Pscht; und kein Wort weiter jetzt, bevor wir gegessen haben. Ich verspür' einen wahren Wolfshunger.«

Just als der nächste Meilenstein in Sicht kam, bogen die jungen Reisenden in einen grünen Heckenweg ein, und erreichten ein paar Meter weiter ein kleines Wirtshaus am ThemseUfer. Hier hatten sie sich während der letzten Tage aufgehalten; hatten skizziert, und gerudert; ab Sonnenaufgang die Gegend durchstreift; und waren erst bei Einbruch der Nacht zum Abendbrot zurückgekehrt, und dann ins Bett gefallen. Es war das lustigste kleine Wirtshaus – mit einer Geißblattüberhangenen Laube zwischen Porch und Fluß – am Ufer lagen ein paar Boote zum Mieten vertäut – und im Moment war alles Mondschein und WellchenGekräusel.

:»Abendessen und Lichter in die Laube« rief Vance dem Schenkmädchen zu – »heh, presto – flink!; während wir schnell mal reingeh'n uns die Hände waschen. Und, hört Ihr?: einen Literkrug von diesem kapitalen Whisky-Toddy!«. –

4. Kapitel

Ein Kapitel welches, vermittelst stufenweise zunehmender Beleuchtung von Antecedenzien, die Vergangenheit mit der Zukunft verbindet.

Oh Wirtshäuser am Wegrand und Wanderungen zu Fuß! Oh Sommernächte unter GeißblattLauben, am Ufer sternwimmelnder Wellen! Oh Jugend, Jugend, Jugend! –

Vance kellte den Toddy aus, und zündete sich seine Zigarre an; stützte dann den Kopf in die Hand, und schaute, den Ellenbogen auf dem Tisch, mit dem Auge des Künstlers den mildeblitzenden Fluß auf und nieder.

»Alles in Allem genommen«, sagte er, »bin ich doch froh, daß ich Maler bin; und ich will nur hoffen, daß ich lange genug leb', um ein großer zu werden.«

»Da ist gar kein Zweifel: wenn Ihr nur das Leben behaltet, werdet Ihr ein Großer!«, rief Lionel, ebenso herzlich wie überzeugt. »Und wenn ich – der ich doch höchstens gut genug pinseln kann, um selber mit mir zufrieden zu sein – wenn ich schon finde, daß das der Natur ganz neue Reize ...«

»Sentimentalitäten weg«, sprach Vance; »nur weiter.«

»Was«, fuhr Lionel fort, unabgekühlt von der mahnenden Unterbrechung. » – was müßt dann erst Ihr fühlen; Ihr, Der ein dahinschwindendes Sonnenlicht – ein vorübergleitendes Antlitz – auf einen Fetzen Leinwand bannen, und dazu sprechen könnt: ›SonnLicht und Schönheit: Da!: lebt für immer!‹.«

Vance: – »›Für immer‹?; nein. – Farben sind nicht constant, Leinwand modert. Was ist uns von Zeuxis geblieben? – Immerhin war's hübsch gesagt, zugunsten der poetischen Seite der Profession; aber es gibt auch eine prosaische – wolln wir *die* kurz betrachten. Bong; ich bin froh ein Maler zu sein. Aber laßt ja Euch nicht vom Fieber meines Berufes anstecken: Eure arme Mutter würde mir nie verzeihen, müßte sie argwöhnen, ich hätte Euch, durch mein Bösesbeispiel, zum Anstreicher gemacht!«

Lionel (trübdüster): – »Nein. Ich werd' nie ein Maler werden! – Aber was kann ich sein? Wie werd' ich je auf Erden eines der Schlösser zustande bringen, die ich in die Luft gebaut habe? Ruhm liegt so weit – GLÜCK schier unmöglich. Aber zu Einem bin ich fest-entschlossen –« (mit gerunzelter Stirn und durch zusamm'gebissne Zähne): – »irgendwie will ich mir ein unabhängiges Vermögen erwerben, daß ich meine Mutter unterstützen kann.«

VANCE: – »Eure Mutter hat doch ihre Unterstützung – sie hat die Pension . . .«

LIONEL: – ». . . einer HauptmannsWitwe; und« (setzte er mit errötender Wange hinzu): »– einen ersten Stock, den sie an Leute vermietet.«

VANCE: – »'ss doch keinerlei Schande! Peers vermieten Häuser; und auf dem Kontinent-drüben, vermieten Prinzen nicht nur 1. Stockwerke; sondern auch 4. und 5.; ganz zu schweigen von Mansarden und KellerWohnungen. – Beim Eintritt in die Welt, Freund Lionel, wenn Ihr nicht bei jeder Kehre wundgerieben werden wollt, faltet Euern Stolz sorglich zusammen; legt ihn unter Schloß und Riegel; und laßt ihn nur bei großen Anlässen mal an die Luft kommen. STOLZ?: das ist ein Kleid, nach außen hin ganz steiffer Brokat; auf der kratzenden Innenseite aber nichts als härenste SackLeinwand! Selbst Könige tragen die Dalmatica doch höchstens anläßlich der Krönung. Ihr wünscht Euch UNABHÄNGIGKEIT?;: gut. Aber seid Ihr denn jetzt abhängig? – Eure Mutter hat Euch immerhin eine beste Erziehung mitgegeben; und Ihr habt doch bereits Nutzen davon gezogen. – Mein lieber Junge«, fügte Vance, mit bei ihm ungewöhnlicher Wärme hinzu, »Ich rechne es Euch hoch an daß Ihr, in Eurem Alter, kaum daß Ihr die Schule verlassen, Euch eingeschlossen, und Griechisch und Latein, bogenweise, für einen Verleger übersetzt habt, gegen weniger denn Dienerlohn. Und all-das nur, um Eurer Mutter einige Annehmlichkeiten zu erkaufen; und ein paar Pfund in der eigenen Tasche zu haben, um Euer bißlein Vakanz mit mir zu verbringen, und Euern Anteil an den Kosten zu bestreiten! – Ach da ist Energie, und Geist, und Leben in all dem, Lionel; was schon einen felsenfesten Untergrund ergeben wird, für jegliches Eurer LuftSchlösser, und sei'n sie noch so anspruchsvoll gebaut. – Eure Hand, Mein Junge!«

Dieser Gefühlsausbruch war Frank Vance's sonstiger praktischer Trockenheit, ja selbst seinen salbungsvolleren Stimmungen, so unähnlich, daß es den überraschten Lionel überwältigte, der die ihm hingebotene Hand drückte; und dann mit schwankender Stimme erwiderte: »Ich verdien' Euer Lob nicht Vance; und fürchte eher, eben der Stolz, den Ihr mich hinter Schloß und Riegel stecken heißt, hat den größeren Anteil an etwaigen Meriten, die Ihr edleren Motiven zuschreibt. – ›Unabhängig‹? Nein! Ich bin es nie gewesen.«

VANCE: – »Nu schön, Ihr hängt von einem Elternteil ab, –: wer tut das mit 17 nicht?«

LIONEL: – »Ich meinte jetzt nicht meine Mutter; von ihr Wohltaten anzunehmen, könnte ich selbstredend nicht zu stolz sein. – Aber die Wahrheit ist schlicht die: mein Vater hatte einen Verwandten – nicht übermäßig nahe, freilich – einen Cousin, in so entferntem Grade glaub' ich, als ein Cousin überhaupt noch sein kann. An diesen Herrn schrieb meine Mutter, nachdem mein armer Vater gestorben war – und er war großzügig; denn er ist es, der für meine Schulausbildung bezahlt hat. Ich hab das nie gewußt, bis in die jüngste Zeit. Ich hatte wohl das unbestimmte Gefühl, daß da irgendwo in der Familie ein mächtiger und reicher Verwandter wäre, der sich für mich int'ressiere; aber gesehen hatt' ich ihn nie.«

VANCE: – »Niemals gesehen?«

LIONEL: »Nein. – Und nun kommt der Stachel: als ich vergangnen Weihnachten von der Schule abging, sprach mir meine Mutter, zum ersten Male, von dem Umfang meiner Verpflichtungen diesem Wohltäter gegenüber; und teilte mir gleichzeitig mit, er wünschte nunmehr zu hören, welche Berufswahl ich selber getroffen hätte – und daß er, falls ich mich für Kirche oder Advokatur entschiede, die Studienkosten übernehmen wollte.«

VANCE: »Bei meinem Leben, wo ist denn daran der Stachel? Schenkt Euch vom Toddy ein, mein Junge, und schaut das Leben ein bißchen heiterer an.«

LIONEL: – »Ihr habt mich nicht zu Ende gehört. – Ich verlangte daraufhin, den Brief meines Wohltäters sehen zu dürfen; und meine Mutter, ahnungslos welche Pein sie mir zu bereiten im Begriff stünde, zeigte mir nicht nur den letzten, sondern alle, die sie überhaupt von ihm empfangen hatte. Oh, Vance, sie waren entsetzlich, diese Briefe! Der erste etwa begann mit der trockenen Anerkennung gewisser verwandtschaftlicher Ansprüche – dann ein lakonisches Anerbieten, meine Schulgelder zu bezahlen – aber nicht 1-einziges freundliches Wort; dafür vielmehr der strenge Vorbehalt, daß er, der Schreiber, mich nie zu sehen noch zu hören bekomme. Er wolle keine Dankbarkeit – er mißtraue allen Beteuerungen einer solchen. Seine Gunstbezeigungen würden sofort aufhören, falls ich ihn belästige. ›Belästige‹ war sein Ausdruck; also Brot, das man einem Hunde hinwirft.«

Vance: »Tz!; nichts als die Excentricität eines reichen Mannes. Junggeselle, nehm' ich an?«

Lionel: »Meine Mutter sagte, er sei verheiratet gewesen; jetzt aber Witwer.«

Vance: – »Irgendwelche Kinder?«

Lionel: »Am Leben seien keine, sagt meine Mutter; aber ich weiß wenig oder nichts von seinen Familienverhältnissen.«

Vance sah seinem jungen Freunde scharf und prüfend ins Gesicht; und sagte, nach einer Pause, trocken – »Klar wie die liebe Sonne: Euer Verwandter ist einer von jenen Leuten, die, ohne eig'ne Kinder, ständig die Annäherungsversuche eines etwaigen Erben argwöhnen und fürchten; und was diesen Stachel, wie Ihr es nanntet, noch empfindlicher für Euch gemacht hat, das waren – Ihr entschuldigt, ja? – ein paar einfältige Worte Eurer Mutter; die, als sie Euch die Briefe zeigte, sich in Andeutungen erging, wie Ihr dieser Erbe vielleicht werden könntet, wenn Ihr Euch nur entsprechend geschmeidig und untertänig zeigtet. – Hab' ich nicht recht?«

Lionel ließ, ohne zu antworten, den Kopf hängen.

Vance (aufmunternd): »Nu nu! bis jetzt ist der Schade noch nicht groß. Genug von jenem ersten Brief. Wie sah der letzte aus?«

Lionel: – »Noch weit aggressiver. Er, dieser Verwandte, dieser Gönner, forderte meine Mutter auf, ihn mit all diesen Anspielungen auf die Begabung und Fähigkeiten ihres Sohnes künftig zu verschonen; ihr sei dergleichen natürlich, für ihn habe es nur geringes Interesse – für ihn, den herablassenden Wohltäter! – Was sein Urteil über mich angehe, so dürfte mir das Urteil Eines, den ich nie gesehen hätte, vermutlich gleichgültig sein; alles was verständigerweise mein ... ohgott, ich kann mit diesen schneidenden Wendungen nicht fortfahren, die in letzter Instanz darauf hinauslaufen: ›Alles um was ich mich zu bekümmern hätte, sei das Geld eines Mannes, der mich beschimpft, indem er es mir hinreicht‹.«

Vance (entschieden): »Ohne groß ein Hexenmeister zu sein, möcht' ich meinen, Euer Anverwandter sei ein ziemlich widerwärtiger Geselle – nicht was man so urban oder liebenswürdig nennt – kurz, ein ganz brutales Stück.«

Lionel: – »Dann werdet Ihr mich ja auch nicht weiter tadeln, wenn ich Euch sage, daß ich beschloß, jenes Angebot, mich während des Universitätsstudiums zu erhalten, mit dem dieser letzte Brief endete, nicht anzunehmen. Glücklicherweise hatte Dr. Wallis, (der Direktor meiner Schule; der immer sehr gütig zu mir gewesen war), gerade die Herausgabe einer populären Übersetzung der griechischen und lateinischen Klassiker übernommen – auf mein Ansuchen hin empfahl er mich dem Verleger des Unternehmens, als nicht unfähig, den ein- oder andern der weniger schwierigen lateinischen Autoren zu übertragen – unter seiner Aufsicht, versteht sich. Als ich die erste Lieferung des mir dergestalt anvertrauten Werkes beendigt hatte, begann meine Mutter sich wegen meiner Gesundheit zu beunruhigen, und bestand auf irgend einer Art von Erholung für mich. Ihr wart just drauf und dran, eine FußTour zu unternehmen. Ich hatte, wie Ihr sagtet, ein paar Pfund in der Tasche; und also habe ich mit Euch jetzt die bisher fröhlichsten Tage meines Lebens verbracht.«

VANCE: – »Was hat denn Euer höflicher Cousin dazu geäußert, als Eure Weigerung die Universität zu beziehen, ihm zu Handen kam?«

LIONEL: »Er hat auf die diesbezügliche Mitteilung meiner Mutter erst geantwortet, unmittelbar bevor ich von zuhause wegging; und dann – ach nein; es war also nicht sein letzter Brief, aus dem ich vorhin diesen versengenden Auszug gab – nein, der *allerletzte* war noch gallebitt'rer; denn er sagte darin, daß, da ich trotz meiner so gerühmten vielversprechenden Fähigkeiten, die Fadheit einer Hochschule und die Mühseligkeiten einer gelehrten Laufbahn, so abschmeckend fände, er nicht die geringste Absicht hätte, mir eine Wahl vorzuschreiben; da er aber doch auch möglichst vermieden sehen möchte, daß Jemand von seinem Blut (und sei es noch so entfernt), und der den Namen Haughton trüge, sich als Schuhputzer oder Taschendieb etabliere – Vance –: Vance!«.

VANCE: – »Weg-geschlossen den Stolz! – die Sackleinwand kratzt Euch schon wieder – fahrt lieber fort: ›weswegen er WAS wolle . . .?‹«

LIONEL: ». . . mir ein Patent in der Armee kaufen; oder eine Anstellung in Indien verschaffen.«

VANCE: »Welches habt Ihr gewählt?«

LIONEL: (leidenschaftlich): »Welches!, auf solche Weise angeboten – welches? – selbstredend keins von beiden! Aber da ich dem Ton nicht traute, in dem meine Mutter antworten würde, hab' ich mich, den Abend vor unserm Aufbruch, hingesetzt, und eigenhändig an den grausamen Menschen geschrieben. Ich hab meinen Brief meiner Mutter nicht gezeigt – ihr auch kein Wort davon gesagt. Ich schrieb nur kurz, daß wenn er meine Dankbarkeit nicht annehmen möge, ich auch seine Wohltaten nicht mehr annähme; Schuhputzer könnte ich vielleicht einmal werden müssen – Taschendieb nicht! Daß er keine Angst zu haben brauche, ich werde seinem Geblüt oder meinem Namen Schande machen. Und daß ich nicht ruhn und rasten werde, bis ich, früher oder später, ihm all das zurückgezahlt haben würde was ich ihn gekostet hätte; und mich von der Last einer Verpflichtung befreit fühlen könnte, die ... die –«; der Jüngling hielt inne, schlug beide Hände vor's Gesicht, und schluchzte auf.

Vance, obschon beträchtlich ergriffen, stellte sich erst, wie wenn er seinen Freund ausschelte; da dies jedoch nicht verfing, erhob er sich am Ende; schlang den Arm brüderlich um ihn; und zog ihn weg von der Laube, hin zum schräg abfallenden Bord des Flusses. »Tröstet Euch«, sagte der Künstler dann, schier feierlich; indem hier, aus dem tiefsten Innern seines Wesens, der wahre Genius des Mannes hervortrat und sprach – »tröstet und schaut Euch um: seht wie das Inselchen die Flut scheinbar aufhält, und wie der Strom lächelnd weiter zieht. Seht wie, gerad wo wir stehen, die Kiesel die Welle zum Kräuseln bringen – würde die Welle, wenn nicht gekräuselt, auch diese liebliche Musik hervorbringen? Einige wenige Meilen weiter abwärts, und über den Fluß spannt sich eine Brücke, eben jetzt überquert von geschäftigen Füßen; zu Seiten dieser Brücke ist ein Palast im Entstehen begriffen – sämtliche Männer, die England regieren, haben Raum in diesem Palast. Hinter dem Palast ragt die alte Abtei empor, wo Könige ihre Gräber haben, kraft des Namens den sie ererbten; und Männer, niedriggeboren wie wir, haben dort ihre Gräber gefunden, kraft des Namens, den sie sich *machten*. Nun denkt, Ihr stündet auf jener Brücke, mit den hochfliegenden Hoffnungen des Knaben, mit dem ausdauernden Mut des Mannes; und dann wendet Euch wieder zum Fluß hier, wie er, still unter Sternen, dahinfließt, jener Brücke zu – Inselchen und Kieselgerölle zum Trotz.«

Lionel gab keine verständliche Antwort, obschon seine Lippen murmelten; aber er drängte sich näher und näher an seines Freundes Seite; und die Tränen auf seinen Wangen waren bereits getrocknet – ob ihr Tau gleich immer noch in seinem Auge schimmerte.

5. Kapitel

Theorien über die sittlichen Qualitäten des Räubers. / Mr. Vance sieht, unter gemischten Empfindungen, voraus, daß die Ehre der Bekanntschaft des Räubers, mit pecuniärem Verlust verbunden sein dürfte.

Vance machte das Boot von seiner Vertäuung los; trat hinein; und nahm die Ruder zur Hand. Lionel folgte, und ließ sich auf den Hintersitz nieder. Der Künstler ruderte gemächlich; indem er melodisch zum Takt des Rudergeplätschers vor sich hin pfiff. Nicht lange währte es, da kamen sie ans Ufer einer ParkAnlage, die sich mit einem Rasengrund wert daß Feen auf ihm getanzt hätten, um eine jener Villen breitete, wie man sie außerhalb Englands nirgends sieht. Aus den Fenstern der Villa kam ruhiges Lampenlicht; über das Ufer herabgeneigt, daß ihr Blattwerk ins Wasser tauchte, standen reglos große Weidenbäume; sacht drängte das Boot die hängenden Zweige beiseite; und Vance kam in einer kleinen Schlupfbucht zur Ruhe.

»Und wahrlich«, sagte der Künstler launig – »wahrlich«, sagte er, und gab seiner dritten Zigarre dabei Feuer – »es wird Zeit, daß wir dem Hartherzigen Baron ein paar Worte mehr widmen, und dem Kindlein des Räubers vor allem: was für ein Ammenmärchen dieser Schuhflicker uns da aufgetischt hat! Der muß uns aber für reichlich grün gehalten haben.«

Lionel (aufgerüttelt): – »Wieso?; ich seh gar nichts so Wundersames an der Geschichte; obwohl so manches, was traurig ist. Ihr müßt doch zugeben, daß Waife ein guter Schauspieler gewesen sein kann – Ihr seid selber ganz aufgeregt geworden, bloß über seine Haltung und Verbeugung. Folglich ist es natürlich, daß man ihn eingeladen hat, sein Glück auf einer londoner Bühne zu versuchen – daß ihm dabei ein Eisenbahnunfall zugestoßen ist, der ihn seine Chancen für immer gekostet hat, wäre zumindest nicht unwahrscheinlich – natürlich ist fernerhin, daß er nun sein armes kleines Enkelkind in Contribution setzte – und ebenso natürlich also, daß er, hart behandelt und mit verletztem Stolz, zu entkommen wünschen sollte.«

Vance: »– und noch natürlicher als dieses Alles, daß er den Wunsch hege, uns 3 Pfund aus der Tasche zu ziehen – der alte

Räuber! Nein, Lionel; jetzt will ich Euch mal erzählen, was *nicht* wahrscheinlich ist: nämlich daß er so ein scharmantes-gewitztes Kind, einem Landstreicher wie diesem Rugge überlassen haben sollte – sie spielt ja bewunderungswürdig. Jener Manager, der angeblich *ihn* hat engagieren wollen, würde vor allem *sie*, beim ersten Anblick, engagiert haben. – Ich komm' da nicht klar.«

Lionel: – »Richtig; sie ist ein außergewöhnliches Kind. Ich kann gar nicht sagen, wie sehr sie mich interessiert hat.« Er zog seine Börse hervor, und fing an, ihren Inhalt durchzuzählen. »Ich hab' fast noch 3 Pfund drin«, rief er freudig: »2 £ 18 s. Wenn ich den Gedanken an einen längeren Ausflug mit Euch aufgäbe, und dafür ruhig nach Hause ginge ...«

Vance: – »– und Euren Anteil an der Rechnung drüben nicht bezahltet .. ?«

Lionel: – »Achja; das hatt'ich vergessen! Aber stop: von *Euch* zu borgen bin ich nicht zu stolz; und es geschieht ja nicht zu egoistischen Zwecken.«

Vance: – »Von mir borgen, Cato! Aber so geht's, wenn man sich mit Räubern und ihren Kindern einläßt. Nein; wolln wir die Angelegenheit mal wie vernünftige Menschen betrachten. Eine Geschichte ist solange gut, bis eine andre erzählt wird: ich will selber morgen zu Rugge hingehen, und mir anhören, was der sagt; und dann, falls wir uns zugunsten der Schuhflicker-Version entscheiden sollten, können wir ja abends hingehen, und uns mit den Schuhflicker-Mietsleuten unterhalten; und ich seh's schon kommen«, fügte Vance gnädig, obschon mit einem Seufzer, hinzu: »ich seh schon kommen, daß man mir gutherzig Närrchen die 3 Pfund abschmeicheln wird! Naja; imgrunde ist ihr Kopf das schon wert – ich brauch da grad eine Anregung für eine Titania.«

Lionel (hocherfreut): »Ach, lieber Vance, Ihr seid der beste Kerl von der ganzen Welt!«

Vance: – »Kümmerliches Kompliment für die Menschheit. – Aber nehmt die Ruder: jetzt ist die Reihe an Euch.«

Lionel gehorchte; das Boot tanzte von Neuem auf der Flut dahin – durch Schilfrohr – durch Wellchen, die jenes grasige Eiland umfalbelten – hinaus in den bleichen Mondschein. Gesprochen ward nur dann und wann. Wovon? –: von Tausenderlei! Unvernützte junge Herzen, beredte junge Zungen! Sündlose Vergangenheiten; die Zukünfte hoffnungsdurchschimmert. Oh Sommernächte auf dem Glas besternter Fluten! Oh Jugend, Jugend, Jugend!

6. Kapitel

Worin der Geschichtsschreiber jenen Öffentlichen Persönlichkeiten, die ihre Stunden auf der Bühne abdienen, bis in den Schoß ihres Privatlebens nachspürt. / Der Leser wird eingeladen, zu einer Schlußfolgerung zu gelangen, die, zumal in perplexeren Stunden, öfters dazu angetan sein könnte, ihm seine Seelenruhe wiederzugeben; nämlich dieser: daß wenn einen Menschen Betrachtungen überkommen wollen, bezüglich aller Hoffnungen die er je genährt, aller Befürchtungen denen er je Raum gegeben, aller Projekte die er je entworfen hat; das Weiseste was er in 9 von 10 Fällen mit Hoffnungen, Befürchtungen und Projekten tun kann darin besteht, sie enden zu lassen, wie dieses Kapitel —: in Rauch.

Es war 9 Uhr durch am Abend des folgenden Tages. Die Schaustellungen von Mr. Rugge's Theater im Dorf hier, waren für diese Saison vorbei; denn auch der Jahrmarkt war zu Ende. Die Schluß-Vorstellung hatte etwas zeitiger als an den vorhergehenden Abenden begonnen, und war folglich auch früher fertig; denn die TheaterBude mußte bis Tagesanbruch abgebrochen, und die ganze Truppe morgens beizeiten wieder unterwegs sein. In einem der angrenzenden Kreise erwartete sie schon der nächste Jahrmarkt, und man hatte eine längere Anreise vor sich.

Gentleman Waife und seine Juliet Araminta hatten sich in ihr Quartier über dem Laden des Schuhflickers verfügt. Die Zimmerchen waren zwar schlicht; hatten aber nicht nur den Anstrich des Bequemen, sondern sogar des Malerischen. Der kleine Wohnraum war überaus altmodisch – getäfelt mit einem Holz, das einstmals blau angestrichen gewesen war – und der Kamin hatte einen kuriosen Aufsatz, der bis an die Decke reichte. Dieser Teil des Hauses besprach ganz die Zeiten des ersten Karl. Damals mochte es von einem bibelfesten Puritaner bewohnt gewesen sein; und eingelassen über der Tür befand sich auch das grimm-verblaßte Porträt eines Mannes mit mürrischem hagerem Gesicht, langem glattem Haar, gestärktem Kragen, und einer derart langen Oberlippe, daß es sogleich den obstinaten unnachgiebigen Charakter ankündete, und die sich allenfalls beim Schaffot des Monarchen zu düsterer Heiterkeit verzogen, oder einen endlosen Sermon in Anwesenheit des unerschütterlichen LordProtectors gepredigt haben mochte. Auf einem Tischchen, unter dem tiefliegenden Fenster, standen, akkurat gereiht, ein paar nüchtern und ehrbar dreinschauende ältliche Bücher, unter welchen man COLLEY's ›Astrologie‹, OWEN FELTHAM's ›Auflösungen‹, GLANVILLE ›Über Hexen‹, die ›PilgerFahrt‹, eine frühe Ausgabe des ›Verlornen Paradieses‹, und eine alte Bibel erblickte; auch zwei Blumenstöcke in Töpfchen aus besonders hellrotem Ton; sodann zwei kleine glattwollene Deckchen, auf deren einem eine geschnitzte Kokosnuß lag, auf dem andern eine etwas eiförmige Kristallkugel – diese letzt're der ganze Stolz und die Freude von des Flickschusters visionärrischer Seele. Eine weit offenstehende Tür stellte die Verbindung zu einem Räumchen weiter im Innern dar, (und sehr niedrig war dort die Zimmer-Decke), wo der Räuber schlief, sobald die Unnachsichtigkeit seiner Verfolger ihm etwas wie Schlaf gestattete. Nahe besagter Tür, in der Ecke des Wohnzimmers, stand ein kleines RoßhaarSofa, das, mit Hilfe von Leinenlaken und einer Zudecke mit Handarbeit, BettStelle vertrat, und für das Kind des Räubers bestimmt war. Hier war auch die Zartheit des SchusterHerzens zu gewahren; denn über diese Zudecke hin sah man Lavendelzweiglein gestreut und Blätter der Verbene – diese letzteren, es sei gestanden, sowohl um gute Träume zu bewirken, als auch Hexerei und Böse Geister zu verscheuchen. An einem zweiten Tisch, unweit des Kamins, war das Mädchen geschäftig, ihn mit dem Teegeschirr für ihren Großvater zu decken. Ihren Staat aus Spangen und Flitter hatte sie in der Garderobe des Theaters gelassen, und erschien in einem schlichten HausKittelchen; worin sie nun zwar nicht mehr wie Titania aussah, dafür aber wie ein muntres, rühriges, zutunliches Menschenkind. Jetzt war nichts Theatralisches mehr an ihr; obwohl in ihren anmutigen Bewegungen, so flink und doch so geräuschlos, in ihren hübschen schmächtigen Händen, ihrem durchscheinenden Teint, sich immerfort die Dame von Natur aus bekundete – jenes *Gewisse Etwas,* das Einem sofort als wohl-geboren und gut-erzogen auffällt. Nicht daß dem notwendigerweise so sein müßte – die äußeren Anzeichen des Aristokratischen sind, besonders bei weiblichen Kindern, nur zu oft trügerisch; das Blümlein SOUVENANCE, das auf dem Halsband der Prinzen angebrachte, sproßt durchaus auch wild auf Feld und Fjell.

Gentleman Waife, nachlässig einen grauen Hausrock um sich geschlagen, und in einen alten lederbezognen Sorgenstuhl gelehnt, war unverkennbar niedergeschlagen. Er schien der kleinen Vorbereitungen für seine Bequemlichkeit nicht zu achten; hatte vielmehr, die Wange in die rechte Hand gestützt, seine Linke auf die übereinandergeschlagnen Knie sinken lassen – eine Stellung, die man bei einem Manne, dessen Herz leicht und dessen Stimmung hochgemut ist, selten antrifft. Seine Lippen bewegten sich – er sprach mit sich selbst. Obgleich er die theatralischere Bandagierung, über beide Augen hinweg, beiseite gelegt hatte, trug er doch eine schwarze Klappe über dem einen, (oder, korrekter, dort wo eins gewesen war); das unbedeckte Auge war von eigentümlicher Schönheit, dunkel und strahlend. Im Übrigen hatte der Mann ein frappantes Gesicht, zerfurcht und am ehesten noch häßlich zu nennen, aber dabei keineswegs uneinnehmend; voll von feinen Linien und Fältchen; starke ausgeprägte Muskulatur; große Lippen von wundersamster Biegsamkeit; und einen Gesamtausdruck von sinnendem Scharfblick, der ohne Zweifel, falls erforderlich, sich zu erlesener Komik wandeln konnte – trockener Komik – jener Komik, die And're brüllen macht vor Lachen, während der Komiker selbst so ernsthaft dabei bleibt wie ein Richter.

Wenn sein Antlitz entspannt und im natürlichen Ruhezustand war, ließ sich erkennen, daß die Sorge d'rüber hin gegangen war; in dem Moment jedoch, wo seine Züge zu spielen begannen, würde jedermann gedacht haben, die Sorge sei – sobald der dieser, ihre eigne Bahn zu gehen gewohnten Besucherin, schuldige Respekt es gestattete – ihres Weges, anderswohin, geschickt worden. Obgleich der Mann alt war, hätte man ihn keineswegs als vergreist bezeichnen können. Einäugig und verkrüppelt wie er dasaß, hätte man ihn doch, in Anbetracht des muskulösen Armes, des breiten Brustkastens, schwerlich gebrochen oder siech genannt. Und eben hieraus ergab sich das gewisse schwerbeschreibliche Pathos seiner ganzen Erscheinung; wie wenn das Fatum ihm Gesicht und Gestalt gebrandmarkt hätte, mit Lettern, in denen seine Einwirkungen auf Laufbahn und Gemüt nur zu deutlich zu lesen waren – es hatte dem Intellekt ein Aug' ausgerissen; ihm ein Bein, zum Weiterkommen im Leben bestimmt, verkürzt – und dennoch funkelte Laune aus dem verschonten Auge; und dem unverstümmelten Glied war die Federkraft eines leichten Herzens gelassen.

»Komm, Opa; komm«, sagte das kleine Mädchen schmeichlerisch; »Dein Tee wird Dir sonst noch ganz kalt; Dein Toast iss fertig; und hier iss ein so-hübsches Ei – Mister Merle sagt, Du könnts'Dich drauf verlassen, daß es frisch gelegt wäre. Komm; laß Dich von diesem abscheulichen Menschen nich ärgern; lach Deine Sophie lieber an —: komm doch.«

»Ach —«, erwiderte Mr. Waife, in hohlstem ›aside‹, — »ach, stünd' ich nur allein auf dieser Welt.«

»Och! —: Opa!«

»›Kenn einen Fleck, wo's wie BettPfosten wächst;
und weiß das Haus, wo Meister Seiler wohnt‹ —

Wonnevolle Aussicht, die ich mir aber nicht erlauben darf; denn wenn ich, an einem Ende des Stricks, im Frieden weilte: was würde meiner Sophie zustoßen, die, verloren und vertan, am andern steht?«

»Oh sprich nicht so; sonst müßt ich ja denken, Du bereutest es, Dich meiner angenommen zu haben!«

»Mich Deiner angenommen?, ach Kind; jaja, und wie! Du bist es, die sich meiner angenommen hat. — Nimm Deine Hände von meinem Mund fort; setz Dich hin, Schätzel, dort, mir gegenüber, und laß uns reden. Hör' Sophie, Du hast öfters gesagt, daß Du froh sein würdest, unsre jetzige Lebensweise mit einer anderen zu vertauschen, selbst wenn diese bescheid'ner und anstrengender wäre — überleg' es Dir gut: ist dem so?«

»Oh ja, wirklich, Opa!«

»Keine Flitterkleider und Blumenkränzchen mehr; kein Applaus mehr; nichts mehr von dieser lieben himmlischen BühnenAufregung; verschwunden die Heldin und die Fee; nur noch ein ganzgewöhnlich kleines Mädchenkind in schmutz'gem Gingang, mit einem halbblinden Krüppel als einzigem lästigem Pflegling und Spielgesellen; ›Juliet Araminta‹ für immer in Rauch zergangen, geblieben nur die kleine Sophie —: ?«

»Das würd' so hübsch sein!« antwortete die kleine Sophie, vergnüglich lachend.

»Was würde es eigentlich hübsch machen?«, fragte der alte Komödiant, und richtete dabei forschend sein eines Auge auf sie, in dessen Blick neugieriges Int'resse lag.

Sophie verließ ihren bisherigen Platz, und setzte sich auf ein Schemelchen neben ihres Großvaters Knie; faltete ihre dünnen Hände über dies Knie, schüttelte ihre Locken beiseite, und schaute dann, mit vertrauensvoller Zärtlichkeit, auf, in sein Gesicht. Unverkennbar waren die Beiden weit mehr als nur Großvater und Enkelkind — sie waren *Freunde*, waren Gleichgestellte, waren gewohnt, mit einander zu beraten und zu dahlen. Sie wußte sich seine Meinungsäußerungen, seien sie noch so humoristisch entstellt, zu übersetzen; und er seinerseits blickte, vermittelst ihres arglosen Geplausches, ihr bis ins innerste Herz. (Unter uns gesagt, Leser, ich habe fast den Verdacht, daß, dem weltklugen Faltengesicht des Komödianten zum Trotz, der Eine ein eben so großes Kind war, wie die Andere.)

»Nu,« sagte Sophie, »ich will Dir's erzählen, Opa, wieso es hübsch werden würde – Dich könnte Niemand mehr kränken und vexieren, wo wir ja ganz für uns alleine wären; und dann, statt dieser garstigen Lampen, und dieser schrecklichen angemalten Geschöpfe, könnten wir ins Freie gehn, und auf den Feldern spiel'n, und Gänseblümchen pflücken; und wenn ich müde wär', könnt' ich hierher kommen, wo ich jetzt sitz', zu jeder Tageszeit; und Du würdst mir Geschichten erzählen und nette Verse vorsagen, und mich ein bißchen besser schreiben lehren, als ich zur Zeit kann, und überhaupt eine ganz schlaue kleine Frau aus mir machen; und wenn ich schon Gingang an-hätte, (der übrigens gar nich schmutzig zu sein brauchte, Opa), der würde wenigstens ganz mir gehören; und Du würdst mir auch ganz gehören; und wir könnten uns einen Vogel halten, dem Du Singen beibringn würdest – also wenn das nich hübsch sein soll!«

»Naja, Sophie, wir müßten aber auch zu leben haben; und bloß von Gänseblümchen und Schmetterlingen kann man nicht leben. Und arbeiten kann ich jetzt nicht – (was das anbetrifft: ich hab nie arbeiten gekonnt) – Schande genug für mich, aber es ist so. Merle meint, die Schuld läge bei den Sternen – von mir aus herzlich gern; aber die Sterne denken nicht daran, an meiner Statt ins Gefängnis oder Arbeitshaus zu gehen. Und wenn auch sie nichts zu essen brauchen: Wir ja.«

»Aber Opa, Du hast doch seit jenem ersten Spaziergang, den Du gleich nach unsrer Ankunft hier machtest, Tag für Tag gesagt: daß, wenn Du bloß 3 Pfund hättest, wir uns losmachen könnten, und ganz für uns leben, und uns 'n Vermögen verdienen!«

»Ein Vermögen! – das ist ein großes Wort, Du; das laß mal beiseite. (Tz, ein Vermögen!). Aber trotzdem, Sophie; wenn wir dann auch von diesem dreifach-abscheulichen Rugge befreit wären – das Plänchen, das ich da im Kopf habe, läge immer noch ziemlich entfernt von Gänseblümchen und Schmetterlingen. Wir müßten dazu notgedrungen in Städten wohnen, und öffentlich auftreten.«

»Auf einer Bühne, Opa?«, sagte Sophie, ergeben aber bekümmert.

»M, nein; nicht direkt – ein größeres Zimmer würde ausreichen.«

»Und ich brauchte dabei nicht diese üblen-üblen geborgten Kleider zu tragen?; und nicht mehr mit diesen gräulichen-gräulichen angemalten Leuten umzugehen?«

»Das nicht.«

»Und Wir würden ganz alleine sein, Du und ich?«

»Hm. Es wäre ein Dritter dabei.«

»Ach Opa-Opa!«, rief Sophie, mit einem Stimmchen, schrill vor Besorgnis: »Ich weiß – ich weiß jetzt: Du hast vor, Dich mit der Dame mit dem Schweinskopf zusammenzutun!«

Mr. Waife (ohne eine Miene zu verziehen): »Eine sehr angenehme Dame, und beredt dazu. Aber das Glück haben wir nicht; für 3 Pfund ist Die nicht zu kaufen.«

Sophie: »Ach, da bin ich aber froh drüber! – Vor der Seejungfer ist mir nicht so bange; die'ss ja tot und ausgestopft. – Aber, oh!«, (erneut ein Wehgeschrei): »iss es etwa der Geschedkte Junge?«

Mr. Waife: »Bändige Deine zuversichtliche Fantasie ein wenig; Du trachtest nach allzu Hohem! Aber soviel will ich Dir verraten: daß es sich bei unserm Partner – wer oder was dieser WegGenoss' auch immer sei – um Jemanden handelte, der auch Dir gefallen würde.«

»Das glaub' ich nicht«, entschied Sophie, ihr Köpfchen schüttelnd. »Gefallen tust bloß Du mir. – Aber Wer ist es denn nun?«

»Ach und Weh!«, sagte Mr. Waife; »es hat keinen Zweck uns mit eitlen Hoffnungen groß zu schmeicheln; die 3 Pfund kommen nie zum Vorschein. Du hast ja gehört, was dieser brutale Rugge gesagt hat: daß der Herr, der Dich porträtieren wollte, heute Morgen bei ihm gewesen, und 10 Schilling für eine Sitzung geboten habe – das heißt 5 für Dich, 5 für Rugge; und Rugge hat die Bedingungen annehmbar gefunden.«

»Aber ich hab gesagt, ich wollt' nicht sitzen.«

»Und als Du's gesagt hattest, hast Du ja auch die Sprache gehört, die Rugge sich mir gegenüber erlaubt hat – und auch Dir gegenüber. – Und jetzt denken Wir am besten ans Einpacken; und wie wir, bei Tagesanbruch, mit den Übrigen weiterziehen. Und –«, fügte der Komödiant, heftig errötend hinzu, »wieder muß ich, vor BauernTöffeln und -Schliffeln, diese ramponierte Gestalt vorführen; mich wied'rum als Spektakel körperlicher Hinfälligkeit zur Schau stellen – der Mann in seiner tiefsten Erniedrigung. Dahin ist es mit mir gekommen! – Ich, der ...«

»Nein, nein-Opa; es kann nicht mehr lange dauern! wir kriegen sie schon, die 3 Pfund. Wir haben immer d'rauf gehofft! – hoffen es noch! Und außerdem bin ich mir ganz-sicher, die Herren kommen, heut-Abend, noch mal her. Mister Merle hat gesagt, um 10 Uhr würden sie erschein'n; – und es ist dicht vor Zehn jetzt; und Dein Tee so kalt wie'n Stein!«

Sie hing sich kosend um seinen Hals; sie küßte ihm die gefurchte Stirn, (und hinterließ eine Träne dort); sie umschmeichelte ihn, bis daß er sich still vor sein bißlein Mahl hinsetzte; und Sophie teilte solches, (ob ihr schon der Kummer um ihn den Appetit geraubt hatte), um ihm Gesellschaft zu leisten; dies getan, zündete sie ihm seine Pfeife an, gestopft mit dem feinsten Canaster – diesem ihm einzig verbliebenen Luxus, (bzw. Verschwendung; aber sie sorgte stets dafür, daß es ihm daran nicht gebrach).

Mr. Waife tat einen langen Zug; und gewann sogleich eine heiterere Ansicht der Sachlage. – Derjenige, der nicht raucht, hat entweder keine großen Kümmernisse erfahren, oder aber, er versagt sich selbst den lieblichsten Trost, nächst dem, der recte vom Himmel kommt. (:›Wie?; lieblicher als FrauenGunst?‹, flüstert wohl der Junge Leser? –: Junger Leser; ›Die Frau‹ plagt nicht minder, als sie zu trösten imstande ist. Die Frau schafft zur Hälfte jene Sorgen, zu deren Stillung sie das Privileg zu besitzen prahlt. ›Die Frau‹, soviel ist richtig, tröstet uns, solang wir jung & ansehnlich sind; wenn wir jedoch alt & häßlich werden, schnauzt sie uns an, die Frau, und keift. Alles-in-allem also: die Frau in die eine Waagschale: das Kräutlein Nikotiana in die andere: und nun, Jupiter, hoch mit der Waage, und beide verglichen! ... Und falls Du der Frau den Vorzug gäbest, wäre das einzige, das ich – das nächste Mal, wenn Juno Dich ärgert – vorzubringen hätte –: O Jupiter; versuch es doch mit der Virginia!)

7. Kapitel

Der Geschichtsschreiber, in Verfolgung seiner strengen Obliegenheiten, gibt dem Spott und Hohn künftiger Zeitalter einige der occulten Praktiken preis, die den Vormarsch der Aufklärung im Neunzehnten Jahrhundert Lügen strafen.

»Darf ich reinkommen?«, fragte, draußen vor der Tür, der Schuhflicker.

»Selbstredend; tretet nur ein«, sagte Gentleman Waife. Sophie guckte sehnsüchtig nach der Öffnung; und seufzte, als sie sehen mußte, daß Merle alleine war. Sie schlich sich zu ihm hin.

»Wollen sie nicht kommen?«, wisperte sie.

»Ich hoffe doch, hübsche Kleine; 'ss ja noch nich Zehn durch.«

»Zündet Euch doch eine Pfeife an, Merle,« sagte Gentleman Waife mit großartigem BühnenGebaren.

»Nein, Dank auch schönstens; ich schau lediglich rein, um zu fragen, ob ich noch was für Euch tun könnte, für den Fall-ä – für den Fall, daß Ihr morgen gehen müßtet.«

»Nichts; unser Gepäck ist klein und das Bündel bald geschnürt. Das Geld, um den kleineren Teil uns'rer Schuld an Euch abzutragen, hat Sophie schon.«

»Nicht da-rauf leg'ich Wert«, sagte der Schuhflicker, sich verfärbend.

»Aber Wir legen Wert auf Eure Achtung«, erwiderte Mr. Waife mit einem Lächeln, das einen Feldmarschall gekleidet haben würde. »Und Ihr seid also der Meinung, Merle, daß, wenn ich schon ein heruntergekomm'ner Landfahrer bin, dies den Himmelskörpern mit auf ihre lange Rechnung zu setzen wäre?«

»Ohne jeden Zweifel«, versetzte der Schuhflicker feierlich. »Ich wollte nur, Ihr gäbt mir Datum und Ort von Sophie's Geburt an – das braucht' ich dazu – ich würd'Ihr 's Horrorskop stell'n. 'Ch bin überzeugt, sie wird Glück haben.«

»Ich möcht's lieber nicht, bitte«, sagte Sophie schüchtern.

»Lieber nich? – komisch. Wieso?«

»Ich mag die Zukunft gar nicht wissen.«

»Komisch, und nochma' komisch –«, sprach der Schuhflicker und machte große Augen; »das hab'ich n Mädchen bisher noch nie sagen hör'n.«

»Wartet bis Sie älter ist, Merle«, sagte Waife; »Mädchen wollen die Zukunft so lange nicht wissen, bis sie sich verheiraten wollen.«

»Da 'ss was dran« sagte der Schuster. Er nahm seinen Kristall zur Hand. »Habt Ihr mal, wie ich Euch bat, in diese Kugel hier 'reingeschaut, hübsche Kleine?«

»Ja; zwei- oder dreimal.«

»Hoh!; und was habt Ihr erblickt?«

»Mein eignes Gesicht, ganz lang gezogen«, sagte Sophie – »hier, *so* lang« – sie hielt die Hände weit auseinander.

Der Schuhflicker schüttelte bekümmert den Kopf; kniff ein Auge zu, und hielt das and're an die mystische Kugel.

Mr. Waife: – »Vielleicht könnt Ihr erkennen, ob diese zwei Herren da kommen werden.«

Sophie: – »Ach ja, tut das!; und ob sie uns 3 Pfund geben werden!«

Der Schuhflicker (triumphierend): »Dann möchtet Ihr, letzten Endes, also *doch* die Zukunft wissen?«

Sophie: – »Bis zu diesem Punkt, ja; aber, bitt'schön, seht nicht weiter voraus.«

Der Schuhflicker (auf die Kugel konzentriert, langsam und in abgebroch'nen Worten): »– wie 'n Nebel jetz'. – Da!: ein Arm mit einem Besen – fegt alles vor sich weg.«

Sophie (erschrocken): – »Schickt ihn fort, bitte.«

Flickschuster: – »Jetz'ss er weg. – Ha!:da, Rugge– sieht sehr wütend aus – tatsächlich, ganz wild.«

Waife: »Gutes Zeichen das! Nur weiter.«

Schuhflicker: – »Droht mit der Faust. Verschwindet. – Ha!:ein junger Mann; jünglingshaft noch, dunkles Haar –«

Sophie (in die Hände klatschend): – »Das ist der junge Herr – dieser *ganz*-junge, mein'ich – mit den freundlichen Augen Der: kommt er? – ja?, kommt er?«

Waife: – »Guckt ihm doch mal in die Taschen! Ob Ihr 3 Pfund drinnen erkennen könnt.«

Schuhflicker (empfindlich): – »Nich unterbrechen jetz'. – Ha!: er unterhält sich mit einem andern Herrn, mit Bart –«

Sophie (dem Großvater zuflüsternd): »D'ss der alte junge Herr!«

Schuhflicker (den Kristall wieder hinlegend, mit großer Entschiedenheit) – »Sie *kommen* hier-her; ich hab' sie an der Ecke von dem Heckenweg geseh'n, der beim Wirtshaus vorbeiführt; 2 Minuten zu gehen bis zur Haustür hier.« Er brachte eine große silberne

Taschenuhr heraus: »Seht, Sophie: wenn der MinutenZeiger dort stehen wird, (wenn sie rasch ausschreiten, ne Kleinigkeit davor), werd't Ihr sie anklopfen hören.«

Sophie verschränkte in ängstlich-stummer Ungewißheit die Hände, halbgläubig und halb zweifelvoll; dann ging sie; öffnete die Stubentüre, und stellte sich oben an die Treppe, um zu lauschen. Merle näherte sich indessen dem Schauspieler, und sagte mit gedämpfter Stimme: »Um Euretwillen wünscht' ich, Sie hätte die Gabe.«

WAIFE: – »Die Gabe? – ach die 3 Pfund! – ja, das wollt'ich auch!«

SCHUHFLICKER: »Pah! hundert Mal 3 Pfund wert. – Nein, *die* Gabe: die spirituöse Gabe –«

WAIFE: – »›Spirituös‹? Gefällt mir nicht, das Adjektiv; – riecht so nach Gin!«

SCHUHFLICKER: – » – spirituöse Gabe, im Kristall Bilder zu seh'n; wenn Sie die besäße, Sie könnt Euer Glück machen.«

WAIFE (dessen Gesicht sich plötzlich verändert): – »Ach!; das 'ss mir noch gar nicht eingefallen. M Klar! – Aber falls Sie die Gabe nicht haben sollte, könnt'ich sie ihr ja beibringen – wie?«

DER SCHUHFLICKER (entrüstet): – »Das hätt ich von Euch nich zu hör'n erwartet, Mr. Waife. ›Es ihr beibringen‹ – Ihr?!; eine Betrügerin aus Ihr machen; und noch von der verruchtesten Sorte; der, die Lügen hin-und-her trägt zwischen der Erde und Denen, die in den Sieben Sphären hausen? Pfui! – Neinein; wenn Sie die Gabe nich von Natur aus hat, laßt Sie in Ruhe damit: was hier nicht Himmelsbotschaft iss, iss TeufelsLehre.«

WAIFE (halb ehrerbietig, halb zweifelnd): – »Demnach glaubt Ihr wirklich, Ihr hättet all das von Euch Geschilderte in dem GlasEi dort erschaut?«

SCHUHFLICKER: – »›glauben‹! – bin ich'n Lügner? 'Ch hab die Wahrheit gesprochen; und zum Beweis...:? –: *da!*« – ›rat-tat‹ ging der Klopfer an der Haustür unten.

»Die 2 Minuten dürften just um sein«, sagte der Schuster; und Cornelius Agrippa selbst hätte es nicht mit hexenmeisterlicherem Effekt aussprechen können.

»Tatsächlich, sie sind gekommen«, sagte Sophie, die leis' wieder ins Zimmer trat; »ich hab ihre Stimmen vor der HaustürSchwelle gehört.«

Der Schuhflicker ging ihnen schweigend vorüber; stieg die Treppe hinab; und geleitete Vance und Lionel in des Schauspielers Zimmer. Dort verließ er sie, mit umwölkter Stirn: Gentleman Waife hatte ihm größlich mißfallen.

8. Kapitel

Zeigt die Künste, vermittelst deren ein Mann – wie himmelfährtig die Natur seine Nase auch geformt haben möge – an eben dieser Nase herumzuführen ist, und zwar in Richtungen, aufs verruchteste denjenigen entgegengesetzt, die er, seiner Nase nach zu urteilen, ansonsten vermutlich eingeschlagen haben würde; und daß folglich auch die am großzügigsten mit praktischem Menschenverstand begabten Nationen – und trügen sie vor Dünkel darob ihre Nasen noch so horizontal weit wegstehend – sobald sie mit Nationen zu konferieren haben, die diplomatisch gewandter und im ›Theaterspielen‹ geübter sind, am Ende doch genau dasjenige Objekt herausrücken, von dem man, noch bevor Alle die Nasen zusammensteckten, gewollt hatte, daß sie es herausrücken.

Wir Alle wissen, daß Demosthenes einmal gesagt hat, das A und O der Redekunst sei das Gebärdenspiel – das ›Theater‹ also. Aber ist es die Redekunst allein, wo der Ausspruch Geltung hat? Man wende ihn doch kecklich auf sämtliche Lebensverhältnisse an –: ›Theater, Theater, Theater!‹ – wobei nur *ars est celare artem:* die einzige Kunst ist, die Kunst zu verbergen. – Dementsprechend seelenvergnügt beim Ansichtigwerden seiner Besucher, und bereits die Jenen herauszuholenden 3 Pfund für die bewußte Hoffnung einkalkulierend, in welcher er den Wendepunkt in seiner buntgewürfelten Laufbahn erblickte, erhob sich Mr. Waife in süperbster *upocrisia* (zu deutsch Theater) von seinem Sitze, und erkundigte sich, mit milder Würde, –: »Welchem Umstand habe ich die Ehre Ihres Besuches zu verdanken, meine Herren?«

Trotz seiner Nase war selbst Vance zunächst verblüfft. Pope schreibt irgendwo, Lord Bolingbroke habe ›das Air des Edelmannes‹

besessen; (und ein großer Komödiant ist Lord Bolingbroke bestimmt gewesen). Aber, oh!, hätte Pope erst Gentleman Waife gesehen! Der Mime verfolgte den hervorgebrachten Eindruck aufs geschickteste, indem er mit der denkbar feinsten Lebensart hinzufügte – »Aber bitte, nehmen Sie doch Platz«; und, nachdem er Jene mit Sitzgelegenheit versehen sah, nahm auch er seinen Sessel wieder ein, und fühlte sich gänzlich Herr der Lage.

»Hm-Chm!«, sagte Vance, als er nach einer kleinen Pause sein Selbstbewußtsein allmählich wiedergewann –: »HmChm!«

»Hm-Chm?«, echote Gentleman Waife; und beide Männer musterten einander so ziemlich auf dieselbe Weise, wie Admiral Napier die Festung Kronstadt, und die Festung Kronstadt Admiral Napier gemustert haben dürfte.

Aber schon griff Lionel ein, mit jener jugendlichen Kühnheit, die sich den Teufel um alle würdevolle strategische Gelahrtheit scheert.

»Sie müssen doch im Bilde sein, warum wir zu Ihnen kommen, Sir; Mister Merle hat's doch bestimmt erklärt. Mein Freund hier, ein bekannter Maler, möchte gerne – wofern Sie nichts dawider haben – eine Skizze machen, von dieser Jungen Dame sehr –«. »Hübschem Gesichtchen«; sprach Vance, der jetzt in den Diskurs eingriff: »Mister Rugge, heut früh, war einverstanden, – ich habe gehört, daß Ihre Enkelin abgelehnt hat. Da sprechen wir nun noch einmal vor, um zu sehen, ob sie sich unter Ihrem eigenen Dach, (beziehungsweise dem von Mister Merle; was, wie ich annehme, im Moment identisch ist), entgegenkommender erweist.« Sophie hatte sich indes an Lionel herangemacht. Er würde sich vermutlich nicht gerade geschmeichelt gefühlt haben, hätte er gewußt, wieso sie ihm vor Vance den Vorzug gab: sie betrachtete ihn einfach als Jungen – ein Kind wie sie selbst – und überdies sagte ihr ein Instinkt, daß sie den Gegenstand ihrer Begehrlichkeit – »3 Pfund!« – leichter über ihn erreichen könnte, als durch diesen anderen Gast, mit dem Bart und dem schlauen Gesicht.

»Drei Pfund!«wisperte Sophie mit Engelstönen in Lionels schauderndes Ohr.

Mr. Waife: »Sir, ich will ganz offen gegen Sie sein.« – Auf solch ominöse Einleitung hin, rückte Mr. Vance unwillkürlich etwas zurück, und knöpfte automatisch seine Hosentasche zu. Mr. Waife nahm mit seinem einen Auge Notiz von der Geste; und fuhr – indem er sich sozusagen behutsamst nach dem Inneren des dergestalt abgesicherten Hohlraums vorfühlte – fort: »Meine Enkelin hat Ihr äußerst schmeichelhaftes Anerbieten abgelehnt, und zwar mit meiner vollen Beistimmung. Sie hielt mit nichten dafür – und ich ebensowenig – daß Mister Rugge's direktorische Vollmachten ihm nun auch außerhalb der Bühne ein Anrecht auf die Hälfte ihres Gesichtes gäben –«. Der Schauspieler machte eine kleine Kunstpause; und intonierte dann, mit einer Stimme, deren ausdrucksvolle Drolerie durch keine Heiserkeit gänzlich ausgelöscht werden konnte, das alte Chanson:

»›Mein Reichtum, Sir, ist mein Gesicht‹, sprach sie‹ –«.

Vance lächelte – Lionel lachte; Sophie nestelte sich dichter an den Jungen an.

Gentleman Waife (mit Pathos und Würde): – »Sie sehen einen alten Mann vor sich; für *mich* ist eine Art der Lebensführung genau so gut wie die and're. Aber *sie* – meinen Sie, daß Mister Rugge's Bühne der rechte Ort für sie sei?«

Vance: – »Bestimmt nicht. – Warum haben Sie sie eigentlich nicht dem londoner Manager vorgestellt, der Sie damals engagieren wollte?«

Waife vermochte die leichte Veränderung auf seinem Antlitz nicht gänzlich zu unterdrücken. »Wie konnt'ich wissen ob sie gefallen hätte?; sie hatte, zu der Zeit, noch nie auf den Brettern gestanden. Überdem: was auf Sie, bei einer Jahrmarkts-Show, einen so frappierenden Eindruck macht, könnte sich, auf einer hauptstädtischen Bühne, armselig genug ausnehmen. Meine Herren, ich habe wirklich mein Bestes für sie getan – Sie können eigentlich kaum and'rer Meinung sein, da sie mich ja erhält! Ich bin wahrlich kein Ödipus; aber sie ist meine Antigone.«

Vance: – »Sie kennen die Klassiker, Sir. Mister Merle deutete bereits an, daß Sie ein Gelehrter seien! – Sophokles im griechischen Original gelesen, nehm' ich an?«

Mr. Waife: – »Sie machen sich über den Unglücklichen lustig; nun, ich bin's gewöhnt.«

Vance (etwas außer Fassung gebracht): – »Ich hatte nicht vor, Sie zu verletzen – entschuldigen Sie bitte. Aber Ihre Ausdrucksweise, Ihr Benehmen, entsprechen so gar nicht dem – wie soll ich sagen – was man erwartet – von-ä – von einem Räuber, der von einem Hartherzigen Baron verfolgt wird.«

Mr. Waife: – »Sie sagten, Sie seien Künstler, Sir. Haben Sie da niemals von Kunstgenossen erzählen hören – Männern vom höchsten Genius, die sich Ruhm erwarben, wie ich niemals – die aber ins Unglück gerieten, wie es mir widerfuhr? Ihre eig'ne Schuld vielleicht, – Unklugheit; regellose Gewohnheiten – Unkenntnis der Art und Weise, wie man das Leben anzufassen und mit seinen Mitmenschen umzugehen habe – solches mag auch mein Fehler gewesen sein. Ich büße dafür; tut nichts – ich verlange von Niemandem mich zu retten. Sie sind Maler – Sie möchten ihr Gesicht auf Ihre Leinwand bringen – möchten sie unter Ihren eigenen Schöpfungen mit aufführen. Sie könnte, theoretisch, ein Teil Ihrer Unsterblichkeit werden. Fürsten möchten den Abglanz unschuldiger glückhafter Kindheit dereinst noch bewundern, dem Ihre Palette unvergängliche Glut verleiht. Vielleicht früg' dann der Ein- o'r Andre, Wer und Was dies schöne Geschöpfchen gewesen sei? Werden Sie dann antworten: ›Eine, die ich im Flitterstaat antraf; und so beließ, mit der Gewißheit, sie werde in Lumpen verenden!‹ –: rettet sie!«

Lionel riß sein bißchen Börse heraus, und schüttete deren Inhalt auf den Tisch. Vance deckte sofort seine breite Hand darüber, und strich ihn in seine eigene Tasche; eine so unheilkündende Tathandlung, daß Waife fühlte, wie ihm das Herz in die Schuhe sank. Dennoch blieb sein Gesicht ruhig, wie eine RömerBüste; nur daß er wieder zur Pfeife griff, und den längeren und mürrischeren Zug daraus tat.

»*Ich* bin es, Der das Porträt vor-hat; und *ich* bin Derjenige, der dafür zahlt«; sagte Vance. »Soviel ich in Erfahrung gebracht habe, benötigen Sie dringend . . .« –: »Drei Pfund!«, murmelte Sophie, standhaft, durch all die Thränen hindurch, die des Großvaters Pathos ihren niedergeschlag'nen Augen entlockt hatte –: »drei Pfund – drei – drei –.«

»Sie sollen sie haben. Aber hören Sie: ich hatte ursprünglich nur vor, eine Skizze zu nehmen – jetzt muß ich ein richtiges komplettes Porträt haben. Aber das läßt sich bei Kerzenlicht nicht machen. Sie müßten mich morgen, bei Tage, herkommen lassen; andrerseits gedenken Sie, soviel ich weiß, morgen abzureisen?«

Waife: – »Falls Sie die genannte Summe großmütigerweise auf uns verwenden wollten, würden wir das Dorf nicht eher verlassen, bis Sie Ihr Gemälde vollendet haben. Wovon Wir los sein wollen, das ist Mister Rugge und seine Truppe.«

Vance: – »Dürft' ich mir noch die Frage erlauben, was Sie zu tun gedenken, um sich und Ihrer Enkelin eine neue Existenz zu gründen mit Hülfe einer Summe, die für *meine* Verhältnisse allerdings groß – (*quoad me* möchte ich sagen enorm!) – jedoch für ein Kapital, auf das man ein Unternehmen gründen will, ausgesprochen gering ist?«

WAIFE: – »Entschuldigen Sie, wenn ich diese, an sich sehr natürliche Frage, im Moment nicht beantworte; aber lassen Sie mich Ihnen versichern, daß genau dieser Betrag für eine Investition erforderlich ist, welche ihr und mir eine gemächliche Existenz verspricht. Allerdings muß ich meinen Plan geheim halten, um sein Gelingen zu sichern. – Glauben Sie mir?«

»Ich ja!« rief Lionel; und Sophie, die er unterdes auf seinen Schoß gezogen hatte, legte ihm dafür dankbar den Arm um seinen Hals.

»Da ist Ihr Geld, Sir; im Voraus«, sagte Vance, indem er seine Lügen gestrafte (und ergo gekränkte) Nase abwärts neigte, und 3 Sovereigns auf dem Tisch deponierte.

»Und woher wissen Sie«, sagte Waife lächelnd, »daß ich nicht noch heut Nacht, mit Geld und Modell, auf und davon gehe?«

»Gewiß«, versetzte Vance trocken: »gänzlich unmöglich wär'es nicht. Dennoch, wie John Kemble gesagt hat, als man ihm auch einmal ob eines allzugroßen Almosens Vorhaltungen machte:

›Nicht oft geschieht's, daß ich dergleichen tue;
doch wenn ich's tu, so tu ich's mit Manier.‹«

»Treffend zitiert, und auch gut vorgetragen, Sir« sagte der Komödiant; »höchstens daß Sie auf das zweite *›tu‹* ein klein bißchen mehr Gefühl, mehr Nachdruck legen sollten.«

»Hab ich nicht genug ›drauf gelegt‹? Und gefühlt hab ich wahrlich erheblich dabei; kein Mensch kann dies *›tun‹* stärker empfinden!«

Waife's ausdrucksvolles Gesicht entspannte sich zu angeregter Heiterkeit – die Doppelsinnigkeit entzückte ihn. Gleichwohl stellte er sich, wie wenn er sie nicht verstanden hätte, schob das Geld zurück, und sagte: »Nein Sir – nicht 1 Schilling, bevor das Bild vollendet ist. Ja, ich will, zu Ihrer Beruhigung, sogar gestehen, daß, selbst wenn ich keine zarteren Bedenken hätte, ich doch lieber nichts annehmen möchte, bis Mister Rugge fort ist. Sicher, er hat kein Recht auf auch nur den geringsten Anteil davon. Aber Sie sehen einen Mann vor sich, der, wenn es zum Argumentieren kommt, in Cambridge niemals den ersten Wrangler hätte machen können – bin in Logik und Mathematik nie über die ›Eselsbrücke‹ weggekommen, Sir: bin durchgefallen damit, Dutzende von Malen, und zwar mühelos. – Aber, bitte, gehen Sie doch noch nicht. Sie kamen, um uns Geld zu geben – geben Sie jetzt auch, was Ich, wär' ich reich, weit höher taxieren würde, – ein klein wenig von Ihrer Zeit. Sie, Sir, sind also Künstler; und Sie, junger Herr?«

LIONEL (errötend): – »Ich-ä – bis jetzt noch nichts.«

WAIFE: – »Aber Sie haben Beide, wie ich annehmen darf, Freude an der Schauspielkunst? – Apropos John Kemble: Sie erwähnten neulich, Sir, daß Sie ihn nie gehört hätten – darf ich, soweit diese ruinierte Stimme es noch imstande ist, versuchen, Ihnen wenigstens eine schwache Idee davon zu geben?«

»Mit größten Freuden«, sagte Vance; indem er näher tischzu rückte, und sich ungenierter zu fühlen begann. »Aber ich sehe, Sie rauchen: darf ich mir da eventuell die Freiheit erlauben, und mir auch meine Zigarre anzünden?«

»Tun Sie, wie wenn Sie zuhause wären«, entschied Gentleman Waife, mit der Gutgelauntheit eines väterlichen Gastgebers. (Und, all die Zeit über, waren Lionel & Sophie, sie unentwegt auf seinem Schoß, im vergnüglichsten Plauschen begriffen.)

Waife begann seine Nachahmung John Kemble's; und, trotz der geborstenen StimmMittel, sie war bewundernswert! Eine Stimmen-Imitation zog die andere nach sich; dann folgten Anekdoten von Bühne, vom Parlament, aus dem GerichtsSaal. Waife hatte Große Redner persönlich gehört, die heute noch Jedermann ob der Reden bewundert, die heutzutage Niemand mehr liest: in seiner Wiedergabe wurden sie lebendig. Und trocken-humorige Aussprüche mischten sich ein; und wunderliche Abschnitzel weltlicher Beobachtung; und die Zeit verflog aufs Pläsierlichste, bis die WandUhr Zwölfe schlug, und die jungen Herren Gäste sich los-rissen. –

»– ä-Merle? –: Mö-hörl! –«, rief der Komödiant, als Jene gegangen waren. –

Merle erschien.

»Wir reisen morgen nicht. Wenn Rugge nach uns schickt, (wie er bei TagesAnbruch zweifellos tun wird), teilt ihm das mit. Ihr müßtet uns allerdings noch ein paar Tage länger beherbergen; und dann – und-dann! – ach, liebste-kleinste Sophie: küß mich, küß mich! –: Du wenigstens wirst vor diesen grusl'igen angemalten Kreaturen gerettet sein!« –. –

»Ah-Hà –«, brummelte Merle, erdgeschoßher; »hat er das Geld also gekriegt! Freut mich zu hören. – *Ah-herr*«, fügte er hinzu, da sein Blick neuerlich auf diverse Cabalistische & astrologische Zeichen fiel, mit denen er sich indes unterhalten hatte; —: »— das iss es nich. Die eigentliche, sternstundige Frage iss ja wohl die: WAS WIRD ER DAMIT MACHEN!?« —

9. KAPITEL

Der Historiker weist nach, daß es, des fortschrittlichen Geistes der Zeiten ungeachtet, einem Briten ohne besondre Anstrengungen mit nichten erlaubt ist, so ganz nach seinen eignen Intentionen ›fort zu schreiten‹.

Sophie fand keinen Schlaf. Zuerst war sie zu glücklich dazu. Ohne sich bei ihrem Los, inmitten der WanderArtisten von Mister Rugge's Unternehmen, irgendeiner Herabwürdigung bewußt zu sein, (wie konnte sie auch, wo doch ihr geliebter und verehrter Beschützer Jahre hindurch einer dieser Künstler gewesen war?), schreckte sie doch instinktiv vor der Berührung mit Jenen zurück. Zweifellos, solang sie in einer anregenden Rolle aufging, vergaß sie Mitwirkende, Zuschauer, Alles, und genoß, was sie darstellte — genoß es notwendigerweise; denn ihr Spiel war wirklich vortrefflich, und wo kein Genuß daran ist, entsteht auch nichts Vortreffliches. Aber sobald die schauspielerische Euphorie nicht mehr direkt anhielt, schlich sie sich eben doch zum Großvater hin, mit etwas wie halb Ekel halb Grauen vor den ›angemalten Kreaturen‹ und ihrem eignen gelieh'nen Flitterstaat.

Mehr als Alles jedoch empfand sie aufs schärfste jeden Schimpf, jegliche Unwürdigkeit, die Gentleman Waife angetan wurde, und der Himmel weiß, daß deren nicht wenige waren; und einem solchen Dasein zu entkommen — mit ihrem Großvater allein zu sein; ihn ganz für sich zum Pflegen und Hätscheln zu haben; ihm zuzuhören und mit ihm zu schwatzen, erschien ihr als der Gipfel menschlicher Glückseligkeit. Aber, oh weh: würde sie ihn auch ganz allein haben? Just als sie sich einigermaßen in Schlummer zu lullen begann, bemächtigte diese Frage sich wieder ihrer, und rüttelte sie auf.

Und nun war es nicht Glücksgefühl mehr, das sie wach erhielt – es war etwas weniger Seltenes in der weiblichen Brust: die Neugier. Wer mochte bloß dieser geheimnisvolle Dritte sein sollen, zu dessen Acquisition die 3 Pfund augenscheinlich bestimmt waren? Welch neues Gesicht hatte sie jetzt damit gekauft, daß sie ihr eigenes hinlieh? Die Dame mit dem Schweinskopf nicht; und der Gescheckte Junge auch nicht. Konnte es der Norfolker Riese sein; oder das Kalb mit den zwei Köpfen? Gräßliche Idee! Monströse Fantasie-Gebilde begannen vor ihren Augen zu stolzieren; und um sie wegzuzaubern, verfiel sie darauf, mit großer Inbrunst ihr Gebetlein herzusagen – ein Akt der Frömmigkeit, den sie in ihrer Aufregung heute auszuüben ganz vergessen hatte, bevor sie das Haupt zur Ruhe auf ihr Kissen legte – eine UnterlassungsSünde, die, wie wir bescheidentlich hoffen, der Engel nicht mit allzuschwarzen Lettern im Buch ihrer Taten verzeichnet haben werde.

Dies nachgeholt, nahmen ihre Gedanken eine anmutigere Wendung, als die voraufgegangenen Fantasien an sich gehabt hatten; sie vergegenwärtigten ihr Lionels freundliche Blicke, und wiederholten ihr seine sanften Worte – »der Himmel segne ihn!«, sagte sie mit Nachdruck, als eine Art Supplement zu ihrem gewöhnlichen Gebet; und dann sammelten sich auch schon die Thränen zwischen ihren dankbaren Lidern; denn sie war eines von den Wesen, denen die Zähren bei Sorgen langsam, aber rasch bei Zuneigung kommen. Und so fand die graue Dämm'rung sie immer noch wach; und sie stand auf, badete die Wangen in dem kalten frischen Wasser, und hob sie glühend wie die Hebe's daraus hervor; kleidete sich, mit jener stillen Emsigkeit, die alle ihre Bewegungen kennzeichnete, an; stieß dann das Fenster auf, und atmete die Luft ein. Alles war still in dem schmalen Gäßchen; die Läden noch geschlossen. Aber auf den regungslosen Bäumen hinter den Häusern, fingen die Vögel an sich zu rühren und zu zwitschern. Aus einem Hofraum in der Nachbarschaft ließ der Hahn sein energisches *reveillée* erschallen. Vergnüglicher englischer Sommermorgen, in der vergnüglichen englischen LandGemeinde. Sie reckte ihr anmutiges Hälschen weit aus dem Fenster, in dem Versuch, ein Stückchen von dem blauen Fluß zu Gesicht zu bekommen. Sie hatte sein majestätisches Fließen am Tag ihrer Ankunft auf dem Jahrmarkt flüchtig gesehen, und sich recht nach seinen Ufern gesehnt; aber bei ihrem Dienstverhältnis an der Bühne verbot sich das. Jetzt-gleich sollte sie frei sein?! Oh Freude! Jetzt würde auch sie ihre sorglosen Feierstunden haben;

und Waife's Warnung, daß ihre BerufsAusübung sie auch künftig auf Städte beschränken werde, in den Wind schlagend, ließ sie ihrer Fantasie frei'sten Lauf, inmitten von Visionen von grünen Gefilden und perlend-lachenden Wassern, und sammelte in holdestem Wahn Tausendschönchen, und sprang Schmetterlingen hinterdrein. Einem Wechselbalg gleich, aus der Wiege schlichter Natur in jene unterste der KunstWelten hinein-vertauscht, sehnte sich ihr menschliches Kinderherz nach menschlichen, kindgemäßen Wonnen. Lieben doch alle Kinder Das Land: die Blumen, den Rasengrund, die Vögel, die Schmetterlinge; (oder, falls Einige das nicht sollten, verzweifle, oh Philanthrop, an ihrer späteren Entwicklung!)

Sie schloß das Fenster; sie lächelte sich eins zu; stahl sich bis in die Tür nebenan –? – und sah, daß ihr Großvater noch schlief. – Dann beschäftigte sie sich damit, das kleine Wohnzimmer in Ordnung zu bringen; den Tisch für das Frühstück neu herzurichten; sie begoß die Blumenstöcke; und nahm schließlich auch den Kristall zur Hand, sah ehrerbietig hinein, ganz verwundert, wieso der Schuster derart viel erblicken konnte, und sie selbst nur das verzerrte Spiegelbild ihres eignen Gesichtleins. Immerhin vertiefte sie sich diesmal-dermaßen in die Betrachtung der mystischen Klein-Kugel, daß sie weder gewahrte, wie die Dämmrung in TagesHelle überging; noch der Stimme unten, an der Haustür, achtete – kurzum, keinerlei Notiz von der Außenwelt nahm, bis ein schwerer Tritt die Dielung erschütterte; worauf sie dann freilich, auffahrend, den Hartherzigen Baron erblickte; mit einem Gesicht, finster genug, um selbst den Kristall eines Doktor Dee zu trüben!

»Ho-ho! –«, sagte Mister Rugge; in jenem zischenden Ton, der die DreiPfennigGalerie mehr als einmal im Voraus mit Schrecken erfüllt hatte: »Rebellisch, eh? – Nicht-mitkommen? – wo'ss der Großvater, Du Pack!?«

Sophie ließ den Kristall fallen – (ein Glück, daß er nicht zerbrach) – und starrte, leeren Blicks, den Baron an –

»: Dein nichtswürdiger Schuft von einem Opa!«

Sophie (mit Feuer): – »Er ist nicht nichtswürdig! – Sie sollten sich was schäm'm, so zu reden, Mister Rugge!« –

In diesem Moment erschienen, gleichzeitig, a) Mister Waife, in der Öffnung zu seiner Schlafkammer; angetan mit dem schon erwähnten grauen Morgenrock; und, b), der Schuster, auf der Schwelle des WohnZimmers. Der Schauspieler verharrte stumm; (indem er sich, vielleicht, auf die imposante Wirkung seiner Haltung verließ). Der Schuhflicker dagegen, gab dem Impuls des untheatralischen Menschen nach; legte den Kopf, bulldoggig, auf eine Seite; und sprach, beide Hände auf beide Hüften gestemmt, –

:»Höflich gegen meine Mieter, Sir!; oder Sie gehen 'raus!«. –

Der Hartherzige Baron blickfeuerte, und rachsüchtig, erst auf den Einen –?; und dann auf den Anderen:!; am Ende trat er auf Waife-zu, und äußerte, mit vernichtendem Grinsen: »Ich hätte Euch da Einiges zu sagen; –: soll ich es vor Eurem Wirt sagen?!«

Der Schauspieler winkte dem Schuhflicker mit der Hand:

»Laßt uns allein, mein Freund; ich werd' Eurer nicht bedürfen. Wollen Sie bitte mitkommen, Mister Rugge –«. Rugge trat in das Schlafzimmer; und Waife zog die Tür hinter ihnen zu.

»Hm hm,« machte der Schuster, der sich am Kopf kratzte: »diese Nachgiebigkeit Eures Großvaters geht mir gar nich recht ein: brittischer Grund und Boden hier! Aber Euer Ascendent kann doch bestimmt nich in sonner bösartijen Conjunction mit diesem Krachmacher von ei'm Tyrann'n stehen, daß Ihr nu mit Händn und Füßn an ihn gebundn sein solltet. Ma' sehn, was der Kristall dazu meint: nehmt ihn vorsichtig auf, und kommt mit mir nach untn.«

»Bitte, nein; ich will in Opa's Nähe bleiben«, sagte Sophie resolut: »er soll diesem rohen Menschen nicht hülflos ausgeliefert sein.«

Der Schuhflicker konnte sich eines Lächelns nicht erwehren. »Gott mit Euch«, sagte er: »Ihr seid ein aparter Geist und energisch dazu: wenn Ihr meine Frau wärt, ich würd' Angst vor Euch haben. – Aber ich will hier nich groß steh'n bleibn und horchen; könnt' sein, Euer Großvater hat Geheimnisse, die nich für mein Ohr bestimmt sind: falls ich gebraucht werdn sollte, ruft mich.« Er stieg treppab. Sophie, mit weit weniger nobler Verachtung gegen's Horchen, blieb in ZimmerMitte stehen und hielt den Odem an um besser zu hören. Sie vernahm nicht einen Ton – sie hätte halb und halb Lust gehabt, das Ohr ans Schlüsselloch zu legen; aber das schien dann doch selbst ihr, wenn es die Dringlichkeit des Falles nicht absolut erfordern sollte, als etwas allzu Niedriges. So blieb sie steh'n wo sie war, das Köpfchen leicht geneigt, den Finger leicht erhoben –: oh daß Vance sie so hätte malen können!

10. Kapitel

Zeigt die Ursachen auf, warum sowohl Individuen als auch ganze Nationen, sobald ein Individuum oder eine Nation sich zu eignen willkürlichen Zwecken etwas aneignen möchte, wovon das andre Individuum, bzw. die andre Nation, sich nicht zu trennen wünschen, dazu tendieren, die milden Vorschriften des Christentums zu ignorieren, jegliches Feingefühl zu schockieren, und sämtliche Theorien der Gesellschaften zur Erhaltung des Friedens über den Haufen zu werfen.

»Soll das etwa bedeuten,« sagte Mister Rugge im Flüsterton, nachdem Waife ihn zum entlegensten Ende des inneren Zimmers gezogen hatte, so daß die BettVorhänge zwischen ihrem Standplatz und der Tür den Schall ihrer Stimmen zusätzlich dämpften: »— soll das etwa bedeuten, daß Ihr — nachdem ich Euch und dies Kind da, aus übergroßer Güte und Barmherzigkeit, ja auf Euer eignes Ansuchen hin, an meinem Theater aufgenommen habe — daß Ihr mir da jetzt ohne Kündigung davonlaufen wollt? — ›Französisch Verabschieden‹ — ist das britisches Benehmen?«

»Mister Rugge«, erwiderte Waife begütigend, »ich habe kein festes Engagement bei Ihnen; es war nur ein Versuch, zur Probe. Wir haben uns, beide Seiten, für drei Monate freie Hand bedungen — Sie konnten uns jeden Tag fortschicken; Wir Sie verlassen. Das Experiment gefällt uns nicht länger; wir danken Ihnen und gehen.«

Rugge: — »Das ist nicht die Wahrheit. Ich hab gesagt: *Ich* hätte die Freiheit, Euch Beide zu entlassen, wenn das mit dem Kind nicht klappte. Ihr, armseliges hülfloses Wesen, konntet sowieso von keinerlei Nutzen sein. Aber ich hab' Euch niemals sagen hören, daß Euch *auch* irgendetwas freistehen sollte. Wär ja gegen alle Vernunft! Ich meine Engagements von der Gnade eines Waife abhängig machen?; ich, Lorenzo Rugge!? — Albernheit! — Aber ich bin ein rechtschaff'ner Mann, und ein großzügiger Mann; und wenn Ihr meinen solltet, daß Euch eine höhere Gage gebührte; wenn es sich, wie ich's mal anseh'n will, bei diesem Eurem undankbaren Vorgehen bloß um einen LohnStreik handelt, will ich Euch entgegenkommen. Juliet Araminta spielt besser, als ich zu Beginn annehmen konnte; und ich will – wie zwischen uns ausgemacht war, für den Fall, daß der Versuch gelingen sollte – ein dreijähriges Engagement abschließen, und zu guten Bedingungen.«

Waife schüttelte den Kopf. »Sie sind sehr gütig, Mister Rugge; aber es handelt sich um keinen Streik. Meinem kleinen Mädchen gefällt dies Leben nicht, um keinen Preis; und da sie mich praktisch erhält, bin ich genötigt ihr zu willfahren. Überdem«, sagte der Schauspieler, sich allmählich versteifend: »haben Sie mir Ihr Wort gebrochen. Es war ausdrücklich ausgemacht, daß ich nie mehr auf Ihrer Bühne persönlich zu erscheinen hätte; meine ganze Aufgabe sollte darin bestehen, Sie bei den Aufführungen zu beraten; die Stücke zu bearbeiten; Ihnen bei der Regie an die Hand zu gehen – und Sie haben meine Knappheit ausgenützt; und, als ich Sie einmal um einen kleinen Vorschuß bat, darauf bestanden, daß ich diese Reste dessen was ich einst war, dem öffentlichen Mitleid doch wieder aufnötigte. Genug – wir scheiden. Von mir aus ohne Groll.«

RUGGE: – »Ach, Ihr grollt nicht? Nu schön; ich auch nicht. Aber ich bin ein Britte, und habe allen Geist eines solchen: Ihr tätet besser, mich nicht zum Feinde zu machen.«

WAIFE: – »Ich bin über die Notwendigkeit, mir Feinde machen zu müssen, hinaus – ich habe einen kompletten gebrauchsfertigen Feind in mir selber.«

Rugge legte eine starke knochige Hand auf den Arm des Krüppels. »Glaub's gern! Böses Gewissen, Sir, eh? Wie würd'es Euch schmecken, wenn man Eure Vergangenheit mal so'n bißchen aufrollte und unter die Leute brächte?«

GENTLEMAN WAIFE (traurigtrüb'): »Die letzten vier Jahre davon sind in Ihrem Dienst verbracht worden, Mister Rugge – wenn der Bericht da-rüber einmal zu meinem Benefiz unter die Leute gebracht würde: kein Auge im ganzen Haus möchte trocken bleiben.«

RUGGE: – »Ich verachte Euern Hohn. Wenn ein Scorpion, den ich an meinem Busen genährt habe, mich ausspottet – überlaß ich ihn seinen eignen Betrachtungen. Aber ich spreche auch gar nicht von den Jahren, während derer besagter Scorpion sein Gehalt genossen, und auf meine Kosten Canaster geraucht hat – ich spiele auf den ein- oder andern früheren Streich in seiner karierten Karriere an. Ei, Sir, Ihr zuckt! Ich argwöhne fast, da ließe sich einiges ausfindig machen über Euch, was ...«

WAIFE (ungestüm): – »Was würde was!?«

Rugge: – »Oh, stimmt Euern Ton herunter, Sir; mich schüchtert Ihr nicht ein! Ich habe guten Grund zum Verdacht; und wenn Ihr Euch auf diese Weise zu drücken, und mich um mein Eigentumsrecht an Juliet Araminta zu prellen gedenkt, werde ich keinen Stein unumgewendet lassen, um zu beweisen was ich argwöhne – seht Euch ja vor, Kleiner Mann! – Aber kommt, wenn ich etwas hasse, ist es Zank, lassen wir die Sache ruhen; und-ä –« (die Brieftasche zückend): »wenn Ihr etwa Bargeld sehen, und einen Contract über drei Jahre, Schwarz auf Weiß, für Juliet Araminta haben wolltet – naja also da könnt Ihr mir ein hübsches Sümmchen 'rauspressen, und für Euere Person hingehen wo es Euch gefällt; ich werd' Euch nie mehr beschwerlich fallen. Was ich haben muß ist das Mädchen.«

Waife jedoch, der Schauspieler ganz von ihm abgefallen, grollte heraus: »Und ich will gehängt sein, Sir, wenn Sie das Mädchen bekommen!«

In diesem Moment öffnete Sophie die Türe weit, und trat kühnlich hinein. Sie hatte Ihres Großvaters erhob'ne Stimme vernommen, obschon deren heisere Töne ihr nicht gestattet hatten, die einzelnen Worte zu unterscheiden. Sie war ob Seiner beunruhigt; sie trat ein, seine schützende Fee, ihn gegen den 6 Fuß hohen Bedränger zu verteidigen. Rugge's Arm war just erhoben; nicht so sehr um zuzuschlagen, als mehr um der Deklamation willen. Sophie glitt zwischen ihn und ihren Großvater; und, einen Arm um den Letzteren geschlungen, warf sie den andern nach vorn, den Zeigefinger drohend erhoben gegen den Hartherzigen Baron: '!' – wie würden Sie geklatscht haben, hätten Sie sie so in Covent Garden gesehen! Aber, ich möchte darauf schwören, das Kind wußte nicht, daß es Theater spielte. Rugge ja; und die bloße Idee, Soetwas zu verlieren, machte ihn förmlich rasend vor Bewunderung und Wuth!

»Bravo!«, sagte er unwillkürlich – »kommt – kommt, Waife, schaut sie an – sie ist für die Bühne geboren! Mein Herz schwillt vor Stolz. Moralisch gesprochen ist sie sowieso mein Eigentum: macht sie auch juristisch dazu – und hört, in Euer Ohr gesagt – fünfzig Pfund. Nützt meine gute Laune aus – Golkonda tut sich auf –: Fünfzig Pfund!«

»Nein«, versetzte der Vagant.

»Nun denn«, sagte Rugge tückisch; »laßt sie für sich selber reden.«

»Sprich, Kind. Du willst doch nicht zu Mister Rugge zurück – und nun gar ohne mich – oder willst Du, Sophie?«

»Ohne Dich, Opa! Eher sterb' ich lieber.«

»Sie haben gehört, ja?; wir sind im reinen miteinander. Wir sind unserm Dienstverhältnis bis gestern Abend nachgekommen; Sie Ihrerseits haben uns bis gestern Abend entlohnt; und somit Guten Morgen, Mister Rugge.«

»Mein liebes Kind«, sagte der Manager, und machte seine Stimme so sanft wie er nur konnte: »überleg' doch. Was denkst Du, was wir aus Dir machen könnten, ohne diesen stupiden alten Menschen dort. Du hältst mich vielleicht für verdreht und zuwider; aber das ist lediglich er, der mich andauernd reizt und in üble Laune versetzt. Dabei sind Kinder mein Ein- und Alles. Ich hatte selbst mal ein eignes Baby – Ehrenwort, ich hatte eins – und wären nicht die Krämpfe dazugekommen, aufgrund des Zahnens, ich wär' heut-noch Vater. Komm, nimm Du den Platz jenes geliebten Babies bei mir ein: Kleider sollst Du haben, so fein; ganz neue – darfst sie Dir selber aussuchen – und zum Essen jeden Sonntag nichts als KalbsFrikassee und HimbeerTörtchen. Binnen drei Jahren wirst Du, unter meiner Obhut, eine große Schauspielerin werden; wirst Dein Glück machen, und einen Lord heiraten – Lords verlieren grundsätzlich den Verstand für große Schauspielerinnen – wogegen, bei Dem dort, was blüht Dir da?: Dich abplacken wirst Du, verrotten, verhungern. Und lange lebt er sowieso nicht mehr: was wird dann aus *Dir*? – Es ist Sünde und Schande sie derartig zu behindern, Ihr nichtsnutziger alter Vagabund, Ihr!«

»Ich behindre sie nicht«, sagte Waife, indem er den Versuch machte, sie von sich weg zu schieben. »Sophie – etwas ist dran an dem, was der Mann sagt. Wähl' Du ganz frei und selbstständig.«

Sophie (ein Schluchzen unterdrückend): – »Wie kannst'nn das Herz haben, so zu mir zu reden, Opa? – Ich sag's Ihn'n Mister Rugge: Sie sind ein böser Mann; und ich haß' Sie, und Alles was mit Ihnen zu tun hat – und ich will beim Großvater bleiben – und zu verhungern macht mir gar nichts aus – er jedenfalls soll's nicht!«

Mr. Rugge (sich den Hut mit beiden Händen auf den Kopf drückend, und mit weiten Schritten zur Tür): – »William Waife, hütet Euch; es ist passiert!: ich bin Euer Feind. Was Dich anlangt, mein allzuteures aber abtrünniges Kind, bleib nur bei ihm – wirst bald genug herausfinden, Wer und Was er ist – Dein Stolz wird Dir schon vergehen, wenn ...«

Trotz seiner Lahmheit hatte Waife einen Satz nach vorn getan – beide Fäuste geballt; sein eines Auge schoß Blitze; sein breiter stämmiger Rumpf war dem stürmischen Direktor dicht gegenüber und schüchterte ihn ein. Größer und jünger wie Rugge war, duckte er sich doch unwillkürlich vor dem Krüppel, den er so lange verhöhnt und gedemütigt hatte. Das Wort erstarb ihm auf der Zunge. —: »Sofort das Zimmer verlassen!«, donnerte der Schauspieler, mit einer Stimme, die gar nicht mehr klanglos war: »Mit 1 Wort meinen Namen vor dem Kinde angeschwärzt, und ich schlag' Euch das nächste wieder die Kehle 'runter!«

Rugge stürzte zur Tür – wobei er sie zwischen Waife und sich einen Spalt offen hielt; durch den er von außen noch einmal den Kopf hereinsteckte und bühnenzischte: »Flieh nur, Halunke, flieh! meine Rache wird Dein Geheimnis ausspüren, und Dich in meine Gewalt bringen: Juliet Araminta wird doch noch mein!«. Unter diesen entsetzlichen Worten nahm der Hartherzige Baron mit zwei Sprüngen die Treppe, und war aus dem Haus.

Waife lächelte verachtungsvoll. Aber nachdem die Straßentür hinter der Gestalt des zornigen Managers krachend zugeflogen war, wich die Farbe aus dem Gesicht des alten Mannes. Erschöpft von all der durchgemachten Aufregung, sank er auf einen Stuhl, und fiel, mit einem hastigen Keuchen, wie nach Luft, in Ohnmacht.

11. Kapitel

Fortschritte der Schönen Künste. / Biographische Anekdoten. / Über Schwankungen in der Bewertung des Geldes. / Spekulative Tendenzen des Zeitalters.

Wie groß auch immer der Schock gewesen sei, den die Brutalität des Hartherzigen Barons dem Nervensystem des verfolgten aber triumphierenden Räubers beigebracht hatte: zu der Zeit, da Vance und Lionel, Waife's Räumlichkeiten betraten, hatte er sich mit Gewißheit wieder gelegt; denn sie trafen Großvater & Enkelin am offenen Fenster sitzend an, wie sie, an einer Ecke des Tisches – (auf dem, durch Entfernung der geschnitzten Kokosnuß, des KristallEi's, und der zwei Blumentöpfe, Raum für ihre Operationen geschaffen war) – eifrigst, und begleitet von so manch silbernem Gelächter aus Sophie's Lippen, in jenem Spiel begriffen waren, das man Domino nennt.

Mr. Waife hatte sich, seit einer Stunde und mehr, der Einweihung Sophie's in die Mysterien besagten intellektuellen Vergnügens gewidmet; und so viel Mühe gab er sich, und so eindrucksvoll waren seine Ermahnungen gewesen, daß seine überglückliche Schülerin sich des Gedankens nicht erwehren konnte: *dies* müsse wohl die Neue Kunst sein, auf welche Waife hinsichtlich ihres künftigen Lebensunterhaltes zähle. Dennoch sprang sie beim Eintreten ihrer Besucher, mit einem Gesichtchen das von dankbarem Lächeln strahlte, sogleich auf; eilte auf Lionel zu, den sie sofort bei der Hand ergriff, während sie vor Vance mit mehr Respekt knixte, und rief: »Wir sind frei! oh danke schön! – Dank Ihnen Beiden! Er ist weg! Mister Rugge ist weg!«

»Ja, hab's gesehen, als wir am DorfAnger vorbei kamen; Bühne und Alles«, sagte Vance; indes Lionel das Kind küßte, und an seine Seite zog – es ist ganz erstaunlich, wie väterlich ihm zumute war – wie sehr sie sich in seinem Herzen eingenistet hatte.

»Ach bitte, Sir –«, fragte Sophie schüchtern, mit einem Blick zu Vance hin: »ist der Norfolker Riese auch weg?«

Vance: – »Glaub schon – sämtliche Shows waren entweder fort, oder beim Abbrechen.«

Sophie: – »Das Kalb mit den zwei Köpfen auch?«

Vance: – »Habt Ihr solche Sehnsucht danach?«

Sophie: – »Ohgott, nein.«

Waife, der, nach einem tiefen Bückling und einem munteren »Guten Tag, meine Herr'n«, bis dahin still geblieben war und die Dominosteine weggepackt hatte, sagte nunmehr –: »Ich nehme an, Sir, Ihnen liegt daran, unverzüglich mit Ihrer Skizze zu beginnen?«

Vance: – »Ja; ich hab' all meine Geräte mitgebracht – sehen Sie, sogar die Leinwand – (ich wollt', sie wäre größer; aber es ist alles, was ich von dem Material bei mir habe) – sie ist schon aufgespannt – darf ich noch die Beleuchtung arrangieren ...«

Waife: – »Falls Sie mich nicht weiter brauchen, Gentlemen –: ich würde gern mal, für ne halbe Stunde oder so, an die Luft gehen. Um ehrlich zu sein: ich würd' mich jetzt am liebsten nach meiner Investition umsehen.«

Sophie (flüsternd zu Lionel): – »Ihr seid Euch *ganz-sicher*, daß das Kalb weg ist?; und dieser Norfolker Riese nicht minder?«

Lionel erwiderte verwundert, er glaube es sicher; und Waife verschwand in sein Zimmer, von wo er unlängst wieder auftauchte, den Hausrock abgelegt, und dafür angetan mit einem keineswegs fadenscheinigen und gut gebürsteten schwarzen Rock. So mit Stock und Hut, die Handschuhe in der Hand, wirkte er durchaus respektabel – ja, mehr als das – jeder Zoll eben Gentleman Waife; er sagte: »Mach Dein schönstes Gesicht, Sophie; und sitz' ruhig, wenn Du das fertig bringst«, nickte den Dreien munter zu; und humpelte dann die Treppe hinab. Sophie – die Vance just auf einem Stuhl zurechtgesetzt hatte: Kopf etwas nach unten gerichtet (dreiviertel Profil); vom Künstler geordnet und

›gelöst ihr ambraträufend Seidenhaar‹;

eben war er dabei, Erscheinung und Haltung mit prüfendem Malerauge sinnend zu betrachten – Sophie also fuhr, zu seiner großen Ungehaltenheit, doch noch einmal auf und stürzte ans Fenster –: ?. Kehrte jedoch mit anscheinend sehr erleichtertem Gemütlein auf ihren Sitz zurück: Waife ging in genau entgegengesetzter Richtung zu der, welche zu dem weiland Quartier des Norfolker Riesen und des Kalbes mit zwei Köpfen geführt hätte.

»Kommt, kommt«, sagte Vance ungeduldig: »eine Idee ist schon halb in die Brüche. Ich muß bitten daß Ihr Euch jetzt nicht mehr bewegt, bis ich Euch genau postiert hab' – danach dann mögt Ihr, vorausgesetzt alles andre an Euch hält stille, Eurer Zunge Bewegung machen. Zum Reden habt Ihr Erlaubnis.«

SOPHIE (reumütig): – »Es tut mir so leid – bitt' um Entschuldigung. Ist es so richtig, Sir?«

VANCE: – »Kopf etwas mehr nach rechts – sooo –: ›Titania, den schlafenden Zettel betrachtend‹. Wollt Ihr Euch jetzt auf den Fußboden legen, Lionel, und Zettel darstellen, ja?«

LIONEL (indigniert): – »›Zettel‹?! Hab' ich einen EselsKopf?«

VANCE: – »Unwesentlich! Ich kann mir ganz leicht einbilden, daß Ihr einen hättet. Brauch' lediglich den Umriß einer Gestalt – irgendwas Plumpes, linkisch hingespreiztes.«

LIONEL (verdrossen): – »Großen Dank auch – bildet Euch das doch ebenfalls ein.«

VANCE: – »Tz, Mein, seid doch nicht so ungefällig. Es ist unbedingt erforderlich, daß Sie liebevoll auf irgendetwas hinblicke – gibt dem Auge Ausdruck.«

Lionel legte sich sogleich zurück, in eine ruhende Positur; allerdings so wenig plump und linkisch-gespreizt als er nur immer bewerkstelligen konnte.

VANCE: – »Miss Sophie; Ihr stellt Euch jetzt bitte vor, daß dieser junge Herr da, Euch überaus lieb und teuer sei – habt Ihr einen Bruder?«

SOPHIE: – »Ach nein, Sir.«

VANCE: – »Hm. – Aber Ihr habt, beziehungsweise hattet, doch eine Puppe?«

SOPHIE: – »Oh ja: Großvater hat mir mal eine geschenkt.«

VANCE: – »Und Ihr hattet diese Puppe gern, ja?«

SOPHIE: – »Sehr.«

VANCE: – »Dann stellt Euch vor: der junge Herr sei diese Eure Puppe, die inzwischen groß geworden ist – sie liege jetzt dort und schlafe; und Ihr paßt auf, daß Niemand ihr etwas tue – Mister Rugge zum Beispiel. Seid mit ganzer Seele bei dieser Vorstellung – ›Liebe zur Puppe: Argwohn vor Rugge‹. Lionel, Ihr haltet still, und macht die Augen zu – bitt' Euch.«

LIONEL (bärbeißig): – »Ich bin nicht hierhergekommen, um 'ne Puppe aus mir machen zu lassen.«

VANCE: – »Schmeichelt ihm, Miss Sophie, daß er ja ruhig ist und friedlich schlummert; oder ich tu ihm das ein o'r andre Leid an: Ich kann wohl auch ein Rugge sein, wenn man mich hoch bringt.«

SOPHIE (in den lieblichsten Tönen): – »Versucht's doch und schlaft, Sir – soll ich Euch etwa ein Kissen holen?«

LIONEL: – »Nein, danke – ich fühl' mich sehr bequem jetzt«;

(er bettete den Kopf auf seinen Arm; und, nach einem Blick zu Sophie hinauf, schlossen sich, obschon widerstrebend, die Lider über seinen besänftigten Augen). Ein Sonnenstrahl kam schräg durch das halbgeschlossene Fenster herein, und spielte und spiegelte auf dem üppigen Haar des Jünglings und seinen glatten blassen Wangen. Sophie's Blick ruhte aber auch ungemein liebreich und huldvoll auf ihm.

»So'ss recht«, sagte Vance; »und jetzt still, bis ich die Haltung fixiert, und den Blick 'rausbekommen hab' –«.

Der Künstler begann in großer Schnelligkeit zu skizzieren, mit kecker geübter Hand; und Alle schwiegen, ungefähr eine halbe Stunde lang; bis er sagte: »Ihr könnt aufstehen, Lionel; mit Euch bin ich für jetzt fertig.«

Sophie: – »Und ich auch? – darf ich schon gucken?«

Vance: – »Nein; aber reden dürft Ihr jetzt. – So, da habt Ihr also eine Puppe gehabt? Was ist denn aus ihr geworden?«

Sophie: – »Ich hab sie dalassen müssen, Sir. Großvater meinte, es würde mich zu sehr ablenken, daß ich auf seinen Unterricht nicht gehörig aufpassen, und meine Rollen nicht richtig lernen würde.«

Vance: – »Euern Großvater habt Ihr lieber als die Puppe?«

Sophie: – »oh tausend Millionen-Millionen mal mehr!«

Vance: – »Er hat Euch erzogen, nehm' ich an? Ihr habt keinen Vater? – keine Mutter?«

Sophie: – »Ich hab nur Großvater.«

Lionel: – »Seid Ihr Euer ganzes Leben bei ihm gewesen?«

Sophie: – »Ohgott, nein; Ich war bei Missis Crane; bis Großvater aus der Fremde wieder kam, mich fortnahm, und zu sehr netten Leuten gab; und dann erst, nachdem Großvater diesen bösen Unfall gehabt hatte, ergab sich's, daß ich zu ihm kam, und seitdem sind wir immer zusammen gewesen.«

Lionel: – »War Missis Crane keine Verwandte von Euch?«

Sophie: – »Nein, ich glaub' nicht, denn sie war gar nicht freundlich – ich war so elend da; aber redet nicht mehr davon – ich geb mir Mühe, das zu vergessen. Ich möcht' mich bloß noch von der Zeit an erinnern, wo Großvater mich auf den Schoß genommen, und mir gesagt hat, ich sollt' ein gutes Kind sein, und ihn lieb haben; und ich bin seitdem auch immer glücklich und zufrieden gewesen.«

»Ihr *seid* ein liebes gutes Kind«, sagte Lionel mit Nachdruck: »ich wünschte nur, ich hätte Euch als Schwester.«

Vance: — »Sobald Euer Großvater von mir diese ungeheuerliche Summe — nicht daß ich murren wollte, oder's bereute — erhalten haben wird, hätt' ich doch nicht übel Lust zu fragen, ›Was wird er damit machen?‹ Da er ausdrücklich gesagt hat, es sei ein Geheimnis, darf ich natürlich auch Euch nicht aushorchen.«

Sophie: — »Was wird er damit machen? Ja, das möcht ich wohl selbst gerne wissen, Sir; aber was es auch immer sei: solange Großvater und ich nur beisammen sind, mach ich mir keinen Kummer darüber.«

An dieser Stelle trat Waife wieder ins Zimmer. —: »Nun?; wie geht's mit dem Bilde voran?«

Vance: — »Erträglich für eine erste Sitzung; ich benötigte aber noch zwei weitere.«

Waife: — »Gewiß. — Nur-ä — nur« (er zog Vance beiseite, und flüsterte): »— nur befürchte ich, daß ich, spätestens übermorgen, das Geld brauchen *werde*. Es geht um eine Gelegenheit, die niemals wieder kommt — ich möchte unbedingt zufassen.«

Vance: — »Nehmen Sie das Geld doch jetzt-gleich.«

Waife: — »Also schön: dank' Ihnen, Sir. — Sie haben ja nun auch die Gewähr, daß wir Ihnen nicht damit weglaufen; ergo nehm' ich Ihre Güte dankbar an — dadurch wird Alles gesichert.«

Vance ließ die Sovereigns mit erstaunlicher Bereitwilligkeit in die Hand des alten Mannes gleiten; denn, um die Wahrheit zu sagen, der Künstler, obschon sparsam, war im Grunde großzügig. Das Organ der Vorsicht war bei ihm stark entwickelt, das des Erwerbssinnes nur mäßig. Überdies war er, in jenen Augenblicken wo seine Kunst ihm die Seele frei und weit machte, unbewußterweise weniger lebhaft empfindlich für den Wert des Geldes. Und seltsam ist und bleibt es ja, daß, obwohl die Staaten sich die größte Mühe geben, ihre Währungen und Zahlungsmittel möglichst konstant zu erhalten, für das Einzelwesen, das diese handhabt, sich dennoch der Wert des Geldes ein halb Dutzend mal am Tage verschiebt und schwankt, steigt und fällt. Ich meines Teils erkläre jedenfalls ehrlich, daß es unter den 24 Stunden einige gibt — so zum Beispiel die, unmittelbar vorm Frühstück; oder, wenn ich bei einer Seite dieser Geschichte hier, mit mir und meiner Leistung gar nicht zufrieden gewesen bin, die darauf folgende — wo Jemand, der von mir 5 Schillinge möchte, die ich an sich zur Verfügung hätte, erfahren würde, daß meine augenblickliche Einschätzung dieser Summe, sie gänzlich außerhalb seiner Reichweite rückt; während zu anderen

Zeiten – gleich nach dem Dinner zum Exempel; oder wenn mir in dieser historischen Komposition hier, zumindest meiner Ansicht nach, ein besonders glücklicher Pinselstrich, ein gutes eindringliches Colorit gelungen sind – der Wert besagter 5 Schillinge so sehr herabgesetzt ist, daß ich beinahe – wenigstens bild' ich mir das ein – beinah' in Versuchung geraten könnte, sie für nichts und wieder nichts wegzugeben. Unter eben solchen geheimnisvollen Einflüssen auf den Geldmarkt geschah es, daß Vance den Verlust seiner 3 Sovereigns nicht empfand; vielmehr, zu seiner Staffelei zurückkehrend, Lionel und Sophie davon wegjagte, die die Gelegenheit genützt hatten, einen Blick auf die Leinwand zu werfen.

»Läßt Ihr nicht die geringste Gerechtigkeit widerfahren« sprach Lionel; »alle Züge sind übertrieben.«

»Und Ihr gebt vor, Maler zu sein!«, versetzte Vance mit großer Verachtung, und hing ein Tuch über seine Leinwand. »Morgen, Mr. Waife, zur selben Stunde, ja? So, Lionel; nehmt Euern Hut und kommt weg.«

Vance trug die Leinwand fort, und Lionel folgte langsam. Sophie schaute aus dem offenen Fenster den sich entfernenden Gestalten hinterdrein; während Waife händereibend im Zimmer auf und ab humpelte, – »Er tut's, er tut's; ich hab's ja immer gewußt.« Sophie drehte sich um: »Wer tut's? – der junge Herr? Was tut er?«

Waife: – »Der junge Herr? – als ob ich an Den dächte. Nein, unser neuer Gefährte – bin diese ganze letzte Stunde bei ihm gewesen: wundervolle natürliche Gaben!«

Sophie (kläglich): – »Demnach ist es lebendig?«

Waife: – »Lebendig! na, das will ich wohl meinen.«

Sophie (halb weinend): – »Ach das macht mich ganz elend; 'ch weiß jetzt schon, ich werd's hassen.«

Waife: – »Tz, Schätzel – hol mir meine Pfeife – ich bin glücklich.«

Sophie (ihrem Anfall von schlechter Laune sofort ein Ende setzend): – »Bist Du's wirklich? – dann bin ich's auch; und will's also nicht hassen.«

12. Kapitel

In welchem nachgewiesen wird, daß wenn ein Mann dieses tut, beziehungsweise jenes zu tun ablehnt, das immer aus Gründen geschieht, die er allein am besten weiß – ein Vorbehalt, der für das soziale Interesse innerhalb einer Gemeinschaft überaus förderlich ist; da die Mutmaßungen über Ursprung und Beschaffenheit jener Gründe nicht nur den Forschungstrieb mächtig anregen, sondern auch das Hauptkontingent für die Unterhaltungen der Modernen liefern. – Und da nicht wohl geleugnet werden kann, daß, falls ihre Nachbarn ihnen nicht dann und wann etwas zu raten aufgäben, drei Viertel der zivilisierten Menschheit, ob Mann ob Weib, keinerlei Gesprächsstoff mehr hätten; ergo kann man jene nützliche Neubegier gar nicht genug ermutigen, die zwar der Gedankenlose Getratsch oder Skandalsucht schilt, die aber in Wirklichkeit die überwältigende Mehrheit unserer Gattung davor bewahrt, sich sehr bald auf den entarteten Zustand stummer Tiere heruntergekommen zu sehen.

Am nächsten Tage wurde die Sitzung wieder aufgenommen; aber Waife ging diesmal nicht aus, und die Unterhaltung geriet folglich etwas conventioneller; beziehungsweise präziser, Waife trug den Hauptanteil davon. Der Komödiant konnte, wenn er Lust dazu hatte, wirklich überaus unterhaltend sein; und zwar noch nicht einmal so sehr in dem was er sagte, sondern wie er es sagte. Er verkörperte ein ganz seltsames Gemisch aus immer wieder plötzlich umschlagenden Extremen – eine zeitlang verkehrte er mit seinen Besuchern im Tone ungezwung'ner aber nicht würdeloser Vertraulichkeit, wie wenn er ihnen an gesellschaftlicher Stellung gleich, an Jahren überlegen wäre; dann, unversehens, demütig, wie abbittend, nahezu servil, ja knechtisch; und dann gab's ihm gewissermaßen wieder einen Ruck zu Stolz und steifer Förmlichkeit, sogleich neuerlich abgelöst, wie wenn die Anstrengung nicht durchzuhalten wäre, von verzagter Niedergeschlagenheit. Gleichwohl ließ sich der vorherrschende Charakter von Stimmung und Gespräch des Mannes, etwa als gesellig, schnurrig, heiter kennzeichnen. Augenscheinlich war er, von seinem ursprünglichen Temperament her, ein Humorist, drollig und fröhlich, und voller Lebensgeister; und, bei alle dem, zu Zeiten von einer kindlichen Einfachheit, wie der kluge Mann der Fabel, der nie die Welt durchschauen lernt, und immer den Kürzeren zieht.

Ein an sich unbedeutender Umstand, der aber Anlaß zu Betrachtungen sowohl über den Charakter als auch die Antecedentien von Gentleman Waife bieten konnte, entging der Beobachtung von Vance mit nichten: seit seinem Bruch mit Mr. Rugge war eine auffallende Besserung in jener Affektion der Luftwege eingetreten, die, solange sein Engagement mit dem Direktor lief, das dramatische Talent des Schauspielers für die Bühne wertlos gemacht hatte. Nunmehr drückte er sich ohne die pathetische Heiserkeit und das hohle Keuchen aus, welche zuvor gleichsam eine nasse Decke über all seine Bemühungen um Unterhaltung geworfen hatten. Vance allerdings gab der Verstellung, auf die solche Veränderung einwandfrei hinzuweisen schien, keine allzustrenge Auslegung. Da Waife immer einäugig und ein Krüppel blieb, war sein Zurückschrecken vor einem Wiedererscheinen auf der Bühne ja nur allzu entschuldbar; folglich auch, daß er, um seinen Stolz vor der Zurschautragung seiner zwei echten Gebrechen zu bewahren, zusätzlich noch ein drittes simulierte.

Was jedoch Vance am meisten Kopfzerbrechen verursachte, war genau das, worüber schon der Flickschuster so gerätselt hatte, —: Was mochte der Mann früher gewesen? – wodurch so tief gefallen sein? – denn ein Sturz lag vor, soviel war klar. Der Maler, obwohl selbst nicht von patrizischer Herkunft, hatte viel in der besten Gesellschaft verkehrt. Er war verhätschelter Liebling in Großen Häusern gewesen; er war gereist; er hatte die Welt gesehen; er hatte die Gewohnheiten und Instinkte der Guten Gesellschaft.

Nun gibt es in dem, was die Franzosen die *beau monde* nennen, allerlei kleine verräterische Züge, an denen man die ihr Angehörenden erkennt – gewisse Eigentümlichkeiten in Redensarten, bestimmte Ausdrucksweisen – sogar die Aussprache gebräuchlicher Worte, selbst die Transponierung eines Akzentes. Ein Mann von der feinsten Bildung mag diese Eigenheiten nicht an sich haben; ein Andrer, ansonsten plump und brüsk von Manieren, mag sie haben – der Slang der *beau monde* ist etwas vom Codex der feinen Erziehung gänzlich Unabhängiges. Nun schien, ab und an, etwas in Waife's Gespräch anzudeuten, daß er mit jener beau-Welt in Berührung gekommen sei; und ab und an verschwand dieses Etwas wieder völlig; so daß Vance es vielleicht so ausgedrückt hätte: ›Er hat zu den dort Zugelassnen gehört; nicht zu den Dauerbewohnern.‹

Ganz sicher jedoch konnte Vance seiner Sache sich nicht fühlen; Schauspieler können ja derartig täuschen. Aber war der Mann denn auch, schon in seinem früheren Leben, Berufsschauspieler gewesen? Eine Frage, die Vance geschickt also anging:

»Sie haben gewiß schon sehr jung auf der Bühne gestanden?«, sagte er.

»Bühne! –«, wiederholte Waife; »wenn Sie damit das offizielle Theater meinen – nein. Ich bin in der Jugend, ja schon als Kind sogar, ziemlich oft aufgetreten, Andern zum Vergnügen; aber hauptberuflich, um mir meinen Unterhalt zu verdienen, das erstemal vor vier Jahren, als Mr. Rugge so human war, mich zu engagieren.«

»Ist das möglich – bei Ihrer glänzenden Ausbildung! Aber entschuldigen Sie; ich habe früher schon einmal meinem Erstaunen über Ihre letzte Beschäftigung Ausdruck gegeben, und es hat Ihnen mißfallen.«

»Mir mißfallen!«, sagte Waife in einer deprimierten, ja unterwürfigen Art; »ich hab doch hoffentlich nichts gesagt, was einem armen heruntergekommenen Landstreicher wie mir nicht zugestanden hätte? Ich bin kein verkleideter Prinz – bloß ein nichtsnutziger alter Bube, der nur zu dankbar sein sollte, daß er etwas hat, was ihn vor'm Misthaufen bewahrt.«

Lionel: – »So müssen Sie nicht reden. Wäre Ihr Unfall nicht gewesen, könnten Sie jetzt eventuell schon die Große Attraktion der hauptstädtischen Bühnen sein: wer respektiert wohl nicht einen wirklich guten Schauspieler?«

Waife (düster): – »Hauptstädtische Bühnen! Beschwatzen hab' ich mich lassen; nein, ich bin sogar dieses Unfalls froh, der mich gerettet hat – reden Sie mir davon bitte nicht, kein Wort mehr. – Aber ich hab die Sitzung wieder noch gestört: Sie sehen, Sophie hat ihren Stuhl verlassen.«

»Ich war sowieso für heute fertig«, sagte Vance; »nun morgen noch, und meine Aufgabe ist vollbracht.«

Lionel trat zu Vance und flüsterte mit ihm; nach einer Pause nickte der Maler schweigend, und sagte dann zu Waife –

:»Wir haben vor, (nachdem ich das Gerät hier weggebracht hab'), das schöne Wetter auf der Themse zu genießen; werden dann in unser Gasthaus – nicht weit von hier – zurückkehren, und dort um 8 Uhr zu Abend essen. Das Supper ist bei uns die Hauptmahlzeit – wir verderben unsern Tageslauf selten durch das Zeremoniell eines förmlichen Dinners – würden Sie uns den Gefallen tun, mit uns zu Abend zu essen? Unser Wirt hat einen wunderbaren Whisky; der im rohen Zustand zwar Glenlivat, zu Toddy verarbeitet aber der pure Nektar ist. Bringen Sie Ihre Pfeife mit, und lassen Sie uns John Kemble noch einmal hören.«

Waife's Gesicht leuchtete auf. »Sie sind sehr gütig; ich wüßte nichts, was ich lieber täte. Aber« –, und das Licht erlosch, das Antlitz verdüsterte sich – »doch nein; ich kann nicht – Sie ahnen nicht – das heißt – ich – ich habe mir selbst ein Gelübde getan, alle derlei Versuchungen abzulehnen. Ich bitte bescheidentlichst, mich zu entschuldigen.«

Vance: – »›Versuchungen‹?; welcher Art denn – der Whisky-Toddy?«

Waife (einen Seufzer in einen Pfeifenpaff verwandelnd): – »Ahja; schön, auch der Whisky-Toddy, wenn Sie so wollen. Vielleicht hab' ich ja früher mal das Glas zu sehr geliebt, und könnte einem Glas zuviel jetzt nicht widerstehen; und wenn ich ein Mal die Regel bräche und ein Trinker würde, wie sollt' es dann Juliet Araminta ergehen? Um ihretwillen bestehen Sie nicht weiter darauf.«

»Och geh doch mit, Opa! Er trinkt nämlich nie – nichts was stärker wäre als Tee, bestimmt, Sir; das kann der Grund nicht sein.«

»Er ist es, Du Dummerle, und nichts anderes«, sagte Waife mit Bestimmtheit; – und, sich aufrichtend: »Sie entschuldigen also.«

Lionel begann seinen Hut mit dem Ärmel zu bürsten, und in seinem Gesicht arbeitete es; endlich sagte er: »Nun gut, Sir; darf ich aber dann vielleicht um etwas and'res bitten? Mr. Vance und ich wollen uns morgen nach der Sitzung, Hampton Court anschauen gehen; wir haben uns diesen Ausflug bis zuletzt aufgehoben, ehe wir der Gegend hier Ade sagen. Würden Sie und die kleine Sophie im Boot mit uns mitkommen?; da gibt es keinen Whisky-Toddy, und wir bringen Sie Beide wieder wohlbehalten nach Hause.«

Waife: – »Wie – ich? – was – ich! Sie sind noch sehr jung Sir – ein Gentleman nach Geburt und Erziehung, möcht' ich wetten; und Sie sollten womöglich von Freunden oder Verwandten, im Palast der Königin – in den öffentlichen Anlagen – mit einem alten Vagabunden wie mir gesehen werden! Da müßt' ich ja der allererbärmlichste Wicht sein, wenn ich Ihre Gutheit dergestalt ausnützte. ›Feine Gesellschaft‹, würd' es heißen, ›in die Sie da geraten sind.‹ Mit mir – mit mir! Keine Sorge Mister Vance – überhaupt nicht dran zu denken.«

Die beiden jungen Männer waren tief bewegt.

»Ich kann, ich mag diesen Ihren Grund nicht passieren lassen«, sagte Lionel mit zittriger Stimme; »obschon ich mir selbstredend nicht anmaßen darf, Sie in Ihren Lebensgewohnheiten stören zu wollen. Aber *sie* könnte doch mit uns gehen, wie? Wir werden aufs beste auf sie aufpassen; und sie geht doch so adrett und niedlich angezogen, und sieht ganz aus wie eine kleine Lady –?«, (zu Vance gewendet).

»Jå; laßt sie mit uns kommen,« sagte der Künstler wohlwollend; ob er gleich Lionel's enthusiastisches Verlangen nach ihrer Begleitung nicht entfernt teilte; er dachte mehr, sie würde ihnen beträchtlich im Wege sein.

»Der Himmel segne Sie Beide!«, antwortete Waife; »und sie braucht einen Feiertag; sie soll ihn haben.«

»Ich würd' lieber bei Dir bleiben, Opa; Du wirst so einsam sein.«

»Nein; ich hab' sowieso vor, morgen den ganzen Tag außerhaus zuzubringen –: die Investition! Ich werd' nicht allein sein, Sophie – muß mich mit unserm zukünftigen Gefährten anfreunden.«

»Und kannst schon ohne mich auskommen? – oh wei oh wei!«

Vance: – »Das ist also abgemacht; Auf Wiederseh'n, bis morgen.«

13. Kapitel

Begeisternde Wirkung der Schönen Künste: die Plebs fühlt sich durch ihre Schaustellung zu großherzigen Regungen und hochfliegenden Fantasien bewogen, denen jedoch die unzierliche Strenge ihrer Vorgesetzten Einhalt tut; dargestellt am Beispiel von Schuhflicker Merle und seinem Mädchen-für-Alles.

Am folgenden Tage war Waife, vielleicht mit dem Hintergedanken, alle Bedenken Sophie's von vornherein zu beseitigen, schon nach seiner Investition sehen gegangen, als die Freunde eintrafen. Zuerst war Sophie mürrisch und teilnahmslos, aber nach und nach wurde sie munterer; und als die Sitzung vorüber und das Gemälde vollendet war, (abgesehen von allerletzten Pinselstrichen, wie Vance sie sich für die Stille des Ateliers aufhob), da ward ihr auch erlaubt, ihr eignes Abbild in Muße zu betrachten, und sie brach in Ausrufungen ungekünstelten Entzückens aus. »Seh ich so aus! Ist das möglich? Ach, ist das schön! –: Mister Merle, Mister Merle, Mister Merle!«; sie war aus der Stube geflogen, ehe Vance sie noch aufhalten konnte; und kehrte bereits mit dem Schuster zurück; dieser wiederum gefolgt von einem langen hageren Mädchen, das er pompös als seine Haushälterin zu bezeichnen pflegte, das jedoch, in nüchterner Wirklichkeit, Mädchen-für-Alles war. (Eine Frau hatte er nicht – sein Horoskop, gab er an, mit Saturn im Geviertschein zum 7. Haus, untersage ihm, es mit der Ehe zu wagen). Alle versammelten sich vor dem Gemälde; Alle bewundertens und mit Recht – es war ein *chef d'oeuvre!* (Vance hat späterhin, in seinen reifsten Tagen, nicht Bezauberndere geleistet. Jene Drei Pfund haben sich als die beste Kapitalsanlage herausgestellt, die ihm je gelungen ist.) Zufrieden mit seiner Arbeit, hörte er sich selbst diesen Beifall der Ungeschulten zufrieden an.

»Merkur und Venus müssen aber sehr stark in Euren Aspekten sein«, sprach der Flickschuster; »und wenn Ihr jetzt noch zusätzlich den Drachenkopf im 10. Hause haben solltet, könnt Ihr damit rechnen, daß man, wenn Ihr mal tot seid, noch lange von Euch reden wird.«

»›Wenn ich mal tot bin‹? – schlimmes Omen!«, erwiderte Vance ungehalten. »Ich glaub' nicht an Künstler, die sich drauf verlassen, daß man mal nach ihrem Tode großartig von ihnen reden werde – noch keinen Pinsler gekannt, der die Ausrede nicht gehabt hätte! – Aber zurücktreten jetzt – die Zeit verfliegt – das Haar gemacht, Titania – und ein Hütchen drauf. Einen Shawl habt Ihr? – (ohne Flitter, hoffentlich!) – je unauffälliger desto besser. Ihr bleibt, und seht nach Ihr, Lionel.«

– sprach die hagre Magd-für-Alles zu Mr. Merle –: »Ich möchte fast den Herrn Gentleman mich auch malen lassen, wenn er wollte – soll ich's ihm sagen, Master?«

»Geh an Deine Speckpfanne, einfältiges Mensch. Gewiß, er hat Ihr 3 Pfund für's Porträt gezahlt, aber wegen Ihrer Benefici! Du?: Du müßtest ihm den Lohn von 3 Jahren geben, eh' er Dir nur einmal grad ins Gesicht kuckte; denn, siehst Du, Deine Aspekten sind total verbogen. Und«, setzte der Schuhflicker philosophisch hinzu: »wenn die Malefici einem MädchenFrätzchen einmal hoffnungslos conträr sind, so ist der Mann von Natur aus so gebaut, daß ihm dies Frätzchen nicht einleuchten kann, es hätte denn einen goldnen Rahmen zum Anfassen. Gräm Dich nicht, es ist nicht Deine Schuld: unterm Scorpion geboren, (folglich knochig von Gliedern; unreiner Teint) – dann gar noch der Drachenkopf; und aus sämtlichen Eck-Häusern starren die Infortunen ...«

14. Kapitel

Der Geschichtsschreiber nützt die dem gegenwärtigen Erleben von Mister Waife's Enkelin verstatteten SommerStunden geschickt dazu, um einige Glanzlichter auf ihre Vergangenheit fallen zu lassen. / Er führt sie in den Palast unsrer Herrscher, und gerät darob ins Moralisieren; dann, beim Betreten der Königlichen Gärten, demonstriert er sowohl die Ungewißheit menschlichen Erlebens, als auch die Unzuverlässigkeit der großbritannischen Gesetze, beides, an der plötzlichen Festnahme und gewaltsamen Entführung eines unschuldigen und ahnungslosen Engländers.

Welch wunderbarer Nachmittag! Der launenhafte englische Sommer war den Tag derart gütig gegen das Kind und seine neuen Freunde! Immer wenn Sophie's kleiner Fuß den Rasen betrat: wäre sie wirklich die Königin der Grünen Leutlein gewesen, Rasen & Fußtritt hätten einander nicht genußvoller begegnen können. Der Heuschreck sprang, furchtlos-zuversichtlich, auf den Saum ihres Röckchens: sie gleich nieder ins hohe Gras und ihn gehascht, (aber oh so zärtlich!); und das fröhliche, Dichtern und Feen so theure Insekt, schien sie aus seinem wunderlich-scharfen Gesichtlein mit klugem Wiedererkennen zu betrachten, und auf der kleinen Eb'ne ihrer hübschen Hand gemach zu ruhen; bis dann, da er ab-sprang, winzige mottenartige Schmetterlinge, heimisch an den Borden fließender Wässer, aus Gras & Kraut aufzitterten und die Runde um sie flatterten. Und da, grad voraus, glitzernd durch Weidicht, lag auch schon die Themse, wo Vance das Boot zurecht machte. Und Lionel saß ihr zur Seite, ein Kind wie sie selbst, der Stolz seiner knospenden Mannheit ganz vergessen, glücklich ob Ihres Vergnügens – und sie liebte ihn, der empfundnen Freude wegen – und blendete sein Bild überall ein, in die mit ihrem ersten Sommerferientag verbundnen Erinnerungen – zu Sonnenstrahlen – schimmerndem Laubwerk – tirilierenden Vögeln – feeigem Gefittiche – glitzerndem Gewelle. Achja, so in einem Kinderherzen weiterzuleben – unschuldig gesegnet engelgleich – besser, weit-besser, als der verstörte Widerschein im Gedenken der reifern Frau; besser als jene trauerschleirige Illusion, über die täglich so viele bittre Tränen vergossen werden – besser als diese ›Erste Liebe‹! –

— Sie stiegen ins Boot. Sophie war, soweit sie sich zu erinnern vermochte, noch nie in einem Boot gefahren. Alles war neu für sie: die, wie belebte, Hurtigkeit des Schiffleins — diese kühl-grüne WasserpflanzenWelt, in der Fische hin und her flitzten — der musikalische Takt des Ruderns — in der Ferne die stattlichen Schwäne. Sie hub an zu schweigen — ihr Herz war übervoll.

»Woran denkt Ihr, Sophie?«, fragte Lionel, aufs ruhige Ruder gestützt.

»Denken? — Ich hab' eigentlich nicht gedacht.«

»Was dann?«

»D's weiß ich nich — gefühlt vermutlich.«

»Und zwar was?«

»Wie etwa zwischen Schlaf und Wachen — vielleicht wie das Wasser sich fühlt, wenn die Sonne d'rauf scheint.«

»Poetisch«, sagte Vance, der (selbst ein Stück von einem Poeten) poetische Tendenzen bei Anderen selbstredend bespöttelte. »Immerhin nich' übel in seiner Art. — Oh;: hab' ich Eure Eitelkeit verletzt?; in Euren Augen stehen ja Thränen!«

»Ach nein, Sir«, versetzte Sophie, mit schwankender Stimme; »aber ich *hatt'* an was gedacht . . .«

»Ah«, sagte der Künstler, »tja, das ist das Schlimme dabei: nach dem Fühlen kommt grundsätzlich das Denken — worin bestand Eures?«

»Mir tat's so leid, daß der arme Opa nicht mit hier ist; das war alles.«

»Es ist aber nicht unsre Schuld; wir haben ihm aufrichtig zugeredet«, sagte Lionel.

»Ja, das haben Sie wirklich, Sir — dank auch schön! Und mir will's gar nicht in den Sinn, wieso er's Ihnen abgeschlagen hat.« Die jungen Männer wechselten einen mitleidigen Blick.

Dann versuchte Lionel, sie auf ihr vergangnes Leben zu sprechen zu bringen — ihm mehr von Mrs. Crane zu erzählen: Wer und was war Die gewesen?

Aber Sophie konnte entweder, oder wollte nicht reden. Die Erinnerungen mußten peinlich sein; und sie hatte sich augenscheinlich Mühe gegeben, sie zu verdrängen. — Und diese andern Leute, bei denen Waife sie untergebracht, und die nett gewesen waren?

Die Fräulein Burton — ja, die hielten eine Tagschule, und hatten Sophie Lesen, Schreiben und Rechnen beigebracht. Sie wohnten in der Nähe von London, an einem Heckenweg, der auf die große

Gemeindewiese führte, in einem Haus mit einem grünen Zaun davor; und hatten ganz viel Schüler, und eine schwarz-gelb gefleckte Katze, und einen Kanarienvogel. Sehr aufschlußreich für ihren Zuhörer war das auch wieder nicht, womit Sophie ihn hier bekannt machte.

Und nun näherten sie sich dem stattlichen Palast, der so viele Assoziationen an Glanz und Pracht weckt, und an Sturmzeiten. Der Große Kardinal – eisengepanzert der Lord Protector. Holländer-William unsterblichen Angedenkens, den zu lieben wir uns solche Mühe geben; und dem wir, trotz des großen Whig-Geschichtsschreibers, dieses Tizian der Englischen Prosa, nur kühlen Respekt entgegenbringen können. Schwere Zumutung für uns Briten, einen Mijnheer lieben zu sollen, der seinen Schwiegervater entthront und Schnaps dazu trinkt – ein Vorurteil, zugegeben; aber es ist nun mal so. Und noch schwerer, Holländer-William's unkindliche Frau zu lieben. (Queen Mary lieben? Genau so gut könnt' ich Queen Goneril lieben!). Nein, nein, die Romanze flieht vor dem erfolgreichen pomadigen Aeneas; flieht vor seiner plumpen Lavinia, und seinem ›fidus Achates‹ Bentinck; flieht, um dem armen verlass'nen landflüchtigen Stuart zu folgen, wie er ist, mit all seinen Sünden. Könige haben keine Göttlichen Rechte, außer wenn sie abgesetzt und gestürzt sind; dann erst werden sie mit jener Ehrfurcht belehnt, wie sie jedem würdigen Symbolbild irdischer Unbeständigkeit gebührt – jener Unbeständigkeit, die den Epikuräer, ›insanientis sapientiae consultus‹, aufschreckt, und seiner sorglosen Leier Töne entlockt, die da bezeugen ›es ist ein GOtt‹! Ein stolzer Schatte jagt den andern vom Throne des Cyrus; und Horaz vernimmt im Donner das Rasen Diespiter's, und setzt die Vorsehung gleich der Fortuna, die schwirrenden Flügelschlags, die Diademe wegrafft*. Aber ent-

* ›Valet ima summis
mutare, et insignem attenuat Deus,
obscura promens; hinc apicem rapax
Fortuna cum stridore acuto
sustulit, — hic posuisse gaudet.‹
(HORAZ., Carm. I,34)

Die Anspielung zu Ende gilt vermutlich den parthischen Umwälzungen, und dem wechselvollen Schicksal Phraates IV.; und ich bin mir nichts weniger als sicher, daß die voraufgehenden Zeilen über das Phänomen des Donners aus heiterem Himmel, nicht einen versteckten und halballegorisierenden Sinn haben könnten, der sich überhaupt auf die historischen Hindeutungen am Schluß applizieren ließe.

krönten Stirnen eignet, für edle Naturen, gleichsam eine neue Majestät; – in jedwedem aalglatten Prosperieren liegt etwas Gewöhnliches – in jedem großen Mißgeschick etwas Königliches.

Das Boot schoß an den Strand; die Jungen Leute stiegen aus, und betraten die Wölbungen des verödeten Palastes. Sie besahen die große Halle; und den AudienzSaal; und die langen Zimmerfluchten voll verblichener Porträts – Vance als Künstler; Lionel als enthusiastischer gut-belesener Jüngling; Sophie als ein staunendes, verwirrtes, unwissendes Kind. Dann traten sie wieder ins Freie, in den noblen Park, mit seinen königlichen Baumgestalten. Gruppen von wohlgekleideten Personen ergingen sich hier. Vance hörte sich bei Namen nennen. Er hatte die londoner Welt ganz vergessen gehabt – auf seinen mittsommerlichen Streifzügen außer Acht gelassen, daß die londoner Saison noch auf Hochtouren lief – und ausgerechnet-nun mußten vornehme Bummler aus dem Großen Brennpunkt – feine Leute mit schleppender Sprechweise und künstlich blasiertem Gelächel – ihn in seiner Wanderkluft erwischen; Seit' an Seite mit dem Wunderkind aus Mister Rugge's Bude, ausgesucht zierlich, zugegeben, aber dennoch in einem Kleidchen aus bedrucktem Kattun, von einem Muster, das seinem KameraAuge nur allzuvertraut war, aus reichbeschilderten Laden-Schaufenstern, die durch die Beteuerung zum Eintreten luden, daß just ›AUSVERKAUF‹ sei. Der Künstler blieb stehen. Errötete. Verbeugte sich. Beantwortete die an ihn gerichteten, gleichgiltigen Fragen mit scheuer Hast; dann versuchte er zu entkommen – aber man wollt' ihn nicht gehen lassen.

»Sie *müssen* mit uns zurückkommen, Vance, und im STAR & GARTER mit-dinieren«, sagte Lady Selina Vipont. »Eine angenehme Party – Sie kennen die Meisten davon – die Dudley Slowes; die liebe-alte Lady Frost, und die hübschen Ladies Prymme, Janet und Wilhelmina.«

»Ja, Wir lassen Sie nicht weg –«, sagte schläfrig Mr. Crampe, ein fashionabler Witzbold, der selten mehr als 1 Bonmot in 24 Stunden von sich gab, und dann den Rest des Tages in einer Art Starrsucht zubrachte.

VANCE: – »Sie sind wirklich zu liebenswürdig; aber ich bin nicht einmal angezogen für . . .«

LADY SELINA: – »Ganz allerliebst angezogen – so malerisch! Und dann, Was tut das schon?; weiß doch Jeder, wer Sie sind. – Wo in aller Welt haben Sie denn die ganze Zeit gesteckt?«

VANCE: – »Och-so umhergestreift; skizziert.«

LADY SELINA (ihre Lorgnette auf Lionel und Sophie richtend, die abseits stehen geblieben waren): – » – die Begleiter-da?; Ihr Bruder? – und dies reizende kleine Mädchen: Ihre Schwester, nehm' ich an?«

VANCE (schaudernd): – »Oh nein, keine Verwandten. – Des Jungen hab'ich mich etwas angenommen – aufgewecktes Bürschchen, das. – Und das kleine Mädchen ist-ä –«

LADY SELINA: – »Ja. Das Kleine Mädchen ist-ä –«

VANCE: – »Ein kleines Mädchen, wie Sie sehen; und sehr hübsch, wie Sie sofort erkannten, – direkt Gegenstand für ein Bild.«

LADY SELINA (unbeteiligt): – »Oh lassen Sie die Kinder doch gehen, und sich irgendwo amüsieren. – Jetzt wo wir Sie aufgetrieben haben – da müssen Sie schlechterdings unser Gefangener bleiben!«

Nun war Lady Selina Vipont eine der Königinnen von London, und hatte jene Gewohnheit des Befehlens an sich, die solchen Herrscherinnen eignet. Frank Vance seinerseits war zwar kein Speichellecker, stand aber immerhin unter dem Einfluß der Gesellschaft; und sie übte ihre Wirkung auf ihn, wie auf alle Männer mit Himmelfahrtsnasen. Es ist wahr: diese Großen Damen kauften nie eins von seinen Bildern; aber sie gaben ihm das gesellschaftliche Ansehen, das *Andere* dazu bewog, welche zu erstehen. Nun liebte Vance seine Kunst: seine KünstlerLaufbahn bedurfte der Förderung: und sothane Förderung wurde einwandfrei erhöht und beschleunigt, mithülfe von Rang und weltlicher Stellung.

Kurzum Lady Selina triumphierte; und der Maler schritt zu Lionel zurück. :»Ich muß mit diesen Leuten nach Richmond gehen; (Ich weiß, Ihr werdet mich entschuldigen). Irgendwann heut Abend bin ich wieder zurück. Übrigens, geht Ihr noch auf das Postamt hier, wegen dem Brief, den Ihr von Eurer Mutter erwartet?: fragt doch bitte nach meinen mit. Nehmt die kleine Sophie unter Eure Fittiche; und« (flüsternd): »bloß schnell mit ihr aus dem Park weg; oder dieser weibliche GroßMogul, Lady Selina, deren Herablassung die Anden erdrücken könnte, hält sie noch fest, als meine *protegée;* und fängt an, in Verzückungen zu fallen über dies grus'lige bedruckte KattunFähnchen, Die kriegt das fertig und sagt: ›Tz, nein diese allerliebsten BlütenZweiglein!, wo kann man sowas denn bekommen?«; und bringt am Ende noch in Erfahrung, wie Frank Vance das Kind des Räubers vor dem Hartherzigen

Baron bewahrte. Jetzt ist's Zeit für einen Liebesdienst: rettet Euren Freund, ja? Der Baron war ein Lämmlein, im Vergleich mit so einer vornehmen Dame!«. Er preßte Lionel's Hand, (die den Druck nicht zurückgab); und war schon auf und davon, um sich den gebildeten Lustbarkeiten der Frost's, Slowe's und Prymme's beizugesellen.

Lionel's Stolz schnellte hoch bis zur FieberHitze des Thermometers; – obgleich mehr noch um der ahnungslosen Sophie, als um seiner selber willen aufgebracht:

»Kommt, Wir gehen zusammen ins Städtchen, Ladybird, und suchen eine Puppe aus – jetzt dürft Ihr ja doch wohl eine haben, ohne die Befürchtung, sie könnte Euch zu sehr ablenken – (also was ich den bloßen Gedanken hasse, daß Ihr Euch je herabgelassen habt, aufzutreten!).«

Als Lionel, mit geschwelltem Kamm und geblähten Nüstern, Sophie fest an der Hand haltend, seinen Weg aus den Parkanlagen einschlug, war er genötigt, an der patrizischen Party vorüber zu gehen, deren Einer nun auch Vance war.

Seine Haltung und Miene als er vorbeifegte, überraschte doch Alle, besonders Lady Selina. »Sieht aber sehr distinguiert aus, der Junge« sagte sie: »was für ein prachtvolles Gesicht! Wer, sagten Sie gleich, Vance, das er sei?«

VANCE: – »Sein Name ist Haughton – Lionel Haughton.«

LADY SELINA: – »Haughton? – Haughton!: etwa verwandt mit dem armen lieben Captain Haughton? – Charlie Haughton, wie er gewöhnlich genannt wurde?«

Vance, der von der Stammreihe seines jungen Freundes wenig mehr wußte, als daß seine Mutter Zimmer vermietete, (allwo er, selbst einmal wohnhaft gewesen, die Bekanntschaft des Jungen gemacht hatte), und sich der Pension einer CaptainsWitwe erfreute, antwortete gleichgiltig –

»Captain war der Vater; aber ob er nun auch ein Charlie war, weiß ich nicht.«

Mr. CRAMPE (der Witzbold): – »Die Charlies sind sämtlich ausgestorben; ich besitz' den Letzten noch, versteinert – Würfelbecher und Alles!«

Allgemeines Gelächter. Der Witz wird wieder weggeschlossen.

LADY SELINA: – »Er hat erstaunliche Ähnlichkeit mit Charlie Haughton. Wissen Sie zufällig, ob er zu diesem außerordentlichen Menschen, zu Mister Darrell, irgendwelche Beziehungen hat?«

Vance: – »Auf mein Wort, ich hab' keine Ahnung. Welchen Mr. Darrell meinen Sie?«

Lady Selina, mit einer jener sublimen Blickungen himmlischen Mitleids, mit denen Angehörige der Großen Welt, Jenen nicht in ihren Kreisen Geborenen ihre Unkenntnis von Namen und Geschlechtern vergeben – versetzte: »Ah, natürlich; es liegt nicht direkt auf den Pfaden Ihrer entzückenden Kunst, von Mr. Darrell zu wissen, einem der ersten Männer im Parlament, und gutem Bekannten von mir.«

Lady Frost (sarkastisch): – »Sie meinen Guy Darrell, den Anwalt?«

Lady Selina: – »Anwalt – richtig, jetzt fällt mir's ein; er war ja Anwalt. Aber seinen eigentlichen Ruhm erwarb er im Unterhaus. Alle Parteien waren sich einig, daß er jeglichen Regierungsposten hätte bekommen können; aber er war vielleicht zu reich, um sich ernstlich um ein Amt zu bemühen. Wie dem auch sei; jedenfalls wurde das Parlament aufgelöst, als er im Zenith seines Ruhmes stand; und er hat es strict abgelehnt, sich wiederwählen zu lassen.«

Ein gewisser Sir Gregory Stollhead (Mitglied des Unterhauses; jung, wohlhabend; bei jeder Sitzung anwesend; vielversprechend; hält Reden, überreich an Tatsachen, die sämtliche AbgeordnetenBänke leeren): – »Hab von ihm gehört. War vor meiner Zeit: Anwälte gelten nicht mehr viel im Haus jetzt.«

Lady Selina: – »Ich habe mir sagen lassen, daß Mr. Darrell nicht wie ein Anwalt gesprochen hätte. – Nun, seine Laufbahn ist vorbei – lebt ganz auf dem Land' und verkehrt mit Niemandem – ungemein bedauerlich – und eine so gute Bekanntschaft von mir – großer Verlust für die Nation. Fragen Sie Ihren jungen Freund, Mister Vance, ob Mr. Darrell nicht doch sein Verwandter ist; ich hoff' es jedenfalls, um seinetwillen. Gerade jetzt, wo unsre Partei an der Macht ist, könnte Mr. Darrell alles für Andere durchsetzen, obschon er die Mitarbeit mit uns eingestellt hat. Unsre Partei vergißt Talente nie.«

Lady Frost (mit eisiger Sprödigkeit): – »Achja, das glaub'ich; sie besitzt in der Art so wenig Erinnernswertes.«

Sir Gregory: – »Talent wird im Unterhaus zur Zeit nicht benötigt – versagt grundsätzlich, Tatsachen gegenüber. Fachmanns-Versammlung: das ist's!«

Lady Selina (ein Gähnen unterdrückend) – »Schöner Tag! Vielleicht kehrten wir jetzt am besten nach Richmond zurück?« –

Allgemeine Zustimmung; gefolgt von langsamem Rückzug.

15. Kapitel

Der Geschichtsschreiber berichtet von dem Eifer für Öffentliche Angelegenheiten, wie er den britischen Gesetzgeber so auszeichnet./ Ergreifendes Beispiel jenes schmerzlichen Grams, der im Busen des Patrioten jegliche Vernachlässigung einer Öffentlichen Pflicht grundsätzlich begleitet.

Von der umstaubten Höhe eines Bedientensitzes, hinten-oben an Lady Selinas Barouche angebracht, und zu Seiten des anregenden Sir Gregory Stollhead, wurde Vance, drüben an einer Ecke des großen Rasenplatzes vor dem Palast, Lionel und Sophie gewahr. Er seufzte; er beneidete sie. Er gedachte des Bootes; der Wasserkühle; der GeißblattLaube beim kleinen Gasthof – Vergnügungen, die er sich jetzt versagt hatte – dabei Vergnügungen ganz in seinem Geschmack. Und sie schienen noch lockender, durch den Kontrast der ihm bevorstand: formelles Dinner im ›Star & Garter‹, mit betitelten Prymme's, Slowe's und Frost's, für ein paar Guineas pro Kopf, inclusive leichte Weine, die er nicht trank; und anschließend die Kosten für die Kalesche zurück, von ihm allein zu tragen. Aber so ist das Leben und seine gesellschaftlichen Verpflichtungen – so, vor allem, Ehrgeiz und die Karriere. Wer, der einen Namen auf seinem Grabstein hinterlassen möchte, kann schon zu seinem eignen Herzen sagen: ›Pereat ›Stars & Garters‹! Mein Dasein soll, Tag für Tag, in Geißblattlauben dahinfließen.‹

Sir Gregory Stollhead unterbrach Vance's Träumereien durch ein passioniertes Geniese – »Gräßlicher HeuGeruch!«, sagte der Gesetzgeber mit wässernden Augen. »Sind Sie auch so anfällig für HeuSchnupfen? Ich ja! –: Ä – h'tschi – h'tschi – h'tschi –« (von Niesen begleitet): »schrecklich ungesund auf dem Lande, um diese Jahreszeit. Und dazu noch das Bewußtsein, daß ich eigentlich im Unterhaus zu sein hätte – in mei'm AusschußZimmer – kein Heugestank da – ganz wichtiger Ausschuß.«

Vance (sich aufraffend): – »Ah – worum geht es?«

Sir Gregory (voller Reue): – »Kloaken.«

16. Kapitel

Anzeichen einer bevorstehenden Umwälzung, die, nach Art aller Umwälzungen, plötzlich zu kommen scheint, obwohl die Ursachen dafür längst heimlich am Werk waren; und in einem ähnlichen Nu wieder zu gehen scheint, obwohl ihre Auswirkungen bis ans Ende aller Geschichte forwähren müssen.

Lionel konnte zwar in den SpielwarenLäden des Fleckens keine Puppe ausfindig machen, die ihm schön genug gedünkt hätte, seine großzügigen Neigungen zu befriedigen; aber er erstand eine, die die bescheidneren Sehnsüchte Sophie's vollauf erfüllte. Dann schlenderte man zum Postamt; wo sich diverse Briefe für Vance vorfanden – und auch einer, in der Handschrift seiner Mutter, für ihn selbst. Im Moment verschob er es noch, ihn zu öffnen. Der Tag war beträchtlich vorgeschritten – Sophie mußte Hunger haben. Vergebens erklärte sie, daß dem nicht so sei. Sie kamen am Laden eines Obsthändlers vorbei. Die Erdbeeren und Kirschen waren verführerisch frisch – die Sonne hatte noch ziemliche Kraft. Hinter der Obsthandlung lag das dazugehörige Gärtchen, (richtiger der Obstgarten selbst), und lächelte Kühlung durch die offenstehende Türe her – kleine gedeckte Tische standen dort: die gute Frau Ladeninhaberin hatte sich den Geschmäckern und Wünschen der bescheid'neren unter den Besuchern aus der Hauptstadt angepaßt. Aber im Augenblick stand der Garten gerade leer – es war noch vor der für Tee-Partys normalen Stunde – so hatten die beiden Leutchen den hübschesten Tisch, unter einem Apfelbaum, ganz für sich, und konnten sich die frischesten Früchte aussuchen. Milch und Kuchen wurden der Kost noch hinzugefügt. In Sophie's Augen war es ein Bankett, des glücklichen Tages völlig würdig. Und als Lionel mit seinem Anteil am Festmahl fertig war – er aß rasch, wie temperamentvoll-ungeduldige Jünglinge pflegen, die dazu bestimmt sind, im Leben voran zu kommen und sich ihre Verdauung zu verderben –; und während Sophie noch über ihren letzten Erdbeeren genüßlich säumte, lehnte er sich im Stuhle zurück, und zog seinen Brief aus der Tasche. Lionel war seiner Mutter über alles zugetan; aber ihre Briefe waren nicht häufig von jener Art, die ein Junge zu lesen nicht erwarten kann – die wenigsten Mütter begreifen, was & wie Jungen sind: ihre schnellerregbare Empfindlichkeit; ihre vorlaute Männlichkeit; all ihr mystisches Getreibe und die Absonderlichkeiten. Normalerweise verstimmte und reizte ein Brief von Frau Haughton irgendwie Lionel's hochgespannte Mentalität; und er hatte die Liebesmüh', den in seiner Hand hier zu lesen, instinktiv solange hinausgeschoben, bis gestillter Appetit, und kühleatmender Schatten, und Rast vor staubigen Wegen, seiner noch unentwickelten praktischen Lebensweisheit unbewußt-beschwichtigend zuhülfe gekommen waren.

Langsam ward das Siegel erbrochen; ein zweiter Brief war innen noch beigelegt. Gleich nach den ersten Worten veränderte sich sein Gesichtsausdruck; ein leiser Ausruf entkam ihm, und er las eifrig weiter; als nächstes, eh' er noch die mütterliche Epistel beendet hatte, riß er hastig die Einlage auf, und überflog mit dem Blick ihren Inhalt; ließ dann beide Schreiben achtlos ins Gras rutschen, und stützte lieber, in erregten Überlegungen, den Kopf in die Hand. – Der Brief seiner Mutter lautete so:

»Mein lieber Junge,

: wie konntest Du nur! Und heimlich dazu!! Ohne Wissen Deiner eigenen Mutter!!! Das hätt' ich nie von Dir geglaubt!!!! Mein Vertrauen, womit ich Dir die Briefe von Deines Vaters Vetter vorlegte, dazu zu mißbrauchen, ihm eigenhändig zu schreiben – *heimlich!* – Du, den ich bisher für so einen offenen Charakter gehalten hatte, der dem meinigen doch wahrlich hätte Gerechtigkeit widerfahren lassen sollen. Jeder der mich kennt, hat noch gesagt: ich sei 1 Frau aus 10000 – nicht wegen Schönheit oder Talent, (obschon ich auch deswegen meine Bewunderer gehabt habe), aber wegen meiner GÜTE! Als Gattin und Mutter darf ich wohl sagen, bin ich vorbildlich gewesen. Ich habe herbe Prüfungen bei dem theuren Captain erlebt – und UNERMESSLICHE Versuchungen. Aber auf seinem Sterbebett hat er gesagt: ›Jessica‹, hat er gesagt, ›Du bist ein Engel.‹ Und ich habe Anträge seitdem gehabt – UNERMESSLICHE Anträge – aber nein, ich habe mich meinem Kinde gewidmet, Du weißt es. Und was ich beim Vermieten des ersten Stockwerks schon Alles habe einstecken müssen, das läßt sich mit Worten gar nicht ausdrücken; und dabei nur eine WitwenPension – und muß noch zur Behörde gehen, um sie ausgezahlt zu bekommen. Und nun der Gedanke, daß mein eigen Kind, für das ich soviel ertragen habe, sich so grausam mir gegenüber benehmen sollte! Heimlich!:

das ist es, was mir den Todesstoß versetzt. Frau Inman kam und fand mich in Thränen, und sagte: ›Was ist denn geschehen? – Ihr, die Ihr ein solcher Engel seid, und schluchzt wie ein kleines Kind!‹. Und ich konnte nicht anders, ich mußte antworten: ›Das ist der Zahn der Alten Schlange, Frau I.‹ Was Du Deinem Wohltäter geschrieben haben magst – (und wie *hatte* ich gehofft ›Gönner‹!) – will ich mir nicht die Mühe machen zu erraten; den paar Zeilen nach zu urteilen, die er an mich gerichtet hat, muß es etwas sehr Rüdes und Unkluges gewesen sein. Ich habe sie gern für Dich abgeschrieben, bitte lies. Von *meinen* Handlungen braucht keine das Licht des Tages zu scheuen – wie Captain H. es auch, immer und immer wieder, ausgesprochen hat: ›Dein Herz ist wie im Glaskasten, Jessica‹; und so ist es auch!; *aber mein Sohn hält das seinige unter Schloß und Riegel!*

›Madame,‹ – (das ist jetzt, was *Er* mir schreibt) – ›Ihr Sohn hat es für angemessen erachtet, die Bedingung zu verletzen, unter der ich eingewilligt hatte, Sie in seinem Interesse zu unterstützen. Ich lege eine Antwort an ihn selbst bei, die Sie, ich bitte darum, ihm zuhanden geben wollen, ohne das Siegel zu erbrechen. Da es Ihnen anscheinend nicht indiskret gedünkt hat, einen Jungen von seinen Jahren mit einem Briefwechsel bekannt zu machen, der einzig für Sie bestimmt war, können Sie nunmehr auch mich schwerlich tadeln, wenn ich mich Ihrer Ansicht anschließe, von seiner Fähigkeit, die Art einer Correspondenz ebenso zu beurteilen, wie die Ansichten und den Charakter Ihres, Madame, gehorsamsten Dieners . . .‹ Und das ist, an Mich, alles. Ich lege Dir seinen Brief also bei – das Siegel unerbrochen. Ich folgere daraus, daß er für immer mit Dir fertig, und *Deine KARRIERE dahin ist!* Aber wenn dem so sein sollte, oh mein armes, armes Kind! bei dem Gedanken bring' ich es nicht übers Herz, Dich noch weiter auszuschelten. Wenn dem so sein sollte, komm heim zu mir, und ich will arbeiten und fronen für Dich, und Du sollst weiter den Kopf hochtragen dürfen und ein Gentleman sein, wie Du's ja, jeglicher Zoll, auch bist. Achte nicht drauf, was ich etwa zu Anfang gesagt habe, Liebes – laß gut sein!, Du weißt ich bin voreilig, und ich war *verletzt.* Aber Du hast selbstredend nicht daran gedacht, pfiffig und hinterm Rücken zu handeln – es war nur Deine stolze Denkungsart – der Fehler lag bei *mir:* ich hätte Dir die Briefe nicht zeigen dürfen. Ich hoffe Du bist wohlauf und dieser häßliche Husten hat sich endgültig verloren; und vor allem, daß Mr. Vance Dich mit der gehörigen

Achtung behandelt. Ich finde ihn etwas zu robust und vertraulich; obgleich er im Ganzen ein recht angenehmer junger Mann sein kann. Aber letzten Endes ist er eben doch nur ein Maler. Nun GOttes Segen, mein Kind; und habe nicht wieder Geheimnisse vor Deiner armen Mutter.

JESSICA HAUGHTON.«

Der beigelegte Brief lautete folgendermaßen:

»LIONEL HAUGHTON, – So mancher Mann wäre vermutlich ungehalten über den Empfang eines Briefes, wie Ihr ihn an mich gerichtet habt; Ich bin es nicht. In Euren Jahren und unter den gleichen Umständen, wäre ich eventuell auch imstande gewesen, ein Schreiben im selben Geiste zu verfassen. Seid übrigens unbesorgt – bis jetzt seid Ihr mir keinerlei Verpflichtungen schuldig; Ihr habt lediglich Außenstände zurück-empfangen, die Euch gebührten. Mein Vater war arm; Euer Großvater, Robert Haughton, unterstützte seinerzeit ihn bei den Kosten für meine Erziehung: ich habe den Sohn Eures Vaters unterstützt; wir sind quitt. Bevor wir uns jedoch dazu entscheiden, für alle Zukunft miteinander fertig zu sein, schlage ich Euch vor, einen kurzen Besuch bei mir abzustatten. Wahrscheinlich werde sowohl ich Euch nicht mögen, als auch Ihr mich nicht; aber wir sind Beide schließlich Gentlemen, und brauchen eine eventuelle Abneigung nicht allzugröblich zur Schau zu tragen. Falls Ihr Euch entschließt zu kommen: kommt unverzüglich; oder es könnte geschehen, daß Ihr mich nicht mehr hier antrefft. Solltet Ihr ablehnen, werde ich eine geringe Meinung von Eurem Verstand und Charakter bekommen; und binnen einer Woche vergessen haben, daß es Euch gibt. Ich sollte hinzufügen, daß Euer Vater und ich einmal warme Freunde waren; und weiterhin, daß ich, von der Genealogie her, das Haupt, nicht nur meines Zweiges, (der mit mir ausstirbt), sondern der gesamten Familie der Haughton's bin; von der Eure Linie, obwohl der Namensträger, doch nur ein jüngerer Ast ist. Heutzutage werden junge Männer vermutlich nicht mehr dazu angehalten, sich um derlei Dinge sonderlich zu bekümmern – Ich wurd'es noch. – Der Eurige,

GUY HAUGHTON DARRELL.

Manor House, Fawley.«

Sophie sammelte die hinuntergefallenen Briefe auf; legte sie

Lionel auf den Schoß, und schaute ihm, gedankenvoll, in sein Gesicht. Er lächelte; griff erneut zur mütterlichen Epistel, und las die SchlußAbsätze, die er zuvor ausgelassen hatte. Das plötzliche Umschlagen darin, von Vorwurf zu Zärtlichkeit, stimmte ihn weicher – er begann zu fühlen, daß seine Mutter ein gewisses Recht hatte, ihn ob eines Akts der Verheimlichung zu rügen. Dennoch würde sie ja, andrerseits, niemals eingewilligt haben, daß er einen solchen Brief abschicke: und hatte jener Brief denn gar so üble Folgen gezeitigt? Er überlas noch einmal Mr. Darrell's kurz-angebund'ne, aber keineswegs beleidigende Zeilen. – Sein Stolz war doch recht besänftigt: warum sollte er nunmehr den Freund seines Vaters eigentlich nicht lieben? – Er erhob sich lebhaft; zahlte für das Obst; und machte sich, mit Sophie, auf den Weg zum Boot zurück. – Während seine Ruder die Wellen teilten, plauderte er fröhlich; aber er hatte aufgehört, Sophie über ihr bißchen Vergangenheit zu verhören. Energisch sanguinisch ehrgeizig, hatten seine Gedanken angefangen, sich mit der eigenen Zukunft zu befassen. Immerhin; als die Sonne sank, und das Wirtshaus, über Uferkrümmen und durch WeidenGardinen, teilweise in Sicht zu kommen begann, wandte sich sein Geist, wiederum, dem geduldigen, stillen, Klein-Mädchen zu, das sich nicht herausgenommen hatte, ihm für all seine endlos-unzeremoniellen Erkundigungen auch nur 1-einzige Gegenfrage zu stellen. Tatsächlich war es so, daß sie schweigend ins Grübeln geraten war, über Ausdrücke, die er, unüberlegterweise, fallen gelassen hatte – (:›also was ich den bloßen Gedanken hasse, daß Ihr Euch je herabgelassen habt, aufzutreten!‹. Wenig konnte Lionel ahnen, was für GedankenUnruhe seine Worte, nachträglich, aus dem Treibhausgebrüte einer so-isolierten Kindheit hervorrufen würden!) Gegen's Ende zu, sagte der Junge, abgebrochen, was er schon einmal-zuvor geäußert hatte: –:

»Ich wollte, Sophie;: Ihr wär't meine Schwester.« – Ergänzend, in trüber'm Ton: »Ich hab' nie eine Schwester gehabt; – und mich so-sehr nach Einer gesehnt! – Aber Wir seh'n uns bestimmt irgendwann wieder. Ihr reist morgen – das muß ich jetzt auch.«

Sophie's Thränen flossen, sänftlich, ohne Geräusch.

»Kopf-hoch, Ladybird!; – ich wollte nur, Ihr möchtet mich bloß halbsosehr wie ich Euch mag!«

»Ich mag Euch – åch, so-sehr!« rief Sophie, leidenschaftlich.

»Wunderbar. – Ihr könnt doch schreiben, sagtet Ihr, ja?«

»Ein bißchen.«

»Dann schreibt mir also, dann & wann; und ich schreibe Euch. – Ich sprech noch mit Eurem GroßVater darüber. – Ah, da steht er ja schon!« –

Schon glitt das Boot in die kleine Bucht, ans sanft abgeflachte Ufer; und neben der GeißblattLaube stand Gentleman Waife, auf seinen Stock gestützt.

»Ihr habt Euch verspätet«, sagte der Schauspieler, als sie an Land stiegen, und Sophie ihm in die Arme sprang. »Ich wollte schon unruhig werden, und kam her, mich nach Euch zu erkundigen. Du hast Dich hoffentlich nicht erkältet, Kind?«

SOPHIE: – »Ach, gar nicht.«

LIONEL: – »Sie ist das beste Kind, das es gibt. – Bitte, kommen Sie doch mit in die Wirtsstube, Mr. Waife: keinen Toddy, bloß irgend'ne kleine Erfrischung.«

WAIFE: – »Vielen Dank; aber – nein, Sir. Ich möchte lieber sofort nachhause. Ich gehe langsam; und es wird gleich dunkel werden.«

Es war vergebens, daß Lionel ihn aufzuhalten versuchte. In Mr. Waife's Verhalten ihm gegenüber war eine gewisse Veränderung eingetreten; es war weit distanzierter – war sogar empfindlich, wenn nicht direkt unfreundlich. Lionel konnte sich das gar nicht erklären – hielt es anfänglich für eine bloße Laune; aber als er sie ein Stück des Weges dorfzu begleitete, hielt diese Rauhheit unverändert an, nein, nahm sogar noch zu. Lionel war verletzt; er hielt den Schritt an.

»Ich sehe, Sie möchten jetzt Ihre Enkelin für sich allein haben. Darf ich morgen in der Frühe noch einmal vorsprechen? Sophie wird Ihnen erzählen, wie ich hoffe, daß Wir einander nicht gänzlich aus den Augen verlieren: ich gebe Ihnen meine Adresse, wenn ich morgen komme.«

»Um welche Zeit morgen, Sir?«

»Gegen Neun.«

Waife neigte den Kopf und schritt fürder; Sophie jedoch schaute, dankbar und bekümmert, nach ihrem Freund noch zurück – Zwielicht am Himmel, der heut so sonnig gewesen – Zwielicht auf ihrem Gesicht, das so heiter gewesen war! Sie drehte sich um – einmal, zum zweiten, ein drittes Mal – dorthin wo Lionel inmitten der Straße stand und ihr die Kußhand zuwarf. Beim dritten Mal sagte Waife, mit ungewohnter Härte –

»Genug jetzt davon, Sophie; es schickt sich nicht, sich nach jungen

Männern umzusehen! Was meinte er mit seinem ›nicht aus den Augen verlieren, und mir seine Adresse geben‹?«

»Er hat mich gebeten, ihm zuweilen zu schreiben; und er wollt' mir auch schreiben.«

Waife's Stirn runzelte sich; aber wenn er, in einem Übermaß großväterlicher Vorsicht imstande gewesen wäre, den frohherzigen Jungen von 17 im Verdacht zu haben, er könne bei solchem KorrespondenzVorschlag nachträglich noch Böses gegen so ein Feenkind im Schilde führen – dann hätte er doch wohl schon kindisch geworden sein müssen; und davon hatte er bisher eigentlich noch kein Symptom an den Tag gelegt.

Ja, fahrwohl, hübsche Sophie! hoch scheint der Abendstern ob jener Ulme, die Dich den Blicken entzieht. Blasser – immer blasser wird die SommerLandschaft; verblaßt schon ist auch Dein liebes Bildchen aus der Landschaft. So endet ein Feiertag im Leben. Halt' ihn heilig, Sophie: halt' ihn heilig, Du, Lionel! Der Feiertage im Leben sind nicht allzu viele!

17. Kapitel

Aus diesem Kapitel wird ersichtlich, daß Derjenige, der auf eine Karriere ausgeht, schwerlich erwarten kann, in völlig ungetrübter Bequemlichkeit einherzuwandeln, zumal wenn er dazu seine eignen derb-besohlten Schuhe gegen die Maß-Lackstiefel eines andern Mannes umtauscht; und daß besagte Stiefel deswegen nicht weniger kneifen können, weil sie so spiegelblank geputzt aussehen. / Weiterhin wird, zur Informierung sowohl von einzelnen Menschen als auch ganzen Staatswesen, die Beziehung zwischen radikalen Gesinnungen und verletzter Eigenliebe aufgezeigt; so daß, falls ein liberaler Staatsmann etwa den Wunsch hegen sollte, gegen eine Aristokratie die sozial unmittelbar unter ihr stehende Klasse aufzuwiegeln, er hierzu lediglich die ein- oder andre Feine Dame zu überreden brauchte, doch so recht maßlos höflich gegen ›diese Sorte Leute‹ zu sein.

Vance, der tief in der Nacht erst zurückkehrte, fand seinen Freund noch auf, wie er, bei off'nen Fenstern, rastlosen Schritts in dem kleinen Aufenthaltsraum hin- und herwanderte, und nur von Zeit zu Zeit inne hielt, um zum Mond, überm Fluß, hinaufzuschauen.

»Also was ich für ein'n Tag hinter mir hab!, und noch 12 Schilling für die Droschke, Schlagbaumgelder gar nicht gerechnet«, sagte Vance, erheblich schlecht gelaunt –:

»›Das Silber flieh' ich, flieh' den Pomp,
der Falschheit grinsendes Gesicht …‹

die dritte Zeile hab' ich vergessen; aber die letzte, weiß ich, heißt:

›:Willkommen mir, Du Wirtshaus schlicht!‹ –

Ihr schweigt: Ihr seid gekränkt, daß ich Euch sitzen ließ – es war nicht zu umgehen – bemitleidet mich lieber, und schließt Euern Stolz weg.«

»Nicht doch, lieber Vance – gut, einen Augenblick lang war ich verletzt – aber das ist längst vorbei!«

»Trotzdem scheint Ihr aber noch was auf dem Herzen zu haben«, sagte Vance, der indes seine Post rasch überflogen, sich eine Zigarre angezündet hatte, und nun seinerseits am Fenster lehnte, während der Jüngling fortfuhr, auf und ab zu gehen.

»Stimmt – das hab' ich. Ich würde gern Euern Rat hören. Lest diesen Brief hier. –: Soll ich hingehen? Würde es nicht gewinnsüchtig aussehen – grapschig? – Ihr versteht was ich meine.«

Vance zog die Kerze näher, und nahm den Brief. Zuerst sah er nach der Unterschrift –?–: »Darrell!«, rief er. »Also ist es doch so!« Er las mit großer Aufmerksamkeit; legte dann den Brief vorsichtig hin; und schüttelte Lionel die Hände: »Gratuliere!: hat Alles geklappt, wie bestellt. – ›Hingehen‹?: aber gewiß doch! – Ihr wärt ein ungezogner Lümmel, wenn Ihr das nicht tätet. Ist es weit von hier? – müßtet Ihr erst noch zur Stadt zurück?«

LIONEL: – »Nein!; ich hab' mir ausgerechnet, daß ich quer-überland besser käme – 2 Stunden Eisenbahnfahrt: das Postamt des Briefstempels ist gleichzeitig Bahnstation. Falls Ihr mir zuratet, würd' ich die Strecke wählen.«

»Und Ihr wußtet, daß ich Euch zuraten würde; sonst würdet Ihr Euern hohen Geist ja wohl nicht erst mit Fahrplan-Recherchen à la Bradshaw abgequält haben.«

»Das heiß ich mir Scharfsinn«, antwortete Lionel lachend: »aber woran mir läge, das wäre Eure Sanktion meines relativ-unverarbeiteten Eindrucks.«

»Ihr hattet mir bisher noch nie mitgeteilt, daß Eures Vetters Name DARRELL sei – nicht daß ich dadurch wesentlich weiser geworden wäre – aber, alle Blitz & Donner, Lionel: wißt Ihr, daß Euer Vetter Darrell ein absolut-berühmter Mann ist?!«

LIONEL: – »›Berühmt‹? –: Unsinn. – Ich nehme an, er wird ein geschickter Rechtsanwalt gewesen sein; hab' ich doch meine Mutter (mit einer gewissen Verachtung) sagen hören, er habe, irgendwie im GerichtsSaal, ein großes Vermögen zusammengescharrt!«

VANCE: – »Er war immerhin ParlamentsMitglied.«

LIONEL: – »So? – Das hab' ich nicht gewußt.«

VANCE: – »Ach.: Das also ist senatorischer Ruhm! –: Habt Ihr eigentlich jemals Eure SchulKameraden Mr. Darrell erwähnen hören? –: hätten sie seinen Namen gekannt, wenn Ihr Euch damit gebrüstet hättet?«

LIONEL: – »Garantiert nicht.«

VANCE: – »Aber würden Eure SchulKameraden Namen gekannt haben wie WILKIE; LANDSEER; TURNER; MACLISE – ich sprech' jetzt von Malern!«

LIONEL: – »Doch; ja; ohne allen Zweifel.«

VANCE (monologisierend): – »Und doch sagt Ihre Durchlauchtige Erhabenheit, Lady Selina Vipont, mit olympischer Nachsicht zu mir: ›Nun ja, es liegt nicht direkt auf den Pfaden Ihrer entzückenden Kunst, Leute wie Mr. Darrell zu kennen!‹ Oh, wie wenn ich es nicht durchschaute – oh, wie wenn ich nicht auch das durchschaute, da sie mir hinsichtlich meiner StoffKappe und ManchesterJacke sagte: ›Was spielt das für eine Rolle, wie *Ihr* Euch kleidet? Jeder weiß doch, wer Ihr seid!‹ Würde sie dasselbe zum Earl von Dunder, oder auch nur zu Sir Gregory Stollhead so gesagt haben? Nie. Ich bin halt der Maler Frank Vance – weder mehr noch weniger; und wenn ich mich auf den Kopf stellte, bloß mit ei'm karierten Hemd und 'ner himmelblauen Schürze bekleidet, Lady Selina Vipont würde gütig murmeln: ›Ist doch nur Frank Vance, der Maler – was hat das schon zu sagen.‹ Aha! – und sowas denkt, sich meiner zu bedienen! – Marionetten und Gliederpuppen! –: ich bin es, der sich ihrer bedient! – Hört, Lionel, Ihr seid näher mit diesen Feinen Leuten versippt, als ich gewußt hab'. Versprecht mir Eines: Ihr könntet, vermöge Eures famosen Mr. Darrell, durchaus Einer von dieser Clique werden; wenn Ihr dann je hören solltet, daß man sich über einen Maler, Musiker, Scribler, ganz egal was, als Kriecher und Speichellecker lustig macht – ›sich bei den Vornehmen annesteln‹ – so in dieser Art – ehe Ihr in das Gelächter miteinstimmt, erkundigt Euch doch vorher, bei irgendeines Großen Mannes Sohn, mit'm Stammbaum noch von der Arche Noah her: ›Seid Ihr nicht ebenfalls ein Fuchsschwänzer? Ihr wollt doch Einfluß auf die Politik? – Ihr nehmt an Wahlkämpfen teil? – scharwenzelt und schmust Ihr da nicht um Eure Wähler 'rum?; den Schmierigen Sam, den Metzger, und den Rußigen Tom, den Grobschmied: wegen 1 Stimme? Wie? – ›nützlich für Eure Karriere? – erforderlich für das Ziel Eures Ehrgeizes?‹ Aha!; aber um weißhändige Damen und elegante Gecken zu scharwenzeln und schmusen, das ist ›niedriger‹? Tz, tz!, ›nützlich für eine Karriere? – erforderlich für ehrgeizige Ziele‹ ?‹ –«. Vance hielt, ganz außer Atem, inne. Der verwöhnte Liebling der höchsten Kreise – er – solchen demokratischen Plunder daherzuschwatzen! Zweifellos mußte er seinen Anteil von 2 Guineas an diesen leichten Weinen redlich abgetrunken haben. Es gibt ja nichts hinterhältigeres!: sie schmelzen am Gaumen dahin wie Eis, und entflammen das Hirn wie Feuer – alle Einwohner von Ländern wo Leichte Weine gedeihen, sind notorisch händelsüchtig und demokratisch.

LIONEL (verblüfft): – »Niemandem, des bin ich sicher, kann

doch beigekommen sein, Euch einen Speichellecker zu heißen! – selbstverständlich weiß Jedermann, daß ein Großer Maler ...«

VANCE: – »... direkt von Michelangelo abstammt, wenn nicht gar von Zeuxis! Nur die Geschöpfe des Alltags führen ihren Stammbaum auf den eignen Vater zurück! – die Söhne der Kunst auf die Begründer der Kunst!« –

(Oh Vance, Vance, Du bist offenkundig beschwipst! Wenn das vom Dinieren mit Feinen Leuten, im ›Star and Garter‹, herkommen sollte, dann würdest Du ein glücklicherer Mann und ein ebensoguter Maler sein, wenn Du Deinen Toddy ausschließlich nur noch in GeißblattLauben schlürftest.)

»Ja aber«, sagte Lionel ganz verwirrt, und bemüht, den Gedankengängen seines Freundes eine andere Richtung zu geben: »was hat denn das Alles mit Mr. Darrell zu schaffen?«

VANCE: – »Mr. Darrell hätte einer der ersten Männer im ganzen Königreich sein können. Lady Selina Vipont sagt es; und sie ist ja, glaub' ich, mit jedem KabinettsMitglied verwandt. Mr. Darrell kann Euch im Leben Starthilfe geben, Euch fördern und Euer Glück begründen, ohne daß Ihr Euch Eurerseits große Mühe zu geben braucht. Dankt Euern Sternen; – und freut Euch, daß Ihr kein Maler seid!«

Lionel schlang den Arm um die breiten Schultern des Künstlers. »Vance, Ihr seid grausam!« Jetzt war die Reihe an ihm, den Maler zu trösten; wie der Maler, drei Nächte zuvor, ihn getröstet hatte, (übrigens wegen genau desselben Mr. Darrell). Vance wurde nach und nach nüchterner; und die beiden jungen Männer gingen noch ein Stück im Mondschein spazieren. Und die ewigen Sterne hatten für Vance die gleichen freundlichen Blicke, die sie Lionel bewilligt hatten.

»Wann gedenkt Ihr aufzubrechen?«, fragte der Maler, als sie zum Schlafengehen die Treppen hochstiegen.

»Morgen Abend. Den Frühzug lass'ich aus; ich muß erst noch Sophie besuchen und Abschied von ihr nehmen. Ich hoffe doch, daß ich sie, später im Leben, einmal wiedersehen werde.«

»Und ich hoffe, um Euretwillen, daß sie dann weder dasselbe bedruckte Kattunzeug anhaben, noch Lady Salina's Lorgnette auf sie gerichtet sein werde!«

»Was!«, sagte Lionel lachend: »ist Lady Selina Vipont so entsetzlich rüde?«

»›Rüde‹?; rüde ist Niemand in diesem reizenden Klub. Nein; Lady Selina Vipont ist qualvoll – höflich.«

18. Kapitel

Ist ausschließlich einer, was die Ereignisse dieser Geschichte angeht nicht unangebrachten, Betrachtung gewidmet; (beziehungsweise, wenn man so will, hat sie für jede Chronik jedweden Menschenlebens Gültigkeit).

Eine warnende Lektion gibt es im Leben, die Wenige von uns nicht erteilt bekommen hätten; die jedoch in keinem Buch, auf das ich mich besinnen könnte, mit dem gebührenden Nachdruck abgehandelt worden wäre. Es ist diese: ›Hüt' Dich vorm Abschiednehmen!‹. Das wahrhaft Traurige besteht dabei nicht im Schmerzlichen der Trennung; vielmehr im Wann und im Wie Du das Antlitz, das jetzt im Begriff ist Deinen Blicken zu entschwinden, womöglich wiedersehen werdest! Von dem leidenschaftlichen Lebewohl an die Frau, die Dein Herz in Ihrem Gewahrsam hat; bis hin zu dem herzlichen Adieu, gewechselt mit angenehmen Gesellschaftern eines Bade- oder LandAufenthaltes, oder wenn ein muntrer, sorgenloser FeiertagsAusflug zu Ende geht – *ein Band*, ob nun stärker oder schwächer, reißt bei jeglichem Abschiednehmen auseinander; und die geschäftigen Finger der Zeit sind so gar nicht geübt, zerrissne Bindungen wieder anzuknüpfen. Einander treffen mag man wieder; wird es auf genau-dieselbe Weise sein? – mit den gleichen Sympathien? – denselben Gefühlen? Werden die Seelen, auf divergierenden Pfaden dahingeeilt, sich noch einmal vereinigen, wie wenn die Zwischenzeit nur ein Traum gewesen wäre? Selten, selten! Bist Du nicht schon, nach einer Abwesenheit von nur einem Jahr, oder gar einem Monat, an denselben Ort zurückgekehrt, hast dort dieselben Kreise wieder versammelt angetroffen, und dennoch heimlich bei Dir seufzen müssen – ›Aber wo ist er nur, der Zauber, den einst dies Fleckchen atmete, und der aus allen Gesichtern lächelte?‹. Ein Dichter hat es ausgesprochen: ›Was man von der Minute ausgeschlagen, gibt keine Ewigkeit zurück‹. Bist du glücklich an dem Fleck, wo Du mit den Personen weilst, deren Stimmen Deinem Ohr jetzt melodisch dünken? –: Hüt' Dich vorm Abschiednehmen; oder, wenn es geschieden sein muß, sprich nicht in übermüt'gem Trotz gegen Zeit und Geschick –: ›Was tut's? – treffen Wir uns doch bald wieder.‹

Ach und Aberach! wenn wir erst der Lippen gedenken, die es murmelten, dieses ›bald wieder treffen‹; und uns dann entsinnen, wie wir – ob Seele, Herz, ob Denkungsart – einander von An- zu Angesicht gegenüberstanden für immer geschieden, und Jeder es innerlich ausrief: ›Wiedergetroffen!‹

Die Luft die wir atmen, bildet gleichzeitig das Medium in dem der Schall sich fortpflanzt; sei auch das Instrument ungeändert, die Kraft, die es anspielt, die gleiche: dennoch!; die Luft, die Du nicht siehst, *die Luft* ist es, der Dein Ohr die Musik schuldet.

Laß eine Schelle unter der luftleer gemachten Glasglocke anschlagen –?–: Du wirst ihren Ton kaum vernehmen. Gib ihr den entsprechenden Schwung in freier Luft, beim warmen Tageslicht; oder versenk sie gar in die Tiefen des Ozeans, wo die Luft, schwer komprimiert, das Behältnis um sie herum erfüllt –?– und das Glöckchenspiel, fernher, wird Dir die Seele aufschrecken, daß Du innehältst im Schreiten – eine Tiefe ruft der ander'n – eine Stimme aus dem Weltmeer ruft Deine Seele an.

Woher aber nun die Veränderung, wenn Du sagen mußt: ›Schau, das gleiche Metall –: wieso vernehm'ich das Geläut so schwächlich?‹. Frage die Luft, die Du nicht siehst; frag' über Dich, himmelwärts; oder nach unten, in den Ozean. Bist Du Dir ganz sicher, daß diese Schelle, so schwach zu hören, sich nicht in einem Vacuum zu bewegen hat?

19. Kapitel

Über die Neigung nomadischer Stämme zum Wanderleben, und ihre Unerklärbarkeit aus den Prinzipien nach denen zivilisierte Menschen zu handeln pflegen, die gewohnt sind in soliden Behausungen zu leben und imstande Einkommensteuer zu entrichten. / Sobald Geld, das einmal einem zivilisierten Menschen gehört hat, in den Taschen eines Nomaden verschwunden ist, können weder gesetzlich erlaubte Künste noch okkulte Wissenschaften mit Sicherheit ausfindig machen, Was er damit tun werde. / Mister Vance entkommt mit knapper Not der wohlverdienten Züchtigung durch die Fingernägel brittischer Schönen. / Lionel Haughton, mit der Tollkühnheit der Jugend, trotzt den Gefahren einer britischen Eisenbahnlinie.

Der Morgen war trüb' und bedeckt, und der Himmel schien sich auf Regen einrichten zu wollen, da Vance und Lionel sich nach Waife's Logis verfügten. Als Lionel die Hand an den Klopfer zum Privateingang legte, schaute der Schuhflicker, von seinem Sitz am Ladenfenster daneben, zu ihm her, und schüttelte mit dem Kopf.

»Keinen Zweck zu klopfen, Gentlemen. Wollen Sie bitte, 'reinkommen? – hier'rum geht's.«

»Wollt Ihr damit sagen, daß Eure Mietsleute ausgegangen sind?«, frug Vance.

»Weg!«, sagte der Schuster, indem er seine Ahle mit großer Heftigkeit durch ein Leder stieß, bestimmt das Stiefelwerk eines Ackersmanns auszubessern.

»Weg? – endgültig?!«, rief Lionel; »Das kann nicht Euer Ernst sein. Ich bin herbestellt.«

»Tut mir leid um Ihre Mühe, Sir. Klein'n Moment; ich hab hier 'n Brief für Sie.« Der Schuhflicker störte in einer Schublade herum; und brachte aus einem Mischmasch von Nägeln und Riemchen ein Schreiben zum Vorschein, adressiert an ›L. Haughton, Esquire‹.

»Stammt das von Waife? – Wie in aller Welt hat Der meinen Familiennamen gewußt?; Ihr habt ihn doch nie genannt, Vance?«

»Nicht daß ich mich entsinnen könnte. Aber erwähntet Ihr nicht, er hätte beim Wirtshaus auf Euch gewartet?: dort wußten sie ihn; er steht doch auf dem MessingSchildchen an Eurem Tornister. Aber egal – was schreibt er denn?«; und Vance schaute seinem Freund über die Schulter, und las: –

»Sir, – Meinen ehrerbietigsten Dank für Ihre herablassende Güte, mir und meiner Enkelin gegenüber; und ebenso Ihrem Freunde, für seine rechtzeitige und großzügige Unterstützung. Sie werden mir gewiß verzeihen, daß die bekannte Not die kein Gebot kennt, mich nötigt, ausgerechnet einige-wenige Stunden vor dem angesetzten Termin Ihres Besuches, von hier aufzubrechen. Meine Enkelin hat mir von Ihrem Ansuchen berichtet, sie möge Ihnen, zuweilen, schreiben – entschuldigen Sie mich, Sir; aber bei ein wenig Überlegung werden Sie einsehen, wie verschieden Ihr Lebensweg von demjenigen verlaufen muß, den sie mit mir zu gehen haben wird. Sie sehen in mir einen Mann vor sich ...... aber ich vergesse, daß Sie ihn eben nicht mehr sehen, und höchstwahrscheinlich nie mehr sehen werden. – Ihr

ergebenster, und wirklich dankbarster

Gehorsamer Diener, W. W.«

VANCE: »›Der Euch hoffentlich niemals mehr behelligen wird‹ – hm, behelligen wird! –: Wohin haben sie sich verdrückt?«

SCHUHFLICKER: – »Keine Ahnung. Wenn Ihr vielleicht 1 Blick in den Kristall werfen möchtet? – vielleicht habt Ihr die Gabe, ohne es zu wissen – :?«

VANCE: – »Ich nich!: pfh! – Kommt fort, Lionel.«

»Hat denn Sophie nicht, irgendeine!, Botschaft für mich hinterlassen?«, fragte der Junge, hochbekümmert.

»Selbstredend hat sie das; hatt's vergessen – na ja'llso nich direkt ne Botschaft; aber di's hier – hat mir noch eingeschärft, Euch's auszuhändigen ...«; und, aus seinem vielseitigen Behältnis, grübelte der Schuhflicker ein kleines Buch hervor ... Vance ersah' es und lachte hellauf –

›DER BALL DER SCHMETTERLINGE UND DAS BANKETT DER GRASHÜPFER‹

Lionel beteiligte sich an dem Gelächter nicht. Er riß das Büchlein an sich; und las auf dem Vorsatzblatt, in der ungleichmäßigen Kritzelschrift eines Kindes, die noch dazu von den unverkennbaren Spuren gefallener Thränen halb zerlaufen war, diese Worte: –

›Bitte, verschmähen Sie es nicht. Mir fällt nichts anderes ein, das mir Ganz Allein gehörte. Miss Jane Burton hat es mir mal geschenkt, weil ich Braaf war. Großvater sagt, Sie wären zu hoch für Unsereins, und daß ich Sie nicht Mehr sehen würde; aber Ich werde niemals vergessen, wie nett Sie waren – nie – nie. –

Sophie.‹

Sprach der Flickschuster, die Ahle aufrecht in der Hand, die auf seinem Knie ruhte, –: »Was, zum Henker, diese 'Stronomen auch den Herschel entdecken mußten? Denn seht, Sir,« zu Vance gewandt, »was nur irgend wunderlich und ausgefallen ist, alles kommt von Herschel her.«

»Was! – von Sir John?«

»Nein; dem Stern, den er rausgeknobelt hat. D's'n schrecklicher Stern für Frauensleute!, haßt sie wie Gift! Ich hab ihn ja im Verdacht, daß er sich in ihre Nativität reingeschlängelt hat; denn ich hab von ihr Jahr, Monat und Tag ihrer Geburt 'rausgebracht, Stunde unbekannt; aber für Mittag durchgerechnet, hat sie im 3. und 9. Haus Herschel total gegen sich gehabt – Reisen zu Wasser und zu Lande, Briefe, Neuigkeiten, Kirchenangelegenheiten und sowas. Aber 's wird Alles ins rechte Lot komm'm, sobald er durchn Meridian durch iss. Ihr Jupiter muß gut sein. Aber ich hoff'bloß eines«, setzte der Schuhflicker feierlich hinzu, »daß se nich noch mehr Sterne entdecken. Die Welt war ein gut Teil besser dran ohne diesen Neuen; und es geht schon wieder die Rede von ei'm ›Nepptun‹ – soll genau so schlimm wie Saturn sein.«

»Und das also ist das Letzte von Ihr!«, sagte Lionel betrübt, indem er das Büchlein in seiner Brusttasche barg. »Der Himmel schirme sie, wo immer sie weilt!«

Vance: – »Seid Ihr nicht der Ansicht, Waife und das arme Dingelchen würden hierher zurück kommen?«

Schuhflicker: – »V'leicht; ich weiß, daß er sich lange die Kreiskarte angesehen hat, beim Papierhändler über der Straße drüben; das deutet darauf hin, als wollt' er nich allzuweit gehen. Möglich, daß er nochma' wieder kommt.«

Vance: – »Hat er denn alle seine Sachen mitgenommen?«

Schuhflicker: – »Abgesehen vo'm alten Pappkarton – nich viel drin sein, nehm ich an, höchstens TheaterPlunder – RollenHefte, Schminke, ne alte Perücke, und so'ch Zeug. Er hat gute Kleidung – hat er immer gehabt, und sie auch; aber mehr als 'n Bündelchen macht's zusamm'm nich aus.«

Vance: – »Aber Ihr seid doch gewiß im Bilde, worum es sich bei diesem Projekt des alten Burschen handelt. Er hat ja von mir 'ne erhebliche Summe bekommen – Was wird er damit machen?«

SCHUHFLICKER: – »Genau das, worüber ich mir auch andauernd schon den Kopf zerbrochen hab': Was wird er damit machen? Hab'n Horoskop entworfen, um's rauszukriegen – konnt' nich dahinter kommen. Kuriose Zeichen im 12. Hause: Feinde, und großmächtige Tiere. Naja, er iss nu ma'n außerordentlicher Mensch; und wär nich sein Unglaube an den Kristall so stark gewesen, ich hätt' gesagt, er stünd' unter Herschel's Einfluß. Denn Ihr müßt wissen, Sir«, (indem er Vance beim RockKnopf nahm, da er erkannte, daß der betreffende Herr aufs Entkommen bedacht wurde): »Ihr müßt wissen, daß Herschel – obschon ein ausgesprochen finstrer Geselle; zumal bei Sachen, die mit dem Andern Geschlecht in Verbindung stehen – Denen, die unter ihm geboren sind, die Neigung mitgibt, in die Geheimnisse der Natur einzudringen. Ich bin'n HerschelMann, durch und durch!: gebor'n im März, und ...«

»... auch so toll wie'n Märzhase.«, brummte Vance; machte seinen Knopf aus dem Griff des Schuhflickers frei, und sich selbst mit langen Schritten davon. Aber ganz so leicht sollte ihm das Entkommen nicht werden; denn gleich bei der Hand, just um die Straßenecke, hatte sich in aller Stille eine Gruppe von Weiblichkeiten, unter Anführung von Merle's hagerer Haushälterin, versammelt, und zwar bereits von dem Augenblick an, da die zwei Freunde vor der Tür des Schusters Halt gemacht hatten. Dieser bepetticoatete Diwân umringte plötzlich geschlossen den Maler: die Eine zupfte ihn am Ärmel; die Andre am Jackett; eine Dritte, (mit einer Nase, auf der in ihrer frühen Kindheit anscheinend Jemand gesessen hatte), hauchte: »Bitt' Sir, nehmt mein Gemählde erst.«

Vance bestarrte sie entgeistert – »Dein Gemälde, Schlampe?«. An dieser Stelle machte ein anderes Muster ländlicher Reize, (die ein ideales Modell für die dralle Küchenmagd im ›*Tristram Shandy*‹ abgegeben hätte), mit einem flotten Knix ihre rivalisierenden Ansprüche geltend.

»Sir, wenn Ihr nichts daWidder hättet zu mir in die Küche zu kommen, sobald die Herrschaft zu Bett gegangen ist: mir käm's nich darauf an, wenn Ihr mir für 2 Pfund 'ne MiniTour machtet.«

»Miniatur von Dir, Du Polackin?!«

»›Polly‹, Sir; nich ›Pollen‹ – v'Zeihung. Ich würd mich waschen; und ich hab' eine wunderhübsche neue Haube – von ›Honigmond‹, und ...«

»Vielleicht laßt Ihr den Herrn bald los, ja?«, sprach eine Dritte; »Ich kann mich über Euch nur wundern, Polly: eine unbekannte

Küchenmagd, pff! – Sir, ich bin in der Kinderstube – ja, Sir – und die Gnädige hat auch gesagt, Ihr könntet mich jederzeit nehmen, (vorausgesetzt, Ihr nähm't auch das Baby), im HinterZimmer, ja Sir. High Street Nummer 5. Bei Mrs. Spratt, – ja, Sir. Die Pocken hat Baby gehabt – falls Sie verheiratet sein und Familie haben sollten – absolut sicher bei mir – ja, Sir.«

Mehr konnte Vance nicht ertragen; unter gänzlicher Außerachtlassung jener Courtoisie, die das männliche Geschlecht nie vergessen sollte, brach er durch die Phalanx, mit einem Anàthema, das sowohl für die Schönheit als auch die Tugend Derer, denen es galt, derart verunglimpfend war, daß es Pfui!-Rufe aus jeglichem männlichen Busen gerechtfertigt haben würde – und die bittenden Töne, mit denen er bisher angeredet worden war, schlagartig in ein schrilles Zorngekreische verwandelte. Hinab die Straße floh er; und hinab die Straße folgten die beleidigten Schönen. »Zisch aus – zisch aus! – kein Gentleman, kein Gentleman! – jaja hau ab! – los – erbärmlicher Schuft!«, krisch Polly. Hinter ihren Ladentischen hervor, zur Tür, kamen die Krämer gestürzt. Müßiggehende Hunde, angeregt vom Klamauk, sprangen in wilder Freude hinter dem flüchtenden Manne drein, ›jaulend in tollen Tönen‹! Vance, – der fürchten mußte, wenn er bloß Schritt ging von den Weibsbildern zerkratzt, wenn er rannte mit ziemlicher Gewißheit von den Kötern gebissen zu werden – tanzte in einer Art Geschwindpaß fürder, bemüht gelassen dreinzuschauen und seine Nase hoch in ihrer heimatlichen Luft zu tragen; bis er, glücklich ans Ende der Straße gelangt, rechts von sich einen Heckenzaun gewahrte – diesen mit einer so unnatürlichen Gelenkigkeit übersprang, wie sie menschlichen Gliedern nur der Sporn der Selbsterhaltung mitzuteilen vermag; anschließend wie ein Pfeil davonschoß; und nicht eher rastete und ruhte, bis er, gänzlich atemlos, auf die Bank in der schützenden Geißblattlaube niedersank. Hier saß er noch immer, fächelte sich mit seiner Mütze und murmelte dabei nichtwiederzugebende Verwünschungen, als Lionel zu ihm trat, der sich bei dem Schuhflicker verweilt hatte, um noch ein bißchen mit Jenem von Sophie zu sprechen, und der – ohne den mindesten Verdacht, der Lärm der an sein Ohr schlug, könne seinen unseligen Freund zum Urheber haben – sich dazu hatte verleiten lassen, noch einmal kurz mit nach oben zu kommen, und in dem Kristall nach Sophie zu suchen – ergebnislos. Als Vance dann von seinem Mißgeschick berichtet, und Lionel ihm gebührendes Beileid ausgedrückt hatte, war für den Letzteren die Zeit herangekommen, seinen Anteil an der Rechnung zu bezahlen, den Tornister zu schultern, und zum Zug aufzubrechen. Nun konnte der Bahnhof aber nur erreicht werden, mitten durch das Zentrum des Fleckens hindurch; und Vance schwor, daß er davon die Nase voll hätte. »*Peste!*«, sagte er: »ich müßte genau an High Street Nummer 5 vorbei, wo Kindermädchen und Baby auf der Schwelle meiner harrten, wie in Virgil's Schilderung der höllischen Regionen –

›Infantumque animae flentes in limine primo‹.

Nehmen wir lieber hier Abschied voneinander. Ich geh mit dem Boot nach Chertsey, sobald sich meine erschütterten Nerven genugsam erholt haben werden: gibt noch ein oder zwei malerische Winkel in der Gegend dort zu sehen. In ein paar Tagen bin ich jedenfalls wieder in der Stadt: schreibt mir dann dorthin, und berichtet, wie's Euch ergeht. Also nochmal die Hand; und auf geht's, mit Gott – aber, oh!, jetzt wo Ihr Euern Anteil an der Rechnung bezahlt habt: habt Ihr noch genug für den Zug übrig?«

»Oh ja, das Billet kostet nur ein paar Schilling; aber, freilich, der Einspänner dann bis Fawley? Zu Fuß möcht'ich da nicht ankommen« (stolz); »oder auch angenommen er beleidigte mich, und ich hätte sein Haus unverzüglich zu verlassen? Könnt'ich 1 Sovereign von Euch geborgt bekommen?; meine Mutter wird vorsprechen und ihn zurückerstatten.«

VANCE (mit Größe): – »Da ist er; und viel ist jetzt im Portemonnaie nicht mehr drin – dieser verflixte ›Star and Garter‹!; und diese 3 Pfund!«

LIONEL (seufzend): – »Die so gut angewandten! – Bevor Ihr das Gemälde verkauft: laßt mich's kopieren, ja?«

VANCE: – »Nehmt Euch lieber ein eignes Modell. Dorf wimmelt davon: für die Hälfte der Summe, die ich mich an einen unreifen Balg zu verschwenden beschwatzen ließ, könnt Ihr mit dem fettesten Trampel handelseins werden! – Na, schaut nicht so ernsthaft drein; wenn Ihr könnt, dürft Ihr mich kopieren!«

»Zeit aufzubrechen, Sir; und Ihr müßt schon anständig ausschreiten«, sagte der muntere Wirt, der hereinschaute.

»Wiedersehn: Wiedersehn.«

Und also zog Lionel Haughton auf ein Unternehmen aus, für den Irrenden Jüngling genau so folgenschwer, wie die Brücke der Gefahren oder die Höhle des Drachen es nur je für den Irrenden Ritter in alter Zeit gewesen sein können.

›Bevor wir uns jedoch dazu entscheiden, für alle Zukunft miteinander fertig zu sein, ... ein kurzer Besuch ...‹ – so lautete die Herausforderung von Ihm, der Alles zu vergeben hatte, an Ihn, der Alles zu gewinnen hatte. Und wie betrachtete Lionel Haughton, der Ehrgeizige und Hochstrebende, seinerseits das Wagnis?, das, wenn es gelang, ihm Einlaß verschaffen würde, in die goldenen Thore von Carduel, ein Gleichberechtigter in den Verzeichnissen der Söhne von Paladinen; wenn es fehlschlug ihn in die Arme der Witwe zurückwarf, die in den Nebenstraßen von Pimlico ein erstes Stockwerk vermietete? Die Wahrheit zu sagen: wie er so, in tiefem Sinnen, dem Bahnhof und der Abfahrt zuschritt, da-hin, wo die DampfWolke jetzt über den Radspuren aus Eisen emporkräuselte, – die Wahrheit zu sagen, der ängstliche Zweifel, der ihn beunruhigte, war mit nichten derjenige, den seine Freunde, in seinem Interesse, mitempfunden haben würden. In Worte gefaßt, hätte er vielmehr so ausgesehen – ›Wo *ist* diese arme kleine Sophie jetzt nur?; und was wird aus ihr werden – was?‹. – Aber als nach begonnener Fahrt, dem Ziele zufliegend, der Gedanke an die ihm nun gleich bevorstehende Feuerprobe sich seinem Geist gewaltsam aufdrängte, murmelte er, innerlich, vor sich hin – »›fertig miteinander‹? – soll's kommen, wie's ihm beliebt; Hauptsache, ich buhl' nicht um seine Gunst. Millionenmal besser, im Leben ohne Geld zu starten, aber als Gentleman, der sich seinen Weg nach oben erarbeiten muß wie ein Mann; denn als Einer, der auf den Knien ins Glück rutscht, und dabei das Geburtsrecht des Gentleman schändet und die MannesEhre befleckt.« Wenn wir also beides in Anschlag bringen: den immer-wachen Stolz des Armen Vetters, ständig auf dem *qui vive* nach Beleidigungen; und das Temperament des Reichen Vetters, nach seinen Briefen zu schließen rüde genug um dergleichen übel zu vermerken; ja, dann müssen wir einräumen, daß, wenn Lionel Haughton schon in diesem Moment das habe, was man gemeinhin ›eine Chance‹ nennt, die Frage vor der Hand noch weniger sei, worin besagte Chance denn bestehe, als vielmehr WAS WIRD ER DAMIT MACHEN? Und in eben dem Maße, wie der Leser in unsrer Geschichte vorankommt, wird er vielleicht zugestehen, daß es in dieser Welt nur wenige so oft erörterte Fragen gebe, deren Lösung für jeglichen ratlosen Sterblichen wichtiger wäre, als die, von der jede Entdeckung des Weisen, jede Fabel des Romanciers, ihren Ausgang nimmt – sie, die mit Fug über jegliches MENSCHENLEBEN zu setzen wäre, vom ersten Schlaf in der Wiege an, ›WAS WIRD ER DAMIT MACHEN?‹.

II. BUCH

1. Kapitel

Primitiver Eindruck des Landes in gewissen Bezirken Großbritanniens. / Zusammenhänge zwischen dem Charakter einer umgebenden Landschaft und den geistigen und sittlichen Tendenzen ihrer Bewohner; eingerichtet nach der Meinung aller verständigen Autoren über Ethnologie. / Ein Fuhrmann, dem seine Vertrautheit mit dem britischen Gesetz eine ingeniöse Methode eingibt, dem Vordringen des Römischen Katholizismus Einhalt zu tun, befördert Lionel Haughton und sein Glück an einen Ort, der eine Schilderung verdient, und zum Ausruhen einlädt.

Wohlbehalten, ansonsten jedoch nach einer Eisenbahnfahrt ohne besonderes Vorkommnis (selten genug), das etwa festgehalten zu werden verdient hätte, kam Lionel auf dem Bahnhof seiner Bestimmung an. Dort erfragte er die Entfernung bis zum Herrenhaus von Fawley; sie betrug 5 Meilen. Er bestellte einen Einspänner; und rollte bald flott auf der holprigen GemeindeStraße dahin; durch eine Gegend, die von der heitern Flußlandschaft, die er eben erst verlassen hatte, beträchtlich abstach. Genau so ›englisch‹; aber mehr wie das England früherer Völkerschaften, denn dasjenige, das sich um unsre eigne Generation ausbreitet, wie eine einzige weite Vorstadt aus lauter Gärten und Villen – hier kam weder Dorf, noch Kirchturm, noch PortierHäuschen in Sicht. Selten selbst die Kornfelder – weite Flächen uneingezäunter Wiesen und Weiden taten sich, einsam und urtümlich, zu beiden Seiten der Straße auf, begrenzt von großen Waldungen, vorwiegend Buchen, die als grüne, leichtgewellte Borte den Horizont einfaßten. In einem solchen England mochten einst Tempelritter sich ihren Weg nach weit zerstreuten Klöstern gebahnt; oder in den Kriegen der Rosen flüchtige Parteigänger in Laubverstecken Schutz und Obdach gefunden haben.

Die Scene hatte durchaus ihr Romantisches, ihr Schönes – zur Hälfte wild, zur Hälfte sanft – und führte zwangsläufig den Geist jedes gebildeten und fantasievollen Beschauers weit ab von der Gegenwart des Tages – lang vergessen gewes'ne Stellen aus alten Dichtern wurden wach. Das Ruhevolle solcher grasigen Einöden – solcher weiten Waldestiefen – war angetan Träumereien zu fördern und zu nähren, freundlichst-ernst und beschwichtigend-einwiegend. Hier konnte Ehrgeiz dem Rad des Ixion, Habsucht dem Sieb der Danaiden, endgültig Rast gewähren; hier mochte verschmähte Liebe über das Vergängliche aller menschlichen Leidenschaften nachsinnen, und die gemarterten Herzen sich herrechnen, die den Frieden in heiliger Meditation fanden, oder endgültig ausruhn unterm grasigen Hügel. Schau wie hier, wo drei Straßen in der Öde sich treffen, die Landschaft sich plötzlich weit auftut – in der Ferne ein Hügelrücken; und auf diesem Hügelrücken ein Bauwerk, das erste Zeichen menschlicher Gesellschaft. Was ist das für ein Gebäude? – lediglich eine stillgelegte Windmühle – die Flügel dunkel und scharf abgehoben gegen den bleiernbedeckten Himmel.

Lionel berührte den Fahrer –: »Sind wir schon auf Mr. Darrell's Grund und Boden?«. (Über die Ausdehnung jenes Besitztums hatten sich bei ihm, unwillkürlich, die großartigsten Ideen gebildet.)

»Ohgott, nich doch, Sir; bis Squire Darrell haben Wir noch 2 Meilen. Hier'rum hat er nich nennenswert viel Eigentum. Aber 10–12 Meilen weiter, drüben auf der andern Seite des Kreises, hat er vor etlichen Jahren ein hübsches Ende Land gekauft. – Erste Mal, daß Sie nach Fawley gehen, Sir?«

»Ja.«

»Ah ja! ich konnt mich auch nich entsinnen, Sie schon ma' gesehen zu haben – ansonsten hätt'ich Sie bestimmt wiedererkannt; denn es iss wahrlich selten, daß ich 'ne Fahrt nach Fawley, zum Alten Herrenhaus, hab'. Das müssen, möcht' ich meinen, an die 4 oder 5 Jahre jetz' sein, daß ich zuletzt mit ei'm naja ›Herrn‹ da war, der aber zu Fuß wieder weg ging, während ich noch die Pferde fütterte – brachte mich glatt um die Rückfahrt! Wieso kommt Der dazu, zu gehen, wenn ich ihn in mei'm Wagen herfahr? – schäbig.«

»Demnach lebt Mr. Darrell also sehr zurückgezogen – verkehrt nur wenig mit Leuten?«

»Glaub schon. Ihn selber hab'ich, meines Wissens, nie geseh'n;

aber ma 2 Pferde von ihm – selten schöne Stücke.«; damit gab der Fahrer seinem eignen einen Peitschenschmitz, fing an vor sich hin zu pfeifen; und Lionel stellte keine Fragen weiter.

Am Ende hielt das Kütschchen vor einer Wageneinfahrt, etwas von der Straße zurückgelegen und tief im Schatten ehrwürd'ger Bäume – kein Torhäuschen. Der Kutscher stieg ab, und machte sich selbst das Tor auf.

»Sind wir da?«

Der Fahrer nickte bejahend; stieg wieder auf; und fuhr dann rasch dahin, durch etwas, was man mit einiger Höflichkeit hätte einen Park nennen können. Der eingefriedigte Raum wirkte allerdings wenig anders, als ein, freilich recht weiträumiges, Jagdgehege – seine Begrenzungen waren auf allen Seiten sichtbar – aber langsam ansteigendes Hügelland, mit dichtem Laubwald bedeckt, rahmte die wilden unregelmäßigen Rasengründe überall – ein Boden, als Weide vermutlich armselig, aber angenehm für's Auge; mit Senke und Waldschlucht, Gehölzen aus fantastisch gekappten Bäumen – vereinzelt Eichen von riesigem Wuchs – ab und zu ein hexenhaft über sich selbst gekrümmter Dornstrauch – Stellen mit Farn, oder Ginster. Laut und heiser ein Krähenkrah – und weither, fern aus den innersten Tiefen der lieblichen Waldungen, kam der überreife Doppelton des Kuckucks. Noch ein paar Augenblicke, und eine Biegung des Weges brachte das Haus in Sicht. Im Hintergrund schien eine Wasserscheibe zu liegen; – um direkt ›ein See‹ geheißen zu werden schwerlich groß genug; – die zottigen Ufer aber wiederum doch zu geschlungen – die Enden allzu verundeutlicht durch Eiland und Baumwerk, um sie mit der platten Bezeichnung nur eines ›Teiches‹ abzutun – so wie es war, wurde das Auge jedenfalls erst einmal gefesselt, ehe der Blick sich auf das eigentliche Haus konzentrieren konnte; – es gab dem Ganzen irgendwie etwas so Ruhevolles, von der Welt Abgesondertes, Feierliches – ein vifer Weltmensch hätte schon beim ersten Ansichtigwerden Komplexe bekommen. Derjenige aber, Der wußte, was ein großer Kummer ist – eine bange Sorge – Dessen müde Seele würde all die Ruhe eingeschlürft haben, wie ein Sedativ. – Das Haus selbst – klein; niedrig; ältlich; Zeit etwa Eduard VI., – noch vor der schaubareren Architektur Elisabeth's. Wenig Herrensitze in England, traun, so alt wie das von Fawley: ein schwer-lastendes Dach, hochgegiebelt – die Fenster des Oberstocks weit hinausragend über den darunterliegenden Teil – eine überdachte Veranda; mit einem halb unkenntlichen, und sei es seinerzeit noch so tief eingeschnittenen Wappen-Schild über der eichenen Tür zum Eingang. Nichts ausgesprochen Großartiges; aber wie ehrwürdig das Alles! – Doch was ist das? Dicht neben dem ruhigalten anspruchslosen Herrenhaus erhebt sich das Skelett einer süperben kostspieligen Gebäudemasse, – ein unvollendeter Palast; die Arbeit augenscheinlich eingestellt – vielleicht seit langem, vielleicht erst jetzt – für immer? Nicht geschäftige Werkleute noch belebtes Gerüst. Die durchbrochnen Zinnen in sichtbarer Eile überdacht – hier mit Schiefer, dort mit Ziegeln; die Elisabethanischen Fenster mit ihrem steinernen Mittelpfosten unverglast; einige roh mit Brettern verschlagen – andre mit trostlos starrenden Öffnungen, die in Zimmer ohne Fußboden gehen – für Winde um durchhinzupfeifen, und Ratten zum drinnen hausen. Über handlich bereitgelegte Steinblöcke war Gras gewuchert und langes Unkraut. Auf dem Fenstersill eines riesigen Erkers war es einem Goldlack gelungen Wurzel zu schlagen – der Effekt war fantastisch! Ein Bau, den Er, der ihn entwarf, für eine Nachwelt geplant haben mußte – so dick die Wände, so solid die Maurerarbeit – und derart jäh dem Zerfall überlassen – ein Palast, gedacht zum Empfang sich drängender Gäste – für Pomp und stattliche Gelage – der Eule hingegeben und der Fledermaus. Und das heimliche alte Haus zur Seite, das zu ersetzen jene prunkende Halle zweifellos bestimmt gewesen war, blickte so sicher und gelassen auf die vereitelte Anmaßlichkeit seines gespenstischen Nachbarn.

Der Fahrer hatte die Glocke gezogen; kam nun wieder zum Wagen her; begegnete Lionels fragendem Blick, und sagte – »Jå; hat Squire Darrell angefangen zu bauen – manches Jahr her – ich war noch'n Junge. Hab erzählen hören, das sollte ma' die Sehenswürdigkeit vom ganzen Kreis werden. Eingestellt worden, so vor 10–12 Jahren.«

»Warum? – wißt Ihr's etwa?«

»Weiß kein Mensch. – Squire war ma' Rechtsanwalt, glaub'ich – vielleicht hat er's ins Kanzleigericht gesteckt? Der Großvater von meiner Frau iss ins Kanzleigericht gesteckt worden, grad als er im Wachsen war: späterhin nie mehr gewachsen – niemals mehr rausgekomm'm – kommt Keiner jemals raus. Erscheint neulich unser Küster bei mir: soll ne Eingabe gegen den Papst mit-unterschreiben. Sag ich: ›Dieser alte Papst macht aber auch andauernd Scheererei – hat er'nn jetz wieder angestellt?‹. Sagt er: ›Breitet sich aus! Iss ins Parlament reingerutscht, hat jetz sogar 'n College bekommen, und wir bezahlen dafür. Ich weiß nich mehr wie man den stoppen soll.‹ Sag ich: ›Mensch steckt ihn doch ins Kanzleigericht, neben 'n Großvater von der Frau: Der breitet sich bestimmt nich mehr aus.‹«

Eben hatte der Kutscher solchermaßen über das Papsttum verfügt, als ein ältlicher Bedienter, ohne Livree, die Türe öffnete. Lionel sprang vom Wagen; und hielt dann, in einiger Verwirrung, inne; denn jetzt durchfuhr ihn zum erstenmal der Gedanke, wie er ja überhaupt nicht geschrieben und mitgeteilt habe, daß er Mr. Darrell's Einladung annähme – daß er das hätte tun müssen – daß er nun vielleicht gar nicht erwartet werde. Mittlerweile musterte ihn der Diener mit einigem Erstaunen. – »Mr. Darrell?«; Lionel, zögernd, im Frageton.

»Nicht zuhaus, Sir.«, entgegnete der Mann, wie wenn Lionels Geschäft damit zu Ende wäre, und er nur noch wieder den Wagen zu besteigen brauchte. Nun war der Junge von Natur eher keck als schüchtern; er sagte, mit einem gewissen zuversichtlichen Wesen: »Mein Name ist Haughton. Ich komme auf Mr. Darrell's Einladung.«

Das Gesicht des Bedienten veränderte sich augenblicks – er verbeugte sich respektvoll. »Bitte um Vergebung, Sir. Ich werde sogleich nach meinem Herrn sehen gehen – er ist irgendwo im Park.« Worauf er sich zum Wagen verfügte; den Tornister herunter nahm; und, da er bemerkte, daß Lionel seine Börse in der Hand hatte, sagte: »Erlauben Sie mir, Ihnen diese Mühe zu ersparen, Sir –: ä-Kutscher?: außen herum, nach den Stallungen, ja?«. Der Bediente trat dann ins Haus zurück; öffnete eine Tür zur Linken; ließ eintreten, und rückte einen Stuhl zurecht –: »Wenn Sie bitte einen Moment hier warten wollen Sir – ich sehe sogleich nach meinem Herrn.«

2. Kapitel

Guy Darrell – eine Art von Stilleben.

Der Raum, in dem Lionel sich nunmehr fand, war überaus wunderlich. Ein Altertumskenner oder Architekt würde mit einem Blick erkannt haben, daß er, zu irgend einer Zeit einmal, einen Teil der EingangsHalle gebildet hatte; und daß – als in Elizabeth's oder des ersten Jakob Tagen die Verfeinerung der Sitten von den FreiherrnSchlössern aus auch auf die Heime des niederen Landadels überzugreifen begann, und die Eingangshalle aufhörte, der gemeinsame Speisesaal für Besitzer und Gesinde zu sein – daß damals dieses Gemach hier vermittelst eines durchbrochnen Paneels abgetrennt worden war; welches um der lieben Wärme und behaglichen Intimität willen, eine der nachfolgenden Generationen in eine solide getäfelte Verkleidung verwandelt hatte. Infolgedessen wies eine Seite des Raumes reichliches Schnitzwerk von geometrischen Motiven und arabesken Pilastern auf; während die andern drei Wände nur simple halbhohe Felder hatten, über denen sich, vom Getäfel bis zur Decke, ein tiefausgearbeiteter fantastischer StuckFries hinzog, der eine Hirschjagd darstellte. Die Decke selbst trug, neben länglichen ReliefStreifen anscheinend ohne sonderliche Bedeutung, den Helmschmuck des DarrellWappens – einen Reiher, umspruchbändert von dem FamilienMotto, ›*Ardua petit Ardea*‹. Es handelte sich um ein EßZimmer, wie sich aus der Art der Möbel ergab; aber von Seiten des gegenwärtigen Besitzers war nicht der geringste Versuch unternommen worden, (und von Seiten seines Vorgängers einwandfrei auch nicht), die Einrichtungsgegenstände dem Zimmer anzupassen. Das Meublement war tatsächlich ganz in dem schwerfälligen anmutlosen Geschmack Georgs des Ersten – ungefüge Gestühle aus Wallnußholz, mit der wurmstichigen Intarsie des Reihers auf den hausmachernen Rückenlehnen, und verschossenem blauen Wollbezug auf den Sitzen – eine unangenehm dazu passende Anrichte, wundersam häßlich zu schauen; oben d'rauf diverse schwärzliche ChagrinFutterale, deren Deckel offen standen und die pistolenartigen Handgriffe silberner Messer bloßlegten. Der Kaminaufsatz, eingeteilt in Felder mit heraldischen Schildereien, und getragen von zwei plumpen steinernen Karyatiden, reichte bis unter die Decke hinauf. An den Wänden hingen mehrere Bilder – FamilienPorträts; denn auf den Rahmen fanden sich die Namen eingeschrieben. Die Daten erstreckten sich von der Regierung der Königin Elizabeth, bis zu der Georgs des Ersten. Was sie alle auszeichnete, war eine starke Familienähnlichkeit – markante Züge; dunkles Haar; gravitätische Mienen – freilich mit 1 Ausnahme; eines Sir Ralph Haughton Darrell, in einer Tracht, die ihn sogleich als in die permanente Feiertagszeit Karl's des Zweiten gehörig einzureihen erlaubte – nichts als Nestel, Spitzen und Bänder; augenscheinlich der *bel ami* der Familie; und er hatte ja auch die entsprechenden blauen Augen, eine blonde Perücke, ein leichtsinnig-liederliches Lächeln; und sah ganz aus wie der wüsteste Wasgehtsmichan, wie der hübscheste Nichtstaug, der je einen Weinzapf verwünschte, einen Wachmann durchprügelte, eine Lady betörte, einen Ehemann terrorisierte, und, während er einen Gegner durchlöcherte, ein Liedchen dazu summte.

Lionel war noch dabei, sich das Bildnis dieses lockeren Cavaliers zu betrachten, als die Tür hinter ihm, sehr geräuschlos, sich auftat, und ein Mann, eine eindrucksvolle Erscheinung, auf der Schwelle stand – so still stand, und seine Figur vom Schnitzwerk des Eingangs so ornamental behelldunkelt, ja gleichsam eingerahmt wurde, daß Lionel, beim schnellen Umdrehen, ihn ohne weiteres mit einem Porträt hätte verwechseln können, das ein plötzlicher Lichteinfall aus seinem Rahmen wie im kühnen Relief hervortreten ließ. Man hört in der Umgangssprache häufig sagen, Der oder Jener gleiche einem alten Bild; ein Ausdruck, der nie angemessener gewesen wäre, als bei dem Antlitz, in welches der jugendliche Besucher jetzt überrascht und nicht ohne betretene Ehrerbietigkeit starrte. Ungleich denen, die zweitrangige Porträtisten auf den Bildern dort festgehalten, obschon es gewisse Familienähnlichkeiten mit ihnen gemeinsam hatte, wirkte es in seiner ruhigen Kraft, wie wenn es von einer Leinwand Tizian's heruntergeschaut hätte.

Der Mann trat vor, und die Täuschung schwand. »Ich dank' Euch«, sagte er, mit ausgestreckter Hand, »daß Ihr mich beim Wort genommen, und mir gleich in Person geantwortet habt.« Er machte eine kleine Pause, während welcher er Lionels Gesicht mit scharfem, aber nicht unfreundlichem Auge musterte; und fügte dann, gedämpft, hinzu: »Sehr wie der Vater.«

Auf diese Worte hin drückte Lionel unwillkürlich die Hand, die er ergriffen hatte. Diese Hand erwiderte den Druck nicht. Sekundenlang lag sie in Lionels warmer Umgreifung – nicht abweisend, nicht aufmunternd – und ward dann, sehr sacht, zurückgenommen.

»Seid Ihr von London gekommen?«

»Nein Sir; ich fand Ihren Brief gestern, in Hampton Court, vor. Ich hatte mich ein paar Tage in der Gegend dort aufgehalten. Ich bin heut Morgen gleich gekommen, – ich fürchtete erst schon, allzu unzeremoniös; Ihr gütiger Empfang beruhigt mich darüber.«

Gut gewählte Worte, und frank gesprochen. Vermutlich gefielen sie dem Gastgeber, denn der Ausdruck seines Gesichtes war, im Ganzen genommen, günstig; dennoch neigte er lediglich, mit einer Art stolzer Indifferenz, einmal das Haupt, sah dann auf seine Taschenuhr, und zog die Glocke. Sogleich trat der Diener ein. »Das Dinner soll in einer Stunde fertig sein.«

»Bitte, Sir«, sagte Lionel; »ändern Sie Ihre Tageseinteilung nicht um meinetwillen.«

Mr. Darrell's Stirn runzelte sich leicht. Lionel hatte einen Taktfehler begangen; aber der große Mann antwortete nur gelassen: »Mir ist eine Stunde wie die andere; auch wär' es sonderbar, wenn der Wirt durch Rücksicht auf einen Gast so leicht gestört werden könnte – ausgerechnet am ersten Tag noch. – Seid Ihr müde? Möchtet Ihr lieber auf Euer Zimmer gehen?; oder Euch eine halbe Stunde draußen umsehen? Der Himmel klärt sich auf.«

»Ich würd' mich sehr gern draußen umsehen, Sir.«

»Dann hier entlang.«

Mr. Darrell durchquerte die Halle; stieß eine Tür, derjenigen durch welche Lionel eingetreten war gegenüberliegend, auf; und der See (wie wir ihn künftig nennen wollen) lag vor ihnen, – vom Hause nur durch einen, sich ganz allmählich abdachenden Hang getrennt, auf dem sich ein paar Blumenbeete befanden – nicht voll der heutzutage beliebten ModeBlumen – auch altfränkisch angelegt, und weitschweifig mit Rasen umgeben. An einer Ecke stand eine wunderliche, beschädigte Sonnenuhr; auf der andern Seite befand sich eine lange BowlingBahn, die an einem von jenen Sommerhäuschen endete, wie sie, im Gefolge der Revolution von 1688, der holländische Geschmack bei uns in Aufnahme gebracht hat. Mr. Darrell ging diese Bahn entlang (keine Kugeln im Moment zu sehen); und als er gewahr wurde, daß Lionel neugierig nach dem SommerHaus hin schaute, dessen Türen offen standen, trat er vor ihm ein. Ein großer luftiger Raum, mit hohlrunder Decke, bemalt mit Römischen Trophäen aus Helmen und Liktorenbündeln, abwechselnd mit, nicht minder gemalten, kreuzweis übereinanderliegenden Flöten und Geigen.

»Amsterdamer Geschmack«, sagte Mr. Darrell mit leichtem Achselzucken. »Hier hat ein vergangnes Geschlecht Musik gehört, Quartette gesungen, und aus TonPfeifen geraucht – eine Ära, die rasch dahingegangen ist; weil unpassend zur englischen Energie, die mit mijnheerigem Phlegma nicht zu paaren ist. Aber die Aussicht aus dem Fenster – schaut nur, dort. Ich frage mich immer wieder, wie Männer in Perücken und Frauen in Reifröcken *das* goutiren konnten. Ein reines Wunder, daß sie die Ufer nicht begradigt haben, wie ihre Grachten!«

Die Aussicht war in der Tat wunderschön – das Wasser wirkte so blau, so breit, so klar, und spiegelte die geschlängelten Ufer mit ihren Waldungen so tief aus seinem friedvollen Schoße wider.

»Wie würde *das* Vance genießen!« rief Lionel. »Das würde sich auf einem Gemälde noch besser ausnehmen, als die ThemseLandschaft.«

»Vance? – Wer ist das?«

»Der Künstler – ein guter Freund von mir. Sie haben doch sicher von ihm gehört, Sir; oder seine Bilder gesehen?«

»Er und seine Bilder sind nach meiner Zeit. Für den Klausner tritt ein Tag den andern in' Staub; und er vergißt, daß Celebritäten mit der MorgenSonne erstehen, um mit dem AbendMond dahinzuschwinden, –

›. . . truditur dies die,
novaeque pergunt interire lunae.‹«

»Nicht alle Sonnen gehen unter – nicht jeder Mond nimmt ab!« rief Lionel in etwas ungeschliffenem Enthusiasmus. »Wenn Horaz anderswo von dem ›Stern der Julier‹ spricht, vergleicht er ihn doch mit einem Mond, ›inter ignis minores‹; und gewißlich gehört der Ruhm nicht zu den himmlischen Körpern, die ›pergunt interire‹ – dem Untergang zueilen!«

»Es freut mich zu sehen, daß Ihr Euern Horaz nicht bestauben laßt«, versetzte Mr. Darrell frostig, und ohne auf die Anspielung auf Berühmtheiten einzugehen; »er ist schon, für einen Mann in meinen Jahren, der einnehmendste aller Poeten; und« (fügte er, überaus trocken, hinzu): »was zitable Gemeinplätze anbelangt, der Nützlichste für Männer jeder Altersstufe.«

Gleichgültig schlenderte er fürbaß; stieg die RasenSchrägung hinunter; bis an den WasserRand; und warf sich dort, der Länge nach, ins Gras – der wilde Thymian, den er knickte, sandte sogleich, verletzt, seinen Wohlgeruch empor. So lag Darrell alldort, das Gesicht in die Hand gestützt; und schaute, in abstraktem Schweigen, wasserüberhin. Lionel empfand, daß seiner vergessen war; aber er fühlte sich nicht verletzt. Bereits jetzt war in seiner Brust eine starke, bewundernde, Anteilnahme für seinen Vetter entsprungen – es wär ihm schwierig geworden, zu erklären wieso. Aber Wer auch immer, in diesem Augenblick, Guy Darrell's sinnendes Antlitz hätte sehen können; beziehungsweise Wer immer, einige-wenige Minuten zuvor, auch nur den Klang seiner Stimme verzeichnet hätte – hell, klar, voll – in ihrer bedachtvollen Sprechweise unaffektiert, gereift-bestimmt – so daß selbst das derbste, rauheste Wort seine angemessne Vertonung erfuhr – er würde das Interesse, das Lionel überkam, begriffen & geteilt haben. Es gibt nun einmal lebendige Menschenantlitze, die – unabhängig von ihrer bloß-physischen Schönheit – uns weit mehr fascinieren und überwältigen, als die regelrechtesten Lineamente Griechischer Bildner, die uns je ein MarmorGesicht herhielt: und es giebt, in der simplen MenschenStimme Töne, die das Herz verunruhigen und Leidenschaften wecken, die tobende MenschenMassen beschwichtigen, oder auch die Throne der beleibwächtertsten Könige zerstäuben, kurzum mehr Wunder bewirken, als je der kunstvollste Chorus oder die gewandteste Feder zustande brachten.

Schon nach wenigen Minuten kamen, vom entfernteren Ende des Wassers her, rasch die Schwäne auf den Uferfleck zugesegelt, wo Darrell ruhte. Er hatte sich augenscheinlich mit ihnen angefreundet; und sie drängten die weißen Brüste dicht an den Bord, wobei sie seine Beachtung noch durch eine leis' zischende Begrüßung zu erregen suchten, (die sie hoffentlich bei jenem berühmten Gesang, mit dem sie aus diesem Leben scheiden sollen, mit etwas weniger Sibilantem vertauschen).

Darrell schaute auf. »Sie möchten gefüttert sein«, sagte er, »hübsche-glatte Sinnbilder des großen socialen Gefüges. Zuneigung ist das Kind des Vorteils. Ich bin ihnen nützlich – also lieben sie mich.« Er erhob sich, barhäuptig, und verbeugte sich mit spöttischer Courtoisie gegen die großen Vögel: »Freunde, ich habe kein Brot für Euch bei mir. –«

LIONEL: – »Darf ich schnell welches von drinnen holen?: ich möchte mich auch nützlich machen.«

Mr. Darrell: – »Rival! – meinen Schwänen nützlich?«

Lionel (zart): – »Oder Ihnen, Sir.«

Wobei er jedoch das Gefühl hatte, zuviel gesagt zu haben; und, ohne Genehmigung abzuwarten, ins Haus rannte, um Jemanden aufzutreiben, den er um Brot angehen könnte.

»Sohnlos, kinderlos, hoffnungslos, zwecklos;« murmelte Darrell vor sich hin, und versank wieder in Träumerei.

Zu der Zeit, da Lionel mit dem Brot wiederkam, hatte sich noch ein neuer verhätschelter Freund zum Herrn gesellt: eine zahme Hindin war seiner, aus ihrem Schlupfwinkel weit von hier, gewahr geworden; kam in leichten Sätzen an seine Seite, und stupste ihr zartes Näschen in seine niederhängende Hand. Beim Geräusch von Lionels hastig nahenden Tritten ergriff sie erst die Flucht und trottierte ein paar Schritte von dannen; drehte sich dann wieder um und schaute sehnsüchtig her.

»Ich wußte gar nicht, daß Sie auch Wild hier haben.«

»›Wild‹! – in dem kleinen Gehege? – selbstverständlich nicht; nur dies 1 Reh. Fairthorn hat ihm Eingang hier verschafft. – Übrigens –«, fuhr Darrell fort, der nunmehr den Schwänen ihr Brot zuwarf, und seine gleichgiltige uncontemplative Art wieder angenommen hatte, »es war Euch gewiß nicht bekannt, daß ich einen Eremiten-Kollegen bei mir habe – noch einen Gefährten außer den Schwänen und der Hindin. Dick Fairthorn, der Sohn von meines Vaters Verwalter, ist ein-zwei Jahre jünger als ich. In seiner Lateinschule war er der Klügste. Unglücklicherweise verfiel er auf die Flöte, und machte sich also für das gegenwärtige Jahrhundert unbrauchbar. Gleichwohl läßt er sich herbei, als mein Sekretär zu fungieren – solide klassisch gebildet – spielt Schach – ist mir also nützlich – ich bin ihm nützlich. Wir hegen Zuneigung für einander; und Dem, der über ihn lacht, verzeihe ich das nie. – Oh, die Glock' schlägt halb; Ihr werdet ihn bei Tisch kennen lernen. Wollen wir hinein, und uns umkleiden?«

Sie betraten wieder das Haus – der Bediente von vorhin wartete bereits in der Halle. : »Zeigt Mr. Haughton sein Zimmer.« Darrell senkte das Haupt – ich bediene mich absichtlich dieser Wendung; denn seine Geste war weder Verneigung noch ein Nicken – schritt einen schmalen Korridor entlang, und verschwand.

Über ungleichmäßige TreppenStufen aus Eiche, schwarz wie Ebenholz, mit massiven Geländern, gestützt von Treppenpfosten, die plumpe Kugeln trugen, ward Lionel in ein kleines Zimmer geführt, das, es mochte wohl an die hundert Jahre her sein, vermittelst einer ChineserTapete modernisiert worden war, und eine MahagoniBettstelle enthielt, die Dreiviertel des Platzes wegnahm, und einen Baldachin aus schmutzigbraunen Federbüschen hatte, der ihr das gefällige Ansehen etwa eines Leichenwagens gab; und hier war es auch, daß der Bediente sagte: »Haben Sie den Schlüssel zu Ihrem Tornister bei sich, Sir?; daß ich Ihnen Ihre Sachen zum Umkleiden herauslegen kann?«. Umkleiden! Jetzt erst fiel es dem Jüngling zum ersten Male ein, daß er keinerlei AbendAnzug mitgebracht hatte – ja mehr noch: daß er, in keinem Winkel der bewohnten Erde, überhaupt etwas besaß, was man einen kompletten ›Abendanzug‹ hätte nennen können. Dergleichen war, bei seiner bisherigen Art zu Sein, noch niemals akut geworden. Man erinnere sich der Zeit, wo man selbst ein Junge von 17 war, ›zwischen zwei Altern schwebend wie ein Stern‹, und stelle sich Lionels Empfindungen vor – er fühlte seine Wange brennen, wie wenn man ihn bei einem Verbrechen ertappt hätte. »Ich hab' keine AnziehSachen mit«, sagte er kläglich; »nur einmal Wechselwäsche; und das hier –«, mit einem Blick auf sein leichtes SommerJackett. Der Bediente war unverkennbar ein hoch-gentlemanliker Mann – von Natur der geborene Kammerdiener. »Ich werde mir erlauben, es Mr. Darrell auszurichten; und wenn Sie die Güte haben wollten, mir Ihre londoner Anschrift zu geben, werde ich sofort telegrafieren, daß Sie bis morgen Alles haben was Sie benötigen.«

»Vielen Dank«, versetzte Lionel, der inzwischen seine Geistesgegenwart wieder gewann; »ich werde selbst mit Mr. Darrell reden.«

»Dort ist heißes Wasser, Sir; hier die Glocke: ich habe die Ehre, Ihnen unterstellt worden zu sein.« Die Tür schloß sich; und Lionel öffnete seinen Tornister – and're Hosen, eine andre Weste wären da, schon – aber nur die er auf dem Jahrmarkt angehabt hatte, die einmal weiß gewesen waren, und die – Ach und Weh! – seitdem noch nicht die Betreuung durch eine Wäscherin erfahren hatten. Auch ein andres Paar Schuhe, ja – aber mit Doppelsohle, für größere Wanderungen. Es blieb platterdings kein anderer Ausweg, als zum Dinner genau wie zuvor gekleidet anzutreten: in seiner leichten Wanderjacke, der Vormittagsweste mit dem Blütenzweig-Muster, und unten'rum die rehfarbnen Unaussprechlichen. Konnte es denn auch so gravierend sein? – bei nur 2 Personen? Konnte der ernste-würdige Mr. Darrell solche Läppereien überhaupt bemerken? – ja, vielleicht wenn sie Mangel an schuldigem Respekt ausgedrückt hätten.

›Durum! sed levius fit Patientia
Quidquid corrigere est nefas.‹

Als er die Treppe hinunter kam, harrte bereits der erwähnte wohlerzogene Domestik, um ihn in die Bibliothek zu führen. Mr. Darrell war schon dort; in der einfachen aber förmlichen Kleidung eines Gentleman, der, auch von der Welt abgesondert, deren Sitten und Gebräuche beibehält. Beim ersten Blick schon meinte Lionel ein leichtes Wölkchen des Mißfallens auf der Stirn seines Wirtes zu gewahren; weswegen er freimütig auf Mr. Darrell zuging, und ob der Unvollkommenheiten seiner ReiseGarderobe um Entschuldigung bat.

»Sprecht die Wahrheit«, sagte sein Gastgeber; »Ihr habt gedacht, zu einem alten verbauerten Grobian zu kommen, bei Dem etwelches Zeremoniell nicht am Platz sei.«

»Gar nicht!« rief Lionel. »Aber – aber ich bin doch erst ganz vor kurzem aus der Schule gekommen.«

»Dann hätte Eure Mutter für Euch denken sollen.«

»Ich hab mir doch keine Zeit gelassen, sie zu Rate zu ziehen, gewiß und wahrhaftig, Sir! – Ich hoffe, Sie sind nicht beleidigt?«

»Das nicht; aber faßt es nun auch Eurerseits nicht als Beleidigung auf, wenn ich mir aufgrund meiner Jahre und unserer Verwandtschaft die Bemerkung erlaube: daß ein junger Mann es sich angelegen lassen sein sollte, nie unter den Standard seiner Gesellschaftsklasse läßlich herabzusinken. Wenn ein König es ertragen mußte, mitanzuhören, daß er ein bloßes Zeremoniell sei; dann sollte ein PrivatGentleman immer daran denken, daß letztlich auch nur ein Zeremoniell liegt, zwischen ihm und – seinem Hutmacher!«

Lionel fühlte, wie ihm das Blut ins Gesicht stieg; aber Darrell verfolgte das unangenehme Thema nicht weiter, schien sogar den Anlaß dazu zu vergessen, und machte eine gleichgiltige Bemerkung über das Wetter. »Es wird morgen schön werden; der Hügel drüben ist ohne jede Spur von Nebel. Da Ihr einen Maler zum Freund habt, seid Ihr vielleicht auch selber Zeichner? Wir haben hier ein paar LandschaftsMotive, die Fairthorn Euch vorführen soll.«

»Ich fürchte, Mr. Darrell«, sagte Lionel mit niedergeschlagenem Blick, »daß ich morgen Sie wieder verlassen muß.«

»So bald? Nun ja, ich kann mir denken, daß der Ort Euch sehr langweilig vorkommen muß.«

»Das nicht – gar nicht; aber ich habe Ihnen Ärgernis gegeben, und möchte meinen Verstoß nicht wiederholen. – Ich, ich verfüge nicht über das nötige ›Zeremoniell‹, um mich als Gentleman äußerlich kenntlich zu machen – weder hier, noch daheim.«

»Ho! Kühne Offenheit und rascher Witz nötigen dem Zeremoniell Achtung ab«, gab Darrell zurück, und zum erstenmal lag es wie ein Lächeln um seine Lippen. »Darf ich Euch mit Mr. Fairthorn bekannt machen –«, da die aufgehende Tür eine linkische, schlottrige Gestalt, in schwarzen, zu-weiten KnieBreeches und SchnallenSchuhen sichtbar werden ließ. Die Figur machte eine seltsame seitliche Verbeugung; hastete dann, auch wieder seitlich, wie ein plötzlich aufgeschreckter Taschenkrebs, auf einen düsteren, von einem langen Tisch verbarrikadierten Winkel zu, tauchte hinter einen Falten-Vorhang, und schien dort verschwunden, genau wie ein Taschenkrebs inmitten flacher Ufersteine.

»3 Minuten noch bis zum Dinner, und 2 bevor der Briefbote abgeht –«, sagte der Wirt, mit einem Blick auf die Uhr. »Mister Fairthorn? Würdet Ihr mir rasch noch ein Billet schreiben?«. Ein Gemurmel kam hinter dem Vorhang her. Darrell verfügte sich zu dem Fleck, und flüsterte ein paar kurze Worte; kehrte dann zum Kamin zurück, und klingelte. »Hier kommt noch ein Brief für die Post, Mills: Mr. Fairthorn siegelt ihn eben. – Ihr schaut meine Bücherregale an, Lionel? Da mir bekannt ist, daß Eure Lehrer mit hohem Lob von Euch gesprochen haben, nehme ich an, daß Ihr ein Freund vom Lesen seid?«

»Ich glaube, ja; aber ganz sicher bin ich mir nicht«, erwiderte Lionel, dem die versöhnlichen Worte seines Vetters, Ungezwungenheit und gute Laune wiedergegeben hatten.

»Ihr meint vielleicht: daß Ihr gerne lest, vorausgesetzt Ihr dürft Euch Eure Lektüre selber aussuchen?«

»Eher noch: vorausgesetzt, ich darf mir die *Zeit* zum Lesen selber wählen; was etwa an schönen Sommertagen nicht der Fall wäre.«

»Wenn man keine schönen Sommertage zum Opfer bringen will, könnte es sein, daß man, wenn die langen Winternächte kommen, erkennen muß, wenig Fortschritte gemacht zu haben.«

»Das ja, Sir. Aber muß das betreffende Opfer nun gerade in Büchern entrichtet werden? Ich bild' mir immer ein, auf dem Spielplatz genau soviel gelernt zu haben, wie in der Schulstube. In den letzten paar Monaten, wo ich weitgehend mein eig'ner Herr war, hab' ich vormittags, das ist schon wahr, viele Stunden hintereinander in einem Zuge gelesen, und abends dann wieder noch ein paar; ich bin aber auch auf den Straßen umhergestreift, oder hab' mich mit den wenigen Freunden unterhalten, die zu erwerben mir gelungen ist – und da hab'ich eben doch den Eindruck: wenn ich mich überhaupt irgendeines Fortschritts rühmen können sollte, die Bücher hätten den kleineren Anteil daran.«

»Ihr würdet demnach ein tätiges Leben, einem gelehrten vorziehen?«

»Oh ja – ja.«

:»Das Dinner ist aufgetragen«, meldete der formvolle Mr. Mills, und öffnete, weit, die Tür: –

3. Kapitel

In unserem glücklichen Lande ist jedweden Mannes Haus seine Burg. Aber wie stark er sie auch befestigen mag, Frau Sorge dringt so gewißlich ein, als sie zu Horazens Zeiten durch den Portikus einer Römischen Villa schritt. Auch ob die Zimmerdecken von Gold und Elfenbein strotzen, oder lediglich weißgetüncht sind: das scheert die Sorge ebensowenig wie eine Stubenfliege. / Doch jeglicher Baum, ob Zeder ob Schlehdorn, kann seinen Singevogel beherbergen; und der Wohnungen sind nur wenige, wo nicht, oft aus den unvermutetsten Winkeln, plötzlich Musik ertönte. (Deswegen Frage: ist es absolut richtig, daß ›non avium citharaeque cantus somnum reducent‹? Würde nicht selbst ein Damokles des Schwertes vergessen haben, wenn der Tafel-Lautenist die Töne getroffen hätte, die einlullen?)

Das Dinner war einfach genug; obschon gut zubereitet und gut serviert. Ein Lakai, in schlichter Livree, ging Mister Mills zur Hand. Darrell aß spärlich; und trank nur Wasser, das ihm, eisgekühlt, neben sein Gedeck gestellt ward; mit Ausnahme 1-einzigen Glases Wein zu Ende der Mahlzeit, das er – mit einer gewissen ritterlichen Höflichkeit, indem er den Kopf vor Lionel verbeugte, und nach den vorgängigen Worten ›Willkommen hier einem Haughton!‹ – leerte. Mister Fairthorn war weniger enthaltsam – er kostete von jeder Schüssel, nachdem er sie, lange, durch eine großmächtige SchildpattBrille gemustert hatte; auch schlückelte er sich, gemächlich, durch eine ganze Flasche Portwein hindurch, wobei er jedes einzelne Glas erst gegen's Licht hielt. Darrell machte, mit seiner gewöhnlichen-kalten, aber nicht etwa unhöflichen Indifferenz, Conversation. Eine Bemerkung Lionels, über die Porträts an den Zimmerwänden, lenkte das Gespräch auf Malerei-allgemein; und der Wirt erwies sich als erstaunlich versiert in Betreff der Merkmale der diversen Schulen und Meister. Lionel, der die Bildende Kunst überaus schätzte; (und, für einen jugendlichen Amateur, wirklich gut-genug malte!); lauschte mit innigem Vergnügen.

»Bestimmt, Sir«, sagte er, äußerst betroffen ob einer sehr subtilen Bemerkung über die Gründe, warum die italienischen Meister sich so wesentlich leichter kopieren lassen, als die Niederländer – »bestimmt, Sir, Sie müssen die Kunst des Malens selber einmal praktisch ausgeübt haben?«

»Nichts weniger; aber ich habe mich zu einem Gemäldekenner gebildet, weil ich einmal eine Zeit lang Sammler war.«

Fairthorn, der zum erstenmal das Wort ergriff: »Aller-rarste Sammlung – solche Albrecht Dürer! solche Holbeins! und dieser Kopf von Lionardo da Vinci!«. Er hielt inne – wirkte äußerst erschrocken – füllte sich vom Portwein nach – was ihn in den Stand setzte, sein Glas, wie üblich, gegen das Licht zu halten und so dem Wirt den Rücken zu kehren.

»Befinden sie sich hier, Sir?«, fragte Lionel.

Darrell's Antlitz verdüsterte sich, und er gab keine Antwort; aber der Kopf sank ihm auf die Brust, und er schien plötzlich in trübes Sinnen versunken. Lionel merkte, daß er eine verstimmte Saite berührt haben müsse, und richtete einen schüchternen Blick zu Fairthorn hinüber: ? – aber dieser Herr stellte nur vorsichtig 1 Finger hoch, legte ihn blitzschnell einmal über'n Mund, und zog ihn dann ebensoflink wieder fort. Nach solchem Warnsignal wagte der Jüngling nicht mehr, das Schweigen zu stören, das nunmehr ununterbrochen anhielt; bis sich Darrell endlich erhob, und mit der ebenso förmlichen wie überflüssigen Frage, »Noch Wein gefällig?«, zurück nach der Bibliothek vorausging. Dort ließ er sich in einen bequemen LehnSessel nieder; griff sich mit den Worten, »Ihr sucht Euch wohl selber ein Buch aus, Lionel?«, aufs Geratewohl einen

Band aus dem nächsten Regal, und schien bald gänzlich in dessen Inhalt vertieft. Der Raum, den Erkerfenster und Regale, die wie in Öffentlichen Büchereien von der Wand abstanden, unregelmäßig erscheinen ließen, wies infolgedessen eine Unmenge von Eckchen und Winkeln auf; in deren eine Fairthorn seitwärtste, und dort unsichtbar ward. Lionel begann die Regale zu durchmustern. Keinerlei *belles lettres* der gegenwärtigen Generation waren hier zu erblicken – keiner jener Autoren, wie sie in Leihbibliotheken und Volksbüchereien vorzugsweise im Schwange sind. Kein Dichter, kein Essayist, kein Romancier, der neuer als die Johnson'sche Epoche gewesen, war auf einem der Bücherbretter anzutreffen. Auch fand sich in dieser Bibliothek eines Rechtsanwaltes keinerlei juristische Literatur – nein, und ebensowenig etwelche Broschüren oder Bandreihen von ParlamentsReden und -Beschlüssen, die den einst-eifrigen Politiker verraten hätten. Aber süperbe Drucke antiker Klassiker waren vorhanden. An französischen und italienischen Autoren mangelte es nicht; und nicht an solchen englischen, die den Test der Zeit bestanden hatten. Der überwiegende Teil des Regalraums schien jedoch philosophischen Werken gewidmet zu sein, und hier allein waren Neuerscheinungen zugelassen – die jüngsten wissenschaftlichen Abhandlungen genau so, wie die besten Ausgaben älterer Fachwerke. Lionel traf schließlich seine Wahl – ein Band der *Faerie Qveene*. Einmal wurde Kaffee gereicht; späterhin dann Tee. Die Uhr schlug Zehn; und Darrell legte sein Buch hin.

»Mr. Fairthorn – die Flöte.«

Aus dem Versteck ein Gemurmel; und unlängst – der Musiker blieb ständig verborgen – drang der lieblichste Ton hervor – so süß, so klagend! Lionel's Ohr war hingerissen: die Musik stimmte so unvergleichlich zu den bezaubernden Seiten, durch die seine Fantasie träumerisch dahingeschweift war – die Flöte und die Feen-Königin. Indes die Melodie schmelzend dahinfloß, füllten sich Lionel's Augen mit Thränen; (daß Darrell ihn gespannt beobachtete, wurd' er nicht gewahr). Als die Musik verklang, drehte er sich zur Seite, um die Thränen aus seinen Augen zu wischen. Auf die ein- oder and're Art – hatt' es die Dichtung, hatt' es die Flöte bewirkt? – waren seine Gedanken weitweit hinweg gewandert, zu den grünen Ufern, den blauen Wellen der Themse – zu Sophie's zaubrischem Gesichtchen, zu ihrem kindlichen AbschiedsGeschenk! Und wo mochte sie jetzt sein? Wohin entschwunden nach so kurzer

Feierzeit, in die Schatten eines Daseins, so verloren und vertan?

Darrell's Glockenstimme schlug an sein Ohr.

»Spenser. – Ihr liebt ihn? Schreibt Ihr selbst Gedichte?«

»Nein, Sir; ich kann sie bloß nachfühlen.«

»Tut lieber keins von beiden!«, sagte Darrell, mit plötzlicher Schroffheit. Er wandte sich ab; zündete seine Kerze an; murmelte rasch ein Gute Nacht, und verschwand durch eine Seitentür, die zu seinen eig'nen Zimmern führte.

Lionel sah sich nach Fairthorn um, der nunmehr *ab angulo* – aus seinem Winkel her – auftauchte.

»Oh, Mr. Fairthorn, wie haben Sie mich fasciniert! Ich hatte die Flöte bisher nie für fähig gehalten, derartige Wirkungen hervorzubringen!«

Mr. Fairthorn's groteskes Antlitz leuchtete auf. Er nahm seine Brille ab, wie um das Gesicht seines Lobredners besser betrachten zu können. »Es hat Euch also gefallen? Wirklich?«, sagte er dann; wobei es tief in seinem Innersten zu kichern anhub, ein seltsam abstoßendes Kichern.

»›Gefallen‹?: das ist ein kalter Ausdruck! Wem würde's wohl nicht weit mehr als bloß ›gefallen‹ haben?«

»Ihr solltet mich im Freien hören.«

»Darf ich? – morgen?«

»Von ganzem Herzen, mein lieber junger Sir. – Pst!« – mit einem RundumBlick, wie wenn's ihn spukte – »Ich kann Euch leiden. Und möchte, daß auch *Er* Euch leiden mag. Beantwortet Ihm alle seine Fragen, wie wenn es Euch gar nichts ausmachte, von Ihm so das Innerste nach Außen gekrempelt zu bekommen. Ihm selbst jedoch stellt niemals eine Frage, die den Eindruck machen könnte, Ihr wolltet mehr wissen, als was Er Euch freiwillig anvertraut. – So so; Ihr meint also, an der Flöte könnte am Ende doch etwas sein? Es gibt Leute, die die Geige vorziehen.«

»Dann haben sie niemals *Eure* Flöte gehört, Mr. Fairthorn!«

Der Musiker sandte wieder sein mißtönendes Kichern aus; nickte, nervös und herzlich, viele Male mit dem Kopf; begann dann, ohne sich ein Licht anzuzünden, davon zu schlenkern, und ward sogleich vom Geschatte irgendeines geheimnisvollen Winkels eingeschlungen.

4. Kapitel

Die Alte Welt, und die Neue.

Es währte lang ehe Lionel Schlaf fand. Teils das seltsame Haus und sein seltsamer Herr – teils die Zauberflöte und die vom Virtuosen anempfohlene Vorsicht – teils zärtliche und kummervolle Reminiszenzen an Sophie – sein Hirn hatte genug zu verarbeiten. Als er dann endlich einschlief, geriet sein Schlummer schwer und tief; und er erwachte erst durch das sanfte Schütteln von Mr. Mills wohlerzogenem Arm: »Bitte untertänigst um Verzeihung –: 9 Uhr, Sir; und die Glocke kann jeden Augenblick zum Frühstück rufen.« Lionels Toilette war flink gemacht; als er das FrühstücksZimmer betrat – der gleiche Raum, wo man gestern Abend diniert hatte – fand er dort Mr. Darrell und Fairthorn im Gespräch begriffen.

»Guten Morgen, Lionel«, sagte der Hausherr. »Der angedrohte Abschied entfällt ja wohl. Ich höre, Ihr habt eine Verabredung mit Mr. Fairthorn getroffen, und lasse Euch hiermit seiner Obhut empfohlen sein. Vielleicht macht es Euch Freude, das alte Haus zu besehen; und versucht –« Darrell machte eine Pause –. »Euch heimisch zu fühlen.«, stieß Mr. Fairthorn heraus, solchermaßen den *hiatus* ausfüllend. Darrell richtete sein Auge auf den Sprecher; der sichtlich ungemein erschrak, und, nachdem er vergeblich nach einem Winkel Ausschau gehalten hatte, wenigstens seitlich fensterwärts tappte, und dort hinterm Vorhang verschwand. – »Mr. Fairthorn hat sich, in seiner Eigenschaft als mein Sekretär, angewöhnt, mir Gedanken vorzuschlagen und sie in seine eignen Worte zu kleiden« sagte Darrell mit schier eisiger Kälte. Er setzte sich darauf an den Frühstückstisch; Lionel folgte seinem Beispiel; und auch Mr. Fairthorn tauchte mutig wieder auf, und griff nach einem Stuhl und einer Semmel. – »Sie haben richtig geweissagt, Mr. Darrell«, sagte Lionel; »es ist ein herrlicher Tag.«

»Dennoch wird es späterhin Schauer setzen: die Fische spielen schon an der WasserOberfläche«, fügte Darrell, mit einem milderen Blick auf Fairthorn, hinzu, der wie das leibhaftige Bild des Jammers dreinschaute. »Nach 12 wird das Wetter grade richtig sein, daß die Forellen steigen; und falls Ihr angeln solltet, wird Mr. Fairthorn Euch gern eine Rute leihen. Er ist ein würdiger

Nachfolger Izaak Walton's, und hat, genau wie Izaak, gern Gesellschaft dabei, findet aber weit seltener Jemanden.«

»Haben Sie Forellen im See hier, Sir?«

»Der See?! Laßt Euch ja nicht davon träumen, dies Geheiligte Gewässer zu verstören! Die Bewohner der Bäche und Wasserläufe außerhalb meines Gebietes: *die* befinden sich jenseits der Grenzen der Fawley-Kultur, und können umgarnt und hingeschlachtet werden, wie Kaffern, Rothäute, oder and're Wilde; die wir ja auch mit Missionaren anködern, und dann mit Bajonetten pfählen. Meinen See dagegen betrachte ich als ein staatliches Gemeinwesen, unterm Schutz des Gesetzes; und gestatte seinen Bürgern also – wie Europäer, Fische, und andere kaltblütige Kreaturen klüglich tun – sich gegenseitig aufzufressen, um dem Überhandnehmen der Bevölkerung zu steuern. Um 1 einzigen Hecht fett zu machen, bedarf es einer großen Menge Elritzen. Daß ich die wohlerworbenen Rechte des Hechts unterstütze versteht sich: ich bin früher einmal Rechtsanwalt gewesen.«

Es würde vergebliche Mühe sein, die Art beschreiben zu wollen, wie Mr. Darrell solche und ähnliche spöttisch-ironische oder sarkastisch-spleenige Bemerkungen von sich gab – es geschah weder bitter noch hämisch; vielmehr ganz in dem an ihm gewohnten gleichmäßigen Tonfall von Wohlredenheit und leidenschaftsloser Gelassenheit.

Man war just mit dem Frühstück zu Ende, als vor den Fenstern draußen ein Groom mit einem Handpferd vorbeiging. »Ich muß Euch jetzt vorübergehend verlassen, Lionel«, sagte der Hausherr, »versucht Ihr – Euch mit Mr. Fairthorn anzufreunden: so vollende ich, entsprechend meiner ursprünglichen Absicht, den Satz, den er vorhin irrig umbog.« Er schritt quer durch die Halle, der offenen Haustür zu; und stand dann, während er dem Reitknecht noch einige Anweisungen gab, neben dem Pferd, dessen Hals er tätschelte. Lionel und Fairthorn folgten bis an die Schwelle; und die Schönheit des Thieres erregte die Bewunderung des Jünglings: es war ein Brauner mit dunklem Maul, von jener feinen alt-modischen Zucht englischer ReisePferde, die man heut nur noch selten sieht; heut, wo durchweg auffällige, krummhalsige, langschweifige, stolpernde, kümmerliche KreuzungsProdukte an ihre Stelle getreten sind, geboren von übelgepaarten, minderwertigen BerberStuten. Das hier war in der That ›Ein Pferd‹!: mächtige Kraft; gewaltige Lenden; hohe Schultern, breite Hufe; und dann erst der Kopf:

das Ohr; die Stirnpartie; die Nüstern!; selten trifft man auf eine menschliche Physiognomie, die nur halb so intelligent wäre; nur halb so deutlich hohen Geist und sanftes-edles Temperament bespräche, die, wenn sie vereint auftreten, das Ideal von Guter Rasse verkörpern, ob Pferd ob Mensch. Und der Englische Reiter stand in voller Harmonie mit der mächtigen Englischen Stute: soeben ließ Darrell seinen Arm leicht auf der Schulter des Tieres ruhen, und er war noch barhäuptig. Es ist schon vorher gesagt worden, daß seine Erscheinung etwas durchaus Imposantes hatte; die auffallendste Eigentümlichkeit seiner Person kann als ›Unbewußte Größe‹ bezeichnet werden; obschon er, zwar mehr als mittlerer Statur, nicht übermäßig lang war – 5 Fuß 11 höchstens – und weit-entfernt davon, übertrieben aufrecht zu gehen. Im Gegenteil trug er seinen stolzen Nacken in jener habituellen Gebeugtheit, wie sie Männer, die viel denken, und dabei sehr allein sind, nahezu unvermeidlich annehmen. Dennoch war, (um einen, unseren ältern Autoren durchaus geläufigen Ausdruck zu gebrauchen), jenes ›grandiose Air‹ um ihn, das in die Augen fiel, und ihm die Würde hoher Gestalt, wie auch jenes gebietende Aussehen verlieh, das mit sehr-aufrechter Haltung verbunden ist. Seine Figur schien zur Schlankheit zu tendieren, obschon er sich breiter Schultern, und eines mächtigen Brustkastens erfreute – es war imgrunde die Gestalt eines jungen Mannes; und, möglicherweise, wenig verschieden von dem, was sie mit 25 gewesen war. Selbst über dem Angesicht lagerte es immer noch wie eine gewisse Jugendlichkeit – seltsam genug; denn Kummer ersetzt ja, wie es heißt, die Auswirkungen des Alterns. Und Darrell hatte Kummer von einer Art erfahren, unvergleichlich dazu angetan, gerade seine SonderNatur zu zerrütten; Kummer von einem Grade und einer Art, so groß, wie er nur je das Herz eines Mannes zertrümmert zurückließ. Immerhin war nicht die Spur von Grau in dem dunkelbraunen Haar sichtbar, das, hinten kurz geschnitten, vorn noch die große, jupitergleiche Locke beibehalten hatte. Noch beeinträchtigte, abgesehen von den Augenwinkeln, kein Fältchen den matten Bronzeton der festen Wangen; die Stirn war glatt wie Marmor und ebenso massiv. Und es war diese Stirn, die hauptsächlich zu dem süperben Ausdruck seiner ganzen Erscheinung beitrug. Sie war schier bis zum Übermaß hoch; über den dunklen, auffallend markierten, hochgebognen Brauen, waren die Organe der Wahrnehmung, wie bei den meisten berühmten Anwälten, mächtig entwickelt; auch gebrach es ihr mit nichten an Breite in der Schläfenregion; trotzdem besprach, im Ganzen, eine solche Stirn doch mehr intellektuelle Energie und kühnen Willen, als philosophische Abgeklärtheit oder allumfassende Herzensgüte. Es war die Stirn eines zum Befehlen geschaffenen Mannes; der den Leidenschaften und dem Intellekt Anderer Ehrfurcht gebot, vermittelst der Stärke der eig'nen, mehr konzentrierten als geläuterten Leidenschaften, und durch einen Intellekt, der seine Wirkung mehr aus der Wuchtigkeit seiner Masse bezog, als etwa durch subtile Ausgewogenheit. Auch die andern Züge harmonierten sämtlich mit dieser Stirn; sie waren adlergleich im besten Sinne, zugleich großartig und delikat. Die Lippe war eine rare Kombination von ausgesuchter Verfeinertheit und unbeugsamer Entschlossenheit. Das Auge war, in ruhiger Stimmung, kalt hell undurchschaubar; mit einem gewissen abwesenden, sinnenden, gänzlich in sich zurückgezogenen Ausdruck, wodurch die Worte des Mannes häufig wie mechanisch gesprochen wirkten, und zu jenem Anschein lustloser Gleichgiltigkeit gegenüber den Angeredeten beitrugen, womit er vielleicht ohne die geringste Bosheit zu beabsichtigen, oft die Eitelkeit verwundete. Aber es war ein Auge, in dem die Pupille sich plötzlich erweitern konnte, wobei die Farbe sich von Grau zu Dunkel wandelte, und aus der stillen kalten Helligkeit ein lebhaftes Feuer aufflammte. Keiner, selbst der alltäglichsten Frau nicht, hätte es wohl beifallen können, Darrell's Gesicht als ›hübsch‹ zu bezeichnen; der Ausdruck würde banal und nichtssagend geschienen haben; wohl aber würden sich Jeder Worte etwa dieser Art auf die Lippen gedrängt haben —: »Was für ein prachtvolles Gesicht. Welch nobler Kopf!«. — Gleichwohl würde ein erfahrener Physiognomiker bei sich vermerkt haben, daß die selben Lineamente, die eine Tugend anzeigten, gleichzeitig auch das ihr hohlförmig entsprechende Laster verkündeten: daß mit so viel Willen, eben auch hartnäckige Sturheit Hand in Hand gehe; mit so viel Energie des Zugreifens, auch jene Zähigkeit im Festhalten, die den Intellekt verengt indem sie ihn konzentriert; und endlich, daß ein einmal gefaßtes Vorurteil, eine einmal gehegte Leidenschaft, allen verstandesmäßigen Erwägungen, das eine wie die andre fahren zu lassen, widerstehen würde. Wenn Männer dieses Gepräges Vorurteil oder Leidenschaft fahren lassen, dann nur auf eig'nen Antrieb hin, aus der eig'nen festen Überzeugung, daß das was sie so hegten, wertlos sei: und dann pflegen sie es nicht mit Grazie aufzugeben; vielmehr schleudern sie es, voller Verachtung, von sich; ohne freilich Trost in solcher Verachtung zu finden. Das, was sie auf solche Art von sich losreißen, war ja ein lebender Teil ihrer selbst geworden; folglich blutet das eigene Fleisch – und selten oder nie heilt die Wunde. Solchen Männern schlägt kaum fehl, das zu erreichen wonach sie streben, (vorausgesetzt, daß die Götter neutral bleiben); aber, diamanten der Welt gegenüber, sind sie über ihre Neigungen her verwundbar. Ihre Liebe ist höchstgradig, versagt sich aber den Ausdruck; ihr Haß ist nicht zu versöhnen, verzichtet aber auf Rache. Zu stolz sich zu ›revanchiren‹; zu verbittert um zu verzeihen.

So also stand dort Guy Darrell, dem der GerichtsSaal seine höchsten Ehren zugedacht, der Senat seine hingerissensten Applause gespendet hatte; und je länger man ihn anblickte, wie er da so stand, desto frappierender ward das Rätsel: wie, bei einer mit solcher Energie betretenen, mit solchem Effekt verfolgten Laufbahn, der Mann sich, urplötzlich, mit dem Dasein eines verdrossnen Reclusus beschieden, und freiwillig eine große Karriere, gegen ein Heim ohne Nachbarn, einen häuslichen Herd ohne Kinder eingetauscht hatte. –

»Ich hatte keine Ahnung«, sagte Lionel, (indes Darrell langsam von hinnen ritt; und bald, unter dem dichten Laubwerk sommerlicher Bäume, verschwunden war) – »Ich hatte keine Ahnung, daß mein Vetter so jung sei!«

»Aber ja«, versetzte Mr. Fairthorn; »er ist doch nur 1 Jahr älter als ich.«

»Älter als Sie?!«, rief Lionel, und starrte, in gröblicher Verwunderung, die ältlich dreinschauende Person neben sich an: ? –; »aber richtig; er hat's mir ja selbst gesagt.«

»Und ich bin, letzten Geburtstag, 51 gewesen.«

»Mr. Darrell 52!? Unglaublich!«

»Naja also, ich weiß nicht, wie Wir – bei dem Leben, das Wir hier führen – überhaupt jemals alt werden sollten«, bemerkte Mr. Fairthorn, und rückte seine Brille zurecht. »Die Zeit steht doch förmlich still. Und Angeln ist für Langlebigkeit ja wohl auch recht dienlich. – Wenn Sie jetzt mit-kommen wollten, holen wir uns die Ruten; und die Flöte – Sie sind sich ganz-sicher, daß Sie die Flöte hören möchten? Ja?;: schön'n Dank auch, lieber junger Sir. (Und dennoch gibt's Leute genug, die die Geige vorziehen!).«

»Brennt die Sonne im Augenblick nicht etwas gar zu hell für die ›Fliege‹?; und könnten Sie mich, in der Zwischenzeit, nicht besser im Hause umher-führen?«

»Gut-gut. Also nicht, daß es im Haus viel Sehenswertes gäbe. – (Bei dem Andern war ein Musikzimmer vorgesehen!). Aber für die Flöte ist natürlich nichts entfernt so gut wie die Freie Luft. – Hier-herum bitte.«

(Ich erspare Ihnen, lieber Leser, das detaillirte Inventar des Herrenhauses Fawley. Abgesehen von seinem hohen Alter hatte es wenig Empfehlendes. Viele Zimmer; und alle, (ausgenommen den Speiseraum und die Bibliothek), sehr klein & sehr niedrig – unzählige Kabinettlein und Nischiges – die unerwartetsten Winkeleien, gleichsam absichtlich hergerichtet für altehrwürdige VersteckSpiele. Abgesehen von einer stattlichen alten Küche, waren die DienstbotenGelasse traurig unzureichend, selbst für Mr. Darrell's Haushalt, der lediglich aus 2 Mann und 4 Mägden bestand; (die Reit- bzw. Stall-Knechte wohnten außer-Haus). – Ein eigentliches GesellschaftsZimmer war, in so primitivem Gebäu, nicht vorhanden; das heißt, in früher Zeit mochte eine Art breiter Gang, der sich, über'm ersten Stock, unter'm Giebeldach, von einem Ende des Hauses bis zum andern erstreckte, bei feierlichen Gelegenheiten zur Bewirtung von Gästen gedient haben. Denn vermoderte Fetzen gewirkter Tapeten hingen noch hier und da an den Wänden; und ein hoher KaminAufsatz, mit einem StuckRelief, das jene denkwürdige AngelPartie des Antonius und der Kleopatra festhielt, zeigte stellenweise noch Farben und Vergoldung, die, im frischen Zustand, die ägyptische Königin noch abschreckender häßlich als jetzt, und das Wassergeschöpf am Ende von Antonius' Angelrute zu einer, Ichthyologen noch unbekannteren Kreatur gemacht haben mußten.

Die Bücherei war schon von Mr. Darrells Vater mit Regalen versehen worden, die vom Fußboden bis zur Zimmerdecke reichten; und Darrell selbst hatte späterhin – ohne jede Rücksicht auf alterthümlichen Charakter; lediglich zu dem Zweck, soviel Bände als nur möglich unterzubringen – neue, nach CollegeArt senkrecht von der Wand abstehende, hinzugefügt. In Verbindung mit diesem Raum stand ein kleines LeseKabinett, das der Hausherr sich selbst vorbehalten hatte; und das seinerseits, vermittelst einer direkt in die dicke AußenMauer eingehauenen Wendeltreppe, zunächst zu Mr. Darrell's Schlafzimmer hinaufführte; und dann in einen, seitlich des erwähnten Pseudofestsaales gelegenen Dachraum, den der Eigentümer sich zum Behuf wissenschaftlicher Experimente, in Chemie oder anderen Zweigen der angewandten Naturlehre eingerichtet hatte – diese ausgesprochen privaten Räumlichkeiten zu betreten, war Lionel selbstredend nicht erlaubt.

Alles in Allem genommen, war das Haus eine jener grausamen Heimstätten, die niederzureißen oder auch nur nennenswert zu verändern, die blanke Sünde wäre; die aber andrerseits, für eine moderne Familie, die sie bewohnen soll, eine tägliche und stündliche Kalamität darstellen. Vor allem stand das Haus im absoluten Mißverhältnis zu Mr. Darrell's vormaliger Stellung im Leben; oder auch zu jenem Vermögen, das er nach Lionel's verschwommenen Vorstellungen etwa besaß, (und das er übrigens beträchtlich unterschätzte). Ähnlich wie Sir Nicholas Bacon, war der Mann zu groß geworden für seine Behausung.

»Jetzt wund're ich mich nicht mehr«, sagte Lionel, als die Besichtigung vorüber war, und er und Fairthorn sich wieder in der Bibliothek befanden, »daß Mr. Darrell angefangen hat, sich ein neues Haus zu bauen. Aber es wäre jammerschade gewesen, dies hier deshalb abzureißen.«

»Das hier abreißen!? Äußert die Idee ja mit keiner Silbe Mr. Darrell gegenüber! Genausogut hätte er die Britische Monarchie einreißen lassen! Ach, eher noch, möcht ich sagen.«

»Ja, aber der Neue Bau würde doch zwangsläufig den alten hier irgendwie-verschluckt haben?«

»Oh nein, nein! Mr. Darrell hatte da seinen Plan, nach dem das--hier, gleichsam wie in einem Hof für sich, stehen geblieben wäre, eingeschlossen durch eine durchbrochene Mauer oder Kolonnade; und er hatte vorgehabt, es ganz und gar für Antiquitäten der mittleren Jahrhunderte, (von denen er eine hinreißende Sammlung besitz!), einzurichten. Seine Absicht war ungefähr die, jegliche frühere Regierung, in der seine Vorfahren florierten, gleichsam praktisch zu illustrieren – verschiedne Gemächer, jeweils den verschiednen Epochen entsprechend. Es wär' eine nationale BilderChronik unsrer Moden und Gebräuche geworden.«

»Aber, falls die Erkundigung nicht zu unbescheiden sein sollte: wo befinden sich diese Sammlungen? In London?«

»Pst! Pst! – Ich will Ihnen einen kurzen Blick auf ein paar von diesen Schätzen verschaffen; aber Sie dürfen mich keinesfalls verraten.«

Und ab hier mäanderte Fairthorn – in Anbetracht dessen, daß er sich niemals gradaus bewegen konnte, mit erstaunlicher Behendigkeit – ins Freie vor der Hausfront entlang; beschrieb erst noch das ein- oder andre Rhomboidlein in Richtung des Neuen Gebäudes, auf eine Seitenstrebemauer zu, unweit derer sich ein HinterTürlein befand; erschloß dasselbe, vermittelst eines Schlüssels aus seinen Taschen; und betrat – unter auffordernden Gesten zu Lionel hin, ihm zu folgen – das RippenWerk des steinernen Skeletts. Lionel folgte ihm, in einer Art übernatürlicher Scheu; und sah, mit dezidierter Unruhe, wie Mr. Fairthorn sich eine schräggeneigte Planke hinauf-wriggelte, die er dabei mit beiden Armen umfing – ein Manöver, vermittelst dessen er endlich bis zu einem DielenBalken gelangte, in einem Raum des Oberstocks, der leider nur des Fußbodens ermangelte. Dorther, raubvogelgleich-aufgebäumt, brillte Fairthorn hernieder auf Lionel – :! –: »Gefährlich! –«, sprach er, im Flüsterton; »– aber mann gewöhnt sich schließlich an Alles. Falls *Sie* Angst haben sollten, können Sie's lassen.«

Lionel, durch solchen Zweifel an seiner Muthhaftigkeit stimuliert, sprang die Planke hinauf, nach bester SchuljungenArt mit beiden flüggen Armen balancierend, –, und war schon an der Seite seines Führers.

»Nicht anpacken! –«, rief Mr. Fairthorn, hinter sich schaudernd; »oder Wir gehen Beide über-Bord! – Jetzt aufmerken, –, und nach-machen ...« Er ließ sich, sorgenfaltig und allmählich, nieder: ..., bis er auf dem DielenBalken ritt, wie auf einem FahrRade ... und seine beiden-langen Beine bammelten niederwärts ...: so zog- rutschte er sich, mit Dickbein und Hand, fürder; –; bis er einen MauerRand erreicht hatte; auf dem er seine Person deponierte, und sich den Schweiß von der Brille wischelte.

Nicht lange währte es; und Lionel stand auf dem gleichen Fleck. – »So; da wären wir –«, sagte Fairthorn.

»Ich seh' von der Sammlung nichts –«, versetzte Lionel; der zuerst, durch die Dielbalken hindurch, nach unten, auf den aufgewühlten, mit Steinen und Schutt bedeckten Grund; und anschließend, durch ähnliche Zwischenräume, nach oben zu den dürren Dachsparren hinauf geschaut hatte.

»Hier sind welche – überaus kostbar«, antwortete Fairthorn, indem er hinter sich herumtappte: »Eingemauert; ausgenommen da, wo es mit diesen eisenbeschlag'nen Brettern vernagelt ist, und der kleinen Tür, eben groß genug, daß man durchkriechen kann; aber die'st versperrt – ChubbSchloß; und nur Mr. Darrell hat den Schlüssel – Schätze für einen Palast! Nein nein, hier könn'n Sie nicht durchlugen – nicht eine Ritze – aber kommen Sie noch ein klein wenig weiter, – passen Sie auf, wo Sie hin-treten.«

Auf dem Mauerrand, immer an dem gefährlichen Absturz entlang, krebste Fairthorn weiter, beschrieb einen Winkel, hielt jäh vor einer, roh mit Bohlen verschalten gähnenden Öffnung, und legte das Auge an eine der Ritzen darin. Lionel machte eine andere Spalte für sich ausfindig; und gewahrte, in erstaunlicher Unordnung durch- und übereinandergehäuft, Gemälde, mit dem Rücken gegen eine wüste Wand gekehrt, rare SchreibSecretäre und andre curiose Möbelstücke, Truhen, Schachteln, Lattenkisten – alles in buntestem Durcheinander. Dieser Aufbewahrungsort war behelfsmäßig mit Kiefernbrettern gedielt worden, um den mannigfaltigen Inhalt tragen zu können, und empfing sein Licht durch ein großes, von der Hausfront her nicht sichtbares Fenster, mit Scheiben aus billigem trübem Glase, und Lüftungsvorrichtung.

»Das sind die schwereren und am wenigsten kostbaren Sachen, die Niemand so leicht stehlen könnte. Die Bilder hier sind auch nur als frühe Proben der Kunst merkwürdig, und waren für das Alte Haus bestimmt, vermodert und verrottet jetzt Alles; ich glaub' auch, Mr. Darrell will das direkt so. Und was er will, muß geschehen!, mein lieber junger Sir – erstaunlicher Charakter – Granit, der reine Granit!«

»Ich versteh das Alles nicht«, sagte Lionel entgeistert: »Der letzte Mann, von dem ich mich solcher Capricen und Grillen versehen hätte.«

»›Grillen‹?! Gott steh mir bei!: sprechen Sie so ein Wort nicht aus – nein, bitte nicht!, oder das Dach stürzt über uns zusammen! – Kommen Sie mit weg. Sie haben Alles gesehen, was zu sehen ist. Sie müssen jetzt vorangehen – achten Sie auf den Stein dort, der ist lose!«

Weiter wurde nichts mehr gesprochen, bis sie aus dem Gebäude heraus waren; und Lionel war zumute, wie einem jener alten Ritter, die von einem Zauberer in weite GrabesHallen geführt worden sind.

5. Kapitel

Die Annalen der Herrschaft, kurz aufgezeichnet in Familien-Chroniken und fortgeführt bis auf den heutigen Tag, bestätigen durchaus, daß ›gleich wie die Blätter im Walde, so sind die Geschlechte der Menschen; Blätter verweht zur Erde der Wind, ... andere treibt dann neu wieder der Frühling‹. / Aber auch der kahlste Ast kann wieder grünes Laubwerk treiben, solange der Saft noch, wurzelher, in ihn aufsteigen kann. Der Ast jedoch, der aufgehört hat, aus der Wurzel Leben zu ziehen – mag er hoch, mag er niedrig am Stamm sitzen – ist die Beute des Winds und des Waldmanns.

Es war Mittag. Der Junge und sein neuer Freund standen, wie es schweigsamen Anglern geziemt, ein Stück voneinander entfernt, am Ufer eines schmalen murmelnden Flüßleins, das, knappe 1000 Schritt vom Hause entfernt, durch grüne Wiesenweiten dahin-rann. Der Himmel war, wie Darrell vorausgesagt hatte, bedeckt; aber Regen fiel noch keiner. Die beiden Angler brauchten nicht lang', und sie hatten ihren Korb voll mit kleinen Forellen.

Dann legte Lionel, der keineswegs etwa ein leidenschaftlicher Fischer gewesen wäre, seine Rute ans Ufer hin; und schlenderte durch das hohe Gras zu seinem Gefährten.

»Es wird sicher bald regnen«, sagte er. »Dürft' ich da nicht die günstige Gelegenheit benützen, und, solange wir noch im Freien sein können, die Flöte hören? – Nein, hier am Uferrand bitte nicht: sonst schauen Sie nur immerfort nach den Forellen. Dort, wo der Boden ansteigt, sehen Sie den großen-alten Dornstrauch da? – könnten Wir dorthin gehen, und uns darunter lagern? – Das Neue Gebäude nimmt sich gut aus von-da –: was für ein Komplex wäre das nicht geworden! Warum es unvollendet geblieben ist, werde ich Sie vermutlich gar nicht fragen dürfen? Vielleicht hätt' es zuviel gekostet; oder in keinem Verhältnis zu der Größe des Grundstücks gestanden.«

»Zu der augenblicklichen Größe des Grundstücks hätte es schon im Mißverhältnis gestanden; aber nicht zu einem Grundbesitz, wie ihn Mr. Darrell hinzuzufügen vorhatte. Was Kosten angeht?, oh, da kennen Sie Ihn nicht: Er würde nie etwas unternehmen, was er nicht auch vollenden könnte; und, einmal begonnen, hätte Ihn keine Rücksicht auf Kosten von der Ausführung abgeschreckt. Erstaunlicher Charakter – Granit-Granit! Und so reich!« setzte Fairthorn mit der Miene größten Stolzes hinzu: »Ich muß es ja wohl wissen; ich schreib' alle seine Briefe in GeldAngelegenheiten! – Wie-viel, meinen Sie wohl, hat Er?; Landbesitz mal weggelassen.«

»Ich wage da keine Schätzung.«

»Beinah' 50 Millionen!: in 2 Jahren werden es mehr sein als 50 Millionen. – Und er hatte keine 500 im Monat, als er sein Leben begann; denn Fawley war aufs traurigste mit Hypotheken belastet.«

»Ist das möglich? Kann ein Anwalt, im GerichtsSaal, 50 Millionen zusammen-bekommen?«

»Falls es irgendeiner könnte, wäre das Mr. Darrell. Wenn Der sich eine Sache ernstlich vornimmt? – dann ist's um die Sache geschehen; nichts mehr dran zu ändern. Aber er hat sein Vermögen nicht alles im Gerichtsaal erworben; obschon ein großer Teil da-her kam. Ein alter Ostindischer Hagestolz mit demselben Namen – von dem aber kein Mensch hier jemals etwas gehört hatte, ehe er aus Kalkutta an Mr. Darrell schrieb, und sich erkundigte, ob sie etwa miteinander verwandt wären; und Mr. Darrell verwies ihn an das Heroldsamt, welches denn auch nachwies, daß sie vor Menschenaltern aus derselben Familie entstammten – Der also hat ihm sein ganzes Geld hinterlassen. Nein nein, Mr. Darrell war auf keinen Broterwerb mehr angewiesen, als er seinen Sitz im Parlament einnahm. Und seitdem wir hier leben: die Ersparnisse! Nicht daß Mr. Darrell irgend geizig wäre; aber wie kann man an einem solchen Fleck überhaupt Geld ausgeben? Sie hätten unsern Haushalt in Carlton Gardens sehen sollen! Allein dieser Koch – ein französischer Gentleman – sah aus wie'n Marquis. Ja, das waren glückliche Tage, und stolze dazu! Es ist schon richtig, daß ich hier das Dinner anordne; aber dasselbe kann's natürlich nicht sein. Mögen Sie KalbsRouladen? – es gibt heut welche.«

»In der Schule kriegten wir, an Sonntagen, meist KalbsRoulade. Damals hat mir's sehr geschmeckt.«

»Es ergibt eine feine Füllung«, sagte Mr. Fairthorn, mit einer sensuellen Bewegung seiner Lippen. »Man kann auf dem Lande gar nicht anders, man muß ans Essen denken – so wenig andres, an das man denken könnte! Nicht daß Mr. Darrell sich damit befaßte; aber *er* ist halt – Granit!«

»Dennoch«, sagte Lionel lächelnd, »hab' ich meine Antwort immer noch nicht: Wieso blieb das Haus unvollendet; und warum hat Mr. Darrell sich aus dem Öffentlichen Leben zurückgezogen?«

»Er setzte sich Beides in den Kopf; und wenn Etwas erst einmal da-hin gelangt ist, hat's keinen Zweck mehr, nach dem Warum zu fragen. Aber«, fügte Fairthorn hinzu, und sein unschuldig--häßliches Gesicht nahm den Ausdruck ernstlicher Bekümmernis an – »aber ohne Zweifel hatte er seine Gründe. Wie er denn für Alles, was er tut, gute Gründe hat; nur daß sie weitweit entlegner zu suchen sind, als das was an der Oberfläche sichtbar wird – so entlegen, wie das Flüßlein hier von seiner Quelle ist! Mein lieber junger Sir; Mr. Darrell hat Kümmernisse erfahren, die miteinander durchzusprechen weder Ihnen noch mir geziemte. Er selbst redet nie davon; und das Wenigste, was ich für meinen Wohltäter tun kann, ist ja wohl, daß ich meine Nase nicht in seine Geheimnisse stecke, beziehungsweise sie nicht ausschwätze. Und er ist so freundlich – so gut – wird niemals jähzornig; aber es ist so entsetzlich, ihn zu verletzen – verursacht ihm solche Pein; und deswegen hab ich solche Angst vor ihm – schreckliche Angst; und genauso wird's Ihnen gehen, wenn Sie ihn allmählich näher kennen lernen. Erstaunlicher Charakter! – Granit – überwachsen mit Mimosen. Achja; ein bißchen Musik wird uns Beiden jetzt gut tun.«

Mr. Fairthorn schrob seine Flöte zusammen – ein selten schönes Instrument! Er machte Lionel auf dessen Vorzüge aufmerksam – ein Geschenk von Mr. Darrell, letzten Weihnachten – und dann begann er. Ein seltsam Ding, die Kunst! zumal Musik. Außerhalb seiner Kunst kann ein Mann von derartiger Trivialität sein, daß Ihr ihn für einen Schwachsinnigen haltet – bestenfalls für ein großes Kind. Aber man versetze ihn in seine Kunst, und wie hoch schwingt er sich nicht über Euch hinaus! Wie geruhsam tritt er in Himmel ein, deren Bürger er geworden ist; deren Tore er öffnet, mit goldenem Schlüssel, und Euch erlaubt, ihm zu folgen, als fein demütiger ehrerbietiger Gast!

In seiner Kunst nun war Fairthorn gewißlich Meister, und das Stück, das er eben vortrug exquisit sanft und klagend; es stimmte zu dem bewölkten aber stillen Himmel; zu der einsamen dennoch sommerlichen Landschaft; zu Lionel's schwermütigen wenn auch nicht bedrückten Gedankengängen. Als der Musiker endete, konnte der Junge nur murmeln: »War das schön!«.

»Es ist ein älteres Stück«, sagte Fairthorn; »glaub' nicht, daß es bekannt ist. Ich hab' es, flüchtig-handschriftlich, notiert gefunden, in einem Exemplar des ›Eikon Basilike‹; und darunter den Namen ›*Joanes Darrell, Eq. Aurat*‹. Dem Datum nach, war Sir John Darrell der Cavalier, der für Karl I. focht; und Vater jenes verkommenen Sir Ralph, der unter Karl II. ›blühte‹. Ihre Porträts hängen beide im Eßzimmer.«

»Erzählen Sie mir etwas von der Familie; ich weiß so wenig davon – nicht einmal, wie die Haughton's und Darrell's seit so langen Zeiten miteinander in Verbindung zu bringen sind. Ich habe aus den Porträts ersehen, daß der Name Haughton früher von Darrell's getragen; dann anscheinend abgelegt; und jetzt, von meinem Vetter, neuerlich wieder geführt wird?«

»Bei ihm ist es lediglich als Vorname: Ihr Großvater hat Pate bei ihm gestanden. Nichtsdestoweniger ist er das Haupt Ihrer Familie.«

»So sagt er. Aber wie?«

Fairthorn kauerte sich auf, die Knie ans Kinn; und begann, im Tone des FremdenFührers der seine Lektion auswendig kennt; (obwohl es nicht lange währte, und er sich an seinem Thema erwärmte):

»Die Darrell's haben, heißt es, ihren Namen von einem Ritter bekommen; der bei einem Turnier unter der Regierung Edwards des Dritten, die Schranken siegreich gegen alle Herausforderer behauptete; und der ›John the dare-all‹, der ›AllesWager‹, genannt wurde, (beziehungsweise sich selbst so nannte) – in der damaligen Schreibweise, der ›Der-all‹. Sie gehörten damals zu den mächtigsten Geschlechtern im Lande; sie waren mit den renommiertesten Häusern versippt – den Montfichet's, Neville's, Mowbray's; sie stammen, durch solche Heiraten, gar aus dem königlichen Blut der Plantagenets. Ihr findet ihre Namen bei den Chronisten der frühen Kriege mit Frankreich. Unglücklicherweise identifizierten sie sich mit den Plänen Earl Warwick's, des ›Königsmachers‹, mit dem sie eben auch blutsverwandt waren: ihr Oberhaupt blieb auf dem unseligen Schlachtfeld von Barnet; ihre Besitzungen wurden natürlich beschlagnahmt; der einzige Sohn und Erbe dieses vom Pech verfolgten Politikers entwich in die Niederlande, wo er Dienste als Soldat nahm. Sein Sohn wiederum, und auch der Enkel noch, folgten dem gleichen Beruf, unter noch fremderen Bannern. Aber die Liebe zur alten Heimat müssen sie doch wohl bewahrt haben; denn in den letzten Jahren der Regierung Heinrichs VIII., kehrte der letzte männliche Darrell nach England zurück, mit ein paar goldnen Unite's, entweder von ihm selbst oder von seinen verbannten Vätern zusammengespart; kaufte sich etwas Land hier in diesem Kreis, wo seine Ahnen einst große Besitzungen gehabt hatten; und baute das Alte Haus, in einer Größe, angepaßt den veränderten Glücksumständen eines Geschlechts, das, in früheren Zeitaltern, Burgen mit Vasallen bemannt hatte. Der Taufname jenes Soldaten, der die alte Linie in England dergestalt wieder neu begründete, war der gleiche, den jetzt Ihr Vetter trägt, also Guy – ein Name, der in den FamilienAnnalen immer vom Glück begünstigt scheint; denn zu Elisabeth's Zeit erhoben sich die Darrell's aus dem Range niederen Landadels, zu dem seit ihrer Rückkehr in das Heimatland ihre Vermögensverhältnisse sie einzig berechtigt hatten, neuerlich zu Reichtum und Bedeutung, unter einem hübschen jungen Sir Guy – (wir haben ein Bild von ihm, in schwarzem geblümtem Sammt) – der die einzige Erbin der Haughton's heiratete, eine Familie, die unter den Tudor's reich geworden, und bei der Jungfräulichen Königin in hoher Gunst stand. Dieser Sir Guy war ein Günstling des Grafen Essex, und wurde von Elisabeth eigenhändig zum Ritter geschlagen. Ab da wurde das Alte Haus gegen den größeren Wohnsitz der Haughton's vertauscht; der überdem noch den Vorzug hatte, näher bei Hofe zu sein. Aber der erneuerte Wohlstand der Darrell's war nur von kurzer Dauer. Die Bürgerkriege brachen aus; und Sir John Darrell war auf der Verliererseite; konnte aber, mit seinem einzigen Sohn, nach Frankreich entkommen. Es heißt, er sei ein hochgebildeter Mann von schwermütigem Charakter gewesen; und ich persönlich glaube, daß er die Melodie komponiert hat, die Sie eben-vorhin, und mit Recht, ob ihrer lieblichen Traurigkeit bewundert haben. Er wurde übrigens katholisch, und ist in einem Kloster gestorben. Der Sohn Ralph jedoch, wurde in Frankreich zusammen mit Karl II. und andern munteren Buben erzogen. Bei der Wiederkehr der Stuarts dann, brannte Ralph mit der Tochter des Puritaners, dem man seine Besitzungen gegeben hatte, durch; ließ, nachdem er die Güter wieder hatte, seine Gemahlin auf dem Lande, während er selbst in der Hauptstadt mit andrer Leute Frauen liebelte. Abscheulicher Lüderling!; auf solchem Ast konnte natürlich keine gute Frucht gedeihen. Er vergeudete alles, was sich nur vergeuden ließ; und würde seine Kinder als Bettler hinterlassen haben, hätte es die Vorsehung nicht veranstaltet, daß er bei einem WirtshausStreit, wo er sich einem Manne ins Gesicht hinein der Gunst von Dessen Frau gerühmt hatte, erschlagen ward – kein regelrechtes Duell – denn Sir Ralph war mit dem Stoßdegen unüberwindlich, und der Ehemann erstach ihn unversehens. Immerhin war das Vermögen der Familie weitgehend ramponiert; obwohl die Darrell's noch in dem schönen Hause der Haughton's wohnten, und Fawley-hier den Eulen überließen. Aber Sir Ralph's Sohn heiratete, schon im Alter, noch ein zweites Mal, eine junge Dame von hohem Rang, die Tochter eines Earl. Er muß, trotz seines Alters, sehr in sie verliebt gewesen sein; denn er ging, um die Zustimmung ihres Vaters zu erhalten, darauf ein, ihr und den Kindern, die sie ihm eventuell bringen würde, sämtliche Haughton'sche Besitztümer zu verschreiben – die kleineren Darrell'schen Güter waren bereits seinem Sohn aus erster Ehe, als unveräußerliches Erblehen, übertragen worden. Und hier eben ist die Stelle, wo die Familie sich verzweigte: denn jener Alte Darrell hatte noch Kinder mit seiner zweiten Frau; von denen das Älteste den Namen Haughton annahm, und die Haughton'schen Güter erbte. Der Sohn aus erster Ehe besaß nichts als Fawley und die paar kümmerlichen umliegenden Ländereien. – Ihr also stammt aus jener zweiten Ehe; Mr. Darrell aus der ersten: haben Sie jetzt verstanden, mein lieber junger Sir?«

»Ja, annähernd; aber das würd' ich doch sehr gerne wissen: wo diese schönen Haughton'schen Besitzungen heute sind?«

»Wo sie heut sind? Ich kann's nicht sagen. Sie lagen damals in Middlesex. Wahrscheinlich ist vieles von den Ländereien, wie man sie Stück nach Stück verkaufte, in immer kleinere Parzellen zerfällt worden, und ständig von einer Hand in die and're gegangen. Die allerletzten Überreste des Besitzes aber wurden, das weiß ich genau, von dem Spekulanten und Branntweinbrenner Cox aufgekauft; denn als wir noch in London lebten, bin ich, auf Mr. Darrell's Verlangen hin, losgegangen, um danach zu sehen, und festzustellen, ob man sie etwa wieder zurückkaufen könnte. Und da fand ich denn, daß unser großes handeltreibendes Land in nur wenigen Jahren derart prosperiert haben muß, daß ein RückKäufer nunmehr erwerben würde: 12 Villen, diverse Straßenzüge, 2 Plätze, und 1 Varieté! Aber da solch Symptom nationalen Fortschreitens – an sich vielleicht eine stolze Vorstellung – für Sie wenig Erfreuliches haben möchte, kehr' ich lieber wieder zu den Darrell's zurück. Von der Zeit an, da die Haughton'schen Besitzungen aus ihren

Händen gekommen waren, zogen sie heim, in ihr Altes Haus von Fawley. Aber sie konnten seitdem niemals wieder mit den andern AdelsFamilien und Großgrundbesitzern des Kreises gleichberechtigt auftreten. Schon anerkennenswert genug, daß sie es überhaupt fertig brachten, auf dem kleinen Vatererbe zu existieren; immerhin bewirkte die Erinnerung an das was sie einmal gewesen waren, daß sie sich eifrigst daran klammerten, und es fideicommissarisch zu halten suchten. Nie würde der älteste Sohn an einen Beruf oder ein Gewerbe gedacht haben; die jüngeren Söhne wurden in der Regel Soldat, und da die Rasse sich immer durch Verwegenheit ausgezeichnet hat, und sie nichts besaßen, was ihnen das Dasein besonders wertvoll gemacht hätte, sind sie meistens auch früh gefallen. Die Familie versank jedenfalls in absolute Unbedeutendheit, selbst im Kreis-hier; selten, daß Einer es auch nur bis zum Friedensrichter brachte; Erbinnen zu heiraten gelang nie mehr, höchstens die Töchter von benachbarten Geistlichen oder Landwirten; aus adligem Blut, gewiß, aber genau so arm wie sie selber – also in dieser Hinsicht waren sie schon stolz wie die Spanier! Aber so geriet vom Vater auf den Sohn, jegliche Generation immer ärmlicher und obscurer; denn wenn auch das Gütlein noch so krampfhaft festgehalten wurde? –: immer wieder wurden Auszahlungen und Leibgedinge erforderlich; und herein-kam niemals dergleichen; und immerwieder mußten vom Erblehen neue Stücke zur hypothekarischen Belastung freigegeben werden – bis endlich, als Mr. Darrells Vater den Besitz antrat, der gesamte Pachtertrag sich auf etwas weniger als 300 £ pro Jahr belief. Trotzdem brachte er es irgendwie fertig, die Universität besuchen zu können, was seit den Zeiten der Gloriosen Revolution kein Darrell erreicht hatte; und ward ein gelehrter Mann, und ein AltertumsForscher – EIN GROSSER ALTERTUMSFORSCHER! Vielleicht haben Sie gar seine Werke gelesen? – ich weiß, daß 1 Exemplar davon im Britischen Museum ist, und ein zweites befindet sich hier; (aber das hält Mr. Darrell unter Schloß und Riegel).«

»Ich muß zu meiner Schande gestehen, daß ich nicht einmal die Titel dieser-seiner Werke kenne.«

»Sie hießen: ›Volkslieder über die Rosenkriege‹; ›Darrelliana‹, bestehend aus Traditionen und anderweitigen Überlieferungen der Familie Darrell; ›Untersuchung über den Ursprung der Drachensagen‹; ›Träumereien an erzenen GrabPlatten‹; und andere ingeniöse Produktionen, die über den Horizont des Gemeinen Mannes hinausgehen – ein paar davon sind sogar in der Königlichen Alterthumsforschenden Gesellschaft verlesen worden. Es ist kostspielig, derlei zu drucken und herauszubringen. Aber ich habe meinen Vater, der sein Verwalter war, oft sagen hören, daß er angenehm im Umgang gewesen sei, und immer gern Stücke aus alten Balladen zitiert habe, und zwar mit großem Feuer; und es ist tatsächlich so, daß Mr. Darrell erklärt, wie es seines Vaters lebendiger und überzeugender Vortrag gewesen sei, die Beobachtung der Wirkungen, wie sie von Stimme, Mienen und Betonung der Worte ausgehen, die Mr. Darrell selbst zu dem glänzenden Redner gemacht haben, der er ist. Was mich angeht, ich kann mir den Altertümler nur noch als einen überaus majestätischen Gentleman vorstellen, mit langem Zopf – ehrfurchtgebietend, ja; nicht so sehr wie sein Sohn, aber dennoch ehrfurchtgebietend – und so trauervoll dreinschauend; Sie wären eine ganze Woche lang nicht mehr froh geworden, wenn Sie ihn so gesehen hätten; zumal wenn das Alte Haus reparaturbedürftig war, und er grübeln mußte, wie er das nun wieder bezahlen sollte!«

»War Mr. Darrell – der jetzige, mein' ich – das einzige Kind?«

»Ja; und viel mit seinem Vater zusammen, den er aufs innigste lieb hatte – wenn seines Vaters Name erwähnt wird, seufzt er noch heutigen Tages! Das Porträt des alten Mr. Darrell hat er in seinem privaten Lesekabinett überm Kamin hängen; und auch in Carlton Gardens hatte er es in seiner eignen Bibliothek. Die Mutter uns'res Mr. Darrell ist sehr hübsch gewesen, selbst der Erinnerung nach, die ich noch von ihr habe: sie starb als er rund 10 Jahre war. Und auch sie ist wiederum eine Verwandte von Ihnen gewesen, eine geborne Haughton; aber Sie werden sich vielleicht ihrer schämen, wenn Sie hören, daß sie nur eine Gouvernante war, in einer reichen KaufmannsFamilie. Sie war als Waise aufgewachsen. Ich hab' mir immer eingebildet, der alte Mr. Darrell, (nicht, daß er damals schon alt gewesen wäre), hat sie geheiratet, weil die Haughtons nichts für sie tun konnten oder wollten; dann auch, weil sie dort so sehr schlecht behandelt und ausgebeutet wurde, (was bei Gouvernanten die Regel sein soll, hab' ich mir sagen lassen) – hat sie also geheiratet, weil er, arm wie er war, immer noch das Haupt beider Familien darstellte, und sich verpflichtet hielt, für herabgekommene Sprößlinge zu tun, was in seinen Kräften stand. Die erste Hauslehrerin, die ein Darrell jemals geheiratet hatte; aber kein wahrer Darrell würde *das* eine *Mesalliance* geheißen haben; denn sie war immer eine Haughton, und ›fors non mutat genus‹ – das Schicksal ändert nicht die Herkunft«.

»Aber wie kam es, daß die Haughton's – es muß mein Großvater gewesen sein, nehm' ich an – daß der nichts für seine eigne Verwandte tun wollte?«

»Das ist nicht Ihr Großvater, Robert Haughton, gewesen, Der war ein großmütiger Mann – und damals noch ein ganz junger Mensch, der sich Schulden halber versteckt hielt – sondern Ihr Urgroßvater; ein harter Mann, und immer nur auf Rennplätzen. Geld zum Verschenken hatte der nie – bloß zum Wetten; und er hinterließ denn auch die Haughton'schen Besitzungen aufs traurigste belastet. Aber als Robert der Nachfolger ward, kam er wieder zum Vorschein; war Pate bei unserm Mr. Darrell; bestand darauf, sich an den Kosten zu beteiligen, ihn nach Eton zu schicken, wo er sich sehr auszeichnete; später dann nach Oxford, wo sein Renommee sich weiter vergrößerte; und würde wahrscheinlich auch noch mehr für ihn getan haben, nur daß Mr. Darrell, sobald er einmal den Fuß auf die Leiter gesetzt hatte, keiner Hülfe mehr bedurfte um die oberste Sprosse zu erreichen.«

»Demnach besaß aber mein Großvater Robert die Haughton'schen Güter noch? Ihre letzten Überreste waren noch nicht von Mr. Cox in Plätze und ein Varieté verwandelt worden?«

»Nein: noch war das große alte Herrenhaus (obschon beträchtlich verfallen), samt Park (obschon jeglichen verkaufbaren Holzes bar) vorhanden; nebst laufenden Pachteinkünften aus Bauernhöfen, die immer noch zum Schloß gehörten, und die einem klugen Manne hingereicht hätten, um sowohl mit Bequemlichkeit zu leben, als auch einen Reservefond zu bilden, aus dem die Hypotheken nach und nach hätten abgetragen werden können. Ein wenig Enthaltsamkeit und Selbstverleugnung, ein oder zwei Generationen hindurch, würden einen Grundbesitz, dessen Wert, in dem Maße wie die sich ausdehnende Hauptstadt rasch näher kam, buchstäblich täglich stieg, für die dritte zu einem fürstlichen Latifundium gemacht haben! Aber Robert Haughton, ob er schon nicht die Rennbahnen frequentierte, wollte in großem Stile leben; und indes Guy Darrell die JuristenLaufbahn einschlug, um zu einem kleinen Erbgut ein großes Vermögen zu erwerben, mußte Ihr Vater, mein lieber junger Sir, unbedingt bei der Garde eintreten, um ein großes Erbgut auf was herunterzubringen? – naja, auf Cox' Schnaps-Brennereien.«

Lionel errötete, blieb aber still.

Fairthorn, sich in seinem BerichterstatterEifer genau so wenig bewußt daß er Jemandem wehe tue, wie ein Entomologe, der in seinem SammlerEifer einen Schmetterling für seine Glaskästen lebendig aufspießt, fuhr bereits wieder fort: »Ihr Vater und Guy Darrell waren als Knaben und Junge Leute herzlich befreundet. Guy war der Ältere von Beiden, und Charlie Haughton, (Pardon; aber man nannte ihn grundsätzlich Charlie), sah auch zu ihm auf, wie zu einem älteren Bruder. Das waren nicht wenig Patschen, aus denen Guy ihm herausgeholfen hat; und so manches Pfund, mein' ich, hat Guy, sobald er über etwas eigenes Vermögen verfügte, Charlie geliehen.«

»Es ist mir sehr unlieb, das zu hören«, sagte Lionel scharf.

Fairthorn schaute gleich erschreckt drein —: »Ich fürchte, da hab' ich wieder ein'n Schnitzer gemacht. Sagen Sie's Mr. Darrell nicht weiter.«

»Bestimmt nicht; das versprech' ich. — Aber wieso kam mein Vater dazu, dieser Hülfe zu bedürfen?, und warum haben sie sich am Ende entzweit?«

»Ihr Vater Charlie wurde ein flotter junger Lebemann, überall beliebt und begehrt. (Äußerlich sah er Ihnen recht ähnlich; nur war seine Stirn niedriger, und sein Blick nicht so fest.) Mr. Darrell studierte die Rechte an den Kammergerichten. Als nun der alte Robert Haughton tot war, schien bei seinen Schulden, und denen seines Vaters-noch, und bei Charlie's nicht wenigen ›post-obits‹ und Wechseln nur geringe Aussicht vorhanden, die Besitzungen überhaupt noch für die Haughton's retten zu können. Aber dann sah Mr. Darrell sich die Sachen ganz genau an, und wußte sie mit solcher Geschicklichkeit zu bereinigen, daß er zunächst einmal die Gefahr einer Verfallserklärung abwandte; und weiterhin brachte er es fertig — indem er hie und da die PachtErträge vermehren konnte; oder alte Hypotheken durch neue, mit kleineren Zinsen, ersetzen — daß ein Besitz, bei dem es vorher geschienen hatte, als betrügen die Verbindlichkeiten mehr denn der Nachlaß, am Ende sogar noch ein Einkommen von 900 £ pro Jahr für Charlie abwarf; (das heißt dreimal soviel, als Mr. Darrell seinerseits ererbt gehabt hatte!). Da er weiter vorhersah, wie sehr das Land an Wert zunehmen werde, beschwor er Charlie aufs ernstlichste, (der das Ganze leider als Allodialgut besaß — wie Mr. Darrell seines-hier auch — und es also nach Belieben verkaufen konnte), eine zeitlang von diesem-seinem Einkommen zu leben: binnen wenigen Jahren würde dann ein Teil des Gutes als Bauplätze verkauft werden können; und zwar zu Bedingungen, die den ganzen Rest, inclusive des alten Hauses, in dem Generationen von Darrell's und Haughton's aufgewachsen waren, retten und sanieren würden. Charlie gab, wie ich weiß, dieses Versprechen; und, wie ich überzeugt bin, mein lieber junger Sir, in aller Aufrichtigkeit – aber nicht alle Männer sind eben Granit! Er verfiel aufs Spielen; geriet in ›Ehrenschulden‹; verkaufte die Hufen, eine nach der andern; ließ sich mit Wucherern ein; und eines Nachts, nachdem er sechs Stunden hinter'nander beim Piquet gesessen hatte, blieb ihm halt nichts weiter übrig, als den ganzen Rest an Mr. Cox, den Schnapsbrenner, zu verschleudern – ohne daß Mr. Darrell, der damals selbst geheiratet hatte, schwer arbeitete, und ganz ohne NachrichtenVerbindung mit der Modischen Welt war, darum gewußt hätte. Dann verkaufte Charlie Haughton sein Offizierspatent bei der Garde, brachte auch diesen Erlös durch, trat bei einem schlichten LinienRegiment ein; und wurde schließlich und endlich, in einem Landstädtchen, in dem er meines Wissens nicht einmal einquartiert war, sondern in das er sich irgendeines Glücksspiels wegen verfügt hatte, wider seinen Willen festgehalten – heiratete dort –«

»Meine Mutter!«, sagte Lionel hochfahrend; »und sie ist die beste der Frauen! – Was weiter?«

»Nichts, mein lieber junger Sir – nichts; höchstens, daß Mr. Darrell ihm das niemals verziehen hat. Er hat eben auch seine Vorurteile; und diese Heirat schockierte eines davon.«

»Ein Vorurteil gegen meine arme Mutter?; hab ich mir's doch immer gedacht! Aber wieso nur?: die gutherzigste, harmloseste, zärtlichste Frau, die sich denken läßt!«

»Ich zweifle nicht im geringsten daran – aber es fängt wohl an zu regnen. Lassen Sie uns heimgehen, ja. Mir ist nach einem Imbiß zumute; es unterteilt den Tag so schön.«

»Erst erzählen Sie mir noch, wieso Mr. Darrell ein Vorurteil gegen meine Mutter haben kann: meines Wissens hat er sie doch noch nie im Leben gesehen! Unerklärliche Launenhaftigkeit. Und auch noch ›schockiert‹ – was für ein Ausdruck! Erzählen Sie – ich bitte – nein, ich bestehe darauf.«

»Aber Sie wissen doch«, sagte Fairthorn, halb kläglich halb schnippisch, »daß Frau Haughton die Tochter eines Schnittwarenhändlers war; und mit dem Geld ihres Vaters Charlie aus dem

Kreisgefängnis freigekauft hat; und Mr. Darrell hat zu ihm gesagt: »Sogar den Namen verschachert!« (In der Halle zu Fawley hier hat er das gesagt; mein Vater hat's selber gehört.) Mr. Darrell war gerade während der Großen Gerichtsferien hier, und Ihr Vater kam, um irgendwie mit ihm zu sprechen; geriet seinerseits auch in Feuer; und sie haben einander, glaub' ich, niemals wiedergesehen.«

Lionel schwieg unbeweglich, wie vom Donner grührt. Wohl hatte Manches in Ausdrucksweise und Benehmen seiner Mutter, ihn zuweilen schon auf die Vermutung geleitet, daß sie nicht von so guter Geburt sei, wie sein Vater. Aber was derart an ihm nagte, war nicht die Entdeckung, daß sie eine einfache KaufmannsTochter sei; sondern vielmehr die Vorstellung, daß sie sich seinen Vater aus dem Gefängnis heraus für den Altar gekauft habe; waren jene schneidenden Worte: »Sogar Deinen Namen verschachert!« Sein Gesicht, eben noch sehr rot, ward leichenfahl; der Kopf sank ihm auf die Brust. An Fairthorns Seite schritt er dem düsteren Alten Hause zu, wie Einer, der zum ersten Mal im Leben das bleierne Gewicht ererbter Schande auf dem Herzen spürt.

6. Kapitel

Weist nach, wie sündhaft es von einem Mann, der sich um seine Ehre nichts scheert, ist, Kinder in die Welt zu setzen.

Als Lionel merkte, wie Mr. Fairthorn sein ganzes intellektuelles Selbst dem Inhalt einer kalten HühnchenPastete zugewendet hatte, entfernte er sich, geräuschlosen Tritts, aus dem Raum; und schlich sich auch draußen davon, in ein verwachs'nes großes Dickicht, am äußersten Ende des Geheges. Ihn verlangte nach Alleinsein. Regen fiel; nicht schwer, aber in einem grauen Gesprühe, das bald durchnäßte; er empfand ihn nicht, oder, richtiger, er war froh darüber, daß kein prangender narrender Sonnenschein waltete. Er setzte sich hin, in ein hohles Thalgewinde, vom Dickicht ganz verdeckt; und vergrub sein Gesicht in die verschränkten Hände, völlig verloren und vertan.

Der Leser dürfte längst bei sich festgestellt haben, daß Lionel Haughton mit nichten ein früh-reifer Mann war – ein mannhafter Junge, das ja; aber immer noch sehr-behaust in jenem zwielichtigen, verträumten Schattenreich der Knabenzeit. Edle Anlagen regten sich, stoßweise, in ihm; aber ihr Wirken blieb noch unreif und folgenlos. Zuweilen vermochte er, infolge der angebornen Schärfe seines Intellekts, manche Wahrheiten so rasch und klar wie ein Mann zu erfassen; – dann wiederum, durch den wärmlichen Heerdrauch undisziplinierter Zärtlichkeit hindurch, oder auch die gröberen Nebligkeiten sentimentalen Stolzes, in denen an sich unbedeutende Gegenstände riesengroß, mit unüberblickbaren Umrissen wirken, konnte er leicht in eine gefühlsmäßig getrübte, kindliche Art zu raisonnieren verfallen. Er war über die Maßen ehrgeizig; geradezu quijotisch im Punkt der Ehre; furchtlos in Gefahr, aber krankhaft empfindlich beim bloßen Schatten von Schande, gleichwie ein Füllen, bestimmt ein Schlachtroß zu werden und gefällten Stahl niederzustampfen, auf stillem Weidegang wohl beim Rascheln eines Blattes zusammenzuckt. Glühend romantisch, aber nicht geneigt solcher Romantik in literarischen Schöpfungen Luft zu machen, gerieten alle seine Gefühle umso hochgespannter und enthusiastischer, eben weil sie keinen Abfluß durch poetische Kanäle fanden. Die meisten Jungen von großen Fähigkeiten und starken

Leidenschaften schreiben Verse – das ist, in jener kritischen Reifezeit, die naturgegebene Entlastung für Herz und Hirn. Die Mehrzahl der also begabten Jungen tut das auch; einige Wenige tun's nicht, und aus diesen Wenigen erkiest sich das Schicksal dann die großen Männer der Tat – jene hohen, leuchtenden Gestalten, die der prosaischen Oberfläche der Welt den Stempel des Poetischen aufdrücken. Lionel hatte in sich Mark und Substanz von Fortuna's großen Niemanden, die schlagartig Fama's Jemande werden, sobald die Wechselfälle des Lebens ihnen plötzlich ein nobles Etwas in den Weg werfen, das feurig zu umwerben und kühn zu erringen lohnt. Aber, ich wiederhole, im Augenblick war er noch ein Junge – und saß also da, die Hände vor'm Gesicht, ein unverständiger Selbstquäler. Jetzt wußte er, warum dieser hochfahrende Darrell an seine geliebte Mutter mit so wenig Zartheit und Respekt geschrieben hatte: Darrell betrachtete sie als die Ursache für den ›NamensVerkauf‹ seines unwürdigen Verwandten; ja, schrieb ihr wahrscheinlich nicht jene innige MädchenLiebe zu, die alle Unterschiede von Rang und Stand verwischt; sondern unterstellte ihr die vulgäre, ganz kaltblütige Absicht, im Austausch gegen ihres Vaters Banknoten in die höheren Stände einzuheiraten. Und er war der Schuldner dieses hochfahrenden Gläubigers, genau wie schon sein Vater es vor ihm gewesen war! Sein Vater! – bis dahin war er so stolz auf diese Herkunft gewesen. Frau Haughton hatte bei ihrem Hauptmann das Glück nicht gefunden; seine unausrottbaren Gewohnheiten eines chronischen Verschwenders hatten ihre Ehe verbittert, und am Ende die Neigungen der Gattin aufgebraucht. Dennoch hatte sie ihn, in seiner letzten Krankheit, als den Geliebten ihrer Jugend getreulich gewartet; und obschon sie gelegentlich auf seine Fehler anspielen konnte, sprach sie doch unveränderlich von ihm, als der Zierde der Gesellschaft – arm, ja, zugegeben, und geplagt von gefühllosen Gläubigern; aber der feinste aller feinen Gentlemen. Nie hatte Lionel von ihr etwas vernommen, wie daß die Güter seiner Ahnen für Spielschulden verschleudert worden seien; nie ein Wort von Kreisgefängnis und einer *Mesalliance* gegen baar! In der Kindheit, wo man noch keinerlei Berechtigung hat, auf sich selber stolz zu sein, ist man gern so stolz auf die Eltern, wenn sich nur entfernt einiger Anlaß dafür bietet –: konnte Lionel Haugthon nunmehr noch stolz auf seinen Vater sein? Und Darrell hatte volle Kenntnis von seiner elterlichen Schande – hatte in jenem alten Vorsaal drüben seinen Vater heruntergemacht – weswegen? –: der Ehe wegen, der Lionel entstammte! Die Hände um das brennende Gesicht zogen sich fester und fester. Er weinte nicht, wie jüngst, in Vance's Gegenwart, ob eines weit weniger schmerzlichen Gedankens. – (Nicht, daß Thränen ihm schlecht-angestanden hätten: das müssen schon seichte Beurteiler der menschlichen Natur sein, die meinen können, daß Thränen an sich einem Jungen, oder gar einem Manne grundsätzlich schlecht-anstehen. Wohlbedacht setzte der ernsthafteste der Römischen Autoren, den ErzUnterschied des Menschen gegenüber sämtlichen niedriger-stehenden HimmelsGeschöpfen, in das Vorrecht der Thränen! Eher vertraue Du Deine Börse dem gewerbsmäßigen Beutelschneider an, als Deine Freundschaft einem Manne, der sich eines Paars Augen rühmt, durch welche der Herz-Tau niemals filterte! – (Höchstens vielleicht, daß ein Mann, wenn er weint, allein sein sollte – nicht weil Thränen identisch mit Schwäche, wohl aber weil sie heilig sind. Thränen sind mit Gebeten verwandt; insofern als Pharisäer mit Gebeten prunken, Betrüger mit Thränen. – (Oh Pegasus-Pegasus! – sachte, sachte! – Du hast mich mitten in Gewölke davongetragen! –: setz mich, sänftlich, ab – ja, sehr-schön: dorthin; neben den reglosen Jungen; in Schatten und ThalGewinde ...)))

7. Kapitel

Lionel Haughton, nachdem er soweit seine GlücksChancen erheblich verbessert hat, entscheidet nunmehr die Frage aller Fragen, ›Was wird er damit machen?‹

»Ich hab' Euch schon überall gesucht«, sagte eine wohlbekannte Stimme; und eine Hand legte sich, leicht, auf Lionel's Schulter. – Der Junge sah auf?; fuhr zusammen, aber noch wie im Traum; und erblickte Guy Darrell, das heißt, den Letzten auf Erden, den zu sehen er gewünscht hätte. –: »Wollt Ihr, für ein paar Minuten, mit-hereinkommen? Ihr werdet gebraucht.«

»Wozu? – Ich möchte lieber hier-bleiben. Wer kann mich schon brauchen?«

Darrell, – betroffen ob der Worte, wie auch des feindseligen Tones in dem sie geäußert wurden – musterte, einen Herzschlag lang, Lionels Gesicht; und erwiderte dann, mit einer unwillkürlich--freundlicheren Stimme als von ihm gewohnt –

: »– eine höchst alltägliche, aber, seitdem die Pikten außer Mode sind, selbst für die erhabensten Sterblichen unerläßliche Persönlichkeit – ich hätte natürlich für ihr Erscheinen um Entschuldigung bitten müssen. Ihr habt mir gestern-schon mit der Abreise gedroht, nur wegen eines GarderobenDefektes –: Mr. Fairthorn hat an meinen Schneider geschrieben, sich hierher zu verfügen, und dem Mangel abzuhelfen; – der ist nun da, und ich empfehle ihn Euerer Kundschaft! Verachtet ihn darum nicht, weil er für einen Mann meiner Antiquität arbeitet –: Schneider sind scharfe Beobachter; und kommen nicht so flink außer Mode wie Politiker –.«

Die Worte wurden mit einer spielerischen Gutgelauntheit gesprochen, die bei Mr. Darrell ganz ungewohnt war. Die Absicht war unverkennbar nett und verwandtschaftlich zu sein. Lionel sprang auf die Füße; seine Lippe verzerrte sich, das Auge flammte, sein Kamm schwoll.

»Nein, Sir; dazu will ich mich nicht erniedrigen! Will nicht von Ihrer Wohltätigkeit bekleidet herumlaufen – von Ihrer nicht! Ich gedenke mit nichten eine stillschweigende Stichelei auf die Unwissenheit meiner armen Mutter hinzunehmen, die die Maniriertheiten eines Standes, zu dem sie nicht geboren ward, nicht kennt! Sie haben gesagt, wir würden einander ja vielleicht nicht mögen, und für den Fall sollten wir besser für immer von einander scheiden – schön: also ich mag Sie nicht; und ich gehe!«. Er wandte sich brüsk auf dem Absatz um, und schritt dem Hause zu – großartig. – Wäre Mr. Darrell nicht der eigentümlichste der Menschen gewesen, hätte er sich jetzt unschwer beleidigt fühlen können. Wie die Dinge lagen, empfand er – obschon der Überraschung weniger zugänglich als sonst Jemand – lediglich Überraschung. Aber beleidigt? Man urteile selbst. »Wahrhaftig –«, murmelte Guy Darrell, den Blick auf der sich entfernenden Gestalt des Jünglings, – »wahrhaftig, ist mir nicht beinah zumut, als könnte ich noch einmal wieder einer GefühlsRegung fähig sein? Hoffentlich steh' ich nicht im Begriff, Gefallen an diesem Jungen zu finden – hat das alte Darrell-Blut in seinen Adern, so viel ist gewiß. Ich hätte in seinem Alter ähnlich sprechen können; das heißt, bei mir hätte es eines besseren Grundes dafür bedurft. Was hab' ich eigentlich gesagt, das eine solche Explosion gerechtfertigt hätte? *Quid feci? – ubi lapsus?* – Zweifellos hingegangen, seinen Tornister zu pakken; und dann frisch die Straße zum Ruin eingeschlagen! Soll ich ihn ziehen lassen? Besser für mich, falls ich tatsächlich in Gefahr stünde, Gefallen an ihm zu finden; und folglich seiner Gnade preisgegeben wäre, mir wieder einen Stich versetzen zu lassen – wie?: ›Mein Herz‹? Da biet' ich ihm Trotz: das ist tot. – Nein; er soll nicht so gehen. Ich bin das Haupt unserer vereinten Häuser. ›Häuser‹!: ich wollte, der arme Junge *hätte* ein Haus! Und sein Großvater hat mich geliebt. Ihn ziehen lassen?; erst will ich ihn um Verzeihung bitten; und wenn die Affäre sich dadurch beilegen läßt, soll er von mir aus in Unterhosen zum Dinner erscheinen!«

Und also, nicht minder großartig als Lionel, schickte sich dieser misanthropische Mensch an, seinem ungnädigen Vetter zu folgen. »: Ach! –«, rief Darrell plötzlich, als er sich seiner Schwelle näherte, und Mr. Fairthorn am Fenster des Speiseraumes gewahrte, wie er sich auf der elfenbeinernen Daumenplatte eine Feder nachspitzte – »jetzt seh ich klar!: dieser abscheuliche Fairthorn hat seine Dornen ausgestreut! Wie konnt' ich einem solchen Stachel-Gewächs auch Fleisch und Blut anvertrauen? Jetzt will ich aber doch auf der Stelle erfahren, was hier los war!« – Eitle Drohung! Nicht so bald hatte Mr. Fairthorn nur einen Blick auf Darrells noch 10 Meter von der Veranda entferntes Antlitz geworfen, als ihn auch schon sein böses Gewissen bewog, unverzüglich vom Fenster weg zu stürzen – aus dem Zimmer hinaus – und, ehe Darrell noch die Tür aufstoßen konnte, hatte er sich bereits in irgendeinen Schlupfwinkel verloren – *›nullis penetrabilis astris‹* – in dieser schwammartig-höhlenreichen Behausung, womit eine gütige Vorsehung die Lokalität dem Geschöpf angepaßt hatte.

8. Kapitel

Neue verwickelte Variante jener ständig wiederkehrenden, nie gänzlich zu klärenden Erkundigung: ›Was wird er damit machen?‹

Mit einem Blick ärgerlicher Enttäuschung, und einem frappierten Achselzuck, drehte Mr. Darrell dem Speiseraum den Rücken; verfügte sich die Treppe hinauf zu Lionels Zimmer; öffnete rasch die Tür; und sagte, mit ausgestreckter Hand und jenem Ton, wie er einst die Wut ehrgeiziger Parteien beschwichtigt, ja, sogar, (wenn Frau Fama nicht lügt), einmal von der feindlichen Ministerbank die Stimme eines Politikers zu ihm herüberverführt hatte –: »Ich muß irgendwie Eure Gefühle verletzt haben; und bin gekommen, Euch um Entschuldigung zu bitten!«

Aber bereits vor diesem Zeitpunkt hatte Lionel's stolzes Herze, in dem undankbarer Zorn nicht lange Raum finden konnte, ihn dafür gescholten, eine gutgemeinte und gar nicht undelikate Güte derart übel gelohnt zu haben. Und nachdem sein verletztes Selbstgefühl sich durch den bloßen Ausbruch selber wieder hergestellt hatte, war ihm auch die Erinnerung an gewisse Andeutungen Fairthorns auf Darrell's heimlichen Gram und Schmerzen zurückgekommen – Schmerzen, die wahrlich stürmisch gewesen sein mußten, um den Lauf eines ganzen Lebens dermaßen umkehren zu können! Und trotz dieser Belastungen hatte der Große Mann heiter zu ihm gesprochen – heiter, um jegliche etwaige Verpflichtung zu entschweren. Als daher Guy Darrell nunmehr diese Hand ausstreckte, und sich zu dieser Entschuldigung herbeiließ, ward Lionel förmlich überwältigt. Thränen, bis dahin unterdrückt, bahnten sich jetzt, unwiderstehlich, den Weg. Die Hand vermochte er nicht zu ergreifen; wohl aber gab er seinem sehnlichen Drange nach, warf schlicht die Arme um des Anderen Nacken, lehnte seine junge Wange an diese Brust aus Granit, und schluchzte Unzusammenhängendes heraus – von leidenschaftlicher Reue – von aufrichtiger, verehrender Zuneigung. Über Darrell's Antlitz gingen Veränderungen; einen Moment lang schaut'es wunderlich sanft drein – dann, wie infolge einer Anstrengung erhabenster Selbstbeherrschung, ward es ernst und sehr gefaßt. Nicht, daß er die Umarmung irgend erwidert hätte; aber er stieß sie gewißlich auf keine Weise zurück; auch war es, wie wenn er sich selbst nicht zu reden getraut hätte, bevor der Junge nicht den Ungestüm des ersten Gefühles erschöpft, und sich abgwandt hatte, um sich die Augen zu trocknen.

Dann erst begann er, ganz Süße und Besänftigung, zu sagen: »Lionel Haughton – Ihr habt das Herz eines Gentleman, das eine aufrichtiggemeinte Entschuldigung für unabsichtlich-zugefügtes Unrecht einfach nicht mit-anhören kann, sondern spontan in die Bresche springt, die Schuld auf sich zu nehmen, und die Entschuldigung zehnfach zurückzugeben. – Genug nun! Zweifellos ein Versehen, von beiden Seiten. Es muß noch mehr Zeit vergehen, ehe Einer von Uns, mit einiger Berechtigung, sagen könnte, daß er den Andern nicht möge. – In der Zwischenzeit –«, fügte Darrell hinzu, fast mit einer Art Gelächter – und diese abschließende Fragestellung enthüllte, wie der Mann, selbst in Kleinigkeiten, darauf erpicht sei, seinen Willen dem Gegenpart aufzuzwingen, oder auch aufzuschmeicheln – »inzwischen muß ich den Schneider wieder fortschicken, oder . . . ?«

Unnötig, Lionels Antwort herzusetzen.

9. Kapitel

Darrell: Geheimnisse in seinem Vorleben. / Was hat er damit gemacht?

Einige Tage gingen dahin – und jeder Tag unterschied sich nur wenig von seinem Vorgänger. Es war die Gewohnheit Darrell's, spät zur Ruhe zu gehen, und früh wieder aufzustehen; er gestattete sich nie mehr als 5 Stunden Schlaf. (Auch ein andrer, noch größerer Mann als Guy Darrell – Sir Walter Raleigh nämlich – schnitt aus dem Tagesrund nie ein größeres Stück für Morpheus heraus.) Und vielleicht war es, mehr noch als seine Mäßigkeit im Essen, eben diese Angewohnheit, die Darrell seine auffällige Jugendlichkeit in Aussehen und Erscheinung derart erhalten hatte, daß er, mit 52, nicht nur jünger wirkte als ein kräftiger Mann von 35, sondern es in der Tat auch war. Denn das eine ist ja gewiß: Derjenige, der beim Eintritt ins mittlere Alter sich ein klares Hirn bewahren möchte, einen elastischen Schritt, unverfettete Muskeln, und Nerven die nicht zittern – mit einem Wort: sich seine Jugendlichkeit erhalten, dem Taufschein zum Trotz – der hüte sich vor langem gemächlichem Schlummer: nichts macht so alt wie Trägheit! – Die Stunden vor dem Frühstück widmete Darrell erst einiger Bewegung, gleichviel wie das Wetter sei – anschließend dann seinen stillen wissenschaftlichen Betätigungen. Punkt 10 Uhr ritt er, allein, aus; und kehrte selten eher zurück als spät am Nachmittag. Dann streifte er wohl, zusammen mit Lionel, umher, in weit-entlegne Waldstücke; oder schlenderte mit ihm das SeeUfer entlang; oder warf sich ins breit-gewendete Heu, lenkte die Aufmerksamkeit des Jungen auf das Insektenvölkchen, das sein glückliches Leben während der Sommermonate vertändelt, und dozierte dabei über Gewohnheiten und Treiben der diversen Species, mit einer kuriosen Gelehrsamkeit, halb launig halb ernsthaft. Er war ein ausgezeichneter DetailBeobachter, und ein hochgebildeter Naturfreund dazu; ja, für einen Mann, der seine besten Jahre an ein trocknes, ihn ganz beanspruchendes Brotstudium hatte wenden müssen, war der Umfang seines Wissens erstaunlich groß: selbstredend auf keinem Sektor so profund wie das eines FachOrdinarius; aber wenn der reinwissenschaftliche Anteil sich häufig nur auf der Oberfläche bewegte: die Gedanken, die er aus dem entwickelte, was er wußte, waren ebenso-häufig originell und tief. Eine seiner Maximen, die er eines Tages Lionel hinwarf – in der für ihn typischen, scheinbar-nachlässigen, dabei überaus-prononcierten Art – kann vielleicht dazu dienen, sein eignes Verfahren samt dessen Ergebnissen zu illustrieren –: »Niemals sich damit bescheiden, das von einem andern Geist aufgeworfene Problem gelöst zu haben, bevor man nicht einen ganz-eignen und eigentümlichen Folgesatz für sich selbst daraus gezogen hat.«

Nach dem Dinner, das nie vor 20 Uhr zu Ende ging, verfügte man sich, grundsätzlich, ins Bücherhaus; allwo Fairthorn in einem Winkel verschwand, und Darrell und Lionel sich, Jeder, ein Buch vornahmen; hernach ein Flötenspiel; und endlich, noch vor 23 Uhr, war Jeder in seinem eignen Zimmer. Keine DaseinsFührung konnte methodischer sein; gleichwohl besaß sie für Lionel einen hinreißenden Zauber, denn sein Interesse an seinem Hausherrn nahm täglich noch zu, und versah ihm den Geist mit ständig-neuer Beschäftigung. Darrell-seinerseits – freundlicher und herzlicher; bedachtsamer, und mehr als vor dem Streit und der Versöhnung, auf der Hut, die Empfindlichkeit seines jugendlichen Gastes möglichst nicht zu verletzten – schien dagegen für Lionel nicht halb soviel aktives Interesse zu empfinden, wie Lionel für ihn. Auch suchte er nicht, – wozu die meisten gescheiten Leute im Umgang mit der Jugend gerne neigen – ihn auszuholen; seinen Verstand zu loten; oder gar seinen Geschmack zu gängeln. Wenn er zuweilen lehrhaft wurde, dann geschah das, weil das Gespräch Themen berührte, über die er sich gerne verbreitete, und deren er nicht Erwähnung thun konnte, ohne unwillkürlich instructiv zu werden. Ebenso verlockte er den Jungen niemals dazu, von seiner Schulzeit zu erzählen, seinen Freunden, seinen Lieblingsneigungen, seinen Hoffnungen, seinen Zukunftsvorstellungen; mit einem Wort: hätte man Beide beisammen beobachtet, man wäre nie auf die Vermutung gekommen, daß es sich um Verwandte handele – daß der Eine die Laufbahn des Andern beeinflussen und dirigieren könnte, ja sollte. Man würde geurteilt haben, der Wirt empfinde zweifellos Gefallen an seinem Gaste; aber etwa, wie jeder Mann einen vielversprechenden, warmherzigen, hochgesinnten, hübschen Jungen gern für eine kleine Weile unter seinem Dache sieht, sich jedoch dabei bewußt ist, daß dieser Junge nichts weiter für ihn bedeute – ihm bald wieder aus den Augen entschwinden – Freundschaften schließen, Beschäftigungen nachgehen, Ziele verfolgen werde, an denen er in keiner Weise teilhaben, für die er gänzlich unverantwortlich sein werde. Auch hatte Darrell's Unterhaltung noch diese Eigentümlichkeit: wenn er schon nie auf seines Gastes Vergangenheit oder Zukunft zu sprechen kam, so berührte er auch seine eigene niemals anders, als nur in den denkbar allgemeinsten Wendungen. Von der großen Weltbühne, auf der er ein so brillianter Mitspieler gewesen war, teilte er keine Erinnerungen mit; von den großen Männern, den führenden Persönlichkeiten seiner Zeit, mit denen er vertrauten Umgang gepflogen hatte, erzählte er keine Anekdoten. Gleichermaßen verschwiegen war er, was die davorliegenden Stadien seiner Karriere anbelangte; über die Art wie er studiert, über Umstände die er für sich hatte ausnützen können – verschwiegen hier, wie über Prozesse die er gewonnen, über ParlamentsDebatten in denen er geglänzt hatte. Nie und nimmer hätte man vermuten können, daß dieser Mann – was öffentliches Auftreten betrifft, immer noch in der Vollkraft seiner Jahre – das Thema von Zeitungsartikeln, der Stolz einer Partei gewesen sei. Ebensowenig verbreitete er sich je – wie Männer, die am eignen Herd entspannt plaudern, sonst notorisch gerne pflegen – über etwelche zukünftigen Projekte, und handle es sich bei solchem Projekt auch um nichts weiter, als das Pflanzen eines Baums oder die Verlegung eines Blumenbeetes – Pläne mit denen das Landleben doch ebenso reichlich wie unschuldig fortwährend schwanger geht. Die Vergangenheit wirkte, wie wenn sie bei ihm keine Erinnerungsspuren hinterlassen, die Zukunft als ob sie keinerlei Wunsch mehr für ihn in Bereitschaft habe. Aber hatte die Vergangenheit wirklich keine Erinnerung hinterlassen? –: wieso entsank dann zu Zeiten das Buch dem lesenden Auge, neigte sich der Kopf auf die Brust, und verdüsterte ein Schatte unsäglicher Niedergeschlagenheit die hohe Schönheit dieses ernsten starken Antlitzes? Immerhin ward solche Niedergeschlagenheit nicht etwa krankhaft genährt und gepflegt; denn sehr bald schüttelte er sie, mit einer raschen ungeduldigen Kopfgeste von sich; nahm entschlossen die Lektüre wieder auf; oder vertauschte das betreffende Buch mit einem andern, das auf neue frische Ideengänge führte; oder er schaute auch Lionel über die Schulter, und machte die ein- oder andre subtile Anmerkung zu der getroffnen Wahl; oder er forderte Fairthorn auf, zur Flöte zu greifen; und binnen weniger Minuten hatte das Antlitz seine strenge Entwölktheit wieder gewonnen. (Und an dieser

Stelle sei es zu sagen verstattet, daß nur in den Poesien sehr junger Gentlemen, oder den Romanen schreibender Damen, der Mann von guter Gesundheit und unangekränkeltem Verstande vorkommt, der nun pausenlos die Livree düsterer Schwermut trüge. Wie groß und gerecht auch sein Anlaß zu Kummer sei, er paradiert weder beständig in betonter Trauertracht, noch folgt er unaufhörlich mit langem LeichenbitterGesicht dem Bestattungszug seiner Hoffnungen. Trotz allem wird er seine flüchtigen Augenblicke von Heiterkeit haben – seine Kurzperioden von Gutgelauntheit. Das alte Lächeln wird zuweilen seinen Blick erhellen, und um die Lippen die alte Munterkeit spielen. Aber was ein umfassender krisenhafter Kummer *zurückläßt: das* ist, oftmals, weit schlimmer, als der Kummer selbst es war! Es ist eine Veränderung des Inneren Menschen, die ihn stranden macht, (wie Guy Darrell gestrandet schien), auf den Sandbänken und Untiefen der Gegenwart: je mannhafter er sich müht, seine Bürde zu tragen, desto mehr warnt es ihn, bei der Vergangenheit zu verweilen; und je nachdrücklicher er die Lektion von der Eitelkeit aller menschlichen Wünsche erfahren hat, um so mehr streicht er von seiner Liste der Illusionen und zukünftigen Hoffnungen. Dergestalt sind ihm, aus unserer dreigestaffelten Art zu Sein, gleich 2 Dritteile zernichtet – der, der gewesen-ist – und derjenige, der hätte sein-können. Da kreuzt man am besten die Arme über der Brust; nimmt Position auf der kleinlich-abstürzigen Felsplatte, die allein aus der Maßlosen See noch vorragt; und spricht zu sich selbst, (ohne weder nach-vorn noch nach-hinten zu blicken!),: ›Wolln Wir doch tragen, was da ist.‹; und aufgrund dieser Betrachtung kann dann wohl das Bißchen Auge leuchten, und das Bißchen Mund lächeln.

Auch von Mr. Fairthorn konnte Lionel keinerlei zufällige Hinweise auf die Familienchronik mehr erhalten. Besagter Herr hatte offenbar ob seiner Indiskretion einen scharfen Verweis, samt einer Verwarnung vorm Rückfälligwerden erhalten, und war daraufhin so zurückhaltend und mäuschenstill geworden, als sei er just aus der Höhle des Trophonius aufgetaucht. Er vermied es sogar nach Kräften, mit Lionel je wieder alleine zu sein; schützte vielmehr einen großen Rückstand im Briefverkehr seines Herrn vor, und überließ den Burschen an den Vormittagen einsamem Angelvergnügen und dem geselligen Umgang mit den Schwänen und dem zahmen Reh. Aber nicht selten kam es von drinnen, aus etwelcher mystischen Verborgenheit, weit durch die Sommerluft her, wie leises

MelodienGewehe jener Zauberflöte; und der Junge kam dann, wie gebannt, zurückgeschlüpft, die düsterroten Klagemauern des Alten Hauses entlang, oder durch den kläglichen Pomp der Arkaden des Unvollendeten Neuen, dem Klang zu lauschen: lauschend vergaß *er*, in wonniger Jugend, dann der Gegenwart; *er* nahm sich den, seinen Jahren zustehenden Anteil davon. In seiner Vergangenheit waren noch keine rebellisch-verschworenen Erinnerungen, die Gift in jeglichen Weinbecher mischten, und ihm den Schlaf mordeten; in seiner Zukunft noch keine Wüstenweiten, die dem Gang seines Ehrgeizes Halt geboten und ihm gesagt hätten – ›Hier sind nur Sande noch für den Pilger; kein Feld mehr für den Eroberer.‹

10. Kapitel

das den gelassenen Übergang zum nächsten Kapitel der Geschichte darstellt.

Dergestalt war nun etwa eine Woche dahingegangen, und Lionel begann allmählich bezüglich einer weiteren Dauer seines Besuches verlegen zu werden – lag es ihm ob, als Erster eine Andeutung von Abreise zu machen? – eine Schwierigkeit, aus der Mr. Darrell ihn erlöste. Am siebenten Tage begegnete Lionel, in einem Heckenweg unweit des Hauses, seinem Wirt, der eben vom gewöhnlichen Ausritt zurückkehrte. Der Junge ging, neben dem Reiter her, mit nachhause; klopfte der Stute den Hals, bewunderte ihre Gestalt; und kam dann, rühmend, auf die Schönheit eines anderen, kleineren und schlankeren Reitpferdes zu sprechen, das er eben gesehen hatte, wie ein Groom es im Gehege bewegte. »Reiten Sie diesen Kastanienbraunen nicht manchmal? Ich find'ihn eigentlich noch hübscher, als die hier.«

»Die Hälfte aller uns'rer Bevorzugungen lassen sich auf eine Eitelkeit zurückführen, der sie schmeicheln: dies Pferd hier könnten nur sehr Wenige reiten – das andere so ziemlich Jeder.«

»Da spricht der ›dare-all‹!«, sagte Lionel vergnügt.

Der Hausherr schaute nicht mißvergnügt darein.

»Ohne Schwierigkeit kein Genuß«, versetzte er, in seiner knappen lakonischen Sprechweise. »Ich bin vor 2 Jahren in Spanien gewesen. Ein englisches Pferd hatte ich dort nicht; also kaufte ich mir diesen Andalusischen ›Genet‹. Nun überläßt bekanntlich kein *preux chevalier* etwas, das ihm in Zeiten der Not dienlich war, einer eventuellen schlechten Behandlung: folglich kam der ›jennet‹ mit mir nach England. – Ihr habt keine sonderliche Übung im Reiten, wie ich annehme?«

»Nicht übermäßig viel; aber meine, teure, Mutter meinte, ich müßt'es lernen. Sie hat ein volles Jahr lang gedarbt, damit ich, in den Großen Ferien, Unterricht an einer Reitschule erhalten konnte.«

»Die Verwandten Eurer Mutter stehen sich · aber doch, meines Wissens, recht gut –: geben sie da zu, daß sie ›darbt‹?«

»:davon weiß ich gar nichts, daß sie noch-lebende Verwandte habe.! Sie hat mir nie von dergleichen gesprochen.«

»Tatsächlich?«. Dies war so ziemlich die erste Frage über häusliche Angelegenheiten, die Darrell jemals direkt an Lionels Adresse gerichtet hatte. Er ließ aber auch sofort den Gegenstand fallen; und sagte, nach einer kurzen Pause: »Ich war mir nicht bewußt, daß Ihr Reiter wäret; sonst hätte ich Euch schon gebeten, mich dann und wann zu begleiten –: würd'es Euch morgen passen, wenn Ihr den kleinen Spanier rittet?«

»Oh, Danke schön; ja: von ganzem Herzen!«

Darrell wandte sich, und schnell, von diesen dankbar-strahlenden Augen ab. – »Es tut mir nur leid«, fügte er, mit abgewandtem Blick, hinzu: »daß unserer Ausflüge bloß noch wenige sein können werden. Kommenden Freitag werde ich Euch einen Vorschlag unterbreiten – falls Ihr ihn annehmen solltet, trennen Wir-Uns Sonnabend – und zwar so, daß Einer dem Andern gefallen hat, hoffe ich. Was mich anbetrifft, so ist das Experiment nicht fehlgeschlagen. Bei Euch? . . .«

»Bei Mir!? – Oh Mr. Darrell!; wenn ich nur kühn genug wäre, all den Erinnerungen an Sie Ausdruck zu verleihen, die das ›Experiment‹ mir unauslöschlich hinterlassen hat!«

»Dann verleiht ihnen, bitte, keinen Ausdruck, wenn es auf ein Kompliment hinauslaufen sollte,« erwiderte Mr. Darrell; – allerdings auch wieder mit jenem silbrigen Gelache, das so melodisch Gleichgiltigkeit ausdrückte, und etwelche Zuneigung zurückwies. – Er ritt auf den Hof; stieg ab; und, da er sich Lionel wieder zuwandte, stahl sich's, um sie, wie FlötenGetön hervor, gleichwie aus den Gauben des ältlichen-hochgegiebelten Daches. – »Ob wohl die Pfeife des HORAZ'ischen Faunus lieblicher scholl, als diese Flöte? –«, sagte Darrell –

»›Utcumque dulci, Tyndare, fistula,
Valles . . .‹, etc. –

Was für eine wunderliebliche Ode das ist!: welche Kenntnis des Stadtlebens!; welche Empfänglichkeit für das auf dem Lande! Von all den Lateinern wäre Horaz der Einzige, mit dem ich wünschen könnte, eine Woche verbracht zu haben. – Oder nein; ich hätte mich wohl doch nicht dazu geeignet, diese kurze Spanne menschlichen Daseins mit Locken, getaucht in Malobathrischen Balsam, und mit diesen einfältigen Myrthen bekränzt dahinzubringen: bei der ersten größeren Schale berauschenden Massikers würden Horaz und ich Streit miteinander bekommen haben. So können wir uns nie zanken! Beglückter Untertan und Poeta Laureatus bei Queen Proserpina; auch, das möcht'ich beschwören, der gentlemanlike'ste Dichter, den sie je an ihrem Hofe empfing; hinfort wird er den Auftrag haben, Alekto die Nattern aus der Stirn zu streichen, oder den ehrgeizigen Orion von seiner Jagd auf imaginäre Löwen abzuhalten.«

zeigt, daß wenn ein hübsches Gesicht einem Empfehlungsschreiben gleichkommt, ein gutes Herz soviel wie ein Kreditbrief ist.

Am nächsten Tag also ritten sie fürbaß, Wirt und Gast; und dieser Ritt stellte sich als folgenreichster Wendepunkt in Lionel Haughtons Schicksalen heraus. Bisher ist, absichtlich und sorgfältig, auf dem Umstand verweilt worden, daß es sich bei Darrell, welches Maß von Teilnahme er auch empfinden mochte, um eine Teilnahme handelte, die weit von jenem engagierteren Interesse entfernt war, das eine Verantwortlichkeit akzeptiert, und sich näher mit einem fremden Geschick verknüpft. Und selbst falls der mächtige und reiche Mann, für Augenblicke, dieses Interesse verspürt haben sollte, hatte er es stets wieder von sich gewiesen. Daß er vorhatte, großzügig zu sein, war allerdings gewiß; das hatte sich auf eine, für ihn typische, überaus prosaische und sachliche Weise gezeigt. Jener Schneider, dessen Besuch Anlaß zu soviel Unruhe gewesen war, hatte Instruktionen empfangen, weit über die bloße Lieferung des Anzuges hinaus, wegen dessen er herbestellt worden war; und ein mächtiger Patentkoffer, der alles barg, was die großzügige Kleiderausstattung eines jungen Mannes im GentlemansRang nur irgend ausmachen konnte, war in Fawley eingetroffen; und hatte Lionel, den Darrell inzwischen durchgreifend mit der Annahme von Gefälligkeiten auszusöhnen gewußt hatte, mit Erstaunen und Rührung erfüllt. Besagte das Geschenk doch Folgendes: ›Indem ich Euch als Verwandten anerkenne, gedenke ich Euch inskünftige als Gentleman zu versorgen.‹ Darrell hatte in der Tat vorgehabt, sich für ihn wegen einer Anstellung irgendwo im Staatsdienst zu verwenden; ihm zunächst einen größeren regelmäßigen Zuschuß auszusetzen; und sich dann, mit einem letzten Händedruck von ihm zu verabschieden, etwa des Sinnes: ›Ich habe mich jetzt benommen, wie es mir zukam: der Rest ist Eure Sache. Es mag durchaus sein, daß wir uns nie wieder begegnen. Es gibt keinen Grund, warum dies Lebewohl nicht eins für immer sein könnte.‹

Aber im Verlaufe dieses Ausritts änderten sich Darrells Absichten. Weswegen?: das raten Sie nie! Nichts kann ja so fernliegend sein, wie der Abstand zwischen Ursache und Wirkung; und die Ursache für die Wirkung hier, hieß – die arme kleine Sophie.

Der Tag war frisch, und es ging ein angenehmes Lüftchen, als die beiden Reiter flott über die Grasnarbe weiter-welliger Gemeindeländereien dahintrabten, und das Grüne Gefieder begleitender Waldsäume freudig auf und nieder schlug im verspielten Sommerwind. Die anregende Bewegung in frischer Luft, weckte Lionels Lebensgeister noch mehr, und entband seine Zunge von jeglichen Hemmungen; und wenn ein Junge erst einmal richtig munter ist, kann man 10 gegen 1 wetten, daß er, in aller Unschuld, zum vollendeten Egozentriker wird, das schwellende Knospen seiner Individualität genießt, und von nichts als sich-selber redet. Gänzlich unvorsätzlich also, schwätzelte Lionel lustige Streiche aus seinen Schultagen daher: von seinem Zwist mit einem dämisch-dämonischen Hilfslehrer; wie er, Lionel, fortlief; was ihm unterweges zustieß; wie der Doktor-Direktor selbst ihm hinterher-reiste, und ihn zurückholte; wie blendend der Direktor sich benahm – ihn mit nichten prügelte oder davonjagte; vielmehr ihn geduldig anhörte; und dem Schüler dann zwar auch einen Verweis erteilte; jenen Hilfslehrer aber, zur Freude des ganzen Gymnasiums, entließ! Wie er sich mit dem Primus der ganzen Schule schlug; weil der den Direktor einen ›Schleimer‹ genannt hatte; wie er, zwei Mal, Hiebe kriegte; den Primus, dennoch, ein drittes Mal gefordert, und Jenen nun seinerseits durchgebläut hatte. Wie er, selber Primus geworden, die gesamte Schule aufgeputscht hatte, die BürgerKriege aufzuführen, indem er sämtliche Jungen in ›Cavaliers‹ und ›Roundheads‹ einteilte: wie man, aus Ton und Lehm, Kanonenkugeln und PistolenMunition, aus Knitteln Schwerter angefertigt hatte, (vom Schulhof wurde der Rasen, in Soden, abgestochen, um Befestigungen nachzubilden); wie ein schlampiger-untersetzter Junge den Cromwell hatte machen müssen; er-selbst zum ›Prince Rupert‹ befördert ward; und wie, in absoluter Verkehrung des historischen Hergangs, (und zur schändlichen Herabwürdigung Cromwells), Rupert sich einfach nicht schlagen lassen wollte, vielmehr Cromwell am Ende, (durch einen (un)geschickten Schlag über die Knöchel kampfunfähig gemacht), sich schmählich als Gefangener ergab, vor ein Kriegs-Gericht gestellt, und zum Tode durch Erschießen verurteilt wurde! – All diesem Plunder neigte Darrell ein geduldiges Ohr – nicht ermutigend, nicht unterbrechend; zuweilen jedoch einen Seufzer erstickend beim Klang von Lionel's lustigem Lachen, oder beim Anblick des hübschen Gesichts mit den hochglühenden Wangen, dem langen seidigen Haar, für das die Bezeichnung ›Liebeslocken‹ wirklich angebracht gewesen wäre, und die der Wind ihm aus den offenen treuen Zügen wehte, die sehr wohl das Porträt eines jugendlichen Cavaliers geziert haben könnten. Dahin sprang der Andalusier; dahin plapperte der Knabe Reiter. Er war nunmehr, im Zuge seines überstürzten Berichts, von der Schule abgegangen; er schilderte seine erst Bekannt- dann Freundschaft mit Frank Vance, als Mieter bei seiner Mutter; wie dies Beispiel ihn angefeuert, und er begonnen hätte zu zeichnen und zu malen; wie nett Vance ihm Stunden gegeben, und er sich, eine zeitlang, direkt gewünscht hätte, Maler zu werden; wie aber schon die bloße Vorstellung davon seine Mutter geängstet, und wie wenig sie beeindruckt gewesen sei, als er ihr erzählte, wie Tizian aus einer sehr alten Familie gestammt; oder wie Franz I., dieser Archetyp des Gentleman, das Krankenbett Leonardo da Vinci's besucht; oder wie Heinrich VIII. zu einem naseweisen jungen Lord, der Holbein verächtlich behandeln wollte, gesagt: ›Einen Lord kann ich noch jeden Tag machen; einen Holbein nicht!‹ – wie Frau Haughton dennoch auch weiterhin sämtliche Maler durcheinandergebracht, und ihr dabei grundsätzlich das Bild jenes Malermeisters und Klempners erschienen sei, der sie so schamlos beschnellt und überteuert hatte, beim Renovieren der Fensterrahmen und dem Tapezieren der Wände, was Zeit und die 4 Kinder einer irischen Familie notwendig gemacht hatten, um den ersten Stock wieder neu vermieten zu können. Und diese spaßigen Anspielungen auf die mütterlichen fixen Ideen, erfolgten keineswegs unehrerbietig; sondern waren eher so gehalten, daß sie Darrell insofern zugunsten von Frau Haughton stimmen konnten, als durch sie die Züge einer ganz natürlichen-einfältigen Mutter herausgearbeitet wurden; vielleicht etwas zu stolz auf ihren einzigen Sohn; die sich aber nicht darum scheerte, was sie tun, wie sehr sie arbeiten müsse, damit er seine soziale Stellung als Geborener Haughton ja nicht einbüße. Darrell verstand, und nickte billigend. »Gewiß«, sagte er, (und es war fast das erste Mal, daß er das Wort ergriff): »Künstlerschaft verleiht einen Rang, weit über dem von Gentlemen und Königen; und sobald sie ihren Adelsbrief erteilt, spielt es überhaupt keine Rolle mehr, ob der Empfänger nun der Sohn eines Bourbonen ist, oder eines Lichtziehers. Wo sie mit solchem Patent aber zurückhält – wo ein Mann von anständiger Herkunft lediglich Gemeinderäte abmalt, und mit nichten berühmt ist, (und ich möchte meinen, daß Ihr weder ein Tizian noch ein Holbein geworden wäret), ja, dann kann er genau so gut als Anstreicher und Klempner gehen; und hat als solcher erheblich bessere Aussichten, seinen Platz als Gentleman leidlich zu behaupten, ganz zu geschweigen von der Brot- und KäseFrage: Frau Haughton hatte ganz recht; und ich respektiere sie dafür.«

»Sehr richtig: und wenn ich so alt würde wie Methusalem, ich könnte nie einen Kopf malen wie Frank Vance!«

»Und selbst er ist noch nicht berühmt. Niemals von ihm gehört.«

»Aber er wird berühmt – dessen bin ich ganz sicher; und wenn Sie in London lebten, würden Sie bestimmt schon jetzt von ihm gehört haben. Oh, Sir: das Porträt, das er neulich erst gemalt hat! Das muß ich Ihnen ausführlich erzählen.« Und Lionel tat einen kühnen Sprung in *medias res*, in das kurze fragmentarische Epos von der Kleinen Sophie und ihrem excentrischen ungesunden Belisar, um dessentwillen sie erst arbeitete, dann bettelte; mit welch kunstloser Beredsamkeit wußte er nicht die ganze Geschichte farbig-anschaulich zu machen – bald ihre humoristische Seite, bald die ergreifende; mit welch verschönernder Sympathie schmückte er nicht das Bild des kleinen VagantenMädchens auf, mit seinem EdelfräuleinGesichtchen und der Einfalt eines Kindes; der Ausflug zu Wasser nach Hampton Court; ihr stilles Entzücken; wie es ihn gewurmt habe, fühlen zu müssen, daß Vance sich ihrer vor diesen ganzen feinen Leuten zu schämen schien; der Auftritt im Obstgarten, wo er jenen Brief Darrell's gelesen, der sie, im Moment, aus dem Vordergrund seiner Gedanken verdrängte; dann die Heimkehr, die Trennung, ihr sehnsüchtiges letztes Umblicken; am nächsten Morgen dann der Besuch beim Schuhflicker – sogar ihr AbschiedsGeschenk, das KinderBüchlein, mit den paar geschriebenen Zeilen auf dem Vorsatzblatt, (er wußte sie auswendig!). Und Darrell, der Große Advokat, empfand, daß er, aus diesen armen Bestandteilen, nie und nimmer die Wirkung auf ein Geschworenen-Gericht hätte hervorbringen können, die dieser knabenhafte Referent bei seinem granit'nen Selbst hervorbrachte.

»Und, ach-Sir!« rief Lionel, brachte sein Pferd zum Stehen, ja, hielt sogar, mit kühner rechter Hand, Darrell's an –: »oh«, sagte er, und gab aus feuchten inständig-plädierenden Augen dem erschütterten Fort, dem schon von ihm unterminierten, nun eine volle Salve – »oh, Sir, Sie sind so weise, und reich, und gütig: erlösen Sie dies arme Kind aus dem Mangel und den Bedrängnissen eines solchen Daseins! Hätten Sie sie nur sehen und hören können: sie kann unmöglich dazu geboren sein! – Sie blicken zur Seite? – Ich hab' Sie beleidigt. Ich habe kein Recht, Ihre Wohltätigkeit für Andere in Anspruch zu nehmen; aber statt *mich* mit Geschenken zu überschütten: für *sie* würde so wenig hinreichen! – wenn sie bloß aus der direkten nackten Not heraus wäre; zusammen mit dem alten Manne (sie würde ohne ihn nicht glücklich sein) sicher in so einer Hütte, wie Sie sie Ihren eignen Bauersleuten geben! Ich bin ein Mann, (oder werde doch bald einer sein): *ich* kann mich mit der Welt herumschlagen, und mir meinen Weg, so oder so, erzwingen; aber dieses zarte feine Kind, zur Schau auf Dörfern, oder als Bettlerin auf der Landstraße! – nicht Mutter, nicht Bruder, Niemanden als diesen gebroch'nen Krüppel, der sich auf ihren Arm als Krücke stützt. Ich kann die Vorstellung nicht ertragen. Ich bin überzeugt davon, ich werde sie irgendwo wiedertreffen; und wenn das geschieht: darf ich dann nicht an Sie schreiben?, und werden Sie ihr nicht zu Hülfe kommen? Bitte, sagen Sie etwas – sagen Sie ›Ja‹, Mr. Darrell!«

Des reichen Mannes Brust hob sich leicht; er schloß die Augen, aber nur für einen Moment. Noch ein kurzer scharfer Kampf mit seinem besseren Selbst – und das bessere Selbst behielt die Oberhand:

»Laßt meine Zügel gehen – schaut, das Pferd legt schon die Ohren an – es könnte Euch einen Possen spielen. Nur im Handgalopp voraus – Ihr sollt zufrieden sein. Laßt mir einen Augenblick Zeit, um – um mir den Rock aufzuknöpfen – er beengt mich etwas.«

12. Kapitel

Guy Darrell giebt einem Impuls nach, und entscheidet rasch, was er damit machen werde.

»Lionel Haughton«, sagte Guy Darrell, da er seinem jungen Vetter wieder zur Seite war, und er sprach es mit fester gemessener Stimme: »Ich habe Euch für eine sehr glückliche Minute zu danken. Der Anblick eines Herzens, so frisch, so durchsichtig, so reinlich und gut, ist eine derart rare Köstlichkeit, daß Ihr es noch gar nicht begreifen könnt, ehe Ihr in meine Jahre gekommen seid; gereist seid, von Dan bis gen Beerseba, und siehe es war Alles öd' und dürr. Merkt wohl auf!: wärt Ihr nur ein Halbdutzend Jahre älter gewesen; und dies Kind, für das Ihr den Fürsprech macht, ein hübsches Junges Mädchen, mein'thalben ebenso unschuldig, ebenso einnehmend – (also noch-gefährdeter) –: meine Mildtätigkeit hätte geschlummert, tot wie ein Stein. Das thörichte Gefühl eines JungMannes für ein hübsches Mädel? –: als Euer wahrer Freund würde ich nur die Achseln gezuckt, und ›Vorsicht!‹ gesagt haben. Wär' ich Euer Vater gewesen, hätte ich ganz Besorgnis und Stirnrunzeln sein müssen; hätt' ich doch die schwächlich-kränkliche Romanenhaftigkeit erblickt, an deren Ende, grundsätzlich, Betrogne oder Betrüger stehen. – Aber in Eurem Alter; Ihr, als warm--munterer, impulsiver, offenherziger Junge – Ihr, lediglich bewogen durch das Mitgefühl des Ritters für hilflose WeibKindlichkeit – (ach, daß Ihr mein Sohn *wäret!* – daß meines theuren Vaters Blut so chevaleresk in solchen Adern flösse! – (Ich hatte einmal einen Sohn. Gott nahm ihn mir ...))«; der Mund des Starken Mannes wollte beben – er beeilte sich, weiter zu kommen: »Ich erspürte durchaus, daß Mannheit in Euch wäre – als Ihr mir damals schriebt, mir meine plumpe Wohlthäterei in den Bart zu werfen – oder wie Ihr neulich, in einer leidenschaftlichen Aufwallung, die oberflächlich wohl närrisch, im Grunde aber nobler war, als alle Weisheit berechnender Unterwürfigkeit meinen heimischen Herd stracks verlassen wolltet – also-gut, Mannheit ja; aber es hätte noch genausogut bloßer männlicher Stolz, als Mann eben, sein können – eines Mannes Herz, aber dabei winter-kalt. Heute, jetzt, habt Ihr mir etwas zu sehen gegeben, was weit-besser denn Stolz ist; – oder, halt.: Jene Natur, die das Heroische Temperament ausmacht, setzt sich aus zweierlei Bestandteilen zusammen – unablenkbare Zielstrebigkeit; uneigennützige Humanität. Ob Ihr die erstere besitzt, ich weiß es noch nicht; die zweite aber habt Ihr mir enthüllt. Jawohl!: ich erkenne die Verbindlichkeit an, die Ihr mir proponiert habt; ich möchte mehr tun, als es Euch & dem Zufall überlassen, ob und wie Ihr dies arme KindWesen ausfindig macht: ich werde meinen Anwalt damit beauftragen, geeignete Schritte hierfür zu unternehmen. Ich will zusehen, daß sie frei bleibe von den Übeln, die Ihr für sie fürchtet. – Lionel; mehr noch: ich kann es nur mit Mühe erwarten, daß ich an Missis Haughton schreibe: ich habe ihr Unrecht getan! – Bedenkt, daß ich sie aber nie von An- zu Angesicht kennen gelernt habe. Ich sah in ihr immer nur den Anlaß zu meinem Zerwürfnis mit Eurem Vater, der mir einst recht-teuer war. Genug davon. Was mir mißfiel, war der Ton ihrer Briefe an mich. Er mißfiel mir an der Mutter eines Knaben, der doch vom dare-all-Blut war; (auch and're Gründe noch – das soll jetzt gleich sein). – Aber, während ich für Eure Erziehung-Ausbildung sorgte, war ich immer der Überzeugung gewesen, daß ihre Verwandten sie hinreichend unterstützten. – Sie hat mich niemals um einen diesbezüglichen Zuschuß gebeten; und ich meinerseits habe vorschnell über sie geurteilt und gedacht, sie würde keinerlei Anstand genommen haben, das zu tun, hätten es mir nicht Andre schon vorweggenommen. Ihr habt nunmehr bewirkt, daß ich sie besser verstehe, (und auf jeden Fall besteht ja Dreiviertel von dem, was wir in unsern Kinderjahren sind, aus mütterlichen Einflüssen!). Ihr seid frank, und furchtlos, und gütevoll – ein Gentleman. Und ich respektiere ab nun die Mutter, die solch einen Sohn hat.«

Lob von Darrell's Lippen war gewißlich rar; aber wenn er schon einmal lobte, wußte er auch, wie man das zu machen hat! Und kein Mensch wird je über Andere gebieten, der die Gabe nicht von Natur aus besitzt! Erlernt werden kann sie nicht. Kunst und Erfahrung können sie höchstens etwas im Ausdruck verfeinern.

13. Kapitel

Er, der in einem eignen Kinde seinen Erben erblicken kann, darf das Auge über Hoffnungen und Besitztümer schweifen lassen, die weit-jenseits des eignen Grabsteins liegen; und sein Leben schon hienieden wie einen Satz betrachten, an dessen Ende nur ein Komma steht. Wer seinen Erben in eines andern Mannes Kind zu erblicken hat, er erschaut das Punctum am Ende des Satzes.

Lionels Abreise war auf unbestimmte Zeit zurückgestellt worden; es wurde nicht weiter darüber gesprochen. Jedoch ging in Darrell's Verhalten ihm gegenüber eine bemerkenswerte Veränderung vor sich: die bisherige Gleichgiltigkeit, die der reiche Verwandte so lange hinsichtlich der Vergangenheit des Jungen, oder der individuellen Besonderheiten seines Geistes und Charakters an den Tag gelegt hatte, verschwand gänzlich. Im Gegenteil, er suchte nunmehr mit Nachdruck die verborgeneren Tiefen auszuloten, die in der Natur jeglichen Menschenwesens lauern; und in die bei Lionel umso schwieriger einzudringen war, der Lebhaftigkeit und des Freimuts wegen, die eine so glatte und scharmante Oberfläche bildeten; und dabei einen Stolz von bebendster Empfindlichkeit bedeckten; und einen Ehrgeiz, der in den Stunden erwachte, wo Einsamkeit und Träumerei die gigantischen Umrisse ihrer eignen Hoffnungen zusätzlich auf die neblichten Visionen der Jugend projizieren.

Darrell war nun zwar mit den Ergebnissen seiner Musterung nicht etwa unzufrieden; und dennoch, vielleicht eben dann, wenn er am meisten erfreut war, zog es wohl wie ein Schatten über sein Gesicht; und wäre eine Frau die ihn liebte um ihn gewesen, sie würde den kurzen leichten Seufzer wahrgenommen haben, der für den gröberen Sinn männlicher Freundschaft allzuschnell kam und ging, um ihn als Zeichen des Kummers zu erkennen.

Was Lionel angeht, so entdeckte er in dem, wie beschrieben unmerklich veränderten, Darrell täglich immer mehr, sein Interesse zu faszinieren und seine Zuneigung zu vertiefen; verliefen doch im Wesen dieses Mannes wahrlich wundersame UnterStrömungen von Liebenswürdigkeit, die so plötzlich hervorbrachen, so plötzlich wieder verschwanden! Und exquisit an ihm waren auch die Züge jenes mitfühlenden Taktes, den die Welt ›feine Lebensart‹ nennt, der jedoch nur aus einem Herzen kommen kann, das ritterlich und zärtlich zugleich ist; und die an Darrell umso bezaubernder waren, weil sie mit einem normalerweise kalten Benehmen kontrastierten, und mit einer Haltung derart gekennzeichnet durch eine sehr männliche, eigenwillige, ja hochmütige Kraft. So verging ein Tag um den andern, wie wenn Lionel tatsächlich zu einem Kinde des Hauses geworden wäre. Aber in Wirklichkeit war sein Aufenthalt einem nicht weniger schroffen und unerwarteten Ende nahe, als es neulich der Umschwung in der Stimmung seines Wirtes gewesen war, dem er das Hinauszögern seiner Abreise verdankte.

Eines klaren und hellen Nachmittags, als Darrell am Fenster seines PrivatArbeitszimmers stand, schaute Fairthorn, der sich wegen irgendeiner geschäftlichen Angelegenheit hereingeschlichen hatte, ihm erst lang und sehnsüchtig ins Gesicht; kam dann an seine Seite geschuffelt; legte ihm, ein leichtes schüchternes Anrühren, eine Hand auf die Schulter, wies mit der andern auf Lionel, der grad unter ihrem Fenster im Grase lag und in der *Faerie Qveene* las, und sagte: »Wenn er's doch nicht erfreut und tröstet: wieso schließen Sie ihn dann in Ihr Herz?«

Darrell zuckte erst; und antwortete sacht: »Ich wußte nicht, daß Ihr im Zimmer wart. Jaja armer Fairthorn; Dank auch.«

»Mir danken!? – wofür?«

»Für einen wohlmeinenden geDanken. – Ihr mögt den Jungen also leiden?«

»Sollt' ich's besser nicht?«, fragte Fairthorn, und sah schier erschrocken drein; »Sie tun's sicher auch.«

»Ja; ›*leiden*‹ kann ich ihn sehr; tue sogar mein Bestes, um ihn zu *lieben*. Aber, – aber –« Darrell wandte sich rasch, und das Porträt seines Vaters, über'm Kamin, kam ihm voll vor Augen – ein eindrucksvolles Gesicht; eins, das Einen verfolgen kann – süß und sänftlich; aber mit überhoher schmaler Stirn, und den geschweiften Nüstern des Stolzen; mit unsteten melancholischen Augen, deren Ausdruck Verfeinerung und Überzüchtetheit des Geistes besprach, nichts aber von Kraft. Es war etwas Verloren- und Vertanes, obwohl durchaus Imponierendes, um das ganze Abgebildet-Sein. Und je länger man fortfuhr in dies Antlitz zu schauen, desto mehr gewann seine trauervolle Anmuth die Oberhand über Einen; – wahrlich, ein pathetischer und überaus liebenswerter Anblick. Darrell's Augen wurden feucht –

:»Ja. Ja, mein Vater; es ist so –« sagte er halblaut. »Alle meine Opfer sind vergeblich gewesen: das Geschlecht kann nicht wiederaufgebaut werden! Kein Enkel von Dir wird auf mich folgen – mich, den Letzten der Alten Linie. –: Fairthorn, wie *kann* ich denn diesen Knaben lieben!?: Er mein Erbe; und in seinen Adern nicht 1 Tropfen von meines Vaters Blut!?«

»Aber er hat das Blut der Vorfahren Ihres Vaters; – und warum *müssen* Sie ihn denn durchaus als Ihren Erben denken? – Sie; der Sie, gingen Sie nur wieder in die Welt, ohne weiteres ein schönes Wei . . .«

:! –: Dergestalt stampfte Darrell's Fuß den Boden, daß die heilige matrimoniale EinSilbe, die über Fairthorns Lippen gewollt hatte, entzwei geschnitten ward, wie wenn ein Hai sie mittlings gepackt hätte. Unaussprechlich erschreckt, schob sich der Arme seitlich davon; drängelte sich hinter ein hohes LesePult; schielte überzwerch aus seiner Deckung hervor, und wimmerte: »Nicht, nicht doch, nicht so schrecklich sein! Ich hab doch nie und nimmer beleidigen wollen; aber ich sag ja immer Sachen, die ich gar nicht meine. Und dabei sehen Sie wirklich noch derart jung aus!« (schmeichlerisch) »und, und . . .«

Darrell, nachdem der Wutausbruch vorüber, war auf einen Stuhl gesunken, das Gesicht in die Hände gebückt; und seine Brust arbeitete, wie von unterdrücktem Schluchzen.

Der Musiker vergaß seiner Furcht. Er sprang hervor, (wobei er das hohe Pult beinah umstieß); er warf sich zu Darrell's Füßen auf die Knie, und rief, in abgebroch'nen Worten, aus: »Meister, Meister, vergebt! Vieh das ich war! Oh blickt doch auf – lächelt doch, oder schlagt mich wenigstens – gebt mir einen Tritt.«

Darrell's rechte Hand glitt sacht von seinem Gesicht nach unten, und legte sich in Fairthorn's Griff.

»Ruhig; ruhig –« murmelte der Mann von Granit; »einen Moment nur; ist schon wieder vorüber –«.

›Einen Moment‹! Das mochte lediglich eine Redewendung sein; aber bevor noch Lionel nur halb den Canto vollendet hatte, der ihn ins Feenland versenkte, stand Darrell auch schon, mit der an ihm gewohnten gelassenen Miene neben ihm; und hinter dem ZweigVorhang eines nahen Lindenbaumes hervor, hauchte Fairthorn's Flöte eine Melodei, so dolce, wie wenn in Arkadien immer noch sorgloses Faunenvolk pfeifte und pfiffigte; und ›Gram‹ Jemand sei, der drüben weit hinter den Bergen wohne, von dem wohl Schäfer, gemächlich zurückgelehnt unterm Sommerlaub, sich unterreden, so wie wir von Hydern sprechen, und Einhörnern und sonstigen Fabelgeschöpfen.

An- und abschwoll das bezaubernde Musizieren, runder-voller, runder-voller; und nun schreiten sie, Beide, davon, der müde Mann mit seinem heimlichen Kummer und der Junge mit seinem frank und frohen Lachen; Seite an Seite, über Rasengrund, goldgestirnt mit wilden Blumen; unterm Gezweig dahin jenes DruidenHains, aus dem sie die Ringeltaube aufschrecken – weiter und weiter, immerfort Seit' an Seite; und nun sind sie uns aus den Augen, wie wenn das dichte Grün des Sommers, gewogegleich, sich um sie geschlossen hätte. Aber die Flöte sie tönt noch fürder; und noch vernehmen sie sie im Schreiten, leiser, und wiedrum leiser. –: Pst! – können Sie 's nicht auch hören? – ja?

14. Kapitel

Gewisse Ereignisse gibt es, die für jedes Menschen Leben das sind, was Kometen für die Erde: anscheinend seltsame und erratische Vorboten; verschieden von den gewöhnlichen Lichtern, die unsern Kurs leiten, oder uns die Jahreszeiten angeben; aber dennoch treu ihren eignen Gesetzen, und mächtig was ihre Einflüsse angeht. Der Philosoph stellt Spekulationen an über ihre möglichen Wirkungen, und disputiert über etwelchen Nutzen – Menschen die nicht philosophieren, betrachten sie schlicht als Sonderbotschafter, und Nuncii des Unheils.

Sie traten aus dem kleinen Park heraus, und auf einen Seitenpfad. Vor ihnen breitete sich, gewellt in Bodenschwellung und -Senken, ein weiter Strich Gemeindelandes, ganz gelb vor lauter Ginsterblühen; zur Rechten hatten sie die dunklen BuchenWaldungen, unbeweglich unter der Glut des JuliMittags. Lionel hatte sich über die ›*Faerie Qveene*‹ verbreitet; über Irrendes Ritterthum; über das hold-unmögliche TraumDasein, wo man zeitentnommen, sicher vorm Veralten, dahingleitet, durch Lauben und Hallen, durch WaldMagie und HöhlenGehex, mitten in die Welten der DichterBuchnisse. Und Darrell hatte zugehört; und das Flötengetön sich eingemischt in solche Atmosphäre, fein und weither, wie eine Stimme aus eben jenen Welten.

Sie traten also heraus, das geschilderte weithin-ungebaute Land vor sich; und Lionel sagte vergnügt –

:»Aber das ist ja genau Die Szenerie! Auf diesem Fleck würde der Junge Ritter, beim Auszug aus seines Vaters Hallen, den *destrier* gezügelt, sinnend bald über die grüne Öde, die so grenzenlos erscheint, bald auf das ›schattenreiche Grauen‹ der Wälder, die gleichsam den Atem anhalten, hingeschaut, und sich gefragt haben, welcher Weg am besten ins Abenteuer führe.«

»Ja«, sagte Darrell, und brach einmal die lange Zurückhaltung hinsichtlich all dessen, was sein vergangenes Leben ausmachte – »ja, und mich hat das Gold der Ginsterblüte verlockt; und ich wählte das Ödland.« Er pausierte einen Augenblick; er hob wieder an: »Und dann, nachdem ich Städte und Menschen kennen gelernt, und mir aus der faden TatsachenWelt noch ein Stück Romantik gerettet hatte, da wollt' ich wiedrum verfahren, wie die Zivilisation so mit der Romantik verfährt – ich hatte vor, mir all das Ödland einzuhegen, bezwecks SelbstErhöhung. Seht«, fuhr er fort, indem er mit einer umfassenden Handbewegung über die ganze weite Landschaft hinwies: »soweit Euer Blick nur reicht, bis an den Rand des Horizonts: das Alles hat einmal, es sind jetzt an die vierzehn Jahre, mit dem kleinen Gehege, das wir eben hinter uns ließen, zusammengeworfen werden, und einen einzigen großen Park bilden sollen, um jenes Haus herum, an dem ich damals baute. Der Eitelkeit menschlichen Wünschens! Was, als der verschiedne Maßstab ihrer gemeinsamen Narretei, unterscheidet schon den geäfften Landjunker von dem gescheiterten Eroberer? Das charakteristische GehirnOrgan beim Menschen muß tatsächlich der Erwerbssinn sein.«

»Ist es nur sein Erwerbssinn gewesen, der Themistokles zu der Prahlerei bewog, daß ›er einen kleinen Staat groß machen könne‹?«

»Passende Erinnerung – sinnreich zitiert«, versetzte Darrell, mit dem höflichen Neigen seines imposanten Hauptes. »Ja, ich hege den Verdacht, daß das Organ der Begehrlichkeit erheblich-viel mit dieser Prahlerei zu tun gehabt habe. Sich einen Namen zu machen, ist der früheste Traum des Themistokles gewesen, wenn wir der Anekdote Glauben schenken wollen, die ihn sagen läßt: ›Die Trophäen des Miltiades ließen ihn nicht ruhig schlafen‹. Und ›sich einen Namen machen‹, oder ›ein Vermögen erwerben‹, sind schließlich nur verschiedne Anwendungsgebiete ein- und derselben menschlichen Passion. Das Begehren nach etwas, das wir nicht haben, ist die erste unsrer KindheitsErinnerungen – welche Form es annimmt, nach welchem Gegenstand es verlangt, darauf kommt's jetzt nicht an; immer ist es identisch mit ›Aneignen‹; und verläßt uns nie, solange wir leben.«

»Und dennoch – wenn ich darf – möchte ich die Gegenfrage stellen: was könnten Sie, jetzt, wünschen, das Sie nicht schon besäßen?«

»Ich? – nichts; aber ich sprach von den Lebenden! Ich selbst bin tot. Nur«, fügte Darrell mit seinem silbrigen Gelächter hinzu, »ich sage, wie schon der arme Chesterfield vor mir tat: ›es soll noch ein Geheimnis bleiben – bewahrt es‹.«

Lionel gab keine Antwort; die Schwermut der Worte betrübte ihn; aber Darrell's Art und Weise wies jeglichen Ausdruck von Teilnahme oder Mitgefühl von vornherein zurück; und der Junge war auf Mutmaßungen angewiesen: was wohl das geistige Leben dieses Mannes, derart für die Welt abgetötet haben mochte?

Und, also still geworden, setzten sie ihren Ausflug fort, bis sie den Klang der Flöte längst aus dem Ohr verloren hatten. (Ob der Musiker wohl noch weiter spielte?).

Schließlich kamen sie in einem Bogen herum, an das andere Ende des Dörfchens Fawley; und Darrell wurde wieder lebendig.

»Vielleicht«, sagte er, indem er noch einmal auf das Gesprächsthema zurückkam, das so unvermittelt fallen gelassen worden war – »vielleicht liegt die Liebe zur Macht wirklich jeder rastlosen Bewerbung um Fortunas Gunst zugrunde; und trotzdem, Alles in Allem genommen: Wer erfreut sich eigentlich ungetrübterer Macht, als der Than eines Dorfes? Mit wie wenig Anstrengung, wie wenig GedankenAufwand, kann nicht der Mann im Herrenhause die Leute in den Hütten, hienieden glücklicher, und für ein Jenseits-danach tauglicher machen? Indem ich der Welt den Rücken kehre, komme ich aus Streit und Pilgerschaft, gleich unsern Ahnen, den Kreuzfahrern, her, um daheim zu regieren.«

So sprechend, betrat er eine der Hütten. Ein alter gelähmter Mann saß, so heiß auch die JuliSonne draußen brannte, am Feuer; und sein Weib, gleichermaßen bejahrt und fast ebenso hülflos, las ihm ein Kapitel aus dem Alten Testament vor – das 5. Kapitel der Genesis, das die Stammbäume, das Alter, und den Tod der Patriarchen vor der Sündfluth enthält. Wie die Gesichter des alten Paares beim Eintritt Darrells aufleuchteten! –: »Master Guy!«, sagte der alte Mann, indem er sich zitt'rig zu erheben suchte. Für ihn war der weltmüde Redner und Jurist immer noch der junge ›Master Guy‹.

»Bleibt sitzen, Matthew; und laßt mich Euch ein Kapitel vorlesen.« Und Darrell nahm das Heilige Buch, und begann die Bergpredigt zu verlesen. Nie noch hatte Lionel annähernd Ähnliches gehört, wie diese Art des Vortrags: das Gefühl, das den Tiefsinn zur Geltung brachte; die Töne, süßer als Flötenklang, die das Göttliche Wort in Musik kleideten – als Darrell innehielt, schien der Tag etwas von seiner Schönheit eingebüßt zu haben. Er verweilte noch ein paar Minuten, in freundlich-vertraulichem Gespräch; und wandte sich dann der nächsten Hütte zu, wo eine bettlägrige Frau krank war. Er hörte sich ihre Klagen an; versprach ihr etwas aus seinen eignen Vorräten zu schicken, das ihr gut tun werde; munterte sie geistig auf, so daß er sie recht getröstet zurückließ; und wandte sich, draußen, Lionel mit einem wortlosen prachtvollen Lächeln zu, welches zu fragen schien: ›Ist dergleichen nicht auch Macht?‹.

Aber es gehörte zu den traurigeren Eigentümlichkeiten dieses bemerkenswerten Mannes, daß alle seine Stimmungen raschen und scheinbar unerklärlichen Schwankungen unterworfen sein mußten. Es war, wie wenn irgendein gewaltiger Schlag das Haupttriebwerk seines Wesens getroffen, und dessen ursprüngliche Harmonie in Trümmern hinterlassen habe; jegliches davon immer eindrucksvoll genug; aber das Zusammenprallen aller ergab nur noch eine widrige Disharmonie, wie eine verstimmte Harfe die die Winde anspielen. Denn nach solch unverkennbarer Bemühung, sich-selbst zu trösten und aufzurichten indem man Andere ermutigt und stärkt, knickte Darrell's Kopf, unvermittelt, wieder auf seine Brust ab; und er schritt fürder, die Dorfstraße hinauf; achtlos weder der sich öffnenden Haustüren erwartungsvoller Kätner, noch des bescheidentlichen Grußes der Vorüberkommenden. »Und ich hätte hier so glücklich gewesen sein können!«, sagte er plötzlich: »Könnt' ich's nicht jetzt noch sein? – Jaja; vielleicht, wenn ich einmal absolut-alt sein werde – nur noch durch den Faden einer Stunde an diese Welt geknüpft. – Alte Leute scheinen ja irgendwie glücklich zu sein: nach-hinten sind sämtliche Erinnerungen verblaßt, außer denen der Kindheit und hüpfrigen Jugend; vor-ihnen nur noch die schmale Furt, und über dem Ufer-jenseits bricht die Sonne schon durch Gewölke. – Dieser kritische *descensus averni* ins Altern, das ist die allerverstörendste Epoche im MannesLeben: überstandne Niederlagen schwären fort; und – ein gewisses StärkeGefühl noch in den Gliedern, eine Art Leidenschaft noch im Herzen – kann er sich nicht mit dem versöhnen, was im LebensProspekt unweigerlich als Nächstes kommt – dem Lehnstuhl, und dem schlagflüssigen Kopf. Tja!, das Leben ist schon ein putziges PuzzleSpiel. Die unzusammenpassendsten Stückchen fügen sich ineinander; und allmählich wird fast-etwas wie ein Schema sichtbar; und, hah!, das Kindlein klatscht in die Hand ob all der Klarheit und Symmetrie, und jubelt wohl noch: ›Da! Da!, jetz' hab' ich das Puzzle raus!‹ – aber da streicht's all die Einzelteile wieder in die SpielSchachtel zurück – in die große-schwarze Schachtel mit den vergoldeten Nagelköpfen – hoh!; Lionel, Kopf hoch!: da ist unsere Dorfkirche. Und hier, gleich zu meiner Rechten, der Friedhof. –«.

Während so Darrell und sein junger Begleiter die Blicke von der

Dorfstraße aus nach rechts wandten, zu dem kleinen grauen Kirchlein hin – zu dem geweihten Begräbnisplatz, wo hier und da, inmitten bescheidnerer Hügel, die Grabsteine ragten, zum Gedächtnis des ein- oder andren früheren Darrell, für dessen Überreste man der Familiengruft den lebendigen grünen Rasen vorgezogen hatte; während Beide sich dann weiter langsam der traurig-friedlichen Stätte nahten, und, still und nachdenklich, auf die Einzäunung gelehnt standen, die jene vor den Tieren schützte, die ruhig auf dem umgebenden Grasgrunde weideten – da ständerte, 50 Meter entfernt, auf der Schwelle des kleinen Landgasthauses links von der Dorfstraße, ein Wanderer herum, fremd hier am Ort, und spähte, scharfen Blicks, zu den stillen Gestalten der beiden Verwandten hinüber.

Dann, zur Wirtin hin gewandt – die, mit einem Glas Brandy-and-Water in der Hand, (dem dritten ›Gemischten‹, das der Fremde während seines halbstündigen Aufenthalts in der Gastwirtschaft verlangt hatte), etwas weiter drinnen auf der Hausflur stand – sagte der Mann –

»Der Größere von den beiden Herrn dort-drüben, ist gewiß Euer Gutsherr, gelt?; wer aber ist der Kleinere und Jüngere?«

Die Wirtin steckte den Kopf hervor – ?

»Oh, das ist ein Verwandter vom Herrn, der drüben auf Besuch ist, Sir. Ich hab den Kutscher sagen hören, daß der Herr sehr für ihn eingenommen ist; und im Schloß sind sie Alle der Ansicht, der junge Gentleman würd' mal sein Erbe werden.«

»Hoho! – tatsächlich – sein Erbe? Wie ist denn der Name des Burschen? In welchem Verwandtschaftsverhältnis mag er zu Mr. Darrell stehen?«

»Den genauen Verwandtschaftsgrad kann ich nich sagen, Sir; aber es iss Einer von den Haughton's; und die sind ja seit undenklichen Zeiten mit unsern Leuten auf Fawley hier verwandt gewesen.«

»Haughton? – ahà! Schön'n Dank, Madam. – Hier: wechselt bitte.«

Der Fremde leerte das Glas auf einen Zug, und streckte dann die Hand nach dem Wechselgeld aus.

»'zeihung, Sir; aber das muß wohl ausländisch Geld sein?«, sagte die Wirtin, indem sie das FünfFrankenstück in ihrer Handfläche argwöhnisch-neugierig hin und her drehte: ? –

»Ausländisch! Ist das möglich?«; der Fremde grub erneut in

seiner Tasche herum; und brachte, anscheinend mit einiger Schwierigkeit, endlich eine halbe Krone zum Vorschein.

»Einen Sixpence noch, Sir, wenn ich bitten dürfte: 3 Brandy's, und ein Käsebrot, und das Ale auch noch, Sir. –«

»Tz, bin ich dumm! – Ich hab gedacht, die französische Münze da, wär' ein 5-SchillingStück. Ich fürchte fast, ich hab im Moment, außer dieser halben Krone, gar kein englisches Kleingeld weiter bei mir. Und verlangen, daß Ihr mir trauen sollt, kann ich ja wohl auch kaum, wo Ihr mich nicht kennt.«

»Och, Sir, wo Sie den Herrn kenn'n, iss das nich so wild: Sie komm' doch sicher wieder ma' vorbei.«

»Und werd' meine Schulden dann bestimmt nicht vergessen«, sagte der Fremde; nickte; und entfernte sich, in derselben Richtung, die Darrell und Lionel indes bereits eingeschlagen hatten – durch ein Drehkreuz; und weiter, den öffentlichen Weg entlang, der erst am Friedhof, und dem benachbarten Pfarrhaus, und schließlich, durch Getreidefelder dahin, in Richtung der Fawley'schen Besitzungen führte.

Der Pfad war schmal, und zu beiden Seiten stand hoch das Korn; so daß zwei Personen nicht gut nebeneinander gehen konnten. Lionel war einige Schritte voraus, denn Darrell ging langsam. Der Fremde folgte ihnen in gewissem Abstand; ein- oder zweimal beschleunigte er seinen Schritt, wie wenn er sich entschlossen hätte, Darrell einzuholen; dann versagte ihm jedoch anscheinend wieder der Mut, und er fiel neuerlich zurück.

Es war etwas Heimliches und Ungutes um den Mann. Von seinem Gesicht konnte man nicht viel erkennen, denn er trug einen großen Hut, von ausländischer Machart, tief in die Stirn gedrückt; und außerdem waren Mund- und KinnPartie unter einem dunklen-dichten Schnurr- und BackenBart verborgen. Soviel von den allgemeinen Umrißlinien des Gesichtes noch unterscheidbar blieb, war allerdings entschieden hübsch zu nennen; obwohl ein von Natur aus schon blühender Teint, ein gewisses hitziges Aussehen bekommen zu haben schien, wie es infolge früh angewöhnter Unmäßigkeit im Trinken einzutreten pflegt, bevor es dann in die mehr bleierne Färbung späterer Stadien übergeht.

Seine Kleidung kündete von dem Anspruch auf eine gewisse gesellschaftliche Stellung; aber ihre einzelnen Bestandteile waren befremdlich unzusammenstimmend, nicht mehr voll-modern, und zum Teil schadhaft: perlfarbene Beinkleider, mit seidenen Biesen an der Seitennaht-hinunter; dazu passende Halbstiefelchen – Pariser Mode, von vor 3 Jahren –: aber die Hosen selbst schäbig geworden, die Biesen mißfarbig, die Stiefelchen durchlöchert. Das Jackett – einst eine Art schwarzen Fracks, für Abendgesellschaften – von einem Schnitt, ein oder zwei Jahre vor dem der Hosen datierbar, mit Atlas-Revers – aber das Tuch-selbst abgeschabt, der Atlas schmutzfleckig. Über all-dem getragen eine Art sommerlichen Reise-Umhangs, oder eher noch ein Cape aus wasserdichtem Satin, (einst der letzte ModeSchrei bei den Löwen der *Chaussée d'Antin*, sobald sie es wagten, einen Schweizer Kanton zu durchbummeln, oder ein deutsches Spa); immer aber ein Kleidungsstück, das, infolge einer gewissen weichlichen Effeminiertheit nach Form und Gewebe, nun sowohl die entsprechende studierteste Eleganz im sonstigen Kostüm seines Trägers erfordert hätte, als auch die säuberlichste Reinlichkeit an-sich. Von diesem Reisenden-hier getragen, ja praktisch abgetragen, ward das Cape zu einem Putz, so kümmerlich wie der zerfetzte Wimpel über einem Wrack.

Und dennoch;: trotz dieser-seiner Kleidung – der nicht-gut stehenden; der schäbigen, überholten, – hätte man, bei einem zweiten Hinblick, schwerlich umhin gekonnt, ihren Träger als einen wunderbar gebauten Mann zu bezeichnen! – hochgewachsen mit schmalen Hüften; lang-gegliedert, dennoch mit einem BrustUmfang, der unmeßbare Kraft besprach – eine jener raren Gestalten, die ein FrauenAuge ob ihrer Anmut – ein WerbeSergeant ob ihrer athletischen Kraft bewundern würde.

Und trotzdem verdarb die ganze-Haltung, das ganze-Aussehen des Mannes – (einmal abgesehen von den sinistren Unstimmigkeiten seines Aufzuges, die ihm das Ansehen eines zum Bettler heruntergekommenen Verschwenders gaben) – den günstigen Eindruck, den körperliche Anmut an sich hervorbringt. Schwierig zu beschreiben das WIE – schwierig auszudrücken das WIESO – aber es gibt da ein ganz bestimmtes Aussehen, das ein Mann bekommt; eine Gangart, die ein Mensch annimmt, wenn die ganze-übrige Menschheit ihn ›schneidet‹ –: und eben jenes Aussehen, jenen Schritt, hatte dieser Mann.

»So-so –«, murmelte der Fremde. »Sein Erbe dieser Junge? – so-so. Wie kann ich an ihn 'rankommen, und mit ihm sprechen? In seinem eignen Hause würd' er mich nie und nimmer empfangen: das kann nur geschehen wie jetzt, im Freien; aber wie ihn alleine erwischen?; und im Gasthaus rumlungern, in seinem eig'nen Dorf –

womöglich 'n ganzen Tag – um 'ne Gelegenheit abzupassen?; unmöglich! Wo wär, außerdem, das Geld dazu? Kurasche, Kurasche!«. Er beschleunigte seinen Schritt, und stieß den Hut ins Genick. »:Kurasche! Warum nicht jetzt? Jetzt oder Nie!«

Während der Mann auf diese Art sein Selbstgemurmel hielt, hatte Lionel das Gattertor erreicht, das, unmittelbar hinter dem kleinen See gelegen, auf Fawley'schen Grund und Boden führte. Leicht flankte er über das Gatter hinweg; wandte sich dann zu Darrell zurück, und rief: »Hier ist schon das Reh, um Sie zu bewillkommnen!«

Just als Darrell – der, das sinnende Auge auf den Boden geheftet, den Zuruf kaum beachtete – sich dem Gatter näherte, ward es ihm von einer Hand respektvoll-weit geöffnet; ein Kopf verbeugte sich untertänig-tief; und eine kunstvoll-sanfte Stimme stammelte abgebrochne, undeutliche Worte hervor, von denen die vernehmlichsten noch waren – »Verzeihung – etwas mitzuteilen – wichtig – hören Sie doch.«

Darrell fuhr auf – grad als der Reisende ihn beinah berührte – fuhr auf – und zurück, wie Einer, auf dessen Pfad sich unversehens ein wildes Tier aufrichtet. Sein gesenkt gewesenes Haupt hob sich empor, hochmütig, entrüstet, herausfordernd; aber seine Wange war erblaßt, und die Lippe zitterte. »Ihr hier! Ihr in England – in Fawley!? Ihr nehmt Euch heraus, mich anzureden? Ihr, Sir, Ihr ...«

Lionel vernahm den Klang der Stimme eben in dem Augenblick, da das Reh, schüchtern, zu ihm herangekommen war. Er wandte sich rasch um; und gewahrte Darrell's verfinstertes gebieterisches Antlitz, auf welchem, so finster und gebieterisch es immer geworden war, selbst ein nur hastiger Blick sofort eine Überraschung entdecken konnte, die nahezu an Furcht grenzte. Von dem Fremden, der noch immer das Gatter auf-hielt, sah er nur den Rücken, die Stimme selbst hörte er nicht; obschon der Mann, seiner Gebärde nach, augenscheinlich etwas erwiderte. Lionel hielt einen Augenblick, unentschlossen, inne; aber wie der Mann zu reden fortfuhr, sah er Darrell's Gesicht bleicher und bleicher werden; und unter dem Antrieb einer unbestimmten Befürchtung eilte er zu ihm hin; aber gerade als er auf einen Meter heran war, tat Darrell seinen Schritten Einhalt.

»Geht nachhause, Lionel: der Mann möchte privat mit mir sprechen.« Dann, in gedämpfterem Ton, sagte er zu dem Fremden:

»Schließt das Gatter wieder, Sir; Ihr steht sonst auf dem Land meiner Väter. Wenn Ihr mir etwas zu sagen habt: hier entlang.« Damit schritt Darrell, die Kornhalme beiseite drängend, auf ein Stück wüsten Landes zu, das gleich neben dem Feld lag: der Mann folgte ihm, und Beide entschwanden Lionels Blicken. Das Reh war bis ans Gatter gekommen, seinen Herrn zu begrüßen; jetzt legte es, mit einem gleichzeitig enttäuschten und klagenden Gebaren, die feine Nase auf die oberste Stange.

»Komm«, sagte Lionel; »nu-komm. –«. Aber das Reh wollte nicht von der Stelle.

So ging der Junge also alleine fürbaß, ohne sich mit dem eben Vorgefallenen weiter groß zu beschäftigen. »Zweifelsohne«, dachte er, »Irgendjemand aus der Umgebung, in ländlichen Angelegenheiten.«

Er umging den See; und setzte sich dann, nahe beim Hause, auf eine Gartenbank. Woran er dort dachte? – wer weiß? Vielleicht an die Große Welt; vielleicht an die Kleine Sophie! Die Zeit verstrich; und die Sonne senkte sich schon im Westen, als Darrell, wortlos, an ihm vorbei-eilte, und ins Haus trat.

Zum Dinner ließ sich der Hausherr nicht blicken; und auch den ganzen übrigen Abend nicht. Mr. Mills überbrachte eine Entschuldigung –: Mr. Darrell fühle sich nicht ganz wohl.

So hatte Fairthorn Lionel ganz für sich allein; und da er sich, seit den letztvergangenen Tagen, wieder der offenen Herzlichkeit dem jungen Gaste gegenüber überlassen hatte, war er an diesem Abend ganz besonders mitteilsam. Er ließ sich viel über Darrell aus, und zwar mit all der Zugetanheit, die der arme Flötenist, trotz mancher Ängste, für seinen schroffen Schutzherrn empfand. Viele Anekdoten wußte er zu berichten, von des strengen Mannes feinfühlender Güte, Allen gegenüber, die mit seiner Sphäre in Berührung kamen. Noch frappierendere Anekdoten allerdings, wußte er von des gütigen Mannes Strenge beizubringen, sobald irgend ein hartnäckiges Vorurteil, irgend eine herrschende Leidenschaft, ihn ›graniten!‹ machten.

»Weißgott, mein teurer junger Sir«, sagte Fairthorn: »seid sein bitterster geschworener Feind; und die erste Hand, die Euch hilft, wenn Ihr im Schlamm ausrutscht, wird die von Guy Darrell sein. Aber seid sein notorisch-bewährter Freund; und hintergeht ihn, 1 Mal, um Strohhalmsbreite – dann versucht, wenn Ihr gut beraten seid, nie mehr, sein Gesicht zu erblicken! –: das menschliche

Wesen, das am meisten, und am wenigsten verzeihen kann. Aber ...: ?«

Die Tür des Lesezimmers war geräuschlos aufgegangen, und Darrell's Stimme rief herein –

:»Fairthorn?; ich möchte mit Euch sprechen.«

15. Kapitel

Auf jeder Straße giebt es zwei Seiten: die sonnige Seite, und die im Schatten. Wenn zwei Männer einander dort die Hände schütteln, und Abschied nehmen: achten Sie darauf, wer von den Beiden die sonnige Seite einschlägt – es dürfte der Jüngere sein.

Am nächsten Morgen erschienen weder Darrell noch Fairthorn zum Frühstück; aber sobald Lionel mit dieser Mahlzeit fertig war, benachrichtigte Mr. Mills ihn, mit gewohnter Höflichkeit, daß Mr. Darrell ihn in seinem Arbeitszimmer zu sprechen wünsche. (Dem Arbeitszimmer, über dessen Schwelle Lionel noch nie den Fuß gesetzt hatte!) Er betrat es nun, mit einem Gefühlsgemisch aus Ehrfurcht und Neugierde. Nichts Auffälliges darin, abgesehen von dem Porträt des Vaters des Hausherrn überm Kamin. Bücher hingestreut über Tische, Stühle, Fußboden, in jener Unordnung, wie der geistige Arbeiter sie liebt. In Fensternähe stand ein Glasbecken mit Goldfischen darin; und dicht dabei, in seinem Käficht, hüpfte ein Singvogel – mochte Darrell immer ohne die Gesellschaft der Spezies Mensch auskommen können; aber ganz ohne etwas, das er beschützte und hegte – einen Vogel – oder auch nur einen Fisch – doch wohl nicht.

Darrell sah wirklich übel aus; sein scharfes Auge wirkte beinah trübe, und die Linien auf seinem Gesicht schienen tiefer. Aber er sprach mit seiner gewohnten ruhigen leidenschaftslosen Stimm-Melodik.

»Ja«, sagte er, als Antwort auf Lionels echt-ängstliche Erkundigung; »Mir ist nicht gut. Müßiggänger, wie ich jetzt, geben gern jedem Unwohlsein nach: als ich noch ein vielbeschäftigter Mann war, tat ich das nie; und folglich gab das Unwohlsein mir nach. Meine Pläne allgemein werden dadurch, wenn auch nicht direkt geändert, so doch zumindest ihrer Ausführung rascher nahe gebracht, als ich annahm. Schon ehe Ihr herkamt, hatte ich Euch ja geschrieben: Ihr möchtet *bald* kommen, oder es könnte sein, Ihr träfet mich nicht mehr hier an. Ich hatte für den Sommer eine Auslandsreise vor; ich werde sie jetzt sofort antreten; ich brauche Luftveränderung und Tapetenwechsel. – Ihr werdet heute nach London zurückkehren –«

»Heute?! – Sie sind doch nicht etwa böse auf mich?«

»›Böse‹!: mein lieber Junge und Vetter – Nein!«, gab Darrell in ungewöhnlich zärtlichem Tonfall zurück: »böse? – pfui! – Aber da die Trennung erfolgen muß, ist es immer gut, die Pein eines langen Abschiednehmens abzukürzen. Ihr werdet ja ebenfalls den Wunsch haben, Eure Mutter wiederzusehen; und Ihr dafür zu danken, daß sie Euch so erzogen hat, um den Schritt von der Armut zur Bequemlichkeit erhobnen Hauptes tun zu können: übergebt Frau Haughton, bitte, diesen Brief hier. – Was Euch selbst betrifft, scheinen Eure Neigungen zum Soldatentum zu tendieren; aber ehe Ihr Euch endgültig für diese Laufbahn entscheidet, hätte ich es ganz gern, wenn Ihr erst noch etwas mehr von der Welt sähet. Macht, gleich morgen, Euern Besuch bei Oberst Morley, in der Curzon Street: hier ist seine genaue Anschrift. Er erhält, mit heutiger Post, einen Brief von mir, in dem ich ihn bitte, Euch zu beraten. Folgt seinen Ratschlägen, soweit sie die Welt betreffen; er ist ein ausgesproch'ner Mann von dieser Welt – übrigens ein entfernter Verwandter von mir – der, um meinetwillen, gut zu Euch sein wird. Ist sonst noch etwas zu sagen? Ach ja. Was jetzt folgt, mag unfreundlich klingen; aber es muß ausgesprochen werden. Ihr erhaltet von mir ein unabhängiges Einkommen, des könnt Ihr sicher sein. Aber laßt Euch niemals zu Extravaganzen verleiten; etwa durch müßige Parasiten, die Euch einreden möchten, Ihr würdet bestimmt noch mehr bekommen. Gebt Euch ja nicht einer, wenn auch plausiblen, Erwartung hin, Ihr würdet mein Erbe sein.«

»Mr. Darrell! – ach, Sir . . .«

»Ssst! – die Erwartung wäre nicht unvernünftig; aber ich bin ein sonderbares Wesen. Ich könnte ja wieder heiraten – könnte eig'ne Erben haben. Wie, Sir? – warum nicht!?« Darrell stieß diese letzten Worte beinahe wütend aus; und fixierte Lionel scharf, als er wiederholte: »Warum nicht?«. Da er jedoch erkannte, daß die

Miene des Jungen keinerlei Erstaunen an den Tag legte, entspannte sich der Ausdruck der seinen; und er fuhr besänftigt fort – »Genug; was ich so rauh formulieren mußte, war gut gemeint. Es wäre Verrat einem jungen Mann gegenüber, ihn auf ein Vermögen rechnen zu lassen, das ihm am Ende womöglich doch nicht zufällt. Jetzt, Lionel, geht; genießt den Lenz Eures Lebens! Geht, hoffnungsvoll und leichten Herzens. Wenn Kummer sich Euch naht: kämpft dagegen an; wenn Irrtum Euch mißleitet hat: kommt, furchtlos, um Rat zu mir. – Wie, mein Junge – was ist denn das? – Tränen? Tz, tz.«

»Nur wegen Eurer Güte –«, stammelte Lionel. »Ich kann nichts dafür. – Ist denn gar nichts, was ich, als Gegenleistung, für Sie tun könnte?«

»Oh ja; sogar viel. Haltet Euren Namen frei von Befleckung; und Euer Herz offen für edle Bewegungen, wie sie eben solche Tränen jetzt hervorriefen. – Ach, nebenbei noch, ich habe grade heute von meinem Anwalt Nachricht bekommen, über Euren armen kleinen Schützling: gefunden ist sie noch nicht; aber er scheint zuversichtlich, was einen schnellen Erfolg anbelangt. Sobald ich mehr davon höre, werdet Ihr umgehend davon unterrichtet.«

»Demnach würden Sie mir schreiben, Sir – und ich dürfte Ihnen schreiben?«

»So oft es Euch gefällt. Immer an die Adresse hier.«

»Werden Sie lange fort sein?«

Darrell's Brauen zogen sich zusammen, daß sie einander trafen. »Weiß ich nicht«, sagte er knapp. »Adieu.«

Noch während er sprach, öffnete er die Tür.

Lionel schaute, aus schwimmenden Augen, auf ihn, mit innigem Sehnen, mit söhnlicher Zuneigung. »Gott segne Sie, Sir«, murmelte er in seiner Einfalt; und entfernte sich.

»Dieser Segen hätte von mir kommen müssen!«, sagte Darrell zu sich selbst, als er sich wieder zurückgewandt hatte, und an seinem einsamen Heerde stand. »Aber auch wiedrum: sie, deren Häupter ich irgendwann zu segnen wagte, wo sind sie? – wo? – Und jetzt die Geschichte dieses Menschen wieder, der die kecke Fabel neuerlich aufwärmt; mit der dieser Andere – und ich glaube tatsächlich, der weniger strafbare Schuft von den Zweien – mich schon vor Jahren anzuführen versucht hat! Aber stop; ruhig; ganz sachlich erwägen, was er da gesagt hat. (Wenn das wahr wäre! Oh, die Schande, die Schande!).«

Und, die Arme fest über der Brust kreuzend, begann Darrell den Raum mit langsam-abgemessnen Schritten, in tiefgründigen Erwägungen, zu durchwandeln. Er gab sich, wahrlich, alle Mühe, das bloße Gefühl niederzuhalten, und lediglich die Urteilskraft walten zu lassen; und, am Ende, schien sein rein-verstandesmäßiges Verfahren ihn auch vollauf befriedigt zu haben; denn seine Miene klärte sich, schrittweise, auf, und ein triumphierendes Lächeln flog darüber-hin. »Eine Lüge – klar, eine handgreifliche und plumpe Lüge; Lüge muß und wird es sein. Niemals denk'ich dergleichen als Wahrheit zu akzeptieren! – Nein, Vater –«, (mit einem vollen Aufblick zu dem Porträt über'm Kaminsims) :»keine Furcht, Vater! –: nie –: NIE!«

III. BUCH

1. Kapitel

Fürwahr, die Lacerte ist ein scheues und furchtsames Geschöpf. Sie huscht in Ritzen und Spalten, wenn man ihr zu nahe kommt; ja, wirft sogar das Schwänzchen vor Angst ab, wenn man es bei der Spitze festhält. Sie hat ihr Wesen nicht in der Guten Gesellschaft – kein Mensch hält sie im Käficht, niemand hätschelt sie. Sie ist eine müßige Landstreicherin. / Aber wenn sie durchs grüne Gras gleitet, und unbehelligt in der Sonne badet, drängt sie vielleicht in eine Sommerstunde ebensoviel LebensGenuß zusammen, wie ein Papagei, sei er noch so verwöhnt und gelehrt, über ein ganzes langes Salonleben verteilt, damit hingebracht, daß er abwechselnd ›Wie ist das werte Befinden?‹, und ›Lora fein!‹ gekreischt hat.

An jenem trüb- und düstren SommerMorgen, da Großvater und Großkind dem freundlichen Dach von Mr. Merle Lebewohl sagten, waren die Gedanken von Klein Sophie überaus trüb und düster. Langsam wandelte sie hinter dem grauen Krüppel, der sich da so schwer auf seinen Stab stützen mußte, einher; und hatte weder Blick noch Lächeln fürs GlitzerGold der Butterblumen, die auf jeder Seite entlängst der dürren Landstraße in den tauigen Wiesen standen.

Solchergestalt waren sie, hintereinander und wortlos, geschritten, bis über den zweiten Meilenstein hinaus; allwo Waife, aus eignen Fantasien auffahrend, die vielleicht noch trübseliger ausgefallen waren, als die des niedergeschlagenen Kindes, plötzlich anhielt; sich rasch mit der Hand, ein- zweimal, über die Stirne strich; und dann, sich herum, zu Sophie, wendend, ihr groß und liebevoll ins Gesicht schaute, wie sie da so langsam an seine Seite geschneckt kam.

»Du bist traurig, Kleines?«

»Sehr traurig, Opa.«

»Und unzufrieden mit mir? Ja; unzufrieden, daß ich Dich so unversehens von dem netten jungen Herrn entfernt habe, der so freundlich zu Dir war; ohne der Chance, daß Ihr einander jemals wieder-begegnen könntet, den geringsten Vorschub zu leisten.«

»Es sah Dir so garnicht ähnlich, Opa«, erwiderte Sophie; und ihre Unterlippe wollte ein Schnutchen machen, während ihr oben dicke Thränen in die Augen traten.

»Nur zu wahr«, sagte der Vagabund, »alles was an gesunden Menschenverstand erinnert, sieht mir nicht ähnlich. Aber meinst Du nicht, ich hätte getan, was meinem Gefühl nach das Beste für Dich sei? Daß ich nicht irgendeinen guten Grund dafür hätte, wenn immer ich mir ein Herz fasse, und Dir vorsätzlich durch den Sinn fahre?«

Sophie griff nach seiner Hand und drückte sie; aber zu sprechen konnte sie sich nicht getrauen; fühlte sie doch, daß bei einem solchen Unterfangen, sie in einen Thränenstrom ausgebrochen wäre. Und Waife schickte sich an, viele jener weisen Sprüchlein herzusagen, die so alt wie die Hügel sind, und auch ebenso unverbindlich-hoch über unsern Sorgen, wie die Hügel über dem bekannten Tal, in dem Wir zu wandern haben. Da sagte er etwa: wie töricht es sei, sich selber durch verkehrte Gedankenspiele und unmögliche Hoffnungen aus dem geistigen Gleichgewicht zu bringen: dieses nette junge Herrlein könne nie und nimmer für sie etwas bedeuten, noch sie etwas für das nette junge Herrlein. Es sei ganz gut und schön seitens des netten jungen Herrleins, dies Versprechen, mit ihr zu korrespondieren; aber, zurückgekehrt in die Welt seiner Freunde, würde er an ganz andere Sachen zu denken haben, und sie bald vergessen sein – während *sie*-dagegen nur allzuviel an ihn, und die Themse, und all die Schmetterlinge denken, und das so schon harte Dasein, als noch weit beschwerlicher empfinden werde. All dies und vieles mehr trug Gentleman Waife vor; in der gewöhnlichen Weise von TrostSpendern, die von der Maxime ausgehen, daß Kümmernissen mit Logik beizukommen sei; und auch mit genau derselben Energie des Raisonnements, auf die es ebensowenig eine Erwiderung gibt, als sie nicht den Schatten einer Tröstung mit sich führt. Und da er das allmählich selber empfand, er, der Große Schauspieler – (nicht, daß er in dem Moment geschauspielert hätte!) – hielt er plötzlich inne; schloß das Kind in seine Arme; und murmelte, in gebroch'nen Akzenten – »aber wenn ich Dich derart niedergeschlagen sehe, bleibt mir auch keine Kraft mehr, weiter durch diese Welt zu humpeln; und je eher ich mich hinleg', und je früher der Staub über mich geschaufelt wird, desto besser für Dich; es scheint ja tatsächlich: der Himmel sendet Dir Freunde; und ich reiß' Dich von ihnen weg!«

Hier nun ließ Sophie ihrem Schluchzen frei'sten Lauf: sie rankte ihre Ärmchen, krampfig, um des alten Mannes Hals; küßte sein rauh-gewordnes Gesicht in beschwörend pathetischer Zärtlichkeit; und zwängte's endlich, durch ihre Tränen hindurch, heraus: »Nich so red'n! Ich bin so undankbar und bös' gewesen. Ich frag doch nach Niemandem, als nur meinem lieben-lieben Opa!«

Nach diesem kleinen Auftritt beruhigten sich Beide wieder; und es war ihnen doch beträchtlich leichter ums Herz. Sie setzten ihre Reise fort; aber nicht mehr hintereinander, vielmehr Seit' an Seite; und der Alte Mann stützte sich, obschon ganz sacht nur, auf den Arm des Kindes. Aber das Umschlagen von Verdüsterung zu Heiterkeit fand nicht unmittelbar statt. Waife hub an, gedämpft, in UnterTönen, andeutungsweislich, von seinen eignen, früheren, Miß-Geschicken zu erzählen; und, so umrißhaft seine Andeutungen auch sein mochten, wie umfassend wirkten die Bekümmernisse des Alten Mannes nicht, verglichen mit denen des MädchenKindes; und dennoch verbreitete er sich über beide, wie wenn er weit mehr ihr Los beklage, als sein eignes bemitleide.

»Tja; in Deinem Alter, Schätzchen, hatt' ich nicht Deine Trübsale, und nicht Dein Ungemach. Ich brauchte mich nicht zu Fuß, neben einem 'runtergekommenen und taugenichtigen Stromer, über staubichte LandStraßen mühsam dahinzuschleppen; ich fuhr in eleganten Wagen an die Luft –: ich trat auf schwellenden Läufern einher, und schlief hinter seidnen BettVorhängen – *Ich;* so ein Bruder Liederlich! – und Du, mein HerzensKind, so gut! – Alles dahin – alles irgendwie zerflossen, weg von mir; und ich nicht imstande, Dir für auch nur eine Woche im voraus die BrodRinde zu sichern! –«

»Och-Du! Ich krieg schon Brot; und Du auch Opa!« rief Sophie, heiteren Stimmleins: »Du hast mir ja beigebracht, zu Gott zu beten; und auch gesagt, daß GOtt, in allen Deinen Nöten, immer gut zu Dir gewesen wäre; (und er ist auch zu mir so gut gewesen, seit ich zu ihm betete): denn hier ist ja nun kein scheußliches Fräulein Crane mehr, das mich prügelt, und mir Dinge sagt, die noch schlimmer zu ertragen sind als Schläge! – und Du hast mich auch zu Dir genommen: was ich *da*-rum gebetet hab'! – Und ich sorg ja doch auch für Dich, Opa – gelt?; und darum hab ich *ebenfalls* gebetet. Und was ›Wagen‹-und-so anbelangt«, fügte Sophie, süperben Gesichtleins, hinzu: »so frag ich nichts danach, ob ich auch mein Lebenlang in keiner Kutsche sitze; und außerdem weißt Du es genau: ich *bin* in einem Wohnwagen gefahren, (der ja noch viel größer als eine Kutsche ist), und es hat mir nicht im geringsten gefallen. – Aber wieso sind denn die Leute damals dazu gekommen, daß sie Dich so schlecht behandelt haben, Opa?«

»Ich hab nie behauptet, die Leute hätten sich mir gegenüber schlechtbenommen, Sophie.«

»Haben sie Dir nicht die Läufer und seidnen Vorhänge, und all die andern feinen Sachen die Du als kleiner Junge hattest, weggenommen?«

»Das weiß ich nicht genau«, versetzte Waife mit verblüfftem Gesichtsausdruck, »ob die Leute sie nun direkt weggenommen haben – aber verschwunden sind sie irgendwie. Nun, ich hatte trotzdem noch genug, für das ich dankbar sein konnte – ich war gesund und stark, und so frohgemut, Sophie; und fand auch Leute, die sich mir gegenüber nicht böse benahmen – ganz im Gegenteil – wirklich nett. Mir stieß keine Crane auf, (das Weibs-Ungeheuer!), wie Dir widerfahren ist, mein Engelchen. *Solche* Aussichten vor mir; wenn ich nur graden Wegs auf sie losgeschritten wäre. Aber ich bin meiner eignen Laune gefolgt, die mich immer zickzack geführt hat; und jetzt, wo ich wieder auf die große normale Heerstraße einlenken möchte, da siehst Du einen Mann vor Dir, den jeder Friedensrichter in die Tretmühle schicken könnte; weil er sich's herausnimmt, ohne Gewerbe und Subsistenzmittel zu leben.«

Sophie: »Gar nicht ohne Subsistenzmittel! – da ist ja das – wie nanntest Du's gleich? – das unabhängige Einkommen –: die 3 Pfund, Opa!«

Waife (bewundernd): »Gescheites Kind! Das ist wahr. Ja, der Himmel ist immer noch sehr gut zu mir. Ach, was will schon Vermögen bedeuten? Wie glücklich bin ich nicht mit meiner lieben Lizzy gewesen; und dennoch haben wohl nie zwei Menschen mehr von der Hand in den Mund gelebt.«

Sophie (spürbar eifersüchtig): – »:Lizzy?!«

Waife (mit feuchten Augen zu Boden schauend): »Meine Frau. Sie ist mir nur 2 Jahre gelassen worden – so sonnige Jahre! Und wie dankbar müßt' ich wiedrum sein, daß sie nicht länger gelebt hat: was ist ihr nicht alles erspart geblieben an – an – an Schande und Elend!«. Lange Pause.

Dann begann Waife, (indem er sich seinen Erinnerungen mit einem Ruck entriß, wie den Klauen einer Harpyie) –: »Aber was frommt es rückwärts zu schauen? Das dahingegangne Selbst eines Menschen ist ein totes Ding. Das bin ja nicht Ich – ich, der jetzt auf dieser Straße dahin trampt, und Dich hat, auf die er sich stützen kann – den ich erblicke, wenn ich mich schon umdrehen und hinter mich schauen will, auf das, was ich einmal war – das ist ein and'res Wesen, verstorben und begraben; und wenn ich mir auch sage, ›dies Wesen hat das und das getan‹, dann ist das, wie wenn ich eine Grabschrift auf einem Stein lese. Dergestalt, allein' und hoffnungslos, bin ich endlich in mein eignes Land zurückgekehrt, und hab da Dich gefunden – ein Segen so groß, daß ich nie und nimmer darauf zu rechnen gewagt hätte. Aber wie sollte ich Dich unterhalten; Dich wegnehmen von dieser langnasigen Alligatorin namens Crane, und Dich in gute weibliche Hände geben?; denn ich hab' damals nicht entfernt daran gedacht, Dich all dem auszusetzen, was Du seitdem bei mir durchgemacht hast. Ich, der ich nicht-*eine* nützliche Sache im Leben verstand, wodurch ein Mann sich einen Pfennig verdienen kann. Und in dem Augenblick, als ich ganz alleine in einem Dorfwirtshaus saß, grade zurückgekommen aus – na, spielt keine Rolle aus-was, oder wo-her; jedenfalls war ich ganz niedergeschlagen und desperat – da schickt mir die gütige Vorsehung Wen über'n Weg? – Mister Rugge – und fügt es so, daß ich diesem Hallunken überaus nützlich – und dieser Hallunke mir überaus nützlich sein kann.«

Sophie: – »Ach; wie ging das vor sich?«

Waife: – »Es war eben JahrmarktsZeit in dem Dorf, wo ich Pause machte; und Rugge's Hauptdarsteller dahingerafft worden vom *delirium tremens*, (das ist lateinisch; für eine Krankheit, die gewöhnlich Männer befällt, die wenig essen und viel trinken). Rugge also trat ins Wirtshaus dort, und beklagte seinen Verlust. Da kam mir ein leuchtender Gedanke. Ich war, in früheren Tagen einmal, recht geübt im Theaterspielen gewesen; und machte mich jetzt erbötig, mein Heil auf Mr. Rugge's Bühne zu versuchen – er griff sofort zu – ich auch. Ich hatte Erfolg; wir schlossen miteinander ab; und also geschah es, daß meine kleine Sophie diesem Krokodil mit Löckchen weggenommen, und bei christlichen

Frauenzimmern untergebracht werden konnte, die ehrliche Hauben trugen und ihre Bibel lasen. Ist da der Himmel nicht gut zu uns, Sophie? – und auch zu mir – mir, so einem alten Nimmergut!«

»Und das Alles hast du getan – all das ausgehalten, um Meinetwillen?«

»›Ausgehalten‹? – och, mir hat's gefallen. Und, überdem, irgend'was mußte ich ja schließlich tun; auch waren da gewisse Gründe ... – kurzum ich war recht glücklich – oder, nein, direkt glücklich nicht; aber leidlich behaglich und vergnügt. Die Vorsehung verleiht den Tieren, die in kalten Himmelsstrichen leben müssen, ein dickes Fell; und dem Menschen, dem sie Kummer zudenkt, gibt sie einen handfesten immer-aufgeräumten Charakter mit. – Und dann wieder, als ich durch eine wahre Gnade vor dem gerettet wurde, wovor ich am meisten Widerwillen und Furcht hatte; und an was ich auch nimmermehr gedacht haben würde, wär' mir nicht der Einfall gekommen, es könnte Dir zur Hülfe ausschlagen – ich mein' diese Londoner Bühne jetzt – und mir widerfuhr dieses üble EisenbahnUnglück damals: was war das Endergebnis? Oh, daß ich dich bewahren konnte« (und Waife schloß dabei die Augen und schauderte): »– Dich vor einem Geschick bewahren konnte, das für Dich, für Leib und Seele, weit-verderblicher hätte werden können, als das Schlimmste, was Dir bei mir widerfahren ist. Und so sind Wir Zwei denn zusammengebracht worden; und Du hast mich unterstützt; und also hat die Vorsehung, sobald Wir ohne Mr. Rugge fortkommen konnten, uns von ihm befreit. Und so spatzieren wir jetzt die Chaussee entlang; und, durch die Bäume drüben, kannst Du schon ein Stückchen von dem Dach erkennen, unter dem Wir Uns ein Weilchen ausruhen werden; und dort wirst Du gleich erfahren, was ich mit den Drei Pfund gemacht habe.«

»Es ist nicht der Gescheckte Junge, Opa?«

»Nein«, sagte Waife, seufzend, »der Gescheckte Junge ist eine hübsche-sichere Einnahme. Aber wollen wir nur immer frisch auf die Vorsehung vertrauen; und es würde mich gar nicht wundern, wenn unsre neue Acquisition sich als ungeheuer ...?«

»Ungeheuer! –«

»– ungeheurer Glücksfall erwiese.«

2. Kapitel

Die Investition kommt zutage.

Gentleman Waife ging durch ein Drehkreuz, einen schmalen Heckenweg hinunter, bis man an ein einzeln geleg'nes Häuschen kam. Er klopfte an die Tür; eine alte Bauersfrau öffnete, und machte ihm einen höflichen Knix. »Wahrhaftig, Sir, ich bin froh, daß Sie da sind. Ich hab solche Angst, daß er tot ist.«

»Tot!«, rief Waife. »Oh, Sophie, wenn er tot sein sollte!«

»Wer denn?«

Waife beachtete die Frage nicht. »Wieso kommt Ihr drauf, daß er tot sein könnte?«, sagte er, in seinen Taschen herumstöbernd; aus deren einer er schließlich einen Schlüssel hervorbrachte. »Ihr habt doch nicht etwa meinem stricten Befehl zuwidergehandelt, und an der Tür rumgefummelt?«

»Herrje nein, Sir. Aber zuerst hat er so ein'n Krach gemacht – schreck-lich! Und jetz iss er so still wie ne Leiche. Und ein Mal hab ich durch's Schlüsselloch gekuckt –: da lag er ganz lang und starr!«

»Hunger vermutlich«, sagte der Komödiant; »das ist seine Art so, wenn man ihn erheblich über seine gewohnten Stunden hat fasten lassen. Sophie: folge mir.« Er schob die Frau beiseite; betrat die sandbestreute Küche; stieg von dort aus weiter eine Treppe hinauf, (Sophie immer hinter ihm her); hielt dann vor einer Tür, und lauschte –? –: nicht ein Laut. Zaghaft schloß er den Eingang auf, und humpelte hinein, und auf einmal der Klamauk! – ein Riesensatz!, und eine Masse, gleichzeitig vehement und weich, schmutzig und weißlich, tobte an dem Schauspieler vorbei, und prallte, Bums!, gegen Sophie, die darob einen Angstschrei ausstieß. : »Haltet ihn; haltet ihn, um Himmelswillen!«, rief Waife. »Und die Tür unten zu! – faßt ihn!«. Treppab stürzte sich dennoch die Masse, und treppab-hinterdrein humpelte Waife; der jedoch nach wenigen Augenblicken mitsamt dem wiedereingefangenen mysteriösen Flüchtling erschien. »Da! –«, rief er triumphierend Sophie entgegen, die, ihr Röckchen vorm Gesicht, der Wand zugekehrt stand, und sich lange weigerte hinzusehen – »da! – zahm wie ein Lamm; und kennt mich! Sieh nur –« – er setzte sich auf die Dielen; und

Sophie; die zögernd ihre Augen öffnete, sah sich, aus einer Fülle von LockenGezottel heraus, gravitätisch betrachtet von einem riesigen –

3. Kapitel

Lösung des Knotens:

Pudel!

4. Kapitel

Zoologie in Verbindung mit Geschichte.

»Geht zu dieser jungen Dame hin, Sir – geht, sage ich!«. Der Pudel erhob sich langsam auf die Hinterbeine; und begann, mit einem unsagbar würdigen Ausdruck, auf Sophie zuzuschreiten: die sogleich hastig in die Kammer retirierte, wo das Tier eingesperrt gewesen war.

»Macht einen Diener – *nein:* einen *Diener,* Sir!; so ist's recht; (die Hand geben könnt Ihr Euch ein andermal). Lauf Du jetzt 'runter Sophie, und laß Dir sein Dinner geben.«

»Ja – gern, gern;« und Sophie flog nur so die Stufen hinab.

Der Hund, immer noch auf den Hinterbeinen, stand mitten in der Stube, würdevoll, aber in sichtlicher Erwartung.

»Das genügt; legt Euch hin und sterbt: den Moment wird gestorben, Sir! –«. Der Hund streckte alle Viere von sich, schloß die Augen, und gab, allem Anschein nach, den Geist auf. »Eine grandiose Investition«, sagte Waife voll Enthusiasmus; »und, im Ganzen genommen, spottbillig. – ? Hoh!: *Ihr* bringt ihm sein Essen auf keinen Fall rauf; nicht Ihr sollt mit dem Hund Freundschaft schließen, sondern mein Kleines Mädchen; schickt sie mir herauf –: Sophie; Sophie.«

»Sie fürcht't sich, Sir«; sagte die Frau, einen Napf mit Hunde-Eßwaren in der Hand; »aber kuckt ma', Sir: iss er nich tatsächlich tot?«

:»Sophie. –: Sophie-ie!«

»Bitte laß mich hier bleiben, Opa –«, sagte Sophie's Stimmchen, vom Fuß der Treppe her.

»Unsinn! es sind 16 Stunden her, daß er den letzten Bissen zu essen bekommen hat: nach der Hand, die ihn jetzt füttert, wird er sein Lebenlang nicht beißen. – Komm hoch, sag' ich.«

Sophie kam ohne Eile wieder herauf gestiegen; und Waife, der den Pudel durch sein Machtgebot ins Leben zurückrief, bestand darauf, daß das Kind ihn füttere. Und tatsächlich, sobald dieser Akt der Wohltätigkeit vollzogen war, legte der Hund seine Dankbarkeit durch eine Serie von Sprüngen ohne Falsch und schweifgefühltestem Gewedel an den Tag, die Sophies Befürchtungen nach und nach beseitigten, und den Grundstein zu jener intimen Freundschaft legten, in der das natürliche Verhältnis zwischen Kind und Hund besteht.

»Und wie bist Du zu ihm gekommen?«, fragte Sophie; »und ist das nun wirklich die – die KAPITALSANLAGE?«

»Mach die Tür sorgfältig zu; (aber sieh erst, daß die Frau nicht etwa horcht). –: Legt Euch, Sir; dorthin, zu den Füßen der jungen Dame. Gut der Hund! – Wie ich zu ihm gekommen bin? Das will ich Dir erzählen. Am ersten Tag, als wir in dem Flecken ankamen, den wir just hinter uns gelassen haben, geh' ich zum TabakHändler. Während ich mir da so meine Unze Canaster erstehe, kommt der Hund dort in den Laden rein, im Maul einen Sixpence, in Papier eingewickelt. Er stellt sich auf die Hinterbeine, und deponiert seine Botschaft auf den Ladentisch. Die Krämerin – Du kennst sie ja, Frau Traill – wickelt das Papier auf, und liest die Bestellung. ›Kluger Hund das, Sir‹, sagt sie dabei. ›Zum Einholen abgerichtet?‹, sag ich, noch gleichgültig. ›Mehr als das, Sir. Sollen's gleich ma' seh'n: die Bestellung ist für 2 Pennies Schnupftabak, und der Hund weiß, daß er 4 Pennies wieder zurückbringen muß – ich geb ihm ma' 1 Penny weniger, ja?‹. Nimmt sie sich also den Sixpence, und gibt dem Hund 3 Pennies drauf raus. Und der Hund schüttelt den Kopf, und schaut ihr sehr-ernst ins Gesicht. ›Mehr kriegst Du heute nich‹, sagt sie. Schüttelt der Hund wieder seinen Kopf; und tappt dann mit der Pfote, ein Mal, auf den Ladentisch; wie wenn er sagen wollte: ›Mich haut man nicht über's Ohr – 1 Penny mehr, wenn ich bitten dürfte.‹ – ›Nu, wenn De das nich nehm'm willst, kriegs'De halt gar nichts!‹, sagt Frau Traill, und nimmt sich auch noch die 3 Pennies wieder.«

»Tz, Mein!, und was hat der Hund da gemacht? – geknurrt?; oder gebissen?«

»Nichts von alledem; er wußte, daß er im Recht war, und erniedrigte sich mit nichten dadurch, daß er schlechte Laune zeigte. Der Hund schaut sich in aller Ruhe um; sieht in der Ecke einen Korb stehen, in dem 2 oder 3 Pfund Lichter lagen, die der Laufjunge zu irgendeinem Kunden hinschaffen sollte; nimmt den Korb ins Maul, und wendet sich zur Tür, als wollt' er ausdrücken ›Schön; also Wurst wider Wurst!‹. (Er verstand also, was man das ›Gesetz der Repressalien‹ nennt, ja?). ›Komm augenblicklich zurück, Du!‹, ruft Frau Traill. Der Hund schreitet aus dem Laden. Sie stürzt ihm hinterher, und zählt die 4 Pennies vor ihn hin:? –; worauf er den Korb abstellt, das richtige Wechselgeld aufschnappt,; und bedächtig abgeht. ›Sagen Sie, Wem gehört dieser Pudel?‹ frag' ich. – ›Och, ei'm arm'm Trunkenbold‹, erwidert Frau Traill; ›ich wollt', er wär in bessern Händen.‹ – ›Ich ebenfalls, Madam‹, antworte ich; ›hat Dér ihm das Alles beigebracht?‹ – ›O nein, sein Bruder hat ihn dressiert; das war 'n alter Soldat, und ist vor rund 14 Tagen in dem Haus-da gestorben. Das Tier kann ne Menge Kunststücke, und iss noch ganz-jung; wenn man den öffentlich zeigte, Sir: mit dem könnt man 'n Vermögen verdien'n.‹ – Genau-das war mein Gedanke gewesen. Ich erkundigte mich nach der Adresse des Besitzers; sprach bei ihm vor; und fand ihn nicht-ungeneigt, den Hund zu verkaufen. Aber er verlangte 3 Pfund; eine Summe, die damals völlig unerschwinglich schien. Gleichwohl behielt ich den Hund immerfort im Auge; ging jeden Tag hin, um mich mit ihm anzufreunden, und mich seiner Fähigkeiten zu vergewissern. Und am Ende – dank Deiner, Sophie! – konnt' ich den Hund kaufen; und, was mehr ist, sobald ich nur 2 güld'ne Sovereigns vorzeigen konnte, kriegt' ich ihn für diesen Betrag schon; und wir haben also noch 1 Pfund übrig, (abgesehen von den KleinErsparnissen unserer letzten Gagen), das wir ergo darauf verwenden können, seiner Erziehung den letzten Schliff zu geben, (beziehungsweise auf die Reklame seiner Meriten). Ich hab das vor Merle – vor aller Welt – als Geheimnis gehalten. Ich hab' selbst dem Besitzer-Säufer verschwiegen, wo-hin ich den Hund, gestern, gebracht habe. :Ich habe ihn hier-her gebracht; wo, wie ich im Flecken erfuhr, 2 Zimmer zu vermieten wären – hab' ihn eingesperrt – und, ja, nun weißt Du die ganze Geschichte.«

»Aber warum die Sache derartig geheim halten?«

»Weil ich nicht möchte, daß Rugge uns aufspürt. Er könnte Schaden anrichten; denn ich habe ein großes Projekt entworfen, mit hohen EintrittsPreisen für das Auftreten dieses Hundes, und einer anständigen Stellung in der Gesellschaft für uns – warum braucht da Jeder gleich zu wissen, wo wir herkommen, und was wir gewesen sind? Außerdem könnte sein alter Besitzer, wenn er wüßte, wo der Hund zu finden wäre, ihn wieder heimlich von uns weglocken; (glücklicherweise hat er sich bei dem Hund nicht so beliebt gemacht, daß der sich nicht an uns gewöhnen würde – es sei denn, er lockte ihn jetzt gleich weg). Und nun wäre mein Vorschlag, daß wir eine Woche oder so hierbleiben; und uns ausschließlich der Entwicklung der angebor'nen Talente dieses begabten Geschöpfes widmen. – Pack mal die Dominosteine aus.«

»Wie heißt er denn eigentlich?«

»Ha!; tja, das ist das erste große Problem. Wie soll er heißen?«

»Hat er nicht schon ein'n Namen?«

»Ja – aber banal und gar nicht zugkräftig – ›Mop‹! Im Privatleben möcht's hingehen; aber im Öffentlichen Leben? – ›Gib einem Hund einen anrüchigen Namen, und laß ihn gleich hängen‹. ›Mop‹, das wär auch so was!«

Worauf Mop, sich angesprochen fühlend, aufstand, und sich dehnte und reckte.

»Ganz recht«, sagte Gentleman Waife; »reck Dich nur; Du hast's entschieden nötig.«

5. Kapitel

Mop wird eine Persönlichkeit von Stande. Beträchtliches Nachdenken wird den Titulaturen gewidmet, ohne die eine Persönlichkeit von Stande ja sehr bald ein Mop würde. / Die Wichtigkeit von Namen ist weltgeschichtlich belegbar: hätte Augustus sich selbst ›König‹ genannt, Rom wäre gegen ihn aufgestanden als gegen einen zweiten Tarquinius; so blieb er ein simpler Eques, der sich nur noch bescheidentlich-zusätzlich ›Imperator‹ nannte. / Mop erkiest sich seinen eignen Titel auf eine höchst geheimnisvolle Weise; und hört damit auf, ›Mop‹ zu sein.

»Denn der erste auffallende Defekt an Deinem Namen ›Mop‹«, sagte Gentleman Waife, »ist, wie Du eben selbst pantomimisch angedeutet hast, sein Mangel an Länge. Einsilbigkeiten imponieren nicht; und in allen frappanteren Zusammensetzungen findet man ihre Bedeutung durch Periphrase erhöht; was ungefähr besagen will, Sophie: was zuvor eine kurze Wahrheit war, das arbeitet ein eleganter Autor zu etwas lang Gedehntem aus.«

»Sicher,« sagte Sophie gedankenvoll; daß der Name ›Mop‹ ziehen würde, glaub' ich auch nicht. Obwohl er ja sehr wie'n Mop aussieht.«

»Aus eben diesem Grunde setzt ihn der Name nur noch mehr herab; erniedrigt ihn, indem er aus einem intellektuellen Phänomen einen bloßen Gegenstand, ein vulgäres Haushaltswerkzeug macht. Ich hege die Hoffnung, daß dieser Hund es uns ermöglichen werde, in der Stufenfolge der Wesen zu steigen. Denn während wir beim Theaterspielen nur über ein 3-Penny-Publikum gebieten konnten – (reservierte Plätze 1 Schilling) – kann er auf halbe Kronen und Prosceniumslogen Anspruch machen; immer vorausgesetzt, daß wir auf einen Namen kommen, der Aufsehen macht und Respekt einflößt. – Nun ist der Hund zwar groß, zugegeben; aber nicht durch seine Größe soll er berühmt werden, sonst könnten wir ihn ja ›Herkules‹ oder ›Goliath‹ nennen; und ebensowenig durch seine Schönheit, (wo denn ›Adonis‹ nicht unangemessen sein würde). Vielmehr durch seinen überlegenen Scharfsinn, seine Weisheit. Und da find' ich mich etwas in Verlegenheit, seinen Prototyp unter uns Sterblichen ausfindig zu machen; denn, es mag vielleicht an meiner historischen Unwissenheit liegen ...«

»Du unwissend Opa? – na, wahrhaftig!«

»Aber in Anbetracht der unzähligen Millionen, die auf Erden gelebt haben, ist es ganz erstaunlich, wie Wenige mir einfallen, die einen sprüchwörtlichen Ruf für Weisheit hinterlassen hätten. Gewiß, da ist Salomo; aber er war, zuletzt, doch sehr heruntergekommen; und da er außerdem noch der Heiligen Biblischen Geschichte angehört, sollten wir uns lieber keine Freiheiten mit seinem Namen herausnehmen. Wer ist denn noch, außer Salomo, so richtig weise-weise-weise gewesen? Denk ma' bitte mit, Sophie – Profan-Historie . . .«

SOPHIE (nach einer tiefsinnenden Pause): »Der Gestiefelte Kater. –:?«

WAIFE: »Allerdings, weise *war* er; aber ein Mensch war er nicht, sogar eine Katze. Ha!: Sokrates! Sollen wir ihn ›Sokrates‹ nennen? : Sokrates; : Sokrates? –«

SOPHIE: – »Sokrates, Sokrates?«

Mop gähnte.

WAIFE: – »Sokrates paßt ihm nicht – prosaisch!«

SOPHIE: – »Ach du: Mister Merle's Buch, über den Ehernen Kopf; *Frater Bacon! Der* muß doch, och so-weise gewesen sein. –?«

WAIFE: – »Nicht schlecht: geheimnisvoll, aber noch nicht veraltet; historisch, und doch vertraut. Was sagt denn Mop dazu? –: Frater, Frater, Frater Bacon, Sir –: Frater!«

SOPHIE (schmeichelnd): – »Frater –«.

MOP, augenscheinlich der Ansicht, daß man an irgend-jemand-anders appelliere, ob Mensch ob Hund, der nicht anwesend sei, erhebt sich; begibt sich zur Tür; schnuppert am Klaff; kehrt zurück; schüttelt den Kopf, und setzt sich wieder; worauf er seine beiden Neuen Freunde besserwisserisch betrachtet.

SOPHIE: – »Der Name geht ihm auch nicht ein.«

WAIFE: – »Er wird seine Gründe dafür haben; und, ich muß es zugeben, die Anzahl der würdigen Persönlichkeiten, die alles entschieden ablehnen, was nach okkulten Praktiken schmeckt, ist nicht gering. Mop deutet also damit an, daß, Wer in das Öffentliche Leben eintreten wolle, sich davor zu hüten habe, gegen die immer--achtungswerten Vorurteile einer ganzen Gesellschaftsschicht zu verstoßen.«

Wonach Mr. Waife aufs Neue Zuflucht zu den geheimen Tiefen seiner Scholaren-Erinnerungen nahm; und daraus, ziemlich auf gut Glück und gewaltsam, diverse Namen hervorzerrte, die vergangene Zeiten verehrt haben. Er gedachte der 7 Weisen Griechenlands; (konnte sich allerdings nur noch an 2 Derselben erinnern – ein trauriger Beleg für den Unterschied zwischen UniversitätsRuhm und volkstümlicher Beliebtheit). Also rief er ›Thales‹; rief er ›Bion‹ —: ?. – Mop reagierte nicht. —: »Wunder-same Intelligenz!« murmelte Waife; »er weiß genau, daß Thales & Bion nicht mehr ziehen würden – total-überholt.«

Mop blieb gleichermaßen stumm auf ›Aristoteles‹. Er spitzte die Ohren, flüchtig, bei ›Plato‹ – vielleicht, weil der Klang nicht allzuverschieden von ›Ponto‹ war; ein Name, dessen er sich eventuell dunkel von Kollegen her entsann. Da die Römer keine eigenständige Philosophie entwickelt haben, (obschon sie auch ohne-das große Männer hervorzubringen wußten), ging Waife diesem ausgestorbenen Volke vorbei. Er tat einen Sprung nach China, und versuchte's mit ›Confucius‹ —: ?. – Mop hatte augenscheinlich nie von ihm gehört. – »Und damit wär' ich am Ende meiner Liste, was Große Weise Männer betrifft«, sagte Waife, und wischte sich die Stirn. »Wenn Mop sich durch Tapferkeit auszeichnete, könnte man Helden-dutzendweise auftreiben – Achilles, und Hektor, und Julius Cäsar, und Pompejus, und Bonaparte; und Alexander den Großen; und den Herzog von Marlborough. Oder wenn er Gedichte schriebe, könnten wir ihn haargenau bedienen. Aber Weise Männer scheinen tatsächlich selten zu sein; beziehungsweise, wenn man auf den Namen eines Weisen Mannes verfällt, ist er dem *vulgus* so wenig geläufig, daß man ihn genauso gut ›Bello‹ oder ›Toby‹ nennen könnte. – Aber irgendeinen Namen *muß* der Hund, unweigerlich, kriegen; und er muß ihm auch, auf Anhieb, gefallen! —«

Sophie hatte mittlerweile die Dominosteine aus Waife's Bündel zutage gefördert; und mit den Dominos ein gedrucktes Großes ABC, und ein Einmaleins. Als des Komödianten eines Auge auf das letztere fiel, rief er: »Aber imgrunde wird Mop's eigentliche Stärke vermutlich in der Arithmetik liegen, und die Wissenschaft der Zahlen ist aller Weisheit Wurzel. Außerdem wünscht Jedermann, ob hoch oder niedrig, zu Vermögen zu gelangen, sodaß die von Addition und Multiplikation ausgelösten Assoziationen grundsätzlich angenehm sind. Wer, also, ist der universal bekannteste Weise in der Rechenkunst? Unfraglich *Adam Riese!* Darauf muß er ansprechen —: Riese, Riese!«, (befehlend. Dann): »R-i-e-s-e —« (überredend und lieb).

Mop schaute verblüfft drein; er legte den Kopf erst auf die eine, anschließend auf die andre Seite.

Sophie (mit honigsüßem Kosen): – »Riese, guter Riese; liebster Riese.«

Beide zugleich: – »Riese, Riese, Riese!«

Aufgeregt und perplex, warf Mop den Kopf hoch, und machte seiner Verwirrtheit durch ein langgezognes kummervolles Geheule Luft, von welchem Niemand, der es vernommen hätte, sich noch eine Addition oder gar Multiplikation gewünscht haben würde.

:»Sofort damit innegehalten, Sir! – aufhören; ich erschieß' Dich! Tot bist Du – Nieder!«. Waife legte seinen Stock, nach Flintenart, an die Schulter: – und auf das Stichwort ›Nieder!‹, lag Mop, steif und leblos, an seiner Seite. »Und dennoch«, sagte Waife: »ein Name, mit dem sich sogleich die Vorstellung von profunden Berechnungen verknüpfte, wäre der angemessenste; zum Beispiel, Sir Isaak . . .:?!«

Ehe der Komödiant noch das Wort ›Newton‹ herausbringen konnte, war Mop schon auf alle seine vier Füße gesprungen, und legte, mit wedelndem Schweif und wriggelndem Hinterteil, unverkennbar die Stimmung beseligten Wiedererkennens an den Tag.

»Erstaunlich!«, sagte Waife, schier ehrerbietig. »Könnte das der Name sein? – Unmöglich. –: Sir Isaak, Sir Isaak!«

»Bau-Wau!«, antwortete Mop, freudenvoll.

»Wenn an der Lehre von der Seelenwanderung doch etwas wäre? –«, stammelte Gentleman Waife; »wenn der große Newton in jenes unvergleichliche Geschöpf gefahren sein sollte? –: Newton, Newton!«. Auf diese Klangfolge reagierte Mop jedoch nicht; lief vielmehr, ersichtlich immer noch unruhig, im ganzen Zimmer herum, schnüffelte in jeden Winkel; und drehte sich am Ende wieder um, seinen neuen Herrn ernst und forschend anzublicken.

»Auf den Namen ›Newton‹ scheint er nicht anzusprechen«, sagte Waife; der es noch dreimal und immer vergebens versucht hatte; »und dennoch scheint er, was das Gesetz der Gravität betrifft, ungemein versiert. – Sir Isaak! –«. Der Hund sprang auf ihn zu; legte ihm die Pfoten auf die Schultern, und leckte ihm das Gesicht. »Schneid' Du jetzt diese Zahlen sorgfältig aus, Liebchen; und sieh zu, ob wir ihn dazu bewegen können, uns mitzuteilen, wieviel 2 mal 10 macht – ich meine, indem Du ihn als ›Sir Isaak‹ anredest.«

Sophie schnitt erst die Zahlen aus dem Einmaleins; und legte sie dann, nach Waife's Anweisung, in einen Kreis auf dem Boden aus. »Nun, Sir Isaak.« Mop hob eine Pfote, und ging bedächtig um die Täfelchen herum.: »Nun, Sir Isaak: wieviel ist 10 mal 2? –«. Mop, nach einigem besonnenen Kalkulieren, begann seinen Umgang; hielt bei ›20‹ inne; bückte sich und nahm das Täfelchen ins Maul:! –

»Das ist nicht mehr natürlich!«, rief Sophie ganz bestürzt. »Das muß was gottloses sein; und ich möcht' lieber nichts mehr damit zu tun haben, bitt schön!«

»Dummerle. Er hat doch bloß auf mein Zeichen gehorcht. Den Trick hat man ihm schon unter dem Namen Mop beigebracht. Das einzig Verwunderliche an der Sache ist lediglich, daß er es auch beim Namen ›Sir Isaak‹ leistet, ja sogar noch weit freudiger. Na egal; ob er nun früher der große Newton gewesen sein mag oder nicht: ein lebendiger Hund ist besser, als ein toter Löwe. Aber so viel ist klar, daß er, bei aller Anerkennung für den Namen ›Sir Isaak‹, uns nicht ermutigt, nun auch noch das ›Newton‹ hinzuzufügen – und er hat einmal mehr recht; denn männiglich möchte es für ungeziemend erachten, einem wenn auch noch so außerordentlichen Tiere, das sich durch die Strenge des Schicksals genötigt sieht, seine Talente für eine kleine pekuniäre Vergütung zur Schau zu stellen, den Familiennamen eines so großen Naturkündigers zuzusetzen. ›Sir Isaak‹ ist schließlich eine neutrale Benennung – jeder Hund hätte das Recht, sich Sir Isaak zu nennen – das ›Newton‹ bleibe der persönlichen Mutmaßung überlassen. – Wollen wir jetzt zusehen, ob wir uns're arithmetischen Bildung etwas Neues hinzufügen können. Sir Isaak: schaut mich an. –« Sir Isaak schaute und grinste zutunlich; und lernte unter diesem Titel eine neue Rechenkombination, mit einer Leichtigkeit, die Sophie's Gemütlein eigentlich von jedwedem abergläubischen Wahn, der Wissenschaftler könne in dem Hund hier wiederauferstanden sein, hätte befreien sollen, wäre es ihr bekannt gewesen, daß der Großmeister der abstrusesten Berechnungen, im praktischen Leben nicht imstande war, eine einfache kurze Zahlenreihe korrekt zu addieren. Nichts brachte ihn so schnell und gründlich an die Grenze seiner majestätischen Kompetenz, als ein unscheinbares ›geht nicht, borg ich mir eins‹. Immer vor Augen zu hegendes Beispiel unsrer menschlichen Unzulänglichkeit, selbst auf dem Studiensektor, wo Andere uns für absolut zuständig erachten! Ewig nachdenkliches Beispiel auch für jene oberste Ordnung menschlichen Genius', der wie durch Intuition zu seinen Resultaten zu gelangen scheint; und den, während er die

Gesetzmäßigkeiten löst, die die Sterne mit der Unendlichkeit verbinden, – ein Kind, mit einem Zahlenreihlein auf seiner Schiefertafel, in Verlegenheit setzen kann! Aber, revenons à nous moutons: wie verhielt es sich mit der astralen Anziehungskraft, welche die Erinnerungen Mop's unstreitig mit der vornamlichen Bezeichnung eines ›Sir Isaak‹ fest verlötete? Ich hatte über diese Frage ursprünglich eine überaus gelehrte und subtile Abhandlung in Vorbereitung – gewürzt durch Zitate aus antiken Mystikern, wie Jamblichos und Proklos – und nicht minder durch umfangreiche Bezugnahmen auf die Lehren modernerer Spiritualisten; angefangen von Sir Kenelm Digby und Swedenborg, bis hinauf zu Monsieur Cahagnet, und Judge Edwards; und schon stand der Titel fest: ›Versuch über die Gesetzlichkeiten der Wahlverwandtschaft. Von PhiloMOPsus.‹; als mir, zum Unglück für meinen Essay, ein Umstand zur Kenntnis gelangte, der – ob er schon die theoretische Kuriosität meiner Abhandlung-selbst nicht im geringsten beeinträchtigte – dennoch den Einzelfall, von dem ich ausgegangen war, unangenehm aufs Haupt schlug. Der Taufname des alten Soldaten, der Mop's erster Besitzer und Präzeptor gewesen, war ›Isaak‹; und da sein Herr in jenem einfachen Haushalt grundsätzlich beim Vornamen gerufen wurde, hatte sich jenes Klanggebild unlösbar mit Mop's frühesten und liebwertesten Erinnerungen verbunden. Seine caninen Neigungen hatten beträchtlich dazu beigetragen, seine gelehrte Erziehung zur Reife zu bringen; hatte es doch ständig um ihn herum geheißen: ›Wo ist Isaak? / Ruf mal Isaak! / Hol Isaak-seinen Hut! / etc.etc. i.i.‹. Verhallt war dieser Name seit dem Tode des Veteranen; aber beim Wiederhören jetzt ward Mop's Herz bewegt, und indem er seinen alten Herrn vermißte, fühlte er sich gleichzeitig heimischer bei dem neuen. Was den Titel ›Sir‹ betrifft, so war der eine bloße VorschlagSilbe in seinen Ohren. Dies der Tatbestand, und dies die Folgerung, die daraus zu ziehen ist. Nicht daß sie nun Jedermann befriedigen werde. Es ist mir bekannt, daß Philosophen, die Alles leugnen, was sie nicht mit eignen Augen gesehen haben, und sich weigern das mit eignen Augen zu sehen, was sie zu leugnen entschlossen sind, meine Geschichte *in toto* verwerfen werden; sie werden, unter Berufung auf ihre eignen Hunde, beweisen, daß ein Hund niemals den Namen seines Herrn identifizieren – niemals Arithmetik beigebracht bekommen könne. Und nicht minder weiß ich, daß es Mystiker gibt, die sich lieber für den Glauben entscheiden werden, daß Mop in direkter spiritistischer Verbindung mit unsichtbaren Isaak'en gestanden; oder sich im Zustand des Hellsehens befunden habe, oder auch unter dem Einfluß des Od'ischen Fluidums. Aber ist man wohl jemals in der menschlichen Vernunft auf ein Problem gestoßen, das nur eine-einzige Seite gehabt hätte? Ist nicht die Wahrheit ein Vieleck? Sind in unsern Tagen nicht Weise aufgestanden, die sogar die Gesetze der Schwerkraft abgestritten haben, die wir dem großen Sir Isaak so lange und völlig zufrieden auf sein Wort geglaubt haben? Nein nein; es ist dieser gesegnete Geist der Kontroverse, der die Welt im Gang erhält; und eben er erklärt vielleicht auch, wieso Mr. Waife, als sein Gedächtnis vor die Aufgabe gestellt ward, sich aus der Geschichte all der Myriaden, die seit Adams Zeiten, bis auf den Tag an dem ich jetzt schreibe, unsern Planeten bevölkert haben, so überaus weniger Männer entsinnen konnte, denen die Welt einstimmig das Prädikat ›weise‹ zugesteht; und aus diesen überaus-Wenigen dann wieder noch einen so knappen Prozentsatz, deren Namen noch heute hinreichend geläufig sind, um sie als populäre Repräsentanten überragenden Scharfsinns verwenden zu können – populärer, als wenn man sie allesamt einfach ›Mop‹ getauft hätte.

6. Kapitel

Nun, da er seinen Hund bekommen hat, schickt der Vagante sich an, vermittelst desselben Fortuna aufzujagen; jedoch nicht ohne eine Falle für etwelche Ratten aufgestellt zu hinterlassen. Was besagte Falle fängt, ist ›halt sein gewöhnliches Pech‹.

Sir Isaak, um ihn mit seinem neuen Namen zu bezeichnen, gewann bei näherer Bekanntschaft ungemein. Er befand sich noch im geschmeidig-lenksamen Jugendalter, und widmete sich dem Lernen, wie einer ausgesprochenen Kurzweil. Sein letzter Herr, ein stumpfer Trinker, hatte seine Neigung nicht zu gewinnen verstanden – und selbst jener alte Kriegsknecht, obschon dankbar erinnert und betrauert, hatte sich nicht annähernd so in sein innerstes Herze gestohlen, wie es jetzt Waife und Sophie sänftlich fertig brachten. Mit einem Wort, binnen weniger Tage hatte er sich vollkommen an sie gewöhnt, und war unbeschreiblich anhänglich geworden. Nachdem Waife den Umfang seiner Talente festgestellt, und diesen noch, in gewissen Richtungen, die im Moment nicht allzuviele Mühe erforderten, etwas erweitert hatte, ging er ungesäumt an die Aufgabe, ein kleines Dramolett zu komponieren, das sie alle in interessantem Zusammenspiel vorführte, und in welchem, obwohl Sophie und er ebenfalls Mitwirkende waren, der Hund die Hauptrolle hatte. Und sobald dies geschehen, und also des Hundes Fertigkeiten in methodische Ordnung und Folge gebracht waren, faßte er den Entschluß, nach einem relativ entlegenen, bedeutenderen Städtchen aufzubrechen, das von Mr. Rugge nicht besucht wurde.

Die Rechnung in dem Bauernhäuschen, tat seinen finanziellen Hilfsquellen nur geringen Eintrag; denn in den Mußestunden, die ihm sein Unterricht bei Sir Isaak ließ, hatte Waife es verstanden, der alleinstehenden Witwe, bei der sie logierten, verschiedne kleine Dienste zu erweisen, die Frau Saunders (wie ihr Name war) als Geldeswert zu betrachten sich nicht nehmen ließ. Da wußte er etwa einen alten Regulator, der während der letzten drei Jahre keinerlei Notiz vom Lauf der Zeit mehr genommen hatte, wieder in Gang zu bringen, und zwar auf die Minute genau! Ebenso hatte er sämtliches SteingutGeschirr, vermittelst eines Kittes eigener Erfindung repariert, (ein Compositum, zu dem die Simpla sich in ihrem Haushalt vorfanden); und speziell hier war seine Ingeniosität bemerkenswert; denn wo sich auch nur das Fragment einer Ober-, und 1 oder 2 Trümmerlein einer UnterTasse noch vorfanden, vereinigte er beides zu einem Dritten-Hübschen, das, wenn auch nicht direkt nützlich, so doch auf einem GeschirrBrett sich schmuck ausnahm. Weiterhin band er diverse alte-zerflederte Bücher, (die dem verblichnen Gatten ihrer Wirtin, einem schottischen Gärtner, gehört hatten; und die Jene auf einem SeitenTischchen, unter dem japanischen TheeBrett, zur Schau stellte) neu, und in nette attraktive Umschläge ein. Aber, weit mehr noch, war er ihr auch in ihrem Berufe von Nutzen; denn Frau Saunders ›streckte‹ die kleine Rente, welche sie der liebevollen Vorsicht ihres SchottenGatten zu verdanken hatte – (er war, zu ihren Gunsten, eine Lebensversicherung eingegangen) – dadurch, daß sie Geflügel schnell-großzog und verkaufte; und hier ersparte Waife ihr die Kosten des Zimmermanns, indem er ihr einen neuen Hühnerstall konstruierte, außer Reichweite der Ratten, die bis dahin traurige Verwüstungen unter den Kücken angerichtet hatten; währenddessen er ihr noch gewisse GeheimTips anvertraute, bezüglich Verbesserung der Rasse, oder wohlfeilerer MästungsMethoden, was alles ihre Dankbarkeit nicht weniger in Kontribution setzte, als ihr Erstaunen. »Es ist eben so«, erklärte Gentleman Waife, »daß mein Leben ein beständiges Improvisieren gewesen ist. Einmal, im Ausland, hab ich Geflügel nach dem Grundsatz gehalten, daß es mich erhalten müsse.«

Sie wirkte befremdlich, diese Vielseitigkeit im Erfinden, dieses Parathaben von Hülfsmitteln, diese Vertrautheit mit diversen Winkeln und Ecken bei allen praktischen Vorkommnissen im Leben, an einem Manne, der es sich nunmehr so sauer um seinen Unterhalt werden lassen mußte. Aber es gibt eben Menschen, die eine ganz ansehnliche Kapitalsumme von Talent haben könnten, wenn sie es nicht prinzipiell in kleiner Münze ausgäben. Und jeder Leser weiß es genau so gut wie ich: wenn ein Sovereign oder ein Schilling erst einmal angebrochen ist, zerstreut und verkrümelt sich das, was man an Wechselgeld herausbekommen hat, auf eine Weise, die völlig unerklärlich wirkt. Gleichwohl ist, zumal bei Haushaltsrechnungen, auch Kupfergeld nützlich; und wenn Waife einmal wirklich in der Klemme saß, brachte er es auf die ein- oder andre Art, mit Ach oder mit Krach, doch immer wieder fertig, genügend Geistes-Pfennige zusammenzukratzen, um sich frei zu kaufen.

Frau Saunders wurde allmählich ganz vernarrt in ihre Mietsleute. Waife betrachtete sie als ein Phänomen an Genialität; Sophie war ihr das hübscheste und beste aller Kinder; und Sir Isaak, das galt ihr als ausgemacht, war seiner Eigentümer würdig. Aber der Komödiant vertraute ihr weder den Umfang der Gelehrsamkeit seines Hundes an, noch die Art, wie er davon Gebrauch zu machen vorhatte; ja, als eine letzte Vorsichtsmaßregel gelang es ihm, da sie sich verabschiedeten, Frau Saunders das feierliche Versprechen abzunehmen, daß sie, im Falle etwaiger zudringlicher Nachforschungen, Niemand auf seine Fährte helfen wolle.

»Denn Ihr seht«, sagte er, »einen Mann vor Euch, der Feinde hat – etwa so, wie Ratten für Eure Küchlein darstellen: wenn Küchlein, wie nunmehr die Eurigen, außer Reichweite von Klauen und Zähnen sind, können sie die Ratten verachten. Früher oder später werd' ich, für meine Kleine hier, wohl auch so einen sicheren Verschlag errichten können – ich selber bin zu alt für Verschläge. In der Zwischenzeit aber, für den Fall, daß eine Ratte hier hinter uns her geschnüffelt kommen sollte, dann setzt ihr nur einen Floh ins Ohr und schickt sie in die falsche Richtung.«

Frau Saunders, halb weinend halb lachend, versprach das; wünschte Waife alles Glück; küßte Sophie; streichelte Sir Isaak; und stand dann noch lange auf ihrer Schwelle, und schaute den Dreien hinterher, wie da, in dem engen grünen Gang, die von der FrühmorgenSonne angeleuchteten Gestalten immer kleiner wurden – und die Tautropfen glitzerten in der Hecke zu beiden Seiten, und die Lerche stieg aus dem jungen Korn, hoch in die Luft.

Dann wandte sie sich, langsam, wieder nach drinnen; und ihr Heim kam ihr doch recht verödet vor. (Wir können uns ja durchaus ans Alleinsein gewöhnen; sollten uns dann allerdings vorsehen, solche Gewohnheit zu verletzen. Einmal 2 oder 3 Gesichter hereingelassen, die sich um Euern Herd setzen, oder aus Euern Fenstern Frau Sonne anlachen – und wenn sie wieder weg sind, haben sie die Glut aus Euerm Ofen mitgenommen, und den Sonnenstrahl aus Euern Fensterscheiben.) Arme Frau Saunders also!; vergeblich versuchte sie, sich zusammenzunehmen; die Stuben aufzuräumen, nach den Hühnern zu sehen, ihre Gedanken abzulenken – der einäugige alte Krüppel, das kleine Mädchen, das Zottel-Gesicht des Hundes, schwebten ihr beständig vor Augen; und als sie, zu Mittag, so ganz allein mit sich selber speiste, (und es waren die Reste von dem letzten geselligen Abendbrot gestern), da schien selbst das Ticken der renovierten Wanduhr immerfort zu sagen: ›fort, fort, fort –‹; und sie mußte murmeln, »Achja;: fort! –«; und dann legte sie sich auf ihrem Stuhl zurück, und vergönnte sich einen guten, echt-fraulichen Tränenstrom. Ein Genuß, aus dem sie sehr bald durch ein Klopfen an der Tür aufgeschreckt ward.: »Ob sie etwa zurückgekommen sein können?«. Aber nein; die Tür ging auf, und herein trat ein artiger junger Mann, in schwarzem Rock und weißer Halsbinde.

»Bitte um Verzeihung, Madame – Ihr Name ist doch Saunders, ja? – kleine GeflügelFarm? –«.

»Zu dienen, Sir. äh, März-Kücken?«. (Arme Leute, was immer ihr Kummer sein möge, müssen darauf denken, ihre Kücken zu verkaufen. (Vorausgesetzt, sie haben noch welche zu verkaufen!)).

»Besten Dank, Madame; im Moment nicht. Der Fall liegt vielmehr so, daß ich einige Erkundigungen von Ihnen einziehen möchte. Haben Sie nicht Mietsleute hier?«

›Mietsleute!‹ – ? – auf dieses Wörtlein hin, verschloß sich die (sich eben auftuen wollende) Seele von Frau Saunders geradezu hermetisch; Waife's AbschiedsWarnung echote ihr wieder im Ohr –: dieses weißbehalsbindete SanftHerrlein, war er nicht die ausgesproch'ne Ratte !?

»Oh nein, Sir; ich hab' keine Mietsleute.«

»Aber Sie *hatten* doch letzthin welche, gelt? – einen verkrüppelten ältlichen Mann, mit einem kleinen Mädchen: ?«

»Weiß kein Sterbenswörtchen von ihnen; wenigstens-ä –«, sagte Frau Saunders, (die sich plötzlich entsann, daß ihre Aufgabe weniger sei, Tatsachen abzuleugnen, als vielmehr, Spürhunde in den April zu schicken) – »– wenigstens im-Moment jetzt. Bitte, Sir: wieso erkundigen Sie sich danach?«

»Je nun; ich hatte Auftrag, mich nach **** zu verfügen, und ausfindig zu machen, wo-hin dieser Betreffende, ein gewisser William Waife, gegangen wäre. – Gestern eingetroffen, Madame. Alles, was ich in Erfahrung bringen konnte, war: daß ein Mann, auf den die Beschreibung zutrifft, den Ort vor etzlichen Tagen verlassen hatte; und von einem Jungen, der beim Schafehüten war, gesehen worden sei, wie er, den HeckenGang hinunter, auf Ihr Haus zu-ging. Weiterhin, wie man allgemein annimmt, Sie müßten platterdings Mietsleute haben – (Sie nehmen, gelegentlich, Dergleichen an, Madame, ja?) – insofern, weil Sie diverse, (an-sich unbedeutende), Nahrungsmittel angekauft hätten, die Sie, ansonsten, gewöhnlich nicht zu erwerben pflegten —: ausgesprochen gegen Sie zeugende Indizien, Madame! ... Sie können imgrunde kein Motiv haben, mir die Wahrheit vorzuenthalten ...: ?!«

»Oh, ich sollte meinen, nicht-Sir,« versetzte Frau Saunders, (Die sich durch ominöse Ausdrücke wie ›gegen Sie zeugendes Indiz‹, doppelt auf der Hut empfand): »wohl habe ich einen Gentleman, Ihrer Beschreibung entsprechend, gesehen, und in Gesellschaft eines hübschen-jungen Fräuleins; und sie haben auch 1-2 Tage hier logiert; aber jetzt sind sie längst weg, nach ...«

»Ja, bitte, Madame,: – nach – ? –«

»Lond'n.«

»Tatsächlich – durchaus wahrscheinlich. – Per Eisenbahn?; oder zu Fuß?«

»Zu-Fuß, möcht'ich mein'n.«

»Besten Dank, Madam'. Falls Sie sie wiedersehen sollten, oder auch erfahren, wo sie sind, würden Sie mich sehr verpflichten, wenn Sie Mr. Waife diese Karte hier zustellen würden – mein Chef, Madam; Mr. Gotobed, Craven Street, Strand – eminenter Sachwalter. Er hätte Mr. Waife etwas Wichtiges mitzuteilen.«

»Ja, Sir – 'n Rechtsanwalt; versteh schon.« Und da Frau Saunders unwissend genug war, um von allen rattenähnlichen Geschöpfen in der Welt, den Rechtsanwalt für das übelste und gefräßigste zu halten, beglückwünschte sie sich von ganzem Herzen, zu den unschuldigen Notlügen, die sie da eben zu Gunsten der im Sinne gehabten Opfer ausgesprochen hatte.

Der Herr im schwarzen Rock, nachdem er solchermaßen seinen Anweisungen gehorcht und seinen Zweck erreicht hatte, nickte; ging seines Weges; und stieg wieder in den schnellen Einspänner, der am Drehkreuz hatte auf ihn warten müssen.: »Zum Gasthof zurück« rief er – »und flott – ich muß unbedingt den 3-Uhr-Zug nach London noch erreichen.«

Und darin bestand das Endergebnis der ersten Anweisungen, die der Große Advokat und Parlamentarier seinem eminenten Sachwalter bezüglich der Auffindung eines lahmen Mannes und eines kleinen Mädchens erteilt hatte. Alles in Allem genommen, konnten Recherchen schwerlich routinierter angestellt werden: Mr. Gotobed schickt seinen ersten Schreiber los – der erste Schreiber wendet sich an den Gendarmen des Fleckens – gerät auf die rechte Spur – kommt zu dem richtigen Haus – und hat dennoch alles falsch gemacht – auf eine, für seine Recherchen höchst lobenswerte Weise. –

—: »Nach London?; dacht' ich's doch – alle Leute dieses Schlages kommen früher oder später wieder nach London zurück«, sprach Mr. Gotobed. »Schreiben Sie mir's in Stichworten auf, damit ich meinem berühmten Klienten berichten kann. Höchst befriedigend. – (Dieser junge Mann wird mal seinen Weg machen – geschäftsmäßig, methodisch . . .).«

7. Kapitel

Jede Wolke kann silbern gefüttert sein.

Nachdem er, wie beschrieben, dem Glücksfall – den in seinem Interesse zu fördern er Frau Saunders so ernstlich untersagt hatte – den Rücken zukehrte, befand sich unser Landstreicher nunmehr auf dem Wege nach der altehrwürdigen kreisfreien Stadt Gatesboro'; welche, als nächstgelegenen Ort mit angemessener Einwohnerzahl und Wohlhäbigkeit, Mr. Waife mit dem Debüt von Sir Isaak zu ehren beschlossen hatte, sobald er sich der Dienste jenes vielversprechenden Vierfüßlers gehörig versichert halten konnte. Er hatte, ehe er Mr. Merle's Dach verließ, die GrafschaftsKarte zu Rate gezogen; und festgestellt, daß sich Gatesboro' auf einem Richtpfad für Fußwanderer, durch Felder und über Bauernwege, erreichen ließ. Er war immer froh, wenn er die Chaussee vermeiden konnte: ohne Zweifel hatte er seine guten Gründe für solch Ausweichen; aber in speziell diesem Falle erfuhren die bloßen Klugheitsrücksichten Unterstützung durch einen Hang zum Vagabundieren. Chausseen sind für die Florierenden. Und genauso gehören Mißgeschick und Seitenpfade zusammen. Aber auch Seitenpfade haben ihre Reize; auch das Mißgeschick seine gefälligeren Momente.

Dementsprechend bogen sie also sehr bald von der großen Landstraße ab; und einen geraden öffentlichen Fußweg entlang, der sie, durch ein endlos Gebreite grüner Wiesenweiten hin, auf eines jener hinreißenden HeckenPfädlein brachte, wie man sie außerhalb unsres laub(en)schattigen England nirgends antrifft – einen Pfad, tief eingesenkt in die ihn beiderseits säumenden Knicks; überhangen von Eichen, und EschenGezitter, und knorrigen Rüstern; lebhaft die Stechpalme, und widerborstig die Brombeere; wild wand sich die Winde, und süß schlang das Geißblatt, alles mit holdestem Leben durchdringend. Zuweilen taten sich in den begleitenden Knicks plötzliche Lücken auf, und gaben tiefe Rasengründe frei, Durchblicke über still-absperrende GatterTore hinweg, oder über moos- und flechtenbewachsene PfahlZäunungen, hinein in Park oder Gehege irgend eines ländlichen Thans. Neue Villen, beziehungsweise alte Herrensitze an grünenden Hängen, die, gleichsam, Englands feudale Zeiten mit Englands freigebornen Hoffnungen verknüpften —: das alte Land, mit seinem jungen Volk; denn England ist so-alt; und die Engländer sind so-jung! Und der ergraute Gehbehinderte und das schimmerhaarige Kind hielten oftmals inne; und blickten hin auf Besitzungen und Heimstätten von Eigentümern, deren Lose auf solch prächtige Plätzchen gefallen waren. Aber es lag weder Neid noch Mißgunst in ihrem Hinblicken; vielleicht weil ihrem ganzen Dasein solch grandiose Eigentümerei allzu fern lag —: weshalb sie wied'rum auch jed'-solchen AugenSchmaus genießen, und, ja, ›in Besitz nehmen‹ konnten. Denn zumindest die Schönheit dessen, was wir erblicken, ist, in dem Moment, unser; unter der ›einfachen‹ Bedingung, daß wir das nicht begehren, was unser Auge an Schönem ergetzt. Gleichwie das unermeßliche Firmament, mit seinen zahllosen Sternen, auf genau-dieselbe Weise dem König wie dem Bettler gewährt ist — selbst in unserm verranntesten Ehrgeiz wimmern wir ja wohl nicht nach einem Monopol auf das Empyreum, oder nach dem Eigenlehen eines Planeten! — ähnlich ist die Erde, mit all ihren eingehegten Gärten, ihren zinnengekrönten Mauern — all ihren Markzeichen ernsten Besitzens, und grobbäuerlicher Ackergiererei — auch Unser-Aller, aufgrund des AugenRechts. Unser das Recht, schöne Besitztümer mit solchem Entzücken zu betrachten, wie das BeBlicken es nur gewähren kann; und dem Besitzer dieses, (wie auch etwelches unerblickte-andere) mühenbringende Recht so wenig zu mißgönnen, wie wir etwa einem astralen GrundHerrn seine Morgen-&-Morgen von Lichtjahren im Capricornus verneiden würden. Wahrlich, das alte Gesetzlein meint es nicht übel, das da rät: *›Du sollst nicht begehren . . .‹*.

Als die Sonne am höchsten stand, fanden unsere Reisenden ein schattiges Fleckchen für Rast und Mahl. Vor ihnen floß ein flacher klarer Forellenbach, auf der andern Seite von dessen Borden sich niedere grasreiche Wiesen erstreckten; in der Ferne ein Bauernhaus, mit einem stillen Gehölz als Hintergrund; aus dem ein stilles Kirchlein mit seiner stillen Turmspitze hervorragte. In ihrem Rücken die Heckenreihe des Pfades; und gleich dahinter eine kurzgehaltene, leichtansteigende Rasenfläche, auf der, in ihrem oberen Teil, in die Grasnarbe eingebettete Blumenrabatten deutlich sichtbar waren – weiter zurück, hängender lila Flieder und Goldregen; und von den kurzlebigen reichblühenden Syringen kam zuweilen durchdringender Wohlgeruch herüber. Der Krüppel war schwerfällig über ein hölzernes Geländer gestiegen, das den Pfad vom Bächlein trennte; und hatte sich in die Schatten eines fantastischen lockergewebten DornBusches niedergelassen. Sophie, neben ihn gelagert, pflückte sich von einem Erdhügelchen, das die Brombeeren vor Sonne geschützt hatten, ein paar blasse geruchlose Veilchen. Der Hund hatte sich zum Wasser hinab begeben, seinen Durst zu löschen; stand aber immer noch, knietief, in der seichten Flut, und schien in philosophische Betrachtung eines Elritzenschwarmes versunken, den sein Hineinplanschen erst verscheucht hatte, der sich jetzt aber auf der andern Seite des glasklaren Wassers drüben wieder blicken ließ, allwo er, unermüdlich, um einen MiniaturFelsen herumflitzte und -zuckte, der das Dahingleiten der Wellchen aufhielt, und sie bewog, in ein leises melodisches Murmeln auszubrechen. »Für diese, und alle Deine Gnaden, oh HErr laß uns dankbar sein«, sprach das Opfer des Mißgeschicks, in den abgenütztesten Wendungen frommer Gewohnheit. Aber nie vielleicht ist bei aldermännischen Banketten das Dankgebet aufrichtiger gesprochen worden.

Dann knotete er das Bündel auf, welches der Hund, der es den ganzen Weg bis dahin getragen gehabt, sorgfältig ihm zur Seite niedergelegt hatte. –: »So wahr ich lebe –«, rief Waife, »Missis Saunders ist 1 Frau unter 10 000! Sieh doch, Sophie: nicht zufrieden mit den Käsebroten, auf die ich sie ihre Wohltätigkeit einzuschränken bat, ein ganzes Hähnchen – auch ein kleiner Kuchen, für Dich, Sophie; sogar das Salz hat sie nicht vergessen! Sophie, diese Frau hat sich ein nettes Zeichen unserer Dankbarkeit verdient; und wir wollen ihr auch eine silberne Theekanne verehren, gleich als erstes, sobald wir's uns leisten können.«

Angeregtester Laune ob der unerwartet guten Kost, ließ der Komödiant seinem schon von Natur aus munteren Humor die Zügel schießen; und scherzte, oder richtiger kasperte, zwischen jedem

Bissen, bald wie ein Kind, bald wie ein Weiser. Er ließ die Strahlen seiner unbefang'nen Witzchen spielen, unbekümmert darum, wohin sie fielen – auf das Kind – auf den Hund – auf die Fischchen, die unter'm Wasser ringelreihten – auf die Grille, die inmitten des Grases zirpte – der Specht pochte am Baum: und schon erwiderte ihm die fröhliche Stimme des Krüppels in täuschender Vogel-Ähnlichkeit. Nun hatte dieser KleinTumult genialen Geplappers allerdings einen Zuhörer, dessen weder Großvater noch Enkelin gewahr wurden. Nur ganz wenige Schritte weiter, verdeckt durch dichtes Buschwerk, hatte sich, unmittelbar vor der Ankunft unserer Landstörzer, ein junger Anglersmann, von schätzungsweise 5- oder 26 Jahren, an eben dieses Ufer und Wasser hingesetzt gehabt, mit der Absicht eine unbrauchbare ›Fliege‹ umzuwechseln. Beim Klang von Stimmen hatte er – weil diese Bachstrecke Privateigentum war, und er vielleicht einen unbefugten Konkurrenten vermuten mußte – seine Beschäftigung eingestellt; und, geräuschlos, das dichte Laubwerk etwas zur Seite geschoben, um zu rekognoszieren. Die schlichte Frömmigkeit von Waife's Tischgebet schien ihn angenehm zu überraschen, denn ein mildes, beifälliges Lächeln spielte um seine Lippen. Er fuhr fort zu beobachten und zu lauschen. Er vergaß der Fliege; ja, eine Forelle glitt unbeachtet neben ihm vorüber. Aber Sir Isaak, dessen speculatives Gemüt inzwischen anscheinend zufriedengestellt war, was die Naturgeschichte der Elritzen anbelangt, kam nunmehr wieder ans Ufer gestiegen; ein kurzes Innehalten; ein Schnuppern? – und er schritt majestätisch auf den versteckten Beobachter zu; besah ihn sich mit großer Feierlichkeit, und stieß dann ein forschendes Gebell aus: ? – kein feindliches, kein drohendes Gebell, bewahre; nur, ganz reinlich und trocken, fragend: ?. Solchermaßen entdeckt, erhob sich der Angler; und Waife, dessen Aufmerksamkeit durch das Gebell in diese Richtung gelenkt ward, sah ihn, rief Sir Isaak zurück, und sagte höflich: »Mein Hund ist nicht bösartig, Sir.«

Der junge Mann murmelte etwas Unvernehmliches als Antwort; schob – indem er, zum Zeichen seiner Beschäftigung hier, oder auch als Entschuldigung seiner Anwesenheit, die Angelrute in die Höhe hielt – den hindernden LaubVorhang beiseite, und kam, ruhig, auf Waife zugegangen. Sir Isaak folgte ihm – schnüffelte noch einmal – schien befriedigt; und setzte sich auf die Hinterbeine, worauf er seine Aufmerksamkeit auf die Überreste des Hähnchens zu konzentrieren begann, die unbewacht im Grase lagen. Der Neu-ankömmling gehörte unverkennbar zur Klasse der Gentlemen; seine Gestalt war schlank und anmutig; das Antlitz blaß, verfeinert, den Denker verkündend. Beim ersten Anblick schon kam man auf die Idee, was er sein müsse (und auch wirklich war) – ein Gelehrter, in Oxford gebildet; und vielleicht hätte man sogar erraten, daß er für den Kirchendienst bestimmt, wenn nicht gar bereits ordiniert sei.

8. Kapitel

Mr. Waife erregt Bewunderung; und bemitleidet, gütevoll, das Gebrechen eines Oxforder Scholaren.

»Ihr seid f-f-fremd hier?«, sagte der Oxforder; nach einer gewaltigen, durch irgendeinen Sprachfehler verursachten, Anstrengung sich auszudrücken.

Waife: – »Ja, Sir; Reisende. Ich hoffe, wir haben uns keiner Übertretung schuldig gemacht: ich meine, das ist kein privater Grund und Boden hier, oder?«

Oxforder: – »Und w-w-w-wenn es so wäre, würde mein V-V-Vater Euch auch nicht w-w-wegweisen.«

:»Oh, da ist es doch Ihres Herrn Vaters Eigentum? Bitte tausendmal um Entschuldigung, Sir.«

Diese Abbitte war im grandiosesten Stil des Alten Komödianten gehalten, – sie imponierte dem Jungen Gelehrten über die Maßen. Waife hätte ja eventuell ein verkleideter Herzog sein können; aber ich will dem Angler Gerechtigkeit widerfahren lassen, und verraten, daß eine solche RangEntdeckung ihn kaum nachdrücklicher zugunsten des Fahrenden gestimmt haben würde. Nein, es war dieses improvisierte ›TischGebet‹ gewesen – diese Danksagung für etwas, von dem der Gelehrte erspürt hatte, daß es dabei um mehr als bloß leibliche Nahrung ging – das ihm zuerst Achtung eingeflößt, und anschließend seine Teilnahme erregt hatte. Dann, weiterhin, dieses unschuldig-sorglose Gesprече; bald zu Hund und Kind hin geredet – bald Monolog – ja, bald für das Ohr nur der fruchtbaren lebenwimmelnden Natur bestimmt – all-das hatte eine irgendwie verwandte Saite in der Seele des Anglers berührt; denn auch er hatte ein Stück von einem Poeten, und viel von einem Selbstredner, und konnte mit der Natur verkehren, und dabei jene SprechHemmung, die seine Verständigung mit Menschen so erschwerte, gar nicht empfinden. (Und nun, wo ich den oralen Defekt unsres neuen Bekannten genugsam angedeutet habe, wird mich der Leser sicher gerne entschuldigen, wenn ich das Faktum künftighin nicht mehr überanstrenge. Lassen wir es bei andern *subaudita* ruhen; vor allem, da das Bewußtsein davon, einer begabten und strebsamen Natur, der dadurch der erhabne PredigerBeruf blockiert war, eine ausgesucht schwere Pein bereitete. Und ich möchte ebensowenig ob seines Gebrechens Gelächter hinter seinem Rücken erregen, als mir dies vor seinem blassen, ausdrucksvollen, melancholischen Gesicht einfallen würde – weshalb ich im Folgenden den Sprachfehler unterdrücke, und einfach Rede und Antwort wiedergebe.)

OXFORDER: – »Auf der andern WegSeite, dort am Hang, wo die Gartenanlagen sind, ist meines Vaters Haus. Gewiß, die Stelle-hier ist auch sein Eigentum; aber er könnte keinen besseren Gebrauch davon machen, als sie Denjenigen zur Verfügung stellen, die so fromm den Vater anerkennen, von dem alles Gute herrührt. – Ihr Kind, Sir, nehm' ich an?«

»Meine Enkelin.«

»Sie scheint zart; ich hoffe, Ihr habt nicht mehr weit zu gehen?«

»Nicht übermäßig weit, dank' Ihnen, Sir. Aber mein kleines Mädchen sieht zarter aus, als sie ist. Du bist nicht müde, Schätzchen, gelt?«

»Ach, gar nicht!«. Die Blicke wirklicher Liebe, die dabei zwischen dem alten Mann und dem Kinde gewechselt wurden, waren nicht zu verkennen; der junge Gelehrte empfand allmählich großes Interesse und ein wenig Verblüfftheit; ›Wer und Was mochten sie sein?; so ganz unähnlich gewöhnlichen Fußreisenden!‹. Und Waife auf der andern Seite, faßte nicht minder eine Neigung zu dem höflichen jungen Mann, und empfand ernstlich Mitleid mit Dessen körperlichem Handicap. Aber er ließ aus solchen Beweggründen nicht um ein Jota in der zurückhaltenden Vorsicht nach, die er sich, eben dabei ein neues Glück zu suchen und gleichzeitig alte Gefahren zu vermeiden, vorgesetzt hatte; also wechselte er das Thema:

»Sie sind Angler, Sir? Ich möchte meinen, die Forellen in diesem Gewässer hier, fielen nur klein aus?«

»Gar nicht so sehr – ein wenig weiter oben hab' ich schon welche von 4 Pfund Gewicht gefangen.«

Waife: – »Da-drüben kommt grad ein schönes Exemplar vorbei! – sehen Sie?, dort zwischen den Wasserpflanzen steht er.«

Oxforder: – »Armer Bursch; soll er heut sicher sein. Letzten Endes ist es doch ein grausamer Sport, und ich sollt' ihn mir wirklich abgewöhnen. Aber es ist eben seltsam: unsre Liebe zur Natur mag noch so tief sein, wir scheinen immer einer gewissen Entschuldigung, auch vor uns selber, zu bedürfen, um uns ihr alleine anzuvertrauen – eine Flinte – eine Angel – das Skizzenbuch – den Geologenhammer – das Netz des Entomologen – Irgendetwas.«

Waife: – »Könnte das nicht deswegen sein, weil alle unsre Ideen, sobald sie nicht auf einen bestimmten Zweck ausgerichtet sind, zum Verwildern tendieren? Fortuna und Mutter Natur sind, obwohl populäre Schönheiten, so doch recht ernsthafte Frauenzimmer; und betrachten den bloß koketten Müßiggänger sicherlich nicht im Licht eines echten Freiers.«

Der Oxforder, der, als er seiner vorangegangenen Bemerkung Ausdruck lieh, es für wahrscheinlich gehalten hatte, sie werde über den Horizont seines Zuhörers hinausgehen, schaute überrascht drein. Was mochte das eigentliche Vorhaben dieses einäugigen Philosophen sein?

»Haben Sie etwas bestimmtes vor, Sir?«

»Ich – ach wissen Sie – wenn ein Mensch ins Moralisieren gerät, ist das ein Zeichen dafür, daß Er und die Irrtümer keine Fremden sind: eben weil ich selber einst Müßiggänger gewesen bin, ziehe ich jetzt so brav über die Müßiggänger her. Und das Reden darüber mahnt mich, daß die Zeit vergeht, und wir auf und davon müßten.«

Sophie knotete das Bündel wieder zusammen. Sir Isaak, dem sie inzwischen die Überbleibsel des Hähnchens verehrt hatte, sprang auf, und beschrieb einen schönen Kreis.

»Ich wünsche Ihnen Erfolg bei Ihrem Vorhaben, was immer es sei.«, stotterte der Angler heraus.

»Und ich, Sir, wünsche Ihnen, nicht minder herzlich, Erfolg in dem Ihren.«

»In meinem! Da liegt der Erfolg außerhalb meiner Macht.«

»Wie das, Sir? Hängt er so-sehr von Andern ab?«

»Nein; mein Versagen liegt an mir selbst. Meine Laufbahn sollte die Kirche sein; mein Beruf die Pflege mir anvertrauter Seelen; und

– und – dazu dies jammervolle Gebrechen! Wie kann ich denn GOttes Wort verkünden? – ich – ich – ein Stotterer!«

Der junge Mann wartete nicht erst eine Antwort ab; er stürzte sich in die Büsche, mit denen die Ufer des Wässerchens besetzt waren; und die Richtung die seine Eile nahm, war deutlich an den Bewegungen von Gezweig und Laubwerk zu erkennen, durch die er sich seinen Weg bahnte.

»Tcha; wir haben Alle unser Päckchen«, sagte Gentleman Waife, als Sir Isaak das Bündel aufnahm, und, friedsam und neugestärkt, dahinschritt.

9. Kapitel

Der Nomade macht, beim Eintritt in die zivilisierte Welt, sich deren Künste zu eigen, scheert seinen Pudel, und legt einen schwarzen Rock an. / Andeutungen hinsichtlich des Verfahrens, mittelst dessen sich ein AusGestoßener zu einem EinNehmenden erhebt.

Zur Dämmerzeit nahmen sie Einkehr in einer stillen Herberge, keine 8 Meilen vor Gatesboro'. Sophie war doch recht müd', und froh ins Bettchen kriechen zu können. Waife hingegen saß noch lange wach; und, als Vorbereitung auf das ereignisreiche morgen, wusch und schor er Sir Isaak. Kein Mensch würde den Hund wiedererkannt haben: er war schlechthin blendend!; Odysseus, von Pallas Athene verjüngt, konnte sich nicht mehr zu seinen Gunsten verändert haben. Seine Flanken enthüllten eine aufs delikatest geschedkte Haut; sein Schwanz ward löwenartig, mit einer entsprechend majestätischen Quaste; seine Mähne fiel in langen Locken, wie der Bart eines AssyrerKönigs, frisch aus Ninive; seine Stiefel waren die eines HofManns unter der Regierung Carls II.; seine Augen schauten, in dunklem Glanz, aus einem Gelocke hervor, weiß wie FlockenGestöber. Dies vollbracht, schlief auch Waife den Schlaf des Gerechten; und Sir Isaak, neben dem Bett hingestreckt auf den Fußboden, leckte sich die zartscheckigen Flanken, und schauderte – ›*il faut souffrir pour être beau*‹. Mit großer Ver- und Bewunderung erblickte Sophie, frühmorgens, dann den Hund; aber eh' sie noch auf war, hatte Waife schon die Rechnung beglichen; und erwartete sie, ungeduldig des Aufbruchs, auf der Straße. Ihrer Ausrufungen, halb-mitleidig halb-bewundernd, achtete er nicht; er war tief in Gedanken versunken. So schritten sie langsam fürbaß, bis 2 Meilen vor der Stadt; wo Waife seitwärts abbog, in ein Waldstück; und dort, von Sophie unterstützt, mit dem Hund noch einmal eine umfassende Generalprobe des bevorstehenden Dramoletts veranstaltete. Der Hund war zwar nicht in bester Stimmung; spielte jedoch seinen Part mit mechanischer Akkuratesse, wenn auch ohne rechte Begeisterung, herunter.

»Man kann sich auf ihn verlassen; trotz seiner französischen Herkunft«, entschied Waife. »Jedwedes nationale Vorurteil schwindet eben doch vor dem Bewußtsein eines gemeinsamen Interesses. Und wir werden immer mehr ächte Gediegenheit des Charakters bei einem französischen Pudel antreffen, der uns nützlich wird; als in einem britannischen Bullenbeißer, der das nicht ist. – Aber, weh der vergeudeten Liebesmüh!, weh des Opfers an kostbarer Zeit!, weh des Sinnbilds unsrer nichtig-fashionablen Bildung!: mir ist doch tatsächlich niemals eingefallen – fällt es Dir, Kind wie Du bist, jetzt nicht selber auf? – daß das Tier, den Voraussetzungen unserer beabsichtigten Scenenfolge gemäß, ein französischer Hund zu sein hätte!?«

»Ja und, Opa?«

»Und wir haben ihm einen englischen Namen gegeben! Feines Resultat unsrer eignen Scholaren-Dressur; die uns, auf Vor- und HauptSchulen, genau das beibringt, was uns, sobald wir uns der Welt zu stellen haben, nicht das Geringste frommt! Was ist jetzt zu tun? Ihm seinen eignen Namen wieder weg-lernen – einen andern beibringen; zu spät, zu spät. Die Verzögerung können wir uns nicht leisten.«

»Ich seh nicht recht ein, warum er überhaupt mit einem Namen gerufen werden muß: er folgt Deinen Zeichen doch genau so ohne das.«

»Ja, wenn ich das nur gleich zu Anfang entdeckt hätte! Ein Jammer! Und dazu ein so schöner Name: ›Sir Isaak‹! *Vanitas vanitatum!* Welcher Wunsch entflammt den Ehrgeizigen hauptsächlich?: sich einen Namen zu machen – womöglich einen Titel zu vererben – eine ganze Nachkommenschaft von Mops zu lauter Sir Isaaks zu erhöhen! Und in allerletzter Instanz ist es ja möglich, (laß es uns in unserm Fall hoffen), daß ein verständiger junger

HundBursch sein ABC und das ›Gewehr über!‹ genau so gut lernen kann, ob auch all die Benennungen bei denen die Menschheit ihn kennt, sich in eine-einzige arme Silbe zusammendrängen lassen. Nichtsdestoweniger, (Du wirst das einsehen, wenn Du erst älter bist), sieht sich der Mensch in der Praixs nicht selten genötigt, für sich selbst auf die Anwendung jener Regeln zu verzichten, die er eben noch theoretisch für Andre entwickelt hat. In diesem Sinne – während ich also einräume, daß eine Namensänderung für *diesen* Hund eine der Fragen sei, die zur Politik des Wenn-und-Aber gehören (gemeinhin ›Politik der Zweckmäßigkeit‹ geheißen); über die man mit sich selbst und Andern jede Viertelstunde anderer Meinung sein kann – gehört ein Wechsel des Namens für *mich* zur Politik des Soll-und-Muß, das heißt der ›Politik der Notwendigkeit‹, gegen die kein Hund anzubellen hat, – obgleich ich Hunde gekannt habe, die dagegen an-heulen! –: ›William Waife‹ ist nicht mehr; er ist tot – ist begraben; und selbst ›Juliet Araminta‹ ist ›des Scheines lockrer Bau‹ gewesen.«

Sophie schlug fragend die arglos blauen Augen zu ihm auf: ?

»Du siehst einen Mann vor Dir, der den Namen ›Waife‹ aufgebraucht hat; und Der, sobald er die Stadt Gatesboro' betritt, sich in eine nüchterne, gesetzte, ehrbare Persönlichkeit namens Chapman verwandeln wird. Du bist ›Miss Chapman‹. Rugge und seine Bühne sind ›ein Schaugepräng erblaßt, spurlos verschwunden‹.«

Sophie lächelte erst; und seufzte dann – das Lächeln für des Großvaters muntre Laune; wofür der Seufzer? War es, daß in dieser frischen unverdorbnen Natur sich instinktiv etwas auflehnte bei der Vorstellung von all diesen Alias'en; die, wenn schon der Sicherheit halber erforderlich, so doch immer Ähnlichkeit mit Betrügerei hatten? Falls ja, dann hatte das arme Kind noch allerlei, worüber es mit seinem Gewissen ins reine zu kommen suchen mußte! Alles was ich sagen kann, ist jedenfalls, daß sie seufzte, nachdem sie zuvor gelächelt hatte; (und mit mehr Recht könnte ja ein Leser von seinem Autor verlangen, daß er einen Zephyr unters Mikroskop nehme, als daß er einen Seufzer aus weiblicher Brust analysiere.)

»Nimm Du den Hund mit Dir, Schätzchen, auf den Weg zurück; ich bin in ein paar Minuten wieder bei Dir. Du bist hübsch genug angezogen; und wärst Du's nicht, würdest Du doch so wirken. Ich dagegen, in meinem alten Rock, seh' aus wie ein Hausierer; deshalb will ich mich umziehen, und die gute Stadt Gatesboro' in Gestalt eines Mannes betreten – wie Du ihn umgehend vor Dir sehen wirst. – Laßt diese Sachen da mal in Ruhe, entisaakter Sir Isaak! Folgt Eurer Herrin –: geht!«

Sophie verließ das Wäldchen; und ging, langsam, in Richtung der Stadt, die Hand gedankenvoll auf Sir Isaak's Kopf gelegt. In weniger als 10 Minuten gesellte Waife sich wieder zu ihr, angetan mit respektablem Schwarz; Hut und Schuhe wohlgebürstet; eine neue grüne Klappe über'm Auge; und mit der feinsten Miene eines *Père Noble.* Jetzt war er in seinem LieblingsElement: Er spielte Theater – scheltet's nicht Betrug. War Lord Chatham ein Betrüger, wenn er seinen Flanell wie eine Toga drapierte, und die Locken seiner Perücke so legte, daß sie der Majestät seiner Stirn und dem Schrecken seines Nickens einen noch-erhabneren Effekt verliehen? Und gewiß, wenn man in Anschlag bringt, daß Waife letzten Endes eben doch nur ein Landstreicher von Profession war – wenn man all die Schliche und Kniffe bedenkt, zu denen er, um des lieben Salz' und Brotes willens sich genötigt sah – dann war das Wunder ja nicht so sehr, daß er voller Bühnentricks und kleiner Mogeleien steckte, sondern daß er sich im Herzensgrunde so viel Einfachheit und Kindlichkeit bewahrt hatte. Wenn ein Mann, eine ganze Reihe von Jahren hindurch, immer nur von seinem Witz hat leben müssen, will ich nicht behaupten, daß er nun auch unweigerlich ein Schurke sein müsse – er mag ein ganz guter Kerl sein; aber daß sein Ehrenkodex haargenau der gleiche sein werde, wie der von Sir Philip Sidney, wird man schwerlich erwarten dürfen. Homer spricht, durch den Mund des Achill, jene sublime Liebe zur Wahrheit aus, wie sie, selbst in jenen fernen Zeiten, das geziemende Merkmal des Gentleman und Soldaten gewesen ist. Allerdings ist Achilles, sein ganzes, zwar kurzes aber ruhmvolles Leben hindurch, wirtschaftlich gut situiert. Odysseus and'rerseits, dem es wahrlich sauer gemacht, der von seinem Grundbesitz auf Ithaka fern gehalten wird, mit einem Wort, der von seinem Witz leben muß, wird deswegen nicht minder von der unbefleckten Pallas protegiert, weil seine Weisheit zuzeiten durchaus nach Bühnentrick und Gaunerei schmeckt. Und was zweckdienliche Alias'e oder Notlügen anlangt: wozu hätte Odysseus all sein Witz geholfen, hätt' er dergleichen Künste verschmäht, und sich dafür großartig von Polyphem 'runterschlucken lassen? Nachdem wir solchergestalt die epische Parallele zu Mr. Waife's Charakter gezogen – auch die der schwachen menschlichen Natur schuldige Nachsicht, mit der von den Interessen der Gesellschaft geforderten Vorsicht in Einklang gebracht haben –

sei ihm vergönnt, sein durch antike Präzedenzfälle sanktioniertes, moderner Nachahmung jedoch nicht zu empfehlendes ›Doppel-Leben‹ wieder aufzunehmen. –

Just als unsre Reisenden der Stadt sich näherten, ertönte, rechts von ihnen, der schrille Pfiff einer Eisenbahn – ein langer Zug schoß aus dem Schlund eines Tunnels hervor; und rollte dann in den benachbarten Bahnhof.

»Wie glücklich sich das trifft!«, rief Waife, »tummel Dich, Schätzel!«. Wollte er den Zug benützen?: Pff!; er war am Ende seiner Reise. Nein; nur mischen wollte er sich unter die Menge, die nun gleich durch die Schranken in diese Stadt strömen würde: das ehrbare Ansehen eines EisenbahnPassagiers zu entlehnen, hatte er vor. Und so gut spielte er die Rolle des verwirrten Fremden, der soeben von einem dieser pustenden DampfUngeheuer an einen unbekannten Ort ausgespien worden ist; so kunstvoll wußte er, inmitten der geschäftigen Konkurrenz von boxenden Ellenbogen, trotzigem Geschulter, und all den *impedimenta* aus Reisetaschen, Koffern, Felleisen, armgetragenen Babies und schienbeinattackierenden Karren um sich zu schauen; entsprechend auf dem *qui vive* sein eines Auge bald auf Sophie, bald auf Sir Isaak richtend; und dabei immerfort sein Bündel vor die Brust drückend, wie wenn er in jedwedem Nebenmann einen Thug, Condottiere, oder feingekleideten Gauner argwöhne –: daß binnen eines Augenblicks sämtliche Droschkenkutscher, Omnibusfahrer, Handlanger und Gepäckträger, sich ihn als Gute Beute auserkoren.: »›Wappen von Gatesboro'‹!«;: »›Adler‹!«;: »›Hotel Royal‹!«;: »›Sarazenenkopf‹! –: aller Komfort, Zentrum von High Street, gegenüber vom Rathaus.« – wurd' ihm ins Ohr gerufen, geblökt, geflüstert oder gewinselt. »*Ist* ein ehrlicher Gepäckträger da?«, fragte der Komödiant kläglich. Ein Irländer präsentierte sich: »Könnt' meine Wenigkeit v'leicht Euer Ehren bedien'n?« – »Nehmt dieses Bündel; und geht vor mir her, in die High Street.« – »Könnt' ich nicht lieber das Bündel nehmen, Opa? Der Mann wird so viel fordern«, sagte die haushälterische Sophie. »Psch!, Du und tragen!«, sagte der Père Noble wie wenn er eine Königliche Hoheit im Exil anrede: »Ihr ein Bündel nehmen? – Miss Chapman!«

Nicht lange und sie hatten die High Street erreicht. Waife musterte die Fronten der diversen Gasthäuser, an denen sie vorbeikamen, mit einem Auge, das gewöhnt war, die Physiognomie von Hotels zu entziffern –; – hier, der ›Sarazenenkopf‹ gefiel ihm eigentlich; obschon seine imposante Größe Sophie einschüchterte. Er gebot den Schritten des Trägers Einhalt, (:»Folgt mir auf dem Fuße.«); und trat dann, über die offne Schwelle, in die Bar; allwo die Wirtin selbst sich befand, stattlich und achtunggebietend, mit kastanienbraunem Toupet, am seid'nen Kleid eine Kamee als Brosche, und einem üppigen Busen.

»Haben Sie einen privaten Salon, Madam?«, sagte der Komödiant, und lüftete seinen Hut: ? – Nun gibt es so vielerlei Arten, den Hut zu heben – zum Beispiel die, für welche Ludwig XIV. so berühmt war. Aber die Art des Komödianten im gegenwärtigen Falle, glich eher der des verstorb'nen Herzog von B*** – nicht absolut königlich; aber dem Königlichen so nahe, wie es einem guten Untertan eben noch zukommt. Er bedeckte sein Haupt wieder, und fügte hinzu – »Und im Ersten Stock?«. Die Wirtin knixte nicht direkt, verbeugte sich aber immerhin; kam hinter der Bar hervor, und setzte den Fuß auf die breite Treppe, schaute graziösverbindlich zurück – wobei ihr Blick auf Sir Isaak fiel, der vorausgeschritten war, und mit geblähten Nüstern schnupperte. Sie zögerte –: »Ihr Hund, Sir!; soll der Hausdiener ihn mit'rum, in die Stallungen, nehmen?«

»Die Stallungen, Madam? – die Stallungen, meine Liebe,« wandte er sich zu Sophie, mit einem noch herzoglicheren Lächeln, als sein Gruß vorhin-eben; »was würden sie wohl zuhaus sagen, wenn sie vernähmen, man habe dies edle Tier verwiesen – in einen Stall? – Madam: mein Hund ist mein Gefährte, und ebenso an Salons gewöhnt, wie ich selbst.« Trotzdem zauderte die Wirtin noch. Mochte der Hund immer an Salons gewöhnt sein: ihr Salon war nicht an Hunde gewöhnt. Sie hatte gerade einen neuen Teppich ausgelegt. Und solcherart sind die seltsamen und unregelmäßigen Wahlverwandtschaften in der Natur – solcherart die inkongruenten Verkettelungen im KreuzstichMuster unsrer Ideen – daß zwischen ›Hunden‹ und ›Teppichen‹ Assoziationen bestehen, die, mögen sie den Eigentümern von Hunden noch so unrecht erscheinen und tun, bei den Besitzern von Teppichen nicht ungegründete Befürchtungen erregen. Dort also stand die Wirtin, und dort stand der Hund!, und dort hätten sie bis auf den heutigen Tag stehen können, wäre nicht der Komödiant gewesen, der den Zauber auflöste. »Nehmt meine Effekten wieder auf,« sagte er, zum Träger hin gewandt; »zweifellos wird man, zwischen Hund und Hund zu unterscheiden, im ›Hotel Royal‹ mehr geübt sein.«

Augenblicks ließ die Wirtin sich erweichen; und es war nicht nur die zwischen dem ›Sarazenenkopf‹ und dem ›Hotel Royal‹ ganz organisch bestehende Rivalität, die bei ihr den gebührenden Ausschlag gab. Ein Herr, der sich nicht herablassen konnte, auch nur ein so kleines Bündel selber zu tragen, mußte tatsächlich ein echter Gentleman sein! Wäre er mit einem Koffer angekommen – oder auch nur einer großen Reisetasche – dann wäre der bloße Gepäckträger immer noch kein Beweis für Rang und Stand gewesen; aber da ihre Kundschaft an die sie gewöhnt war, sich überwiegend aus Handlungsreisenden und Kaufleuten zusammensetzte, war ihr das eine neue Erfahrung – ein Herr mit derart leichtem Gepäck, und so aristokratisch-hülflosen Händen?! Hierin gaben sich ja gleichermaßen die beiden bekannten Attribute von Geburt und Wohlstand sattsam kund – d. i. die Gewohnheit des Befehlens, und die Verachtung des Schillings. Hinzu kam noch eine dunkle Erinnerung an die wohlbekannte Geschichte: wie da neulich ein Mann mit seinem Hund ins ›Granby Hotel‹ zu Harrogate eingetreten, und zimmerlos wieder in das andre und minder patrizische Wirtshaus weitergeschickt worden war, eben weil er nur einen Hund und keinen Diener bei sich hatte; wie dann, keine 5 Minuten nach seiner Verstoßung, Karossen mit Lakaien eingetroffen waren, und ein gebieterischer Kammerdiener nach Sr. Gnaden, dem Herzog von A***, gefragt hatte, der mit seinem Hund vorausgegangen wäre; und der, oh der ewig-reuigen Erinnerung!, davongeschickt worden war, und jenes andre Etablissement groß in Mode gebracht hatte; – eine dunkle Erinnerung an diese Anekdote, sage ich, blitzte im Gedächtnis der Wirtin auf, als sie rief: »Ich dachte lediglich, Sir, Sie würden eventuell die Stallungen vorziehen; selbstredend steht das ganz in Ihrem Belieben – bitte hier hinauf, Sir. Es ist ein feines Tier, wirklich; und sieht so fromm aus.«

»Ihr könnt das Bündel heraufbringen, Träger;« sprach der Père Noble: »Nehmt meinen Arm, meine Liebe: diese Stufen sind sehr steil.«

Die Wirtin stieß die Tür zu einem hübschen Tagesraum – ihrem besten! – auf; sie ließ die Jalousien herunter, um den allzugrellen Sonnenschein auszuschließen; dann zog sie sich bis auf die Schwelle zurück, in der Erwartung weiterer Aufträge: ? –

»Ruht jetzt aus, meine Liebe«, sagte der Schauspieler, indem er Sophie, mit jener zarten Ehrerbietigkeit gegenüber Geschlecht und Jugend, wie sie die Hochgebor'nen so notorisch auszeichnet, zur

Couch geleitete. »Das Zimmer genügt zunächst, Madam. Ich lasse Sie später noch wissen, ob wir Betten benötigen werden. Was das Abendessen angeht, will ich nicht heikel sein – ein Kot'lett – ein Hühnchen – wie es Ihnen paßt – um-ä 7 Uhr. Einen Moment noch, (Pardon, daß ich Sie aufhalte), aber: wo wohnt der Bürgermeister?«

»Seine PrivatWohnung liegt eine Meile vor der Stadt; aber seine BüroRäume sind unmittelbar neben dem Rathaus – gleich das erste Gebäude rechts davon, Sir.«

»Name?«

»Mister Hartopp.«

»Hartopp. Ah ja, richtig!; Hartopp. Seine politische Einstellung war doch, glaub' ich-ä –« (er riet auf gut Glück): »– aufgeklärt, ja?«

WIRTIN: – »Und wie, Sir! Mr. Hartopp steht in hohem Ansehen.«

WAIFE: – »Der erste städtische Beamte eines so blühenden Gemeinwesens – schöne Läden; viel Schaufenster aus Spiegelglas – muß schon mit der Zeit vorwärtsschreiten. Mir ist es, wie wenn ich gehört hätte, daß Mr. Hartopp sich für die Förderung der Intelligenz und die Verbreitung gemeinnütziger Kenntnisse ausgesprochen einsetzte. – ?«

WIRTIN (etwas verblüfft): – »Glaub's schon, Sir. Der Bürgermeister nimmt großes Int'resse am ›Athenaeum‹ von Gatesboro' und auch am ›Literarischen Institut‹.

WAIFE: – »Genau wie sich nach seinem Charakter und seiner Stellung mutmaßen ließ. – Ich will Sie nicht länger aufhalten, Madam.« (Herzogliche Verbeugung.)

Die Wirtin stieg ihre Treppe hinunter: war ihr Gast etwa ein Kandidat, der die Stadt bei den nächsten Wahlen vertreten wollte? ›Mit der Zeit vorwärtsschreiten‹! – ›Förderung der Intelligenz‹! Alle Kandidaten, die sie je gekannt, hatten diese Art sich auszudrücken – ›Vorwärtsschreiten‹ und ›Fördern‹. Kein Parlaments-Anwärter, der in seinen an die Vollbürger und Wahlberechtigten von Gatesboro' gerichteten Aufrufen sich nicht dieses ›Voranschreitens‹ während seiner Kandidatur bedient; kein Wahlkomitee, das nicht ›Förderungen‹ anzuregen gehabt hätte. Dennoch kam sie zu dem Schluß, daß ihr Gast im Ganzen genommen, nach Aussehen und Verbeugungen, doch mehr wie ein Mitglied des Oberhauses wirke. Vielleicht einer dieser liebenswerten, obschon gelegentlich etwas langweiligen Peers, die ihre WeisheitsZähne dem Knacken gewisser überharter Nüsse widmen – ›Wie bildet man die Massen?‹; ›Was geschieht mit unsern kriminellen Elementen?‹, und ähnlichen Problemen mehr, an denen sich schon so Mancher den Kinnbacken, und sei er auch so zäh wie der, mit dem Simson die Philister erschlug, zerbrochen hat.

»Oh, Opa! –«, stöhnte Sophie: »was hast Du bloß vor? Wir ruinieren uns bestimmt – und ausgerechnet Du, der sich sonst so vorsieht, ja nicht in Schulden zu geraten. Was haben wir denn noch übrig, um die Leute hier zu bezahlen?«

»Sir Isaak! und DIES!«, versetzte der Komödiant, und berührte dazu leicht seine Stirn. »Mach Dir keine Sorgen – bleib hier und ruh' Dich aus – und laß Sir Isaak nicht aus dem Zimmer, unter keinen Umständen!«

Er griff nach dem Hut, bürstete dessen Flor sorgfältig mit dem Unterärmel, und setzte ihn sich wieder auf den Kopf – nicht auf eine Seite à la Windbeutel – auch nicht wie ein *jeune premier* – sondern auf solide Weise, mit horizontalem Rand, wie es einem Père noble wohl ansteht – dann machte er noch Sir Isaak das Zeichen, sich fein ruhig hinzulegen, und begab sich zur Tür; hielt hier noch einmal inne, und wandte sich nach Sophie zurück; und wie er derem ängstlich-sehnsüchtigen Blick begegnete, ward ihm das eigne Auge feucht. »Achja«, murmelte er, »gebe der Himmel, daß mir's jetzt gelingt; denn wenn das klappt, sollst Du wirklich 'ne kleine Lady werden!«

Er war gegangen.

10. Kapitel

Zeigt, mit welchem Erfolg Gentleman Waife die gefällige Rolle eines Freundes der Erleuchtung des Zeitalters und des Fortschreitens des Volkes annimmt.

Auf dem Treppenabsatz stieß Waife auf den irischen Gepäckträger, der, nachdem er das Bündel im Salon abgestellt hatte, nunmehr geduldig der Entlohnung für seine Mühe harrte.

Der Komödiant betrachtete das gutlaunige, verschmitzte Gesicht vor ihm, in dessen Lineamenten überall die Goldne Regel geschrieben stund: ›Immer mit der Ruhe‹. – »Entschuldigung, Freund; ich hätt' Euch beinahe vergessen. – Seid Ihr schon länger in dieser Stadt-hier?«

»Vier Jahr – und lang leb' Euer Ehren!«

»Kennt Ihr da etwa Mister Hartopp, den Bürgermeister?«

»Geht's um Se. Gnaden den BürgerMeister? –: Sicher; denn ississ nich der Herr BürgerMeister gewesen, der aus Mike Callaghan wieder'n Mann gemacht hat: ?: !.«

Der Komödiant bekundete unverkennbar eine höfliche Neubegier, die Geschichte dieses Vorgangs zu erfahren; und entlockte auch einen, dankerfüllten, Bericht: wie da, 4 Sommer mochten's nun her sein, Mike das ›smaragdne Kleinod der Silbersee‹ verlassen hatte, um irgendeinen Sassenach und Fronvogt beim Heumachen entscheidend zu unterstützen. Wie Mister Hartopp, der auch Landwirtschaft im Großen betrieb, ihn bezwecks solch pastoraler Betätigung eingestellt. Wie ihm, Dem von einem bösartigen Fieber Befallenen, Mister Hartopp darüber hinweg geholfen, und infolgedessen natürlicherweise eine Art Neigung für seinen Unterstützling gefaßt. So daß er Mike, den Genesenden, anstatt den armen Mann in seine Heimat zurück zu spedieren – (die, zu dem Zeitpunkt, dem Überschuß ihrer Landbevölkerung besonders wenig Beschäftigung zu geben wußte; es sei denn, gelegentlich einen Pfarrherrn zu erschießen; ein nicht unmunterer Job, aber auch wenig einträglich!) – vielmehr Mike's langsam zurückkehrende Kräfte zu leichteren Arbeiten in seinem Betrieb verwendet hatte; ja ihn letztlich, da Mike unklug genug war, die Tochter eines Gatesboro'er Fabrikarbeiters zu ehelichen, ihn dadurch im Leben etablierte, daß er ihm eine Stelle als berufsmäßiger Bote und Gepäckträger verschaffte, unter dem speziellen Patronat sämtlicher Städtischer Körperschaften. – Aus der ganzen einfältigen Relation ging hervor, daß es sich bei Mr. Hartopp um einen menschenfreundlichen, all-ehrenwerten Mann handeln müsse; und das Herz des Komödianten schlug gleich wärmer für ihn.

»Eine Zierde der ganzen Species, dieser Mister Hartopp!«, entschied Waife, indem er mit seinem Stock auf den Boden auftrumpfte: ! – »Ich sehe seiner Bekanntschaft mit Freuden entgegen. – m-Würde er Euch empfangen, wenn Ihr, jetzt, in seinem Büro, bei ihm vorsprächet?«

Mike erwiderte nicht nur bejahend, sondern mit rechtem Stolz!: ›Mister Hartopp würd' ihn sofort vorlassen. Sicher; wüßt' der BürgerMeister nicht, daß Zeit-Geld sei? Mister Hartopp wär' nie-und-nimmer der Mann, ein'n Armen groß warten zu lassen.‹

»Dann kommt mit-hinunter, und wartet draußen vor dem Haus – ich möchte Euch gern ein Billett von mir an den Bürgermeister mitgeben.«

Worauf Waife sich ins GastZimmer verfügte; und dort, ›bitte‹, um einen Bogen BriefPapier bat –. Die Wirtin ließ ihn an ihrem eig'nen Pult niedersitzen; –; – und also schrieb der Komödiante ...

:–›Mr. Chapman erlaubt sich, dem Bürgermeister von Gatesboro' sein Kompliment zu entbieten; und bittet um die Ehre eines sehr-kurzen Interviews. / Mr. Chapman's tiefes Interesse an dem Dauer-Erfolg jener literarischen Institute, die ein so kennzeichnendes Merkmal unserer erleuchteten Epoche sind, zusammen mit des Herrn Bürgermeisters wohlbekanntem Eifer bei der Unterstützung dieser unschätzbaren Vereinigungen, werden vielleicht Mr. Chapman zur Entschuldigung dienen, wenn er sich die Freiheit herausnimmt, diese Bitte zu wagen. / Darf Mr. Chapman noch hinzusetzen, daß er, in jüngster Zeit, seine Aufmerksamkeit speziell auf die förderlichsten Mittel gerichtet hat, neuartigen Nutzen aus besagten, großgedachten aber unentwickelten, Institutionen zu ziehen?. – SarazenenKopf; den ...‹ etc.

Diese Epistel, gebührend gesiegelt und adressiert, übergab Waife zu getreuen Händen Mike Callaghan – und überraschte gleichzeitig besagten Funktionär durch eine Erkenntlichkeit von nicht weniger als einer halben Krone. Die glühenden Segenswünsche, die eine so großzügige Schenkung natürlich hervorrief, schnitt der

Komödiant dadurch ab, daß er, mit seiner gelungensten Kombination aus Leutseligkeit und Erhabenheit, hinzufügte: »Und falls der Bürgermeister sich etwa bei Euch erkundigen sollte, was für eine Art Mann ich wäre – denn ich habe nicht die Ehre, ihm bekannt zu sein; und es laufen immerhin so viele Abenteurer herum, daß er mich billigerweise zunächst für einen solchen halten möchte – dann könnt Ihr ihm vielleicht sagen, daß ich nicht wie ein Mensch aussähe, den vorzulassen er sich fürchten müßte. Ihr erkenntet ja wohl einen Gentleman auf den ersten Blick! – Bringt mir sobald wie möglich eine Antwort; ich werde mich vielleicht nicht allzulange in der Stadt hier aufhalten. Ihr werdet mich auf der High Street finden, wo ich mir die Geschäfte dort anschaue.«

Der Träger machte sich auf die Socken – ungeduldig, sein überwallendes Herz zu Lob und Preis dieses freigebigen Fremdlings zu ergießen. Ein Gentleman, wahrlich – das wollte Mike wohl meinen! Und wenn Mike's Fürsprache bei dem Bürgermeister ihr Geld wert war, dann hatte Gentleman Waife seine halbe Krone auf fabulöse Zinsen angelegt.

Der Komödiant schlenderte über die High Street; und blieb vor einem Buch- und Papierladen stehen, in dessen Schaufenster ein Plakat aushing, überschrieben –

Gatesboro' Athenäum und Literarisches Institut
VORTRAG ÜBER CONCHOLOGIE
von
PROFESSOR LONG
Verfasser der ›Untersuchungen über Anatomie und Lebensweise der Napfmuschel Patella.‹

Waife trat in den Laden, und hob den Hut, –: »Dürfte ich mir diesen AnschlagZettel dort einmal ansehen, Sir?«

»Selbstverständlich, Sir; aber der Vortrag ist schon vorbei – Sie sehen's am Datum, er hat vorige Woche stattgefunden. Wir lassen die Ankündigung der letzten Veranstaltung in unserm Athenäum immer so lange im Fenster ausgestellt, bis die Plakate für die nächste fertig sind – wahrt den Zusammenhang; hält die Erinnerung an das Ganze aufrecht.«

»›Conchologie‹ –«, sprach der Komödiant, »ein Gegenstand, der intensive Forschungen erfordert; und über den ein Fachgelehrter viel sagen kann, ohne Widerspruch befürchten zu müssen. Aber: wie-weit liegt Gatesboro' gleich vom Britischen Ozean ab?«

»Das kann ich im Moment nicht genau sagen, Sir – jedenfalls eine ganz schöne Strecke.«

»Dann dürfte – da Muscheln in den JugendErinnerungen Ihrer Mitbürger keine sonderliche Rolle spielen – der Vortragende aber möglicherweise ein Auditorium vor sich gesehen haben, das mehr erlesen als zahlreich war?«

»Oh, es war ein sehr aufmerksames Publikum, Sir – und höchst respektabel – die Jungen Damen von Miss Grieve (das vornehmste Pensionat unsrer Stadt) waren sämtlich anwesend.«

WAIFE: – »Was den Jungen Damen zur hohen Ehre gereicht. – Aber, Sie entschuldigen: ist Ihr Athenäum hier ein *Handwerker*-Bildungs-Verein?«

LADENINHABER: – »Zu Anfang ist es so genannt worden. Aber die eigentlichen Handwerker sind, auf die ein- oder andre Art, allmählich fortgeblieben; und da hat man es denn für ratsam gehalten, das Wort ›Handwerker‹ durch die Bezeichnung ›Literarisch‹ zu ersetzen. Gatesboro' ist keine Fabrikstadt; und die hiesigen Handwerker rechtfertigen die Erwartungen hinsichtlich eines Sinnes für die abstrackteren Wissenschaften so gar nicht, auf den die Gründer solcher Institutionen ihre-ä –«

WAIFE (verständnisvoll einfallend): – »– ihre Kalkulationen sowohl hinsichtlich des intellektuellen Fortschritts; als auch des Kostenausgleichs durch Eintrittsgelder veranschlagt hatten. Wenige dieser Gesellschaften sollen sich, meines Wissens, ganz aus eignen Kräften halten können – Professor Long kann das vermutlich – wenn er in Gatesboro' wohnt, und über NapfMuscheln arbeitet, dürfte er höchstwahrscheinlich ein unabhängiger vermögender Mann sein.«

LADENINHABER: – »Jenun Sir; man hat den Professor von London kommen lassen – 5 Guineen, und Reisespesen extra. Die Kasse unsrer Vereinigung hätte eine solche Ausgabe nur übel vertragen; aber wir haben einen Bürgermeister, einen höchst-würdigen Mann, der – unterstützt von seinem Werkmeister, Herrn Williams, gleichzeitig unser Schatzmeister – ich möchte sagen, das Leben und die Seele dieser ganzen Einrichtung ist.«

»Oh, selbst ein literarisch-interessierter Mann, Ihr Bürgermeister?«

Der Ladeninhaber lächelte. »In der Richtung nicht gerade, Sir; aber um die arbeitende Klasse zu bilden, tut er Alles. Sehen Sie, hier ist Professor Long's großes Werk über die NapfMuscheln,

2 Bände, Kleinoctav: der Bürgermeister hat es soeben der Bibliothek des Instituts zum Geschenk gemacht – ich war gerade dabei, die Seiten aufzuschneiden, als Sie eintraten.«

»Sehr bedachtsam von Ihnen, Sir. Wären die NapfMuscheln nur imstande, Gedrucktes in englischer Zunge zu lesen, dann würde dieses Werk für sie mehr Interesse haben, als die tiefschürfendsten Untersuchungen über politische und soziale Geschichte der Menschen. Aber –«, fügte der Komödiant mit kummervollem Kopfschütteln hinzu, »die Species homo sapiens gehört nicht zu den Schaltieren – und was die Geschichte des Menschen für eine Napf-Muschel sein mag, das ist die Geschichte der NapfMuscheln für den Menschen.« Unter solchen und ähnlichen Äußerungen erstand Mr. Waife ein Stück Pappe und einen Bogen Goldpapier; hob noch einmal den Hut; und schritt hinaus-davon.

Der LadenInhaber kraulte sich, gedankenvoll, am Hinterkopf. Er sah, durchs LadenFenster, der Gestalt des sich entfernenden Fremdlings hinterdrein; und nahm dann neuerlich, mechanisch, seine Arbeit des SeitenAufschneidens wieder auf; (die, hätten die beiden Bände die Regale der Bibliothek unaufgeschnitten erreicht, bis zum Donner des Jüngsten Gerichts so verblieben wären).

Aber schon kam Mike Callaghan in Sicht, und er schritt rasch aus –: »Der Herr Bürgermeister läßt grüßen – och-verflucht–née! – entbietet seinen Respex. – ä-und er wird sich glücklich schätzen, Euer Ehren zu empfangen. –?«

Drei Minuten darauf saß der Komödiant in einem kleinen Sprechzimmer, das an Mr. Hartopp's Kontor stieß – und auch Mr. Hartopp saß, ihm *vis-à-vis*. Der Bürgermeister hatte eines jener Gesichter, über welche die Gutherzigkeit einen Sonnenschein breitet, sänftlicher als Claude Lorrain je auf seine Leinwand bannte. Josiah Hartopp war im Leben vorangekommen, durch wenig and're Künste als die einer ruhigen Freundlichkeit. Als Schuljunge schon war er stets bereit gewesen, seinen Kameraden Gefälligkeiten zu erweisen; und diese Schulkameraden hatten zuletzt förmlich eine Art von Polizeitruppe gebildet, um Jos. Hartopp's Pfennige und Person vor fremden und ihren eigenen Fäusten und Fingern zu schützen. Er war eindeutig so ängstlich bemüht, seinem Lehrer zu gefallen – nicht aus Furcht vor der Rute; sondern aus dem Bestreben heraus, dem würdigen Manne den Kummer ihrer Anwendung zu ersparen – daß auf seine Erziehung und Bildung mehr Mühe verwendet ward, als man je dem begabtesten Kopf hatte angedeihen lassen, den die Schule überhaupt hervorgebracht; und in Fällen wo andre Jungen derb abgeprügelt wurden, da tätschelte man Jos. Hartopp beschwichtigend den Kopf, und redete ihm gut zu, doch nicht niedergeschlagen zu sein, und es lieber nochmal zu versuchen. Die gleiche unparteiische Gerechtigkeit hielt ihm auch während seiner Lehrzeit bei einem mürrischen Lederhändler wiederum nur den ZuckerKelch an die Lippen; ja, der Mann vermochte am Ende den Gedanken nicht zu ertragen, ein so mildes Antlitz je aus dem Auge zu verlieren, worauf er ihn erst zu seinem Teilhaber, und zuletzt zu seinem Schwiegersohn und UniversalErben machte. Worauf Mr. Hartopp dem Rat von Freunden nachgab, die ehrlich sein Emporkommen wünschten; er ward aus einem bloßen Lederhändler ein GerbereiBesitzer; und die Häute selbst schienen ihre Rauh- und Starrheit unter so milder Behandlung zu sänftigen, und wandelten sich in Goldene Vließe. Er ward wohlhabend genug, um sich zu gesunder Erholung einen Bauernhof pachten zu können — er selbst verstand schier nichts von Landwirtschaft; gewann aber das Herz eines Verwalters, der kapabel gewesen wäre, aus einer hölzernen Tischplatte Rüben wachsen zu machen. Nach und nach wurde das Gütchen sein Eigentum; und das Bauernhaus darauf vergrößerte sich zu einer Villa. Wohlstand und Ehrungen flossen ihm zu, aus randvollem Füllhorn. Der sauertöpfischste Mann in der Stadt würde sich geschämt haben, Jos. Hartopp ein grobes Wort zu sagen. Wenn er einmal öffentlich sprach, gab es — obwohl er noch so oft in der Rede stecken blieb — Niemanden, dem man mit mehr Ehrerbietung zugehört hätte. Was die Vertretung der Stadt im Parlament angeht, hätte er den einen Sitz sich-selbst, und den andern Mike Callaghan zuschanzen können, wenn es ihm so beliebt hätte. Aber er war viel zu voll von der Milch der frommen Denkungsart, um je auch nur 1 Tropfen ParteiHader in seinen Adern zu haben: er ließ Andere, mit Freuden, für sein Heimatland Gesetze drexeln; und (einen einzigen Fall ausgenommen, wo er sich hatte überreden lassen, Wähler propagandistisch zu bearbeiten; nicht die von Gatesboro', sondern die einer entlegneren Stadt, wo er einigen Einfluß besaß, und auch nur im Interesse eines gewissen eminenten Redners) — in der KommunalPolitik wurde Jos. Hartopp höchstens dann sichtbar, sobald es galt, dem Parlament eine Petition zu unterbreiten zu Gunsten etwelcher menschenfreundlichen Maßnahmen, oder gegen eine Besteuerung, die den Armen zur Plage gereicht hätte.

Wenn ihm in seinem Geschäft etwas Widriges zustieß, so vereinigte sich die ganze Stadt, die Sache wieder ins Lot zu bringen. Ward ihm ein Kind geboren?: Gatesboro' freute sich, wie die Mutter persönlich. Traten Masern und Scharlach in seiner Nachbarschaft auf?: die erste Sorge von Gatesboro' galt der Kinderstube von Herrn Hartopp. (Übrigens würde kein Mensch von der Kinderstube von *Frau* Hartopp gesprochen haben; und wenn in so einem Departement der Name des Mannes den der Frau überlagert: kann dann noch Stärkeres zum Beweise der Zuneigung gesagt werden, die man ihm zollte?). Kurzum, Jos. Hartopp war ein bemerkenswerter Beleg für die gar nicht so allgemein anerkannte Wahrheit – nämlich, daß Zuneigung Macht bedeute; und daß, wenn man es gründlich und unzweideutig klar macht, daß man den Nachbarn liebe, (obschon vielleicht nicht ganz so wie sich selbst; aber immerhin uneigennützig und von Herzen), man unlängst in seinen Nachbarn weit bessere Burschen erkennen werde, als Mrs. Grundy sie gelten lassen will – natürlich immer vorausgesetzt, daß man nicht durch allzuhervorragende Talente ihren Neid errege, noch durch seine Ansichten ihre Vorurteile verletze.

MR. HARTOPP: – »Sie sagten, Sie hätten Interesse an den ›Literarischen Instituten‹, und hätten sie zum Gegenstand Ihres Studiums gemacht?«

DER KOMÖDIANT: – »Ja; mir ist neuerdings die Einsicht gekommen, wie diese Institute doch eigentlich das geeignetste Mittel darböten, liberale Ideen nutzbringend in einem Brennpunkt zusammenzufassen.«

MR. HARTOPP: – »Es ist allerdings etwas Großes, die Klassen in freundlicher Verbindung einander näher zu bringen.«

DER KOMÖDIANT: – »Zu lobenswerten Zwecken.«

MR. HARTOPP: – »Um ihr Verständnis auszubilden.«

DER KOMÖDIANT: – »Die Herzen zu erwärmen.«

MR. HARTOPP: – »Ihnen nützliche Kenntnisse zu vermitteln.«

DER KOMÖDIANT: – »Und angenehme Empfindungen.«

MR. HARTOPP: – »Mit 1 Wort: sie weiter zu bilden.«

DER KOMÖDIANT: – »– *und*-gleichzeitig zu amüsieren.«

»Ah, wie?«, sagte der Bürgermeister –: »zu amüsieren!«.

An dieser Stelle ist nachzutragen, daß die gesamte Umgebung dieses liebenswerten Mannes beständig auf der Wacht war, ihn vor etwelchen schädlichen Auswirkungen seiner eignen Wohltätigkeit zu schirmen; folglich geriet sein Geschäftsführer, als er vernehmen mußte, daß er sich mit einem Fremden allein im SprechZimmer befände, in Unruhe; klopfte lieber an und trat ein, unter dem Vorwand, sich Anweisungen für einen LieferAuftrag über Häute geben zu lassen, – in Wirklichkeit, um den Eindringling finster-feindselig anzustarren, und die Hand seines Herrn von dessen unklugen Taschen möglichst fern zu halten:! –

Mr. Hartopp, wenn auch beileibe kein überragender Kopf, so doch gar nicht ohne sehr-gesunden Menschenverstand, und überdem ein schärferer Beobachter als man ihm gemeinhin zutraute, erriet die freundlichen Absichten seines Assistenten. :»Ein Herr, der sich für unser Gatesboro'er ›Athenäum‹ interessiert. –: ä-mein Geschäftsführer, Sir – Mister Williams; gleichzeitig der Schatzmeister unseres Instituts. Nehmt doch Platz, Williams.« –

–: »Sie bedienten sich des Ausdrucks ›amüsieren‹, Mr. Chapman; aber . . .«

»Sie haben Professor Long's Vortrag über ›Conchologie‹ nicht als amüsant empfunden?«

»Naja'lso –« sagte der Bürgermeister, mit begütigendem Lächeln: »ich selbst bin kein Mann der Wissenschaft; und deshalb war seine Vorlesung, obwohl durchaus profund!, für mich ein bißchen trokken.«

»Muß sie da aber nicht für Ihre Arbeiter noch weit trockener gewesen sein, Herr Bürgermeister?«

»War ja keiner da«; fiel Williams ein. »Das kost't vielleicht Mühe, die Arbeiter von Gatesboro' zu interessieren, wenn irgendwas wirklich Gediegenes der-ihrem Verständnis vorgesetzt werden soll.«

»Die armen Leute: sie sind abends so müde«, sagte der Bürgermeister mitleidig; »aber sie haben durchaus das Bedürfnis sich weiterzubilden; sie holen sich Bücher aus der Bibl'othek.«

»Jaja, Romane«, berichtigte der strenge Williams, – »eh' sich Einer diese wertvolle ›Geschichte der NapfMuschel Patella‹ ausleiht, wird noch längere Zeit vergehen.«

»Wenn eine Vorlesung ebenso amüsant wäre wie ein Roman, würden sie dann nicht doch erscheinen?«, fragte der Komödiant.

»Vermutlich wohl«, versetzte Mr. Williams. »Aber uns're Absicht ist zu belehren; und Belehrung, Sir . . .«

»Kann durchaus amüsant gehalten sein. Gesetzt den Fall, der Vortragende könnte eine lebendige Muschel vorweisen; und, indem er demonstrierte, was freundliche Behandlung hinsichtlich der Entwicklung von Geist und Gemüt bei seelenlosen Geschöpfen auszurichten vermag, – bewirken, daß der Mensch-selbst freundlicher gegen seinen Mitmenschen verführe?«

Mr. Williams lachte grimmig. – »Na und, Sir?«

»Das ist, wozu ich mich anheischig mache.«

»Mit einer Muschel?«, rief der Bürgermeister.

»Nein, Sir; mit einem Geschöpf von edleren Eigenschaften – einem HUND!«

Seine Zuhörer starrten einander selbst wie stumme Kreaturen an; indes Waife fortfuhr –

:»Dadurch, daß ich das Interesse für die Individualität eines begabten Vierfüßlers erregte, würde ich, allmählich, das Interesse für die Naturgeschichte seiner gesamten Gattung hervorrufen. Würde die Zuhörerschaft dazu bringen, sich Vergleichungen zu anderen Mitgliedern der großen Familie anzuhören, die einst mit Adam zusammenlebte. Würde so den Grund zu einem lehrreichen Kursus der gesamten Naturgeschichte legen; und, wer weiß, von den Säuge- und Wirbeltieren nach und nach tiefersteigend, könnte man sehr wohl beim Nervensystem der Gattung Mollusken anlangen, und nunmehr auch durch Vorzeigen einer NapfMuschel Sensation erregen.«

»Theoretisch.«, sagte Mr. Williams.

»Praktisch, Sir. Denn ich darf wohl für gewiß annehmen, daß das Athenäum zur Zeit eher eine Belastung für die wohlhabenderen Subskribenten, einschließlich von Herrn Bürgermeister, darstelle?«

»Nicht der Rede wert«, sagte der milde Hartopp. Williams sah mit unaussprechlicher Liebe zu seinem Herrn hinüber, und stöhnte. »Nichts? – oh weh!«

»Diese Sozietäten sollten sich aber gänzlich aus eig'nen Mitteln erhalten können«, sagte der Komödiant; »und dem Herrn Bürgermeister keinen pecuniären Verlust verursachen.«

»Genau! –«, sagte Williams; »das ist der richtige Grundsatz: Herr Bürgermeister sollte gesichert sein.«

»Und wenn ich Ihnen nun den Weg wiese, wie derlei Einrichtungen sich ohne Zuschüsse selbst erhalten können?«

»Da wären wir Ihnen sehr verbunden.«

»Dann mache ich mich erbötig, in Ihren Räumlichkeiten dort eine Vorstellung zu geben.«

Mr. Williams stieß den Bürgermeister an, und hüstelte; der Komödiant tat, wie wenn er weder Stoß noch Husten wahrnähme.

»Selbstredend ohne Honorar: ich halte nicht berufsmäßig Vorlesungen, meine Herren.«

Mr. Williams schaute entzückt drein, dies zu vernehmen.

»Und falls mein erster Versuch erfolgreich ausfallen sollte, (woran ich nicht im Geringsten zweifle), überlasse ich es Ihnen, meine Herren, in dieser Richtung dann weiter zu arbeiten. Ich selbst kann mich allerdings nicht lange hier aufhalten. Wenn übermorgen . . .?«

»Das ist unser normaler VersammlungsTag«, sagte der Bürgermeister. »Aber Sie sagten ›ein Hund‹, Sir – Hunde sind nicht zugelassen – wie, Williams?«

MR. WILLIAMS: – »Eine bloße NebenKlausel; die der Unter-Ausschuß notfalls einmal außer Kraft setzen könnte. Aber würde die Zulassung eines lebendigen Tieres unserem Ansehen nicht abträglicher sein . . .«

»– als ein tödliches Defizit.«, fiel der Kömödiant gravitätisch ein. Der Bürgermeister hätte wohl dazu gelächelt; da er aber fürchtete, die Gefühle von Mr. Williams zu verletzen, der den Witz anscheinend nicht mitbekommen hatte, nahm er Abstand davon.

»Wir sind eine rein intellektuelle Körperschaft«, sagte der letztgenannte Herr; »und ein Hund . . .«

»Ein gelehrter Hund, nehme ich an?«, schaltete der Bürgermeister ein.

MR. WILLIAMS (nickend): – »– möchte einen gefährlichen Präzedenzfall für die künftige Einführung weiterer Vierfüßler abgeben. Auf diese Weise könnten wir schließlich bis zum Niveau eines gelehrten Ferkels herabsinken. Wir sind keine Menagerie, Herr-ä-Herr . . .«

»Chapman.«, ergänzte der Bürgermeister höflich.

»Genug«; sagte der Komödiant, indem er sich, in seiner großartigsten Manier erhob: »wenn ich mich befugt glauben dürfte, meine Herren, Ihnen zu sagen Wer und Was ich bin, dann würden Sie sofort überzeugt sein, daß ich mit einem Gegenstand, den *ich* für sehr ernsthaft und wichtig erachte, nicht tändle. Gegen Unterstellungen wie, ich könnte etwas der Würde der Wissenschaften, und dem ausgezeichneten Ruf des Gatesboro'er Athenäums Abträgliches vorhaben, halte ich es für müßig mich rechtfertigen zu müssen: diese grauen Haare sind wohl Bürgen . . .«. Er beendete seinen Satz lediglich durch einen leichten-impressiven Schwung der Hand. Die beiden Vertreter der Stadt verneigten sich ehrerbietig; und der Kömödiant fuhr fort –

:»Aber da Sie das Wort vom Präzedenzfall gebrauchten, Mr. Williams, gestatten Sie mir sicher, daß ich auf wirklich einschlägige Präcedentien verweise. – Aristoteles schrieb an Alexander um Tiere, die er im Literarischen Institut zu Athen vorführen wollte. In den Lehrsälen Ägyptens wurden VorlesungsZyklen über einen Hund namens Anubis gehalten; von dem ich kühnlich behaupte, daß er so tief unter dem Hund, den ich im Auge habe, stehe, wie ein ägyptischer Lehrsaal unter einem Großbrittannischen Institut! Die alten Etrusker hatten, wie der grundgelehrte Schweighäuser in folgender Stelle nachweist – ich nehme an, Sie verstehen Griechisch, Mr. Williams?«

Das konnte Mr. Williams ihm allerdings nicht zusagen.

Der Komödiant: – »Dann will ich auch jene Abschnitte bei Schweighäuser, über die Molosser-Hunde im allgemeinen, und den Hund des Alkibiades im Besonderen nicht groß anführen; aber sie machen es über allen Zweifel erhaben, daß, in jeglichem antiken Literarischen Institut, gebildete Hunde in hoher Achtung standen; ja, es gab sogar eine ganze philosophische Akademie, die ›cynische‹ genannt – das ist die ›hündische‹, die ›HundeSchule‹ – deren berühmtester Professor Diogenes hieß. Sie erinnern sich, daß er am hellen Mittag mit der Laterne ausging, um einen ehrlichen Mann aufzutreiben – und Keinen finden konnte. Warum?: weil die Gesellschaft der Hunde seinen Begriff von menschlicher Ehrlichkeit zu einer unbrauchbaren Höhe hinaufgeschraubt hatte. – Aber ich langweile Sie; ansonsten könnte ich ganze Stunden auf diese Art ausfüllen, falls Sie der Ansicht sein sollten, die Handwerker und Arbeiter von Gatesboro' zögen Gelahrtheit dem Amüsement vor.«

»Ein hoch gebildeter Mann!« wisperte Mr. Williams. – Dann, laut: »und gegen Ihre PräzedenzFälle, Sir, wäre nicht das Geringste einzuwenden: diese Seite des Falles hätten Sie, meines geringen Erachtens, vollauf gerechtfertigt. Immerhin wäre ein dressierter Hund an sich nicht etwas so maßlos-Ungewöhnliches, daß er allein schon eine solche Attraktion darstellte, wie Sie es anzunehmen scheinen. –?.«

»Es ist nicht die bloße Gelehrsamkeit meines Hundes deren ich mich rühme«, versetzte der Komödiant. »Hunde mögen gebildet sein, und Menschen nicht minder; aber es ist die Art und Weise, wie Bildung, ob durch Hund oder Mensch, den Massen zu ihrer Erbauung vermittelt wird, um, wie Pope sich ausdrückt,

›den Geist zu heben, und das Herz zu bessern‹,

: diese allein ziert ihren Besitzer, hebt die ganze Gattung, interessiert das Publikum, und kann vor solchen Richtern, wie ich sie vor mir sehe, in Ehren bestehen.« (Die großartige Verbeugung.)

»Ah. Hm. —«, sagte Mr. Williams zögernd; »Gesinnungen, die Ihrem Kopf und Herzen gleichermaßen Ehre machen; wenn man nur, um ein erstes zu nennen, den Hund vorher einmal privat sehen könnte.«

»Nichts leichter!«, sagte der Komödiant :»wollen Sie mir die Ehre antun, ihn heut Abend, beim Tee, bei mir kennen zu lernen?«

»Möchten Sie nicht vielmehr den Tee bei mir, in meinem Hause nehmen?«, fragte der Bürgermeister, mit einem schüchternen Blick zu Mr. Williams hin.

Der Komödiant: — »Sie sind sehr gütig, Sir; aber meine Zeit ist dermaßen in Anspruch genommen, daß ich es mir schon seit langem zur Regel gemacht habe, sämtliche privaten Einladungen, nach außerhalb, abzulehnen. In meinen Jahren, Herr Bürgermeister, wird es entschuldbar, wenn man von der Gesellschaft und ihren Formalitäten allmählich Abschied nimmt; wogegen Sie noch relativ junge Männer sind. Ich gestatte mir also, die Autorität dieser grauen Haare geltend zu machen, und werde Sie heute Abend erwarten — sagen wir um 9 Uhr.« Noch eine anmutsvolle Geste mit der Hand, und der Schauspieler trat ab.

»Ein Gelehrter und ein Gentleman«, sagte Williams mit Nachdruck. Und der Bürgermeister, solchermaßen autorisiert nun auch seinem gütigen Herzen Luft zu machen, fügte hinzu: »Ein Humorist, und von der angenehmen Sorte. — Vielleicht hat er sogar Recht; und unsre armen Arbeiter würden uns für ein kleines unschuldiges Amüsement dann und wann, mehr Dank wissen, als für diese ganzen Vorlesungen, die für ziemlich langweilig zu erachten man ihnen schon deshalb nicht verargen dürfte, weil ja selbst Sie eingeschlafen sind, als Professor Long auf die vielfächrigen Gehäuse der ersten Klasse der KopfWeichtiere zu sprechen kam. Ich bin, ich gesteh' es, des Glaubens, daß harmloses Lachen auch eine moralische Wirkung auf die arbeitenden Klassen ausübt — aber verbreiten Sie's nicht weiter, daß ich das gesagt habe; kennen wir ja genügend ehrenwerte Persönlichkeiten, von so ernsthafter Gemütsart, daß derlei Ansicht sie aufs Schwerste schockieren würde.«

11. Kapitel

HISTORISCHES PROBLEM: »Ist Gentleman Waife ein Schwindler, oder aber ein Mann von Genie?«. ANTWORT: »Bestimmt ein Schwindler, falls er keinen Erfolg haben sollte.« / Julius Cäsar hatte zwei Millionen Schulden, da er das Experiment riskierte, als General in Gallien aufzutreten. Falls Julius Cäsar nicht lange genug gelebt hätte, um sowohl den Rubicon zu überschreiten als auch seine Schulden abzuzahlen : wie würden seine Gläubiger Julius Cäsar genannt haben?

Unnötig zu sagen, daß Mr. Hartopp und sein Geschäftsführer pünktlich zum Tee erschienen; aber der Komödiant führte Sir Isaak's Talente nur ganz sparsam vor – eben genug um Bewunderung zu erwecken, ohne jedoch die Neubegier zu sättigen. Sophie, deren hübsches Gesichtlein und gut-erzogenes Auftreten nicht ungewürdigt blieben, wurde, durch ein Zeichen ihres Großvaters, früh zu Bett geschickt; worauf der Komödiant denn ernstlich seine Fähigkeiten, Besucher zu unterhalten, aufzubieten anhob; mit dem Ergebnis, daß selbst Sir Isaak bald vergessen war. Schwierige Aufgabe, lediglich mit der Feder einen angemessenen Begriff von dem wunderlich-bestechenden UnterhaltungsTalent dieses eigenartigen Landfahrers zu geben; war es doch nicht so sehr *was* er sagte, sondern die Art *wie* er es sagte, was seinem unsystematischen Geplauder allen Zauber des Humors verlieh. Gewiß war, daß er, auf die ein- oder andere Art, ungeheuerlich viel vom Leben gesehen haben mußte; und ohne daß er im Augenblick, wenn man ihn beobachtete, sehr zu gewinnen schien – ohne vielleicht sich bewußt zu sein, daß er überhaupt gewann – war selbst in der *enfantillage* seines losestgewebten Geplausches Etwas, wodurch er – mit einem BlickSchmitz seines 1 funkelnden Auges, vereint mit einer lustigen Verbiegung seines mobilen LippenPaars – den Eindruck eines originellen Genius' übermitteln konnte, der mit dieser-unserer rundlichen Welt so leichthin spielte – bald stieg sie in die Höhe, bald fing er sie wieder – wie ein Kind mit seinem buntsektorierten Ball spielt. Seine bloße BücherGelehrsamkeit war nicht überwältigend; obschon er, in früher Jugend, eine gute Erziehung genossen haben mußte. Er erfreute sich eines Anstrichs von Bekanntschaft mit den antiken

Klassikern, hinreichend vielleicht, um den Ungebildeten zu beeindrucken; und wenn er sie nicht im Original gelesen hatte, so hatte er doch über sie gelesen; und dann und wann im Verlauf seines wechselreichen Lebens hatte er sich auch eine gewisse Kenntnis der populär-modernen StandardSchriftsteller angeeignet. Aber ›DIE LITERATUR‹ war noch der schmalste Sektor an seinem buntgestreiften Ball. Immerhin war und blieb es erstaunlich, wie fern und weit der Komödiant den flachen DünenSand des Wissens, den die ZufallsWinde vor die Türen seines schalkisch-geschäftigen Verstandes geweht hatten, neu und geschickt zu verteilen wußte. Wo, zum Beispiel, konnte er wohl je Sinn und Zweck der HandwerkerBildungsVereine studiert haben?; und dennoch: wie gut schien er sie zu verstehen! Hier, es ist möglich, verhalf ihm seine Kenntnis von einer Sorte Publikum, vielleicht zum Verständnis aller ähnlich gemischten Gesellschaften. *Enfin:* der Mann war SchauSpieler; und wenn er es für passend gehalten hätte, die Rolle von Professor Long-selbst darzustellen, er würde sie naturgetreu durchgeführt haben. –

Die zwei Bürgersleute hatten seit Jahren keinen so unterhaltsamen Abend verbracht. Als die Uhr Zwölfe schlug, erhob sich der Bürgermeister, (dessen Gig schon eine geschlagene Stunde gewartet hatte, ihn nach seiner VorortVilla zu befördern), und immer noch mit Widerstreben, zum Aufbruch.

»Ä-und –« sagte Williams, »die Plakate müssen morgen erscheinen –: was soll'n wir ankündigen?«

»Je schlichter desto besser«, sagte Waife; »nur Eines bitte: schikken Sie die Versicherung voran, daß die Vorstellung unter der ganz-besonderen Schutzherrschaft Se.Gestrengen des Herrn Bürgermeisters vor sich gehe.«

(Der Bürgermeister fühlte förmlich seine Brust schwellen, wie wenn er eine überwältigend-persönliche Verpflichtung eingegangen wäre.)

»Sagen Wir ungefähr-so«, fuhr der Komödiant fort ... »ä ... :›Szenen aus dem Häuslichen Leben, und der NaturGeschichte; mit lebendigen Beispielen –:

:I. TEIL – DER HUND!‹

– : ? « . –

: »Müßte eigentlich ziehen«, sagte der Bürgermeister; »Hunde sind derart populäre Tiere! –:?«

»Ja«, gab Williams zu; »und wenn auch gerade aus diesem

Grunde Einige denken könnten, daß durch das ›lebendige Beispiel eines Hundes‹ der Würde des Instituts zu nahe getreten werde – so würde doch die Wichtigkeit der Naturgeschichte . . .«

»–und,« schaltete der Komödiant ein, »die heiligenden Einflüsse des häuslichen Lebens . . .«

»alles vergessen machen«, vollendete Mr. Williams, »was etwa der anspruchsvollere Teil der Geister für eine allzuvolkstümliche Attraktion erachten möchte – den Hund!«

»Mir ist um das Ergebnis nicht bange«, sagte Waife, »vorausgesetzt, das Publikum erscheint zahlreich genug; weswegen ich, (denn das ist natürlich die unerläßliche Vorbedingung für einen fairen Versuch), Programme verteilt wissen möchte – die nur vom Herrn Bürgermeister ausgegeben werden.«

»M-sei'n Sie da nicht zu optimistisch. Wir haben, als Reklame für Professor Long auch ProgrammZettel verteilt, und die Zuhörerschaft war gar nicht zahlreich. Gleichwohl will ich mein Bestes tun. Wäre sonst nichts mehr, worin ich Ihnen von Nutzen sein könnte, Mr. Chapman?«

»Ja; später.«

Williams geriet sogleich in Unruhe, und näherte sich, schutzbereit, der BrustTasche des Bürgermeisters. Der Komödiant zog ihn jedoch beiseite, und flüsterte: »Ich habe vor, dem Herrn Bürgermeister einen kurzen Umriß von der Vorstellung zu geben, und ihn selbst dabei eingreifen zu lassen; damit seine Mitbürger Gelegenheit haben, ihrer Achtung für ihn durch Beifall und BravoRufe Ausdruck zu verleihen; es wird seinem guten Herzen Freude bereiten, und recht rührend sein, Sie werden sehen – aber: Pst!«. Und Williams schüttelte dem Komödianten die Hand, erleichtert, bewegt, vertrauensvoll.

Die Besucher gingen; und der Komödiant zündete seinen HandLeuchter an, pfiff dem Sir Isaak, und begab sich zu Bette, ohne auch nur einen reuigen Gedanken bezüglich des Anwachsens seiner Rechnung und des Defizits in seinen Taschen. Und dennoch, wie Sophie schon angedeutet hatte, es stimmte voll und ganz, daß der Komödiant einen ehrlichen Horror vorm Schuldenmachen hatte. Im Allgemeinen überlegte er es sich zwei Mal, ehe er auch nur die läppischste kleine Rechnung riskierte; und kam die Rechnung dann, so wurde sie bezahlt, und wenn ihm auch nicht 1 Pfennig mehr bleiben sollte. Und hier nun, welch unbekümmerte Verschwendung! Die besten Appartements!, im ersten Hotel der Stadt! Diners – Tee

– dem Gepäckträger eine HalbeKrone! Dieselbe üppige Lebensweise mit jeglichem SonnenAufgang neu-begonnen!, keinerlei Sorgen um das Morgen; und dabei, ich wage nicht mir vorzustellen wie-wenige Schillinge im Portemonnaie. Auch welche Summierung von strafbaren Handlungen!: ohne Mittel, und unter erborgtem Namen, Rechnungen auflaufen zu lassen! Ich will mich für gar keinen Juristen ausgeben; aber das Ganze scheint mir frappante Ähnlichkeit mit schwindelhaftem Betrug zu haben. Und dennoch kann der Elende schlafen. – Aber, halt; sind wir uns auch ganz sicher, keine seichten SittenRichter zu sein? Bringen wir auch das Recht des Genius, Wechsel auf die Zukunft ziehen zu dürfen, gebührend in Anschlag? Verbrennt nicht der umsichtigste General zuweilen seine Schiffe? Nimmt nicht der aufrechteste Kaufmann, dann und wann, für eine kühne Spekulation ebenfalls seinen Kredit in Anspruch? Und könnte also nicht jener friedliche Schläfer moralisch-überzeugt sein, daß er an seinem Kopf eine ähnlich große Kogge unterwegs zur See habe, die seine Benützung des ›Sarazenenkopfes‹ vollauf rechtfertige? / :? Falls sein Plan aber fehlschlüge? / Er wird Ihnen antworten, daß das unmöglich sei! / ›Aber wenn er nun *doch* fehlschlüge?‹ sagen Sie? / Hören Sie; es gibt da eine Anekdote – (nicht, daß ich mich für ihre Wahrheit verbürgte: so ward mir's erzählt, so geb' ich's weiter) – also es gibt eine Anekdote, wie da im jüngstvergangenen Krieg mit Rußland ein gewisser Veteran unserer Flotte, ebenso renommiert für Kühnheit in seinem Beruf, wie für wissenschaftliche Erfindsamkeit, von sehr hoher Stelle befragt wurde: welche Chancen wohl bestünden, Kronstadt zu nehmen. ›Wenn Sie *mich* schicken‹, erwiderte der Admiral, ›mit soundsoviel Linienschiffen, und soundsoviel Kanonenbooten, wird Kronstadt selbstverständlich genommen werden.‹ ›Aber‹, wandte ein vorsichtiger Lord ein, ›gesetzt den Fall, es würde nicht genommen?‹ :›Das ist unmöglich! – es muß genommen werden!‹. ›Gut‹ beharrte Mylord, ›Sie sind der Ansicht, zweifellos; aber dennoch, falls es doch nicht genommen würde – was dann?‹. :›Was dann! – na, dann ist es aus mit der Britischen Flotte!‹. Worauf die erwähnten Großen Männer unruhig wurden; und jener Admiral ward nicht entsandt. Aber sie hatten den Sinn seiner Entgegnung völligfalsch ausgelegt: nichts lag ihm ferner, als irgend eine umfassende Gefahr für die gesamte Brittische Flotte anzudeuten; er hatte vielmehr vorgehabt, die Unsinnigkeit der einen Hypothese, durch Aufstellen einer noch schlagenderen GegenUnmöglichkeit darzutun. ›Es ist unmöglich, daß ich Kronstadt nicht nähme!‹ / :›Aber wenn Sie es nun doch nicht nehmen?‹ / :›Es ist unmöglich, daß ich es nicht nehme; denn wenn ich es nicht nähme, wär'es aus mit der Brittischen Flotte; und da es bekanntlich unmöglich ist, daß es mit der Brittischen Flotte je aus sein könnte: ergo ist es noch unmöglicher, daß ich Kronstadt nicht-nähme!‹ – Q. E. D.

12. Kapitel

In welchem Alles auf Sir Isaak's Erfolg bei Entdeckung des Gesetzes der Anziehungskraft ankommt.

An dem bestimmten Abend, Schlag 8 Uhr, war der Große Saal des ›Athenäum‹ von Gatesboro' ungewöhnlich gefüllt. Nicht nur hatte der Bürgermeister selbst sich aufs Äußerste für die Sache eingesetzt; sondern auch allein der ProgrammZettel versprach ja eine rare Befreiung vom Taedium abstrakter Aufklärung und gehobener Belehrung. Überdem hatte die Persönlichkeit des Fremden selbst angefangen, Vermutungen und Neubegierde rege zu machen. Es handelte sich um einen Amateur; nicht um einen Dozenten nach trock'ner Schablone. Auch hatten Beide, sowohl der Bürgermeister als Mr. Williams, die Nachricht verbreitet, daß weit mehr an dem Manne sei, als oberflächlich zu Tage läge: erstaunlich gelehrt; und gleichzeitig im höchsten Grade umgänglich – auch ausgezeichnete Manieren! – Wer er wohl sein mochte? Ob ›Chapman‹ sein richtiger Name war? Undsoweiter undsoweiter.

Der Komödiant hatte Erlaubnis erhalten, sich zuvor den Saal eigenhändig herzurichten. Er hatte den erhöhten Teil als Bühnen-Podest zu seiner Verfügung; und war so glücklich gewesen, einen Grünen Vorhang aufzutreiben, der sich querüber davor-ziehen ließ; – hinter welchem Schirm hervor er jetzt auftauchte, und sich verbeugte: – '!' – (Eine Verbeugung, die den ersten-conventionellen Applaus prompt verdoppelte.) Worauf er eine, sehr kurzgehaltene, Ansprache begann – schlechthin blendend vorgetragen, wie man sich vorstellen wird; obwohl mehr im Unterhaltungs- denn im höheren Redner-Ton. Er sagte, wie es seine Absicht sei, die Intelligenz jenes universalsten Freundes des Menschen – des Hundes – in einer Weise darzutun, die nicht nur dem Scharfsinn seiner Instinkte, sondern auch der Zutunlichkeit seines Wesens angemessen sei; und dergestalt die Moral auszudrücken: daß Talente, wie groß auch immer; Gelehrsamkeit, wie tief sie auch sei; von keinem Nutzen wären, könnten sie dem Menschen nicht dienstbar gemacht werden. (Applaus.) Man möge ihn also entschuldigen, wenn er, um diesen seinen Zweck zu erreichen, genötigt sei, einige harmlose Effekte von der Bühne zu entlehnen – mit einem Wort: sein Hund würde ihnen die Szenenfolge eines kleinen Dramas vorführen. Was ihn-selbst anbetreffe, so habe er – obschon er nicht sagen könne, daß er des Öffentlichen Auftretens gänzlich ungewohnt sei, (an dieser Stelle ein Lächeln; bescheiden aber erhaben, etwa wie das eines berühmten ParlamentsRedners, der das erstemal bei einer Gemeindewahl auftritt) – in der hier übernommenen, gänzlich neuen SonderRolle keinerlei praktische Übung; und könne folglich nur an ihre geschätzte Nachsicht mit Bemühungen appellieren, die auf kein anderes Verdienst Anspruch machten, als das: dem Helden eines Stückes unterstützend zur Seite zu stehen, das auf volkstümliche Weise jene Eigenschaften des Hundes illustriere, die der Menschheit zur Lektion dienen könnten. Er verbeugte sich erneut, und zog sich dann hinter den Vorhang zurück. Eine Pause von 3 Minuten; und der Vorhang ging in die Höhe –:? . . .

!. . .: konnte das der gleiche Mr. Chapman sein, den die Zuschauer da vor sich sahen!? Konnten 3 Minuten hinreichen, um den glatten, respektablen, wohlhäbig anzuschauenden Herrn, der sie soeben angeredet hatte, in dieses Bild fadenscheiniger Armut und hunger-zernagter Niedergeschlagenheit zu verwandeln? Dabei kaum unterstützt durch bühnenmäßige Aufmachung: der Anzug schien derselbe, nur war er aufs Wundersamste alt und fuchsig geworden. Aber das Gesicht, die Gestalt, der ganze Mensch – *diese* hatten eine Verwandlung erfahren, weit über Künste und Wirkungen bloßer TheaterGarderobe, und sei sie noch so reichlich ausgestattet, hinaus. Wäre nicht die eine AugenKlappe gewesen, man hätte Mr. Chapman nicht wiedererkannt. Gewiß, der Ausdruck der Würde war noch um ihn verbreitet; aber es war die Würde des Leidens geworden – auch war es nicht mehr die Würde eines höflich-umgänglichen Zivilisten, sondern die eines militärischen Veteranen. Da gab es gar kein Verkennen: obgleich nicht in Uniform, konnte der schwermütige Mann-dort nur Krieger gewesen sein! Die Art, wie sein Rock über der Brust zugeknöpft, die schwarze Halsbinde um die Kehle festgezogen war, die Schultern diszipliniert durchgedrückt nach lebenslanger Gewohnheit, wenn auch das Haupt vornüber gesunken war in der Mutlosigkeit einer ereignisschwangeren Krisis; – alles-alles besprach den herabgekomm'nen aber nicht unedlen Helden von hundert Schlachtfeldern.

Überdem lag auch etwas unverkennbar-Ausländisches über der ganzen Erscheinung des Veteranen. Mr. Chapman hatte so durch-und-durch englisch gewirkt – die tragisch-magere Persönlichkeit dort, (ein entblättert-dürrer SeitenZweig aus Mr. Chapman's üppiger LaubKrone), schaute dagegen so unzweideutig französisch drein! Noch nicht 1 Wörtlein hatte der Komödiant gesprochen; und dennoch war all-dies der Zuschauerschaft beim ersten Ansichtigwerden klar geworden. Und erst ein erregtes Gemurmel; und dann odemlose Stille.

Die Fabel entwickelte sich rasch; zum Teil durch Worte, weit mehr aber durch optischen Eindruck und Aktion: hier-also saß ein Soldat, der unter Napoleon gefochten hatte bei Marengo und Austerlitz; der über die Schneefelder Moscoviens gestapft, und dem FeuerHagel bei Waterloo entkommen war – der Soldat des Kaiserreich's! Wundersames Ideal einer wundersamen Epoche!; und nirgends mehr respektiert und geachtet, als eben in den Landen des alten englischen ErzFeindes; wo, bei nur geringer Schätzung des Schönen in der Kunst, dennoch eine so ehrerbietige Sympathie vorhanden ist, mit Allem was groß sein kann am Menschen! Da also saß der alte Militär, ohne-Geld und ohne-Freunde – dort, kaum zu gewahren, lehnte sein EnkelKind, schwach, und langsam verschmachtend, aus Mangel an Nahrung; und alles, was der Soldat noch besitzt, um Brot für den Tag zu erkaufen, ist sein Kreuz der EhrenLegion. Aus der Hand des Kaisers, des Großen Kaisers selbst, hat er es empfangen – muß er's verpfänden, oder verkaufen? / (Und ein Puh dem DekorationsPomp; den Wir anstatt der Stimme passionierter Natur, auf uns'ren gesunkenen Bühnen eingeführt haben! Kulissen, getreu bis zu Kannelierung und Kapitäl einer Säule – Kostüme, anhand deren ein Altertümler das Datum der Handlung aufs Jahr bestimmen könnte – ergibt dàs die Illusion? Werden wir auf die-Art von Theben nach Athen entrückt? Àchnein; – stellt einen wirklich-guten Akteur auf eine BretterDielung, – und ihr könnt für ›Theben‹ und ›Athen‹ eine WollDecke hinhängen!). Ist nicht eben-dies Kreuz, das der Alte Soldat dort-hält – in dieser zitternden Hand – (weg von sich; daß er's bloß nicht mehr sieht!) – ist es nicht schnödzusammengepappt aus Karton und Goldpapier, erkauft im Buchladen? Man könnte feststellen, daß es weiter-nichts sei, untersuchte man's nur. Aber dachte auch nur eine all-der anwesenden Seelen an solch krimi-mäßige Untersuchung?: Nicht-Eine! – In des Schauspielers Hand ward dieser gleißende Plunder mit eins zu dem glorreichen Gebild, vermittelst dessen Napoleon die Gefühle Ritterlichen Heroentums denjenigen Männern einpflanzte, die ein Danton wie grausame Bestien, oder ruchlose GaleerenSklaven, die ihre Ketten brachen, auf die Erde losgelassen hätte.

Das OrdensZeichen, gefertigt aus Karton und Goldpapier, gewann Leben und Seele; es erzeugte Interesse, flößte Teilnahme ein, in einer Art, als bestünd' es – ach! nicht aus Gold und Edelgestein, sondern aus Fleisch und Blut. Und die schlichten, gebroch'nen Worte, die der Veteran an es richtete! Die Szenen, die Schlachtfelder, die Hoffnungen, diese Glorie, die es heraufbeschwor! Und nun ihm entrissen zu werden – verkauft, um den bescheidensten, niedrigsten Bedürfnissen des Menschen abzuhelfen – verkauft – das letzte Symbol einer solchen Vergangenheit! Das hieß wahrlich *›propter vitam vivendi perdere causas‹*. Er würde eher verhungert sein – aber das Kind? Und hier richtete sich das Kind auf, und trat in Aktion. Sie wollte solch ein Opfer nicht leiden – sie sei gar nicht hungrig – sei nicht schwach; und als ihr die Stimme versagte, schaute sie hoch in dieses eherne Antlitz, und lächelte – nichts als ein Lächeln. (Unten traten sofort die Taschentücher in Aktion!). Der Krieger ergreift das Kreuz, und wendet sich ab. Es *wird* verkauft! Da er schon die Tür öffnet, tritt gravitätisch ein Hund herein – leckt ihm die Hand; nähert sich dem Tisch, stellt sich dort auf die Hinterbeine und überschaut kummervoll die leere Platte; schüttelt den Kopf, winselt, kehrt zu seinem Herrn zurück, zupft ihn am Rockschoß, und blickt ihm forschend ins Gesicht.

Was bedeutet das jetzt alles? Das kommt bald an den Tag, und auf die natürlichste Weise. Der Hund gehörte einem alten Kriegs-Kameraden, der nach Mauritius gereist war, um seinen Anteil an der Hinterlassenschaft eines Bruders zu beanspruchen, der sich dort angesiedelt hatte, und nun verstorben war; und der das Tier der Obhut unsres Veteranen übergeben hatte, der damals noch in relativ gemächlichen Umständen lebte, inzwischen aber durch den betrügerischen Bankerott eines Bankiers, dem er Hab und Gut anvertraut hatte, zugrunde gerichtet war; und seine kleine Pension, einschließlich des Ehrensoldes zu dem sein Kreuz ihn berechtigte, war längst im voraus verpfändet und belastet worden, um die kleinen AlltagsSchulden zu bezahlen, die er im Vertrauen auf seine BankZinsen in aller Unschuld gemacht hatte. Der Eigentümer des Hundes war seit Monaten abwesend; seine Wiederkehr konnte jeden Tag erfolgen. Mittlerweile war der Hund am Herd, aber der Wolf vor der Tür. Nun war das verständige Tier abgerichtet, die Geschäfte des Hausmeisters und Botengängers zu verrichten; zur bestimmten Stunde wandte er sich an seinen Herrn um *Sous*, und brachte die Lebensmittel heim, soviel die Sous erkauften. Er kam jetzt, wie üblich, an den Tisch, nach der gewohnten Münze – aber der letzte Sou war dahin – der Hund war arbeitslos. Aber konnte der Hund-selbst nicht verkauft werden? Unmöglich! – war er doch das Eigentum eines Andern – ein heiliges Unterpfand: man wäre ja so schlecht wie ein Bankier gewesen, hätte man ein anvertrautes Gut zur Aufbesserung der eig'nen Bedürfnisse verwenden wollen! All diese kleinen biographischen Einzelzüge kamen in jener Art pathetisch-bitterer Humorigkeit zutage, wie sie das Studium Shakespeare's, oder auch die Erfahrungen des wirklichen Lebens, den Komödianten als die natürliche Weise ein tiefbekümmertes Gemüt zu erleichtern gelehrt hatten. Während all-dessen unterstützte der Hund, durch stummes MitSpiel, den Bericht nicht wenig: immer noch auf die *Sous* erpicht, steckte er die Nase in die Taschen seines Herrn – wandte sich, so-rührend!, an das Kind: ? – und legte dann am Ende seinen Kopf zurück, und machte seinen Empfindungen Luft, durch ein lugubres und elegisches Geheul. –: ? plötzlich läßt sich, von draußen, das Trättärättä der BlechTrompete eines DockenkastenMannes vernehmen!; (ob nun der Schauspieler irgendjemand Gefälligen vermocht hatte, sich auf dem Instrument zu versuchen; oder ob es sich, was fast wahrscheinlicher ist, nur um ein BauchrednerStückchen handelte, sei der Vermutung anheimgegeben). Jedenfalls schien, bei diesen Tönen, sich eine Idee des Hundes zu bemächtigen. Er rannte erst seinem Herrn nach, der just auf die Schwelle trat, im Begriff, sich zu entfernen: er zerrte ihn zurück, in Zimmers Mitte; als nächstes sprang er zu der Kleinen, und zog sie, obschon mit großer Zärt- und Zierlichkeit, ebendorthin; anschließend, unter freudvollem Gebell, stellte er sich auf die Hinterbeine, und celebrierte, mit unvergleichlicher Feierlichkeit, ein Menuett: ! –. Das Kind übernimmt den Einfall des Hundes –: ›Wär' er nicht sehenswerter, als dies Puppenspiel auf der Straße?; würden die Leute nicht Geld dafür geben, ihn zu sehen, (und der alte Soldat könnte sein Kreuz noch behalten)? Ist nicht heut die Öffentliche Veranstaltung, im Park da-drüben?, wo der Puppenspieler bestimmt hin-will? –: warum nicht auch-Wir?‹. –: Was! Wie!: er, der Alte Soldat? – er sich erniedrigen, einen Hund vorzuführen? Er? Er?! –: da sah ihn der Hund beschwörend an: '!', und streckte sich aus, auf dem Boden – leblos: ! –

–: JaJa, das ist die Alternative! – soll sein Kind auch so dahinsterben, nur weil er zu-stolz ist, es zu retten? (Ah!: und wenn auch das Kreuz auf die Art gerettet werden könnte?). Aber, Pff!, was wußte der Hund schon groß, was diese Leute gern sähen!? – Oh viel, viel: wenn das Kind allein und betrübt war,: kam er da nicht--an und spielte mit ihm? Hier diese verbrauchten DominoSteine!: sie legte sie auf dem Boden aus; und der Hund sprang auf, und trat an, seine Geschicklichkeit zu erweisen. (Und mit welch psychologischem Takt der Komödiant es darauf angelegt hatte, daß der Hund, abwechselnd, einige gröbliche Fehler begänge; –; und dann wied'rum die überraschendsten Wunder vollbrachte. –: Nein; er schafft's diesmal nicht –; –: doch; ja; er schafft es!). – Das Publikum nahm es jedenfalls ernst, und interessierte sich beträchtlich für den Erfolg des Hundes; nahm Anteil an seinen Schnitzern, frohlockte über seine glücklichen Tipps. Und dann beschwichtigte das Kind den hastig-reizbaren Alten Mann auch so holdselig; und berichtigte das Tier so sänftlich; informierte es, wie sehr sie sich auf es verließen; und zog ihr Fibel-Alphabet hervor, und machte ihn kindlich-buchstabieren: ›rett'Uns!‹ – der Hund besah sich die Buchstaben, gedankenvoll; –; und von nun an war es klar, daß er sich mehr Mühe gab.: Besser und besser; er schafft's, er schafft's!;: dies Kind wird nicht verhungern; dies Kreuz nicht verschachert zu werden brauchen! – (Und 'runter mit dem Vorhang!: Ende des ersten Aktes!). –

Akt zwei eröffnet sich mit einem Dialog hinter der Bühne. Unsichtbare *Dramatis Personae,* mit luftigen Zungen, die ihre Existenz nur der NachahmungsKunst des Komödianten verdanken. Man begreift, daß ein heftiger Wortwechsel im Gange ist: der Hund soll nicht in einen Teil des VergnügungsParkes zugelassen werden, wo die feineren exklusiven Besucher Sitzplätze gemietet haben, um sich, ohne direkt daran Teil zu nehmen, die derben Tänze, oder das drangvolle Promenieren des fidelen aber gemischten Publikums, ungestört anzusehen. Viel Tumult, und viel Humor; Manche sind für den Hund, Manche gegen ihn; Privilegien und Wohlanständigkeit hier, Gleichheit und Brüderlichkeit dort. Ein bonapartistischer Oberst erblickt das Kreuz auf der Brust des Soldaten; und, *mille tonnerres!*, er bringt den Fall ins Reine: er bezahlt für drei Sitze – einer für den Soldaten, einer für das Kind, und der dritte für den Hund. Der Veteran tritt ein, das Kind, nicht kräftig genug, um sich durch das Gewühl drängen zu können, Rolla-gleich auf seine Schulter genommen; der Hund wird an der Leine geführt. Aufrecht und soldatisch kommt er herein, sein Gefühl noch erregt durch den Wortwechsel; sein Ringen war sieggekrönt. Aber (und an dieser Stelle strebten die dramatische Kunst und die des Schauspielers ihrem Gipfelpunkt entgegen) – ab jetzt vereinnahmte er in sein PersonenVerzeichnis das gesamte anwesende Gatesboro'er Publikum: *sie* sind diese erlesene Gesellschaft, in die er sich Aufnahme erzwungen hat. Als er sie jedoch nunmehr vor sich sitzen sieht, so ruhig, ordentlich und voller Anstand, da stiehlt sich unangebrachte Schüchternheit in eine Brust, die mehr gewöhnt ist vor feindlichen Batterien Stand zu halten, als vor dem Feuer aus schönen Damen-Augen. Er setzt das Kind, beschämt und gedemütigt, auf einen Stuhl ab; er sinkt auf den Sitz ihr zur Seite, und macht sich unwillkürlich klein; und der Hund schließlich, mit weit mehr Selbstbewußtsein und Sinn für seine eigne Wichtigkeit, wischt erst ein paarmal mit der Pfote imaginären Staub von einem dritten Stuhl, wie er's bei hochmütigen Wohlgekleideten gesehen hat; nimmt dann selber Platz, und blickt um sich, heiter und kühn.

Die Stühle waren, geschickt!, auf einer Seite der Bühne, und so nahe wie möglich an der vordersten Sitzreihe, dicht bei den Zuschauern aufgestellt. – Der Soldat wagt einen flüchtigen Blick, die Reihen entlang; und spricht dann, verhaltenen Atems, im Flüsterton, zu seiner Enkelin; des Sinnes: ›Nun wo sie da seien: weswegen seien sie gekommen? Um zu betteln? Er könne einfach nicht die Keckheit aufbringen, ein Tier für *Sous* vorzuführen – unmöglich; nein-nein: besser, sich wieder unauffällig aus dem Staube gemacht, und das Kreuz verkauft.‹ Und das Kind wispert Mut zurück; fordert ihn auf, noch einmal die Reihen zu überschauen: die Gesichter schienen doch so freundlich! Wieder hebt er den Blick, schaut in die Runde – und unternahm dann, mit einem Takt, der die Illusion, welcher sich das Publikum bereits willig hinzugeben begann, vollständig machte, aus dem Stegreif allerlei schmeichelhafte Kurz-Kommentare über die diversen Gesichter, die er jetzt tatsächlich vor sich hatte, und aufs glücklichste für sich auswählte. Das überrumpelte Publikum wurde – wie da-so eine hübsche Frau, oder der ein-und-andre gutmütige, ihrer Vorstellung wohlvertraute Bürgersmann seinem Beifall bezeichnet ward – von Herzen munter, und angeregt zu BravoRufen und Gelächter. Und das Gesicht des Komödianten, unbewegt bei all den Kundgebungen – so scheu und trüb – hielt, trotz des Jubels, die Unterströmung von Pathos immer gegenwärtig. Durch das Kind erfuhr man jetzt, wie ein Tanz, bei dem das Publikum als zuschauend gedacht gewesen war, zu Ende ging; und daß man, in der Zwischenzeit, einer anderweitigen UnterhaltungsEinlage nicht abgeneigt sein würde. Nun war der Zeitpunkt gekommen! Der Hund selbst, wie wenn er die vorwaltende Langeweile illustrieren wollte, gähnte hörbar; bepfotelte die KinderSchulter, und sah hoch, in ihr Gesicht: ? –: »Domino spielen?«, flüsterte das kleine Mädchen; und der Hund grinste vergnügt Beifall: ! – Schüchtern brachte sie die alten DominoSteine zum Vorschein, schlüpfte von ihrem Stuhl herunter, und legte sie auf dem Boden aus –: – der Hund glitt von dem seinigen; und sie fingen an zu spielen. Das Experiment einmal gestartet, sah der Soldat, daß die Neubegier der Gesellschaft reg' gemacht – daß die Show im Gange war – die *Sous* folgen würden – und wie wenn er zumindest nicht offen seine Dienstzeit und seinen Kaiser bloßstellen wolle, wandte er sich ›seitab‹, seine Hand schlich sich an der Brust empor, riß das Kreuz weg, und verbarg es. Kaum daß ein gemurmeltes Wörtlein die Handlung begleitete – die Handlung sprach für sich selbst – und ein edler Schauder lief durch das Publikum: !: Oh erhabne Kunst des Mimen!

Der Bürgermeister saß ganz nah' an der Stelle, wo Kind und Hund miteinander spielten. Der Komödiant hatte, (wie zuvor schon von ihm angedeutet), den betreffenden Herrn auf ein direktes-persönliches Angesprochenwerden vorbereitet. Nun wandte das kleine Mädchen ihre blauen Blicke unschuldsvoll zu Mr. Hartopp hin; und sagte: »Der Hund schlägt mich immer, Sir: könnten Sie vielleicht ma' versuchen, was Sie ausrichten?«

Dröhnender Beifall, und Händeklatschen-ringsum; inmitten deren die würdige Obrigkeit die Bühne betrat. Auf Befehl seiner Jungen Gebieterin, machte der Hund der Obrigkeit erst eine höfliche Verbeugung; –; und schon begann das Spiel zwischen Obrigkeit und Hund. Von dem Moment an, nahmen sämtliche Anwesende gleichsam ein persönliches Interesse an den Vorgängen. »Würden Sie vielleicht heraufkommen, Sir«, sagte das Kind zu einem jungen Herrlein, das sich schier den Hals verrenkte, um zu verfolgen, wie die DominoSteine gehandhabt wurden, »und sich überzeugen, daß Alles mit rechten Dingen zugeht? Sie, bitte, auch, Sir?«, zu Mr. Williams. (Der Komödiant stand derweil neben dem Hund, dessen Bewegungen er, unmerklich-erzgeschickt dirigierte; während er nach außen-hin nur immer, in bewußter Beschämung, den Blick zu Boden zu schlagen schien). Die Leute auf den hinteren Plätzen drängten indes nach vorne; Die auf den vorderen Sitzen kamen entweder auf die Bühne-selbst, oder standen doch auf, so angespannt sahen sie zu. Der Bürgermeister wurde besiegt. Das Gedränge ward da zu dicht; und die dem Hund gespendeten Liebkosungen schienen Denselben allmählich zu ermüden; —: er stand auf, und zog sich, hochmütig, in einen Winkel zurück: !. —: »Manierlich, Sir!«, sagte der Soldat; »Unsresgleichen hat kein Recht darauf, stolz zu sein; —: entschuldigen Sie ihn, bitte, Ladies und Gents.« —: »Er will doch bloß Allen gefallen —«, sagte das Kind, vermittelnd-abbittend: »sagt selber: Wieviele möchtet Ihr, höchstens, gleichzeitig um Euch haben?; so, daß die Übrigen Euch aber auch sehen könnten —: ?«. Sie spreitete die Zahlen des Einmaleins vor den Hund hin: ?; —: der Hund packte seine Pfote auf die ›10‹. — »Erstaunlich!«, sagte der Bürgermeister.

:»Möchtet Ihr sie Euch etwa selber aussuchen, Sir?«

Der Hund nickte; spazierte gemächlich in die Runde, ein Auge immer auf das eine Auge seines Herrn und Meisters gerichtet; und erkor sich 10 Personen, worunter der Bügermeister war, Mr. Williams, und drei hübsche junge Fräulein, die sich hatten bewegen lassen, auf die Bühne zu kommen; und auch die Übrigen waren nicht minder besonnen ausgewählt.

Sodann wurde der Hund sinnreich von einem Kunststück zum nächsten weiterdirigiert; alle innerhalb des gewöhnlichen Bereiches, wie er die Leistungsfähigkeit gebildeter Tiere umgrenzt. Da ward er etwa aufgefordert zu sagen, wie viel Damen sich auf der Bühne befänden: er zeigte 3. Wie mochten sie wohl heißen?: er buchstabierte ›DIE DREI GRAZIEN.‹ Dann fragte man ihn, wer die oberste Behörde der Stadt sei?: der Hund verbeugte sich zum Bürgermeister hin. ›Was hatte den Herrn wohl zum ersten Beamten gemacht?‹: der Hund musterte das Alphabet, und buchstabierte ›VER-

DIENST‹. ›Waren etwa Personen anwesend, noch-mächtiger als der Herr Bürgermeister?‹: der Hund verneigte sich zu den 3 jungen Fräulein hinüber:! – ›Was machte sie denn so übermächtig?‹: der Hund buchstabierte ›SCHÖNHEIT‹. Als der Beifall, den derlei Antworten hervorriefen, sich gelegt hatte, vollführte der Hund, mit dem Stock des Soldaten, das GewehrExercitium; und sobald er damit fertig war, kam er zu dem geschäftlichen Teil der Vorstellung; nahm den Hut seines Herrn, den Dieser auf den Boden gelegt gehabt hatte, auf, und trug ihn bei allen Personen, die mit auf der Bühne standen, in der Runde. Man sah Einander an: ? »Es ist der Hund eines armen Soldaten –«, sprach das Kind in die Hände, die sein Gesicht verbargen.: »Nein, nein; ein Soldat kann nicht betteln!«, rief der Komödiant. Der Bürgermeister ließ eine Münze in den Hut fallen; Andere taten desgleichen, oder stellten sich doch so. Der Hund überbrachte den Hut seinem Herrn, der ihn zur Seite winkte. Es entstand eine Pause. Der Hund stellte den Hut, sachte, zu den Füßen des Soldaten ab; und blickte dann, in dringender Bitte, zu dem Kinde auf: ? –

»Was«, fragte sie, ihr Haupt jetzt stolz erhebend –: »Was verteidigt die SCHÖNEIT und schützt das VERDIENST?« Der Hund bemächtigte sich wieder des Stockes und schulterte ihn: !. »Und wohin kann der Soldat um Hülfe aufschauen, wenn er darbt und nicht zu betteln vermag?«. Der Hund schien verwirrt – die Ungewißheit war schrecklich. »Gütiger Himmel«, dachte der Schauspieler, »wenn das Biest jetzt am Ende stecken bliebe! – und wo ich mir doch solche Mühe gegeben hab', daß die zwei Worte ungestört beieinander liegen – ihm direkt vor der Nase!«. Mit einem tiefen Seufzer richtete sich der Veteran aus seiner mutlosen Attitüde auf; und schlich davon, über'n Boden, wie wenn er nur mehr entkommen wolle – so gänzlich-gebrochen, so seitwärts-niedergeschlagen. Aller Augen hafteten auf diesem herzbrechenden Gesicht, dieser weichenden Gestalt; und das Auge in diesem herzbrechenden Gesicht war einzig auf den Hund konzentriert; und der Fuß dieser weichenden Gestalt schien, als er an den AlphabetBuchstaben vorbeikam, die noch immer, wie zuletzt arrangiert, auf dem Boden lagen, zu beben, zurückzuschaudern, aufzufahren ... »Oh!: wo-hin wohl darf er um Hülfe aufschauen?«, wiederholte das Enkelkind wieder, die kleinen Hände ineinander-ringend: ?! – Jetzt hatte der Hund sein Stichwort erfaßt; und legte seine Pfote, erstens auf ›VERDIENST‹; und anschließend auf ›SCHÖNHEIT‹. –: »Verdienst!« jubelten die Damen – »Schönheit!« rief der Bürgermeister. »Wundervoll; wundervoll!«. »Nimm den Hut wieder auf«, sagte das Kind; und, zum Bürgermeister gewandt – »Oh, sagen Sie ihm doch, bitte, Sir: wie das, was VERDIENST und SCHÖNHEIT der BEDRÄNGTEN TAPFERKEIT gäben, kein Almosen sei, sondern ein Tribut. –?«

Die Worte waren, an sich, wenig besser als ein abgegriffener, gemeinplätziger KnallEffekt; aber das TrägerStimmchen durchglitt so-süß all die Versammelten, daß es den Weg zu jeglichem Herzen fand.

»Ist das wirklich so?«, fragte der alte Soldat, indes seine Hand zögernd über den Münzen schwebte. »Auf meine Ehre, Sir: es ist so.«, versetzte der Bürgermeister mit ernstem Nachdruck. Und die Zuhörerschaft hielt dies für die beste Rede, die er je in seinem Leben gehalten, und jauchzte ihm Beifall, bis das Dach widerhallte. –: »Oh! –: Brot, Brot; für Dich, Liebchen!«, rief der Veteran, sein Haupt über das Kind hin-gebückt; und auch das Kreuz zog er wieder hervor, und küßte es mit nobler Passion: »und das Ehren-Zeichen dennoch bei mir! –«

Während das Publikum noch aufs Tiefste bewegt war, und in so manchem Aug' noch die Thräne der Großmuth funkelte, ergriff Waife seine Gelegenheit; warf den Komödianten ab; und trat front-wärts, in die Bresche, als Mann – als einfacher, ruhiger, ernsthafter Mann – kunstloser Mann! –:

:»Hier geht es um keinen Mimus, Ladies und Gentlemen. Es ist ein Stück aus dem Wirklichen Leben, das sich Ihnen vorgelegt hat. Ich stehe hier, um Herzen anzusprechen, die menschlichsten Anliegen nicht vergebens offen sind. Ich plädiere für Das, was ich dargestellt habe –: schon wahr daß der Mann, der Ihrer Hülfe bedarf, nicht Einer von jener Soldateska ist, die einst Europa verheerte. Aber er hat schon ähnlich-schwere Schlachten durchgefochten; und sein Schicksal hat ihn ebenso schwerem Jammer preisgegeben. Sicher: Er ist kein Franzmann; Er gehört einem Land' an, das Sie nicht minder lieb haben, als dies Frankreich, – das heißt: Ihr-eigenes!. Auch er hat ein Kind, das Er vor Hunger bewahren möchte. Auch Er hat nichts übrig, was er verkaufen, oder ums Liebe Brot verpfänden könnte – es sei denn – åch auch nicht dies vergüldete EhrenZeichen; es besteht, Sie sehen es selbst, aus Pappe und GoldPapier – ausgenommen, ich wiederhole es, die Sache selbst, deren armes Gleichnis Sie schon respektieren – nichts blieb zu verpfänden, zu versetzen, übrig, als Die Ehre! –: Für diese hab' ich heut Abend als Schau-Manager gesprochen; für sie streck' ich, ohne Scham, meine Hände aus – für sie: mach ich den Bettler.«

Er schwieg. Der Hund nahm ruhig den Hut auf, und näherte sich erneut dem Bürgermeister. Der Bürgermeister nahm die Halbe Krone, die er zuvor hineingetan hatte, wieder heraus; und ließ dafür 2 GoldSovereigns in den Hut fallen. Wer errät nicht den Rest?: Alles drängte nach vorn – Jung und Alt, Mann und Weib. Und am eifrigsten von allen waren noch Diejenigen, deren Dasein dem Unbestand am meisten ausgesetzt – der Bettelarmut am nächsten ist – sie, die die Alternative zwischen Brot und Ehre aus eigenster-bitterster Erfahrung kennen: nicht ein einziger Arbeiter dort, der mit seinem Scherflein zurückgehalten hätte.

13. Kapitel

Omne ignotum pro magnifico – das Gerücht, unbekannt mit Gentleman Waife's Vorleben, befördert ihn zum Don Magnifico.

Dem Komödianten und seinen zwei Famuli folgte, obschon in ehrerbietigem Abstand, eine große MenschenMenge; bis hin vor den ›Sarazenenkopf‹. Nun sind mir wenig Dinge bekannt, die noch unangenehmer wären, als das Bewußtsein, geködert und ins Garn gegangen zu sein, wo es sich imgrunde nur um einen derben Anschlag auf meine Börse handelte – zumal wenn man bloß auf einen angenehmen Abend gerechnet hat – weswegen ich auch vor jenem SammelTeller, der zuweilen auf eine volkstümliche Ansprache, eine Kanzelrede, oder sonst einen beredsamen Appell an die Britische Freigebigkeit folgt, gerechten Abscheu hege; dennoch möchte ich die Behauptung wagen, daß sich unter all den Wesen, die der Komödiant durch Überraschung zu impulsiver Mildthätigkeit bewogen hatte, nicht Einer befand, den seine Handlungsweise gereut, die Ausgabe verdrossen, oder der Gedanke beschlichen hätte, er habe für sein Vergnügen zu teuer gezahlt. Alle hatten sie eine Reihe von so angenehmen Gemütsbewegungen durchgemacht, daß Alle gleichsam das Bedürfnis eines Ventils für ihre Dankbarkeit empfunden hatten – und als dies Ventil sich fand, ward es zu einem weiteren zusätzlichen Vergnügen. Aber, sonderbar zu sagen: Niemand konnte sich zu seiner Befriedigung diese beiden Fragen beantworten – für Was, und Wem er sein Geld gegeben habe? Es war keineswegs die allgemein angenommene Hypothese, daß der Darsteller das Geld für seine eignen Zwecke verwenden würde. Nein nein; trotz aller Indizien zugunsten einer solchen Theorie, konnte eine so respektable, so würdevolle Persönlichkeit – der sie vor allem mit dieser noblen Selbstsicherheit angeredet hatte, zu der ein Mann, der für sich selber bettelt, moralisch ja nicht berechtigt ist – eine so charaktervolle Persönlichkeit mußte platterdings ein hochherziger Philanthrop sein, der sich herabgelassen hatte, seine Künste bei einem als rein-intellektuell bekannten Institut einmal zu entfalten – vielleicht zugunsten eines berühmten aber heruntergekommenen Schriftstellers, dessen Name aus einer, der Schönen Literatur schuldigen Achtung, schonenderweise verschwiegen wurde.

Jedenfalls hatte Mr. Williams, der für den sachlichsten Kopf und praktischsten Mann in der ganzen Stadt galt, eben-diese Konjektur aufgestellt und verfochten. Vermutlich war der Fremde sogar selbst Autor – ein großer und arrivierter Autor: hatten etwa nicht große und arrivierte Autoren – Männer, die Stolz und Zierde unsrer Zeit und unsres Landes waren – Theater-gespielt?; auf öffentlicher Bühne sogar, und zwar unnachahmlich gespielt, zugunsten etwelcher Brüder in Apoll, oder sonstiger literarischer Zwecke?! Deshalb ward von all diesen arglosen Gemütern, dem Komödianten – neben den pekuniär-einträglichen Vorteilen für extreme Dürftigkeit und eingebüßte gesellschaftliche Stellung – auch noch die schuldige Achtung für wohlhäbige-äußere Umstände und hohen Ruf gezollt. Einem umfassenden Wunsch jedoch gaben alle Anwesenden, während ihres Heimweges, Ausdruck – dem Wunsche: das genossene Vergnügen noch-einmal zu erleben; selbst wenn sie denselben Preis dafür zu zahlen hätten! Könnte denn nicht das so lang geschlossene Theater wieder-eröffnet, und der Große Mann durch menschenfreundliche Motive, unterstützt von einem festen, durch freiwillige Subskription aufgebrachten Geldbetrage, dazu bewogen werden, die ganze Stadt so zu ergötzen, wie er vorhin-eben ihre auserlesenen Geister ergötzt hatte? Mr. Williams jedenfalls, in einem Anfall caritativen Aufgetautseins nunmehr der Weichste der Weichen, (wie die meisten Harten Männer, wenn sie einmal erweicht sind) schlug dieses dem Bürgermeister vor: ? – Worauf der Bürgermeister ausweichend entgegnete, daß er sich's überlegen wolle; und überdem sowieso vorhabe, heut-Abend eh' er nachhause fahre, Mr. Chapman noch – wie sich's gebühre – seine Aufwartung zu machen. Mr. Williams und mehrere Andere, drückten den Wunsch aus, Se. Gestrengen begleiten zu dürfen. Aber der gutmütige MagistratsChef wies darauf hin, daß Mr. Chapman wohl hochgradig ermüdet sein; daß die Gegenwart sehr-Vieler mehr wie eine Invasion als ein Kompliment wirken; und daß er, in seiner Eigenschaft als Bürgermeister, besser zu späterer Stunde allein erscheinen werde, sobald man Mr. Chapman Zeit zu Ruhe und Erholung gelassen haben, Jener jedoch noch nicht zu Bett gegangen sein würde. Derlei zartsinnige Rücksicht fiel ins Gewicht; und die Straßenzüge waren schon menschenarm, da des Bürgermeisters Gig, auf seinem Weg Villa-wärts, vor dem ›Sarazenenkopf‹ anhielt.

14. Kapitel

Das Intervall zwischen unserm anfänglichen Murren und unserm endlichen Resignieren: das ist es, in dem, sowohl bei Individuen als bei ganzen Gemeinwesen, all das anzutreffen ist, was eine Geschichte erzählenswert macht. Bevor wir nach dem begehren, was sich außerhalb unsrer Reichweite befindet, liegen wir nur still in der Wiege. Wenn wir verbraucht sind vom vielen Begehren, schläft das Verlangen wied'rum ein – wir liegen auf dem Totenbett.

Sophie (auf den Arm ihres Großvaters gestützt, während sie die Treppe im ›Sarazenenkopf‹ hinaufsteigen): – »Ach bin ich müde, Opa – ich möcht' am liebsten gleich zu Bett gehen, bitt'schön!«

Gentleman Waife: – »Ihr könntet doch gewiß vorher noch etwas zu Euch nehmen – irgendetwas Appetitliches, – Miss Chapman.« (Ihr dicht ins Ohr flüsternd): »Können doch jetzt im Überfluß leben! – Was in praxi bedeutet –« (wieder laut; zur Wirtin hin, die eben oben auf dem Treppenabsatz vorüberging): »Ä-bitte: Gegrilltes Huhn mit Pilzen zum AbendEssen, Madam! – Warum lachst Du denn gar nicht, Sophie? Oh, Schätzel, Du bist krank!«

»Nein nein, lieber Opa – bloß so müde – laß mich zu Bett gehen. Morgen ist mir wieder besser – ganz bestimmt.«

Waife schaute ihr liebevoll ins Gesicht; aber seine eignen schier allzu angeregten LebensGeister erlaubten ihm nicht, von der ungewöhnlichen Röte auf ihren Wangen anders als nur mit Bewunderung der gesteigerten Schönheit Notiz zu nehmen, die ihre sanften Züge durch die höhere Färbung erfuhren.

»Wahrhaftig«, sagte er, »Du *bist* ein hübsches Kind! – ein sehr-hübsches Kind – und spielen kannst Du wundervoll! Du würdest Furore auf jeder Bühne machen; aber ...«

Sophie (eifrig): – »Aber – nein, nein, niemals! – nicht auf die Bühne!«

Waife: – »Ich will ja gar nicht, wie Du weißt, daß Du zur Bühne gehen solltest. So eine PrivatVorstellung – wie die heute Abend, zum Beispiel – hat« (mit der Hand in die Tasche fahrend): »viel Empfehlenswertes für sich.«

Sophie (mit einem Seufzer): – »Dem Himmel sei Dank! das ist vorbei jetzt – und Du wirst ja nun, ach lange-lange Zeit, kein Geld weiter brauchen, ja? – Braver Sir Isaak!«

Sie begann, Sir Isaak zu liebkosen, der ihre Aufmerksamkeiten mit würdigem Vergnügen genehmigte. Sie waren unterdes in Sophie's Zimmer angelangt; und Waife – nachdem er noch einmal, und wieder vergebens, das Kind dringlich gebeten hatte, doch wenigstens einen kleinen Imbiß zu sich zu nehmen: ? – gab ihr schließlich den GutenachtKuß und seinen Segen; und pfiff dann Sir Isaak ein ›Malbrook s'en va-t-en guerre‹ vor, der diese Melodie für eine Einladung zum Abendessen hielt, sich die Lippen leckte, und voran schritt, freudvoll aber mit Dekor. –

Das Kind, sich selbst überlassen, atmete lang und schwer, beide Hände vor die Brust gedrückt, und sank ermattet aufs Fußende des Bettes nieder. Das Fenster hier hatte keine Läden; und Mondenlicht kam sanft herein; und stahl sich, dort wo der Kerzenschein den Schatten ließ, über Wand und Fußboden hin. Das Mädchenkind hob die Augen, langsam, fensterwärts – zum schwachen Schein des nachtblauen Himmels – dann zum schrägen Überschimmer des gekippten Mondes. – In uns'rer Kindheit gibt es einen ganz-bestimmten Zeitabschnitt, wo Einem das, was man die romantisch-sentimentale GefühlsAusrichtung nennt, zum ersten Mal verschwommen spürbar wird. Und grundsätzlich gewinnen, beim Aufdämmern dieses Gefühls, Mond und Sterne eine seltsame spukhafte Faszination über uns. Wenige Personen in mittleren Jahren – selbst falls sie ächtpoetische Naturen sein sollten – empfinden noch diese eigenartige Bezaub'rung durch die strenge Stille, den KummerGlanz des gestirnten Himmels Über-Uns; der die Meisten, wiegesagt – selbst die gänzlich Unpoetischen unter uns – auf jener mystischen Altersstufe beeindruckt, wo Kind und Teener aneinanderstreift, und man noch ein unruhiges Herze an jene merveilleusen QuizVeranstaltungen in-uns und um-uns wendet, über die wir, wenn die Erfahrung uns erst belehrt hat, daß sie auf dieser Seite des Grabes keine Lösung zulassen, jegliche Mutmaßung schlicht einstellen. – Gelockt vom Licht erhob sich sacht das Kind; trat hin zum Fenster; und lugte lang', das aufgehobene Gesicht mit beiden Händen stützend, in all die Himmel; indes sie, offenbar, mit sich selbst Zwiesprache hielt; denn ihre Lippen bewegten sich, und murmelten Unvernehmliches. Dann trat sie langsam, vom FensterRahmen, wieder zurück; und nahm erneut am Fußende des Bettleins Platz, untröstlich war sie. Und ab-jetzt lauteten ihre Gedanken, (obwohl sie dieselben vermutlich nicht in genau die gleichen Worte gekleidet haben würde): »Nein. Ich kann-und-kann es nicht verstehen. Wieso war ich denn zufrieden und glücklich, bevor ich *Ihn* gesehn? Warum erblickte ich nicht Arg nicht Schmach in dieser-unsrer Lebensweise – nicht einmal auf der Bühne, inmitten dieser Leute – bis *Er* gesagt hatte: ›Das wär was, von dem er wünschte, ich hätt' mich nie dazu herabgelassen!‹. Und Opa hat's ja auch gesagt: unsre Lebenswege wären so divergent, daß sie einander eig'ntlich gar nicht wieder-kreuzen könnten! – Demnach gibt's also einen LebensWeg, den ich niemals betreten kann – gibt's einen Pfad, auf dem ich immer-immer wandeln muß, immer--immer-immer diesen einen Pfad–und nie ein Ausbrechen daraus?! Nie die Möglichkeit, auf diesen andern-da einzubiegen, auf dem es keinerlei Maskierung, kein VersteckSpiel, keine falschen Namen gibt – nimmer-nimmer-nimmer?!«. Hier fuhr sie, ungeduldig, auf; und, mit einem wilden Blick –: »Das bringt mich noch um!«

Dann, erschrocken ob des eignen Ungestüms, warf sie sich auf's Bett und weinte leise. Ihr Herz war jetzt wieder bei ihrem Großvater, und es gab ihr einen Stich wegen ihrer Undankbarkeit ihm gegenüber: konnte denn Unrecht, oder gar Schande bei etwas sein, was er verlangte – was er unternahm? Und war es ihres Amtes, zu murren, wenn sie ihn beim Kampf ums Dasein unterstützte? Was war denn überhaupt die Ansicht eines fremden Jungen, im Vergleich zu der erprobten, schirmenden Liebe ihres einzigen Beschützers und bewährten Pflegers und Freundes? Und konnten sich die Leute denn ihren Beruf und ihre Lebensbedingungen selber aussuchen? Wenn eine Straße in dieser Richtung ging, dann eine andre eben dorthin; und Die auf der einen Straße, wurden halt immer weiter und weiter weggeführt von Denen, auf der andern, – als diese Idee ihr kam, versagte der Trost freilich wieder, und in ihrem lautlosen Weinen war es wie Bitterkeit der Verzweiflung. Aber der Kummer, der die Tränen hervorrief, wurde gleichzeitig durch sie erleichtert, und am Ende aufgebraucht: zu müde für mehr Hypothesen und Jammer, fiel ihr Gemütlein schließlich in die alt-angeborne kindliche Unterwürfigkeit zurück. Mit einer Inbrunst nicht frei von Selbstvorwürfen, sagte sie ihr demütig Nachtgebetlein her: daß Gott ihren lieben Opa segnen; und ihr gewähren möge, auch weiterhin ihm Trost und Stütze zu sein. Dann entkleidete sie sich mechanisch; löschte die Kerze aus, und kroch ins Bette. –Der Mondenschein wurde kecker und kecker: er avancierte über'n Boden, und die Wände hinauf; jetzt überflutet er sogar ihr Kissen, und scheint für ihre Augen eine heilig-liebevolle Milde anzunehmen, immer heiliger und liebevoller, je mehr ihr die Lider davor zusinken. Die unklare Erinnerung an eine Geschichte von ›Schutz-Geistern‹, mit der Waife sie einmal verwundert und bezaubert hatte, durchzieht ihr die schlummerschweren Gedänklein, und verbindet sich mit der Anwesenheit dieses Mondlichts, das sie eingekreist hält. Da! schau: jetzt sind die Lider geschlossen, und tränenlos ihre Fransensäume. Die holden Lippen sind leicht aufgegangen, und die Grübchen sacht hervorgetreten. Sie schläft, sie träumt bereits! Wo und Was ist die rauhe Welt des Wachens nun? Ob es wirklich *keine* SchutzGeister gibt? Lache der Frage, wenn Du magst, Du ernster Mann, so verständig und selbstvertrauend; aber Du, oh holde Mutter – die Du öfter das seltsame Glück auf dem Antlitz eines Kindes gewahrtest, das sich in Schlaf geweint hat – was meinst denn Du zu der lieblichen Überlieferung, die ihren Ursprung sicherlich im Herzen der ersten Mutter hatte? –

15. Kapitel

So freundlos ist kein Mensch, daß er nicht wenigstens einen Freund noch aufzutreiben wüßte, der es aufrichtig genug mit ihm meinte, ihm unangenehme Wahrheiten zu sagen.

Inzwischen hatte 's der Komödiant für sich selbst und Sir Isaak ungemein bequem gemacht. Gentleman Waife war, seinen Gewohnheiten nach, kein unenthaltsamer Mann: er konnte durchaus bei einer BrotRinde dinieren, mit nichts als Heiterkeit gewürzt; und was aufregende Getränke betrifft, war sein Humor von einer so kindlichen Unschuld, wie sie Gehirnen, die habituell mit Alkohol gewaschen werden, absolut unbekannt ist. Bei dieser besonderen Gelegenheit jedoch, war Waife's Herz, infolge des langentwöhnten Gefühls von Wohlhabenheit, so großzügig gestimmt, daß es ihn unwiderstehlich drängte, sich ein Gütchen zu tun. Er erwies dem gegrillten Huhn, zu dem er Sophie vergeblich zu verlocken gesucht hatte, alle Ehre. Er bestellte 1/4 Liter Portwein, zu ›Negus‹ verglühpunscht. Er legte sich selber vor, unter Verbeugungen, wie wenn er sein eigener Gast wäre; und jedesmal, wenn er nach dem Glase griff, nickte er verbindlich, à la ›Ihre Gesundheit Mr. Waife!‹ —. Ja, er offerierte sogar Sir Isaak ein Gläslein von dem anregenden Getränke: ? – der sich jedoch, auf's äußerste beleidigt, unter das Sopha retirierte; von wo aus er, die Stirn zu ernstem Tadel gefaltet, durch all sein LockenGewalle hindurch hervorlugte. Auch geschah es nicht ohne wohlerwog'ne Vorsicht – erst ein Stück Backenbart; dann eine Pfote – daß er aus seinem *buen retiro* wieder auftauchte; nachdem ein Teller, fast zu hoch beladen mit Überbleibseln des FestMahls, auf den KaminVorleger hingestellt worden war.

Nach abgeschlossenem Souper – als der Aufwärter gegangen; vom Negus aber noch übrig war – entzündete Waife seine Pfeife; und begann, den Blick auf Sir Isaak gerichtet, diesen hundsgestaltigen Philosophen also anzureden —: »Erlauchtes Mitglied der Vierfüßigen Gesellschaft der Freunde des Menschen; auch, (da im Besitz jener Fertigkeiten für's Praktische Leben, die nur wenige Freunde des Menschen in seinem Dienst entwickeln mögen), zu hohem Rang Beförderter – etwa ›GeneralKommissar des LebensmittelDepartements‹, oder ›SchatzKanzler‹ – ich habe die Ehre Euch zu benachrichtigen, daß eine DankAdresse für Euch in diesem Hohen Hause sowohl eingebracht, als auch einstimmig-angenommen worden ist! –: ?«. Sir Isaak, scheu-dreinsehend, verpaßte lieber dem Teller noch eine Ableckung, und wedelte mit dem Schwanze. –: »Schon recht: 1 Mal, (darf ich es aussprechen?), hast Du Dich, bei VERDIENST und SCHÖNHEIT geirrt! – Dein Gedächtnis ließ Dich im Stich: das Finale Deines Vortrags war am Rande des Bank'rotts – aber, wie wir Lateiner sagen, (und die betreffende Grammatik es philosophisch genug formuliert), *›nemo mortalium omnibus horis sapit‹;* d. i. ›auch der weiseste Sterbliche, komme er auf 2 oder auch 4 Beinen einher, kann, gelegentlich, stolpern‹. Der größeste Feldherr, (bzw. Staatsmann, bzw. Weiser) ist ja nicht Derjenige, der nie einen Fehler begeht; wohl aber Er, der einen begangenen Fehler wiedergutmacht, ja, ihn in einen Erfolg verwandelt – und eben-dies war Dein Verdienst; war Deine Auszeichnung! – (Es war niemals meine!: ich erkenne Deinen überlegenen Genius an.). ä-Setz' ich also unbedingtes Vertrauen in Dich. Ich überantworte Dich hiermit den Armen des Morpheus, (denn ich sehe, daß ein Panegyricus auf Dein Nervensystem wie ein SchlafMittel wirkt); ergo stelle ich nunmehr den Antrag, daß sich das Hohe Haus auflöse, nachdem es noch einen ›SonderAusschuß der Mittel und Wege zur Überprüfung des Budgets‹ eingesetzt hat – einverstanden? –«.

Woraufhin der Komödiant, indes Sir Isaak in einen tiefen Schlaf verfiel, den Inhalt seiner Taschen umsichtig auf den Tisch entleerte; ihn auseinander-sortierte, hier das Gold, dort das Silber; zu dreien Malen, sorgfältig, den Gesamtbetrag überzählte; und ihn dann in diverse Häufchen abteilte: –

»Das für die GasthausRechnung –«, sprach er: »– ›ZivilListe‹!; ein großer Posten, hm hm. / Das ist für Sophie!: unser Schätzel soll einen Lehrer haben, und Musikunterricht – ›ErziehungsFond‹ also. / Laufende Ausgaben für die nächsten vierzehn Tage – ›Voranschlag für die Innere Verwaltung‹. / : Tabak? – woll'n wir das mal ›Etat für den Secret Service‹ nennen. / – Ach Du alter Bummler und Rumtreiber: ist der Himmel am Ende nicht doch gnädig gegen Dich? Ein paar solche Abende noch; und wer weiß, ob Du auf Deine alten Tage nicht doch noch ein anderes Dach überm Kopfe haben wirst, als das Arbeitshaus. Und Sophie? – ach was wird mit Der?: Barmherzige Vorsehung, laß mir mein Leben nur so lange, bis sie seiner nicht mehr bedarf!« Die Träne trat ihm ins Auge; er wischte sie rüstig fort; überzählte lieber noch einmal sein Geld, und summte dazu eine muntere Weise. –

Die Tür öffnete sich; Waife sah überrascht hoch: ? – strich rasch mit der Hand über die Münzen, und steckte sie wieder in seine Tasche.

Der Bürgermeister trat ein.

Indes Mr. Hartopp, langsam, durchs Zimmer herangeschritten kam, schaute sein Auge, fest, in das von Waife; und dies Auge war so forschend, obschon gleichzeitig so mild, daß der Komödiant fühlte, wie er die Farbe wechselte. Seine frohe Laune schwand – schwand mehr und mehr, je näher der Schritt des Bürgermeisters kam; und als Hartopp, ohne zu sprechen, seine Hand erfaßte – nicht zu Kompliment – nicht zum Glückwunsch – sie vielmehr drückte, wie in tiefem Erbarmen, und ihm dabei immerfort, mit diesen mitleidsvollen, durchdringenden Augen voll ins Gesicht blickte, da empfand der Schauspieler eine Art von Schock, wie wenn jetzt Einer, all seinen BühnenVermummungen zum Trotz, in ihm läse – ihn durch und durch läse, bis ins Innerste seines Herzens, und ebenso schweigend wie sein später Besucher, sank er auf seinen Stuhl zurück – beschämt – fassungslos. –

Mr. Hartopp: – »Armer Mann!«

Der Komödiant (mit einer Anstrengung, sich zusammenzureißen; aber immer noch verwirrt): – »Nieder, Sir Isaak: leg Dich! – Dieser Ihr Besuch, Herr Bürgermeister, ist ja eine Ehre, die einen armen Hund wohl überraschen darf – Sie entschuldigen ihn, ja?«

Mr. Hartopp (Sir Isaak klopfend, der seine Kleidung wißbegierig beschnüffelte; und sich einen Stuhl dicht neben den Schauspieler ziehend – der daraufhin mit seinem eig'nen etwas abrückte – vergebens; denn Mr. Hartopp reagierte auf solche Bewegung lediglich dadurch, daß er entsprechend avancierte): – »Ihr Hund ist ein admirables, ein sehr gescheites Tier; aber in der Zurschaustellung eines Gelehrten Hundes liegt stets etwas, was Einen trübe stimmen kann: durch was für Entbehrungen hat man ihn nicht gezwungen, von seinem natürlichen Verhalten abzugehen? Durch wieviel Fasten und strenge Behandlung sind seine Instinkte nicht zu Tricks verrenkt worden? Hunger ist ein harter Lehrer, Mr. Chapman; und Denen, die aus seiner Schule kommen, können wir nicht immer ein Lob spenden, das gänzlich ungemischt mit Mitleid wäre.«

Der Komödiant (bei solch allegorischen Wendungen gar nicht

in seinem Element; und sowieso überrascht, bei Mr. Hartopp einen aufgeweckteren Verstand anzutreffen, als er dem Manne zunächst zugetraut hatte): – »Sie reden ja wie ein Orakel, Herr Bürgermeister. Aber zumindest dieser Hund ist mit Milde erzogen, mit Freundlichkeit behandelt worden. Angebor'nes Genie, Sir, will sich Luft machen! – Chm – aber ein überaus intelligentes Publikum, das uns heut-Abend die Ehre gegeben hat; Wir sind Ihnen unsern aufrichtigsten Dank schuldig.«

Mr. Hartopp: – »Mr. Chapman; wollen Wir doch ganz offen miteinander reden. Ich bin kein smarter Mann – eher ein bißchen einfältig. Wenn ich mich als smarten Mann aufgespielt hätte, wäre ich nicht das, was ich jetzt bin. – Pscht!; keine Komplimente. – Aber mein Lebensweg hat mich häufig in Berührung mit Solchen gebracht, die leiden; und in Angelegenheiten, die sich unsrer Beobachtung immer wieder unterbreiten, bekommt wohl auch der Einfältigste unter uns einen gewissen Scharfblick. So haben auch Sie, ich gesteh' es gern, mich zuerst angeführt. Ich dachte, Sie wären ein Humorist und Philanthrop mit speziellen Grillen; wie so manch humaner Mann, der viel Zeit übrig und die Taschen voller Geld hat, sie sich wohl in den Kopf setzt. – Aber in dem Moment, als der BettelHut an den Tanz kam, – (ich bitt' um Verzeihung – ich will Sie keinesfalls beleidigen!) – als also der BettelHut erschien, da durchschaute ich den Mann, der der Philanthropie seitens Anderer bedarf; und dessen Grillen unter einem mehr gewerbsmäßigen BlickWinkel betrachtet werden müssen. – Sir, ich bin allein hierher-gekommen, da vielleicht ich-allein den Fall so sehe, wie er in Wahrheit liegt. – Wollen Sie mir Vertrauen schenken? Sie können's mit Sicherheit tun. – Also ganz-offen: Wer und Was sind Sie?«

Der Komödiant (ausweichend): – »Für was halten Sie mich eigentlich, Herr Bürgermeister? – Was kann ich schon groß anders sein, als ein landfahrender ShowMann; der sich eines, harmlosen!, Tricks bedient hat, um sich ein Auditorium zu verschaffen; und einen Effekt zu erzielen, der die unverschleierte Kühnheit des – wie sagten Sie gleich so-schön?: – ›BettelHutes‹ etwas tarnen möchte?«

Mr. Hartopp (ernsthaft): – »Wenn ein Mann von Ihrer Begabung und Bildung genötigt ist, sich solcher Kniffe zu bedienen, dann muß er irgendwie grobe Fehler begangen haben. Gebe der Himmel, daß es nichts Schlimmeres waren als Fehler!«

Der Komödiant (bitter): – »Daran erkenn ich meine Begüterten: das ist immer ihre Art. Hat ein Mann Unglück, sagen sie: ›Warum hilft er sich denn nicht selber?‹. Und versucht er sich selber zu helfen, dann sagen sie: ›Bei so viel Begabung und Bildung, wieso hilft er sich da nicht besser-vornehmer?‹. Begabung und Bildung!: Sprenkel und Dohnen, Herr Bürgermeister! ›Begabung und Bildung‹?: die zwei übelsten MenschenFallen, in die ein armer Kerl mit dem Fuß geraten kann! Achjá!; sagten Sie nicht eben selber, wenn Sie sich als smarten Mann etabliert hätten, dann stünden Sie nicht dort, wo Sie jetzt sind?: ein weiser Ausspruch!; ich bewund're Sie dafür. Schon, schon, ich und mein Hund haben Ihre Stadtleute amüsiert; sie ihrerseits haben uns großzügig dafür entlohnt. Wir dienen der Öffentlichkeit; und je nachdem wie wir öffentlich auftreten – zischt uns aus, oder beklatscht uns. Aber müssen wir uns deswegen auch gleich einem Verhör über uns're private Aufführung unterwerfen? Steht Ihnen die Frage zu: Wieviel Hammelknochen der Hund dort wohl so stibitzt?, wieviel Katzen er molestiert haben mag?; oder auch: Wieviel ReserveHemden der Gaukler noch im Felleisen?, wieviel Schulden er an seinem letzten Aufenthaltsort hinterlassen habe?; wie steht's mit seinem SparBuch auf Erden, und seiner Rechnung mit dem Himmel? – gehen Sie doch, und stellen Sie diese Fragen erst Ihren Ministern und Generälen, Ihren Philosophen und Poeten! Und wenn Die Ihr Recht sie zu stellen anerkannt haben werden, dann kommen Sie wieder zu mir und dem andern Hund!«

Mr. Hartopp (erhebt sich, und zieht langsam seine Handschuhe an): – »Ich bitte um Entschuldigung. Ich bin zu Ende, Sir. Und dennoch hatte ich ein Interesse für Sie gefaßt – wohl weil ich selber keine nennenswerten Talente habe, bewundere ich Diejenigen immer, die welche besitzen. Und dann empfand ich's auch wie Angst und Bangen wegen Ihres kleinen Mädchens – so jung, so einnehmend. Ist es unbedingt erforderlich, daß Sie das Kind bei einer Lebensführung aufwachsen lassen, die doch entschieden zweideutig, und für weibliche Wesen gefährlich ist?«

Der Komödiant hob unversehens die Augen, und spähte seinem Besucher scharf ins Gesicht: !? –; und auf diesem Gesicht lag so viel Wohlwollen und Menschlichkeit – so viel Milde im Kampf mit amtlichem Tadel – daß die Dreistigkeit des Vagabunden nachgab; er schlug an seine Brust, und ächzte laut.

Mr. Hartopp (den gewonnenen Vorteil verfolgend): – »Und

haben Sie gar keine Besorgnis wegen ihrer Gesundheit? Sehen Sie nicht, wie zart sie ist? Erkennen Sie nicht, daß gerade ihr Talent von einer Fähigkeit zu emotionellem Nachempfinden herkommen dürfte, die sie früher oder später aufreiben muß?«

WAIFE: – »Nein, nein! Stop, stop, stop!: Sie schrecken mich; Sie brechen mir das Herz! Mann, Mann!: es ist doch alles nur wegen ihr, daß ich mich mühe, und gaukle, und bettle – falls Sie das betteln nennen. Dachten Sie etwa, ich machte mir groß Sorge darum, was aus dem ramponierten Kadaver-hier wird?: nicht 1 Pfifferling! – Was soll ich bloß machen? Was! Was! Was!? Sie erzählen mir, ich solle Ihnen vertrauen – mit welcher Begründung? Wie können Sie mir schon helfen? Wer kann mir überhaupt helfen? Wollen Sie mir Beschäftigung geben? Zu was eigne ich mich denn?: zu Nichts! Für einen irischen Arbeiter haben Sie Lohn und Brot gefunden, und nicht erst groß gefragt, Wer oder Was er sei; aber einem Mann, der sich anscheinend aus jener Sphäre zu euch verirrt hat, wo die Armut-selbst, wenn sie eintritt, noch einen Knix macht, und sich gern mit ›bessere Zeiten gesehen‹ nennen hört, dem ruft ihr zu: ›Halt; Paß vorlegen; wo sind die Beglaubigungsschreiben – die sonstigen Ausweise?‹. Ich habe keine! Ich bin aus der Welt, in der ich mich einst bewegte, herausgeschlittert. Ich darf mich an Jene, die ich in ihr kannte, so wenig wenden, als ob ich von einem der Sterne da-droben eingewandert wäre, und mich jetzt darauf berufen wollte: ›Bitte, DA: sehen Sie, was ich einmal gewesen bin!‹. – Aber Sie meinen nicht im Ernste, daß Sie schlecht aussähe! – oder?, wie? Ach ich Unglücksmensch! Und ich hab gedacht, sie zu retten!« Der alte Mann zitterte von Kopf bis Fuß, und seine Wange war aschfahl geworden.

Und wieder ergriff der gute MagistratsBeamte seine Hand; aber dieses Mal war ihr Druck ausgesprochen ermutigend. »Kopf hoch; wo ein Wille ist, da ist auch ein Weg: Sie rechtfertigen die gute Meinung, die ich für Sie gefaßt hatte; allen Indizien für das Gegenteil zum trotz. Als ich Sie aufforderte, mir zu vertrauen, da geschah das nicht aus Neugierde; sondern weil ich Ihnen nützen möchte, wenn ich kann. Denken Sie, bitte, über das nach, was ich Ihnen gesagt habe. Sicher; Sie wissen zunächst nur wenig von mir; informieren Sie sich getrost erst, was meine Nachbarn über mich reden, bevor Sie mir weiter trauen. – Im Übrigen: man wird morgen mit so manchem Antrag an Sie herantreten, Ihre Vorstellung zu wiederholen. Sie entschuldigen mich, wenn ich dergleichen nicht mehr aktiv ermutige. Ich will, andrerseits, nicht direkt zu Ihrem Schaden einschreiten; aber . . .«

»Aber –«, rief Waife, (des Rests der Ansprache nicht sonderlich achtend) –: »Sie meinen doch, daß sie schlecht aussähe?; daß es ihr Schaden zufüge?: Sie meinen, ich brächte meine Enkelin um!? – sie, den Engel meines Lebens, mein Alles!?«

»Nicht doch; ich hab' mich zu schwerfällig ausgedrückt. Aber immerhin . . .«

»Ja ja: immerhin! . . .:?!«

»Immerhin, wo Sie-sie so innig lieb-haben: würden Sie da ihr Gewissen, ihre Liebe zur Wahrheit, abstumpfen wollen? – Waren Sie, heut-Abend, nicht in letzter Instanz ein Betrüger? Wollen Sie, daß sie verehrt; und nachahmt; und betet –: für einen Betrüger?«

»In dem Licht hab' ich das nie betrachtet!«, stammelte Waife, im Innersten getroffen; »niemals, nie; so wahr mir GOtt helfe!«

»Dess' war ich mir sicher«, sagte der Bürgermeister; »Sie sahen das Ganze mehr als Sport an; Sie faßten es wie ein SchulJunge auf. Ich habe mehrfach solche Männer kennen gelernt wie Sie, temperamentvoll und verspielt. Solche Männer irren unbewußterweise; denn irrten sie je absichtlich, wär' es bei ihnen ja wohl aus mit der Hochstimmung und guten Laune. – Gute-Nacht, Mister Chapman; Wir hören noch von-Einander.«

Die Tür schloß sich hinter der Gestalt des Besuchers. Waife's Kopf sank ihm auf die Brust; und all die tiefen Furchen auf Stirn und Wange – Schriftzeichen wiederauflebender mächtiger Kümmernisse – traten schärfer hervor – ein Antlitz, nun da das unschuldig-schalkhafte Mienenspiel daraus verschwunden war derart verändert, daß man es nicht mehr wiedererkannt haben würde. Schließlich erhob er sich sehr leise; ergriff die Kerze, und stahl sich in Sophie's Zimmer. Mit sorglicher Hand die Flamme beschattend, schaute er in ihr schlafendes Gesicht –? – noch lag das Lächeln um die leicht-geöffneten Lippen – noch war das Kind im Feenland der Träume. Aber die Wange war schmaler, als sie vor ein paar Wochen gewesen; und die kleine Hand, die auf dem Deckbett ruhte schien abgezehrter. Waife nahm diese Hand, geräuschlos, in die seine –? –: sie war heiß und trocken. Er legte sie, mit einem Blick voll unaussprechlicher Angst und Pein, wieder hin; und schlich sich unter mitleiderregendem Kopfschütteln davon und zurück. Er setzte sich an den Tisch, wo er beim Überzählen seines Gewinns ertappt worden war; er verschränkte die Arme, und richtete den starren Blick zu Boden; so saß er regungslos, wie in betäubtem Stillstand jeglicher Gedankentätigkeit; bis die Dämmerung sich am Himmel heraufstahl – die Sonne in die Fenster schien. Der Hund, zu seinen Füßen eingerollt, war zuweilen aufgefahren, und hatte gewinselt, wie um seine Aufmerksamkeit auf sich zu lenken: er achtete dessen nicht. Die Uhr schlug 6; im Haus begann es sich zu regen. Das Stubenmädchen kam ins Zimmer; Waife erhob sich, und griff nach seinem Hut, dessen Filz er mechanisch mit dem Unterärmel bürstete. »Wer, sagten Sie, sei der Beste hier am Ort?«, fragte er mit ausdruckslosem Lächeln, indem er den Arm des Mädchens anrührte:?

»Sir!; der Beste? – von was?«

»Der beste Doktor, Madam' – nicht etwa einer von Euern GemeindeBadern – der wirklich beste Arzt! –? Dr. Gill – sagten Sie Gill? Besten Dank; seine Wohnung High Street. Ganz in der Nähe, Madam'.« Mit seiner Großen Verbeugung – was Gewohnheit nicht alles tut! – lächelte Gentleman Waife verbindlich, und verließ das Zimmer. Sir Isaak reckt' und streckte sich; und folgte hinterdrein.

16. Kapitel

Innerhalb jedweder zivilisierten Gesellschaft trifft man auf eine Menschenart, die die Urinstinkte des Kannibalentums beibehalten hat, und die von ihren Mitmenschen, als ihrer natürlichen Nahrung, lebt. Sobald diese interessanten aber formidablen Zweibeiner ihr Opfer gefangen haben, wählen sie sich unveränderlich 1 ganz bestimmten Körperteil aus, in den sie ihr erbarmungsloses Gebiß einschlagen. Der solchermaßen auserkorne Teil ist auch ganz besonders gefühlig, da die unerforschliche Vorsehung ihn für das geringste Zähnezwacken empfindlich gemacht hat; er liegt unmittelbar am Hüftgelenk, ist durch eine äußere Hülle aus erlesenen Fibern geschützt, und wird gemeinhin als ›DIE PORTEMONNAIE-TASCHE‹ bezeichnet. Der reinrassige oder Vollblut-Menschenfresser, beginnt im allgemeinen bei seinen eignen Verwandten und Freunden; und so lang wie er seine Gefräßigkeit auf diese häuslichen Zirkel beschränkt, schreitet das Gesetz, falls überhaupt dann nur wenig gegen sein altehrwürdiges Gelüste ein. Sobald er jedoch alles erschöpft hat, was sich ihm im Schoß des Privatlebens als eßbar darbeut, fällt der Kannibale über die Gesellschaft her, wird zum ›Man-eater‹ – und dann ›sauve qui peut!‹, beginnen Die Gesetze sich zu regen: sie rufen nach ihren Perücken und Roben; sie setzen ihre Brillen auf; und der zum Werwolf geword'ne Anthropophage ist seiner Diner's fürderhin nicht mehr absolut sicher. In diesem Stadium seiner Entwicklung angelangt, gewinnt der Man--eater eine gewisse Bedeutung, geht ein in die Bezirke der Geschichte, und wird zum Gegenstand der Überlegungen von Moralisten.

An genau-demselben Morgen, da Waife den ›SarazenenKopf‹ verließ, um einen Doktor zu holen, (allerdings zu etwas späterer Stunde); suchte sich ein Mann – der, seinem betont-smarten Aufputz, und nicht minder der flotten Dreistigkeit seines Dahin-Schlenderns nach zu urteilen, sich aus den heitereren Umgebungen von Regent Street hierher verirrt haben mußte – seinen Weg durch die stillen, ja verödeten Passagen und Durchgänge, wie sie die entlegensten Distrikte von Bloomsbury durchschneiden. An der Kurve zu einem noch-einsameren Gäßchen, als diejenigen die zu ihm hinführten, hielt der Mann inne, und sah hoch, an die MauerEcke, wo der Name der Straße hätte angeschrieben-stehen sollen —:?. Aber die Mauer war anscheinend vor kurzem neu-übertüncht worden; und die Tünche hatte die ersehnte Inschrift verwischt. Der Mann murmelte eine ungeduldige Verwünschung; und, indem er sich umwandte, wie um einen Vorübergehenden zu finden, bei dem er sich erkundigen könnte; —; gewahrte er, auf der gegenüberliegenden Seite der Straße, einen andern Mann, der anscheinend mit ähnlichen Recherchen beschäftigt war. Unwillkürlich gingen Beide, über die Straße, aufeinander-zu.

:»Pardon, Sir —«, begann der zweite Wanderer durch diese Ödnis: »könnten Sie mir vielleicht sagen, ob das-hier die Straße ist, die sich einen ›Platz‹ schimpft? — ›Podden Place‹, und zwar noch ›der Obere‹?«

»Sir, —« versetzte der geschniegeltere der Wanderer, »genau-die Frage wollte ich soeben an Sie richten.«

»Äußerst merkwürdig!«

»Man kann es so ausdrücken; insofern als mehr denn 1 Person, in diesem geschäftigen Zeitalter, damit zu tun haben sollte, um was wie einen ›Podden Place‹ zu entdecken! — Und nicht eine Menschen-Seele, die man fragen könnte! — nicht ein Laden zu sehen! — nicht die geringste ApfelsinenBude!«

»Hà!—«, rief der Andere, in einer Art theatralischer Grabes-Stimme —: »ist das-dort nicht ein SeidelJunge? —: Hehda! — Du-Du-Du: bleib ma' stehen! ß-stòp! —: ist das-hier Podden Place? — der ›Obere‹?«

»Jå; sicher —«, antwortete, in schläfrigem Tone, aus so-schläfriger Atmosphäre hervor, der SeidelJunge; der unverzüglich sein Zinn mit dumpfem Klang gegen ein VorGartenGitter erschollern ließ; und dazu sein »Pötte-abliefern!« herleierte; in einem so beerdigungsmäßigen Ton, wie man etwa in der ›PestStadt‹ das ›Raus mit den Leichen!‹ ausgeschrien haben wird.

Inzwischen tauschten die beiden Wanderer eine Verbeugung, und gingen wieder auseinander — der Geschniegeltere (sei es daß er sich einer nachdenklichen Stimmung hingab; oder aber infolge habitueller Gleichgültigkeit gegen Menschen und Dinge, die sich nicht direkt auf ihn selbst bezogen) nahm weiter keine Notiz von dem EinsamkeitsGefährten, beschäftigte sich vielmehr mit gewissen kleinen SchönheitsKorrekturen an seiner eigenen werten Person. Er ordnete sich das Haar mit der Hand; readjustierte den Neigungs-Winkel seines Hutes; sah wohlgefällig auf seine Stiefel, die noch

Glanz und Schimmer der MorgenPutzung bewahrten; zog seine HemdManschetten schaubarer heraus; gab, mit einem Wort, alle Inzichten eines Mannes, der Eindruck zu machen wünscht, und weiß, daß Einiges darauf ankommt. Derart vertieft war er in diese Beschäftigung mit sich selber, daß – da er endlich vor einer der kleinen Türen in der kleinen Straße stehen blieb, und die Hand zum Klopfer aufhob – er mit Erstaunen bemerkte, daß Wanderer Nummer Zwei sich wieder an seiner Seite befand.

Jetzt musterten sich die beiden Männer doch des Näheren, zwar kurz aber nicht uneindringlich. – Wanderer Nummer Eins war noch relativ jung – zweifellos hübsch; aber mit einem unbeschreiblichen Zug um Aug' und Lippe, vor dem der Andere mit instinktmäßiger Scheu zurückwich – ein harter Zug, ein zynischer Zug – ein von der Seite kommender, ruhig herausfordernder, gefühlloser Zug. Sein Anzug glänzte so neu, wie wenn er ihn eben zum erstenmal angezogen hätte, war nach der herrschenden Mode geschnitten, und besprach eine Vorliebe für weniger gedämpfte Farben als man von Engländern sonst gewohnt ist; die jedoch eine gut-aussehende Persönlichkeit gerade noch so tragen konnte, ohne sich direkt dem Vorwurf der Vulgarität auszusetzen, obschon sie den der Eingebildetheit wohl in Kauf nehmen mußte. Falls Einem Zweifel kamen, ob der Mann wirklich ein Gentleman wäre, würde man doch in beträchtliche Verlegenheit gekommen sein, zu erraten, was er sonst wohl sein mochte. Wäre nicht dieser bereits geschilderte Zug an ihm gewesen, (mag sein, daß er ihn nicht beständig trug), man hätte seine Erscheinung fast ›einnehmend‹ nennen können. Seine Gestalt zeigte die Anmut, sein Schritt die Elastizität, wie sie von richtigen Proportionen und athletischer Kraft herrühren. In der Hand trug er ein biegsames Stöckchen, ganz dünn und harmlos anzuschaun; aber mit bleigefülltem Hand-Knauf, nach Art eines ›Totschlägers‹. Der Ton seiner Stimme war nicht unangenehm für's Ohr, wiewohl im Crescendo irgendetwas Gemachtes durchklingen mochte – die Art von Ton, wie ihn Leute annehmen, wenn sie franker und freier wirken wollen, als sie von Natur aus sind – eine Art von renommistischer PseudoBiederkeit, die in stimmlicher Beziehung das ist, was ein prahlerisches Sichbreitmachen in der Gehweise. Und dabei immer dieser Zug! – der auf Einen ungefähr die Wirkung hervorbrachte, wie sie ein fremd-artiges Tier ausüben mag: nicht ohne Schönheit; aber tödlich für Menschen. – Wanderer Nummer Zwei war dick und plump, in mittleren Jahren, mit üppigem Backenbart und schmudd'ligem Teint. Er trug eine Perücke – eine Perücke, tatsächlich und unverkennbar – eine krause und verschossen-fuchsige Perücke – und über der Perücke einen angeschmutzten weißen Hut. Seine schwarze Halsbinde lag eng gurgel--an; und um Brust und Schultern hatte er malerisch die Falten eines SchottenPlaids geworfen.

WANDERER NUMERO EINS: – »Sie wollen auch hierher? – zu Mrs. Crane?«

WANDERER NUMERO ZWEI: – »Mrs. Crane? – Sie-auch? – Äußerst merkwürdig!«

WANDERER NUMERO EINS (mit erzwungener Höflichkeit): – »Sir, ich komme geschäftlich – in PrivatGeschäften.«

WANDERER NUMERO ZWEI (ungeheuchelt sauertöpfisch): – »Ich nicht minder.«

WANDERER NUMERO EINS: – »Oho!«

WANDERER NUMERO ZWEI: – »Ha! es schließt und riegelt!«

Die Tür ging auf, und eine alte hagere Dienerin zeigte sich –:?.

WANDERER NUMERO EINS (mit der schnell-geschmeidigen Bewegung einer Großen Schlange vor den Dicken Mann gleitend) – »Mrs. Crane wohnt doch hier?« – / :»Ja.« / »Sie ist daheim, nehm' ich an?« – / :»Ja.« / :»Dann nehmt hier-meine Karte; und sagt, ich käme allein – nicht mit diesem Herrn-da.«

Wanderer Numero Zwei scheint durch die Technik seines Rivalen doch etwas eingeschüchtert. Er weicht einen Schritt hinter sich: –: »Sie kennen die Dame des Hauses gut, Sir?«

»Bis zum Exceß gut.«

»Ah!, dann lasse ich Ihnen den Vortritt; lasse ihn, Sir, aber, bitte, nur-bedingt: Sie werden nicht-lange sein?«

»Nicht einen Moment länger, als erforderlich: ich räume Ihnen das Feld binnen einer Stunde oder noch-weniger.«

»›Oder noch weniger‹, bong; lassen Sie es, wenn möglich, ›noch-weniger‹ sein. – Ihr Diener, Sir.«

»Der Ihrige, Sir – Komm-komm, Tuck-tuck, meine Hebe, laß die Füßchen spielen; das-heißt: die Treppen hoch; auf daß ich in den Augen Bella's meine JugendTräume erneu're!«

Das alte Weib hatte indess' die VisitenKarte in ihrer welken HandFläche umgewendet:? – hatte mit der Karte das Gesicht des Besuchers verglichen; und dies lieber noch einmal mit der Karte:? – und dabei vor sich hin gebrabbelt. Am Ende fand sie die Sprache wieder :–

—: »Ihr, Mister Losely? — Ihr? — Jasper Losely!: wie seid Ihr doch verändert! was Ihr mit Euch so-gemacht habt? Wo ist da noch was von Bestrickung?; wo der Anstand, der die Herzen der Damen im Sturm nahm?—; —: Ihr JASPER LOSELY?!—: Sein Gespenst seid Ihr!«

:»Sei ja friedlich, Alter Drache!« versetzte der Besucher, unverkennbar verärgert ob derlei herabsetzenden Bemerkungen;: »Ich bin, wie eh' und jeh', JASPER LOSELY!; vielleicht gebräunterer Wange, dafür ehernerer Hand —« — er hob sein Stöckchen, mit dräuender Gebärde:!— sei es im Spiel, (denn um sein Gelipp lächelt'es); sei es im Ernst, (denn sein GeBrau zog sich, unwillig, zusammen). Auf jeden Fall drang er in den Korridor ein;—; schloß hinter-sich die Tür:!—; und sagte: »Ist Eure Gebieterin oben? —: dann weist mir Ihre ZimmerFluchten; oder . . .—:!—«. — Das Alte--Weib verpaßte ihm erst eine zornige Blickung; die-jedoch, vor dem unguten Gefunkel seines Auges sich senkte. Dann hastete sie, schnelleren Schritts, als ihrem Alter zuzustehen schien, und schrie aus —: »Fräulein-Fräulein! — hier kommt Mister Losely! — Jasper Losely persönlich!« — Zu der Zeit, da der Besucher den Treppenabsatz des ersten Stocks erreicht hatte, war eine weibliche Gestalt aus einem der oberen Zimmer aufgetaucht; — ein weibliches Gesicht spähte über's Geländer; — und es gab Losely, der aufschaute, doch einen Ruck, als er es sah. Ein starr-verwildertes Gesicht — das Gesicht Einer, über deren Leben ein Meltau hingegangen ist. Da er es das letzte Mal gesehen, hatte es Schönheit besessen; wiewohl eher von männlichem als von weiblichem Charakter. Jetzt war von dieser Schönheit nicht eine Spur mehr!: die Wangen leicht-eingesunken, hohl, machten daß die Nase scharf, schnabelartig, hervorragte. Das Haar, einst ebenholzfarben schimmernd, war nunmehr eisengrau, struppig, vernachlässigt, und hing in verdreht verworrnen Schlingen — eine Studie für einen Künstler, der eine Furie zu malen hat. Aber die Augen waren glänzend — glänzender denn je; glänzten in einem Gefunkel, daß es das gesamte Gesicht erleuchtete, wie es sich da so über den Mann herabbeugte. In diesen brennenden Augen, war das Liebe? war das Haß? war das Willkomm? war das Drohung? Unmöglich zu unterscheiden; aber am allerwenigsten hätte man zu gewahren vermocht, daß Freude darin sei.

»Also« sprach die Stimme von oben, »also sehen Wir uns endlich wieder, Jasper Losely; Ihr seid gekommen!«

Eine Art weiten Morgenrockes enger um sich ziehend, kam die Gebieterin des Hauses jetzt die Treppen herab – sehr-schnell, und flüchtig, und so unhörbaren Tritts wie nur je ein Gespenst; bemächtigte sich Losely's Hand mit festem Griff; führte ihn in ein frostiges dumpfiges sonnenloses Wohnzimmer; und all die Zeit über schaute sie ihm fest in sein Gesicht.

Er dreht' und wandt sich. »Gut;: 'ss gut so; wollen wir uns doch niedersetzen, meine liebe Missis Crane.«

»Und einst ward ich ›Bella‹ genannt.«

»Menschenalter her! *Basta!* Alles hat mal ein Ende. Nehmt lieber diese-Eure Augen von meinem Gesicht weg; glänzend waren sie ja schon immer – aber – jetzt sind's tatsächlich die reinsten BrennGläser geworden! – Wie stickig das hier-drin ist! Pff! Ich bin todmüde. Dürft' ich vielleicht um'n Glas Wasser bitten – mit'm Tropfen Wein drin – oder – Brandy wär' mir ebenso-lieb. –:?«

»Ho! Ihr seid bei Brandy gelandet, und beim Morgentrunk – wie, Jasper?«, sprach Mrs. Crane, mit seltsam traurigem StimmKlang: »ich hab seinerzeit wohl auch probiert, ob Feuer den Gedanken aufbrennen könnte, aber bei mir funktioniert das nicht; – ist schon Jahre her; – und – da –: Ihr seht, die Flaschen sind praktisch noch-voll!«

Während sie so dahin-sprach, hatte sie eine *Chiffonière* aufgeschlossen, von einer Gestalt wie man sie in ›besseren Haushalten‹ anzutreffen pflegt, und ihr ein ledernes Flaschenfutter entnommen, das 4 Karaffen und ein Pärchen Weingläser enthielt. Dies Behältnis setzte sie vor Mr. Losely auf den Tisch; und betrachtete ihn, während er sich die blanken Spirituosen zu Gemüte führte, nach Muße und Belieben.

Dieweil sie so-stand, hätte ein guter Schüler Lavater's, in ihrem herben und verbrauchten Untlitz, sehr wohl die Zeichen einer zutiefst-originellen Natur, derjenigen ihres Besuchers weit-überlegen, zu erkennen vermocht; auf ihren gefältelten Brauen eine qualitativ überragende Mentalität, denn auf seiner glatt-flachen Stirn; um ihr ernstes, grad-gepreßtes Gelipp weniger Anlaß zu Mißtrauen, als in der falschen-guten Humorigkeit, wie sie seinen hübschen Mund umzog und jenes Lächeln des Unbestandes erzeugte, das zwar Ergötzbarkeit, aber keinerlei Gemüt verkündet, das oftmals leuchtet, und niemals wärmt. Schon richtig, daß in solch überentschlossener LippenGestik auch Grausamkeit mit-enthalten sein konnte; oder, mehr noch, jene Heimlichkeit, die den Betrug nährt; (und dennoch würde man, aus dem nervösen Arbeiten jener Lippen, sobald die Entschlossenheit einmal nachließ, gefolgert haben, daß diese Frau höchstens aus einem von Natur leidenschaftlichen Temperament oder Impuls-heraus falsch und grausam sein könne, aber gar nicht systematisch und vorbedacht – und auch dann nur falsch oder grausam, sobald eine überwältigende Leidenschaft zum absoluten Tyrannen ihrer Seele ward, und all die Laster eines Tyrannen sich einstellten. Vor allem aber stand in eben jenen für die Schönheit so verderblichen Linien, wie sie sich, und noch nicht einmal von der Zeit, ihren bleichen Wangen eingefurcht hatten, das Bewußtsein des Kummers eingeschrieben, der Beschämung, das Gefühl des Gefallenseins – alles Dinge, von denen in dem unbekümmerten gedankenlosen Äußeren des glatt-geschmeidigen Menschentieres vor ihr, nicht das geringste sichtbar war.

Im Zimmer selbst fanden sich auch noch weitere Hindeutungen auf einen gebildeten Geschmack. BücherRegale an den Wänden enthielten Bandreihen schicklich-ernster Literatur, wie gewissenhafte Eltern sie studierenden Töchtern wohl gestatten – die pompösen Meisterwerke von Fénélon und Racine – die in MädchenPensionaten bewährt-erprobten Auswahlen aus Tasso, Dante, Metastasio; von englischen Autoren Addison, Doctor Johnson, Blair (sowohl seine ›Vorlesungen‹ als auch die Predigten) – dann ElementarLehrbücher derjenigen Wissenschaften, welche weibliche Neophyten, wenn auch nicht in ihr Allerheiligstes, so doch in ihre Vorhallen zulassen – also Botanik, Chemie, Astronomie. Stramm wie Soldaten bei der Parade standen die Bücher da – nicht eine Lücke in ihren Fronten – nicht eines, das neuerdings zur Erholung, auf Urlaub, gewesen wäre – solid eingebunden, ja; aber verstaubt, verschossen – Denkmale eines vergangenen Lebens. Einige von ihnen mochten Preise, von der Schule her, gewesen sein; oder Geburtstagsgeschenke von stolzen Verwandten. Dort auf dem Tisch, nahe dem SpirituosenBehältnis, stand auch ein einst hübsch gewes'nes ArbeitsKästchen offen – keine buntschimmernden Fäden mehr auf den nackten dürren Röllchen – entfärbt, aber nicht vom vielen Gebrauch, schlief der Goldne Fingerhut in seinem Nestchen aus verblichener Seide. Dort in die Ecke – zu seiten eines NotenBehälters, hochgehäuft mit Kompositionen der verschiednen Schulen, nach aufsteigender Schwierigkeit geordnet; von den ›Lektionen für Anfänger‹ bis hinauf zur mühsamst-anspruchsvollen Partitur eines deutschen Oratoriums – hatte sich, rührend anzuschauen, eine arme

HarfenLaute verkrochen, die Saiten lang schon gesprungen. Dort am Fenster hing auch der drahtene VogelKäfig, aus dem der Vogel längst weggestorben war. Mit einem Wort: rund um diese Frau her, deren Blick auf Jasper Losely ruhte, wie er da so selbstgefällig seinen Brandy trank, gruppierten sich die elendiglichen Allegorien eines weit-früheren Zustandes – eines verlor'nen Goldenen Zeitalters glücklich-kleiner MädchenGelehrsamkeit, harmloser MädchenLiebhabereien.

:»*Basta* – reicht;« sagte Mr. Losely; das Glas, das er zweimal gefüllt, und zweimal trockengelegt hatte, beiseite schiebend;– »zur Sache. – Führt mir das Kind ma' vor – bin jetzt in der Stimmung danach.«

Ein dunklerer Schatte legte sich über Arabella Crane's Angesicht, da sie erwiderte –

:»Das Kind? – das ist nicht hier. Ich hab' es – ach so lang schon – beseitigt.«

»Hoh! – ›beseitigt‹? – Was versteht Ihr darunter?«

»Ihr fragt ja, wie wenn Ihr fürchtetet, ich hätte sie aus der Welt geschafft? Nicht-doch! – Ach-so – Ihr kommt also nach England, um-ä dies Kind zu sehen? Ihr vermißt – Ihr liebt, das Kind von dieser – dieser . . .«, sie hielt inne; und tat sich Einhalt; und ergänzte mit verwandelter Stimme: – »von dieser honetten, hochgesinnten Dame, deren Angedenken ja auch mir – *so-teuer!* – sein muß – und Ihr, Ihr liebt dieses Kind; ganz natürlich, Jasper.«

»Es ›lieben‹?; ein Kind, das ich seit seiner Geburt so gut wie nicht gesehen habe! – kommt Ihr auch mit dem Quatsch? – Also nein. – Aber hatt' ich Euch nicht informiert, daß es so gut wie baar-Geld für mich werden könnte? – ja, und das *soll* es auch noch; all der wegwerfenden Unverfrorenheit dieses stolzen Mannes zum Trotz!«

»:›Dieses stolzen Mannes‹? – was!: habt Ihr riskiert, Euch an ihn zu wenden? – ihn zu besuchen – seit Eurer Rückkehr nach England?«

»Aber gewiß doch. Das hat mich imgrunde herübergeführt. Ich hatte mir vorgestellt, der Mann würde jauchzen ob dessen, was ich-ihm erzählte – würde die GeldKatze weit-aufschnüren – mich mit Segnungen & Banknoten überschütten. – Und die vornehme Bestie wollt' mir nicht-einmal glauben! – alles, weil . . .«

:»– weil Ihr bereits früher das Recht auf Glaubwürdigkeit verkauft hattet. – Ich hab's Euch im voraus gesagt, als ich das Kind übernahm: daß Ihr, auf *diesem* Sektor, *nie-mals!* Erfolg haben würdet – auch daß ich-Euch, in dieser Richtung, niemals unterstützen würde. Aber Ihr hattet eben Eure Zukunft verschleudert; genau, wie Eure Vergangenheit auch – allzuwohlfeil, scheint's, Jasper?«

»Ja ja; allerdings zu billig. – Aber wer hätte denn auch je auf den verruchten Einfall kommen können, man würde mit einer derart-schäbigen kleinen Portion angeschmiert werden?«

»Sicher, Wer, Jasper? Ihr wart geschaffen, um ganze Vermögen durchzubringen; und sie dann, wenn durchgebracht, ›kleine Portionen‹ zu schelten, Jasper! Ihr hättet als Fürst auf die Welt kommen sollen, Jasper – tz, so fürstliche Passionen! Kleider und Flitterstaat, Pferde und Würfelspiel, und anbetend-ersterbender Damen die Fülle. Auch ganz diese fürstliche Mentalität – die allen Dank für treue Dienste auf die Ehre beschränkt, die Ihr durch Annahme derselben erwiesen habt!«

Während sie sich in diesen ironischen Bitterkeiten erging, die indes ihrem Gast eher zu gefallen als ihn zu kränken schienen, hatte sie sich ständig im Zimmer hin und her bewegt; und zog jetzt auf einmal – (ob aus irgendeiner Schublade in einem Möbel, oder aber an sich selbst hervor, registrierte Losely's unachtsamer Blick nicht) – eine Miniatur heraus; hielt sie ihm hin, und rief –: »Aber Ihr habt Euch seit jenen Tagen verändert – schaut, was Ihr damals wart!«

Losely's Blick, dergestalt unvermittelt eingeladen, heftete sich auf das Bildnis eines Jünglings, hübsch im höchsten Grade; und zwar von jener Art Schönheit, die, ohne effeminiert zu sein, sich der Feinheit und Brillianz weiblicher Teint- und Gesichtsbildung nähert – eine Schönheit, die Aller Augen schier lästig auf ihren Besitzer lenkt; und ihm nur allzuoft, dadurch daß sie ihm bereitwilligst jene Bewunderung einträgt, die zu erlangen keinerlei Mühwaltung kostet, jeglichen Wunsch nach einer löblicheren Art Beifalls benimmt, wie er wohl erfolgreiche Arbeit belohnt; und die überdem, infolge der Ausflüchte die sie der SelbstÜberschätzung jederzeit parat hält, den härtesten Egoismus fixiert. Schon wahr, daß dies hübsche Gesicht dort keine Spur von jener Erhabenheit besaß, wie gedankliche Betätigung sie im Gefolge hat; aber ›gedankliche Betätigung‹ ist schließlich nicht derjenige Eindruck, den ein Maler zu übermitteln sich bemüht, wenn er die irgendwie-abstrakte Anmut früher Jugend darzustellen unternimmt – ein Eindruck, der sich ja wohl auch selten erwerben läßt, ohne diese ganz-spezielle, unvermeidliche Abnützung, die der bloßen körperlichen Schönheit freilich verderblich wird. Und über dies Angesicht hier war ein so sonniges Licht verbreitet, eine Frische strotzendster Gesundheit, üppigst wuchernder Kraft, daß selbst die arrogante Eitelkeit, die ein genauer Beobachter als den vorherrschenden Charakterzug sehr wohl hätte entdecken können, nur wie ein berechtigtes Frohlocken ob der Gaben einer gütigen Natur wirkte. Noch war hier keine Spur jenes Ausdrucks, wie er an dem gereiften Mann, der da so den lichten Geist seines einst'gen Selbst musterte, den Schüchternen einzuschüchtern, den Weisen zu warnen angetan war. – »Und ich bin einmal so gewesen! Klar! ich erinner' mich noch genau, wie das gemacht worden ist; und nicht-Einer, der es ›geschmeichelt‹ genannt hätte«, bemerkte Mr. Losely, mit eindringlichem SelbstBedauern. – »Aber sehr-verändert werd' ich ja wohl nicht sein;« setzte er, mit halbem Lachen hinzu: »In meinem Alter kann man ein männlicheres Aussehen haben; und trotzdem . . .«

»– trotzdem immer noch hübsch sein, Jasper«, sagte Mrs. Crane. »Das seid Ihr. Aber, schaut mich an – was bin ich?«

»Oh; – ein PrachtWeib, meine liebe Crane – war't Ihr doch immer! Aber Ihr vernachlässigt Euch – solltet Ihr nich'tun – immer durchhalten, bis ans Ende. – Nu schön; aber um wieder auf das Kind zu kommen: Ihr habt darüber disponiert, ohne meine Einwilligung?; ohne mich zu unterrichten?«

»Ohne Euch zu unterrichten!: wieviel Jahre ist es wohl her, daß Ihr mir auch nur Eure PostAnschrift gabt? – Keine Angst; sie ist in leidlichen Händen.«

:»In Wessen? Zumindest muß ich sie ja wohl ma' sehen!«

»Sie sehen? – Wozu?«

»Wozu?! Nå beim Henker, es ist ja wohl natürlich, daß ich, nun wo ich einmal in England bin, zum mindesten wissen möchte, wie sie aussieht! – Und es kommt mir ziemlich-verdächtig vor, daß Ihr sie erst wegschicken, und dann all-solche Schwierigkeiten machen solltet. –: Worauf wollt Ihr hinaus?; ich versteh' das Ganze nicht. –«

»Worauf ich hinaus will? –: worauf kann ich schon noch groß hinauswollen, als Euch zu dienen? – Auf Euer Ansuchen hin, ernährt'-erzog ich ein Kind, auf meine eignen Kosten!, das zu lieben Ihr ja wohl von Mir schwerlich erwarten konntet. Hab' ich jemals auch nur 1 Schilling von Euch gefordert? Präziser: hab' ich jemals geduldet, daß Ihr Mir einen schicktet? – Doch nie! – Schließlich, da ich nichts mehr *von*-Euch hörte; und das Bißlein, das ich *über*-Euch vernahm, mich in der Meinung bestärkte, daß, falls mir etwas zustieße, (und ich war *sehr-krank* damals, zu jener Zeit!), Ihr sie lediglich als Last empfinden würdet – schließlich, sag' ich, kam der Alte Mann zu mir; – (Ihr hattet ihm meine Adresse gegeben) – er machte sich erbötig, sie zu übernehmen; und ich willigte ein. – Sie ist bei Ihm.«

»Der Alte Mann! Sie ist bei-Ihm! – Und wo ist Er?«

»Das weiß ich nicht.«

»Hm!; wie lebt er so? Kann er irgendwie zu Geld gekommen sein?«

»Das weiß ich nicht.«

»Haben etwelche alte Freunde ihn aufgenommen?«

»Würd' er zu alten Freunden gehen?«

Mr. Losely kippte zwei frische Glas Brandy, eins nach dem andern; stand dann auf, und schritt im Zimmer hin und her, die Hände in den Taschen vergraben, und anscheinend nicht in den erfreulichsten Gedankengängen. Schließlich hielt er inne, und sagte: »Na ja; alles in allem genommen, seh' ich auch nicht, was ich im gegenwärtigen Moment mit dem Mädel anfangen könnte; obwohl ich natürlich immer im Bilde sein muß, wo sie ist, und mit Wem. Sagt doch mal, Mrs. Crane, wie ist sie eigentlich so – hübsch? oder unansehnlich?«

»Ich nehme an, das Gör würde hübsch genannt werden – zumindest von einigen Leuten.«

»*Sehr* hübsch? ausgesprochen schön?«, fragte Losely unvermittelt.

»Schön oder nicht, was will das besagen?; was kommt schon Gutes von Schönheit? Ihr hattet auch Schönheit genug –: Was habt Ihr damit gemacht?«

Auf diese Frage hin richtete Losely sich plötzlich mit einem solchen Hochmut in Blick und Geberde auf, daß es, wiewohl lediglich durch gekränkte Eitelkeit bewirkt, doch den Ausdruck seines Angesichtes zum Vorteil veränderte, und ihm viel von seinem früheren Charakter zurückgab. Lange schaute Mrs. Crane, zu erschreckter Bewunderung überrumpelt, auf ihn; und es war mit veränderter Stimme, halb vorwurfsvoll halb bitter, daß sie fortsetzte –

»– und jetzt, wo Ihr in Bezug auf Jene wohl zufriedengestellt seid, habt Ihr da keinerlei Fragen nach mir zu stellen? – was ich so treibe? – wie ich lebe?«

»Aber beste Crane, es ist mir doch bekannt, daß Ihr in gesicherten Verhältnissen lebt, und nie von geizigem Charakter wart. Ich hab' die feste Überzeugung, Ihr seid glücklich und so weiter – ich wollte, ich wär' es auch: wenn Ihr mir, ohne Euch weh' zu tun, die ein' oder andere 5-Pfund-Note leihen könntet ...«

»Ihr wollt von mir borgen, Jasper? Ihr kommt zu mir in Euren Schwierigkeiten? Ach.: Ihr sollt das Geld haben – 5 Pfund – 10 Pfund – was Ihr wollt! Aber Ihr werdet wiederkommen dafür, ja? – Ihr braucht mich doch jetzt – Ihr werdet mich nicht ganz und gar jetzt verlassen?«

»Aber bestes aller Geschöpfe! – niemals doch!« Er faßte nach ihrer Hand, und küßte sie. Sie entzog sie behend seinem Griff; musterte ihn flüchtig von Kopf bis Fuß und sagte dann: »Aber leidet Ihr auch wirklich Mangel? – Ihr seid gut-angezogen, Jasper; sicher, das wart Ihr immer.«

»Immer nicht; keine drei Tage her war so ziemlich das Gegenteil der Fall; aber ich bekam da eine unbedeutende Unterstützung, und ...«

»Unterstützung? in England hier? Von Wem? und wo? – Doch nicht etwa von IHM, den Ihr, wie Ihr andeutetet, aufzusuchen den Mut hattet?«

»Nu' von Wem sonst! Hab' ich etwa keine Ansprüche? Ein schäbiges Almosen mir hinzuwerfen – verflucht! – ich sag' Euch, der Blick und die Sprache dieses Menschen haben mich derart erbittert – in einer Art erbittert«, wiederholte Losely, indem er die Hand vom Griff seines Stöckchens zu dessen Mitte gleiten, und das mörderische BleiGewicht schwer in die Fläche der ander'n fallen ließ: ! —: »hätte der Kerl sein Auge nur 1 Sekunde lang einmal von meinem gelassen, ich glaube immer, ich hätt' ihm den Schädel eingeschlagen, und wär' ich ...«

»... gehängt worden!«, ergänzte Mrs. Crane.

»Nu klar, gehängt.« erwiderte Losely, indem er wieder voll zu seiner rücksichtslosen Sprechweise und Manier zurückkehrte, in der jene ganz spezifische, leicht-fertige Flüchtigkeit lag, wie sie nur die echte Herzenshärte ergiebt; ähnlich der Biegsamkeit der Klinge, die von der Härte des Stahles abhängt. »Aber wenn der Mensch nicht wenigstens ab und zu 'mal auf ›Die Folgen‹ pfiffe, hätt' es ja ein Ende mit sämtlichen Galgen. Insofern bin ich schon froh, daß sein Blick niemals von meinem abließ.« Und der bleierne StockKnopf stieß mit einem matten-dumpfen Ton auf die Dielen.

Mrs. Crane befleißigte sich mit nichten einer unmittelbaren Erwiderung; heftete vielmehr auf ihren Besucher von jenseits der Gesetze einen Blick, in dem nichts von weiblicher Furcht lag, (obschon Losely's Anblick und Gebärde dazu angetan waren, die Nerven so manch abgehärteten Mannes zumindest vorübergehend zu erschüttern); der jedoch auch nicht ohne weibliches Mitgefühl sein konnte, denn ihr Gesichtsausdruck milderte sich mehr und mehr, wie unter dem Einfluß kummervoller, aber nicht feindseliger Erinnerungen. Endlich sagte sie, mit gedämpfter Stimme: »Armer Jasper. Ist all der eitle Ehrgeiz, der Euch so falsch sein ließ, zu einer PseudoWildheit eingeschrumpft, die Euch so machtlos findet? Würde Euer Dasein, im ganzen genommen, wirklich so viel härter, ärmlicher, niedriger ausgefallen sein, wenn Ihr mir die Treue gehalten hättet?«

Augenscheinlich unerfreut ob dieser Wendung der Unterhaltung, (obwohl eine Reparte unterdrückend, die vermutlich roh ausgefallen wäre, hätten nicht Visionen von ›5 Pfund‹, ›10 Pfund‹, aus der Ferne gewinkt), sagte Mr. Losely, »Ach-was! Bella-Pff! – Ich war ein Narr, kann ich schon sagen; und ein Schwerenöter – ein übler Schwerenöter; aber ich hab' immerfort die größte Hochachtung vor Euch gehabt, und werde sie immer –: Hoh!; w'ss'nn dàs? Klopfen an der Haustür! – Achja, nebenbei: 'n komischer Kerl, mit einem weißen Hut um, ist vorhin, gleichzeitig mit mir, unten gewesen, um Euch in Privat-Geschäften zu sprechen – ließ mir den Vortritt – sagte aber, er würde wiederkommen. Darf ich fragen, um Wen es sich handelt?«

»Keine Ahnung. ›Geschäftlich?‹, besucht mich höchstens der SteuerEinkassierer.«

An dieser Stelle trat die alte Magd ein. –: »Ein Herr, Ma'am – sagt, Rugge wär' sein Name –: ?«

»Rugge? – Rugge – muß ich nachdenken . . .« –

»Bin schon da, Missis Crane«, sagte der Manager, indem er herein-auftrat. »Sie entsinnen sich vielleicht meines Namens nicht mehr; aber . . . oho! – noch nicht gegangen, Sir? Dring'ich etwa verfrüht ein?«

»Nein, durchaus nicht; –: Guten Tag, teure Mrs. Crane . . .«

:»Bleibt noch Jasper. – Ich erinnere mich jetzt Ihrer, Mr. Rugge;: bitte, nehmen Sie doch Platz.« / Sie wisperte einige-wenige Worte in Losely's Ohr; (:. . . – ? –: . . .!); wandte sich dann wieder zu dem SchauspielDirektor, und sagte-laut: »Wir haben Uns gesehen, in Mr. Waife's Logis; zu der Zeit, wo er diesen bösen Unfall hatte.«

»Und ich hatte die Ehre, Sie nach Hause zu begleiten, Madam'; und – aber soll ich in Gegenwart dieses Herrn weiter sprechen?«

»Sicher; Sie sehen doch, wie aufmerksam er Ihnen zuhört: der Herr und ich haben keine Geheimnisse voreinander. – Was ist aus der betreffenden Person geworden? Dieser Herr wünscht es zu erfahren.«

LOSELY: – »Ja, Sir; ich möchte es wissen – eingehend.«

RUGGE: – »Ich wohl auch; deswegen bin ich ja, teilweise, hergekommen. Es ist Ihnen, denk' ich, bekannt, Madam', daß ich ihn und Juliet Araminta – das heißt also Sophie – engagierte ...«

LOSELY: – »Sophie – sie ›engagierte‹, Sir? – wie das?«

RUGGE: – »TheaterBranche, Sir – ›RUGGE's SCHAU‹; das ist mal ein großer Schauspieler gewesen, dieser Bursche, der Waife.«

LOSELY: – »Oh, Schauspieler! – achja; bitte weiter, Sir.«

RUGGE (der sich im Verlauf seiner Ansprache von der Dame zum Herrn, vom Herrn zur Dame wendet, mit dem entsprechenden Geberdenspiel und appellierenden Blickungen). – »Aber dann wurd' er ein Wrack, ein Klotz von einem Mann; verlor ein Auge, und die Stimme obendrein. Dennoch, um ihm nützlich zu sein, nahm ich seine Enkelin; und ihn mit in Kauf –: verläßt mich doch der Mensch – auf's schnödeste, Sir; und geht, zusammen mit seiner Enkelin, durch. Um nun mit Ihnen ganz offen zu sein, Madam': ich betrachtete dieses kleine Mädchen als mein Eigentum – ein äußerst wertvolles Stück Eigentum. Sie stellt einen ganz erheblichen Wert für mich dar; und ich bin um sie geprellt worden. Falls Sie mir behilflich sein könnten, daß ich sie wieder-kriege – kontraktmäßig fest-engagiert, sagen wir auf drei Jahre – würd' ich gern und aus freien Stücken, Madam', eine feine Gratifikation zahlen – ungewöhnlich fein!«

MRS. CRANE (vornehm): »Sprechen Sie mit diesem Herrn – *er* unterhandelt vielleicht mit Ihnen.«

LOSELY: – »Was verstehen Sie unter ›ungewöhnlich fein‹, Mr.-ä – Mr. Tugge?«

RUGGE: – »›Rugge‹!, Sir. Wir würden schon einig werden, hoff' ich; vorausgesetzt, Sie besäßen wirklich die Macht, Waife zu bewegen, über das Mädchen fest mit mir abzuschließen.«

LOSELY: – »Nehmen wir an, ich hätte diese Macht, die betreffende Junge Dame an Sie und Ihre Obhut abzutreten – (›Junge Dame‹ ist eine angemessen-höflichere Bezeichnung als ›Mädchen‹) –

und man könnte eventuell Mr. Waife's Einwilligung zu solchem Übereinkommen entraten. Aber Sie entschuldigen wenn ich sage, daß ich erst noch ein klein wenig mehr über Sie wissen muß, bevor ich versprechen kann, eine solche etwaige Macht in Ihrem Interesse anzuwenden.«

RUGGE: – »Sir, es wird mir Stolz und Ehre sein, näher mit Ihnen bekannt zu werden. – Also was Waife, diesen alten Vagabunden, betrifft, so hat er mich beleidigt und beschimpft, Sir. Ich bin wahrlich nicht nachtragend; aber ich habe Charákter – Briten haben Charakter, Sir! Und Sie, Madam', werden sich vielleicht entsinnen, daß ich schon damals, als ich Sie nachhause begleitete, angemerkt habe, wie Mr. Waife eigentlich ein recht mysteriöser Mensch sei, und unverkennbar bessere Tage gekannt habe; und, weiter, daß ein Mann, wenn er mysteriös sei und in den Herbst seines Lebens eintrete, Madam', ohne Dasjenige zu besitzen, was normalerweise diese Altersstufe zu begleiten hat, Sir: man dann ein Recht zu dem Verdacht gewinnt, daß er zu der ein- oder andern Zeit das ein- oder and're getan habe, Madam', was ihn beständig fürchten läßt, die Steine selbst möchten seinen Aufenthalt ausschwatzen, Sir. Und Sie stritten damals nicht ab, Madam', daß ein mysteriöses Wesen verdächtig sei; fügten allerdings, ungewöhnlich vernünftig und logisch, noch hinzu: wie es mir immerhin völlig gleichgiltig sein könnte was Mr. Waife einmal gewesen wäre, solange er mir nur für diesen speziellen Zeitraum von Nutzen sei. Seitdem jedoch, Sir, hat er aufgehört von Nutzen zu sein – aufgehört dazu noch auf die allerunschönste Weise! Und wenn da Sie jetzt, Madam', aus schlichtem GerechtigkeitsSinn, besagtes Mysterium mir enthüllen, mich in den Besitz des Geheimnisses setzen wollten, so könnte das jenen niederträchtigen Menschen, erneut von Nutzen für mich machen – mir eine Handhabe über ihn geben, Sir; sodaß ich ihn einschüchtern könnte, mir mein Eigentum wiederzuerstatten; was ja, im moralischen Sinne, Juliet Araminta ganz unbezweifelt ist. Deswegen spreche ich bei Ihnen vor – habe meine Truppe, der ich Vater bin, für den Augenblick als Waisen zurückgelassen. Aber was mir dies kleine Mädchen schon gefehlt hat! -ä-jene Junge Dame, Sir. Ich habe sie ein Phänomen genannt, Madam' – sie derart vermißt – es ist natürlich, Sir: ich appelliere an Ihr eigenes Gefühl! Kein Mensch, der überhaupt ein Herz im Busen trägt, kann ja wohl um ein wertvolles Stück Eigentum geprellt werden, und es nicht empfinden. Und wenn ich sie glücklich wieder hätte: ich würde meinem Ehrgeiz freien Lauf lassen. Ich bin immer ehrgeizig gewesen. Das Theater in York, Sir – das ist mein Ehrgeiz; den hatte ich von Kindesbeinen an; dreimal hab'ich davon geträumt, Madam'! Wenn ich dies Mein Phänomen wieder in sicherem Besitz hätte –: jetz würd' ich rangeh'n, mit Peng & Hallo!; würde das ›York‹ pachten, und das Phänomen groß-herausbringen, aber mit avec!«

LOSELY (sinnend): – »Sie sagten, bei der Jungen Dame handle's sich um ein ›Phänomen‹; und Sie seien bereit, für dies Phänomen eine ›feine Gratifikation‹ zu zahlen – ein recht dehnbarer Begriff. Übersetzen Sie ihn in Pfund-Schilling-Pence –: ?«

RUGGE: – »Sir; falls sie mir, gesetzlich!, für drei Jahre übermacht werden könnte, würde ich dafür 100 Pfund auswerfen (Waife hab'ich 50 geboten – Ihnen, Sir, 100!).«

Losely's Augen schossen Feuer, und seine Hände öffneten-&-schlossen sich ohne Rast.: »Aber, verdammt-nochmal, wo kann sie sein?; haben Sie keinerlei Anhalt?«

RUGGE: – »Nein; aber wir können sicher unschwer einen finden. Ich hielt es meiner Mühe nicht wert, die Leutlein aufzujagen, bevor ich die Gewißheit hatte, daß, falls ich mein EigentumsRecht auf das Phänomen wieder-erlangte, das Gesetz mich beschützen würde.«

MRS. CRANE (sich türwärts bewegend): – »Schön, Jasper Losely; Ihr werdet, (ich zweifle nicht daran), die ›Junge Dame‹ verkaufen; und sobald Ihr sie abgestoßen habt, laßt es mich wissen.« (Sie kam noch-einmal zurück; sie wisperte): »Ihr werdet jetzt-vielleicht kein Geld mehr von mir benötigen; aber Wir sehen Uns wieder; denn wenn Ihr das Kind aufspüren wollt, werdet Ihr meiner Unterstützung bedürfen.«

:»Aber jewiß, beste Freundin: ich melde mich wieder!; auf Taille!«

An dieser Stelle verbeugte Mrs. Crane sich zu den Gentlemen; und rauschte ab, aus dem Zimmer.

Solchermaßen allein gelassen, sahen Losely und Rugge einander mit verstohl'nen und dennoch schlauen Blicken an – Rugge die Hände in den Hosentaschen, den Kopf zurückgeworfen – Losely die Hände unwillkürlich geöffnet, den Kopf bezaubernd vorgebeugt, allerdings auch etwas auf eine Seite. –

»Sir«, sagte Rugge endlich: »was halten Sie von einem Kot'lett und einem Schoppen Wein? Vielleicht könnten wir uns anderswo gemächlicher ungenierter unterhalten? Ich bin nur für einen Tag in der Stadt – habe meine Truppe 50 Kilometer von hier gelassen – Waisen, wie ich vorhin schon sagte.«

»Mr. Rugge«, versetzte Losely, »was mich angeht, ich habe keinerlei Wunsch, mich in London, oder in England überhaupt aufzuhalten; und je eher wir diese Angelegenheit in Ordnung bringen, desto besser. Gesetzt den Fall, wir machten die Junge Dame ausfindig: dann würden Sie die Sorge für Kost und Unterkunft übernehmen – sie in Ihrem ehrenwerten Beruf unterrichten – sie selbstverständlich mit Güte behandeln . . .?«

»Wie ein Vater!«

»Und mir-meinerseits den Betrag von 100 £ aushändigen?«

»Unter der Voraussetzung, daß Sie sie mir, juristisch unangreifbar, übergeben können. Aber Sir, darf ich fragen, aufgrund welcher Autorität Sie in dieser Angelegenheit handeln würden?«

»Über diesen Punkt wird es leicht sein, Sie zufrieden zu stellen; mittlerweile nehm' ich Ihren Vorschlag bezüglich eines frühen MittagEssens gerne an. Verlegen wir die Verhandlung an einen andern Ort – meinten Sie Ihr Haus?«

»Ich habe, streng genommen, kein privates Haus in London; weiß jedoch ein Allen offenstehendes – gemütlich, bequem.«

»So sei es. Nach Ihnen, Sir.«

Als sie die Treppe hinunterstiegen, sahen sie die alte Dienst-Magd an der Haustüre stehen. Rugge ging als Erster hinaus – Losely ward von der Alten zurückgehalten.

»Findet Ihr Sie verändert?«

»Wen? Missis Crane? – je nun, die Jahre setzen Uns-Allen zu. Aber Ihr scheint mich gekannt zu haben – ich erinn're mich Eurer eigentlich nicht.«

»Nicht der Bridget Greggs!?«

»Ist das die Möglichkeit? Ich verließ Euch doch als runde blühende Frau in mittleren Jahren. Sicher; jetzt erkenn' ich Euch auch wieder. Tz, hier habt Ihr 'ne Krone für Euch – 'Ch wollt', ich könnt' mehr entbehren!«

Bridget schob das Silberstück zurück.

»Nein – ich trau mich nicht! Von Euch Geld annehm', Jasper Losely? – würd' mir die Herrin niemals verzeihen!«

Losely steckte, wenig unwillig, die Münze wieder in seine Tasche zurück; und trat, minder mit einem Seufzer, denn mit einem Grunzen der Erleichterung, wieder ins offene Tageslicht hinaus. Während er die Straße überquerte, um sich Rugge anzuschließen, der drüben auf der schattigen Seite seiner harrte, wandte er sich mechanisch um, und warf einen Blick nach dem Hause zurück —: am offenen Fenster eines der oberen Stockwerke gewahrte er wiederum diese glänzenden Augen, wie sie vorhin über's Geländer her auf ihn herabgefunkelt hatten. Er versuchte zu lächeln; bewegte auch, schwächlich winkend, die Hand ':' —. Die Augen schienen das Lächeln zu erwidern. Und als er dann, Arm in Arm mit dem groben Manager, die Straße hinab-davon wanderte, in allem Glanz und Schimmer eines neuen Anzugs, der seinen, immer noch wohlproportionierten Körper so recht hervorhob, und sein Schritt, langsam, wieder federnd ward, folgten ihm diese Augen wachsam — unverwandt — bis seine Gestalt entschwunden, und die fade Straße aufs neue zur Einöde geworden war.

Dann wandte Arabella Crane sich vom Fenster ab. Die Hand an ihr Herze führend, »wie es pocht«, murmelte sie; »ob in Liebe oder Haß; in Verachtung oder Mitleid, wieder einmal schlägt es, ordentlich erregt, fast wie bei'm Menschen. Er wird wiederkommen — ums Geldes willen oder weiblicher List, was scheert's mich? — Hauptsache Er kommt. — Ich will ihn halten, mich an ihn klammern, nie wieder trennen — ›in guten wie in bösen Tagen‹, wie es einst am Altar hätte heißen sollen. — Und das Kind?« — sie hielt inne; war es vor Reue?. — »Das Kind!«, fuhr sie dann jedoch ingrimmig fort; und, sich gleichsam selbst aufpeitschend, in Wut —: »dies Kind einer verräterischen, verhaßten Mutter —: Ja!; ich will ihm beistehn, sie erneut als BühnenSchaustück zu verschachern — ihm in allem helfen, daß sie nicht zu einem Stand sich erhebe, von dem aus sie geringschätzig auf mich herabsehn könnte. Rache an ihr, an dem ganzen grausamen Hause — ›Rache ist süß‹. Ach, daß es Rache-allein wäre, was mir gebeut, mich an Ihn zu klammern; Ihn, der Rache am meisten verdient hätte!« Sie drückte die brennenden Augen zu; sie setzte sich, oder sank vielmehr; sie wiegte den Oberleib hin und her, wie Eins das Schmerz empfindet.

17. Kapitel

Es ist sehr schwierig im Leben zu entscheiden, Wer Einem am meisten Schaden zufügt: die Feinde mit den schlimmsten Absichten; oder die Freunde mit den besten.

Die Konferenz zwischen den Herren Rugge und Losely hatte zum Ergebnis, daß man sich, für den Tag darauf, in eben das Dorf bestellte, wo diese ganze Geschichte begonnen hat. In der Zwischenzeit sollte Mr. Rugge zu seinen ›Waisen‹ zurückfahren; und Vorstellungen arrangieren, bei denen sie, für ein paar Tage, der Väter-Rollen entraten konnten. Losely-seinerseits nahm es in der Zwischenzeit auf sich, einen Rechtsanwalt (der ihm von Mr. Rugge empfohlen worden war) über die Art und Weise zu konsultieren, wie er am promptesten eine amtliche Vollmacht zur Ausübung derjenigen Autorität, die zu besitzen er behauptete, erlangen könnte. Auch lag es ihm ob, Mrs. Crane zu überreden, ihn zu besagtem Flecken zu begleiten, und ihm bei den erforderlichen Recherchen beizustehen – worin ein wortloser, aber instinktiver Glaube an die Überlegenheit ihres Scharfsinns sich ausdrückte; beziehungsweise, wie Mr. Rugge es formulierte: ›Willst Du ein Weib fangen?: setz' ein Weib auf die Spur!‹

An dem dergestalt vereinbarten Tag und Ort also, eröffneten die drei Jäger ihre Pirsch. Bei der Bude des Flickschusters kamen sie von der Spur ab. Nahmen aber bald wieder die Witterung auf, welcher auch jener AdvokatenSchreiber seinerzeit gefolgt war. Sie kamen bis vor Frau Saunders Haus – die zwei Männer wären hier, gleich ihrem Vorgänger, auf die falsche Fährte geraten; aber das Frauenwesen war listiger. Um die Metapher nicht zu überanstrengen: Mrs. Saunders konnte das scharfe KreuzVerhör seitens einer Angehörigen ihres eigenen Geschlechtes nicht vertragen. – »Das Weib führt uns bewußt irre;« sagte Mrs. Crane, als sie das Haus verließen: »Die sind nicht nach London gegangen: Was wollten sie dort schon machen? Ein Mensch, der ein paar Bühnen- und GauklerTricks beherrscht, kann sich damit wohl in Dörfern, auf dem Lande, fortbringen; aber in größeren Städten ist er verloren. Vielleicht, – da er sich, wie's scheint, einen Hund zugelegt hat; so viel haben wir immerhin von Mrs. Saunders in Erfahrung gebracht –

will er sich dessen für ein herumreisendes Puppentheater bedienen?«

»Punch!«, bestätigte Mr. Rugge – »kein Zweifel mehr.«

»Ich welchem Falle«, merkte Mrs. Crane an, »sie vermutlich nicht weit weg sein werden. Mein Rat: wir lassen AnschlagZettel drucken, auf denen eine Belohnung für jeden Anhaltspunkt ausgesetzt ist; und der Alte Mann selbst durch die Behauptung geködert wird, daß die Nachforschungen lediglich zu dem Zweck betrieben würden, um ihm eine vorteilhafte Nachricht mitteilen zu können.«

Noch im Verlauf des gleichen Abends wurden die Anschläge gedruckt. Am nächsten Tage waren sie an sämtliche Mauern, nicht nur dieses Fleckens, angeklebt; sondern auch in den Kleinstädten und Weilern im Umkreis von einigen Meilen. Ihr einladender Inhalt lautete wie folgt:

> Wenn WILLIAM WAIFE, der am 20. vergangnen Monats *** verlassen hat, sich in ****, im Gasthof zum Rothen Löwen, bei X.X. melden will, kann ihm etwas für ihn ungemein Vorteilhaftes mitgeteilt werden. Jedermann, der zweckdienliche Angaben machen kann, wo besagter William Waife, und ein kleines Mädchen, das ihn begleitet, zu finden sind, wird eine Belohnung von 5 £ erhalten. Besagter William Waife ist etwa 60 Jahre alt, mittelgroß, von kräftiger Statur; hat ein Auge verloren, und geht auf einem Bein lahm. – Das kleine Mädchen, mit dem Namen SOPHIE, ist 12 Jahre alt, wirkt aber jünger; hat blaue Augen und hellbraunes Haar. Bei sich hatten sie einen weißen französischen Pudelhund. – Diese Aufforderung geht von FREUNDEN der vermißten Personen aus!

Der nächste Tag verging – keinerlei Nachricht. Aber an dem darauf-folgenden Tage kam ein gut aussehender junger Herr, schwarz gekleidet, in den Flecken geritten; hielt vor dem Rothen Löwen an, und erkundigte sich nach ›X.X.‹. Die beiden Männer waren auf Recherchen ausgegangen und abwesend – Mrs. Crane jedoch daheim geblieben, um auf Erkundigungen Auskunft zu geben.

Der Herr ward ersucht, abzusteigen und einzutreten. Mrs. Crane empfing ihn im GastZimmer, wo es von Fliegen wimmelte; in der Mitte stand sie – allwachsam, die grimme Spinne dieser Stelle.

»Ich k'-k'-komme«, brachte der Herr unter entsetzlichem Gestotter heraus, »inf'-f'-folge eines A-A-Anschlags – ich – ich s-s-sah ihn beim R-r-reiten gestern – an einer M-M-Mauer: Sie – Sie, wie ich sup-sup-sup . . .?«

»– bin X.X.; ganz recht«, ergänzte Mrs. Crane, die langsam ungeduldig wurde; »eine von den Freunden Mr. Waife's, von denen der Anschlag in Umlauf gesetzt worden ist. Es würde uns wahrhaftig eine große Erleichterung sein, wenn wir endlich erführen, wo sie sich aufhalten – speziell das kleine Mädchen.«

Nun war Mrs. Crane respektabel gekleidet – ganz in Seide, eisengrau. Ihre straff-strähnigen Flechten hatte sie zu steiffen Spiralen gewunden, die, unter einem schwarzen SammetBande, wie riesiglange Schrauben heraushingen. Ein Häubchen trug Mrs. Crane nie – (man hätte sie sich auch schwerlich mit einer Haube vorstellen können) – und auch das SammetBand sah derart starr aus, als sei es auf einen stählernen Reif geklebt. Ihr Benehmen, und der Tonfall nicht minder, besprachen einen gebildeten Menschen, des Umgangs mit einer GesellschaftsSchicht, beträchtlich über dem vulgus, nicht-ungewohnt; – und dennoch zog sich der Besucher, (in welchem der Leser längst jenen angelnden Ex-Oxforder erkannt haben wird, mit dem Waife, an den Borden des murmelnden Bächleins, Philosopheme austauschte), hinter sich zurück, da Sie avancierte und sprach; und ward, an sich auf ein menschenfreundliches Unternehmen aus, von einer unguten VorAhnung ergriffen. –

Mrs. Crane (milde): – »Ich fürchte, es werde ihnen sehr-schlecht gehen. Hoffentlich mangelt es ihnen nicht an den notwendigsten LebensBedürfnissen. – Aber, bitte, nehmen Sie doch Platz, Sir.« Sie musterte ihn erneut; –; und, indem sie mehr Respekt in ihre Ausdrucksweise legte, denn zuvor, setzte sie, da sie mit einem halben Knix neben ihm Platz nahm, hinzu: »ein Geistlicher der HochKirche, Sir, darf ich annehmen?«.

Oxforder (sein Gestotter, wie zuvor schon einmal, höflicherweise weggelassen): – »Mit diesem-meinem Gebrechen, Madam'? – Aber, um zur Sache zu kommen: vor ein paar Tagen bin ich, zufällig, mit einem älteren Manne, (auf den die Beschreibung zutrifft), mit einem sehr hübschen Kind, weiblichen Geschlechts, und auch einem Weißen Pudel bei sich, zusammengetroffen. Der Mann – (nach uns'rer Unterhaltung zu urteilen, dürfte ich ihn wohl Gentleman nennen) – interessierte mich sehr; und sein kleines Mädchen nicht-minder. Und wenn ich tatsächlich dazu beitragen könnte, echte Freunde, denen an ihrem Wohlergehen dringend gelegen ist ...«

Mrs. Crane: – »Sie würden, wahrlich!, eine gute Tat tun. – Und wo sind sie im Moment, Sir?«

Oxforder: – »Das kann ich Ihnen, ganz-positiv, nicht mitteilen. Aber, bevor ich mich näher einlasse, würden Sie so gütig sein, meine Neubegier zu befriedigen? Handelt es sich vielleicht nur um eine etwas-excentrische Person bei diesem-ä – diesem Mr. Waife? – ein bißchen-ä ...« Der Oxforder hielt inne; und tippte sich an die Stirn –: ?. Mrs. Crane antwortete nicht sogleich – sie überlegte noch. Der Junge Gelehrte, so gar nicht auf seiner Hut, fuhr fort: »In einem solchen Fall nämlich, möchte ich mich lieber nicht einmischen. Man weiß da von Fällen ...«

Mrs. Crane: – »Nur zu wahr, Sir. Seine eig'nen Freunde haben nicht vor, in seinen Trieb zum Streunen, seine geringfügigen Grillen, im geringsten einzugreifen. Der arme Mann; warum sollten sie?; er hat keinerlei Vermögen; nichts, was reizen könnte. Aber das ist eine lange Geschichte. – Dies herzige kleine Mädchen, hab' ich in meiner Obhut gehabt, von Kindesbeinen an; ein süßes Geschöpfchen!«

Oxforder: – »Den Eindruck hatt' ich auch.«

Mrs. Crane: – »Und nun hat man ihr ein überaus comfortables Heim eingerichtet; und ein junges Mädchen, das gute Freunde weiß, sollte ja wohl kaum im Lande herumzigeunern, was immer auch ein alter Mann für sich unternehmen mag – das werden Sie mir zugeben müssen, Sir?«

Oxforder: – »Nun ja – gut, ich gebe das zu; es war mir auch eingefallen. Aber was *ist* der alte Mann – ä-der Herr?«

Mrs. Crane: – »Sehr ›excentrisch‹, wie Sie sagten; und, wie man es vielleicht rücksichts des kleinen Mädchens ausdrücken könnte, ›unbedacht‹. Wir wollen es nicht ›geisteskrank‹ nennen, Sir; aber – sind Sie verehelicht?«

Oxforder (errötend): – »Nein, Madam'.«

Mrs. Crane: – »Aber Sie haben vielleicht eine Schwester?«

Oxforder: – »Ja; eine Schwester habe ich.«

Mrs. Crane: – »Hätten Sie Gefallen daran, wenn Ihre Schwester auf ähnliche Art im Lande herumstrolchte – weggeführt von Heim, Verwandtschaft, Freunden?«

Oxforder: – »Ah! ich verstehe. Das arme kleine Mädchen hat den alten Mann gern – ein Verwandter; der Großvater eventuell? und er hat sie aus ihrem Hause weggeholt; und obschon nicht direkt geisteskrank, ist er doch ...«

Mrs. Crane: – »– ein unzuverlässiger Führer für ein fein erzogenes Mädchenkind. *Ich* habe sie erziehen dürfen; auch hat sie gute Aussichten für die Zukunft. Oh, Sir: helfen Sie uns das Kind retten! Sehen Sie ...« Sie zog aus einer Seitentasche ihrer steifen eisengrauen Schürze ein zusammengefaltetes Papier, und legte es in des Oxforder's Hand. Er überlas es; und reichte es dann zurück.

»Ich verstehe, Madam'. Hiernach darf es für mich kein Zögern mehr geben. – Es ist eine ganze Anzahl Meilen von hier, wo ich die Personen, von denen ich nicht zweifle, daß es die Gesuchten sind, getroffen habe; und vor 2 oder 3 Tagen erhielt mein Vater einen Brief, von einem sehr würdigen, ausgezeichneten Manne, mit dem er, wohltätiger Zwecke halber, häufig in Verbindung kommt – ein gewisser Mr. Hartopp, Bürgermeister von Gatesboro' – in welchem Schreiben der Bürgermeister, unter anderen Dingen, auch kurz erwähnt, wie das Literarische Institut seiner Stadt höchlich ergötzt worden sei, durch die Vorführungen eines sehr interessanten einäugigen Mannes, mit dem es irgendeine geheimnisvolle Bewandtnis zu haben scheine, und der begleitet werde von einem kleinen Mädchen und einem dressierten Hunde; und ich kann nicht anders meinen, als daß es sich bei Mann, bei Mädchen und Hund um Diejenigen handeln müsse, die ich da sah, und die Sie suchen.«

Mrs. Crane: – »In Gatesboro'? – ist das weit?«

Oxforder: – »Es ist schon ein Stück; aber von dem Ort hier zweigt eine Nebenbahn dorthin ab. – Ich hoffe, daß der alte Mann nicht gänzlich von dem kleinen Mädchen getrennt werden wird?; sie schienen einander sehr gern zu haben. –«

Mrs. Crane: – »Zweifellos; sehr gern; es würde grausam sein, sie zu trennen: ein bequemes Heim für Beide! – Ich weiß nicht, Sir, ob ich es wagen darf, einem Herrn von Ihrem unverkennbaren Rang und Stande die ausgesetzte Belohnung -ä – aber vielleicht für die Armen Ihres Kirchspiels ...«

Oxforder: – »Oh, Madam', uns're Armen leiden keinerlei Mangel; mein Vater ist reich. – Aber ungemein verbinden würden Sie mich durch ein paar Zeilen, sobald Sie jene interessanten Personen aufgefunden haben – ich begebe mich morgen in einen entfernteren Landesteil; nach Montfort Court, in ****shire.«

Mrs. Crane: – »Zu Lord Montfort? – dem Haupt der Adels-Familie Vipont?«

Oxforder: – »Ganz recht; kennen Sie etwa Jemanden von der Familie, Madam'? Wenn Sie mir, als Referenz, Einen davon angeben könnten, ich würde mich weit beruhigter fühlen, hinsichtlich . . .«

Mrs. Crane (hastig): – »Gewiß, Sir, muß ja wohl Jeder diese Große Familie dem Namen und Ruf nach kennen – mehr weiß ich auch nicht. So, da reisen Sie also zu Lord Montfort! Die Frau Marquise soll sehr schön sein, wie es heißt?«

Oxforder: – »Und ebenso gut wie schön. Ich habe die Ehre mit Beiden, sowohl Lord Montfort als auch ihr, verwandt zu sein; sie selbst sind Cousin und Cousine, und mein Großvater war ein Vipont. Ich hätte Ihnen längst meinen Namen nennen sollen – Morley; George Vipont Morley.«

Mrs. Crane sank in einem Knix; und sprach, mit unverkennbarem Lächeln der Befriedigung, halb wie vor sich hin –: »Also Einem *dieser* edlen Familie – einem Vipont – wird es das teure Kind zu verdanken haben, daß es meinen Umarmungen zurückgegeben wird!: Segen über Sie, Sir!« –

»Ich hoffe, daß ich recht gehandelt habe«, murmelte George Vipont Morley, da er wieder zu Pferde stieg. / »Ach, sicher hab' ich recht gehandelt!«, sagte er erneut, als er auf der Landstraße war. / »Ich fürchte fast, ich habe nicht recht gehandelt«, sagte er ein drittes Mal, da das Gesicht von Mrs. Crane ihn so ganz langsam zu verfolgen begann. / Und als er, die Sonne ging zur Rüste, und Mann wie Roß waren erschöpft von einem ungewöhnlich langen Ritt, sein Zuhause erreichte; und der grüne UferRand in Sicht kam, allwo er des armen Waife einfältig Tischgebetlein, samt seinem lustigen Fantasieren auf der Zunge ungesehen mitangehört hatte – »In allerletzter Instanz«, sagte er kläglich, »ging mich die Sache eigentlich nichts an. Ich hab das Beste gewollt, schon; aber . . .« / Seine kleine Schwester kam ans Tor gelaufen, ihn zu begrüßen: '!' – (:»Doch! ich hab völlig recht gehandelt! Wie würde mir das schmecken, wenn meine Schwester sich als Landstörzerin 'rumtriebe; und in ›Literarischen Instituten‹ aufträte mit einem Pudelhund? Vollkommen richtig; –: gib mir ein'n Kuß, Jane!« –).

18. Kapitel

Man lasse einen König und einen Bettler sich, ungezwungen, miteinander unterhalten; und es wird lediglich die Schuld des Bettlers sein, wenn ihm nicht das ein- oder and're entfällt, was den König dazu veranlaßt, den Hut vor ihm zu lüpfen.

Der Schauplatz wird zurückverlegt nach Gatesboro'; es ist der auf jene denkwürdige Vorstellung im Literarischen Institut dieser gebildeten Stadt folgende Vormittag. – Mr. Hartopp befand sich in dem kleinen, hinter seinen BüroRäumen gelegenen Sprechzimmer, und seine Geschäftsstunden wurden heut arg unterbrochen, durch Eindringlinge jenes Schlages, die zu Befriedigung ihrer Neubegier keine Stunde unzeitig erachten, oder auch für den bloßen GedankenAustausch, oder zur Beförderung von MenschheitsInteressen allgemein und der Erleuchtung der Nation im besonderen. Die an dem vergangnen Abend durch Mr. Chapman, Sophie und Sir Isaak bewirkte Aufregung, war beträchtlich im Zunehmen begriffen. Leute, die sie gesehen hatten, sprachen beim Bürgermeister natürlich vor, um sich mit ihm über die Aufführung zu unterhalten. Leute, die sie nicht gesehen hatten, stellten sich, noch weit natürlicher, kurz ein, bloß um zu hören, was eigentlich Herrn Bürgermeisters private Meinung darüber sei. Das kleine SprechZimmer war jedenfalls gedrängt voll, wie bei einem regelrechten ›Lever‹. Da war der Besitzer eines makabren Gebäudes und dennoch ›Das Theater‹ genannt; das selten gemietet wurde, es sei denn zur Zeit von Wahlen, wo es dann der populäre Kandidat wohl einmal in Anspruch nahm, um die bekannten zündenden Reden über Freiheit und Rechtschaffenheit, Tyrannei und Unterdrückung von sich zu geben, woraus seit undenklichen Zeiten das deklamatorische Hauptkontingent gleichermaßen des Dramatikers wie des Volksredners besteht. Da war auch der Wirt vom ›Hotel Royal‹, der seinem Hause erst ganz-jüngst den ›Städtischen Konzertsaal‹ angebaut hatte – eine süperbe Räumlichkeit; aber eine falsche Spekulation. Weiterhin waren drei höchlich respektable Persönlichkeiten, von ernster Sinnesart, anwesend; gekommen, um Zweifel anzumelden: ob eine Lustbarkeit von so frivoler Natur, nicht der Moralität von Gatesboro' abträglich sein möchte? Außer diesen Notabeln hatten sich Müßiggänger und KlatschBaseriche eingefunden, ohne bestimmte

Absicht; es sei denn, um ausfindig zu machen, wer Mr. Chapman nach Herkunft und Verwandtschaft wäre, und etwa die Tunlichkeit einer Abordnung an ihn zu erörtern: nach außen hin mit dem Zweck, ihn um Wiederholung seiner Vorstellung zu ersuchen; in Wirklichkeit jedoch mit der heimlichen Instruktion beauftragt, ihn über seinen Stammbaum ins Kreuzverhör zu nehmen. Der gutmütige Bürgermeister hielt die Augen unverwandt auf ein mächtiges KontoBuch geheftet, in der Hand die Feder – eine Attitüde, die eine ausgesprochene Zurechtweisung für Störenfriede darstellte, und zu normalen Zeitläuften auch als solche gewertet worden wäre. Aber in Perioden bürgerlicher Aufregung, ist Milde, und sei sie noch so majestätisch, nicht immer das Wirksamste. Lärm und Tumult belebten den Raum. Man vernahm, hier wie da, Bruchstücke von Sätzen, die einander durchkreuzten; ähnlich jenen Tönen, die, gemäß dem sehr wahrhaftigen Bericht des Baron Münchhausen, in der Winterluft eingefroren waren, und durch ein Tauwetter dann wieder frei und munter wurden.

SCHAUSPIELHAUS-BESITZER: – »Das Theater ist die . . .«

SERIÖSER HERR: – »übertünchte Falle, vermittelst deren eine, zur Zeit noch gesetzte und gutgesinnte Bevölkerung, verlockt werden soll, daß sie werde wie . . .«

AUFGEREGTER BEWUNDERER: – »ein französischer Pudel, Sir; der Ihnen Domino spielt wie ein . . .«

GLÄUBIGER THEORETIKER: – »liebreicher Philanthrop, der sich zu einem Akt der Wohltätigkeit bequemt, für etwelchen MitBruder in Nöthen, der . . .«

EIGENTÜMER DES ›STÄDTISCHEN KONZERTSAALES‹: – »120 Fuß lang ist, Herr Bürgermeister, und 40 breit! Mit diesem dumpfigen, naßkalten Theater anzukommen, Sir: genau so gut könnte man reden, von dem . . .«

Unversehens flog die Türe auf: ! –, und, einen Schreiber, der vorgehabt hatte, ihn anzumelden, auf die Seite stoßend, stürzte Mr. Chapman selbst herein.

Unverkennbar hatte er erwartet, den Bürgermeister alleine anzutreffen; denn beim Anblick des MenschenGedränges tat er sich Gewalt an, und hielt auf der Schwelle inne. Einen Augenblick lang waren die Lever-Teilnehmer nicht minder erstaunt und nicht weniger stumm. Aber die guten Leutchen erholten sich sehr bald. Vielen war es ein Vergnügen, dem Manne, der ihnen abends-zuvor Gelegenheit zu so angenehmen Gemütsbewegungen gegeben hatte, näher zu treten und zu gratulieren. Cordiales Lächeln aus so mancher Richtung – freundliche Hände, die sich entgegen streckten – kurz' und herzliche Komplimente, vermischt mit dringenden Bitten: die Vorstellung vor einem breiteren Auditorium zu wiederholen!, regneten von allen Seiten. – Der Komödiant stand, den Hut in der Hand, da; mechanisch bürstete sein Ärmel über den Filz hin; er murmelte nur, halb-unvernehmlich, »Sie sehen vor sich einen Mann ...« – und sein einziges Auge ruckte von einem Gesicht zum nächsten; wie wenn er sich angestrengt orientieren wolle, was eigentlich gemeint sei?, beziehungsweise wo er wäre? – Der Bürgermeister erhob sich, und kam nach vorn – »Meine lieben Freunde«, sagte er milde, »Mr. Chapman kommt, infolge einer getroffenen Verabredung. Vermutlich hat er mir etwas vertraulich mitzuteilen.«

Die 3 seriösen Herrschaften, die sich bis dahin abseits gehalten, und Mr. Chapman ungefähr so gemustert hatten, wie etwa 3 Groß-Inquisitoren einen armen Juden, schüttelten nunmehr 3 feierliche Köpfe; und gaben dann das Beispiel eines formvollendeten Sich-Absetzens. Am längsten verweilten noch die rivalisierenden Eigentümer des ›Theaters‹ und des ›Städtischen KonzertSaales‹ – Jedweder pflisterte dem Fremden ins Ohr – der Eine links; der Andre rechts. Jedweder pfropfte ihm ein bedrucktes Papier in die Hand: ! – Als die Tür sich hinter ihnen schloß, ließ der Komödiant beidwede Papiere fallen; der Arm brach ihm an seiner Seite zusammen; seine ganze Gestalt schien einzusinken. – Hartopp nahm ihn bei der Hand; und geleitete ihn, sänftlich, zu seinem eignen SchreibtischSessel. – Der Komödiant sank auf besagten Stuhl; ohne 1 Wort zu äußern.

Mr. Hartopp: – »Was ist denn? Was ist geschehen?«

Waife: – »Sie ist sehr-krank; – es steht schlimm; – so sagt der Doktor – Doktor Gill.«

Mr. Hartopp (mitfühlend): – »Mit Euerm Kleinen Mädchen soll es schlimm stehen? Nicht doch!; die Herren Ärzte übertreiben da immer; damit man ihnen die Heilung umso höher anrechne. Nicht, daß ich Doktor Gill irgend zunahe treten wollte – bester MitBürger – verläßlicher Mann. Aber dennoch: wenn ernsthafte Gefahr vorhanden ist, schwätzeln die Ärzte froh und munter; und wenn nichts zu fürchten ist, machen sie feierliche Gesichter – das ist so ihre Art.«

Waife: – »Meinen Sie? – Sie haben selber eig'ne Kinder, Sir? – auch von ihrem Alter? – Wie! wie!«

Mr. Hartopp: – »Ja; ich bin über Kinder vollkommen im Bilde – ich glaube, beinah-besser als Mrs. H. Was für ein Übel soll es denn sein?«

Waife: – »Der Doktor sagt, es wär' ›Schleichendes Fieber‹.«

Mr. Hartopp: – »Etwa hervorgerufen durch nervöse Aufregungen, ja?«

Waife (aufschauend): – »Ja – genau das hat er gesagt – ›nervöse Aufregungen‹.«

Mr. Hartopp: – »Kluge, sensible Kinder, die vorzeitig zu Ehrgeiz angehalten, ganz-allgemein Emotionen ausgesetzt werden, tendieren grundsätzlich zu Unpäßlichkeiten dieser Art. Meine Dritte, Anna Maria, verfiel in solch schleichendes Fieber, verursacht durch nervöse Aufregung; weil sie in der Schule mit Gewalt einen Preis für gutes Lernen haben wollte.«

Waife: – »Und? Ist sie daran gestorben, Sir?«

Mr. Hartopp (schaudernd): – »›Gestorben‹! – nicht-doch! – Ich hab sie von der Schule genommen – den gesamten Geflügelhof ihrer Wartung unterstellt – ihr alle FranzösischÜbungen verboten; sie dafür gut-englische KörperÜbungen machen lassen – und ihr einen Esel zum Reiten verschrieben. Sie ist ein ganz andres Wesen jetzt – Backen so rot wie ein Apfel, und so prall wie ein Kricket-Ball.«

Waife: – »Ich will Geflügel halten; will einen Esel kaufen! Oh, Sir!: Sie meinen nicht, daß sie schon gen Himmel gehen, und mich hier allein zurücklassen werde?«

Mr. Hartopp: – »Nicht wenn Sie ihr Ruhe und Stille zuteil werden lassen. Aber keine Aufregungen mehr! – keinerlei ›Vorstellungen‹!«

Waife (leert seine Taschen auf den Tisch aus): – »Würden Sie so gütig sein, Sir, und das Geld hier zählen? Meinen Sie, daß es genug sein könnte, um ein nettes Logis hierherum für sie zu bekommen, bis sie wieder voll bei Kräften ist? Mit grünen Feldern – sie hat grüne Felder so gern; und einen Bauernhof mit Hühnervolk – obwohl wir erst vor ein paar Tagen bei einer guten Frau logiert haben, die auch Hennen hielt, und Sophie von ihnen nicht so besonders angetan schien. Ein Kanarienvogel wär' vielleicht eher ein Gesellschafter, und ...«

Hartopp (einfallend): – »Gut, gut – und Sie-selbst? was würden Sie unternehmen wollen?«

Waife: – »Je nun; ich und der Hund würden für kurze Zeit weg-gehen, über Land.«

Hartopp: – »Vorstellungen geben?«

Waife: – »Dies Geld hier wird ja nicht ewig reichen; und was können wir sonst tun – ich und der Hund – um mehr für sie heranzuschaffen?«

Hartopp (ihm warm die Hand drückend): – »Sie sind ein guter Mensch, Sir. Ich bin überzeugt davon: Sie können nicht Dinge getan haben, die mir zu erzählen Sie sich scheuen müßten. Ziehen Sie mich in Ihr Vertrauen; dann könnt'ich vielleicht eine für Sie geeignete Beschäftigung ausfindig machen, ohne daß Sie sich von Ihrem kleinen Mädchen zu trennen brauchten.«

Waife: – »Von Ihr trennen? Ich würde sie jedesmal nur immer für ein paar Tage verlassen, bis sie wieder wohlauf wäre. Dies Geld hier würde wie lange für sie ausreichen?: 2 Monate? – 3? – wie lange ? – der Arzt wird ja nicht allzuviel fordern.«

Hartopp: – »Sie wollen sich mir also nicht anvertrauen? In Ihrem Alter – haben Sie keinerlei Freunde? – nicht Einen, der ein empfehlendes Wort für Sie einlegen könnte?«

Waife (den Kopf gleichsam hochfahrend zurückwerfend): – »So – meinen Sie? Wer redet denn zu Ihnen von mir, Sir? Ich spreche von meinem unschuldigen Kinde: bedarf es bei ihr auch eines eingelegten guten Wortes? Der Himmel selbst hat es in ihr Gesicht geschrieben.«

Hartopp bestand nicht weiter darauf; wiewohl der treffliche Mann, ob seines Besuchers hartnäckigem Ausweichen vor der eigentlichen, zur Debatte stehenden Frage, aufrichtig betrübt war; denn sehr wohl hätte der Bürgermeister für einen Mann von Waife's unverkennbarer Bildung und Begabung die ein- oder andere Beschäftigung ausfindig machen können. Aber dergleichen Stellungen brachten Verantwortlichkeit mit sich, und forderten Vertrauen: wie für sie einen Mann vorschlagen, von dessen Leben und Verhältnissen nichts in Erfahrung zu bringen war? – einen Mann ohne Zeugnisse oder gesicherten Ruf? Dabei interessierte Waife ihn zutiefst. Wir haben es Alle ja schon erfahren, daß es Personen gibt, zu Denen wir durch eine sonderbare, nicht zu erklärende Sympathie hingezogen werden – ein gewisses Etwas in ihrem Benehmen, dem Schnitt ihres Gesichts, dem Tonfall der Stimme. Wenn 50 Bewerber für eine durch uns zu vergebende Vergünstigung antreten, weiß fast unfehlbar 1 von den 50 unsere Vorliebe für sich zu gewinnen, ob er schon keinerlei gegründeteres Anrecht darauf besitzt, als irgendein anderer seiner MitAnwärter. Und wir können ebensowenig sagen, warum wir den Betreffenden mögen, als wir anzugeben vermöchten, wieso wir uns sterblich in eine Frau verlieben, an der kein Anderer sonst auch nur den geringsten Reiz zu entdecken wüßte. ›Es gibt‹, so sagt ein lateinischer LiebesDichter, ›kein Warum oder Wieso, dort wo Neigung mit ins Spiel kommt.‹ Demgemäß hatte Hartopp, vom ersten Moment an, Gefallen an Waife gefunden – der gesetzte, respektable, florierende Mann; von Kopf bis Fuß in den denkbar-weißesten Batist der Reputierlichkeit eingemummelt – an dem unstäten, vielgewandten, trickreichen Streunenden; der scheinbar, aus dem Verlauf eines allmählich ans Alter grenzenden Lebens, nicht 1-einziges anständiges FührungsZeugnis vorzuweisen hatte. Auf der steinernen Vorlage seines Kamins, unfern seines KontoBuches, stand so der Herr Bürgermeister; und schaute, mit einer Art ehrfürchtiger Bewunderung, die ihm selbst rätselhaft war, auf das verlorene alte Geschöpf dort, das keinen Grund anzugeben gewußt hätte, wieso es sich im Augenblick auf dem ArmSessel des höchsten Beamten der Standt befand, und nicht, angemessener, im GemeindeGefängnis von Gatesboro'. Und dennoch: war des Herrn Bürgermeisters sympathetische Zuneigung, war seine respektvolle Bewunderung, so absolut unerklärlich? Läuft es nicht zwischen dem einen warmen MenschenHerzen & dem anderen, zuweilen wie ein elektrischer Strom geheimer Verständigung? War nicht in diesem krüpplichten Ausgestoßenen – so stur-hart gegen sich selber; so bebend-sensibel für sein krankes Kind – war in ihm nichts von jener Erhabenheit, vor welcher Diejenigen, die es erfahren haben daß es Edelleute von Natur gibt, ehrfurchtsvoll das Haupt neigen? Ein Mensch, treu dem ernsthaften Credo, ein Mensch zu sein, kann eine ansonsten total-gescheiterte Existenz, in der immerhin noch 1 heiligende Neigung durch alle Ritzen und Spalten sublim hervorschimmert, ebensowenig verachten, als er mit rohem Spott eine TempelRuine profanieren könnte –: wenn nur der Altar noch darinnen steht!

19. Kapitel

Sehr gut – bis zu einem gewissen Punkt.

Mr. Hartopp: – »Ich kann mir nicht anmaßen, noch weiter in Sie zu dringen, Mr. Chapman. Aber ich brauche Jemandem von Ihrer Weltkenntnis nun auch nicht mehr groß zu sagen, daß Ihr Stillschweigen mich der Möglichkeit beraubt, Ihnen behülflich zu sein. Reden Wir nicht weiter davon.«

Waife: – »Aufrichtigen Dank dafür, Herr Bürgermeister.«

Mr. Hartopp: – »Aber hinsichtlich des kleinen Mädchens machen Sie sich jetzt keine Sorgen weiter – zumindest für die Gegenwart. Ich kann sie in meinem eignen Bauernhaus unterbringen: die Frau meines dortigen Verwalters, eine gutherzige Person, wird sie unter ihre Obhut nehmen, indes Sie Ihrem Gewerbe anderswo nachgehen können. Dies Geld hier betreffend, werden Sie es selber brauchen; Ihre arme Kleine soll Sie nichts kosten. So, das wäre geregelt. – Dürfte ich einmal vorbeikommen und sie mir anschauen? Ich bin selber so ein Stück von einem Doktor: jeder Mann, der mit einer großen Familie gesegnet ist, hat in seinem Hause ja ständig den ein- oder andern interessanten Fall von Pocken, Masern, Keuchhusten, Scharlach undsoweiter, und folglich die hübscheste kleine PrivatPraxis. BücherGelehrsamkeit betreffend, bin ich kein großes Licht, Mr. Chapman; was aber praktische Erfahrung speziell in Kinderkrankheiten angeht,« fügte Hartopp mit stolzem Erröten hinzu, »sagt Mrs. H. immer, daß sie die Kleinen lieber mir anvertrauen wolle, als Doktor Gill. Ich seh' mir Ihr Kind also einmal an; und möchte fast garantieren, ich bring' sie wieder auf die Beine. – Aber wenn ich mir's so überlege«, fuhr Hartopp, sich mehr und mehr besänftigend, fort, »wenn Sie schon durchaus Vorstellungen geben müssen: warum dann schließlich nicht in Gatesboro' bleiben? In der Stadt hier ließe sich mehr verdienen, als andernorts.«

»Nein, nein; ich könnt' es nicht über's Herz bringen, hier ohne sie aufzutreten. Im Augenblick hab'ich sogar das Gefühl, als würde ich nie wieder auftreten können! Es wird sich schon irgendetwas anderes ergeben. Die Vorsehung ist ja so gütig gegen mich, Herr Bürgermeister.«

Waife wandte sich zur Tür – »Sie würden, vielleicht, bald kommen können?«, sagte er ängstlich.

Der Bürgermeister, der indes seine Kontobücher und Papiere weggeschlossen hatte, versetzte: »Ich gebe lediglich noch ein paar geschäftliche Anordnungen: in einer Viertelstunde bin ich bei Ihnen im Hotel.«

20. Kapitel

Sophie verbirgt ihr Herz, zeigt dafür aber Temperament.

Das Kind lag in seinem eigenen Zimmerchen, auf einem Sopha, das man in Fensternähe gerückt, und in ihrem Schoß war die Puppe, die Lionel ihr geschenkt hatte. Mit sich geführt auf allen ihren Wanderungen, hatte sie doch niemals mit ihr gespielt; nie eine Bandschleife in den gelben HaarFlechten verändert; aber mindestens ein Mal, jeglichen Tag, war sie heimlich hervorgeholt, und lange angesehen worden. Und diesen ganzen Morgen heut, wo sie meist sich selbst überlassen blieb, war es ihre Gespielin gewesen. Sie strich ihr eben das Röcklein glatter, das, wie sie sich einbildete, etwas zerknüllt worden war – glättete es mit einer Art furchtsamer Zärtlichkeit; und die Puppe starrte ihr, die ganze Zeit über, mit ihren blauen PerlenAugen voll ins Gesicht. Waife saß unfern von ihr, und versuchte sie munter zu unterhalten, Feen-Märchen zu erfinden, voll lustiger Schwänke und Fantasie; aber seine Erfindungsgabe versagte ihm, und seine Feen gerieten abscheulich prosaisch. Dann hatte er die DominoSteine vor Sir Isaak ausgebreitet; aber Sophie hatte kaum herüber geschaut, aus matten trüben Augen, auf welche die Puppe ihrerseits die eignen so stupide geheftet hielt. Und auch in Sir Isaak selbst schien kein rechter Geist heut zu sein; er spürte unverkennbar, daß etwas nicht--stimmte. Dann und wann erhob er sich rastlos; beschnupperte die DominoSteine; und packte dann sacht, ganz-sachte, eine Pfote auf Sophie's Knie: ?. Da er jedoch nicht ermutigt ward, legte er sich, unbehaglich, wieder-nieder, wobei er aber seine Lage öfters wechselte, wie wenn der Fußboden ihm zu hart für sich geworden wäre. Dergestalt traf der Bürgermeister die Dreie an. Er näherte sich Sophie, mit dem Tritt eines an Krankenzimmer und unpäßliche Kinder gewöhnten Mannes – ein Tritt so-leicht wie in FilzSchuhen – er legte seine Hand auf ihre Schulter; küßte sie auf die Stirn; und griff dann nach der Puppe: –; –: Sophie fuhr sofort auf: !; und nahm sie ihm, ohne 1 Wort, aber rasch, wieder ab; (verbarg sie anschließend auch hinter ihrem KopfKüssen). Der Bürgermeister lächelte – »Mein liebes Kind; – meinst Du, ich würd' Deiner Puppe etwas zuleide tun?«

Sophie errötete; und versetzte, murrmelig, »Nein, Sir; direkt zuleide-tun nicht; aber ...«; sie hielt unvermittelt inne. –

»Ich hab' mit Deinem GroßVater über Dich gesprochen, Liebchen; und wir sind, Beide, übereingekommen, Dir ein paar Ferientage zu bereiten. Puppen sind für den Winter unschätzbar; aber im Sommer heißt's: Grüne Wiesen, und Kettel aus Tausendschönchen.«

Sophie schaute vom Bürgermeister auf den Großvater; und wieder-zurück zum Bürgermeister –: ?; sie schüttelte sich die HaarWellen aus den Augen, und wirkte doch recht ernsthaft-forschend.

Der Bürgermeister, der sie in der Stille beobachtet hatte, griff sich, unauffällig, ihr Händchen; (wobei er, den schlanken Puls umgreifend, verstohlen mit-zählte:?–). – Dann begann er, den BauernHof seines Verwalters zu beschreiben: das Gaißblatt um die Porch; den MaierHof; die BienenStöcke; den lust'jen EntenTeich, mit seinem WeidenInselchen, und dem großen Chinesischen Enterich, der so pompös einherstolzierte, daß er das drolligste Geschöpf von der Welt wurde. –: und eben-dahin sollte Sophie binnen 1–2 Tagen gehen; und genau so glücklich leben, wie ein Bienchen; aber ja nicht so geschäftig:? –

–?: Sophie horchte sehr ernsthaft, sehr aufmerksam zu. Dann, indem sie ihre Hand der des Bürgermeisters entzog, faßte sie den Arm ihres Großvaters fester, und sagte: »Und Du, Opa? – wird Dir das gefallen? – wird es für Dich nicht langweilig sein, lieber Opa?«

»Aber, Herzchen –«, versetzte Waife; »Ich und Sir Isaak, Wir gehen, und machen einen Ausflug von ein paar Wochen über-Land; und ...«

Sophie (leidenschaftlich): – »Dacht ich's doch! hatt ich mir doch gedacht, daß er darauf hinauswill! 'Ch hab versucht, es nicht zu glauben: weg-gehen! – Du? und Wer auf Dich aufpassen? Wer

Dich verstehen? Ich Pflege brauchen? Ich — Ich! Nein, nein, Du bist es, Der der Pflege bedarf. Ich bin morgen-schon wieder gesund — ganz gesund, keine Angst. Er soll nicht von mir weggeschickt werden ; : er soll nicht, Sir! O Großvater, Großvater, wie konnt'st Du nur!«. Sie warf sich ihm an die Brust, und hielt sich dort fest — so fest, wie wenn Kindheit und Alter nur Teile ein- und desselben Ganzen gewesen wären.

»Aber«, sagte der Bürgermeister, »es ist doch nicht, wie wenn Du in die Schule gehen solltest, liebes Kind; im Gegenteil: in die Ferien. Und Dein Großvater muß Dich verlassen — und herumreisen — 's ist sein Gewerbe. Wenn Du bei ihm wärest, und würdest plötzlich krank: bedenk einmal, wie sehr Du ihm dann im Wege sein würdest. Weißt Du was«, fügte er lächelnd hinzu: »bald muß ich anfangen zu fürchten, daß Du selbstsüchtig bist.«

»Selbstsüchtig!« rief Waife ärgerlich.

»Selbstsüchtig —« echote Sophie mit schwermütigem Spott, aus einem Empfinden heraus, so tief, daß sterbliche Augen es kaum ergründen mochten. »Oh nicht doch, Sir!; könnten Sie beschwören, daß es zu *seinem* Besten geschähe, wenn Sie uns jetzt trennen wollen — und nicht zu meinem, beziehungsweise was er dafür hält? Ein hübsches Bauernhaus und all sowas für mich — und was für ihn? —: tramp, tramp, tramp, über heiße staubige Straßen. Haben Sie geseh'n, daß er lahm ist? Oh, Sir, ich kenn' ihn — Sie nicht. ›Selbstsüchtig‹!: ohne mich würden ihm gar keine lustigen Späße einfallen, die Euch Leute lachen machen, gelt, lieber Opa, d's stimmt doch? Gehen Sie wieder, Sie sind ein garstiger Mann — gehen Sie, oder ich haß' Sie gleich genau so sehr wie diesen schrecklichen Mister Rugge.«

»Rugge? — Wer ist das?«, fragte der Bürgermeister neugierig, und nach jedem Anhaltspunkt haschend.

»Pscht, Schätzel! — pst!«, machte Waife, sie zärtlich an seiner Brust streichelnd. »Pscht! — Was soll nun geschehen, Sir?«

Hartopp gab ihm ein schlaues Zeichen, in Gegenwart von Sophie jetzt auf nichts weiter einzugehen; und erwiderte dann, sich an Diese richtend —:

»Was geschehen soll? —: nichts soll geschehen, mein liebes Kind, was Dir irgend mißfiele. Ich denke nicht daran, Euch-Beide trennen zu wollen. Mußt mich nicht ›hassen‹ — leg' Dich nur wieder hin — schön brav sein. Sieh ma', ich hab' Dir doch Dein Kopfkissen ganz glatt gestrichen; oh, hier 's' ja auch Deine hübsche Puppe wieder.«

Sophie entriß ihm trotzig die Puppe; und machte dem guten Mann was die Franzosen eine ›moue‹ nennen, indes sie es von ihrem Großvater duldete, daß er sie wieder auf das Sopha bettete.

»Sehr temperamentvoll und eigenwillig«, murmelte der Bürgermeister; »genau wie Anna-Maria: temperamentvoll und eigenwillig!«

Wäre ich nun im geringsten Herr meiner eigenen Feder, und könnte gänzlich schreiben, so wie es mir gefällt – ohne pausenlos Hals über Kopf, von den tyrannischen Ansprüchen jener ›flotten jungen Dame in HalbStiefelchen und Chiton, ›Die Muse der Geschichte‹ geheißen, voran-getrieben zu werden – dann würd' ich jetzt dies Kapitel abbrechen; das Fenster aufmachen, meine Augen auf dem weiten grünen Rasen draußen ausruhen; und mir insofern ein Gütchen tun, als ich mich einem rhapsodischen Exkurs über eben diese Verschönerin des gesellschaftlichen Lebens, genannt ›Das Temperament‹ überließe . . .: Ha! – die Muse der Geschichte macht just ein Nickerchen?: Mit Ihrer Erlaubnis, meine Gnädige – aber leise, leise! . . .

21. Kapitel

Bestehend aus einem Essay über Temperament im allgemeinen, und einem gefährlichen Experiment mit dem des Lesers im besonderen.

: So; da wär' das Fenster offen! wie instinktmäßig das Auge sich doch gleich ins Grüne richtet! wie die gelassenste der Farben es zu sich hinködert und beschwichtigt. Aber besteht Das Grün denn nur aus einer einzigen Farbtönung? Schau, wie unendlich doch die Mannigfaltigkeit seiner Abschattungen! Welch düst're Gravität bei jener Zeder, jener regungslosen Fichte! Welch lebhaft- aber etwas starr-lachendes Grün bei jenen glattglänzenden Lorbeern! Bezaubern diese Tinten uns ebenso, wie die im Spiel der jungen Syringen-Blätter? – lichter hier, dunkler dort, je nachdem, wie das Lüftchen (und so leicht ist das Lüftchen!) sie anregt zu Grünscheckigkeiten – zu ZierGekräusel? Oh süßes Grün!; für die Welt das, was ein sanftes Gemüt für das Leben des Menschen bedeutet: Wer möchte all deine lieblichen Schattierungen auf einen derben Farbton reduzieren? Wer das dunkel-dauerhafte Grün, das all die Wintertage überlebt, ausschließen? oder das meuterisch-kapriziöse der flacheren-jüng'ren Tönung, wie sie frisch aus AprilThränen hervorbricht, und einst mit sportlich-schalkischem Gezitter das üpp'je JuniBlühen überschatten wird?

Selig der Mann, an dessen ehelichem Heerd ein freundliches Temp'rament aus den Augen seines Weibes lächelt! ›Keine Gottheit stellt sich ein‹, sagt das heidnische Sprichwort, ›wo Bedachtsamkeit sich fern hält‹ – und Freude ist kein Dauergast dort, wo Friede nicht weilt. Friede, so ähnlich der Treue, daß man sie miteinander verwechseln kann; und die Dichter haben sie ja auch in das gleiche SchleierGewand gekleidet. Aber in Kindheit, in fröhlicher Jugend, erwarte Mann ja nicht das wechsellose Grün der Zeder. Wer ein zierliches Temperament von geistlosem Stumpfsinn, von kaltem Simulieren unterscheiden möchte – Der schaue weniger nach dem Temperament als OberflächenErscheinung, als vielmehr nach der konstitutionellen DauerStimmung.

Ist eine Natur süß und zutraulich; ist sie frei von jener pathologischen Eigenliebe, die sich selbst ›sensibel und gefühlvoll‹ nennt, und fortwährend über eingebildeten Beleidigungen brütet; besteht

Neigung, sich für etwelche Güte dankbar zu erweisen – solche Güte jedoch bescheiden hinzunehmen, und als echte Gefälligkeit anzuerkennen, was die Eingebildeten nur als ›Pflicht‹ bezeichnen?: aus solchen glücklichen Anlagen wird ein liebenswertes Temperament sich, spontan und frei, ergeben, und Dein Herz erfreuen. Wort und Blick gehen beide aus dem Herzen hervor, bei Manchen rasch, bei Anderen langsamer; sei Deine erste Frage stets: ›Ist das Herz selber großmütig und zart?‹. Wenn dem so ist, dann stellt sich, mit wachsender Zuneigung, auch die Selbstbeherrschung ein. Man nenne ja nicht ein Herz ›gut‹, das, wenn nur eine Fiber etwas unsanft berührt wird, gar nicht schnell genug zurück-stechen kann, und dazu schreit: ›ich bin eben keine Heuchlerin!‹ – derlei Entschuldigung bei sich selbst gelten lassen, und schon wird Rache zur Tugend. Aber wo ein Herze, wenn es Anstoß gab, sich härmt und quält, bis es wieder Vergebung erlangt hat; beziehungsweise, wenn selbst verletzt, gar nicht schnell genug verzeihen kann, stets auszugleichen bereit, stets bekümmert wenn es verwundete – da mag man sicher sein, daß seine Noblesse nur weniger Anstrengung bedürfen werde, um bei jeglichem SchmerzensAusbruch, dessen Ausdruck zu bändigen und zu verfeinern. Dann fürchte man nichts mehr; man sei nur selber nobel, und man wird sicher leben!

Was jedoch in der Kindheit oftmals tadelnd ›Temperament‹ gescholten wird, kann durchaus bloße aufrichtige und übermächtige Vitalität sein, und dennoch all die Elemente bergen, die am Ende das allerliebenswürdigste Temperament ergeben. Wer unter uns, wie weis' er auch sei, kann ein Kinderherz ganz deuten? Wer all die Springfedern seiner Gefühle vermuten, die, bei einer Berührung der Oberfläche, im Innern heimlich mit-vibrieren? Jedes Kind, besonders aber das MädchenKind, würde die gesammelte Gelehrsamkeit eines Weisen, und sei er so tief wie Shakespeare, auf eine schwere Probe stellen, sollte er jene subtilen Erregungen analysieren, für die wir erwachsenen Leute schon zu viel und lange gelebt haben.

›Temperamentvoll und eigensinnig‹ also hatte der Bürgermeister gemeint, da Sophie ihm zum zweitenmale die Puppe aus der Hand riß, und ihm, verzognes Kind, ein Schnutchen dazu machte, so himmlisch widerwärtig, so trotzköpfig hübsch. Und wie auf Erden hätte auch der Bürgermeister wissen sollen, was für GedankenVerbindungen sich mit dieser einfältigen Puppe verknüpften, um jegliche Berührung durch einen Fremden sogleich als Entweihung zu betrachten? War sie für ihre Augen, wie für die seinen, auch nur bloße Wachsfigur und Flittertand? – oder aber ein Symbol heiliger Erinnerungen; flüchtiger Blicke in eine Schönere Welt; tiefer Hingebung an etwas, hoch über der Sphäre ihrer AlltagsSorgen? Hätte nicht eben dieses Indiz der ›temperamentvollen Eigenwilligkeit‹ die Diagnose auf ein tiefes lieb'erfülltes Herz abgeben sollen? Arme kleine Sophie!: ja, versteck sie wieder – sicher vor jedem Blick – heimlich, unerforschlich, unerraten – wie die ersten GefühlsSchätze der Kindheit grundsätzlich sind!

22. Kapitel

Da die Zivilisation grundsätzlich zum Ziele hat, die Leute auf diese oder jene Art ›gesetzt‹ zu machen, nährt auch der Bürgermeister von Gatesboro' den staatsmännischen Ehrgeiz, Gentleman Waife gesetzt zu machen: zweifellos ein weiser Entwurf, und gänzlich in Übereinstimmung mit dem Genius der Nation. / Während jeglicher Sitzungsperiode des Parlaments ist Großbritannien, ob daheim ob bei den Antipoden, heftig damit beschäftigt, allerlei Volk gesetzt--ansässig zu machen; die sich in ihrer Unerleuchtetheit meist gegen solche Form der Versetzung sperren; in einem Maße, daß ›Jemandem eins versetzen‹ zu einer vulgären Formel geworden ist, gleichwertig mit der Androhung absoluter Austilgung oder Zerschmetterung. / Weswegen – da der Bürgermeister von Gatesboro' sich hinsichtlich ›Gentleman Waife's‹ also notorisch mit solch liebreichem Einfalle trägt – sämtliche wohlmeinenden Leser mit einer Stimme ausrufen werden: »Dii melioral!: Was wird er damit machen!?«

Ihr Püppchen wieder sicher hinter ihrem Kissen, entspannte Sophies Gesicht sich nach und nach; bis sie sich vor-beugte, schüchtern des Bürgermeisters Hand anrührte: '–; und ihn aus bittenden bußfertigen Augen, Augen noch tränenfeucht, anschaute – Augen die, ob die dazugehörigen Lippen gleich schwiegen, es deutlich aussprachen –: »Ich will Sie ja gar nicht hassen. Ich bin undankbar und übellaunig gewesen: darf ich um Verzeihung bitten?«

»Von ganzem Herzen vergeb' ich Dir!«, rief der Bürgermeister, der sich den Blick völlig richtig übersetzte. »Und jetzt versuch's mal, und beruhige Dich, und schlaf' etwas; während ich mich unten noch mit Deinem Großvater unterhalte.« –

–: »Also ich seh' noch nicht, wie das möglich werden soll, daß ich sie allein hier lassen kann«, sagte Waife, nachdem die beiden Männer sich in das Gästezimmer verfügt hatten.

»Dennoch bin ich überzeugt«, sagte der Bürgermeister ernsthaft, »daß es für sie das unstreitig Beste wäre: ihr Puls ist von nervöser Reizbarkeit; sie benötigt absolute Ruhe; auf keinen Fall sollte sie mit Ihnen zusammen herumziehen dürfen! Aber, hören Sie – ob ich gleich anscheinend nie erfahren darf, Wer und Was Sie sind, Mr. Chapman – ich habe nicht den Eindruck, daß Sie mir mit meinen paar Kühen durchbrennen werden; und wenn Sie gerne ein oder zwei Wochen mit Ihrer Enkelin in dem Hof meines Verwalters dort hausen möchten, dann wird man Sie in Frieden lassen, und mit keinen zudringlichen Fragen belästigen. Ich will Ihnen eine meiner Schwachheiten gestehen —: ich bild' mir etwas darauf ein, daß man mich selten oder nie hinters Licht führen könne. (Und ich meine fast, ich könnte dem Manne, der mich einmal anführte, nie wieder vergeben.) Aber angeführt würde ich, bestimmt!, sein, wenn nicht Sie, all Ihrer Geheimtuerei zum Trotz, sich am Ende als ein so-ehrlicher Kerl herausstellten, wie nur je Einer auf Rindsleder einhergetreten ist! —: also kommen Sie mit ins VerwalterHaus!«

Waife war tief gerührt von solch vertrauensvoller Güte; dennoch bewegte er, mutlos, den Kopf; (und einmal mehr überkam die gleiche servile, schier kriecherische Verdemütigtheit in Mien' und Haltung den ganzen Menschen, wie sie ihrerzeit schon Vance und Lionel peinlich berührt hatte!), so daß er sich zu ducken und einzuschrumpfen schien, wie ein Paria vor einem Brahmanen. —: »Nein, Sir; untertänigsten Dank-auch. Nein, Sir; das kann nicht sein. Ich muß für mein bißchen täglich-Brot arbeiten — falls das, was ein armer Teufel wie ich noch leisten kann, überhaupt ›Arbeit‹ genannt werden darf. Ich hab' es mir, seit Jahren, zur Regel gemacht, mich nie (aber auch schon niemals!) zu Heerd und Haus eines gutmütigen Mannes zu drängen, Der, (in Unkenntnis meiner Vergangenheit), ein Recht hätte, mich zu beargwöhnen. — Wo ich logiere?, bezahle ich als MietsMann; beziehungsweise, wo man mir eine börsenschonende Gunst erweist, geb' ich mir Mühe, sie auf irgendeine nützlich-bescheidentliche Art abzuarbeiten. — Gut; aber, wie Sir, könnt' ich mich, glau und frech, Tage und Wochen lang am Tisch, unterm Dach, eines Mannes aalen, wo ich nicht einmal für eine Tasse Tee zu Ihnen an den Kamin kommen wollte?«. Der Bürgermeister erinnerte sich, und fuhr zusammen. Waife, hastig, weiter: »Aber für mein armes Kind heg' ich solche Skrupel nicht — nicht Scham oder falschen Stolz. Was Sie *ihr* bieten, nehme ich dankbar an — dankbar. Ach, Sir, sicher ist sie nicht an ihrem rechten Platz bei mir; aber es hat keinen Zweck wider den Stachel zu löcken. Wo war ich stehen geblieben? Oh ja; ich will Ihnen sagen, was wir tun müssen, Sir: in ein-zwei Tagen — sobald sie wieder munter genug ist, und gehen kann — komm' ich mit ihr zu Ihrem Bauernhaus; und verbring' dort den Tag mit ihr, und täusche sie, Sir; jawohl, täusche, betrüge sie, Sir! Ich *bin* ja ein Betrüger — ein Komödiant —

dann wird sie meinen, ich würde bei ihr bleiben —: und des Nachts, sobald sie schläft, stehl' ich mich davon, ich und der andere Hund. Aber ich werd' einen Brief für sie hinterlassen — der wird sie beschwichtigen; und sie wird geduldig sein und warten. In einer Woche etwa werd' ich dann wieder zurückkommen, daß wir uns sehen; und so weiter, jede Woche einmal, bis sie ganz wieder hergestellt ist.«

»Und was werden Sie machen?«

»Weiß noch nicht; — aber« setzte der Schauspieler, mit erzwungenem Lachen hinzu — »ich bin nicht der Mann, der so leicht verhungerte. Oh, keine Angst um mich, Sir!«

Also entfernte sich der Bürgermeister, und schlenderte durch die Felder, hin zum VerwalterHause; um dort alles für den aufzunehmenden Gast vorzubereiten.

»Es ist an sich ganz gut und richtig, daß der arme Mann für ein paar Tage abwesend sein wird«, dachte Mr. Hartopp. »Bevor er dann zurück ist, wird mir schon irgendein Plan eingefallen sein, wie ich ihm nützlich sein könnte; außerdem kann ich, während seiner Abwesenheit, von dem Kind etwas mehr über ihn in Erfahrung bringen, und feststellen wozu er sich wirklich eignet. — In Morley's Dorf wird ein Schulmeister gebraucht. Der alte Morley hat an mich geschrieben, ich sollt' ihm einen empfehlen. Gute Besoldung — nettes Häuschen. Aber natürlich wär' es Unrecht, über kleine Kinder einen Mann zu setzen — ihn einem geachteten Gutsbesitzer, und dessen Pfarrer zu empfehlen — von dem ich praktisch nichts weiß. Unmöglich! das geht nicht an. Wenn es irgendeinen Posten gäbe, mit leichtem Dienst, wo es auf Vertrauen und Verantwortlichkeit nicht ankommt — aber so 'ne Stelle gibt's in ganz Großbrittannien keine. Angenommen, ich von mir aus, etablierte ihn in irgendeinem leichteren Geschäftszweig — richtete ihm einen kleinen Laden ein, wie? Hm; ich weiß nicht. Was würde Williams sagen? Und wenn ich eben doch der Angeführte wäre! — wenn der Mann, dem ich derart gläubig vertraute, sich am Ende als Schuft entpuppte« — (der Bürgermeister hielt inne, und schauderte buchstäblich bei dem bloßen Gedanken) — »tcha, das würde mir allerdings eine Niederlage eintragen: meine Frau ließ' mich nicht mehr aus dem Haus, mit 'ner halben Krone in der Tasche; und ich könnte keine hundert Meter weit mehr gehen, ohne daß Williams mir nicht auf den Fersen wäre, um zu verhindern, daß mich die Zigeuner wegstehlen. ›Angeführt von ihm!‹ — nein; unmöglich! Andrerseits, falls es sich herausstellte wie ich beinah vermute – daß ich, der normalen-kleinlichen Bedächtigkeit zum Trotz, einen wirklich großen und guten Mann in Nöten hier gewittert hätte – Ha! welch einen Triumph würd' ich dann über sie-Alle errungen haben! Wie Williams mich verehren würde!«. Der gute Mann lachte hell auf bei dieser Vorstellung; und ging dann stolzeren Schrittes fürder.

23. Kapitel

Ein hübsches Spielwerk in seiner Art, ganz zweifellos, ist die Liebe zwischen Jung & Jung – lustige Varietäten der betreffenden Narretei bedecken den Ladentisch des Großen SpielzeugGeschäftes – aber Du, artige Dame Natur, bitte reck' doch einmal Deinen Arm nach jenem, einigermaßen außerhalb der normalen AlltagsNachfrage gelegenen Regalfach hoch; und lang' mir dies veraltete, vernachlässigte, unbeachtete Ding dort herunter: die Liebe zwischen Alter & Kindheit . . .:

Am nächsten Tage war Sophie ein bißlein besser – den Tag darauf ward die Besserung augenfälliger – und am dritten Tage bezahlte Waife seine WirtshausRechnung; und sie lenkten die verhängnisvollen Schritte nach jener ländlichen Wohnstätte, welche eine zeitlang mit ihr zu teilen er lockend versprochen, und sie indes zu glauben gelernt hatte. Es war nicht weit, keine zwei Kilometer außerhalb der Vororte jener Stadt; und ob das Gehen sie schon anstrengte, verbarg sie ihre Ermüdung, und wollte ihm auf keinen Fall erlauben, sie zu tragen. Das Häuschen lächelte ihnen bereits entgegen – ein GaubenDach, strohgedeckt, mit verzierten Giebel-Schutzbrettern – halb Schweizerisch, halb was man Elisabethanisch nennt – all die Zäune und Schuppen rundherum, wie sie eben nur reiche Kaufleute, wenn sie sich herablassen auch-Bauern zu werden, konstruieren und instand-halten – dh also Schuppen und Zäune so nett und adrett, wie aus einem SpielzeugLaden. Die luft'ge Brise kam frisch über neue HeuHaufen her – oder vom Geißblatt um die VorLaube – oder vom Pusten des trägen KuhVieh's, wie es da, knietief, in dem flachen Teichlein stand; das, halb-zugewachsen und mit breitblättrigen WasserLil'jen eingefaßt, still und glänzend in den ebnen Weidewiesen lag.

Unwillkürlich hielten sie ihre Schritte an, um die Heitre der Landschaft zu beschauen, und die balsamische Luft einzuziehen. Indes kam schon der Herr Bürgermeister aus der VorVeranda des Bauernhauses heraus; eingehakt seine Gattin; während zwei seiner jüngeren Kinder vorweg hüpften, mit seligen Gesichtern hinter einem prächtig geputzten Schmetterling her, den sie aus dem Geißblatt aufgescheucht hatten.

Bei Mrs. Hartopp hatte sich allmählich eine lebhafte Neugierde herausgebildet, die jüngsten Gegenstände des WohltätigkeitsDranges ihres Herrn und Gebieters, mit eig'nen Augen zu sehen und zu beurteilen. Selbstredend teilte auch sie jene Besorgnis, wie sie die ständige Beunruhigung aller Derjenigen bildete, die nur zu dem einen frommen Zwecke lebten: nämlich Josiah Hartopp vor dem Angeführtwerden zu bewahren. Aber sobald der Bürgermeister sich speziell der Unterstützung seiner Gattin für irgendeines seiner LieblingsProjekte zu versichern, und sie davon zu überzeugen wünschte, entweder

a) daß er mit nichten angeführt worden sei; oder aber
b) daß sich klug und höflich anführen zu lassen, in dieser uns'rer Welt eine überaus populäre und todsichere Methode darstelle, in ihr voran zu kommen,

er niemals verfehlte seinen Zweck zu erreichen. Dieser Mann war eigentlich die raffinierteste Kreatur; derart voll von Listen und Ränken, um seinen Willen durchzusetzen – für wohltätige Zwecke – wie andre Männer, die für gescheit gelten möchten, sie nur für selbstsüchtige aufbringen. Mrs. Hartopp war garantiert eine gute Frau; aber eine dazu *gemachte* gute Frau. An einen anderen Mann verheiratet, würde sie (argwöhn' ich fast) ein Drache geworden sein; Petruchio würde sie, ich schwör's, niemals gezähmt haben. Aber sie, die arme Lady, war – zwar nach und nach nur, aber desto umfassender – unterworfen, unterjocht, absolut domestiziert worden, unter dem Gewicht der despotischen Milde ihres Gatten; denn in Hartopp *war* tatsächlich ein gänzlich unwiderstehliches Gewicht von sachter Friedfertigkeit, von sanfter Unterdrückung, die eine Titanide unter sich begraben haben würden, wie unter einem Pelion moralischer Federbettigkeiten: Massen auf Massen daunigster Beeinflussung sanken über Einen herab, scheinbar nachgebend im Fallen, einhüllend überwältigend atembenehmend –

nicht einen einzigen festen Angriffspunkt darbietend – nachgebend, wenn man dagegen aus-stieß – sich verführerisch um einen schmiegend, sanfter und sanfter, schwerer und schwerer; bis, ich versichere's Ihnen, Gnädige Frau, wie hoch auch Ihr angebornes weibliches Feuer sei, es in Ihnen erstickt, Ihr letztes rebellisches Murren unter den herabsinkenden Vließen matt dahingestorben wäre.

»Wie lieb von Dir, Mary, daß Du mit mir mitgekommen bist«, sagte Hartopp. »Ich hätt' ja nie und nimmer ruhig sein können, ohne Deine Beistimmung – schau doch ma' das Kind an – irgendwas an ihr erinnert ja an Anna Maria – und Anna Maria ist Dein ganzes Ebenbild!«

Waife trat, den Hut ziehend, näher; die beiden Kinder hatten die Spur des Schmetterlings verloren, und waren auf Sophie zu gerannt. Aber Ihr scheuer Blick machte auch sie wied'rum scheu – Schüchternheit ist ja so ansteckend – und sie blieben ein bißchen abseits stehen, und schauten Sie an. Sir Isaak schritt direkt auf den Bürgermeister los; schnupperte an ihm, und wedelte mit dem Schweif.

Nunmehr beugte Mrs. Hartopp sich über Sophie; und, nachdem sie festgestellt hatte, wie das Gesichtlein ungewöhnlich hübsch sei, blickte sie huldvoll zu ihrem Gatten hinüber, und sagte: »Ich seh' die Ähnlichkeit!«; dann, zu Sophie gewandt: »Ich fürchte, Du bist müde, mein Kind; Du darfst Dich auf keinen Fall überanstrengen – und mußt jeden Morgen Dein Glas Milch, frisch von der Kuh, trinken.« Und da kam auch schon die VerwaltersFrau energisch heraus; ein schmuckes Weib, mit frischem gutmütigem Gesicht, und kinderlieb – umso mehr, da sie selbst keine eig'nen hatte.

So traten sie in den Hofraum – hauptsächlich Frau Hartopp führte das Wort; und sie war es auch, die Sophie – nachdem sie ihr die Kühe gezeigt hatte, und die Truthühner, die Geflügelställe, und den großmächtigen chinesischen Ganter – bei der einen Hand nahm, (die andere klammerte sich sehr-fest an die von Waife); und sie daran quer durch den kleinen Garten, mit seinen PatentBienenkörben führte, hinein ins Haus; wo sie ihr das Hütchen abnahm, und sie küßte. »(Frappante Ähnlichkeit mit Anna Maria!) – ä-Anna Maria, Schätzchen:?–«. Das eine der beiden Kinder das sich dieses Namens erfreute, trat näher – stupsnäsig schwarzäugig, mit Backen wie zwei Pumpelrosen. »Dies kleine Mädchen, meine Anna-Maria hier, war 'mal genau so blaß wie Du – vom zu-vielen Lernen; und jetzt, mein liebes Kind, mußt Du Dir

Mühe geben, und ihr ein bißchen von ihrer hübschen Farbe abstehlen. Sind Sie nicht auch der Ansicht, Mr. Chapman, daß Anna Maria ihrem Papa ähnlich sieht?«

»Mir?–« rief der Bürgermeister; flüsternd, zu Waife: »Ebenbild ihrer Mutter! genau derselbe intellektuelle Ausdruck:!«.

Sprach der vielgewandte Mime: »In der Tat, Madam', die junge Dame hat Mund und Augenbrauen ihres Vaters; aber der ganze sonstige GesichtsAusdruck, dieses-ä, durchdringend-Sensible, das sind *Sie* – ganz-Sie. – Sir Isaak?: der jungen Dame einen Diener gemacht; und anschließend Sir, das Säbel-Exercieren!«

Der Hund, geheißen seine Kunststücke zu machen, ergötzte die Kinder; und der arme Komödiant, ob ihm schon das Herz schwer wie Blei in der Brust lag, tat sein Bestes, um Wohltätigkeit durch Belustigung zu vergüten. Am Ende, und sehr-befriedigt, nahm Frau Hartopp den Arm ihres Gatten, und schickte sich zum Aufbruch an. Die Kinder, da sie sich von Sir Isaak trennen sollten, fingen an zu heulen. Der Bürgermeister nahm seiner Gattin das Wort aus dem Munde – (Die, sich selbst überlassen, die Kleinen gescholten, und noch-mehr zum Weinen gebracht haben würde) – sagte zu Anna-Maria: daß er sich auf ihren überlegenen Verstand verlasse, ihren Bruder Tom zu trösten; und bemerkte zu Tom-hin: wie es seinem sonstigen männlichen Wesen doch so gar nicht entspreche, seiner Schwester ein Vorbild im Heulen zu geben:?; und brachte es dergestalt fertig, ihre Tränen im Handumdrehen wegzuschmeicheln; und sie dafür zu einem Wettlauf zum Drehkreuz hin zu veranlassen. –

Waife und Sophie waren allein miteinander im Wohnzimmer des Bauernhauses – Mrs. Gooch, die VerwaltersFrau, war noch ein Stück mit dem Ehepaar zurückgegangen; um dem Bürgermeister eine Färse zu zeigen, die gar nicht recht fressen wollte, und unmustern schien. – »Laß uns leise 'raus in den HinterGarten schleichen, Herzel«, sagte Waife: »ich seh da eine Laube, wo ich in Ruhe eine Pfeife schmauchen kann; eine Freiheit, die ich mir im Hause--selbst nicht gern nehmen möchte.« Sie traten über die Schwelle; und erreichten die Laube, die am fernsten Ende des kleinen Küchen-Gartens stand, und eine angenehme Aussicht über grüne Weiden und Kornfelder bot, im Hintergrunde die blauen Umrißlinien eines fernen Hügellandes. Von weiterher war noch das Gelächter der glücklichen BürgermeistersKinder schwach zu vernehmen; dann und wann das Tinkeln eines SchafGlöckchens; oder das Pochen des

Baumspechts, unbeirrt durch die Stille des HöchstSommers, wie sie die andern, melodischeren SängerChörchen in ihren Schlupfwinkeln ja zum Schweigen bringt. Waife zündete sich seine Pfeife an, und rauchte wortlos; Sophie, den Kopf an seine Brust gelehnt, blieb ebenfalls stumm. Sie war für Natur über die Maßen feinfühlig; die ruhige Schönheit rund um sie her, beschwichtigte den in letzter Zeit verstörten Geist; und Gesundheit stahl sich sacht wieder zurück in Herz und Leib. Endlich sagte sie weich – »Wir könnten so glücklich hier sein, Großvater! Aber es kann wohl nicht dauern, oder?«

»Es hat in diesem Leben keinen Zweck, liebes Kind«, erwiderte Waife philosophisch, »nicht den geringsten Zweck, sich das Glück des Augenblicks dadurch zu trüben, daß man fragt ›kann es dauern?‹. Dem Menschen gehört das Heute; das Morgen seinem Schöpfer. Aber sag 'mal ganz offen: widersteht Dir die Vorstellung des öffentlichen Auftretens tatsächlich so sehr? Und ich meine jetzt nicht, wie wir damals in Mr. Rugge's Show taten, daß Du das haßt, weiß ich; aber so auf schickliche private Weise, wie neulich abends. – Ein Seufzer!: heraus damit.«

»Mir gefällt, was Dir gefällt, Opa.«

»Das ist nicht wahr: ich rauche gern; Du nicht. Komm, Du magst das Schauspielern also nicht? Warum? dabei machst Du es so gut – ganz wundervoll! Allgemein gesprochen, mögen die Leute das, was sie sehr gut können.«

»Es ist weniger das Auftreten selber, lieber Opa, was ich nicht mag. Wenn ich in irgendeiner Rolle drin bin, werd' ich fortgerissen – bin nicht mehr ich-selber. Ich bin Jemand anders.«

»Und der Applaus?«

»Den fühl' ich nicht. Ich will damit sagen: wenn keiner käme, würd' ich es vermissen; aber ich habe nie das Gefühl, als ob man *mich* beklatsche; (wenn ich je *das* Empfinden hätte, würd' ich gleich stecken bleiben, und Angst kriegen). Es ist so, wie wenn dieser Jemand-anders, in den ich verwandelt bin, sich mit den Zuschauern anfreundet; und mein ganzes Fühlen und Denken gehört dann diesem Andern – ähnlich so, Opa, wie wenn es dann vorbei ist; und Wir-Zwei sind wieder allein-zusammen, dann fühl' ich nur für Dich – zumindest« (sie ließ das Köpfchen hängen) »war das sonst so. Aber neuerdings irgendwie, ich schäm' mich fast zu denken, wie ich schier mehr für mich-selbst gefühlt hab' als für Dich. Kann das – kann das tat-*sächlich* sein, daß ich anfang' selbstsüchtig zu werden? wie der Herr Bürgermeister sagte. Oh nich' doch. Jetz' wo wir hier sind – und nicht in diesen lauten Städten – nicht in Herbergen und auf den Chausseen; – jetzt-*hier, hier!*, da fühl' ich wieder für Dich – ganz für Dich!«

»Du bist mein Kleiner Engel, d's bist Du;« sagte Waife, bebestimmig. »›Selbstsüchtig‹!: Du?! d'ss'n guter Witz! Weißt Du, ich bin nicht das, was man DEMONSTRATIV nennt – ein schattenwerfendes Wort, Sophie; das besagt, wie ich Dir nicht andauernd zeige, wie-sehr ich Dich gern-hab' – und, um aufrichtig zu sein«, fügte er, mit gewaltiger Ehrlichkeit, hinzu: »– ich bin mir dessen nicht jeden Moment bewußt. – Also, *Ich* spiele gern; – ich lieb' den Applaus; und die Lichter; und die Aufregung; und ali die Illusion -- dies Scheinhafte der ganzen Chose; es führt mich ab von Erinnerung und Gedanken – ist es doch eine Welt, die keine Vergangenheit kennt; keine Gegenwart; und eine Zukunft schon gleich garnicht – ein Zwischenspiel inmitten der Zeit – ein Entkommen aus dem Raum – (ich nehme an, es werde der gleiche Zustand sein, wie bei Dichtern, wenn sie Verse machen). – Also Ja; ich mag das-Alles; und, wenn ich mich darein vertiefe, vergeß' ich Deiner allzusehr. Und, (der Himmel verzeih' mir's!), mir ist nie aufgefallen, wie blaß Du warst, und hinfällig; bis es mir deutlichst gesagt wurde – Ach-komm; nimm Deine Ärmchen weg; laß uns beraten. Sobald Du wieder wohl, ganz-wohl, sein wirst –: wie wollen Wir dann leben? was anfangen? Du bist so weis', wie eine Kleine Frau; und so sorgsam, so klug, und haushälterisch; (und-ich so ein hoppel-die-poppel-mäßiger alter Kerl; ohne einen--einzigen, vernünftigen Gedanken im Kopf!). : Was sollen Wir anfangen, wenn Wir das gemeinsame Auftreten ganz-aufgeben?«

»Das Theaterspielen ganz und gar aufgeben? wo Du es so gerne machst? Nein – nein. Ich will's auch liebgewinnen. Bloß – bloß . . .«; sie unterbrach sich, weil sie einen Vorwurf anzudeuten oder wehe zu tun fürchtete.

»›bloß was?‹ – wollen wir uns doch ganz offen miteinander aussprechen; sag die Wahrheit, und beschäme den Vater der Lügen.«

»Die Wahrheit«, sagte Sophie, und hob die reinen Augen mit so himmlischer liebevoller Güte zu ihm empor, daß, falls die Worte ja einen Verweis in sich bargen, der Blick ihn wieder neutralisierte. »Wenn wir es nur dahin bringen könnten, außerhalb der Bühne die Wahrheit zu sagen, dann wär' mir das Auftreten nicht zuwider! Ach Großvater, wenn dieser gute Herr eben und seine Gattin und diese lustigen Kinder da so her-kommen und mit uns reden: möcht'st Du da nicht auch am liebsten in den Boden versinken? – ich ja. Sprechen Wir denn die Wahrheit? leben Wir die Wahrheit? heute den einen Namen; morgen einen anderen? Ich würd' mir gar nichts draus machen, für den Augenblick auf der Bühne oder in einem Saal aufzutreten – aber immer und ewig theaterspielen, andauernd – Wir selbst nur Schein und Trug: Großvater, muß das sein! *Sie* tun's nicht; ich mein' mit ›sie‹ jetzt Alle, die gut und angesehen sind, und geachtet als – als – och Opa – Opa – was sag' ich denn? Ich hab' Dir wehe getan!«

Waife kämpfte tatsächlich schwer, um seine Erregung niederzuhalten; aber seine Lippen waren zusammengepreßt, und das Blut war aus ihnen gewichen, und seine Hände zitterten.

»Wir *müssen* Uns verbergen«, sagte er, mit sehr leiser Stimme – »müssen falsche Namen annehmen – Ich – weil – aus Gründen, die ich nicht einmal Dir mitteilen kann; – und Du, weil ich versagt, und es nicht fertig gebracht habe, Dir das angemess'ne Heim zu schaffen, wo Du sein solltest; und dann gibt es auch Einen, Der wenn es ihm so gefällt, (und es kann ihm theoretisch jeglichen Tag einfallen!), Dich, wenn er Dich ausfindig machte, von mir wegnehmen könnte – und deshalb – deshalb.« Er brach unvermittelt ab, und blickte in ihr furchtsam-staunendes sanftes Gesichtchen; stand dann auf, und richtete sich in einem jener selt'nen Ausbrüche von Würde, die das ganze Wesen des Mannes seltsam veredelten, hoch empor: ! »Aber was mich angeht«, sagte er, »wenn ich schon jeglichen Namen eingebüßt habe – ob ich auch, während ich lebe, dieser ewig-wandernde, sich versteckende Ausgestoßne sein muß – schau hinauf, Sophie – blick nach oben, wo alle Geheimnisse bekannt sein – alle Herzen gelesen werden – und meine beste Hoffnung, dort ein Plätzchen zu finden, wo ich warten darf daß Du kommst, sie beruht auf etwas, was mich all mein Bürgerrecht hier unten gekostet hat. Ich sag' Dir das nicht, um mich zu überheben – gar nicht; lediglich deswegen, damit Du, mein teures Kind, Dich trösten kannst, falls Dir später jemals Leute etwas über mich zutragen sollten, was Dir Schmerzen bereitet.«

Noch während er sprach, entspannte sich der anfangs feierliche und stolze Ausdruck seines Gesichtes wieder, und ging in schwermütige Ergebung über. Dann schob er seinen Arm in den ihrigen, und stützte sich darauf, wie wenn er aufs neue zu dem ramponierten Krüppel herabgesunken wäre, der ihrer gebrechlichen Stützung bedürfe; so zog er sie fort, aus der Laube, und schritt langsam, mühselig in dem kleinen Gärtlein auf und nieder. Allmählich schien er sich wieder zu erholen; und sagte in seinem gewohnten muntern Ton: »Aber zurück zu unserm fraglichen Punkt – angenommen wir hätten das Spielen und 'rumziehen eingestellt; und bedienten uns nur noch eines Namens; und ließen uns irgendwo nieder, wie gutbürgerliche Leute – erneut muß ich fragen: wovon sollten Wir leben?«

»Ich hab' mir das auch schon überlegt«, antwortete Sophie. »Du erinnerst Dich, daß diese guten Fräulein Burtons mir allerlei Arten von Nadelarbeiten beigebracht haben; und ich weiß, man kann mit NadelArbeit Geld verdienen. Und dann, lieber Opa: was kannst Du nicht Alles machen! Hast Du Frau Saunders' Bücher vergessen, die Du eingebunden hast?; und ihre Tassen und Teller, die neu-gekitteten? So würden Wir Beide tüchtig-arbeiten; und hätten ein Häuschen; und ein'n kleinen Garten den wir besorgen könnten, und die Kräuter und Gemüse daraus verkaufen. Ach-Du, ich hab' das Alles in den letzten vierzehn Tagen genau--durchgedacht, hundert und hundert Mal; – bloß ich wollt' nicht zuerst davon anfangen.«

Waife hatte, überaus achtsam, zugehört. »Ich kann sehr-gut Körbe flechten«, sagte er, und rieb sich das Kinn; »die schönsten Körbe (wenn man bloß ein Stück WeidenGrund pachten könnte); und, wie Du sehr-richtig sagtest: da gäb' es 'ne ganze Reihe süßer Nichtigkeiten, die ich ausreichend zustande brächte; und Du-Deinerseits könntest Stickmustertücher liefern, und TopfUntersetzer, und Servietten, und NadelKissen undsoweiter; und wenn Wir nur ein paar billige Ruten Gartenland auftreiben könnten – und Geflügel, (der Bürgermeister sagte, Geflügel sei so-gesund für Kinder) – tcha auf mein Wort: wenn Wir irgendein sicheres Plätzchen ausfindig machen könnten, wo die Leute uns mit ihrem Klatsch nicht plagten – wo Wir ein klein-wenig Geld zurücklegen könnten: für-Dich, wenn ich ...«

»Auch Bienen? – Honig?«, unterbrach ihn Sophie, die sich mehr und mehr interessierte und engagierte.

»Ja; auch Bienen – sicher. – Ein Hüttlein dieser Art, auf dem Dorfe, würde nicht über 6 £ pro-Jahr zu stehen kommen; und weitere 20 £ für Materialien zu unsern HeimArbeiten, würden uns solid-etablieren. Aber – oh jé! – Meublement; Tisch und Bett –: entsetzlich kostspielig!«

»Och nich doch; im Anfang würde ganz, ganz-Wenig. hinreichen.«

»Wollen wir das Geld mal zählen, was wir noch übrig haben«, sagte Waife indem er sich auf ein Stück Rasen niederließ, das einen schattigen Maulbeerbaum umgab. Und der alte Mann und das Kind überzählten das Geld, Stück für Stück, fröhlich und gleichzeitig besorgt – sie plauderten, und fielen Eins dem Andern ins Wort – und Plan auf Plan; sie vergaßen Vergangenheit und Gegenwart ebensosehr, wie wenn sie in einem Stück aufgetreten wären – sie waren gänzlich in Zukünftigkeiten versunken – eine unschuldige, einfältige Zukunft – unschuldig wie die Zukunft, die zwei Kinder sich ausdenken, die frisch vom Robinson Crusoe herkommen, oder aus FeenMärchen.

»Jetzt erinner' ich mich – jetzt fällt mir's ein: genau der richtige Platz für Uns!«, rief Waife plötzlich aus. »Das ist viele, viele-viele Jahre her, seit ich dort war; (ich freite damals um meine Lizzy – ach-ach!) Aber keine trüben Gedanken jetzt! – genau der Platz; unfern einer großen Stadt, aber in einem ganz abseits davon geleg'nen hübschen Dörfchen: dort war es, daß ich Körbe machen lernte. Ich hatte mir das Bein gebrochen – mit dem Pferd gestürzt – nichts zu tun. Ich herbergte bei einem alten Korbmacher; der hatte ein kapitales Geschäft. Ein Bächlein hinterm Haus; Ried, Weidenbäume die Fülle: ich seh sie direkt vor mir, wie ich sie damals, während mein Bein wieder zusammen-heilte, von meinem Fensterchen aus sah. Und Lizzy hat mir immer so-liebe Briefchen geschrieben: alle meine Körbe waren nur für sie. Wir hatten Körbe genug, um ein ganzes Haus bloß mit Körben zu möblieren; hätten in Körben zu Mittag essen, in Körben sitzen, in Körben schlafen können. Binnen ganz weniger LehrStunden hätt ich bestimmt sämtliche HandwerksKniffe wieder im Griff. Ich würd' das Fleckchen gerne wieder-sehen; das müßte sein, wie wenn ich meiner Jugend noch einmal die Hand schüttelte. Jemand der mich womöglich wiedererkennen würde, kann schwerlich noch am Leben sein – ich hab doch eigentlich nur den Chirurgus gesehen, und den Korbmacher und sein Weib; Alle so alt, daß sie längst schon zu ihren Vätern versammelt sein müssen. Vermutlich hat gar Niemand den KorbHandel weitergeführt: ich könnte ihn wiederaufleben machen, und monopolisieren; vielleicht wär das Häuschen selbst unschwer zu ermieten.« So schwatzte er, in seiner angebor'nen Zuversichtlichkeit dahin, der alte Vagabunde; und Sophie lauschte herzlich, und lächelte zu seinem Gesicht auf. »Und ein feiner riesiger Park dicht-dabei; die Besitzer, Große Lords, hatten ihn damals verlassen; vielleicht ist er es heute noch – Du könntest darin umherschweifen, Sophie, wie wenn es Dein eigener wäre: so wundervolle Bäume, Du! – die allergrünsten Einsamkeiten; mit netten scheuen Hasen, die durch die Alleen preschen – und stattliches Rotwild auch! Wir würden uns mit den Pförtnersleuten anfreunden, und den Park dann einfach Dein Eigen nennen, Sophie; und ich werd' ein Dschinn sein, der magische Körbe flicht; und Du das verzauberte Prinzeßchen, das, vor allen bösen Augen verborgen, unter smaragdenem Laubwerk, Untersetzerchen aus Perlen wirkt, und aus der Welt des Vergänglichen Lebens her weiter keinen Laut vernimmt, außer ZweigGeflüster und VogelGesang.«

»Mein!; hier sind Sie – wir dachten schon Sie hätten sich verlaufen«, sagte die VerwaltersFrau; »der Tee wartet auf Sie; und da kommt der Mann, Sir, von seiner Arbeit her: er wird froh und stolz sein, Ihre Bekanntschaft zu machen, Sir; und Deine auch, mein Liebchen, eigene Kinder haben wir keine, weißt Du.« –

– Es ist 11 Uhr, abends, durch. Sophie, erschöpft, aber von weit angenehmeren Aufregungen als ihr seit langem widerfahren sind, liegt in festem Schlaf. Ihr zur Seite kniet Waife, und blickt sie an. Er befühlt ihre Hand:? – so weich und kühl; jegliches Fieber verschwunden – er erhebt sich auf Zehenspitzen – er bückt sich über sie – ein Kuß auf die Stirn, und eine Thräne; – dann stiehlt er sich davon, treppab, hinunter. Vor der Porch wartet der Verwalter, der Sir Isaak hält.

»Wir sorgen schon für sie, auf's Beste«, sagt Mr. Gooch. »Wenn Sie dann zurückkommen: Sie kennen sie nich mehr wieder, bestimmt.«

Waife drückt dem Mann, bei dem sein Enkelkind wohnen wird, die Hand, spricht jedoch nicht.

»Sie können Ihren Weg eigentlich gar nicht verfehlen – nee, also *das* wär genau die falsche Richtung! – immer gradaus zur Stadt hin. Ich nehm' an, sie werden im ›SarazenenKopf‹ noch wachsitzen und auf Sie warten, Sir?; klar. An sich sieht's ja, für uns, nich ganz gastfreundlich aus, wenn Sie, mitten in der NachtStille, so einfach hier weggehen – aber ich versteh schon, Sie können das Weinen nich vertragen, Sir – können wir-Männer meist nich – und Ihr süßes kleines Mädelchen, wenn sie's wüßte, würd ja bestimmt wohl schluchzen, wie wenn ihr's Herz brechen wollte. Schöne mondhelle Nacht, Sir – geradeaus also. Und, noch einmal: machen S'sich keine Kopfschmerzen über sie; die Frau hat Kinder von Herzen gern – und ich nich minder. – Gut' Nacht.« –

– Waife begann auszuschreiten – lahm, langsam – Sir Isaak's weißer PelzRock schimmerte geisterhaft im Mond. Fürbaß humpelte er, das Bündel über die Schulter geschnallt, gestützt auf den Stab; entlängst den Schafherden in ihren Hürden, und vorbei an schlummerndem Vieh. Als er jedoch in die Chaussee einbog, Gatesboro' mit all seinen SilberDächern und Turmspitzen voll vor ihm: da kehrte er der Stadt den Rücken, und stapfte wieder einmal die verlassene Hochstraße dahin – langsamer, und jetzt noch mehr; lahmer, und jetzt noch mehr – bis er an mehreren Meilensteinen vorüber war; dann kroch er durch die Lücke in einem Heckenzaun, auf das schirmende VorDach eines Heuschobers zu, und unter dessen Schutz legten er und Sir Isaak sich zur Ruh'.

24. Kapitel

Über Ahnungen bevorstehenden Unglücks lache getrost; aber nach TagTräumen von Glück: zittere!

Waife hinterließ in dem Bauernhaus zwei Briefe – den einen für Mr. Hartopp hatte er, zusammen mit einem versiegelten Beutelchen, dem Verwalter anvertraut – den andern, für Sophie, auf einen Stuhl, neben ihrem Bett gelegt.

Der erste Brief war wie folgt: –

»Ich hoffe zuverlässig, sehr geehrter lieber Herr, daß ich wohlbehalten wiederkommen werde; und sobald das der Fall ist, werde ich, möglicherweise, ein Heim für Sophie samt einer Lebensweise ausfindig gemacht haben, die auch Sie nicht mehr tadeln würden. Für etwelchen unvorhergesehenen Zufall jedoch, habe ich bei Mr. Gooch eingesiegelt das Geld zurückgelassen, das wir in Gatesboro' verdient haben; nachdem ich davon WirtshausRechnung, Arzt usw. bezahlt, und lediglich die Kleinigkeit zurückbehalten habe, die ich für den Fall brauchte, daß ich und Sir Isaak unsern Unterhalt nicht sollten aufbringen können. Wollen Sie, bitte, die Freundlichkeit haben, es aufzubewahren? – ich bin ein alter Mann; und würde mich, mit mehr baarem Geld in der Tasche, nicht sicher fühlen; ich könnte beraubt werden. Überdem bin ich fahrlässig; Geld hält sich bei mir nicht, es schlüpft mir durch die Finger wie ein Aal. – Der Himmel segne Sie, Sir!; Ihr Wohlwollen erscheint mir wie ein Wunder, das mir um dieses teuren Kindes willen gewährt worden ist. Nichts Böses kann ihr bei Ihnen widerfahren; und wenn ich krank werden und sterben sollte, selbst dann werden Sie, Der ja sogar dem Vagabunden mit all seinen Tricks hätte helfen mögen, dem harmlosen Kinde die rettende Hand nicht vorenthalten.«

Der Brief an Sophie lautete so: –

»Vergib mir, Schätzel!; ich hab mich von Dir fort-geschlichen; aber nur für einige-wenige Tage; lediglich um nachzuschauen, ob Wir unser ZauberHäuschen, wo ich der Dschinn sein würde und Du die Prinzessin, nicht an uns bringen können. Ich geh mit so leichtem Herzen von dannen, liebe Sophie: ich werd' bestimmt 30 Meilen am Tage zurücklegen, und dabei nicht den geringsten

Schmerz in dem lahmen Beine empfinden; Du könntest gar nicht Schritt mit mir halten – das weißt Du auch selber, ganz genau. Denk' Du bitte unterdes über das Häuschen und die Korbmacherei nach; und übe Dich, wenn es zum Spielen zu heiß ist, eventuell schon immer in StickMustertüchern und NadelKissen; vor allem aber werde gesund und stark, bis ich wiederkomme. Das wird, wie ich sicher annehme, heut über die Woche geschehen – also nur kurze 8 Tage noch: und dann wird nichts mehr aufgeführt als FeenStücke, mit nickenden Bäumen als Publikum, und lauter Hänflingen als Orchester; und selbst Sir Isaak soll nicht mehr durch feile Tricks herabgewürdigt, sondern seine arithmetischen Talente zum Addieren der wöchentlichen Rechnungen verwendet werden; auch soll er nie mehr auf den Hinterbeinen zu gehen brauchen, es sei denn an sehr-sonnigen Tagen, wo er denn freilich einen Parasol wird tragen müssen, um einer verwunschenen Prinzessin Schatten zu geben. Lach doch, Schätzel – laß mich mir einbilden, daß ich Dich lachen sehe; auf keinen Fall aber gräme Dich – glaub' ja nicht, ich verließe Dich je. So; und nun werd' wieder gesund – ganz-ganz-gesund: ich bitt' Dich auf den Knieen darum.«

Brief Nummer eins samt Beutel ward bei Sonnenaufgang nach Mr. Hartopp's Villa befördert; Mr. Hartopp war ein notorischer Frühaufsteher. – Sophie verschlief sich; ihr Zimmer lag nach Westen, die MorgenSonnenstrahlen trafen dessen Fenster nicht, und das Haus ohne Kinder erwachte entsprechend still und geräuschlos zur Arbeit; sodaß sie, als sie am Ende den Schlummer abschüttelte, sich das Haar aus den BlauAugen strich, in die Runde schaute, und sich der fremden Umgebung bewußt wurde, immer noch einbildete es sei zu früher Stunde. Aber sie stand trotzdem auf; zog die Gardine vom Fenster weg; sah die Sonne schon hoch am Himmel; und als sie sich, beschämt ob ihrer Lässigkeit, umwandte, und –: DA! –: der Brief auf dem Stuhl! Ihr ahnte sofort nichts Gutes; vor einen frühreifen Verstand, dessen Fähigkeit zu intuitiv-raschem Erfassen auf der Vereinigung von einfühliger Zuneigung plus GedankenAktivität beruhte, trat die Wahrheit wie ein Blitz! Sie tat einen langen Atemzug, und ward todtenblaß. Es bedurfte einiger Minuten, bevor sie den Brief aufnehmen, bevor sie das Siegel erbrechen konnte. Dies getan, las sie geräuschlos vor sich hin; indes die Thränen auf das Blatt herabtropften, ohne Kampf oder Schluchzung. Nicht, daß sie die geringste egoistische Besorgnis gehegt hätte, den Kummer, bei Fremden allein-gelassen worden zu sein; es war rein die Ergriffenheit wegen des Alten Mannes Wanderungen, von Einsamkeit zu Einsamkeit: ob seiner Verlassenheit; seines gefalschmünzerten Frohmuts; seiner lauteren Selbst-Aufopferung – das war es, was ihr ganzes Herzchen mit unaussprechlichen Sehnungen überflutete, mit Zärtlichkeit, mit Dankbarkeit; mit Mitleid und Verehrung. Aber als sie sich eine Zeitlang stillschweigend ausgeweint hatte, küßte sie den Brief, ergeben und leidenschaftlich; und wandte sich zu jenem Himmel, zu dem zu beten der Ausgestoßene sie als Erster gelehrt hatte.

Danach stand sie still; und sann eine kleine Weile; und die Schatten der Sorge schwanden von ihrem Gesicht. : Ja; sie wollte ihm gehorsamen – nicht muckschen – wollte sich Mühe geben; und ganz groß und stark werden. Würde er es doch, auch in der Ferne, spüren, wie sie getreulich seinen Wünschen nachkomme – daß sie sich fit mache, wiederum seine Gefährtin zu werden – 8 Tage gingen ja schnell vorbei. Und Hoffnung, die ein kindlich Herz nie lang verlassen kann, überbelichtete ihre kleinen Betrachtungen, wie die MorgenSonne mit einer Landschaft tut, die kaum zuvor noch dagelegen hat in ZweiLicht und unter RegenSchleiern.

Als sie dann herunter kam, war Frau Gooch ebenso überrascht wie erfreut, das gefaßte Lächeln auf ihrem Antlitz wahrzunehmen, wie späterhin die ruhige Tätigkeit, mit welcher sie, nach dem Morgenmahl, sich anschließend an der Seite der guten Frau bewegte; ihr bei der Milchwirtschaft und andern hausfraulichen Aufgaben zur Hand zu gehen suchte; wenig wortreich, rasch begreifend – gelassen, heiter.

»Ich bin ja nur froh, zu sehen, daß Du nich nach Dei'm guten Großvater jammerst, wie wir eigentlich befürchtet hatten.«

»Er hat gesagt, ich sollt' nicht jammern«, versetzte Sophie schlicht, obschon mit bebender Lippe.

Tiefer im Mittag dann, als es für körperliche Arbeit zu heiß ward, fragte Sophie, schüchtern, bei Mrs. Gooch an: ob sie vielleicht etwas bunte Wolle hätte, und Stricknadeln?; und nachdem sie mit den genannten Gerätlein und Rohmaterialien versehen worden, zog sie sich in die Laube zurück, und setzte sich an die Arbeit – stille und ganz für sich.

Was vielleicht die HauptStärke im Wesen dieses armen Kindes ausmachte, war eine ausgeprägte Fähigkeit zu vertrauen – ein Teil, mag sein, ihrer instinktiven Hochschätzung der Wahrhaftigkeit. Sie vertraute auf Waife – auf die Zukunft – auf die Vorsehung – auf ihr eignes kindisches, dennoch nicht-hülfloses, Ich. Bereits da ihre dünnen Finger noch die Garne sortierten, und ihr zierer Geschmack die Farbtöne zu wohlpassender Harmonie anordnete, da wob ihr Geist auch schon, und nicht minder harmonisch, die Farben zum Einschlag der TraumKette: das neu-heimische Hüttlein – die unschädlichen Arbeiten – Waife mit seiner Pfeife im Armstuhl, unter einer Porch, überrankt wie die dort-drüben – warum nicht? – mit duftendem Geißblatt. Ein Dasein das, ob auch bescheiden, so doch ehrlich und aufrichtig war, und nicht den Tag zu scheuen hatte; so daß, gesetzt Lionel träf' sie wieder einmal, sie nicht mehr zu erröten, er nicht schockiert zu sein brauchte. Und wenn auch ihre Wege so verschieden verliefen, wie der Großvater immer sagte, gleichwohl konnten sie sich kreuzen, wie sie sich ja schon einmal, früher, gekreuzt hatten, und – die Arbeit glitt ihr aus der Hand – die holden Lippen öffneten sich, und lächelten – ein Bild trat vor ihre Augen – ihr Großvater, Lionel, sie-selbst; alle Drei, Freunde, glücklich – ein Fluß, wie damals, themseschön – grüne Bäume, ganz in Sommer getaucht – an denen das Boot dahinglitt; in dem Boot sie Drei, sänftlich fürder-getragen – dahin – dahin – was liegt daran, wo-hin? – ihr zur Seite der alte Mann – ihr gegenüber die leuchtenden guten Augen dieses Jungen... Sie fuhr zusammen. Sie vernahm Geräusche – ein schwingendes GatterTor – Fußtritte. Sie fuhr zusammen – sie stand auf – Stimmen; – eine ihr fremde – eine MannsStimme, – dann die des Bürgermeisters. Eine dritte Stimme – schrill, ernst; – eine furchtbare Stimme – gehört in Kindertagen – untrennbar-verbunden mit ErinnerungsBildern an Grausamkeit, Elend, Herzeleid. D's konnte doch nicht sein! – unmöglich! Näher – stets näher kamen die Schritte. Vom Impuls zum Fliehen gepackt, sprang sie an den Eingang zur Laube hin –: genau ihr gegenüber glommen zwei düstre, unheilvolle Augen. Sie stand – angewurzelt – fest-gehext – wie ein vorm Blick der Schlange starr-ersteiffter Vogel...

: »Ja, Herr Bürgermeister; ganz recht! – es *ist* unser kleines Mädchen – uns're liebe Sophie. m-Hierher, Mr. Losely! – Gelt, das ist eine angenehme Überraschung für Dich, Sophie, Du Liebe!«, sagte Mrs. Crane.

IV. BUCH

1. Kapitel

Auch in den kindlich-gütigsten Naturen ist eine gewisse Sensibilität, die, wenn verletzt, den gleichen Schmerz auslöst, das gleiche Ressentiment hinter sich zurückläßt wie gekränkte Eitelkeit oder wundgeriebene Eigenliebe.

Nun ist es genau über eine Woche derselbe Tag, gegen 5 Uhr Nachmittags; und Mr. Hartopp, allein in dem Empfangs- und SprechZimmer hinter seinem Lagerhause, just dabei, seine Kassen- und GeschäftsBücher wegzuschließen, als letzten Handgriff, bevor er in seine Villa zurückkehrt. Und es ist, seit wir seiner zum letzten Male ansichtig wurden, eine gewisse Veränderung im Ausdruck seines Gesichtes bemerkbar. Wenn es Mr. Hartopp möglich wäre, mürrisch auszusehen – dann säh' er jetzt mürrisch aus; wenn es dem Stadtoberhaupt von Gatesboro' möglich wäre, geknickt zu wirken – dann wär' er itzt geknickt. Diese gut-geregelte Existenz hat, unverkennbar, etwelche verderbliche Erschütterung erfahren, und sich von dem betreffenden Schock noch mit nichten erholt. Aber falls Sie auch-einmal einen Blick außerhalb dieses Sprech-Zimmers werfen wollten – etwa ins Lager, zu Mr. Williams hin, der dort seine Anweisungen erteilt – oder zu den LagerArbeitern selbst, den rauhen Antlitzen, in der eigentlichen Gerberei – ja, zu Mike Callaghan hin, der eben einen Ballen von der Eisenbahn her--geschrotet brachte, sie-Alle haben augenscheinlich ihren Anteil an den Auswirkungen besagter Erschütterung mit-bekommen; sie--Alle schauen mehr oder minder mürrisch drein, sie-Alle wirken geknickt. Ja, könnten Sie den Blick noch weiter-hinaus schweifen lassen – hineinlugen in die Geschäfte auf der High Street; oder zu den Müßiggängern im städtischen LeseSaal; vermöchten Sie den VisionsRadius noch weiter zu verlängern, bis in Mr. Hartopps Villa, und dort seine Gattin zu erschauen, seine Kleinen, und die männliche Dienerschaft, und die weibliche erst – immer umfassender und eindrucksvoller würden die Zeichen der durch jene infame Erschütterung hervorgebrachten Verstörtheit Ihnen sichtbar werden. Überall der mürr'sche Blick – überall dieser unaussprechliche Ausdruck von Geknicktheit! Was mag nur geschehen sein?; hat der gute Mann bankerott gemacht? Nein – reich wie immer! Ja, was kann es dann sein? Leser, jenes fatale Ereignis, das zu verhüten alle Diejenigen, die Josiah Hartopp lieben, immer auf dem *qui vive* sind, ist, all ihrer Wachsamkeit zum Tort, eingetreten!: Josiah Hartopp ist ANGEFÜHRT worden! Andre Leute mögen gelegentlich auch angeführt werden, und Niemand härmt sich groß drüber – vielleicht verdienen sie's gar! sie sind nicht besonders wohltätig, oder geben sich womöglich für besonders weise aus. Aber dieses Lamm von einem Menschen anzuführen! Und es war nicht nur des Bürgermeisters Herz, das die Wunde empfangen hatte; sondern auch sein Stolz, seine Selbstachtung, das Gefühl seiner Würde waren entsetzlich gedemütigt. Denn wir wissen es, daß – ob schon alle Welt Mr. Hartopp als den recht eigentlich zum Anführen geborenen Mann betrachtete, und sich deshalb zu seinem Schutz zusammen tat – in seiner tiefsten Seele Mr. Hartopp der Ansicht war, daß kein Mensch solchen Schutzes weniger bedürfe; und daß er niemals angeführt werde, es sei denn, er wolle dies selbst. Das war der Grund, warum die Grausamkeit und Undankbarkeit der niederträchtigen Handlungsweise ihn derart geknickt, ihn körperseelisch so gänzlich durcheinander gebracht hatte. Und, was noch schwerer wog, er fühlte es unangenehm deutlich, wie dieser Vorfall noch auf lange Zeit sein persönliches Behagen und seine Unabhängigkeit beeinträchtigen würde: mehr noch denn zuvor würde er unter die liebreiche Tyrannei von Mr. Williams geraten – mehr denn je der Gegenstand allumfassender Überwachung und Bespitzelung sein. Nur ein Gedanke noch würde ganz Gatesboro' vorwiegend beschäftigen: ›Der Bürgermeister, Gott segn' ihn!, ist angeführt worden – das darf nicht noch einmal geschehen! oder Gatesboro' wär' entehrt, und Tugend nur noch ein leerer Name!‹ Mr. Hartopp kam sich also nicht bloß gedemütigt, sondern unterjocht vor – er, der bis dahin der sanfte Unterjocher auch der Verhärtetsten gewesen war. Ja, nicht nur unterjochungsreif fühlte er sich; sondern beim Bewußtsein, daß er es sei, überkam ihn Entrüstung. Er war von der unfehlbaren Gerechtigkeit des Himmels allzu demutsvoll überzeugt, um nicht von der Gewißheit durchdrungen zu sein, daß der Mann, der ihn angeführt habe, irgendwie ein tragisch Ende nehmen müsse. Nicht daß er den Betreffenden nun direkt mit eigener Hand gehenkt haben würde – für aktives Rächen war er zu mild. Aber falls er jenen Mann hätte irgendwo hängen sehen, er würde gottesfürchtig gemurmelt haben, »Der Sünde Sold«; und seines Weges, getröstet und auferbaut, fürder gegangen sein. Angeführt! – schließlich doch erwischt und angeführt! – Er, Josiah Hartopp, angeführt, und das von einem Kerl mit nur 1 Auge!

2. Kapitel

Der Bürgermeister wird derart beschützt, daß er sich selber nicht mehr helfen kann.

Ein Tumult draußen? – halb wie Geheul – halb wie Gezisch. Mr. Williams – die Lagerarbeiter, die Gerbergesellen, Mike Callaghan, sie teilen sich redlich in beides, ins Geheul, und ins Gezisch. – Und der Bürgermeister fuhr doch zusammen –: ist das menschenmöglich?! Seine Tür platzt auf; und Alle, die ihn zurückzuhalten suchten, abschüttelnd – von seinem massiven Rumpf nach rechts und links sie Alle abschüttelnd, stürzte der Mensch herein, der den Bürgermeister angeführt hatte – der Kerl mit dem 1 Auge; und dem Kerl zur Seite, struppig und wegbestaubt, der andere Hund!

: »Was haben Sie mit dem Pfand getrieben, das ich Ihnen anvertraute? Mein Kind – mein Kind –: wo ist sie!?«

So verwildert war Waife's Antlitz vor SeelenAngst und Aufregung, und so zum Fürchten scharf seine Stimme, daß sie dem Messer gleich in das Herz der Männer drang, die, für einen Augenblick beiseite gestoßen, ihm jetzt, doch-eingeschüchtert, ins Zimmer nachdrängten.

»Mister – Mr. Chapman, Sir –«, (der Bürgermeister, mit stockender Stimme; mächtig-bemüht, Würde und Gefaßtheit zu erringen, zu bewahren): »ich muß mich doch wundern über Ihre – Ihre . . .«

»Dreistigkeit!«, soufflierte Mr. Williams.

: »Mein Kind – meine Sophie – mein Kind! Mensch, geben Sie Antwort!« –

»Sir«, begann der Bürgermeister, indem er sich zusammen-riß, »haben Sie meine schriftliche Benachrichtigung nicht erhalten; die ich im Haus meines Verwalters zurückließ, für den Fall, daß Sie dort noch einmal vorsprechen sollten?«

»Ihre Benachrichtigung – dies Dings-hier?«, versetzte Waife; gab dem zerknautschten Papier in seiner Hand einen Schlag; und ließ sein eines Auge noch einmal den Inhalt überlaufen –: »Sie haben, wie Sie sich ausdrücken, ›das Kind seinem gesetzlichen Beschützer wieder-gegeben‹? – Barmherziger Himmel!: hab' ICH sie Euch anvertraut, oder-nicht!?«

»Ihr da: verlaßt das Zimmer; ausnahmslos«, sagte der Bürgermeister, mit einer vorübergehenden Wiederkehr seiner früheren ruhigen Kraft.

»Also geht – los, meine Herren; was zum Deuwel habt Ihr hier zu schaffen?«, grunzte Williams der niederen Menge zu. »Raus! – ich bleibe; : keine Angst, Leute, ich wach' schon über ihn!«

Die Umstehenden schlurrten zwar verdrossen davon; aber an seine Arbeit zurück kehrte Keiner; sie blieben Alle in Rufweite von der geschlossenen Türe stehen. Williams streifte sich seine Jacken-Ärmel höher; ballte die Fäuste; legte den Kopf verbissen auf eine Seite, und schaute, kurzum, so bedrohlich und kampflustig drein, daß Sir Isaak, der, obschon in einem Zustand erheblicher Aufregung, bis dahin seine Selbstbeherrschung bewahrt hatte, ihn nunmehr unter seinen Locken hervor bedrohlich fixierte, den Rücken versteifte, das Gebiß wies, und furchterregend zu knurren anhob.

»Mein lieber Williams, verlaßt uns«, sagte der Bürgermeister; »ich möchte gern mit diesem Mann allein sein.«

»Allein? – Sie! kommt nicht in Frage. Jetzt wo Sie einmal angeführt worden sind – und Sie haben es selbst zugegeben – ist es meine Pflicht, Sie inskünftig zu beschützen; und das will ich, bis ans Ende meiner Tage.«

Der Bürgermeister seufzte schwer – »Gut, Williams, 'ist gut. – setzt Euch auf einen Stuhl, und haltet Ruhe. – Und nun, Mr. Chapman, um Sie zunächst noch so zu nennen: Sie haben mich getäuscht.«

»Ich? – wieso?«

Der Bürgermeister stockte verlegen. »Mich getäuscht«, sagte er endlich, »in meiner Kenntnis der menschlichen Natur. Ich hab Sie für einen ehrlichen Mann gehalten, Sir. Und Sie sind – na, egal.«

Waife (ungeduldig): »Mein Kind, mein Kind! Sie haben sie ausgeliefert an – an ...«

Bürgermeister: – »An ihren leiblichen Vater, Sir.«

Waife (die Worte nachsprechend, indem er gleichzeitig hinter sich taumelt): – »Das dacht' ich mir – dacht' ich's doch.«

Bürgermeister: – »Als ich das tat, hab' ich lediglich den Gesetzen genügt – er hatte amtliche Bescheinigungen, um seine Forderung notfalls zu erzwingen.« Die Stimme des Bürgermeisters hatte schier verteidigenden Tonfall angenommen; denn Waife's Seelenpein ging ihm doch wieder nahe, und er vermochte ein gewisses inneres ReueGefühl nicht zu schwichtigen. Streng genommen *hatte* man ihm etwas anvertraut; und er-seinerseits hatte, (entschuldbar vielleicht; notgedrungen vielleicht), aber der Tatbestand blieb; *er* hatte das ihm anvertraute Pfand nicht bewahrt. »Jedoch«, ergänzte der Bürgermeister, wie zu seiner eignen Selbstbestätigung – »jedoch hab' ich mich zuerst durchaus geweigert, sie herauszugeben, auch dem eig'nen Vater nicht; habe zuerst darauf bestanden, daß man Ihre Rückkehr abzuwarten habe; und erst dann, als man mich in Kenntnis setzte, wer Sie eigentlich wären: da mußte ich meine Bedenklichkeiten zurückstellen.«

Lange schwieg Waife; nur atmete er sehr schwer, und fuhr sich, zu wiederholten Malen, mit der Hand über die Stirne; schließlich sagte er, ruhiger als er bis dahin gesprochen hatte –: »Würden Sie mir mitteilen, wohin Jene gegangen sind?«

»Ich weiß es nicht; und selbst wenn ich es wüßte, würde ich Sie nicht darüber informieren! Haben die Leute etwa nicht Recht, wenn sie sagen, daß ein unschuldig Kind, keinesfalls, von Hause weggelockt werden dürfe, von – von – einem – kurzum: von Ihnen, Sir?«

»›*Sie* sagten‹! Ihr Vater – sagte das? er sagte das! Hat er – hat *er* das tatsächlich gesagt? Hat er das Herz dazu gehabt?«

Bürgermeister: – »m-Nein; ich möchte meinen, er hab' es nicht gesagt. Wie, Mr. Williams? Er hat nur ganz wenig mit mir geredet.«

Mr. Williams: – »Natürlich hat er den Mann-dort nicht bloßstellen wollen. Aber die Frau – die Dame, mein' ich . . .«

Waife: – »Frau? Ach ja; die Verwaltersfrau sprach davon, es wär eine Frau dabei gewesen. Was für eine Frau? wie hat sie geheißen?«

Bürgermeister: – »Sie müssen mich jetzt wirklich entschuldigen: ich kann nicht mehr sagen. – Ich habe eingewilligt, Sie noch einmal vorzulassen; weil – was immer Sie auch gewesen sein mögen, beziehungsweise noch sind – ich es mir dennoch selbst schuldig war, zu erklären, wieso ich dazu kam, das Kind auszuliefern; überdem haben Sie Geld bei mir deponiert, und zumindest *das* kann ich in Ihre eigne Hand zurücklegen –«. Der Bürgermeister wandte sich zu seinem Pult; schloß auf; und entnahm daraus das Beutelchen, das Waife ihm übersandt hatte.

Aber wie er es so dem Komödianten hin-streckte, zitterte seine Hand doch, und in seine Wange war die Röte gestiegen. Denn Waife's eines glänzendes Auge besprach eine solche Tiefe stummen Vorwurfs, daß das bürgermeisterliche Gewissen erneut in peinliche Unruhe geriet; und er willig den zehnfachen Inhalt des Beutelchens dafür hingegeben hätte, mit dem Vagabunden allein-sein, und all die begütigenden Dinge sagen zu können, die er vor Williams nicht zu äußern wagte; (denn der saß da, stur stumm grimmig, und beleibwächterte ihn davor, einmal mehr ›angeführt‹ zu werden). »Wenn Sie sich mir nur gleich zu Anfang anvertraut hätten, Mr. Chapman«, sagte er wenigstens, eindringlich-rührend, »oder selbst, wenn Sie es jetzt-noch täten: ich könnte Ihnen beistehen, ein neues-honettes Leben anzufangen!«

»Dem helfen! – jetzt-noch!« warf Williams, förmlich schnaubend, ein: »Schon wieder dabei!: wahrlich Sie sind kein Mensch: Sie sind ein Engel!«

»Aber wenn er Reue zeigte, Williams. – ?«

»So! so! so! –«, murmelte Waife. »Dem Himmel sei Dank: nicht er ist's gewesen, der gegen mich gesprochen hat – es war bloß ein fremdes Weib. – Oh!« brach er plötzlich mit einem Ächzen ab: »oh! aber dies fremde Frauenzimmer – wer, was, mag sie sein? und Sophie bei ihr und ihm. Verrückt! – Ja; ja, ich nehm' das Geld. Ich werd's brauchen, alles. Sir Isaak: hebt diesen Beutel auf. – Ihnen, Gentlemen, einen guten Tag noch!«. Er verbeugte sich; aber welch Fiasko diese Verbeugung! nichts Herzogliches mehr darin! verbeugte sich, und wandte sich zur Tür. Dann, als er die Schwelle erreicht hatte, – wie wenn ein demütigerer, heiligerer Gedanke ihm die Würde des Betragens zurückgäbe, – richtete seine Gestalt sich empor, wiewohl sein Gesicht sich sänftigte; er streckte die rechte Hand gegen den Bürgermeister aus, er sagte – »Sie haben lediglich so gehandelt, wie auf das Ihnen vorgelegte Beweismaterial hin, vielleicht Jedermann getan hätte. Sie dachten, es geschähe zu ihrem Besten. Wenn Sie Alles wüßten: wie würden Sie bereuen! Ich will Ihnen keine Schuld geben – ich verzeihe Ihnen.«

Er war hinaus: der Bürgermeister stand wie durchbohrt! Selbst Williams verspürte ein kaltes, unbehagliches Schaudern. »Man sieht's ihm wahrlich nicht an«, sagte der Geschäftsführer. »Guten Mut's Sir: kein Wunder, daß Der Sie angeführt hat – wer wäre das wohl nicht geworden?«

:»Ruhig –: da geht das Gebrüll' wieder los! Flott, Williams, dafür sorgen, daß die Männer ihn nicht anpöbeln. Schnell, los – ich wär' Euch dankbar.«

Aber bevor Williams noch die Tür erreichen konnte, waren der Krüppel und sein Hund bereits verschwunden; verschwunden in ein finstres enges Gäßchen auf der gegenüberliegenden Seite der Straße. Die ungeschliff'nen Arbeiter waren bis zum Eingang des Gäßchens mit ihrem Spott und Hohn hinter ihm her gewesen. Was dem guten Ruf des Komödianten eigentlich genau zur Last gelegt ward, darüber waren sie nicht informiert; dies Wissen beschränkte sich allein auf den Bürgermeister und Mr. Williams. Aber dieser Letztere hatte derart harte Ausdrücke fallen lassen, daß – so übel die Anklage in Wahrheit auch lauten mochte – Alle im Dienste von Mr. Hartopp Beschäftigten sie sich wahrscheinlich noch schlimmer vorstellten, als sie möglicherweise wirklich war. Und um einen Verworfenen mußte es sich bei dem Manne, der den Bürgermeister eingestandenermaßen angeführt, und den der Bürgermeister voller Unwillen den Vorwürfen seines eignen Gewissens überlassen hatte, ja doch wohl unweigerlich handeln. Aber der Krüppel war nunmehr außer Sicht, entschwunden in jene labyrinthisch-schmutzigen ElendsQuartiere, wie sie in größeren Städten gleichsam den Blicken entzogen sind, und hinter High Street und MarktPlatz so übergangslos abzweigen, daß Fremde, die nur die breiten vornehmen Verkehrsadern, mit ihren funkelnden Geschäften und gasbeleuchteten Bürgersteigen entlang flanieren, wohl ausrufen – »Ja, wo leben denn die Armen?«.

3. Kapitel

Ecce iterum Crispinus.

Nicht infolge von Berechnung, sondern unwillkürlich und instinktiv war es erfolgt, daß Waife – auf solche Art den feindlichen Blicken und dem hämischen Gemurre der müßigen Mäuler um die BürgermeistersTüre zu entrinnen – sich in jenes schmuddelig-verzweigte GassenGewirr stürzte. Er hatte das undeutliche Gefühl, daß irgendwie Acht und Bann auf ihm laste; daß die Hülle, die er über sein Brandmal des Ausgestoßenen gezogen, weggerissen worden; daß ein AusweisungsDekret von den HighStreets und Marktplätzen gutbürgerlichen Lebens gegen ihn erflossen sei. Er war seines Kindes beraubt worden; und Die Gesellschaft, durch den Mund und mit der Stimme des Bürgermeisters von Gatesboro', sprach: ›Und zu Recht! Du bist kein tauglicher Begleiter der Unschuldigen!‹

Endlich fand er sich außerhalb der Stadt, auch über die noch locker besiedelten Vororte hinaus; und stand einmal mehr auf der einsamen Landstraße. Er war an diesem Tage bereits weit gewandert. Er war hochgradig erschöpft. Er setzte sich in den trockenen, von einer Hecke begleiteten Straßengraben hin; nahm den Kopf in beide Hände; und bemühte sich, seine Gedanken wieder zu sammeln, seine Pläne neu zu orientieren. –

Frohgemut und ganz-stolz war Waife an dem Tage nach dem Verwalterhause zurückgekehrt. Er hatte praktisch die Woche auf Reisen verbracht – teilweise, obschon nicht die ganze Strecke, zu Fuß – nach jenem entlegnen Dörflein hin, wo er, in seiner Jugend, die Kunst des Korbmachers erlernt hatte. Sogar das Häuschen, in dem er damals logiert, hatte er leer und zu-vermieten angetroffen!: hier schien tatsächlich, auch was Nachfrage anbelangt, eine echte Möglichkeit für das bescheidne aber annehmliche Handwerk, dem sein Ehrgeiz nunmehr galt.

Der dortige, mit der Verpachtung von Haus und Weidengrund betraute Verwalter hatte, das ist schon richtig, sich nach etwelchen Führungszeugnissen erkundigt – selbstredend nicht bezüglich des gesamten Vorlebens eines Pächters; sondern nur, wie billig, einer leidlichen Garantie halber, daß dieser Pächter ein ruhiger, nüchterner Mann sei, der seinen Zins bezahlen, und sich des Wilderns enthalten werde. Waife meinte mit einiger Sicherheit annehmen zu können, daß der Bürgermeister von Gatesboro' innerhalb dieser Grenzen nichts dagegen haben werde, seine Vergangenheit auf Trau und Glauben pauschal passieren zu lassen, und ihm zur Sicherung einer so harm- und anspruchslosen Zukunft ein paar empfehlende Worte mitzugeben. Nie zuvor hatte Waife Irgendjemanden um eine derartige Gunst angesprochen; auch jetzt schrak er davor zurück; aber um seines EnkelKindes willen wollte er die Skrupel fahren lassen, oder seinen Stolz demütigen.

So also war er, elysischer Träumungen voll, zurückgekehrt zu seiner Sophie – seiner Verwunschnen Prinzessin.: Fort war sie! – weg geführt, und mit Einwilligung des Bürgermeisters – der Einwilligung eben des Mannes, auf dessen Unterstützung bei der Sicherung eines Lebensunterhalts und Obdachs er sich verlassen hatte! Bei Mr. und Mrs. Gooch hatte er darüber hinaus nur wenig in Erfahrung gebracht; denn man war im Verwalterhaus angewiesen worden, sich so knapp wie möglich zu fassen; und ihm, außer der schriftlichen Benachrichtigung, daß sie sich bei ihrem gesetzlichen Beschützer befinde, ja keinerlei Anhaltspunkt zum Wiederhabhaftwerden seines verlorenen Schatzes zu geben. Und das würdige Paar war inzwischen wirklich voreingenommen genug gegen den Landfahrer geworden, und behandelte ihn mit Grobheit. Aber er hatte sich auch gar nicht groß mit Erkundigungen und KreuzVerhör aufgehalten; er war unverzüglich zum Bürgermeister gestürzt. Sophie befand sich bei Jemandem, dessen gesetzliches Verfügungsrecht über sie, er nicht anfechten konnte. Aber wohin dieser Mann sie bringen – wo er sich aufhalten – Was er mit ihr machen werde? – entzog sich jeder Vermutung seinerseits. Höchstwahrscheinlich (dachte, mutmaßte er) würde man sie ins Ausland schaffen – vielleicht war sie jetzt schon außer Landes. Aber dieses Frauenzimmer, das Losely begleitete, und die man ihm noch nicht beschrieben hatte? Er riet nicht entfernt auf Mrs. Crane: die Frau hier war ihm einwandfrei feindselig gesinnt – war es doch die Frau gewesen, die wider ihn gesprochen hatte, nicht Losely; – diese WeiberZunge hatte Hartopp's Gemüt vergiftet; und all die Hochachtung und Bewund'rung, die den Großen Komödianten zuerst gegrüßt, in Verachtung verwandelt. Wieso war diese Frau seine Feindin? Wer mochte sie sein? Was hatte sie mit Sophie zu schaffen? Er war halb außer sich vor Schrecken! Noch weniger um sie vor Losely zu retten, als vielmehr sie vor solch gräulichen Weibern zu bewahren, wie sie prinzipiell Losely's Vertraute und Verbündete ausmachten, war es damals geschehen, daß Waife Sophie zu sich genommen hatte. Was Mrs. Crane betrifft, hatte sie *ihm* niemals den Eindruck einer persönlichen Feindin gemacht – hatte ihm das Kind bereitwillig überlassen – er hatte, nach der Art wie sie sich bei ihrer letzten Zusammenkunft über Losely ausgedrückt, nicht den geringsten Grund, anzunehmen, sie werde künftig jemals noch das Interesse eines Mannes fördern, oder sich aktiv an seinen Ränken beteiligen, dessen Perfidie sie damals so offen gerügt hatte, und was Mr. Rugge betrifft, so war er in Gatesboro' persönlich gar nicht in Erscheinung getreten: Mrs. Crane hatte wohlweislich zu bedenken gegeben, daß sein Auftreten mit nichten förderlich oder vorteilhaft wirken, vielmehr jedwede Erwähnung seiner Selbst, oder des mit ihm geschlossenen Kontraktes vermieden werden sollte. Somit war Waife tatsächlich ohne den geringsten Fingerzeig – ohne haltbares Fundament für einen Verdacht – der ihn instand gesetzt hätte, die Verlorne aufzuspüren. Alles was er wußte, war einzig dies: sie war einem Manne ausgefolgert worden, dessen Wo und Wie zu entdecken prinzipiell Schwierigkeiten machte – einem Vaganten mit noch lichtscheuerer und versteckterer Lebensführung, als die seinige war.

Aber wie war es den Spürhunden gelungen, den Fleck ausfindig zu machen, wo er seine Sophie gehortet – wie hatten sie diese Zuflucht erwittern können? Vielleicht von dem Dorf ausgehend, wo wir seiner zuerst ansichtig wurden. Klar; zweifellos; von Frau Saunders würden sie dann von dem gekauften Hund erfahren; und der Hund dazu gedient haben, sie auf seine Bahn zu leiten – bei diesem Gedanken stieß er Sir Isaak fort, der seinen Kopf auf das Knie des alten Mannes gelegt hatte – stieß ihn ärgerlich weit von sich! Der arme Hund schlich sich in kummervoller Überraschung winselnd zur Seite.

»Undankbarer Wicht, der ich bin!« rief Waife; und breitete die Arme nach dem Tier, das verzeihend an seine Brust gesprungen kam.

»Komm, komm; wir wollen nach dem Dorf in Surrey zurückgehen: tramp, tramp, tramp!«, sagte der Krüppel, indem er sich in die Höhe richtete. Und genau in dem Moment, just als er wieder auf den Füßen stand, legte eine freundliche Hand sich auf seine Schulter, und eine freundliche Stimme sagte –:

»Gefunden! nu, der Kristall hat's ja gesagt! Wun-der-bar!«

»Merle –« stammelte der Landfahrer – »Merle, Ihr hier? Oh vielleicht seid Ihr gesandt, um mir gute Nachricht zu bringen: Ihr habt Sophie gesehen, gelt? – Ihr wißt, wo sie ist?«

Der Schuhflicker schüttelte den Kopf. »Kann Sie, gerade im Augenblick, nich seh'n. Kristall sagt nichts von Ihr. Aber ich weiß, Sie iss Ihnen weggenommen worden – und – und – tz, Sie zittern ja erbärmlich! Stützen S'ich auf mich, Mr. Waife; aber rufen Sie d's Große Tier weg: der verdächtigt meine Waden, und umzüngelt sie derart ... – Schön' Dank, Sir. Sehen S' ich bin mit finstren Aspekten im Zwölften Hause gebor'n, zuständig für Große Tiere und Feinde; – und Hunde von dem Format um de Waden: wenn das keine Malefiz'jen sind ...«

Und wie Merle nun den Krüppel langsam von hinnen führte; und Sir Isaak, nachdem er seine anfänglichen Verdächtigungen aufgegeben, kopfhängerisch neben ihnen einherwandelte; begann der Schuhflicker eine lange, mit viel Verhau von astrologischen Erläuterungen und moralisierenden Kommentaren durchrankte Geschichte. In verkürzter Fassung war der wesentliche Inhalt seines Berichtes dieser: Rugge, bei der Verfolgung von Waife's Spur, hatte organischerweise auch bei Merle vorgesprochen, und zwar in Begleitung von Losely und Mrs. Crane. Nun hatte der Schuster keinen Anhaltspunkt zu geben; beziehungsweise, falls er einen besessen hätte, wär' es ihm nicht entfernt eingefallen, damit herauszurücken. Da jedoch seine Neugier rege geworden, hatte er eine anfängliche Neigung, die lästigen Frager mit mehr Beschleunigung als Höflichkeit wieder hinaus zu spedieren, unterdrückt; ja, seine wahrlich oberflächliche Bekanntschaft mit Mr. Rugge mit so gut gespielter Verbindlichkeit wieder aufgefrischt, daß jener Edle – als Losely und Mrs. Crane, bei ihrer Reise nach Gatesboro', ihn zurückließen – sich mangels anderer Gesellschaft, sogar herabließ, Tee mit Mr. Merle zu trinken; und als dem Tee erst probehaltigere Getränke gefolgt waren, da hatte er ihm sein ganzes Herz eröffnet, samt seinen Hoffnungen, sich Sophie's wieder zu versichern, sowie des ewigen Ehrgeizes, das große Theater von York zu pachten.

Den Tag darauf war Rugge dann, augenscheinlich in Hochstimmung, davon gereist; und aus einigen Worten, die er fallen gelassen, als er auf seinem Wege zum Bahnhof an Merle's Laden vorbeikam, konnte der Schuhflicker folgern, daß Sophie erneut eingefangen, und Rugge just herbeizitiert worden sei, von ihr Besitz zu ergreifen. Der Schuster, der von dem Manager herausgebracht hatte, daß Losely und Mrs. Crane nach Gatesboro' gefahren seien, hatte sich ins Gedächtnis zurückgerufen, daß ihm in der Richtung auch noch eine seit so manchem lieben Jahr nicht mehr gesehene verheiratete Schwester lebe, deren Gatte im Gemüsehandel tätig war, ob schon in sehr kleinem Maßstabe; da nun auch sein eignes Geschäft just stagnierende Tendenz aufzuweisen schien, beschloß er, besagter Verwandten einen Besuch abzustatten; mit der menschenfreundlichen Nebenabsicht, sich nach Waife umzusehen, den er, Rugge's Andeutungen nach, dort anzutreffen erwarten konnte, und, für den Fall, daß Sophie ihm gegen seinen Willen fortgenommen worden sein sollte, ihm jede nur in seiner Macht stehende Tröstung oder Unterstützung anzubieten. Eine Konsultation mit seinem Kristall, der ihm Mr. Waife ganz allein und mit überaus mutlosem Gesicht zeigte; und endlich ein AspektenSchema auf die Stunde gestellt, welches seiner Reise Erfolg verhieß, entschieden über seine weiteren Bewegungen. – Vor einem Tage erst war er in Gatesboro' eingetroffen; und hatte gleich eine konfuse Geschichte zu hören bekommen: von einem Mr. Chapman, mit seinem Hund und seinem Kind; den der Bürgermeister zuerst beim Publikum eingeführt, der aber späterhin, auf irgendeine geheimnisvolle Weise den Bürgermeister angeführt habe. Glücklicherweise war der schwärzere Klatsch der High Street nicht bis in die HinterGäßchen gedrungen, wo Merle's Schwester ihr Domizil hatte – dort war, über den Umstand hinaus, daß jener mysteriöse Fremde die vereinigte Weisheit von Gatesboro's Gelehrtem Institut und seinem erleuchteten Bürgermeister zu hintergehen gewußt habe, so gut wie weiter nichts bekannt. Merle, der selbstredend ›Chapman‹ mühelos mit Mr. Waife identifizierte, hatte auch nur annehmen können, daß man Jenen, nachdem er sich erst für einen weitaus bedeutenderen Mann ausgegeben, am Ende als einen herumziehenden Schauspieler von Rugge's Truppe entlarvt habe – und darin nun ein gar so abscheuliches Vergehen zu erblicken, konnte der Schuhflicker mit dem besten Willen nicht über sich gewinnen. Aber Mr. Chapman war aus Gatesboro' verschwunden, Keiner wußte wohin; und sich an den ersten MagistratsBeamten der Stadt persönlich zu wenden, und bei ihm nach dem Manne zu erkundigen, von welchem jene erhabne Persönlichkeit eben hinters Licht geführt worden war, dazu hatte Merle sich noch nicht durchgerungen. »Wie dem auch sei«, sprach Merle, abschließend, »so steh ich jed'nfalls grade, vor meiner Schwester Ladenthür' in Scrob Lane, mit ihr'm jüngsten Bähbi auf'm Arm – und seh doch auf einmal Sie vorbeigesaust komm' wie ne Bombe! Ich rein gerannt, um das Kind abzugeben, ('s zahnt grade, und hat üble Aspekte im Geviertschein dazu); und wie'ch wiederkomm', sind Sie längst vorbei – weg – absolut auße'n Augen. Sie sind um die eine Ecke rum, und ich um ne andere; aber Sie sehen, am Ende haben Wir Uns doch noch gefunden, wie gute Menschen in dieser Welt ja immer tun – oder sonst halt in der nächsten; was auf längere Sicht dasselbe iss.«

Waife, der seinem Freund ohne anderweitige Unterbrechung zugehört hatte, als gelegentlich nur ein Kopfnicken, oder höchstens das Füllwort einer ganz leichten Verwünschung, bekam jetzt viel von seiner konstitutionell bedingten sanguinischen Heiterkeit zurück. In der Beschreibung des betreffenden Frauenzimmers erkannte er ohne weiteres Mrs. Crane wieder; und ob es ihn schon überraschte, freute es ihn doch gleichzeitig. Denn so wenig ihm die Dame auch behagte, war er doch der Ansicht, Sophie hätte in weit-schlimmere weibliche Hände geraten können. Ohne seinen Scharfsinn groß überanstrengen zu müssen, konnte er jetzt den wahren Tatbestand ziemlich mutmaßen: Losely war auf die ein- oder andre Art mit Rugge in Verbindung gekommen, und hatte Sophie an den Manager verkauft: wo Rugge war, dort würde auch Sophie sein! Den Ort ausfindig zu machen, wo Rugge's Show sich im Moment aufhielt, konnte nicht übermäßig schwer halten; und dann – ah dann! – Waife pfiff Sir Isaak, tippte ihn bedeutsam auf die Stirn: ! , und lächelte triumphierend. – Indes hatte der Schuhflicker ihn, unauffällig, in Richtung jener Vorstadt zurückgeführt; mit der wohlmeinenden Absicht, ihm für die Nacht im Haus seiner Schwester Essen und Obdach anzubieten. Aber Waife hatte allbereits seinen Plan entworfen: in London, und in London-allein, konnte er schnell und mit Gewißheit in Erfahrung bringen, wo Rugge im Moment Vorstellungen gab; in London gab es Stellen, wo dergleichen Information im Handumdrehen zu erhalten war. Der letzte Zug in Richtung Hauptstadt war noch nicht abgefahren: er wollte die Stadt außen-umgehen, hin zum Bahnhof; zu dieser Stunde konnten er und Sir Isaak, gänzlich unbeachtet, ihre Fahrkarten kaufen.

Als Merle erkannte, daß es vergebens sein würde, ihn, und sei es noch so dringend, zum Übernachten einzuladen, begleitete der gutherzige Schuster ihn wenigstens bis zum Bahnhof; und erstand dort, während Waife sich in eine möglichst dunkle Ecke verzog, die Fahrkarten für Herrn und Hund; – während er für sie zahlte, hörte er, wie zwei Einwohner sich gerade von Mr. Chapman unterhielten. Es war niemand anders als Mr. Williams; der einem Mitbürger, nach einwöchiger Abwesenheit soeben nach Gatesboro' zurückkehrend, auseinandersetzte, wie und durch was für eine Art von Kerl, Mr. Hartopp angeführt worden wäre. Und ob dessen, was Williams sagte, erblaßte die Wange des Schuhflickers doch. Als er wieder zu dem Komödianten trat, war sein Benehmen beträchtlich verändert; wortlos übergab er die Karten; schaute Waife jedoch, während dieser ihm das Fahrgeld zurückerstattete, scharf und anhaltend ins Gesicht. – »Nein«; sagte der Schuster plötzlich; »ich glaub' es nicht.«

»Glauben?, was nicht?«, fragte Waife, zusammenzuckend.

»Daß Sie ein ...«. Der Schuhflicker brach ab. Beugte sich dann vor; und flüsterte den Rest seines Satzes dem Landstreicher dicht in's Ohr: – ? –. Waife ließ den Kopf auf die Brust sinken; erwiderte jedoch nichts.

»Reden Sie doch« rief Merle: »sagen Sie 's wär ne Lüge!«. Die Lippe des armen Krüppels zitterte und krümmte sich; aber immer noch sprach er nichts.

Merle sah ganz entgeistert auf so viel hartnäckiges Stillschweigen. Am Ende, aber sehr langsam nur, und erst als schon das GlockenZeichen ihn und Sir Isaak zum Einnehmen ihrer diversen Plätze im Zuge aufforderte, fand Waife seine Stimme wieder. »Also auch Ihr; auch Ihr verlasset und verachtet mich! Nun, Gott's Wille geschehe.« Er bewegte sich davon – mutlos, humpelnd, wobei er sein Gesicht, nach Kräften, verbarg. Ein ZugWärtel nahm ihm den Hund weg, ihn in eines der LattenBehältnisse zu stoßen, die für solch vier-füßige Passagiere vorgesehen sind.

Waife, dergestalt auch von seinem letzten Freunde getrennt – (Ich mein' den Hund jetzt) – schaute Sir Isaak sehnsüchtig nach; und verkroch sich dann selbst in einem Wagen dritter Klasse, in dem glücklicherweise sonst Niemand war. – Plötzlich kam Merle herein gesprungen; griff sich seine Hand, und drückte sie hart! –: »Ich veracht' Sie nich; ich kehr Ihn'n nich den Rükken!: wenn immer Sie und die Kleine n' Obdach brauchen sollten und ein'n Freund: kommen Sie zu Kit Merle, genau wie früher; und ich werd' mir eher die Zunge ab-beiß'n, als Ihn'n nochma' dumme Fragen stellen: ich werd' statt dessen die Gestirne befragen!«

Der Schuhflicker hatte just noch Zeit gehabt, so tröstliche Worte herauszuhaspeln, und wieder, rückwärts, vom Wagen abzuspringen, als der Zug sich auch schon in Bewegung setzte; und das lebensimulierende eiserne Mirakel, dampfend zischend und kreischend, seinen buntscheckigen Konvoi menschlichen Daseins londonwärts davon-verführte, jegliches PassagierHerz ein Geheimnis jeglichem anderen, obschon Alle auf demselben GleisWeg begriffen; Alle äußerlich-dicht aneinander-verpackt, innerhalb des gleichen dahinwirbelnden Mechanismus: jeglicher ein se- und disparates Weltlein in sich. Voilà die Zivilisation!: wie gleich sind wir einander, wenn wir in Massen auftreten!; wie wunderlich-ungleich, abgesondert, unter der Lupe! . . .

4. Kapitel

»Wenn«, sagt ein großer Denker (De Gerando, *›Du Perfectionnement Moral‹, Kap. IX, ›Über die bei der SelbstAnalyse auftretenden Schwierigkeiten‹*) – *»wenn man seine Betrachtung allzusehr auf das eigene Selbst konzentriert, endet man unvermeidlich damit, daß man entweder gar nichts mehr erblickt, oder aber nur das, was man zu sehen wünscht. Gleichsam infolge der bloßen Bemühung, des eigenen Selbst habhaft zu werden, entwischt die Persönlichkeit, die wir ergriffen zu haben meinen, bzw. sie löst sich auf. Auch ist es nicht etwa nur die Kompliziertheit unsres inneren Instanzenbaues, was unsrer Prüfung den Weg versperrt, sondern mehr noch dessen schier unglaubliche Variabilität. Der Blick des Forschers sollte immerfort alle Facetten des Subjects gleichzeitig erfassen, und beharrlich all dessen Phasen verfolgen.«*

RennWoche in Humberston, einer Kreisstadt fern von Gatesboro', oben im Norden Englands. Die Rennen dauern drei Tage lang; der erste ist vorüber, und es ist schon ein brilliantes Schauspiel gewesen: der Rennplatz gedrängt voll mit den Equipagen der Magnaten der Provinz, und mit den zu Pferde gekomm'nen angesehenen Wettern aus der Hauptstadt. Spiel- und sonstige Buden sind um den Platz herum aufgeschlagen worden; ein GroßAufgebot von Falschspielern ist angetreten, und Zigeunerinnen haben wahrgesagt; Ströme Champagners sind von den Gutsituierten, Unmengen Sodawasser und Brandy vom gemeinen Manne geschlürft worden. Tausender und ZehnTausender sind verloren und gewonnen worden; einige Arme sind für den Moment reich, einige reiche Männer arm fürs ganze Leben geworden. Pferde haben unsterblichen Ruhm gewonnen; einige ihrer Besitzer den guten Ruf verloren. Lärm und Getümmel, und heiseres Fluchen, und rüde Passionen – alle haben sie schon ihre Stunde gehabt. Die Amateure aus den höheren Ständen, sind bereits wieder davon, zurück in stattliche Landhäuser, wo sie entweder als liebenswürdige Wirte fungieren, oder als geehrte Gäste. Die gewerbsmäßigen Speculanten niedrigeren Grades, sind zurück in die Kreisstadt geströmt, und Herbergen und Schenken sind gerammelt voll. Getränke werden ungestüm an dampfenden Bars geheischt; Kellner und Stuben-

Mädchen laufen pausenlos hin und her, mit Schüsseln und Deckel-Krügen und Flaschen in den Händen. Alles ist Getös' und Geschäftigkeit, und Kauen und Schlucken, und Debattieren im Slang, verwilderte Heiterkeit und wildere Desperation unter Denjenigen, die von der Rennbahn zurückkehren in die Gasthöfe der Kreisstadt.

In einer dieser Tavernen, weder der besten noch der schlechtesten, in einem kleinen schmalen Schlitz von Zimmerchen, das man dem Treppenabsatz abgestohlen zu haben schien, saß Mrs. Arabella Crane, in ihrer eisengrauen SeidenRobe. Sie hatte sich – als Kutschen, Chaisen, Einspänner, Karren, Fuhrwerke aller Art, Reiter, einander rascher-dichter zu folgen begannen – nah' ans offene Fenster gesetzt, und beobachtete die Szene mit säuerlichem, spottgeladnem Blick. Für menschliche Freude hatte sie wenig Sympathie, und für menschlichen Kummer desgleichen – das Leben hatte keine saturnalischen Lustbarkeiten mehr für sie übrig. Irgendwo in ihrer Vergangenheit mußten Erinnerungen sein, die den Quellgrund ihres geselligen Verhaltens total vergiftet hatten. Hoffnungen und Ziele hatte sie wohl noch; aber aus dem Trümmerfeld einer einst natürlich und gesund gewesenen Weiblichkeit, starrten diese Hoffnungen und Ziele unangemessen vergrößert, überanstrengt, hervor, ähnlich den fixen Ideen in den Monomanien. Eine schlimme Frau, sagt der Volksmund, ist übler als der ruchloseste Mann. Falls das stimmen sollte, dann, zu einem Teil, deswegen, weil Frauen isolierter leben, und ergo unaufhörlicher über Gedankenspielen, sei'n sie gut, sei'n sie böse, brüten dürfen; zu einem andern Teil ist ihnen derselbe Grund zuzubilligen, der einen verkommenen Gentleman, der einmal Kaste und Gesicht verloren hat, unverbesserlicher sein läßt als den lasterhaften Bauern, niedrig-geboren und nichts-dazugelernt – nämlich dieser: daß die Einbuße an Schamgefühl ziemlich proportional der Zunahme an Lüderlichkeit vor sich geht; die HauptUrsache jedoch möchte sein: daß in den extremen Winkelgruppen der Lasterhaftigkeit notwendigerweise eine Art von Ausrenkung des Gewissens stattzufinden habe, und daß beim Manne – von der Wiege an mehr gedrillt zu räsonnieren anstatt zu fühlen – eben diese Instanz sich als weit--widerstandsfähiger gegen akute Verdrillungen oder Torsionen erweist, als beim Weibe: Wen die Tugend längst verließ, bei dem mag immer noch der Verstand aushalten; und er wird sich meist versagen, das Böse bis zu einem Punkt voranzutreiben, wo seine

Vernunft ihm klar-mitteilt, daß der Profit gegen Null konvergiere, und nur die Strafmöglichkeit noch bleibe; wogegen das Weib, das dem Bösen einmal Verschriebene, hinreichenden Reiz in dessen bloßer Ausübung findet; und – (was heißt hier schon ›Folgen‹?) – dort wo der Mann noch zaudert-fragt ›Darf ich?‹; schlicht ihr ›Ich Will!‹ heraus-wüthet. Infolgedessen mag der Mann kriminell werden durch Begierden, Eitelkeit, Liebe, Eifersucht, Furcht, Ehrgeiz; selten jedoch im zivilisierten, dh auf Nachdenken basierenden Leben, aufgrund von Haß und Rache; denn ›Hassen‹ bedeutet ein großes EnergieKapital ohne Zinsen anzulegen, und ›sich rächen‹ eine Spekulation die zum Ruin führt. Wenn aber Frauen sich als durch und durch verdorben und verhärtet zeigen, dann wird es in 9 unter 10 Fällen Haß und Rache sein, was sie dazu gemacht hat. Arabella Crane indes hatte jenes letzte Stadium der Verworfenheit – beharrlich im Bösen, unempfindlich für Reue – noch nicht erreicht; war noch nicht ein Wesen ohne Geschlecht geworden. Noch war in ihrer Natur das Wesentlichste, dies ›varium et mutabile‹, was das Weib eben ausmacht, solang ihr Weibtum ihr noch gelassen ist. Und jetzt, da sie so saß, und auf das Gewühl unten hinblickte, schauderte ihr hager-verstörtes Gemüt vielleicht doch vor dem Bewußtsein der nahenden Silhouette des Bösen Prinzips; das, wenn einmal als Verbündeter herbeibeschworen, dann als Zerstörer bleibt. Ihre düstre Stirn entspannte sich; sie bewegte sich unruhig auf ihrem Sitze. »Muß das denn immer so sein?«, murmelte sie – »immer dieses HöllenGefühl hier? Sogar jetzt, wenn ich in einem umfassenden GeneralPardon sie Alle einschließen könnte, ihn den Verderber, die ganze Erde, mich--selbst, und wieder menschlich werden – ja menschlich, und sei es nur wie diese faden Schwätzer oder groben Polterer, die da vorbei flanieren. Oh, um etwas Gemeinsames mit dem allgemeinsamen Leben!«

Ihre Lippen schlossen sich, und ihr Auge sank neuerlich in die menschenwimmelnde Straße – die wurde just in dem Augenblick von 3 oder 4 schwerfälligen Fuhrwerken, eher PackWagen, blokkiert, voll mit Land- beziehungsweise Fabrikarbeitern samt ihren Weibern, die vom Rennplatz zurückkamen; andrerseits versuchten zwei Vorreiter in AtlasJäckchen, unter Peitschenknallen und Wortgewechsel, Raum zu schaffen für einen off'nen Wagen, mit 4 nervos--ungeduldigen VollblutPferden davor: auf diesen Wagen richteten sich, aus sämtlichen Fenstern, alle ZuschauerAugen; jedweder Fußgänger auf dem Bürgersteige lüftete den Hut: '!' – offenbar barg der Wagen eine Person von Stande. Gleich Allen, die mit der Welt wie sie ist in Fehde leben, verabscheute Arabella Crane die Großen; und verachtete die Kleinen, ob ihrer Verehrung jener Großen. Und dennoch nahmen ihre eignen, trotzig-düstren Augen, mechanisch die gleiche Richtung, wie die des vulgus. Der Wagen trug eine MarquisKrone an seinen Schlägen, und war vollbesetzt mit Ladies; (2 weitere Wagen, mit ähnlicher KronenKennzeichnung, und unverkennbar der gleichen Gesellschaft zugehörend, folgten hinten-nach). Mrs. Crane zuckte doch auf. Aus jenem ersten Wagen, der sich jetzt unmittelbar unter ihrem Fenster, ganz-langsam, dahinbewegte – auch eine volle Minute, wenn nicht mehr, inne-hielt, bis die, die Straße vorn-versperrenden Vehikel wieder in Reih' und Glied gebracht waren; – blitzstrahlte ihren Augen ein Antlitz entgegen, übervoll weiblicher Schönheit in ihrem glorreichsten Stadium! Wohl befand sich, inmitten der Menge, in dem Moment auch ein Blinder Mann, der zu den vielgestaltigen Disharmonien der Straße insofern beitrug, als er mit einer erbärmlichen DrehLeier einzufallen versuchte. Im drangvollen Bemühen des Volks, eines näheren Anblicks der Ladies im Wagen teilhaftig zu werden, war das arme alte Geschöpf vorwärts geboxt worden: der Hund, der ihn führte, (ein garstig Tier!), bekam Angst, ob seiner-selbst oder seines Herrn willen; riß sich los von der Leine; und verrannte sich, knurrend, unter die 16 Hufe der Pferde. Die-ihrerseits wurden störrig; der Blinde Mann irrte hinter seinem Hunde drein: – und ward, um 1-Haar, überfahren! – Die Dame in dem ersten Wagen, entsetzt für seine Sicherheit, erhob sich vom Sitz: !–; ließ auch die VorReiter absteigen; den armen Blinden Mann beiseite-führen, und ihm seinen Hund wieder-geben. – Dergestalt beschäftigt, leuchtete ihr Antlitz voll auch zu Arabella Crane her; und mit diesem Gesicht kam es wie eine Sturzflut früher Erinnerungen. Lang war es her, sehr lange, seit sie dies Gesicht zuletzt gesehen, – gesehen in jenen Jahren, da sie, Arabella Crane, selber noch jung und schön war.

Als der arme Alte – der nicht die geringste Idee von einer Gefahr, der er entronnen, zu haben schien – sich endgültig in Sicherheit befand, nahm die Lady ihren Platz wieder ein; und nun, da die momentane Belebung durch humane Besorgnis und frauliches Mitgefühl sich von ihrem Gesicht verlor, änderte sich auch dessen Ausdruck; es nahm die Gelassenheit, ja schier die Kälte einer griechischen Statue an. Aber neben der Gelassenheit ging gleichzeitig eine teilnahmslose Schwermut einher, wie sie der griechische Bildhauer dem Parischen Stein niemals verleiht; Stein vermag so viel Schwermut nicht auszudrücken – das ist eine Abschattung, die als TrägerSubstanz eines lebendigen sterblichen Herzens bedarf.

Munter knallten die Peitschen; die Pferde sprangen an – die Equipage rollte wieder, gefolgt von ihren Satelliten, rasch die Straße hinab. »Tatsächlich!«, sagte eine Stimme auf dem Bürgersteig unten, »so schön hab' ich Lady Montfort mein Tag' noch nicht gesehen. Ah, da kommt auch Mylord!«.

Mrs. Crane schaute und horchte erneut. Ein Dutzend oder noch mehr Herren zu Pferde kamen langsam die Straße herauf geritten; welcher von ihnen war Lord Montfort? – nicht schwer zu entscheiden. Wie die Umstehenden vor der Cavalcade ihre Hüte zogen, erwiderten die Reiter die Begrüßung im allgemeinen durch eine einfache Berührung der ihrigen – 1-einziger nahm den seinen ganz ab: dieser Eine mußte also der Marquis sein, der größte Mann in der ganzen Gegend; mit Ländereien, die sich zu jeglicher Seite der Stadt erstreckten, Meilen und Meilen weit – ein Territorium, das in feudalen Zeiten einem König Anlaß zu Besorgnis hätte geben können. Er, der Höflichste, mußte der Größte sein. Ein noch junger Mann; entschieden gut-aussehend, wundervoll gut--angezogen, wundervoll beritten; in Haltung und Gebärdung die ungezwungene Leichtigkeit des höchsten Ranges – dem oberflächlichen Blick ganz das, was der große Lord von Montfort sein sollte. (Schaut noch einmal hin!: ist in diesem hübschen Gesicht nicht etwas, bei dem man unwillkürlich an eine BlütenPeriode denken muß, wie wohl auch die Leere und Plattheit sie kennt? – gerade in dieser glatten Hübschheit selbst etwas, das auf eine schwächliche Natur hindeutet, und ein steriles Gemüt?).

Dahin schwand der Reitertrupp – die normalen Fuhrwerke und Wagen waren wieder Herren der Fahrbahn. Arabella Crane verließ das Fenster, und trat an den kleinen Spiegel über'm Kamin. Voll Bitterkeit starrte sie in ihr eig'nes Gesicht – sie verglich es mit den Zügen der strahlendschönen Marquise.

Auf flog die Tür; und Jasper Losely kam hereingeschlendert, ein französisches Chanson pfeifend, und sich mit seinen GlacéHandschuhen den Staub von den Stiefeln klopfend.

»Alles in Ordnung«, sagte er aufgeräumt. »Das heiß ich mir doch noch einen Tag heute!«

»Ihr habt gewonnen« versetzte Mrs. Crane, in einem Ton, der eher nach Enttäuschung schmeckte, als nach Gratulation.

»Tja. Diese 100 £ vom Rugge haben mein Glück gemacht. Ich benötigte eben nur ein gewisses Kapital als StartHilfe!«. Er warf sich auf einen Stuhl; öffnete seine Brieftasche und untersuchte deren Inhalt. »Ratet 'mal«, sagte er plötzlich, »auf wessen Pferd ich diese beiden *rouleaux* hier gewonnen habe?: Dem von Lord Montfort! Ahja, und Mylady hab' ich auch gesehen.«

»Und ich sie, von diesem Fenster da, nicht minder. Glücklich sah sie ja nicht aus.«

»Nicht glücklich? – mit der Equipage! das reizendste Geschirr, das mein Auge je erschaut!; und dann nicht-glücklich sein wollen! Ich war drauf und dran, zu ihrem Wagen hin zu reiten, und einen kleinen Anspruch auf Dankbarkeit geltend zu machen!«

»Dankbarkeit? Für Euern Anteil an dem erbärmlichen Geschäft, von dem Ihr mir erzählt habt?«

»Gar kein ›erbärmliches Geschäft‹ für sie – für *Mich* allerdings ist nie was Gutes dabei abgefallen: viel Mühe, und für umsonst! – *Basta!* Keinen Sinn, dies Zurückschauen.«

»Keinen Sinn, schon; aber kann man's so einfach lassen?«, sprach Arabella Crane, und seufzte schwer; dann, als sei ihr daran gelegen, das Thema zu wechseln, fügte sie plötzlich hinzu: »Mr. Rugge ist heut früh schon zwei Mal dagewesen, und mächtig aufgeregt: das Kind will nicht auftreten. Er behauptet, Ihr wär't verpflichtet, sie dazu zu zwingen.«

»Unsinn. Das ist seine Angelegenheit. *Ich* nach Kindern sehen; das wär auch so was!«

MRS. CRANE (mit unverkennbarer Anstrengung): – »Hört doch 'mal, Jasper Losely. – Ich habe wahrlich keinen Grund, dies Kind sonderlich zu lieben, wie Ihr Euch vermutlich werdet denken können. Aber jetzt, wo Ihr sie derart fallen laßt, ist mir fast, als würde mein Mitleid rege; und als ich, heut Morgen, die Hand hob, um sie für ihre Widersetzlichkeit zu züchtigen, und dabei das blasse, sehr-blasse aber furchtlose, Gesicht sah, mit den 2 Augen darin, denen keine Wimper zuckte – da hab'ich den Arm wieder heruntergenommen, denn meine Kraft verließ mich. Sie wird sich dieser Existenz, ohne den Alten Mann, nicht anbequemen. Sie wird sich verzehren, und weg-sterben.«

LOSELY: – »Ihr könnt Einen aber auch piesacken! – Sprecht Ihr im Ernst? Was soll ich denn machen?«

Mrs. Crane: – »Ihr habt Geld gewonnen, wie Ihr sagtet –: annulliert diesen Contract wieder; zahlt Rugge seine 100 £ zurück. Er sieht ein, daß er wahrscheinlich doch einen schlechten Kauf gemacht hat; er nimmt das Geld bestimmt wieder!«.

Losely: – »Das will ich gern glauben! – Nein nein; gewiß, ich hab' heute gewonnen, das ist richtig; aber morgen kann ich wieder verlieren; und überdies brauch' ich grade so viele einzelne Sachen; sobald man zu ein bißchen Geld kommt, stellt sich sofort ein dringendes Bedürfnis nach mehr ein – ha ha! Trotzdem möcht' ich natürlich nicht, daß das Kind direkt stürbe; soll getrost heranwachsen, und noch von manchem Nutzen sein. Sagen wir ma' so, was sich eventuell tun ließe: falls ich, wenn die Rennen vorbei sind, den Eindruck haben sollte, ich hätte genug verdient um mir's leisten zu können, dann will ich zusehen, daß ich sie ihm wieder abkaufe. Aber nicht für 100 £ bitte, das wär' zu viel! Rugge soll sich mit der Hälfte begnügen, oder auch'm Viertel; denn wenn sie schon nicht spielt, wird sie vermutlich aber essen.«

So widrig die Worte des Mannes waren, wußte er sie doch mit einem Lachen vorzubringen, das sie weniger empörend zu machen schien – dem Lachen eines sehr hübschen Mundes, der immer noch strahlend-weiße Zähne zeigte. Noch einnehmender als gewöhnlich am heutigen Tage, (denn er war in umfassender bester Laune), war es besonders schwierig, sich einen Begriff davon zu machen, daß ein Mensch von so gesundem und schmuckem Äußeren in Wirklichkeit ein total verrottetes Herz besitzen sollte.

»Ganz Euer JugendLachen«, sagte Arabella Crane, fast mit Zärtlichkeit. »Wie es kommt, weiß ich nicht; aber ich hab' heut das Gefühl, als wär' ich weniger alt – ob ich schon im Gesicht und Charakter wohl verändert bin. Ich hab mir heut die Schwäche gestattet und dies Kind da bemitleidet; jetzt, wo ich rede, kann ich auch Euch bemitleiden. Jawohl! bemitleiden – wenn ich daran denke, was Ihr einmal gewesen seid. Müßt Ihr's denn unbedingt so weiter treiben? Zu welchem Ende! – Jasper Losely –«, fuhr sie fort, scharf, eifervoll, die Hände ineinander geklammert – »hört mich an – ich habe ein Einkommen; nicht groß, gewiß, aber fest und sicher; Ihr habt nichts als was, (Ihr sagtet es selbst), morgen wieder verloren gehen kann: teilt meine Einkünfte! Erfüllt Eure einstigen feierlichen Versprechen – heiratet mich! Ich will vergessen, Wessen Tochter jenes Mädchen ist – will ihr eine Mutter sein. Und was Euch betrifft, gebt mir nur das Recht, wieder für Euch so zu fühlen, wie ich einstens tat, und ich finde wohl auch noch einen Weg, Euch zu erhöhen – höher, als Ihr selbst Euch je emporzuarbeiten vermöchtet; ich hab' meinen Teil Witz und Verstand, Jasper, das wißt Ihr. Schlimmstenfalls soll Euer Anteil die Kurzweil sein, meiner die Mühsal. In Krankheiten? will ich Euch pflegen; in Eure Freuden? mich nicht eindrängen. Wen-Anders könntet Ihr sonst heiraten? Wem-Anders vertrauen? Wer-Anders ...«

Sie brach mitten im Wort ab, wie von einer Natter gestochen, grad daß Ihr noch ein schriller Laut der Pein, der Wut entkam; denn Jasper Losely, der ihr bis dahin verblüfft, betäubt zugehört hatte, bekam an dieser Stelle einen wahren LachAnfall, in dem sich soviel unverhüllte Geringschätzung aussprach, ein solcher Genuß ob der Possierlichkeit der Idee, dieses ihm dergestalt auf die Brust gesetzten HeiratsAntrages, daß der darin enthaltene beleidigende Hohn, der Frau bis ins Innerste ihrer Seele drang.

Ungeachtet jenes Schrei's aus Qual und Zorn, den es ausgelöst hatte, hielt Jasper's Gelächter unentwegt an; er stand vielmehr auf, sich noch die Seiten haltend, und betrachtete sich in dem erwähnten Spiegel; allerdings mit Empfindungen ob des Anblicks, die von denen, mit welchen seine Gefährtin sich ein paar Minuten zuvor dort so trübe beschaut hatte, beträchtlich verschieden waren.

»Meine liebe-teure Freundin«, sagte er endlich, indem er sich wieder faßte, und höchstens noch einmal die Augen wischen mußte: »vergebt mir; aber wirklich, als Ihr sagtet: ›Wen sonst ich wohl noch heiraten könne?‹ – hahaha! – also das war tatsächlich ein grandioser Witz! Euch-heiraten, meine schöne Crane! Nein – also die Idee schlagt Euch aus dem Kopf – Wir kennen Einander denn doch wohl zu gut für eheliche Glückseligkeit. Ihr liebt mich jetzt; Ihr habt's immer getan, und werdet's immer tun – das heißt: solange, als wir nicht aneinander gekettet sind. Weiber, die mich einmal geliebt haben, lieben mich lebenslänglich – das ist nicht anders, da gibt's kein Mittel. ›Wieso?‹ ist mir selber nicht klar; es sei denn, daß ich, wie man's nennt, ein Schlingel und *bel ami* bin – Ho!: was schlägt die Uhr?,: Sieben? – ich bin mit'n paar Leuten zum Dinner verabredet, die ich auf'm Rennplatz kennen gelernt hab' – sie wissen nichts von mir, und ich nichts von ihnen – nå, nach der dritten Flasche werden wir besser miteinander bekannt sein. – Los, Crane, seid bessrer Dinge!: geht, und zankt Sophie aus, und veranlaßt sie aufzutreten wenn Ihr's schafft. Falls nicht?: zankt Rugge aus, bis er sie in Ruhe läßt. Mit irgend-Jemand solltet

Ihr aber zanken – unvergleichliches Mittel, sich selbst zu beschäftigen, und fremder Leut's Kinder in Ruhe zu halten! – à-Dieu jetzt; und, bitt' Euch, keine matrimonialen Ansuchen mehr – kriegt man ja direkt Angst. – (Mein! –)«, fügte Losely hinzu, indem er die Tür zu-warf; »(Donnerwetter! derlei Antrag könnte ja einem Mephisto Manschetten machen!)«. –

Ob Arabella Crane diese letzten Worte vernahm? – oder hatte sie nicht sowieso schon genügend vernommen? Wie nun, wenn Losely sich umgedreht, und ihr Angesicht erblickt hätte, würd' es ihm sein triviales Gelache nicht doch etwas verschlagen haben? Möglich; aber es hätte ihm höchstens ein vorübergehendes Unbehagen bereitet. Denn wenn Alekto persönlich ihr schlangenumstarrtes Antlitz vor ihm aufgerichtet:? – Jasper Losely würde dennoch dem Gedanken gelebt haben, er brauche lediglich einmal nett dreinzuschauen, und schmeichlerisch zu sagen: »Alekto; meine einzige Liebste!« – und schon würde die Furie ihren Kopfputz versetzen, um seine WäscheRechnung für ihn zu bezahlen!

Und, Alles in Allem genommen, lag auf dem Gesicht des grimmen Weibes, das er so mutwilligerweise erzürnt hatte, auch gar nicht einmal so sehr Drohung, als vielmehr Entschlossenheit. Und diese Entschlossenheit manifestierte sich noch deutlicher in der Bewegung ihrer Hände, als in dem Ausdruck ihres Gesichtes; diese Hände – magere, aber feste, nervige Hände – taten sich erst weit und langsam auf; und preßten sich dann, ebenso langsam, wieder zusammen, wie wenn ihr eigenster Gedanke Gestalt angenommen, und sie nun die Fäuste um ihn schlösse – enger, enger – um sie nie mehr zu lockern, bis der Puls still stünde.

5. Kapitel

Die Unterwürfigsten wo sie lieben, können durchaus die Störrischsten sein, wo sie nicht-lieben. / Sophie zeigt sich störrisch Mr. Rugge gegenüber. / Dieser ebenso gekränkte wie geschädigte Mann ruft sich Mrs. Crane zu Hülfe, in Nachahmung der Taktik gewisser Potentaten, die das Versagen ihrer Gewaltmittel durch geschickte Diplomatie in Erfolg verwandeln möchten.

Mr. Rugge hat seinen Zweck erreicht. Aber nun erhebt sich die Frage: ›Was wird er damit machen?‹ – eine Frage mit mehr Häuptern als die Hydra; und kaum daß ein Autor den einen Kopf abgetan hat, sprießt auch schon ein andrer hervor.

Sophie also ist erhandelt und bezahlt worden – sie ist nunmehr, juristisch, Mr. Rugge's Eigentum. Aber es hat auch einmal einen weisen Peer gegeben, dem gefiel Punch so gut, daß er ihn sich kaufte – Punch ward sein Eigentum, und im Triumph nach Seiner Lordschaft Haus überführt. Zu Mylords großer Bestürzung wollte Punch nicht schwatzen. Zu Rugge's großer Bestürzung wollte Sophie nicht spielen.

Ausgeliefert an Jasper Losely und Mrs. Crane, hatten Diese nicht eine Stunde mehr verloren, sie sofort aus Gatesboro' und Umgebung fortzuschaffen. Sie gingen jedoch nicht in jenes Dorf zurück, wo sie Rugge gelassen hatten; kehrten vielmehr stracks nach London heim, und schrieben dem Manager, sich dort mit ihnen zu treffen.

Sophie, einmal im Netz, schien total betäubt; sie gebärdete sich nicht leidenschaftlich und geräuschvoll – sie leistete keinen gewaltsamen Widerstand. Als man sie informierte, sie habe in Jasper Losely einen Vater zu lieben und ehren, hob sie langsam die Blicke zu dessen Gesicht:? – wandte sie jedoch unlängst wieder ab, und schüttelte nur den Kopf, stumm und ungläubig. Der Mann-da ihr Vater?; sie glaubte kein Wort davon. Und Jasper stürzte sich auch wahrlich nicht in übermäßige Unkosten, sie von dem Verwandtschaftsgrade zu überzeugen, oder ihre Zuneigung zu gewinnen. Nicht daß er lieblos-rauh gewesen wäre – er wirkte eher absolut gleichgültig – was er vermutlich auch war. Denn das vorherrschende Laster des Mannes bestand in seinem Egoismus. Er hatte gar nicht einmal so sehr schlimme Grundsätze und böse Gesinnungen; als vielmehr keinerlei Grundsätze, und Gesinnungen schon gleich gar nicht – außer solchen, die begannen, fortwährten, und endeten in jenem bekannten System der Zentralisierung, wie es in einem Staatswesen jegliche gesunde Initiative ebenso lähmt, wie in jedem einzelnen Individuum. Nachsicht gegen sich selbst, war ihm oberstes Gesetz. Nicht, daß es ihm an Fähigkeit zu scharfer Berechnung gemangelt hätte; nicht, daß er ohne beträchtliche Verschlagenheit gewesen wäre. Er konnte sehr-wohl ein Projekt entwerfen, das, in ferner Zukunft, Gewinn verhieß; und, zu dessen Verwirklichung, Anschläge planen, Minen legen, subtil-ersonnen, verschmitzt-überwacht – aber dazu war er nicht imstande, den Erfolg dadurch zu versichern, daß er ihm notfalls die Capricen auch nur 1 Stunde, oder die anschließende Indolenz der nächsten zum Opfer gebracht hätte. Und wenn für ihn ein großes LebensZiel davon abgehangen hätte, sich Sophie's kindliche Zuneigung zu gewinnen, er sich allerdings jeglichen Tag 5 Minuten dafür hätte mit ihr abmühen müssen – er hätte lieber auf das ganze LebensZiel verzichtet. Außerdem hatte er gerade noch Scham genug, beim Anblick des Kindes, das er so kaltblütig und wohlüberlegt verschachert, ein gewisses leichtes Unbehagen zu empfinden. Folglich hatte er ihr flüchtig unter's Kinn gegriffen; sie gemahnt, ein braves Mädchen zu sein, und vor allem dankbar für alles, was Mrs. Crane schon für sie getan habe und noch zu tun gedenke; und sie darauf praktisch der alleinigen Fürsorge, der genannten Dame anvertraut.

Als Rugge dann eintraf, und Sophie von der ihr zugedachten Bestimmung unterrichtet ward, da brach sie ihr Schweigen – ihre Farbe ging und kam in schneller Folge – sie erklärte, wobei sie die Arme über der Brust verschränkte: daß sie, getrennt von ihrem Großvater, niemals spielen werde. Mrs. Crane, von ihrem Benehmen beeindruckt, schlug Rugge vor, wie man jetzt, wo er sie ja juristisch sicher habe, eigentlich doch auf ihre Grille eingehen, und auch Waife wieder engagieren könnte? (Wie auch immer die Geschichte gelautet haben mochte, vermittelst deren sie, um Sophie vom Bürgermeister ausgehändigt zu erhalten, die Einstellung des würdigen Stadtvaters gegen den Komödianten zu richten gewußt, Mr. Rugge hatte sich eines ähnlichen Vertrauens von ihrer Seite nicht erfreut. Ihm hatte sie nichts mitgeteilt, was – gesetzt den Fall, er wäre dazu aufgelegt gewesen – einem neuerlichen Engagement Waife's hätte entgegenwirken können.) Aber einmal glaubte

Rugge nicht an die ausdauernde Beständigkeit von Kindern; und überdem hegte er einen tiefen Widerwillen gegen Waife, und blieb also hartnäckig bei seiner Weigerung. Er bestand jedoch, als auf einer unabdingbaren Voraussetzung des ganzen Handels, darauf, daß Mr. Losely und Mrs. Crane ihn noch mit nach jener Stadt begleiten müßten, wohin er seine Truppe verlegt hatte; teils um durch ihre Anwesenheit seine menschliche Autorität über Sophie zu unterstützen; teils um seine juristischen Ansprüche auf sie zu bestätigen, für den Fall daß Waife doch wieder auftauchen und sie anfechten sollte. Denn Rugge's Gewerbe war nun einmal – zumindest was seine Berechtigung betraf, ein weibliches Kind zu dem gleichen Metier aufzuziehen – schwerlich ganz legitim, vielmehr entschieden so zweideutig zu nennen, daß es vor einem MagistratsAusschuß durchaus hätte in Frage gestellt, und die persönliche Vorführung des Vaters nötig machen können, um diesen ganz speziösen Kontrakt hinreichend zu erhärten. Als Ersatz dafür hatte sich der Schauspieldirektor freigebig erbötig gemacht, Mr. Losely und Mrs. Crane sämtliche Spesen des betreffenden Ausfluges zu vergüten – eine zudringliche Großzügigkeit, die von Mrs. Crane für ihre Person zwar mit Stolz zurückgewiesen wurde; obschon sie darin einwilligte, Losely auf ihre eignen Kosten zu begleiten, falls Dieser sich dazu verstehen sollte, auf des Managers Ansinnen einzugehen. Losely hatte zuerst natürlich Einwendungen erhoben; als er jedoch vernahm, daß in der Gegend-dort PferdeRennen stattfinden würden, und da er eine besondre Passion für Wetten und GlücksSpiele aller Art eingestand, sowie nicht minder den jückenden Wunsch, diese--seine neuen 100 £ auf möglichst mondäne Art zu genießen, hatte er schließlich eingewilligt, seine RückReise nach dem Continent noch etwas aufzuschieben, und Arabella Crane nach jenem provinziellen Elis zu geleiten. – Rugge also entführte Sophie zu ihren anderweitigen ›MitWaisen‹.

Und Sophie wollte nicht spielen!

Vergebens war es, daß man sie hätschelte – vergebens, daß man drohte – vergebens entzog man ihr die Mahlzeiten – sperrte sie vergebens in ein finstres Loch – vergebens zeigte man ihr drohend die Rute:!; (daß diese niederfiel erlaubte Rugge, so tyrannisch er immer war, denn doch nicht). Seine diesbezügliche Zurückhaltung mochte Menschlichkeit sein – vielleicht aber auch Angst vor den Folgen; denn der Zustand ihrer Gesundheit begann ihn allmählich zu beunruhigen – falls sie etwa gar stürbe – und eine amtliche

Totenschau angesetzt würde... Jetzt wünschte er, daß er Mrs. Crane's Anregung doch gefolgt, und Waife wieder engagiert hätte. Aber wo *war* Waife? Inzwischen hatte er für das JUGENDLICHE PHÄNOMEN weidlich Reklame gemacht, und Plakate mit dem Namen JULIET ARAMINTA zierten überall die Mauern; das Stück vom ›Hartherzigen Baron‹ war wieder einstudiert worden, mit einer neuen HöhlenSzene darin; (da Waife in jenem Drama keine SprechRolle gehabt hatte, konnte jeder And're seinen Part agieren).

Die erste Vorstellung war für heute Abend angekündigt – der Zulauf versprach, ans Unglaubliche zu grenzen – schon jetzt waren die besten Plätze längst vorausbestellt – der erste Abend der RennWoche! Die Uhr hatte eben Sieben geschlagen – um Acht begann die Vorstellung. UND SOPHIE WOLLTE NICHT SPIELEN!

Das Kind saß in einem abgeteilten Raum hinter den Kulissen, der als GarderobenZimmer diente. Die gesamte Gesellschaft war zusammenberufen worden, um sie durch Überredung umzustimmen, oder ihr die eigne Hartnäckigkeit lächerlich zu machen. Der KönigsLeutnant, die verführerische Person der Truppe, war vor ihr auf ein Knie gesunken, wie ein Verliebter. Er war an LiebhaberRollen gewöhnt, sowohl auf der Bühne, als außerberuflich. Außerberuflich hatte er eine Lieblingsphrase, nicht gänzlich neu, aber immer-wirksam: »Du bist zu schön, um so grausam zu sein!«. Dreimal repetierte er nun die ZauberFormel hintereinander; mit einem so einfältig gezierten Lächeln zwischen den Wiederholungen, daß es ein Herz von Stein hätte rühren mögen. Hinter Sophie's Stuhl, und ihr künstliche StoffBlumen in die Flechten steckend, stand die ›Erste Großmutter‹ der Gesellschaft – kein ausgesprochen böses Weib – die die Aufsicht über die Kostüme führte; die Kranken pflegte; Rugge anbetete; aus einem Spiel Karten, das sie immer in der Tasche bei sich führte, die Zukunft vorhersagte; und gegebenenfalls in Rollen auftrat, wo Alter kein Hinderungsgrund und Häßlichkeit erwünscht war – wie etwa als Hexe; oder Duenna; oder eben als Das, was im Dialog unscharf-malerisch als ›Alte‹ bezeichnet wird. Tatsächlich war ›Alte‹ auch der Rufname, dessen sie von Rugge gewöhnt war; (ihr richtiger, den sie von ihrem seligen Gatten her trug, war übrigens Gormerick). Diese Dame, währenddes sie das Kränzlein arrangierte, lag ebenfalls dem BeschwichtigungsSystem ob; indem sie, (zumal wenn man in Anschlag brachte, daß sie den Mund voller Stecknadeln hatte), mit größter Lieblichkeit dazu sprach: »Nå Schätzchen – nå Täubchen –

nu schau Dich doch ma' im Spiegel an – was könnten Wir Dich prügeln, und kneifen, und Dir Nadeln überall reinsteck'n: aber nein, wir tun es nicht. Turtelchen wird ja gut sein, ich weiß es doch«; hier kam ein großer Klex Rouge auf die bleichen Bäckchen des Kindes. Während all die Zeit über der Clown vor ihr gehockt hatte, die Hände auf den Knieen, unermüdlich rüstig grinsend, und von Zeit zu Zeit kreischend – »Oh diese Schönheit! man wird ja blind!«

Rugge hatte unterdes, eine Hand in die Brust geschoben, die diplomatischen Bemühungen seiner Werkzeuge überwacht; und, aus Sophie's zusammengepreßten Lippen und starren Augen, eingesehen, daß deren Schmeichelkünste erfolglos geblieben waren. Jetzt näherte er sich, und zischte ihr ins Ohr –: »Treib mich nicht zum Wahnsinn, Du!, hüte Dich – Du wirst spielen, gelt?!«

»Nein –«, sagte Sophie, plötzlich hochschnellend; sie riß sich das Kränzlein aus dem Haar, und setzte ihren kleinen Fuß mit aller Macht darauf:!. »:Nein!; und wenn ihr mich umbringt!«

»– Götter! –«, stammelte Rugge. »Und diese Summe, die ich barbezahlt habe! Ich bin der Geprellte! – Wer ist gegangen und holt Mrs. Crane?«

»– Tom –«, sagte der Clown.

Das Wort war kaum aus des Clown's Munde, als auch schon Mrs. Crane-persönlich aus einer SeitenKulisse auftauchte; erst ihren Hut ablegte; dann, beide Hände, über die kindlichen Schultern der Kleinen hakte; und ihr, ohne 1 Wort, ins Gesicht schaute: – ? –. Das Kind gab den Blick, gleich-fest, zurück:! (Man gebe solchen Kindern Grund und Gelegenheit zum Martyrium: und in den schwächlichen Körperchen wird sich die Seele eines Märtyrers antreffen lassen!). Arabella Crane, was MädchenKinder anbelangt nicht ohne Erfahrung, gewahrte sogleich eine Willenskraft hier, stärker als die Macht brutaler Gewalt; ersah sie aus der gesammelten Ruhe des Auges – dem stillen Licht der zarten Bläue – einer Bläue, rein wie die des Himmels – einem Licht, fest wie der AngelStern.

»Überlaßt sie mir, Ihr Alle hier« sagte Mrs. Crane. »Ich nehm' sie mal mit rüber in Ihr PrivatZimmer, Mr. Rugge, ja?«; und sie führte das Kind davon, in eine Art von Alkoven, (Zimmer konnte man's schwerlich nennen); rundherum verbaut mit Kästen und LattenKisten, und des Direktors SchreibPult samt 2 Schemeln stand auch noch darin.

»Sophie«, sprach Mrs. Crane dann, »Du hast gesagt, Du würdest nicht spielen; es sei denn, Du hättest Deinen Großvater bei Dir. Hör mir jetzt zu. Du weißt, daß ich immer rauh und hart Dir gegenüber gewesen bin. Ich habe niemals vorgegeben, Dich zu lieben – was auch nicht der Fall ist. Aber unwahr hast Du mich vermutlich nie erfunden. Wenn ich Etwas im Ernst sage, so wie jetzt, dann kannst Du mir also glauben. Spiel heut-Abend; dann versprech' ich Dir meinerseits aufs Gewissenhafteste: entweder bring' ich Dir Deinen Großvater hier-her; oder aber ich ordne die Sache so, daß Du ihm zurückgegeben wirst. Falls Du Dich weiter weigerst, denke ich nicht daran Dir zu drohen; aber ich verlasse dann diesen Ort; und es ist meine Überzeugung, Du werdest der Tod Deines Großvaters sein.«

»Sein Tod? – sein Tod? – Ich!«

»Insofern, als Du zuerst stürbest. – Oh, Du lächelst?; Du meinst, es müßte Glückseligkeit sein, zu sterben? Was wollte das schon besagen, daß dem Alten Manne, um den Dich so zu sorgen Du vorgibst, das Herz bräche, gelt? Balg, laß die Selbstsucht den Jungen! – Du aber bist ein Mädchen! –: leide gefälligst!«

»Selbstsüchtig –«, murmelte Sophie, »selbstsüchtig – das hat man schon einmal, früher, von mir gesagt. Selbstsüchtig! – ach, jetzt versteh' ich. Nein, ich darf nicht zu sterben wünschen – was würde wohl aus ihm werden?«. Sie sank auf die Knie, hob beide ineinanderverschlungene Hände, und betete innerlich lautlos – einen Augenblick nur; nicht länger. Dann erhob sie sich. »Wenn ich also spielte – es ist ein Versprechen? – Sie werden's halten? Ich werde ihn sehen – er wird erfahren, wo ich bin – wir werden uns wiederfinden!«

»Ja, ein Versprechen – ein heiliges. Ich werd' es halten. – Ach Mädchen: wie sehr wirst Du eines Tages lieben! – wie wird Dein Herz Dir weh-tun! – und wenn Du dann in meinem Alter sein wirst, schau erst in Dein Herz; und anschließend in Deinen Spiegel – es könnte wohl sein, daß Du Dich dann, innerlich wie äußerlich, mir ähnlich fändest.«

Sophie – das unschuldige Dinglein – starrte sie an; verständnislos, aber zutiefst beeindruckt. Mrs. Crane führte sie wieder zurück; teilnahmslos:

»Hier; sie wird spielen. Setzt Ihr den Kranz auf. Staffiert sie aus. Aber merkt Euch Folgendes, Mr. Rugge: das gilt lediglich für 1 Abend! Ich habe Bedingungen mit ihr ausgehandelt: entweder müßt ihr den Großvater wieder einstellen; oder aber – sie muß zu ihm zurückkehren dürfen.«

»Und meine 100 £?!«

»Würden Euch im letzteren Fall zurückerstattet werden.«

»Ja, soll ich denn niemals das Königliche Theater zu York haben? Ziel und Ehrgeiz meines Lebens, Madame! Dreimal schon davon geträumt! – Ha! jedoch sie wird spielen; sie wird Erfolg haben. – Aber diesen alten Landstreicher wieder übernehmen zu müssen – das ist eine bittere Pille! Na, er soll sie redlich mit mir teilen! – Ma'am, ich bin Ihr dankbarer ...«

6. Kapitel

Fadenscheinig schon ist die Metapher, die die Welt mit einer Bühne vergleicht; (Schiller, weniger höflich als Shakespeare, greift tiefer in der Skala, und setzt für Bühne sogar PuppenSpiel). / Aber grundsätzlich besteht zwischen Realität und Show eine geheime Verbindung, eine unentdeckte Wechselwirkung – sei es, daß im Herzen des offiziellen Schauspielers die herbe Realität ihr Recht behauptet; sei's, daß im Hirn des unbeachteten Zuschauers ein fantastischer Mummenschanz dem Stück parallel geht. / Das ›Kind des Banditen‹ auf dem Proscenium ist dennoch, trotz Blumenkranz und Rouge, die arme kleine Sophie. Aber dieser ungeschlacht-ehrliche alte Bursche da unten, dem aus Achtung geleisteter Dienste für König und Vaterland sogar der Herr Lehrling Platz macht: könnt' es nicht sein mögen, daß in ihm die Anlage zum abgefeimtesten Komödianten verborgen schlummert?

: Taran-Tarantaraa! – Rubbeldidubb –: erschalle Horn – Du, dröhne, Trommel! – 1 Viertel vor Acht; und wie dicht gedrängt steht nicht bereits die Menge vor Rugge's Grossem Welttheater – ›Der Hartherzige Baron, und das RäuberKind! – Mit dem Jungen Phänomen – Juliet Araminta – protegiert vom gesamten HochAdel: die Einladung, vor der Königin zu spielen, wird täglich erwartet – *Vivat Victoria Regina!*‹ – Rubbel-die-Bubb. Die Truppe kommt hinter dem Vorhang hervor – stellt sich, in-Reihe, vorn auf dem Proscenium auf. Herrliche Kostüme! –: Das Phänomen! –: da; das ist sie!

»: Oh diese Schönheit!: blind möcht' man werden!« kreischt der Clown.

Die Tage sind inzwischen selbstredend etwas kürzer geworden; aber über-dämmrig ist es noch mit nichten. Wie hinreißend-hübsch sie all der abscheulichen Angemaltheit zum Trotz aber noch ist; (und wie abgehärmt diese armen bloßen schneeigen Ärmchen!).

Ein höchst kümmer-klägliches, lugubres Gemelodeye mixt sich da mit Trommel & Horn! Ein Mann hat sich bis zur Bühne vorgearbeitet – ein Mann, mit einer ganz-verwünschten, verdrillten, RadLeier – ›Ihr guten Herrn, Ihr schönen Frauen‹: wie winselt das DrehDing. – »Oh-stopp! – stopp mit der Muh-Sicke!«, ruft ein zartnerviger Lehrling, und klappt die Hände vor seine Esels-Ohrmuscheln:! –

»Mitleid mit ei'm armen Blinden –« erwidert der Mann mit der RadLeier.

»Ach, Ihr seid blind, was? wir sind aber auch nicht taub. Hier habt Ihr 'n Penny, damit Ihr nich-spielt. – Mein, was für'n Schwarzes Ding habt Ihr d'nn da an Eurer Leine?«

»Mein Hund, Sir!«

»Und verdammt garstig obendrein – gar nich wie'n Hund – eher wie'n Bär – und mit Hörnern auch noch!«

»Oh, Herr Chef«, schreit der Clown: »hier kommt sogar 'n blinder Mann von weither, um das Phänomen zu sehen!«

Die Menge lacht; man macht Platz für den Schwarzen Hund des Blinden Mannes. (Aus der Äußerung des Clowns vermutet man, daß der Blinde irgendwie-was mit der Truppe zu tun habe.)

Es wäre aber auch wirklich schwer gewesen, zwei häßlichere Exemplare ihrer jeweiligen Gattung aufzutreiben, als diesen Blinden Mann, und seinen Schwarzen Hund. Er hatte grobes rotes Haar und einen roten Vollbart dazu, und sein ganzes Gesicht wirkte irgendwie verbogen, so daß jeglicher Einzelzug vom Normalen weg-gekrümmt schien. Verbunden trug er seine Augen nicht; aber die Lider waren geschlossen, und er hob sie nur manchmal auf eine jammervolle Art nach oben, wie wenn er nach Licht suche. Trotzdem machte er nicht den Eindruck eines ganz gewöhnlichen Bettlers; eher hatte er das Aussehen eines heruntergekommenen Seemanns. Ja, man würde allmählich 10:1 gewettet haben, er müsse früher Matrose gewesen sein; nicht als ob seine Tracht noch jenem edlen Stande angehört hätte; aber so der ganze Körperbau, dieser breitbeinig-schwankende Gang, die Art wie er seine Halsbinde geschlungen hatte, und, da!, die mächtige gebräunte Hand, mit dem blauen Anker d'rauf tätowiert – klarer Fall: 'n Matrose – eine Britische Teerjacke; tz, armer Mann.

Was den Hund betraf, so war er gräßlich genug, daß man ihn hätte als *lusus naturae* gegen Geld vorzeigen können, – augenscheinlich uralt schon; denn Gesicht und Ohren waren angegraut, alles Übrige ein fuchsiges, ins Rötliche spielendes Schwarz; er erfreute sich unermeßlich langer Ohren, die tatsächlich gespitzt waren, wie Hörner: es war ein Hund, der einwandfrei aus fremden Welt-Gegenden importiert sein mußte, etwa von Richtung Acheron her, mit Cerberus irgendwo im Stammbaum, so ominös und (wenn das

Beiwort nicht zu unehrerbietig klingt) so infernalisch war sein Aussehen, mit dieser ergrauenden Antlitzigkeit, diesem Ohren-Geweih, und überhaupt diesem ganzen unaussprechlich vergeisterten Gehaben. Dabei war es auch noch ein großer Hund, und, garantiert, stark!; jeglicher Mensch, im Besitz seiner gesunden 5 Sinne, würde freiwillig Platz gemacht haben für einen Mann, der von so-einem Hund geführt wurde! ›Wa-o-äng‹ wimmerte fragend die BettlerLeier; und ›Bau-Wau!‹ boll, gänzlich-unversehens, der Hund auf:'!'. —: Sophie, oben, unterdrückte einen kleinen Schrei; preßte die Hand auf die Brust:—; und solch ein Strahl der Wonne blitzte hin über ihr Gesicht — es hätte Ihr Leser-Herz einen vollen Monat lang erwärmt, das mitanzusehen. —

—: Moment!; wollen Sie etwa damit andeuten, Mister Autor, daß jene GroßBrittannische Teerjacke, (erzbrav, zugegeben; aber wenig-einnehmend), Gentleman Waife sein könnte?; oder dieses stygische Animale der schneeig-beperückte Sir Isaak? —

— Tja, auf Mein Wort; wenn ich mir sie selber so ansehe, Ich der Historiker, ich bekenne mich in Verlegenheit. Wäre dieses 1 ›Bau-Wau!‹ nicht gewesen — ich bin überzeugt, Sophie-selbst würde nichts gemerkt haben. TARA-TARANTARAA!: Tretet ein, Ladies & Gentlemen, tretet ein: die Vorstellung wird unverzüglich beginnen! (Sophie verweilt bis zuletzt.).

»Jå, Sir«, sagt der Blinde Mann, (der mit dem erwähnten Lehrling geschwätzt hat), —»'türlich, Sir«, sagt er; laut und mit Nachdruck, wie wenn seine Äußerungen in Zweifel gezogen worden wären: »das Kind war total eingeschneit. Aber glücklicherweise hatte man das Fenster der Hütte offen gelassen. Und Klock-Schlag 2 Uhr morgens kam dann der Hund an das Fenster; schlug ein Geheul auf; und . . .« —

Mehr vernahm Sophie nicht — wurde sie doch von dem ›Königs-Leutnant‹ hinter den Vorhang geleitet. Aber sie hatte hinreichend-genug gehört, um ihr Herz mit Emotionen aufzuladen, daß die Grübchen um all ihre Lippen ein allerundulatorischstes Spiel anhuben . . .

7. Kapitel

Ein Schein trägt den Sieg über die Wirklichkeit davon.

Und sie spielte; und wie hinreißend! mit welcher Heitre und mit was für Gusto! Rugge war ganz außer sich vor Stolz und Hingerissenheit. Er konnte vor Bewund'rung kaum seinen eignen BaronsPart richtig vortragen. Und das Auditorium, – ein weit erleseneres und schwerer zufriedenzustellendes als in jenem Dörfchen in Surrey damals – war dito begeistert und enthusiasmiert.

»Ich werd' es erleben, daß mein Traum Wirklichkeit wird! Ich werde das Große Theater zu York kriegen!« sagte Rugge, als er seine Perücke ab nahm, und sein Haupt auf's Kissen bettete. »Sie für die 100 £ wieder hergeben?–: nicht für Tausende!«

Ach, meine holde Sophie; Ach und Weh! War nicht die Freude, die Dich so gut agieren machte, gleichzeitig Dein Verderb? Oh, hätt'st Du doch nur Witz genug gehabt, abscheulich zu spielen, und Dich recht auszischen zu lassen! –

*   *
*

›Auf stand die Sonn', und auf stand Baron Rugge.‹

Nicht daß er für gewöhnlich ein notorischer Frühaufsteher gewesen wäre; aber seine Aufregung störte seinen Schlummer. Er hatte sein Quartier im Erdgeschoß eines kleinen Hotel garni, unweit seiner Wanderbühne, aufgeschlagen; und im gleichen Hause logierten auch seine ›Erste Großmutter‹ und Sophie selbst. Mrs. Gormerick, die Order hatte, das Kind zu bewachen und keinen Moment aus den Augen zu verlieren, schlief mit Sophie im selben Zimmer, im oberen Stockwerk des Hauses. Die alte Frau diente Rugge auch als Wirtschafterin; bereitete ihm seinen Tee, grillte ihm sein Kotelett, und teilte, der Gesellschaft halber, seine Mahlzeiten. Nun schärft Aufregung bekanntlich den Appetit ebensooft, wie sie ihn auch ganz nehmen kann. Rugge's Abendbrot, gestern, hatte nur aus Hoffnung bestanden; und er verspürte jetzt eine rechte Begier nach einem desto substantielleren Frühstück. Dementsprechend steckte er, sobald er sich angekleidet hatte, den Kopf in den Korridor hinaus; und, als er dort das Mädchen-für-Alles gewahrte, das eben die Haustür aufriegelte, ersuchte er sie, nach oben zu gehen, und ›Die Alte‹, das heißt Mrs. Gormerick, wach zu machen. Bei diesen Worten hielt er ihr einen Schlüssel hin; denn er gebrauchte, bevor er sich zur Ruhe zurückzog, prinzipiell die Vorsicht, die Tür des Zimmers, welches Sophie angewiesen ward, von außen abzuschließen, und den Schlüssel bis zum nächsten Morgen zu bewahren.

Das Dienstmädchen nickte, und stieg die Treppen hinauf. Weniger Zeit, als er erwartete, verging, bevor Mrs. Gormerick zum Vorschein kam, das graue Haar unter der Nachtmütze hervorströmend, ihre Gestalt in einen weitfaltigen Morgenrock gehüllt, ihr bloßes Gesicht schon eine komplette Tragödie . . .

»Himmlische Mächte! Was ist passiert?« brüllte Rugge prophetisch.

»Sie ist fort«, schluchzte Mrs. Gormerick; und fiel, als sie den aufgehob'nen Arm des Managers mit der geballten Faust daran gewahrte, klüglicherweise in Ohnmacht.

8. Kapitel

Korollarien aus dem in Kapitel 6 und 7 aufgeworfenen Problem.

Heller Tag, (tatsächlich fast schon 9 Uhr), und Jasper Losely ist auf dem Rückweg nach seinem Wirtshaus, von dem Ort, wo er den Abend zuvor diniert hat. Er hat die ganze Nacht mit Trinken und Spielen zugebracht; und obschon er etwas erhitzt aussieht, ist kein Zeichen von Ermüdung zu gewahren. Die Natur, als sie an diesen Mann viele der glorreichsten Voraussetzungen zum Glücklichsein verschwendete, hat auch die einer herkulischen Konstitution nicht vergessen – immer rastlos und niemals müde; immer trinkend und nie betrunken. (Für delikate Schwächlinge wird sicher ein gewisser Trost darin liegen, daß leidende Menschen nur recht selten in Verruchtheit excellieren: SchwerVerbrecher sind im allgemeinen athletisch – Körperbau und Gewissen gleicherweise zäh'; massive Hinterköpfe, mit bulliger Nackenmuskulatur – und Verdauungen, die sie vor den überfeinerten Nerven der Tugendhaften bewahren. Der thierische Anteil in einem Menschenwesen muß schon recht kraftvoll sein, wenn die moralischen SchutzSchranken so ganz keck überhüpft werden sollen.) Jasper war nicht allein; vielmehr kam er mit einer Bekanntschaft, die er beim Dinner gemacht, und die er jetzt, zum Frühstücken, in seinen Gasthof mit eingeladen hatte; Arm in Arm spazierten sie vertraulich einher. – Dem stattlich-brillianten Losely eigentlich recht unähnlich: ein junger Mann, noch unter Dreißig; der sich aber jedwede JugendFarbe längst abgewaschen zu haben schien, und zwar mit schmutzigen Wässern. Die Augen matt, (das Weiße darin Gelb); der Teint klitschig. Die Figur gedrungen und plump; die Gesichtszüge: Mops, mit einem Einschlag Bulldog. Die Tracht typisch für jene bekannte Sorte PseudoSportsmann, wie sie sich auf jedem RennPlatz breit macht, beziehungsweise, noch-häufiger, beim BoxRing: Belcher-Halstuch, (also dunkelblau, mit weißen Punkten), zusammengehalten von einer überdimensionalen Nadel, mit einem Jockey in vollem Galopp; dazu einen Cutaway; KordBreeches; und endlich Stulpen-Stiefel, der Umschlag von kreidigem Weiß. Dennoch, nehmt nur Alles in Allem, nichts von Gang und Haltung eines echten, gebornen Sportsmanns und -Wetters, sei es auch nur vom untersten Schlage. Irgendetwas an ihm und um ihn, was den ›Angeber‹ verrät – Jemand mit einem TaubenHerzen, der gern den Habicht mimen möchte – ein SportsKenner und -Mäzen, dem die Cockney-Herkunft zu allen Knopflöchern herausschaut.

Samuel Adolphus Poole ist ein Waisenkind aus einer respektablen Familie. Seine ZukunftsAussichten beruhen hauptsächlich auf einem Onkel, dem, als seinem Paten, er auch den verhaßten Vornamen Samuel verdankt – er selbst zieht es vor, sich mit Adolphus zu unterzeichnen; im traulichen Verkehr wird er Dolly betitelt. Die finanzielle Basis seiner gegenwärtigen Lebensführung besteht offiziell in seinem Gehalt als kaufmännischer Angestellter in einer Londoner Firma, deren Leiter das Geschäft auf fashionable Weise führt. Mr. Latham, (so heißt sein Chef), hat sich ein ansehnliches Vermögen erworben; allerdings weniger durch sein Handelshaus, als durch Diskontierung der Rechnungen und Wechsel seiner Kunden, oder sonstiger borgelustiger Leute, die durch die Aussicht auf ein Darlehen ins Kundennetz gezogen werden. Zu den sportlichen Passionen Dolly Poole's drückt Mr. Latham das eine oder andre Auge zu; denn Dolly ist eben dadurch nicht selten imstande gewesen, recht nützliche EinzelInformationen aufzuschnappen, hinsichtlich Namen und Ruf solcher Bürger aus der Welt des Sports, die Mr. Latham gern um kurzfristige Überbrückungshülfen angehen möchten. Und Dolly Poole hat viele Freunde im Wettgeschäft; auch viele Schulden hat er. Einstmals ist er ein Gimpel gewesen, heut ist er ein Schüftchen; aber um so manche wertvolle Idee in die Tat umzusetzen, die seine Erfahrungen als Gimpel, und seine Entwicklung zum kleinen Schuft, seinem Ehrgeiz einflüstern möchten, mangelt es ihm an der erforderlichen Charakterstärke. Gleichwohl, ab und zu, wenn immer ein schäbiger Trick ganz gefahrlos praktiziert werden kann, hat er schon das, was er ›Glück‹ nennt. Für Jasper Losely hat er eine grenzenlose Bewunderung gefaßt, deren einer Grund aus dem, nun gleich folgenden Dialog erhellen wird; ein weiterer Grund dafür, ist jener liebenden Unterwürfigkeit analog, mit der ein bösartiges Tier in der Hand, die es entschlossen durchgeprügelt hat, seinen Herrn und Meister anerkennt. Denn bei Losely's erstem Erscheinen auf dem just beendeten geselligen Zusammensein, hatte Dolly Poole – den die Miene gebieterischer Überlegenheit, die dieser Prahler sich sofort anmaßte, nicht wenig wurmte; der Jasper's absichtliches Dandy-Gebaren mit weibischem Wesen verwechselte, und in der eleganten Figur des Bravo die tigerartige Stärke nicht erkannte, vor der jedoch, in Wahrheit, eben die tigergleiche Geschmeidigkeit ihn hätte warnen sollen – Dolly Poole also, selbst ein stämmiger Geselle und athletischer Übungen nichts weniger als ungewohnt, suchte Händel an ihm, und ging sofort in BoxAuslage – mit dem Ergebnis, daß er sich schon im nächsten Augenblick am andern Ende des Gastzimmers befand, auf dem Fußboden und alle Viere in der Luft. Zwei Minuten später, als der Streit durch das vermittelnde Eingreifen einiger Zechkumpane beigelegt war, plärrte er schon, großmütig, heraus, daß er niemals nachträglich sei; und schüttelte dazu, (obwohl jeglicher Knochen im Leibe ihm noch zu klappern schien), Jasper Losely so inbrünstig die Hand, als ob er einen Wohltäter in ihm gefunden hätte. – Aber nun zu dem Zweigespräch.

JASPER: – »Tcha, Poole, mein Bester, genau wie Ihr sagt: daß dieser Kerl mir meine höchste KreuzKarte wegtrumpfte, hat mich den letzten Rubber gekostet – bei Whist gibt's eben keinerlei Sicherheit, wenn man einen Deppen als Partner hat.«

POOLE: – »Im einzelnen Rubber, theoretisch, keine-Sicherheit, schon; aber wenn ein Mann so gut spielt wie Ihr, Mr. Losely, ergibt sich, auf die Länge, praktisch, eben doch etwas wie Gewißheit. Euer Gewinst vergangne Nacht muß eigentlich ganz hübsch gewesen sein; obschon Ihr fast jedesmal einen miesen Partner hattet; ganz hübsch – eh?«

JASPER (gleichgiltig): – »Nich' der Rede wert – die paar Ponies!«

POOLE: – »Mehr als bloß'n ›paar‹; 'ch bin im Bilde.«

JASPER: – »Inwiefern? Ihr habt doch nach dem ersten Rubber gar nicht mehr gespielt.«

POOLE: – »Nur zu wahr; als ich Euch, eben bei diesem ersten Rubber, hab' spielen sehen, bin ich sofort ausgestiegen, und hab lieber auf Euch gewettet; und bin Euch aufrichtig dankbar. – Trotzdem könntet Ihr, mit einem Partner, der auf Euer Spiel verständig einginge, wesentlich mehr gewinnen.«

Der verschlag'ne Dolly legte eine kleine Pause ein; lehnte sich, bedeutsamer, auf Jasper's Arm; und ergänzte dann, halb im Flüsterton: »Ich könnt'es; Ihr spielt auf Französische Art.«

Jasper wechselte die Farbe mit nichten; aber ein ganz-schnelles AufZucken der Brauen, ein leichtes Scheuen mit dem Halse, besprachen eine gewisse Überraschung und Unruhe; trotzdem wußte er, ohne ZögerPause, zu versetzen –: »›Französisch‹?, nun-ja!: in Frankreich spielt man seine Trümpfe mit mehr Elan aus, als unter Englischen Spielern üblich.«

»Und mit einem Spieler wie Euch«, ergänzte Poole immer noch halb im Flüsterton, »*hat* man eben auch, rein zahlenmäßig, mehr Trümpfe zum Ausspielen.«

Jasper wandte sich, sehr scharf und kurz, ihm zu; der harte grausame Ausdruck um seinen Mund, in den letztvergangnen Stunden wenig zu gewahren, hatte sich eingestellt. Poole wich hinter sich, (und seine Knochen fingen ihn wieder etwas zu schmerzen an): »Ich hatte nicht im geringsten vor, Euch zu beleidigen, Mr. Losely; lediglich zu warnen.«

»:Warnen!?« –

»Es waren 2 Eingeweihte anwesend; die – wären sie nich' so besoffen gewesen – ihr Geld nicht ganz ohne Radau verloren hätten; und sie würden auch gewußt haben, *wieso* sie es verlören!; (es sind Bauernfänger – Ihr habt sie genau-richtig bedient! –: seid jetz'ma' nich ärgerlich auf mich!). – Ihr bedürft eines soliden Partners –: ich auch. Ihr spielt besser als ich – bong; aber ich spiel auch-gut. Ihr sollt ZweiDrittel unserer Einnahmen haben; und wenn Ihr in die Stadt kommt, will ich Euch in eine nette Gesellschaft junger Leute einführen – grün; Einer wie der Andre.«

Jasper überlegte einen Augenblick. »Ihr seid über allerlei im Bilde, wie ich sehe, Master Poole; und wir wollen den ganzen Gegenstand nach dem Frühstück mal ausgiebig durchsprechen. Habt Ihr gar keinen Hunger? – Nein? – also ich ja. – Hollo! – Wer's 'nn das?«

Sein Arm war von Mr. Rugge gepackt worden.: »Sie ist weg – geflohen!«, keuchte der Direktor atemlos: »Durch Fenster und RollLaden – 15 Fuß tief – und nicht in Stücke zerschellt – verschwunden.«

»Geht voraus, und bestellt 's Frühstück, ja«, sagte Losely zu Mr. Poole, der ihm etwas allzu wißbegierig mithorchte. Er zog den Direktor mit sich fort: »Könnt Ihr vor fremden Leuten Eure verwünschte Zunge nicht ruhig halten?; also das Mädel ist weg?«

»: durch den RollLaden und 15 Fuß runter!«

»Sind noch etwelche Bettlaken aus dem Fenster hängen geblieben?«

»Bettlaken? Nein.«

»Dann ist sie also auch nicht ohne Hülfe entkommen – Irgendjemand muß ihr 'ne Strickleiter hoch-geworfen haben – nichts leichter als das – hab's selber diverse Dutzend Male getan; um ›Maiden, so den Mond lieben‹ den Abstieg zu ermöglichen, Mr. Rugge. Aber in Der ihrem Alter gibt's noch keinen Mond – zumindest gibt's dann noch keinen Mann im Mond; folglich muß man die Strickleiter-Hypothese aufgeben – zu frühreif. Aber seid Ihr Euch auch totsicher, daß sie auf und davon ist? daß sie nicht etwa in irgendeinem Schrank steckt? *Sacre* – äußerst merkwürdig. Habt Ihr schon mit Mrs. Crane darüber gesprochen?«

»Ja; ich komm grad von ihr; sie meint, dieser Schuft, der Waife, müsse sie geklaut haben. Aber ich brauch' vor allem Euch, Sir, daß Ihr mit mir vor die Obrigkeit kommt.«

»Obrigkeit! Ich – wieso? – Unsinn – setzt doch die Polizei in Aktion.«

»Eure eidesstattliche Erklärung, daß sie Euer gesetzliches Kind, und juristisch-korrekt an mich abgetreten sei, ist erforderlich für die Inquisition – ä-ich meine die Polizei.«

»Den Henker auch, was 'ne Schererei wieder! Ich hasse ›Obrigkeiten‹ und Alles was dazugehört. – Quatsch, ich muß jetzt frühstücken; späterhin will ich mich drum kümmern. Und tut mir den Gefallen, Mr. Waife nicht ›Schuft‹ zu nennen – ganz guter alter Geselle in seiner Art.«

»›Gut‹!? Himmlische Mächte!«

»Aber wenn er sie weggeholt hätte: wie wär' er an sie ran gekommen? Das müßte doch vorher-verabredet gewesen sein.«

»Ha!, sicher. Aber sie hat ja eben mit keiner lebenden Seele reden dürfen, die nicht zur Truppe gehört – ausgenommen Mrs. Crane.«

»Vielleicht sind während der Vorstellung, vergangnen Abend, irgendwelche Signale gewechselt worden?«

»Aber wenn Waife da gewesen wäre, hätt' ich ihn doch unweigerlich gesehen; meine Truppe würde ihn sofort erkannt haben: so ein auffälliges Gesicht – außerdem nur 1 Auge!«

»Hm, naja; tut, was Euch am besten dünkt. Nach dem Frühstück komme ich ma' vorbei; für jetzt laßt mich gehen. *Basta! basta!*«

Losely machte sich gewaltsam von dem Direktor los, und strebte mit langen Schritten dem Wirtshaus zu; dann aber suchte er, bevor er wieder zu Poole ging, doch noch Mrs. Crane auf.

»Dies ›vor die Behörden gehen‹«, sagte Losely, »und dort großartig zu Protokoll geben, daß ich mein eigen Fleisch und Blut diesem lumpigen SchmierenKomödianten verschrieben hätte – noch dazu in dieser Stadt – nach dem Glück, was ich hier gehabt hab', und wo sich mir eben jetzt wieder die glänzendsten Aussichten eröffnen – also das wär' mir äußerst unangenehm. Und dann mal angenommen, Sophie wäre, wenn wir sie aufspürten, tatsächlich mit dem Alten Mann zusammen – mißlich, um wenig zu sagen! Kurzum, meine liebe Freundin, meine beste Bella« – (Losely konnte sehr einschmeichelnd sein, wenn es ihn der Mühe wert dünkte) – »Ihr müßt das für mich hinbiegen. Ich hab im Zimmer nebenan 'n Kameraden sitzen, der mit dem Frühstück auf mich wartet; sobald wir das hinter uns haben, verschwinde ich in Richtung Rennplatz, und geb' so dem langatmigen alten Schwätzer das Nachsehen: geht Ihr statt meiner zu ihm hin, und renkt das irgendwie ein.« Bevor sie noch antworten konnte, war er schon aus dem Zimmer.

Mrs. Crane fand die Angelegenheit gar nicht so leicht, den wütenden Direktor zu beschwichtigen, als er hören mußte, daß Losely einfach zur Rennbahn gegangen war, um sich da zu amüsieren. Sie gab sich aber auch nicht übermäßig Mühe, Mr. Rugge's Zorn zu besänftigen, oder ihn bei seinen Recherchen zu unterstützen. Ihr Interesse an der ganzen Sache schien erloschen. Dergestalt gänzlich seinen eignen Einfällen überlassen, begann Rugge immerhin, eine intensive, und anscheinend durchaus erfolgversprechende Nachforschung einzuleiten. So stellte er, zum Beispiel, fest, daß die Flüchtige garantiert nicht per Eisenbahn, oder sonst einem öffentlichen Verkehrsmittel davongereist war. Er sandte seine Spione in alle Umgebung aus; es gelang ihm sich des guten Willens der Polizei-Organe zu versichern, die ihm mit ruhiger Zuversicht beteuerten, wie sie über ›ein Netzwerk über alle drei Königreiche‹ verfügten (sie hat auch allerdings ein solches, und wir müssen dafür bezahlen; aber die Maschen sind so-weit, daß jedes kleinere Geschöpf als ein Wallfisch sehr einfältig sein müßte, wenn es sich darin fangen ließe).

Rugge's HauptVerdacht war einwandfrei auf Waife gerichtet – dennoch vermochte er keinerlei Indizien zusammenzutragen, die ihn bestätigt hätten: nicht eine Person, auf die Waife's Signalement annähernd zugetroffen hätte, war in der Stadt gesichtet worden. – Das heißt: *1 Mal* war Rugge ganz-dicht auf der richtigen Fährte; denn da er so hartnäckig auf Waife's einem Auge plus dem Besitz eines Weißen Hundes bestand, erzählten ihm mehrere Zeugen, daß ein, freilich auf zwei Augen blinder Mann, geführt von einem Schwarzen Hunde, unmittelbar vor Beginn der Aufführung, dicht vor der Bühne gestanden hätte. Aber, andrerseits, hatte sich der Clown mit eben-diesem Mann unterhalten; die gesamte Thespische Kumpaney hatte ihn ausgiebig angeschaut; jeder Einzelne von ihnen hatte Waife, Jahre hindurch, aus vertrautem Umgang gekannt; und jeglicher Einzelne machte sich anheischig, zu Protokoll zu geben: daß ein Waife-unähnlicheres Geschöpf als jener Blinde Mann, schwerlich aus der Werkstatt der Natur hervorgehen könne! – Aber wo war besagter Blinder Mann? – Sie fanden es schon heraus, das Chaussee-Wirtshaus, wo er für die Nacht ein Zimmer gemietet hatte; und all-dort stellte man auch fest, daß er für besagtes Zimmer im voraus bezahlt, und dabei angegeben hatte, wie er, früh am Morgen, nach dem RennPlatz aufzubrechen gedächte. Worauf Rugge-persönlich sich zum RennPlatz hin-verfügte, um 2 Fliegen mit 1 Klappe zu treffen – a) Mr. Losely zu erwischen – b) den beträffenden Blinden Mann zu autopsieren.

Er erwischte Mr. Losely, und um Haaresbreite hätte etwas anderes ihn erwischt – denn dieser Herr hielt, auf einem MietGaul, inmitten eines Kreises durcheinander lärmender Reiter, und war selbst der Lautesten Einer. Als Rugge neben seinem Steigbügel erschien, und seine Ansprache begann, nahm Losely seinen Gaul herum, mit einer so plötzlichen gleichzeitigen Anwendung von Zaum und Sporn, daß das Tier nach hinten ausschlug, und sein Huf nur um Zollbreite den BackenKnochen des Direktors verfehlte. Bevor Rugge sich noch erholt hatte, war Losely schon im Hand-Galopp davon. –: ›Aber der Blinde Mann? Ihn fand Rugge natürlich gar nicht.‹. Sie irren sich; er fand ihn. Der Blinde Mann war da, inklusive Hund und Allem. Der Direktor sprach mit ihm, und hatte nicht die geringste Idee, wer das sein könnte.

Auch haben Sie oder ich, meine verehrten Leser, keinerlei Recht, Zweifel anzumelden, ob Mr. Rugge derart stumpf, bis zur Blödsinnigkeit, geschildert werden dürfe. Einmal angenommen, dieser blinde Seefahrer sei der veritable William Waife gewesen – William Waife war eben ein Mann von Genie, der sich Mühe gibt, als gewöhnlicher Sterblicher unter uns zu erscheinen; und die bekannten Anekdoten von Munden, oder von Bamfylde Moore Carew, reichen ja wohl hin, uns darüber zu belehren, wie proteisch die Kraft der Verwandlung bei einem Manne ist, dessen Genie auf mimischem Gebiet liegt. Und wie oft begegnet es denn nicht uns selbst, verehrter Leser, einen Mann von Genie nicht als solchen zu erkennen; auch wenn er sich gar keine besondre Mühe gibt, der Entdeckung zu entgehen! Ein Genie kann durchaus, zehn Jahre hindurch, als Nachbar direkt neben uns wohnen – vielleicht speisen wir, zweimal wöchentlich, in seiner Gesellschaft – sein Gesicht kann unsern Augen so vertraut sein, wie unser ArmSessel – seine Stimme unsern Ohren wie das Ticken unsrer WohnzimmerUhr – und dennoch gibt es für uns kaum ein größeres Erstaunen, als wenn unversehens, eines schönen Sommertages, die Entdeckung gemacht wird, unser Nachbar von nebenan sei – ein Genie!? Haben Sie jemals aus dem Leben eines Genies erzählen hören, ohne daß die Mehrzahl der anwesenden Zeugen nicht feierlich zu Protokoll gegeben hätte: daß, bevor dieser verstellerische Heuchler plötzlich, ohne Vorwarnung, das Pulver erfand und explodierte, sie nicht das geringste Nennenswerte in ihm erblickt hätten? – ein komischer Kerl, ja – vielleicht ein guter Kerl – ziemlich wahrscheinlich ein armer Kerl; – aber EIN GENIE!? Ebensoleicht hätten sie ihn für den Großkhan der Tartaren halten können! Ja, mehr noch, ehrliche Leser: ob nicht sogar Einige unter Ihnen sind, die sich bis zum letzten Augenblick weigern, das Genie anzuerkennen, bevor es nicht Charon seinen Penny bezahlt hat, und sein Paß in die Unsterblichkeit von den Zollbeamten am Styx gehörig visiert worden ist? Wenn die eine Hälfte der Welt besagten Nachbar von nebenan mit sich fort-zerrt, ihn auf ein Piedestal pflanzt, und ihn rundherum beschreit, ›Oh Jess! O Jess! Genius gefunden! Öffentliches Eigentum – kann nach Herzenslust besichtigt werden!‹ – setzt dann nicht die andere Hälfte der Welt umständlich ihre Brillengeschirre auf, rümpft die feinen Nasen, und ruft: ›*Das?* ein Genius? warum nicht gar! Schmeißt ihn! – schmeißt ihn!‹. Worauf sich, organischerweise, denn ein groß Getöse um's Piedestal herum erhebt, was der gemeine Mann ›einen Krawall‹ nennt. Erquetscht von den an ihn Glaubenden, während die Spötter nach ihm hauen, wird der arme Mann allmählich entsetzlich ramponiert; bis er endlich, inmitten des Getobes, vom Stänglein fällt. Dann schaufeln sie ihn ein und zu; knallen schnell noch einen großmächtigen Stein auf seine armen Reste; wischen sich die Stirnen, schütteln sich erleichtert die Hände, und schlichten ihren Disput durch einen Kompromiß, des Sinnes, daß die eine Hälfte der Welt zugesteht, wie er, obschon ein Genius, doch ein ganz gewöhnlicher Mensch, während die andere Hälfte einräumt, wie er, obschon ein ganz gewöhnlicher Mensch, so doch immerhin auch ein Genius gewesen sei. (Und dann weiter, zum nächsten Piedestal, mit seinem ›hic stet‹; und dem nächsten großen Stein mit seinem ›hic jacet‹.)

Der Direktor der Großen Theater-Schau also, besah sich den blinden Seefahrer, und hatte nicht die geringste Idee, wer das sein könnte.

9. Kapitel

Der unverfälschte Man-Eater, oder Kannibale im Taschenformat, ist durchaus empfänglich für die verfeinernden Einflüsse der Zivilisation. Er dekoriert seinen Lagerplatz mit den Häuten seiner Opfer; er schmückt seine Person aus der Beute Derjenigen, die er verschlungen hat. / Mr. Losely ist Mr. Poole's Freunden vorgestellt worden – kleidet sich jetzt für's Dinner um; und, eine unnachahmliche Verbindung von Eleganz und Appetit, verspeist er Jene.

Hochmütig ob des Erfolges, der sein Talent für pecuniäre Speculationen belohnt hatte; und jedweden Gedanken an die flüchtig geword'ne Sophie ebenso aus seinem Gedächtnis streichend, wie die an den beraubten Rugge, kehrte Jasper Losely, in Gesellschaft seines neugewonnenen Freundes, Mr. Poole, nach London zurück. Er überließ es Arabella Crane, die gleiche ReiseStrecke ungeleitet zu unternehmen; aber besagte grimme Lady, sorgfältig jedwedes Ressentiment ob solchen Mangels an Galanterie verbergend, fühlte sich versichert, daß sie nicht allzulange in London zu weilen haben werde, um sich mit seinem Besuch beehrt zu finden.

Bei Erneuerung ihrer anscheinend recht-alten Bekanntschaft, hatte Mrs. Crane über Jasper jene Art von Einfluß zu gewinnen gewußt, wie sie ein eingebildeter Mann – voll von Anschlägen, die Allerwelt nicht mitgeteilt werden dürfen; die jedoch mit einem vertrauten Freunde zu besprechen, der ihn selbst viel zu hoch bewundert, um seine Geheimnisse nicht zu respektieren, recht bequem ist – gleichsam mechanisch einer Frau einräumt, die ihm an planendem Verstand überlegen ist.

Wahr ist's; Jasper fühlte sich, bei seiner Rückkehr nach der Metropole, mit nichten magnetisch-angezogen von Podden Place; vielmehr vergingen Tage, ja Wochen; und Mrs. Crane erfreute sich seiner Gegenwart nicht. Aber sie war sich bewußt, daß ihr Einfluß lediglich zeitweis' außer Kraft gesetzt sei – erloschen keineswegs. Der angezogene Körper wurde, im Moment, von dem anziehenden bloß durch das abnorme Gewicht ferngehalten, das in dessen Taschen gefallen war: man gebe dem, kurzfristig mit Gegengewichten versehenen Körper, seine ursprüngliche Leichtigkeit zurück – und er würde sich Podden Place zuwenden müssen, wie die MagnetNadel ihrem Pol. Mittlerweile jedoch hatte sich der pflichtvergessne Jasper, aller hier einschlägigen Naturgesetze vergessend, erst einmal so fern außer Reichweite seines Magneten niedergelassen, als eben St. James' lebenwimmelndes Zentrum entfernt ist von Bloomsbury's ödestem Saum. Das von ihm ermietete Apartement war ebenso luxuriös wie bequem. Er ergänzte sogleich, in großem Stil, seine Garderobe – sein ToilettenNecessaire – seine Schatulle mit Schmuck und Kinkerlitzchen. Auch sei hier, ein-für--allemal, eingeschaltet, daß Mr. Losely nicht etwa einer jener angehübschten Briganten war, die eine auffällige Krawatte über dreckige Hemden binden, und Ringe mit falschen Steinen an ungewaschne Finger stecken; nein, man muß dem Manne durchaus die Gerechtigkeit widerfahren lassen: so steinherzig er gegen Andre war, so liebte und hegte er doch seine eig'ne Person mit der ausgesuchtesten Zärtlichkeit, verschwendete die zartesten Aufmerksamkeiten an sie, und gab ihr das Beste vom Besten was er sich nur leisten konnte. Auch war er kein grober Wüstling, der stets nach billigen Zigarren und schlechtem Fusel gerochen hätte – Zigarren gehörten wirklich nicht zu seinen Lastern, (schlimmstenfalls die kleine Sünde eines Zigarettleins) – SchnapsTrinken allerdings ja; aber die Verdauung des Ungeheuers war immer noch so kräftig, daß er eine ganze Destille hätte austrinken können, und man würde trotzdem nichts als den Jasmin oder Heliotrop seines BatistTüchleins gerochen haben, mit dem er sich den letzten Tropfen von den Lippen tupfte. Wäre seine Seele nur den zehnten Teil so reinlich gewesen, wie die Figur die sie Lügen strafte, Jasper Losely hätte als Heiliger gehen können! Mit fester Wohnung also, mit überholtem und verschöntem Äußeren, ließ Jasper sich als nächstes eine passende Equipage angelegen sein; er mietete sich ein flottes Kabriolet, mit einem hoch-trabenden Pferd in der Gabel, und einem Groom hinten-drauf, dessen Gestalt schon im Steck-Kissen von vorausschauenden Eltern verbuttet worden war, die ihn dazu bestimmt hatten, einmal sein Brot als Leichtgewicht in Stallungen zu verdienen, und dessen MutterMilch deshalb mit hochprozentig gebrannten Wassern gemischt worden war. Kurzum, Jasper Losely richtete sich ein, in gewissen städtischen Kreisen den führenden Lebemann zu spielen; und in dieser Eigenschaft führte Dolly Poole ihn auch bei diversen jungen Herren ein, die kaufmännisches Angestelltentum mit Geschmack an Spiel und Wetten verbanden; und auch sie verfehlten nicht, Poole's Bewunderung und gleichsam neidischen Respekt für Jasper Losely zu teilen. Und es war ja tatsächlich eine große Portion irreführenden Glanzes um diesen kraftstrotzenden Elenden! Mochte die Schönheit seines Antlitzes auch seit früher Jugend schon selbst-gehandicapt worden sein – er war immer noch, unläugbar, hübsch!; und da reine MuskelKraft in den Augen junger SportsLeute platterdings-identisch mit Schönheit ist, blendete Jasper so manchen *gracilis puer*, der den Ehrgeiz hatte, auch einmal etwas wie ein Athlet zu werden, durch seine seltene KörperKraft, die er, wie im unbewußten Überschuß animalischer Lust, zuweilen an den Tag zu legen sich herabließ; durch Kunststücke, die den Neugierigen in Erstaunen, den HalbSchüchternen in Schrecken versetzten – so wenn er etwa einen SchürHaken, oder auch ein HufEisen, krumm-bog; in Händen von eleganter Weißheit, und nicht ungeschmückt mit Ringen – oder wenn er Samuel Dolly, so schwer der war, beim Hosen Bund hochhob:'!' – ihn, auf Armeslänge, von sich hielt; und, scherzhaft 10 : 1 wettend, sich anheischig machte, er wolle, hier am Kamin, stehenbleiben, und dennoch besagten Samuel Dolly, zum offenen Fenster hinaus werfen! Einen so starken Mann, ein so feinesglattes Tier zu kennen, war schon etwas, dessen man sich rühmen durfte! Weiterhin verfügte Jasper nicht nur über falschen Glanz, sondern auch über eine falsche Bonhommie; er war freilich ein bißchen sehr gebieterisch, renommistisch, unverschämt tyrannisierend, das ist richtig – dann aber auch wieder scherzhaft und geradezu; und wenn man ihn des nähern kennen lernte, fiel einem auch nicht mehr dieser ständige schräge Seitenblick auf, und das pausenlos trotzige Gehabe, (Blick und Gehaben des Mannes, der von der Gesellschaft ›geschnitten‹ wird). Er war ja auch in der Tat jetzt in eine Umgebung geraten, die ihn nichts weniger als schnitt; und entsprechend dieser Atmosphäre gewann sein Äußeres unwillkürlich.

Mr. Losely erklärte aber auch offen, daß er gegen die Gesellschaft im allgemeinen Abneigung empfinde. Salons seien fade; Clubs voll von schrulligen Käuzen. »Ich bin für's Leben, Jungens«, sagte Mr. Losely –

: »›Entströmt dem Becher jemals Sorg',
dem Aug' der Schönheit Schmerzen?‹ –«

Weswegen Mr. Losely denn auch, den Hut auf einem Ohr, sich in den Theater-Café's herumtrieb; begleitet von einer Kohorte jugendlicher Bewunderer, ausnahmslos die Hüte ebenfalls auf einem Ohr; worauf man dann zu den pläsierlichsten kleinen Soupers in seinen eig'nen Apartements zurückkehrte. Dort strömte denn unverzüglich ›der Becher‹ – und nach dem Becher Zigarren für die Wenigen, und einen Rubber für Alle.

So gewaltig war Losely's Vitalität, und derart von den Sternen gesegnet sein Glück, daß durch dieses ›Leben‹ seine Gestalt nur immer stärker, seine Börse immer praller zu werden schienen. Kein Wunder, daß er, voll und ganz, für ein Leben dieser Art eintrat; aber die schmächtigen Wesen, die mit ihm Schritt zu halten versuchten, wurden dünner und dünner, und ärmer und ärmer; einige wenige Wochen genügten, um ihre Wangen lemurisch zu machen, und ihre Taschen zu wüstenleeren Räumen. Dann, als die Ersten infolge blanker Entkräftung zurückfielen, kamen Andere, die sie durch ihre Lobpreisungen des ›Lebens‹ und seines heldischen Repräsentanten angeködert hatten, in den Zauberkreis getreten; um denn ihrerseits zu verbleichen und zu verschwinden.

In ganz unglaublich kurzer Zeit war nicht 1 WhistSpieler mehr auf dem Schlachtfeld anzutreffen; der siegreiche Losely hatte auch den Letzten hinweggetrumpft; nur einige Wenige, die von der Natur freigebiger bedacht worden waren, als von der Fortuna, behielten noch Kraft genug, zum Souper zu erscheinen – falls sie eingeladen wurden; aber.

›nicht Einer, der dort speiste, blieb zum Spiel‹.

»Die Pest auf das Zeug«, sprach Losely eines Nachmittags zu Poole, während sie die NettoBeute unter sich teilten, »Eure berühmten Freunde sind aber auch verdammt rasch ausgebeutelt! nicht 'mal mit einem doppelten Strohmann konnten wir gestern Abend ne Partie zustande bringen; wir müssen uns einen neuen Plan einfallen lassen, um die Kassetten wieder zu füllen. – Ihr habt doch reiche Verwandte: könnt' ich Euch nicht irgendwie behilflich sein, Die nutzbringender zu machen?«

Dolly Poole, der überaus gallenkrank dreinschaute, und ein Opfer chronischer Kopfschmerzen geworden war, gab zurück:

»Meine Verwandten sind Philister. Ein Teil davon zeigt mir die kalte Schulter – der andre die Zähne. Und was ›Moos‹ anbetrifft, könnt' ich genausogut 'n Feuerstein danach abschaben. Mehr als die andern Knicker noch, macht sich mein Onkel Sam, Kummer über meine Sünden; ich nehme an, weil er mein Pate ist, und also für meine Sünden nicht unverantwortlich; und er bleibt dabei, er wolle mich auf den Pfad der Ehrbarkeit zurückbringen. – Also mir platzt noch der Kopf ...«

»Holz platzt grundsätzlich, bis es richtig ausgewittert ist«, versetzte Losely. »Aber 'n guter Kerl, der Onkel Sam! Müßt er Euch ja eigentlich mit Moos zudecken: nichts anderes macht einen Mann ehrbar und angesehen.«

»Jaja – so drückt er sich aus; ein Mädchen mit Geld ...«

»Eine Gattin? – so'n richtiger Geldschrank?! Führt mich bei Ihr ein; und ein eheliches Band soll sie an Euch knüpfen, daß Gott erbarm.«

Samuel Dolly schien die Vorstellung einer solchen ›Einführung‹ nicht sonderlich zu goutiren; »Bin ihr selber noch nich vorgestellt worden«, sagte er. »Übrigens, wenn Ihr mich durchaus verkuppeln wollt: warum verkuppelt Ihr Euch denn selber nich? – ein schmukker Kerl wie Ihr kann doch um 'ne reiche Erbin nich in Verlegenheit sein.«

»›Erbinnen‹?, sind der entsetzlichste Schwindel auf der ganzen Welt!«, erwiderte Losely; »da ist grundsätzlich immer irgendein Vater vorhanden, oder 'n Onkel, oder so ein vermuffter Lord-Kanzler-Vormund, deren Einwilligung ebenso unerläßlich wie nicht zu bekommen ist. Erbinnen? Schockweise sind sie in mich verliebt gewesen, bis über beide Ohren. Ehe ich von Paris wegfuhr, hab' ich ihre ›Locken zur Erinnerung‹ an einen Perückenmacher abgestoßen – 3 große Koffer voll; Ehrenwort. Aber von ihnen Allen gab es nur 2, mit Denen ich, einigermaßen gesichert, hätte durchgehen können; und die armen Dinger wurden derart scharf bewacht, daß ich mich schließlich genötigt sah, sie ihrem Schicksal zu überlassen – das heißt, einem frühen Grabe! Also mir-gegenüber kein Wort von ›Erbinnen‹, Dolly; ich will es so formulieren: ich bin, mein lebenlang, das Opfer von Erbinnen gewesen! Aber eine reiche Wittib? das sind Geschöpfe, aller Achtung werth. Gegen Witwen, die wirklich-ehrlich-reich sind, würd'ich nie auch nur 1 Wort äußern; – und, um Euch die Wahrheit zu gestehen,: es gibt da eine Witwe, die ich doch fasciniert zu haben meinen möchte; und deren nähere Bekanntschaft zu kultivieren, ich noch einen ganz-besonderen privaten Grund habe. Sie hat da so ein Welpchen von Sohn, der sich als Hemmschuh an meinem Rade erweisen könnte – nå, wenn ich sein StiefVater würde, wär' ich ein Hemmschuh an seinem: ich würde das Bürschchen zu ›*leben*‹ lehren, Dolly!« – (An dieser Stelle verschwand jedwede Spur von Schönheit aus Jasper's Gesicht; und Poole, der ihn anstarrte, rückte unwillkürlich mit seinem Stuhl ein Ende weg.) »Aber –«, fuhr Losely fort, (und hatte den von ihm gewohnten Ausdruck von Leichtfertigkeit und Keckheit schon wieder gewonnen) – »aber ich bin mir noch nicht ganz-gewiß, was diese Witwe, außer ihrem Söhnlein, als Eigen-Besitz hat – nå, wir werden ja sehen. – Anderes Thema: ist *keinerlei* Aussicht auf einen Rubber heut-Abend?«

»Nee. – Es sei denn, Ihr wolltet Brown und Smith auf Vorschuß spielen lassen.«

»Puuuhh! – aber wär' da nicht noch Robinson?; Der soll doch 'ne Tante haben, die er anpumpen kann?«

»Robinson!; der Blut-spuckt?; zugleich mit' 'm Anfall von *delirium tremens!* – den habt Ihr schön zugerichtet.«

»›Entströmt dem Becher jemals Sorg‹?«, sagte Losely. »Nun ja, kalkuliere das gibt es – wenn Einer keinen gut-gefütterten Magen hat; aber Ihr, Dolly Poole, und ich: Wir haben Mägen, so dick wie Düffeljacken, und so undurchdringlich wie Guttapercha, was?«

Poole zwang sich zu einem gespenstischen Lächeln; während Losely munter aufsprang, seinen Anteil an der Beute in die Tasche strich, seinen Spießgesellen auf den Rücken klopfte, und sagte – »Naja, wenn der Berg nicht zu Mohammed kommen will, muß Mohammed halt zum Berge gehen! Also zum Henker mit dem Whist, und hoch das *rouge-et-noir!* Ich hab' auch da eine unfehlbare GewinnMethode – nur erfordert sie AnfangsKapital: Ihr schmeißt also Euer Bargeld mit meinem zusammen, und ich spiele für Beide. Kommt heut Abend zum NachtEssen; und anschließend begeben wir uns dann in die ***Hölle.«

Samuel Dolly hatte das unbegrenzteste Vertrauen auf seines Freundes wissenschaftlich ausgebildete Spielkunst, weswegen er auch nicht das geringste gegen den gemachten Vorschlag einzuwenden hatte. Jasper gab seiner Toilette schnell noch eine kleine Auffrischung; und stieg dann in sein Kabriolett. Poole warf ihm einen neidischen Blick hinterher; und kroch dann seinem Logis zu – zu unwohl für sein BüroPult, und nur mit dem einen starken Verlangen, sich ins Bett zu legen.

10. Kapitel

›Gibt's wo ein Herz, das nie geliebt,
fühllos für FrauenSeufzen?‹

Wenn es ein solches Herz geben sollte, befindet es sich jedenfalls nicht in der Brust eines TaschenKannibalen. Der echte Man-Eater ist gewöhnlich von amouröser Gemütsart: ja, er kann einer Lady hinreichend zugetan sein, um sie restlos aufzuzehren. / Mr. Losely macht die Bekanntschaft einer Witwe. (Nähere Einzelheiten sind im Innern des folgenden Kapitels zu erfragen.)

Die würdig-heitre Gelassenheit von Gloucester Place, Portman Square, ist durch das Eindringen eines neuen Bewohners in Unruhe gebracht worden. Eines der Häuser in dieser bevorzugten Gegend, das mehrere Monate hindurch ›die hehre Stille und erhabne Ruh‹ bewahrt hat, wie sie Wohnungen anhaftet, die unmöbliert zu vermieten stehen, ist plötzlich zu jener überreichlichen und aggressiven Sorte Leben erwacht, wie sie die Nerven friedsamer Nachbarn so irritiert. Die Mietzettel sind aus den Fenstern weggenommen – die Mauern neu verputzt und ausgefugt worden – die Haustür ist frisch gestrichen, ein lebhaft-kräftiges Grün – Handwerker sind ein und ausgegangen. Die zur Beobachtung neigenden Damen (unverehelicht) im Hause gegenüber, haben, mit Hülfe eines Fernglases, entdeckt, daß die Salons neu-tapeziert – kanarienfarbener Grund, als Borte BlumenGuirlanden – und daß die Kehlungen der Fensterläden vergoldet worden sind. Vergoldete Leisten? das deutet verdächtig auf protzige und Party-gebende Mieter!

Dann haben Wagen voller Möbel vor der Türe angehalten – Teppiche, Tische, Stühle, Betten, Kleiderschränke; sämtlich anscheinend neu, und in gar nicht unelegantem Geschmack – alles hat sich in den Hausflur ergossen. Auch ist nicht unvermerkt geblieben, daß jeden Tag eine Dame von schlanker Figur, und sehr anständig angezogen, gekommen ist, offenbar um den Fortschritt der Arbeiten zu inspizieren – unverkennbar die neue Mieterin. Manchmal kommt sie allein; manchmal mit einem hübschen, dunkeläugigen Burschen, wahrscheinlich der Sohn. Wer könnte sie sein? was ist sie? wie ist ihr Name? ihre Vorgeschichte? hat sie ein Recht dazu, sich in Gloucester Place, Portman Square, niederzulassen? Die Kriminalpolizei von London ist notorisch wenig wachsam; aber ihre diesbezüglichen Defekte werden mehr als ausgeglichen durch die freiwillige Mitarbeit unverheirateter Damen. Bei dem Neu-Ankömmling handelte es sich um eine Witwe; der Mann war im LandHeer gewesen, von guter Familie, aber ein *mauvais sujet;* und hatte sie, mit einem Sohn, in beschränkten Umständen zurückgelassen. Die allgemeine Annahme ist, daß sie, gänzlich unvorhergesehenerweise, zu Vermögen gekommen – und aufgrund dessen instand gesetzt worden sei, von Pimlico nach Gloucester Place umzuziehen. Schließlich und endlich – nach Vollendung sämtlicher Vorbereitungen – eines schönen MontagNachmittags, zog die Witwe, geleitet von ihrem Sohne, offiziell ein. Am nächsten Tage ward auch ein Bedienter, in anständiger Livree (Braun mit Orange), an der Tür mehrfach-sichtbar. Für den Rest der Woche sah man Bäcker- und MetzgerJunge regelmäßig vorsprechen. Am Sonntag darauf, erschienen die Lady und ihr Sohn dann in der Kirche.

Kein Leser wird, hoffentlich, Schwierigkeiten haben, in der neuen Miterin von Numero **, Gloucester Place, die verwitwete Mutter von Lionel Haughton wiederzuerkennen. Der an jene Lady adressierte Brief, den Guy Darrell seinem jungen Vetter anvertraute, hatte – in recht verbindlicher und herzlicher Ausdrucksweise – das Recht beansprucht, für einen ebenso comfortablen wie honetten, Lebensunterhalt für sie sorgen zu dürfen; auch war darin festgelegt, daß von nun ab 800 £ pro Jahr, vierteljährlich zahlbar, bei Mr. Darrell's Bankier abgehoben werden dürften; sowie daß eine weitere Summe, von 1200 £ bereits, auf ihren Namen, dort deponiert worden sei, um sie instand zu setzen, jedweden Wohn-Platz damit zu meubliren, den sie zu beziehen geneigt sei. – Infolgewessen Frau Haughton nach Gloucester Place übergesiedelt war.

Sie sitzt gerade in ihrem vorderen Wohnzimmer am Fenster, und überschaut mit stolzem, obschon auch dankbarem Herzen, all die Eleganz, die sie umgibt. Ein sehr einnehmendes Gesicht – lebhafte Augen, die für sich allein genommen übereilt und launenhaft heißen könnten; deren Ausdruck aber durch einen sanften gutmütigen Mund gemildert wird. Und über das ganze Antlitz, die Haltung, das Auftreten, ja die Kleidung selbst, sind unverkennbar die Einfalt und Arglosigkeit eines natürlichen und aufrichtigen Charakters verbreitet. Zweifellos hat Mrs. Haughton ihre Launen, und ihre Eitelkeiten, und ihre kleinen harmlosen weiblichen Schwächen; dennoch stellte sich in ihrer Gegenwart unabweisbar das Gefühl ein, man sei mit einer liebevollen, warmherzigen, ehrlichen guten Frau zusammen. Möglich, daß sie nicht über die Feinheit in Ton und Benehmen gebot, wie sie die hochgezüchtete große Dame der obersten Kreise kennzeichnen; möglich, daß überall bei ihr die Mängel einer drittrangigen Schulbildung, (und auch sie noch unvollkommen), zutage traten; dennoch ward sie durch eine gewisse undefinierbare persönliche Grazie und die Musik ihrer Stimme, davor bewahrt, vulgär und gewöhnlich zu wirken – selbst wenn sie Dinge sagte oder tat, die guterzogne Leute nicht sagen und tun; und aus diesen flinken nußbraunen Augen sprach eben doch eine gewinnende geistige Beweglichkeit, die Einen gewiß sein ließ, daß sie zumindest gefühlvoll sei, selbst wenn das, was ihr Mund dazu sprach, dümmlich war.

Mrs. Haughton hat sich inzwischen von den Interieurs des Raumes weg-, und dem offenen Fenster zugewendet. Sie hält Ausschau nach ihrem Sohn, der ausgegangen ist, um sich bei Oberst Morley vorzustellen; und der allmählich, um die Zeit, wieder zurück sein müßte. Sie beginnt direkt ein bißchen zapp'lig zu werden – schier verdrießlich. Indes sie so steht, und so nach draußen aufpaßt –: kommt da nicht die Straße herunter ein hoch-trabendes Roß angedonnert? – braun, hinten weiß gestiefelt – hinter ihm das Räder-Gewirbel eines Kabriolets – blau, mit scharlachnen Speichen – gerade werden zwei Hände, in gelben Glacés, unter dem Verdeck sichtbar ... Mrs. Haughton errötet plötzlich, und nimmt den Kopf zurück. – : Zu Spät! schon hat das Kabriolet gehalten – ein Herr beugt sich vor; zieht den Hut, und verbeugt sich voller Respekt. »Gott, Meingott!«, murmelt Mrs. Haughton; »ich glaube gar, er will einen Besuch machen?; manche Menschen sind wohl dazu geboren, daß sie versucht werden – meine Versuchungen sind zeitlebens ungeheuerlich gewesen! — : Er steigt aus — : er klopft! — (ich kann ja jetzt schwerlich mehr sagen lassen, daß ich nicht zuhaus' sei) — äußerst merkwürdige Situation! Ich wollte, Lionel wär' daheim!; was denkt er sich aber auch bloß — vernachlässigt die eigene Mutter!: überläßt sie jeglichem Versucher als Beute?« —

Indes der Bediente dem kraftvollen Anpochen des Besuchers Folge leistet, können wir rasch erklären, inwiefern Mrs. Haughton sich die Bekanntschaft des betreffenden Herrn zugezogen hat. — Anläßlich eines ihrer Spaziergänge nach ihrer neuen Behausung, während die sich noch unter den Händen von Dekorateuren und Tapezierern befand, und ihr Gemütlein weitgehend mit Erwägungen ausgelastet war, ob die WohnzimmerVorhänge aus Zitz, oder nicht doch aus TabouretArbeit sein sollten? — wäre sie, um 1 Haar, als sie gerade über die Straße gehen wollte, von dem Kabriolet eines Gentleman überrannt worden. Das Pferd, das etwas hartmäulig schien, kam in vollem Tempo einher. Der Fahrer zügelte es noch im rechten Moment : ! — ; aber ein Rad streifte immerhin ihr Kleid; und, obwohl sie instinktiv zurücksprang, überwältigte doch, (sobald sie sicher auf dem Bürgersteig stand), der Schock ihre Nerven, —, sodaß sie sich, einer Ohnmacht nahe, an den nächsten LaternenPfahl klammerte. 2 oder 3 Passanten sammelten sich, menschenfreundlich, um sie. Und der HerrenFahrer, im Zurückschauen, murmelte vor sich hin —: »— går nich so dumm aus — leidlich angezogen — ladylike — Französische Stola? — könnte Moos haben — gegebenenfalls der Mühe wert!« — worauf er, galant, erst einmal abstieg; auch Entschuldigungen vorbrachte-anhäufte; nebst der ehe'rbietigsten Hoffnung, daß ihr keinerlei Schaden widerfahren sei — ? —.

Mrs. Haughton antwortete erst etwas herb; da sie jedoch zu jener Sorte gutherziger Frauen gehörte, die zwar zu heftigen Reaktionen neigen, im Moment danach schon jedoch schwer bereuen, hatte sie auch hier den Wunsch, eine durch ihre anfängliche Impulsivität bewirkte Verletzung seiner Gefühle wieder gut zu machen; und als er ihr, unter erneuten Entschuldigungen, seinen Arm bot, sie über die Kreuzung zu geleiten, mochte sie nicht ablehnen. Als sie dann die Straßenseite erreicht hatten, an der ihr Haus gelegen war, hatte sie sich genugsam erholt, um ob ihrer Annahme so vertraulichen Beistandes seitens eines total Fremden, zu erröten, und einige Worte des Dankes für seine Höflichkeit herauszustammeln.

Unser Gentleman, dessen Einschätzung der eignen Reize eben nicht bescheiden war, schrieb die errötende Wange und versagende Stimme, prompt der durch seine äußere Erscheinung hervorgebrachten, natürlichen Wirkung zu; und da er indes nicht minder das hübsche Armband an ihrem Handgelenk bewunderte, (das er als ein günstiges Prognostikon für das Vorhandensein von ›Moos‹ erachtete), schaute er hinter ihr drein, und merkte sich ihre Haustür; schickte auch, im Lauf des gleichen Abends noch, seinen Groom aus, in der Nachbarschaft dort einige diskrete Erkundigungen einzuziehen. Das Ergebnis seiner Recherchen bewog ihn zu dem Entschluß, die also eingeleitete Bekanntschaft weiter zu kultivieren. Er brachte die Stunden in Erfahrung, wenn Mrs. Haughton gewöhnlich ihr Haus besuchte, und richtete es so ein, daß auch er gerade, wie gerufen, bei Gloucester Place vorbeikam. Seine Verbeugung drückte WiederErkennen aus, Respekt, Frage – eine Verbeugung, die sich deutlich erkundigte ›wie viel weiter noch?‹. Aber Mrs. Haughton's entsprechendes Köpfchen-Neigen schien zu erklären: ›überhaupt nicht weiter!‹. Und der Fremde wagte an demselben Tage nicht mehr; aber ein, zwei Tage darauf erschien er wieder in Gloucester Place, diesmal zu Fuß. Mrs. Haughton hatte bei dieser Gelegenheit ihren Sohn bei sich, und der Herr gab sich den Anschein, als bemerke er sie nicht. Am nächsten Tag kehrte er wieder; da war sie allein; und just als sie ihre Haustür gewonnen meinte, avancierte er –: »Bitte zehntausendmal um Verzeihung, Madam; aber wenn ich recht unterrichtet bin, habe ich die Ehre, Mrs. Charles Haughton anzureden?«

Die Dame verbeugte sich überrascht.

»Oh, Madam: dann ist Ihr betrauerter Gatte einer meiner intimsten Freunde gewesen!«

»Ach, was Sie nicht sagen!«, rief Mrs. Haughton: und wie sie sich den Fremden nunmehr aufmerksamer anschaute, fand sie in seiner Kleidung und Erscheinung so manches, das sie überaus flott und elegant dünkte; (ein intimer Freund von Charles Haughton *mußte* ja auch flott und elegant sein – ein Mann vom ersten Wasser). Und sie liebte das Andenken des armen Captains ja so; und ihr Herz erwärmte sich für jeden ›intimen Freund von ihm‹.

»Oh ja«, nahm der Gentleman, des gewonnenen Vorteils sehr wohl gewahr, wieder das Wort; »obwohl ich der beträchtlich Jüngere war, sind wir dennoch ausgesprochne BusenFreunde gewesen – Sie vergeben mir den vertraulichen Ausdruck – bei den Husaren . . .«

»Der Captain war aber gar nicht bei den Husaren, Sir: er stand bei der Garde!«

»Selbstredend; ich sagte auch nur: ›Bei den Husaren, ebenso wie bei der Garde, gab es einige erlesen feine Leute‹ – sehr feine – und Er war Einer davon, wahrlich! – Ich konnte einfach nicht widerstehen: ich mußte der verwitweten Lady eines so feinen Mannes, meine Aufwartung machen. Ich weiß, ich habe mir damit eine Freiheit genommen, Madam; aber das ist so meine Art. Leute, die mich besser kennen – und ich besitze einen großen BekanntenKreis – sind freundlich genug, diese meine Art zu entschuldigen. Und nun die bloße Vorstellung, daß dieser schuftige Gaul, frisch aus Lord Bolton's Gestüt gekauft – (200 Guineen, Madam; und das war noch billig!) – der lieblichen Witwe Charles Haughton's beinah' das Leben gekostet hätte! Mir graut bei dem Gedanken, was hätte geschehen können, falls irgend ein And'rer die Bestie gefahren hätte; aber ich habe Handgelenke aus Eisen. KörperKraft ist die Eigenschaft des vulgus – ausgesprochen vulgär, ich weiß – aber wenn sie eine Lady vor'm Untergang bewahrt, wie kann man sich dann ihrer schämen? – Aber ich halte Sie auf. – Ihr eignes Haus hier, Mrs. Haughton?«

»Ja, Sir; ich hab' es eben übernommen; aber die Handwerker sind noch nicht ganz fertig. Ich wohne noch nicht direkt hier.«

»Reizende Lage! – ä-Mein Freund hatte, meines Wissens, doch einen Sohn hinterlassen? – dient er schon im Heere?«

»Nein, Sir; aber er möchte es sehr gerne.«

»Oh; Mr. Darrell müßte aber doch, meines Erachtens, diesen Wunsch leicht befriedigen können.«

»Wie! – Sie kennen Mr. Darrell?; diesen über-ausgezeichneten, großherzigsten der Menschen? – Alles, was wir haben, schulden wir Ihm!«

Der Herr kehrte sich, unvermittelt, etwas zur Seite – sehr weislich – denn der Ausdruck seines Gesicht's bei solchem Lob, hätte Mrs. Haughton ansonsten stutzen machen können.

»Ja; wir waren einmal bekannt miteinander. Er hat meiner Familie so manche schöne Sporteln zu verdanken. Tüchtiger Anwalt – gescheuter Mann – und reich wie'n Jude! – Ich würde mich doch recht freuen, den Sohn meines alten Freundes kennen zu lernen, Madam. Er muß, bei solchen Elternteilen, ja unerhört hübsch sein!«

»Och, Sir; – das Ebenbild seines Vaters. Ich werde stolz sein, ihn Ihnen vorzustellen.«

»Ma-Dame –: Ich danke Ihnen! Es wird mir eine Ehre sein, bei Ihnen vorzusprechen . . .« –

Und damit wäre erklärt, wieso Jasper Losely soeben an Mrs. Haughton's Haustür gepocht – ihre Treppen emporgestiegen – in ihrem Salon Platz genommen hat – und im Moment just mit seinem Stuhl etwas näher zu ihr hin-rückt; wobei er in Stimme und Blicke einen Grad von Bewunderung zu legen weiß, den der Eindruck ihrer neuen eleganten Wohnung aufrichtig bei ihm angefacht hat.

Nun war Jessica Haughton nicht etwa eine von den Frauen, (falls es dergleichen überhaupt geben sollte), die es nicht merken, wenn ein Herr es auf sie abgesehen hat: sie war sich vollkommen klar darüber, daß ihr Besucher, bei der kleinsten Aufmunterung ihrerseits, sich als Verehrer erklären würde. Auch war ihr, um die Wahrheit zu sagen, der hübsche Mensch weder gänzlich gleichgültig; noch blieb sie bei seinen Schmeicheleien gänzlich unbewegt. Sie hatte schon ihre schwachen Seiten, und Eitelkeit war eine davon. Auch hegte sie, die Arme, nicht den geringsten Verdacht, daß Jasper Losely eine Person sein könnte, deren Aufmerksamkeiten für eine Frau gar nicht schmeichelhaft seien. Obwohl er nicht einmal einen Namen angegeben hatte, sondern nur, den Bedienten zur Seite schiebend, so vertraulich und familiär hier hereingeschlendert war, wie wenn er ein Cousin ersten Grades sei; obwohl er noch kein SterbensWörtchen geäußert hatte, aus der sein Stand und Beruf sich ergeben, oder das seine gerühmte Freundschaft mit dem teueren Dahingeschiedenen irgendwie belegt hätte – dennoch glaubte Mrs. Haughton blindlings, in ihrer Gesellschaft befinde sich einer jener flotten TonAngeber, wie sie auch um ihren Charlie herum immer geglänzt und geflittert hatten, in jenem frühen Vormittag seines Lebens, da er sein OffiziersPatent in der Garde noch nicht zu Geld gemacht, und sich selbst aus dem Gefängnis frei-gekauft hatte; nein, hier war ein ›Lord‹, oder zumindest doch ein ›Jüngerer Sohn‹, und selbst das erwog sie bereits in ihrem Herzen (ich schaud're, es auszusprechen): ob das nicht eine ausgezeichnete Sache, für ihren teueren Lionel zumal, sein möchte, wenn sie es über sich gewänne, ihm die Stütze und Führung eines distinguierten und ausgezeichneten Stief-Vaters zu verschaffen – reich, nobel, unverkennbar gutherzig, gescheit, auch attraktiv. Ohgott!, wie die Versuchung zunahm, und wuchs, ins *Unglaubliche!* – als sich plötzlich die Tür öffnete, und Lionel hereingesprungen kam, mit dem

Ruf: »Liebe Mutter: der Oberst ist selbst mit mir gekommen, damit wir . . .«

Er brach ab, und starrte Jasper Losely fest an. Dieser Herr trat einige Schritte vor, streckte die Hand aus – kam aber zu einem plötzlichen Halt, als er Oberst Morley's Gestalt jetzt im Türrahmen erscheinen sah. Nicht daß er etwelche ›Erkennung‹ gefürchtet hätte – der Oberst kannte ihn nicht einmal vom Sehen: aber er kannte den Oberst sehr wohl vom Sehen! In seinen jüngern Tagen, wenn er auf den Geländern von Rotten Row herum-lümmelte, hatte er, neidvoll, die Spitzen der modischen Gesellschaft an sich vorbei-passieren sehen, und Oberst Morley war seiner Beobachtung nicht entgangen. Oberst Morley war wirklich einer jener Männer, die aufgrund ihres Namens und Rufes unvermeidlich all Denen bekannt sind, die, wie Jasper Losely in seiner Jugend, darauf brennen, etwas von dieser glitzernden, plappernden, und erbarmungslosen Welt zu erfahren, die, gleich der Sonne, entweder belebt oder faulen macht, entsprechend den Eigenschaften des Gegenstandes auf den sie herniederscheint. Seltsam wie es klingt, aber es war der bloße Anblick des wirklich-feinen Gentlemans, der den Talmi-feinen Gentleman schrumpfen und in sich zusammensacken ließ. Obgleich Jasper Losely von sich selbst genau wußte, daß man ihn immer noch ein Prachtexemplar von Mann nennen könnte – einen von der Königin Natur LeibGardisten – obgleich er die Zuversicht hegen durfte, daß seine Kleidung, vom Scheitel bis zur Sohle, der Kritik des unerbittlichsten ModeRichters auf dem Gebiet fashionablen Kostüms standhalten würde – dennoch war kaum jene andre Gestalt – nicht im geringsten vom bel ami Typ, und in Gewandungen ohne sonderliche Appretur, ungeschniegelt und stellenweis' ungebügelt – auf der Schwelle erschienen, als Jasper Losely sich auch schon mickrig und schäbig vorkam; wie wenn er plötzlich auf 1-60 heruntergekommen, und sein Jackett beim AltwarenHändler erstanden hätte.

Ohne sich auch nur den Anschein zu geben, er habe Mr. Losely überhaupt bemerkt, hatte der Obrist-seinerseits, als er, leicht, an Jenem vorbei und auf Mrs. Haughton zu ging, mit dem, was man schon sprüchwörtlich ›1 Blick aus dem EckFenster‹ nennt, sogleich die Gesamtheit der pseudo-süperben Persönlichkeit jenes Betrügers ruhig überblickt; hatte ›Maß-genommen‹, ihn durchschaut; und, ohne das geringste Zögern, zweierlei dekretiert –: ›halb Schürzen-Jäger, halb Ganove‹.

Binnen nur eines Athemzuges Dauer, hatte sich der, doch recht verschiedenartige, Effekt auf Frau Haughton's Besucher eingestellt, (und wie-viel Worte ihn zu definieren hat es nicht gekostet!) – so rasch, daß der Oberst, ohne daß eine merkliche Pause im Dialog eingetreten wäre, bereits den, von Lionel unvollendet gelassenen, Satz aufgegriffen, und ihn, sich über Mrs. Haughton's Hand neigend, also abgerundet hat: »...selbst gekommen, um endlich nähere Bekanntschaft mit der Witwe eines alten Freundes zu beanspruchen: der Mutter eines Jungen Freundes.«

Mrs. Haughton: – »Glauben Sie mir, Oberst Morley: ich fühle mich so-sehr geschmeichelt. – Und Sie haben den armen-theuren Captain auch-gekannt!?;: ach ist das ein schöner Gedanke, daß all seine alten Freunde sich jetzt auf einmal um uns sammeln! – Dieser Herr-dort ist ebenfalls ein intimer Freund meines lieben Charles gewesen. –?«

Der Oberst erfreute sich eines Paars kleiner Augen, die sich noch dazu mit habitueller Langsamkeit bewegten. Jetzt hob er besagte Augen; ließ sie auf Jasper ruhen, (Der immer-noch mitten im Zimmer stand; eine Hand halb gegen Lionel ausgestreckt: '?'); dann repetierte er, (und ließ seine Augen an dem Ort verweilen, von dem er sprach) –:

–: »Ein ›intimer Freund von Charles Haughton‹? – der Einzige seiner intimen Freunde, den früher zu sehen ich nie die Ehre hatte –:?«

Was Jaspers Defekte auf anderen Sektoren der Tugend auch immer sein mochten, an Mut gebrach es ihm bestimmt nicht; mit einer gewaltsamen Anstrengung, sein Selbstbewußtsein wiederzuerlangen, und ohne sich direkt an den Oberst zu wenden, (dessen Bemerkung ja auch nicht unmittelbar an ihn gerichtet gewesen war), sagte er, in seinem frech-jovialsten Ton – »Freilich, Mrs. Haughton, Charles war mein intimer Freund; allerdings-ä – (sein AugenGlas hebend) – »dieser Herr allerdings gehörte«, (hier ließ er das AugenGlas nachlässig wieder sinken), »nicht zu unserm kleinen Zirkel, möcht' ich meinen.« Dann, auf Lionel zugehend, und dessen Hand ergreifend: »Ich muß mich schon selbst bekannt machen – tz also wahrhaftig das EbenBild Ihres Vaters! Gerade noch sagte ich zu Mrs. Haughton, wie sehr ich mich freuen würde, Sie kennen zu lernen – eben als Sie eintraten, machte ich den Vorschlag, daß wir miteinander das Theater besuchen sollten. Oh Madam, Sie dürfen ihn mir getrost anvertrauen: Junge Männer müssen doch DAS LEBEN sehen.« An dieser Stelle beehrte Jasper Lionel mit einem jener vielsagenden Winke, vermittelst deren er gewohnt war, die jungen Freunde Mr. Poole's zu entzücken und zu bestricken, und fuhr hastig fort: »Aber natürlich auf gänzlich unschuldige Weise, Madam, die jegliche Mutter gutheißen würde. Wir wollen doch einen Abend dafür festsetzen, wenn ich das nächste Mal die Ehre haben werde, wieder vorzusprechen. – Guten Morgen, Mrs. Haughton. – Noch einmal Ihre Hand, Sir« (zu Lionel): »Ah, wir werden gute Freunde werden, das seh' ich schon! Sie müssen mir gestatten, Sie ab und zu in meinem Cab' auszuführen – so einzelne kleine Tricks bei der Zügelführung, eh? Ach, mein alter Freund Charles: *Der* führte eine Peitsche! Ha! Ha! – ä-Guten Tag, Guten Tag Allerseits!«

Nicht ein Muskel hatte sich, während Jasper's jovialem Monolog, im Gesicht des Obersten bewegt. Aber als Jener dann unter so mancher Verbeugung das Zimmer geräumt, und Mrs. Haughton sich auch ausgeknixt, und dem Bedienten geläutet hatte, die Haustür zu öffnen, – da hob der Mann von Welt (und als Mann von Welt war Oberst Morley vollkommen zu nennen) erneut diese langsamen kleinen Augen – diesmal zu *ihrem* Angesicht – und ließ die Worte fallen, –

: »Meines alten Freundes intimer Freund sieht-ä – nicht übel aus, Mrs. Haughton.«

»Und ist so lebhaft und angenehm«, versetzte Mrs. Haughton; wobei sie etwas Farbe bekam, aber ohne sonst ein Zeichen von Verlegenheit. »Das könnte eine nette Bekanntschaft für Lionel ergeben.«

»Aber, Mutter!«, rief dieser undankbare Bursche, »Du sprichst ja wohl nicht im Ernst! Mir scheint der Mann ausgesprochen anrüchig. Wenn Der nicht gerade Vaters Freund wäre, würd' ich sagen, er sei ...«

»Was, Lionel?«, fragte der Oberst sanft: »– sei was?«

»Aufgeblasen und gemein, Sir.«

»Lionel, wie kannst Du Dich unterstehen!«, rief Frau Haughton. »Also was diese Jungen in der Schule doch für vulgäre Ausdrücke aufschnappen, Oberst Morley!«

»Wir müssen nur achtgeben, daß sie, wenn sie dann die Schule verlassen haben, nicht Schlimmeres als bloße Ausdrücke aufschnappen, teure Madam'. Sie werden mir sicherlich vergeben; aber Mr. Darrell hat derart nachdrücklich – selbstredend immer Ihre

Erlaubnis vorausgesetzt – den jungen Herrn meiner verantwortlichen Sorgfalt und Leitung anempfohlen – mir so offen seine diesbezüglichen An- und Absichten vertraut, daß Sie mir vielleicht doch den großen Gefallen tun werden, und ihm nicht gegen seinen ausdrücklichen Wunsch die nähere Bekanntschaft jenes – jener sehr gut-aussehenden Person weiter aufnötigen?«. –

Mrs. Haughton machte zwar ein Schnutchen; kämpfte ihren aufsteigenden Ärger aber doch nieder. Der Oberst hatte angefangen, ihr Ehrerbietung einzuflößen.

»Apropos«, fuhr der Mann von Welt fort: »dürfte ich vielleicht noch den Namen von meines alten Freundes intimem Freund erfahren?«

»Sein Name – auf mein Wort ich – ich weiß ihn tatsächlich nicht. Vielleicht hat er seine Karte zurückgelassen – klingel' doch gleich mal, Lionel.«

»Sie kennen seinen Namen nicht, aber Sie kennen *ihn*, Madam; und würden zugeben, daß Ihr einziger Sohn, unter seiner Anleitung DAS LEBEN zu sehen bekäme? Ich bitte zehntausendmal um Entschuldigung; aber selbst die vorsichtigsten Damen, die wachsamsten Mütter, sind ausgesetzt . . .«

»– den ungeheuerlichsten Versuchungen – das heißt – den – den . . .«

»Ich verstehe vollkommen, meine teure Mrs. Haughton.«

Der Bediente war erschienen. »Hat der Herr-eben eine Karte dagelassen?«

»Nein, Ma'am.«

»Habt Ihr ihn denn nicht nach seinem Namen gefragt, als er hereinkam?«

»Ist geschehen, Ma'am; aber er sagte, er wolle sich selbst vorstellen.«

Als der Bediente wieder abgetreten war, rief Mrs. Haughton auf's Mitleiderregendste: »Ich habe eine Rüge verdient, Oberst; ich seh' es ein. Aber Lionel kann Ihnen erzählen, wie ich zu der Bekanntschaft dieses Herrn gekommen bin – : der Herr, der mich neulich beinah überfahren hätte, Lionel; und der dann so lieb von Deinem teuren Vater sprach.«

»Och, *Der* ist das!? – ich dacht' mir's bald schon«, rief Lionel, und küßte seine Mutter, die nahe daran war, in Tränen auszubrechen. »Jetzt kann ich Alles erklären, Oberst Morley: Jeder braucht nur ein freundliches Wörtchen über meinen Vater zu sagen, und auf der Stelle erwärmt sich meiner Mutter Herz gegen ihn – ist es nicht so, liebste Mutter?«

»Und mög' es noch lange so sein«, sprach Oberst Morley mit anmutiger Ernsthaftigkeit; »und möge dies also auch mein Paß zu Ihrem Vertrauen werden, Mrs. Haughton. Charles war ein alter SchulKamerad von mir – ein kleiner Bursche noch, während Darrell und ich in die Sechste Klasse gingen; und, (Pardon wenn ich das jetzt noch einmal hinzufüge) aber falls dieser Herr-eben, jemals Charles Haughton's intimer Freund gewesen sein sollte, wird er schwerlich ein besonders weiser gewesen sein. Denn wenn seine äußere Erscheinung seine Jahre nicht ganz ungewöhnlich Lügen straft, kann es sich um nicht viel mehr als einen Jungen gehandelt haben, als Charles Haughton Lionel vaterlos zurückließ.«

Hier, delikat und taktvoll, (als er erkannte, daß Mrs. Haughton sich des Gegenstandes zu schämen, und scheinbar ihre Unklugheit einzusehen begann), erhob sich der Oberst, mit dem – freudig gewährten – Ansuchen, daß es Lionel gestattet werden möge, den folgenden Morgen mit ihm zu frühstücken.

11. Kapitel

Ein Mann von Welt, wenn er einen halb lästig- halb mühsamen Auftrag einmal übernommen hat, erwägt kurz ›Was er damit machen werde‹; faßt prompt seine dementsprechenden Entschlüsse; und ist sich anschließend klar über a) daß er nichts Besseres hätte tun können; und, b) daß sich nicht wenig vorbringen ließe, ihm nachzuweisen, daß er nichts Schlimmeres hätte tun können.

Die eingehendere Beschreibung Oberst Morley's bleibe einer späteren Gelegenheit vorbehalten; für den Augenblick genüge es, zu sagen, daß er, was die spezielle Welt betrifft, in der er sich bewegte, ein Mann vom feinsten Verständnis war. Obschon wohl Niemand einen zahlreicheren Zirkel von Freunden hatte; und obschon er mit vielen dieser Freunde auf jenem intim-vertraulichen Fuß verkehrte, wie Darrell es, weder früher in seiner aktiven Laufbahn, noch während der starren Abgeschlossenheit seiner späteren Jahre, mit keinem der müßigen Bewohner jener brillianten GesellschaftsWelten, in denen Oberst Morley sich bewegte und sein Wesen hatte, ge- oder vermocht hätte – dennoch war Alban Morley's Herzen, (einem Herzen, gar nicht so leicht erreichbar), kein Freund so teuer wie Guy Darrell. Sie waren am selben Tage nach Eton College gekommen – hatten es später am selben Tage verlassen – hatten während ihres Aufenthalts dort, im gleichen Hause gewohnt; und, obgleich überaus verschiedne Charaktere, eine dieser starken, unzerstörbaren, brüderlichen Zuneigungen für einander gefaßt, wie die SchicksalsSchwestern sie zuweilen in das Grundgewebe unsres Daseins als Einschlag fest einzuweben belieben.

Darrell's Empfehlung also würde jedwedem jungen Protegé einen huldreichen Empfang und die unschätzbare Beratung seitens Oberst Morley's sowieso schon gesichert haben. Aber in seiner doppelten Eigenschaft als Darrell's anerkannter Verwandter, und als Charles Haughton's Sohn, erregte Lionel seine wohlwollendsten Gefühle, und erhielt seine durchdachtesten Ratschläge. Er hatte den Jüngling bereits mehrere Male gesprochen gehabt, bevor er Mrs. Haughton seine Aufwartung machte; (weil er schon vermutete, es würde ihr angenehmer sein, wenn er seine Visite so lange verschöbe, bis sie ihn im ganzen Glanz und aller Pracht von Gloucester Place würde empfangen können); Lionel hatte ihm gefallen, ja er war ihm höchlich gewogen, und erachtete ihn einer hervorragenden Position in der Welt für würdig. Wiewohl Darrell, in seinem Begleitschreiben an Oberst Morley, die Position Lionels als eines begünstigten Verwandten, betont von der eines vermutlichen oder auch nur entfernt-möglichen Erben geschieden wissen gewollt hatte, war von dem reichen Manne dennoch das hinzugefügt worden: »Aber ich wünsche, daß er als Repräsentant der Familie Haughton rangiere und betrachtet werde; und was immer ich auch mit der Hauptmasse meines Vermögens tun möge, eine anständige Unabhängigkeit soll ihm gesichert werden. Was die Abrundung seiner Bildung und Erziehung, die für ihn angemessene UnterhaltsSumme, die Wahl eines endgültigen Berufes betrifft, so bitte ich Dich, nach eig'nem Ermessen zu handeln, wie wenn Du sein Vormund wärst. Ich selbst stehe im Begriff, England zu verlassen – kann sein, daß ich jahrlang auf Reisen sein werde.« Und Oberst Morley, indem er die ihm mit solchem Nachdruck ans Herz gelegte Verantwortlichkeit übernahm, bot denn nun auch, um seinem Auftrag gerecht zu werden, sowohl all seine subtile Einsicht auf, als auch die gewissenhafteste Besorgnis.

Er erkannte unschwer, daß Lionel's Herz voll und ganz auf den Soldatenstand gerichtet sei; auch, daß seine Fähigkeit zu umfassender Anstrengung solange lauwarm und zerstreut zu bleiben schien, als kein Enthuisasmus sie anregte und zu konzentrieren half; und er ihrer deshalb grundsätzlich ermangeln würde, wenn man ihn zu Studien anhielt, die keine unmittelbare Beziehung auf das EndZiel seines Ehrgeizes hätten. Dementsprechend ging der Oberst über Ideen, wie, ihn erst einmal drei Jahre auf die Universität zu entsenden, schlicht hinweg; pflegte doch Alban Morley seine Theorien über die akademische Feuerprobe in folgenden lapidaren Aphorismus zusammenzufassen: ›Nichts ist so wertvoll wie eine UniversitätsBildung; und nichts schlimmer als eine Universität ohne deren Bildung. – Besser, man lasse einen Jüngling sich, Hals-über-Kopf, in die umfänglichere Sphäre einer Metropole stürzen; vorausgesetzt, man sichere ihm für seinen dortigen sozialen Verkehr die Hemmschuhe einer guten Gesellschaft, und die Bremsungen, welche die Anwesenheit anständiger Frauen sowie einer MännerWelt von reifen Sitten und würdevoller Reputation mit sich führen; – als ihn der ausschließlichen Gesellschaft von JungMännlichem seines eig'nen Schlages zu überlassen – jener AltersStufe, gemixt aus verwildertem Übermut, und gedankenloser Nachahmung – es sei denn, er wüßte sich an *das* RettungsMittel anzuklammern, das in pausenloser Lektüre besteht; und das weniger noch durch das bloße BuchWissen wirkt, welches es mit sich bringt; als vielmehr infolge jener ernsthaften und nachdenklichen GeistesHaltung, die von den gröblicheren Versuchungen automatisch fortführt.‹

Aber Lionel, an Wesen noch jünger als an Jahren, war allzu knabenhaft, um ohne Schaden jenen Bewährungsproben von Takt und Temperament ausgesetzt zu werden, wie sie den Neuling, der ins Leben durch die Türen einer OffiziersMesse eintritt, unvermeidlich erwarten. Sein Stolz war noch zu krankhaft, zu sehr auf der Lauer nach Beleidigungen; seine Freimütigkeit noch zu ungeschliffen; sein Geist noch zu ungezähmt durch die unmerkliche Disziplinierung gesellschaftlichen Umgangs.

Sprach der Weltmann und aufmerksame Beobachter: »Gebt ihm seine Ehre zur eigenen Bewahrung, und er wird sie allerorten mit sich herumtragen, gleichsam mit gespanntem Hahn; um möglichst noch vor Ablauf des ersten Monats einem Freund oder auch sich selbst eine Kugel vor den Kopf zu schießen. Keck und übelnehmisch – ausgesprochen übelnehmisch! Und von allen Ursachen, die Unruhe in Regimenter bringen, und die Einsetzung von Militär-Gerichten veranlassen – ist die gewöhnlichste Ursache ein übelnehmisches Bürschchen! Schade; denn der Junge ist an sich aus dem rechten Metall – dem Feuer und Talent, die eigentlich einen erstklassigen Soldaten aus ihm machen müßten. Die Zeit wäre wahrlich gut angewandt, wo er berufliche Vorstudien betriebe, und gleichzeitig jenen Grad von Bildung und Politur sich erwürbe, der ein würdiges Betragen verleiht, und die Übelnehmischkeit kuriert. Ich muß ihn aus London heraus spedieren, heraus aus England – ihn von den Schürzenbändern seiner Mutter los-schneiden; und von den intimen Freunden seines armen Vaters fernhalten, wie sie unangemeldet im Salon der Wittib herum-buschkleppern. Er soll nach Paris gehen – kein besserer Ort, um militärische Theorie zu erlernen; und sich Anlage und Neigung zum Übelnehmen weg-zivilisieren zu lassen. Unbezweifelt wird mein alter Freund, der Chevalier, der alle Künste der Strategie an den Fingern hersagen kann, sich dazu bewegen lassen, ihn *en pension* zu nehmen, seine Studien zu dirigieren, und aufzupassen, daß er weit vom Schuß bleibt. Den Zutritt zu den Zirkeln des starren alten Faubourg St. Germain, wo man sich die besten Manieren aneignet, und die häuslichen Bande noch am meisten respektiert werden, den kann ich ihm verschaffen. Außerdem, wo ich selber so oft in Paris bin, werd' ich ihn gewissermaßen unter meinen Augen haben; und ein paar wohlangewandte Jahre, die er dort verbringt, um sich als Mensch und Mann zu vervollständigen, können ihn dem bekannten Marschallsstabe, den jeder Rekrut stets vor Augen haben sollte, beträchtlich näher bringen, als wenn ich ihm jetzt sofort den Start gäbe, einem ungeschliff'nen Jungen: als Fähnrich nicht imstande für sich selber zu sorgen; und späterhin, sollte er lange genug leben, um sich den OberstenRang zu kaufen, unfähig für Andere zu sorgen, es sei denn vermittelst rein mechanischer Routine.«

Diesen so prompt entworfenen Plan setzte Alban Morley, als Lionel dann zum Frühstück in der Curzon Street erschien, kurz auseinander; wobei er ihn gleichzeitig ersuchte, Mrs. Haughton's Einwilligung zu solcher Ausübung der Machtvollkommenheiten, womit Mr. Darrell ihn bekleidet hatte, zu erwirken. Lionel erschien ein Vorschlag, der eben die Studien empfahl, zu denen Vorliebe und Ehrgeiz ihn hinzogen, und der seine feierliche Einweihung zu selbstständig-verantwortlicher Männlichkeit auf Schauplätze verlegte, die seine Phantasie schimmernd ausschmückte, weil sie seiner Erfahrung neu waren, selbstredend als der Weisheit letzter Schluß.

Weit weniger erfreut zeigte sich die arme Frau Haughton, als der Sohn bei seiner Rückkehr ihr das neue Arrangement unterbreitete; wobei er einen diesbezüglichen, höflichen und wohlgesetzten Brief des Obersten, durch seine eigene kunstlosere Beredsamkeit unterstützte. Vom Fleck weg ging sie in die Luft, auf den Schwingen ihrer ›raschen Aufgebrachtheit‹ —: ›Was!? ihr einziger Sohn von ihr genommen? — nach diesem gräulichen Festland geschickt, gerade in dem Moment, wo sie sich so respektabel eingerichtet hatte? Was war an Geld denn noch Gutes, wenn es sie von ihrem Jungen trennte! Sollte Mr. Darrell sich doch sein Geld wiedernehmen, wenn er wollte — sie würde sich auch gleich hinsetzen und ihm das schreiben. Oberst Morley sei ein Mensch ohne Gefühl; und es wäre ein Schock für sie, sich vorzustellen, daß Lionel sich in so unnatürlichen Händen befinde. Sie sehe überhaupt ganz deutlich, daß er sich nichts mehr aus ihr mache — Schlange am Busen . . .‹ undsoweiter undsoweiter. Aber sobald der erste Ausbruch vorüber war, klärte sich der Himmel wieder auf, Mrs. Haughton wurde reuig und vernünftig; und ihr Kummer ob

Lionel's Verlust, zeigte sich durch die Vorbereitungen für seine Abreise erheblich ablenkbar. War doch da nach seiner Garderobe zu sehen – ein PatentKoffer zu erstehen und zu füllen. Und als Alles erledigt war, kam der letzte Abend heran, den Mutter & Sohn zusammen verbrachten; und, obwohl im Augenblick angemessen schmerzlich, würd'es doch, in späten Zeiten, für beide Teile Glück bedeuten, sich daran zu erinnern: die HändePaare, in-einander verschränkt – ihr Kopf an seine junge Schulter gedrückt – ihre Zähren weg-geküßt, so beschwichtigend. Und weiches Geworte mütterlich-unzureichenden Rats; und holdes Versprechen söhnlicher Bewerkstelligung. Glücklich, dreifach-glücklich, und sei es nur als nachträgliche Erinnerung, der endgiltige Abschied zwischen furchtsamen Ältern, und dem hoffnungsvollen Sohn, am Fuß dieser mystischen Brücke, die sogleich hinter der Schwelle des Geburts-Hauses beginnt – ihr Ende verloren im Nebel der fern-gegenüberliegenden Küste! – der Brücke, über die hinweg der Knabe sich entfernt, der niemals zurückkehren wird, es sei denn, als Mann.

12. Kapitel

Der TaschenKannibale bestückt seine WeiberFalle mit Liebes-Briefchen; – / – und eine angeköderte Witwe stiehlt sich, schüchtern-scheu, nur wenig-behindert von TrauerGewanden, darauf zu.

Jasper Losely beginnt ziemlich in die Klemme zu geraten! Die bewußte unfehlbare Berechnung im *rouge-et-noir* hat das gesamte Kapital hinweggerafft, das Dolly Poole aus den Ersparnissen der jungen Herren angehäuft, und dann seinem Schatzmeister vertrauensvoll überantwortet hatte. Poole selbst wird von Gläubigern geplagt; und pflegt überdem die ergreifende Bemerkung zu machen, ›daß er mindestens 40 Pfund abgenommen habe; und er glaube, die an seinen Beinen verschwundenen Waden seien hochgerutscht und hätten sich zu seiner Leber gesellt‹.

Jasper sieht sich genötigt, sein Kabriolet abzuschaffen – seinen Groom zu entlassen – seinem modischen Logis Valet zu sagen; und just, als sogar die Aussicht auf eine Mahlzeit recht trüb zu werden anhebt, siehe, da fällt ihm doch plötzlich Arabella Crane ein; und er erinnert sich, daß sie ihm damals 5 £, nein 10!, versprochen habe, die sie ihm immer noch ›schuldet‹. Er spricht vor – und sieht sich empfangen, wie der Verlorene Sohn. Ja, er gewahrt, zu seiner eig'nen Überraschung, daß Mrs. Crane ihr Heim erheblich einladender gestaltet hat – in den Wohnzimmern ist sauber-gemacht und aufgeräumt worden, und ein paar bequeme neue Möbel, die dazu gekommen sind, geben ihnen direkt etwas wie ein behagliches Ansehen. Sie selbst kleidet sich ebenfalls bedeutend vorteilhafter – obgleich ihre Lieblingsfarbe, Eisengrau, dieselbe geblieben ist. Sie teilt Jasper mit, daß sie ihn zuversichtlich erwartet habe – daß all diese Zurüstungen ihm zu Ehren vorgenommen worden seien – daß sie eine sehr gute Köchin eingestellt habe – und hoffe, er werde, wenn er nicht anderweitig und besser versagt sei, bei ihr dinieren – kurzum, gibt sich Mühe, daß er sich in Podden Place so recht heimisch fühle.

Zuerst argwöhnte Jasper unter so viel Artigkeiten (die, wie sein Gewissen ihm mitteilte, unverdient waren) irgendeinen finstren Plan – einen Anschlag, ihn doch noch in jene ehelichen Bande zu verstricken, die er unter so ungalantem Gelächter verschmäht hatte;

und vor denen er immer noch mit einem Abscheu zurückschauderte, den ein Mann vor einer Ehepartnerin, die nur ein wenig weniger überweltlich gräßlich wäre als die Hexe von Endor oder die Blutende Nonne, zu empfinden einfach nicht berechtigt ist!

Aber Mrs. Crane beeilte sich bereits, seine ungroßmütigen Befürchtungen umgehend und ganz offenherzig zu zerstreuen. Sie habe, so sagte sie, alle widersinnigen Ideen aufgegeben – Liebe und Ehe lägen ihren Gedanken nunmehr gleich fern. Aber so übel er sich ihr gegenüber auch benommen habe, sie vermöge sich einer aufrichtigen Anteilnahme für ihn, einem tiefen Interesse an seinem weiteren Ergehen, nicht zu erwehren. Er könne doch immer noch eine glänzende Heirat machen – ob ihm der Gedanke denn gar nicht einfalle? Und gerade hierbei könnte sie, mit dem Scharfsinn der Frau, ihm bestimmt helfen. »Mit einem Wort«, sagte Mrs. Crane, und kniff dabei die Lippen zusammen – »mit einem Wort, Jasper, ich fühle für Euch wie eine *Mutter*. Betrachtet mich als solche!«

Das war nun wieder eine Vorstellung, so rein und lieb, daß sie Jasper Losely aufs wundersamste kitzelte und ausbündig ergetzte. »Euch wie eine Mutter betrachten!: das will ich«, sprach er mit Nachdruck und Gefühl: »Bestes aller Wesen!«. Und obwohl er, bei sich selbst, nicht den geringsten Zweifel daran hegte, daß sie ihn immer noch anbete (und mit nichten wie eine Mutter), glaubte er doch allmählich, daß es sich hier um eine uneigennützige, hingebende Anbetung handele, wie sie der schöne Rohling tatsächlich, und mehr als einmal schon in seinem abscheulichen Leben, Andern eingeflößt hatte. In diesem Sinne zog er in die Nachbarschaft von Podden Place; begnügte sich mit einem Schlafzimmer im zweiten Stock, in einem Hause, das Mrs. Crane ihm empfohlen hatte; während er die Mahlzeiten mit kindlichem Vertrauen bei seiner AdoptivMutter einnahm. Sie drückte den Wunsch aus, auch Mr. Poole's Bekanntschaft zu machen – Jasper eilte, ihr den betreffenden Biedermann vorzustellen. Mrs. Crane lud Samuel Dolly den einen Tag zum Dinner, den nächsten zum AbendEssen ein; sie borgte ihm 3 £, um seinen Frack vom Pfandleiher auszulösen, und gab ihm Medikamente zur Linderung seiner Kopfschmerzen.

Samuel Dolly verehrte sie binnen kurzem als die überlegenste FrauenPersönlichkeit – er neidete Jasper so eine ›Mutter‹! Dergestalt und ohne Müh' bemächtigte Arabella Crane sich der gesamten Existenz von Jasper Losely. Leicht schlossen sich ihre Finger darüber – leicht, wie die des Fischers über der gefangen genomm'nen bunten Forelle. Und was immer ihre Großzügigkeit anlangte, sie steigerte sich nie bis etwa zur Unklugheit: sie gab Jasper gerade genug, um ihn in ihre Gewalt zu bringen – sich durch größere Zuschüsse selber zu ruinieren, fiel ihr nicht entfernt ein – sie verbarg vor ihm die Höhe ihres Einkommens (das hauptsächlich in MietsErträgen, von Häusern, bestand), den Betrag ihres Ersparten; ja sogar den bloßen Namen ihres Bankiers. Und wenn er das Gemünzte, das er von ihr erlangt hatte, zum *rouge-et-noir*-Tisch schaffte, und anschließend nach mehr kam? – dann nahm Mrs. Crane ihrerseits die Miene einer erzürnten Mutter an – sanft aber schrecklich – und rügte und schalt, wie Mütter eben zuweilen schelten. Jasper Losely begann, nach und nach, vor Mrs. Crane's Schelte direkt etwas wie Angst zu verspüren. Und er besaß ja eben leider nicht die Gewalt über sie, die sich wohl ein Liebhaber anmaßen darf, die einem AdoptivSohn jedoch mit nichten zusteht! Worauf sein anschlägiger Geist – der habituellen Ablenkung durch den Spieltisch entratend, wozu die erforderlichen Mittel ihm mangelten – sich mit verdoppelter Inbrunst wieder dem Bilde von Mrs. Haughton zuwandte. Er hatte, seit jenem fatidiken Tage, wo er dort mit Oberst Morley zusammengetroffen war, mehrmals bei ihrem Hause vorgesprochen – aber Mrs. Haughton war nie daheim gewesen. Und da er, wenn diese Antwort ihm von dem Bedienten überbracht war, sie mehr als ein Mal, nachdem er die Straße überquert, hinter'm Fenster oben erblickt hatte, lag es ja wohl ziemlich am Tage, daß seine nähere Bekanntschaft nicht übermäßig erwünscht sei. Nun war Jasper Losely an sich, gewohnheitsmäßig, das ausgesprochene Widerspiel eines hartnäckigen und lästigen Bewerbers – und zwar, der Himmel weiß es!, nicht etwa aus Mangel an Keckheit, sondern infolge maßloser SelbstÜberschätzung. Wo ein so süperber Lovelace sich herabließ, Avancen zu machen? –: da verdiente (und erfuhr) eine derart geschmacklose Clarissa, die sie ablehnte, aber doch-höchstens seine Verachtung! Außerdem vertrug sich die langfristige und anhaltende Verfolgung irgendeines Zieles, wie wichtig und attraktiv es auch-immer sein möge, nicht mit dem Leichtsinn und Wankelmut seines Charakters. Aber in diesem Sonderfall hatte er noch andere als bloß oberflächliche Motive, um seine, an ihm ungewohnte Ausdauer zu rechtfertigen.

Ein Mann vom Schlage Jasper Losely's setzt niemals ganz rückhaltloses Vertrauen in Jemanden. Wohl ist er geschwätzig, ist indiskret – plaudert so manches aus, was zu offenbaren Machiavelli ihm nicht geraten haben würde; aber er hegt prinzipiell Ecken und Winkel in seinem Gemüt, die er nur sich selber vorbehält. So vertraute denn auch Jasper seine Anschläge auf jenes Bräutchen in spe, seiner Adoptivmutter lieber nicht an. Sie jedoch wußte von ihnen durch Poole, dem gegenüber er freimütiger war; und als sie ihn ihre nach strengen Gesichtspunkten ausgewählte Bibliothek durchmustern – und hier den ›Wohleingerichteten höflichen Briefsteller‹, und dort die ›Auswahl aus der Schönen Literatur‹ sich herausgreifen sah; da mutmaßte Mrs. Crane sogleich, daß Jasper Losely die Wirkung epistolarischer Verführung auf die Witwe von Gloucester Place prüfend erwöge.

Jasper komponierte keine üblen Liebesbriefe von der blumenreichen Sorte. Besonders standen ihm gewisse poetische Zitate zu Gebot, von deren mächtiger Wirkung auf die weibliche Brust er sich, aus mannigfaltiger Erfahrung, so gewiß war, wie die antiken Zauberer ihrer Beschwörungen oder *Carmina.* Besonders das Folgende etwa:

›Hätt' ich ein Herz voll Falschheit auch –
Dir weh tun könnt ich nie!‹

Ein anderes – allgemein dort einzuschalten, wo das Bekenntnis erfolgt war, daß seine irdische Laufbahn int'ressant-wild gewesen, und, wofern Mitleid ihm jetzt und hier versagt, nunmehr ein rasches und tragisches Ende finden werde:

›bis von ihm, der Dich anbetet, nur noch der Nam'
seiner Schwächen und Fehler verbleibt.‹

Bewaffnet mit derlei Zitaten – manch einem Satz aus dem ›Briefsteller‹ und der ›Schönen Auswahl‹ – sowie mit einem Mäppchen rosig-geränderten Schreibpapiers, setzte Losely sich nieder zu seiner Ovid'ischen Komposition. Aber als er sich dem Ende von Epistel Nummer Eins näherte, fiel ihm allmählich ein, daß nun auch eine Unterschrift samt Adresse erforderlich würden. Die Adresse war keine Schwierigkeit: er konnte jederzeit die von Poole angeben, (daher auch sein Vertrauen zu diesem Herrn) – Poole hatte ein Logis in der Bury Street, in St. James; eine vornehme Gegend, und ausgesprochen für alleinstehende Männer. Der Name freilich erforderte mehr Überlegung. Mit seinem eignen-richtigen zu unterzeichnen, bestanden, jedweder Person gegenüber, die in Verbindung mit Mr. Darrell stehen konnte, unübersteigliche Hindernisse – ein Jammer; denn es gab eine gute-alte Familie des Namens Losely. Ein Name von aristokratischem Klang wäre natürlich unschwer seinem lordmäßigen Besitzer abzuborgen gewesen, ohne daß man erst groß dessen förmliche Zustimmung eingeholt hätte – aber ein solches Darlehen barg seine Gefahren. Mrs. Haughton konnte den betreffenden Namen, als den des Freundes ihres Gatten, ganz organisch Oberst Morley gegenüber erwähnen; und Oberst Morley würde höchstwahrscheinlich genug über die Verwandtschaften und Familienbeziehungen eines jeden also geehrten Peers wissen, um prompt sagen zu können: ›so einen Greville, oder Cavendish, oder Talbot gibt es nicht‹. Aber Jasper Losely war weder ohne fruchtbare Erfindungsgabe, noch langsam in Benützung seiner HülfsQuellen. Eine großartige Idee, eines Meisters würdig, (und die dartat, daß der Mann, wäre er nicht von Natur aus, und durch und durch Schuft gewesen, zu einem sehr cleveren Politiker hätte herangebildet werden können), blitzte durch sein Hirn: er wollte sich ›SMITH‹ unterzeichnen. Niemand konnte sagen: ›so einen Smith gibt es nicht!‹; niemand konnte behaupten, daß ein Smith nicht ein höchst respektabler, vornehmer Mann, mit besten FamilienVerbindungen sein könne: es gibt Smith's, die Millionäre – Smith's, die Großgrundbesitzer sind – wohlhäbige Baronets – Peers von England, und Säulen des Staates. Man konnte das Recht eines Mannes, ein Smith zu sein, ebensowenig in Frage ziehen, als sein Recht, ein Brite zu sein; und ähnlich weitgespannt wie die Verschiedenartigkeit bezüglich Rang und Stand und Abstammung und Tugend und Genius bei Briten, ist auch die Verschiedenartigkeit der Smith's. Dennoch muß ein solcher Gattungsname oftmals nach einem, ihn schärfer definierenden, vorangehenden Zusatz trachten – Jasper unterschrieb sich: ›J. COURTENAY SMITH‹.

Dann sprach er vor, und hinterließ Epistel Nummer Eins mit eigner glacélederner Hand, indem er sich zuerst erkundigte, ob Mrs. Haughton zu Haus sei?; und, nachdem ihm auch diesmal eine verneinende Antwort geworden, fragte er nach ihrem Sohn?. ›Ihr Sohn war, mit Oberst Morley, ins Ausland gereist‹. Obwohl es Jasper einerseits bedauerte, daß der Junge zur Zeit seinem Zugriff entzogen wäre, tröstete ihn doch die andere Hälfte der Nachricht: daß der Oberst aus dem Wege sei. Nunmehr zuversichtlicher auf Erfolg rechnend, schaute er fensterempor; und, überzeugt daß Mrs. Haughton, ob er sie schon nicht gewahrte, anwesend sei, hob er schwermütig den Hut, mit einem solchen Ausdruck stummen Vorwurfs, als seine Züge nur immer hergaben.

Der Halunke hätte auch in Frau Haughton's ganzem Witwen-Dasein, keinen für seine ErfolgsChancen günstigeren Augenblick auftreiben können. In ihrer früheren Mietswohnung (mit Untermieter) zu Pimlico, war die gute Dame allzu pausenlos beschäftigt gewesen für jene müßigen GedankenSpiele, von denen die Poeten uns versichern, daß hier Cupido seine passendeste Gelegenheit finde, die Pfeile zu wetzen und sein Ziel aufs Korn zu nehmen. Hätte Lionel sich noch an ihrer Seite befunden – wäre auch nur Oberst Morley noch in der Stadt gewesen – ihre Zuneigung zu dem Einen, ihre Ehrerbietung vor dem Anderen, wäre Schutz und Geleits genug für sie gewesen. Aber allein in dieser feinen-neuen Wohnung – ohne Freunde, ohne neue Bekannte bis jetzt – keinerlei lieber BesucherKreis, an dem man das Bedürfnis nach einem Schwatz, und die Begierde nach unschuldiger Aufregung, wie sie Damen von tätigem Gemüt und etwas nervösem Temperament so natürlich sind, hätte auslassen können – und dann diese plötzliche Aufdringlichkeit eines Bewerbers, gleichzeitig so ehrerbietig und feurig – oh, es ist nicht abzuläugnen, daß die Versuchung ins UNGLAUBLICHE wuchs!

Und wie nun dieses SüßBriefchen, so säuberlich-gefaltet – so elegant gesiegelt – in ihrer unschlüssigen Hand lag; da konnte die Witwe nicht anders, sie mußte und wollte empfinden, daß sie immer noch jung, immer noch hübsch und begehrenswert sei; und ihr Herzchen flügelte sie zurück, zu jenen Tagen, wo Die Schöne Tochter Des SchnittwarenHändlers, aus der High Street der ProvinzStadt, Aller Angelstern gewesen war – als junge Offiziere das Trottoir auf- und ab-flaniert waren, und in ihr Fenster gespäht hatten – als Äugeleien und *billets doux* sie synchron bestürmt hatten; und die dunklen Augen des unwiderstehlichen Charles Haughton ihren Puls das erste Mal zittern lehrten. – Und in ihrer Hand? –: liegt da nicht der Brief von Charlie Haughton's intimem Freunde?! – Sie erbricht das Siegel. Sie liest –: EINE LIEBESERKLÄRUNG! –

5 Briefe in 5 Tagen schrieb Jasper so. Im Verlauf dieser Brief-Serie werden sämtliche Anlässe zum Verdacht, auf die Oberst Morley so unedelmütig hingewiesen hat, ungezwungen weg--erklärt: er ist ja nicht länger ein Anonymus – ist J. Courtenay Smith. Bei Gelegenheit wird auch auf das frühreife Alter an-

gespielt, in dem er

›Herr seiner selbst – oh Erbschaft voller Leid!‹

geworden: das ergibt gleichzeitig die Begründung für seine Freundschaft mit einem so viel älteren Manne, als der selige Charlie war. Er gesteht, daß zwar im Malström der Verschwendung seine ererbten liegenden Gründe verschwunden, eine standesgemäße Unabhängigkeit ihm jedoch verblieben sei; und mit dem Weibe seines Herzens, etcetera etcetera. Nie zuvor habe er gewußt, was wahre Liebe sei, etcetera.

›Wohl flammte Lust in dieser irren Seele‹,

zugegeben;

›doch das Herz – das Herz blieb allein.‹

Um nichts als eine persönliche Aussprache bat er; und sei es auch nur, um sich verworfen – verschmäht zu sehen. Dennoch, wenn dann

›von ihm, der Dich anbetet, nur noch der Nam'‹

etcetera etcetera. Ach! und Weh! als Mrs. Haughton Epistel Nummer Fünf sinken ließ, da zögerte sie; und die Frau, die in solchem Falle zögert, wird bestimmt, als wenigstes – eine höfliche Antwort zurückschreiben.

Mrs. Haughton schrieb zwar nur 3 Zeilen – aber sie *waren* einwandfrei höflich – und gewährten eine Aussprache für den folgenden Tag; obgleich mit der Andeutung, daß dies lediglich zu dem Zweck erfolge, um Mr. J. Courtenay Smith persönlich von ihrer unwandelbaren Treue zu dem Schatten seines vielbeklagten Freundes zu unterrichten.

Hocherfreut zeigte Jasper diese Antwort von Frau Haughton seinem Dolly Poole; und begann nunmehr ernstlich, Spekulationen über die vermutliche Höhe des Einkommens der Wittib anzustellen, und was das Mobiliar in Gloucester Place wohl wert sein könnte? Von dort begab er sich zu Mrs. Crane; und, kühn gemacht durch die Aussicht, ihrer mütterlichen Bevormundung bald für immer zu entrinnen, bot er ihrem Schelten mutig die Stirn, und heischte ein paar Sovereigns – er war fest überzeugt, daß er heut Abend Glück haben müßte. Sie händigte ihm den Betrag aus; und schalt mit nichten. Aber sobald er hinaus war, setzte Mrs. Crane, die aus seinem so prahlerischen Auftreten ihren Schluß auf das zog, was wirklich vorgefallen war, ihren Hut auf, und ging ebenfalls aus.

13. Kapitel

Unselig der Mann, der sein Vertrauen setzt auf – ein Weib.

Spät am selben Abend noch, pochte eine schwarz verschleierte Dame an die Tür von Gloucester Place Nr.**, und bat, Mrs. Haughton in einer dringenden Angelegenheit sprechen zu dürfen. Ihr ward Zutritt. Sie blieb nur 5 Minuten. –

Tags darauf, als Jasper Losely

›froh wie ein Bräut'gam, der zur Braut stolziert‹

sich vor der Tür der Witwe einstellte, drückte ihm der Diener ein Päcklein in die Hand, und informierte ihn barsch, daß Mrs. Haughton verreist, und nicht in der Stadt sei. Jasper unterdrückte nur mit Mühe seine Wut; er riß das Päckchen auf –?: seine eignen Briefe zurück; dazu die Worte, – ›Sir, Ihr Name ist nicht Courtenay Smith. Sollten Sie mich noch einmal belästigen, werde ich mich an die Polizei wenden.‹ Nie noch hatte Jasper Losely's Stolz, von weiblicher Hand, einen solchen Schlag ins Gesicht erhalten. Er war buchstäblich betäubt. Mechanisch lenkte er eilige Schritte zu Arabella Crane; und da er nun nicht länger Etwas zu verbergen hatte, vielmehr, im Gegenteil, ein dringendes Bedürfnis nach Mitgefühl verspürte, ergoß sich dort seine Entrüstung über das widerfahrene Unrecht. Und keine Mutter hätte trostreicher sein können, als Mrs. Crane: sie beschwichtigte; sie schmeichelte; sie setzte ihm ein erles'nes Dinner vor; und anschließend machte sie's ihm so-bequem – mit schwellenden Sesseln; und einschmeichelndem Gespräch – daß Jasper, als er endlich, es war schon spät, sich erhob in sein Logis zurückzukehren, bei sich selbst bemerkte: »Tatsächlich; also wenn ich häßlich und doof geboren wäre, und schwächlich obendrein – ich wär' wahrscheinlich der häuslichste der Menschen geworden . . .«

14. KAPITEL

Kein Autor hat je einen, mit der menschlichen Natur übereinstimmenden Charakter gezeichnet, ohne daß er sich nicht gleichzeitig genötigt gesehen hätte, ihm so manche Widersprüchlichkeiten zu unterstellen.

Ob nun aus Rührung über jene pathetische Klage Jasper's, oder infolge eines andern nicht minder fraulichen Impulses, schien Arabella Crane plötzlich den ebenso rühmlichen wie mühsamen Plan entworfen zu haben, den gräßlichen Bösewicht zu einem Neuen Menschen zu machen. Sie hatte in London einige entfernte Verwandte, die sie allerdings sehr selten mit einem Besuch behelligte, und die, wäre sie dürftig gewesen und hätte das Geringste von ihnen haben wollen, ihr die Tür vor der Nase zugeschlagen haben würden; da sie jedoch, im Gegenteil, wohlsituiert war, auch ledig, und ihr Geld einmal hinterlassen konnte, Wem es ihr behagte, war das Betragen jener entfernten Verwandtschaft immer das wärmste, und ihre Erbötigkeit zu etwelchen Diensten wahrhaft verschwenderisch. Am nächsten Tage also verfügte sie sich zu Einem dieser Sippe – einer Persönlichkeit, im GroßHandel tätig – und kehrte mit zwei mächtigen, in weißes Schafsleder gebundenen Büchern heim. Und als Losely dann, zur Dinnerzeit, hereinschaute, sagte sie, in den angenehmsten Tönen, deren sich eine zärtliche Mutter gegen einen liebenswerten Schulschwänzer nur bedienen kann: »Jasper, Ihr habt große Fähigkeiten; – am Spieltisch sind Fähigkeiten offenbar von keinem Nutzen – Eure Force besteht im Rechnen – darin wart Ihr immer sehr flink. Ich hab' nun zufällig das Glück gehabt, Euch ein leichtes Stück AkkordArbeit zu verschaffen, für das Ihr reichlich entlohnt werden sollt. Ein Freund von mir möchte diese Bücher hier einem, aber schon wirklich guten, Rechnungsprüfer vorgelegt wissen; er hegt den Verdacht, daß einer der Angestellten ihn betrogen habe, weiß jedoch nicht anzugeben wo oder wie. Nun versteht Ihr Euch ja auf Konten und Bilanzen aus dem Grunde – keiner besser als Ihr – und Euer Entgelt wird 10 Guineen betragen.«

Herr Jasper – obwohl sein früheres Leben ihm die Kunst der Buchhaltung, und sei sie noch so doppelt, gewohnt und leicht gemacht hatte – zog eine große Grimasse bei der empörenden Vorstellung etwelcher ehrlicher Arbeit, mochte sie immer mühlos und gut-bezahlt sein. Aber 10 Guineen stellten wiederum auch eine UNGEHEURE VERSUCHUNG dar; und als es Abend ward, hatte Mrs. Crane ihn durch Schmeicheln zu der Aufgabe vermocht.

Sie hatte aber auch keinen weiblichen Kunstgriff außer Acht gelassen, damit der gesetzlose Nomade sich unter ihrem Dache heimisch fühlen möge; hatte, zwecks Behagen und Gemütlichkeit, für SaffianPantoffeln gesorgt, und einen süperben Schlafrock angeschafft, aus kostbarem Stoff, die Farbe ihm stehend. Bei Männern, ob unverheiratet ob im Ehestande, ist die Idee des ›Heims‹ traditionell verlötet mit Schlafrock und Pantoffeln; zumal wenn sie, nach dem Dinner, sich (wie Jasper Losely eben tut) Beschäftigungen zuwenden, bei denen das Hirn tätig, der Leib in Ruhe ist. Welche Großtat, sei es in Literatur oder Wissenschaft, ist wohl je von einem Musensohn vollbracht worden, der dabei in neue-steife Stiefeln eingeschnürt war, dazu ›umklaust, gepfercht, umgarnt, verhaftet‹ in einen knappen Rock, der ihn umpaßt wie angegossen? Also angetan mit jenem kosigen, den heiligen Laren des Herds geweihtem Gewande, saß, im stillen Zimmer, entspannt, der hübsche Rauf- und sonstige -Bold; das immer noch regelmäßige Profil über die schafsledernen Bände gebückt, die harmlose Feder in der starken wohlgeformten Hand; und Mrs. Crane sah ihm zu, mit stets weicher werdendem Gesichtsausdruck. Um ihm gleichsam Gesellschaft zu leisten, hatte auch sie sich eine klein-aktive Arbeit vorgenommen – den goldnen Fingerhut aus seinem langen Ruhestand hervorgezogen – so säumte und monogrammierte sie, mit hurtigen KünstlerinnenFingern, neue Krawatten für den Adoptiv-Sohn! Seltsames Geschöpf das, ›Das Weib‹! Undankbar und hinterlistig, wie dieser glaue geschminkte Tiger vor ihr sich so häufig erwiesen hatte – obwohl kein Mann auch nur 1 freundliches Gefühl eines FrauenHerzens weniger verdient gehabt hätte – obwohl sie genau wußte, daß er den Teufel nach ihr fragte; dennoch war es irgendwie wohltuend zu wissen, daß er auch nach keiner Andern fragte – daß er mit ihr in ein und demselben Zimmer saß – und Arabella Crane empfand, daß, falls diese Art zu sein von Dauer wäre, sie die Vergangenheit doch wohl vergessen, und der Zukunft leidlich-getrost entgegenschauen könnte. Und ich wiederhole nocheinmal: ›seltsames Geschöpf das, Das Weib!‹ – d. h., im vorliegenden SonderFall umso seltsamer, weil so gußeisern-grimmig. Aber, indes ihre Augen sich besänftigen; und ihre Finger durcheinanderwirken; und ihr Gemüt Pläne wälzt, um diese gesetzlos-wilde Bestie, zum unschädlich-zahmen HausTier zu transformieren – Wer könnte sich da wohl des Mitgefühls erwehren, mit der grimmen Arabella Crane?

Arme Frau! Und scheint nicht das Experiment zu gelingen? Drei volle Abende weiht Jasper Losely diesem sündlosen Dasein und friedvoller Betätigung. Er vollendet die Aufgabe – er empfängt seine 10 Guineen, (und wieviel von solchem Honorar stammt wohl aus Mrs. Crane's eigenem Portemonnaie?). Er hat auch drei Unstimmigkeiten ermittelt, die den Verdacht an des betreffenden Buchhalters Integrität rechtfertigen, (›Den Dieb fängst Du am besten durch einen Dieb!‹). Er wird ob seines Scharfsinns gelobt; und ihm eine noch-leichtere Betätigung in Aussicht gestellt, die noch-besser bezahlt werden soll. Beim Weggehen erklärt er, daß er sich morgen noch-zeitiger als bisher einstellen werde – er hält aus dem Stegreif eine Lobrede auf das Arbeiten im allgemeinen – er beteuert, daß er so glückliche Abende seit Jahren nicht mehr verbracht habe – er läßt Mrs. Crane derart durchdrungen von der Hoffnung auf seine Besserung zurück, daß, wäre just in dem Moment ein geübter Geistlicher zur Hand gewesen, er sie möglicherweise fast zum Beten hätte überreden können. Aber –

›Heu quoties fidem
mutatosque Deos flebit!‹

– Jasper Losely kehrt nicht zurück, weder nach Podden Place, noch zu seinem Logis in der Nachbarschaft. Tage verrinnen; er erscheint noch nicht; selbst Poole weiß nicht, wohin er gegangen sein könnte; selbst Poole hatte nichts von ihm gesehen! Aber freilich hat den letztgenannten Biedermann ein ziemlich ernsthafter akuter Gelenkrheumatismus aufs Krankenlager geworfen – ihn auf sein Zimmer und Haferschleim beschränkt – und Jasper Losely ist nicht der Mann, sich in die private Sphäre eines Krankenzimmers einzudrängen. Mrs. Crane hat da mehr tätige Liebe; sie besucht Poole – sie muntert ihn auf – beschafft eine Pflegerin – schreibt an Onkel Sam, – Poole kann sie nur immerfort segnen. Er hofft, daß Onkel Sam, gerührt durch das Schauspiel seines Krankenlagers, sagen werde, ›Mach Dir um Deine Schulden keinen Kummer mehr – ich komm' dafür auf!‹. Wie groß bei ihr Enttäuschung oder Groll über Jasper's undankbares und mysteriöses Entweichen auch immer sein mögen, Arabella Crane ist sich seiner Wiederkunft still gewiß. Zu ihrer Dienerin, Bridget Greggs, (die vielleicht die einzige Person auf der ganzen Welt war, die eine gewisse Zuneigung für das einsame, lang- und hagere Weib bewahrte; Jasper Losely dafür freilich aufs tiefste verabscheute), sagte sie, mit gefaßter Härte, »Dieser Mann ist meinem Leben in die Quere gekommen, und hat es verfinstert. Er ist damals wieder gegangen, und ließ Nacht hinter sich. Er hat es gewagt zurückzukehren. Jetzt soll er mir nie wieder entkommen, bis sich, für Einen von uns Beiden, das Grab auftut.«

»Aber, Gott steh' Ihnen bei, Miss: Sie wer'n sich doch nich in die Gewalt so eines schwarzherzigen Schuftes geben?«

»Ich? in *seine* Gewalt?! Nein, Bridget; keine Angst: er muß in meiner sein – früher oder später in meiner – mit Händen und Füßen. Geduld!«

Als sie noch so sprach –?–: ein Klopfen an der Tür? –: »Er ist's! – was hab' ich Dir gesagt? – schnell jetzt!«

Aber es war nicht Jasper Losely. Es war Mr. Rugge.

15. Kapitel

›Wenn Gott will, bringen alle Winde Regen.‹ – (Altes Sprüchwort).

Der Manager hatte sich in den Verlust seines Eigentums an Sophie und der 100 £ nicht etwa schlicht ergeben, sich vielmehr erhebliche Mühe gemacht, die Eine und das Andere wieder an sich zu bringen. Er hatte Jasper einen Besuch abgestattet, als Dieser sich noch der Wohnung in St. James erfreute; aber in dem Moment, wo er nur leis' auf die Rückerstattung jener 100 £ anspielte, hatte Mr. Losely auch schon die Tür und ein Fenster geöffnet, und den Direktor ersucht, unverzüglich zwischen beiden seine Wahl zu treffen: ! – Mr. Rugge hatte sich für die üblichere Art des Abtretens entschieden; jedoch seiner gerechten Entrüstung vermittelst eines AdvokatenSchreibens Luft verschafft, in dem Mr. Losely mit einem Prozeß wegen böswilligen Hintergehens und Unterschlagung gedroht wurde. Auch hatte er, mehr als einmal, bei Mrs. Crane vorgesprochen; die ihn in gewissem Grade dadurch besänftigte, als sie einräumte, daß man ihm sehr übel mitgespielt habe; daß er, als allermindestes, sein Geld zurückgezahlt bekommen müsse; und die ihm zugesichert hatte, ihrerseits das beste zu tun, um Mr. Losely zu bewegen, ›sich wie ein Gentleman zu verhalten‹. – In Bezug auf Sophie's Person, schien Mrs. Crane eine tiefgreifende Gleichgiltigkeit zu empfinden; und es war in der Tat auch so, daß der Haß, den Sie unstreitig gegen Sophie gehegt hatte, solange Diese ihrer Obhut unterstand, sich durch Losely's unnatürliches Verhalten gegen das Kind bedeutend gemindert hatte. Für sie war es anscheinend ohne Int'resse, ob Sophie sich nun in Rugge's Händen, oder in denen von Waife befände; ihr genügte es, daß die Tochter einer Frau, gegen deren bloßes Angedenken noch ihre verwildertsten Leidenschaften in Reih' und Glied traten, auf jeden Fall tief unter ihr auf der gesellschaftlichen Leiter zu vegetieren hatte.

Vielleicht hätte sie von Sophie's beiden Beschützern – Rugge, und Waife – aus purem Groll Waife den Vorzug gegeben: er stand auf der erwähnten Leiter auf einer noch niedrigeren Stufe, als der reisende TheaterDirektor. Auch hatte sie, obgleich sie dem heruntergekommenen Krüppel in den Augen von Mr. Hartopp so fürchterlichen Schaden zugefügt, nicht etwa einen speziellen Rache-Wunsch gegen *ihn* zu befriedigen! Im Gegenteil; wenn sie ihn auch mit Verachtung betrachtete, war es eine Verachtung, nicht ohne Beimischung von Mitleid. Es hatte sich als notwendig herausgestellt, dem Bürgermeister die Mitteilungen zu machen, die sie ihm gemacht hatte; oder jener brave Beamte würde das ihm anvertraute Kind, zumindest vor Waife's Wiederkehr, nie und nimmer herausgegeben haben. Und es war tatsächlich eine Freundlichkeit dem alten Mann gegenüber gewesen, ihm eine höchst martervolle Szene mit Jasper zu ersparen; und die vielleicht noch öffentlichere Schande nicht minder, die ein etwaiger Widerstand seinerseits gegen Jasper's Autorität, beziehungsweise ein Wortwechsel zwischen den Beiden, herbeigeführt haben würde. Und da ihr persönliches Hauptanliegen damals gewesen war, ihre Beziehungen zu Losely dadurch zu befestigen, daß sie ihm ihre Fähigkeit, ihm nützlich zu sein, demonstrierte, waren für sie all diese Waifes, und Sophies, und Bürgermeister, und Theaterdirektoren, nichts als bloße SchachBauern gewesen, die man zieht und opfert, wie es der Strategie des Spielplans eben entspricht.

Rugge also erschien jetzt, aufgeregt und atemlos, um Mrs. Crane zu informieren, daß Waife in London gesehen worden sei: Mr. Rugge's Clown hatte ihn gesehen, nicht weit vom Tower; aber der Krüppel war schon wieder verschwunden, bevor der Clown, der oben auf einem Omnibus gesessen, Zeit genug zum Absteigen gehabt hatte. »Ja, und selbst wenn er Mr. Waife tatsächlich erwischt hätte«, merkte Mrs. Crane hierzu an: »was dann? Sie haben schließlich keinen Anspruch an Mr. Waife.«

»Aber das Phänomen muß sich bei diesem räuberischen Entführer aufhalten«, sagte Rugge. »Nun gleichviel; ich habe einen Diener der Gerechtigkeit – das heißt, einen KriminalPolizisten, Madam – in Tätigkeit gesetzt; und was ich von Ihnen jetzt erbitten wollte, ist einfach dies: sollte es sich als unumgänglich herausstellen, daß Mr. Losely mit mir vor den Senat hinzutreten habe – das heißt, vor ein städtisches PolizeiGericht, Madam – zu dem Zweck, mein gesetzliches Eigentumsrecht an meinem eignen, teuer-erkauften und baar-bezahlten Phänomen zu erhärten: könnten Sie dann nicht jenen verwegnen schlimmen Mann dazu bestimmen, mir nicht wieder den GiftBecher derart an die Lippen zu setzen?«

»Ich weiß nicht einmal, wo Mr. Losely ist – möglicherweise gar nicht in London.«

»Madam', ich habe ihn vergangnen Abend im Theater gesehen – im ›Prinzeß‹. Ich war auf der SchillingsGalerie. Er, der mir 100 £ schuldet, Madam – er saß in einer PrivatLoge.«

»Ach! seid Ihr Euch ganz sicher?; war er allein?«

»Mit einer Dame, Madam – einer Dame, in einem Schal von Ingee. Ich kenne diese Sorte Schals; mein Vater lehrte sie mich schon in zarter Kindheit unterscheiden, denn er war eine Zierde des Britischen Handels – ein Zwischenhändler, Madam – ä-Pfänder. – Und dieser Mann«, fuhr Rugge mit einem Lächeln der Vernichtung fort: »in seiner PrivatLoge, (die im ›Prinzeß‹ 2-Pfund-2 kostet), und mit den Spolien Ingee's ihm zur Seite, er hebt sein Lorgnon, und gewahrt mich – mich, auf der SchillingsGalerie! – und sein Gewissen sagte ihm nicht, ›Müßten wir, wenn ich jenem Herrn endlich seine 100 £ bezahlte, nicht die Plätze tauschen?‹ Kann solch Wesen uns überziehn, Madam', wie eine SommerWolke, daß wir – urteilen Sie selbst, Madam' – nicht einmal staunen?«

»Oh, er hatte eine Dame bei sich?« rief Arabella Crane; und der Grimm, der sich, indes der Direktor berichtete, schnell und mächtig bei ihr angesammelt hatte, kam jetzt in Worten zum Ausbruch: »Seine Damen sollen den Mann kennen lernen, der das eigne Kind auf den Jahrmarkt verkauft. Findet Ihr nur heraus, wo das Mädchen ist; und dann, bevor Ihr weit're Schritte unternehmt, kommt erst wieder hierher. – Ach, mit einer Dame! – Geht doch bitte zu Eurem KriminalBeamten – oder halt: schickt ihn lieber zu mir; wir wollen zunächst Mr. Losely's Adresse ausfindig machen; ich trage sämtliche Auslagen. Verlaßt Euch nur auf meinen Eifer, Mr. Rugge!«

Überaus getröstet ging der Direktor seines Weges. Er war noch gar nicht lange fort, als Jasper in Person erschien. Der Verräter trat mit einer noch renommistischeren Manier ein, als man sowieso von ihm gewohnt war, wie wenn er ausgezankt zu werden fürchtete, und vorbereitet wäre, dem dreist zu trotzen; aber Mrs. Crane warf ihm weder seine verlängerte Abwesenheit vor, noch gab sie einer Überraschung ob seiner Rückkehr Ausdruck. Mit echt weiblicher Verstellung empfing sie ihn, so als wäre nichts geschehn. Worauf der erleichterte Jasper nunmehr aus eigenem Antrieb mit Entschuldigungen und Erklärungen begann; (offenbar wollte er etwas von Mrs. Crane). »Es war nämlich so, meine liebe Freundin«, sagte er, in einen Sessel sinkend, »daß ich, tags darauf nachdem Wir uns zuletzt gesehen hatten, zufällig beim Haupt-

Postamt mit vorbeiging, um zu fragen ob irgendwelche Briefe für mich da seien ... Ihr lächelt? Ihr glaubt mir nicht? Auf Ehre, – hier sind sie ...«, und Jasper zog aus der Seitentasche seines Jacketts eine Brieftasche hervor – eine neue Brieftasche – eine brilliante Brieftasche – duftendes JuchtenLeder – delikat genarbt – goldene Häkchen und Hafte – seidenes Futter – der Bleistifthalter mit Steinen besetzt – das FederMesserchen aus Malachit – ein ganzes Arsenal von süßen Nichtigkeiten verstaut in zieren Winkelchen – eine Brieftasche wie niemals ein Mann sie sich selbst schenkt. Sardanapalus hätte diese Brieftasche nicht für sich selbst gekauft! Solch eine Brieftasche gelangt nie an Euch, oh beneidenswerte Don Juans, es sei denn als Tribut und GedenkeMein von einer jener Zauberinnen, die Euch anbeten! Grimmig beäugte die AdoptivMutter diese Brieftasche. Sie hatte sie noch nie zuvor gesehen. Grimmig kniff sie die Lippen ein. Und aus diesem eleganten Gebinde – das einem schmächtig-spindelbeinigen ›Exquisiten‹ vielleicht von unhandlicher Größe gedünkt hätte; das auf der Atlantischen Ausdehnung von Jasper Losely's prachtvollem Brustkasten jedoch kaum ein Fältchen aufschwellen machte – zog das Ungeheuer zwei Briefe heraus, – Französisches Papier, ausländische Postwertzeichen. Rasch schob er sie wieder hinein, gerade daß er ihrem Auge erlaubt hatte, die Adresse zu überlaufen, und fuhr schon wieder fort: »Stellt Euch das vor!: ist dieser geldstolze GroßTürke von einem Ungläubigen, doch tatsächlich, (obwohl er mir nicht glauben wollte!), in Frankreich gewesen – jawohl; genau in ***; und hat dort, einwandfrei in Bezug auf Sophie, Recherchen angestellt. Diejenige Frau, der es obgelegen hätte, ihn durchgreifend zu bekehren, hat sich jedoch aus dem Staube gemacht, und sie haben sich also verfehlt – (hol sie der Kuckuck!: *Ich* hätte da-sein sollen!). Immerhin ist für den Augenblick so gut wie kein Zweifel: der Heide wird stur bleiben. (Soll nach Italien gegangen sein, wie ich gehört hab'; ruiniert mich; tritt die Gesetze der Natur mit Füßen; bummelt um die Welt, in den bodenlosen Taschen nichts als die einzig-eignen Hände, – 'n Kerl wie der Ewige Jude!) – Aber, als eine Art von Ausgleich in meiner Pechsträhne, find' ich doch, auf dem Postamt-dort, auch einen angenehmeren Brief, der mir, unter anderem, diese Neuigkeiten bringt: eine reiche ältliche Lady, die keinerlei Familie hat, wünscht ein nettes Kind zu adoptieren; will Sophie zu sich nehmen; und auch mir Zeit und Mühe vergüten, daß ich sie Sophie haben lasse. Es ist ja in tausend Hinsichten günstig und angemessen, sein Kind in einem reichen Hause behaglich unterzubringen – das begründet Anrechte; abhängig von Schecks natürlich, die *mein* Gefühl nicht verletzen – des Vaters! Aber das erste Erfordernis hierzu ist, Sophie wieder zu fassen; und das ist der Punkt, wo ich um Eure Unterstützung bitte – Ihr seid ja so gescheit. Bestes aller Wesen! was würd'ich ohne Euch anfangen? Wie Ihr selber immer sagt: wenn ich eines Freundes bedarf, komm' ich zu Euch – Bella!«

Mrs. Crane musterte Jasper's Gesicht, und zwar ausgiebig. Es ist ja sonderbar, um wieviel geschwinder Frauen die Gedanken von Männern lesen können, als umgekehrt Männer die von Frauen ermitteln. »Ihr wißt, wo das Kind ist«, sagte sie, langsam.

»Je nun, ich eracht'es als ausgemacht, daß sie sich bei dem Alten Manne befindet – und den hab'ich gesehen; ihn gestern gesehen.«

»Weiter; Ihr saht ihn – wo?«

»In der Nähe von London Bridge.«

»Was für ein Geschäft, in aller Welt, konntet Ihr denn in *der* Richtung haben? – Ah!, ich errate: Der Bahnhof – nach Dover – Ihr wollt außer Landes gehen?«

»Kein Gedanke dran – Ihr seid wirklich schrecklich mißtrauisch! Aber es stimmt schon; ich war zum Bahnhof gewesen, um mich nach diversen Koffern oder Gepäckstücken zu erkundigen, die ein Freund von mir dort zur Aufbewahrung gegeben hat – unterbrecht mich jetzt mal nicht. Jedenfalls am Fuß der Brücke werd' ich doch unversehens den Alten Mann gewahr – verändert – verwandelt – gealtert – ein Auge verloren. Ihr hattet mir schon gesagt, ich würd' ihn nicht mehr wiedererkennen, aber ich tat's eben doch; das heißt, sein Gesicht würd' ich nie und nimmer erkannt haben. Ich erkannte ihn am Bau der Schultern – einer gewissen Art die Arme zu bewegen – ach, was weiß ich: man kennt eben einen Mann, der einem von Geburt an vertraut ist, ohne daß man sein Gesicht groß zu sehen braucht. – Oh, Bella! ich will's nur gestehen, daß mir weich wurde – weich wie dem dümmsten Töffel, der je ...« Jasper brachte seinen Vergleich nicht zu Ende; hielt vielmehr einen Moment inne, während dem er schwer atmete; und fing dann einen andern Satz an: »Er verkaufte da irgend'was aus einem Korbe – Streichhölzer, Schnürsenkel, weiß der Deuwel was. Er! : ein so-gescheiter Mann! Ich hätt' ihm am liebsten sämtliches Geld was ich bei mir hatte in diesen verdammten Korb geworfen!«

»Warum habt Ihr's nicht getan?«

»›Warum‹? Wie konnt' ich wohl? Er hätt' mich doch sofort erkannt. Es hätte eine Szene gesetzt – Auflauf – Krawall – sofort der Mob um uns 'rum, garantiert doch. Ich hatte nicht entfernt eine Vorstellung davon, daß es mich derart mitnehmen würde; muß ihn ausgerechnet auch noch Streichhölzer verkaufen sehen!; – bloß froh, daß wir uns damals in Gatesboro' nicht begegnet sind. Nicht mal für diese 100 £, hätt' ich ihm, glaub' ich, entgegentreten können. Neinein – schon richtig, wie er sagte, als wir uns das letzte Mal trennten: ›Die Welt ist groß genug für uns Beide‹. Gebt mir 'n Schluck Brandy, ja? – dank' schön.«

»Ihr habt also den Alten Mann nicht angesprochen – er-seinerseits hat Euch nicht gesehen – aber Ihr wolltet ja das Kind wieder haben; Ihr wart Euch ganz sicher, sie müßte bei ihm sein: seid Ihr ihm also nach Hause gefolgt?«

»Ich? Nie; hätt' ich doch stundenlang warten müssen. Ein Mann wie ich, sich in der Gegend von London Bridge 'rumtreiben! – wär' doch viel zu auffällig gewesen – er würde mich auch bald genug gewahrt haben; obwohl ich mich, sorgfältig, immer auf seiner blinden Seite gehalten hab'. Nö, ich hab'n LumpenJungen beauftragt, ihn im Auge zu behalten, und ihm zu folgen, –: und hier ist seine Adresse. – So; wäret Ihr bereit, Sophie für mich wieder zurück zu holen, ohne daß ich die geringste Ungelegenheit davon hätte?; ohne daß ich irgend in Aktion träte? (Ich würde lieber ein komplettes GardeRegiment zu Pferd' angreifen, als mich mit diesem Alten Manne 'rumzanken!) –«.

»Und dennoch wolltet Ihr ihn dieses Kindes berauben – seines einzigen Trostes?«

»Possen! –«, rief Losely, ungeduldig, aus: »das Gör kann doch nur eine Last für ihn sein, die ihm besser nicht im Wege wäre;: d's doch nur um dieses Kindes willen, daß er Streichhölzer verkauft! Es wäre die größeste Wohltat, die Wir ihm erweisen könnten, ihn von diesem Kind zu befreien, das ihn aussaugt und nieder-hält: ohne-sie würd'er schon Mittel und Wege finden, sich allein durchzuschlagen. Mein; er ist schließlich cleverer als sogar Ich! Und da – dà! – gebt ihm dies Geld; aber sagt kein Wort, daß es von mir herstamme.«

Er schüttete, ohne-groß nachzuzählen, mehrere Sovereigns – wenigstens 12 oder 14 – in Mrs. Crane's Handfläche; und einen so machtvollen Zauber übt HerzensGüte, (selbst der miesesten Sorte, selbst von Naturen übelster Art), daß dieser ungewohnte, exzentrisch-inkonsequente Schimmer menschlichen Mitleids aus Jasper Losely's umnachteter Seele, seinen lindernden Einfluß über all die verärgerten, zornigen, rachsüchtigen Gefühle verbreitete, mit denen Mrs. Crane, eine Sekunde zuvor noch, den treulosen Bösewicht gemustert hatte; nunmehr besah sie ihn mit einer Art von schwermütigem Staunen. Wie!: so wenig Begriff von liebevoller Zuneigung, um einfach nicht einsehen zu können, daß er drauf und dran war, den Alten Mann eines Trostes zu berauben, den kein Gold aufwiegen konnte? – wie!: so verachtungsvoll verhärtet seinem eigenen Kinde gegenüber? – und dennoch lag hier, auf ihrer Hand, das unverkennbare Zeichen, daß immer noch ein Rest von Menschlichkeit, Zerknirschung, Mitgefühl in der Brust des gierigen Zynikers verweile; und bei diesem Gedanken wollte all das, was in ihrer eignen Natur an Humanität und Sanftheit war, zu ihm hin – nachsichtig – mild. Aber in dem typischen, rapiden Wechselspiel des weiblichen Herzens, brachte eben dieses Gefühl, das an Liebe streifte, auch die Eifersucht zurück, die an Haß grenzte. : Wie war er zu so viel Geld gekommen?; mehr als er, der unersättliche Verschwender, vor Tagen für seine ehrliche RechenArbeit von ihr empfangen hatte? Und vor allem diese BRIEFTASCHE!

»Ihr seid plötzlich reich geworden, Jasper?«

Einen Augenblick lang sah er verlegen drein; erwiderte dann jedoch, während er sich erneut vom Brandy zu Gemüte führte: »Jaja, *rouge-et-noir* – Glück. – Aber geht jetzt, und nehmt Euch der Affäre an; kommt, seid ein liebes gutes Frauchen. Seht zu, daß Ihr das Kind, wenn möglich, heute noch kriegt; ich sprech' am Abend wieder hier vor.«

»Gedenkt Ihr sie anschließend sofort mit ins Ausland zu nehmen; zu jener würdigen alten Dame, die sie adoptieren will? Falls ja, werden wir uns dann wohl nie mehr wiedersehen, wie ich annehme; und ich wäre Euch imgrunde behilflich zu vergessen, daß ich noch am Leben bin.«

»Ins Ausland – schon wieder diese Grille von Euch! Ihr seid total im Irrtum – also um ehrlich zu sein: die Dame befindet sich in London. Um ihres Gepäcks willen bin ich hin zum Bahnhof gegangen. Oh, seid nicht eifersüchtig – wirklich ältlich.«

»›Eifersüchtig‹, mein lieber Jasper; Ihr habt vergessen: ich bin wie Eure Mutter. Der eine von Euern Briefen-dort hat demnach die geplante Ankunft jener Dame angekündigt; Ihr standet im Briefwechsel mit dieser-ältlichen Dame?«

»Naja, nicht direkt im Briefwechsel. Aber als ich Paris verließ, gab ich einigen wenigen Freunden in Frankreich, als meine hiesige Adresse das HauptPostamt an. Und dieser Dame, die Interesse an meinen Angelegenheiten nahm, (Damen, ob nun alt oder jung, die mich einmal kennen gelernt haben, tun das grundsätzlich), war bekannt, daß ich gewisse Erwartungen in Bezug auf das Kind hegte. Da hatte ich ihr, vor einigen Tagen als es mir so traurig ging, eine Zeile geschrieben, und ihr mitgeteilt, daß es mit Sophie nicht geklappt hätte; und daß ich, wäre nicht ein guter Freund (nämlich Ihr!), leicht *sur le pavé* hätte sein können. In ihrer Antwort sagte sie, sie werde gleichzeitig mit diesem ihrem Brief in London eintreffen; und gab mir auch eine Adresse hier an, bei der ich erfahren könnte, wo sie nach Ankunft zu finden wäre – eine gute alte Seele, aber fremd in London. Ich hab' dann mächtig zu tun gehabt; ihr geholfen ein Haus zu finden, Kaufleute zu empfehlen, undsoweiter undsoweiter. Sie hat eine Schwäche für Großen Stil, und kann sich's auch leisten. Das Haus ist nett genug; – aber Uns're stillen Abende hier-zusammen, verderben mich für alles Andere. Jetzt setzt aber, bitte, Euern Hut auf, und ich begleit' Euch mit hinaus.«

»Unter einer Bedingung, lieber Jasper: daß Ihr hier bleibt, bis ich wieder zurück bin.«

Jasper zog ein schief Gesicht. Aber da es auf die Dinnerzeit zuging, und es ihm an Appetit niemals mangelte, verstand er sich endlich dazu, während der Zeit ihrer Abwesenheit einem Mahl Ehre anzutun, das, wie er aus Erfahrung wußte, Mrs. Crane's neue Köchin, wenn auch jetzt etwas eilig, so doch nicht ohne Geschick zubereiten würde. Mrs. Crane überließ es ihm also, die Speisenfolge anzuordnen, und griff ihrerseits nach Schal und Hut. Als sie jedoch an ihrem eignen Zimmer vorbeikam, wischte sie hinein, schellte nach Bridget Greggs; und als diese vertraute Dienerin erschien, sprach sie zu ihr: »In der Seitentasche von Mr. Losely's Jackett befindet sich eine BRIEFTASCHE; und in derselben einige Briefe, die ich einsehen muß. Ich werde jetzt scheinbar ausgehen, – laß die Haustür angelehnt, damit ich unbemerkt wieder hereinschlüpfen kann. Ihr werdet dies Dinner so bald nur irgendmöglich servieren. Und sobald Mr. Losely, wie gewöhnlich, sein Jackett mit dem Schlafrock vertauscht hat, siehst Du zu, daß Du diese Brieftasche, unbemerkt von ihm, herausnehmen kannst: bring sie mir hierher, in dieses Zimmer. Anschließend kannst Du sie dann, ebenso unauffällig, wieder zurückstecken. Ein kurzer Augenblick wird für meine Zwecke genügen.«

Bridget nickte; sie hatte begriffen. – Jasper, am Fenster stehend, sah Mrs. Crane, energischen Schritts, das Haus verlassen. Da warf er sich denn auch auf's Sopha, und begann vor sich hin zu dämmern: das Dämmern ward zum Dösen; und dies wiederum zum Schlaf. Bridget, die leis' hereintrat, um den Tisch zu decken, fand ihn so. Sie näherte sich auf den Zehenspitzen – erschnupperte das Parfüm der Brieftasche – sah auch deren vergoldete Ecken aus ihrem Schlupfwinkel hervorlugen. Sie zauderte – sie zitterte – sie hatte an sich eine Todesangst vor dem barbarischen Schläfer! Aber Schlummer verringert eben andrerseits auch jene ehrerbietige Scheu, die der Dieb empfindet, oder der Heros einflößt – sie hat die Brieftasche entnommen – sie ist mit ihrer Beute geflohen – sie ist in Mrs. Crane's Appartement, keine 5 Minuten nachdem Mrs. Crane dessen Schwelle wieder überschritten hat.

Im Eiltempo durchplünderte das eifersüchtige Weib die Brieftasche – zuckte ein erstes Mal auf, als sie, elegant mit GoldGarn dem Futter eingestickt, die Worte erblickte, ›Souviens-toi de ta Gabrielle‹ – an Briefschaften nichts; außer diesen beiden, von denen Jasper ihr lediglich den flüchtigsten Anblick hatte zukommen lassen. Über sie ließ sie nunmehr das glitzernde Auge hinlaufen; und als sie dieselben, langsam, an ihren Platz zurückschob, und die Brieftasche wieder Bridget aushändigte, die atemlos und horchend (daß Jasper ja nicht erwache!) daneben-stand, da war ihr Antlitz farblos geworden, und eine Art von Schauder schien sie zu überkommen. Allein gelassen, stützte sie ihr Gesicht in die Hand; indes ihr LippenPaar sich bewegte, wie in Selbst-Unterredung. Dann glitt sie lautlos die Stufen hinab; gewann die Straße; und eilte hurtig ihres Weges dahin.

Bridget kam nicht mehr ganz-zurecht, das Büchlein in Jasper's Tasche zurückzustecken; denn als sie wieder einschlich, drehte er sich eben um, und reckt' und streckte sich, zwischen Schlaf und Wachen – aber sie ließ die Brieftasche, geschickt-geschult, auf den Fußboden gleiten, dicht neben dem Sopha: sodaß er, beim Erwachen, würde glauben können, sie sei ihm, während der natürlichen SchlafBewegungen, von selbst aus der Tasche gerutscht.

Und tatsächlich; als er sich erhob, weil das Dinner jetzt auf dem Tisch stand, nahm er die Brieftasche, ohne jeden Argwohn, auf. Aber Bridget konnte von Glück sagen, daß sie nicht die von ihrer

Herrin vorgeschlag'ne Gelegenheit abgewartet hatte. Denn als Jasper den Schlafrock anzog, stellte er fest, daß sein Jackett ein Ausbürsten vertragen könnte; und während er es, zu diesem Zweck, der Dienerin übergab, gebrauchte er die Vorsicht, die Brieftasche herauszunehmen, und sie in einem anderen Behältnis seiner Kleidung unterzubringen.

Mrs. Crane kehrte schon in weniger als zwei Stunden zurück – kehrte zurück mit einem so enttäuschten Aussehen, daß es Jasper sogleich auf die Nachricht vorbereitete, wie die zu fangenden Vögel entflogen wären.

»Heute Nachmittag sind sie auf und davon«, sagte Mrs. Crane; und warf Jasper dabei seine Sovereigns auf den Tisch, wie wenn sie ihr in den Fingern brennten. »Aber überlaßt die Flüchtlinge nur mir. Ich werd' sie schon wiederfinden.«

Jasper machte seinem Ärger erst durch eine Serie schuldbewußter, aber ansonsten ziemlich bedeutungsloser Verwünschungen Luft; dann, da ihm im Moment wohl kein weiterer Auftrag einfiel, zu dem Mrs. Crane's Gewitztheit hätte von praktischem Nutzen sein können, nahm er noch den Rest ihres Brandy zu sich; und wünschte ihr dann eine Gute Nacht, samt einem Versprechen, wieder vorbei zu kommen; jedoch ohne die geringste Andeutung bezüglich seiner augenblicklichen eignen Adresse. – Sobald er gegangen war, beschied Mrs. Crane erneut Bridget zu sich.

»Du hast mir vorige Woche erzählt, wie Dein Schwager Simpson gern nach Amerika gehen möchte, es sei ihm dort Beschäftigung angetragen; daß er aber das Geld für die Überfahrt nicht aufbringen könne. Ich versprach, falls Dir damit ein Gefallen geschehe, ihm zu helfen.«

»Sie sind 'n HEngel, Miss! –«, rief Bridget, mit einem tiefen Knix – so-tief, daß es schien, als ginge sie auf die Knie. »Und möge Ihn'n Ihr Lohn werden, in der nächsten besten Welt, wo's dann keine schwarzherzigen Schufte mehr giebt!«

»Gut, gut, genug«, sagte Mrs. Crane, die vielleicht vor solch heißem Segenswunsch doch ein bißlein zurückwich. »Du bist mir treu gewesen, wie kein Anderer je war; aber in diesem Falle vergelt' ich Dir's längst nicht in dem Grade, als ich noch zu tun gedenke. Der Dienst wird gegenseitig sein, wenn Dein Schwager mir einen Gefallen tun will – er nimmt doch seine Tochter mit sich, ein bloßes Kind noch? Sag ihnen, Bridget: sie sollen auf dem Dampfer, als ihre Namen, ›William und Sophie Waife‹ eintragen lassen; (selbstredend können sie, sobald sie die Reise hinter sich haben, ihre richtigen Namen wieder annehmen). Hier ist das Fahrgeld für sie, und noch eine Kleinigkeit mehr. Ach was, keinen Dank. Ich kann das Geld entbehren. Geh Du nur, morgen früh als Erstes, hin zu Deinem Schwager; und schärf' ihnen ein, daß sie mit dem nächsten Schiff, das am Donnerstag von Liverpool abfährt, mit müssen!«

16. Kapitel

Diese armen TaschenKannibalen; wie die Gesellschaft sie doch quält und verfolgt! / Selbst der niedrigste Bedienstete würde sofort kündigen, wenn man ihn bei seinen Mahlzeiten störte. Aber so ein Man-Eeater ist das demütigste aller Geschöpfe: der giebt von sich aus nie eine Kündigung – ja, mehr noch, er nimmt ganz selten eine an.

Was immer die Quelle gewesen sein mochte, die Jasper Losely mit jenem Gelde versehen hatte, von dem er so großmütig die Sovereigns abzweigte, bestimmt, Waife für den Verlust Sophie's zu trösten und entschädigen, – diese Quelle also vertrocknete entweder; oder aber sie geriet in ein absolutes Mißverhältnis zu seinen Ansprüchen. Denn die glücklichste Eigentümlichkeit von Mr. Losely's Bedürfnissen, bestand in deren Elastizität: sie paßten sich dem Zustand seiner Finanzen insofern mit mathematischer Genauigkeit an, als sie allzeit den fünffachen Betrag der Mittel erforderten, die ihm zur Verfügung standen. Zwischen 1 Schilling bis zu 1 Million, brauchte man die GesamtSumme seiner Mittel lediglich mit 5 malzunehmen, um zu einer recht exakten Abschätzung seiner Bedürfnisse zu gelangen. Jasper sprach bei Poole vor; der sich zwar langsam erholte, aber noch nicht imstande war, das Zimmer zu verlassen; und traf diesen Herrn in einem noch schwermütigeren Gemütszustande an, als gemeinhin der Fall war; bewirkt durch Onkel Sam's brutale Erklärung, daß ›wenn er schon für die Sünden seines Patchens verantwortlich sei, so doch nicht für Dessen

Schulden‹, und daß er wirklich der Ansicht geworden wäre, ›das Beste, was Samuel Dolly tun könnte, wäre, für kurze Zeit ins Gefängnis zu gehen, bis er sich mit seinen Gläubigern verglichen hätte‹. Worauf Jasper begann, sein eigenes hartes Geschick zu beklagen: »Und ausgerechnet jetzt, wo eins der feschesten Weiber von ganz-Paris, ausdrücklich 'rübergekommen ist, um mich zu besuchen«, sagte der LadyKiller – »eine Große Dame, Dolly; die sich ihre eigne Equipage hält! Ich hätt' Euch ihr längst vorgestellt, wenn Ihr gesund genug gewesen wär't, um auszugehen. Aber man kann schließlich nicht andauernd von SoEiner borgen; (ich wollte, man könnt'es!). – Sicher, da ist noch Mutter Crane, Die den Rock vom Leibe für mich versetzen würde; aber, oh Jeck-Sir, Die schnauzt Einen an, da kann man Angst bekomm'. Außerdem stellt sie Einem die entwürdigendsten Fallen – hat mich doch schuften lassen, wie ein'n Kommis!; (: nicht daß ich *Euch* irgendwie verletzen wollte, Dolly! Wenn Ihr schon ein Kommis seid, oder irgendwas in dieser Sparte, *: Ihr* seid, im Herzen, ein Gentleman!). – Tcha, aber der langen Rede kurzer Sinn: Wir sind, Beide, abgebrannt und total-hin. Und meine entschiedene Meinung ist, –: daß Uns nichts übrig bleibt, als ein Kühner Streich.«

»Ich habe nichts gegen kühne Streiche einzuwenden, aber ich seh' keinerlei Möglichkeit; und Onkel Sam's kühner Streich mit dem Fleet-Gefängnis ist ganz und gar nicht nach meinem Geschmack.«

»Fleet-Gefängnis!: Fleet-Unsinn! Nein nein. – Ihr seid noch nie in Rußland gewesen? Warum sollten Wir nicht Beide dahin gehen? Meine Pariser Freundin, Madame Caumartin, war auf dem Weg nach Italien; aber ihre Pläne haben sich geändert, und sie ist jetzt ganz für Sankt Petersburg. Sie würde bestimmt ein paar Tage warten, bis Ihr wieder auf den Beinen seid: Wir wollen Alle zusammen losfahren, und uns amüsieren. Die Russen sollen ganz vernarrt sein auf Whist: da kommen wir ohne weiteres in der-ihre elegantesten Cliquen 'rein, und leben wie die Prinzen!« Worauf Jasper sich über das Thema ›Russische Lebensweise‹ in derart glühenden Wendungen zu verbreiten anhub, daß Dolly Poole die schmerzenden Augen schloß, und in seiner Phantasie bereits im Schlitten über die gefror'ne Newa dahinsauste, in Pelzwerk gehüllt – einer Gräfin entgegen, die mit dem Dinner auf ihn wartete; und wo Grafen zu Dutzenden bereit waren, fabelhaft hohe Beträge darauf zu verwetten, daß Jasper Losely den Rubber verliere.

Nachdem er seinen Freund dergestalt erst in diese Region luftigster Schlösser versetzt hatte, stieg Jasper anschließend wieder in die Welt der Praxis herab, indem er mit der traurigen Tatsache endete, wie man weder nach Sankt Petersburg, noch, wenn einmal dort, in dessen elegante Zirkel gelangen könne, ohne wenigstens ein kleines BarKapital als Start zu haben.

»Und ich will Euch sagen, was Wir machen. Madame Caumartin lebt im größten Stil. Kriegt den alten Latham, Euern Chef, dazu 'rum, daß er ihr einen Wechsel über 500 £ drei Monate dato, diskontiert – und ab geht's mit Uns Allen wie der Wind!«. Poole schüttelte den Kopf: »Dazu ist der alte Latham, der Schlaufuchs, viel zu gerieben – 'ne Ausländerin auch noch! Er würde Bürgschaft verlangen.«

»Ich bürge.«

Aber Dolly schüttelte den Kopf ein zweites Mal, und mit noch mehr Nachdruck als zuerst.

»Aber Ihr habt mir doch erzählt, daß er Papiere diskontiert – reich dabei wird –: ?«

»Ja, wird reich dabei; was aber schwerlich der Fall sein dürfte, wenn er ein Papier diskontierte, wie Ihr es vorschlagt. Nichts für ungut.«

»Och, unter Freunden gibt's keine Beleidigung! – Habt Ihr ihm nicht schon Wechsel vermittelt, die er dann diskontiert hat?«

»Ja – gute Papiere.«

»Jedes Papier, mit einem guten Namen unterzeichnet, ist ein gutes Papier. Und Wir können doch gute Namen unterzeichnen, wenn Wir die Handschrift der Betreffenden kennen.«

Dolly zuckte zusammen, und wurde weiß. Ein Gauner war er – Betrüger beim Kartenspiel; auf dem Turf ein Schwindler – aber direkt Fälschung! *das* Verbrechen war ihm doch neu. Die bloße Vorstellung davon machte, daß sein Fieber wieder einsetzte. Und während Jasper das Übel noch dadurch verschlimmerte, daß er ihm seine Befürchtungen weg zu räsonnieren suchte, kam zu Poole's Glück, Onkel Sam zur Tür herein. Onkel Sam, ein schlauer alter Geschäftsmann, hatte kaum einen Blick auf den strahlenden Losely geworfen, als er auch schon Mißtrauen und Widerwillen gegen ihn faßte; ähnlich dem, womit etwa ein erfahrener Gänserich sich einen Fuchs besehen mag, den er im Gespräch mit seinem Kücken erblickt. Er hatte bereits genug von seines Patchens Treiben und erlesenem Umgang in Erfahrung gebracht, um sich gewiß zu sein, daß

Samuel Dolly überaus antikaufmännischen Neigungen nachgehangen habe, und von überaus antikaufmännischen Freunden aufs betrüblichste korrumpiert worden sei. Er war zu der Überzeugung gelangt, daß die einzige Chance, Dolly zu reformieren, darin bestünde: seinen Geist zu bearbeiten, solange der Körper noch nennenswert litte; so daß Poole, nach seiner Genesung, dann mit sämtlichen früheren Verbindungen bräche. Und als er jetzt Jasper's gewahr wurde – aufgetakelt wie der letzte Geck, und mit den Muskeln eines PreisBoxers – da ward es Onkel Sam, als erblicke er die athletische Incarnation aller der Sünden, von denen ein Pate stellvertretend gelobt, daß sein Täufling sie hiermit abschwöre. Dementsprechend benahm er sich derart unangenehm, daß Losely vor lauter Ekel sich nur hastig verabschiedete. Und Onkel Sam, als er der KrankenSchwester dabei behülflich war, Dolly tiefer ins Bett zu stecken, hatte tatsächlich die Brutalität, seinem Neffen in dürren Worten zu bedeuten: daß, falls er noch-einmal diesen Talmi-Gentleman in Poole's Wohnung anträfe, er (= Poole) das letzte Mal die Farbe von seinem (= Onkel Sam's) Geld gesehen haben solle! Als Dolly daraufhin zu flennen begann, tat es dem guten Manne schon wieder leid; er klopfte ihn auf den Rücken, und sagte: »Aber sobald Du wieder wohlauf sein wirst, nehm' ich Dich mit auf mein LandHäuschen; und da bist Du allem Ungemach aus dem Wege, bis ich 'ne Frau für Dich gefunden hab', die Dir anständig d'n Kopp wäscht.« – eine so erheiternde Aussicht, daß Poole darob noch kläglicher zu wimmern begann denn zuvor. Um ganz-sicher zu gehen, gab Onkel Sam, eh'er sich zu seinem Logis im Gloucester KaffeeHaus zurückzog, Poole's Wirtin, (die in Onkel Sam den Mann ehrte, der einst das bezahlen werde, was Poole ihr schuldete), die unmißverständliche Anweisung: unter keinen Umständen einen von Dolly's lüderlichen Freundschaften einzulassen; vor allem aber nicht den Buben, den er eben hier angetroffen!; und er fügte hinzu: »Richtet Euch danach, insofern Euch meines Neffen Leben teuer ist; beziehungsweise, was Euch wichtiger sein wird: Eure Rechnung!«. –

Als daher Jasper, am selben Abend noch, wied'rum vor Poole's Thür erschien, setzte Frau Wirtin ihn in Kenntnis solcher Anweisung; und schloß, mit rechten taub gegen seine einschmeichelnden Vorstellungen, ihm die Tür vor der Nase zu: ! – Nun hat allerdings ein französischer Chronist es festgehalten, daß – als Heinrich IV. Paris belagerte – zwar nicht 1 BrotLaib die Mauern passieren konnte; dessenungeachtet aber LiebesBrieflein zwischen der Stadt und dem feindlichen Lager so leicht hin-&-hergingen, wie wenn keinerlei Belagerung stattgefunden hätte. Und herrscht nicht Mercurius im Reich des Geldes ebenso, wie in dem der Liebe? So unterhielt denn auch Jasper, durch Vermittlung der Kranken-Schwester, die glücklicherweise nicht über eine Bestechung auf SchillingBasis erhaben war, eine vertraute und eifrige Korrespondenz mit Poole; ständig gespornt durch Madame Caumartin, die es außerordentlich ängstlich damit hatte, London sobald wie möglich mit St. Petersburg zu vertauschen. Poole blieb zwar dabei, die von Jasper vorgeschlagene Schurkerei von sich zu weisen; aber im Verlauf ihres Briefwechsels ließ er – obschon ziemlich unzusammenhängend; denn sein Geist hatte begonnen zum Abschweifen und Faseln zu neigen – etwas von einem nicht minder verruchten Projekt fallen, das Jasper, vielleicht unterstützt durch Madame Caumartin's noch gewetzteren Verstand, sogleich aufgriff, und ebenso rasch wie umsichtig Methode hineinbrachte. Der alte Latham bewahrte unter den Wechseln die er diskontierte, auch solche von noch verschämteren Kunden auf, die sich ausbedungen hatten, daß ihre Zuflucht zu einer vorübergehenden finanziellen Zwischenlösung ein tiefes Geheimnis, im innersten Fach seines Safe, bleiben müsse. Nun war Poole bekannt, daß sich unter jenen Wechseln einer über 1000 £ befände; ausgestellt von einem jungen Edelmann, auf den unermeßlicher Grundbesitz wartete, aber so majoratsmäßig verklausuliert, daß er davon weder verkaufen noch etwas hypothekarisch belasten konnte; und der infolgedessen oftmalen um ein paar Hundert Taschengeld in Verlegenheit war. Des Edelmanns Name stand in hohem Ansehen; sein Reichtum war überall bekannt; seine Ehre untadelig: einen Wechsel von ihm würde Jedermann unbesehen honorieren. Wenn Poole nur zu diesem Wechsel gelangen könnte! Er hatte, seines Wissens, nur noch ganz wenige Wochen Laufzeit. Jasper, oder auch Madame Caumartin, konnten ihn sogar bei Lord ***'s eignem Bankier zu Geld machen; beziehungsweise, falls das doch etwas zu keck sein sollte, bei jedem x-beliebigen WechselMakler; und ehe noch ein Verdacht sich zu erheben vermochte, konnten alle Drei längst aus dem Staube sein. Aber um mit besagtem Safe zurande zu kommen, durfte ein Nachschlüssel erforderlich werden; und Poole schlug einen Wachsabdruck des Schlosses vor. Aber Jasper übersandte ihm eine schnellfertigere Vorrichtung – ein kurios aussehendes Werkzeug, das wie ein FolterInstrument anmutete. Jetzt war nur noch nötig, daß Poole sich hinreichend erholte, um einerseits ins Geschäft zurückkehren zu können; und andrerseits Onkel Sam loszuwerden, durch das Versprechen: daß er, Poole, sobald er als gewissenhafter Mensch einige dringende ArbeitsRückstände aufgeholt haben werde, unverzüglich auf's Land kommen wolle. Während sotane Korrespondenz im Gange war, vermied Jasper Losely Mrs. Crane; und nahm seine Mahlzeiten, und verbrachte seine MußeStunden lieber bei Madame Caumartin: um sich hier heimisch zu fühlen, brauchte er weder Schlafrock noch Pantoffeln. Madame Caumartin hatte tatsächlich ein schaubares Haus in einer vornehmen Straße gemietet; und auch ihre eig'ne Erscheinung war in hervorragendem Maße das, was die Franzosen *distinguée* nennen. Vollendet gekleidet, von Kopf bis Fuß; adrett und poliert wie ein Epigramm. Ihr Gesicht, der Form nach, wie das einer reinrassigen Cobra-Capella – niedrige, aber glatte Stirn, sich nach oben zu verbreiternd; Kinn schmal zulaufend, jedoch starke Kiefer; Zähne märchenhaft weiß, klein, und so scharf zugespitzt, wie man sie im Schlund des Fisches antrifft, der da heißt ›SeeTeufel‹; Augen wie dunkle Smaragde, deren Pupillen, wenn sie wütend war, oder Nichtsnutzigkeiten ausheckte, auseinanderwichen, in Schläfenrichtung, und dann einen leuchtend-grünen Strahl aussandten, der wie der Schimmer einer BlendLaterne durch den Raum zuckte; Teint weiblich im höchsten Grade – ja nicht etwa ›blaß‹ zu nennen, wohl aber weiß, wie wenn sie von nichts als gebleichten Mandeln lebe, Pfirsichkernen und Arsenik; Hände so gepflegt und blutlos, mit dünnen, und so spitz zulaufenden Fingern, daß sie an ihren Enden Stacheln zu haben schienen; dazu Manieren, die sämtliche Rangstufen der menschlichen Gesellschaft, von der höchsten bis zur niedrigsten, umfaßten; und auf jeglicher davon den Besonnensten düpiert hatten. Wenn es ihr so gefiel, hätte ein KronPrinz meinen können, sie müsse ihre Jugend in porphyrogener Umgebung zugebracht haben! Wenn es ihr so gefiel, würde der älteste Soldat geschworen haben, das Geschöpfchen müsse *vivandière* à la Mutter Courage gewesen sein! Alter, vielleicht, dicht an die 40. Sicher, sie wirkte jünger; aber wäre sie 120 gewesen, sie hätte nicht ruchloser sein können. Ach, wahrlich ein Glück für Sophie, daß der krüpplichte Vagabund sie von Arabella's immer noch minderer Unfreundlichkeit, davongeführt hatte wenn ihre Jugend dadurch davor gerettet wurde, in eleganten Boudoirs von diesen blutlosen Händen serviert zu werden; besser sogar

Rugge's WanderBühne; weit-besser noch grün-verstohlene Hecken-Gäßchen, erdachte Namen, und Sir Isaak's grundgelehrte Kunststücke!

Dennoch ist es wohl Schuldigkeit, selbst Jasper gegenüber, hier festzuhalten, daß in Losely's jüngstem Projekt, (= Sophie von Waife zu entfernen, und sie Madame Caumartin's Obhut zu übergeben), der Gauner wohl kaum die Idee einer so-abgründigen Schufterei ventilierte, als der Charakter der *Parisienne* die eifersüchtige Arabella argwöhnen machte. Sein eigentliches derzeitiges Vorhaben, das Kind erneut in seine Gewalt zu bringen, war – (was immer es sein mochte) – relativ harmlos, verglichen mit der mildesten von Arabella's sinistren Befürchtungen. Aber immerhin, wenn Sophie wieder gefaßt worden *wäre;* und dann der Zweck ihrer Einbringung vereitelt, (wie es doch wahrscheinlich der Fall gewesen): was wäre *dann* aus ihr geworden – für Waife, vermutlich, auf immer verloren – im fremden Land – und unter solcher Hüterschaft?! Gewichtige Frage; mit der Jasper Losely allerdings, der sich so wenig Sorgen um die Frage aller Fragen machte – dh. ›Was eines schönen Tages aus ihm selbst werden könnte?‹ – sich nicht groß den feinen Kopf zerbrach!

Indessen war Mrs. Crane erheblich auf dem Posten. Der Beamte der KriminalPolizei, den Rugge zu ihr schickte, vermochte ihr keinen der gewünschten Aufschlüsse zu geben; (deren sie ja auch eigentlich nicht länger bedurfte). Dafür gab sie-ihrerseits dem Detektiv einige Informationen über Madame Caumartin. –

Eines schönen Tages, gegen Abend, ward sie durch einen Besuch Onkel Sam's überrascht. Er sprach bei ihr vor, angeblich um ihr für ihre Freundlichkeit gegenüber seinem Neffen-Paten zu danken; und sie gleichzeitig zu bitten, es nicht übel zu nehmen, wenn er neulich grob zu Mr. Losely gewesen sei; (Der, wie er von Dolly erfahren habe, ihr besonderer Freund wäre). –

: »Seh'n Sie, Ma'am; Samuel Dolly ist ein schwächlicher-junger Bursch, und leicht irre zu leiten. Aber, und das ist ein Glück für ihn!, Er hat weder das entsprechende Geld, noch den entsprechenden Magen. Das ist die Basis dafür, daß er noch beizeiten bereut; wenn ich ihm bloß ne Frau auftreiben könnte, die ihn managed!; denn er ist an sich kein flacher Kopf, hat begriffen, was die Hauptsache ist, und könnte durchaus 'n praktischer Mann werden. Ich hab ihm mehrfach gedroht, ihn ins Gefängnis zu schicken; aber das'ss natürlich nur, um ihm Angst zu machen – im Grunde möcht' ich ihn bloß sicher auf's Land spedieren, und eben da-gegen sperrt er sich. – Infolgedessen seh'ich mich genötigt zu sagen: ›Bungalow, Selbstgebrautes, und Hammelfleisch, Samuel Dolly. – Oder-aber Lonn'on-Kittchen; und SchuldnerKost!‹ – Man muß'm jungen Menschn ja ne Wahl lassen, gelt, liebe Dame?«

Da Mrs. Crane anmerkte, wie das, was er sagte, äußerst vernünftig wäre, wuchs Onkel Sam's Zutrauen weiter.

»Und ich dachte schon, ich hätte ihn soweit, – bis ich in seinem Krankenzimmer Mr. Losely antraf; aber von dem Tage an, ich weiß nicht wie das kommt, geht dem Jungen irgendwas im Kopf 'rum, was mir nicht entfernt gefällt – ganz durcheinander, möcht' ich meinen, liebe Dame – völlig durcheinander. Ich hab' diese alte Krankenschwester im Verdacht, daß Die Briefe hin und her trägt. Ich hab's ihr auf den Kopf zugesagt; worauf sie sofort auf die Bibel schwören wollte und dabei nach Gin roch – beides Dinge, die, zusammen gehalten, auf Schuldbewußtsein deuten.«

»Aber«, sagte Mrs. Crane, die sich plötzlich sehr zu interessieren begann: »wenn Mr. Losely und Mr. Poole auch miteinander korrespondieren, was weiter?«

»Eben das ist ja, was ich wissen möchte, Madam'. Sie entschuldigen, ich will Mr. Losely gar nicht zu nahe treten – 'n schneidiger junger Mann, geb' ich gern zu, und nichts Schlimmeres weiter. Aber dessen bin ich mir bombensicher, daß er Samuel Dolly irgendetwas in den Kopf gesetzt hat, woran Der übergeschnappt ist!: da ist der Junge Ihnen doch auf den Beinen, und komplett angezogen, (wo er ja ins Bett gehörte); und schwört, er würde ab morgen wieder zum alten Latham gehen, dieser Berg von Arbeitsrückständen laste ihm derartig auf'm Gewissen! Hab' ihn vordem noch nie von Gewissen reden hören – sieht ebenfalls nach Schuldbewußtsein aus! Ich kann ihn auch nicht länger damit erschrecken, daß ich ihm drohe, er müsse ins Gefängnis wandern für seine Schulden; und er hat's außerordentlich ängstlich, mich aus Lond'n rauszumanöverier'n; und als ich ein Wort über Mr. Losely hinwerfe, (so ganz schlau um die Ecke, gute Dame – bloß ma' um die Wirkung zu sehen), da wird er doch so weiß wie das Papier-da; und gleich darauf fängt er an, sich in die Brust zu werfen, und 'rumzustolzieren, und mir zu sagen: Mr. Losely würde ein Großer Mann sein; und er würde auch ein Großer Mann sein; und daß er nicht *so* viel nach meinem Gelde frage –: Geld?, Geld könnt' er kriegen so viel er wollte. Also wenn das nicht nach Schuldbewußtsein aussieht, liebe Dame! Und, oh!,« rief Onkel Sam, und rang die Hände ineinander: »ich fürchte immer, er trägt sich mit irgend--etwas Schlimmerem, als er sich je zuvor geleistet hat, und sein bißchen Gehirn kann das nicht bewältigen. Und, Madam', er hat solchen Respekt vor Ihnen!; und Sie Ihrerseits sind mit Mr. Losely befreundet – nehmen Wir bloß mal an jetzt, Mr. Losely habe sich etwas ausgedacht, was Eure flotten Sportsleute hierorts einen ›harmlosen Streich‹ heißen; und meiner Schwester Sohn, schwach von Kopf wie er ist, konstruierte das um, zu irgendwas Kriminellem. Oh, Mrs. Crane!: bitte gehen Sie und sprechen Sie mit Mr. Losely; und sagen Sie ihm, mit Samuel Dolly wär's nicht mehr richtig – nicht mehr richtig!«

»Erheblich besser, wenn ich mich 'mal zu Ihrem Neffen verfügte«, sagte Mrs. Crane; »und zwar werd' ich das sofort tun, wenn Sie gestatten. Aber lassen Sie mich mit ihm allein sprechen. Wo kann ich, anschließend dann, Sie treffen?«

»Im ›Gloucester KaffeeHaus‹. Ach meine liebste beste Dame, wie kann ich Ihnen je genug danken! Ihnen kann der Junge ja weiter nichts sein; aber für mich ist er schließlich meiner Schwester Sohn – der Lump, der!«

17. Kapitel

Dices laborantes in uno
Penelopen vitreamque Circen!
Horaz.

Mrs. Crane traf Poole in seinem kleinen, rundherum mit Stichen und Drucken von OpernBalletteusen, PreisBoxern, Rennpferden, auch dem Hund Billy, behangenen Wohnzimmerchen an. Samuel Dolly war in vollständigem GesellschaftsAnzug. Seine Wangen, normalerweise so blaß, schienen erheblich gerötet. Er befand sich unverkennbar im Zustand höchster Erregung; verbeugte sich äußerst tief gegen Mrs. Crane, und nannte sie Gräfin; erkundigte sich, ob sie in letzter Zeit auf dem Kontinent gewesen sei, und Madame Caumartin kenne?; auch, ob der Adel von Sankt Petersburg fidel sei, oder aber hochnäsige Gesellen, mit vornehmem Getue?; – ohne jedoch ihre Antwort irgend abzuwarten. Tatsächlich; sein Geist befand sich fraglos in Verwirrung.

Arabella Crane legte ihm, unvermittelt, die Hand auf die Schulter. »Ihr seid auf dem Weg zum Galgen.«, sagte sie, ohne Übergang. »Nieder auf die Knie!: beichtet mir Alles; und ich will Euer Geheimnis bewahren, und Euch retten. Lügt – und Ihr seid verloren!«

Worauf Poole in Thränen ausbrach; und in die Knie ging, wie er es geheißen worden war.

Binnen 10 Minuten wußte Mrs. Crane Alles, woran zu wissen ihr gelegen war; hatte sich der Briefe Losely's bemächtigt; ließ Poole mit leichterem Herzen und weniger schwindelköpfig zurück; und eilte ihrerseits zu Onkel Sam, ins ›Gloucester KaffeeHaus‹. –: »Schafft Euren Neffen, heut Abend noch, aus der Stadt; und laßt ihn innerhalb der nächsten sechs Monate nicht aus den Augen. Und merkt auf: ein braver Mann wird er niemals sein; aber Ihr könnt ihn vermutlich vor den GefängnisSchiffen retten. Tut das. Folgt meinem Rat.« Ehe Onkel Sam noch antworten konnte, war sie schon wieder fort.

Als nächstes verfügte sie sich in die Privatwohnung jenes Detektiv's, mit dem sie bereits zuvor konferiert hatte – dies Mal mehr um Informationen zu empfangen, als zu erteilen. Noch war keine halbe Stunde nach dem Interview mit ihm verstrichen, als Arabella

Crane auch schon in der Straße Posto gefaßt hatte, wo das Show-Haus von Madame Caumartin sich befand. – Die StraßenLaternen waren inzwischen angegangen – die Straße selbst, schon bei Tag' ausgesprochen ruhig, wirkte relativ-verlassen. Sämtliche Fenster im Haus der Französin waren abgedichtet, mit Läden und Vorhängen; ausgenommen das StockWerk, wo der Salon sich befand: von dem--aus strömten die Lichter drinnen über einen Balkon, gedrängt voll greller Pflanzen – (einer der FensterFlügel stand parziell-offen) – und von Zeit-zu-Zeit ließ sich, von da-aus wo die SchildWächterin starrte, eine hinter Musselin-Draperien flanierende Gestalt gewahren; beziehungsweise der Schall eines lauteren Gelächters. In ihrer dunkelgrauen Tracht, und dem noch düstereren Mantel, stand Arabella Crane regungslos da, die Augen unverwandt auf jene Fenster geheftet. Wenn, was selten geschah, ein Fußgänger an ihr vorbeieilte, wandte er sich unwillkürlich, zu einem Blick in das Gesicht einer so Stillen; und anschließend, ebenso unwillkürlich, zu einem zweiten, nach dem Haus, zu dem dieses Gesicht gehoben war. Und kein Beobachter so unneugierig, daß er nicht die ein- oder andere Vermutung angestellt hätte, welche Art von Übel für das Haus diese düsteren unguten Augen, die es mit einer derart konzentrierten Drohung bewachten, wohl anzeigen möchten. So verblieb sie; obschon sie sich, zuweilen, von ihrem Posten fortbewegte, aber nur wie eine Schildwacht von dem seinigen: ein paar Schritt hin, ein paar her, bis zurück zum selben Fleck, dann wieder Bewegungslosigkeit; so verblieb sie, stundenlang. Der Abend sank tiefer und ward zur Nacht – die Nacht wuchs und verstrich, bis nahe zur MorgenDämmerung; sie stand noch immer in der Straße dort, und hatte die Augen noch immer auf jenes Haus gerichtet. Endlich öffnete sich, geräuschlos, die Haustür – ein hochgewachs'ner Mann kam, leichten Schritts, herausgetänzelt, und summte dazu die Melodie eines munteren französischen Chansons vor sich hin. Da er geradeswegs auf die Stelle zu kam, wo Arabella Crane die Wacht hielt, brauchte sie aus ihrem dunklen Mantel nur den langen Arm mit der mageren Hand hervorzustrecken, und ihn fest zu halten. Er fuhr zusammen; dann erkannte er sie.

»Ihr hier?!« rief er –: »Ihr? – zu solcher Stunde? – Ihr!«

»Ja, ich, Jasper Losely; um Euch zu warnen. Morgen werden Polizisten und Justizbeamte dies verfluchte Haus betreten. Morgen wird diese Frau – nicht ihrer schlimmsten Verbrechen wegen, da sind die Paragraphen geschickt umgangen worden; wohl aber für ihr geringstes, wegen dessen das Gesetz sie niederhetzen kann – eine Gefangene sein . . .: Nein! – Ihr werdet nicht umdrehen, sie zu warnen, wie ich Euch gewarnt habe« (denn hier hatte Jasper sich losgerissen, und wieder ein paar Schritte gegen das Haus hin getan): »beziehungsweise falls Ihr es tut, teilt Ihr ihr Schicksal. Dann laß ich Euch fallen.«

»Was wollt Ihr damit sagen?«, fragte Jasper; und hielt doch lieber inne, bis sie, lang-langsamen Schritts ihm wieder zur Seite war. »Sprecht deutlicher: wenn die arme Madame Caumartin irgendwie in die Klemme geraten sein sollte, (was ich für nicht sehr wahrscheinlich halte), was hätte dann ich damit zu tun?«

»Die Frau, die Ihr ›Caumartin‹ nennt, ist aus Paris geflohen, um sich der dortigen Gerichtsbarkeit zu entziehen. Man hat sie aufgespürt; die Französische Regierung hat ihre Auslieferung beantragt – Hoh! – Ihr lächelt? – das berührt Euch nicht weiter.«

»Allerdings nicht.«

»Aber es liegen außerdem Klagen von Englischen Kaufleuten gegen sie vor; und wenn nachgewiesen werden sollte, daß Ihr sie unter ihrem wahren Namen kanntet – diese infame Gabrielle Desmarets – wenn also nachgewiesen werden sollte, daß Ihr die von ihr gestohlenen französischen Banknoten, hier in Umlauf gebracht habt – daß Ihr ihr Komplize dabei wart, für sie, unter ihrem falschen Namen, Waren zu beschaffen – daß Ihr Euch an ihren Räubereien mit-bereichert, ihr bei ihren hiesigen Schwindeleien hilfreiche Hand geleistet habt: werdet Ihr, obwohl vielleicht sicher vor dem französischen Gesetz, auch sicher vor dem englischen sein? Möglich, daß Ihr unschuldig seid, Jasper Losely; gut, dann habt Ihr nichts zu fürchten. Möglich aber auch, daß Ihr schuldig wäret: dann verbergt Euch!; oder besser, kommt mit mir.«

Jasper hielt inne. Sein erster Impuls war, Mrs. Crane blindlings zu vertrauen; nicht 1 Moment zu verlieren; sich vielmehr die Ratschläge bezüglich Verstecken oder Flucht, die eine der seinigen so turmhoch überlegene Intelligenz ihm eingab, unverzüglich zu Nutze zu machen. Aber da ihm plötzlich einfiel, wie Poole sich anheischig gemacht hätte, jenen Wechsel über 1000 £ am nächsten Tag zu beschaffen –. daß also, wenn schon Flucht erforderlich würde, noch die Chance einer Flucht mit vollen Taschen bestünde – bewirkten seine angeborne Verwegenheit, im Verein mit seiner damit gekoppelten Raffgier, daß er sich am Ende doch entschloß, den Aufschub von zumindest ein paar Stunden zu riskieren. Und war es, in letzter Instanz, nicht sogar möglich, daß Mrs. Crane übertrieb? Handelte es sich nicht hauptsächlich um den Rat eines eifersüchtigen Frauenzimmers? »Bitte«, sagte er, im Weitergehen; und flinke scharfe Blicke auf sie heftend, wie sie da so an seiner Seite dahinschritt —: »bitte, wieso habt Ihr eigentlich all diese Einzelheiten in Erfahrung gebracht?«

»Über einen KriminalPolizisten; ursprünglich eingesetzt um Sophie ausfindig zu machen. Beim Konferieren mit ihm fiel organisch auch der Name Jasper Losely, als der ihres gesetzlichen Beschützers: und bereits da war dieser Name bekannt, als in Verbindung mit dem Namen der falschen Caumartin. Solchermaßen hat, indirekt, das Kind das Ihr diesem WeibsStück ausliefern wolltet, Euch davor bewahrt, Deren schmachvolles Los zu teilen.«

»Quatsch! Sprüche!«, gab Jasper verstockt zurück; ob er sich schon unter ihren Worten ein bißchen in den Schultern wand: »ich seh', wenn ich's recht überlege, immer noch nicht ein, wieso mir was bewiesen werden könnte. Ich hab schließlich nicht die Verpflichtung zu wissen, ob und wieso eine Lady ihren Namen ändert, oder wie sie zu ihren Geldmitteln kommt. Und was ihr Soll bei den Krämern anlangt? — nich' der Rede wert; das Meiste, was sie gekriegt hat, ist bezahlt — und das noch nicht Bezahlte, beträgt weniger als der Wert ihrer Effekten. Pah! so-leicht jagt man mich nicht ins Bockshorn — trotzdem bin ich Euch natürlich überaus verbunden. Aber geht nur jetzt nachhause; 's schrecklich spät schon. : Gut' Nacht; oder vielmehr Guten Morgen.« —

—: »Jasper. Merkt auf: falls Ihr diese Frau noch einmal wiederseht — falls Ihr versuchen solltet, sie zu retten oder abzuschirmen —: ich erfahr'es; und Ihr habt dann, in Mir, Euern letzten Freund verloren — Eure letzte Hoffnung — die letzte rettende Planke in einer alles-verschlingenden See!«

Und so feierlich-nachdrucksvoll waren diese letzten Worte gesprochen, daß sie das verhärtete Herz des ruchlosen Mannes doch irgendwie durchdrangen. —: »Ich hab' durchaus nicht den Wunsch, sie abzuschirmen oder zu retten«, sagte er; mit einer Aufrichtigkeit, wie sie nur die Selbstsucht verleiht. »Und nach Allem was Ihr Mir hier so mitgeteilt habt, würde ich genauso gern einen Brander betreten als dieses Haus-da. — Aber laßt mir noch ein paar Stunden zum Überlegen: was am Besten zu tun wäre.«

»Ja; überlegt das — Ich werd'Euch unterdes erwarten; : bis-morgen.«

So ging er seines Weges, die ZwielichtStraßen davon, hin zu einem neuen Logis, das er sich ermietet hatte, unfern des Show-Hauses. – Sie ihrerseits, zog den Mantel enger um ihre knochige Gestalt; schlug die entgegengesetzte Richtung ein; und entschwand, durch noch-einsamere Gäßchen; bis sie ihre HausThür erreicht hatte; und zurück bewillkommnet ward, von Bridget, der Getreuen.

18. Kapitel

Die Hoffnung erzählt Mr. Rugge eine entzückende-schmeichlerische Geschichte. / Er wird durch einen Anwalt eines besseren belehrt, und seiner Trauer überlassen; täuscht jedoch, obschon unbewußt, seinerseits auch den Anwalt; und der Anwalt wiederum täuscht seinen Klienten – was 6 Schilling 8 pence in die Tasche des Anwalts bedeutet.

Am folgenden Morgen war Arabella Crane kaum angekleidet, als auch schon Mr. Rugge an ihre Tür klopfte. Den Tag zuvor hatte der Detektiv ihn davon unterrichtet, wie die Ermittlungen ergeben hätten, daß William und Sophie Waife nach Amerika abgefahren seien. Wie toll war der unselige Direktor davongestürzt, zum Büro der DampfbootLinie; wo man ihm Einsicht in die Passagierlisten gestattete, aus denen sich die verhaßte Kunde jedoch nur bestätigte. Wie zum Spott auf seinen Zustand der Beraubtheit und des Betrogenseins, fand er, bei seiner Rückkehr, zuhaus' ein höfliches Schreiben von Mr. Gotobed vor, worin er aufgefordert ward, doch gelegentlich im Büro dieses renommierten Anwalts vorzusprechen, in Sachen einer jungen Schauspielerin namens Sophie Waife, und es war angedeutet, ›daß ein solcher Besuch möglicherweise von Nutzen für ihn sein könnte.‹ Einen wirr-verwilderten Augenblick lang überließ er sich dem Traum, wie Mr. Losely das Gewissen geschlagen, und er diesen Anwalt damit beauftragt habe, ihm seine 100 £ wieder zurückzuzahlen; stürmte unverzüglich nach Mr. Gotobed's Büro; und ward auch sogleich zur Audienz bei dem betreffenden majestätischen Praktikus zugelassen.

»Sie entschuldigen, Sir« begann Mr. Gotobed mit formvoller Höflichkeit: »aber ich habe da zufällig vor einigen Tagen von meinem BüroVorsteher gehört – der es seinerseits, und nicht minder zufällig, von einem Sportsfreund erfahren hat – daß bei Ihnen, in Humberston, während der Rennwoche, eine junge Schauspielerin öffentlich aufgetreten ist, auf den ProgrammZetteln (hier habe ich g'rade einen) als ›Juliet Araminta‹ bezeichnet; und die Sie, wie ich mir habe sagen lassen, auch zuvor schon, in Surrey und andernorts, dem Publikum vorgestellt hatten; aber es hieß dann, sie hätte jenes frühere Engagement gekündigt, und, zusammen mit ihrem Großvater, William Waife, Ihrer Bühne den Rücken gekehrt. Nun bin ich von einem ausgezeichneten Klienten, der sehr wohlhabend ist, und sich aus Gründen reiner Mildtätigkeit für die genannten William und Sophie Waife interessiert, beauftragt worden, den Aufenthalt der Beiden ausfindig zu machen. Wollen Sie deshalb die Freundlichkeit haben, das Kind meiner Obhut zu übergeben, und mich außerdem von der Anschrift des Großvaters, falls er nicht auch bei Ihnen sein sollte, in Kenntnis zu setzen; und, ohne erst weitere Instruktionen von meinem Klienten, der sich im Ausland befindet, abzuwarten, will ich es über mich nehmen und Ihnen versprechen, daß Sie für jegliches Opfer, das der Verlust Ihrer jugendlichen Aktrice mit sich führen könnte, aufs großzügigste entschädigt werden sollen.«

»Sir«, rief Rugge, ebenso erbärmlich wie unklug, »ich habe 100 £ für dieses HöllenKind gezahlt – ein Engagement auf drei Jahre – und ich bin beraubt worden! Erstatten Sie mir meine 100 £ wieder; und ich will Ihnen mitteilen wo sie ist, und ihr schnöder Großvater nicht minder.«

Als der bedächtige Anwalt vernahm, wie sich da ein so übler Leumund verschwenderisch über die – der uneigennützigen Nächstenliebe seines Klienten empfohlenen – Gegenstände ergoß, zog er seine pecuniären Fühlhörner prompt ein.

»Mr. Rugge«, sagte er, »ich entnehme Ihren Worten, daß Sie dieses Kind Sophie, *alias* Juliet Araminta, mir nicht zu getreuen Händen zu übergeben imstande sind – Sie verlangen lediglich 100 £ für die bloße Angabe, wo sie sich befindet. Haben Sie irgend einen juristischen Anspruch auf sie?«

»Und wie, Sir!; sie ist mein Eigentum.«

»Dann ist es aber auch mehr als klar, daß, obschon Sie vielleicht wissen mögen *wo* sie ist, Sie dennoch nicht von sich aus an sie heran können; sie ergo mir auch nicht zu getreuen Händen übergeben könnten. – Ist sie vielleicht-ä – im Himmel?«

»Zum Henker mit ihr!, nein Sir! – : in Amerika!; beziehungsweise auf dem Seeweg' dorthin.«

»Sind Sie sich dessen ganz sicher?«

»Ich komme recte vom Büro der DampferLinie; und habe ihre Namen in den Listen dort mit eignen Augen gesehen – ›William und Sophie Waife; vergangnen Donnerstag in Liverpool eingeschifft‹.«

»Und sie waren ein Engagement mit Ihnen eingegangen? – hatten Ihr Geld entgegengenommen? – haben das erstere gebrochen; sind mit dem zweiten flüchtig geworden?. Schlechter Schlag Menschen, allerdings.«

»›Schlecht!?‹ : das kann man wohl sagen – ein Verein von Schwindlern, so Kind wie Kegel! – Und dazu diese Undankbarkeit!«, fuhr Rugge fort,: »Ich bin diesem Kind' mehr als ein Vater gewesen –« (hier begann er förmlich zu wimmern): »einst hatt'ich selbst ein Kind meiner eignen Lenden – (starb beim Zahnen, in Krämpfen). Und ich hatte mir geschmeichelt, jenes Kind möchte, vikariierend, für es eintreten können: was hab' ich nicht vom Großen Theater zu York geträumt!; aber . . .«, hier versiegte seine Stimme in der KleinGefaltetheit eines wundersam-schmutzigen, dazu auch noch roten, Taschentuches.

Mr. Gotobed, der nunmehr indes Alles erfahren hatte, was zu erfahren er wünschte, und der nicht direkt ein weichherziger Mann war (Anwälte ersten Ranges sind das selten), zog, an dieser Stelle angelangt, seine TaschenUhr heraus, und sagte . . .

:»Sir-ä; man hat Ihnen, wie ich merke, äußerst übel mitgespielt. Dennoch muß ich Ihnen einen Guten Tag wünschen – ich bin in die City bestellt. Zu Ihren 100 £ kann ich Ihnen leider nicht verhelfen; aber wenn Sie vielleicht diese Kleinigkeit« (eine 5-£-Note) »annehmen wollten, für die Zeit, die Sie geopfert haben . . .« – (energisch klingelnd) – »ä-Portier? –: zeigt diesem Herrn, wo es hinaus-geht.«

Am gleichen Abend noch diktierte Mr. Gotobed einen ausführlichen Brief an Guy Darrell, in dem zu lesen stand,: wie er, nach erheblicher Mühwaltung und ausgedehnten Recherchen, so glücklich gewesen sei, zu ermitteln,. daß es sich bei dem WanderSchauspieler plus dem Kleinen Mädchen, die Mr. Darrell so menschenfreundlich seinen Nachforschungen empfohlen habe, um äußerst zweifelhafte

Gestalten handele; die sich denn auch nach den Vereinigten Staaten davon-gemacht hätten; wie das, zum Glück für Alt-England!, dessen zweifelhafte Gestalten zu tun tendierten.

Dieser Brief erreichte Guy Darrell, als er schon weit weit fort war, inmitten des heruntergekommenen Pomps einer alten italiänischen Stadt; und Lionels Geschichte von jenem kleinen Mädchen, seinen düsteren Gedanken nicht mehr sehr gegenwärtig war. Natürlicherweise nahm er an, daß der Junge durch ein hübsches Gesichtchen, und sein eigenes gutes aber unerfahrenes Herze hintergangen worden sei: und folglich, und folglich – ja, wie eben die Hälfte aller Bemühungen von Leuten, welche die mit Arbeit verbundene Ausführung ihrer humanen Absichten Andern anvertrauen, folglich endet! Die Schalen irdischer Gerechtigkeit werden nämlich in ihrem schwankenden-schwebenden Gleichgewicht mit nichten durch dicke ZentnerStücke erhalten; sondern vermittelst infinitesimaler Körnlein, die genau zurechtzulegen, oder anders zu verteilen, es der behutsamsten Vorsicht bedarf – der bedächtigsten Geduld – der feinsten zartesten Hand. Wenige unserer Irrtümer, ob von der Nation begangen, ob vom Individuum, entspringen ja einer direkten Absicht, ungerecht zu sein – die meisten von ihnen resultieren aus Trägheit; oder der Unfähigkeit, sich mit den Mühsalen des Gerechtseins herumzuschlagen. Es mag durchaus sein, daß bei einer Rückschau unseres Gewissens, wir uns durch aktive BegehungsSünden nicht übermäßig beschwert empfinden – groß sind sie, und augenfällig auch; und wir haben sie eingestanden, betrauert bedauert, sie auch möglicherweise gesühnt. UnterlassungsSünden dagegen, so verschleiert inmitten unsrer turbulenten stündlichen Emotionen, – überblendet, vermengt-verworren, unwahrgenommen während der konventionellen Routine unseres Daseins – Ohweh! könnten *diese* plötzlich aus ihrer Schattenhaftigkeit auftauchen, sich zusammenscharen in gedrängter Masse zu anklagender Formation – ohweh, ohweh! würde nicht der Beste von uns auffahren in Bestürzung?, nicht der Stolzeste sich willig demütigen vor dem Thron der Barmherzigkeit!

19. Kapitel

Dessenungeachtet kehrt die Freude bei Mr. Rugge wieder ein; und über Mrs. Crane wird Hoffnung verhängt. Eine sehr gut-aussehende Hoffnung nebenbei – 6 Fuß 1 – stark wie Achill, und nicht minder schnellfüßig.

Aber wir haben Mr. Rugge einfach vor Mrs. Crane's Tür stehen lassen;: bitte, herein. Und er platzt förmlich in ihr Wohnzimmer, und wischt sich die Stirn –

: »Madam', sie sind weg! nach Amerika! –.–«

»So hab' ich gehört, ja. Sie haben den durchaus berechtigten Anspruch auf Zurückerstattung Ihres Geldes . . .«

»›Berechtigten Anspruch‹ natürlich – aber . . .«

»Dort ist es; händigen Sie mir den Kontrakt über die Dienstverpflichtung des Kindes aus.«

Rugge schaute auf ein Röllchen Banknoten, und wollte kaum seinen Augen trauen. Seine Hand schoß nach vo . . . und die Scheine wichen zurück, wie der Dolch in ›Macbeth‹ – »Erst den Kontrakt«, sagte Mrs. Crane. Rugge zog seine schmierige Brieftasche heraus, und entnahm ihr den wertlosen Vertrag:–

»Künftighin also«, sagte Mrs. Crane, »habt Ihr keinerlei Recht mehr, Euch zu beklagen; und ob das Mädchen Euch jemals wieder in den Weg kommt oder nicht: Euer Anspruch auf sie hat aufgehört.«

»Die Götter sei'n gepriesen! ja, Madam', so ist es; ich hab' auch vollkommen genug von ihr gehabt. Aber Sie sind, jeder Zoll, eine Lady; erlauben Sie mir noch, hinzuzufügen, daß ich Sie auf meine FreikartenListe setze; auf Lebenszeit.« –

Als Rugge gegangen war, beschied Arabella Crane, Bridget zu sich.

»Mein', Miss!«, rief Bridget, naiv-impulsiv: »das soll aber Einer glauben, daß Sie sich die ganze Nacht rumgetrieben haben!: ich hab' Sie seit Jahren nich mehr so gut-aussehen sehen!«

»Achja«, sagte Arabella Crane; »ich will Dir auch verraten, wieso: ich hab' etwas getan, von dem ich viele Jahre hindurch gemeint habe, ich würd' es nie wieder tun – eine Gute Tat. Dies Kind-da – diese Sophie – kannst Du Dich erinnern, wie unbarmherzig ich sie traktiert habe?«

»Oh, Miss; nu fang'n Sie nich noch an, sich *des*wegen Schuld zu geb'm: Sie haben ihr zu essen gegeben, und anzuziehen; als ihr leiblicher Vater, der Lump, sich ihrer einfach entledigt, und sie Ihnen aufgehalst hat – von allen Leuten *ausgerechnet-Ihnen!*. Wie hätten *Sie's* wohl herzen und küssen sollen, sein Kind – der-ihr Kind!?«

Mrs. Crane hing düster den Kopf. »Was vergangen ist, ist vergangen. Es ist jedenfalls mein Kismet gewesen, dies Kind zu retten; und mir ist, als wäre ein Fluch von meiner Seele genommen. – Hör mich jetzt an. Ich werde London – vermutlich sogar England – wohl noch heut Abend verlassen. Du wirst Dich um dies Haushier kümmern; es muß jeden Augenblick intakt sein, für den Fall daß ich zurückkomme. Der Agent, der die Mieten einkassiert, wird Dir, je nach Bedarf, Geld geben: knapps Dir nichts ab, Bridget. Ich hab schließlich gespart, und gespart, und gespart, viele-traurige Jahre lang – es war ja sonst nichts, was mich interessiert hätte – und ich bin wohlhabender, als ich scheine.«

»Aber wo gehen Sie denn hin, Miss?«, fragte Bridget; die sich jetzt langsam aus der HalbBetäubung erholte, in die sie die Ankündigung ihrer Gebieterin versetzt hatte.

»Ich weiß es nicht – ist mir auch gleich.«

»Oh himmlische Gestirne! ist es mit diesem schrecklichen Jasper Losely?! – achja, achja! – Sie sind ja verrückt, Miss; Sie sind behext!«

»Durchaus möglich, daß ich verrückt bin – vielleicht auch behext; aber ich addiere halt das Leben dieses Mannes zu meinem-hinzu; als eine Art Buße, für all das Übel, das in meinem je vorgekommen ist; und vor 1 oder 2 Tagen noch, hätt'ich womöglich, voller Wut und Scham, gerufen: ›Ich kann nicht dafür; ich bin mir selbst zum Graus, daß ich danach frage, was aus ihm wird!?‹. Heute, ohne Wut und ohne Scham, sage ich schlicht: ›Der Mann, den ich einmal derart geliebt habe, soll, falls ich's irgend hindern kann, nicht am Galgen sterben!; und, helf der Himmel,: ich *werd's* verhindern!‹.«

Das grimme Weib verschränkte die Arme über der Brust, und wie sie so den Kopf zu seiner vollen Höhe emporrichtete, da lag über ihrem Antlitz und ganzen Wesen eine strenge, finst're Größe, die wohl niemand ohne eine gemischte Empfindung von Mitgefühl und Ehrerbietung hätte ansehen können.

»Geh nun, Bridget; was zu sagen war, ist gesagt. Er will bald hier sein; er wird kommen – er muß kommen – er hat keine andere Wahl; und dann – und dann . . .« Sie schloß ihre Augen, senkte das Haupt, und schauderte.

Arabella Crane hatte, wie gewöhnlich, Recht mit ihrer Voraussage. Vor Mittag noch kam Jasper an – kam an, nicht mit seinem sonstigen, prahlerisch wiegenden Gang, sondern mit jenem schiefen sinistren Dreinschauen – dem Dreinschauen des Mannes, der von der Welt ›geschnitten‹ wird – das seinen frühern, angestammten Platz auf seinem Gesicht, triumphierend wieder eingenommen hatte. Madame Caumartin war verhaftet worden; Poole mit Onkel Sam zusammen aufs Land gegangen; vor der Tür seines eignen Logis hatte Jasper einen Polizeibeamten erblickt. Da schlich er sich fort aus den vornehmen Verkehrsstraßen – schlich in die entlegnen Winkel von Podden Place – schlich in Arabella Crane's adrettes Wohnzimmer; und sagte mürrisch: »Alles schief gegangen. Hier bin ich.«

* *
*

Drei Tage später, in einer stillen Straße in einem stillen Belgischen Städtchen – von der Sorte, wo ein Gauner, der es unternommen hätte, von seiner Profession leben zu wollen, sehr bald zum Skelett geworden wäre – in einer geräumigen, luftigen Wohnung, deren Fenster auf eine prächtige Straße (allerdings das Gegenteil von ›belebt‹) hinausgingen, saß Jasper Losely; sicher, unschädlich, und zutiefst unglücklich. In einem andern Hause, dessen Fenster – denen von Jasper's Wohnzimmer genau gegenübergelegen – von einem etwas höheren Stockwerk aus einen so guten Einblick in dasselbe gewährten, daß es ihn einer Überwachung unterstellte, ähnlich derjenigen, wie sie Mr. Bentham in seinem Panoptikon, dem neuen ReformGefängnis, vorgesehen hat, saß Arabella Crane. Was immer ihre wahren Gefühle gegenüber Jasper Losely sein mochten, (und welcher Art diese Gefühle waren, das maßgeblich zu definieren kann keine männliche Feder sich herausnehmen; denn hat wohl je der Mann gelebt, der eine Frau gründlich – aber schon wirklich umfassend-gründlich – verstanden hätte?); oder wie weit auch immer, in früheren Jahren, Gelübde ewiger Liebe gegenseitig ausgetauscht worden sein mochten – von dem Tage an, da Jasper, nach seiner Rückkehr zu den heimischen Gestaden, sich in Podden Place eingefunden hatte, war ihr Umgang nicht allein auf die Grenzen nüchternster Freundschaft reduziert gewesen; sondern nachdem Jasper auf so rohe Weise die Hand abgelehnt hatte, die ihn jetzt fütterte, war Arabella Crane vermutlich die Einsicht gekommen, daß ihre einzige Chance, wenigstens die geistige Gewalt über sein gesetzloses Wesen zu behalten, den absoluten Verzicht auf jede Hoffnung oder jegliches Projekt notwendig machte, das sie aufs Neue seiner Verachtung ausgesetzt hätte. Also waren, sowohl um Schein und Sein in Einklang zu bringen, als auch den äußeren Anstand zu wahren, getrennte Haushalte eine wesentliche Voraussetzung zur Aufrechterhaltung jener Autorität, womit die förmliche strenge Art und Weise ihres Verkehrs miteinander sie bekleidet hatte. Die zusätzliche Ausgabe strengte ihre pecuniären Hilfsquellen freilich an; aber sie sparte an ihrer eigenen Bequemlichkeit, um Jasper ja keinen Grund zu liefern, sich über etwelche Einschränkungen der seinigen zu beklagen. Da saß sie also an ihrem Fenster, selbst ungesehen, und betrachtete ihn in seiner Einsamkeit-gegenüber; für sich selber ein steriles OpferLeben akzeptierend; aber gleichzeitig die eifersüchtige Schildwacht über das seinige. Sie sann nach, während sie so dasaß, und ihr Auge auf ihm rastloste – sann nach, was für Beschäftigungen sie erfinden könnte, mit den bestechendsten geldlichen Vorteilen, die sie heimlich zahlen würde, für diese starken Hände da-drüben, die notfalls einen Ochsen hätten fällen können; aber wenn es darum ging, sein Geld auf ehrliche Weise zu verdienen, völlig entnervt waren – und für diesen rastlosen Geist, der nach Betätigung hungerte, mit der Verdauung eines Straußes was Würfelspiel und Bauchlust, Rabbatz und Schwindel betraf; aber zimpferlich wie ein erschöpfter Magen-Schwächling, sobald es sich um ein unschuldiges Vergnügen, 1 ehrsamen Handgriff handelte. Aber wenn eine Frau, solchen Formats, beständig auf Mittel sinnt, einen abscheulichen Mann vor GefängnisSchiff oder Strick zu bewahren, Wer darf sich da schon erkühnen zu sagen, daß Der keinerlei Chance habe? Der hat durchaus eine Chance!, bloß eben – WAS WIRD ER DAMIT MACHEN?

ARNO SCHMIDT
LEVIATHAN
S. FISCHER
ARNO SCHMIDT
Brand's Haide
S. FISCHER
arno schmidt
aus dem leben eines fauns
ARNO SCHMIDT
das steinerne herz
arno schmidt
die gelehrtenrepublik
S. Fischer
ARNO SCHMIDT
dya na sore
Gespräche in einer Bibliothek
S. Fischer
arno schmidt
rosen & porree
s. fischer
Arno Schmidt
Kaff
auch
Mare Crisium
S. Fischer
ARNO SCHMIDT
bel phe gor
Nachrichten von Büchern und Menschen
S. Fischer
ARNO SCHMIDT
SITARA
und der Weg dorthin
Eine Studie über Wesen, Werk & Wirkung
KARL MAYS
S. Fischer
Arno Schmidt
Kühe in Halbtrauer
S. Fischer
ARNO SCHMIDT
die ritter vom geist
Arno Schmidt
Trommler beim Zaren
S. Fischer
Arno Schmidt
Der Triton mit dem Sonnenschirm
Großbritannische Gemütsergetzungen
S. Fischer

fi 638/1

ARNO SCHMIDT
Abend mit Goldrand

Abbildung zur Wahrsageszene auf Seite 146

Eine MärchenPosse.
55 Bilder
aus der $L^{ä}_{E}$ndlichkeit für Gönner der Verschreib-Kunst.
Faksimilewiedergabe des DIN A3-Typoskripts im Originalformat (32,5 x 43,0 cm). 215 Seiten. Erstausgabe 1975 – 3. Auflage 1981

Ausgabe A: Leinenband, fadengeheftet, mit Schutzfolie, im Schuber
Ausgabe B: Kartoniert, mit Leinenfälzel, im Schuber
Engl. Ausgabe: Leinenband. Übersetzt von John E. Woods

Nach der Novellen-Comödie die Märchen-Posse, doch anstelle einer phantastischen Zukunft die auf wildere Weise phantastische Gegenwart im Heidenest Klappendorf.

Aufgefahren wird die skurrile Menage der fünf Alten des Fohrbach'schen Haushalts mit brüchigem Goldrand, zwischen ihnen die jungmuntere Ziehtochter Martina, auf dem Heuhaufen nebenan die wüste Jugendrotte auf dem Wege nach Tasmanien, mit der im Faß auf der Terrasse logierenden, okkult begabten Anführerin Ann'Ev.
Dazwischen Erinnertes aus Arno Schmidts Kindheit und Jugend und Einbringung seines Fragments aus den Tagen von Lauban und Hagenau, PHAROS oder von der Macht der Dichter.

Zettels Traum bedeutet Arno Schmidts Versuch, in einem einzigen Vier-Personen-Gespräch eines Tages und einer Nacht eine ins Universale getriebene Poe-Analyse, eine wortschöpferische Sprachtheorie, die Entdeckung der entwicklungspsychologischen vierten Persönlichkeitsinstanz und darüber hinaus ein Vier-Personen-Schicksal in einem dialogisierten Essayroman zusammenzufassen.

Arno Schmidt

Zettels Traum

Faksimilewiedergabe des 1334 Blätter umfassenden Typoskripts mit Randglossen und Handskizzen des Autors im Originalformat 32,5 x 44,0 cm. 1352 Seiten. Erstauflage 1970 – 4. Auflage Sommer 1986.

Ausgabe A: Leinenband, fadengeheftet, mit Schutzfolie, in bezogenem Schuber

Ausgabe B: Studienausgabe in 8 Großheften in bezogenem Schuber

Die acht Bücher von Zettels Traum:

I. Buch *Das Schauerfeld oder die Sprache von Tsalal*

II. Buch *In Gesellschaft von Bäumen*

III. Buch *Dän's Cottage; (ein Diorama)*

IV. Buch *Die Geste des Großen Pun*

V. Buch *Franziska-Nameh*

VI. Buch *: ›Rohrfrei!‹ –*

VII. Buch *The T$\frac{w}{o}$ilit of the G$\frac{od}{uts}$s*

VIII. Buch *Im Reiche der Neith*

Vorläufiges zu Zettels Traum

2 Langspielplatten in Kassette mit Arno Schmidts freiem Vortrag von rd. 100 Minuten zur Einführung in sein Hauptwerk, einem Textheft mit der Aufzeichnung dieser Rede und Faksimilebeigabe der vorgelesenen Seiten. 1977.

Zum geschriebenen Wort in ›Zettels Traum‹ tritt Arno Schmidts Stimme, der Klang seiner persönlichen Artikulation, so wie er auch beim Schreiben den Text sprechend ausgewogen hatte. Sprechend erklärt er dem Leser die Fabel, an die er Romanwerk und Poe-Spekulation aufgehängt.

Arno Schmidt

Nachrichten aus dem Leben eines Lords
Sechs Nachtprogramme
Angria & Gondal / Was wird er damit machen?
Tom all alone's / »Der Titel aller Titel!«
Der Triton mit dem Sonnenschirm / Das Buch Jedermann
Kaleidoskopische Kollidier-Eskapaden
Band 9116

Orpheus
Fünf Erzählungen
Caliban über Setebos
Die Wasserstraße / Der Sonn' entgegen ...
Kundisches Geschirr / Die Abenteuer der Sylvesternacht
Band 9120

Sommermeteor
23 Kurzgeschichten
Trommler beim Zaren / Schlüsseltausch / Rollende Nacht
Der Tag der Kaktusblüte / Die Vorsichtigen / Was soll ich tun?
Seltsame Tage / Schulausflug / Zählergesang / Rivalen
Nebenmond und rosa Augen / Am Fernrohr / Geschichten von der Insel Man / Nachbarin, Tod und Solidus / Lustig ist das Zigeunerleben / Ein Leben im Voraus / Das heulende Haus
Sommermeteor / Kleiner Krieg / Die Wasserlilie / Zu ähnlich
Schwarze Haare / Die Lange Grete
Band 9121

Die Gelehrtenrepublik
Kurzroman aus den Roßbreiten. Band 9126
(erscheint voraussichtlich im Winter 1990)

Fischer Taschenbuch Verlag

fi 636/1b

Arno Schmidt

Leviathan und Schwarze Spiegel
Zwei Erzählungen. Band 9110

Alexander oder Was ist Wahrheit
Drei Erzählungen
Gadir / Alexander / Enthymesis
Band 9111

Aus dem Leben eines Fauns
Kurzroman. Band 9112

Brand's Haide
Erzählung. Band 9113

Aus julianischen Tagen
24 Essays
I. Berichte aus der Nicht-Unendlichkeit
II. Und es blitzten die Sterne / III. Berechnungen
Band 9114

Schwänze
Fünf Erzählungen
Kühe in Halbtrauer / Windmühlen / Großer Kain
Schwänze / ‹Piporakemes!›
Band 9115

Kaff auch Mare Crisium
Roman. Band 9117
(erscheint voraussichtlich im Frühjahr 1991)

Fischer Taschenbuch Verlag

fi 636 / 4 a

Arno Schmidts Übersetzungen englischer und amerikanischer Literatur

Edward Bulwer-Lytton

Was wird er damit machen?
Nachrichten aus dem Leben eines Lords
Roman. 1131 Seiten, Leinen.

Auch lieferbar im Fischer Taschenbuch Verlag
Drei Bände in Kassette Bd. 10605.

Dein Roman
60 Spielarten Englischen Daseins
Roman. 1540 Seiten, Leinen

*

William Faulkner
New Orleans
Skizzen und Erzählungen
Kurzprosa. 225 Seiten. Gebunden

*

Wilkie Collins
Die Frau in Weiß
Roman. Fischer Taschenbuch Band 8227

S. Fischer · Fischer Taschenbuch Verlag

fi 637/3 a

Dokumentationen zu Arno Schmidt
Porträt einer Klasse

Arno Schmidt zum Gedenken.
Die Dokumentation zu Arno Schmidts Hamburger Jugend. Mit rund 100 Glossen, Fußnoten und Planskizzen Arno Schmidts sowie mehr als 200 Abbildungen.
Herausgegeben von Ernst Krawehl.
432 Seiten, Leinen, fadengeheftet, im Schuber, 1982

Aus dem Inhalt:
Entstehung und Aufbau des Buches. – *Erinnerungen der Klassengenossen:* Neun Mitschüler Arno Schmidts erzählen vom Schulalltag der Realschule am Brekelbaumspark, den er 1924–1928 mit ihnen teilte. – *Meine Erinnerungen an Hamburg-Hamm:* Arno Schmidts Erinnerung an die elterliche Wohnung im Rumpffsweg 27, an Nachbarschaft, Hausgenossen, Stadtviertel, Zeitereignisse. – *Erinnerungen meiner Mutter:* Nach dem Tode der Mutter in Quedlinburg aufgefundene Niederschrift über seine Kinderjahre, mit Arno Schmidts kritischen Glossen. – *Erinnerungen meiner Schwester:* Bericht und Transkript der englischen Originalaufnahme von John E. Woods' Gespräch in Neponsit, N.Y., mit Arno Schmidts Schwester Lucy Kiesler am 21. und 22. Mai 1977 über die gemeinsame Hamburger Jugend. – *Anhang:* Materialien zu Schule und Unterricht. Lebenswege der Mitschüler. Zwei herausragende Lehrer. Stadtteilbilder. Familien-, Schul- und Klassenfotos.

S. Fischer

EDWARD BULWER-LYTTON

WAS WIRD ER DAMIT MACHEN?

NACHRICHTEN AUS DEM LEBEN EINES LORDS

Roman

II

Deutsch von Arno Schmidt

FISCHER TASCHENBUCH VERLAG

Titel der Originalausgabe
›What will he do with it?‹

Ungekürzte Ausgabe in 3 Bänden
Veröffentlicht im Fischer Taschenbuch Verlag GmbH,
Frankfurt am Main, November 1990

Lizenzausgabe mit freundlicher Genehmigung
des S. Fischer Verlags GmbH, Frankfurt am Main
Die Erstausgabe dieser Übersetzung von Arno Schmidt
erschien 1971 im Goverts Krüger Stahlberg Verlag GmbH, Stuttgart

Umschlaggestaltung: Jan Buchholz/Reni Hinsch
Gesamtherstellung: Clausen & Bosse, Leck
Printed in Germany
ISBN 3-596-10603-6 (Band II)

ISBN 3-596-10602-8 (Band I)
ISBN 3-596-10604-4 (Band III)
ISBN 3-596-10605-2 (Kassette)

V. BUCH

1. Kapitel

Neid kann zur Wissenschaft werden, sobald er den Gebrauch des Mikroskopes lernt.

Wenn die Blätter fallen und die Blumen welken, dann sind die vornehmen Leute auf ihren Landsitzen anzutreffen. Sehen Sie? —: das-dort ist Montfort Court! Eine Lokalität von königlicher Großartigkeit; das heißt, soweit Ausdehnung der Baulichkeiten und Umfang der Liegenden Gründe den Stolz eines Besitzers befriedigen, oder den Besucher mit dem Respekt erfüllen können, der dem Reichtum und der Macht gebührt. Ein Künstler freilich hätte nichts daraus machen können. Das Kostspielige überall — das Malerische nirgendwo. Das Schloß war unter der Regierung Georgs I. erbaut, da man zuerst mit jenem Horror vor dem Schönen anfing, als etwas, das gleichsam schlechten Geschmack bekunde; eine Einstellung, die, unsrer angeborenen Liebe zum Fortschritt entsprechend, denn auch unter den Regierungen der nachfolgenden George fortschreitend weiter-entwickelt worden ist. Eine enorme Fassade — aus stumpfbraunen Ziegeln — zwei Flügel und ein Mittelbau, mit doppelter Freitreppe von der WagenAuffahrt bis hinauf zum Portal der großen Halle. Bäumen war nicht erlaubt worden, allzunah am Hause zu wachsen; vor der Front nur eine pompöse Ebene, mit steinernen Balustraden. Aber wohin das Auge sich auch immer richtete, nichts war zu erblicken als Park — Meilen auf Meilen von Park; nicht ein Kornfeld in Sicht — nicht ein HausGiebel — nicht ein Kirchtürmlein — nur immer diese *lata silentia* — stille Rasen-Gebreite; und, etwas sehr dünn-vereinzelt und entfernt, die bekannten Gehölze von riesigen Bäumen. Die ganze Aussicht so gedehnt und einförmig, daß es Einen nie in Versuchung brachte, einen

Spaziergang zu unternehmen. Keinerlei poetisches Dickicht in nächster Nähe, in das man sich hätte verlieren können, ungewiß wo man wohl wieder herauskommen werde; kein geschlängeltes Flüßchen, dessen Lauf man hätte folgen können. Das Rotwild selbst, fett und schwer, schien gelangweilt von WeideGründen, zu deren Durchquerung es eine Woche benötigt hätte. Leute von mäßigen Glücksumständen und frugal im Wünschen, waren nie neidisch auf Montfort Court; sie bewunderten es, sicher – waren auch stolz, erwähnen zu können, daß sie es gesehen hätten – aber niemals sagte Einer,

: ›daß mir ein Heim wie dies entgegenlachte!‹

Nicht so die sehr – *sehr!* Vornehmen – *die* begehrten mehr, als daß sie bewunderten.: diese EichBäume, so mächtig und dennoch gänzlich ungeschwächt! – dieser Park, von mindestens 18 Meilen Umfang! – dieser solide Palast; der, ohne Schwierig- und Unbequemlichkeit, einen König und sein komplettes Gefolge, bewirten und unterbringen konnte! – kurzum, all diese Belege für ein wahrhaft fürstliches Territorium plus einem gewichtigsten PachtRegister, vermochten selbst englische Herzöge zu respektvollem Neid; und erregten in ausländischen Westentaschen-Potentaten eine höchst befriedigende Eifersucht.

Aber lassen Wir die Front Front sein; – öffnen Wir das FlachTor in dieser steinernen Balustrade – verfügen Wir Uns südlich, nach der GartenSeite des Schlosses. Lady Montfort's BlumenGarten. Ja; nicht ganz so geistlos! – Blumen, (sogar HerbstBlumen), beleben jeglichen RasenFleck. Immerhin auch wieder in so großem Maßstab und mit so wenig Abwechslung; so gar nichts von Geheimnis an diesen breiten Kiesgängen; nicht ein geschlängeltes Weglein irgendwo. Oh, daß ein normales SommerHäuschen auftauchte; eine Laube, ganz Geißblatt und Efeu! Aber die Dahlien sind doch herrlich! Sehr wahr; nur sind Dahlien, bestenfalls, so uninteressante prosaische Dinger: welcher Poet hat wohl je eine Dahlie angedichtet? Sicherlich hätte Lady Montfort doch ein klein wenig mehr Geschmack hier aufwenden – ein bißlein Phantasie zeigen können! Lady Montfort?!: das Gesicht von Mylord hätt'ich sehen mögen, wenn Lady Montfort sich irgend dergleichen Freiheit herausgenommen hätte. Aber da ist ja Lady Montfort, wie sie grad jenen breiten breiten breiten Kiesgang langsam dahin geht – auf jeder Seite diese herrlichen Dahlien, in ihren Beeten umgeben von Rasen. Da geht sie hin, voll sichtbar aus all diesen 60 unbarmherzigen Fenstern der Gartenfront, und jegliches Fenster gleicht genau dem anderen. Da geht sie, sehnsüchtig nach dem fernen Ende schauend – (und s'ist ein weiter Weg bis da-hin) – wo sich glücklicherweise ein Pförtchen befindet, das einen ausdauernden Fuß-Wanderer außer Sichtweite der 60 Fenster, in schattige Gänge führt, und weiter zu den Ufern dieser unermeßlichen Wasserfläche, zwei Meilen vom Schloss' entfernt. Mylord ist noch nicht von seinen Mooren und Heiden in Schottland zurück – Mylady ist allein. Kein Besuch im Schloß – etwa wie wenn man sagte, ›Niemand Bekanntes in einer ganzen Stadt‹. Aber die Dienerschaft ist vollzählig. Obwohl sie allein diniert, könnte sie doch, wenn es ihr so beliebte, sich dabei von nahezu ebensoviel Domestiken beschauen lassen, als ihr jetzt Fenster aus den glasig-gespenstischen Augen auf ihrem einsamen Spaziergang hinterherstarren.

Just als Lady Montfort das Pförtchen gewonnen hat, wird sie von einem Besucher eingeholt, der raschen Schritts von der geschwungenen KiesAuffahrt am vorderen Eingang, wo er vom Pferde abstieg, herankommt – von wo er ihrer ansichtig geworden ist – Jeder, der dort abstieg wäre ihrer ansichtig geworden, er mochte wollen oder nicht: Gärten dieser GüteKlasse sind absichtlich so angelegt, daß feine Leute, die sich darin ergehen, auch gesehen werden können.

»Ah, Lady Montfort«, spricht der Besucher und stottert erbarmenswürdig, »ich bin ja so froh, Sie zu Hause anzutreffen.«

»Zuhaus, George –«, sagt die Lady, und streckt ihm die Hand entgegen; »wo anders sollte ich mit einiger Wahrscheinlichkeit wohl anzutreffen sein? Aber wie blaß Ihr ausseht! Was ist denn vorgefallen?«

Sie nahm auf einer Bank, unter einem Zedernbaum, unmittelbar außerhalb des Pförtchens, Platz; und George Morley, unser alter Freund, der Oxforder, setzte sich ihr zur Seite; vertraulich, aber doch mit einer gewissen Ehrerbietigkeit. Lady Montfort war ein paar Jahre älter als er – seine Cousine – und sie hatten sich seit ihren KinderTagen gekannt.

»Was vorgefallen ist –«, wiederholte er; »an sich nichts Neues. Ich komme eben von einem Besuch bei unserm guten Bischof zurück.«

»Er zögert doch nicht etwa, Euch zu ordinieren?«

»Das nicht – aber ich werde ihn von mir aus niemals darum ersuchen.«

»Mein lieber Cousin, seid Ihr da nicht über-gewissenhaft? Ihr würdet doch eine Zierde der Kirche sein; mehr als hinreichend in allem anderen, um die unfreiwillige Unterlassung 1 Pflicht zu rechtfertigen, die jeder Curat für Euch verrichten könnte.«

Morley schüttelte trüb' den Kopf. » ›1 unterlassene Pflicht‹ ! « , sagte er. »Aber ist es nicht genau *die* Pflicht, die den Priester vom Laien unterscheidet?, und wie weit reicht nicht gerade diese Pflicht? Wo immer eine Stimme erforderlich wird, die Schrift zu verkünden – nicht nur von der Kanzel; sondern zu Seiten des häuslichen Herdes; an Krankenbetten –: *da* hat der Pastor zu sein! – Nein – ich kann, ich soll, ich darf nicht! Untauglich als Arbeiter: wie kann ich seines Lohnes würdig sein!?«. Er brauchte lange, um diese Worte heraus zu bringen; seine Aufgeregtheit verstärkte sein Gebrechen noch. – Lady Montfort hörte ihn mit ausgesuchter Hochachtung, die sich in ihrem Mitgefühl kundtat, an; und machte dann selbst eine lange Pause, bevor sie antwortete. –

George Morley war der jüngere Sohn eines LandEdelmannes, mit einem hübschen Gut, das jedoch, wie üblich, auf den ältesten Sohn überzugehen hatte. George's Vater war einer der Busen-Freunde seines großen Verwandten, des Marquis von Montfort, gewesen, (des Vorgängers und AhnHerrn des gegenwärtigen Lords); und der Marquis hatte, seines gerechten Erachtens, insofern sattsam für George vorgesorgt, als er ihm, sobald er das entsprechende Alter erreicht haben würde, die Pfarrei Humberston, die einträglichste Pfründe, die er zu vergeben hatte, zuzusichern unternahm. Die betreffende Pfarrstelle hatte, während der letzten 15 Jahre, vikariierend, ein nunmehr sehr-alter Geistlicher innegehabt; unter der, durchaus-ehrlichen, Übereinkunft, daß er – falls George je die Weihen nehmen sollte – zum gegebenen Zeitpunkt zu dessen Gunsten darauf zu verzichten habe. Der Junge Mann, – solchermaßen, von frühester Kindheit an, praktisch für die Kirche bestimmt – widmete der Aussicht auf diesen Beruf all seine Studien, all seine Gedanken. Nicht vor seinem sechzehnten Jahre machte sein SprechFehler sich ernsthaft bemerkbar; und dann unternahmen SprachLehrer es, ihn zu kurieren – ohne Erfolg. Aber George's Geist fuhr fort, sich gänzlich in der Richtung zu bewegen, in die man ihn gewissermaßen so systematisch hinein-beeinflußt hatte. Als er die Universität Oxford bezog, verlor er sich gänzlich in deren akademischen Schatten: umringwallt von seinen Büchern, vergaß er seiner Behinderung beim Sprechen schier. Scheu, wortkarg und einsiedlerisch, befaßte er sich viel zu wenig mit Anderen, als daß sie ihm so recht deutlich zum Bewußtsein gekommen wäre. Er trug Preise davon – Auszeichnungen bei SchlußExamina. Als er von der Universität dann abging – ein grundgelehrter Theolog' – ein enthusiastischer Hochkirchler; erfüllt mit dem verantwortungsvollsten Gefühl für den erhab'nen Beruf des SeelenHirten – da war es geschehen, daß der Archimandrit seines College's, nach so manchem Kompliment, auch das geäußert hatte, :»Wie schade, daß Sie nicht in die KirchenLaufbahn eintreten können!«

»›Nicht können‹? – aber ich *trete* doch in die Kirchenlaufbahn ein.«

»Sie?! ist das möglich? Oder, ist Ihnen vielleicht schon eine Pfarre sicher . . .?«

»Ja – Humberston.«

»Oh, eine großartige Pfründe; aber auch eine sehr starke Bevölkerung. Sicher; es ist ganz dem Ermessen des Bischofs anheim gegeben, und steht in seiner Macht, Sie zu ordinieren; und für all die betreffenden Pflichten könnten Sie sich schließlich einen Curaten halten. Dennoch . . .«; der Professor ordinarius brach ab, und nahm eine Prise.

Dieses ›Dennoch‹ besagte, ebenso deutlich als Worte es gekonnt hätten: ›Das mag eine feine Sache für Sie sein; aber ist es auch recht und billig der Kirche gegenüber?‹

So wenigstens verstand George Morley die stillschweigende Bedeutung dieses ›dennoch‹; und sein Gewissen begann ihm beträchtlich zu schlagen. Er war ein Mann von durch und durch edlem Herzen; und sein Gewissen neigte dazu, umso empfindlicher zu reagieren, sobald weltliche Interessen sich versucherisch mit-einmischten. Mit dieser Pfarrstelle war er reich; ohne sie sehr arm. Aber eine Berufung aufzugeben, eine Idee, mit der er sich längst identifiziert hatte, mit aller Energie einer kraftvollen und eifrigen Natur, das hätte bedeutet, den ganzen Grundplan und Traum seines Daseins aufzugeben! Er blieb eine zeitlang unentschlossen; am Ende schrieb er dann an den derzeitigen Lord Montfort; machte ihn mit seinen Skrupeln und Zweifeln bekannt; und entband schließlich, seinerseits, den Marquis von jener Zusicherung, die Se. Lordschaft Vorfahr gegeben hatte. Nun war der derzeitige Marquis nicht der Mann, fähig derlei feine Bedenklichkeiten zu begreifen. Aber, vielleicht zum Glück für George und für die Kirche, wurden die auch nur einigermaßen wichtigen Angelegenheiten des Großen

Hauses Montfort nicht vom Marquis-selbst gehandhabt. Die Einflußnahmen auf's Parlament; die Vergebung der KirchenPfründen; auch die praktischen Direktiven an die untergeordneteren Verwalter auf den, mit dem Titel verknüpften, ebenso weitläufigen wie komplizierten Besitzungen, unterstanden zu jener Zeit der Leitung von Mr. Carr Vipont, einflußreiches Mitglied des Parlaments, und übrigens der Gatte jener Lady Selina, deren Herablassung seinerzeit Frank Vance, dem Maler, so auf die Nerven gefallen war. Mr. Carr Vipont verwaltete diese seine Vizekönigschaft entsprechend den Regeln und Traditionen, durch die das Haus Montfort groß und gedeihlich geworden war. Denn nicht bloß etwa jeglicher Staat, sondern auch jedes großherrschaftliche Haus hat seine erblichen politischen Maximen; das Haus Montfort nicht minder, als das Haus Habsburg. Nun war es eine der GrundsatzRegeln des Hauses Montfort, daß alle als solche anerkannten Mitglieder der Familie, einander zu helfen hätten; wie auch, daß das Haupt des Hauses niemals dulden dürfe, wenn es sich irgend vermeiden ließe, daß einer seiner Seitenzweige verfiele und in Armut versänke. Weiterhin hielt das Haus Montfort es für Pflicht, jede Art von etwa auftretendem Talent, das entweder seinen Einfluß direkt erhöhen, oder doch die Annalen der Familien zieren könnte, zu pflegen, zu fördern, und möglichst nutzbringend zu machen. Im Besitz von Rang, im Besitz von Reichtum, war man bestrebt, sich nun auch des Geistes zu versichern, und, durch alle Verzweigungen von Verwandtheit und Vetternschaft hindurch, jede Variante von Ruf und Einfluß, die den alten Stamm noch-fester im Lande zu verwurzeln angetan war, in eine große-solide Union zusammenzustricken. Ganz im Sinne dieser traditionellen HausDiplomatie, wünschte Mr. Carr Vipont nicht nur, daß ein Vipont Morley jetzt nicht etwa einer feinen Sache verlustig ginge; sondern gleichermaßen, daß eine sehr feine Sache nicht etwa einen Vipont Morley von hohem akademischen Ruf einbüßte – einen Vipont Morley, der durchaus einmal Bischof werden konnte! Weswegen er denn auch ein bewundernswürdiges Antwortschreiben entwarf, welches der Marquis unterzeichnete – (daß der Marquis sich der Mühe unterzöge, es abzuschreiben, kam überhaupt nicht in Frage) – in dem er Lord Montfort die größte Bewunderung für eine Uneigennützigkeit und Zartheit des Empfindens ausdrücken ließ, die jedoch nur einmal mehr bewiese, wie unvergleichlich geeignet George Vipont Morley für die Betreuung von Seelen sei; und das weiterhin den Vorschlag enthielt, ihm Zimmer in Montfort Court zur Verfügung zu stellen (der Herr Marquis sei im Moment sowieso nicht dort), so daß George die ganze Angelegenheit mit dem derzeitigen Pfarrer von Humberston, (einer Stadt, nicht allzuviele Meilen von Montfort Court entfernt), durchsprechen könne; einem Manne der, nebenbei bemerkt, obwohl nicht im geringsten sprachbehindert, dennoch niemals persönlich predigte oder die Gebete abläse, (Begründung: angegriffene Bronchien); nichtsdestoweniger aber ein geschätzter und tüchtiger Geistlicher wäre. Das war der Grund, weshalb George Morley vor ein paar Monaten, unmittelbar nach seiner Zusammenkunft mit Mrs. Crane, sich nach Montfort Court verfügte. Anschließend hatte er dann eine Einladung angenommen, 8 oder 14 Tage bei Hochwürden Mr. Allsop, dem Primarius von Humberston, zu verbringen – einem Geistlichen von der alten Schule; ein passabler Gelehrter, ein vollendeter Gentleman, ein Mann von der unbescholtensten Ehrenhaftigkeit, gutmütig und wohltätig; der allerdings seine PastoralPflichten beträchtlich leichter nahm, als gute Geistliche der Neueren Schule – ob nun hoch oder niedrig – zu tun geneigt sind. Mr. Allsop, der damals in seinem 80. Jahre stand, und ein Hagestolz mit recht ansehnlichem eigenen Vermögen war, erklärte sich ohne weiteres bereit, seinen Teil der Verpflichtung, infolgederen er die Pfründe erhalten hatte, zu erfüllen; und war tief-gerührt ob des sittlichen Ernstes, mit dem George ihm versicherte, daß er keinesfalls die Absicht hege, den ehrwürdigen Amtierenden von einem Platz zu verdrängen, den er so lang' und ehrenvoll innegehabt – und daß er geduldig harren werde, bis die Stelle nach dem gewöhnlichen Lauf der Natur erledigt sei. Mr. Allsop faßte eine warme Zuneigung zu dem Jungen Gelehrten. Auch traf es sich, daß er eine Großnichte hatte, die just bei ihm auf Besuch war, und die, zwar weniger offen aber nicht minder warm, diese Zuneigung teilte; und was George Morley betraf, verliebte er sich, schüchtern und furchtsam, bis über beide Ohren in sie. Ja aber nun? *mit* dieser Pfründe würde er reich genug sein, zu heiraten – ohne sie?: Nein. Ohne sie besaß er nichts als seine GraduiertenZulage an der Universität, (die durch eine Ehe verwirkt wurde); und außerdem seinen kargen Erbanteil als eines kleinen Landedelmannes jüngerer Sohn. Die Junge Dame selbst war umfassend mitgiftlos; denn Allsop hatte über sein Vermögen längst so disponiert, daß auf seine GroßNichte kein Anteil entfiel. Ein weiterer Grund für's Gewissen, diese unselige Sprech-

Behinderung hinunterzuschlucken! Zweifellos mäßigten sich im Verlauf des Besuches selbst Morley's Skrupel; aber nur, um nach seinem Wiedereintreffen daheim mit größerem Nachdruck denn je zurückzukehren – mit größerem Nachdruck; weil er genau spürte, daß ab jetzt nicht nur geistliche Ambitionen, sondern auch eine sehr reale menschliche Liebe den Casuisten zugunsten des eignen Interesses machten. Noch einmal war er, ungefähr eine Woche vor dem Datum dieses Kapitels, zu Besuch im Pfarrhause von Humberston gewesen – die Nichte war nicht da. Mit Ernst hatte er sich dazu gezwungen, den Zustand der Herde, die er (gesetzt, er stelle sich der Herausforderung) zu lenken haben würde, ein klein wenig genauer zu untersuchen; und gleichermaßen die Pflichten, wie sie dem Hauptpastor einer volkreichen Industrie- und Handelsstadt oblagen. Er erschrak nicht wenig. Humberston war, wie die meisten unter dem politischen Einfluß eines Großen Hauses stehenden Städte, von Parteiungen zerrissen. Eine Partei, der es grundsätzlich gelang, 1 von den 2 Abgeordneten der Stadt ins Parlament zu schicken, war absolut für das Haus Montfort; die andere Partei, die ebenfalls ihren Kandidaten durchzusetzen pflegte, war geschlossen dagegen. Von der einen Hälfte der Stadt also, ward alles, was von Montfort Court kam, unweigerlich und von vornherein, aufs böswilligste und mit der verzerrendsten Optik betrachtet. Und obgleich Mr. Allsop in den höheren Kreisen populär war, und wiederum auch bei Solchen von den allerärmsten Schichten, die er durch seine Wohltaten unterstützte – sein Einfluß als Pfarrer allgemein war ein toter Buchstabe. Sein Curat, der für ihn predigte – ein junger Mensch, brav genug; aber langweilig bis zum Exceß – war auch nicht der Mann, eine volle Kirche zu machen. Die Geschäftsleute suchten sowieso nach einem Vorwand, entweder ganz weg zu bleiben, oder sich wenigstens ein anderes Gotteshaus zu wählen; und sie brachten es fertig, in eine Stelle der Sermone – über denen sie, während der Curat sie heruntermümmelte, habituell zu schlafen pflegten – etwas hineinzuhören, das sie für ›Pusey'-itisch‹ erklären konnten. Jedenfalls verödete seine Kirche nach und nach; und ausgerechnet um die Zeit mußte auch noch ein überaus wortgewandter Geistlicher von den Dissentern in Humberston erscheinen, den zu hören selbst erklärte Hochkirchler gingen. George Morley mußte, leider!, einsehen, daß hier in Humberston, wenn die Kirche ihren Stand behaupten wollte, ein ebenso kraftvoller wie volkstümlicher Prediger das dringendste Erfordernis wäre. Nun war sein Entschluß gefaßt. Auf Carr Vipont's Anregung hin, hatte der Bischof der betreffenden Diöcese, der sich zur Zeit in seinem Palais befand, ihn aufgefordert, sich bei ihm vorzustellen; und, während er einerseits das Gewicht seiner Bedenken zugab, ihm dennoch gesagt: »Mein ist die Hauptverantwortlichkeit. Aber wenn Ihr, Ihr-selbst, mich darum angeht, Euch zu ordinieren: dann werde ich das ohne Zögern tun. Denn ob auch die Kirche der Prediger bedarf; so bedarf sie nicht minder der profunden Gelehrten, und der tugendhaften Seelenhirten.« Von dieser Unterredung kam George Morley soeben frisch her, um Lady Montfort zu eröffnen, wie sein Entschluß unerschüttert geblieben sei. Und sie, wie ich schon sagte, ließ längere Zeit verstreichen, bevor sie antwortete.

: »George«, begann sie endlich, mit einer Stimme so eindringlich und süß, daß ihr bloßer Klang schon Balsam für einen wunden Geist bedeutete– »es ist nicht meines Amtes, mit Euch zu disputieren – ich neige schlicht das Haupt vor der Erhabenheit Eurer Motive; und ich will auch gar nicht sagen, daß Ihr nicht im Recht wäret. Eines aber fühle ich: daß, wenn Ihr dergestalt, aus Bedenken die so reinlich und heilig sind, Eure tiefsten Neigungen und Interessen zum Opfer bringt, Ihr nie des billigen Mitleids bedürfen – nie die Reue kennen werdet. Ob arm oder reich; ob ledig oder verehelicht: eine Seele, die sich so bemüht, den Himmel widerzuspiegeln, wird in letzter Instanz immer heiter und gesegnet sein.« In diesem Sinne fuhr sie einige Zeit lang fort, ihm zuzusprechen; indes er sich, immer mehr, unaussprechlich gestillt und getröstet empfand. Dann, unmerklich, ließ sie Hoffnungen einfließen, sogar von weltlicher-zeitlicher Art – da war die Literatur, die ihm offen stand – wenn schon nicht die Stimme des Predigers, so doch die Feder des Gelehrten. In der Literatur war durchaus eine Laufbahn für ihn denkbar, die zu Ruhm und Glück führte. Auch gab es Stellen im Öffentlichen Dienst, bei denen SprachBehindertheit kein unübersteigliches Hemmnis war. Sie wußte um sein verstohlenes scheues LiebesVerhältnis; und spielte just genug darauf an, um die Standhaftigkeit zu ermutigen, die Verzweiflung einzudämmen. Als sie innehielt, hatten jedenfalls seine Bewunderung und dankbare Anerkennung der seltenen Vorzüge seiner Base, die SpringFluth seiner Gefühle umgekehrt, von sich-selbst auf sie-hin; und er rief, mit einer Inbrunst, die sein Stottern nahezu völlig beseitigte

: »Ach, was für eine RatGeberin Sie sind! – welche Linderung! – Wenn Lord Montfort doch nur weniger Geld hätte, oder aber ehrgeiziger wäre, –: was für einen Schatz!, sei es zur Tröstung, sei es zum Aufrichten, er an einem Gemüt wie dem Ihrigen hätte!«

Die Worte waren kaum heraus, da hätte man, und mit einem Schlage, verstehen können, wieso Lady Montfort hochmütig und zurückhaltend genannt werden konnte. Ihre Lippe schien das bisherige holde Lächeln unvermittelt wieder zurückzunehmen – ihr dunkles Auge, eben noch so rein, sanft, freund-gleich, ward kalt und distanziert – die Töne ihrer Stimme waren nicht mehr dieselben, als sie jetzt antwortete –

: »Lord Montfort schätzt mich, wie die Dinge liegen, weit über mein Verdienst –: weit.«, fügte sie noch, mit einer ganz anderen, ernstlich trauernden, Intonation hinzu.

»Oh, entschuldigen Sie; ich hab' Ihr Mißfallen erregt – es war bestimmt nicht meine Absicht. Verhüt' der Himmel, daß ich mir herausnehmen sollte, weder Lord Montfort zu nahe zu treten, – noch – noch ...«; er brach ab, indem er die Lücke durch ein zu rechter Zeit sich einstellendes Stottern tarnte. »Nur«, fuhr er nach einer Pause fort, »nur vergeben Sie mir dies eine Mal. Halten Sie mir zugut, daß ich einmal ein kleiner Junge war, und Sie schon eine junge Dame, und daß ich mich mit Ihnen schneeballen, und ›Caroline‹ zu Ihnen sagen durfte.«

Lady Montfort unterdrückte einen Seufzer, und begabte den jungen Gelehrten dann wieder mit ihrem huldvollen Lächeln; aber nicht etwa einem Lächeln, das ihn berechtigt hätte, sie erneut ›Caroline‹ zu nennen. Vielmehr blieb sie für den Rest ihrer Unterredung, die übrigens auch nicht lange mehr andauerte, ein wenig, aber doch spürbar reservierter als gewöhnlich; und Morley fühlte sich auch unzufrieden mit sich selber, daß er ihr so unüberlegt Anstoß gegeben hatte, und griff zu einer Entschuldigung, um sich davon machen zu können. »Apropos –«, sagte er; »ich habe da noch einen Brief von Mr. Carr Vipont, der von mir die Skizze zu einer gotischen Brücke, über das Wasser drüben, geliefert haben möchte. Da will ich, mit Ihrer Erlaubnis, einmal hinuntergehen, und mir die beabsichtigte Stelle anschauen. Nur, bitte, sagen Sie noch, daß Sie mir verziehen haben.«

»Euch verzeihen, Cousin George, oh ja. Nur ein Wort noch – es ist richtig, daß Ihr noch ein Kind wart, als ich mir einbildete schon eine fertige Frau zu sein, und Ihr habt ein Recht, mit mir über All und Jedes zu reden —: mit Ausnahme desjenigen, was sich auf mich und Lord Montfort bezieht. Es sei denn«, fügte sie mit einem bezaubernden halben Lachen hinzu, »es sei denn, Ihr sähet gerechten Grund, mich zu schelten. Also Auf Wiedersehen, Cousin; und vergebt, umgekehrt, Eurerseits auch mir, wenn ich verdrossen gewesen sein sollte: die Caroline, die Ihr beschneeballtet, war schon immer ein eigenwilliges verkehrtes Geschöpf des Augenblicks; schnell beleidigt, stets bereit zu Mißverständnissen — und dann zur Reue.« —

Zurück auf den breiten, breiten Kiesweg verfügte sich, noch langsameren Schrittes denn zuvor, Lady Montfort. Wiederum starrten die 60 grus'ligen Fenster sie aus allen ihren Augen an — ab von dem Kiesweg; durch einen SeitenEingang, hinein in die pompöse Einsamkeit des stattlichen Hauses — lange Zimmer hindurch, wo Spiegel ihre Gestalt sich zureichten, und kolossale Stühle, hochnäsig in MaßDamast gekleidet oder in auffallenden Goldbrokat, steif auf trostlosen ParkettFluren antichambrierten — bis hin in ihr eig'nes privates Zimmer — hier war es weder weitläufig noch splendid: schlichte zitzene MöbelBezüge, stille Bücherregale. Dazu hätte sie wahrlich nicht die Marquise von Montfort zu werden brauchen, um ein Zimmer zu bewohnen, das so gefällig und gleichzeitig so geschmackvoll war. Und, andrerseits: die Räumlichkeiten, die sie nur als Marquise von Montfort besitzen konnte, was waren die wert für ihr Glück? Ich weiß es nicht. (›Nichts!‹ werden feine Damen vielleicht prompt antworten; aber eben dieselben feinen Damen werden ihre Töchter nach Kräften dazu erziehen, daß sie antworten: ›ALLES!‹.) In ihrem eig'nen Zimmer angelangt, sank Lady Montfort jedenfalls auf ihren Stuhl; müde — müde gab sie der Uhr einen Blick — müde den Büchern in den Regalen — auch der Harfe, dicht am Fenster. Dann lehnte sie ihr Gesicht in die Hand; und dies Gesicht war so trüb, und so scheu und trüb, daß männiglich sich wied'rum gewundert haben würde, wieso wohl Jemand Lady Montfort ›stolz‹ schelten könne! —

— : » ›Ein Schatz!‹ — Ich — : Ich! — wertlose, wankelmütige, leichtgläubige Thörin, die ich bin! — : Ich — Ich —« —

— Der KammerDiener vom Dienst trat ein, mit den Briefen der NachmittagsPost; (das Große Haus brachte auch das fertig, sich mit 2 Postzustellungen pro Tag abzuplagen). —: —. :?— : ein Königliches Ersuchen, nach Windsor . . .

»Ich werde bei Hofe noch-einsamer sein, als hier —«, murmelte Lady Montfort.

2. KAPITEL

Wahr, traun, sagt das Sprüchwort: ›Viel Korn liegt ungesehen unterm Stroh!‹

Währenddessen folgte George Morley dem langen schattigen Spazierweg – sehr hübscher Weg, das; viel preisgekrönte RosenSorten und rare Exotica – kunstvoll geschlängelt dito – ein Weg, so gut unterhalten, daß es 34 Männer zu seiner Unterhaltung bedurfte – ein nobler Weg, ein ermüdender Weg – bis er ihn endlich zu der großen Wasserfläche brachte, die schätzungsweise viermal im Jahre von den Großen Herrschaften aus dem Großen Hause besucht ward. Und solchermaßen praktisch außerhalb der unmittelbaren Begönnerung durch die Mode gelegen, sah die große Wasserfläche tatsächlich natürlich aus – umgänglich, erfrischend – man fing an zu atmen – die Weste aufzuknöpfen – das Halstuch zu lockern – Chaucer zu zitieren, (wenn er Einem noch einfiel), oder Cowper, oder Shakespeare, oder Thomson's ›Jahreszeiten‹; kurz irgendwelche Bruchstücke von Versen, wie sie Einem grad in den Kopf kamen – indes Einem die Schuhe aufs lustigste von Farn befußangelt wurden – die Bäume sich forsthafter vor und um Einen herumstellten – Bäume die hier, wo sie außer Sicht waren, getrost in Ruhe altern durften, bis sie keine 5 Schilling das Stück mehr wert waren, moosüberwachsen, hohlstämmig, kropfig und gekappt – unschätzbare Bäume! Ha!: der dicke Hase! wie er losflitzt! Schau, das Hochwild, wie es zum WasserRand zieht. Was für Wälder von Binsen – ganze Eilande von WasserLilien! (Und hier eine Gotische Brücke zu schlagen; und über die Brücke dann eine breite kiesige Fahrbahn zu legen! Oh Schande Schande Schande!).

So würde der Gelehrte sich ausgedrückt haben, denn er besaß ein echtes Gefühl für Naturschönheit; wenn ihm der Gedanke an diese Brücke im Moment nicht total entfallen gewesen wäre. Allein so dahinwandernd, gelangte er schließlich an das schattenreichste, abgelegenste Uferstück des ganzen weiten Gewässers, auf jeder Seite eingeschlossen von Unterholz, umstanden von stillen BaumPatriarchen.

Plötzlich hielt er seine Schritte an – eine Idee durchfuhr ihn – eine jener kuriosen, schrulligen, grotesken Ideen, wie sie uns, wenn wir allein sind, öfters überkommen; sogar in unsern ruhigsten, oder auch in unsern geängstetsten Stimmungen. : War sein

Gebrechen denn wirklich unheilbar? Sprachlehrer hatten ihm beteuert, ›Keinesfalls!‹; aber gebessert hatten sie ihn mit nichten. Dabei hatte doch der größte Redner, den die Welt je gekannt hat, ursprünglich auch einen AusspracheDefekt gehabt! Auch er, Demosthenes, hatte doch zunächst bestimmt den Sprachlehrern, den besten von Athen, – wo die Sprachlehrer ja wohl ihre Kunst ad unguem studiert haben mußten! – Honorar auf Honorar gezahlt, und sie hatten vor seinem Gebrechen kapituliert. Aber hatte Demosthenes verzweifelt? Nichts da: sich selbst zu kurieren hatte er beschlossen! – Und zwar wie? Hatte nicht eine seiner Methoden darin bestanden, sich den Mund mit Kieselsteinen zu füllen, und mannhaft gegen das brausende Meer anzuüben? Die Wirkung von Kieselsteinen hatte George Morley eigentlich noch nie probiert – ob ihnen tatsächlich etwelche Kräfte innewohnten? Warum nicht versuchen? Ein Meer war zwar nicht da, das ist wahr; aber das Meer damals hatte ja wohl nur den Nutzen haben sollen, das Geräusch einer stürmischen demokratischen Versammlung darzustellen. Eine friedliche Gemeinde zu veranschaulichen, sollte diese stille Wasserfläche hier doch vollauf genügen müssen. Kiesel waren auch grad in reicher Auswahl zuhanden, an dieser kleinen sandigen Bucht, nahe der ein junger Hecht lag, und sich den grünen Rücken sonnte. Halb im Scherz, halb doch im Ernst, las der Gelehrte sich eine Handvoll Kiesel zusammen; spülte sie von Sand und Modder rein; schob sie sich, vorsichtig, zwischen den Zähnen durch; warf dann noch einen Blick in die Runde, sich zu vergewissern, daß bestimmt Niemand um den Weg sei; –: und begann eine Stegreif-Rede! Und derart gewann das Interesse an dem klassischen Experiment allmählich bei ihm die Oberhand, daß er von sich aus eine halbe Stunde und mehr die Lüfte gepeinigt, und die Elstern (von denen Drei, aus einem benachbarten Dickicht, ihm buchstäblich wie gebannt zuhörten) erstaunt haben würde; wenn er nicht, von plötzlicher Scham ob der lachhaften Impotenz seiner Anstrengungen gepackt – von Verzweiflung, daß eine so verrucht-banale Schranke zwischen seinem Geist und dessen oralem Ausdruck stehen dürfen sollte! – die Kiesel ausgespien weggeworfen hätte – dann sank er zu Boden, und fing schlechthin an zu weinen – zu weinen, wie ein getäuscht-betrogenes Kind.

Imgrunde lag der Fall so, daß Morley wirklich das Temperament des geborenen Redners besaß; und nicht minder die erforderliche oratorische Begabung hinsichtlich Wärme und Leidenschaft, mitreißendem Gedankenstrom, logischer Anordnung; ihm wohnte durchaus der Genius des großen Predigers inne. Und er fühlte – er wußte das auch; und in jener Verzweifeltheit wie sie eben nur der Genius erfährt, wenn irgend ein tragisch-läppischer Gegen-Anlaß seine Energien aufzehrt, und seine Kräfte lähmt – machte er zu seiner Vertrauten die EINSAMKEIT – er weinte, laut und freisamlich. –

– : »Ich an Ihrer Stelle würde nicht verzagen, Sir; ich mache mich anheischig, Sie zu kurieren.«, sagte eine Stimme dicht-hinter ihm.

George fuhr, beschämt verwirrt, auf! –:? –; da stand, ihm zur Seite, ein Mann; ältlich, aber noch frisch und rüstig; in einer leichten KordJacke, einer tüchtigen blauen Schürze; Binsen in den Händen, die er, ebenso flott wie gewandt, miteinander verflocht; währenddem er den Kopf, grüßend, gegen den betretenen Theologen neigte: –

: »Ich hab' zufällig, im Schatten des WeidenDickichts da-drüben gestanden, Sir; Pardon: aber ich konnte tatsächlich nicht umhin, Ihnen zuzuhören.«

Der Oxforder rieb sich erst die Augen, und bestarrte dann den Mann; mit dem undeutlichen Gefühl, daß er ihn schon einmal, früher, gesehen hätte – aber Wann? und Wo?

»Ihr mich kurieren?«, stotterte er heraus,: »wovon? – : von der aussichtslosen Narretei meiner Versuche, öffentlich reden zu wollen? – Großen Dank auch; aber ich bin kuriert.«

»Aber nicht doch, Sir; Sie sehen einen Mann vor sich, der aus Ihnen einen ganz beträchtlichen Redner machen könnte. – Ihre Stimme ist, von Natur her, fein. Ich wiederhole: einen Defekt, der nicht direkt organisch bedingt ist, sondern bloß psychisch und der Behandlung fähig – den könnte ich beheben.«

»Das könntet Ihr? – Wer und Was seid Ihr denn?!«

: »Ein Korbflechter, Sir. Und der auf Ihre Kundschaft hofft.« –

– :»Sagt –: das ist doch nicht das erste Mal, daß Wir Einander begegnen?«

»Richtig. – Sie haben mir einmal, sehr gütig, erlaubt, mich eines RuhePlätzchens, auf Ihres Vaters Grundstück, zu bedienen.« –

In eben dem Augenblick lugte Sir Isaak durch das Brombeer-Geranke; seine ursprüngliche Weißheit ihm zurückgegeben, und seiner falschen OhrHörner entledigt, schritt er gravitätisch in Richtung Gewässer; – beschnupperte, en passant, den Gelehrten; worauf er, ein wenig, mit dem Schweife wedelte – und wühlte sich dann in das SchilfRohr; auf der Suche nach einer gewissen Wasser-

Ratte, die er, es mochte nun eine Woche her sein, alldort aufgestört hatte, und unentwegt wiederzufinden erwartete ...

Der Anblick des Hundes zerstreute auf der Stelle die Gedächtnis-Umwölkung bei dem Gelehrten; aber, zugleich mit dem Wiedererkennen, stellten sich lebhafte Neubegier ein, und ein stechender Gewissensbiß.

»Und-ä – Euer kleines Mädchen?«, fragte er, indes sein Blick beschämt den Boden suchte.

»Wohler als bei unsrer Begegnung letzthin. Die Vorsehung ist so gut zu uns.«

Armer Waife! ihm kam nicht entfernt der Verdacht, daß er dem Menschen, dem er sich hier so kindlich eröffnete, auch den Jammer wegen Sophie's Entführung zuzuschreiben hätte. So konnte er für die errötende Wange und das verleg'ne Benehmen des Gelehrten keinerlei Grund mutmaßen.

»Ja, Sir; wir haben uns gerade hier in der Nähe häuslich niedergelassen. Ich hab' ein hübsches kleines Hüttchen drüben, am äußersten DorfRand, unweit der ParkUmzäunung. – Ich hab' Sie sofort wiedererkannt; und wie ich Ihnen eben-jetzt so zuhörte, kam mir auch die Erinnerung, daß Sie, als wir uns damals trafen, erwähnt hatten: Ihr Beruf wäre eigentlich, hätten Sie nicht diese Schwierigkeiten beim Aussprechen, die kirchliche Laufbahn; und da sagte ich mir so: ›Gar nicht so dumm diese Kiesel, wenn seine Aussprache schwerfällig wäre, was aber nicht der Fall ist.‹; ich habe nämlich nicht den geringsten Zweifel, Sir, daß der eigentliche Fehler des Demosthenes, (den Sie ja wohl vermutlich nachahmen wollten), darin bestanden hat, daß er durch die Nase redete.«

»Wie!«, fragte der Gelehrte: »durch die Nase? Das hab' ich nie gewußt! – und ich-ä ...?«

»Sie versuchen, ohne Ihre Lunge zu sprechen; soll heißen: ohne daß Luft darin ist. Sie rauchen nicht, nehm' ich an?«

»Nein – selbstverständlich nicht.«

»Dann müssen Sie's lernen – sprechen zwischen jedem langsamen Zug aus der Pfeife. Das Einzige, was Sie brauchen, ist Zeit – Zeit, um die Nerven zu beruhigen; Zeit zum Denken; Zeit zum Atmen. Im Moment wo Sie merken, daß das Stammeln beginnt – : anhalten!; tief die Lunge füllen, sooo; und dann wieder neu versuchen. Nur ein wirklich kluger Mann kann schreiben lernen – das heißt komponieren; aber jedem Narren läßt sich das Sprechen beibringen – nur Mut!«

»Wenn Ihr mir's wirklich beibringen könntet«, rief der studierte Mann; und vergaß, in dem allumfassenden Interesse der Hoffnung die plötzlich in ihm aufschoß, dabei aller Selbstvorwürfe, daß er Waife an Mrs. Crane verraten habe —: »wenn Ihr mir's beibringen könntet — wenn ich es nur be-be-be-be-. . .«

: »Sachte — sachte — Luftholen & Zeitlassen; tun Sie einen Zug aus meiner Pfeife hier — so ist's richtig. Jawohl; Sie können es besiegen, dies Anstoßen mit der Zunge.«

»Dann werd' ich Euch der beste Freund sein, den ein Mann je besessen hat. Hier meine Hand darauf.«

»Ich nehme sie an; bitte jedoch um Erlaubnis, die Vertrags-Partner ein bißchen ändern zu dürfen. Ich bedarf keines Freundes; (ich verdiene auch keinen). Seien Sie statt dessen meinem kleinen Mädchen ein Freund; und wenn ich mich dann jemals um Hülfe an Sie wenden sollte, in irgendetwas, das deren Wohlergehen betrifft, oder ihr Glück . . .«

»Dann helfe ich; von ganzem Herzen und von ganzer Seele!: jeglicher Dienst, ihr oder Euch gegenüber, wäre ja gering, im Vergleich mit dem mir geleisteten! Erlöst diese erbärmliche Zunge von ihrem Gestammel; und Kopf und Hand werden mit nichten stammeln, wenn immer Ihr sagt: ›Haltet Euer Versprechen.‹ — Ach ich bin ja so froh, daß Euer kleines Mädchen noch bei Euch ist!«

Waife blickte überrascht —: »›noch bei mir ist‹? — wieso nicht?«

Der Gelehrte biß sich auf die Zunge. Jetzt war wirklich nicht der Zeitpunkt für Geständnisse; es hätte Waife's ganzes Vertrauen in ihn zerstören können. — (Er nahm sich's für später vor.) — : »Wann kann ich mit der UnterrichtStunde beginnen?«

»Wenn's Ihnen paßlich ist, gleich. Aber, haben Sie etwa ein Buch einstecken?«

»Das hab' ich grundsätzlich.«

»Hoffentlich nicht direkt Griechisch, Sir?«

»Nein; ein Band von Barrow's ›KanzelReden‹; — Lord Chatham hat diese Sermone seinem großen Sohn empfohlen, zum Studium der Beredsamkeit.«

»Gut. Wollen Sie mir den Band ma'leihen, Sir? — Und nun zur Sache; hören Sie mich genau-an — nicht mehr als 1 Satz auf 1-Mal! — und holen Sie genau-dann Luft, wenn ich es tue . . .« —:

—?— (: die 3 Elstern spitzten neuerlich ihre Ohren; und, indes sie lauschten, wunderten sie sich ungemein.) —

3. Kapitel

Könnten wir wissen, durch was für seltsame Zirkumstantien das Genie eines Menschen so vorbereitet und zugerichtet ward, bis praktischer Erfolg eintrat, wir würden unveränderlich entdecken, daß die ihm förderlichsten Einzelposten in seiner Erziehung, nie auf den Rechnungen erschienen sind, für die sein Vater bezahlt hat.

Schon am Ende dieser allerersten Lektion erkannte George Morley, daß sämtliche Sprachlehrer, deren Kunstfertigkeit man ihn bisher anvertraut hatte, Bönhasen und Pfuscher gewesen waren, im Vergleich mit diesem Korbmacher.

Waife verwirrte ihn nicht mit wissenschaftlichen Theorien. Alles was der große Komödiant von ihm verlangte, waren Beobachtung und Nachahmung. Beobachtung, Nachahmung, da! die Fundamente jedweder Kunst! die uranfänglichen Elemente aller Genialität! Selbstredend nicht, um dabei stehen zu bleiben; wohl aber, um unveränderlich von ihnen auszugehen. Was fehlt dann noch, um einen Geist zur Meisterschaft zu fördern? – zwei Schritte noch –: nachdenken; erzeugen. Beobachtung, Nachahmung, Nachdenken, Erzeugen. In dieser Reihenfolge durchlaufen, machen sie einen Geist umfassend gerüstet; fähig, es mit jeder Arbeitslast aufzunehmen, jeglichen Erfolg zu erringen.

Am Ende dieser seiner ersten Stunde hier, hatte George Morley das Gefühl, daß seine Heilung möglich wäre. Man verabredete sich für den nächsten Tag und den gleichen Ort; er kam heimlich unbemerkt dorthin; und so weiter, Tag für Tag. Am Ende einer Woche fühlte er, daß die Heilung nahezu gewiß wäre; am Ende des Monats war die Heilung schon eine Selbstverständlichkeit: er würde leben, ein Prediger des Wortes! Wahr ist's, daß er sich privat unaufhörlich übte. Nicht ein Augenblick seiner wachenden Stunden, daß der eine Gedanke, das eine Ziel, seinem Geiste nicht gegenwärtig gewesen wäre; wahr auch, daß bei all seiner Ausdauer, all seinem Abmühen, das Hindernis immer noch ernstlich genug blieb, und sich gänzlich vielleicht niemals würde überwinden lassen. Nervöse Hast – überschnelles Reagieren – Hingerissensein durch Gefühle – brachten es noch oft genug zurück, (und konnten es, in unbewachten Momenten, theoretisch immer wiederbringen):

das Geschnappe nach Odem – die luftleeren Lungen – das krampfige Abmühen um den Ausdruck. Aber solch einzelner Rückfall – und bei jedem Probestück wurden ihrer weniger – würde letztlich kaum noch eine Beeinträchtigung darstellen. »Nichts da!«, sprach Waife: »›Beeinträchtigung‹? –: werden Sie nur erst ein geübter Redner; und Sie werden aus einer Ungleichheit dieser Art, eine Zier mehr zu machen wissen!«

Also gerechtermaßen optimistisch was die Erfüllung seines erkornen LebensZieles anbelangt, war das Dankbarkeitsgefühl des jungen Gelehrten, Waife gegenüber, unaussprechlich. Und als er den Mann zuletzt noch täglich in seinem eig'nen Häuschen sehen durfte – Sophie mit Wangen, auf denen wieder Gesundheit blühte; mit Lippen, die lächelten; heiter, mit ihren leichten-zieren Handarbeiten, neben ihres Großvaters LehnenStuhl; FeenMärchen lauschend, die, womöglich, unauffällig Goldne Wahrheiten einprägten – wenn er Waife so erblickte, dann vermischte sich bei dem jungen Akademiker mit der Dankbarkeit noch ein ganz eigentümlich zärtlicher Respekt. Er wußte nichts über des alten Landfahrenden Vergangenheit – mochte sein Verstand immer eingeräumt wissen wollen, daß in einer Lebensstellung, die mit den angebornen und erworbenen Talenten dieses einzigartigen Korbmachers derart collidierte, doch bestimmt etwas Mysteriöses, wenn nicht gar Verdächtiges liege. Aber darob errötete er jetzt doch, daß er je imstande gewesen sein konnte, die Excentrizitäten des gloriosesten Humors, einem brüchigen oder irregehenden Geist zuzuschreiben – daß er je einem Versuch Vorschub hatte leisten mögen, ein so gleichzeitig unschuldiges und genialisches hohes Alter, von einer Kindhaftigkeit zu trennen, die derlei Pflege empfing und erteilte! Und dessen bin ich mir sicher, daß, wenn auch die ganze Welt aufgestanden wäre, um mit verächtlich-gespitztem Finger auf den einäugigen Krüppel zu zeigen, George Morley, der gebor'ne Gentleman – der feingebildete Gelehrte – der fleckenlose Kirchenmann – ihm seinen Arm, zur Stütze, geliehen hätte; und, ohne zu erröten, an seiner Seite einhergeschritten wäre.

4. Kapitel

Um den Charakter eines Menschen richtig zu beurteilen, bedarf es zuweilen nur einer sehr geringen Erfahrenheit; vorausgesetzt, das Herz des Urteilenden sei weit genug.

Numa Pompilius kann die Lehrstunden, die er von Egeria empfing, nicht geheimer gehalten haben, als George Morley mit denen tat, die er von dem Korbmacher entgegennahm. Und sein Wunsch nach Geheimhaltung war ja nicht mehr als natürlich – das wäre so eine Geschichte für Humberston gewesen: daß sein demnächstiger Primarius von einem alten Korbmacher erst lernen mußte, wie man Predigten hält! Aber er hatte ein nobleres und zwingenderes Motiv zur Verschwiegenheit – seine Ehre stand dabei zu Pfande. Waife selbst hatte auf dem Versprechen bestanden, daß er ihren gegenseitigen Umgang als strengstens privat und vertraulich betrachte und behandle.

»Es geschieht um meinetwillen, daß ich das verlange«, sagte Waife freimütig, »obwohl ich vorgeben könnte, es sei um Ihretwillen.« Der Oxforder versprach's, und fühlte sich daran gebunden. Es traf sich glücklich, daß Lady Montfort den Tag unmittelbar darauf, nachdem George das erstemal mit dem Korbmacher zusammenkam, abgereist war, und Nachricht hinterlassen hatte, daß sie unter ein paar Wochen nicht in das große Haus zurückkehren werde – so hatte George gänzlich freie Hand, von der allgemeinen Einladung ihres LordGatten Gebrauch zu machen,: wenn er in der Nähe sei, in Montfort Court Wohnung zu nehmen; was die Anstandsbegriffe der Welt ihm nicht gestattet haben würden, solange Lady Montfort sich dort allein, ohne Gemahl oder weibliche Gäste, aufhielt. Demgemäß schlug er in einem Winkelchen des weitläufigen Palastes seine Behausung auf; und konnte nun, mühelos und so oft er wollte, unbeobachtet die Parkeinsamkeiten durchqueren, bis hin zum Seeufer; oder auch von dort aus, durchs ungebahnte Dickicht, nach Waife's Häuschen schlendern, das unmittelbar an der ParkEinfriedigung lag, einsam und abgesondert, und außer Sicht des benachbarten Dorfes. So ganz allein für sich in dem Großen Haus, kam George ohnehin mit Niemandem in Berührung, dem gegenüber er, in einem unbewachten Moment, auch nur eine Andeutung über seine neue Bekanntschaft hätte fallen lassen können; ausgenommen allenfalls den Geistlichen des kleinen Kirchspiels, einen würdigen Mann, der von einer kärglichen Besoldung in großer Zurückgezogenheit lebte. Denn der Marquis war der LaienBesitzer der Pfründe; und die Stelle daher nur ein sehr armselig dotiertes Vicariat, *unter* der Würde eines Vipont, oder auch nur eines Vipont'schen Hauslehrers – und als solche sicher, einem würdigen Manne zuzufallen, der in der Folge dann wohl oder übel in großer Zurückgezogenheit zu leben hatte. Auch George sah an sich zu wenig von dem betreffenden Geistlichen, um weder Geheimnisse durchsickern zu lassen, noch um groß Informationen zu sammeln. Immerhin erfuhr er gelegentlich, durch Zufall, von Jenem, daß Waife, ein paar Monate zuvor, im Dorfe erschienen sei, und dem GutsAmtmann den Vorschlag gemacht habe, Hütte und Weiden-Anpflanzung, eben die er jetzt innehatte, in Pacht zu übernehmen – daß er sich eingeführt habe, als Bekannten eines alten Korbmachers, der vor so manchem Jahre dort gehaust; und daß er von jenem längst-dahingeschied'nen Handwerker die edle Kunst des Korbflechtens erlernt habe. Da er einen höheren Mietzins anbot, als der GutsAmtmann anderweitig zu erzielen hoffen konnte; und da dem Herrn GutsAmtmann überdem daran gelegen war, sich bei Mr. Carr Vipont dadurch zu insinuieren, daß er das Rittergut auch insofern verbessere, als er ein außer Gebrauch gekommenes altinteressantes Gewerbe wied'rum ins Leben gerufen habe, wurde der Handel abgeschlossen; vorausgesetzt, daß der Bewerber, als ein OrtsFremder, dem Amtmann die entsprechenden-zufriedenstellenden Empfehlungen noch beibringen könne. Woraufhin Waife abgefahren war; mit der Erklärung, er werde, binnen Kurzem, mit den gewünschten Zeugnissen wiederkommen. (In der Tat rechnete der arme Mann ja, Wir wissen es, damit, daß Mr. Hartopp ein gutes Wort für ihn einlegen würde.) Er war jedoch ein paar Monate lang nicht wieder-erschienen. Das Häuschen – zwischendurch einmal als vorübergehendes Obdach für einen Wildhüter gebraucht; da dessen eigenes ausgebessert wurde – blieb glücklicherweise unvermietet. Und Waife, als er endlich, in Begleitung eines kleinen Mädchens, wiederkehrte, hatte sich bei dem GutsAmtmann auf einen respektablen HäuserMakler und MietsEintreiber in London-Bloomsbury berufen können; der es denn auch schriftlich gegeben hatte, daß eine, zur Zeit im Ausland befindliche Dame, ihn (als den Agenten eines Komplexes von MietGrundstücken, von dem der HauptAnteil ihres Einkommens bezogen werde) zu der Erklärung ermächtigt habe: daß Waife nicht nur ein sehr intelligenter Mann sei, der Alles was er unternehme auch zu einem glücklichen Ende führe; sondern daß man auch erforderlichen Falls die Garantie übernehme, die pünktliche Bezahlung derjenigen Pacht zu garantieren, für die Jener sich verpflichte. Woraufhin denn der Vertrag abgeschlossen – der Korbmacher installiert wurde. Da in der unmittelbaren Umgebung kein Bedarf an FlechtWerk war; Waife's Leistungen jedoch so-niedlich, ja einige davon elegant und phantasievoll waren, hatte er nicht die geringste Schwierigkeit, mit einem Großhändler abzuschließen – (nicht in Humberston; wohl aber in einer noch-entfernteren, noch-prosperierenderen Stadt, 30 Kilometer entfernt) – und zwar über so viel, wie er überhaupt nur schaffen könnte. Jegliche Woche nahm der FrachtFuhrmann seine fertigen Erzeugnisse mit, und brachte die Bezahlung dafür zurück; die Einnahmen genügten reichlich für Waife's und Sophie's täglich Brot, ja es blieb noch ein Überschuß, den man für Pacht und Miete beiseit' legen konnte. Ansonsten war des KorbMachers Häuschen am entferntesten Ende des langgezog'nen weitläufigen, einzig von einer ackerbautreibenden Bevölkerung bewohnten Dorfes gelegen; sodaß seine Lebensweise weder sonderlich bekannt war, noch groß erörtert oder ausgeforscht wurde. Man hielt ihn für einen harmlosen, arbeitsamen Alten – niemals in der DorfSchenke; wohl aber regelmäßig sonntags, mitsamt der rein- und zierlich gekleideten kleinen Enkelin, in seinem stillen Winkel in der Kirche zu sehen – ein höflicher, wohlanständiger Mann übrigens; der vor dem Amtmann seinen Hut berührte, und vor dem Vikar ihn abzog.

Eine vorherrschende Idee hatte sich gebildet: daß der KorbMacher den größten Teil seines Daseins im fernen Ausland verbracht habe; und die begünstigt wurde, einesteils durch eine Mäßigkeit der Lebensführung, die nicht unbedingt zu unserm Volkscharakter gehört; andrerseits durch ein gewisses Etwas in seiner äußeren Erscheinung, das, ohne direkt auffallend über seinem niedrigen Gewerbe zu stehen, dennoch nicht hundertprozentig im Einklang damit schien – eben ›ausländisch‹, mit einem Wort – hauptsächlich aber infolge des Umstandes, daß er seit seiner Ankunft bereits zwei Briefe mit fremdem PostWertzeichen empfangen hatte. Diese vorgefaßte Idee war dem alten Mann insofern günstig, als sie nunmehr die weitere Schlußfolgerung zuließ: wie er, höchstwahrscheinlich, sämtliche Freunde, die er vor Zeiten in England zurückgelassen, überlebt habe; und nun, bei seiner endlichen Wiederkehr, hinreichend müd' von all den Kreuz- und QuerZügen, zufrieden damit sei, in irgendeinem Winkel seines Vaterlandes, wo sich ein stilles Heimwesen für ihn fände, sich niederzulassen, und durch leichte Arbeit, auf anständige Weise seinen Unterhalt zu verdienen.

Obwohl George verständlicherweise auch neugierig war zu erfahren, was denn nun damals das Ergebnis seiner Mitteilung an Mrs. Crane gewesen sei – ob sie zu Waife's Entdeckung geführt, oder ihm etwelche Unannehmlichkeiten verursacht habe – war er bislang doch davor zurückgeschreckt, ein Thema anzuschneiden, welches ihm selbst das mißliche Geständnis einer zudringlich-unberufenen Einmischung auferlegt hätte; und bei dem auch die indirekteste Anspielung als ein undelikater Versuch erscheinen konnte, die Nase in penible FamilienAngelegenheiten stecken zu wollen. Aber eines Tages erhielt er einen Brief von seinem Vater, der ihn erheblich beunruhigte; und ihn eben doch dazu bewog, die Sache in Angriff zu nehmen, und offen mit seinem Präzeptor darüber zu reden.

In besagtem Brief erwähnte Mr. Morley der Ältere, unter and'rn Abschnitzeln lokaler Neuigkeiten, zufällig auch die: wie er neulich Mr. Hartopp begegnet wäre, der ausgesprochen niedergeschlagen gewirkt habe; indem sein notorisch-gutes Herz immer noch nicht den Schlag verwunden hätte, dermaßen abscheulich ›angeführt worden‹ zu sein, von einem Betrüger, für den er doch eine so-große Zuneigung gefaßt, und zu dessen Entlarvung George selbst, durch Fügung der Vorsehung, soviel beigetragen habe – (hier bezog sich der Vater auf das, was George ihm von seinem ersten Zusammentreffen mit Waife, und dann von seinem Besuch bei Mrs. Crane berichtet hatte) – einem Betrüger, der, wie aus Mr. Hartopp's Äußerungen doch wohl hervorgehe, eben nicht nur, wie George vielleicht geargwöhnt, etwas wirr im Kopfe wäre, sondern de facto ein ganz schlechter Mensch. »Und zwar« fügte Morley sen. hinzu, »schon gleich *so* schlecht, daß Mr. Hartopp nur heilfroh ist, das Kind seinen gesetzlichen Beschützern wieder übergeben zu haben, denen der Mann es entführt zu haben scheint; und ich vermute fast – aus dem, was Hartopp fallen ließ; obwohl er begreiflicherweise nicht gerne zugibt, daß er in so gröblichem Ausmaß angeführt worden ist – daß er seinen städtischen Mitbürgern tatsächlich einen notorischen Zuchthäusler (früheren Einbrecher vielleicht?) vorgestellt, und sich vertraulich mit ihm unterhalten hat. Was für ein Glück da aber für diesen armen, einfältigen, trefflichen Jos Hartopp – den anzuführen schlechterdings so unmenschlich ist, wie wenn Einer einen gebor'nen Schwachsinnigen übervorteilen wollte – daß die Dame, bei der Du gewesen bist, gerade noch zur rechten Zeit eingetroffen ist, um die seiner gläubigen Wohltätigkeit gelegten Schlingen bloßzulegen. Ohne das hätte Jos den Kerl womöglich noch in sein eigenes Haus aufgenommen – (ähnlich gesehen hätt's ihm!) – und wäre zur Stunde längst beraubt – womöglich ermordet – der Himmel weiß, was alles!«

Ungläubig und entrüstet, und begierig nach der Bevollmächtigung, den guten Namen seines Freundes in Schutz zu nehmen, langte George nach seinem Hut, und durchmaß raschen Schritts den Pfad, der zum Häuschen des KorbMachers führte. Als er das SeeUfer erreichte, wurde er dort Waife's gewahr; der halb unter halb in einem fantastisch verknorzten DornBusch auf einem MoosBänkchen saß, einem RehBöckchen zusah, wie es trinken kommen wollte, und eine leise volle Melodie hinüber-pfiff – die Weise eines alten englischen GrenzerLiedes. Das Tier hob sein Geweih vom Wasser empor; und richtete die großen hellen Augen dem gegenüberliegenden Ufer zu, von wo die Töne her-kamen – sehnsüchtig lauschend. Als George's Fuß den wilden Thymian, den vom DornBusch beschatteten, zertrat – »Pscht«, sagte Waife; »achten Sie 'mal darauf, wie das kunstloseste musikalische Getön auf die sogenannte unvernünftige Schöpfung wirken kann.« Aufs neue hub er an zu flöten – klarer, lauter, wilder war die Weise diesmal – wie von einem lebhaften Jagdlied . . .: das Böckchen wandte sich rasch in die Runde – unbehaglich, unruhig; er schüttelte die Enden; und sprang hinein ins FarnDickicht. Abermals änderte Waife die Tonart seines primitiven Musizierens – ein schwermütig-röhrender Klang; frappant ähnlich dem Geröhr' eines melancholischen Hirsches, aber moduliert ins weit Sanftere-Süßere . . .: der Bock hielt inn' auf seiner Flucht; – ; und, berückt von dem schön-äffenden Getön, kehrte er, langsam und stattlich, wieder zum WasserRand' zurück.

»Ich hab mir immer gedacht, die Geschichte von Orpheus wie er die Tiere bezaubert, sei gar keine Fabel – was meinen Sie, Sir?«, sagte Waife. »Alle Kaninchen der Nachbarschaft kennen mich bereits; und wenn ich bloß eine Fiedel besäße, würd' ich mich anheischig machen, Freundschaft mit dieser reservierten und ungeselligen WasserRatte zu schließen, der Sir Isaak gegenwärtig so-vergebens seine Bekanntschaft aufzunötigen unternimmt. Der Mensch begeht einen fundamentalen Fehler dadurch, daß er sich nicht um intimere und freundschaftlichere Beziehungen zu den anderen Zweigen der großen ErdenFamilien bemüht. Dabei sind Wenige unter ihnen, die nicht amüsanter wären als Wir — auch wieder begreiflich; denn sie haben unsere Sorgen nicht. Und überdies noch solche Verschiedenheit der Charaktere, wo man es am wenigsten erwarten würde!«

George Morley: — »Sehr wahr: Cowper hat sich ganz ausgeprägte CharakterVerschiedenheiten bei seinen LieblingsHasen notiert.«

Waife: — »›Hasen‹! — Ich bin überzeugt, daß es nicht 2 StubenFliegen an einer Fensterscheibe, nicht 2 Elritzen in diesem Wasser-hier gibt, die uns nicht die int'ressantesten Kontraste hinsichtlich Temperament und geistigen Anlagen zu liefern vermöchten. Natürlich: wenn StubenFliegen oder Elritzen nur Münzen ausprägen, oder Fabriken anlegen — kurzum in Kauf oder Ver-Kauf irgendetwas Attraktives erfinden würden, was unsern Angelsächsischen Unternehmungsgeist, unsre Betriebsamkeit in Aktion setzte — wir würden sehr-bald diplomatische Beziehungen zu ihnen aufnehmen; und unsere Depeschen und Gazetten uns auf's Haar über das Wesen und die Hobbies ihrer Führenden Persönlichkeiten unterrichten. Aber wo dem Menschen, im Umgang mit irgendeiner Klasse seiner MitGeschöpfe, keine pekuniären oder sonstigen-direkten Interessen auf dem Spiele stehen, da ist seine Kenntnis von ihnen geradezu unglaublich verworren und oberflächlich. Noch die besten unserer NaturKündiger sind bloße Verallgemeinerer, die meinen, Wunder-was getan zu haben, wenn sie eine neue Species nur ein-reihen. Ich frage: Was würden wir von der Menschheit wissen, wenn wir lediglich die naturforscherliche Definition des ›Menschen‹ besäßen? —: wir kennen ›Den Menschen‹ doch nur insofern, als wir die ›Systematik‹ vor den Kopf schlagen, und jeden einzelnen Menschen als eine Klasse für sich selbst studieren. *Es ist der Unterschied zwischen BUFFON und SHAKESPEARE!* — Ach, Sir, daß wir niemals einen Shakespeare für StubenFliegen und Elritzen haben sollen?«

George Morley: — »Bei allem Respekt vor Elritzen und StubenFliegen; aber wenn wir einen zweiten Shakespeare fänden, würde er sich doch wohl, ebenso wie sein Vormann, besser damit beschäftigen, sich seine Individuen aus den verschiednen Klassen der Menschen zu erkiesen.«

WAIFE: – »So denken Sie; weil Sie selber Mensch sind – eine StubenFliege möchte da and'rer Ansicht sein. Aber das müssen Sie mir wenigstens erlauben: daran zu zweifeln, ob es für einen solchen SeelenForscher im Hinblick auf sein eigenes Lebensglück wirklich die ›bessere Beschäftigung‹ darstellte; obwohl ich gern einräume, daß sie das wäre, im Hinblick auf *Ihr* intellektuelles Vergnügen, auf *Ihre* gesellschaftlichen Interessengebiete. – Armer Shakespeare! Was muß der Mann nicht gelitten haben!«

GEORGE MORLEY: – »Ihr meint, er müsse zerfoltert worden sein durch die Leidenschaften, die er beschreibt? – wie zerschlagen durch die Zusammenstöße mit den Herzen, die er seziert? Das muß beim Genius nicht unbedingt so sein. Der Richter auf seinem Stuhl etwa, wenn er die ZeugenAussagen zusammenfaßt, die Geschwor'nen apostrophiert, braucht doch keineswegs die Versuchungen des Gefangnen auf der Anklagebank geteilt haben, oder mit der Art Taten vertraut zu sein. Und dennoch: wie vollendet kann nicht seine Analyse ausfallen!«

»Nein!«, rief Waife rauh. »Nein. Sie widerlegen Ihr Argument durch das von Ihnen gewählte Beispiel: der Richter weiß nichts von dem Gefangenen! Hier sind die Tatbestände – dort das Gesetzbuch. Aufgrund der einen verallgemeinert er – aufgrund des andern richtet er – ob gerecht oder ungerecht. Aber von dem Individuum auf dem ArmesünderBänkchen – von der Welt, der schrecklichen Welt in diesem einen individuellen Herzen – ich wiederhole es –: weiß er nichts! Wüßte er's, möchten eventuell Gesetz und Tatbestand verschwinden – alle menschenerdachte Justiz gelähmt werden können. – Halt! hier! : setzen wir doch diesen verdächtig dreinschauenden Ausländer, mit der schwärzlichen Visage, auf die Anklagebank; lassen wir hier die Verhandlung eröffnen – dort die Zeugen aussagen –: Oh des abscheulichen Bösewichts! – ein Mörder! – ein unmännlicher Mord! – ein schutzloses Weib, erstickt von schurkischer Hand?! :›Hängt ihn auf – hängt ihn auf!‹ – ›Sacht –‹ wispert doch der POET; und lüftet uns den Schleier vom Herzen des Mörders: ›schaut: es ist Othello, der Mohr! –‹. Welches Geschwornengericht unterfängt sich jetzt noch gegen diesen Verbrecher auf ›schuldig‹ zu erkennen? – welcher Richter sich, das schwarze Barett aufzusetzen? – Wer schreit jetzt noch ›Hängt ihn – hängt ihn‹?«

Mit solch lebensechter Gewalt machte der Komödiant diesem leidenschaftlichen Ausbruch Luft, daß es den Zuhörer mit einer Ehrfurcht durchschauderte, ähnlich der, welche der überführte Mohr gegen Ende des grandiosen Dramas um sich selbst her zu erzeugen weiß. Sogar Sir Isaak stutzte; er stellte seine hoffnungslose Verfolgung jener WasserRatte ein, gab ein leises Gebell von sich, kam zu seinem Herrn her, und schaute ihm mit feierlicher Neubegierde ins Gesicht:?

WAIFE (wieder in den normalen Umgangston zurückfallend): – »Wie kommt es wohl, daß wir mehr mit über uns Stehenden sympathisieren, als mit Denen unter uns?; warum eher mit den Sorgen eines Königs, als den Kümmernissen eines Bettlers?; warum sympathisiert Sir Isaak mehr mit mir, als (und sollte die WasserRatte ihn noch so sehr vexieren) ich jemals mit ihm sympathisieren kann? – Was immer auch der zureichende Grund sein möge, erkennen wenigstens Sie, Mr. Morley, hier eine Begründung, wieso ein armes Wesen gleich mir besser zu tun glaubt, wenn es den Umgang mit Tieren kultiviert, als sich statt dessen dem Studium des Menschen zu widmen – : was Menschen angeht, stehen sie Alle viel zu hoch, um mit mir zu sympathisieren; ich aber habe zwei Freunde gekannt, die mich niemals, weder gekränkt noch betrogen haben. Sir Isaak-hier ist der Eine; Wamba war der Andere. Wamba, Sir, der Inngeborene eines weit-entleg'nen Distrikts des Globen – (einem Manne 2 Freunde zu liefern, ist das zivilisierte Europa nicht groß genug) – Wamba, Sir, war von Natur aus weniger begabt, weniger durch Erziehung feingebildet als Sir Isaak; aber er war ein genauso sicherer und verläßlicher Gefährte: ›Wamba‹, Sir, war ein Opossum!«

GEORGE MORLEY: – »Ach, lieber Mr. Waife; – ich fürchte immer, die Menschen müssen sich sehr-übel gegen Euch benommen haben. –«

WAIFE: – »Das Recht sich zu beklagen, ist nicht meines. Ich hab' mich sehr-übel gegen mich selber benommen. Wenn ein Mann schon sein eigener Feind ist, wär' es ja wohl sehr unvernünftig von ihm zu erwarten, daß nun ausgerechnet andere Menschen seine Wohltäter sein sollten.«

GEORGE MORLEY (mit Bewegung): – »Hört – : ich bin Euch ein Geständnis schuldig. Ich fürchte immer, ich habe Euch ein Unrecht zugefügt – wo ich imgrunde nur dienstfertig sein wollte, und etwas Gutes vorhatte . . .«. Und der junge Akademiker haspelte schnell die näheren Umstände seines Besuches bei Mrs. Crane herunter. Zu Ende seiner Herzählung, setzte er noch hinzu —: ». . . und wie ich Euch dann hier wieder getroffen habe, und erfahren, daß Eure Sophie bei Euch sei — da hab' ich mich unaussprechlich erleichtert gefühlt. Demnach wär'es also geklärt worden, (dacht'ich mir), daß Euer Enkelkind, unbehelligt, Eurer Obhut überlassen worden wäre; sei es, Ihr hättet den Nachweis geführt, daß Ihr mit nichten die Person wäret, hinter Der die Beteiligten her seien; oder aber, daß FamilienDifferenzen dergestalt entwirrt und bereinigt worden wären, daß mein Eingreifen Euch nimmermehr geschadet habe. — Heut nun allerdings, hab' ich von meinem Vater einen Brief bekommen, der mich über die Maßen beunruhigt. Es scheint, daß die anderweitig-beteiligten Personen Gatesboro' besucht, und Euch, bei Mr. Hartopp, angeschwärzt haben. — Versteht mich recht: ich maße mir kein Verlangen nach einer Vertraulichkeit an, die Ihr mir vielleicht nicht einräumen möchtet. Aber wenn Ihr mich mit der Vollmacht betrauen würdet, Euren guten Ruf vor Anwürfen zu schützen, die ich (auch ohne alle Versicherungen Eurerseits!) für falsch und ungerecht erkläre —: ich würde nicht ruhen, bis diese-meine Aufgabe siegreich vollbracht wäre.«

WAIFE (in ruhigem, aber beträchtlich herabgestimmtem Ton): — »Ich danke Ihnen von ganzem Herzen. Aber zu machen ist da nichts. — Ich bin froh, daß der Gegenstand nicht eher zwischen uns zur Sprache gelangt ist, Mr. Morley, bis der kleine Dienst, den ich Ihnen leisten konnte, praktisch getan und vorbei war. Es würde ja ein Jammer gewesen sein, wenn Sie sich genötigt gesehen hätten, jeglichen Umgang mit einem Mann von beflecktem Ruf abzubrechen, noch bevor Sie gelernt hatten, die Fähigkeiten recht zu handhaben, die Sie später einmal in den Stand setzen werden, schlimmeren Sündern als ich je einer gewesen bin, ins Gewissen zu reden. Kein Wort, Sir. Sie fühlen ja wohl, daß ich, zumindest *nunmehr*, ein harmloser alter Mann bin, der sich seinen bescheid'nen Lebensunterhalt erwirbt. Sie wiederholen mir hier bitte nicht, was Sie zum Nachteil meines früheren Lebens gehört haben, oder eventuell noch hören werden, gelt? Und Sie werden mich und mein Enkelkind auch nicht aus unsrer unscheinbaren Zuflucht wieder fortschicken, um neuerlich einer Welt die Stirn zu bieten, mit der es aufzunehmen wir einfach nicht die Kraft haben? Und in diesem Glauben bleibt mir nur noch übrig, Ihnen ›Lebewohl‹ zu sagen, Sir.«

»Da verdiente ich ja, die Sprache ga-ga-ga-*ganz* zu verlieren«, rief der OxfordMann, luftschnappend und aufs grausamste stotternd, indem er Waife fest beim Arme packte, »wenn ich zugäbe, d-d-d-d . . .«

»: einundzwanzig : zweiundzwanzig : lassen Sie sich Zeit, Sir«, sagte der Komödiant sachte. Und mit milder Geduld setzte er sich wieder auf sein Bänkchen.

Der Oxforder warf sich endlich an die Seite des Ausgestoßenen; legte, mit der noblen Zartheit einer so ritterlichen Christennatur, wie der Himmel sie nur je einem Priester verliehen hat, die gefalteten Hände über Waife's eine Schulter, blickte ihm voll und von nahem ins Gesicht, und sprach dann, langsam und wohlerwogen – (und nicht 1 Stottern!) –

: »Ihr könnt Euch nicht entfernt vorstellen, was Ihr für mich getan habt: Ihr habt mir ein Heim und eine Laufbahn gesichert – die Frau, die ich sonst verzweifelt hätte aufgeben müssen – die Göttliche Berufung, auf die ich all meine irdischen Hoffnungen gesetzt hatte, und der zu entsagen ich unmittelbar im Begriff stand – meint nicht etwa, das seien Verbindlichkeiten, die sich so leicht abschütteln lassen. Falls es Umstände geben sollte, die mir verbieten, Andere hinsichtlich ihrer ungerechten Irrtümer in Bezug auf Euch eines Besseren zu belehren; dann stellt Euch aber bitte nicht vor, daß Deren falsche Ansichten, *meine* Dankbarkeit – meinen persönlichen Respekt Euch gegenüber – irgend beeinflussen könnten!«

»Nicht-doch, Sir! das sollen – das müssen sie. Und wenn vielleicht auch nicht Ihre (übertriebene) Dankbarkeit für eine Dienstleistung, die Sie wohl, am korrektesten, nicht nach ihren Auswirkungen auf sich selbst, sondern mehr nach der geringen Mühe, die sie mir gemacht hat, bemäßen – wenn also vielleicht auch Ihre Dankbarkeit nicht darunter leiden müssen sollte – Ihr Respekt aber doch, ja.«

»Und ich entgegne Euch: Nein! Glaubt Ihr denn, ich vermöchte nicht das Wesen eines Menschen zu beurteilen, auch ohne daß ich von ihm verlangen müßte, mir sämtliche Geheimnisse – all die Verirrungen, wenn Ihr so wollt – seines ganzen-vergang'nen Lebens anzuvertrauen? Wird nicht der Beruf, zu dem ich mich nunmehr bestimmt glauben darf, mir Kraft und Vollmacht geben, All-Diejenigen loszusprechen, Die wahrhaft bereuen, und ungeheuchelt glauben? – Oh, Mr. Waife! falls Ihr, in jungen Tagen, gesündigt haben solltet: habt ihr nicht längst schon bereut?; und wie oft, aus so manchem liebem-gutem Spruch, der Euch unabsichtlich über die Lippen kam, hab' ich nicht Grund gehabt zu ersehen, daß Ihr, ungeheuchelt, glaubt! Wär' ich jetzt bereits mit kirchlicher Autorität bekleidet: könnt' ich Euch nicht, als Priester, absolvieren? Oder meint Ihr etwa, daß ich, in der Zwischenzeit, es wagen würde, über Euch als Mensch abzuurteilen? – Ich, ein Rekrut des Lebens! – bisher durch sorgliche Eltern, und begünstigende GlücksUmstände, vor Versuchungen bewahrt – *Ich* sollte mir anmaßen, zu richten – und lieblos zu richten! – über den grauhaarigen Veteranen; ermüdet vom Marsch, verwundet im Gefecht?!«

»Sie sind ein edelherziges, humanes Wesen«, sagte Waife, beträchtlich ergriffen. »Und – denken Sie später daran – ein so weiter Mantel christlicher Nächstenliebe wird einmal Ihr Ehrenkleid heißen. – Aber hören Sie, Sir. – : Mister Hartopp ist nicht minder ein Mann, unendlich-menschenfreundlich; wohltätig; gütig; und, all seiner Simplizität zum Trotz, notfalls scharfsinnig genug: dieser Mr. Hartopp, als er vernommen, was gegen mich vorgebracht wurde, erachtete mich für unfähig, mein Enkelkind bei mir zu behalten, und hat das ihm anvertraute teure Pfand ausgeliefert – Almosen würde er, hätt' ich ihn darum angegangen, mir zweifellos gegeben haben; seine Hand nicht mehr. Nehmen deshalb auch Sie Ihre Hand von meiner Schulter, Sir; auf daß die Berührung Sie nicht beschmutze.«

George nahm seine Hände von der Schulter des Landfahrers; aber das geschah nur, um die Hand, die sie abwehren und dem Druck der seinen dann entkommen wollte, fest zu ergreifen. »Ihr seid unschuldig; unschuldig seid Ihr!: vergebt mir, daß ich Euch von ›bereuen‹ sprach, wie wenn Ihr notorisch schuldig gewesen wäret! Ich fühl' es, daß Ihr unschuldig seid – fühl' es, vermittelst meines eignen Herzens. Ihr wendet Euch ab? Ich biete Euch trotz: Ihr vermögt es nicht zu behaupten, daß Ihr dessen schuldig wäret, was man Euch zur Last gelegt, was Euern guten Namen verdunkelt, was Mr. Hartopp zu Euerm Nachteil geglaubt hat. Schaut mir ins Gesicht, und sprecht dazu: ›Ich bin nicht unschuldig; bin nicht verleumdet worden.‹ –:? –«.

Waife blieb stimmlos – regungslos.

Der junge Mann, in dessen Natur, noch unerprüft, all die großen HerzensEigenschaften lagen, ohne die es noch niemals einen großen Redner, einen großen Prediger gegeben hat – Eigenschaften, welche das Resultat langer Auseinandersetzungen intuitiv vorwegnehmen, und durch plötzlichen gefühlsmäßigen Impuls zum selben Ergebnis gelangen, wie ein Andrer durch logisches Klügeln – er also ließ hier Waife's Hand los; erhob sich in den Stand; trat dem alten Manne, der mit abgewandtem Gesicht, niedergeschlagnen Augen, schweratmender Brust da-saß, gegenüber; und begann mit Erhabenheit –

: »Vergeßt, daß ich vielleicht bald der christliche Geistliche sein werde, der sein Ohr von Amtspflicht wegen zu den Lippen von Scham und Schuld niederzubücken hat – dessen Hand, wenn sie himmelwärts weist, keine sterbliche Berührung beschmutzen kann – dessen erhabenster Platz an der Seite des Sünders ist. Betrachtet mich lediglich als Mensch und Gentleman. Seht, ich strecke Euch jetzt diese Hand entgegen –: wenn, als Mensch und Gentleman, Ihr das Bewußte getan habt, das – wenn in allen Herzen gelesen; alle Geheimnisse ausgefaltet; wenn menschliches Urteilen durch Göttliche Allwissenheit revidiert würde – Euch verböte, diese Hand zu ergreifen –,–: *dann* stoßt sie zurück! – dann geht – wir scheiden. Wenn jedoch *keine* solche Tat auf Euerm Gewissen lasten sollte – (obschon Ihr Euch, wie immer auch, in die Bezichtigung ergebt) – DANN; im Namen der Wahrheit; als Mensch und Gentleman dem Menschen und Gentleman gegenüber;: gebiete ich Euch, diese rechte Hand zu fassen; und *ver*biete Euch, im Namen eben jener Ehre, die kein Zweideuteln verträgt, mir zu ungehorsamen. – :?!«.

Der Vagabund erhob sich, wie der Tote auf den Spruch seines Nekromanten – ergriff, gleichsam unwiderstehlich, die ihm hingebotene Hand: – : Und der Gelehrte, überglücklich, sank ihm an die Brust; und umfaßte ihn, wie ein Sohn. –

»Ihr wißt es«, sagte George, zitternden Ton's, »daß die Hand, die Ihr genommen habt, Euch nie betrügen wird – auch nie verlassen. Aber ist sie – (ist sie gewiß und wahrhaftig!) – auch gänzlich machtlos, Euch aufzurichten, und Euch Eurer gesellschaftlichen Stellung wiederzugeben?«

»Doch; ja;: machtlos innerhalb Ihrer Kreise«, erwiderte Waife; mit einer Stimme, die fast noch stärker zitterte. »Alle Könige dieser Erde wären nicht mächtig genug, einen Namen wieder zu Ehren zu bringen, der einmal so in den Kot getreten worden ist. Nehmen Sie denn zur Kenntnis: daß es mir nicht nur unmöglich ist, mich zu rechtfertigen; sondern daß es mir auch gleichermaßen unmöglich fiele, irgendeinem menschlichen Wesen ein einziges-einfaches Motiv anzuvertrauen, zur Verteidigung für den Fall daß ich unschuldig, zur Milderung, wenn ich schuldig wäre. Und indem ich dies ausspreche; und Ihnen versichere, daß es weit-barmherziger wäre, mich schlechthin zu verdammen, als mich zu verhören – (denn ›Tortur‹ heißt ja befragen!) – kann ich also Euer Mitgefühl nicht von mir weisen; aber mir Respekt anzubieten, wäre Verhöhnung!«

»Wie? : Was?!: keine Achtung der Seelenstärke, die sich durch Verdrehungen nicht zermalmen läßt? Wäre derlei Stärke denn überhaupt möglich, hättet Ihr nicht das ruhige Bewußtsein, daß der Ewige Richter sich durch kein falsches Zeugnis irreleiten läßt? – Euch achten?: *und-wie!* – weil ich Euch glücklich gesehen habe, den Menschen zum Trotz; und deshalb weiß, daß die verfinsternde Wolke um Euch nichts mit des Himmels Mißfallen zu schaffen hat!«

»Oh« rief Waife, und die Tränen rollten ihm dabei die Wangen hernieder, »und es ist noch keine Stunde, daß ich über menschliche Freundschaft gespaßt – lästerlichem Spleen über meine MitMenschen Luft gemacht habe! Und nun – nun – Ah! Sir, die Vorsehung ist so gütig gegen mich! – Und« sagte er; und wischte die Tränen fort, während gleichzeitig das alte schalkische Lächeln wieder um seine Mundwinkel zu spielen begann, – »und gütig gegen mich, gerade auf dem Gebiet, wo Unfreundlichkeit mich am empfindlichsten getroffen hatte. Es ist wahr, Sie haben die Frau auf meine Spur gebracht, die mir mein Enkelkind wegnahm – die mich in der Achtung des guten Mr. Hartopp zugrunde richtete. Aber and'rerseits, sehen Sie: ich habe meine holde Sophie wieder; wir sind genau in dem Heim, das ich vor allen andern am meisten ersehnt habe; und jene Frau – (ja, ich kann Ihnen doch wohl, zumindest soweit, meine Geheimnisse anvertrauen, daß Sie sich keine Vorwürfe mehr darüber zu machen brauchen, sie nach Gatesboro' dirigiert zu haben) – eben diese Frau weiß um mein Obdach hier – hat mir eben die Empfehlung verschafft, die nötig war, um es zu erlangen – hat meine Enkelin aus dem verhaßtesten Frondienst befreit, gegen den ich juristisch nichts hätte unternehmen können – und, sollte man uns neuerlich mit Verfolgungen nachsetzen, sie wird wachen, und warnen, und uns helfen. Und wenn Sie mich weiter fragen, wie diese Veränderung in ihr bewirkt worden sei – wieso wir, (als wir schon alle Hoffnung auf grüne Wiesen und Felder aufgegeben, und zu dem Schluß gekommen waren, daß wir nur im Gewimmel einer großen Stadt Denen, die uns verfolgten, zu entgehen vermöchten), dennoch entdeckt wurden, obschon ich mir einbildete, ein Adept im Verkleiden zu sein, und das Kind und der Hund sich niemals außerhalb der vier DachstubenWände, wo ich sie verborgen hielt, sehen ließen; – sollten Sie, wie ich sagte, noch erklärt haben wollen, wieso diese-selbe Frau sich plötzlich aus einer gefühllosen Feindin in einen rettenden Schutzgeist verwandelt hat, dann kann ich Ihnen nur antworten: durch keinen Trick, keinen Kunstgriff, keine Überredungskunst meinerseits. Die Vorsehung sänftigte ihr Herz und ließ es gütig sein; genau in dem Moment, wo keinerlei Eingreifen einer andren irdischen Instanz, uns hätte entreißen können, dem – dem . . .«

»Sprecht nicht weiter – mir schwant's! das Dokument, das besagte Frau mir vorwies, war eine gesetzliche Vollmacht, derzufolge Eure arme kleine Sophie der Obhut eines Vaters ausgeantwortet werden sollte – : mir schwant's!: von diesem Vater möchtet Ihr, einerseits, nicht übel mir gegenüber reden; und fühlt Euch dennoch gedrungen, Eure Enkelin vor ihm abzuschirmen: kein Wort weiter. – Und dieses stille Heim da-drüben – Eure bescheid'ne Betätigung –: sie befriedigen Euch wirklich?«

»Oh, wenn ein solches Leben nur dauern könnte! – Sophie fühlt sich so wohl, so heiter, so glücklich! Haben Sie nicht selber gehört, wie sie neulich sang?; (Sie hat, vorher, noch nie gesungen. Aber Wir waren noch nicht 1 Woche hier, und Gesang brach aus ihr, ungeheißen-ungelehrt, wie aus einem Vögelchen!). – Aber wenn natürlich irgendein hämischer Bericht über mich, von Gatesboro' oder sonstwo-her, hierhin gelangte; dann würden wir weggeschickt werden, und das Vöglein in meinem WeißDorn verstummen –: Sophie würd' nicht mehr singen.«

»Fürchtet nicht, daß Verleumdung Euch von hier vertreiben werde. Lady Montfort, wie Ihr wißt, ist meine Kusine; aber das wißt Ihr nicht – (ganz Wenige tun's) – wie durch und durch großmütig und gutherzig sie ist. Ich will mit ihr von Euch sprechen – oh, schaut nicht beunruhigt drein. Sie wird meinem Wort vertrauen, wenn ich sage ›Das ist ein braver Mann‹; und falls sie nach mehr fragen sollte, wird es genügen, ihr zu sagen, ›Wer einmal bessere Tage gesehen hat, fühlt wenig Neigung, mit Fremden von der Vergangenheit zu sprechen‹.«

»Ich danke Euch; ernstlich, aufrichtig«, sagte Waife, dessen Gesicht sich wieder aufhellte. ›Ein Gefallen noch – falls Sie in dem Ihnen gezeigten juristischen Dokument, den Namen gesehen, oder gar im Gedächtnis behalten haben sollten, von-ä – von dem Betreffenden, der darin ermächtigt wurde, auf Sophie, als sein Kind, Anspruch zu erheben: wollen Sie ihn bitte, Lady Montfort gegenüber, nicht erwähnen. Ich bin mir nicht sicher, ob sie den Namen je gehört hat; aber möglich wäre es – und – und –«. Er hielt einen Augenblick inne, und schien über etwas nachzudenken; dann fuhr er, ohne seinen Satz vollendet zu haben, fort: »Sie sind so gut zu mir, Mr. Morley, daß ich Ihnen Vertrauen entgegenbringen möchte, so weit es sein kann. – Sehen Sie: ich bin ja schon ein alter Mann; und mein HauptAnliegen wäre, einen Freund für Sophie ausfindig gemacht zu haben, wenn ich einmal dahingegangen bin – einen Freund ihres eignen Geschlechtes, Sir. Oh, Sie können sich gar nicht vorstellen, wie ich mich danach sehne – mich danach ängstige, dies Kind unter den frommen, schützenden Augen einer Frau noch zu erblicken. Vielleicht, wenn Lady Montfort meine hübsche Sophie einmal sähe, könnte es ja sein, daß sie Gefallen an ihr fände: also wenn sie *das* täte – wenn *das* einträte! – Und Sophie«, fügte Waife, mit Stolz, hinzu, »verdient es, daß man sie schätze. Die ist nicht wie ich – für mich wär' schließlich jeder Schuppen gut: aber für *sie!* – Können Sie sich vorstellen, daß ich diese Hoffnung damals faßte? – daß diese Hoffnung dazu beigetragen hat, mich hierher zurückzuführen – als ich, Monate sind's her in Humberston war, ganz damit beschäftigt, Sophie wieder frei zu machen; und dabei sah – obschon-ä« merkte Waife, und ein schlaues Muskelspiel fand um seinen Mund statt, hier an »ich gerade in dem Augenblick kein Recht hatte überhaupt etwas zu sehen – Lady Montfort's humane Besorgnis um einen alten blinden Betrüger gewahrte, der seinen Hund – einen kohlschwarzen Hund, Sir, der sein Haar gefärbt hatte – vor den Rädern ihres Wagens zu retten versuchte. Und die Hoffnung verstärkte sich noch; da ich, den ersten Sonntag, als ich drüben in der Dorfkirche am Gottesdienst teilnahm, dieses schöne – wundersam schöne – Gesicht wiedersah; ganz auf der andern Seite; schön wie MondenSchimmer, aber auch so schwermutsvoll. Und es ist ja merkwürdig genug, Sir, daß ich – von Natur aus ein geräuschvoller lustiger Mann; itzt ein scheuer versteckter Wanderer – mich von einem Gesicht in *dem* Verhältnis mehr angezogen mehr angelockt fühle, als ich Spuren von Trauer darauf lesen kann. Ich fühle mich dann weniger niedergedrückt durch meine eigene Nichtigkeit – fühle mich irgendwie ermutigt, mich zu nahen, und zu sprechen, ›Soweit auseinander stehen wir uns nicht; auch Du hast gelitten‹ –: wie mag das kommen?«

GEORGE MORLEY: – »›Der Narr spricht in seinem Herzen: Es ist kein Gott‹; aber das hat der Narr in seinem Herzen nicht gesagt,: daß es keine Sorge gäbe – ein sinnschwerer und überaus tiefsinniger Spruch; Hindeutung auf die nicht wegzuleugnende Verkettelung, welche die Menschen an den VATER bindet. Und wo diese Kette sich spannt, da werden seine Kinder enger zueinander hin gezogen. – Aber zurück zu Eurem Wunsch – ich werde daran denken. Und sobald meine Base wieder zurück ist, soll sie Eure Sophie sehen.«

5. KAPITEL

Mr. Waife, von Natur aus unglücklich, entwickelt seine Meinung, daß, proportional im gleichen Takt wie das Glück ihm Gutes zuträgt, die Natur dies ins Schlimme verwand'le. / Er läßt auch zu, daß Mr. George Morley als sein Schuldner von ihm scheide; worauf Sophie Angst kriegt, daß er, als FolgeErscheinung, verdrießlich werden werde.

Wenige Wochen nach der zuletzt wiedergegebenen Unterhaltung nahm George Morley Abschied von Montfort Court; nunmehr ohne jeglichen Skrupel bereit, vor den freundlichen Bischof bezwecks Ordination hinzutreten. Von Waife nahm er noch mehr mit, als nur die Kur eines untauglichmachenden Gebrechens; er empfing von ihm auch diejenigen Winke, die bei einem Mann, der, was so selten ist, das Temperament des Redners mit dem des Gelehrten vereint, die Meisterschaft in der Kunst befördern, durch welche die flüchtige menschliche Stimme zur bleibenden, unvergänglichen Macht wird. Der dankbare Lehrer erschöpfte rückhaltlos all seine Kenntnisse und Fertigkeiten für den Schüler, dessen Genius er freigesetzt – dessen Herz wiederum ihn überwältigt hatte. Bevor George abreiste, erhob sich für ihn die nicht geringe Verlegenheit, wie er Waife noch irgendeine andere Vergütung anbieten könnte, als diejenige, die nach Waife's Einschätzung bereits sämtliche empfangenen Gefälligkeiten überzahlt hatte – nämlich Freundschaft, die nicht zweifelt noch fragt; und die versprochene Protektion. Es braucht kaum gesagt zu werden, daß George den Mann, dem er Glück und Vorwärtskommen verdankte, über jenes bloß moralische Entgelt hinaus, auch noch zu etwas Substantiellerem berechtigt meinte. Aber schon bei der allerersten zarten Anspielung fand er, daß Waife von Geld kein Wort hören wollte; obschon der ExKomödiant keinerlei übertrieben Quijotische Ansichten bezüglich dieses praktischen Gegenstandes affektierte. »Um Ihnen die Wahrheit zu gestehen, Sir: ich hab' da so ein bißchen eine Art von Aberglauben dagegen, mehr Geld in meinen Händen zu wissen, als ich für den Moment zu verwenden weiß. Es hat mir eigentlich immer Pech gebracht; und was noch das Härteste dabei ist: das Pech bleibt; aber das Geld fliegt davon. Zum Beispiel diese fantastische Summe, die ich in Gatesboro' gemacht hab' – Sie hätten mich sehen sollen, wie ich dagesessen und gezählt hab'! Mein Herz hätte nicht stolzer und höher schlagen können, und wär'ich jener Große Mann, ›Mister Elwes, der Geizhals‹ gewesen. Und was für ein Pech hat es mir nicht eingetragen; und wie hat sich's nicht in alle Winde verzettelt! Nichts was ich, als Gegenwert, hätte vorzeigen können, als eine seid'ne Strickleiter & eine gebrauchte DrehLeier, (und *die* hab' ich, anschließend, zum halben Preis wieder weiter verkauft). – Oder als ich damals meinen Unfall hatte, der mich dieses Auge kostete: die Leute von der Eisenbahn haben sich *so*-anständig benommen; haben mir 120 £ gegeben – stellen S'sich das mal vor! Und es währte keine 3 Tage, da war das Geld alle und dahin!«

»Wie das?«, fragte George; halb amüsiert, halb schmerzhaft-betroffen –: »gestohlen etwa?«

»Nichts da«, versetzte Waife, mit einem Anflug von Düsternis; »wohl aber zurückerstattet. Ein guterlieberalterarmer Mann, der sehrsehr schlecht von mir dachte – (und ich wunder' mich gar nicht darüber) – war von großem Wohlstand, zu noch-größerer Armuth heruntergekommen. Während ich fest-lag, las mir meine Zimmer-Vermieterin manchmal aus der Zeitung vor; und in eben dieser Nummer stand ein Bericht über sein Pech und seine HülfsBedürftigkeit. Aber ich war ihm, wie gesagt, noch für den Betrag einer alten Schuld verantwortlich; und das, zusammen mit der Doktor-Rechnung, hat eben meine 120 £ gerade so weg-gelutscht. Ich hoff' zumindest-jedenfalls das eine: daß er nicht ganz so schlecht mehr von mir denkt. Und das Geld hat ihm bestimmt mehr Glück gebracht, weit eher als mir. – Ergo Sir: wenn Sie sich jetzt anschickten, mir Geld zu geben, würde ich mich, automatisch, auf irgendeine Calamität gefaßt machen: Gold & Ich? wir haben keine natürliche Affinität zueinander. Irgendeines schönen Tages jedoch – später 'mal, wenn Sie in Ihre Pfarre eingesetzt sein werden, und ein berühmter Kanzelredner geworden sind, und viel entbehrlichen Überfluß haben, und immer noch die Vorstellung hegen, Sie würden sich behaglicher im Gemüt fühlen, wenn Sie für den Korb-Macher etwas Fürstliches getan hätten – all dies vorausgesetzt, werd' ich Sie vielleicht bitten, mir zu einer Summe, die ich nach und nach zu sparen versuche, den dann noch fehlenden Rest dazu zu geben – eine enorme Summe – beinah so viel, als ich damals von meiner EisenbahnEntschädigung weggezahlt habe – ich bin sie der Lady schuldig, die sie vorgeschossen hat, um Sophie von einem Engagement offiziell zu entbinden; zu dessen Bruch ich – und garantiert ohne etwelche Gewissensbisse – das Kind veranlaßt habe.«

»Aber ja! Wie hoch ist der Betrag? Erlaubt mir wenigstens, diese Schuld zurückzuzahlen.«

»M-m; noch nicht. Die Lady *kann* warten – und sie wird mit Vergnügen warten, weil sie es verdient zu warten – es wäre lieblos ihr gegenüber, sie jetzt sofort auszuzahlen. Aber, in der Zwischenzeit, wenn Sie mir vielleicht ein paar gute Bücher für Sophie schicken könnten?; – belehrend; aber möglichst nicht allzu trocken. Und ein französisches Diktionär – dann könnte ich sie, wenn die Tage kürzer werden und der Winter kommt, Französisch lehren. Sie sehen, ich bin keineswegs über das Bezahltwerden erhaben, Sir. Aber, Mr. Morley, es gibt vor allem *eine* große Gunst, die Sie mir erweisen könnten ...«

»Was wäre das? Sagt doch.«

»Sich ganz sehr aufzupassen, daß Sie mir nicht einen großen UnDienst erweisen! – Sie stehen jetzt im Begriff, zu Ihren Freunden und Verwandten zurückzukehren: sprechen Sie mit ihnen niemals von mir. Beschreiben Sie nie meine Person, und mein wunderliches Treiben. Nennen Sie weder die Lady; noch – noch-ä – den Mann, der Sophie da beansprucht hat. Ihre Freunde würden mir, mag sein, Schaden nicht zufügen; Andere durchaus. Geschichten wollen 'rumkommen. Und der Hase, der einen Hund welcher gerne bellt zum Freunde hat, besitzt sein Lager nicht mehr lange.

Versprechen Sie mir, um was ich bat. Versprechen Sie 's mir, als ›Mann und Gentleman‹.«

»Ja, selbstredend. – Das heißt, ich hätte *einen* Verwandten, mit dem ich – Eure Erlaubnis vorausgesetzt – gar zu gern einmal über Euch sprechen möchte; ja, mit dem ich wünschte, Euch bekannt zu wissen. Er ist in solchem Grade praktischer Weltmann, daß er womöglich doch einen Weg anzugeben wüßte, Euern guten Namen auf eine Art zu rehabilitieren, daß Ihr sie selbst gutheißen würdet. Dieser mein Onkel, Oberst Morley, . . .:?«

: »Auf keinen Fall!« rief Waife, beinah wütend; und legte soviel Zeichen von Ärger und Unruhe an den Tag, daß es längere Zeit erforderte, bis George ihn durch die feierlichsten Beteuerungen – wie sein Geheimnis unverbrüchlich gewahrt, seinen Einschärfungen getreulichst gehorsamt werden sollte – wieder einigermaßen zu beschwichtigen vermochte. Keine Konsultationen von Männern von Welt, über etwelche Arten & Weisen, ihn in die Welt der Männer zurückzuholen, vor der er sich geflüchtet hatte! Nichts von Obersten, ihn mit AppellAugen zu mustern, und gnädige Winke fallen zu lassen, à la wie man einen Fleck zu überkreiden habe! – Aber nach und nach legten Waife's Befürchtungen sich; sein Zutrauen stellte sich langsam wieder her; und, eines schönen Morgens, nahm George dann endgültig Abschied von seinem excentrischen Wohltäter.

Waife und Sophie standen; und schauten ihm, vom Garten-Pförtchen, hinterher: der Krüppel, leicht-gelehnt auf den Arm des MädchenKindes. Das blickte, halb Ängst- halb Zärtlichkeit, in das nachdenkliche AltmannsGesicht; und klammerte sich, je mehr sie blickte, umdesto fester.

:»Wirst Du jetz' nicht verdrießlich werden, armer Opa? – wird er Dir nicht sehr-fehlen?«

»Ein bißchen schon; zunächst«, gestand Waife, sich aufraffend. »Bildung ist eine großartige Sache. Ein gebildeter Mensch – vorausgesetzt, er fügt uns kein Leid zu; – (was nicht-immer der Fall ist!) – kann unserer Existenz ja nicht einfach entnommen werden, ohne eine Lücke zu hinterlassen. – Sophie: wir müssen jetzt ernstlich ans Werk gehen, und uns bilden!«

»Das wollen Wir, lieber Opa«, entschied Sophie mit Bestimmtheit; und, nur wenige Minütlein danach, –: »– wenn ich dann sehr sehr schlau werden könnte, würdest Du Dich auch nicht mehr so sehr nach diesem Herrn da sehnen, gelt-Opa!?«

6. Kapitel

Ein Kapitel, das zu einem unzeitigen Ende gelangt.

Als Montfort Court durch die Anwesenheit seiner Lady erneut verherrlicht wurde, war der Winter schon weit vorgeschritten. Ein höflicher Brief von Mr. Carr Vipont war ihr, just bevor sie Windsor verließ, zugegangen, der die Anregung enthielt: wie sehr es den Vipont'schen Interessen zum Vorteil gereichen würde, wenn sie sich entschließen könnte, für ein oder zwei Monate ihren Landsitz in Irland zu besuchen, der allzulange vernachlässigt worden sei, und wo Mylord, wenn er von seinen HochlandsMooren zurückkehre, sich dann mit ihr treffen werde. Ergo verfügte sich Lady Montfort nach Irland. Mylord traf sich dort zwar nicht mit ihr; vielmehr hielt es Mr. Carr Vipont nunmehr im Vipont'schen Interesse für erwünscht, daß das Ehepaar sich in Montfort Court selbst wieder vereinige; wohin auch die gesamte Familie Vipont eingeladen sei, um Zeuge ihres Glückes zu sein, (beziehungsweise ihren *ennui* etwas abzuschwächen).

Aber, bevor wir uns auf einen weiteren Schauplatz in dieser Geschichte verfügen, wird es nicht mehr als einen gerechten Tribut an Hochachtung vor dem großen Hause Vipont darstellen, wenn wir inne halten, um seine vergangene Kunde und seine gegenwärtige Größe ausgiebiger vor dem ehrfürchtigen Leser zu entfalten.: Das Haus Vipont . . . — aber was fällt mir denn ein!? Das Haus Vipont erfordert ein Kapitel für sich alleine!

7. Kapitel

DAS HAUS VIPONT. / ›Majora Canamus‹.

Das Haus Vipont! – Wenn man zurückschaut, Zeitalter hindurch, bekommt man den Eindruck, wie wenn das Haus Vipont nur eine--einzige, sich immerfort neu verkörpernde Geisteshaltung wäre, die in ihrer fortschreitenden Entwicklung eine zusammenhängende Einheit von Denk- und Handlungsweisen bildet; so daß sie, durch all die Wechsel ihrer äußeren Gestalt hindurch, eigentlich nur von ein- und demselben Gespenst bewegt und dirigiert worden sei – *›Le roi est mort?: vive le roi!‹* – ein Vipont gestorben?: es lebe der Vipont!

Trotz seines hochtönenden Normannischen Namens, war das Haus Vipont, und zwar diverse Generationen nach Der Eroberung noch, nichts weniger als ein ›Haus‹ gewesen. Der erste Vipont, der aus dem Dunkel der Zeiten emportaucht, war ein rauher Söldner, gascognischer Herkunft, unter der Regierung des zweiten Heinrich – einer jener tausend FechtMänner, die sich mit dem wack'ren Earl von Pembroke zu Milford Haven einschifften; zu jener kuriosen Expedition, die mit der Eroberung Irlands endete. Dem betreffenden Tapferling gelang es, sich große Lehen an liegenden Gründen auf jenem fruchtbaren Eiland zu sichern – etwelche Mac's, oder einige O's gingen unter; und das Haus Vipont stieg empor.

Während der Regierung Richard's des Ersten, gelang es dem Hause Vipont – obwohl nach England zurückberufen; (die irischen Erwerbungen blieben unter der Obhut eines angemessen-wild--feurigen Jüngeren Sohnes, der als fiktiver Pächter fungierte) – dem Kreuzzug, glaubhaft-entschuldigt, fernzubleiben; und wurde dafür, durch Heirat mit einer reichen GoldschmiedsTochter, instand gesetzt, Denjenigen, die sich der erwähnten, herrlich-aufregenden aber ziemlich kostspieligen, Pilgerfahrt widmeten, die nötigen Gelder vorzuschießen. Unter der Regierung Johanns Ohneland dann, konnte das Haus Vipont sämtliche, ihm also verpfändeten Ländereien für verfallen erklären; und wurde dadurch Besitzer eines nicht unfeinen GrundEigentums, sowohl in England selbst, als auch der Lehen auf dessen SchwesterInsel.

Das Haus Vipont nahm an der ebenso beschwerlichen wie lästigen Politik jener Jahrzehnte keinen Anteil. In besonnener Unberühmtheit lag es der Ründung seines Wohlstands ob, und empfand nur geringes Interesse an der *Magna Charta*. Während der Regierungen der Plantagenet-Edwards, die sämtlich große Beförderer kaufmännischen Wagemuts waren, vermied das Haus Vipont Creci, Bannockburn, und ähnliche uneinträgliche Zänkereien; schloß dafür fleißig Heiraten mit Londoner Handelsherren, und holte vielfach so manches Gute von den Genuesern heraus. Unter der Regierung des vierten Heinrich, erntete das Haus Vipont dann die Belohnung seiner in der Vergangenheit geübten Zurückhaltung und Bescheidenheit: nunmehr, zum erstenmal, erscheinen die Viponts als Ritter mit dem Schwertgehenk – sie haben Wappen-Schilde – sie sind Lancaster'isch bis auf die Knochen – sie empfinden unglaublich gerechten Unwillen gegen Ketzer – sie verbrennen Lollharden – sie bekleiden Stellen am Hofhalt der Königin Joan, (die zwar eine Hexe geheißen wird; aber eine Hexe, die anstatt des Besenstiels ein Szepter schwingt, ist eine unvergleichliche Freundin). Und, zum Beweis seiner zunehmenden Bedeutung, heiratet das Haus Vipont endlich auch eine Tochter des derzeit mächtigen Hauses Darrell. Unter der Regierung Heinrichs V., während der Invasion in Frankreich, wußte das Haus Vipont – in berechtigter Furcht vor der Ruhr, die mehr tapfere Burschen wegraffte, als das Feld von Agincourt – es so einzurichten, daß es nur Minderjährige zählte. Die Kriege der Rosen allerdings, stellten das Haus Vipont vor betrübliche Verlegenheiten; aber auch diese gefährliche Feuerprobe ward schließlich, mit einzigartigem Takt und Erfolg, durchgestanden: die Art und Weise, wie es jeweils die Seiten wechselte – jeder dieser Wechsel sicher; und die meisten davon noch lukrativ – ist über alles Lob erhaben.

Alles in allem genommen, zog es die York'isten vor; es war schließlich nicht gut möglich, aktiv Lancaster'isch zu sein, bei einem Heinrich VI. von Lancaster, der andauernd im Gefängnis saß! Und folglich fand sich, beim Tode Edwards des Vierten, das Haus Vipont als ›Baron Vipont von Vipont‹, mit 20 Rittergütern. Richard III. rechnete deshalb sehr auf das Haus Vipont, da er von London auszog, um jenem Richmond das Treffen bei Bosworth zu liefern – er hatte diese Rechnung ohne seinen Wirt gemacht. Das Haus Vipont wurde sofort wieder intensiv Lancaster'isch; und war der Ersten Eines, die sich um die Sänfte drängten, in welcher Heinrich VII. in die Hauptstadt einzog. In seiner Regierungszeit heiratete es eine enge Verwandte der Empson's – das tat das große Haus Vipont! – und da Edelleute alter Herkunft ebenso rar wie arm geworden waren, honorierte Heinrich solche Tat damit, daß er das Haus Vipont zum Earl erhob – zum ›Earl von Montfort‹. Unter der Regierung des nächsten, des VIII. Heinrich, war das Haus Vipont (anstatt, wie einstens, Lollharden zu schmoren), voll und ganz für Reformation und Säkularisation – wobei die Ländereien von 2 Prioreien und 1 Abtei anfielen. Vollgestopft von solch- und ähnlicher Beute, tat das Haus Vipont, der Anaconda gleich, wenn sie sich zum Verdauen anschickt, einen langen Schlaf. Oder nein: es schlief mit nichten! Obschon es sich mäus'chenstill verhielt, solang die Blutige Mary, die Königin, regierte – (höchstens daß es, bei Hofe, Nachrichten lancierte, wie das Haus Vipont, imgrunde, ganz-merkwürdig zum Papsttum tendiere) – und auch während der Regierungen von Elisabeth und James, machte es nicht viel her, das Haus Vipont; war vielmehr, in aller Stille, damit beschäftigt, tief einzuatmen, und seine Konstitution zu verbessern. ›Schlafen‹?: das wär' auch so-was!: höllwach war es! Denn damals war der Augenblick, daß es, systematisch und in großem Stil, seine HeiratsPolitik begann: damals pfropfte es, unverdrossen-geschäftig, seine ÖlZweige auf die Stämme jener zukunftsträchtigen Neuen Häuser, die mit den Tudors emporgeschossen waren; damals – aufgeschlossen für den Geist des Heute; vorausschauend die Bedürfnisse des Morgen – wob es, über die ganze Länge und Breite des Landes, das eng-verschlungene Netzwerk nützlicher Vetternschaften! Damals fing es auch an, schaubare Paläste zu bauen und Parks einzuzäunen – es reiste auch ein wenig – das tat das Haus Vipont! es besuchte Italien – es schaffte sich Geschmack an; ein überaus elegantes Haus ward das Haus Vipont! Und in James' Regierung geschah es zum ersten Mal, daß das Haus Vipont den HosenbandOrden erhielt. Dann brach der Bürgerkrieg aus – England war innerlich zerrissen. Peer und Ritter ergriffen Partei, für die ein- oder andere Seite. Das Haus Vipont war wieder in Verlegenheit. Sicher, zu Anfang war es ganz für König Karl. Aber als König Karl auf den Einfall kam, zu kämpfen, da schüttelte das Haus Vipont sein weises Haupt, und ging herum wie Lord Falkland, der auch immer ›Frieden! Frieden!‹ seufzte. Schließlich entsann es sich seiner vernachlässigten irischen Besitzungen – worauf seine Pflicht es dorthin rief. Es ging nach Irland, verständig betrübt; und heiratete dort eine Verwandte von Lord Fauconberg – von allen Verbindungen, welche die Familie des Lord Protectors eingegangen ist, bekanntlich die, Fortuna's Capricen am wenigsten ausgesetzte – folglich war es sicher, als Cromwell seinen irischen Besuch machte; und nicht minder sicher, als Karl II. seinem England wiedergegeben wurde. Unter der Regierung des lustigen Monarchen, war das Haus Vipont ein Höfling; ehelichte eine ›Schönheit‹; bekam erneut das Hosenband; und ward, das erstemal in seiner Geschichte, Mode. Und ›Mode‹ begann eine Macht zu werden. Unter der Regierung James' II. verstand es das Haus Vipont wiederum, nur aus Minderjährigen zu bestehen, die genau im rechten Augenblick mündig wurden, um William & Mary den LehnsEid zu schwören. Für den Fall etwaiger unvorherzusehender Ereignisse, unterhielt das Haus Vipont freundliche Beziehungen zu den exiliierten Stuarts; schrieb aber keinerlei Briefe, und geriet deshalb auch in keinerlei Patsche. Aber erst in dem Augenblick, da die Regierung, unter Sir Robert Walpole, jenes konstitutionelle, parlamentarische System einführte und etablierte, welches das Kennzeichen der modernen Freiheit ist, geschah es, daß die, während all der aufeinanderfolgenden Jahrhunderte durch das Haus Vipont sorglich angesammelte Stärke, und nun gleich eklatant, sichtbar wurde. Zu diesem Zeitpunkt war sein Grundbesitz schlechthin umfassend, sein Reichtum enorm geworden; sein parlamentarischer Einfluß als ›eins der Großen Häuser‹ war so gut wie ein Teil der Britischen Verfassung. In diesem Stadium erachtete es das Haus Vipont für zweckmäßig, sich in zwei große Linien zu zerspalten – der Zweig der Peers; und der der Nicht-Peers; mit andern Worten der Oberhaus-, und der Unterhaus-Mitglieder. Das Unterhaus hatte inzwischen so viel Wichtigkeit bekommen, daß es für das Haus Vipont einfach erforderlich wurde, daselbst durch ein möglichst bedeutendes Mitglied vertreten zu sein: das war der Grund, wieso die Linie Carr Vipont hoch kam. Besagte Spaltung – dank eines EheKontraktes, wodurch ein ›Jüngerer Sohn‹ mit der Erbin der Carr's beglückt werden konnte – nahm freilich eine anständige Scheibe vom Landbesitz der älteren Earls weg; – *(uno averso, non deficit alter)*; – und das Earltum trauerte erst was weniges; ersetzte den Verlust aber unlängst wieder durch zwei reiche Heiraten auf eigener Ebene; und hatte seitdem längst Grunds genug gefunden, darüber zu jubilieren, daß sein Einfluß in der Oberen Kammer, derart gestärkt wurde durch solche Unterstützung aus der Unteren. Denn, dank seinem parlamentarischen Einfluß, plus der Hülfe des bedeutenden Unterhaus-Mitglieds, wurde das Haus Vipont, während der endlosen Regierung des dritten Georg, zum Marquis befördert. Von dieser Zeit an bis auf den heutigen Tag hatte das Haus Vipont so fortgemacht, ständig gedeihend, ständig progressiv. Es war für die Aristokratie das, was die Zeitung TIMES für die Presse ist: die gleiche quicke Sympathie mit den Gefühlen der Öffentlichkeit – die gleiche Einheitlichkeit von Sprechweise und Absicht – die gleiche Anpassungsfähigkeit – und etwas von dem gleichen erhabnen Ton der Überlegenheit gegenüber kleinlichen ParteiInteressen. Man könnte allenfalls einräumen, daß das Haus Vipont weniger brilliant wäre als das Nachrichtenblatt, die *Times;* aber Beredsamkeit und Witz, für den Fortbestand einer Zeitung unerläßlich, waren für den des Hauses Vipont nicht erforderlich – wären sie es gewesen, hätte man sie auch gehabt.

Das Haupt des Hauses Vipont ließ sich selten dazu herab, ein Amt zu bekleiden. Mit einem Pachtertrag von, oberflächlich geschätzt, 170 000 £ im Jahr, ist es unter der Würde eines Mannes, von der Öffentlichkeit armselige 5- oder 6000 an Gehalt anzunehmen, und sich dafür all dem würdelosen Angepöbel durch volkstümliche Versammlungen, und eine ›freche Presse‹ auszusetzen. Aber es war natürlich eine Selbstverständlichkeit, daß das Haus Vipont in jeglichem Kabinett, das einem konstitutionellen Monarchen zu bilden angeraten schien, vertreten sein mußte. Seit den Zeiten Walpole's hatte immer ein Vipont im Dienste seines Vaterlandes gestanden; jene seltenen Fälle ausgenommen wo das Land notorisch schändlich mißregiert wurde. Um diese Pflicht zu erfüllen, opferten die Jüngeren Söhne des Hauses, oder auch das älteste Mitglied von der SeitenLinie des Großen Unterhäuslers, Muße und Behagen. Die Marquis Montfort selbst, begnügten sich im Allgemeinen mit EhrenÄmtern im Kgl. Haushalt, wie etwa Oberhofmeister, Oberzeremonienmeister, Oberhofstallmeister, etcetera – nicht eben drückende Würden; und selbst diese anzunehmen, ließen sie sich nur bei jenen besonderen Gelegenheiten herab, wo Gefahr dem Stern von Braunschweig drohte, und das Bewußtsein seiner erhabenen Stellung es dem Hause Vipont verbot, sein Land in Finsternis und Irrgang zu lassen.

Große Häuser wie das der Vipont, unterstützen das Werk der Zivilisation durch die Gesetze ihres bloßen Daseins. Sie haben, das kann gar nicht anders sein, eine muntere und wohlhabende Pächterschaft; denen sie-ihrerseits, und sei es nur um der populären Rolle willen, die den politischen Einfluß verdoppelt, großzügige und freundliche Gutsherren sind. Unter ihrem Regime werden Sumpfland und Sandschellen fruchtbar – landwirtschaftliche Versuche werden in großem Maßstab vorgenommen – bei Rindern wie Schafen wird die Rasse verbessert – das VolksVermögen nimmt zu; und trägt, obschon unter der Pflugschar hervorgesprungen, indirekt zirkulierend dazu bei, auch den Webstuhl zu beleben und das Schiffchen schneller fliegen zu machen. Hätte es nie ein Woburn, Holkham, Montfort Court gegeben, England würde um so manche Million ärmer sein. Nicht minder gereichen uns're Großen Häuser zu Verfeinerung des nationalen Geschmackes; sie haben ihre ShowPlätze: ihre GemäldeGalerien, ihre schönen LandschaftsGärten. Das bescheidenste Wohnzimmer noch schuldet eine Eleganz, eine Bequemlichkeit – das kleinste Gärtchen eine Blume, eine Eßbarkeit – den Importen, welche der Luxus fernen Zonen entborgte, oder den Erfindsamkeiten, die er daheim anregte: ursprünglich nur zu Nutz und Frommen der Großen Häuser! Im Besitz eines erklecklichen Anteils an Meriten dieser Art, die es mit andern Großen Häusern gemein hatte, erfreute sich das Haus Vipont jedoch auch anderer guter Eigenschaften, die ihm ganz-allein gehörten. Gerade weil es das egozentrischste aller Häuser war, – randvoll vom Bewußtsein seiner Ichichheit, und geleitet einzig von den Instinkten der SelbstErhaltung, – war es auch ein recht höfliches, gutartiges Haus – freundlich gutmütig gastlich; ein Haus, (und ich meine jetzt nur das Haupt desselben; natürlich nicht alle seine untergeordneteren Mitglieder, inklusive selbst jener erlauchten Lady Selina), dessen Angehörige sich, voller Grazie, gegen Einen verbeugen, und die Hand schütteln konnten. Selbst falls der Betreffende über keine eigene Stimme verfügte, konnte er doch einen Vetter besitzen, der eine hatte. Und Wer einmal in die Familie zugelassen war, der wurde auch vom Hause adoptiert: man brauchte nur eine der entferntesten Verwandten zu ehelichen, und schon sandte das Haus Einem ein HochzeitsPräsent; und lud Einen, anläßlich der allgemeinen Wahlen, ein, sich nun aber auch derb um seinen Verwandten zu scharen – den Großen Marquis. Weshalb, (höchstens und allenfalls noch von der StaatsKirche übertroffen), das Haus Vipont diejenige Britische Institution war, deren Wurzeln sich am weitesten verzweigten.

Nun waren die Vipont's, lange Generationen hindurch, eine energische Rasse gewesen – bei allen ihren Defekten hatten sie doch stets Geriebenheit und Tatkraft an den Tag gelegt. Der verstorbene Marquis, (Großvater des augenblicklichen), war vielleicht der Fähigste von ihnen Allen gewesen, das heißt Derjenige, der am meisten für das Haus Vipont getan hatte. Von grandioser und prachtvoller Lebensführung – von majestätischer Haltung – von fürstlichen Manieren – mit einem erstaunlichen Talent zur Handhabung aller Sorten Geschäfte, ob privater oder öffentlicher Natur – dazu durch und durch Enthusiast für das Haus Vipont, und dabei unterstützt von einer Marquise, in jeglicher Hinsicht seiner würdig – hätte man ihn die GipfelBlüthe des ehrwürdigen Stammes nennen können. Der derzeitige Lord jedoch, ein bloßes Kind noch, da er den Titel erbte, bildete einen schwermütigen Kontrast nicht nur zu diesem Großvater, sondern dem allgemeinen Charakter seiner Vorfahren gegenüber. Vor dieser Zeit hatte jegliches Oberhaupt des Hauses irgendetwas dafür getan – selbst der Oberflächlichste-Leichtsinnigste sein Scherflein beigetragen: der Eine hatte die Gemälde gesammelt, der Andere die Statuen, ein Dritter die Münzen und Medaillen; ein Vierter hatte die weithinberühmte Vipont'sche Bibliothek aufgehäuft; während noch Andere wenigstens reiche Erbinnen geheiratet, oder durch herzogliche Linien den Glanz der endlosen Vetternschaft erhöht hatten. Der gegenwärtige Marquis war buchstäblich *nil*. Vom Mark der Viponts war nichts in ihm. Er sah gut aus, er war gut-angezogen; und wäre das Dasein nichts als die Pantomime eines ›Lebenden Bildes‹, er hätte das Musterbild eines Marquis abgegeben. So jedoch war er wie die Uhren, die wir den kleinen Kindern schenken: mit einem niedlichen vergoldeten Zifferblatt, aber kein Werk inwendig: Er ›ging‹ einfach nicht – es gab keine Möglichkeit, ihn aufzuziehen. Er konnte sein Eigentum nicht verwalten; er war nicht imstande, seine Briefe zu beantworten – sogar ganz-durchlesen konnte er nur die wenigsten davon. Politik interessierte ihn nicht; schweigen wir von Literatur; aber auch Leibesübungen im Freien nicht: er jagte und schoß, es ist wahr; aber rein mechanisch – vermutlich wunderte er sich, wieso er da so schoß. Er wohnte Wettrennen bei, weil das Haus Vipont selbstverständlich ein Gestüt unterhielt; er setzte auch auf seine eig'nen Pferde, aber wenn sie verloren, sah man ihm keinerlei Verdruß an. Bewunderer, (kein Marquis von Montfort war denkbar ganz ohne Welche), sagten sofort wieder: ›Was für ein herrliches Naturell! welch gute Lebensart!‹ – es war nichts als die nackte-angebor'ne Teilnahmslosigkeit. Niemand hätte ihn einen ›Schlechten Menschen‹ schelten können – er war weder ein Lüderlicher, noch ein Leuteschinder; weder ein Geizkragen noch ein Verschwender – er hätte sich niemals, in keiner Beziehung, die Mühe genommen, ein Schlechter Mensch zu sein: Diejenigen, die seinen Charakter aus einer gewissen Distanz beurteilten, würden ihn womöglich das Musterbild eines Mannes genannt haben. Die augenfälligeren Verpflichtungen seiner gesellschaftlichen Stellung – Subscriptionen; milde Gaben; Unterstützungen großer Institute; kleine Aufmunterungen der Schönen Künste – waren Tugendlichkeiten, denen Andere vorbildlich in seinem Namen nachkamen. Aber imgrunde waren das Phlegma oder die Nullität seines Wesens letztlich doch nicht so allumfassend, wie ich sie vielleicht habe erscheinen lassen: 1 wunden Punkt hatte er doch, (der im allgemeinen bei Frauen häufiger vorkommt, als bei Männern) – eine *pique*, eine Überempfindlichkeit für Kränkungen. Seine *amour propre* vergab nie & nichts! – man verletze einmal sie; und er war imstande, eine KurzschlußHandlung, ein TollMannsStück, etwas ausgesprochen Tückisches zu begehen! – man verletze einmal sie; und DA!, das Wunder,: die Uhr ging!; und er hatte eine eingewurzelte *pique* gegen seine Frau Marquise. Anscheinend hatte er diese *pique* vom ersten Augenblick an gefaßt. Er zeigte sie, passiv, durch erhabne Vernachlässigung!; er zeigte sie, aktiv, insofern, als er sie von jeglicher der EinflußSphären fernhielt, die gleichsam-organisch der Frau anheimfallen, wenn der Gatte vor den geschäftlichen Einzelheiten zurückscheut. Offenbar hegte er die Befürchtung, daß Irgendjemand einmal sagen könnte: ›Lady Montfort hat aber viel Einfluß über Mylord!‹. Demgemäß war nicht nur die Verwaltung der RiesenDomänen auf Carr Vipont übergegangen; sondern selbst die der Gärten, des Haushalts, aller domestiken Affären. Carr Vipont oder seine Lady Selina waren es, die zu Lady Montfort sagten: »Gebt einen Ball.« – : »Ihr solltet Den-und-Jenen einmal zum Dinner einladen.« – : »Montfort war sehr verletzt, als er sah, wie die alte Rasenfläche an der Twickenham Villa plötzlich von diesen neuen *bosquets* durchbrochen worden ist. Sicher, sie ist Euch als Leibgedinge ausgesetzt; aber eben deswegen ist Montfort besonders empfindlich.«; undsoweiter, undsoweiter. Tatsächlich, sie lebten dem Wesen nach so getrennt, Mylord und Mylady, wie wenn sie gesetzlich geschieden, und Carr Vipont und Lady Selina ihre Vertrauensleute oder bevollmächtigten Vermittler bei jeglicher höflichen Verhandlung zwischen ihnen gewesen wären. Auf der andern Seite allerdings, ist es nicht mehr als gerecht, festzuhalten, daß auf allen Gebieten, wo Lady Montforts WirkungsSphäre sich nicht mit ihres Gatten Plänen, Gewohnheiten, Zu- oder Abneigungen überschnitt, vor allem nicht mit seinen eifersüchtigen Befürchtungen, man könne auch nur entfernt annehmen, sie habe irgend Einfluß über etwas erlangt, was einzig ihm-selbst, als *Roi fainéant* der Viponts, zustand – sie so frei war wie die Luft. Keinerlei Versuch zu maskuliner Beaufsichtigung, oder auch nur ehemännlicher Beratung. Zu ihrer Disposition stand Reichtum, ohne kleinliche Beschränkung – jedweder Luxus, den Verweichlichung zu verlangen vermocht hätte – jeglicher Tand, nach dem es einen Eitlen gelüsten konnte. Hätte ihr Nadelgeld, das an sich schon dem Einkommen einer normalen Peeress gleichkam, nicht hingereicht, ihre Bedürfnisse zu befriedigen – wäre sie überdrüssig geworden, die FamilienDiamanten zu tragen, und hätte dafür neue Juwelen von Golkonda begehrt – 1 einzig Wörtlein zu Carr Vipont oder Lady Selina, wäre sofort mit einer *carte blanche* auf die Bank von England beantwortet worden. Aber Lady Montfort hatte auch das Unglück noch, in ihrem Geschmack so gar nicht extravagant zu sein. Und das AllerSonderbarste war: in der Gesellschaft ward Lord Montforts Ehe eine LiebesHeirat genannt; er hatte sich ein mitgiftloses Mädchen genommen, die Tochter eines seiner ärmsten und obskursten Vettern; im ausgesprochnen Gegensatz zur unveränderlich-üblichen Politik des Hauses Vipont, das für arme Kusinen Alles in seinen Kräften Stehende tat, mit der einen Ausnahme, sie an den Chef der Familie zu verheiraten. Aber Lady Montforts Benehmen unter so schwierigen-peinlichen Umständen war ebenso bewundernswert wie selten. Wenige Affronts vermögen uns zu demütigen, es sei denn, wir ärgerten uns darüber – und ärgerten uns vergebens. Lady Montfort besaß jedoch jene erlesene Würde, die auch der Unterwürfigkeit noch die Anmuth froher Einwilligung verleiht. Daß in der glänzenden Großen Welt sich Schmeichler um eine junge Frau scharten, gleichzeitig von so eminenter Schönheit, und von ihrem Ehemann so gänzlich der eigenen Lenkung überlassen, war wohl unvermeidlich. Aber schon beim ersten schmeichlerisch-anspielenden Kompliment, oder pathetischen Condoliren, bezeigte sich Lady Montfort, in ihrem eignen Haushalt so demütig, hochfahrend genug, um einen Lovelace abzuschrecken. So wurde sehr früh er- und bekannt, daß sie über Versuchungen erhaben sei; und auch die Kecksten gingen ihr vorbei, ohne sich dergleichen herauszunehmen. Sie war umfassend unpopulär; wurde ›stolz und frostig‹ geheißen; sie trug nicht dazu bei, den Einfluß des ›Hauses‹ zu erweitern; sie bestätigte durch nichts dessen ›Stil‹ – jenen Stil, den gesellschaftliches Behagen einfach fordert; und den weder Rang, noch Reichtum, noch Tugend für sich allein, zu verleihen vermögen. Und dieses Manko von ihrer Seite, stellte in den Augen des Hauses Vipont ein großes Vergehen dar.: »Sie tut absolut nichts für Uns!« pflegte Lady Selina zu sagen; aber im innersten Herzen war Lady Selina über die Maßen froh darüber, daß in praxi nunmehr ihr, nahezu ohne Rivalin, die weibliche Repräsentation der Vipont'schen Honnneurs, zufiel. Und Lady Selina war die Verkörperung von beidem, Stil & Mode.

Lady Montfort's gesellschaftliche Eigentümlichkeit, bestand in dem Eifer, mit dem sie den Umgang mit Persönlichkeiten suchte, die sich eines Rufes als überlegene Geister erfreuten; gleichviel ob Staatsmänner, Juristen, Autoren, Philosophen, Künstler. Intellektueller Gedankenaustausch schien ihre angebor'ne Atem-Sphäre zu sein, aus welcher sie irgendwie habituell verbannt war; zu der sie sich jedoch aus einem instinktiefen Sehnen, und wie in erneuter LebensLust immer wieder zurück wandte. Doch wiederum warf man ihr, selbst-hier – und scheinbar nicht ohne Recht – vor, daß sie kapriziös und launisch in ihren Geschmäckern sei. Jegliche dieser gescheiten Persönlichkeiten schienen, über ein Kleines, ihre Erwartungen von ihnen, samt & sonders, enttäuscht zu haben; sie suchte die Bekanntschaft eines Jeden mit herzlichem Ernst; sie löste sich von der Bekanntschaft in müdem Verdruß; im Ganzen niemals weniger allein, als wenn sie allein war.

Und so wundersam lieblich! Nichts ist ja so rar, als Schönheit vom hohen Typ; es ist wahr, beide sind sie selten, Genius und Schönheit; Genius, der die Schönheit des Geistes – Schönheit, die der Genius des Körpers ist. Aber, von diesen Beiden, ist Schönheit das Seltenere! Jeder von Uns könnte schließlich an den Fingern etliche 40 oder 50 Persönlichkeiten von unbestrittenem und erlauchtem Genie herzählen, Diejenigen umfassend, die sich durch die Tat, in Literatur oder Kunst, berühmt gemacht haben. Aber kann Einer von uns sich erinnern, mehr als 4 oder 5 Exemplaren idealer Schönheit vom ersten Range begegnet zu sein? Und wer immer

Lady Montfort erblickt hätte, würde sie anstandslos unter diese 4 oder 5 seiner Erinnerungen eingereiht haben. Von ihrem Antlitz ging, blendend und verwirrend, jener Glanz aus, wie ihn vielleicht der Lateinische Dichter gemeint hat, wenn er sprach vom

»Nitor
Splendentis Pario marmore purius ...
Et voltus, nimium lubricus adspici.«;

und die ein Englischer Poet, (unser alter Suckling), mit der weniger sinnlichen, aber vergeistigteren Imagination des nordlichen Genius, in Zeilen umschrieben hat, die der Vergessenheit entrissen zu sehen, der englische Leser sich vielleicht freuen wird: –

»Ihr Antlitz
war, was die Milchstraß' ist dem Himmel:
Versammlung sanfter namenloser Lichter.«

Die Augen so glänzend hell; die exquisite FarbenHarmonie zwischen dem dunklen (nicht *allzu* dunklen) Haar und dem Elfenbein der Haut; so süße Strahlung der Lippen, wenn sie sich zum Lächeln auftaten. Und es hieß, daß in ihren Mädchentagen, bevor aus Caroline Lyndsay die Marquise von Montfort wurde, dies Lächeln das Erfreulichste war, was man sich vorzustellen vermag. Sie würden es nicht glauben, so absurd wirkte es jetzt, : aber diese stolze Lady war einmal ein wildes fantastisches Mädchending gewesen, mit dem lustigsten Lachen und der raschesten Thräne, das die Lüfte um sich herum mit aprilenem Sonnenschein erfüllte. Sicher, kein Wesen hat jemals das Leben gelebt, für das die Natur es bestimmte, oder hat einigermaßen fair play für Herz und Seele gehabt, wenn es fertigbekam, unbedingt, blindlings auf Biegen oder Brechen – den unrechten Partner zu heiraten!

8. Kapitel

Das Inwendige des Großen Hauses. / Die Britische Verfassung am häuslichen Herd, bei einem FamilienTreffen.

Groß war das Familientreffen diesen Weihnachten auf Montfort Court: dort-hin strömte die Vetternschaft des Hauses, aller Grade und der verschiedensten Rangstufen. Angefangen von Herzögen, denen nichts mehr zu wünschen übrig war, was Könige oder sonst Cousins erfüllen könnten; bis hinunter zu Advokaten ohne Praxis, und strebsam-hochfahrenden Kornetts von genau so edlem Blut wie die erwähnten Herzöge – die Hohe Familie versammelte heut ihre buntscheckigsten Sprößlinge. Solche GeschlechtsTage waren häufig; sie gehörten zur erblichen Politik des Hauses Vipont. Bei dieser Gelegenheit allerdings war die Musterung des Clans bedeutungsvoller als gewöhnlich: es war eine ›Krisis‹ in der Geschichte der Inneren Verfassung des Britischen Empire eingetreten. Eine neue Regierung war plötzlich, binnen der letzten sechs Wochen, gebildet worden, die zweifellos irgendeinen grass-entsetzlichen Schlag gegen unsre althergebrachten Institutionen zu bedeuten hatte; denn das Haus Vipont war weder bei ihrer Bildung um Rat gefragt worden, noch war es im geringsten in dem Ministerium vertreten, und sei es auch nur durch das Schatzkanzleramt! Weshalb Carr Vipont nunmehr die ebenso patriotische wie erbitterte gesamte Sippschaft aufgeboten hatte.

Es ist rund eine Stunde nach Beendigung des Dinners. Die Herren haben sich bereits den Damen zugesellt, und zwar in den PrunkGemächern; einer Zimmerflucht, die der letzte Marquis, in seinen alten Tagen, neu hat umordnen und einrichten lassen – während der langen Krankheit, die ihn schließlich auch zu seinen Vätern versammelte. Während seiner früheren Jahre war dieser fürstliche Marquis, Montfort Court abtrünnig geworden; und hatte es mit einem Landsitz vertauscht, der London näher lag, und sich deshalb weit leichter mit jener glänzenden Gesellschaft füllen ließ, deren Zier und Zentrum er lange gewesen war; in einer Epoche, wo es noch keine Eisenbahn gab zur Überwindung von Raum und Zeit, und eine Reise in eine nördliche Grafschaft, vier Tage, mit Post-Pferden, die Einladung selbst eines Marquis von Montfort unint'ressant machte, für mondän-schlaffe Schönheiten, wie für gichtische Minister. Aber als er sich dann dem Ende seiner weltlichen Laufbahn näherte, begann dem erlauchten Sünder ob solcher anhaltenden Vernachlässigung desjenigen Wohnsitzes, der ja doch mit seinen angeerbten Titeln irgendwie identisch war, das Gewissen zu schlagen. Und da anderweitige Betätigungen schal zu werden anfingen, zog Se. Lordschaft – begleitet und aufgeheitert von einem Hausgeistlichen, der einen feinen Geschmack für Dekoration und Innenarchitektur besaß – resolut um nach Montfort Court; machte alldort, umgeben von Baumeistern, und Vergoldern, und Polsterern, seine Verirrungen wieder gut; und, getröstet durch Betrachtung des Palastes, den er für seinen Nachfolger hergerichtet hatte, fügte er den Gewölben abschließend noch – einen Sarg bei.

Eben diese Zimmerflucht nun, dehnt sich vor Ihrem Auge: Sie befinden sich in dem Großen GesellschaftsRaum, nachgebildet dem von Versailles.

Das dort?: ist das lebensgroße Porträt des verstorbenen Marquis, in seinen StaatsGewändern; das Pendant?: die verstorb'ne Marquise, seine Gattin. Jener MalachitTisch dort, ist ein Geschenk des russischen Zaren Alexander; die Sèvres-Vase darauf, ist seinerzeit für Marie Antoinette angefertigt worden – beachten Sie ihr emailliertes Porträt im Mittelfeld. Durch die geöffnete Flügeltür am fernen Ende, verliert sich Ihr Blick in eine wahre Allee weiterer pompöser Räumlichkeiten – das MusikZimmer; die StatuenHalle; die Orangerie; auch and're Zimmer noch gehören an sich zu dieser Suite – ein BallSaal wie für Babylon; eine Bibliothek, die Alexandria zur Zierde gereicht hätte – aber sie sind weder beleuchtet, noch werden sie, bei dem heutigen Anlaß, benötigt; ist es doch lediglich eine FamilienParty, 60 Gäste und nicht mehr.

In dem Großen GesellschaftsRaum hat es die Älteren und Gesetzteren bereits an drei WhistTische entführt. Das Piano, im MusikZimmer, ist der Anziehungspunkt einer jüngeren Gruppe: Lady Selina Vipont's älteste Tochter, Honoria, (eine junge Dame, noch nicht offiziell in die Gesellschaft eingeführt; aber unmittelbar davor, nächste Saison ›herausgebracht‹ zu werden), ist bei einer wundersam verwickelten deutschen Piece, –

›verschlungen, künstlich, lang‹,

›mit Variationen‹ – und ihre Technik ist vollendet; sie windet sich hindurch. Keinerlei Mühe ist bei ihrer Erziehung gespart worden;

sorgfältigst gebildet, ist sie dazu auferzogen, die gleichgestimmte Gattin eines wohlhabenden Staatsmannes abzugeben. – Lady Montfort sitzt neben einer ältlichen Herzogin, die gutartig ist, obschon eine gewaltige Plaudertasche; in ihrer Nähe zwei Herren, ausgesprochen mittleren Alters, die sich mit ihr unterhalten hatten, bis dann eben die Herzogin sich eingedrängt, und die Dialoge in einen Monolog verwandelt hat.

Der ältere der beiden genannten Herren ist Mr. Carr Vipont; kahl, mit parlamentarisch gestutztem Backenbart, tut er sich etwas auf eine Ähnlichkeit mit Canning zugut, (aber natürlich mit beträchtlich würdevollerem Benehmen) – wirkt wie ein GroßGrund-Besitzer. Carr Vipont hat rund 40 000 £ pro-Jahr; hat öfters für ihn selbst bestimmte Posten ausgeschlagen, (obwohl er immer gleichzeitig Sorge trug, daß andere Vipont's sie dann bekamen); ist eine anerkannte Autorität für Bildung von Ausschüssen, und Verfahrensfragen des Unterhauses; spricht sehr selten, und nie sehr lange, läßt sich dabei nie auf Für und Wider ein, trägt lediglich seine Meinung vor, gilt aber viel; denn so wie er stimmt, stimmen 15 weitere Mitglieder des Hauses Vipont, ganz abgesehen von etwaigen bewundernden Satelliten. Er kann deshalb durch Teilung des Hauses namentliche Abstimmung herbeiführen, und hat das Schicksal von Kabinetten entschieden. Ein angenehmer Mann, ein bißchen wichtigtuerisch, aber das Gegenteil von hochmütig – durch Salbung überwältigend. Der andere Gentleman, dem er gerade zuhört, ist unser alter Bekannter, Oberst Alban Vipont Morley – Darrell's Freund – George's Onkel – ein Mann von solcher Wichtigkeit, daß sie tatsächlich hinter der seines Verwandten Carr nicht zurücksteht: eine Autorität in KlubRäumen; ein Orakel der GesellschaftsSäle; ein Mann vom Ersten Range in der *beau monde*. Alban Morley, ein Jüngerer Bruder, war jung in die Garde eingetreten; hatte, immer noch jung, mit OberstenRang seinen Abschied aus der Garde genommen; nachdem ihm von einer alten Tante ein Legat zugefallen war, das, zusammen mit den Zinsen aus der Summe für die er sein OffiziersPatent verkauft hatte, ihm ein jährliches NettoEinkommen von 1000 £ abwarf. Dies bescheidene Einkommen reichte für alle seine Bedürfnisse hin, obwohl er der feine Gentleman war und blieb. Er hatte es abgelehnt, ins Parlament einzutreten – gleichermaßen abgelehnt einen hohen Posten in einem VerwaltungsRessort. Selbst unverheiratet, bezeigte er seinen Respekt vor der Ehe, durch das Interesse, das er an den Heiraten andrer Leute nahm, – ähnlich wie etwa Graf Warwick, zu weise, sich selbst zum König aufzuwerfen, seine Passion für Königswürden dadurch befriedigte, daß er der ›KönigsMacher‹ wurde. Der Oberst war ein Mann von vollendeter Bildung, mit beachtlichen wissenschaftlichen Kenntnissen, der die meisten modernen Sprachen beherrschte. Was Malerei betrifft, ein Kunstfreund; in der Musik ein Kenner und Genießer; zu gegebener Zeit witzig, und dann war sein Witz ebenso von hohen Graden, wie er haushälterisch in Anwendung desselben – zu klug, um sich als Witzbold abstempeln zu lassen. Dabei durchaus männlich; ein verweg'ner Reiter, der manch einen Fuchsschwanz gewonnen; ein renommierter Pirscher auf Rotwild; und einer der wenigen englischen Gentlemen, die noch die edle Kunst des Fechtens kultivieren – zweimal die Woche, das Rapier in der Hand, in Angelo's Sälen zu sehen, wo er jedem Besucher zu Diensten stand. Dünn, obschon wohlgebaut, –?: ›hübsch‹ nicht, meine teure Junge Dame, weit entfernt davon; aber von einem so ›rassigen‹ Wesen, daß, wären Sie seiner in jenen Tagen ansichtig geworden, da das OpernHaus noch Foyer und Wandelhalle (die ›StutzerAllee‹) hatte – hätten Sie ihn an dem ein- oder andern solcher Zentren der Gesellschaft erblickt, umgeben von gepflegten Dandies und aufgedonnerten Play-Boys – sie Alle, Dandies wie Playboys, würden Ihnen zweitrangig und vulgär geschienen haben; und Sie hätten, den Blick fasziniert auf dieser stillen Gestalt – so schlicht von Benehmen, schlicht von Kleidung, schlicht von Antlitz – bestimmt gesagt: ›Wie unendlich distinguirt ist es doch, so schlicht zu sein!‹. Da er die Große Welt, vom innersten Kern bis zur äußersten Schale, kannte, und auf solche Kenntnis seine Autorität und Stellung in ihr gründete, war Oberst Morley nicht berechnend – nicht verschlagen – nicht argwöhnisch; sein Scharfsinn war umso quicker, eben weil er immer schnurgeradeaus ging; intim mit den Größten, aber nur gesucht, nie selbst-suchend; weder ein Schmeichler, noch ein Parasit, – aber wenn sein Rat verlangt wurde, (selbst wenn solcher Rat einen Tadel notwendig machte), ward er mit militärischem Freimut gegeben. Enfin, ein Mann von solch gesellschaftlichem Ansehen, daß es ihn zur Zier und Stütze des Hauses Vipont machte; und dabei mit ungeahnten Tiefen an Geist und Gefühl, die unterhalb seiner WeltGewandtheit und -Kenntnis, in tieferen Schichten lagen, sodaß sie kaum ein Anderer gewahrte; Darrell jedoch vollkommen rechtfertigten, wenn er einen Jungen wie Lionel Haugthon des Obersten freundlicher Obhut und ermahnender Beratung empfahl. Selbstredend hatte der Oberst, wie andere Menschen auch, seine Schwächen; falls es Schwäche genannt werden *kann*, daß er glaubte: Das Haus Vipont sei nicht nur das korinthische Kapitäl, sondern auch die umzinnte Zitadelle – nicht nur das *dulce decus*, sondern auch das *praesidium columenque rerum* – der Britischen Monarchie. Nicht daß er mit seiner Verwandtschaft zu dem Hause irgend geprahlt hätte; er reizte Niemandes persönliche Grille durch langatmige Auslassungen über dessen mannichfaltige Tugenden; vielmehr erlaubte er sich nicht selten seine harmlosen Scherzchen gegen einzelne Mitglieder, oder sogar gegen dessen allgemeine Prätensionen; aber derlei scheinbare Bekundungen von Objektivität oder Mäßigung, waren imgrunde nur kluge Tricks, um einen etwaigen Neid zur Ruhe zu sprechen. Und diese seine Ergebenheit dem Hause gegenüber, war weder gemacht noch aufgesetzt: sie kam aus der Tiefe. Er liebte das Haus Vipont um Englands willen: er liebte England um des Hauses Vipont willen. Wäre es – infolge irgendeiner fundamental-ungeheuerlichen Verkehrung sämtlicher ordentlicher Naturgesetze – möglich geworden, die Sache Englands von der Sache des Hauses Vipont abzusondern, der Oberst würde gerufen haben – : ›Rettet wenigstens die Arche der Verfassung! , und schaart Euch um das Alte Haus!‹

Der Oberst hatte nichts von Guy Darrell's Schwäche in Hinsicht auf Familienstolz; er scheerte sich nicht einen Deut um bloße Stammbäume – viel zu liberal und aufgeklärt für derlei veraltete Vorurteile. Nein! er kannte die Welt zu gut, um sich nicht vollkommen klar darüber zu sein, daß Alte Familie und ein langer Stammbaum einem Mann gar nichts nützen, wenn er nicht außerdem noch etwas Geld oder irgendwelche Meriten besitzt. Aber von Nutzen war es einem Manne – auch ohne einen Pfennig; auch ohne das geringste Verdienst – ein Vetter des Hauses Vipont zu sein. Es war nützlich, wesentlicher Bestandteil einer feststehenden britischen Einrichtung zu sein; war nützlich, ein legitimes und unveräußerliches Recht zu besitzen, sich an der Verwaltung und Beschirmung eines Empire's zu beteiligen, über dem (um uns der neuen Metapher auch zu bedienen) ›die Sonne niemals untergeht‹. Durchaus möglich, daß man für sich selbst nichts bedurfte – der Oberst, und der Marquis gleichermaßen, bedurften nichts für sich selbst – aber der Mensch ist schließlich nicht da, um selbstsüchtig und ein Egoist zu sein! Der Mensch hat Vettern – und seine Vettern können sehr wohl etwas bedürfen. Demosthenes hat, in Worten die jede wahrhaft männlich empfindende Brust entflammen, den Alten Griechen angeprangert, der seine POLIS oder seinen Staat nicht liebe; ob er schon nichts von ihr erhalte als unfruchtbare Ehre, wogegen sein Beitrag für sie – in einer großen Anzahl unangenehmster Steuern bestehe. Und was seine POLIS dem Griechen, das war das Haus Vipont für Alban Vipont Morley; es war die schönste, rührendste Zuneigung, die man sich vorstellen kann! Wenn je das Haus in Schwierigkeiten war – wenn immer es von einer KRISIS bedroht wurde – der Oberst stand ihm zur Seite, und scheute weder Mühe, noch vernachlässigte er das geringste Mittel, um die Arche der Konstitution wieder in ruhiges Fahrwasser zu manöv'rieren. Diese Pflicht erfüllt, zog er sich wieder ins Privatleben zurück, und verschmähte jedwede anderweitige Belohnung, außer dem leis-beifälligen Geflüster seines eignen applaudierenden Gewissens.

»Ja«, sagte also Alban Morley eben, und seine Stimme, obschon grundsätzlich leis' und gedämpft im Tonfall, war infolge der perfekten Aussprache ungemein deutlich – »ja, das ist ganz richtig: mein Neffe hat sich jetzt ordinieren lassen – sein SprachFehler, zwar noch nicht gänzlich behoben, hat immerhin aufgehört ein Hindernis zu sein, selbst für echte rhetorische Leistungen; ein gewisses gelegentliches Stammeln kann sogar ganz effektvoll werden – es erhöht das Int'resse; und wenn dann das genau-richtige Wort erfolgt, hat es noch zusätzlich den Scharm des Überraschenden. Ich zweifle nicht mehr daran, daß George ein ganz ausgezeichneter Kirchenmann werden wird.«

Mr. CARR VIPONT: »Wir brauchen aber auch einen – das Haus benötigte einen ganz ausgezeichneten Kirchenmann; wir haben im Moment Keinen – nicht einen Bischof – ja nicht einmal einen Dekan; Alles bloße DorfPfarrer, und nicht-Einer darunter, den zu fördern es sich lohnte. Äußerst merkwürdig; wo wir doch mehr als 40 Pfarrstellen zu vergeben haben! Aber die Viponts haben selten ein gutes Verhältnis zum KirchenDienst – jaja, George muß gefördert werden. Je mehr ich so darüber nachdenke, desto dringender benötigten wir einen Bischof: ein Bischof würde, in der gegenwärtigen KRISE, arg nützlich sein!«. (Sich stolz nach den Zimmern umsehend, und mit gemäßigter Stimme) –: »Aber eine zahlreiche Versammlung, Morley! Eine Demonstration, die einigen Schrecken in Downing Street hervorbringen wird – eh?! Das Alte Haus steht fest – nie war eine Familie so vereint-vereinigt: Alle sind da, möcht'ich meinen – das heißt, Alles, was der Erwähnung wert ist – Alle, außer Sir James, den Montfort nicht leiden zu können sich kapriziert; und außer George –: und George trifft morgen ein!«

OBERST MORLEY: – »Ihr habt den Hervorragendsten von all unsern Verwandten vergessen – ihn, den Einzigen, der, ließe seine Stimme sich wieder vernehmen, nun wirklich Schrecken in Downing Street hervorbringen könnte!«

CARR VIPONT: – »Wen meint Ihr? –: Ach, jetzt weiß ich! –: Guy Darrell. Seine Gattin war eine Vipont – und er ist nicht hier. Aber Der hat doch schon seit endlosen Zeiten aufgehört, Verbindung mit Irgendeinem von Uns zu halten – der einzige Verwandte, der jemals dem Hause Vipont abtrünnig geworden – zumal während einer KRISE wie der augenblicklichen. – Eigentümlicher Mensch! Hinsichtlich seiner Nutzbarkeit für uns, könnte er genausogut tot sein! – Aber er hat ein schönes Vermögen; – : was wird er damit machen?«.

DIE HERZOGIN: – »Meine liebe Lady Montfort, Ihr habt Euch mit dem Falzbein verletzt. –«

LADY MONTFORT: – »Nein, bestimmt nicht. – Aber, Pst!: Wir stören sonst Mr. Carr Vipont.«

Die Herzogin senkt, aus Ehrerbietung vor Carr Vipont, ihre Stimme; und schwätzelt weiter – in WisperTönen.

CARR VIPONT (das Thema wieder aufnehmend): – »Ein sehr schönes Vermögen – : Was wird er damit machen?«

OBERST MORLEY: – »Ich weiß es nicht; aber ich habe vor ein paar Monaten einen Brief von ihm erhalten.«

CARR VIPONT: – »Wirklich? – und habt mir nie etwas gesagt?«

OBERST MORLEY: – »War ohne jegliche Bedeutung für Euch, mein lieber Carr. Sein Schreiben diente nur der Einführung eines allerliebsten jungen Bürschchens bei mir – eines Verwandten von ihm selbst (kein Vipont) – Lionel Haughton; Sohn des armen Charlie Haughton, an den Ihr Euch vielleicht noch erinnert?«

CARR VIPONT: – »Oh ja: hübscher Taugenichts – der vor die Hunde ging. Da nimmt Darrell sich also Charlie's Sohn an – wie!: als seinen Erben etwa?«

OBERST MORLEY: – »In seinem Brief an mich hat er diese Frage bereits vorweggenommen, und verneint.«

CARR VIPONT: – »Hat Darrell eigentlich nähere Verwandte?«

OBERST MORLEY: – »Meines Wissens keinen.«

CARR VIPONT: – »Vielleicht sucht er sich dann doch Jemanden aus der Familie seiner Frau als Erben aus – einen Vipont; es sollte mich nicht wundern.«

OBERST MORLEY (trocken): – »Mich ja. – Aber warum sollte Darrell nicht wieder heiraten? Ich hab' es eigentlich immer gedacht – denke es übrigens noch.«

CARR VIPONT (unwillkürlich zu seiner Tochter Honoria hinüberblickend): – »Tja; eine mit Bedacht gewählte Gattin könnte ihn durchaus der Gesellschaft, und Uns, zurückgeben. Es ist tatsächlich ein Jammer, daß ein so mächtiger Intellekt brach liegen – eine derart beredsame Stimme verstummt sein sollte ... Ihr habt natürlich Recht: in dieser KRISE, mit Guy Darrell wieder im Unterhause, hätten Wir alles, was wir brauchten – einen Redner, einen WortKämpfer! Äußerst merkwürdig; aber Wir haben im Moment keinerlei Sprecher – WIR, die Vipont s!«

OBERST MORLEY: – »Ihr-selbst doch!«

CARR VIPONT: – »Ihr seid zu gütig. Ich kann gelegentlich wohl einmal reden; aber regelmäßig? nein. Zuviel Plackerei – nicht mehr jung genug, jetzt noch damit anzufangen. Mhm; Ihr glaubt also, Darrell würde noch'mal heiraten? Sah erstaunlich gut aus, der Bursche, als wir uns das letzte Mal trafen: noch gar nicht alt; möchte sagen bestens-erhalten. Ich wollte, ich hätte daran gedacht, ihn mit hierher einzuladen – ä-Montfort!« (Lord Montfort kam just mit ein oder zwei Herren vorbei, auf dem Wege zu einem BillardZimmer, zu dem eine SeitenTür von der eigentlichen Haupt-Zimmerflucht abführte.) – »Ä-Montfort! : stellt Euch vor, Wir haben ganz vergessen Guy Darrell einzuladen! Ob es schon zu spät dazu ist, bevor unsre Gesellschaft wieder auseinandergeht?«

LORD MONTFORT (unwirsch): – »Wünsch' nicht, daß Guy Darrell in mein Haus eingeladen werde.«

Carr Vipont war buchstäblich betäubt durch eine derart aufsässige Erwiderung: Lord Montfort und Anstand nehmen, wenn Carr Vipont etwas vorschlug!? Er konnte seinen Sinnen nicht trauen.

»›Nicht wünschen‹, mein lieber Montfort! Ihr scherzt, ja? Ein ungeheuer gescheiter Kerl, der Guy Darrell; und in Anbetracht dieser KRISE ...«

»Hasse gescheite Kerls – mag keine Langweiler!«, versetzte Lord Montfort; indem er sich dem schmeichelnden Händedruck Carr Vipont's entwand, und davon stakte.

»Spart Euch jedwedes Bedauern, lieber Carr«, sagte Oberst Morley: »Darrell ist nicht in England – ich glaube eher, er wird in Verona sein.« Und damit gesellte sich der Oberst, gemächlichen Ganges, zu der Gruppe, die sich um das Piano versammelt hatte. Über ein kleines gelang es Lady Montfort, jener Herzogin zu entwischen; sie mischte sich, höflich, unter den lebhafteren Teil ihrer Gäste; und befand sich plötzlich in der Nähe des Obersten Morley. : »Wollt Ihr mir meine Revanche im Schachspiel geben?«, fragte sie, mit einer ihrer raren Lächelungen: ? –. Der Obrist war selbstredend entzückt. Während sie sich setzten, und ihre Figuren aufbauten, bemerkte Lady Montfort gleichgiltig-obenhin –

: »Ich hörte Euch vorhin, zufällig, sagen, daß Ihr letzthin einen Brief von Mr. Darrell empfangen hättet – : wie schreibt er? wie wenn er wohlauf wäre? – heiter? Ihr entsinnt Euch vielleicht, daß ich, als Kind, viel mit seiner Tochter, oft in seinem Haus gewesen bin. Er war immer sehr gut und nett zu mir . . .« (Lady Montfort's Stimme taumelte etwas an dieser Stelle.)

»In Bezug auf sich selbst schreibt er nichts, ob Gesundheit ob Stimmung. Aber sein junger Verwandter schilderte ihn mir als völlig wohlauf – wunderbar jung aussehend für seine Jahre. Aber ›heiter‹? – nein! Darrell und ich sind ja praktisch zusammen in die Welt eingetreten; waren Freunde; soweit ein derart beschäftigter und eminenter Mann wie er, befreundet sein kann mit einem Menschen wie mir, einer indolenten Natur, und außerhalb von Mayfair unbekannt. Ich kenne sein Wesen; und von seinem Familien-Kummer wissen Wir ja Beide einiges: glücklich kann er nicht sein! Unmöglich! – allein – kinderlos – völlig abgesondert. Armer Darrell, jetzt reist er 'rum; ausgerechnet Verona! – der ödeste Ort – immer noch in Trauer um Romeo und Julia! – (Sie sind am Zuge.) – In dem erwähnten Brief sprach Darrell davon, wie er weiter wolle: nach Griechenland; Asien – vorstoßen in die Tiefen von Afrika – die wildesten Entwürfe! Der liebegute ›Contino Guy‹, wie wir ihn in Eton immer nannten – was hätte Der für eine Karriere machen können! Reden Wir besser nicht von ihm, es macht mich immer ganz niedergeschlagen; und, wie Goethe, vermeide ich unangenehme Themen aus Prinzip.«

Lady Montfort: – »Ja – woll'n Wir nicht mehr von ihm reden. Ja – ich schlage hier den DamenBauern ein. (Nein, Wir wollen nicht von ihm reden! – keinesfalls!).«

Das Spiel hatte seinen Fortgang; der Oberst stand bald so, daß er seiner Gegnerin hätte ›Matt in 3 Zügen‹ ansagen können. Den gemeinsam gefaßten Entschluß vergessend, sagte er, da sie eine längere Pause machte, und verzweifelt auf eine hoffnungslose letzte Verteidigung zu sinnen schien –

: »Bitte, schöne Base: wie kommt Montfort eigentlich dazu, derart gegen meinen alten Freund Darrell eingenommen zu sein?«

»›Eingenommen‹? Ist er das? Ich weiß es nicht. Tz, wieder besiegt, Oberst Morley!«. Sie erhob sich; und stand, indes er die Schachfiguren wieder in ihr Kästchen einräumte, gedankenvoll leicht über den Tisch gelehnt.

: »Dieser junge Verwandte da – wird er nicht ein Trost für Mr. Darrell sein?«

»Er wäre Trost und Stolz zugleich für einen Vater; aber für einen so entfernten Verwandten wie Darrell? – ›Trost‹! – : wieso und wie? Darrell wird ihm eine Versorgung verschaffen, das ist Alles. Ein feiner junger Mensch, wird ein Gentleman – ist auf meinen Rat hin nach Paris gegangen – benötigt Politur und Lebenserfahrungen. Wenn er zurück sein wird, muß er sich in der Gesellschaft umtun; ich hab' seinen Namen schon bei White vorgeschlagen –: dürfte ich ihn etwa auch bei Ihnen einführen?«

Lady Montfort zögerte; und sagte dann, nach einer Pause, beinahe rauh, –: »Nein.«

Sie verließ den Oberst, – (der nur unmerklich die Achseln zuckte), – und verfügte sich, schnellen Schritts, ins BillardZimmer hinüber; wo bereits einige Damen sich befanden, und den Spielern zusahen. Lord Montfort kreidete eben sein Queue. Lady Montfort ging geradeswegs auf ihn zu; ihre Farbe war erhöht, ihre Lippe zitterte; sie legte ihm, mit ehefraulicher Kühnheit, die Hand auf die Schulter – es wirkte, wie wenn sie ganz impulsiv, rein aus Zuneigung, zu ihm hierhergekommen wäre, um ihn zu sehen. Sie nannte ihn beim Vornamen; und erkundigte sich, mit überstürzter schwankender Zärtlichkeit im Stimmton, ›ob er auch rechten Erfolg habe?‹. Lord Montfort's Gesicht, bis dahin bloß apathisch, nahm nunmehr den Ausdruck äußersten Widerwillens an. »Wohl gekommen, um mir beizubringen wie man Carambolage stoßen muß, was!«, sagte er brummig; wandte sich von ihr fort, betrachtete die Bälle; und tat dann einen Fehlstoß.

»Mir ziemlich im Weg, Lady Montfort«, sagte er dann; zog sich in einen Winkel zurück, und sprach kein Wort mehr.

Lady Montfort's Antlitz errötete noch intensiver. Unschlüssig verzog sie einen Augenblick; kehrte dann in den großen Salon zurück; und war für den Rest des Abends außergewöhnlich angeregt, graziös, bezaubernd. Als sie sich, zusammen mit ihren anderen Damen-Gästen für die Nacht zurückzog, sah sie noch einmal in die Runde, erblickte Oberst Morley, und hielt ihm ihre Hand entgegen. »Euer Neffe kommt morgen hierher«, sagte sie; »mein alter SpielGefährte; unmöglich alte Freunde gänzlich zu vergessen – Gute Nacht!«

9. Kapitel

›Les extrèmes se touchent.‹

Am nächsten Tage waren die Herren sämtlich außer Hause, weithin verstreut – eine große JagdVeranstaltung; und Diejenigen, die keine Schützen waren, nahmen indes das RennGestüt in Augenschein, oder die MusterFarm. Die Damen hatten ihre Promenade auch hinter sich; Einige befanden sich in ihren eig'nen Zimmern; Andere in den EmpfangsRäumen, mit weiblichen Arbeiten, oder Lektüre beschäftigt; oder auch dem Klaviere lauschend – Honoria Carr Vipont trug wieder Einiges vor. Lady Montfort war nicht-anwesend; aber Lady Selina war so gütig, den Platz der Wirtin auszufüllen. Lady Selina stickte, mit großer Fertigkeit und viel Geschmack, ein Paar Pantoffeln für ihren ältesten Sohn; der soeben bei der Universität Oxford immatrikuliert worden war, nachdem er Eton College mit dem Ruf verlassen hatte, der best-Gekleidete, und nicht der übelste CricketSpieler dieser, mit Recht so renommierten ErziehungsAnstalt zu sein. Nun ist es ein Irrtum, anzunehmen, daß feine Damen zuweilen nicht auch sehr zärtliche Mütter und liebevolle Gattinnen sein könnten. Lady Selina war, außerhalb des engsten FamilienKreises, trivial gemütlos kaltherzig, anmaßendsten Temperaments, niemals freundlich es sei denn aus diplomatischen Beweggründen, und überhaupt uhrwerkhaft-gekünstelt. Aber im eigenen Heim, Mann und Kindern gegenüber, war Lady Selina eine sehr ordentliche Art von Frau. Carr Vipont zutiefst ergeben, überschätzte sie sein Talent; hielt ihn für den ersten Mann in ganz England; war für seine Ehre besorgt; voller Eifer für seine Int'ressen; beschwichtigend in Kümmernissen, zartpfleglich bei Unpäßlichkeiten. Ihren Mädchen gegenüber verständig und wachsam – zu ihren Jungen nachsichtig und liebkosend. Der Erziehung der Ersteren widmete sie die genaueste Aufmerksamkeit, das heißt entsprechend ihren vornehmen Ideen von MädchenBildung – und es waren auch wirklich ›höchste Töchter‹ geworden, mit viel Wissensstoff, und harmonisch-ausgeglichenen Gemütern. Den Letzteren gegenüber war sie weniger autoritativ; weil die Jungen nicht ihrer unmittelbaren Aufsicht unterstellt waren, erlaubte ihr VerantwortlichkeitsGefühl, im Verkehr mit ihnen mehr Zärtlichkeit und weniger Würde an den Tag zu legen, als bei den jungen Damen; die sich ja sowohl aus ihrem praktischen Beispiel als aus ihren theoretischen Unterweisungen, jenes patrizische Dekor anzueignen hatten, das dem geschmeidigen Produkt aus unterdrückten Impulsen und eingedämmten Gefühlen dann so gut steht. Jungen durften getrost Lärm in der Welt machen, Mädchen sollten das nie. Lady Selina also arbeitete an den Pantoffeln für ihren abwesenden Sohn, und ihr Herz war in dem Moment entsprechend voll von ihm. Sie schilderte seinen Charakter, und verbreitete sich über alle Aussichten des Vielversprechenden, zwei oder drei aufmerksamen Zuhörerinnen gegenüber, die, da selber der Vipont-Sippe angehörig, echtes Interesse für die wahrscheinlichen Schicksale des Erben der Carr Vipont's hatten.

»Kurzum«, sagte Lady Selina, noch einmal resümierend, »sobald Reginald mündig ist, bringen wir ihn ins Parlament. Carr hat es stets beklagt, daß er nicht ganzganz früh an den Staatsdienst gewöhnt worden ist; Reginald muß das werden. Nichts ist für öffentliche Persönlichkeiten so erforderlich, als ein frühes Training – das macht sie praktisch; und benimmt ihnen die Sensibilität gegenüber dem, was diese gräßlichen ZeitungsMenschen daherschwatzen dürfen. Das war ja auch Pitt's großer Vorteil. Reginald besitzt Ehrgeiz; und er muß auch Beschäftigung bekommen, damit er vor Schaden bewahrt bleibe – das ist eine bängliche Angelegenheit für eine Mutter, wenn sie einen gut-aussehenden Sohn hat – tz, die Gefahr, daß er von den Frauen verdorben wird –:?, oh ja, meine Liebe, es *ist* ein kleiner Fuß, sehr klein – seines Vaters Fuß.«

»Falls Lord Montfort keine Familie haben sollte«, flocht hier eine ziemlich entfernte und untergeordnete Vipont, flüsternd und etwas zögernd ein: »geht dann nicht der Titel-ä . . .?«

»Nein, meine Liebe«, unterbrach Lady Selina; »nein; der Titel geht nicht auf uns über. Es ist ein betrüblicher Gedanke; aber das Marquisat würde, in diesem Fall', erlöschen: es gäbe dann keinen männlichen-erbberechtigten Nachkommen Gilbert's, jenes ersten Marquis, mehr. Carr sagte einmal, es bestünde sogar die Möglichkeit, daß der Earl-Titel zum Gegenstand einer Diskussion werden könnte. Die Baronie ist natürlich gesichert; die hängt an den Irischen Besitzungen, und auch an den meisten Englischen; und fiele (wißt Ihr das nicht?) an Sir James Vipont – so ziemlich den Letzten, der sie verdient hätte; die stillste stupideste Kreatur; nicht entfernt erzogen und gebildet für so eine Position – ein bloßer Bauer und Landedelmann, auf einem kleinen Gut in Devonshire.«

»Er ist nicht mit hier?«

»Nein. Lord Montfort kann ihn nicht leiden. Ganz natürlich: Niemand liebt seinen Erben, es sei denn das eigene Kind; (und manche Leute lieben sogar ihre ältesten Söhne nicht! shocking, aber es ist so). Montfort ist das beste, das lenksamste Wesen, das je war; ausgenommen, wo er eine Abneigung faßt. Und so zwei oder drei Leute kann er eben gar nicht ausstehen.«

»Richtig; wie hat er damals die arme Mrs. Lyndsay verabscheut!«, sagte lächelnd eine der Zuhörerinnen.

»Mrs. Lyndsay, ja – die Mutter unsrer lieben Lady Montfort. Ich müßte lügen, wenn ich sagte, ich hätte sie bemitleidet; obschon es mich um Lady Montfort's willen schmerzte. Aber wie Mrs. Lyndsay je Montfort für Caroline zu kapern gewußt hat – ich kann es nicht begreifen! Wie konnte sie die Stirn haben, an so etwas nur zu denken! Er, damals ein bloßer Jüngling noch! Und alles vor der Familie geheim gehalten – sogar vor seiner Großmutter – der lichtscheueste Handel! Ich wunder' mich nicht im geringsten, daß er das später nie verziehen hat.«

Erste Zuhörerin: – »Caroline hat schließlich Schönheit genug, um ...«

Lady Selina (einfallend): – »Schönheit gewiß – *das* kann Niemand bestreiten. Aber doch nicht entfernt für so eine Stellung geeignet; gar nicht für dergleichen erzogen. Armer Montfort! er hätte eine fundamental andere Art Frau heiraten sollen – so Eine wie seine GroßMutter, die letzte Lady Montfort. Caroline leistet absolut nichts für Das Haus – gar-nichts – hat nicht einmal ein Kind – ganz unglückliche Angelegenheit.«

Zweite Zuhörerin: – »Mrs. Lyndsay war, meines Wissens,

doch ausgesprochen arm, wie? Und Caroline hatte folglich keinerlei Gelegenheit, jene Neigungen und Gewohnheiten bei sich auszubilden, die einfach erforderlich sind für-ä – für . . .«

Lady Selina (der Zuhörerin einhelfend): – »– für so eine gesellschaftliche Stellung, und ein derartiges Vermögen: Ihr habt vollkommen Recht, meine Liebe. Leute, die in einer bestimmten Richtung erzogen worden sind, können sich einer anderen einfach nicht mehr anpassen; und, es mag sonderbar sein, aber ich hab' es mehrfach schon beobachtet: Leute, die in ärmlichen Umständen aufgewachsen sind, können sich weit schlechter darein finden, sehr reich zu sein; als, umgekehrt, Leute die im Reichtum aufgewachsen sind, mit großer Armut fertig werden. Wie Carr es, in seiner epigrammatischen Art ausdrückt: ›Es ist leichter, herunterzusteigen, als emporzuklimmen‹. Ja; Mrs. Lyndsay war eine Tochter von Seymour Vipont, wißt Ihr, der so viele Jahre in der Verwaltung tätig war, mit einem angemessenen Einkommen aus seiner Besoldung, und außerdem nichts. Sie heiratete einen von den schottischen Lyndsay's – gute Familie, selbstverständlich – aber auch mit sehr mäßigem Besitztum. Sie ward, noch jung, Witwe, mit einem einzigen Kind, eben Caroline. Kam, mit einem kleinen Wittum, in die Stadt. Die verstorbene Lady Montfort war sehr gut zu ihr – das waren Wir-Alle – haben sie aufgenommen – hübsche Frau – gute Manieren – aber weltlich gesinnt – oh, so sehr! – und ich schätze weltliche Leute gar nicht. Nun gut; aber auf einmal geschah etwas fürchterliches: der gesetzliche Erbe macht ihr das Wittum streitig; behauptet, daß Lyndsay keinerlei Recht gehabt habe, den schottischen Grundbesitz mit RentenVerschreibungen zu belasten – überaus komplizierte Angelegenheit. Aber zum Glück für sie hatte die Tochter von Vipont Crooke, ihre Kusine und beste Freundin, Darrell geheiratet – den berühmten Darrell – der damals noch advocierte – äußerst nützlich, Kusinen zu haben, die mit gescheiten Leuten verheiratet sind. Der int'ressierte sich für ihren Fall, und nahm sich seiner an. Ich glaube, er gehörte an sich nicht vor die Gerichte, wo Darrell praktizierte; aber er trug sämtliches Beweismaterial zusammen; nahm Einsicht in den ganzen Schriftwechsel; ließ es sich ein gutes Stück von seinem eig'nen Geld kosten, um die Sache anhängig zu machen – und, tatsächlich, er gewann den Prozeß für sie; obwohl er nicht direkt ihr Anwalt sein konnte. Die Leute sagten allgemein, sie wäre so-dankbar gewesen, daß sie nach dem Tode seiner Gattin Alles daran gesetzt hätte, um

Mrs. Darrell die Zweite zu werden. Aber Darrell ging zu jener Zeit gänzlich in der Politik auf – der letzte Mann, der ans Verlieben gedacht hätte – und schaute nur gelangweilt drein, wenn Frauen in ihn verschossen wurden, was damals nicht Wenige taten. Großartige Erscheinung, meine Liebe, fascinierende Persönlichkeit, und so ein-zwei Jahre rasend in Mode. Aber wie dem auch sei: Mrs. Lyndsay ging, ganz plötzlich, fort nach Paris; und dort hat Montfort Caroline zu Gesicht bekommen, und sich fangen lassen. Mrs. Lyndsay hatte, da gibt's gar keinen Zweifel, darauf speculirt, immer bei ihrer Tochter leben, und, freiesten Zutritts, hin und herpendeln zu können, zwischen Montfort Haus in der Stadt, und Montfort Court auf dem Lande. Aber Montfort ist tiefer als die meisten Leute ihn einschätzen. Nein; er hat ihr nie verziehen. Sie ist niemals hierher eingeladen worden – nahm sich's zu Herzen; ging nach Rom, und starb.«

In diesem Augenblick öffnete sich die Tür, und George Morley, nunmehr Ehrwürden George Morley, trat herein; eben eingetroffen, um sich auch zur Verwandtschaft zu gesellen.

Einige kannten ihn; Andere nicht. Lady Selina, die es als Ehren-Pflicht betrachtete, jeglichen Verwandten zu kennen, erhob sich graziös, legte die Pantoffeln beiseite, und reichte ihm zwei Finger. Sie war ganz erstaunt, ihn auch nicht annähernd mehr so schüchtern zu finden, wie er sonst doch gewöhnlich gewesen war – wundervoll zu seinem Vorteil verändert: unbefangen, munter, angeregt. Der Mann war eben jetzt an seinem richtigen Platz; und konnte seine Hoffnungen auf dem Gebiet verfolgen, zu dem er Lust und Liebe hatte; wenige Männer, die am rechten Platz stehen, sind schüchtern. Er fragte nach Lady Montfort:? Die war in ihrem eignen kleinen Wohnzimmer, beim BriefeSchreiben – Briefe, die Carr Vipont ihr zu schreiben dringend angelegen hatte – Korrespondenzen, nützlich dem Hause Vipont. Über ein kleines jedoch kehrte ein Bedienter zurück, um auszurichten, daß Lady Montfort sich sehr glücklich schätzen würde, Mr. Morley zu empfangen. George folgte also dem Diener, bis in jenes anspruchslose Wohnzimmerchen, mit seinen einfachen ZitzVorhängen, und ruhigen Bücher-Regalen – ein Zimmerchen, das für eine Cottage nicht zu fein gewesen wäre.

10. Kapitel

In jeglichem Leben – sei sein Tempo rasch, sei es langsam – gibt es kritische RastPlätze. / Wenn die Reise dann wieder aufgenommen wird, hat die umliegende Landschaft sich verändert.

Und wie-gut sie zu diesem einfachen Zimmerchen paßte – sie selbst so einfach gekleidet – ihre wundersame Schönheit so exquisit außer Licht gestellt. Sie wirkte hier derart ›zuhause‹, wie wenn Alles an Zuhause, was das Haus en bloc vermochte, hier bei ihr konzentriert wäre.

Sie hatte besagte inhaltsschwere Briefe beendet und gesiegelt; und war mit einem rechten Gefühl der Erleichterung aufgestanden von jenem Tisch am andern Ende des Zimmers, auf dem diese Briefe, sämtlich ceremoniell und conventionell, geschrieben worden waren – aufgestanden, und an das, obwohl mitten im Winter, offene Fenster getreten; und das Rotkehlchen mit dem sie Freundschaft geschlossen hatte, kam kecklich fast bis in Reichweite gehüpft, und schaute sie, das Köpfchen curios schräg gelegt, aus glänzenden Äuglein an. Am Fenster standen ein einzelner Stuhl, und ein kleines LesePult, auf dem das Buch noch offen lag. Der kurze Tag war nicht mehr weit von seinem Ende; aber am Himmel herrschte noch reichlich Helle, und in der Außenluft eine heit're wenn auch frostige Stille.

Obschon sie den Verwandten, den sie soeben zu sich beschieden, erwartete, steht doch zu befürchten, daß sie seiner halb vergessen hatte. Sie stand am Fenster, tief in Träumereien, da er eintrat; so tief, daß sie zusammenfuhr, als seine Stimme an ihr Ohr schlug, und er plötzlich vor ihr war. Sie faßte sich jedoch schnell wieder; und sagte, mit noch größerer als ihrer gewohnten Freundlichkeit in Stimmklang und Benehmen, zu dem Gelehrten –: »Das freut mich sehr, Euch zu sehen, und gratulieren zu können.«

»Und wie es mich erst freut, Ihre Glückwünsche entgegennehmen zu können«, antwortete Jener, mit wohlklingender langsamer Stimme, ohne ein einzigmal zu stottern.

»Aber George, wie ist das zugegangen?«, fragte Lady Montfort. »Bringt diesen Stuhl dort; setzt Euch hierher; und erzählt mir Alles ausführlich darüber. Geschrieben hattet Ihr mir bereits, daß

Ihr geheilt wäret; zumindest hinreichend, um Eure noblen Bedenken entfallen zu machen – aber vom ›Wie‹ habt Ihr kein Wort verraten. Euer Onkel sagte mir: durch geduldigen Willen, und standhaftes Üben –?«.

»Unter guter Anleitung. – Aber ich möchte Ihnen jetzt ein Geheimnis vertrauen, wenn Sie mir versprechen wollten, es zu bewahren.«

»Oh, da könnt Ihr Euch auf mich verlassen: ich habe nicht eine Freundin!«

Der Geistliche lächelte; und begann sogleich von den Lektionen zu berichten, die er bei dem KorbMacher empfangen hatte.

»Ich habe seine Erlaubnis« sagte er, abschließend, »den Dienst, den er mir erwies, den vertrauten Umgang der zwischen uns entstand, Ihnen anzuvertrauen – aber einzig Ihnen; Ihren Gästen kein Wort. Wenn man ihn nur einmal gesehen hat, begreift man, wieso ein excentrischer Mensch, der einst bessere Tage kannte, vor der impertinenten Neugier einer müßigen Kundschaft zurückscheut. Zufrieden mit seinem bescheidenen Auskommen, fragt er nach nichts als Freiheit und Ruhe.«

»Das kann sogar ich schon gut verstehen«, sagte Lady Montfort, halb seufzend halb lächelnd. »Aber meine Neugier soll ihn nicht behelligen; und wenn ich einmal dem Dorfe drüben einen Besuch abstatte, verspreche ich, seinem Häuschen vorbei zu gehen.«

»Aber nicht doch, teure Lady Montfort: das hieße ja, vonvornherein gerade die Gunst abschlagen, um die Sie zu bitten ich im Begriff bin; und die darin besteht, daß Sie ein Mal mit mir zu eben diesem Häuschen kämen. Es würde ihn so sehr freuen!«

»Ihn freuen? – wie das?«

»Weil der arme Mann eine kleine Enkelin hat; und sich sehnlichst wünscht, daß Sie sie kennen lernen, und vielleicht freundlich zu ihr sein möchten; und dann auch, weil ihm ganz merkwürdig viel daran gelegen scheint, an diesem, seinem jetzigen Aufenthaltsort, bleiben zu können. Das Häuschen gehört natürlich Lord Montfort, und ist durch dessen Amtmann an ihn vermietet worden; und falls Sie geruhen würden, sich für die Beiden etwas zu interessieren, wäre seine Pacht ja praktisch gesichert.«

Lady Montfort schaute zu Boden, und errötete. Vielleicht dachte sie daran, was für eine unsichere Bürgschaft ihre Protektion, was für unbedeutende Auswirkungen ein Interesse ihrerseits mit sich bringen würde; aber sie sprach es nicht aus. George fuhr indes fort;

und so beredt und so rührend beschrieb er sie Beide, den Großvater wie die Enkelin; so geschickt deutete er das über ihnen liegende Geheimnis an, daß Lady Montfort von seinem Bericht ausgesprochen bewegt wurde, und bereitwillig zusagte, ihn bei der ersten günstigen Gelegenheit durch den Park, und hin zum Korbmacher-Häuschen zu begleiten. Aber wenn man 60 Gäste in seinem Hause hat, muß man wirklich schon die Gelegenheit abwarten, ihnen einmal unbemerkt zu entkommen. Und diese Gelegenheit ergab sich denn tatsächlich auch viele Tage lang nicht – nicht ehe die Gesellschaft auseinander ging – abgesehen von 1 oder 2 zagen Witwen-Kusinen von Stande, die ›keinerlei Ungelegenheit‹ machten; und 1 oder 2 Hagestolzen-Kusins, welche Mylord zurückhielt, um das Gemetzel unter den Fasanen vollständig zu machen; und in den trübseligen Stunden zwischen SonnenUntergang und Dinner – zwischen Dinner und Schlafenszeit – Billard mit ihnen zu spielen.

Dann erst, eines heiteren-frostigen FrühNachmittages, spazierten George Morley und seine schöne Base, kecklich *en evidence*, an sämtlichen geisterhaft-spähenden FensterAugen vorbei, die breiten KiesWege entlang – erreichten glücklich das abgelegene Unterholz; die tiefe Einsamkeit der ParkWeiten – umwanderten die breite Wasserfläche – traten durch ein privates Gatter in der Umzäunung – wodurch sie plötzlich auf das Fleckchen Weidengrund gerieten, und an das bescheid'ne GartenFeldlein, dessen Hintergrund das Häuschen des KorbMachers abgab.

Noch indem sie diese Niederen Bezirke betraten, schlug es wie das Lachen eines Kindes an ihre feinen Ohren – das silbrige, musikhafte, ergötzliche Lachen eines Kindes; – lang war es her, seit die Große Dame ein Lachen wie das-hier vernommen hatte – das natürliche Gelächter eines glücklichen MädchenKindes. Sie hielt an; und sie lauschte; mit einem seltsamen Wohlgefallen . . .? – »Ja –«, wisperte George Morley;: »Stop – und Pst! – : da sind sie –,–«.

Dort saß Waife, auf dem Stumpf eines Baumes; Materialien zu seinem Handwerk lagen, unbeachtet, an der Seite. Sophie stand vor ihm – er hatte den Finger, wie zum Verweis, erhoben, und gab sich größte Mühe, die Stirn zu runzeln. Während die ungebet'nen Gäste so lauschten, hörten sie, daß er sich abmühte, ihr die Anfangsgründe französischer Conversation beizubringen; und sie lachte lustig über ihre eignen Schnitzer, und die gespielte Feierlichkeit des mißfällig tuenden Schulmeisters. Lady Montfort vermerkte, mit nicht unnatürlicher Überraschung, die Reinheit und Korrektheit von Aussprache und Akzent, wodurch dieser sonderbare KorbMacher unabsichtlicherweise seine perfekte Beherrschung einer Sprache dartat, in der auch der besterzogene Gentleman seiner Generation – ach, sogar der unsrigen – sich nur selten mit Akkuratesse und Eleganz auszudrücken wußte. Aber ihre Aufmerksamkeit ward augenblicks vom Lehrer weg, und auf das Gesicht seiner holden Schülerin gelenkt. Frauen haben eine schnelle Art, Schönheit bei ihren eignen GeschlechtsGenossinnen sogleich richtig zu taxieren – und Frauen, die selber schön sind, tun das nicht zuletzt. Unwiderstehlich fühlte Lady Montfort sich zu diesem unschuldigen Gesichtchen hingezogen, das so lebhaft in seiner Freude, und doch so sanft bei aller Fröhlichkeit war. Sir Isaak, der bis dahin *perdu* gelegen, und die Bewegungen einer Drossel in einem StechpalmenGebüsch überwacht hatte, fuhr, mit einem Gebell, jetzt auf:?! –. – Waife erhob sich – Sophie halb zur Flucht gewandt. Die Besucher traten herzu ... –

* *
*

Hier, langsam, zögernd, sei der Vorhang fallen gelassen. Frank Gebrauch von dem Vorrecht der Gattung Roman machend, werden Jahre dahingerollt sein, ehe der Vorhang erneut sich hebt. Ereignisse, die ein ganzes Leben beeinflussen können, datieren sich oft von stillst-heiteren Augenblicken, von Dingen her, die äußerlich ebenso trivial und nicht der Rede wert erscheinen, wie hier der Besuch der Großen Lady im Häuschen des KorbMachers. Welches dieser Leben wird jener Besuch eventuell späterhin beeinflussen – das der Frau?, des Kindes?, des Landfahrers?, Wessen? Wahrscheinlich würde wenig von dem, was jetzt dort vor sich geht, etwelche Hypothesen fördern, oder gar ein sichtbares Glied in der Kette der Geschicke sein. Ein paar flüchtig-tastende Fragen – ein paar behutsam-verhaltene Antworten – ein Blick oder so – die ein- oder andere schönstimmige Silbe, die Lady und Kind miteinander tauschen – ein Körbchen gekauft, oder ein Versprechen wiederzukommen – nichts was des Erzählens wert wäre. So bleibe es denn unerzählt. Nur noch einmal die Szene selbst betrachtet, indes der Vorhang, widerstrebend, sinkt. – Das ländliche Häuslein mit der offnen GartenTüre, offen auch seine Fenster mit den altmodisch kleinen-vielen Scheiben. Man kann im Innern, nett und reinlich, das schlichte Hausgerät erkennen, und die weißgetünchten Wände, beredt von gesunder Armut zeugend, und weit entfernt von sackgrob-betonter Dürftigkeit. Um die EingangsTür Schling-Gewächse, erst neuerlich gepflanzt; grüner WeihnachtsIlex hebt seine roten Beeren von den Fensterscheiben ab; drüben der Bienenstock; und außerhalb der Schwelle steht der geflochtne Käfig, mit dem Star, der darin sitzt. Fern im Hintergrund, (alles übrige des benachbarten Weilers ist gänzlich außer Sicht), strebt das Spitztürmchen der Kirche in den klaren blauen Winterhimmel. Über Allem liegt eine Stimmung von Ruhe – von Sicherheit. Und ganz dicht anwesend neben Einem dieses Sinnbild des HEIMS – in unauslöschlicher, schützender, liebevoller Gegenwart – das, inmitten von soviel Einsamkeit, Einem zumurmelt: ›nicht einsam!‹; ein allgegenwärtiges Gefühl, das der Großen Lady in dem Palast, den sie eben verlassen hat, nicht gewährt ist. – Und diese Lady selbst?: Die ruht just auf dem rauhen knorrigen BaumStumpf aus, von dem der Landfahrer aufgestanden ist; sie hat Sophie näher zu sich herangezogen; sie hat die Hand des Kindes ergriffen; bald spricht – bald lauscht sie; und die Gütigkeit auf ihrem Antlitz sieht wie Glück aus. Vielleicht *ist* sie ja in dem Moment tatsächlich glücklich. – Und Waife?: der hat sein verwittertes, beweglich-ausdrucksvolles Gesicht zur Seite gekehrt, indes seine Hand ängstlich auf dem Arm des jungen Gelehrten zittert. Dieser Gelehrte flüstert: »Seid Ihr zufrieden mit mir?«; und Waife erwidert, mit einer Stimme, ebenso leis' aber weit gebrochener: »Gott lohn'es Ihnen! Oh, diese Freude! – : wenn meine holde Kleine endlich eine Freundin gefunden hätte! –«. Armer Vagabund, er hat nun ein stilles Asyl – einen festen bescheidnen Unterhalt – ja, mehr als das, er hat soeben ein Ziel erreicht, aufs innigste ersehnt. Sein vergangenes Leben – ohweh! Was hat er damit gemacht? Sein gegenwärtiges Leben – mag es noch so abgerissen fragmentarisch sein – ist zur Ruhe gekommen. Aber stets die immerwährende Frage – die spöttliche, schreckliche Frage – mit ihrer possenhaften Formulierung, und dem tragischen Sinn ihrer Rätsel –: ›WAS WIRD ER DAMIT MACHEN?‹ Machen mit was? Nun mit all dem, was ihm verbleibt – all dem, was er in der Hand hält – all dem, was dem Menschen als solchem, eingeklemmt zwischen Freiem Willen und VorausBestimmung, zu machen erlaubt ist. Fragt nicht den alten Landfahrer allein – fragt jeglichen der Vier, wie sie hier auf der Fliegenden Brücke, DER

Augenblick genannt, zusammengekommen sind. Die Zeit liegt vor Dir – was wirst *Du* damit machen? Frag Dich selbst! – befrag die Weisen! Aus dem Bemühen, diese Frage zu beantworten: was für TraumSchulen sind nicht daraus entstanden, die niemals gänzlich untergehen werden!: die Wissenschaft der Seher, ob auf des Chaldäers Pur-Tor, oder in den FelsenHöhlen von Delphi; nach der, heutzutage, die Handwerker in ihren Gassen und Gäßchen mit hornigen Händen, und keuchend, greifen und tasten. Die verblaßten Überreste dessen, was einst geheimes Wissen der größten Weisen war, sinkt herab in das Herz des gemeinen Mannes – Hieroglyphisches auf LumpenLappen, die der gläubige Vulgus auszulegen unternimmt. – ›Was wird er damit machen?‹. Fragt Merle und seinen Kristall! – Aber der Vorhang geht tiefer!: einen Moment noch: da sind sie: – Alter und Kindheit – Armut und Reichtum – die bleibende Stätte und das Vagabundentum – des Predigers heilige Lehre und erhab'ner Ehrgeiz, und die Bilderwelten aufdämmernder Vernunft – Hoffnungen des gereiften Intellekts, und Erinnerungen gescheiterter Existenz – häusliche Sorgen, und uneingestand'ne Reue – Elegie und Epik in leisen verschwiegnen menschlichen Seufzern, denen Dichtung bisher noch niemals Worte lieh – Alles noch, sekundenlang, verkörpert vor Euch – ein flücht'ger Blick zum Weiterraten – nicht mehr. Tiefer, immer tiefer, fällt der Vorhang! –: Alles fort!

VI. BUCH

1. Kapitel

›Hyde-Park im Monat Juni‹, mit Radierungen, die, vorausgesetzt, diese-unsre Historie entgehe den Schurken, den Koffermachern, von unschätzbarem Wert für noch ungeborne Altertumsforscher werden können. / Gestalten, die lange abwesend waren, kommen wieder zum Vorschein, und geben einige Kunde von sich.

Fünf Jahre sind ins Land gegangen, seit diese Geschichte begann; und wieder einmal ist der Monat Juni gekommen – Juni, der unser London mit all seiner Herrlichkeit bekleidet; seine vornehm-matten BallSäle mit lebendigen Blumen füllt, und seine steinernen Trottoirs mit Schmetterlingen in MenschenGestalt. Es ist um die Stunde, die da heißt 6 Uhr nachmittags; und der Korso in Hyde-Park folglich gedrängt voll: die Fahrstraße, um die Serpentine entlang, kriechen die Equipagen, eine hinter der andern; kompakt geschart an den Geländern lümmeln müßige Zuschauer – faul von Haltung, aber mit höchst aktiven Augen, und Zungen, die am Wetzstein der Skandale geschärft sind; und die Scaliger der Club-Fenster lüften ihren Wortschatz nicht minder im Park. FußBummler aller Abstufungen in der Hierarchie des Londoner Müßiggängertums schlendern gemach: Dandies von fest begründetem Renommée – jugendliche Neulinge, die ihre erste Saison erleben. Drüben, in der Reit-Allee, scheinen etwas weniger unbelebte Gestalten zu aktiveren KörperÜbungen verdammt: junge Damen tun Buße in einem KurzGalopp, ältliche Stutzer leisten Schwerarbeit beim Trabe. Zuweilen, (an der gedankenvolleren Stirn, der noch-lebhafteren Gangart), erkennt man das ein- oder andere viel-beschäftigte Mitglied des Großbritannischen ReichsParlamentes, dem seine Ärzte angeraten haben, so viel Zeit wie möglich hoch zu Roß zu verbringen; und der folglich in der Zeitspanne zwischen beendeter AusschußTätigkeit und dem wichtigeren Teil der UnterhausDebatte, sich schnell ein Stündchen abgestohlen hat, (und dabei noch der EröffnungsAnsprache eines wohlbekannten Langweilers erfreulich entgeht). Unter dergleichen schwänzenden Gesetzgebern ist auch (leider muß es ausgesprochen sein) jener einstige ModellAbgeordnete, Sir Gregory Stollhead; die grimme Dame Dyspepsia hat sich seiner endlich doch bemächtigt, und so wird

›Erholung von den AmtsGeschäften‹ die angemessene Strafe für alle seine Sünden: einsam reitet er dahin; und muß, auf den Verkehr mit sich selbst reduziert, jede Sekunde einmal gähnen. Auf Stühlen, wohltuenderweise unter den Bäumen, auf der Nordseite der Promenade aufgestellt, sitzen und ruhen kleinere Grüppchen und Coterien. Dort kann man die Fräulein Prymme erblicken, Janet und Wilhelmina, die immer noch die Fräulein Prymme sind – Janet ist dick geworden, Wilhelmina dünn. Aber ob dünn ob dick, sie sind deshalb nicht weniger die Prymmes; und sie ermangeln mit nichten der entsprechenden männlichen Aufwartung. Es sind immer Mädchen, höchlich in Mode, mit denen plaudernd gesehen zu werden, junge Männer für eine Auszeichnung erachten; auch haben sie solide-hohe Grundsätze, und hohe Ansprüche nicht minder (unglücklicherweise für sie, sind sie MitErbinnen), und junge Männer unter EarlsRang brauchen nicht zu befürchten, von ihnen kunstreich in die Falle ›ehrlicher Absichten‹ gelockt zu werden. Wohl kokettieren sie majestätisch, aber flirten tun sie nie; wohl heischen sie hingebende Anbetung, aber sie betrachten nicht gleich jedes ihrer Opfer als geeignet für die Hörner des Altars; nie werden sie ihre Hand geben, wo sie nicht auch ihr Herz geben – und da sie immerfort Angst haben, man mache ihnen nur um ihres Geldes willen den Hof, werden sie ihr Herz niemals verschenken, es sei denn an Freier, die noch viel mehr Geld haben, als sie selber. Viele junge Männer also bleiben hier stehen, um den Fräulein Prymme eine Huldigung *en passant* darzubringen; Einige verweilen auch, um etwas Conversation zu machen – sie sind sicher, die jungen Männer; denn Alle sind sie jüngere Söhne. Ein Ende weiter sitzen Lady Frost und Mr. Crampe, der Witzbold, einträchtig Seit' an Seite, mit sarkastischen Schnäbeln nacheinander pickend; und lassen nur gelegentlich ab, um mit ihren Krallen den gemeinsamen Feind dh den vorbeikommenden Freund zu zwacken. Die Slowes, eine vielköpfige aber schweigsame Familie, sitzen für sich – gegrüßt häufig, angesprochen selten.

Aber man beachte diesen Mann dort, von gutem Äußeren (er mag um die 30 sein; vielleicht 1 oder 2 Jahre d'rüber) der, obschon die meisten der Flaneure zeigen, daß sie ihn kennen, dennoch hier auf dem Bummel nicht heimisch zu sein scheint. Er ist bei den diversen, eben geschilderten kleinen Cliquen vorbei-gegangen; hat den Fräulein Prymme seinen Serviteur gemacht; hat über ein eisiges Epigramm von Lady Frost, und ein lakonisch Hohnrümpfen von

Mr. Crampe quittiert; und 7 stumme Verbeugungen mit 7 stummen Slowes ausgetauscht. Er ist fürder gewandert, selbst doch auch recht stolz Herr Guck in die Luft, dabei aber ständig auf dem Ausguck nach Jemandem, der nicht in der Luft ist; bleibt endlich, unverkennbar enttäuscht ob seines erfolglosen Suchens, gänzlich stehen; nimmt den Hut ab, wischt sich die Stirn, stößt ein ärgerliches »Prr-br-Bw!« aus; zieht sich dann, als er, etwas im Hintergrunde, den stuhllosen Schatten eines hag'ren ausgemergelten staubigen Baumes gewahrt, dorthin zurück, und setzt sich hin, so unbekümmert darum, ob ein Sichhinsetzen-hier auch das rechte Tun am rechten Platz sei, als befänd' er sich in (sagen wir) der Geißblatt-Laube eines DorfWirtshauses. »Geschieht mir ganz recht«, spricht er zu sich selbst: »ein frühreifer Schlingel dringt bei mir ein; unterbricht meinen Arbeitstag, trifft eine Verabredung, mich, 10 Minuten vor 6, hier, auf eben diesen Promenaden abzuholen; ködert mich mit dem Versprechen eines Dinners bei Putney – Zimmer mit Aussicht auf den Fluß; geback'ne Flundern. Ich bin auch so leichtgläubig und laß mir alles gefallen; ich gehe von meinen Gewohnheiten ab – verlasse mein kühles Atelier; zieh meine bequeme ArbeitsBluse aus; umfessle meinen freigebornen Hals mit einer Krawatte, wie von Thugs erfunden; und die Hundstage sind vor der Tür, und ich schreite rasch aus übers glühende Pflaster, im schwarzen Gehrock (zweireihig!) und entsprechend randlosem Hut; ich vernichte 3 Schilling 6 für ein Paar GlacéHandschuh; : ich treffe ein, in diesen Jagdgründen des Spleens; : ich laufe Spießruten durch sämtliche Frost's, Slowes', und Prymme's – und mein Verräter läßt mich sitzen! Eine halbe Stunde nach Sechs – keine Spur von ihm! und das Dinner bei Putney? – die geback'nen Flundern?: Träume! Geduld; 5 Minuten noch zugegeben; wenn er dann nicht erscheint – Bruch für's Leben zwischen ihm und mir! –: Ah *voilà:* da kommt er angetanzt, der Saumselige! Aber wie all dies feine Volk nach dem Menschen hascht!: hat er Die *auch* zum Dinner bei Putney eingeladen, und liegt *Denen* auch an gebacknen Flundern?«

Der Blick des Selbstgesprächlers ruht dabei auf einem jungen Mann, erheblich jünger als er; der sich mit leichtem raschem Schritt durch die buntgedrängte Menge windet; aber jeden Moment genötigt ist, anzuhalten, um ein Wort des Willkommens, einen Händedruck auszutauschen. Anscheinend hat er schon eine ausgebreitete Bekanntschaft; anscheinend ist er beliebt, und steht auf gutem Fuß mit der Welt und sich selbst. Wie ungezwungen die Anmut seiner Haltung! welch frohe Gutgelauntheit in seinem Lächeln! –: Himmlische Mächte!: Lady Wilhelmina ist doch wirklich und wahrhaftig errötet, als sie seine Verbeugung erwidert! Unbemeltaut hat er Lady Frost passiert; die Slowes, zumindest alle weiblichen Slowes, legen deutliche Zeichen von Erregtheit an den Tag, als er mit dieser aalglatten Verbeugung an ihnen dahinschießt. Er schaut sich um, nach allen Seiten, mit dem flinken Blick eines Auges, in dem das Licht nur so tanzt und funkelt:? – er hat den Selbstgesprächler unter seinem magren Baum entdeckt – der Schritt beschleunigt sich noch mehr; die Lippen gehen auseinander, halb zum Lachen –

: »Nicht schimpfen, Vance. Ich komm' zu spät, ich weiß; aber ich hatte all dies Aufgehaltenwerden nicht mit einkalkuliert.«

»Meiner Treu, ›Aufgehaltenwerden‹! Für einen im Ausland Lebenden, frisch in London wieder-eingetroffen, scheint Ihr keinen Mangel an Freunden zu haben.«

»Bekannte von Paris her; und hier, als angenehme Überraschungen, an jeder StraßenEcke wieder-getroffen. – Aber kein Freund so willkommen und so teuer wie Frank Vance!«

»Weiß die Ehr' zu schätzen, O Lionello il Magnifico. Wahrlich, Ihr seid *bon prince!* Nun, die Häuser Valois und Medici waren stets den Künstlern hold. – Aber wohin gedenkt Ihr mich jetzt zu führen?: in diese Tretmühle zurück?! Gehorsamsten Dank; aber schlicht: Nein! Von allen PöbelSorten ist ein Haufe in feinen Kleidern der fadeste. Ich schmeichle mir wohl auch, dem vielköpfigen Ungeheuer, ob noch so wild und zum Angriff aufgerichtet, unerschrocken ins Gesicht sehen zu können; aber wenn dies vielköpfige Ungeheuer seine Hüte in Bond Street kauft, und vor jedem seiner zudringlichen Augen ein Monokel trägt, dann, ich gesteh' es gern, dann fang' ich an, mich zu fürchten. – Überdem geht es stark auf 7 Uhr: Putney ist nicht in Sicht; und Flundern nicht gebacken!«

»Mein Cab wartet ein Stück drüben; Wir müssen schon hin-gehen – Wir können uns ja auf dem Rasen halten, und dem Gedränge ausweichen. Aber, 'mal ganz ehrlich, Vance: ist es Euch wirklich-zuwider, so in einer größeren Menge zu erscheinen? – Ihr, mit Euerm Ruhm, mögt Ihr die Augen tatsächlich-nicht, die sich umdrehen, Euch noch-einmal zu sehen?; oder die Lippen, die respektvoll murmeln, ›Vance, der Große Maler!‹? – Hà; ich hab's ja immer gesagt, daß Ihr ein großer Maler werden würdet. Und in 5 kurzen Jahren habt Ihr Euch doch wirklich hoch emporgeschwungen.«

»Pù!«, antwortete Vance gleichgiltig. »Im Londoner Brauch und Treiben ist Nichts rein und unverfälscht; weder Schlagsahne, noch Cayenne-Pfeffer – am allerwenigsten der Ruhm; – vermischt mit den giftigsten Ingredienzien. ›Ruhm!‹ : habt Ihr die Kritik in der *Times* über meine Bilder auf der gegenwärtigen JahresAusstellung gelesen?: Ruhm, na hé! Anderes Thema. Nichts so gut wie Flundern. –: Hoh! ist das dort Euer Cab? Süperb! Ein Gefährt, das für den ›GriechenJüngling selt'ner Gaben voll‹, aus Mr. Enfield's *›Speaker‹* gut genug wäre – ein Pferd, das wie aus den Elgin Marbles herausbeschworen scheint –: ist es fromm?«

»Nicht übermäßig; aber verlaßt Euch auf mein Fahren. Ihr bewundert das Pferd mit Recht – Geschenk von Darrell; ausgesucht von Oberst Morley.«

Nachdem die jungen Leute sich im Fahrzeug zurecht gesetzt hatten, ließ Lionel seinen Groom abtreten; und das Pferd, kaum angetippt, schlug sogleich einen flotten Trab an.

»Frank«, sagte Lionel, und schüttelte dabei sein dunkles Gelock mit mutwilligem Ernst, »Eure zynischen Begriffsbestimmungen sind eines so mannhaften Bartes unwürdig. Ihr und den Ruhm verachten! das ist doch die blanke Ziererei!

›pulverem Olympicum
collegisse juvat; metaque fervidis
evitata rotis . . .‹.«

»Paßt lieber auf!« rief Vance; »Wir werfen um!«. Denn Lionel, der aufgeregt geworden war, hatte das Pferd unwillkürlich mit der Peitsche zu hänseln begonnen; das seinerseits einen Seitensprung machte, der das Cab um Zollbreite an einen SprengWagen brachte.

»Ach: Ruhm! Ruhm!«, rief Lionel, achtlos der Unterbrechung: »was würde ich nicht geben, hätt' ich ihn und hielt ich ihn; und sei's nur für 1 Stunde!«

»Haltet einen Aal, er ist weniger schlüpfrig; einen Scorpion, der sticht weniger! Aber –«, fügte Vance hinzu, als er die erhöhte Gesichtsfarbe seines Begleiters gewahrte; – »Aber –«, fügte er, nun ernstlich und mit aufrichtiger Zerknirschung hinzu: »ich hatte nicht daran gedacht, daß Ihr ja Soldat seid, und die Laufbahn der Waffen eingeschlagen habt! Da müßt Ihr überhaupt nicht darauf achten, was ein Murrkopf von Maler über das Thema von sich gibt. Die Begierde nach Ruhm mag bei Zivilisten Torheit sein, bei Soldaten ist sie Weisheit. Zwillingsbruder des martialischen Gefühls für Ehre, ermuntert der Gedanke an den Ruhm auf dem Marsch, und wärmt im Biwak; er läßt das Gepfeife der Kugeln, den Donner der Geschütze wie Musik erscheinen; läßt Hoffnung aufsprießen inmitten der Gefahr; verknüpft Rivalen wie mit brüderlichen Banden; tröstet den Überlebenden, wenn der Bruder fiel; nimmt dem Krieg den abstoßenden Aspekt einer Metzelei; und macht aus dem Morden selbst Lehren ziehen, wie sie die Schutzwehren der Menschheit verstärken, und das Leben ganzer Nationen fortwähren lassen. Sehr richtig! – : lechzt Ihr nach Ruhm; Ihr seid Soldat!«

Das war einmal einer der Ausbrüche tiefen Gefühls seitens Vance; die, eben weil sie so selten bei ihm waren, immer die überraschendste dramatische Wirkung hatten. Lionel lauschte ihm mit einem förmlichen WonneSchauer. Antworten konnte er nicht; er war allzu bewegt. Als das Cabriolet jetzt über den Park hinaus war, und rasch und sicher auf der Straße dahinrollte, nahm der Künstler erneut das Wort. »Ich vermute, daß Ihr während der 5 im Ausland verbrachten Jahre, wo Ihr Eure Bildung-allgemein vervollständigtet, nur wenig oder gar keine SpezialStudien für den Beruf machen konntet, den Ihr letzthin ergriffen habt?«

»Oh, da täuscht Ihr Euch aber sehr, mein lieber Vance! Wenn ein Mann einmal sein Herz an eine Sache gesetzt hat, studiert er sie andauernd. Die Bücher, die mir die liebsten waren, und über denen ich am meisten gebrütet habe, waren von der Art, daß, wenn sie vielleicht auch nicht direkt Lektionen beisteuerten, so doch immer Winke enthielten, die späterhin den Ausgangspunkt für Lektionen bilden konnten. Und was den gesellschaftlichen Umgang anbetrifft, war ich nie so vergnügt, als wenn ich mich an einen alten Veteran und Praktikus annesteln – ihn ausfragen, und ins Kreuz-Verhör nehmen konnte: man schnappt im lebendigen Gespräch ja weit-mehr Ideen auf, als aus Büchern; zumindest geht es mir so. Überdem ist mein Begriff von einem Soldaten, der es eines Tages zu etwas bringen will, mit nichten der eines bloßen hochmechanisierten WaffenSpezialisten. Bedenkt doch, wie umfassend beschlagen die meisten, wirklich-großen Feldherrn gewesen sind. Welche Beobachter der Menschen! – was für Diplomaten! – welch tiefe Denker! – welche Männer der Tat; eben weil ihnen das Überlegen vor der Tat zur zweiten Natur geworden war! Welch ein Ideen-Heer hat der Entscheidung voranzugehen, die einen Ausfall riskiert, oder den Rückzug beschließt!«

»Sachte, sachte!«, rief Vance: »Wir landen doch gleich in dem Omnibus-da! Gebt mir die Peitsche – kommt; gebt – etwas mehr nach links – so. – Tja; ich bin froh, so viel Enthusiasmus für Euern Beruf zu gewahren – heißt die Schlacht schon halb gewonnen. Hazlitt hat mal einen kapitalen Ausspruch getan: ›Der Lehrling, der den Oberbürgermeister in seiner vergoldeten Karosse, nicht für den Größten Mann auf der Welt ansieht, der endet am Galgen!‹«

»Pfui!«, sagte Lionel, nach der Peitsche langend.

VANCE (sie ihm vorenthaltend): – »Nichts da. – Als Ersatz will ich abbitten: nehm' ich den Oberbürgermeister zurück; Vergleichen bringt Ärger. Bin ganz Eurer Ansicht; 's geht nichts über Leder. Ich meine, nichts kommt einem wahrhaft großen Soldaten gleich – Hannibal, undsoweiter. Haltet diese Überzeugung fest und in Ehren; in der Zwischenzeit respektiert Menschenleben – : da kommt der nächste Omnibus!«

Auch diese Gefahr vorüber, hielt es der Künstler für angeraten, die Unterhaltung in etwas weniger aufregende Kanäle umzuleiten.

»Mr. Darrell ist natürlich mit Eurer Berufswahl einverstanden?«

»Einverstanden? –: er bestärkt, ermutigt mich. Hat mir so einen prächtigen Brief geschrieben; was dieser Mann für eine umfassende Intelligenz besitzt!«

»Muß er ja wohl, wo er dieselbe Ansicht hat wie Ihr. Wo ist er im Moment?«

»Keine Ahnung; es sind jetzt schon diverse Monate, daß ich nichts mehr von ihm gehört habe. Damals war er auf Malta; auf seiner Rückkehr von KleinAsien.«

»Achso! Ihr habt ihn niemals mehr gesehen, seitdem er Euch, auf seinem alten Landsitz da, Lebewohl sagte?«

»Nein, nie. Er ist auch, meines Wissens, nicht in England gewesen.«

»Und in Paris, wo Ihr Euch hauptsächlich aufgehalten zu haben scheint, auch nicht?«

»In Paris auch nicht. – Ach, Vance, wenn ich ihm doch bloß irgendwie zum Trost gereichen könnte. Jetzt, wo ich älter bin, glaube ich Vieles an ihm zu verstehen, was mich als Jungen, da wir voneinander schieden, frappiert hat: Darrell gehört zu den Männern, die ein Heim brauchen. Zwischen den Polen der Großen Welt und der Einsamkeit, bedarf er jener in der Mitte liegenden ausfüllenden Zwischenstation, wie sie einzig und allein das häusliche Leben bieten kann: eine Gattin, in der das schöne Wort von der ›Gehülfin‹ zur Wahrheit wird – Kinder, mit deren Zukünften er sein eignes Mühen, die Erinnerung an seine Vorfahren, sinnvoll verknüpfen kann. Ist ihm diese Zwischenstation herausgenommen, zerstört, bleiben nur noch die Große Welt und die Einsamkeit, die einander finster bestirnrunzeln.«

»Mein lieber Lionel, Ihr müßt tatsächlich mit sehr gescheiten Leuten zusammengelebt haben; Ihr sprecht weit über Eure Jahre.«

»Findet Ihr? Aber das ist richtig: ich habe, wenn vielleicht auch nicht immer mit extrem gescheiten Leuten, so doch mit weit-älteren Leuten viel zusammen gelebt. Das ist ein Geheimnis, das ich von Oberst Morley gelernt habe, dem ich Euch unbedingt vorstellen muß – unter den unauffälligsten Manieren, der subtilste Intellekt. Und Der hat eben einmal zu mir gesagt: ›Wenn Euch daran liegt, Euer ganzes Leben hindurch, immer *à jour* Eures Jahrhunderts zu sein – grundsätzlich stets in der Vollkraft männlichen Verstandes – sowohl ohne Unreife, als ohne Abnahme – dann gewöhnt Euch an, in der Jugend mit Personen zu verkehren, die älter; im Alter mit solchen, die jünger sind als Ihr.‹«

»Gar kein uneb'ner Ausspruch. Und ich gratuliere zu dem unverkennbaren Erfolg der Maxime. – Mhḿ: da hat Darrell also keinerlei Heim – weder Weib noch Kind?«

»Er ist seit langem schon Witwer; den einzigen Sohn hat er, im Kindesalter noch, verloren; und seine Tochter – habt Ihr nie davon gehört?«

»Nein – was-denn?«

»So unglücklich verheiratet! – halb entführt, halb durchgegangen – und auch seit vielen Jahren tot, ohne Nachkommenschaft.«

»Armer Mann! Demnach waren es diese Heimsuchungen, die ihm das Leben verbittert, und ihn dergestalt zum Eremiten, beziehungsweise zum WeltenWanderer gemacht haben?«.

»An dem Punkt«, sagte Lionel,« bin ich irgendwie im Unklaren; denn ich hab' in Erfahrung gebracht, daß er – auch nach dem Tod seines Sohnes noch; und nach der unglücklichen Verehelichung seiner Tochter, samt der anschließenden Entfremdung von ihr – immer noch im Parlamente saß, und zwar in vollster-aktivster Tätigkeit. Aber, soviel steht fest, : lange-durchgehalten hat er es nicht. Mag es eine Anstrengung gewesen sein, der er sich, trotz aller seiner Energie, nicht gewachsen fühlte; mag sein, daß ihm eine zusätzliche-neue Enttäuschung, neue Kümmernisse, widerfuhren, von denen die Welt nichts ahnt. Aber ich meine immer, er werde sich wieder-verheiraten. Die Idee schien, als wir uns damals voneinander verabschiedeten, bei ihm zu prädominieren; er deutete sie, ziemlich derb und unverblümt, an. Oberst Morley ist überzeugt, daß er noch-einmal heiraten werde; und sei es auch nur, um einen Erben zu erzielen.«

VANCE: – »Und wenn das einträte, mein armer Lionel, enthöbe es Euch der Gloriole des . . .«

LIONEL (ihn rasch unterbrechend): »Pscht! Sprecht nicht, mein lieber Vance, sprecht *Ihr* nicht – Ihr! – eine von diesen vulgären, niedrigen Sachen aus, bei denen mir, selbst wenn ich sie von Leuten, für die ich keine Achtung habe, hören muß, die Ohren klingen und das Blut in die Wangen steigt. Wenn ich daran denke, was Darrell bereits für mich getan hat – mich, der ich keinerlei Ansprüche an ihn habe – dann scheint es mir immer, als müßte ich den Menschen hassen, der zu verstehen gibt: ›Fürchte, daß Dein Wohltäter ja nie ein Lächeln an einem eignen Herd, nie ein Kind seines eignen Blutes finden möge – denn Du wirst, direkt proportional der Verödung seines Lebens, bei seinem Tode umso reicher sein!‹.«

VANCE: – »Ihr seid ein wackrer junger Bursche, und ich bitt' Euch um Entschuldigung. (Gebt auf den Meilenstein dort Acht! – danke schön.) – Hm; immerhin hab' ich den Verdacht, daß mindestens zwei Drittel all dieser verbindlichen Hände, die Euch auf dem Weg zu mir so aufgehalten haben, sich weniger Lionel Haughton – einem SubalternOffizier in der Garde – entgegengestreckt haben, als vielmehr Mr. Darrell's mutmaßlichem Erben.«

LIONEL: – »Der Gedanke nagt zuweilen auch an mir; aber er tut mir insofern gut, als er mein Bestreben ständig rege erhält, selbstständig aus mir Jemanden zu machen, den um seiner selbst willen zu kennen, auch der Eingebildetste nicht verschmähen sollte. Oh, würd' ich doch irgendwo aktiv eingesetzt! – oh, was gäb ich für einen richtigen-scharfen Feldzug! – oh, einmal eine faire Bewährungsprobe: inwieweit ein Mann, mit eignen starken Händen, Fortuna an seine Brust zwingen kann! Ihr habt das geleistet, Vance: Ihr hattet nur Euer Genie und Euern MalerPinsel. Genie habe ich nun zwar nicht; aber ich habe Entschlossenheit; und Entschlossenheit führt am Ende vielleicht ebenso sicher zum Ziel, als Genie – haben Genie und Entschlossenheit doch drei wichtige Elemente gemeinsam: geduldige Ausdauer; Hoffnung; Konzentration.«

Vance, mehr und mehr überrascht, faßte Lionel ohne zu sprechen scharf ins Auge. Fünf Jahre dieses kritischen Alters, zwischen 17 und 22, in der großen Hauptstadt Europas zugebracht – von ihren gefährlicheren Lastern teils durch ein stolzes Gefühl für persönliche Würde ferngehalten; teils infolge einer Gemütsart, die, indem sie Liebe als das Ideal aller zärtlichen und sublimen Erregungen betrachtete, vor gröblichen Liederlichkeiten zurückscheute, da derlei sich ihr zur Liebe zu verhalten schien, wie der Yahoo des höhnenden Satirikers zum Menschen – weitgehend in Anspruch genommen durch jenen brütenden Ehrgeiz, der den Jüngling aus der leichtfertigen Gegenwart in die ernsthaftere Zukunft hinüberzieht; und ihn den Umgang aufsuchen macht, nicht der zeitgenössischen Müßiggänger, wohl aber der höchsten reifsten Geister, die die Freie Republik der Guten Gesellschaft ihm nur immer in Reichweite bringt – fünf also verbrachte Jahre, hatten einen Halbwüchsigen, der noble Träume hegte, zu einem jungen Mann entwickelt, der nobler Handlungen fähig war – der sich die frischeste Jugendlichkeit bewahrt hatte, was Enthusiasmus, Sinn für hohes Empfinden, Wagemut, Energie, und eine göttliche Gläubigkeit an die eignen unerschöpften Hülfsquellen angeht; vom reifen Alter jedoch die bündige Festigkeit und Solidität der Ideen zu erborgen gewußt hatte – eine Mittelstufe zwischen Theorie und Praxis – die Kraft, auch Andre mit dem Gefühl einer Überlegenheit zu beeindrucken, die sich durch zum Teil unbewußte Ausbildung selbst entwickelt hat.

»So!«, sagte Vance nach einer längeren Pause; »nun ja, ob ich Entschlossenheit oder Genie besitze, weiß ich nicht genau; aber so viel ist richtig, daß, wenn ich meinen Weg gemacht und mir einen gewissen kleineren Ruf erworben habe, geduldiger Ausdauer, Hoffnung und Konzentration auf ein bestimmtes Ziel, das eigentliche Verdienst dabei zukommt; kluge Bedächtigkeit übrigens nicht minder die Ihr aufzuführen vergessen habt, und zumindest als Wagenlenker nicht gerade an den Tag legt. Ich hoffe doch, daß Ihr nicht etwa verschwenderisch seid, mein lieber Junge? Keine Schulden, gelt? – warum lächert Euch?«

»Weil die Frage Euch so ähnlich sieht, Frank – sparsam wie eh und jeh!«.

»Ja, meint Ihr denn, ich hätte ruhigen Gemütes malen können, mit dem ständigen unterBewußtsein, daß draußen vor der Türe ein Gläubiger stehe, den ich nicht bezahlen kann? Kunst bedarf der gelassnen Heitre; und wenn ein Künstler seine Laufbahn mit so wenigen Hemden auf dem Rücken antritt wie ich sie hatte, dann muß er ganz einfach Ökonomie unter die Gesetze seiner Perspektive mit-aufnehmen.«

Lionel lachte neuerlich; und gab einige KurzKommentare über Sparsamkeit von sich, die, wenn auch unleugbar smart, so doch etwas schnippisch-seicht waren; und die nicht nur bewirkten, daß die günstige Meinung, die Vance eben erst von seiner intellektuellen Reife gefaßt hatte, sich bedeutend abschwächte; sondern die den wohlmeinenden Künstler ernstlich beunruhigten. Vance kannte die Welt – kannte diese ganz speziellen Versuchungen, denen ein junger Mann in Lionel's Position ausgesetzt war – wußte, daß diese Verachtung der Sparsamkeit jener Schule von Peripatetikern eigen ist, die ihre allerletzten Lektionen für MeisterSchüler vorbehält, mit denen sie in den heiligen Wandelgängen von Queen's Bench zusammenkommt.

Indes war dies kein günstiger Moment für lehrhafte Warnungen.

»Da wären Wir!« rief Lionel –: »Putney Bridge.«

Sie erreichten die kleine Schenke am FlußUfer; und mieteten, während ihr Dinner fertig wurde, ein Boot. Vance nahm die Ruder.

VANCE: – »So hübsch ist es hier nicht ganz, wie an jenen stillgrünen Ufern, an denen Wir damals, bei Mondenschein, vor 5 Jahren dahinglitten.«

LIONEL: – »Oh nein. Und diese unschuldige bezaubernde Kleine, die Ihr porträtiertet – Ihr habt seitdem nie wieder von ihr gehört?«

VANCE: – »Nie. Wie sollt' ich! Habt Ihr?«

LIONEL: – »Lediglich was Darrell mir weitergab: sein Anwalt hatte ermittelt, daß sie und ihr Großvater nach Amerika gegangen wären. Auch deutete Darrell noch leise an, wie nach allem, was er von ihnen in Erfahrung gebracht, sie das Interesse, das ich an ihnen empfände, schwerlich verdienten. Aber Wir haben uns nicht in ihnen getäuscht – gelt, Vance?«

VANCE: – »Schwerlich; das kleine Mädchen – wie hieß sie gleich noch?: Sukey? Sally? – Sophie? – richtig, Sophie! – hatte, von ihrem hübschen Gesichtchen ganz abgesehen, etwas außerordentlich Einnehmendes an sich; und, diesem grus'ligen bedruckten Kattun-Kleid zum Tort, werd' ich es niemals vergessen.«

LIONEL: – »Ihr Gesicht! Ich ebensowenig. Ich seh es immer noch vor mir!«

VANCE: – »Ihr bedruckter Kattun! Ich seh ihn immer noch vor mir! – Aber ich darf nicht undankbar sein. Würdet Ihr glauben, daß dieses kleine Porträt, das mich 3 £ kostete, mein – ich will nicht direkt sagen Glück gemacht – wohl aber mich in Mode gebracht hat?«

LIONEL: – »Wie das? Hattet Ihr das Herz, es zu verkaufen?«

VANCE: – »Nicht doch; behalten hab' ich's, als Modell für ›jugendliche weibliche Köpfe‹ – *con variazioni*, wie es in der Musik heißt. Eben durch diese meine ›weiblichen Köpfe‹ war es, daß ich so in Mode gekommen bin: noch heute enthält jeglicher Auftrag, den ich kriege, die Bedingung – ›Aber daß auch bestimmt einer Eurer süßen weiblichen Köpfe mit d'rauf ist, Mr. Vance, ja?‹. Meine ›weiblichen Köpfe‹ sind für meine Leinwände allmählich so unerläßlich geworden, wie das Weiße Pferd beim Wouvermans. Tja, und dieses Kind, das mich 3 £ kostete, ist das Original von ihnen Allen. Begonnen hatte sie bekanntlich als ›Titania‹; und ist nach und nach, abwechselnd, eine ›Psyche‹ gewesen; eine ›Beatrice Cenci‹; eine ›Minna‹; ein ›Porträt der Tochter eines Edelmannes‹; Burns's ›Mary im Himmel‹; ›Die junge Ährenleserin‹; und die ›Nymphe Sabrina‹ in MILTON's *›Comus‹*. Ich hab' dieses Kind durch die gesamte Geschichte geschleift, ob heilige ob profane. Ich hab' sie gemalt in allen erdenkbaren Kostümen, (ihr eignes bedrucktes KattunFähnchen ausgenommen). Meine ›weiblichen Köpfe‹ sind mein Ruhm und Stolz – *das* gibt sogar der Kritiker der TIMES zu: *›Hierin* ist Mr. Vance unnachahmlich! ein Typus schier kindhafter Grazie, der ihm ganz eigentümlich angehört‹, undsoweiter undsoweiter: ich muß Euch den Artikel 'mal leihen.«

LIONEL: – »Und sollen wir denn da niemals die originale, liebe-liebliche Sophie wiedersehen? Ihr werdet lachen, Vance; aber mein Herz ist gegenüber sämtlichen jungen Damen kugelfest geblieben: wenn ich einmal heiraten soll, muß meine Frau Sophie's Augen haben! – Tz, in Amerika!«.

VANCE: – »Und dermalen, wie wir hoffen wollen, längst glücklich verheiratet mit einem Yankee! Yankees heiraten ohne weiteres auch Teener, und fragen nicht nach Mitgift. An einen Yankee verheiratet! ohne allen Zweifel! – einen Yankee, der priemt, pausenlos schnitzelt, und einen ›store‹ hat!«

LIONEL: — »Ungeheuer! haltet bloß den Mund! — Apropos Heirat: warum seid Ihr eigentlich noch so glatt ledig?«

VANCE: — »Eben weil ich keinen Wunsch verspüre, mich zusammenlegen zu lassen! — ein Ehemann gleicht darin einer Serviette: je adretter die Hausfrau ihn zusammenlegt, umso sorgfältiger deponiert sie ihn dann weit hinten im WäscheSchragen. Auch kann ein einmal-zusammengelegter Mann nie wissen, wie oft ihm das noch widerfahren werde: denn nicht nur seine Frau bricht ihn ja zu halber Größe um; sondern jegliches Kind vierteilt ihn weiter, aufs nächst-kleinere Format; bis das, was einst eine weite hübscheglatte Fläche war, groß genug für Alles, was man verständigerweise verlangen kann, zu einem jammervollen Quadrätlein zusammengeschwunden ist, das nicht für 1 Teller mehr ausreicht — nichts als Falten und Kniffe — kleiner und kleiner, mit jedem Zusammenlegen — mit jeglichem weiteren Zusammenlegen neue Falten. Dann, mein Freund, kommt erst noch die Wäsche-Rechnung!; und außer allen Quetschungen, die man beim Mangeln erfährt, müßt ihr auch noch den stündlichen Verbrauch und Verschleiß beim ›Rein in die‹ und ›Raus aus der‹ Kommode bedenken! Kurzum, Shakespeare nimmt das HagestolzenDasein entscheidend in Schutz; ja, schildert das ›Zusammenlegen‹ deutlich genug, in jener berühmten Zeile — die zweifellos als Allegorie der Ehe gemeint ist —:

›Legt zusammen, legt zusammen!
Kessel brodle, knistert Flammen!‹

Überdies kann kein alleinstehender Mann schlankweg ›arm‹ gescholten werden. Welchen zusammengelegten Mann dagegen, kann man mit völliger Gewißheit ›reich‹ nennen? Der alleinstehende Mann kann in einer Dachkammer hausen, mit einem Hering als Dinner: Niemand weiß es, Niemand scheert sich drum. Laßt ihn heiraten; und schon hat er damit die Welt eingeladen, sich anzusehen, wo er haust und wie er speist. Das erste-Allernotwendigste was eine Gattin verlangt, ist der ruinöseste, der nie endgültig-definierte Überfluß!; ist Wohlsituiertheit nach den Begriffen, die ihre Nachbarn von ›wohlsituiert‹ haben. Diese Wohlsituiertheit setzt sogleich (zunächst noch flitterwöchig) ein, mit dem Honig-Mond; ist dessen Schatten; und verlängert sich in dem Maße, wie der betreffende Mond abnimmt. Wenn dann der Honig ganz-fort ist, beginnt Euer Bräutlein zu sprechen: ›Wenn Wir allein sind, können wir unsern Tee ja allenfalls ungesüßt trinken, Herzchen; aber für den Fall, daß die Wohlsituiertheit mit ins Spiel käme: da hätt' ich hier die Rechnung über ein silbernes ZuckerZängelchen . . . :!‹. Deshalb ist der Unterzeichnete so alleinstehend.«

»Wieder bloß Sparsamkeit, Vance.«

»Nee, Klugheit – Manneswürde«, versetzte Vance, ernsthaft. Versank in Träumerei, (die anscheinend düsteren Anstrich hatte); und ruderte, heftig-flott, nach dem Ufer zurück . . . – ! –

2. Kapitel

Mr. Vance setzt auseinander, wieso er dazu gelangt ist, Farben zu reiben, und jeden Pfennig zu sparen. / Eine plötzliche Benachrichtigung.

Das Mahl war vorüber – man hatte ihnen den Tisch an einem Fenster gedeckt, das die Aussicht auf den Fluß gewährte. Der Mond stand am Himmel; die jungen Männer verlangten keine andere Beleuchtung; die Unterhaltung zwischen ihnen – oft abschweifend, oft unterbrochen – war allmählich ernsthafter geworden, wie es bei zwei ehemaligen JugendGefährten der Fall zu sein pflegt; wo sich vor ihnen noch weite Aussichten in die Zukunft, tief in Schatten hinein, erstrecken, und sie in vertrauliche Gespräche geraten, über das was sie wünschen – was sie fürchten; visionäre Landkarten projizierend ins grenzenlose Obscure hinaus.

»Es liegt ja eine derartige Kraft im Glauben«, sagte Lionel, »selbst wenn dieser Glaube sich bloß auf menschliche, irdische Dinge richtet, daß ein Mann eigentlich nur der festen Überzeugung zu leben braucht: er sei dazu geboren, eines Tages etwas zu leisten, was im Moment noch ganz unmöglich erscheint; und es steht 50 gegen 1, er werde es leisten, bevor er stirbt. Bestimmt hattet Ihr doch schon, als Kind in der Schule, ein Gefühl der Überzeugung, daß in Eurem Schicksal etwas wäre, wodurch es sich von dem der andern Jungen unterscheide – die der Lehrer möglicherweise ebenso gescheit genannt hat – habt jenen Glauben an Euch selbst empfunden, der Euch die Gewißheit gab, Ihr würdet eines Tages das sein, was Ihr seid. –:?«

»Ja, ich glaub' schon; aber verwaschene Ambitionen und Einbildungen müssen zusätzlich von irgendeiner derb-praktischen Notwendigkeit zusammengehalten werden – es kann eine ganz alltägliche, ja, eine ganz ordinäre sein – oder sie zerflattern und verdunsten. Theoretisch sollte man ja meinen, daß reiche Leute, aus der vornehmen Welt, mehr zustande bringen müßten, als armes Volk aus den einfachen Kreisen. Man gibt sich mehr Mühe bei ihrer Erziehung; sie haben weit mehr freie Zeit, den Zug ihres Genius' zu kultivieren; und dennoch sind es die armen Leute, oft halbe Autodidakten, und mit eingefall'nen Bäuchen, die Dreiviertel aller bedeutenden Arbeit in der Welt verrichten. ›Armut‹ ist das schärfste Stimulans; und Armut war es, die mich sagen machte, nicht ›ich *möchte* das und das tun‹, sondern ›ich *muß!*‹.«

»Ihr habt in Eurer Kindheit richtige Armut kennen gelernt, Frank?«

»Richtige Armut; übertüncht mit vorgespiegelter Wohlhabenheit. Mein Vater war Noble Armut, und meine Mutter Arme Nobligkeit. Der vorgetäuschte Wohlstand verschwand in dem Augenblick, wo mein Vater starb; und die nackte Armut kam in all ihrer Häßlichkeit zum Vorschein. Ich wurde von meiner noblen Schule heruntergenommen, (wo ich noch lange danach, aufs nobelste, die Rechnungen abgezahlt habe); und ich hatte sofort meine Mutter auf die ein- oder andere Weise zu unterstützen – und auf die ein- oder andre Weise ist mir das auch gelungen – ich fürchte, nicht auf die nobelste Art! Aber bevor ich auch sie verlor, was nach wenigen Jahren der Fall war, genoß sie ein paar Bequemlichkeiten, die nicht bloß Schein und Angeberei waren; und die liebe Seele ist dann auch so gut gewesen, und hat zugestanden, daß echte Vornehmheit und Nobeltun sich nicht gut miteinander vertragen. Oh! hütet, hütet Euch vor Schulden, *Lionello mio;* und belegt niemals jenes ökonomische Denken, das lediglich die Schutzwehr vor nun wirklich erniedrigender Herabwürdigung ist, mit dem Namen der ›Knickrigkeit‹!«

»Jetzt endlich versteh' ich Euch, Vance; gebt mir die Hand – ich weiß, warum Ihr sparsam seid.«

»Gewohnheit geworden«, erwiderte Vance; wie immer jedes Lob das ihm ward, einschränkend. »Aber ich entsinn' mich eben so genau der Zeit, wo ein Zweipfennigstück eine respektable Summe darstellte, daß ich es, bis auf den heutigen Tag, lieber zurücklege als ausgebe. Alle unsre Ideen – genau wie OrangenBäumchen – breiten sich schließlich im Verhältnis zur Größe des Kübels aus, der die Wurzeln eingesperrt hält. – Tja, und dann hatt' ich auch noch eine Schwester.« Vance hielt einen Augenblick inne, wie in plötzlichem Schmerz; fuhr dann aber mit scheinbarer Nachlässigkeit fort, wobei er sich allerdings aufs Fensterbrett lehnte, und das Gesicht von seinem Freunde fortwandte. »Eine Schwester also, älter als ich, hübsch und sanftmütig. Ich war so stolz auf sie! Närrisches Mädchen! meine Liebe genügte ihr nicht. Närrisches Mädchen! sie konnte nicht abwarten, und sehen, was ich in meinem Leben eventuell für sie würde tun können. Sie heiratete – oh! auch wieder so nobel! – einen jungen Mann, aus bester Familie, der schon um sie geworben hatte, ehe mein Vater starb. Er hatte die Unverfrorenheit, ihr selbst dann noch treu zu bleiben, als sie keinen Heller mehr besaß; und er seinerseits hing auch von entfernten Verwandten ab, und den Erträgen seiner liegenden Gründe am Parnass – der Elende war nämlich Dichter! Haben sich also geheiratet. Haben ihre Flitterwochen nobel verbracht, dafür steh' ich. Seine Verwandtschaft schnitt ihn. Vom Parnass liefen keine Renten ein. Man ging ins Ausland. (Diese herzzerreißenden Briefe von ihr!). Sie waren von allem entblößt. Wie ich gearbeitet! wie ich gewütet habe! Aber wie konnte ich, ein bloßes Kind das ich war, sie unterhalten, und ihren Mann noch dazu? Na egal. Sie sind jetzt tot, Beide; – Alle tot, um Derentwillen ich zuerst Farben rieb und Pfennige sparte. Und Frank Vance ist ein knick'riger, egoistischer Hagestolz. Bringt dieses trübe Thema aber nie wieder zur Sprache, bitte; oder ich borge glatt eine Krone von Euch, und kenn Euch dann nicht mehr auf der Straße. – ä-Ober! – Rechnung, bitte. Ich geh mal eben rum zu den Stallungen, und laß' das Pferd anspannen, ja?« –

Als die Freunde wieder in London einfuhren, sagte Vance: »Setzt mich bitte irgendwo in Piccadilly ab; ich möchte zu Fuß heimgehen. Ihr, nehm' ich an, wohnt natürlich bei Eurer Mutter, in Gloucester Place?«

»Nein«, sagte Lionel, etwas verlegen; »Oberst Morley, der für mich sorgt, wie wenn er mein Vormund wäre, hat mir eine Wohnung in Mayfair, in der Chesterfield Street, gemietet. Ich fürchte, meine Zeiteinteilung würde meiner lieben Mutter schlecht passen.

Zwei Tage erst in der Stadt; und, dank Morley, ist mein Tisch schon zugedeckt mit Einladungen.«

»Und dennoch habt Ihr mir einen Tag geschenkt, großmütiger Freund!«

»Euch den zweiten Tag – meiner Mutter den ersten. Aber heut zur Nacht hab'ich noch 3 Bälle vor mir. Kommt doch nachhause mit mir; und raucht Eure Zigarre, während ich mich umkleide.«

»Das nicht; aber anzünden will ich mir wenigstens die Zigarre in Eurer Vorhalle –: Verschwender!« –

Lionel fuhr jetzt bei seiner Wohnung vor. Sein Groom, der zugleich Kammerdienerstelle bei ihm versah, wartete bereits an der Tür –: »Ein Billet für Sie, Sir, von Oberst Morley – eben erst gekommen.« – Lionel öffnete es hastig; und las: –

›Mein lieber Haughton, – Mr. Darrell ist ganz plötzlich in London eingetroffen. Haltet Euch doch den ganzen morgigen Tag frei, wo er Euch zweifellos zu sehen wünschen wird. Ich bin eben auf dem Sprunge zu ihm. – In Eile der Eurige,

A. V. M.‹

3. Kapitel

Wieder einmal Guy Darrell.

Guy Darrell war allein. Ein hohes Zimmer im ersten Stock eines geräumigen Hauses. Seines eigenen Hauses in Carlton Gardens, das er während seiner kurzen aber brillianten parlamentarischen Laufbahn innegehabt hatte; seitdem, verächtlich, der Obhut eines HäuserAgenten überlassen, der es jahr- oder saisonweise vermietete, hatte es diverse Bewohner kennen gelernt, deren Wohlhabenheit und gesellschaftliche Stellung seiner Größe und Lage entsprach. Dinner und Konzerte, AbendGesellschaften und Bälle, hatten hier Freunde und Bekannte versammelt, und manch einen graziösen Wirt, manch eine lächelnde Frau des Hauses abgehetzt bis zur Erschöpfung. Die Mietzeit eines dieser vorübergehenden Bewohner war letzthin abgelaufen; und bevor noch der Agent den nächsten aufgetrieben hatte, war der so lange abwesende Eigentümer, wie aus den Wolken gefallen, in seinen schweigenden Hallen erschienen, ohne anderen Train an Personal als seinen alten Diener Mills, und die Einhüterin des Hauses. Dort also, wie in einem Karawanserai, schlug der Reisende, stattlich und verlassen, seinen Rastplatz auf. Nichts so trostlos, als eines dieser großen Londoner Häuser, das man ganz für sich allein hat. In langen Reihen, an die Wände gerückt, standen die leeren Fauteuils. Gespenstisch, von vergoldeter Decke herab, hingen lichtlose Kandelaber. Das Mobiliar, pompös, aber abgenützt durch Gebrauch und verschossen in der Länge der Zeit, wirkte wie lauter Mementos entschwundener Gelage. Wenn man in sein eigenes Haus, auf dem Lande, zurückkehrt – gleichviel wie lang' die Abwesenheit gedauert – gleichviel wie heruntergebracht durch Vernachlässigung die freundlichen Räume auch sein mögen – wenn es die Zwischenzeit über nur leergestanden hat, (nicht an neue Geschlechter vermietet; die, durch ihre eignen, immerwechselnden Dynastien, den rechtmäßigen Eigentümer verdrängt, und die Erinnerungen an ihn halb verwischt haben), können die Wände Einen immer noch, vergebend, begrüßen, der Charakter des Heims immer noch vorhanden sein. Man nimmt dann die AssoziationsFäden, die nur hängen gelassen, nicht abgerissen worden sind, wieder auf. Anders dagegen beim StadtHaus, zumal in uns'rem schnellebigen London, wo nur wenig Häuser noch sich vom Vater auf den Sohn vererben – wo die BesitzUrkunden selten mehr darstellen, als den RechtsTitel, sie eine Reihe von Jahren hindurch vermieten zu dürfen, nach deren Ablauf das Eigentum dann doch in andre Hände übergeht. Ein Haus in London, das Euer Vater niemals betreten hat; in dem kein Armstuhl, kein altmodisch NähTischlein Euch das freundliche Lächeln einer Mutter zurückruft – ein Haus, das Ihr verlassen habt, wie man eine Herberge verläßt; an Leute vermietet, deren Namen Ihr kaum wißt, und die so wenig Respekt für Eure FamilienChronika haben, wie Ihr für die ihrige; – Wer dann, nach einem langen Intervall von vielen Jahren, in ein solches Haus zurückkehrt, der steht dann eben da, wie nunmehr Darrell stand – verloren und ein Fremdling unter seinem eignen Dach. Was scheerte er sich um Diejenigen, die sich zuletzt um diese Kamine, mit ihren jetzt kalten StahlRosten versammelt – deren Gestalten zuletzt auf diesen steifen Couches geruht – deren Füße den Glanz von diesen kostbaren Teppichen abgelaufen hatten? Geschichten innerhalb dieser Wände, die im Leben von so Manchem Epoche gemacht hatten, wären wohl zu erzählen gewesen: Liebende hatten hier die ersten flüsternden Gelübde ausgetauscht; HochzeitsBankette waren zelebriert worden; auf den Armen junger-stolzer Mütter hatten Babies gekräht; Politiker waren hier zu Ministerposten erhoben, Minister hier zu ›parteilosen unabhängigen Mitgliedern‹ reduziert; und auch Leichname waren durch diese Flügeltüren zu erbarmungslosen Grüften getragen worden. Was fragte der Eigentümer nach diesen Geschlechtern und ihren Chroniken? sie standen nicht an den Wänden geschrieben. Weggewischt wie von einer Schiefertafel waren ihre Abrechnungen mit der Zeit; gerade, daß hier und da, der ein- oder andere zufällige KritzelKratzer von seinen eigenen noch, verschwommen und vergangen, übrig geblieben war. Gegen den Kaminsims gelehnt, ließ Darrell seinen richtungslosen sehnsüchtigen Blick durchs Zimmer in die Runde schweifen, als suche er Assoziationen heraufzubeschwören, die angetan sein möchten, die gegenwärtige Stunde mit jenem vergangenen Leben zu verknüpfen, das ihm anderwärts unter den Händen weg-geschlüpft war; und sein Profil, das der Spiegel hinter ihm, fahl und kummervoll, reflektierte, war wie das jenes Gespenstes seiner selbst, welches sein Gedenken jetzt, schweigend, heraufrief.

Der Mann ist, seit wir ihn zuletzt erblickten, äußerlich wenig verändert; wie sehr er sich, seit er das letzte Mal auf diesen ungastlichen Parketten stand, auch innerlich gewandelt haben mag: die Gestalt bewahrte noch immer dasselbe Gleichmaß und dieselbe Kraft – dieselbe unaussprechliche Würde in Miene und Haltung – dieselbe gedankenvolle Neigung des stolzen Nackens; in ihrer Art, sich elastisch aufzurichten, so verschieden von der Gebeugtheit durch Schwäche oder Alter. Dicht wie immer, die reiche Masse des dunkelbraunen Haares; obschon, wenn die Hand in der Ungeduld irgendeines peinlichen Gedankens die losen Locken aus der Stirne strich, man nunmehr, hie und da, die Silberfäden hätte durchblitzen sehen können – aber so rasch erblickt, so rasch auch wieder verschwunden. Nein; was immer auch das TaufRegister an Gegenteiligem auszusagen haben mag, dieser Mann ist nicht alt – noch nicht einmal ältlich; das Licht in der Tiefe dieses klaren grauen Auges mag ruhig wirken, aber es ist eine lebhafte Ruhe; noch ist kein Strahl, aus Hirn oder Herz entsandt, unstät geworden. Dennoch liegt, Alles in Allem genommen, über Miene und Haltung weniger an gefaßter Gelassenheit als ehemals – weniger von jener Resignation, die zu sagen schien: ›Mit allem Wesentlichen im Leben bin ich fertig‹. Gewiß war auch jetzt Verdüsterung genug vorhanden; aber sie war weniger geschlossen, war rastloser geworden. Augenscheinlich gestattete sich diese Menschenbrust erneut menschliche Ziele, menschliche Hoffnungen; beziehungsweise zwang sich dazu, welche zu hegen. Zurückkehrend zu den Wesentlichkeiten des Lebens, war deren Bewegung an den Schatten zu erkennen, die, wenn sie uns in größerer Entfernung umringen, ihr Störendes im gleichen Maße zu verlieren scheinen, wie ihre Länge sich vermehrt. Er fuhr aus seiner sinnenden Haltung mit einer unversehenen ärgerlichen Geste auf, wie wenn er Gedanken abschüttle, die ihm mißfielen; und begann, indem er mit einer für ihn charakteristischen Geberde die Arme fest über der Brust verschränkte, unhörbar murmelnd im Zimmer auf und ab zu schreiten. Die Tür öffnete sich; er wandte sich rasch und mit einem unverkennbaren Gefühl der Erleichterung, denn sein Gesicht erhellte sich – : »Alban; mein lieber Alban!«

: »Darrell – alter Freund! – alter SchulKamerad – lieber, lieber Guy Darrell!«. Die zwei Engländer standen, Hand in Hand mit festem Griff, in echt englischer Begrüßung da – mit Augen, feucht vor Erinnerungen, die sie zurück in ihre Knabenzeit versetzten.

Alban Morley war der Erste, der seine Fassung wiedergewann; und, als die Freunde sich gesetzt hatten, musterte er ausgiebig Darrell's Antlitz; und sprach dann: »So wenig Veränderung! – wundervoll! Worin besteht Euer Geheimnis?«.

»Stillegung der LebensFunktionen – Winterschlaf. Aber Ihr schlagt mich um eine ganze Länge: Ihr habt Leben verausgabt; und scheint dennoch genau so reich daran, wie damals, als wir uns trennten.«

»Nicht doch; ich beginne bereits die Gegenwart zu verleumden und die Vergangenheit zu preisen – mit Gläsern zu lesen; nach Vorurteilen zu entscheiden; vor Veränderungen zurückzuscheuen; leeres Geplapper sinnvoll zu finden – den Wert der Gesundheit zu erkennen, an der Furcht sie einzubüßen – schon fühle ich Interesse an Rheumatismen, eine heilige Angst vor Bronchitis – verspüre Lust, Anekdoten zu erzählen, und FlanellUnterwäsche zu tragen. Euch will ich, in strengstem Vertrauen, die Wahrheit entdecken –: ICH BIN NICHT MEHR 25! – Ihr lacht? – tcha, das ist eben ZivilisationsGewäsche; erfrischt es Euch nicht etwas, nach all dem KauderWelsch, das Ihr in KleinAsien von Euch gegeben haben müßt?«

Und Darrell hätte, ohne zu lügen, mit ›Ja‹ antworten dürfen. Welcher Mensch, nach langen Jahren der Einsamkeit, fände sich nicht erfrischt durch Geplausche, und es sei noch so trivial, das ihm die frohen Zeiten der Welt zurückruft, deren er sich aus seinen jungen Tagen erinnert? – zumal wenn sie ihm via der Lippen eines JugendFreundes zurückgerufen werden! Aber Darrell sagte nichts; nur daß er sich, mit entspannterem Ausdruck, in seinem Stuhl zurechtsetzte; und seine, sich entrunzelnde Stirn, mit einem Nicken der Zustimmung, ja Aufmunterung neigte.

Oberst Morley fuhr fort. »Aber wann seid Ihr eingetroffen? Woher? Wie lang' bleibt Ihr hier? Was sind Eure Pläne?«

DARRELL: – »Cäsar könnte nicht lakonischer sein. Wann angekommen? – diesen Abend. Woher? – von Ouzelford. Wie lang' ich bleiben werde? – noch ungewiß. Was meine Pläne sind? – laßt sie uns erörtern.«

OBERST MORLEY: – »Von ganzem Herzen. Ihr habt demnach Pläne? – ein gutes Zeichen. Tiere im Winterschlaf entwerfen keine.«

DARRELL (die Lichter auf dem Tisch seitlicher rückend, so daß sein Gesicht in den Schatten kommt, und beim Weiterreden zu Boden schauend) – »Diese ganzen letzten fünf Jahre, hab' ich mich schwer angestrengt, mein Interesse an der Menschheit zu erneuern, mich wieder mit dem gewöhnlichen normalen Leben und dessen heilsamen Bestrebungen in Verbindung zu setzen. Zwischen Fawley und London, war es mein Wunsch ein magnetisches Medium zu bilden – ich habe mir ein ziemlich großes ausgesucht – beinah' den übrigen Rest der ganzen bekannten Welt. Ich habe beide Amerika besucht – beide Indien. Ganz Asien hab' ich durchstöbert; und bin so tief in Afrika eingedrungen, wie nur je ein Reisender auf der Suche nach Timbuktu. Aber ich habe mich auch, in langen Zwischenräumen – zumindest schienen sie mir lang – in den frohen Hauptstädten Europas aufgehalten (ausgenommen Paris); habe mich dort unter die Fröhlichsten gemischt – Paläste gemietet, sie mit Gästen angefüllt – bankettiert, und Musik gehört. ›Guy Darrell‹, hab' ich mir gesagt, ›schüttle den Rost der Jahre von Dir. Du hattest keine Jugend, als Du jung warst: sei jetzt jung! Vielleicht daß ein Feiertag Dich wieder zu gesunder nützlicher Arbeit befähigt, wie ein Feiertag den müden Schuljungen wieder munter macht.‹«

Oberst Morley: – »Ich verstehe; das Experiment hat angeschlagen.«

Darrell: – »Ich weiß es nicht – noch nicht – aber möglich ist es; jedenfalls bin ich hier, und gedenke zu bleiben. Auch wollte ich nicht einen-einzigen Tag in ein Hotel gehen, auf daß mein Entschluß ja nicht wankend werde. So hab' ich mich also in diese Burg der Sorge geworfen, ohne einen Mann Garnison zu besitzen. Aber ich hoffe sie zu halten: helft mir, sie bemannen. – Mit einem Wort, und ohne Gleichnis gesprochen: ich bin hier, mit der Absicht, wieder ins Londoner Leben einzutreten.«

Oberst Morley: – »Wie mich das freut: herzlichen Glückwunsch! Und wie werden die Viponts-Alle frohlocken! Es steht nämlich schon wieder eine ›Krisis‹ vor der Tür. Ihr habt selbstredend die Zeitungen regelmäßig verfolgt – der Zustand des Landes interessiert Euch ja. Ihr sagtet, Ihr käm't von Ouzelford?, der Stadt, deren Abgeordneter Ihr einst wart? Ich nehme an, Ihr werdet wieder ins Parlament eintreten; Ihr braucht nur 1 Wort zu sagen.«

Darrell: – »Ins Parlament? Nein. Ich erhielt, während ich noch im Ausland war, ein so ernstliches Ansuchen von meiner alten

Wählerschaft, doch den Grundstein zu ihrer neuen StadtHalle, an der sie sehr int'ressiert waren, zu legen; und meine Verbindlichkeiten ihnen gegenüber sind ja seinerzeit so groß gewesen, daß ich platterdings nicht absagen konnte. Sobald ich beschlossen hatte, nach England zurückzukehren, schrieb ich ihnen und setzte den Tag fest; wobei ich allerdings die Bedingung machte, daß man mich mit der Heimsuchung eines Öffentlichen Festmahles verschonen müsse; und landete auch gerade noch zu rechter Zeit, meine Verabredung einzuhalten – traf heute Morgen, in aller Frühe, in Ouzelford ein; ließ die Zeremonie über mich ergehen; hielt eine kurze Rede; fuhr dann sofort weiter nach London, – wobei ich nicht den geringsten Abstecher nach Fawley wagte, (das ja nicht allzuweit von Ouzelford liegt), auf daß ich, einmal dort, dann womöglich nicht mehr die Kraft hätte, es wieder zu verlassen – und so bin ich eben hier.« Darrell pausierte; und wiederholte dann, in kurzem nachdrücklichem Tonfall: »Parlament? Nein. Arbeiten?: Nein. – Mitmensch, ich mach' Euch hiermit ein Geständnis –: Was ich möchte, ist, mir ein paar Tage Jugend zurück zu haschen – ein winterliches Abbild der Jugend, sicher – aber besser, als gar-keins. Wollen Wir Uns amüsieren, alter Freund, ja?! Damals, als ich schwerarbeitete – schwer-schwer-schwer – da war't Ihr es, Der zu sagen pflegte: ›Kommt; heraus; amüsiert Euch.‹ – Ihr glücklicher Sommervogel, der Ihr wart! Nun bin ich es, der zu Euch sagt: ›Führt sie mir vor, diese prangende-prahlende Stadt, die Ihr so gut kennt. Weiht mich ein in die Wonnen gepflegter Vergnügungen, geselliger Gemeinsamkeit –

›dulce mihi furere est amico.‹

Ihr habt Amüsements die Fülle –: laßt mich daran teil haben.«

»Traun«, sprach der Obrist, und schlug dazu die Beine über'nander, »Spät kommt Ihr, doch Ihr kommt! Nun ist es so, daß Amüsements am Ende aufhören, zu amüsieren: ich habe sie alle geschmeckt, und beginne müde zu werden. *Ich* habe meine Ferien weg, ihre Freuden ausgeschöpft; und Ihr, der Ihr von Büchern und vom Pulte, frisch herunter auf den SpielPlatz kommt, Ihr ruft: ›Fußball! Und BockSpringen!‹. Ach & Weh, mein armer Freund; warum seid Ihr nicht eher gekommen?«

DARRELL: – »Ein Wort, Eine Frage! – Ihr habt GENÜSSLICHEN MÜSSIGGANG in ein philosophisches System gebracht; keinem Menschen vor-Euch ist das mit ähnlich-glücklicher Grazie gelungen;

und, indem Ihr dem Vergnügen nachging't, habt Ihr Euch nicht im Geringsten mit Gewissen oder Schamgefühl überworfen. Stets und immerdar ein Gentleman, ob Ehre ob Vornehmheit. Ja-und?: seid Ihr zufrieden mit Eurer LebensWahl?: seid Ihr glücklich?«

Oberst Morley: – »›Glücklich‹ – Wer wäre das? ›Zufrieden‹? – vielleicht.«

Darrell: – »Gibt es Irgend-Jemanden, den Ihr beneidetet? – dessen LebensWahl, von der Eurigen abweichend, Ihr vorziehen würdet?«

Oberst Morley: – »Oh ja; garantiert.«

Darrell: – »Wen!?«.

Oberst Morley: – »Euch.«

– ? –: *»Ich! – «* sagte Darrell, mit Augen, die vor ungekünsteltem Erstaunen groß-wurden –: »Ich! mich beneiden? Meine Lebensweise vorziehen!?«

Oberst Morley (grämlich): – »Aber bedenkenlos. Ihr habt befriedigten Ehrgeiz gehabt – eine große Karriere. ›Euch beneiden‹?: ja, Wer würde das nicht!? Eure persönlichen Lebensziele sind in Erfüllung gegangen: Ihr trachtetet nach Auszeichnung – Ihr habt sie gewonnen; nach Vermögen – Euer Reichtum ist unermeßlich; die WiederErhebung Eures Namens, Eurer Abstammung, aus Demütigung und Dunkelheit – sind nicht Name und Abstammung von Neuem eingeschrieben ins *Libro d'oro?* Welcher König würde Euch nicht als seinen Ratgeber Willkommen heißen? welcher Senat nicht seine Reihen öffnen, Euch als eines der führenden Mitglieder aufzunehmen? welches Haus, und sei es das hochfahrendste im ganzen Land, würde Euch nicht gern als Verbündeten akzeptieren? Und zu all dem steht Ihr vor mir, kraftvoll und ungebeugt, junges Blut noch in Euern Adern –: undankbarer Mann! Wer würde wohl nicht sein Los mit Guy Darrell's tauschen? Ruhm, Vermögen, Gesundheit; und, ohne jede Schmeichelei, eine Erscheinung und Haltung die auffallen würden, und ständet Ihr in Euerm dunklen Anzug-dort zur Seite eines Monarchen im KrönungsGewande!«

Darrell: – »Ihr habt meine Fragen gegen mich zurück-gerichtet; aber mit so freundlicher Absicht, daß ich Euch den Glauben an meine Eitelkeit wohl verzeihen muß. Geht noch ein Stück weiter – oder vielmehr geht zurück; Ihr habt behauptet, Alles im Leben probiert zu haben, was es versüßen oder Zerstreuung gewähren kann – dem ist nicht so, einsamer Herr Hagestolz: Ihr habt's nicht versucht mit der Ehe! Ist *das* nicht vielleicht Euer Fehler gewesen?«

Oberst Morley: – »Beantwortet Euch das selbst: *Ihr habt* es versucht.« Die Worte wären kaum aus seinem Munde, als er diese Erwiderung auch schon bedauerte. Denn Darrell zuckte hoch, wie von einem Stich ins Herze; und seine Stirn, eben noch heiter, die Lippe, eben noch zum Scherz aufgelegt, wurden, die eine trüb' umdüstert, die andere fest zusammengepreßt. »Entschuldigt –«, stammelte der Freund heraus.

Darrell: – »Oh ja; ich hab' schließlich selber davon angefangen. Was für dummes Zeug Wir so dahergeschwätzt haben! – Erzählt mir lieber was es Neues gibt – nicht etwa politisch – irgendwas anderes. Allererst aber Euern Bericht über den jungen Haughton. Herzlichen Dank für all die Güte, die Ihr ihm bewiesen habt. Ihr schriebt mir schon, daß er sich sehr zu seinem Vorteil verändert habe – sehr liebenswürdig geworden sei; Ihr fügtet hinzu, daß er in Paris direkt Mode gewesen – und in London, des wär't Ihr Euch gewiß, äußerst beliebt sein werde. Ausgezeichnet; vorausgesetzt, es geschieht um seiner selbst willen. Seid Ihr Euch ganz sicher, dergleichen geschehe nicht eher um der Aussichten willen, die endgültig zu zerstreuen ich hierhergekommen bin?«

Oberst Morley: – »Größtenteils um seiner selbst willen, dessen bin ich sicher; ein bißchen vielleicht, weil – was immer er an Gegenteiligem denkt, und ich öffentlich verbreite – die Leute keinen anderweitigen Erben Eures Vermögens sehen ...«

»Verstehe«, fiel Darrell ihm rasch ins Wort. »Aber er hegt dergleichen Erwartungen nicht? er wird nicht enttäuscht sein?«.

Oberst Morley: – »Wirklich und wahrhaftig: ich glaube, daß – ganz abgesehen einmal von seiner Zuneigung für Euch; und einem ZartGefühl, das davor zurückscheuen würde, sich zum Pflanzboden seiner Hoffnungen auf künftige Reichtümer, ausgerechnet das Grab seines Wohltäters auszusuchen – Lionel Haughton es sämtlichen Goldbarren Kaliforniens, wenn von andrer Hand ausgegraben und durch eines Andern Testament ihm übermacht, beträchtlich vorziehen würde, sich sein eigenes Glück selber zu gestalten.«

Darrell: – »Ich bin herzlich froh, das zu hören, und vertraue Euch gern.«

Oberst Morley: – »Ich entnehme Allem, was Ihr sagt, fast, daß Ihr hier seid, mit der Absicht-ä – Euch-ä ...«

»– wieder zu verheiraten«, ergänzte Darrell fest. »Ganz recht. Das bin ich.«

Oberst Morley: — »Ich hab' immer das sichere Gefühl gehabt, Ihr würdet noch einmal heiraten. Ist die Dame auch mit hier?«

Darrell: — »Welche Dame?«

Oberst Morley: — »Die Dame Eurer Wahl.«

Darrell: — »Tsch! — ich habe Keine gewählt. Ich komme hierher um zu wählen; und eben darin möchte ich mir Rats erholen bei Eurer Erfahrung. — Ich möchte gern wieder heiraten! Ich — in meinem Alter! Lachhaft! Aber es ist so. — Ihr kennt sämtliche Mütter mit heiratsfähigen Töchtern, welche London — *arida nutrix* — für bräutliche Altäre aufzieht —: wo unter ihnen Allen, soll ich, Guy Darrell, der Mann, den Ihr so beneidenswert findet, die sichere zuverlässige Gefährtin-Gehülfin auftreiben, deren Liebe er mit einem großzügigen Leibgedinge belohnen, deren Kind er den Namen vermachen könnte, für den es im Augenblick keinen Träger gibt, und einen Reichtum, den auszugeben er nicht das Herz hat?«

Oberst Morley — der, wir wissen es, ein habitueller Heirats-Stifter ist, und seinen Beruf liebt — nimmt eine gleichzeitig heitere und tiefsinnige Miene an; reibt sich, sachte, die Stirn; und beginnt dann, in seinen zuvorkommendsten, besterzogenen Tönen zu sagen —: »Ein bloßes MädchenKind würdet Ihr ja wohl nicht heiraten wollen? — eine Jemandin von angemessenem Alter, ja? — Ich wüßte da diverse, ganz ausgezeichnete junge Frauen, auf der anderen Seite von 30 — Wilhelmina Prymme, zum Beispiel; oder auch Janet . . .«

Darrell: — »Alte Jungfern? Nein — entschieden-Nein!«

Oberst Morley (etwas argwöhnisch): — »Aber Ihr werdet doch wohl nicht den Frieden Eurer Späten Jahre, mit einem Mädchen von 18 auf's Spiel setzen wollen?; — das heißt, ich wüßte sehr wohl ein bestens-erzogenes, überall-beschlagenes Mädchen von eben-18, die . . .«

Darrell: — »Ein come-back ins Leben, an der Seite von Achtzehn? — bin ich verrückt!? —«

Oberst Morley: — »Also weder Späte noch Junge Mädchen; das engt die Wahl ein. Würdet Ihr eine Witwe vorziehen . . . Hà; da fällt mir Eine-ein! ein wahrer LotterieGewinn, wenn Ihr *Die* bekommen könntet: die Witwe von . . .«

Darrell: — »Ephesus, gelt? — P'hh!! — sprecht mir nicht von Witwen. Eine Wittib, deren Neigungen im Grabe verscharrt liegen!«

Morley: — »Nicht unbedingt notwendig. Und in diesem speziellen Falle . . .«

Darrell (unterbrechend, mit Wärme): – »In jeglichem Fall, das sage ich Euch, soll meinetwegen keine Witwe ihre Trauerkleider ablegen! Hat sie ihren ersten Mann geliebt?: wankelmütig das Weib, das zweimal lieben kann! Hat sie ihn nicht geliebt?: warum hat sie ihn dann geheiratet? sich vielleicht für eine hohe Rente verkauft? soll sie sich noch-einmal, an mich, verkaufen, für ein schönes Leibgedinge? Verhüt' es der Himmel! Nein, sprecht mir nicht von Witwen: kein Leckerbissen so fade als ein wieder-aufgewärmtes Herz.«

Oberst Morley: – »Weder Mädchen, ob alt ob jung, noch Witwen. Womöglich verlangt Ihr einen Engel? London ist kein Ort für Engel.«

Darrell: – »Ich gebe zu, daß die Wahl lauter Verworrenheiten beinhaltet – wie kann das aber anders sein, wenn man selber noch verworren ist? Und dennoch, Alban, mein' ich es ernst; und vermesse mich gar nicht, solche Ansprüche zu stellen, wie sich aus meinen Worten schließen ließ. Ich verlange ja weder Vermögen; noch Rang und Stand, außer anständiger Herkunft; noch Jugend, noch Schönheit, noch überhohe Bildung, noch mondänes Auftreten – eines allerdings verlange ich, und nur dieses eine.«

Oberst Morley: – »Und das wäre? viel Nennenswertes zum verlangen habt Ihr nicht mehr übrig gelassen.«

Darrell: – »Nichts?: Alles hab' ich übrig gelassen! Ich verlange Eine, die ich lieben kann; inniger lieben als die ganze Welt – nicht die *mariage de convenance*, und nicht die *mariage de raison*, sondern die *mariage d'amour!* Jedwede andere Heirat, unter noch so feierlichen LiebesSchwüren, bei noch so intim-engem Umgang, ist in meinen Augen Theater und Lüge – ist übertünchte Sünde. Ach, wenn ich nur immer konsequent so gedacht hätte! Aber weg mit Bedauern und Reue jetzt! Einzig die Zukunft liege vor mir! Alban Morley! ich würde Allem, was ich auf dieser Welt besitze (ausgenommen das alte Haus zu Fawley) schriftlich entsagen, jawohl; und mir, nach erfolgter Unterschrift, als Zugabe noch diese rechte Hand abhauen, könnt'ich mich nur ein-einziges Mal so recht verlieben; lieben und wieder-geliebt werden, wie die ersten besten Zwei, von des Himmels einfältigsten MenschenWesen einander lieben können, wenn das Leben noch frisch ist! Wunderlich wunderlich – schaut Euch um in der Welt draußen; nehmen Wir einen Mann von Unsern Jahren an, und er soll der am meisten gefeierte, meist-umschmeichelte, meist bewunderte sein. Verleihen wir ihm alle Attribute von Macht, Reichtum, Hoheit, Genius, Ruhm. Laßt die gesamte jüngere Generation sich vor ihm neigen, in Hoffnung oder Ehrerbietung; ein Wort von ihm kann ihr Glück machen; ein Lächeln von ihm die MorgenDämmerung eines Ruhmes sein. Schön; und nun laßt diesen selben Mann zur Jugend sagen: ›Platz da unter Euch – Alles, was mir Eure Huldigungen einbrachte, möchte ich zu den Füßen der Schönheit niederlegen. Ich trage mich ein in die Liste der Liebenden.‹ – und schlagartig ist seine Macht verschwunden; der armseligste Tölpel von 24 kann ihn beiseite buffen; eben noch Gegenstand der Verehrung, ist er nun auf einmal das Stichblatt aller Lächerlichkeit. Im Moment, wo er das Recht in Anspruch nimmt, das Herz einer Frau zu gewinnen, darf ein Bube – den er in jeder anderen Hinsicht per Lakai traktieren könnte – ihm zurufen: ›Hau ab, Graubart! *dies* Reich wenigstens ist mein!‹.«

Oberst Morley: – »Das ist, selbst wenn Euer Bart grau wäre, die blanke rednerische Übertreibung. Ältere Männer als Ihr, und die selbst im Äußeren nur die Hälfte Eurer Ansprüche machen konnten, haben Jünglingen wie Adonis schon Herzen weggenommen. Einzig gut wählen müßt Ihr; das ist die Schwierigkeit – wenn's nicht so schwierig wäre, Wer würde noch Junggeselle sein?«

Darrell: – »Leitet meine Wahl. Lotst mich in den Hafen.«

Oberst Morley: – »Angenommen! – Aber Ihr müßt erneut ein angemessenes Haus machen; müßt Euch den Weg in die Große Welt wieder eröffnen, und in jene geheiligten Winkel eindringen, wo wartende Jungfern an dem fatalen Gespinste weben. Überlaßt Alles mir. Schickt Mills (ich sehe, Ihr habt ihn noch immer) morgen wegen Eurer ganzen *ménage* zu mir. Ihr werdet natürlich Dinners geben?«

Darrell: – »Oh, selbstredend – muß ich selber dabei mitdinieren?«

Morley lachte in sich hinein, und nahm seinen Hut.

»So bald?« rief Darrell. »Wenn ich Euch jetzt schon ermüde, wie soll's mir da erst mit neuen Freunden ergehen?«

»›so bald‹?: es ist Elf durch. Und wer hier müde zu sein hat, müßt Ihr sein.«

»So viel Glück hab' ich nicht; wenn ich müde wäre, könnte ich zu schlafen hoffen. Ich begleite Euch zurück, ja? Laßt mich nicht allein in diesem Raum hier – allein zwischen den Kiefern eines Fisches; verschluckt von einer Kreatur, deren Blut dabei kalt ist.«

* *
*

»Ihr habt noch etwas übrig gelassen, was Ihr mir mitteilen wolltet«, sagte Alban, als sie sich im Freien befanden; »ich erseh' es aus Euerm Benehmen – um was handelt sich's?«

»Ich weiß selbst nicht recht. Aber Ihr habt mir auch noch nichts richtig-Neues erzählt; diese ganzen Straßenzüge sind mir irgendwie entfremdet worden – Wer wohnt zum Beispiel in den Häusern da-drüben? die Mieter sind einmal meine Freunde gewesen.«

»In dem Haus da? – oh, neue Leute; hab' die Namen vergessen – aber reich; in 1–2 Jahren, wenn sie Glück haben, können sie zu den Obern Zehntausend gehören, und dann ihrerseits *meinen* Namen vergessen. – In dem andern Hause immer noch Carr Vipont.«

»Vipont; diese lieben Vipont's! wie geht's Denen-Allen?: kriechen sie brav? stechen sie tüchtig? Baden sie sich in der Sonne? oder sind sie just in dem immer etwas ängstlichen Prozeß einer neuen Häutung begriffen?«

»Pscht, mein bester Freund: keine Satire auf Eure eigene Verwandtschaft; nichts ist so unverständig. Ich bin schließlich ebenfalls ein Vipont, und ganz für den FamilienWahlspruch – ›Vipont zu Vipont; dann komme was mag!‹.«

»Tadel angekommen. Aber ich bin letztlich kein Vipont. Ich habe, soweit ist es wahr, in ihr Haus eingeheiratet; und sie haben, Jahrhunderte früher, eingeheiratet in meines; aber nicht 1 Tropfe ihres FuchsschwänzerBlutes fließt in den Adern des letzten, kinderlosen Darrell. – Pardon. Ich gebe Euch alle Meriten der Vipont'schen Rasse gerne zu; keine Familie, die mein respektvolles Int'resse mehr in Anspruch nähme –: wie steht's bei ihnen mit Geburt, Tod, Eheschließungen:? –«.

Oberst Morley: – »Geburten betreffend: Carr hat grade die Geburt eines Enkels begrüßt; der Erstgebor'ne seines ältesten Sohnes, (der im vergangenen Jahr eine Tochter des Herzogs von Halifax geheiratet hat) – vielversprechender junger Mann, Mitglied des MarineMinisteriums. Carr hat einen weiteren Sohn bei den ***Husaren, hat sich grad' eine Rangstufe höher gekauft; die andern Jungen sind noch auf der Schule. Außerdem hat er noch drei Töchter; nette Mädchen, und erstaunlich gut erzogen – tatsächlich; jetzt wo ich daran denke – die Älteste, die Honoria, könnte für Euch passen: hoch-gebildet – wohl belesen, hat Int'resse für Politik – eine große Bewundrerin von Intelligenz – auch von ausgesprochen ernster Gemütsart. – ? « .

Darrell: – »Eine Kannegießerin von ernster Gemütsart? – wie'n Pfenniglicht im Londoner Nebel! Schnell weiter, zu weniger grus'ligen Gegenständen! Wessen BegräbnisVeranstaltungen mögen das da drüben sein?«

Oberst Morley: – »Lord Niton ist gestorben; der Vater von Lady Montfort.«

Darrell: – »Lady Montfort? Deren Vater war doch ein Lyndsay, und starb – oh, vor der SündFlut. Zumindest über mich und meine Welt ist ein Diluvium dahingegangen, seit ich das Gesicht seiner Witwe zuletzt gesehen hab'.«

Oberst Morley: – »Ich spreche von der Gattin des augenblicklichen Lord Montfort – des Earl's. Ihr von der des armen Marquis – des letzten Marquis – das Marquisat ist ja erloschen. Mein, wo immer Eure Wanderschaft Euch auch hingeführt hat, vom Tod des letzten Marquis von Montfort müßt Ihr doch bestimmt vernommen haben?«

»Ja, ich hab' davon gehört«, antwortete Darrell, mit etwas rauher und undeutlicher Stimme. »Ist also tot, der junge Mann! – Was hat ihn umgebracht?«

Oberst Morley: – »Ein heftiger Anfall von Diphterie – ganz plötzlich. Er hielt sich damals grade bei Carr's auf; und ich habe immer den Verdacht, daß Carr ihn zum Sprechen verführt hat! eine Sache, an die er so gar nicht gewöhnt war – hat sein ganzes System durcheinander gebracht. Aber wollen Wir schmerzliche Themen möglichst ruhen lassen.«

Darrell: – »War Sie zu der Zeit bei ihm?«

Oberst Morley: – »Lady Montfort? – Nein; sie waren äußerst selten beisammen.«

Darrell: – »Sie ist noch nicht wieder verheiratet?«

Oberst Morley: – »Nein; aber noch jugendlich, und so schön, daß sie bestimmt viele Anträge bekommen wird. Ich weiß schon Welche, die nur darauf warten, daß sie ihre Werbung anbringen können. Montfort ist erst 18 Monate tot – starb'unmittelbar vor der Hochzeit des jungen Carr. Seine Witwe lebt, in völliger Zurückgezogenheit, auf ihrem Witwensitz bei Twickenham. Selbst mich hat sie, seit ihrem Verlust, ein einziges Mal vorgelassen.«

Darrell: – »Wann ist das gewesen?«

Morley: – »Ungefähr-ä – vor 6 oder 7 Monaten; sie erkundigte sich mit großem Interesse nach Euch.«

Darrell: – »Nach mir!?«

Oberst Morley: – »Ja sicher. Kann ich mich nicht noch gut entsinnen, wie beständig sie und ihre Mutter bei Euch im Hause zu Besuch waren? Ist es da so verwunderlich, daß sie nach Euch fragen sollte? Ihr müßtet sie eigentlich besser kennen – der liebevollste, dankbarste Charakter.«

Darrell: – »Was Ihr nicht sagt. Aber zu der Zeit, auf die Ihr eben Bezug nahmt, war ich allzu beschäftigt, um mir sehr eingehende Kenntnis vom Charakter einer jungen Dame zu erwerben. Den ihrer Mutter hätt' ich besser kennen sollen; aber selbst in dem hab' ich mich geirrt.«

Oberst Morley: – »In Mrs. Lyndsay's Charakter konnte man sich auch leicht irren, – reizend, aber alles Verstellung. Wogegen Lady Montfort natürlich ist. Ehrlich gesagt, wenn Ihr nicht dieses Euer engherziges Vorurteil gegen Witwen hegtet: sie war genau die Person, die ich Euch vorzuschlagen im Begriff stand.«

Darrell: – »Eine Schönheit der Großen Welt! und jung genug, meine Tochter zu sein. Tz, das nennt sich nun menschliche Freundschaft. – Soso; da ist das Marquisat also erloschen; und Sir James Vipont hat die Güter und den EarlsTitel – ich entsinne mich seiner, vom Unterhaus her – respektabler Mann – große Autorität für Viehzucht – dabei schüchtern, und sagte immer: ›*Haben* Sie diesen Artikel in der Zeitung-heute gelesen?‹.«

Oberst Morley: – »Ganz recht. Es hat übrigens eine gewisse Befürchtung zuerst bestanden, wegen Anfechtung der Nachfolge; aber Sir James hat seinen Anspruch sehr nachdrücklich klar gemacht. Unter Uns gesagt: diese Veränderung hat sich als eine rechte Kalamität für die Viponts erwiesen. Der selige Lord war zwar nichts weniger als weise, aber bei Öffentlichen Anlässen repräsentierte er äußerlich aufs Schaubarste – *très Grand Seigneur* – und den Einfluß der Familie dirigierte Carr, mit bewundernswürdigem Takt. Der augenblickliche Lord dagegen, hat die Gewohnheiten eines bloßen Gutsbesitzers; und sein Weib teilt seinen Geschmack. Er hat die gesamte Verwaltung, nicht bloß der Güter sondern auch des FamilienEinflusses, Carr aus der Hand genommen; und wird eine traurige Unordnung anrichten, denn er ist weiter nichts als ein unpraktischer, veralteter Politikaster. Die Familie geschlossen zusammenhalten, wird Der nie – unmöglich – es ist zum Weinen. Ich weiß wohl noch, wie Unser letzter großer Aufmarsch, nächsten Weihnachten werden's fünf Jahre, Schrecken und Entsetzen in Lord ***'s Kabinett verbreitete: die bloßen Berichte darüber, in den

Zeitungen, gaben allen Leuten zu reden und zu denken! Das Ergebnis war, daß man, zwei Wochen danach, Carr die entsprechenden Anträge machte; er willigte ein, die Minister zu unterstützen – und das Land war gerettet! Heute, Dank diesem stupiden neuen Earl, haben Wir, binnen armen 18 Monaten, Terrain verloren, das zu gewinnen uns, schlecht gerechnet, anderthalb Jahrhunderte gekostet hat: Unsre Stimmen sind geteilt; unser Einfluß vertändelt und verzettelt; Montfort House steht geschlossen; und Carr, (der Mann ist ganz abgemagert), versichert, daß in der bevorstehenden ›Krise‹ nicht nur ein Kabinett ohne 1-einzigen Vipont darin gebildet werden, sondern sogar Dauer haben werde – auf jeden Fall Dauer genug, um nicht wieder gut zu machendes Unheil anzurichten –: ohne 1-einzigen Vipont im Ministerium!«

Also fuhr Oberst Morley fort, in schwermütigen Tönen zu klagen – Darrell, schweigend, ihm zur Seite – bis der Oberst vor seiner eig'nen Wohnungstür angekommen war. Dort, während er den Drücker ans Schloß setzte, kehrte Alban's Geist von den Gefahren, die das Haus Vipont und den Stern von Braunschweig bedrohten, zurück zu den geringfügigeren Ansprüchen privater Freundschaft. Aber selbst diesen letzteren war jetzt von jenen größeren Interessen beigemischt, für die jeder wahre Patriot aus dem Hause Vipont, gleichsam mit seiner MutterMilch die gebührende Sorglichkeit einsog.

»Euer Erscheinen hier in der Stadt, mein lieber Darrell, kommt überaus opportun! Die gesamte Familie wird sich's angelegen sein lassen, Euch nach Kräften herauszustellen bei dieser kommenden Krisis – ich sage ›kommenden‹, weil ich überzeugt bin, sie muß kommen. Euer Name ist immer noch in frischer Erinnerung – Eure Position umso stärker, eben weil Ihr Euch aus allen Parteihändeln der letzten 16-17 Jahre herausgehalten habt: Euer Haus sollte Kern und Ansatzpunkt neuer Kombinationen werden. Vergeßt ja nicht, mir Mills herzuschicken; morgen schon engagiere ich für Euch KüchenChef und Butler – ich weiß grade Leute, die für Euch passen. Auch Eure HeiratsAbsichten kommen in dem Moment wie bestellt; sie werden das Interesse der Familie steigern. ä-Ich darf doch bekannt machen, daß Ihr zu heiraten gedenkt?«

»Aber gewiß – mein'thalben laßt's in Charing Cross ausschreien.«

»1 ClubRaum leistet dasselbe. – Ich bitte tausendmal um Entschuldigung; aber wenn die Leute vom Heiraten sprechen, fällt unweigerlich auch das Wort Geld. Ich möchte Euer Vermögen auf keinen Fall übertreiben – ich weiß wohl, daß es sehr bedeutend ist, und gänzlich zu Eurer freien Verfügung – ja?«

»Jeder Schilling.«

»Ihr müßt, seitdem Ihr Euch ins Privatleben zurückgezogen habt, eine ganze Menge gespart haben?«

»Darauf könnt Ihr Euch verlassen. Dick Fairthorn zieht die PachtErträge ein, und sieht nach meinen diversen Investitionen; und ich kann mich auf ihn als eine unbestrittene Autorität berufen, wenn ich sage, daß zusammen mit den Erträgen aus Ländereien, die ich kaufte, da mein armer Junge noch lebte, und den Zinsen aus meinen, weit einträglicher angelegten Kapitalien, Ihr es voll verantworten könnt, allen Damen, die sich für die Verbreitung derartiger Kenntnisse interessieren, zuzuflüstern, : ›35 000 jährlich, und ein alter Narr!‹.«

»Vom ›alten Narren‹ werde ich zuverlässig nichts sagen, denn ich bin schließlich derselbe Jahrgang wie Ihr. Und wenn *ich* 35 000 £ im Jahre hätte, würd' ich wohl auch heiraten.«

»Ihr auch?: alter Narr!«, sagte Darrell, noch im Abwenden.

4. Kapitel

Enthüllt Streiflichter aus Guy Darrell's Vergangenheit, seiner vielbeneideten Blütezeit. / Man grabe nur tief genug, und unter aller Erde rinnt Wasser, unter allem Leben rinnt Kummer.

Allein in den Straßen, schlug Darrell's Munterkeit, die, solange er mit seinem alten Schulfreund beisammen gewesen war, das Gepräge seiner Haltung und Worte gekennzeichnet hatte, derart plötzlich und umfassend in grüblerische düstere Abwesenheit um, wie wenn er nur eine Rolle gespielt, die mit dem Abgang von der Bühne aufgehört hätte. Da er noch Abneigung fühlte, schon wieder in die Verlassenheit seines Hauses zurückzukehren, schritt er zunächst wie mechanisch, in rastlosem Verlangen nach Bewegung, fürder, ohne sich zu bekümmern, wohin. Aber als er sich, solchermaßen vom Zufall gelenkt, etwa in der Mitte jener langen-geraden Straße fand, die heute das verbindet, was einst die getrennten Dörfer Tyburn und Holborn waren, da suggerierte ein Irgendwas in der flüchtigen, lose zusammenhängenden Kette seiner Träumereien, den irrenden Füßen ein bestimmteres Ziel: er brauchte bloß dieser Straße rechter Hand hier zu folgen, um in einer Viertelstunde des bescheidenen Wohnhauses ansichtig zu werden, in dem er sich, nach seiner frühen Eheschließung, damals zuerst niedergelassen hatte, zu den dürren Mühen einer Advokatur. Da wollte er doch – jetzt wo er, reich und berühmt, den Brennpunkt englischer Tatkraft, dem er so lang' abtrünnig gewesen, wieder besuchte – gehen, und sich die obscure Behausung betrachten, in der seine Energien sich zuerst auf das Streben nach Wohlstand und Ansehen konzentriert hatten. Wer unter meinen Lesern, der je die glitzernde Steile sich emporgemüht hat, –

(: › Oh, Wer spricht's aus, wie steil das Klimmen dort,
wo Fama's stolzer Tempel fernhin scheint!?‹ Beattie.),

– hat sich wohl nicht ähnlich zu dem bescheidnen Dach am Fuße des klippigen Anstiegs hingezogen gefühlt, unter dem goldene Träume ihm die überanstrengten Sehnen erfrischten? Jetzt, da ein festes Ziel ihnen gesetzt war, seine Schritte etwas beschleunigend, griff der, der Zahl der Jahre nach alternde Mann, (obschon, sich selbst zum Unglück, allzuzäh noch die Mentalität der Jugend festhaltend; sei es in ihrem grandiosen Mißvergnügen, sei es in ihrer allzu sensiblen Empfindlichkeit für Schmerzen) geräuschlos weiter aus, unter den GasLaternen dahin, unter den Sternen; den GasLaternen, sauber-steif gereiht, in gemessenen Abständen; den Sternen, die dem unbewaffneten Auge symmetrielos unmethodisch im Raume verteilt scheinen – Menschliche Ordnung, ebenso nahe wie endlich, ist so klar, so unmißverständlich; des Großen Machers Ordnung, fern und un-endlich, übersteigt so sehr den Menschlichen Begriff dessen, was Ordnung überhaupt ist!

Darrell hielt, zögernd, inne. Er hatte jetzt eine Stelle erreicht, wo Neubauten und Verschönerungen die alte Orientierung erschwerten. Die prächtige breite Straße ging dort, wo sie sich einst unvermittelt in ein Labyrinth von Höfen und Gängen aufgelöst hatte, nunmehr weiter durch. Aber der Weg war nicht schwer zu finden. Er wandte sich ein wenig zur Linken; wobei er, mit bewunderndem Interesse, in dem heitern weißen pseudogriechischen Gebäude mit seinem französischen goldbronzierten GitterTor, das umgestaltete Museum erkannte, in dessen stillen BücherSälen er zuweilen eine kurze geisterhafte Erholungspause von seinen juristischen Bänden sich hatte abstehlen können. Weiter noch voran, durch das unbelebte Bloomsbury; zwar nicht ganz soweit als bis zu den allerletzten Ausläufern des Atlas, den Ödnissen von Podden Place; aber die Einsamkeit ward doch stets tiefer, wie er so dahinschritt. –: da ist sie, eine stille Straße, wahrlich! nicht eine Seele auf ihren düsteren Bürgersteigen, nicht einmal die Seele eines Schutzmanns. Nichts Regsames, außer einer verstohlnen liederlichen nichtsnutzigen Katze, die sich elegant durch das KellerGitter drüben verzieht. Diese Straße herunter war er (könnte man sich vorstellen) lebhafteren rascheren Schritts gekommen, an dem Tage, da er – genau gemäß dem seltsamen Glück, wie es seine gesamte weltliche Karriere der Ehrungen unveränderlich begleitet hatte – ganz unerwartet berufen worden war, für einen abwesenden älteren-höheren Kollegen einzuspringen; und wie fast schon bei seinen ersten Resümees, die Gerichtshöfe von Westminster einen Meister in ihm erkannt hatten; – war sie herunter gekommen (könnte man sich vorstellen) mit lebhafterem Schritt; hatte gepocht an eben der Haustür, vor der er jetzt wieder innehält; war in das Zimmer getreten, wo die junge Frau saß – und beim Anblick des zänkischen, übellaunigen Gesichtes, beim Klang der unmitfühlenden schlaffen Stimme, war er davongeflohen in sein schrankähnliches

HinterZimmerchen; und hatte ›Mut – Mut‹ gemurmelt, um das traute Heim ertragen zu können, in das er getreten war, lechzend nach einer Stimme, die zu einem Freudenschrei aufgefordert, und ihn erwidernd beantwortet hätte.

Wie ›zugeschlossen‹, wie stumm und blind, wirkte das kleine kümmerliche Haus, mit seiner kleinen kümmerlichen Türe, den kleinen kümmerlichen glanzlosen Fenstern. Und dennoch war ein RUHM hier geboren worden! Wer mögen jetzt die Bewohner sein? Ob auch sie, in Schlaf versunken, etwelche ›Goldnen Träume‹ haben? Oder ist drinnen irgendein ringendes Hirn am Werke, dem der arrivierte reiche Mann ein ›Mut!‹ zuflüstern könnte; oder pocht dort ein beladnes Herz, dem ein getreues Weib ›Sei froh!‹ zumurmeln sollte? Wer weiß. London ist ein wundersam Gedicht; aber jegliche Seite davon ist in einer andern Sprache geschrieben, und für keine davon ward noch das Wörterbuch zusammengestellt.

Die Straße wieder zurück, dahin unter den GasLaternen, dahin unter den Sternen, wandelte Guy Darrell, immer langsamer, immer gedankenvoller. Bewog ihn der Vergleich zwischen dem was er gewesen und was er jetzt war; zwischen dem kümmerlichen, eben wieder besuchten Haus, und dem stattlichen GroßHeim in das er nun wieder zurückkehren würde, zu Gedankengängen eines natürlichen begreiflichen Stolzes? Es schien schwerlich so; in diesen festgepreßten Lippen, diesem schwermütigen Krummgehen, lag kein Stolz.

Jetzt trat er heraus auf einen ruhigen Platz – (immer noch Bloomsbury) – und unmittelbar vor ihm, ragte ein großes respektables, schon-herrschaftliches Wohngebäude; beinah ebensogroß wie das in dem, allerdings vornehmeren, Viertel, wohin er seine einsame Rückkehr so säumend verzögerte. Da war auch einmal, eine zeitlang, der Wohnplatz gewesen, der sich *Sein Heim* genannt hatte – dorthin, als das Gold wie eine Springflut hereingerollt kam, Auszeichnung erworben war, Stellung gesichert – dorthin, zwar noch nicht im Parlament, aber der Erste im GerichtsSaal – immerhin bereits von Wählerschaften bestürmt, bereits von Ministern umworben – dorthin, und er war noch leidlich-jung (O glücklichster aller Juristen!) – dorthin hatte er seine Laren versetzt. Die angemessene Wohnung für einen Fürsten der Robe. Und Ihr würdet, jetzt wo er da-wohnt, den erfolgreichen Mann also beneiden? Ja, in dem Moment, wo er die Haustür *hinter* sich zumacht; aber ihn beneiden, wenn er über die Schwelle hinein-tritt? –

nein!; dann beneidet lieber noch den obdachlosen Savoyarden-Jungen dort, der sich unter den Portikus geschmuggelt hat, den zerlumpten Arm, fest eingeschlafen, um den Käfig mit seinen dummen Murmeltierchen geschlungen! Dort drinnen, in dem großen, sterilen EmpfangsZimmer, sitzt eine

›Aspasia, blaß und elegant‹.

Schon recht; aber das Gesicht des Weibes ist jetzt mit nichten händelsüchtig. Schaut nochmals hin —: ängstlich, furchtsam, verhohlen, schlau. Oh!, diese feine Lady, eine gebor'ne Vipont-Crooke, begnügt sich nicht damit, die Gattin des großen-reichen Mr. Darrell zu sein? Was verlangt sie?: daß *er* der Mann der fein-mondänen Mrs. Darrell sein solle? ›Stolz auf ihn?‹ : nicht ein Jota!; solch ein Stolz wäre unchristlich. Umgekehrt: wäre er so stolz auf sie, wie ein christlicher Ehemann zu sein hätte auf eine so elegante Frau, würde er dann immer noch in Bloomsbury hocken bleiben?! *Ihn* beneiden? den wirklichen großen Gentleman, so treu seinem Blut, und über und über versengt, wundgerieben von der geistigen Ordinär- und Vulgärheit einer aufdringlichen, speichelleckerischen Kopie sämtlicher Ladies Selina's. Ihn beneiden?, Gott, warum nicht: alle Frauen haben ihre Schwächen; und weise Gatten müssen dulden und sich gedulden. Wenn das Alles wäre? weshalb ist dann aber ihre Miene gar so heimlich verstohlen? weshalb die seine so wild wachsam streng? Tz, was kann wohl eine nach Bloomsbury verbannte schöne Lady besser in die ersehnte Mode bringen, als die betonte Anbetung eines Lords und Herrn, (nicht ihres eignen), der zu St. James den Ton angibt! Durch keinerlei Leidenschaften versucht; kalt wie Eis was Neigungen anbelangt; wenn wirklich einmal zu einem GefühlsErguß aufgetaut, doch heimlich den Gatten, den sie wählte, warb, gewann, vorziehend vor müßigen, selbst äußerlich weniger attraktiven Laffen; — all dies ist sie; und sucht, kokettiert, dennoch nach dem *éclat* der Unehre?! Ihm durchgehen? oh, nicht doch, dazu ist sie zu schlau; aber bestaunt werden, und im Gespräch sein als die Schöne Frau Darrell, der der Lovelace von London so zärtlich ergeben war, das ja! Tritt nur ein, hochfahrender Sohn des Dare-all, des Alleswagenden: wagst Du zu fragen, Wer da eben, kurz zuvor, Dein Haus verlassen hat? Wagst Du zu fragen, von Wem das Billet stammt und was es enthält, das diese schlaue Hand da just versteckt? Wagst Du's? — falls ja, was dann?: kannst Du Deine Frau einschließen? kannst Du den Lovelace erstechen? Genausogut kannst Du die Luft einsperren; kannst Alle erstechen, deren leichtfertige Worte zu St. James, eine Matrone zu Bloomsbury in Mode zu bringen vermöchten! Geh, Anwalt, geh: studier' Du Deine ProzeßAkten, und sei Pergament.

Todesqualen – wirkliche Todesqualen – drangen wieder durch Guy Darrell's Brust, während sein Blick auf jenem großen, höchst respektablen Hause ruhte, und er seines pausenlos-stündlichen Feldzuges damals, gegen Entehrung, gedachte! Nun, er hat triumphiert. Der Tod kämpft für ihn: haarscharf am Rande des allerletzten Skandals, ist eine, auf irgendeinem Vipont'schen Ball geholte Erkältung in Fieber umgeschlagen; und so haben die Schwarzen Pferde die Große Dame Von Bloomsbury von dieser Tür hinweg geführt, noch ehe sie so recht – Mode ward! Glücklich in seinem Kummer *der* Witwer, der, mit vertrauender Hand, das harmlose SchreibPultchen seiner verlorenen Gattin durchsuchen kann, und sicher sein, daß kein zu Lebzeiten vor ihm verborgener Gedanke anklagend aus den aufbewahrten Blättern sich erheben werde. Aber dieser blasse-stolze Leidtragende hier, dessen Aug' ein parfümiertes *billet doux* nach dem andern überfliegt, weil er sich notgedrungen, auch aus Gerechtigkeitsgefühl der Toten gegenüber, davon zu überzeugen hat, daß die Mutter seiner Kinder lediglich im Herzen erst verdorben war – daß die Schwarzen Rosse genau zur rechten Zeit an der Tür vorgefahren kamen – und Der dann, armselig getröstet durch solch gewonnene kümmerliche Überzeugung, die letzten dünnen Wische der Flamme übergibt, auf denen seine Ehre (bei ihm felsensicher aufgehoben) hin und her geflattert ist, in der Obhut einer eitlen treulosen Närrin: beneidet Ihr diesen ›Trauernden Hinterbliebenen‹? Wohl kaum! nicht einmal jetzt, in seiner Erlösung. Denn die Erinnerung ist nicht mit in den samtnen Sarg eingenagelt; und für bedeutende zuverlässige Naturen ist das Andenken an Verlorene, das durch zärtliche Trauer geheiligt werden kann, ja verständlicherweise weit weniger bitter, als wenn es grundsätzlich mit Verachtung und Scham gekoppelt werden muß.

Aber das Weib ist tot. Tot seit langen Jahren auch der Lothario. Die Welt hat ihrer vergessen; und selbst aus dem vorliegenden Bericht verschwinden sie, sobald man diese Seite hier wird umgeschlagen haben; keinen Einfluß mehr üben, keine Tragweite mehr besitzen sollen sie, auf etwelche künftigen Ereignisse, die da den Rest von Guy Darrell's Leben bezeichnen mögen. Aber wie er dort so steht, und in den leeren Raum starrt, –: die zwei Gestalten sind so deutlich vor seinen Augen, wie wenn sie noch am Leben wären. Langsam nur, langsam, kann er sie in den Boden starren; das falsche Lächeln ihrer schwächlichen Lineamente schwindet dahin; Schreck und Leid bezeichnen die Mienen – sie schrumpfen; sie versinken; sie lösen sich auf ...

5. Kapitel

Charybdis speit ein Wrack aus. / ›Souviens-toi de ta Gabrielle‹

Hastig wandte Guy Darrell sich fort von dem stattlichen Haus auf dem großen Platz; und, mehr und mehr in waches Träumen versinkend, kam er von seinem direkten Weg heimwärts, hell und breit wie der war, ab. Nicht eher erwachte er, als da er gleichsam fühlte, wie die Luft um ihn her düst'rer geworden war; und wie er, noch zerstreut, in die Runde blickte, gewahrte er, daß er sich in ein trübes Labyrinth von Gäßchen und Durchlässen verlaufen hatte. Unter einer der wenigen StraßenLaternen hier, blieb er deshalb stehen; suchte sich in seinen Erinnerungen an das London, dem er so lange fern gewesen war, zu orientieren; und war, für ein paar Augenblicke, ganz im Zweifel über die Richtung, die er jetzt einzuschlagen hätte. Eben kam, einen rechtwinklig auf ihn zulaufenden Gang herunter, mürrisch und behutsam, eine hohe, mächtige, unheilverkündend zerlumpte Gestalt, die, da sie Darrell's Gesicht unter der Laterne gewahr wurde, abrupt an der Mündung der engen Passage, aus der sie aufgetaucht war, anhielt – eine finstere Form, die eine finstere Öffnung füllte. Erkennt der Lumpenkerl von Rumtreiber, beim unzulänglichen Schein der Lampe, etwa einen Feind?; oder ist er bloß ein gemeiner Wegelagerer, der noch überlegt, ob er eine Beute anspringen solle? Feindselig sein Blick – seine Gebärde – ein plötzliches Niederducken der athletischen Figur, wie zum Ansprung – aber immer noch ist er unentschlossen. Was hält ihn im Zaum? Je nun, was hält den Tiger im Zaum, der seinem Instinkt nach Blut, und ohne Furcht, nachgeben, und sich sofort auf den Neger – den Hindu – stürzen würde – der jedoch innehält und zaudert, beim Anblick des weißen Mannes

– des gebieterischen Sohnes Europas? Darrell's Auge war gerichtet nach dem finstern GassenMaule – nach der finsteren Gestalt – aber gleichgiltig, und ohne etwas zu erkennen, weder furchtsam noch herausfordernd – gleichgültig, wie bei einem harmlosen Gegenstand, bei hellem Tag und auf belebter Straße. Aber solang dieses Auge auf ihm haftete, machte der LumpenDämon Halt; und, in der Tat, sei's nun Feindseligkeit, sei's Verwogenheit, das plötzliche Ansichtigwerden Darrell's schien bei ihm eine derartige Überraschung hervorgebracht zu haben, daß er nicht sogleich seine Gedanken zu sammeln und zu entscheiden vermochte, wie er dem ruhigen nichtsahnenden Mann dort, der, durchaus in Sprungweite von ihm, seiner überwältigenden körperlichen Stärke, eine zur Gewohnheit gewordene Miene gebieterischer Würde entgegenhielt, nahe kommen sollte. Sein erster Impuls war der einer Gewalttat; sein zweiter Impuls hielt den ersten im Zaum. Aber eben macht Darrell rasch Kehrt, und schreitet gerade aus – die Gestalt verläßt die GassenMündung; und folgt, mit langem und lautlosem Schritt. Jetzt hat sie Darrell beinah erreicht. Mit welcher Absicht wohl? Einer grimmigen vielleicht – denn das Gesicht des Mannes ist unheilvoll, und sein Zustand unverkennbar desperat – als, gänzlich unerwartet, aus einem garstig aussehenden Hinterhof (es kann auch eine Sackgasse sein), genau zwischen Darrell und seinem Verfolger, ein hagerer aber baumlanger, ›zugeknöpfter‹ Schutzmann mit einem WieselGesicht auftaucht. Der Schutzmann mustert zuerst, instinktiv, den Großen Zerlumpten:? – richtet dann sein Auge auf den einzelnen schutzlosen Herrn da-vorne:? – und geht sogleich ruhig weiter, wobei er sich zwischen den Beiden hält. Der Lumpenkerl verschluckt einen ungeduldigen Fluch. Heiße nun sein Vorsatz Gewalt, heiße er lediglich Anbetteln, heiße er möglicherweise auch Unterredung etwelcher Art, solang dieser Schutzmann sich hier befindet, ist es platterdings unmöglich, ihn auszuführen. Sicher, theoretisch könnte er mit seinen kraftvollen Händen diesen hagren überlangen Beamten packen, und ihn in zwei Stücke knicken wie eine WeidenRute. Aber dieser Beamte ist eben die Verkörperung von Recht und Gesetz, und könnte, langbeinig-würdevoll, durch eine ganze Legion von Lumpenkerlen hindurchschreiten, ähnlich wie ein Frettchen durch eine ganze Scheune voller Ratten dahingleiten dürfte. Der Buschklepper spürt es förmlich, wie man bereits Verdacht gegen ihn hege. Unbekannt wie er der Londoner Polizei bis jetzt noch ist, hat er keinerlei Verlangen, ihre Beobachtung auf sich zu lenken. Er überquert die Straße; er bleibt etwas zurück; er folgt von ferne – noch kann der Schutzmann ja vielleicht abbiegen, bevor die sichereren Straßen der Hauptstadt erreicht sind. Aber nein; die verfluchte Verkörperung von Recht und Gesetz hat auch in ihrem hagren Rücken Augen, und läßt nicht ab, dem arglosen Darrell, mit langen gemess'nen Schritten auf den Fersen zu bleiben. Die ganz menschenleeren GassenSchluchten hat man bereits passiert – nun noch dieser eine schlechtbeleuchtete Gang, mit seiner langen-öden Mauer auf der einen Seite. An der langen-öden Mauer gleitet der Bandit dahin; auf der andern Seite wandelt fortwährend Gesetz & Recht. Und jetzt – schade für den armen Banditen! – strahlen die großen VerkehrsAdern auf, wo es nicht mehr duster und verödet ist – Leicester Square; Haymarket; Pall Mall; Carlton Gardens – Darrell steht vor seiner Haustür. Scharf wendet sich der Schutzmann um:? –: dort, an der Ecke, neben dem gelehrten KlubHaus, steht und wartet auch der LumpenDämon. Auf diesen LumpenDämon zu geht jetzt flink der Schutzmann. Aber der LumpenDämon zeigt sich noch flinker – entflohen ist er, wie ein strafbarer Gedanke!

Zurück – zurück – zurück in jenen Irrgarten von Gängen und Hinterhöfen – zurück zu der Einmündung jenes schwarzen Gäßchens. Dort hält er neuerlich inne. Schaut ihn Euch an. Gerade diesen selben Abend erst, ist er, nach einer Abwesenheit von mehr als 4 Jahren, wieder in London eingetroffen. Vom Gestade des Meeres her eingetroffen, und zwar zu Fuß; seht Ihr, seine Schuhe sind ganz zerlöchert und durchgelaufen. Noch hat er kein Obdach für die Nacht gefunden. Man hat ihn, wegen einer zwar schmutzigen aber sicheren Bleibe, nach diesem Viertel hier gewiesen, wo es von Abenteurern, einheimischen und ausländischen, wimmelt. Sie muß irgendwo in der Nähe dieses Hinterhofes hier sein, an dessen Eingang er steht. Er schaut sich um: ? – der Polizist ist gefoppt, die Luft wieder rein. Er stiehlt sich hervor; und bleibt unter der gleichen GasLaterne stehen, unter der vorhin Guy Darrell auch gehalten hat – unter'm selben Gaslicht, unterm selben Sternenschein. Aus irgendeinem Winkel in seinen Lumpen, zieht er eine große fleckige geschwollene Brieftasche hervor – letzter Rest aus geputzteren Tagen – das Leder, feines Maroquin, ist einmal sorgfältig genarbt gewesen; gefederter PatentVerschluß (sogenanntes ›FeenSchlößchen‹); das angemessene Behältnis für Banknoten, LiebesBriefchen, Eintragungen von EhrenSchulden, oder vergnügliche Verabredungen. Aber wie abgewetzt, angeschmutzt, schmierig schuftigschurkig das teure Spielwerk jetzt aussieht! Mit was für buntscheckigem unlieblichem Inhalt vollgefüllt – altbackene Leihscheine von ausländischen *monts de piété*, Pfänder die niemals Jemand mehr einlösen wird; Gekritzel von Diebeshänden, in GaunerHieroglyphen; garstige Gerätlein sind an Stelle des malachit'nen Federmesserchens, des goldnen Zahnstochers, des mit Steinen besetzten Bleistifthalters getreten, die einst so fein und säuberlich in ihren SatinTäschchen staken. Garstige Geräte, wahrlich – eine Feile, ein Bohrer, falsche Würfel. Vermengt mit solch abscheulichem Inhalt neueren Datums, entehrte Belege eines einstigen fröhlicheren SommerDaseins – Locken aus DamenHaar; LiebesBriefe, mechanisch gehortet, nicht aus etwelchen amourösen Sentiments, eher wohl aufgrund einer vagen Vorstellung, daß sie einmal nützlich werden könnten, falls SIE, die die Locken spendeten, oder die Brieflein schrieben, zu Vermögen gelangen, und dann die Mahnmale ihrer Schande zurückkaufen möchten. Beim Wühlen in so gemischten Schätzen und Urkunden, fielen dem Banditen auch ein paar alte Briefe in die Hand : typisch kalligraphische SchreiberSchrift, mit schmutzigem Bindfaden umbunden; oben-darauf, in einer anderen und neueren Schrift, ein Zettel, auf dem eine Adresse stand – ›Samuel Adolphus Poole, Hochwohlgeboren; Alhambra Villa, Regent's Park‹. »Morgen – heut Nix my Dolly – morgen«, murmelte der Zerlumpte; »aber die Nacht jetzt; – die Pest auf Alles, wo ist denn bloß die Anschrift von diesem andern Ganoven? . . . Ach, hier.« Er entnahm dem Päckchen mit DiebsGekritzel, ein *ganz-besonders* diebisch dreinschauendes Hieroglyphicum. Und jetzt, da er es in die Höhe hält, um es beim Gaslaternenschein zu entziffern, jetzt mustert ihn genau. Erkennt Ihr ihn nicht? Ist das möglich? Wie? das der schicke Schwindler? Der elegante Schuft?: Jasper Losely?! Kann das sein? Zuvor einmal, in den Gefilden von Fawley, haben wir ihn auch schon mit Löchern in den Ellenbogen gesehen, abgeschabt, schäbig, zerrissen. Aber damals handelte sich's um das vorübergehende Heruntergekommensein eines geckigen Verschwenders – um fleckige, übelzusammenpassende Kleidung, aber immerhin aus gutem Stoff, die Schuhe hatten wohl auch Löcher, aber es waren immerhin perlmutterfarbene HalbStiefelchen. Aber nunmehr ist es die Heruntergekommenheit nicht mehr eines geckigen Verschwenders: diese Lumpen da sind nicht aus gutem Stoff; die

SchuhRuinen keine Halbstiefelchen. Der Mann dort ist gesunken, tief unter das Niveau jener verfeinerteren Schuftigkeit, wo der Ganove noch den Stutzer mimt. Und das Antlitz, als wir es das letzte Mal erblickten, war, ob es schon von seiner ursprünglichen Schönheit manches eingebüßt hatte, immer noch unstreitig hübsch gewesen. Teils ob so viel Kraft, und Gesundheit, und animalischen Energien: *damals* lag's über der Erscheinung noch wie ein letztes zögerndes Licht; *jetzt*, bei fortgeschrittener Verkommenheit, war dies Licht geschwunden. Selbst in dieser herkulischen Konstitution hatten Ausschweifungen aller Art, am Ende doch ihre gewaltsamen Verheerungen zwangsläufig angerichtet; Verheerungen, die in dem ramponierten Gesicht deutlich sichtbar waren. Das einst funkelnde Auge war matt und blutunterlaufen. Die Farben der Wange – einst klar und frisch, denen feurige Getränke lediglich das Blut zugesandt hatten, zu noch wärmerer Glut – waren jetzt von bleierner Fahlheit, unterbrochen nur durch Streifen eines zornigen Rot – Flammenzungen ähnlich, die sich durch einen RauchVorhang arbeiten wollen. Das Profil, einst delikat und fest-umrissen wie das von Apoll-selbst, wirkte jetzt bereits verwischt ob seiner verschwommenen Kontouren; nur ein paar Jährchen noch, und es würde plump-gedunsen sein, wie das eines Silens – die Nüstern, gequollen von beginnenden Carbunkeln, verrieten das Genage des FangZahns, den der Alkohol in die Leber einschlägt. Schlimme Leidenschaften hatten den Umriß der einstmals schönen Lippen, geschwungen wie Cupido's Bogen, zerbrochen. Der lauernde schuftige Ausdruck, so von der Seite her, der früher nur gelegentlich in Erscheinung trat, war jetzt habituell geworden und erhöht; – es war das Schielen des Bisons, kurz eh' er zustößt! Dennoch bleibt wahr, daß selbst jetzt noch über diesem Angesicht der Schatten einer Spur von jener wahrlich verschwenderischen Gunst verweilte, womit die Natur ihn beliehen hatte. Noch immer würde ein bildender Künstler es dahingehend ausgedrückt haben: ›Wie hübsch muß diese Vogelscheuche einmal gewesen sein!‹. Und auch das ist wahr, daß über Wesen und Haltung des Mannes noch etwas lagerte, das mit seinem Dreck und Speck kontrastierte; und zu verkünden schien, wie er so gar nicht dazu geboren sei, um in Lumpen herumzulaufen, und gegen Mitternacht inmitten von DiebesHöhlen zu lungern. Nein; ich bin mir sogar nichts weniger als sicher, daß man – wäre einem mitgeteilt worden: dieser gesetzlose Wilde dort, habe, sei's durch Geburt, sei's durch Erziehung, ein gewisses Anrecht auf den Rang eines Gentleman – man sich jetzt, in diesem Moment, wesentlich ungläubiger verhalten hätte, als seinerzeit, da man den losen Verschwender in seinen FawleyTagen sah; denn damals schien er sich derb-*unter*, nunmehr fein-unheimlich *über* der gesellschaftlichen Stufe zu befinden, auf der er rangierte. All dies im Verein machte seine Erscheinung noch sinistrer, den Eindruck, daß der Mensch gefährlich sei, noch nachhaltiger. Nicht selten bleibt einer kraftvollen Gestalt die bloße Muskelstärke, auch wenn die Konstitution längst unterminiert ist, und Jasper Losely's Figur war immer noch die eines furchtbaren Athleten; ja, ihre Stärke war jetzt, wo Schultern und Gliedmaßen an Massigkeit zugenommen hatten, eher noch augenfälliger, als zur Zeit, da eine geschmeidige Symmetrie von erlesenem Ebenmaß sie halb maskiert hatte – weniger rührig, das schon; weniger biegsam, weniger der Ausdauer fähig; dafür aber von zermalmenderer Wucht, sei's im Anlauf oder Zuschlagen. Es war eine Gestalt, in der brutale Gewalt derart zu prädominieren schien, daß sie unter Wilden eine Krone getragen haben würde – eine Gestalt, wie sie auf allen GesellschaftsStufen, wo Kraft allein die Gesetze diktiert, sogleich Ansehen und Autorität sichert. Also, unterm Gaslicht unterm Sternenschein, stand die schreckliche Creatur – ein starker Mann, vertiert. – : ›Souviens-toi de ta Gabrielle!‹: da stehen sie ja, die ominösen Worte, auf der Seide des Liebespfandes der Teufelin; immer noch unverwischt, ob schon das Gold der Fäden völlig matt und zerschlissen ist! Aber Jasper hat nunmehr die Adresse auf dem Papier, das er ins Lampenlicht hielt, überprüft, sich vergewissert, daß er in der richtigen Gegend ist; den Zettel wieder in der dickaufgeschwollenen Brieftasche verstaut; und schreitet jetzt verdrossen fürder, grad auf den Hofraum zu, von wo der Polizist, der seinen Raubzug durchkreuzt hatte, aufgetaucht war.

»Es ist eine himmelhündische Schande« sprach Losely zwischen den zusammengebissnen Zähnen, »daß ich gezwungen sein soll, mich in diesen verruchten Löchern hier nach einem Quartier umzusehen; während dieser Mensch, der sich doch tatsächlich verpflichtet fühlen müßte, für meinen Unterhalt aufzukommen, sich im Luxus wälzt, und in einem Palast gütlich tut. Aber Der soll mir blechen! Sophie muß aufgespürt werden. Ich will sie in Lumpen kleiden, wie die hier sind. So soll sie vor seiner Haustür sitzen. Ich werd' den schäb'gen Knicker schamrot machen. Aber wie dem

Mädchen auf die Fährte gelangen? Hab' ich sonst keine andre Handhabe gegen ihn? Ob ich Dolly Poole zu ihm hinschicken kann? Wie zerfahren mein Gehirn ist! – Mangel an Nahrung – Mangel an Schlaf. Ob das der Ort ist?: Puh! . . .«

Unter solchem Gemurmel hatte er den TorBogen des Hinterhofes erreicht, und wurde nun von dessen Dusternis eingeschlungen. Nur wenige lange Schritte; und er kam auf einen quadratischen offenen Raum heraus, nur vom nächtigen Himmel beleuchtet. Ein Haus, größer als die übrigen, die zur allerelendesten Sorte gehörten, stand etwas zurück, und nahm fast eine ganze Seite dieses Binnenhofes ein – auch alt, schmutzig, verfallen. Vor der Tür dieses Hauses stand ein anderer Mann, der soeben den Schlüssel in das Schloß steckte. Als Losely sich näherte, drehte sich der Mann flink um, halb Furcht halb Dräuen – ein kleiner, sehr schmächtiger, gnomenhaft wirkender Mann, mit ganz eigentümlich rastlosen Zügen, die den Eindruck machten, als wollten sie aus seinem Gesicht nach allen Seiten davonlaufen. Dünn wie er war, sah er aus wie nur Haut und keine Knochen – ein Kobold von einem Mann, von dem es einen gar nicht erstaunt hätte zu erfahren, er könne durch Schlüssellöcher kriechen. Er wirkte noch schattenhafter und unanfaßbarer durch seinen ganz leichten, dünnen, schwarzen Anzug; der aber nicht aus Tuch war, sondern aus einem Zeug ähnlich wie Alpakka. Und dieser Anzug war weder zerrissen, noch sah er, zumindest jetzt, bloß bei SternLicht, irgend abgetragen oder schäbig aus; trotzdem genügte ein flüchtiger Blick auf das Geschöpf, um sofort zu fühlen, daß es sich bei ihm um ein weiteres Kind aus der gleichen Familie der Nacht handele, wie bei dem Bösewicht, der turmhoch ihm zur Seite ragte. Beide Vogelfreie starrten einander an. – : »Cutts!«, sagte dann Losely, ganz mit der alten übermütigen GroßprahlerStimme, aber die Tonart war heiserer, rauher geworden – »Cutts, alter Junge; hier bin ich: los, man bewillkommne Mich!«.

»Was!: General Jas!?«, gab Cutts zurück, in einem Ton, der eines gewissen ehrerbietigen Respekts nicht ermangelte; und fuhr dann fort, eine ganze Serie von Fragen herauszusprudeln, in einer mysteriösen Sprache, die sich (abgekürzt) etwa wie folgt übersetzen ließen: »Wie lange seid Ihr schon in England? Wie ist es Euch ergangen? Ihr scheint verdammt-übel dran? Wollt Euch hier verstecken? Nichts sehr-Schlimmes, hoff' ich? was war's denn?«

Jasper antwortete in der gleichen Sprache, obschon mit weniger geübter Meisterschaft darin – und mit dieser typischen, ihm zur zweiten Natur geword'nen Leichtfertigkeit; die zuweilen, gleichviel wie Zeit und Umstände sein mochten, seiner Ausdrucksweise eine ganz seltsame Art von Witzigkeit, eine wunderliche nicht-ungefährliche Drolligkeit aufprägten, die selbst nach dem Teufel nichts fragt.

»3 Monate des ärgsten Pechs, das ein Mann je gehabt hat – ein Krach mit den *gens-d'armes* – (lange Geschichte) – 3 von unsern Kumpeln geschnappt – (wird wohl Galeere für sie heißen, nehm' ich an) – mich könn'n diese FroschfresserPolypen ja nich erwisch'n – (hab natürlich 1-2 von ihnen frikassiern müssn) – bin ihn'n durchgegangn – quer über Land – Küste erreicht – 'n ehrlichen Schmuggler getroffen – auf der Höhe von Sussex, mit noch'n paar andern SchnapsFässern, ans Land gesetzt – mich an Euch erinnert – (hatte die Adresse, die Ihr mir gabt, aufgehoben) – und bescheide mich, für eine Nacht oder so, mit diesem RattenLoch hier. -- : Los laßt Mich rein! – klopft IrgendWen raus – brecht die SpeiseKammer auf – 'ch brauch was zu essen – (bin total ausgehungert) – Ich hätt' Euch längst zwischndurch aufgefressen, aber an Euern Knochen iss ja nischt-dran.«

Der kleine Mann sperrte die Tür' auf – ein Gang, schwarz wie Erebus – (: »Gebt mir die Hand, General.«) – so ward Jasper, ein paar Meter weit, durch pechige Schwärze geleitet; dann fand sein Guide einen GasHahn ... –'!'–: und mit einem Schlage erhellte sich die Lokalität. Auf der einen Seite eine dreckige-schmale Treppe; ihr gegenüber eine Art Vorhalle, allwo eine offene Tür einen langen AufenthaltsRaum erkennen ließ, der Fußboden sandbestreut, wie in Kneipen – diverse Tisch' und Bänke; die Wände weißgetüncht, (aber natürlich mit der ein- oder andren sinnreichen, in Holzkohle oder mit den angeräucherten Enden von Tonpfeifen ausgeführten, Zeichnung ausgeziert). Ein heftiges Aroma, nach unfrischem TabaksRauch, nach Gin und Rum. Eine andre GasLeuchte, mitten von der Decke herabbaumelnd, flammte schlagartig auf, da Cutts den Hahn berührte.

»Wartet hier«, sagte der Führer. »Ich geh' und hol' Euch was zu essen.«

»Und etwas Branntwein«, sagte Jasper.

»Versteht sich.« –

Der Bravo warf sich der Länge nach auf einen der Tische, schloß die Augen, und stöhnte. Seine gigantische Kraft war mit körperlicher Pein bekannt geworden. In den derben Nerven und Fibern hatten Schmerzen und Stiche – Drachenzähne, vor Jahren in Schwelgereien und lärmenden Lustbarkeiten gesäet, die damals nichts als unschuldige Freuden und leichte Triumphe mit sich zu bringen schienen – begonnen zu nagen und zu fressen. Als jedoch Cutts mit ein paar groben Speisen und der BranntweinFlasche wieder erschien, schüttelte Jasper das Schmerzgefühl von sich, wie ein verwundetes wildes Tier, das aber immer noch schlingen und verdauen kann; und nachdem er sich, rasch und heißhungrig, gütlich getan hatte, leerte er auf einen Zug die halbe Flasche; und fühlte sich wiederhergestellt und frisch.

»Habt Ihr vor, Euch zu den feschen Jungen zu gesellen, die hier ihren Klub halten, General?« fragte Cutts; »d's aber 'n schlechtes Geschäft, und wird von Jahr zu Jahr mieser. Oder habt Ihr nicht irgend ein Höheres Wild im Auge?«

»Ich habe Höheres Wild im Auge. Den einen Vogel hab' ich mir eben, heut Abend erst, erneut vornotiert – aber das kann längere Arbeit bedeuten; ist noch nicht sicher. In der Zwischenzeit hab ich hier, in der Brieftasche, eine Bank, wo ich abheben kann.«

»Wie das? – nachgemachte französische Geldscheine? – gefährlich.«

»Ph – was Bess'res – Briefe, die einen angeseh'nen, wohlhäbigen Mann des Diebstahls überführen.«

»Ach, Ihr rechnet auf Schweigegeld?«

»Genau das. Ich habe gute Freunde in London.«

»Unter ihnen vermutlich auch noch diese liebevolle ›Adoptiv-Mutti‹? die Euch so gern in Ordnung gehalten hätte?«

»Donnerschlag! das will ich nich hoffen! Ich bin wahrlich nich abergläubisch; aber *das* Weib fürchte ich, wie wenn sie 'ne Hexe wäre; und ich glaub' auch, sie ist eine. Ihr erinnert Euch doch an den Schwarzen Jean, den wir immer *Sans-culotte* nannten: für ein 5-Frankenstück hätte Der einen ganzen Friedhof gefüllt, und wenn's mit seinen eignen Bälgern gewesen wäre; aber allein, zur Nacht, über'n Friedhof gehen? nich für tausend Napoleond'ors! Und genau das, was Ein Friedhof für den Schwarzen Jean war, das ist für mich dieses Weib. Sicher; wenn sie in London ist, braucht' ich bloß zu ihrem Hause zu gehen und zu sagen: ›Kost, Obdach, Geld‹ – aber lieber möcht' ich den Henker um'n Strick angehen.«

»Wie erklärt Ihr das, General? Sie prügelt Euch nich – Eure Ehefrau ist sie auch nich. Gewiß hab ich so manchen derben Kerl, der nich mit der Wimper zuckte wenn's knallte, vor der Zunge eines ZankDrachen die weiße Fahne raushängen sehen – aber da mußt' er schon gewaltig mit ihr verheirat' sein ...«

»Cutts, dieser SpezialDrache keift nicht – sie predigt. Sie will 'n Bekloppten aus mir machen, Cutts – sie schwatzt von meinen jungen Tagen, Cutts – sie will mich herabwürdigen, zu Etwas, was sie einen ehrlichen Mann nennt, Cutts – so die tugendhafte Masche! Sie duckt mich, und schüchtert mich ein, und bringt mich vor Angst um meinen Verstand, Cutts. Denn ich bin des festen Glaubens, daß die Hexe entschlossen ist, mich zu haben, mit Leib und Seele, und mich eines Tages, mir zu Trotz und Tort, zu heiraten, Cutts. Und wenn Ihr je sehen solltet, daß ich im Begriff bin, von jenen grus'ligen Tatzen umspannt zu werden: gebt mir sofort Rattengift ein, Cutts, oder eins vor'n Kopf!«

Der kleine Mann stieß ein kleines Gelache, scharf und übernatürlich, aus, ob der wunderlichen Feigheit des doch mehr als nur vierschrötigen Wagehalses. Aber Jasper stimmte mit nichten ins Gelächter ein.

»Ruhig!«, sagte er, unbehaglich, »und besorgt mir 'n Bett, wenn Ihr könnt; ich hab' seit acht Tagen in keinem mehr geschlafen, und meine Nerven sind etwas wacklig.«

Der Kobold zündete ein LichtStümpchen an der GasFlamme an; und führte dann Losely die Treppe hinauf, in seine eigene Schlafkammer, die weniger komfortlos war, als man angenommen hätte. Er trat sein Bette dem Wanderer ab, der sich, mit Lumpen und allem, sofort darauf warf. Aber der Schlaf ließ sich von ihm genau so wenig kommandieren, wie er sich das von einem König läßt.

»Warum, zum Satan, mußtet Ihr auch von dieser Hexe anfangen!«, rief er grämlich zu Cutts hinüber, der sich indes auf dem Fußboden ein Lager zurechtbaute. »Ich schwör' ich glaube ich fühl schon, wie sie mir wie'n Alp auf'm Brustkasten hockt.«

Er warf sich mit einer Vehemenz auf die andere Seite, daß die Wände zitterten; zog die Bettdecke fest um sich, und wühlte den Kopf in ihre Falten. – So sonderbar es dem Novizen in der Menschenkenntnis auch erscheinen mag: für Jasper Losely stellte die Frau, die so lange schon nur dem einen-einzigen Zweck gelebt hatte – nämlich ihn vor dem Galgen zu bewahren – seinen Bösen

Genius dar, seinen Teufel, der ihn verfolgte. Er hatte ein abgrundtiefes Grauen vor ihr bekommen, von dem Moment an, wo er gewahren mußte, daß sie resolut darauf ausging, ihn ehrlich zu machen. Vor Jahren war er ausgerissen von ihr – geflohen – hatte seinen schlechten Wandel erneut angefangen – sich vor ihr verborgen – vergebens. Wo immer er hinging, da ging auch sie hin. Die Polizei mocht'er hinter's Licht führen können: sie nicht. Und oft hatte Hunger ihn genötigt, ihre Hilfe zu akzeptieren. Sobald sie ihm geworden war, versteckte er sich erneut vor ihr; wobei er, der gejagten Schleie gleich, sich tief- und tiefer in den Schlamm einwühlte. Er war allmählich dahin gekommen, ihr Bild mit allem Pech in Verbindung zu bringen, das ihn je befallen hatte: diverse Male schon war irgendein schuftiger Anschlag, durch den er fest gerechnet hatte, sein Glück zu machen, auf die mysteriöseste Weise vereitelt worden; und genau nach der betreffenden Vereitlung, da keine Wahl mehr übrig schien, als sich selbst oder Jemandanderm die Kehle abzuschneiden – prompt war doch jedesmal die grimme Arabella Crane aufgetaucht, in ihrem eisengrauen Kleid, und mit den eisengrauen RingelLöckchen – entsetzlich, zum Hassen wohltätig! – bot Nahrung, Obdach, Gold – und selbstredend etwelche dämonisch-ehrenwerte Arbeit an. Oft war er in direkter-unmittelbarer Gefahr gewesen, sei's durch die Wachsamkeit der Gesetze, oder verräterische Komplizen –: sie hatte erst gewarnt, und dann gerettet; genau wie sie ihn seinerzeit vor jener schlimmen Gabrielle Desmarets gerettet hatte, die – nach einem langen, mit erstaunlicher Geschicklichkeit geführten Prozeß, (der die romantischen Sympathien des ›Jungen Frankreich‹ nicht wenig in Kontribution setzte) – unfähig, das auf eine längere ZuchthausStrafe lautende Urteil zu ertragen, in eine and're heißere Welt zu entkommen gewußt hatte, vermittelst eines, an ihrer eignen distinguierten Person verborgenen subtilen Giftes; das sie vor vielen Jahren schon mit ihren allerhöchsten blutlosen Händen bereitet, und dessen Wirkung zweifellos an Andern bereits mehrfach-wissenschaftlich ausprobiert hatte. Dahingegangen ist sie am Ende, die Cobra Capella! (Und: *›Souviens-toi de ta Gabrielle!‹*, oh Jasper Losely!). Aber warum Arabella Crane derart ausdauernd wachen sollte, über ihn, den sie doch nicht mehr zu lieben vorgab – wieso sie sich die Gabe der Allgegenwart erworben haben könnte, und die Macht, ihn immerfort zu retten – da verließen Jasper Losely alle Mutmaßungen. Die ganze Angelegenheit erschien ihm verhext und übernatürlich. Es war die volle Wahrheit gewesen, als er sagte, sie habe ihn *geduckt und eingeschüchtert*. Oft hatte ihn danach verlangt, sie zu erwürgen; entfernt von ihr, war er oft zu diesem Akt der Dankbarkeit entschlossen gewesen. Aber im Augenblick sobald ihr herbes hagres Antlitz in Sicht kam – ihre finster bohrenden Augen – im Moment wo er ihre gemessne trockene Stimme vernahm, mit Sätzen wie etwa – : ›Wieder kommt Ihr in Eurer Not zu mir, und werdet es immer tun. Bin ich Euch nicht noch immer eine Mutter; aber mit der Treue einer Gattin, bis daß der Tod uns scheidet? Dort ist das Porträt dessen, was Ihr einmal war't – schaut's Euch nur an, Jasper. So, und jetzt stellt Euch vor'n Spiegel – seht was Ihr seid. Denkt an das Schicksal der Gabrielle Desmarets! Wäre ich nicht: was wäre, und längst schon, Euer eignes gewesen? Aber ich will Euch retten – ich hab's geschworen. Am Schluß werdet Ihr doch wie Wachs in meinen Händen sein.‹ – im Moment wo diese Stimme ihn so beanspruchte, und darauf bestand ihn zu erlösen, verspürte der Bandit ein kaltes Schaudern – sein Mut versickerte – er konnte seine ArmKraft genau so wenig gegen sie zusammennehmen, als ein Thug es vermocht hätte, den seinen gegen die gräßliche Göttin seines MörderAberglaubens zu erheben. Jasper konnte sich allmählich der Überzeugung nicht erwehren, daß das Leben dieser schrecklichen Beschützerin, auf die ein- oder andre Weise für sein eignes von Wesentlichkeit sei – daß, falls sie sterben würde, auch er dann, in einem irgendwie gespenstischen und außerweltlichen Sühnungsakt zugrunde zu gehen hätte. Aber seit den letzten paar Monaten hatte er ihr endlich entkommen können – indem er eben derart tief in Schlamm und Dreck hinabtauchte, daß selbst ihr Netz ihn nicht zu ummaschen wußte. Daher allerdings vielleicht die Bedrohlichkeit der Gefahren, denen er neuerlich so knapp entronnen war – daher das Extrem seiner gegenwärtigen Heruntergekommenheit. Aber der Mensch, wie verächtlich auch immer, wie groß seine Gefahren, seine Hülfsbedürftigkeit, ist frei geboren, und liebt die Freiheit. Und die Freiheit, auf seine Fasson zum Teufel fahren zu können, war für Jasper Losely der herrlichste Segen, im Vergleich zu dieser liebreichen erbarmungsvollen Bespitzelung, mit ihrem unnachgiebigen Auge, und der zügelnden Hand. Ach und Aberach! man betrachte derlei Verkehrtheit doch nicht als unnatürlich an solch halsstarrig-dickköpfigem SelbstZerstörer! Wie Viele giebt es, Die zwar nicht eine grimme starrgesichtige Arabella Crane, wohl aber die langmütige, himmlische, allwissende, gütige Vorsehung selbst zu warnen, zu unterstützen, zu retten sucht – und die gleichermaßen gemieden, verabscheut, geflohen wird, als sei sie ein Böser Geist! Wie Viele giebt es, Die nichts so sehr fürchten, als daß sie, wider ihren eignen Willen, gut gemacht werden könnten? – wie Viele? – Wer kann sie zählen?

6. Kapitel

Der Mann der Öffentlichkeit bedarf nur eines einzigen Gönners – nämlich DES GLÜCKLICHEN AUGENBLICKS!

›In seinem Haus, in Carlton Gardens, Guy Darrell, Esquire, die ganze Saison über.‹

Simpel die Anzeige in der pompösen Liste der Nachrichten Aus Der Gesellschaft, Spalte ›Eingetroffen‹ – der Name eines einfachen Bürgersmannes, eingebettet in den Bernstein, wo so viel Krönchen und Sterne glitzern! Aber so ist nun einmal England, bei all seiner Verehrung für Titulaturen, daß die Augen des Publikums den Rest jener Chronik erlauchter ›Aufenthalte‹ relativ gleichgiltig überflogen, um gleich wieder mit Int'resse, Neugier, Spekulationen, auf dem heraldisch unausgezeichneten Namen zu verweilen, der, nur einen Tag zuvor noch, gänzlich out-of-date gewesen war – verschollen gleich dem eines Komödianten, der nicht mehr auf den ProgrammZetteln figuriert. Fraglos war die hervorgerufene Sensation großenteils den ›vielsinnigen Andeutungen‹ zuzuschreiben, die Oberst Morley in der zeugungsträchtigen Atmosphäre der KlubRäume sattsam ausgesät hatte. ›In London, die Saison über!‹ – Er, der einst so berühmte, lang' so vergessene Redner, der sich für die Zeitspanne mehr als eines halben MenschenAlters außerhalb der Londoner Welt bewegt hatte! ›Warum grad jetzt? – wieso Für Die Saison?‹ – Sprach der Oberst: »Als Öffentliche Persönlichkeit ist der Mann immer noch auf dem Höhepunkt des Lebens – und schließlich steht ja eine Krise vor der Tür!«

Aber was den Andeutungen Alban Morley's Gewicht und Bedeutung verlieh, waren die ZeitungsBerichte vom Auftreten Guy Darrells vor seiner alten Wählerschaft; und von der Kurzen Rede, die er an sie gerichtet, und deren er, in seiner Unterredung mit Alban so leichthin Erwähnung getan hatte. Gewiß, die Rede *war* kurz gewesen; gewiß, sie war nur wenig auf die flüchtigeren Themen der TagesPolitik eingegangen – hatte eher, mit gleichzeitig Bescheiden- und Gefeiltheit, die Kämpfe und Siege früherer Tage berührt. Dennoch: in den wenigen Worten dort war die alte unvergeßliche Trompete aufgeschmettert – der Schall aus dem Horn des Paladins, der einst Fontarabias Echos weckte.

Es ist ja ganz erstaunlich, wie launisch, wie plötzlich die Schwankungen in der Bewertung einer Öffentlichen Persönlichkeit sind. Alles hängt davon ab, ob das Publikum den Mann braucht, beziehungsweise glaubt, daß es ihn brauche; und das wiederum ist eine Frage, über die das Publikum sich eine Woche vorher nicht im geringsten im Klaren ist; und daß es, einmal darüber ins Klare gekommen, auch nur eine Woche hindurch desselben Sinnes bleibt, steht mit nichten fest. Falls es einen Mann nicht braucht – wenn er etwa dem Geschmack der Zeit, und den Anforderungen des Augenblicks nicht genau entspricht – dann wird er, ungeachtet seiner Beredsamkeit, seiner Fähigkeiten, seiner Tugenden, beiseite geschoben oder niedergebrüllt. Wird er aber gebraucht – strahlt der Spiegel des Tages sein Bild zurück – dann erweist sich dieser Spiegel als ein mächtiger Vergrößerer – sämtliche Proportionen schwellen – sie werden gigantisch. In diesem Moment nun bedurfte das Publikum irgendeines Mannes; und sobald der Wink ausgegeben war :›Warum nicht Guy Darrell?‹, stürzte man sich auf Guy Darrell als *den* Mann, der Not tat! Es war gerade eine der Epochen in uns'rer parlamentarischen Geschichte, wo das Publikum alle Geduld mit sämtlichen Parteien verloren hat – wo anerkannte Führer es fertig gebracht haben, sich selbst zu schaden – wo ein Kabinett wankt, und das Publikum sich weder darum scheert, es zu halten noch zu stürzen; – eine Epoche nicht minder, wo das Land irgendwie in Gefahr schien; wo man bloße Verwaltungs-Männer den schwierigen Umständen für nicht gewachsen hielt; und wo jeglicher Name, der Assoziationen an Tatkraft, Rednergabe, Genie wachrief, weit über das pari seines Marktwertes in Zeiten bürokratischer Ruhe stieg. Ohne eigne Bemühung – lediglich durch die Kraft solcher UnterStrömungen – ward Guy Darrell hochgetragen, aus Vergessenheit, zu Ansehen und Bedeutung. Er konnte kein neues Kabinett bilden – das allerdings nicht; wohl aber entscheidend helfen, ein Kabinett zustande zu bringen; konnte in schroffem Gegensatz stehende Elemente versöhnen; strittige Fragen beilegen; in einer solchen Regierung einen hohen Posten einnehmen; ihre Beratungen beeinflussen; und ein der Rhetorik des Tages überdrüssiges Publikum, mit den oratorischen Künsten eines früheren Geschlechtes entzücken. Denn das Publikum ist grundsätzlich ein laudator temporis acti; und seien die Schriftsteller oder Redner, die es unmittelbar vor Augen hat, wie sie wollen, seien diese Schriftsteller oder Redner auch ebensoviele Homere und Ciceros, : es würde dennoch ein abschätziges Häuptlein schütteln, und von ›unsern entarteten Tagen‹ reden – ähnlich wie Homer selber geschwätzt hat, Generationen bevor Leonidas den Paß von Thermopylae hielt, oder Miltiades bei Marathon die Kriegsmacht Asiens zu Boden schlug. Und Guy Darrell gehörte ja solch einem früheren Geschlechte an. Die Väter jener jungen Abgeordneten, wie sie jetzt auf dem Weg zum Ruhm begriffen waren, hatten ihren Söhnen so manchen seiner markigen Sätze, seiner anschaulichen Metaphern, zitiert; und dann hinzugefügt – wie Fox hinzuzufügen pflegte, wenn er Burke zitierte – : ›Aber wenn Ihr den Mann erst gehört und gesehen hättet!‹.

Den Mann gehört und gesehen? Aber da war er ja wieder! – auferstanden wie aus einem Grabe – vor die Öffentlichkeit hingetreten, just da man eines solchen Mannes bedürftig war! Bedürftig wie? – bedürftig wo? Oh, irgendwie und irgendwo! Da ist er! greift zu und benützt ihn nach Kräften!

Das Haus in Carlton Gardens ist bereit, alle Einrichtungen sind getroffen. Dorthin strömen sämtliche Vipont's – und nicht sie allein; auch die Häupter aller Parteien – und nicht sie allein; auch alle Notabilitäten, die unsere große Metropole vermag. Guy Darrell hätte sehr wohl ob seiner eigenen Position betroffen sein können; aber er begriff deren Natur, und sie brachte seine Nerven nicht weiter in Unordnung. Er kannte das öffentliche Leben gut genug, um sich bewußt zu sein, wie sehr die VolksGunst das Produkt von Zufälligkeiten ist. Durch Zufall hatte er genau die Zeit abgepaßt; wäre er unter ähnlichen Umständen, aber eine Saison früher in die Stadt gekommen, da ein Mann wie Guy Darrell noch nicht benötigt wurde, er wäre vermutlich und auf die Dauer gänzlich unbeachtet geblieben. Ob nun mit oder ohne Absicht, sein Verhalten bestärkte und vergrößerte den Effekt, den sein Wiedererscheinen hervorgebracht hatte: gnädig, aber dennoch bescheiden--reserviert – er selbst sprach wenig; hörte aber hinreißend zu. So manche der Fragen, die Allewelt um ihn her bewegten, waren erst nach den Tagen seiner Wirksamkeit zu Bedeutung gelangt; auch hatte er, in seiner Zurückgezogenheit, ihre fortschreitende Entwicklung, nebst ihren wechselnden Auswirkungen auf Männer und Parteien, nicht genügend verfolgt. Aber ein Mann, der sich einmal so richtig-tief mit der Politik und ihren Praktiken eingelassen hat, könnte schließlich 20 Jahre lang in Trophonius' Höhle schlafen, und würde dennoch beim Erwachen, recht wenig zuzulernen finden. Darrell gewann rasch das TagesNiveau; und bemächtigte sich aller der Hauptpunkte, worüber die Stimmen geteilt waren, mit der Promptheit eines hurtigen und umfassenden Intellekts – wobei sein Urteil vielleicht gerade umso klarer ausfiel, da ihm seine Erfrischung durch langes Ausruhn, und die Gemütsruhe leidenschaftsloser Begutachtung zuhülfe kamen. Wenn Parteigänger darüber haderten, was man denn damals hätte tun sollen, war Darrell still; wenn sie fragten, was nunmehr zu tun *sei,* erfolgte eine seiner geschliffenen Sentenzen, und ein Knoten war zerhauen. Indessen ist es wahr: dieser Mann, um den sich Erwartungen sammelten und Gerüchte summten, saß weder im Ober- noch im Unterhaus; aber das war eher eine weitere Frist für seine Energien, als daß es seiner Bedeutung Abbruch tat. Wichtige Wahlkreise, deren Abgeordnete kurz vorm Ausscheiden standen, schauten bereits nach ihm aus; für die Zwischenzeit machte Carr Vipont sich anheischig, ihm einen kleineren jeden Tag zu verschaffen – irgendein Vipont stand immer bereit, etwas anzunehmen; sogar die Chiltern Hundreds. Aber Darrell nahm nicht ohne Grund Anstand, nach einer Pause von 17 Jahren sogleich wieder in's Unterhaus einzutreten. Verlassen hatte er es damals mit einem jener seltenen Renommées, die kein weiser Mann vorschnell aufs Spiel setzen wird. Die Viponts seufzten. Nützlicher für sie würde er zweifellos im Unterhaus sein, als bei den Lords; aber auch bei den Lords war seine Brauchbarkeit immer noch groß genug; während der kommenden KRISE würden sie eines kampflustigen Debattier-Lords bedürfen, vielleicht sogar eines rechtskundigen Lords; – : ob er etwa die PairsWürde vorzöge? Darrell besann sich immer noch. Die Bescheidenheit des Mannes war langsam unerträglich – sein Stil als Redner möchte jener erlauchten Versammlung vielleicht nicht anstehen; und was das jus betraf – als rechtskundiger Lord würde er jetzt doch niemals mehr gelten – er würde nichts als ein ci-devant Advokat heißen, ein AmateurLord, der sich die RichterRolle anmaße.

Kurzum, ohne einen Wieder-Eintritt ins öffentliche Leben direkt abzulehnen – im Gegenteil, mit dem Anschein all sein Interesse dafür erneuert zu haben – wußte Darrell, mit bewundernswerter Geschicklichkeit, für den Augenblick allen Anträgen, mit denen man ihn bestürmte, auszuweichen; und, was mehr ist, sogar seine Bewunderer von der nicht nur Klugheit sondern dem Patriotismus solcher Zurückhaltung zu überzeugen. Denn soviel stand fest, daß er auf die beschriebene Weise einen sehr beträchtlichen Einfluß auszuüben verstand – sein Rat wurde mehr gesucht; seine Anregungen mehr beachtet; und sein Einfluß bei Versöhnung gewisser rivalisierender Interessen war vielleicht größer, als der Fall gewesen wäre, hätte er tatsächlich in einem der beiden Häuser des Parlamentes gesessen, und sich dafür aber ausschließlich in die Front nicht bloß einer Partei, sondern einer Richtung innerhalb einer Partei, einreihen müssen. Trotzdem konnte ein solcher SchwebeZustand nicht ewig dauern; bis zur nächsten Sitzungs-Periode mußte er sich, unter allen Umständen, entschieden haben. Einmal sah man ihn auch in der Arena seiner einstigen Triumphe; auf den Bänken, die, nach Anordnung des Sprechers, für besonders ausgezeichnete fremde Besucher reserviert sind. Dort – von den älteren Mitgliedern sogleich erkannt, von den Jüngeren eifrig betrachtet – saß Guy Darrell, und lauschte, eine lange nächtliche RedeSchlacht hindurch, auf Stimmen, die, aus längst vergessnen Gräbern, anfeuernde und glorreiche Erinnerungen wecken mußten; auf Stimmen von Solchen – jetzt Veteranen – an deren Seite auch er einst für etwelche Sache gestritten, die er damals, in der unerläßlichen guten Übertreibung jeder ehrlichen Begeisterung, für identisch mit dem Herzblut einer Nation gehalten hatte. Stimmen alter Gegner auch; über deren zuschanden gemachte Argumente er, triumphierend, hinweggeschritten war, inmitten von BeifallsStürmen, die den nächsten Tag dann durch ganz England widerhallten, von einer Küste zur andern. Da! horch! eben der Mann, mit dem er in jenen alten SchlachtenTagen am regelmäßigsten aneinander geraten war, er spricht jetzt! Sein Ton wirkt verwirrt – seine Beweisführung konfuse. Weiß er etwa, Wer drüben lauscht? Alte Abgeordnete scheinen dieser Ansicht – sie lächeln, flüstern miteinander, und lugen dann wohl bedeutsam dorthin, wo Darrell sitzt.

Sitzt, wie es sich für ihn gehört: ruhig, ehrerbietig, gespannt; scheinbar (vielleicht sogar wirklich) unbewußt der Sensation, die er hervorruft. Aber was für ein Auge für einen Redner! wie ähnlich dem Auge in einem Porträt!: es scheint jegliches andere Auge, das nach ihm sucht, zu fixieren – standhaft, fascinierend. Selbst die Mitglieder in größerer Entfernung, hinter dem Stuhl des Sprechers, spüren's wenn der Strahl dieses Auges zu ihnen her gewandert kommt. Wie hoch und gleichzeitig massiv, in all diesen Reihen menschlicher Köpfe, scheint die leicht vorgeneigte Stirn, mit den dunkel markierten Linien der starken AugenBrauen darunter! Aber was geht in diesem heimlichen Gemüt indessen vor? Ist es die Trauer beim Zurückblicken? ist es Eifer, den Streit zu erneuen? ist dies Int'resse am Disput der Stunde fingiert oder echt? Unmöglich zu entscheiden, für Einen, der dies Gesicht anschaut. Ja, dem Beschauer würde gedäucht haben, dies Auge läse ihn durch und durch, bis ins innerste Herz; und zwar längst ehe er, der Beschauer, auch nur eine erste Vermutung hinsichtlich der Gedanken hinter jener marmornen Stirne hätte anstellen können – hinsichtlich der Emotionen in jenem Herzen, über dem, nach Art antiker Senatoren, die Arme mit so konventioneller Ungezwungenheit gekreuzt lagen.

7. Kapitel

Darrell und Lionel.

Darrell hatte Lionel erst mit einer gewissen unverkennbaren Verwirrung empfangen, die aber bald liebreicher Wärme Platz machte. Er fühlte sich zu dem jungen Mann, dessen Glücksumstände er so sehr verbessert hatte, hingezogen; er spürte, daß mit diesen verbesserten Glücksumständen, sich das ganze Wesen des jungen Mannes verbessert hatte; – die gesicherte Stellung, der frühzeitige Umgang in den besten gesellschaftlichen Zirkeln, wo die Gleichheit des InModeseins alle RangUnterschiede ausgleicht, hatten bei Lionel viel von der launischen und morbiden Reizbarkeit seines einstigen knabenhaften Stolzes gemildert; aber der hohe Sinn, die edle Liebe zur Unabhängigkeit, die Verachtung gewinnsüchtiger Berechnung, waren so stark wie je; sie gehörten zum KernHolz seiner Natur. In Übereinstimmung mit Allen, die in der Jugend danach trachten, sich eines Tages von den ›ununterscheidbar Vielen‹ auszuzeichnen, hatte Lionel sich selbst einen gewissen idealen Standard zurechtgemacht, weit über dem gewöhnlichen Niveau dessen, was die Welt sich begnügt ›ehrlich‹ zu heißen, oder als ›klug‹ zu betrachten. Er hatte in seine Einschätzung des Lebens jenes heroische Element aufgenommen, das selbst unter dem allerpraktischsten Gesichtspunkt nicht unerwünscht sein sollte; denn ›Die Welt‹ hat sich derart das Herabsetzen angewöhnt – den Unglauben an hohe Motive und reine Gefühle – das sich selbst Abfotografieren, mitsamt all ihren häßlichsten Runzeln, all ihren Defekten, die abzubilden sie die Sonne einlädt; der wahren Blüte, die aufzuheitern, des wahren Ausdrucks, der zu versöhnen angetan sein könnte, absichtlich entkleidet – so daß wir die menschliche Natur niemals korrekt beurteilen werden, wenn wir nicht zumindest bei unserm Start im Leben, den Blick auf seine schönsten Schönheiten gerichtet, und fest an unserm Glauben halten, daß es imgrunde gut sei. Mit einem Wort: Er beginne heroisch, Der einst menschlich sein will. Aber obgleich Lionel sich dergestalt insgeheim einen gewissen HochTyp vorschrieb, dem, selbst wenn er in Wirklichkeit nie erreicht werden sollte, dennoch unverdrossen nachzustreben sei, verhielt er sich, seinen Zeitgenossen gegenüber gänzlich ohne Anmaßung oder Schulmeisterei. Davor bewahrten ihn nicht nur seine Gutmütigkeit, Lebenslust, die frank und freie Keckheit; sondern allein schon der bloße Zustrom von Ideen, der ihm die Zunge munter löste, seiner Sprache Farbigkeit lieh, und seine Unterhaltung, ob mit Jung oder Alt, ob mit Weisen oder Einfältigen, pikant und originell machte. Er war der ergötzlichste Gesellschafter; und wenn er von Solchen, die älter und weiser waren als er selbst, umfassende Belehrung empfangen hatte, dann badete er diese Belehrung dergestalt im frischen Quell seiner eig'nen lebhaften Intelligenz, wärmte sie so am eig'nen pochenden impulsiven Herzen, daß er es fertig brachte, eines alten Mannes Nachlese aus dessen Erfahrungen, wie eines jungen Mannes intuitives Erraten der Wahrheit wirken zu lassen. Fehler hatte er selbstverständlich – hauptsächlich die in seinem Alter gewöhnlichen; unter denen vielleicht die gefährlichsten waren – zum ersten, Sorglosigkeit in GeldAngelegenheiten; zum zweiten, eine Abneigung gegenüber Ratschlägen, bei denen die Bedächtigkeit allzusichtbar vorherrschte. Seine Liebhabereien waren imgrunde nicht extravagant; aber Geld schlüpfte ihm irgendwie durch die Hände, ohne daß er dafür etwas Sonderliches vorzuzeigen gehabt hätte; und wenn die ihm ausgesetzte, vierteljährliche Summe, bedeutend wie sie war – vielleicht nur allzu-bedeutend – fällig wurde, tauchten sogleich total vergessne Schulden auf, die sie mit Beschlag belegten. Schulden, die, da sie noch leidlich zu handhaben waren, nicht mit dem erforderlichen Horror betrachtet wurden. Ob nun bezahlt, ob auf die Seite geschoben, wie der Fall just sein mochte, sie wurden lediglich als lästig-langweilig angesehen; und Jugend ist solange in Gefahr, bis sie gelernt hat, Schulden als Furien zu betrachten. Was Guten Rat anlangt, nahm er ihn mit Vergnügen an, wenn er mit Eleganz und Kunst eingekleidet war – wenn er sich an den Ehrgeiz richtete – wenn er die höheren Tugenden akzentuierte. Aber Guter Rat, der nur praktisch und prosaisch war, ging zu einem Ohr herein, und zum andern wieder hinaus. Es war tatsächlich so, daß er, bei so manchem Talent, noch nicht den entsprechenden Ballast von gesundem Menschenverstand besaß; und wenn er je genug davon bekommen sollte, um seine Barke auf der beschwerlichen Reise durchs Leben zu stabilisieren, dann mußte die Notwendigkeit von so viel grobem Gewicht, ihm schon sehr nachdrücklich einleuchtend gemacht werden, und zwar weniger seiner Vernunft, als vielmehr seiner Einbildungskraft und seinem Herzen. Aber falls er ihn, auf die eine oder andere Art, nicht bekommen sollte, dann möchte ich sein Schifflein nicht versichern.

Ich weiß nicht, ob Lionel Haughton Genie hatte – er selbst maßte es sich nie an; aber er besaß etwas dem Genie ähnlicheres, als jene prototypische ENTSCHLOSSENHEIT, deren er sich dem Maler gegenüber gerühmt hatte. Er besaß JUGEND – wahre Jugend – Jugend des Geistes, Jugend des Herzens, Jugend der Seele. Biegsam und geschmeidig, wie er sich vor Einem dahin bewegte; mit einem Auge in welches Licht oder Tau gleich schnell traten, aus den Tiefen einer Natur, die vor jeglichem hohen, jedem zärtlichen Gedanken erbebte, schien er noch mehr als jung – schien wie die Verkörperung der Jugend selbst.

Darrell ward sofort von ihm angezogen. Inmitten all der Einladungen die den wichtigen Mann bedrängten, wußte er es einzurichten, daß er Lionel täglich sah. Und, seltsam wie es sich anhören mag, Guy Darrell fühlte sich heimischer bei Lionel Haughton, als bei irgendeinem seiner eignen AltersGenossen – ja, als selbst Alban Morley gegenüber. Allerdings sprach er sich zu dem Letztgenannten offener und rückhaltloser über gewisse Episoden der Vergangenheit aus, oder auch über bestimmte zukünftige Projekte. Aber dennoch, selbst dann nahm er einen Ton von halb-spielerischer halb kummervoller Satire an, der an sich etwas wie Verkleidung sein konnte. Alban Morley, mit all seinen guten Eigenschaften, war ein Mann von Welt: und wie zu einem Mann von Welt, sprach Guy Darrell zu ihm. Aber es war eben nur ein recht kleiner Teil von dem Manne Guy Darrell, von dem Die Welt sagen konnte, ›er ist mein‹.

Lionel gegenüber ließ er, gleichsam unwillkürlich, die liebenswerteren, zarteren, poetischeren Seiten seines wechselnden, komplizierten, weitgehend unverstandenen Charakters sichtbar werden; nicht etwa absichtlich vertrauensvoll, wohl aber ohne Mühe sich groß zu verbergen. Wenn er seitens Lionels etwas vernahm, was Weltkinder ›sentimental‹ nennen würden, dann schien er, sacht, zu Lionels Jahrgang hinabzugleiten, und begann seinerseits ›sentimental‹ zu reden. Nehmt nur Alles in Allem: dieser geriebene Advokat, dieser beruf'ne Politiker, hatte immer noch einen beträchtlichen Schuß Jungenhaftigkeit in sich – hast Du jemals einen wahrhaft gescheiten Mann gekannt, lieber Leser, der das nicht gehabt hätte?

8. Kapitel

Wie sagt ein sehr derbes Sprüchwort? (Sie entschuldigen seine Rustizität): ›Man kann aus einem SchweinsOhr keine seidne Börse machen‹. Dabei ist ein SchweineOhr ein weit komplizierteres Kunstwerk als eine seid'ne Börse. Und, wahrlich, groß müßte der Myriotechniker sein, der es, umgekehrt, verstünde, aus einer SeidenBörse ein SchweineOhr zu fabrizieren; beziehungsweise, all den Tüll und Taft eines Londoner Salons wieder umzuzaubern, in Geschöpfe von Fleisch und Blut.

»Mamma?«, fragte Honoria Carr Vipont, »was für eine Art Mensch war eigentlich Mrs. Darrell?«

»Sie gehörte nicht zu unsern Zirkeln, Liebes«, antwortete Lady Selina. »Die Vipont Crooke's sind genau die Sorte Verwandtschaft, mit denen man – obschon man, selbstverständlich, höflich gegen alle Verwandten ist – mehr oder weniger intim wird, entsprechend dem Grade, wie sie mehr nach den Vipont's gehen, oder eben mehr nach den Crooke's. Arme Frau! sie starb just bevor Mr. Darrell ins Parlament eintrat, und in der Gesellschaft erschien. Aber ich muß schon sagen, daß sie keine angenehme Person war. Nicht nett.«, fügte Lady Selina, nach einer Pause, noch hinzu; indem sie eine ganze Welt von Bedeutung in diese eine konventionelle Silbe zu legen wußte.

»Ich nehme an, sie ist sehr gebildet gewesen? – sehr gescheit?«

»Ganz im Gegenteil, Liebes. Mr. Darrell war über die Maßen jung, als er heiratete – kaum volljährig. Sie war nicht die Art Frau, die für ihn gepaßt hätte.«

»Aber zumindest muß sie doch wohl ihm sehr zugetan – sehr stolz auf ihn gewesen sein?«

Lady Selina blickte von ihrer Arbeit seitwärts auf; und beobachtete ihrer Tochter Gesicht, das eine – bei einer Jungen Dame von so erhabner Erziehung, und einem so wohldisziplinierten Gemüt – nicht übliche Lebhaftigkeit besprach.

»Ich glaube nicht«, sagte Lady Selina, »daß sie sonderlich stolz auf ihn war. Sie würde auf seine Stellung stolz gewesen sein; präziser: auf diejenige, zu der sein Ruhm und Vermögen *sie* erhoben hätten, hätte sie's erleben und genießen können. Aber die ersten Jahre nach ihrer Heirat sind sie sehr arm gewesen; und ob seine Juristenlaufbahn ihn auch wirklich rasch und brilliant nach oben führte, mußte er lange Zeit völlig in seinem Berufe aufgehen, und wohnte in Bloomsbury. *Darauf* war Mrs. Darrell gar nicht stolz. Die Crooke's sind durchweg voller Finesse – versuchen sich Ansehen zu geben – heiraten in große Häuser ein, wenn's irgend geht – aber ihnen das Bürgerrecht bei Uns verleihen, können Wir nicht – sie bleiben immer Crooke's – nützliche Verbindungen dabei, sehr! Carr sagte immer, Wir hätten keine nützlicheren – aber eben drittklassig, Liebes. Alle weiblichen Crooke's sind schlimme Ehefrauen; weil sie niemals mit ihrem eig'nen Heimwesen zufrieden sind, vielmehr andauernd versuchen, sich in die Häuser vornehmer Leute einzunisten. Nicht sehr lang' bevor sie starb, nahm Mrs. Darrell ihre Freundin und Verwandte, eine Mrs. Lyndsay, zu sich ins Haus. Ich habe sie im Verdacht, daß das weder aus Zuneigung geschah, noch aus einer absonderlich großen Rücksicht auf Mrs. Lyndsay's Umstände (bei denen es sich, offen gesagt, um die blanke Dürftigkeit handelte; bis sie dann eben – dank Mr. Darrell – ihren Prozeß gewann), sondern schlicht, weil sie Mrs. Lyndsay als Vehikel betrachtete, um in Unsre Kreise zu gelangen. Mrs. Lyndsay war nämlich ein ausgesproch'ner Liebling von Uns Allen: reizende Manieren – auch absolut korrekt – Vipont durch und durch – perfekte EdelDame – aber raffiniert! Oh *derart* raffiniert! Sie schmeichelte der absurden Eitelkeit der armen Mrs. Darrell; gab aber sehr wohl acht, sich dabei selbst nicht zu schaden. Selbstverständlich hatte die Gattin eines Guy Darrell, und eine Vipont – wenn auch nur eine Vipont Crooke – einen Freipaß für die Außenbezirke der Guten Gesellschaft; Zutritt zu den großen Parties, undsoweiter. Aber damit hatte es auch sein Ende; selbst ich würde mich kompromittiert haben, hätt'ich in unsre Zirkel eine Frau aufgenommen, die dazu tendierte, sich selber zu kompromittieren. Hübsch, ja – aber in einem schlechten Stil – nicht die Vipont'sche Tournüre; und nicht nur dümmlich und verFlirtet; sondern sogar (Wir sind unter Uns; Du schweigst darüber, gelt Liebes?) – ausgesprochen vulgär.«

»Du machst mich ganz erstaunt und bestürzt! Wie solch ein Mann ...« Honoria brach ab, und errötete bis an die Schläfen.

»Gescheite Männer«, sprach Lady Selina, »erkiesen sich, das ist irgendwie eine allgemeine Regel, die kuriosesten EheFrauen. Und je gescheiter ein Mann ist, umso leichter, möcht'ich meinen, kann ein Weib ihn anführen. Immerhin muß man Mr. Darrell die Gerechtigkeit widerfahren lassen: er ist nur 1 Mal angeführt worden. Nach Mrs. Darrell's Tod hat, wie ich argwöhne, Mrs. Lyndsay ihr Glück versucht; aber vergebens. Natürlich konnte sie nicht direkt im selben Hause mit einem Witwer bleiben, der damals noch relativ jung war; und lediglich einer Gattin, gegen die man sich zwangsweise reserviert verhalten mußte, quitt zu werden brauchte, um in unsre Zirkel, und mit offenen Armen, aufgenommen zu werden, um, *enfin,* sofort zur allerbesten *monde* zu gehören. Mr. Darrell trat als immens-reicher Mann ins Parlament ein – (eine Erbschaft von einem alten OstIndier; zusätzlich zu den Erträgen seines eigentlichen Berufes) – und erwarb sein jetziges Haus, ganz in unsrer Nähe. Mrs. Lyndsay sah sich genötigt, ein Landhaus bei Fulham zu beziehen. Aber da sie Profession davon machte, seiner Tochter, der armen Matilda Darrell, eine zweite Mutter zu sein, bewerkstelligte sie es, sehr viel in Carlton Gardens zu sein – ihre Tochter, die Caroline, war nahezu pausenlos dort, und profitierte gratis von Matilda's HausLehrern. Und was mich anlangt, ich habe gedacht, Mrs. Lyndsay würde Mr. Darrell kapern – aber Dein Papa sagte immer ›Nie!‹ – und er sollte Recht haben, (wie er immer hat). – Dennoch; : Mrs. Lyndsay würde, für einen Mann im Öffentlichen Leben, eine ausgezeichnete Gattin abgegeben haben – so beliebt war sie – kannte die Welt so gut – hat sich niemals Jemanden zum Feinde gemacht, bis sie an dem armen-teuren Montfort Einen bekam; (aber das war ja natürlich). – Apropos, ich muß an Caroline schreiben. Süßes Ding! aber auch wie abgeschmackt, sich derart abzuschließen, wie wenn sie sich um Montfort verzehrte! Tz, genau wieder wie ihre Mutter – herzlos; aber ganz Schicklichkeit.« –

An dieser Stelle traten Carr Vipont und Oberst Morley ins Zimmer. »Wir haben gerade Darrell getroffen«, sagte Carr; »er wird heut zum Dinner herkommen, um sich mit unserm Vetter Alban zu treffen. Ich habe gleich *seinen* Vetter, den jungen Haughton, eingeladen; und außerdem *** und ***, *Deine* Vettern, Selina, (wird 'ne kleine Vettern-Party) – da haben Wir aber Glück gehabt, daß Darrell noch nicht versagt war.«

»Ich habe zu versprechen mich erkühnt«, sagte der Oberst, indem er sich mit halblauter Stimme an Honoria wandte, »daß Darrell Sie Beethoven spielen hören werde –?«.

Honoria: – »Ist Mr. Darrell demnach ein solcher Musikfreund?«

Oberst Morley: – »Man würd'es nicht gedacht haben, wie? Aber er hat zum Beispiel einen Sekretär in Fawley, der Flöte spielt. Darrell hat überhaupt etwas äußerst Int'ressantes an sich. Ich wollte nur, Sie könnten einmal seine Ideen über Ehe und Häusliches Leben hören – mehr Frische des Herzens, als bei den jungen Männern, wie man sie heutzutage antrifft. Es mag ein Vorurteil sein; aber mir scheint es, wie wenn es den jungen Burschen der gegenwärtigen Rasse – mögen sie immer nüchterner und gesetzter sein, als Wir seinerzeit waren – betrüblich an Geist und Charakter mangele – kein warmes Blut in den Adern! Aber ich sollte wohl nicht so zu einer Demoiselle sprechen, die alle diese jungen Gesellen zu ihren Füßen sieht.«

»Oh, –«, sagte Lady Selina, die halben Ohrs zugehört hatte, mit einem kleinen Lachen, »Honoria denkt da weitgehend wie Ihr; sie findet die jungen Männer so fade – Einer genau wie der Andere – dieselben formelhaften Phrasen.«

»Dieselben stereotypen Ideen«, ergänzte Honoria mit einer Geste ruhiger Geringschätzung, indem sie davon ging.

»Das heiß' ich mir doch eine überlegene Einstellung«, flüsterte der Oberst Carr Vipont zu. »*Die* wird bestimmt mal keinen Narren heiraten!« –

Guy Darrell war sehr liebenswürdig bei der ›kleinen Familien-Dinner-Party‹. Carr war leutselig wie immer in seinem Benehmen – das echte-alte UnterhausBenehmen, das viel Ähnlichkeit mit dem einer VolksHochschule für Gentlemen hatte. Lady Selina, wie bereits früher einmal gesagt, war im eig'nen FamilienKreise durchaus natürlich und munter. Carr Junior, der ohne seine Gattin erschienen, und prätentiöser war als sein Vater – Kunststück, als Mitglied des MarineMinisteriums! – empfand eine gewisse ehrerbietige Scheu vor Darrell, und redete wenig, was ihm ausgezeichnet stand, und sehr zur allgemeinen guten Stimmung bei Tische beitrug. Die übrigen Teilnehmer an dem Symposion bestanden, außer Lady Selina, Honoria, und einer jüngeren Schwester, lediglich noch aus Darrell, Lionel, und Lady Selina's beiden Vettern; ältliche Peers – der Eine mit dem HosenbandOrden; der Andre war KabinettsMitglied – joviale Männer, die einstmals, in derselben OffiziersMesse, wilde Gesellen gewesen waren, und die einander, wenn sie sich, so wie jetzt, wieder einmal begegneten, immer noch anflaxten. Lionel, der sich an Vance's Beschreibung von Lady Selina erinnerte, und der seitdem auch in Gesellschaft von ihr grundsätzlich als von einem weiblichen Despoten hatte reden hören, der die Künste, wodurch Despoten floriren – mit Majestät zu imponieren, mit Liebkosungen zu täuschen – zur Vollkommenheit entwickelt habe – ein Aurangzeb im Petticoat – Lionel also wußte gar nicht mehr woran er war, und wie sich ein derartiges Porträt mit der gutlaunigen, mütterlichen Frau-hier vereinbaren lasse, die sich mit ihm von ihrem Hauswesen unterhielt, ihrem Gatten, ihren Kindern, alles mit unverstellter Zärtlichkeit und gebührendem Stolz; und Die, weit entfernt davon, so formidabel gescheit zu sein, wie es der grausamen Welt zu verbreiten beliebte, Lionel, in Bezug auf ihren Verstand, eher unter pari zu stehen schien: wenn man von ihrem Gespräch die Gutmütigkeit abzog, blieb als Rückstand so ziemlich das reine Gewäsche. Nach dem Dinner kamen, einzeln, noch diverse andere Angehörige der Familie Vipont herein – von Carr oder Lady Selina, in hastigen dreieckigen StegreifBilletlein aufgefordert, die Gelegenheit beim Schopf zu packen, und die Bekanntschaft mit ihrem prominenten Verwandten zu erneuern. Ein Zufall wollte es, daß sich unter den also Eingeladenen nur ganz wenige unverheiratete Junge Damen befanden; und infolge eines weiteren Zufalls, waren Alle-diese ausgesprochen unansehnlich. Honoria Vipont war jedenfalls, unbestritten, die *Belle* des Hauses. Auch konnte wohl Keiner umhin, wahrzunehmen, daß Darrell erheblich beeindruckt von ihr schien – sich mehr mit ihr unterhielt, als mit jeglicher anderen Lady; und als sie sich ans Piano verfügte, und jene große Beethovensche *pièce* spielte, wo die Musik in einen Knoten geschlungen scheint, den nur die kunstreichsten Finger aufzulösen vermögen, da verharrte Darrell, allein und für sich, auf seinem Sitz und lauschte, ohne Zweifel mit hingerissener Aufmerksamkeit. Aber just da das Stück beendet war, und Honoria sich umdrehte, um nach ihm zu schauen, war er fort und gegangen.

Lionel verweilte sich nachdem auch nicht mehr lange. Der fesche junge Mann begab sich, von da aus, zu einer jener MammutZusammenkünfte, die extra dazu einberufen scheinen, um eine praktische Parodie von Mr. Bentham's berühmter Maxime abzugeben – ›das kleinste Glück für die größte Menschenzahl‹.

Es war ein sehr großes Haus, und gehörte einer sehr großen Persönlichkeit. Oberst Morley hatte Lionel eine Einladung verschafft, und gesagt: »Geht; *Ihr* müßt dort gesehen werden.« Oberst Morley selbst war über das Stadium des Hineinwachsens in die

Gesellschaft längst hinaus – seiner anerkannten Größe konnte keinerlei Bemühen um den morgigen Tag eine Elle zusetzen. Als Einer inmitten einer Gruppe junger Leute in TürNähe, gewahrte Lionel auch Darrell, der noch vor ihm eingetroffen war, und einer sehr hübschen jungen Dame mit einer Aufmerksamkeit zuhörte, genau so ernstlich wie die, die soeben den überlegenen Geist der wohlerzog'nen Honoria erfreut hatte. Eine sehr hübsche junge Dame, Die hier, gewiß; aber ohne einen überlegenen Geist, und bisher auch nicht dafür bekannt, daß sie junge Herren je ›fad‹ gefunden hätte. Zweifellos würde sie das jetzt künftig tun. Ein paar Minuten später lauschte Darrell schon wieder – diesmal einer nächsten Jungen Dame, die allgemein als ›flott‹ galt; und wenn auch seine Aufmerksamkeiten ihr gegenüber nicht betont waren, die ihrigen ihm gegenüber waren's. Sie plapperte geläufig auf ihn ein; lachte, der hübsche ausgelassene Balg, über die eignen Einfälle; und schien ihn am Ende durch ihr munteres Wesen doch derart zu faszinieren, daß er an ihrer Seite Platz nahm; und das schalkische Lächeln um seine Lippen – Lippen die gelernt hatten, sonst so ernst gepreßt zu sein – zeigte, daß er durchaus noch auf kindliche Munterkeit eingehen konnte; denn gewißlich mußte dem vielerfahrnen Mann ja die flotte Junge Dame wie ein Kind und Schwindelköpfchen vorkommen. Lionel war direkt amüsiert: konnte das der strenge Klausner sein, von dem er damals, in den Schatten Fawley's Abschied nahm? Guy Darrell, in seinen Jahren, mit seinem Renommée für Würde, der Gegenstand so vielen Nickens, und Winkens, und verkniffenen Lächelns – konnte *er* so tief hinuntersteigen, zu der frivolsten aller Rollen, der einer männlichen Kokette? Oder war es ihm Ernst – und seine Eitelkeit ließ sich düpieren? Aber als Lionel noch einmal hinschaute, sah er auf seines Verwandten Antlitz plötzlich jenen trüben mutlosen Ausdruck zurückkehren, der in den Einsamkeiten Fawley's sein eignes junges Mitleid erregt hatte. Doch im Nu raffte der Mann sich bereits auf – der trübe Ausdruck war verschwunden. Hatte das fröhliche Lachen des Mädchens ihn wieder verscheucht? Aber Lionel's Aufmerksamkeit ward nunmehr von Darrells Person weg, und auf die gemurmelten Bemerkungen rund um ihn hingelenkt, die Darrell zum Thema hatten.

: »Ja, er soll entschlossen sein, wieder zu heiraten! Ich hab' es von Alban Morley – enormes Vermögen – und sieht derart jung aus, jedes Mädel könnte sich in solche Augen und so eine Stirn verlieben; und dazu das Leibgedinge, was er aussetzen könnte! / Seht Euch mal dies Mädchen an, die Flora Vyvyan, wie Die sich Mühe gibt, ihn zum Trottel zu machen. Kann doch so eine Art von Mann überhaupt nicht würdigen; und von seinem Geld würd' sie sich nicht fangen lassen – braucht ja keins. / Ich frag mich bloß, ob sie gar keine Angst vor ihm hat? Er zieht sie doch garantiert nur auf. / Männer finden sie hübsch – ich eigentlich nicht. / Es heißt, er werde wieder ins Parlament zurückkehren, und einen Posten im Kabinett bekommen. / Nein; lebende Kinder hat er keine – ganz natürlich, daß er wieder heiraten möchte. / Ein Neffe? – da irrt Ihr Euch aber vollkommen! Der junge Haughton ist kein Neffe – ein ganz entfernter Verwandter nur – hat nie darauf rechnen können, mal der Erbe zu sein. / In Paris wurde das aber allgemein verbreitet: die Herzogin war der Ansicht; und Lady Jane nicht minder. Na, dann werden sie jetzt ja nicht mehr ganz so zuvorkommend gegen den jungen Haughton sein. / Pscht . . .«

Lionel verzichtete darauf, noch mehr zu hören; glitt vielmehr vorbei, und drang tiefer in die Menge ein. Und da, im Weitergehen, mit diesen letzten Worten noch im Ohr, überfiel ihn plötzlich das Bewußtsein, daß seine gesellschaftliche Stellung eine Veränderung erlitten hatte. Schwer zu definieren; und einem unbeteiligten Zuschauer würd' es geschienen haben, daß die Leute ihn genauso kordial begrüßten, wie sonst auch. Die Schattierungen der Achtungsbezeigungen in einer gebildeten Gesellschaft sind so ausnehmend delikat, daß es scheint, man könne nur durch eine Art von Hellseherei erfahren, ob man, von einem Tag auf den andern, gestiegen oder gesunken ist. Ein Mann hat, sagen wir, eine hohe Stellung, Gönnerschaft, Macht und Einfluß verloren – vielleicht um sie nie wieder zu gewinnen. Die Leute drehen ihm deswegen nicht den Rücken zu; ihr Lächeln bleibt genauso freundlich, ihre Hände genauso schmeichelhaft ausgestreckt. Aber jener Mann müßte schon stumpf wie ein Rhinoceros sein, wenn er nicht fühlte – was Jedermann, der ihn vertraulich anspricht, fühlt – nämlich daß er auf der Leiter herabgestiegen ist. So auch mit allem andern. Man verliere sogar sein Vermögen: deswegen sehen Einen die Freunde, in irgendeinem Londoner Salon, nicht gleich am nächsten Tag schon so an, wie wenn man sie um 5 £ anborgen wollte – darauf kann man noch ein Jahr oder so warten. Aber falls sie eben gehört haben sollten, daß man ruiniert sei; dann – und mögen sie sich noch so höflich verbeugen, und noch so verbindlich dazu lächeln –

wird man unweigerlich *fühlen* daß sie es gehört haben. Lionel war in seinem ganzen letzten Pariser Jahr mehr als nur fashionabel, er war ganz groß in Mode gewesen – umworben (förmlich nachgerannt), gehätschelt, zitiert, nachgeahmt. Heute Abend nun war ihm zumute, wie etwa einem Autor sein mag, der läng're Zeit der Letzte Schrei war, und es nun auf einmal, ohne jegliches Verschulden seinerseits, nicht mehr ist. Die Strahlen, deren Abglanz ihn vergoldet hatte, waren zu dem LichtGestirn, dem sie entlehnt waren, zurückgekehrt. Und Diejenigen, die sich immer noch am freundlichsten zu Lionel Haughton jetzt verhielten, waren Dieselben die immer noch den größten Respekt vor den 35 000 £ pro Jahr empfanden – an Guy Darrell!

Lionel war wütend auf sich selbst, daß er sich so giftete. Aber in seinem verwundeten Stolz war keinerlei geldsüchtiges Bedauern – lediglich die Art von Übelkeit, wie sie die Jugend wohl überkommt, wenn ihr die Hohlheit des WeltLebens zum ersten Mal so recht klar gemacht wird. Von den Gesichtern rund um ihn her, fiel der ZauberTrug ab, wodurch die *amour propre* in großen Assembléen, wo man der *amour propre* so geschmeichelt, gefangen genommen wird. ›Ein herrliches, intelligentes Auditorium!‹, denkt der beklatschte Schauspieler; ›Entzückende Party!‹, murmelt die angebetete Schöne. ZauberTrug, oh ZauberTrug! Man lasse das Auditorium gähnen, während der Schauspieler sich den Mund verrenkt; lasse die Party die Schöne vernachlässigen, um eine Andre zu adoriren – und mit einem Schlage wird aus dem ›Herrlichen Auditorium‹ ein ›Ignorantes Pack!‹; die ›Entzückende Party‹ zur ›Herzlosen Welt!‹.

9. Kapitel

Entronnen einem Londoner Salon, kann das Fleisch wieder prikkeln, das Blut freier kreisen. / Guy Darrell erläutert Lionel Haughton, wieso er es für eine Pflicht erachtet – ein alter Narr zu sein.

Lionel Haughton schlängelte sich durch die entzauberten Räume; und tat, da er sich endlich auf den freundlosen Straßen fand, einen langen Atemzug der Erleichterung.

Wie er so langsam und gedankenvoll dahinschritt, spürte er plötzlich eine Hand auf seiner Schulter, wandte sich um, und sah Darrell.

»Gebt mir Euern Arm, mein lieber Lionel; ich bin total ermüdet. – Was für eine liebliche Nacht! Welch hübsche Verachtung in den Augen dieser Sterne dort, daß Wir sie um flackernder Lampen willen vernachlässigt haben.«

Lionel: – »Ist es Verachtung? – ist es Mitleid? Ist es bloß klare-helle Gleichgiltigkeit?«

Darrell: – »Wie wir selbst es interpretieren: wenn Verachtung in unsern Herzen vorwiegt, werden wir sie auf der Jupiter-Scheibe sehen. Der Mensch, selbstsüchtig wie er nun ist, verlangt vom ganzen Weltall Sympathie. Frohgestimmt?: sagt er zur Sonne, ›LebensSpender, freu Dich mit mir!‹ Sorgenvoll?: spricht er zum Monde, ›GedankenFreundin, Du teilst meinen Kummer.‹. Hoffnung auf Ruhm?: ein Stern ist seine Verheißung! Trauer um einen Toten?: ein Stern ist das Land der WiederVereinigung! Man sage zur Erde: ›Ich bin fertig mit Dir!‹; zur Zeit: ›Du hast nichts mir zu spenden!‹; und schon schreit das ganze Universum laut: ›Sehr richtig, die Erde ist ein Stäubchen; wogegen Dein Erbe die Unendlichkeit. Und die Zeit schwindet dahin, indes Du seufzest. : die Unzufriedenheit des Sterblichen, ist der Instinkt, der seine Unsterblichkeit beweist!‹. Dergestalt gedeutet, ist die Natur unsre Gefährtin, unsre Trösterin. Gutartig wie eine SpielGenossin, paßt sie sich unsern wechselnden Launen an. Ernst wie eine Lehrerin, respondiert sie auf die gesetzteren Erkundigungen des Verstandes. Mystisch und geheiligt wie eine Priesterin hält sie, durch dunkle Orakel, jenes spirituelle Sehnen in uns lebendig, in dem – vom Wilden bis zum Weisen – in alle Träumungen eingewebt, in jedwedes Credo – das Gefühl des Verbundenseins mit der Gottheit schauert. Niemals deshalb, solang er mit der Natur Kontakt hält, ist der Mensch weder gänzlich allein; noch ist sie die bloße NebenherGehende von uniformer Gestalt: immer neu, immer verschieden-artig, kann sie übergehen von Heitre zu Gestrengheit – aus Fantasie in Wissenschaft – schnell wie der Gedanke überspringt, vom Tanz eines Blattes, von den Tinten eines Regenbogens: zur Theorie der Bewegung, zum Problem des Lichtes an sich. Aber man gehe der Natur verlustig – vergesse, oder verabschiede sie – mache dafür Brüderschaft, hundertweise, mit Leuten, die sie nicht kennen – dann werde ich zwar nicht, mit dem Dichter, deklamieren: ›Dies, nun, ist Einsamkeit‹. Aber in solchem Kollektiv dann: welch abgestand'ne Monotonie; welch ermüdendes Einerlei!«

In dieser Art fuhr Darrell fort, Sentenz mit Sentenz zu verweben; wobei die ZwischenZusammenhänge der Bedeutungen oft so subtil ausfielen, daß es, zu Papier gebracht, einer gewissen Anstrengung bedarf, sie wahrzunehmen. Aber es war seine eigentümliche Gabe, das, was niedergeschrieben schwierig und dunkel geschienen hätte, dadurch klar zu machen, daß er es aussprach. Blick, Gehaben, jeglicher delikate Akzent einer Stimme, ebenso wundersam deutlich, wie unvergleichlich melodisch, Alles kam derart dem Sinn der bloßen Worte zu Hülfe, daß es schwerlich übertrieben ist, zu sagen: er hätte in einer unbekannten Sprache reden können, und der Zuhörer würde ihn verstanden haben. Aber ob nun verstanden oder nicht, es war ein solcher Genuß dies süße Getön mit anzuhören, daß Jeder, dessen Sinn für Musik lebendig war, gemurmelt haben würde: ›Sprecht weiter so in alle Ewigkeit‹. Und in dieser Gabe lag eines der HauptGeheimnisse für den Einfluß des Mannes über Alle, die in näheren Umgang mit ihm kamen; so daß, wenn Darrell je einen Menschen, der nicht direkt von vornherein durch Gegnerschaft und Abneigung gegen seinen Zauber gewappnet war, seiner vertraulichen Intimität gewürdigt, und diese Intimität dann wieder zurückgenommen hätte, in dem auf solche Art beraubten Dasein, eine nie wieder auszufüllende Lücke entstanden wäre.

Vor seiner Haustür inne haltend – da Lionel, hingerissen von so viel StimmMusik, des Schmerzes seiner früh'ren Träume ganz vergessen hatte, so bezaubernd war'n sie unterbrochen worden – hielt Darrell die ihm dargebotne Hand zurück, und sagte, »Nein; noch nicht – Ich hab' Euch etwas mitzuteilen: kommt hinein; laßt mich es jetzt tun.«

Lionel neigte sein Haupt; und folgte dann, unter überraschten Mutmaßungen, seinem Verwandten die breiten-hohen Treppen hinauf, in den gleichen komfortlos stattlichen Raum hinein, der bereits beschrieben worden ist. Als der Diener die Tür geschlossen hatte, ließ Darrell sich in einen Sessel nieder; richtete sein Auge mit schier elternhafter Gütigkeit auf Lionel, forderte seinen jungen Vetter mit der Hand auf, an seiner Seite Platz zu nehmen; und hob also an –

: »Bevor ich noch so alt war, wie Ihr, Lionel, war ich schon verheiratet – war ich Vater. Jetzt bin ich einsam und kinderlos. Mein Leben ist durch eine feierliche SelbstVerpflichtung gemodelt worden, die so Wenige begreifen könnten, daß ich eigentlich außer Euch kaum einen lebenden Menschen kenne, dem ich sie offen gestehen möchte. Stolz auf die eigne Familie ist eine weitverbreitete Schwäche – oft mutwillig bei Armen; oft unverschämt bei Reichen; aber nur sehr selten wohl wird es geschehen, daß, aus diesem Stolz heraus, ein Mensch sich eine positive, bindende Verpflichtung konstruiert, die, unter jeglicher Selbstaufopferung, praktisch seine ganze Lebenswahl beeinflußt. Als Kind, eh' noch meine kritische Urteilskraft zu unterscheiden vermocht hätte, wie viel an eitlem Aberglauben in unsrer Verehrung für die Toten lauern mag, da war mein ganzes Herze schon von einem leidenschaftlichen Gedankenspiel mit Beschlag belegt, dessen Verwirklichung meine gesamte wache Existenz geweiht wurde. Mein Vater! – die Lippe zittert, das Auge wird mir feucht, selbst jetzt noch, wenn ich sein gedenke – Mein Vater! – ich liebte ihn so inniglich! – die Liebe des Kindesalters, wie fürchterlich stark ist die! Alles an ihm war so hochgesinnt, und doch so sensibel – Ritterlichkeit, ohne deren WaffenRasseln. Ich war sein beständiger Gefährte: er sprach mit mir rückhaltlos, wie ein Dichter mit seiner Muse. Ich weinte über seine Sorgen – ich wütete über seine Demütigungen. Er sprach von den Ahnen, wie er sie sich vorstellte: für ihn waren sie Wesen, vergleichbar den Laren der Alten – nicht tot und in ihren Gräbern; sondern Imagines, stets gegenwärtig am häuslichen Herd. Zweifellos übertrieb er ihre Würdigkeit – und ihre einstige Bedeutung nicht minder. Obscur imgrunde, in den Annalen des Reiches, ihre Fata und ihre Macht, ihr Abstieg und Niedergang. Aber nicht so dachte er; in seinen Augen waren sie wie die LichtBahn des Mondes, über'n Ozean der Geschichte her – Lichter ob Wellen, einst von ihnen beglänzt – ansonsten nur das AllMeer in der

Finsternis! Wie Er, so dachte Ich; wie mein Vater sprach, so glaubte sein Kind. – Aber was war, in den Augen der Welt, dieser Erb-Eigentümliche eines so herausgestrichenen Namens? – : ein Fadenscheiniger, Geringgeachteter, verbauerter Pedant! – ohne jedweden Status auch nur in dem LandKreis, in dem der letztverbliebne--'runtergekommene Wohnsitz seiner Linie modderte. Was Ahnen-Reihe anbelangt, hoch über den meisten Edelleuten; Besitz betreffend, unterhalb der meisten FreiBauern. Er besaß Gelehrsamkeit, besaß Genie; aber die Studien, worauf Beides verwendet ward, dienten lediglich dazu, seine kümmerlichen Mittel noch mehr zu schmälern; und das EndErgebnis war eher Lächerlichkeit denn Ehrungen. Kein Tag verging, daß ich, auf seinen gesänftigten Zügen, nicht die Schmarre einer frischen Kränkung, das Nagen eines neuen Kummers, sah. Und so geschah es, daß Ich, ein Knabe noch, (der aber in-sich-selbst eine Kraft verspürte, wie sie nur die innigste Zuneigung geben kann), eines Tages vor ihn trat – und Er saß, und kümmerte – da kniet' ich vor ihn nieder; und sagte: ›Vater; nur Mut, eine kleine Weile noch. Bald werd' ich ein Mann sein; und Ich schwöre hiermit, als ein Mann, daß ich den alten, schwindenden Stamm, den Du so hegst, erneuern werde. Wieder--erbauen will ich das Haus Derer, die Du so liebst; und es ist, in meinen Augen, erhabener, als alle WappenSchilderei der Könige!‹. – Und meines Vaters Antlitz erstrahlte. Und seine Stimme segnete Mich. Und ich stand-auf, ein EhrGeiziger mit einem Ziel!.« – Darrell hielt inne; tat einen raschen-kurzen Seufzer; und fuhr dann, schleunicht, fort –

: »Ich hatte Glück auf der Universität. Damals war eine Zeit, wo die Führer der Parteien sich unter jungen Männern, die erste Proben abgelegt und die Erstlinge des Wetteifers und der Beharrlichkeit gewonnen hatten, nach Rekruten umschauten. Denn damals galt staatsmännische Tätigkeit noch für eine Kunst, die, gleich der des Krieges, früher Schulung und Disziplinierung bedarf. Ich hatte kaum das College verlassen, als mir von dem Haupte der Viponts, einem alten Lord Montfort, ein Platz im Parlament angeboten wurde. Ich war geblendet – aber nur für einen Augenblick; im nächsten lehnte ich ab. Das gefallene Haus Darrell bedurfte des Reichtums; und parlamentarischer Erfolg, auf den höheren Stufen, *erfordert* oftmals Reichtum – *gibt* ihn nie. Es traf sich, daß ich einen UniversitätsKameraden hatte, an einem jungen Mann, namens Vipont Crooke; (sein Großvater, einer der unzähligen Viponts, hatte sich genötigt gesehen, seinem ursprünglichen Namen noch ein ›Crooke‹ anzuhängen, als er die Erbschaft irgendeines reichen Onkels, eines der unzähligen Crooke, antrat). Mit diesem UniversitätsKameraden zusammen, machten wir erst dem alten Lord Montfort, in seiner Villa bei London, einen AnstandsBesuch; und gingen von da zu dem LandHaus der Vipont Crooke's. In diesem letzteren hielt ich mich zwei oder drei Wochen auf; und während ich noch dort war, bekam ich plötzlich ein Schreiben von dem älteren Fairthorn, dem Verwalter meines Vaters, in dem ich ersucht wurde, unverzüglich nach Fawley zu kommen, und auf irgendeine große Kalamität gefaßt zu sein. Da ich Abschied nahm von meinem Freund und seiner Familie, war etwas in dem Benehmen seiner Schwester, das mich erschreckte und mir peinlich war – eine offenkundige Konfusion; ein Ausbruch von Thränen – was weiß ich alles. Ich hatte mich niemals bemüht, ihre Neigung zu gewinnen. Ich hatte sehr wohl ein Ideal von der Frau, die ich einmal lieben könnte – es glich ihr nicht. Als ich in Fawley dann eintraf, stellt Euch den Schock vor, der mich erwartete: mein Vater war wie Einer, den es ins Herz getroffen hat! Unser HauptGläubiger hatte die Hypothek gekündigt – Fawley war drauf und dran, dem Geschlecht der Darrell auf immer verloren zu gehen. Ich sah, daß der Tag, da man meinen Vater aus dem alten Hause vertriebe, sein letzter auf Erden sein würde. Woher die Mittel, ihn zu retten? – wie die erbärmliche Summe, (einige wenige Tausende bloß), aufbringen – um die paar unfruchtbaren Morgen, die jedoch in den Augen meines Vaters all die Ländereien der Seymour oder Gower nicht hätten ersetzen können, den Klauen der Plünderer zu entziehen? Mein einziges Einkommen bestand in einer kleinen College-Rente; die zwar für meine Bedürfnisse hinreichte, aber weder verkauft noch beliehen werden konnte. Ich brachte die ganze Nacht in Beratungen mit Fairthorn zu – vergebens; es schien keine Hoffnung mehr. Am nächsten Morgen langte ein Brief von dem jungen Vipont Crooke an. Er war männlich und offen, obschon ein wenig plump: mit Wissen und Einverständnis seiner Eltern trug er mir die Hand seiner Schwester an, nebst einer Mitgift von 10000 £. Um seine Derbheit zu motivieren, gab er zu verstehen, daß ich, falls ich eine Vorliebe für seine Schwester empfände, ich mich möglicherweise, aus Gründen des FeinGefühls, für einen Antrag nicht wohlhabend genug dünken würde, und – nun es spielt keine Rolle, was er sonst noch sagte. Alles Übrige seht Ihr voraus.

Meines Vaters Leben konnte vor Verzweiflung bewahrt – das geliebte Heim ihm, bis zum letzten, sein Obdach bleiben. Durch solche Mitgift würde die armselige Schuld, die auf unserm Grund und Boden ruhte, mehr als gedeckt werden. Nicht 1 Stunde des Innehaltens gab es für mich; ich eilte zurück nach dem Hause, wohin das Schicksal mich geführt hatte. Aber«, sagte Darrell, mit Stolz, »denkt nicht, ich sei, selbst mit solchen Entschuldigungen, niedrig genug gewesen, die junge Lady zu täuschen. Ich sagte Ihr die Wahrheit: daß ich Ihr nicht die Liebe zusagen könnte, wie die RomanSchreiber und Poeten sie malen; aber daß ich auch keine Andere liebte; und daß, falls sie sich dazu verstünde meine Hand anzunehmen, ich stets aufs Gewissenhafteste auf ihr Glück bedacht sein, und ihr, dankbarlich, auch das meine anvertrauen werde. Ich sagte ihr weiterhin, und ebenso wahrheitsgemäß: daß, wenn sie mich heiratete, uns für die nächsten paar Jahre ein Leben voller Mühen und Entbehrungen bevorstünde; daß sogar die Zinsen aus ihrem Vermögen meinem Vater, solang er lebe, aufgeopfert werden müßten; (obgleich natürlich das Kapital, bis zum letzten Schilling, ihr und ihren Kindern überschrieben werden würde). Wie hab' ich sie gesegnet, als sie mich, trotz meiner Aufrichtigkeit, annahm! – wie ernstlich gebetet, daß ich ›sie lieben und hegen und ihr vergelten‹ könnte!« Darrell hielt, unverkennbar leidend, inne. »Und, dem Himmel sei Dank! ich habe mir, in dieser Beziehung, nichts vorzuwerfen. Und die Stärke dieser Erinnerung hat mich befähigt, mehr zu ertragen und zu erdulden, als meinem raschen Geist und meinem MannesHerzen ansonsten möglich gewesen wäre. Mein teurer Vater! sein Tod war glücklich – das Haus gerettet – durch welches Opfer seitens seines Sohnes hat er nie gewußt! Er freute sich der ersten Ehrungen, die meine Jugend errang. Er versöhnte sich endlich mit meiner Wahl eines Berufes, der – obschon all seinen feudalen Vorurteilen, die dem Vertreter des Hauses Darrell kein andres Handwerk als das Schwert gestatteten, zuwiderlaufend – immerhin jenen Wohlstand versprach, der seinen Namen vorm Untergang sichern würde. Er glaubte so felsenfest an meine Zukunft, wie wenn ich seinerzeit weniger ein Gelübde, als vielmehr eine Prophezeiung ausgesprochen hätte. Er hatte meinen Ehebund gesegnet, ohne dessen Kümmernisse auch nur entfernt zu ahnen. Er hatte mein Erstgebornes in seinen Armen gehalten – sicher, es war nur ein Mädchen; aber immerhin war es ein VerbindungsGlied nach vorn, zwischen Vor- und NachWelt. Und nahezu seine letzten

Worte waren diese: ›Du *wirst* das Geschlecht wieder zu Ansehn bringen – Du *wirst* den Namen neu beleben! und meines Sohnes Kinder werden am Grabe des Alterthümlers stehen, und ihm danken lernen für Alles, was seine müßigen Lehren Deine rüstigere Kraft gelehrt haben.‹ Und ich habe geantwortet: ›Ja, Vater; unsre Linie soll nicht aussterben im Lande; und wenn ich einmal reich und groß sein werde, und Lordschaften sich rings um die bescheidne Halle ausbreiten, die durch Euer Leben geadelt ist; dann will ich es Euern Enkeln weitergeben: ›Ehret Ihr und Eure KindesKinder, – so lang ein Darrell noch die Erde betritt – ehrt IHN, dem ich jeden hohen Gedanken schulde; der mich gekräftigt hat, dem nachzustreben, dessen Ihr, die Ihr nach mir kommt, Euch erfreuen dürfen sollt.‹

Und so starb der alte Mann, dem das Leben so wenig gelächelt hatte, mit einem Lächeln.«

Lionel hatte indes längst Darrell's Hand verstohlen in die seinige genommen, – das Herz schwoll ihm vor kindgleicher Zärtlichkeit, und Thränen rollten ihm über die Wangen herab.

Darrell küßte seinen jungen Vetter sanft auf die Stirn; machte sich dann von Lionel's Griff frei, um im Zimmer auf und ab schreiten zu können; und sprach im Schreiten –

: »Ich habe damals also ein Versprechen abgegeben; es ist nicht gehalten: kein Kind von mir ist am Leben geblieben, um in der Ehrfurcht gegen das Grab meines Vaters unterwiesen zu werden. Mein Leben in der Ehe war nicht glücklich; seine Schilderung bedarf keiner Worte. Zwei Kinder, die mir geboren wurden, sind Beide dahingegangen. – Zuerst mein Sohn. Ich hatte mein innerstes Leben auf ihn konzentriert – ein Junge voll Energie, der das Edelste versprach. Für ihn war es gedacht, daß ich jenes vereitelte Bauwerk zu errichten begann – *›sepulchri immemor‹*. Für ihn geschah es, daß ich, Morgen nach Morgen, sämtliches Land innerhalb Reichweite von Fawley aufkaufte – einige Grundstücke zwanzig Kilometer weit entfernt. Den dazwischenliegenden Raum hatte ich schon auszufüllen geplant – einen ephemeren Earl, dessen Waldungen und Kornfelder dort lagen, auszukaufen. Ich dachte gerade über einen VertragsEntwurf nach – strichelte schon auf der Kreis-Karte herum – als man mir die Nachricht brachte, der Junge, den ich eben erst in die Schule zurückgeschafft hatte, sei tot – ertrunken beim Baden, an einem stillen SommerAbend. – Nein, Lionel. Ich muß fortfahren. – *Diesen* Kummer hab' ich bekämpft – besiegt.

Dann wurde ich Witwer. Eine Tochter verblieb mir – jene ErstGeborne, die noch mein Vater auf seinem SterbeBette gesegnet hatte. All meine Liebe, all meine Hoffnungen übertrug ich auf sie. Ich hatte keine törichte Vorliebe für männliche Erben: ist ein Geschlecht weniger rein, das sich nur durch die weibliche Linie fortpflanzt? Nun wohl: der Tod meines Sohnes war gnädig, im Vergleich zu . . .« Wieder brach Darrell ab – fuhr wiederum hastig fort: »Genug! im Grabe sei Alles vergeben! – Noch stand ich damals im Mittag des MannesLebens, frei, neue Bande zu knüpfen – : der nächste Schlag!; von dem ich Euch nicht sprechen kann, er ist noch nicht gänzlich überwunden. Und dieser schwere Kummer hat das letzte bißchen Grün meines Daseins dermaßen versengt, daß – daß – kurzum, ich hatte kein Herz mehr für bräutliche Altäre – für die Welt der Gesellschaft. Jahre gingen dahin. Jegliches Jahr sagte ich mir: ›Nächstes Jahr wird die Wunde verheilt sein; ich hab' noch Zeit‹. Jetzt ist das Alter vor der Tür, das Grab nicht mehr weit; wenn überhaupt noch, dann muß ich jetzt das Versprechen erfüllen, das meines Vaters SterbeBette leicht gemacht hat. Und diese Pflicht begreift nicht alle meine Motive in sich. Wenn ich, für die mir verbleibenden Jahre, noch einmal gesundes Denken, männliches Handeln wiedergewinnen will; dann muß ich das Gefühl haben, daß eine mich verfolgende Erinnerung endgültig ausgetrieben, und für immer zur Ruhe gebracht ist. Und das wiederum kann nur geschehen – welch neue Sorgen ich dabei auch riskiere – wie groß die HasardeurThorheit solchen Wagnisses in meinem Alter auch immer sei – kann nur dadurch geschehen, daß – daß . . .« Noch einmal brach Darrell ab; richtete den Blick fest auf Lionel; und rief dann, indem er gleichzeitig die Arme breitete: »Vergebt mir, mein edler Lionel, daß ich mich nicht mit einem Erben wie Ihr seid, zu begnügen weiß! Und spöttelt wenigstens Ihr nicht über den alten Mann, der davon träumt, daß ein Weib ihn noch lieben, daß noch eigene Kinder das Haus seines Vaters ererben könnten!«

Lionel warf sich an die Brust, die sich ihm also aufgetan; und, gesetzt den Fall, Darrell hätte überlegt gehabt, wie er am besten und für immer das Herz des jungen Mannes von der Möglichkeit egoistischer Regungen kurieren könnte: nicht die raffinierteste Berechnung hätte dergestalt ihren Zweck erreicht, wie dies rührende Vertrauen, vor dem die Ungleichheit zwischen Jugend und Alter buchstäblich dahinschwand. Und nun, wo Beide gleich geworden,

Beide gleichermaßen sich erhöht fühlten, weiß ich, wahrlich, nicht zu sagen Wer in dem Moment der Ältere war, und Wer der Jüngere! Zwei edle Herzen, eins geworden in derselben GefühlsAufwallung, sind unabhängig von aller Zeit, außer der einen Gegenwart; auf gleichem Fuß Einer mit dem Andern, begegnen sie sich wie ZwillingsBrüder.

VII. BUCH

1. KAPITEL

Vignetten für das nächste ›BUCH DER SCHÖNHEIT‹.

»Ich bin vollkommen mit Euch einverstanden, Alban; Honoria Vipont ist eine sehr überlegene junge Dame.«

»Ich wußt' es ja, daß Ihr so denken würdet!«, rief der Oberst, mit mehr Wärme als ihm gemeinhin eigen war.

»Es sind viele Jahre her«, nahm Darrell, mit dem Anschein des Nachdenkens wieder auf: »da las ich die Romane von Miss Edgeworth; und wenn ich mich jetzt so mit Miss Honoria Vipont unterhalte, dünkt mich immer, ich konferierte mit einer von Miss Edgeworth's Heldinnen – so verständig, so bedachtsam, so wohlgesittet – so frei von dummen romantischen Ideen – so randvoll von soliden Kenntnissen, moralischen Grundsätzen, und Naturgeschichte – so verläßlich, ihre Uhr und ihr Herz genau auf den Moment zu stellen, daß die eine brav schlage, und das andre brav poche – und am Ende einen respektablen, gesetzten Ehemann zu heiraten, den sie mit Würde zu erobern wüßte, und mit Anstand – zu verlieren! Ein sehr überlegenes Mädchen, traun.« *

»Obwohl Eure Beschreibung von Miss Vipont satirisch gemeint ist«, sagte Alban Morley, lächelnd trotz einer gewissen Gereiztheit, »will ich sie gleichwohl als Lobrede auffassen; vermittelt sie doch,

* Darrell spricht hier — nicht der Verfasser. Darrell ist ungerecht gegen die erleseneren unter den weiblichen Gestalten einer Roman-Autorin, die ob der Kraft ihres Verstandes, Korrektheit der Zeichnung, Bündigkeit der Erzähltechnik, und der lichtvollen Schreibweise, durchaus Bewunderung verdient — und nicht minder für den keineswegs übertriebenen Adel der Gesinnung, durch den einige ihrer Heroinen sich bemerkenswert auszeichnen.

unbeabsichtigterweise, eine ganz richtige Vorstellung von den Eigenschaften, die eine intelligente LebensGefährtin ausmachen, und eine Gattin, auf die man sich verlassen kann. Und das sind ja wohl die Eigenschaften, auf die Unsereins sehen müßte, wenn Wir in Unserm Alter noch heiraten. Wir sind keine Jünglinge mehr«, fügte der Oberst sententiös hinzu.

Darrell: – »Leider nein! ich wollt' Wir wären's. Aber die Wahrheit Eures Aperçu's ist unbestreitbar. – Ah, dort! : ist das nicht ein Gesicht, das einen Achtzigjährigen vergessen machen könnte, daß er kein Jüngling mehr ist? – was für regelmäßige Züge! – und welch ein Erröten!«

Die Freunde waren auf ihrem Ritt im ›Park‹ begriffen; und während Darrell sprach, verneigte er sich zu einer jungen Dame hinüber, die, mit noch ein oder zwei Andern, geschwind in einer Barutsche vorüberrollte. Es war dieselbe hübsche junge Dame, der Lionel ihn so aufmerksam hatte zuhören sehen, in jener großen Menge neulich, welcher zuliebe sie Carr Vipont's Familien-Party abtrünnig geworden waren.

»Oh ja; Lady Adela ist eines der lieblichsten Mädchen in ganz London«, sagte der Oberst, der ebenfalls seinen Hut gehoben hatte, als die Barutsche vorbeiflog – »und liebenswürdig außerdem: ich kenn' sie schon von ihrer Geburt an. Ihr Vater und ich sind beste Freunde – ein trefflicher Mann; aber knickrig: was hab' ich nicht für Schwierigkeiten gehabt, die Heirat seiner ältesten Tochter mit Lord Bolton zustande zu bringen, (bin übrigens einer der Kuratoren für den EheKontrakt). Falls Ihr eine Vorliebe für Lady Adela empfinden solltet, (obwohl ich kaum glaube, daß sie so gut für Euch passen würde, wie Miss Vipont), steh' ich Euch für des Vaters Begünstigung ebenso wie für die Einwilligung der Tochter. Für Euch ist es ja kein Hindernis weiter, (obschon es für die meisten ihrer Bewunderer eins darstellt), wenn ich ergänzend hinzufüge: ›Sie bekommt nichts mit!‹.«

»Und sie hat auch nichts! nämlich innerlich; was weit gravierender ist«, sagte Darrell. »Trotzdem ist es immer eine Lust, sich eine schöne Landschaft zu besehen, selbst wenn der Boden unfruchtbar sein sollte.«

Oberst Morley: – »Das hängt wohl auch noch davon ab, ob man lediglich der kunstliebhabende Beschauer der betreffenden Landschaft ist; oder aber der enttäuschte Eigentümer des Bodens.«

»Ausgezeichnet!« sagte Darrell; »womit Ihr also den Fall Lady

Adela erledigt hättet. – Na nu! nu! nu! –«. Denn Darrell's Roß, (sein feuriges Pferd von früher; ihm frisch von Fawley her geschickt, und trotz der fünf Jahre, die zu seinem Alter dazugekommen waren, von einer Munterkeit, die durch lange Ruhe noch ausgelassener geworden war), legte die Ohren flach – schlug aus – und erlaubte sich einen Satz, der manchen Londoner Reiter sattellos gemacht haben würde. Eine junge Amazone, dichtauf gefolgt von zwei oder drei jungen Herren samt ihren ReitKnechten, schoß vorbei, so rasch und rücksichtslos wie ein Held bei Balaclava. Aber gleichermaßen unvermittelt, als sie Darrell's ansichtig geworden – dessen Hand und Stimme die aufgeregten Nerven seiner Stute bereits wieder beruhigt hatten – warf die Amazone ihr Tier herum, und kam an seine Seite gesprengt. Sie schlug den Schleier hoch; und enthüllte dabei ein derart hübsch durchtriebenes Gesicht – so boshaft heiter – ein Auge von strahlendstem Nußbraun, zu blonden, der korrekten Frisur halb entflatterten Locken – daß es auch den Unempfindlichsten seinen Unmut hätte vergessen machen – den Schüchternsten mit der Gefahr ausgesöhnt haben würde. Und doch war etwas wie echte, anmutige Demut in den Entschuldigungen, die sie wegen ihrer Unhöflichkeit und Gedankenlosigkeit jetzt vorbrachte. Da das Mädchen ihren leichten Zelter an Darrell's Seite zügelte – sich abgewandt hatte von ihren jungen Begleitern, die sich jetzt wieder, auf ihren schäumenden MietsGäulen, ihr anschlossen – und seinem Ohr all das lebhafte ÜberFließen glücklichster Lebensgeister widmete; nicht ungemischt mit einer gewissen Ehrerbietigkeit, die gleichwohl aller Heuchelei baar schien – da leuchtete Darrell's großes Gesicht auf – sein warmes Lachen, rückhaltlos obschon leise, bildete das Echo ihrer mutwilligen Töne; – ihre Jugend, ihre Fröhlichkeit, wirkten unwiderstehlich ansteckend. Alban Morley machte den aufmerksamen Beobachter, indes er mit ihren aufwartenden Begleitern Bemerkungen wechselte; jungen Männern von hohem *ton*, die jedoch sämtlich jener *jeunesse dorée* angehörten, mit der die Oberfläche des patrizischen Lebens grundsätzlich überstreuselt ist – junge Männer, mit wenigen Ideen, noch wenigeren Pflichten – dafür viel faule Zeit – viel strotzende Gesundheit – viel Geld in den Taschen – viel Schulden bei ihren Lieferanten – waghalsig beim Melton-Mowbray – intriguirend bei Tattersall – der Stolz altjüngferlicher Tanten – der Alptraum sparsamer Väter – als Liebhaber flatterhaft; als Ehemänner, später-dann, solide – kurzum: SchnellLeber, die ihre Jugend beizeiten durchmachen; und die, zum überwiegenden Teil, das Mittlere Alter erreicht haben, bevor sie 30 sind – gezähmt durch Eheschließung – ernüchtert meist durch die Verantwortlichkeiten, die sich mit der Verwaltung von Eigentum, und die Notwendigkeit des Repräsentierens einstellen – die eine abrupte Metamorphose erfahren, etwa zum FriedensRichter bei vierteljährlichen Sitzungen – zum KreistagsAbgeordneten, oder dekorativen Peer – deren Ideen sich anreichern, in dem Maße wie ihre Pflichten zunehmen – deren Meinungen, einst lose wackelnd wie Weiden im Wind, sich zu Palisaden umzäunten Eigentums versteifen – schätzbare geschäftige Männer dann, umgewandelt wie Heinrich V., der, da die Sorge für einen Staat ihm zugefallen ist, zum Lord OberRichter spricht:

»Hier meine Hand.«

und zu Sir John Falstaff:

»Ich kenn Dich, Alter, nicht;: an Dein Gebet!«

Aber zur Zeit flittert die *élite* dieser *jeunesse dorée* noch um Flora Vyvyan herum: keine regelmäßige Schönheit wie Lady Adela – kein feines Mädchen wie Miss Vipont – aber eine so leichte, untadelige Figur – ein so hübsches strahlendes Gesicht – umso weiblicher, weil sie sich künstlich männlich anstellte – Hebe, die Thalestris spielt. Auch Flora war eine ›Erbin‹ – ein einziges Kind – verzogen, eigensinnig – ganz und gar nicht gebildet; (wie ich denn des Glaubens bin, daß Bildung bei der *jeunesse dorée* als Inbegriff aller Langweiligkeit gilt) – also keine Bildung weiter; abgesehen von ReitKunststücken; ein bißchen Fertigkeit auf dem Billard; und der Fähigkeit, drei Züge aus einer spanischen *cigarette* zu tun. Dies letztere war natürlich anbetungswürdig – vier HeiratsAnträge waren schon, allein um dieses Verdienstes willen erfolgt – (NB: Junge Damen tun sich gar keinen guten Dienst bei der *jeunesse dorée* – die, in unsern Tagen, Liebhaber stellt, die weniger ›seufzen wie ein Ofen‹, als vielmehr rauchen wie ein solcher – wenn sie ihren Horror vor Zigarren öffentlich bekannt machen). Man könnte jetzt annehmen, daß Flora Vyvyan plump gewesen sein müsse? – möglicherweise ordinär? – : nicht im geringsten; sie war pikant – originell; und tat die kuriosesten Dinge mit dem Air und dem Ansehen der feinsten Lebensart. Elfen können nicht ordinär sein, ganz gleich, was sie anstellen; sie dürfen sich die wunderlichsten Freiheiten herausnehmen – die Dienstmädchen zwacken – das ganze Haus auf den Kopf stellen – dennoch sind sie immer die Lieblinge der Grazien und der Poesie. Flora Vyvyan war eine solche Elfe. Selbst nicht sonderlich intelligent, hegte sie eine Verehrung für den Intellekt; und jene flotten jungen Männer waren so ziemlich die Letzten, die sich hätten einbilden dürfen, diese flotte junge Dame zu faszinieren. Frauen sind ja derart verdreht; immer ziehen sie gerade die Leute vor, von Denen man es am wenigsten vermuten würde – den Gegensatz von sich selbst. Trotzdem: wäre es möglich, daß Flora Vyvyan ihre Grillen zu einem so extremen Grade getrieben haben könnte, um die Eroberung Guy Darrell's beschlossen zu haben – zehn Jahre älter als ihr eig'ner leiblicher Vater? Und das, wo sie selber ›Erbin‹ ist – und bestimmt nicht gewinnsüchtig; sie, die bereits im Weltsinne ›bessere‹ Partien ausgeschlagen hatte, als sogar Darrell eine darstellte – junge Männer, hübsche Männer, mit Krönchen am Kopf ihrer Briefbogen und am WagenSchlag ihrer Broughams! Die Idee schien zunächst widersinnig; nichtsdestoweniger setzte sich bei Alban Morley (wahrlich ein scharfer Beobachter) eben diese Idee fest, und er zitterte für seinen Freund!

Endlich schoß die junge Lady, mitsamt ihrem SatellitenSchwarm, wieder davon; und der Oberst bemerkte vorsichtig,: »Miss Vyvyan ist-ä – alarmierend.«

Darrell: – »›Alarmierend‹! das Beiwort bedarf der Auslegung –:?«

Oberst Morley: – »Die Sorte Mädchen, die einen Mann in unsern Jahren, wirklich und buchstäblich – zu einem alten Narren machen könnte!«

Darrell: – »›Alter Narr‹ muß ein solcher Mann schon sein, wenn er Mädchen irgendwelcher Sorte gestattet, ihn zu einem noch größeren Narren zu machen, als er vorher bereits war. Aber ich könnte mir denken, daß Einer, auf dessen ArmStuhl sich diese hübschen Hände stützten, oder Dem zu den Fenstern seines ArbeitsRaumes dies sonnige Gesicht hereinschiene, ein sehr glücklicher Alter Narr sein dürfte – und das ist ja wohl das Höchste, was Einer erwarten kann!«

Oberst Morley (ein geängstetes Ächzen gerade noch hemmend): – »Ich fürchte immer, mein armer Freund, Ihr seid schon weit hin. Kein Wunder, wenn Honoria Vipont nicht nach Verdienst gewürdigt wird. Aber Lady Selina hat da eine Maxime – (deren Wahrheit meine eigne Erfahrung nur unterstreichen kann) – ›Sobald es sich um Frauen zu handeln beginnt, sind die gescheitesten Männer die-ä . . .‹.«

»›ältesten Narren!‹«, ergänzte Darrell. »Wenn Marcus Antonius schon um dieser geschminkten Vettel von Kleopatra willen sich zu einem solchen Hanswurst machte: was würde er erst einer blühenden Julia zuliebe angestellt haben? – ›Jugend und Temperament‹! Ach! warum nur sollen das so unpassende Gefährten für Uns sein, wenn Wir diesen nunja-›Gipfel‹ an Alter und Kummer erreicht haben – wenn Wir gegen die eine am nachsichtigsten geworden sind; und des anderen am meisten bedürften? Alban, –: dieses Mädchen, – vorausgesetzt, ihr Herz wäre tatsächlich gewonnen – ihr wildes Naturell weis'lich gemeistert – sänftlich dirigiert – : sie würde ein treues, kluges, liebendes, herrliches Weib abgeben, für . . .«.

Denn: »GOtt im Himmel!«, rief Alban Morley –

». . . für einen Mann«, fuhr Darrell, des Aufschreis nicht achtend, fort, »wie-ä – etwa Lionel Haughton. Was meint Ihr dazu?«

»Lionel – oh; da-wider hätt'ich ganz und gar nichts einzuwenden; aber er ist noch zu jung, um schon ans Heiraten zu denken – ein bloßer Junge. Nebenbei: falls Ihr selbst heiratetet, könnte Lionel schwerlich die Augen zu einem Mädchen von Flora Vyvyan's Geburt und Vermögen erheben.«

»Ho! ›nicht erheben‹? *Der* Junge wenigstens soll einmal nicht aus Mangel an Geld vergeblich zu freien haben. An dem Tag, wo ich heirate – wenn dieser Tag je erscheinen sollte – verschreibe ich Lionel Haughton und seinen Erben 5000 pro Jahr; und falls, bei seiner guten Herkunft, Jugend, seinem stattlichen Aussehen, und dem Herzen von Gold, dieser Betrag ihm noch nicht gestatten sollte, die Augen zu jeglichem Mädchen zu erheben, dessen Hand er begehrt, kann ich ihn notfalls verdoppeln, und werde immer noch reich genug sein, mir an Honoria Vipont eine überlegene Gefährtin zu kaufen . . .«

Morley: – »Nicht ›kaufen‹ sagen . . .«

Darrell: – »Doch; und immer noch jung genug, mir an Lady Adela einen Schmetterling zu haschen – immer noch kühn genug, an Flora Vyvyan eine Pantherin zu bändigen. Laßt also die Welt – Eure Welt, bis in jede Ecke und Nische der munteren Auktions-Messe hinein – wissen, daß Lionel Haughton kein armer Schlucker-Vetter ist – kein Glücksjäger ohne einen Pfennig. Ich möchte, daß die Welt nett zu ihm wäre, solang er noch jung ist und Spaß daran hat. Ach, Morley, das Vergnügen humpelt, wie die Strafe, *pede claudo* hinter uns drein: was uns gestern entzückt haben würde, holt uns vor morgen nicht ein; und das Vergnügen von gestern, ist eben auch nicht mehr das von morgen. Für einen Groschen Bonbons – was hätte das nicht unsere Augen leuchten gemacht, als wir noch in der VolksSchule die ersten Krakelfüße hinklierten: aber damals gab uns keiner einen Bonbon. Jetzt häuft, beim Dessert, Frankreich tagtäglich seine leckersten Bonbons vor uns auf, in vergoldeten *bonbonnières* – gelüstet Euch je danach? Mich nie. Also lassen wir Lionel seine Bonbons ausnahmsweise 'mal beizeiten bekommen. – Und wo wir von ihm reden, erscheint er auch gerade. Nun, wie geht's, Lionel?«

»Übergebe ich Euch also jetzt der Obhut Lionels«, sagte, mit einem Blick auf die Uhr, der Oberst. »Ich hab' da noch eine Verabredung – lästige Angelegenheit: zwei einfältige Freunde von mir haben sich gezankt – großer Wortwechsel – in einem Alter, wo ein Duell überhaupt nicht mehr infrage kommt. Ich hab' versprochen, mich mit noch einem andern Mann zusammenzusetzen, und die Formel für eine gegenseitige Entschuldigung aufzusetzen. Große Worte sind etwas so Dummes heutzutage. Keine Wahl, als sie wieder 'runter zu schlucken, und wären sie so groß wie Kirchtürme. Also Adieu für jetzt. : Wir seh'n Uns doch heut Abend bei Lady Dulcett's Konzert?«

»Ja«, sagte Darrell; »ich hab' Miss Vyvyan versprochen dort zu sein, und auf sie aufzupassen, daß sie die Versammlung nicht zu sehr turbiere. Ihr, Lionel, kommt mit mir?«

LIONEL (etwas verlegen): – »Nein; ich muß um Entschuldigung bitten. Ich war seit langem schon anderswo versagt.«

»Das ist recht sehr schade«, sagte der Oberst gravitätisch; »Lady Dulcett's Konzert ist genau einer von den Orten, wo ein junger Mann gesehen werden sollte.« Oberst Morley hob, mit seiner üblichen matten Eleganz, noch einmal die Hand: '!' – und sein Gaul, stattlich wie ein Schlachtroß, bequem wie ein Schaukelpferd, canterte mit ihm davon.

»Unveränderlicher Mann«, sprach Darrell, während sein Blick der entschwindenden Gestalt des Reiters folgte. »Durch alle Veränderungen auf der staubigen Landstraße der Zeit – stabil wie ein Meilenstein. Genau das, was Alban Morley als Schuljunge war, das ist er noch heut; und wenn die uns Sterblichen vergönnte Spanne Zeit bis zur Lebensdauer der Patriarchen verlängert würde: genau das, was Alban Morley heute ist, würde Alban Morley tausend Jahre später auch noch sein. Ich meine jetzt natürlich nicht äußerlich; Runzeln stellen sich ein – die Wangen werden blaß. Aber das sind Lappalien; der Leib des Menschen ist ein bloßes Kleid, wie Sokrates schon vor mir gesagt hat; und alle sieben Jahre bekommt der Mensch, den Physiologen zufolge, einen neuen Anzug dieser Art, so Fibern wie Oberhaut, vom Scheitel bis zur Sohle. Das Innere Wesen, das diese Kleider trägt, ist bei Alban Morley genau dasselbe. Hat er je geliebt?, gehaßt?, gejauchzt?, gelitten? Wo sind die Merkmale davon? Nicht eines. In der Schule wie im Leben, nichts tuend; aber entschieden eine Persönlichkeit – respektiert von den kleinern Jungen; gehätschelt von den Größeren – eine Autorität bei Jedermann. Niemals Ehrungen erhaltend – aber Arm in Arm mit Denen, die sie sich erwarben; nie selbst in Verlegenheiten – aber grundsätzlich Berater von Solchen, die es sind; unerschütterlich, unbeweglich, ruhvoll-erhaben über die Sorgen der Sterblichen, wie eine Gottheit Epikur's. Was könnte Reichtum wohl geben, was ihm nicht schon geworden ist? In den Häusern der Reichsten wählt er sich sein Zimmer aus. Sprecht ihm von Ehrgeiz, sprecht von Macht – er genießt ihre Belohnungen, ohne eine Anstrengung. Der wahre PremierMinister in allen Bereichen, an denen ihm liegt; in der Guten Gesellschaft gibt es nicht 1 Stimme gegen ihn – er erledigt ihre Transaktionen – er weiß um ihre Geheimnisse – er lenkt ihr Patronisieren. Beständig um Gefälligkeiten angegangen – und kein Mann groß genug, um ihm eine erweisen zu können. Selbst unbestechlich, dennoch aufs Genaueste mit dem Preis jedweden anderen Mannes bekannt; selbst sündlos, aber vertraut mit den Schwächen jedes Einzelnen; glatt wie Seide, hart wie Diamant; unmöglich ihn zu verwunden, zu verärgern, zu ennuyieren – aber ja nicht etwa gefühllos; nein, von echter Güte. Der liebe, liebe Alban! nie hat die Natur einen feineren Gentleman aus einem solideren Menschenblock herausgehauen und poliert!«. Darrell's Stimme zitterte ein wenig, da er die in scherzhafter Ironie begonnene CharakterSkizze, nunmehr in ernstlicher Zugeneigtheit vollendete. Dann, mit einem plötzlichen GedankenSprung, ging er leicht auf etwas anderes über, –

:»Aber ich wollte Euch um eine Gefälligkeit ansprechen, Lionel. Helft mir, einen Verstoß gegen die gute Lebensart, dessen Alban Morley sich niemals schuldig gemacht haben würde, zu berichtigen: ich halte mich nun schon mehrere Tage in London auf, und habe Eurer Mutter noch keinen AntrittsBesuch gemacht. Würdet Ihr mich jetzt, auf der Stelle, zu ihrem Haus geleiten, und mich Ihr vorstellen?«

»Oh, danke, danke; Sie werden sie so stolz und glücklich dadurch machen! – aber dürfte ich, eventuell, rasch vorausreiten, und sie auf Ihren Besuch vorbereiten?«

»Gewiß; die Adresse ist-ä . . .?«

»Gloucester Place, Nummer ***.«

»Treffen Wir Uns dort in einer halben Stunde, ja?«.

2. Kapitel

›Beobachtet nur gründlich, (nicht im Nu),
die Menschenkind von China bis Peru‹,
– und allerorts wird die Beobachtung eines *ergeben,*
das für die Glückseligkeit des Weibes unerläßlich
ist: Besuchen und Besucht Werden.

Lionel wußte, daß seine Mutter gerad' an diesem Tage der Vorwarnung eines Besuches von Mr. Darrell noch mehr als gewöhnlich bedürfen werde; hatte doch Mrs. Haughton vor, am Abend eben dieses Tages ›eine Party zu geben‹, und wenn Mrs. Haughton eine Party gab, dann war das eine ernsthafte Angelegenheit. Als sorgsame und rührige Hausfrau, überwachte sie in Person jegliches vorbereitende Detail. Um dieser Party beizuwohnen, war es geschehen, daß Lionel auf Lady Dulcett's Konzert verzichtet hatte. Der junge Mann, der sich erst mit Widerstreben in die Arrangements gefügt hatte, vermittelst deren Alban Morley ihm ein eigenes Logis gemietet, ließ selten oder nie einen Tag vergehen, ohne daß er seiner Mutter stolzes Herz durch ein oder zwei in Gloucester Place verbrachte Stunden zufriedengestellt hätte; wodurch er oftmals einen angenehmen SpazierRitt, oder sonst einen verführerischen Ausflug mit munteren Kameraden verwirkte. Es ist schwierig, im Londoner Leben und auf der Höhe der Saison, eine Stunde oder gar zwei, Visiten zu widmen, die außerhalb der Geleise liegen, wie sie Einem durch die bloße eig'ne Art der Lebensführung vorgezeichnet sind – schwierig, eine Stunde dergestalt herauszuschneiden, daß man damit nicht den ganzen Tag zerschneidet. Und Mrs. Haughton war anspruchsvoll – war heikel in der Wahl, hinsichtlich ihrer speziellen Scheibe vom Tage. Sie suchte sich das schönste Stück vom Braten aus. Sie liebte es, ihre Nachbarn sehen zu lassen, wie der hübsche, elegante, junge Mann sich – genau zu der bestrickenden Stunde, wenn Gloucester Place am vollsten war – vom StreitRoß schwang, oder seinem Kabriolett entstieg. Ging er zu einem Empfang, so konnte er sicher sein, vorher, eh' er sich umkleidete, bei ihr erscheinen zu müssen, auf daß sie und Gloucester Place ihn erst in Uniform bewundern könnten. Begab er sich zum Dinner in ein besonders vornehmes Großes Haus, mußte er seinen Weg bei ihr vorbeinehmen (obschon keine Straße mehr außerhalb seines Weges liegen konnte); damit sie, auf den Parties, die sie selbst besuchen ging, dann anbringen konnte – »Es ist wieder ein großes Dinner heut, bei Lord So-und-So; mein Sohn ist rasch bei mir vorbeigekommen, eh' er dort hin-ging. Wäre er nicht schon versagt gewesen, würd' ich um Erlaubnis gebeten haben, ihn mit her zu bringen.«

Nicht daß Mrs. Haugthon im Ernst vorgehabt, oder auch nur annähernd gewünscht hätte, den jungen Mann aus dem schwindelnden Wirbel des Highlife, in das Flachwasser ihrer eigenen kleinen Zerstreuungen herabzuziehen. Sie war viel zu stolz auf ihren Lionel, um auf den Gedanken zu verfallen, ihre Freundschaften möchten bedeutend genug für ihn sein, daß er *deren* Häuser mit seiner hohen Gegenwart beehre. Sie hatte, gerade in dieser Hinsicht, noch einige Doktrinen ihres seligen Captains, bezüglich des Credo der Großen Welt, lebhaft in Erinnerung. Der Captain hatte in jenen Tagen floriert, da die Impertinenz, (durch Brummell eingeführt), obschon ihr Einfluß bereits im Abnehmen begriffen war, doch immer noch ihre Oligarchen bildete, und die Etikette ihres Hofes aufrecht erhielt; und selbst danach, als seine *mésalliance* und seine Schulden, die Ausstoßung aus seiner angebornen Sphäre bewirkt hatten, verlor er den OriginalGlanz eines ›Exclusiven‹ nicht gänzlich. In Momenten ehelicher Vertraulichkeit, wenn er alte Verirrungen eingestand, und seiner mitfühlenden Jessie die Ursachen seines Niederganges auseinandersetzte, pflegte er wohl zu sagen: »Nicht die Geburt, und nicht das Vermögen eines Mannes sind es, die ihm seinen Platz innerhalb der Gesellschaft anweisen – das hängt lediglich von seinem Benehmen ab, Jessie. Man darf ihn niemals weder sich vor Snobs verbeugen sehen; noch sollten seine Feinde ihn an den VergnügungsÖrtern der Vulgarier aufspüren können. Ich datiere meinen Fall im Leben von dem Tage an, da ich bei einem gruseligen Menschen dinierte, der mir 100 £ geliehen hatte, und in der Upper Baker Street wohnte. Sein Weib belegte meinen Arm mit Beschlag, von einem Orte aus, den sie ein WohnZimmer nannten (der Captain hauste, als er dies sprach, im 4. Stock); um mich irgendein unbekanntes Nahrungsmittel mit ihnen teilen zu machen, das sie ein Dinner nannten (der Captain hätte in diesem Moment ein Scheibchen Speck willkommen geheißen). Das Weib hat's rumgetragen und ausgeschwatzt – die Sache ward ruchbar – ein erstes Mal bekam mein Ruf einen Flecken. Was aber ist ein Mann ohne Ruf? und wenn der Ruf erst einmal befleckt ist, Jessie, dann wird ein Mann ruchlos. Lehre meinen Jungen, sich zu bewahren vor dem ersten falschen Schritt — : keinerlei Gemeinmachen mit *parvenus!* Weine nicht, Jessie — ich meine damit nicht, daß er *Dich* später schneiden solle — zwischen Verwandten und anderen Leuten ist ein großer Unterschied — nichts niedriger, als seine Verwandten zu schneiden. Ich, zum Beispiel, habe ruhig bei Guy Darrell weiter verkehrt; ob er gleich ganz hinten in Holborn wohnte, und ich ihn einmal, sage und schreibe, in braunen StoffHandschuhen gesehen habe! — aber er war ein Verwandter. Ich habe sogar in seinem Hause diniert, und kurioses Volk dort getroffen — Leute, die gleichermaßen tief-hinten in Holborn wohnten. Aber er mutete mir nicht zu, in der-ihre Häuser zu gehen; denn wenn er das verlangt hätte — tja, dann hätt' ich ihn allerdings schneiden müssen.«

Durch Reminiszenzen an solche Art von Gerede, blieb Lionel vor jedem Anschlag Mrs. Haughton's bewahrt, seine Umlaufs-Bahnen in die Kreise hineinzuziehen, in denen sie selbst sich bewegte. Zu den Parties, die *sie* gab, mußte er erscheinen — vor dem kuriosen Volk dort leuchten, und es einschüchtern. Es gab schließlich etwas wie einen angemessenen Tribut dem mütterlichen Stolz gegenüber. Aber wenn Jene ihn zu ihren Parties eingeladen hätten, wäre sie die Erste gewesen, derlei genommene Freiheit übel zu vermerken.

Lionel traf Mrs. Haughton in rührigster Geschäftigkeit. Ein GärtnerKarren stand vor der Haustür; und Männer trugen einen ganzen Hain von Immergrünen herein, dazu bestimmt, die Treppe zu säumen und deren schmalen Aufgang noch schwerer passierbar zu machen. Im Eßzimmer waren bereits die Erfrischungen hergerichtet. Mrs. Haugthon, die Schere in der Hand, schnitt Blumen zurecht um den Tafelaufsatz damit zu füllen; flitzte aber auch immer wieder wie eine dicke Libelle hin und her: vom Eßzimmer in den Hausflur; von den Blumen zum Immergrün.

»Ach mein, bist Du's, Lionel? Sag mal schnell — wo Du doch zu all diesen Vornehmen hingehst — ob die Ratafia-Biskuits gegenüber von der SandTorte zu stehen kommen?; oder ist es besser, man stellt sie — so — : kreuzweis übereck?«

»Liebe Mutter, darauf hab' ich nie geachtet — ich weiß es wirklich nicht. Aber schnell, Du — bind' Dir die Schürze ab — laß die Türen hier alle zu-machen — komm mit nach oben: Mr. Darrell wird binnen kürzestem hier sein! Ich bin rasch vorausgeritten, um Dich vorzubereiten.«

»Mr. Darrell? – : HEUTE?! – Wie konntest Du ihn bloß kommen lassen? Oh Lionel, wie gedankenlos Du bist! Ein bißchen Rücksicht auf Deine Mutter könntest Du wirklich nehmen – ich *bin* immer noch Deine Mutter, Sir!«

»Ja ja, meine liebste-beste Mutter – schimpf jetzt nicht – ich konnte wirklich nichts dafür. Er ist doch derart beschäftigt, wird so sehr gesucht: wenn ich ihm heut abgesagt hätte, wär' er möglicherweise niemals gekommen; und ...«

»›Niemals gekommen‹! Wer ist denn Mr. Darrell, daß er sich derart gewichtig macht? – imgrunde doch nichts als ein Advokat«, sagte Mrs. Haughton mit Majestät.

»Oh Mutter! das hast aber nicht Du gesprochen. Er ist doch Unser Wohltäter – ist unser ...«

»Ach nicht, nicht weiter bitte – ich war ganz im Unrecht – es ist schlecht von mir gewesen – mein Mund ist mit mir durchgegangen, Lionel. Der gute Mr. Darrell! Ich werd' so glücklich sein, ihn kennen zu lernen – ja ihn in diesem Haus hier zu sehen, das ich ihm verdanke – ihn an Deiner Seite erblicken! Ach Du, ich glaub', ich fall vor ihm auf die Knie. –«

Und die Augen begannen ihr überzugehen.

Lionel küßte die Tränen zärtlich fort. »Ja, jetzt ist es wieder meine richtige Mutter – jetzt bin ich stolz auf Dich, Mutter; – : und wie gut Du aussiehst! Darauf bin ich auch ganz stolz.«

»›Gut aussehen‹? – ich kann mich doch in dem Aufzug überhaupt nicht sehen lassen! – obschon ein gesetzter ältlicher Herr, wie der gute Mr. Darrell, von Damen vielleicht gar nicht mehr groß Notiz nimmt. – John? – : Jo-hon! – beeilt Euch mit den Pflanzen ...: Barmherzigkeit! Ihr habt Euern Rock ausgezogen? – schnell an damit – ich erwarte einen Herrn – ich bin für ihn zuhause, im vorderen Salon – nein, halt! – da ist ja Alles schon zurecht-gemacht – im hinteren Salon, John. Schick' sofort Susanne zu mir. Lionel, bitte, schau Dir doch noch mal die AbendTafel an; und was mit den Blumen zu geschehen hat; und ...«

Der Rest von Mrs. Haughton's Stimme verlor sich, dank der Geschwindigkeit ihres Nachobensteigens, die der Deutlichkeit ihrer Aussprache nicht wenig Eintrag tat, in den Lüften. Im Scheitelpunkt ihrer Bahn verschwand sie – in ihrem Zimmer.

3. Kapitel

›Mrs. Haughton ist zuhause für Herrn Guy Darrell.‹

Dank Lionels Betriebsamkeit war der Hausflur entlastet und passierbar gemacht – das Grün hastig beiseite gestaut – die WohnzimmerTür geschlossen vor den festlichen Vorbereitungen – der livreegeschmückte Bediente wartete in HaustürNähe – als Mr. Darrell eintraf. Lionel begab sich in Person hinaus, und hieß den ersten Schritt seines Wohltäters über die Schwelle des Heimes willkommen, mit dem der großmütige Mann die Witwe versorgt hatte.

Und wenn Lionel in Bezug auf das Ergebnis solchen Zusammentreffens heimlich Peinlichkeiten aller Art geschwant hatten, so wurden diese bald und aufs glücklichste zerstreut. Denn beim Anblick Guy Darrell's, und wie er sich so wohlwollend auf den Arm ihres Sohn's stützte, überließ sich Mrs. Haughton impulsiv den Antrieben ihres eignen warmen, dankbaren, ächten Frauen-Herzens. Ihr EntgegenEilen – die Art wie sie Darrell's Hand ergriff – ihre erste inbrünstige DankSegnung – ihre Worte danach, einfältiglich aber beredt vor lauter Gefühl – machten dieses Herz auf eine Weise transparent, daß Darrell es doch mit einer gewissen Hochachtung durchschaute.

Mrs. Haughton war immer noch eine hübsche Frau, und hatte in Formen und Umrissen viel von jener Delikatheit, auf der die Vornehmheit der äußeren Person beruht. Auch besaß sie eine süße Stimme, ausgenommen wenn sie ärgerlich war. Ihre Mängel in Bezug auf Bildung, Naturell, oder konventionelle Abgeschliffenheit, waren, sobald ihre natürlichen Gefühle zum Überströmen kamen, nicht mehr wahrnehmbar. Darrell war mit dem ausdrücklichen Entschluß hierhergekommen, wenn irgend möglich Gefallen an allem zu finden – und er fand Gefallen, weit mehr als er erwartet hatte. Ja, er ließ, innerlich, sogar mildernde Umstände für den verstorb'nen Captain jetzt gelten, die er ihm zuvor niemals bei sich eingeräumt hatte. Die Tochter des LeinwarenHändlers war keine grobe anspruchsvolle LandPomeranze; und in dem aufrichtigen Erguß ihrer Dankbarkeit lag nichts von jener kriechenden Unterwürfigkeit der UnterGebildeten, die Darrell in dem Stil ihrer Episteln wahrzunehmen gemeint hatte. Auch war in den Möbeln und der ganzen Einrichtung des Raumes eine gewisse Eleganz sichtbar, ebenso frei von prahlender Auffälligkeit wie von kargängstlicher Knauserei. Das Einkommen, das er ihr ausgesetzt hatte, ward nicht in gedankenloser Verschwendung vertan, oder für wertlose Spielereien. Nun war Darrell's Benehmen, den Damen im allgemeinen gegenüber, anziehend im höchsten Grade – und nicht weniger gewinnend, weil es eine gewisse artige Schüchternheit besprach, in der sich Respekt für die Angeredete zu erkennen gab, sowie eine bescheidentliche UnterBewertung seiner eigenen Verdienste, die wiederum ein Kompliment ausdrückte und der Eigenliebe wohltat. Und speziell dieser Dame hier, galt solch artige Schüchternheit für ein Höchstes an feiner Lebensart.

Kurzum, Alles lief solange ohne die mindeste Panne ab, bis Mrs. Haughton, da Darrell bereits im Abschiednehmen begriffen war, plötzlich von irgendeinem bösen Genius an ihre heutige AbendParty erinnert wurde; und eben ihre Dankbarkeit, die sich nach einer Gelegenheit sehnte, ihre Verpflichtungen abzutragen, soufflierte ihr, den Mann, dem sie überhaupt erst die Möglichkeit Parties zu geben verdankte, einzuladen. Sie hatte, trotz allem was Lionel ihr auch sagen mochte, sich niemals eine klare Idee von Darrell's Stellung in der Welt machen können – ein Advokat, der seine jüngern Jahre ganz hinten in Holborn zugebracht hatte; und von dem ihr fescher Captain es für einen Akt der Herablassung erklärt hatte, daß er ihn nicht ›schnitte‹ – je nun, der mochte allenfalls sehr reich werden können; aber so recht ›in Mode‹ konnte er doch nie und nimmer sein. »Der arme Mann«, dacht' sie in ihrem Mut, »wie einsam muß er nicht sein. Er ist ja nicht, wie Lionel, ein junger Mann, der tanzen geht. So eine geruhsame kleine Party, mit Leuten von seinem eignen ehemaligen Stand und LebensGewohnheiten zusammen, muß ihm doch weit mehr liegen, als diese vornehmen Örter wo mein Lionel verkehrt. Eine Frage wär' schließlich frei – ich müßt' ihn eigentlich fragen. Was würd' er sagen, wenn ich ihn nicht fragte? Es wär' ja wirklich der schwärzeste Undank, wenn er nicht gefragt würde!« Alle diese Einfälle fuhren ihr binnen eines Atemzugs Länge durch den Kopf; und als sie Darrells ausgestreckte Hand mit ihren beiden eignen ergriff, sagte sie schon: »Ich hab da eine kleine Party heut-Abend!« – und hielt wieder inne. Da Darrell jedoch stumm blieb, und auch Lionel nicht entfernt argwöhnte, was nun gleich folgen werde, fuhr sie fort: »Da würd'es etwas gute Musik geben – junge Freundinnen von mir – singen scharmant – auf Italienisch!«

Darrell verbeugte sich. Lionel begann's zu schaudern.

»Und wenn ich zu glauben wagen dürfte, es könnte Ihnen eine kleine Freude machen, Mr. Darrell – oh, ich wäre so glücklich Sie bei mir zu sehen – *so*-glücklich!«

»Tatsächlich?«, sagte Darrell knapp. »Nun, dann würde ich ein Flegel sein, wenn ich nicht kommen würde. Lionel wird mich begleiten – ihn erwarten Sie selbstredend auch?«

»Ja, gewiß. Obgleich *Er* natürlich so viele feine Häuser hätte, wo er hingehn könnte – und es hier nicht ganz das sein kann, woran Er gewöhnt ist – dennoch ist Er ein so lieber guter Junge, daß Er all das aufgibt, um seiner Mutter einen Gefallen zu tun.«

Lionel, der TodesÄngste ausstand, kehrte ihr einen unkindlichen Rücken zu, und schaute krampfhaft aus dem Fenster; aber Darrell, weit erhaben darüber sich beleidigt zu fühlen, wo nichts dergleichen beabsichtigt war, lächelte lediglich bei der inbegriffen gewesenen Hindeutung auf die weit größere Nachfrage nach Lionel in der Vornehmen Welt; und erwiderte dann, ohne auch nur den geringsten Anflug seiner gewohnten Ironie, – : »Und seiner Mutter einen Gefallen zu erweisen, ist mir ein Vergnügen, und ich danke Ihnen, daß Sie mich einluden es mit ihm zu teilen.«

Mehr und mehr in ihrem Element, und hocherfreut, daß sie ihrem gastfreundlichen Impuls nachgegeben habe, folgte Mrs. Haughton Darrell noch auf den TreppenAbsatz hinaus, und fügte hinzu –

: »Und wenn es Sie etwa nach einem gemütlichen Rubber verlangen sollte . . .«

»Karten rühre ich niemals an – der bloße Name ist mir ein Gräuel, Madam'.«; fiel Ihr Darrell jetzt doch, mit etwas weniger graziösem Tone, ins Wort.

Er bestieg sein Pferd; und Lionel – der sich losriß von Mrs. Haughton, die ihm immer wieder beteuerte, wie Mr. Darrell nicht im geringsten das sei, was sie erwartet hätte, sondern, im Gegenteil, ein wirklicher Gentleman – nein: ein noch weit größerer Gentleman als selbst der Oberst Morley – kam wieder an die Seite seines Verwandten gesprengt, allwo er ganz beschämt und niedergeschlagen dreinschaute. Darrell aber, mit all der Güte, die sein feiner rascher Verstand ihn immer so glücklich einzusetzen befähigte, beeilte sich, das Gemütlein des jungen Gardisten wieder leichter zu machen.

»Eure Mutter gefällt mir sehr – überaus sehr«, sagte er, in seinen melodischsten Tönen. »Guter Junge! Jetzt seh' ich's ein, warum Ihr Lady Dulcett aufgegeben habt. – Ich würde sagen : geht nun, und galoppiert ein Stück allein, oder mit jungen Freunden; richtet es aber ein, mich so abzuholen, daß wir Beide um 10 Uhr bei Mrs. Haughton erscheinen können. Falls ich die Lust verspüren sollte, kann ich später immer noch zu dem Konzert gehen.«

Er schwenkte die Hand; warf sein Pferd herum; und trabte davon, in Richtung der hübschen VorstadtStraßen, die den Bürgern Londons immer noch, hie und da, einen Blick auf ländliche Felder bieten und die Schatten stiller WegHecken. Er wünschte, allein zu sein; der Anblick von Mrs. Haughton hatte Erinnerungen an vergangene Tage wachgerufen – Reminiszenz mit Reminiszenz sich verschlingend, zu peinigender Kette – heiteres Geplauder mit seinem jüngeren SchulKameraden – eben diesem wilden Charlie, jetzt längst im Grabe – seine eigene arbeitsame Jugend, entschlossenes Trachten, geheimen Kummer – und der starke Mann empfand ein Bedürfnis nach jener einsamen Beratung mit sich selbst, ohne die eine SelbstÜberwindung nicht wohl erreichbar ist.

4. Kapitel

›Mrs. Haughton ist zuhause für eine Gemischte Gesellschaft‹./ Kleinere Parties sind nützlich, um die Leute zusammenzubringen — man weiß nie, Wem man da begegnen kann.

Große Königreiche erwachsen aus kleinen Anfängen. Mrs. Haughton's geselliger Zirkel war von einem bescheid'nen Zentrum aus beschrieben. Als sie in den Besitz ihres behaglichen Einkommens und des Hauses in Gloucester Place gelangte, ward sie natürlicherweise von dem Wunsche nach angemessenen ›BesuchsBekanntschaften‹ ergriffen. Die Erfüllung dieses Bedürfnisses war für eine Zeit lang hinausgeschoben worden; einmal infolge der Aufregung durch Lionel's Abreise nach Paris; und dann durch die UNGEHEURE VERSUCHUNG, welcher die Aufmerksamkeiten des unechten Mr. Courtenay Smith ihre WitwenEinsamkeit ausgesetzt hatten: aber nicht so bald hatte sie sich von der Scham und dem Ärger, womit sie diesen prächtigen Betrüger glücklicherweise noch zu rechter Zeit verabschiedet hatte, wieder erholt, als der erwähnte Wunsch umso hitziger zurückkehrte; weil die gute Dame es spürte, daß bei einem so aktiven und ruhelosen Gemüt, wie dem ihrigen, eine BesuchsBekanntschaft ihr bestes VorbeugungsMittel gegen jenes EinsamkeitsGefühl darstellen würde, welches die Witwen geneigt macht, abenteuernden Freiern ein unvorsichtiges Ohr zu leihen. Nachdem sie ihre eigene Schwachheit, auf einen Gauner gehört zu haben, durch Erfahrung kennen gelernt hatte, und mit einem Schaudern ob ihres knappen Entkommens, gelobte Mrs. Haughton sich den festen Entschluß, ihrem geliebten Sohn niemals einen neuen StiefVater zu geben. Nein, sie würde ihre Gedanken ablenken — würde sich eine BesuchsBekanntschaft anschaffen. Sie begann damit, sich unter den diversen Familien, die im Laufe der Zeit früher bei ihr logiert hatten, — und die nunmehr woanders logierten — die Anständigsten herauszusuchen. Sie informierte sie, vermittelst höflicher Briefchen, daß sie zu Ansehen und Vermögen gelangt, und überzeugt sei, wie sie sich freuen würden, das zu vernehmen; und diese Briefchen, denen die VisitenKarte

Mrs. Haughton
Gloucester Place

beigelegt war, führten notwendigerweise die angemessenen Erwiderungen samt den entsprechenden Karten herbei. Worauf Gloucester Place sich zu einer Party vorbereitete. Die ehemaligen Mieter folgten der Aufforderung aufs urbanste. Gaben der Reihe nach ihrerseits Parties, zu denen Mrs. Haughton eingeladen ward. Und von jeder solchen Party brachte sie einen neuen Fischzug mit zurück für ihren eignen ›geselligen Zirkel‹. Dergestalt hatte Mrs. Haughton, längst bevor noch fünf Jahre ins Land gegangen waren, ihren Zweck erreicht: sie hatte ihre BESUCHSBEKANNTSCHAFTEN! Wahr ist es, daß sie nicht besonders wählerisch verfuhr; wenn sich nur irgendein neuer Jemand ergab, in dessen Haus eine Karte abgegeben, oder eine VormittagsVisite abgestattet werden konnte – Der dazu beitrug, ihre Räume zu füllen; beziehungsweise Dessen Räume sie-ihrerseits füllen half – dann war sie schon zufrieden. Sie jagte nicht nach Vornehmheit; sie fragte nicht nach Titeln; sie hatte keine Visionen von einem SpaltenBericht in der *Morning Post*. Wessen sie, die gute Dame, bedurfte, war lediglich ein Ventil für ihren Überschuß an geselligen Instinkten; und da sie dabei stolz war, zog sie unwillkürlich Bekanntschaften vor, die zu ihr hinauf, anstatt auf sie herunter schauten. Demzufolge erfuhr Gloucester Place eine Invasion von Völkerschaften, die seiner eigentlichen zivilisierten Atmosphäre nicht immer congenial waren. Hengiste und Horsas aus entlegenen angelsächsischen Bezirken überquerten den dazwischenliegenden Kanal, ein Insult für die Britische Nationalität dieses gesunden Distriktes. Für die meisten solcher Immigranten, war Mrs. Haughton, Gloucester Place, eine Persönlichkeit von höchster Distinguirtheit. Einige wenige Andere, die einen höheren Status in der Welt einnahmen, und einander unter sich gestanden, daß in Mrs. Haughton's Hause ein trauriges Gemix stattfände, kamen, einmal dazu verführt, dennoch immer wieder – das waren dann Leute, die, obschon finanziell unabhängig oder von guter Familie, trotzdem nur wenige Besuchs-Bekanntschaften in der Stadt hatten; weil sie entweder frisch von einem längeren ökonomiebedingten Aufenthalt auf dem Festlande, oder aber aus den entlegneren Provinzen dieser Vereinigten Drei Königreiche kamen. Und Mrs. Haughton's Räume waren hell erleuchtet. Für die Einen gab es Musik; Whist für die Andern; und mehrere Sorten Tee, Eis, Kuchen, samt einem Menschen-Gedränge für Alle.

Heut nun, gegen 10 Uhr – als die Räume beinah schon gefüllt; und Mrs. Haughton, wie sie so an der Tür stand, voll Freuden die glückliche Stunde voraussah, wo ihre Treppe unpassierbar werden würde – geschah es, daß der Chef-Aufwärter, (samt dem Eis von dem benachbarten Konditor hergesandt), mit lauter Stimme verkündete: »Mr. Haughton – Mr. Darrell.«

Bei diesem letzteren Namen durchzuckte es die ganze Assemblée wie eine Sensation! – der Name, der um diese Zeit so häufig in Jedermanns Munde war; nicht zuletzt in den Mündern der großen MittelKlasse, auf die – ob auch die Feinen sie ›ein trauriges Gemix‹ heißen mögen – Kabinette sich stützen – er konnte nicht verfehlen, auch den Ohren von Mrs. Haughton's ›Besuchs-Bekanntschaften‹ geläufig zu sein. Die Zwischenzeit zwischen seiner Anmeldung und seinem Heraufkommen, von dem unteren Vorraum bis hinauf in den Salon, war aufs geschäftigste ausgefüllt von halblauten Fragen, an die lächelnde Wirtin gerichtet – : »Darrell! was? DER Darrell? Guy Darrell!? der größte Mann des Tages! Ein Verwandter von Ihnen? Mein!, sagen Sie bloß –!«. Mrs. Haughton begann eine gewisse Nervosität zu empfinden. Hatte Lionel etwa recht? Konnte der Mann, der doch bloß ein Advokat, ganzganz hinten in Holborn gewesen war, jetzt ein so sehrsehr großer Mann sein – ›größter Mann des Tages‹? ('ch Unsinn!).

»Madam'«, sprach ein bleicher plattnasiger Gentleman mit gedunsenen Pausbacken, der auch eine sehr geräumige weiße Weste anhatte, und schon längere Zeit an ihrer Seite wartete, ob nicht an einem der zwei WhistTische eine Vakanz sich auftäte –: »Madam', ich bin ein enthusiastischer Bewunderer von Mr. Darrell. Sagten Sie nicht, er sei ein Verwandter? – : stellen Sie mich ihm doch vor.«

Mrs. Haughton nickte hastig-verwirrt; denn eben als der Gentleman mit seinem Ansuchen zu Ende war, und nunmehr sacht auf eine große-goldne SchnupftabaksDose tippte, stand Darrell schon vor ihr – dicht an seiner Seite Lionel, der ausgesprochen schafsmäßig dreinschaute. Der Große Mann hatte kaum einigewenige höfliche Worte gesprochen, und wollte eben tiefer ins Zimmer hinein-weichen, um Raum für das Gedränge hinter ihm zu machen; als Jener Weißbewestete, Mrs. Haughton's Arm anrührte, und dazu, Darrell voll ins Gesicht starrend, ganz laut sagte: »In so bangen Zeiten sind Öffentliche Persönlichkeiten gewiß jeglicher Zeremonien überhoben – ich bitte dringend darum, Mr. Darrell vorgestellt zu werden.« Also forciert, murmelte die arme Mrs. Haugthon, ohne aufzuschauen, ein: »Mr. Adolphus Poole: —: Mr. Darrell« heraus; und wandte sich dann lieber ab, Neu-Ankömmlinge zu bewillkommnen.

»Mr. Darrell«, sprach Mr. Poole, und verneigte sich bis auf den Boden,: »dies *ist* mir eine Ehre.«

Darrell begabte den Sprechenden mit einem Blick seines scharfen Auges; und dachte bei sich selbst, — »Wenn ich noch Anwalt wäre?: für den Burschen möcht' ich auch keinen Prozeß führen!« — dennoch gab er die Verbeugung, förmlich, zurück; verbeugte sich auch ein zweites Mal, zu Ende einer mit Komplimenten reich verzierten Anrede, die Mr. Poole seinem einleitenden Satz hatte folgen lassen; erklärte sich als ›sehr geschmeichelt‹, und meinte nunmehr entkommen zu sein; aber, wo immer er auch durch die Menge sich wandt, Mr. Poole bracht' es fertig, ihm überallhin zu folgen, und seine Aufmerksamkeit in Anspruch zu nehmen, durch Bemerkungen über Tages-Ereignisse — das Wetter — den Kurs der StaatsPapiere — den Stand der Ernte. Endlich gewahrte Darrell, ganz für sich allein in einer Ecke sitzend einen trefflichen Mann, den in einem Londoner Salon zu erblicken ihn zwar überraschte; der jedoch, vor vielen Jahren, als Darrell sich bei der erleuchteten Wählerschaft von Ouzelford um deren Stimmen bewarb, gerade bei dem Vorsitzenden seines Kommittees auf Besuch gewesen war — ein einflußreicher Handelsmann — der ihm, da er gute Beziehungen in der Stadt hatte, und im größten Ansehen stand, bei der StimmenWerbung von rechtem Nutzen gewesen war. Nun vergaß Darrell selten ein Gesicht, und eine Gefälligkeit niemals. Zu jeder Stunde würde er sich gefreut haben, den braven Mann einmal wiederzusehen; aber zu dieser Stunde jetzt, war er wahrhaft dankbar dafür.

»Entschuldigung«, sagte er schlicht zu Mr. Poole; »aber ich seh' dort einen alten Freund.« Er schritt voran; und so gedrang die Menge inzwischen auch geworden war, sie teilte sich vor dem berühmten Redner, mit einem Respekt, wie vor dem Mitglied eines königlichen Hauses. Das bewundernde Gesumme als er vorüberging — lauter als es in einem eleganteren Salon der Fall gewesen wäre — würde einem eitleren Manne süßere Musik gedünkt haben, als die künstlichsten Koloraturen der Grisi's — ja, vor Zeiten sogar ihm selber. Aber — Bonbons kommen eben grundsätzlich zu spät! Er erreichte jene Ecke; und störte den einsam Sitzenden auf.

»Mein lieber Mr. Hartopp, erinnern Sie sich meiner nicht mehr – Guy Darrell?«

»Mr. Darrell!« rief der Ex-Bürgermeister von Gatesboro', sich erhebend; »wer konnte denken, daß Sie sich *meiner* noch erinnern würden?«

»Nanu! ich mich nicht an die 10 starrköpfigen Wahlmänner damals erinnern? an die ich – Jeden einzeln, und Alle zusammen – die ganze Kraft meiner Beweisführung vergeudet hatte, und umsonst? Da kamen Sie dazu; und mit den einfachen Worten: ›John – Ned – Dick – tut mir den Gefallen – stimmt für Darrell!‹, waren die Männer überzeugt, die Stimmen gewonnen. Das heiß ich mir doch noch Beredsamkeit! – (sotto voce – »Zum Henker mit dem Kerl!: immer noch hinter mir!« – Beiseite, zu Hartopp) –: »Oh, dürft' ich fragen, wer dieser Mr. – Wieheißtergleich – da ist? – in der weißen Weste Der?«

»Poole«, antwortete Hartopp. »Wer er ist, Sir? Ein Spekulant. Steht in Verbindung mit einer neugegründeten Gesellschaft – hab gehört, sie floriert. Williams, (das ist mein BüroVorsteher – schlauer Kopf), hat sich Aktien dieser Gesellschaft gekauft, und mir ebenfalls zureden wollen; aber derlei ist nicht nach meinem Sinne. Und Mr. Poole mag ja ein sehr ehrlicher Mann sein; aber wenn ich ihn mir so ansehe, hab' ich den Eindruck nicht. Nun bin ich ja auch unachtsamer geworden; weiß, daß ich dazu tendiere, mich anführen zu lassen – ist mir einmal passiert – und da vermeid' ich halt ›Gesellschaften‹ aus Prinzip – zumal wenn sie 30% versprechen, und KupferMinen ausbeuten – Mr. Poole hat solch eine **KupferMine.«**

»Und handelt überhaupt mit Erzenem – das kann man schon an seiner Stirn sehen! Aber Sie sind doch nicht für dauernd in der Stadt hier, Mr. Hartopp? Wenn ich mich recht erinnere, waren Sie, als wir uns damals trafen, doch in Gatesboro' ansässig.«

»Und bin es noch – oder, korrekter, in der Umgebung. Ich zieh' mich nach und nach vom Geschäft zurück; und bekomm allmählich immer mehr Spaß an der Landwirtschaft. Aber ich hab' schließlich auch Familie; und wir leben nun einmal in aufgeklärten Zeitläuften, wo die Kinder eine feinere Erziehung brauchen, als ihre Eltern gehabt haben. Da meinte Mrs. Hartopp nun, uns're Tochter, die Anna Maria, benötigte einen ›letzten Schliff‹ in gewissen Fächern – Anna Maria hat die Harfe so sehr gern – und da haben Wir eben, für sechs Wochen, ein Haus in London gemietet. Da drüben das ist Mrs. Hartopp; Die, mit dem Vogel auf dem Kopf – ein ParadiesVogel, glaub'ich – Williams behauptet, Vögel dieser Art rasteten nie und nirgends. Dann muß dieser Vogel wohl die Ausnahme sein – er hat ganze Stunden hintereinander auf Mrs. Hartopp's Kopf gerastet, jeglichen Abend, seitdem wir in der Stadt hier sind.«

»Ein Symbol für Ihr eheliches Glück, Mr. Hartopp.«

»Möge es das für Anna Maria bedeuten. Sie soll nämlich heiraten, sobald ihre Bildung besagten Schliff erhalten hat – verheiratet, nebenbei, mit einem Sohn eines Ihrer alten Bekannten, Herrn Jessop's, von Ouzelford; und, im Vertrauen gesagt, Mr. Darrell, das ist auch der Grund, warum ich am Ende in diesen StadtAufenthalt hier eingewilligt habe: das müssen Sie nicht von mir denken, daß ich eine Tochter von mir lange ›schleifen‹ ließe, wenn nicht schon der Ehemann bei der Hand wäre, der die Verantwortlichkeit für die Folgen übernimmt.«

»Ihre Weisheit bewährt sich noch immer, Mr. Hartopp; und ich bin sicher, daß selbst Ihre schöne EheHälfte Sie nicht nach London gebracht haben würde, wären Sie nicht von der Ratsamkeit eines solchen Aufenthaltes überzeugt gewesen. Können Sie sich noch entsinnen, wie ich an dem Tage, als Sie damals, in unserm KomiteeZimmer einen Disput so bewundernswürdig beilegten, zu Ihnen gesagt habe, ›es sei nur einzig gut, daß Sie nicht als König geboren wären; denn Sie würden einen unwiderstehlichen Tyrannen abgegeben haben‹?«

»Oh pscht! pscht!«, flüsterte Hartopp, in ehrlicher Unruhe: »wenn Mrs. H. Sie hörte! Aber was für ein Beobachter Sie sind, Sir. Ich hab mir wohl auch eingebildet, *ich* könnte einen Charakter beurteilen – aber ich hab' mich einmal schwer getäuscht. Ihnen ist das sicher nie widerfahren.«

»Irrtum«, erwiderte Darrell, leicht zusammenzuckend –: »aber *Sie?* sich getäuscht! Wie das?«

»Oh, eine lange Geschichte, Sir. – Das war'n ältlicher Mann – der angenehmste, int'ressanteste Gesellschafter – und ein Vagabund trotzdem – und bei ihm seine Enkelin: also so ein hübsches, schlechthin bezauberndes kleines Mädelchen! Ich hab mir gedacht, er möchte vielleicht in jungen Jahren ein Wildfang und Sausewind gewesen sein; daß er aber doch über wahres Ehrgefühl verfüge« – (Darrell, gänzlich uninteressiert an dem Bericht, unterdrückte ein Gähnen, und sehnte nur das Ende herbei) – »Und stellen Sie sich vor, Sir: gerade, als ich zu mir sage, ›Ich versteh was von Charakteren – bin noch nie angeführt worden‹, erscheint doch auf einmal ein smarter Geselle bei mir – des Alten leiblicher Sohn – und erzählt mir – oder, präziser, läßt mir von einer Dame, die mit ihm gekommen ist, erzählen – daß dieser reizende alte Herr mit dem hochentwickelten Ehrgefühl ein entlassener Sträfling sei – deportiert gewesen, weil er seinen Chef bestohlen hätte!«

Erbleicht, odemlos lauschte Darrell, und gar nicht mehr unachtsam jetzt. »Wie war der Name des – des . . .«

»Des Sträflings? Er selbst nannte sich ›Chapman‹; aber der Name des Sohnes war Losely – Jasper.«

»Achja!«, stammelte Darrell, zurückbebend; »und – Sie sprachen noch von einem kleinen Mädchen?«

»Jasper Losely's Tochter; er hatte eine behördliche Vollmacht, und war auf der Suche nach ihr. Der greise Schurke hatte sie entführt, – sie in Schwindeleien nach seiner Art zu unterweisen, nehm ich an. Glücklicherweise befand sie sich gerade unter meiner Obhut. Ich hab sie ihrem Vater und dieser sehr-respektabel wirkenden Dame, die er bei sich hatte, zurückgegeben – 'ne Verwandte vermutlich.«

»Wie war ihr Name? können Sie sich noch erinnern?«

»Crane.«

»Crane! – ›Crane‹? –«, murmelte Darrell, wie wenn er sich vergeblich bemühte, sein Gedächtnis wegen dieses Namens anzustrengen. »Und er hat also gesagt, das Kind sei seine Tochter? – sind Sie sich dessen ganz sicher?«

»Oh, selbstredend hat er das gesagt; und die Dame nicht minder. – Aber sind Sie etwa, zufällig, mit Jenen bekannt, Sir?«

»Ich? – nein! Sind mir fremd; ausgenommen vom Hörensagen. Lügner – alles infame Lügner! Aber haben sich die Komplizen gezankt? – ich meine jetzt Vater und Sohn – daß der Sohn den Vater derart bloßgestellt und denunziert haben sollte?«.

»Das nehm' ich an. Ich hab' sie niemals wieder gesehen. Aber Sie meinen auch, daß der Vater da wirklich ein KapitalVerbrecher, ein Sträfling gewesen wäre? – keine Entschuldigung für ihn – keinerlei mildernde Umstände? Denn der Mann hatte etwas an sich, Mr. Darrell, daß man ihn lieb haben mußte – buchstäblich lieb haben; und als ich ihm mitzuteilen hatte, wie ich das meiner Obhut anvertraute Kind ausgeliefert hätte, und seinen Gram sah –: mir war zumut, als sei ich selbst ein Schuldiger.«

Darrell sagte nichts; aber der Ausdruck seines Gesichtes hatte sich von Grund aus verändert – streng, hart, unbarmherzig – das Antlitz eines unerbittlichen Richters. Hartopp, da er jetzt unversehens die Augen zu diesem Gesicht erhob, wich scheu zurück.

»Sie meinen, ich hätte mich tatsächlich schuldig gemacht?«, fragte er kläglich.

»Ich meine vor allem, Wir reden Beide viel zu viel von einer Bande elender Schwindler, Mr. Hartopp; ich empfehle Ihnen, die ganze Erinnerung an den Umgang mit jedem Einzelnen von Denen, aus Ihrem ehrlichen Herzen zu streichen; und vor fremden Ohren die Geschichte die Sie da in meines gesagt haben, niemals mehr zu wiederholen. Männer von Ehre sollten den bloßen Gedanken schon unterdrücken, der sie Schurken annähern könnte.«

Dies gesagt, entfernte Darrell sich mit schier unhöflicher Hast; bahnte sich schleunig einen Weg durch das Gedränge zurück; beehrte selbst Mrs. Haughton kaum mit einem Nicken zum Abschied, (Lionel blieb ganz und gar unbeachtet), sondern eilte nur, die Treppe hinunter zu kommen. Er suchte noch, ungeduldig, im HinterZimmer nach seinem Mantel; als eine Stimme hinter ihm sagte: »Gestatten Sie Sir, daß ich Ihnen behilflich sein darf – ?«; und da er in raschem Ärger herumfuhr, gewahrte er doch schon wieder Mr. Adolphus Poole. Nun erfordert es habituellen und langen Umgang mit Gleichgestellten, um einem Mann von reizbaren Nerven und frankem Charakter, die vollkommene, durch nichts zu erschütternde Herrschaft über sein Temperament zu geben; und obgleich Darrell dort, wo er Jemanden wirklich gern hatte, viel sanfte Duldsamkeit übte; und dort, wo er gleichgültig war, viel zeremonielle Höflichkeit; so konnte er doch dort, wo man ihm Anstoß gab, äußerst unartig werden. »Sir!«, rief er, und stampfte beinahe mit dem Fuß auf: »Eure Zudringlichkeiten belästigen mich; ich fordere Euch auf, sie einzustellen.«

»Oh, dann bitt' ich um Entschuldigung«, versetzte Mr. Poole mit ärgerlichem Grollen. »Ich hab' es nicht nötig, mich aufzudrängen; bei keinem Menschen. Aber darf ich Ihnen empfehlen, mir zu glauben, daß, wenn ich mich erkühnt habe Ihre Bekanntschaft zu suchen, dies lediglich geschehen ist, um Ihnen einen Dienst zu erweisen, Sir? – jawohl, einen privaten Dienst, Sir.« Er dämpfte die Stimme zu einem Flüstern, und legte seinen Finger an die Nase –: »Es gibt da einen gewissen Jasper Losely, Sir – wie? Oh, Sir, ich bin kein Unruh'Stifter. Ich respektiere FamilienGeheimnisse. Vielleicht könnt'ich von Nutzen sein; vielleicht auch nicht.«

»Mir bestimmt nicht, Sir«, sagte Darrell; indem er sich den endlich gefundenen Mantel um die Schultern warf, und mit langen Schritten das Haus verließ. Als er in seinen Wagen stieg, stand der Bediente und harrte der Anweisung: ? –. Darrell brauchte lange um sie zu erteilen. :»Irgendwohin; für eine halbe Stunde – Richtung Sankt Pauls Kathedrale; anschließend nach Hause.«

Aber auf dem Rückwege dann von solch zielloser Fahrt durch die City, brauchte Darrell doch die Zugschnur am Arm des Kutschers –: »Nach Belgrave Square – zu Lady Dulcett.«

Das Konzert war schon halb vorüber; aber noch hatte Flora Vyvyan, wie versprochen, einen Platz neben sich für Darrell reserviert, beziehungsweise ihn vorübergehend einem ihrer gehorsamen Vasallen überlassen. Ihr Gesicht leuchtete auf, als sie Darrell eintreten und auf sich zukommen sah. Der Vasall trat den Stuhl ab. Darrell schien in der angeregtesten Laune zu sein; und ich bin der festen Meinung, daß er sich die äußerste nur in seiner Macht stehende Mühe gab, um – ja, ›um was‹? – sich bei Flora Vyvyan angenehm zu machen? Nein: um Flora Vyvyan möglichst angenehm für Guy Darrell zu machen! Das anzunehmen vermaß der Mann sich nicht, daß eine schöne junge Dame in ihn verliebt sein könnte; vielleicht meinte er, *dies* sei, bei seinen Jahren, schlechthin unmöglich. Aber das heischte er, was weit leichter schien, und was weit schwerer war – er heischte von sich selbst, verliebt zu sein.

5. Kapitel

Jene gelehrten Männer, die ihr Leben dem Studium der Sitten und Gebräuche innerhalb der InsektenGemeinschaften gewidmet haben, versichern uns, daß eine Spinne, die ihr letztes Netz eingebüßt, und auch alle viscose Materie, mittelst deren sie ein neues anlegen könnte, erschöpft hat, dennoch ihr unschuldiges Dasein dadurch zu verlängern weiß, daß sie ihre Klauen einer weniger kriegerischen, dafür aber respektableren Spinne aufdrängt, die sich eines schicklichen Heims samt dazugehöriger luftiger SpeiseKammer erfreut. / Aufmerksame Moralisten wollen die gleiche Eigentümlichkeit beim Man-Eater oder Taschenkannibalen beobachtet haben.

Elf Uhr Vormittags, und Samuel Adolphus Poole, Hochwohlgeboren, sitzt in seiner Guten Stube; – wobei es sich bei seinem Haus um eine jener neuen Wohnstätten handelt, wie sie alljährlich, im Norden von Regent's Park, aus dem Boden schießen – Wohnstätten die, indem sie Zeugnis ablegen für die Excentrizität unsres NationalCharakters, gleichzeitig heftige Zumutungen stellen an die Fantasie des Architekten, und an die Ernsthaftigkeit des Beschauers nicht minder – jegliches einzelne WohnGebäude derart gewaltsam in einen Kontrast mit den umgebenden gefoltert, daß, auf einem einzigen armen ViertelMorgen, sämtliche Zeitalter durcheinandergewürfelt, und alle Rassen zu kampieren scheinen. Nr. 1 ein ägyptisches Grabmal! – Pharaonen könnten hier ruhen. / Nr. 2 ein schweizerisches ›*chalet*‹ – wahrscheinlich übt Wilhelm Tell im HinterGarten! / Hoh! die Strenge dorischer Säulen – Sparta liegt vor Einem! / Seht dieses gotische VorHäll'lein – man ist, man mag wollen oder nicht, in die Tage der Normannen versetzt! / Hah! diese Elisabethanischen Fenster, mit ihrem steinernen MittelPfosten – oh Sidney und Raleigh, steht doch bitte wieder auf! / Dà! die PagodenLauben Chinas – tretet vor, Konfuzius und KaiserKommissar Yeh! / Wenige Schritte weiter nur, und wir sind im Lande der Zeghri's und Abencerragen –

›schwarzäug'je Maid und düsterhäut'jer Maure‹.

›Alhambra Villa‹ ist Mr. Poole's Haus genannt! Maurische Veranden – SpitzbogenFenster mit SpiegelglasScheiben in Mahagoni-

Rahmen zum Schieben – hinten ein Garten, ein kleiner vor der Front – Stufen, die zur Haustür hinaufführen, unter einen sarazenischen Portikus, zwischen zwei Piedestalen mit Löwen darauf, die wie Pudel aussehen – das Ganze glänzt wie neu – dem Anschein nach aus Gestein, in Wirklichkeit Putz – Risse im Putz verraten wo die Mauern ›sich gesetzt‹ haben. Aber da das Haus auf 99 Jahre vermietet worden ist – und weiter untervermietet in Pachtverträgen, die über 7, 14 und 21 Jahre laufen – ist weder der Erbauer für die Haltbarkeit mehr verantwortlich, noch der ErstMieter für Reparaturen. Alles in Allem genommen, könnte man sich also kein typischeres Modell für modernen Geschmack, und für großstädtische BauSpekulation vorstellen, als dieses Gemäuer namens ›Alhambra Villa‹.

Mr. Poole ist, seit Wir ihn zuletzt vor 4-5 Jahren erblickten, in den heiligen Stand der Ehe getreten. Er hat eine Dame mit etwas Vermögen geheiratet, und ist ein ›gesetzter Mann‹ geworden. Er hat dem Turf Valet gesagt; die Belcher-Halsbinden und Newmarket-Röcke abgelegt – all seine alten JunggesellenBekanntschaften aufgegeben. Und wenn ein Mann heiratet, und gesetzt wird – zumal wenn Ehe und Gesetztheit von erhöhtem Einkommen begleitet sind, und man sich, respektabel, in Alhambra Villa niederläßt – dann machen auch zuvor entfremdete Verwandte ihm wieder gütige Avancen: die Welt, bis dahin rauh und streng, wird nachsichtig. So auch mit Poole – als er nicht länger ›Dolly‹ war. Zugegeben, daß er in seinem früheren Leben auf schlechten Wegen gewandelt war; und sich, beeinflußt von zweideutigen Genossen, von jenem Geschmack am Sport etwas weit hatte hinreißen lassen, der andrerseits ein männliches, allerdings auch gefährliches, Charakteristikum des echten Engländers darstellt. Und wer einmal Pferde liebt, setzt sich eben auch unweigerlich der Berührung mit Gaunern aus: der VollblutRenner ist ein edles Tier; aber es ist sein Kismet, daß, je besser sein Stammbaum, umso mieser seine Gesellschaft wird. Zugegeben also, daß Adolphus Samuel Poole in Ställen und auf Sattelplätzen ein wenig vom Hafer gestochen worden war – nun, jetzt hatte er sich die Hörner abgelaufen. Soll das Vergangene vergessen sein. Auch hatte er eine sehr verständige Ehe geschlossen. Mrs. Poole war eine gescheite Frau – hatte ihn häuslich gemacht, und würde ihn schon bei der Stange halten! Sein Onkel Samuel, ein äußerst ehrenwerter Mann, hatte diese gescheite Frau für ihn ausfindig gemacht; auch, nachdem sie gefunden war, die Schulden seines Neffen bezahlt; und, nachdem er dem Vermögen der Dame noch eine runde Summe hinzugefügt, dafür gesorgt, daß das Ganze derart sicher auf Frau und Kinder überschrieben ward, daß Poole die zärtliche Genugtuung hatte zu wissen: möge ihm selbst auch geschehen, was immer da wolle, seine Lieben seien gesichert; ja, sogar daß, sollte er sich in den Wechselfällen des Glücks einmal, durch verfolgende Gläubiger, genötigt sehen, die heimatliche Küste zu fliehen, das Gesetz die auf Mrs. Poole überschriebenen Beträge weder schmälern, noch ihr gesegnetes Vorrecht, besagte Beträge mit einem geliebten Gemahl zu teilen, irgend unterbinden konnte. Dergestalt, unterm Schutz eines entsprechenden EheVertrages, vermag selbst die nackte Insolvenz jene erhabne Sicherheit der *virtus* zu verkörpern, wie sie die Römische Muse unsterblich gemacht hat: –

›... repulsae nescia sordidae,
intaminatis fulget honoribus;
nec sumit aut ponit secures
arbitrio popularis aurae.‹

Mr. Poole war ein tätiges Mitglied im GemeindeKirchenrat – ein gutgesinnter Politiker – er zeichnete Beträge für öffentliche wohltätige Unternehmungen – er wohnte öffentlichen FestEssen bei – er hatte Sitz und Stimme bei einem halben Dutzend öffentlicher Anstalten – er sprach vom öffentlichen Interesse, und nannte sich selbst einen Mann der Öffentlichkeit. Zu seinem Umgang erkor er sich in der GeschäftsWelt tätige Herren – von spekulativer Gemütsart, gewiß, aber doch solide. Eine AktienGesellschaft ward da gegründet; er erhielt einen offiziellen, mit Gehalt verbundenen Posten im Aufsichtsrat – nicht allzuviel, sicher; aber immerhin ein Gehalt.

Denn »Geld«, sagte Adolphus Samuel Poole, »ist mir zwar unwesentlich; aber ich muß etwas zu tun, zu wirken haben.« Wie und Was er dort wirkte, weiß ich nicht exakt zu sagen; aber zweifellos wurde Irgendjemand abgewirgt.

Mr. Poole also saß in seinem WohnZimmer, las die eingegangene Post, und sortierte Schriftstücke, bevor er sich nach seinem Büro im West-End begab. Mrs. Poole trat ein; an der Hand ein Kind, das noch nicht gelernt hatte, alleine zu laufen. (und ihr int'ressanter KörperUmfang deutete die liebevolle Absicht an, dies Kind, zu einem nicht allzufernen Zeitpunkt, mit einem Brüderchen zu beglücken, oder einem Schwesterchen, wie sich das nun ergeben würde).

»Komm, und küß' Pa, Johnny«, sagte sie zu dem Infanten.

»Mrs. Poole, ich hab' zu tun«, knurrte Pa.

»Pa hat zu tun – arbeitet ganz-viel für unsern kleinen Johnny. Das wird Johnny eines Tages mal ganz sehr zugute kommen.«, singsagte Mrs. Poole, und warf den Kleinen dabei bis halb zur Decke hoch, um ihn für den Verlust des VaterKusses zu entschädigen.

»Mrs. Poole, was willst Du?«

»Kann ich mir heut Jones' Brougham für 2 Stunden mieten, zum Besuche machen? Wir hätten 'ne ganze Menge Karten abzugeben – ist da etwa eine Stelle, wo ich Deine Karte für Dich mit abgeben soll, Liebes? – Irgendjemand Wichtigem, dem Du gestern Abend bei Mrs. Haughton vorgestellt worden bist? Dieser Große Mann, von dem sie Alle so reden, und an dem Du so viel Gefallen zu finden schienst, Samuel-Püppchen ...«

»Hau bloß ab! dieser Mann hat Mich beleidigt, sag ich Dir.«

»Dich beleidigt! Nein; das hast Du mir nie erzählt.«

»Das hab' ich Dir erzählt; vergangne Nacht, als ich heim kam.«

»Nein!, ich hab' gedacht, Du meintest diesen Mr. Hartopp.«

»Naja, *Der* hat Mich auch beinah beleidigt. Mrs. Poole, Du bist stupid und wirst unangenehm – : war das Alles, was Du mir zu sagen hattest?«

»Pa ist verstimmt, Johnnylein! armer Pa! – die Leute haben Pa geärgert, Johnny – ganz böse Leute. Oh, da müssen Wir gehen, sonst ärgern Wir ihn auch noch.«

Solch himmlische Sanftheit von Seiten einer nachsichtigen Gattin hätte einen Tamerlan beschwichtigen müssen. Poole's umzogne Stirn entspannte sich. Wenn die Frauen nur wüßten, wie sie ihre Männer zu behandeln hätten! und vom Indus bis zu den Polen wäre nicht 1 Ehemann zu finden, der nicht unterm Pantöffelchen stünde. Und auch Poole ward, all seinem sauertöpfischen Gehabe zum Trotz, so umfassend von seinem Engel regiert, wie nur je ein Bär von seinem Führer.

»Naja, Mrs. Poole – entschuldige. Ich geb' zu, ich bin verstimmt heut-Morgen – gib den kleinen Johnny ma' her – so-o-o«, (er küßt das Kind; das ihm, zum Dank, ins linke Auge tappt; und, als es sieht, daß ihm die Bohrung nicht vollständig gelungen ist, zu brüllen anfängt) – »nimm den Brougham. Pscht, Johnny –

stille. Und kannst 'ne Karte für Mich dalassen, bei Mr. Peckham, Harley Street. Tz, das Auge brennt mir entsetzlich; dies Baby wird mir's eines schönen Tages noch mal ganz rausdrücken.«

Mrs. Poole hat indessen das Kleine mit Erfolg beschwichtigt, und gesteht zu, wie Johnny's Finger ungewöhnlich viel Kraft hätten für sein Alter – weiß jedoch, durch den Zusatz: ›daß Babies eben nach allem griffen, was sehr glänzend und schön sei, nach Gold, und Juwelen, und Mr. Poole's Augen!‹ dem verwundeten SehRund einen so lindernden Balsam aus Mitleid und Bewunderung zu applizieren, daß Poole ganz milde grunzt –: »Unsinn; Geflunker – nebenbei: ich hab' doch heut früh nicht gesagt, daß Du diese RosenholzChiffoniere nicht bekommen solltest?«

»Doch Püppi, Du hast gesagt, Du könnt'st Dir's nicht leisten; und wenn Pa einmal sagt, er könnt sich's nicht leisten, dann muß Pa das am besten wissen – gelt, Johnnylein, so ist das.«

»Na, vielleicht könnt' ich's doch noch. Ja, kannst sie haben – ja sag' ich: Du *sollst* sie haben! – Aber vergiß nicht, diese Karte bei Peckham abzugeben – d's'n Mann mit Geld. – Hat's nicht eben draußen geläutet? Wer kann das sein: lauf ma' und schau nach.«

Mrs. Poole gehorchte; in Anbetracht ihres interessanten Zustandes, mit erstaunlicher Beweglichkeit. Binnen einer halben Minute war sie zurück.

: »Oh mein Adolphus; oh mein Samuel!: es ist dieser gräßlich aussehende Mensch, der neulich abends schon hier war – und so lang bei Dir blieb. Sein Aussehen gefällt mir gar nicht. Bitte, sei nicht zuhaus.«

»Ich muß«, sagte Poole; der, soweit das möglich war, noch um eine Schattierung bleicher wurde. »Halt – laß das Mädchen nicht an die Tür gehen; und Du, verlaß' mich auch.« Er griff sich Hut und Handschuh'; schob das StubenMädchen, das aus den unteren Schatten aufgetaucht war, um ›nach der Klingel‹ zu sehen, beiseit; und schritt hastig durch den schmalen VorGarten.

Jasper Losely hatte sich vor dem kleinen Pförtchen aufgebaut. Jasper ging nicht mehr in Lumpen; war jedoch nur grob und einfach gekleidet – gekleidet, wie wenn er jeglichem Anspruch entsagt hätte, sei's dem Auge einer Lady zu gefallen, sei's einen GeschäftsInhaber im West-End zu betrügen – ein kariertes Hemd – eine derbe WindJacke, und die Hände tief in deren Taschen: '!' –

Poole stutzte, in gut geheuchelter Überraschung. »Was, Ihr? Ich bin grad auf dem Weg ins Büro – hab's ganz eilig im Moment.«

»Eilig oder nicht; ich muß und werd' mit Euch reden«, entgegnete Jasper, gefühllos.

»Nanu!; na, kommt nur 'rein; – bloß bedenkt, bitte, ich kann Euch nicht mehr als 5 Minuten widmen.«

Der ungeschliffne Gast folgte Poole in das nach hinten hinausgehende WohnZimmer, und zog die Tür hinter sich zu.

Seine Arme über eine StuhlLehne gepackt, den Hut auf dem Kopf behaltend, fixierte Losely aus grimmigen Augen den alten Freund; und sprach dann mit leiser, bestimmter, entschlossener Stimme, – »Merkt wohl auf, was ich jetzt sage, Dolly Poole: falls Ihr vorhaben solltet, meine bewußte Angelegenheit zu vernachlässigen, oder mich so ganz sachte über Bord zu werfen, werdet Ihr Euch sehr bald auf dem Holzweg finden. Seid Ihr bei Guy Darrell gewesen, und habt ihm meinen Fall vorgetragen? oder habt Ihr es nicht?«

»Gestern Abend erst bin ich Mr. Darrell begegnet, auf einer sehr vornehmen Party;« (Poole hielt es klüglich für angebracht, nicht zu erwähnen, von Wem besagte vornehme Party gegeben worden war; (denn man wird sich entsinnen, wie Poole Jasper's Vertrauter gewesen war, bei jenem einstigen Anschlag des Abenteurers auf Mrs. Haughton); und wenn Jasper erführe, daß er, Poole, Deren Bekanntschaft gemacht? –: wär'es nicht möglich, er würde darauf bestehen, von Poole dort, neuerlich, als eine BESUCHSBEKANNTSCHAFT eingeführt zu werden?). »ä-einer sehr vornehmen Party«, wiederholte also Poole; »ich ließ es mir angelegen sein, Mr. Darrell vorgestellt zu werden; und anfangs war er auch sehr höflich.«

»Zum Henker mit seiner Höflichkeit! – kommt zur Sache.«

»Ich sondierte meinen Kurs äußerst sorgfältig, wie Ihr Euch wohl vorstellen könnt; und als ich ihn in eine freundliche Plausch-Ecke bugsiert hatte, Ihr versteht, fing ich an –: ach, mein armer Losely! in *der* Richtung ist nichts zu machen – er sprang sofort ab – schnauzte mich praktisch an: ich sollte Mich um meine eigenen Angelegenheiten kümmern, und ja meine Zunge im Zaum halten; und – also, bei meinem Leben! – ich glaube nicht, daß Ihr auf dem Sektor noch eine Chance habt.«

»Ausgezeichnet – werd'n Wir ja sehen. – Weiter: habt Ihr etwelche Schritte unternommen, um dieses Mädchen da, meine Tochter, ausfindig zu machen?«

»Ist geschehen; Mein Wort darauf. Aber Ihr gebt mir so dürftige AnhaltsPunkte. Seid Ihr Euch *ganz*-sicher, daß sie, letzten Endes, nicht vielleicht doch in Amerika sein könnte?«

»Ich hab Euch neulich schon gesagt, daß diese Geschichte über Amerika der blanke Schwindel war! eine Kriegslist des Alten Herrn, um mich zu täuschen. Armer alter Mann«, fuhr Jasper fort; in einem Ton, der unbedingt Gefühl verriet – »ich wunder' mich gar nicht, daß er mich fürchtet und flieht; und trotzdem möcht' ich ihm nicht mehr zu Leide tun, als ich schon getan habe, und wenn ich dadurch so wohl situiert würde, wie Ihr – der Ihr mich von Eurer MahagoniStange her anblinzelt, wie 'n zahmer WaldKauz, der den Kropf voll Mäuse hat. Und wenn ich das Mädchen von ihm nehmen möchte, geschieht das zu ihrem eig'nen Besten. Denn falls Darrell dazu gebracht werden könnte, ihr etwas auszusetzen, (und, via sie, auch mir), na dann würde der Alte Mann selbstredend seinen Anteil an dem Nutzen kriegen. Und jetzt, wo diese infernalischen Schmerzen mich oft die halbe Nacht lang wach halten, kann ich mir nicht immer die Vorstellung vom Leibe halten: wie dieser Alte Mann da in der Welt 'rumwandert, und schließlich im StraßenGraben stirbt. Und dabei könnte dieses Ausreißer-Mädchen – dem er, ich möchte drauf schwören, seine letzte Brotkruste wegschenken würde – ein Jahrgehalt für Uns Beide sein!: Basta, basta! – Was diese Amerikanische Geschichte da betrifft – ich hatte in Paris einen Freund, der wegen einer Unternehmung nach Amerika-rüber ging; ich gab ihm den Auftrag mit, sich nach diesem William Waife und seiner EnkelTochter Sophie zu erkundigen, die angeblich, vor fast fünf Jahren, die Überfahrt nach New York gemacht hätten – : und er hat die Leute selber gesehen! – wohnten in New York – allerdings nicht mehr unter dem Namen Waife, sondern unter ihrem richtigen Namen Simpson; und hat aus dem Manne herausbekommen, daß man sie veranlaßt habe, ihre Fahrkarten von England her, auf den Namen Waife zu nehmen; und zwar auf Verlangen einer Person, die der Mann nicht angeben wollte, weil er, wie er sagte, ihr Verbindlichkeiten schuldig wäre. Vielleicht hat der Alte Herr, früher im Leben mal, dem Burschen irgendwie Gutes erwiesen. Die Beschreibung dieses angeblichen Waife und seines EnkelKindes, machten die Sache endgültig klar – gänzlich unähnlich Jenen, die ich suche!; sodaß jeglicher Grund zu der Annahme besteht, sie müßten sich noch in England aufhalten; und Eure Aufgabe ist es jetzt, sie ausfindig zu machen. Setzt die Nachforschungen fort – spitzt Euern Witz etwas an – damit ich dann mit dem Erfolg besser zufrieden bin, wenn ich heut in einer Woche wieder bei Euch vorspreche – in der Zwischenzeit: 4 Pfund bitte – kann gern auch was drüber sein, wenn Ihr wollt.«

»Wie; ich hab' Euch doch letzthin erst 4 Pfund gegeben; ganz abgesehen von 6 Pfund für Kleidung – das kann doch nicht Alles schon weg sein!«

»Bis auf den letzten Penny.«

»Oh Mein oh mein! könnt Ihr Euern Unterhalt denn nicht irgendwie-anderweitig aufbringen? Könnt Ihr Niemanden zum Kartenspielen bewegen? Vier Pfund! Tz, mit Euerm Talent für Whist, sind 4 Pfund doch ein Kapital!«

»Mit Wem könnt'ich schon groß spielen? zu Wem mich gesellen? – Einbrecher und TaschenDiebe. Stattet Ihr mich doch mal anständig aus; bittet mich in Euer eignes Haus; ladet Eure eignen Freunde dazu ein; sorgt dafür, daß ein Rubber zustande kommt: dann werdet Ihr erleben, was ich mit 4 Pfund anstellen kann; (und können auch Halbe-Halbe machen wenn Ihr wollt, wie einst im Mai).«

»Redet nicht so laut. Ihr wißt ganz genau, Losely, daß das, was Ihr verlangt, unmöglich ist. Ich hab ein Neues Blatt umgeschlagen.«

»Und ich hab' mir noch von dem Alten Blatt aufgehoben, mit Eurer eigenhändigen Unterschrift drauf.«

»Zu was sind diese dämlichen Drohungen gut? Selbst wenn Ihr mir wirklich einen Streich spielen wolltet: an welche Stelle könntet Ihr Euch schon groß wenden?; und wer würde Euch Glauben schenken?«

»Ich könnt' mir vorstellen: Eure Frau vielleicht. Ich versuch's mal, ja? –: HALLO! ...«

»Halt-halt-halt! Keinen Krach hier, Sir. Keinerlei Skandal. Haltet sofort Euern Mund; oder ich schick nach der Polizei.«

»Tut das! Ich wüßte nichts, was mir lieber wäre. Ich bin des Ganzen herzlich satt. Mir käm' es langsam recht, meine LebensGeschichte in Old Bailey zu erzählen, und meine Rache zu nehmen: an Euch, an Darrell, an Allen. : Los! schickt nach der Polizei.«

Losely warf sich der Länge nach auf das LederSopha (ganz neu; Saffian, mit SprungfederKissen) – und verschränkte die Arme: –

»Ihr konntet mir nur 5 Minuten schenken – ich fürchte, sie sind herum. Ich will großzügiger sein. Ich laß Euch Zeit zum Überlegen, solang' Ihr wollt. Mir macht's nichts aus, zum Dinner dazubleiben; ich nehme an, Mrs. Poole wird meinen Aufzug entschuldigen.«

»Losely, Ihr seid ein derartiger – Geselle! Wenn ich Euch jetzt die 4 Pfund gebe, die Ihr verlangt: wollt Ihr mir dann versprechen, irgendwie weiter für Euch selber zu sorgen, und mich nicht mehr zu behelligen?«

»Nichts weniger. Ich werde jede Woche einmal erscheinen, und mir die gleiche Summe abholen. Von Weniger kann ich nicht leben – bis ...«

»Bis WAS?!«

»Bis Ihr entweder Mr. Darrell dazu bewegt, mir eine angemess'ne Rente auszusetzen; oder bis Ihr mir zum Besitz meiner Tochter verhelft, daß ich dann, aus einer besseren Position heraus, persönlich mit ihm verhandeln kann; denn wenn ich aufgrund des Mädchens einen Anspruch an ihn machen will, muß ich das Mädchen vorzeigen können, oder er kann sich wieder 'rausreden, sie sei ja tot. Überdem, wenn sie noch so hübsch sein sollte, wie sie als Kind gewesen ist, könnt'es durchaus sein, daß ihr bloßer Anblick ihn mehr rührte als all mein Gerede.«

»Und falls es mir gelingen sollte, entweder mit Mr. Darrell Irgendetwas zustande zu bringen, oder aber Eure Tochter ausfindig zu machen : dann würdet Ihr sämtliche Briefe und Dokumente herausgeben, die Ihr von mir zu besitzen behauptet?«

»›Zu besitzen behauptet‹! Ich hab sie Euch ja wohl gezeigt, hier, in dieser Brieftasche. Dolly Poole –: Euer eigenhändiger Vorschlag, den Safe des alten Latham zu berauben.«

Poole schielte zu der Brieftasche hinüber, die der Bandit hervorzog, und bedeutungsvoll betippte. Wäre der Bandit ein schmächtigerer Mann gewesen, wäre Poole wohl ein tapferer gewesen. Aber wie die Dinge lagen – er schielte nur und ächzte. : »Derart gegen ein'n alten Kumpel aufzutreten! Sowas häßliches; so ganz-anders, wie ich von Euch gedacht hatte.«

»Wenn hier Wer gegen Wen hat eben auftreten wollen: dann war't Ihr das. – Aber geht doch Darrell nicht von der Pelle; oder treibt mir meine Tochter auf; und helft ihr und mir, uns Gerechtigkeit zu erzwingen : dann sollt Ihr nicht nur diese Briefe zurückerhalten; sondern ich will Euch auch noch anständig bezahlen – hochanständig, Dolly Poole. Sapperlot, Sir! – heruntergekommen bin ich, zugegeben – bin aber deswegen immer noch ein Gentleman.«

Worte, bei denen Losely seinem Hut einen vehementen Flach-Hieb versetzte; der, plattgedrückt von dem Schlag, seiner ganzen Erscheinung ein so fantastisch-hallunkenmäßiges Ansehen verlieh, daß, wäre nicht der Ausdruck seines Gesichtes gewesen, der Kontrast zwischen der prahlerischen Rede und dem Kerl selbst, sogar Mr. Poole zum Lachen erschienen wäre. Das Gesicht war allzu sinister, als daß man hätte lachen mögen. Der Bekleidung nach, höchstens der Ruin des Vermögens – den Zügen nach: der Ruin des ganzen Menschen.

Da beschränkte Poole sich auf einen tiefen Seufzer, und legte 4 Sovereigns auf den Tisch. Losely erhob sich; und strich sie, liederlich, ein. »Also: bis heut über 8 Tage.«, sagte er – reckte sich – und ging seiner Wege.

6. KAPITEL

Neue Pinselstriche an den 3 Vignetten für das BUCH DER SCHÖNHEIT.

Wochen gingen dahin – die Londoner Saison setzte ein – Darrell hatte noch nichts entschieden – das Prestige seiner Stellung war unvermindert – in politischer Hinsicht vielleicht noch gewachsen. Es war ihm gelungen, einige große Männer miteinander auszusöhnen; er hatte ein in sich zerstrittenes Kabinett gestärkt – möglicherweise sogar gerettet. In all diesem hatte er eine bewundernswürdige Menschenkenntnis an den Tag gelegt, und bewiesen, daß Zeit und Nichtgebrauch die Kraft seines Wahrnehmungsvermögens nicht vermindert hatten. Bezüglich seiner ehelichen Absichten, schien Darrell sowohl versessener denn je auf das Wagnis – als auch unentschloss'ner denn je was die Wahl einer Partnerin anbelangte. Gleichwohl schien diese Wahl immer noch auf jene drei Schönen beschränkt, die bereits Oberst Morley's kritischer Begutachtung unterworfen worden waren – Lady Adela; Miss Vipont; Flora Vyvyan. Viel *pro* und viel *contra* hätte sich hinsichtlich Jeder ins Feld führen lassen. Lady Adela war derart hübsch, daß es ein Vergnügen war, sie nur anzuschauen; und das besagt, wenn man solch hübsches Gesicht dann täglich zu sehen hat, ja nicht wenig, – vorausgesetzt, daß das Vergnügen sich nicht abnützt. Ebenso stand sie im Ruf, ein sehr gutmütiges Naturell zu besitzen, was der Ausdruck ihres Gesichts auch bestätigte – aber ab hier hatte das Loblied ein Ende; allerdings ohne daß nun etwa der Tadel eingesetzt hätte. Nein; was verblieb, war die argloseste Normalität. Weder besaß sie irgend besondere Kennzeichen, noch eine vorherrschende Leidenschaft. Und gewiß würde sie niemals auch nur einen Gedanken an Mr. Darrell verschwendet, nicht ein-einziges Verdienst an ihm entdeckt haben, wäre nicht die Rede von ihm gewesen, als von einem sehr reichen Manne, der auch hochberühmt war, und nach einer Frau suche; und hätte ihr Vater nicht zu ihr gesagt – »ä-Adela?: Mr. Darrell ist notorisch frappiert gewesen von Deiner Erscheinung – er hat mir's selber gesagt. Er ist nicht jung, gewiß; aber er ist immer noch ein sehr gut aussehender Mann; und Du bist Siebenundzwanzig. Es ist schließlich eine höhere Auszeichnung, die Aufmerksamkeit einer Persönlichkeit in seinen Jahren und seiner Stellung zu erregen, als die von einem ganzen Rudel einfältiger junger Burschen, die mehr von ihren eignen glatten Gesichtern halten, als sie je von Deinem tun würden. Falls bei Dir also ein kleiner AltersUnterschied nicht allzuschwer ins Gewicht fiele, könnt' er Dich durchaus zu einer glücklichen Gattin machen; und weiterhin, (es ist der Lauf der Natur), zu einer Witwe, die noch nicht zu alt wäre, ihre Freiheit dann zu genießen; und mit einem Wittum, das Dich zu einer nächsten, noch besseren Partie berechtigen würde.«

Darrell, dergestalt Lady Adela in den Kopf gesetzt, verblieb denn auch darin, und wurde zur fixen Idee. Im Licht eines präsumtiven Gemahls betrachtet, ward er zu einem ›interessanten Mann‹ befördert. Sie würde seine Bewerbung mit sanftpomadigem Behagen entgegengenommen haben; und dann, – sie, ein Geschöpf, mehr der Gewohnheit als augenblicklicher Eingebungen – in der Intimität des ehelichen Beisammenseins, ihn (oder auch jeden andern bewundernden Gatten) zweifellos mit einem verständigen MindestMaß an etwas-schlaffer Zuneigung beglückt haben. Dessenungeachtet handelte es sich bei Lady Adela um eine unbewußte Betrügerin; denn dank einer angebor'nen Gabe, mild aus den Augen zu blicken und hold zu erröten, pflegte jedwedes von ihr verstrickte Opfer dahin zu tendieren, ihr eine weit empfänglichere Natur für den romantischen Teil der zärtlichen Passion zuzuschreiben, als sie, vielleicht zum Glück für den eig'nen Seelenfrieden, in Wirklichkeit besaß; auch, sich zu schmeicheln, daß eben-er jene Emotionen bewirkt habe, die diesem Aug' seine Milde, diesen Wänglein ihre Rosenfarbe erteilten. –

Da wäre Honoria Vipont eine Wahl gewesen, die dem gesunden MenschenVerstand eines so reifen Freiers weit-mehr Ehre gemacht hätte: wenig bessere Exemplare einer, zur vollendeten Welt-Dame aufgezogenen, jungen Lady! Sie besaß Wissen genug, um die Gefährtin eines ehrgeizigen Mannes zu sein – solide Urteilskraft genug, um ihn, gelegentlich, beraten zu können. Sie würde mit Würde einem repräsentativen Haushalt vorgestanden – mit Grazie prominente Gäste empfangen haben. Geschickt-geschult zur Verwaltung eines bedeutenden Vermögens, war ein bedeutendes Vermögen unerläßlich zur vollen Entfaltung ihrer fürtrefflichen Eigenschaften. Wenn ein Mann von Darrell's Jahrgang keck genug war, ein junges Weib zu ehelichen? – tcha, dann konnte er, unter all den Jungen Ladies von London schwerlich ein zuverlässigeres Weib finden!; denn obwohl Honoria erst Drei-und-Zwanzig war, sie gehabte sich so-gesetzt, so-verständig, und so-abstandnehmend von jedweder mädchenhaften Leichtfertigkeit, als wäre sie achtunddreißig. (Zugegeben: wäre Guy Darrell ihr-eigener Jahrgang gewesen – noch-ohne nennenswert-erworbenes Vermögen; noch-ohne eventuell-zukünftigen Ruhm, ein armer-Advokat, ganz-hinten in Holborn; oder auch ein unbedeutender Squire, auf und mit seinem unbedeutenden LandGütlein Fawley – er hätte, in den Augen Honoria Viponts keinerlei Reiz besessen.) Der Abstand im Alter, war in diesem Fall keinerlei Hemmniß, vielmehr ein Vorteil; schuldete doch Darrell eben-diesem Abstand sowohl seinen Namen, als auch jene eminente Stellung, die Honoria auf den Gedanken brachte: Sie erhöhe sich selbst, indem sie ihn vorzöge. Es heißt schließlich nur, einer Frau Gerechtigkeit erweisen, wenn man unterscheidet zwischen ihrer Verehrung für die Kennzeichen von Ehre und Ruf, die ein Mann sich gewonnen hat; und dem normalen VulgärGefühl, welches den Mann im Laufe der Zeit immer tiefer stellt, bis man ihn am Ende nur noch wie ein notwendig HausGeräte bei der allgemeinen Schätzung mit passieren läßt. Es ist ganz einfach nicht fair, von einem Mädchen, das eine Vorliebe für Einen unseres sich plackenden, immer-rührigen, ehrgeizigen Geschlechtes hegt, der womöglich das Doppelte ihres Alters, oder eine StupsNase hat, der aber würdevoll und imposant von einem StaatsPiedestal herunterschaut, wissen zu wollen: ob sie ihn denn nun auch genau so gern haben würde, wäre er all jenes erwähnten Zubehörs entkleidet, und unbarmherzig nur seinem Taufschein samt unschöner Nase überlassen? Ebensogut könnte man ein in einen jungen Lothario verschossenes Mädchen fragen: ob sie ihn denn auch noch genau so lieben würde, wenn er krumm und häßlich wäre? Der Große Name des einen Mannes, ist ebensosehr ein untrennbarer Teil von ihm, als das hübsche Äußere des Anderen. Obschon es also von Madame de la Vallière immer geheißen hat, sie habe Ludwig XIV. um seiner selbst, und nicht um seiner königlichen Pracht willen geliebt; möchte ich doch wissen; : ob es eine, und sei es noch so uneigennützig denkende Frau auf der ganzen weiten Welt gebe, die glauben wird, Madame de la Vallière würde Ludwig XIV. genauso geliebt haben, wäre er statt Ludwig XIV. ein Mr. John Jones gewesen? Honoria jedenfalls würde einem hirn- und wertlosen

Edelmann, gleichviel welchen Ranges und Reichtums, ihre Hand nicht geschenkt haben – über diese Art Ehrgeiz war sie erhaben; andererseits würde sie freilich auch den best-aussehenden und ehrenwertesten John Jones, der je diesen ächt britischen Namen führte, niemals geheiratet haben, wenn er nicht gleichzeitig diejenige gesellschaftliche Stellung bekleidete, welche die Verdienste auch eines Jones in den Bereich einer Vipont'schen Lorgnette bringt.

Viele Mägdlein in der Kinderstube, sagen zu ihren juvenilen Vertrauten: »Ich heirat' mal nur den Mann, den ich liebe!«. Honoria Vipont hatte immer schon gesagt: »Ich werde nur den Mann heiraten, den ich respektiere.« Demzufolge war es ihr Respekt für Guy Darrell, warum sie ihn mit ihrer Bevorzugung beehrte. Sie würdigte seine Intelligenz – sie verliebte sich in den Ruhm, den diese Intelligenz erworben hatte. Und Darrell hätte zweifellos schlimmer wählen können: bei kühler Überlegung neigte er sich sehr zu Honoria hin! Und wenn Alban Morley wieder einmal zu ihren Gunsten plädierte, konnte er sich einzig durch das Hakenschlagen und die Winkelzüge seines ironischen Humors vor einer Einwilligung retten. Aber sein Herz rebellierte gegen seine Vernunft; und, ganz unter Uns: Honoria war genau eine von den jungen Frauen, von denen ein Mann in gesetzten Jahren sich angezogen fühlen sollte; und von denen er, auf die eine oder andere Art, niemals angezogen wird – ich besorge fast, deswegen, weil je älter Wir werden, Wir umso mehr die Jugendlichkeit des Charakters lieben: da der Alcide, nachdem er alle Mühsale des Erdenlebens durchgemacht, sich seine Braut im Olymp erkieste, hätte er sich ja eigentlich Minerva aussuchen sollen; er jedoch wählte Hebe.

Wird Darrell seine Hebe in Flora Vyvyan finden? Alban Morley jedenfalls wurde mehr und mehr beunruhigt durch diese Befürchtung. Er war weltverschlagen genug, um in ihr das Mädchen aller Mädchen zu erkennen, dazu gemacht, das Auge eines gravitätischen und wohlehrwürdigen Seigneurs zu erfreuen, und sein Herz zu piesacken. Und es war sehr wohl dazu angetan, nicht nur der Eitelkeit eines Mannes zu schmeicheln, sondern auch das klare Urteil Desjenigen zu bestechen, der fürchten konnte, seine Hand werde nur um seines Geldes willen akzeptiert werden, daß Flora Vyvyan, in eben diesem Moment, die größte Partie im ganzen Königreiche ausschlug; nämlich den jungen Lord Vipont, den Sohn des neuen Earl von Montfort; einen jungen Mann von gesundem MenschenVerstand, vornehmem Charakter, gut-aussehend (was man bei einem Mann so nennt) – Erbe von fast königlich zu heißenden Liegenden Gründen – kurzum, ein junger Mann, den abzulehnen kein Mädchen auf Erden berechtigt ist. Aber würde das grillenhafte Geschöpf nun deswegen Darrell annehmen? Hatte sie ihn vielleicht nicht nur zum besten?; und wenn er, der Weise der Alte, gefangen von ihren Listen, nun feierlich Huldigung und Hand dieser *belle dédaigneuse* böte, – ihr, die eben erst einen stattlichen jungen Magnaten, mit fünffach größerem Vermögen, zur Verzweiflung verurteilt hatte – würde sie dann nichts Schleunigeres zu tun haben, als ihn zum Gespötte von ganz London zu machen?

Vielleicht daß Darrell seine geheimen Gründe hatte, anders zu denken; aber er vertraute sie dann nicht einmal Alban Morley an. Nur so viel will der Berichterstatter, etwas offener, dem Leser kund tun –: Falls aus jenen Dreien, um die seine Gedanken flatterten und spielten, Guy Darrell wünschen sollte, sich Diejenige zu erwählen, die ihn am innigsten lieben würde – lieben mit dem ganzen frischen, nicht-grübelnden Herzen eines Mädchens, dessen kindischer Eigensinn aus kindlicher Unschuld entsprang – das Beste wäre ihm, das Risiko von Abweisung und Lächerlichkeit einzugehen; das Beste wäre, zu Flora Vyvyan zu sagen, mit allem Ausdruck seiner süßen, tiefeindringenden Stimme –: »Komm; und sei der verzog'ne Liebling meines, nunmehr erheiterten, Alters!; laß mein Leben, eh' es in Nacht sinkt, sich erfreuen an der Blüte und dem frischen Hauche des Morgens!«.

Aber um das zu sagen, muß er es auch wünschen; muß er selber lieben – lieben mit all der verschwenderischen Nachsicht, all der ritterlichen Zärtlichkeit, all der dankbaren mitfühlenden Freude an der Jugend der Geliebten, wenn für den Liebenden es Jugend nicht mehr gibt – all dies erst vermag zu verwirklichen, was wir zuweilen erblicken, obschon abgeneigt, es einzugestehn – wahlverwandte Verbindungen bei Ungleichheit der Jahre. Wenn Darrell jedoch solche Liebe nicht empfindet, dann wehe ihm, ja Wehe und dreifach Schande, wenn er an seinen Herd Eine ködert, die für den Gatten, der ihr sein ganzes Herz schenkte, zum Dank für das ihrige, gar wohl eine Hebe zu sein vermöchte; für den Gatten allerdings, der kein Herz zu verschenken hätte, oder doch nur die Abschnitzel eines solchen, würde die entrüstete Hebe schlimmer als eine Erinnys sein.

Alles wohl erwogen also, müßten Diejenigen, die es gut mit

Guy Darrell meinen, auf die Seite von Alban Morley treten, zu Gunsten von Miss Honoria Vipont. Sie macht sich erbötig zu herzlichem Respekt – Darrell erwidert ihn mit vernünftiger Achtung. So dachte vielleicht auch Darrell selber; denn wenn immer Miss Vipont's Name fiel, ward er schweigsamer, verfiel tiefer in Nachdenken, und seufzte endlich schwer, dem Manne gleich, der sich langsam durchringt zu einem zwar weislichen, aber nicht übermäßig verlockenden Entschluß.

7. Kapitel

Enthält viel von solcher Information, wie sie die weisesten Männer der Welt nicht zu geben vermöchten; aber der Autor kann's.

»Darrell«, sagte Oberst Morley,« erinnert Ihr Euch an meinen Neffen, den George, als er noch ein Junge war? Der ist jetzt Primarius in Humberston; hat geheiratet – ein sehr nettes Frauchen – paßt gut zu ihm. Nun ist zwar Humberston eine fein-dotierte Pfründe; aber seine Talente sind dort verschwendet. Er hat vergangenes Jahr das erstemal in London gepredigt, und doch erhebliches Aufsehen erregt. Dies Jahr ist er kaum in der Stadt gewesen; er hat bis jetzt noch keine Kirche hier. Ich hoffe, ihm eine verschaffen zu können. Carr ist fest entschlossen, daß er Bischof werden soll. Wie dem auch sei, er predigt jedenfalls morgen in der ***Kapelle: kommt doch mit mir mit; hört ihn Euch an; und sagt mir dann ganz offen – ist er nun ein guter Redner, oder nicht?«.

Darrell hatte ein Vorurteil gegen Prediger, die in Mode sind; aber Oberst Morley zu Gefallen, ging er mit und hörte sich George an. Er war angenehm überrascht von der KanzelBeredsamkeit des jungen Geistlichen. Sie besaß jene rare Kombination aus leidenschaftlich bewegtem Ernst, und gebändigter Sprechweise zu geziemender Gestik, die dem Ideal ecclesiastischer Beredtheit entspricht, wie es ein Englischer Theologe zu hegen hat –

›ohn' Toben stark, ohn' Überlaufen voll‹.

Gelegentlich ward der alte Defekt in der Aussprache erkennbar; ein gewisses Ringen wie nach Odem; oder auch ein längeres Verweilen auf bestimmten Silben; das jedoch, da es an den bewegtesten Stellen auftrat, und scheinbar den Kampf des Predigenden mit seinen Emotionen bekundete, eher dazu angetan war, die Sympathie der Zuhörerschaft zu erhöhen. Aber, zum überwiegenden Teil, war das ursprüngliche Stammeln meist durch ein glückliches Innehalten ersetzt; der Pause gleich, wie sie der tiefdenkende Grübler wohl einschaltet, oder der feierliche Mahner, der Ideen, die zu schnell kommen wollen, methodisch verknüpft; oder den eig'nen innern Drang zu diszipliniertem Eifer läutert. Der Geist des Predigenden – dergestalt nicht nur von alten Banden befreit, sondern neu zum Siege bewaffnet – kam dabei mit jener Macht zum Vorschein, wie sie einer originellen Intelligenz eigentümlich ist – einer Macht, die mehr suggeriert, als demonstriert. Er predigte nicht sowohl seiner Zuhörerschaft, als er sich vielmehr in die Herzen derselben stahl; und ihnen, die ihm lauschten, plötzlich war, wie wenn ihr eignes Herz ihnen predigte. Er hatte zu seinem Text das –

›niedergeworfen, aber nicht vertilget‹

gewählt; und aus solchem Text formte er einen Dialog voll von ächter EvangelienZartheit, der den Trost als das rettende, der Verzweiflung als dem zerstörenden entgegengesetzte, Prinzip alles irdischen Daseins gegenüberstellte. Die Versammlung war, was man gemeinhin ›glänzend‹ zu nennen pflegt – Staatsmänner, und Peers, und bekannte Autoren, und vornehme Damen – Leute also, von denen der Gedankenlose annimmt, daß sie der Tröstung wenig bedürften, und der Verzweiflung schon gar niemals ausgesetzt seien. Dabei stand, auf so manch einem angespannten oder gesenkten Antlitz in jener erlauchten Congregation, eine recht sehr andere Geschichte zu lesen. Aber unter all den dort Anwesenden war Keiner, den der Vortrag so bewegt hätte, als eine Frau, die, zufällig des Wegs gekommen, der Menge in die Kapelle gefolgt war, und nur unter Schwierigkeiten noch zu einem Sitzplatz, ganz hinten, gelangt war; eine Frau, die so manches lange Jahr nicht innerhalb der Mauern von Kapelle oder Kirche gewesen war – ein grimmes Weib, in eisengrau. Da saß sie, unbeachtet in ihrem fernen Winkel; und bevor der Prediger noch geendet hatte, war ihr Gesicht hinter den gefalteten Händen versteckt, und sie weinte solche Thränen, wie sie seit ihrer Kinderzeit nicht mehr geweint hatte. –

Als sie aus der Kirche traten, sagte Darrell zunächst wenig mehr zum Obersten, als dies –: »Euer Neffe hat mich völlig überrascht. Solche Männer braucht die Kirche. Vor Dem liegt eine große Laufbahn; vorausgesetzt, daß er am Leben bleibe.« Dann versank er in eine Träumerei; aus der er sich jedoch jäh wieder aufraffte –: »Euer Neffe war ja mit meinem Jungen auf derselben Schule. Wäre mein Sohn am Leben geblieben: was wäre wohl *seine* Laufbahn geworden?«

Der Oberst, der peinliche Gesprächsgegenstände bekanntlich niemals förderte, gab keine Erwiderung.

»Kommt morgen, mit George, zu mir. Ich habe mich bisher immer davor gescheut, ihn einzuladen: dacht' ich doch, sein Anblick würde alten Kummer allzusehr wiederbeleben; aber ich fühle allmählich, daß ich mich daran gewöhnen sollte, jeglicher Erinnerung ins Gesicht zu sehen. Also bringt ihn mit.«

Am nächsten Tage ward George also vom Obersten mit zu Darrell genommen; aber George war von älteren Verabredungen bis hoch in den Mittag hinein aufgehalten worden; und so trat Darrell, als Onkel und Neffe erschienen, gerade, zum Ausgehen gerüstet, aus seiner Haustür. Sie achteten seine kostbare Zeit viel zu sehr, um seine Einladung zum Eintreten jetzt noch anzunehmen; wohl aber schritten sie für ein paar Minuten neben ihm her, indes er George solches Lob spendete, wie es den Ohren ›kommender‹ junger Männer süß tönt, von den Lippen Derer, die arriviert sind.

»Ich kann mich Eurer noch gut als Jungen entsinnen, George«, sagte Darrell, »und hab' mich damals bei Euch für guten Rat an einen SchulKameraden bedankt, der jetzt für Eure Beratung verloren ist.« Einen Moment lang schwankte seine Stimme; dann fuhr er wieder, festen Tones, fort –: »Ihr hattet damals einen leichten SprachFehler; der, wie ich über Euren Onkel hier erfuhr, sich, als Ihr älter wurdet, noch verschlimmerte; sodaß ich niemals auf gerade den Ruf gefaßt war, den zu erwerben Ihr im Begriff steht. *Orator fit* – Ihr müßt einen fantastischen Unterricht genossen haben! Daran, wie Ihr die Stimme zu handhaben wißt – an der Meisterschaft Eures Vortrages – habe ich gesehen, daß Ihr Einer der Wenigen seid, die dafür halten, daß GOttes Wort nicht unwürdig prononciert werden dürfe. Wer über BrauereiGesetze zu debattieren hat, Den kann man entschuldigen, wenn er das Studium rhetorischer Effekte ausläßt; aber Alles, was verstärkt, schmückt, würdig macht, wird das geeignete Studium Desjenigen sein, der da trachtet dem Himmel Bewohner zu werben; dessen Aufgabe es ist, den Gedankenlosen zu beschwören; den Matten anzufeuern; den Verhärteten zu erweichen; den Stolzen zu demütigen; den Schuldigen zu beunruhigen; den Kummervollen zu trösten; das verlor'ne Schaf zur Heerde zurückzurufen. Darf, wo die Scholle so fruchtbar ist, der Anbau schludrig sein? Das in moderner Zeit einzig noch übriggebliebene Feld für sublime Ideen bei gleichzeitigem mühsamem Training eines Redners nach Art der Alten, ist das des Predigers. Und ich gestehe, George, daß ich die Lehrer, die einen Geist wie den Euren zur Kunst des Predigers heran-geschult haben, direkt beneide.«

»›Lehrer‹? Plural?«, sagte der Oberst; »ich dachte, all diese SprachLehrer hätten bei Dir versagt, George? Du hast Dich doch selber kuriert und unterrichtet – wie? –: Nein? Ja Wer ist denn dann aber Dein Lehrer gewesen?«

George schaute über die Maßen verlegen drein; und begann, bei seinem Versuch einer Antwort, aufs entsetzlichste zu stottern.

Darrell, der nachfühlen konnte, daß ein Prediger, dessen Ruf noch nicht hundertprozentig feststand, einen begreiflichen Widerwillen dagegen hegen mochte, einzugestehen, wieviel er mühsamstem Studium schulde, (was, wenn es bekannt wurde, sehr wohl seine Wirkung beeinträchtigen, oder ihn gar dem Gelächter preisgeben konnte), beeilte sich, das Thema zu wechseln. »Ihr seid, wie ich gehört habe, auf dem Lande gewesen, George?; auf Eurer Pfarre, nehm' ich an?«

»Nein. Letzthin bin ich relativ wenig dort gewesen; ich hatte zu reisen.«

»Hast Du eigentlich, seitdem Du wieder zurück bist, Lady Montfort schon gesehen?«, erkundigte sich der Oberst.

»Ich bin erst Sonnabend Nacht zurückgekommen. Heut Abend geh'ich nach Twickenham, zu Lady Montfort.«

»Ein allerliebster Witwensitz, den Sie da hat«, sagte der Oberst. »Aber wenn sie wirklich der Bewunderung auszuweichen wünscht, dann soll sie sich zu ihrem LieblingsAufenthalt lieber nicht so sehr das FlußUfer aussuchen. Ich weiß von diversen romantischen Bewunderern, die, sobald sie erst wieder in der Welt erscheint, sehr wohl zu rivalisierenden Bewerbern werden dürften; und die, seit

Lady Montfort sich nach Twickenham zurückgezogen hat, sich ganz ungemein aufs Rudern gelegt haben. Sie bekommen sie flüchtig zu sehen; und machen dann, bei der Rückkehr, groß Wesen davon. Aber es wird auch berichtet, daß man immer eine junge Lady mit ihr zusammen spazieren gehen sehe – und äußerst hübsch soll sie sein –: Wer ist denn das? (Die Leute fragen *mich* ständig – als ob ich allwissend wäre).«

»ä-ä-eine Gesellschafterin, nehm' ich an«, sagte George, der immer verwirrter wirkte. »Aber Pardon, ich muß Sie jetzt verlassen. Wiederseh'n, Onkel. Guten Tag, Mr. Darrell.«

Darrell schien davon, daß George sich verabschiedete, keine Notiz zu nehmen; sondern schritt, den Hut tief in die Stirn gedrückt fürder, ganz versunken in einen seiner nicht unselt'nen Anfälle düstrer GeistesAbwesenheit.

»Wenn mein Neffe nicht schon verheiratet wäre«, sagte der Oberst, würde ich diese seine Verlegenheit mit erheblichem Argwohn betrachten – er wurde ja praktisch bei Allem verlegen; angefangen von seinen Dienstreisen auf dem festen Lande, bis hin zu der Erkundigung nach der jungen Dame von Twickenham. Neugierig bin ich natürlich auch, Wer das sein könnte – von den Vipont's Keine; sonst hätt'ich längst schon davon gehört. Sind da irgendwelche Jungen Damen von der Lyndsay'schen Seite her vorhanden? –: He!; Darrell? –«.

»Was scheert's mich. – Ihr habt den Kopf aber auch wirklich bloß von Jungen Damen voll.«, gab Darrell, mit mürrischer Lebhaftigkeit, zurück; da er, ohne Übergang, vor Carr Vipont's Haustür stehen blieb.

»Je nun; Eure Füße scheinen auch nicht direkt vor ihnen davon zu laufen –?«, parierte der Oberst; und entfernte sich, nach einem ironischen Salut; während das sich weit-auftuende Portal seinen Freund einschlang. –

Als er weiter, St. James Street hoch, schlenderte, und dabei den dichtbesetzten Fenstern der diversen dortigen Klubs zunickte, stieß der Oberst plötzlich auf Lionel; nahm den Arm des jungen Herrn, und sagte: »Falls Ihr nicht grade allzusehr beschäftigt seid: könntet Ihr ein halbes Stündchen an mich verschwenden? – Ich bin auf dem Heimweg.«

Lionel stimmte bereitwillig zu; und der Oberst fuhr fort –: »Braucht Ihr Euer Kabriolet heute dringend?, oder könnt Ihr mir's leihen? Ich habe da einen Franzosen, der einen Empfehlungs-

Brief an mich mit hatte, in das nächstgeleg'ne *restaurant,* wohin man bei uns einen Franzmann bitten kann, zum Dinner eingeladen. Ich brauch' nicht hinzuzufügen, daß das Greenwich ist; und wenn ich ihn mit einem Kabriolet abhole, kommt Der gar nicht auf den Verdacht, daß man ihn 5 Meilen außerhalb der Stadt verfrachtet.«

»Oh weh, lieber Herr Oberst, – ich hab' eben mein Kabriolet verkauft.«

»Was! schon altmodisch? – sicher, es war vor vollen drei Monaten gebaut. Und das Pferd ist vielleicht ebenfalls, als antikes Stück, in die Sammlung eines Andern gewandert? – Schweigen? – – Hm! – also beides, Kabriolet und Pferd, verkauft?«

»Beides«, gestand Lionel, zerknirscht.

»Nichts, was ein Mensch tun kann, überrascht mich mehr«, sagte der Oberst; »sonst würde ich jetzt überrascht sein. Da ich, Darrell's allgemeinen Instruktionen hinsichtlich Eurer Ausstattung zufolge, jenes Pferd erstand, schmeichelte ich mir, gut gewählt zu haben. Aber selten sind gute Pferde – seltener noch ein guter Kenner von Pferden; bin ich also vermutlich angeführt worden, und das Vieh hat sich als Schinder erwiesen.«

»Das feinste Kab'-Pferd in London, lieber Herr Oberst!; und Jedermann weiß, wie stolz ich darauf war. Aber ich brauchte Geld; und hatte nichts anderes, um die erforderliche Summe aufzubringen. Oh, Oberst Morley: hören Sie mich!«

»Gewiß; denn weder bin ich taub, noch ist es St. James Street. Wenn ein Mann zu sagen hat, ›Ich habe mein Pferd weggegeben, weil ich Geld benötigte‹; dann rate ich ihm, das im Flüsterton zu sagen.«

»Ich bin unklug – zumindest ein Pechvogel – gewesen, und muß jetzt Strafe zahlen. Ein Freund von mir – das heißt, nicht direkt Freund; aber ein guter Bekannter – wir seh'n uns jeden Tag – gehört zum engeren Kreise – hatte mich, in Paris noch, gebeten, meinen Namen als Bürge für ihn, auf einen Wechsel, 3 Monate dato, zu setzen. Er gäbe mir sein EhrenWort, daß ich nichts mehr davon hören sollte – er würde den Wechsel, sobald er fällig wäre, garantiert einlösen – ein Mann, von dem ich annahm, er befände sich in genauso guten Umständen wie ich! Sie werden ja zugeben, daß ich das kaum abschlagen konnte – auf jeden Fall hab' ich's nicht getan. Vor 2 Tagen nun, wird der Wechsel fällig; mein Freund bezahlt nicht (er sagt, er könne wirklich nicht); und der Inhaber des Wechsels stattet nun mir seinen Besuch ab. Er war an sich sehr höflich – machte sich erbötig ihn zu verlängern – lag mir dringend an, mir doch Zeit zu lassen, etcetera; aber seine ganze Art gefiel mir nicht; und was meinen Freund betrifft, hab'ich herausbekommen, daß er, anstatt wie ich annahm, wohlsituiert zu sein, vielmehr schwer im Druck ist; und ich nicht der Erste bin, den er in die gleiche Klemme gebracht hat – natürlich nie mit Absicht; davon bin ich überzeugt. Er ist wirklich ein sehr netter Junge; und wenn ich heut einen Bürgen benötigte : er würd' es morgen schon werden; für jeden Betrag!«

»Woran ich nicht im geringsten zweifle – für jeden Betrag.«, sprach der Oberst.

»Und da hab'ich mir eben gedacht, es wäre das Beste, die Angelegenheit gleich endgültig abzutun. Von meinem TaschenGeld, großzügig bemessen wie es ist, hatte ich nichts gespart; und an Mr. Darrell heranzutreten, mich für meine eigene Unvorsichtigkeit auch noch zusätzlich zu belohnen, dazu hatt' ich nicht die Stirn. Von meiner Mutter wollt'ich auch nicht borgen – ich weiß, es wär'ihr ungelegen gekommen. Da hab'ich halt, heut in der Frühe, Pferd samt Kabriolet verkauft. Ich hatte gerade den Scheck bei der Bank eingewechselt, als ich Sie traf. Ich habe vor, dem Wechsel-Inhaber das Geld selbst hinzubringen. Ich hab genau die Summe – 200 Pfund.«

»Das Pferd alleine war so viel wert«, sagte der Oberst mit einem schwachen Seufzer – »ist auch nicht zu ersetzen: Frankreich und Rußland picken sich das Beste aus unsern Ställen heraus. Indes, wenn es verkauft ist, ist es verkauft – reden Wir nicht mehr davon. Ich hasse peinliche Themen. Recht habt Ihr insofern getan, als Ihr den Wechsel nicht erneuertet – das bedeutet nämlich, sich ein Konto beim Ruin eröffnen – und obschon ich nach Kräften vermeide, über GeldAngelegenheiten zu predigen, (und über andere möglichst ebensowenig; Predigen ist meines Neffen Beruf, nicht der meinige), so erlaubt mir doch, ausnahmsweise, Euch ein feierliches Versprechen abzunehmen: niemals wieder für einen Wechsel zu bürgen, noch selber einen auszustellen. Seid Eurem Freunde Alles was Euch behagt, ausgenommen Bürge für ihn – meines Wissens hat Orest niemals von Pylades verlangt, er solle ihm behülflich sein, Geld zu 50 % zu pumpen. Versprecht mir das, ja? – Euer Ehrenwort als Gentleman! –: Ihr zögert?«

»Lieber Herr Oberst«, gestand Lionel frank und offen: »Ja; ich zögere. Das könnt'ich allenfalls versprechen, keines GeldVerleihers Wechsel für meine eigne Rechnung zu unterschreiben – obwohl ich, ehrlich gesagt, der Meinung bin, Sie hegen da eine übertrieben-strenge Ansicht von Etwas, was letzten Endes doch alle Tage vorkommt ...«

»Hege ich?«, sagte der Oberst bescheiden. »Ich schäme mich, das zu hören – ich verabscheue nämlich alle Übertreibungen. Aber nur weiter. Ihr würdet also eventuell versprechen, Euch nicht eigenhändig zu ruinieren; aber zum Ruin eines Freundes nicht mehr beitragen zu wollen, das zu versprechen nehmt Ihr Anstand.«

»Das ist natürlich erlesen-ironisch, Herr Oberst«, versetzte Lionel pikiert; »wird jedoch nicht der eigentlichen Schwierigkeit gerecht, die simpel darin besteht: Wenn ein Mann, den Sie ›Freund‹ nennen – mit dem Sie spazieren gehen; ausreiten; fast jeden Tag zusammen essen – zu Ihnen sagt, ›Ich brauche eben, dringend, ein paar Hundert – ich mute Euch mit nichten zu, sie mir zu leihen; vielleicht könnt Ihr's selbst gerade nicht – aber helft mir, sie andernorts zu borgen; verlaßt Euch auf meine Ehre, daß die Schuld Euch nicht zur Last fallen soll.‹ – ja, dann dünkt mich aber doch, daß solchen Dienst zu verweigern, identisch wäre, mit einer Mitteilung an den Mann, den Sie ›Freund‹ nennen, Sie zweifelten an seiner Ehrenhaftigkeit; und ob ich gleich nun schon einmal auf diese Tour gefangen worden bin, hab'ich doch das Gefühl, daß ich noch sehr oft so gefangen werden müsse, bevor ich die moralische Kraft aufbringen werde, ›Nein!‹ zu sagen. Verlangen Sie also, bitte, kein diesbezügliches Versprechen von mir – begnügen Sie sich mit meiner Versicherung, daß ich, in Zukunft, zumindest vorsichtiger verfahren werde; und wenn der Verlust mich erneut wieder treffen sollte – jenun, das Schlimmste, was mir widerfahren kann, wäre doch, das zu tun, was ich eben getan habe.«

»Nicht ganz; vielleicht hättet Ihr ja nicht immer Kabriolet und Roß zum Verkauf bei der Hand. In dem Fall würdet Ihr dann also das Gegenteil von dem tun, was Ihr jetzt tatet – Ihr würdet den Wechsel prolongieren – die Schuld würde anschwellen wie ein Schneeball zur Lawine – in 1 oder 2 Jährchen würdet Ihr nicht mehr Hunderte schuldig sein, wohl aber Tausende. – Ach, hier sind Wir schon an meiner Tür – kommt doch einen Augenblick herein.«

Der Oberst trat in sein WohnZimmer. Und er war schon ein Mirakel an erles'ner Adrettheit, dieser Raum – etwas effeminiert vielleicht, in gewissen NebenMerkmalen; aber das waren keine Hinweise auf etwelchen persönlichen Geschmack des Obristen; sondern vielmehr für seine Beliebtheit bei den Damen: alle diese niedlich-hübschen Dinge, waren Geschenke von ihnen. Die Tapisserien auf den Stühlen waren ihr Werk – das *Sèvres* auf den Konsolen – die Uhr auf dem Kamin-Sims – Schreibzeug, Papiermesser, Leuchter auf dem Schreibtisch – sämtlich Geburtstags-Geschenke von ihnen. Selbst das weiße langhaarige Malteser-Hündchen, das vom Vorleger aufsprang, ihn zu bewillkommnen – selbst die Blumen in der *jardinière* – selbst das geschmackvolle Pianino, ja sogar der Notenständer daneben – oder die VisitenkartenSchalen, hoch vollgehäuft mit Einladungen, – alles Tribute seitens des zum Vergeben geneigten Geschlechts an den ihnen nicht vergeltenden Hagestolz.

Mit wohlgefälliger Miene sein Appartement überschauend, sank der Oberst in seinen bequemen Fauteuil; zog sich, gemächlich, die Handschuh' ab, und sagte dazu –

: »Kein Mensch hat wohl mehr Freunde, als ich – nie hab' ich einen davon verloren – nie hab' ich einen Wechsel unterzeichnet. Euer Vater verfolgte da eine ganz verschiedene Politik – er unterzeichnete viele Wechsel – und hat viele Freunde verloren.«

Lionel blickte, erheblich bekümmert, zu Boden; mit dem unverkennbaren Wunsch, dies Thema beendigt zu wissen. Aber nicht so der Oberst. Dieser schlau-erfahrne Mann hatte, wenn er auch nicht ›predigte‹, seine ganz eigne Methode; die im EndEffekt vielleicht ebenso wirksam war, als jedweder Sermon, den ein fashionabler Laie einem ungeduldigen Jüngling halten könnte.

»Tcha«, nahm der Oberst seine Rede wieder auf, »es ist die alte Geschichte. Man beginnt immer damit, daß man Bürge wird, für einen Freund. Mit dem Mißkredit der ganzen Sache versöhnt man sein Gewissen durch die falsche Show des eignen großmütigen Vertrauens auf einen Andern. Die nächste Stufe ist, daß, was Ihr für einen Freund getan habt, ein Freund auch für Euch tun sollte – 1 oder 2 Hundert wären Euch grad im Moment so-nützlich – daß Ihr in drei Monaten zurückzahlen könnt, ist ja totsicher! Denn der Jugend erscheint die Zukunft so gewiß wie die Bank von England, und so fern wie die Gipfel des Himalaya. Ihr verpfändet Eure Ehre dafür, daß Ihr in 3 Monaten Euren Freund auslösen werdet. Die 3 Monde gehn dahin. Um den ersten Freund auszulösen, legt Ihr Hand an den zweiten – der Wechsel wird prolongiert, Aufgeld und Zinsen dazugeschlagen, für den nächsten Zahltag – bald vervielfältigt sich der Betrag, während Eure Ehre proportional dazu abnimmt – zirkuliert doch Euer Name, von Hand zu Hand, auf der Rückseite dubioser Papiere – Euer Name, der, was finanzielle Transaktionen anbelangt, höher und höher im Kurse steigen sollte, mit jeglichem Jahr, das Ihr lebt: der fällt jetzt von Monat zu Monat, wie die Aktien eines schwindelhaften Unternehmens. Ihr beginnt damit, was Ihr ›einem Freund vertrauen‹ heißt; das ist, Ihr seid ihm zu seiner SelbstVernichtung behülflich – wie wenn Ihr ihm Arsenik kauftet, um seinen Teint zu verbessern – Ihr endet, indem Ihr Alles in Eurer Nähe in Euren eignen Abgrund mit hinabzieht, so wie ein Ertrinkender sich an seinem leiblichen Bruder festhalten würde. Lionel Haughton: der betrübteste Ausdruck, den ich je auf Eures Vaters Gesicht erblickt habe, war damals, als-ä – als – aber Ihr sollt die Geschichte hören.«

»Nein, Sir; schonen Sie mich! – Da Sie einmal so darauf bestehen, will ich das Versprechen geben – aber genug nun; und mein Vater ...«

»... war ebenso ehrenhaft wie Ihr, als er zum ersten Mal seinen Namen mit unter den Wechsel eines Freundes setzte; und vielleicht hat er ebenso widerstrebend wie Ihr-jetzt, versprochen, es nie wieder zu tun. Ihr tätet gut daran, mich weiter reden zu lassen; wenn ich jetzt aufhöre, werdet Ihr heute übers Jahr Alles wieder vergessen haben; wenn ich fortfahre, werdet Ihr es niemals mehr vergessen. Es gibt and're Beispiele genug, auch außer Eurem Vater; ich will Euch gerade eins anführen.«

Lionel ergab sich resigniert in die Operation; legte sich jedoch sein Schnupftuch übers Gesicht, wie wenn er Chloroform genommen hätte.

»Als ich jung war«, nahm der Oberst wieder auf, »machte ich zufällig die Bekanntschaft eines Mannes von unendlich viel Witz und Humor, und faszinierend wie Darrell-selbst, nur auf eine gänzlich verschied'ne Art. Wir nannten ihn Willy – Ihr kennt diese Sorte Leute, die man grundsätzlich beim Vornamen, und auch den noch vertraulich abgekürzt, ruft – diese Art Mensch scheint niemals ganz erwachsen zu werden; weswegen sie auch im Leben nie zu etwas Rechtem wird. Ich habe jedenfalls nie einen Mann, der sich jenseits der 30 ›Willy‹ rufen ließ, gekannt, mit dem es nicht ein schwermütiges Ende genommen hätte! Dieser Willy hier war der natürliche Sohn eines reichen, holterdiepoltrigen, halb-cleveren halb-verrückten, halb-stilvollen halb-pöbelhaften, Vierelang-Baronets, und einer gefeierten französischen Schauspielerin. Der Titel ist inzwischen erloschen; und so ist, wie ich glaube, auch die ganze Gattung dieser stilvoll-pöbelhaften Vierelang-Baronets ausgestorben. Sir Julian Losely nun . . .?«

»Losely!«, sagte Lionel nach.

»Ja; kennt Ihr den Namen?«

»Ich hatt' ihn bis gestern nie gehört. Ich muß Ihnen doch erzählen, was ich da hörte – aber nach Ihrer Geschichte – bitte, weiter.«

»Sir Julian Losely (Willy's Vater also) lebte mit der französischen Dame wie Mann und Frau; und zog Willy in seinem Hause mit genausoviel Stolz und Zärtlichkeit auf, wie wenn er ihn als seinen Erben betrachtete. Der arme Junge erhielt, fürchte ich, nur wenig reguläre Erziehung; obschon er selbstverständlich die Sprache seiner französischen Mutter wie ein Eingebor'ner redete; und, vermutlich auch dank eben dieser Mutter, ein unglaubliches Talent für Mimik und Theaterspielen hatte. Sein Vater war leidenschaftlich Liebhaber-Aufführungen zugetan; und Willy konnte sich also früh in dem Genre praktisch-üben – ich hab'ihn ein Mal, in einem großen LandHause, den ›Falstaff‹ spielen sehen, und ich bezweifle, daß Quin-selbst es hätte besser machen können! Nun gut; Willy verlor seine Mutter, die Schauspielerin, da er noch ein bloßer Junge war. Sir Julian heiratete dann – hatte eine legitime Tochter – starb ohne Testament – worauf die Tochter selbstredend sein persönliches Eigentum (es war nicht allzuviel) erhielt; die Ländereien fielen an den gesetzmäßigen Erben; und Willy bekam schlicht-nichts. Aber Willy war der UniversalLiebling sämtlicher alten Freunde seines Vaters – alles wilde Gesellen, genau wie Sir Julian; unter ihnen zwei Vettern, mit großen Villen auf dem Lande, SportsMänner und JungGesellen Beide: sie teilten Willy unter sich; und zankten sich noch, wer das Meiste von ihm haben sollte. Dergestalt wuchs er zum Manne heran; ohne sichere Versorgung; aber allweil willkommen, nicht nur bei besagten beiden Vettern, sondern in jeglichem Hause, wo, wie MILTON's Lerche,

›die trübe Nacht er zu verscheuchen kam‹

– der amüsanteste Gesellschafter! – ein todtsich'rer Schütze – ein kapitaler Reiter – vertraut mit dem Verhalten sämtlicher Vierfüßler, Fische und Vögel: ich glaube, wirklich und wahrhaftig, er hätte einen Mops zum VorstehHund, eine Eule zum Singen abrichten können. Baar jeder Bosheit, immer zum Schwank bereit. Stellt es Euch nur recht vor, wie die LebeWelt einen Willy dieser Art hofieren, und wie wenig sie, wenns drauf ankam, für ihn tun würde. – : Langweil' ich Euch?«

»Im Gegenteil; ich int'ressier' mich sehr dafür.«

»Nun gibt es Eines, was ein ›Willy‹ – wenn ein Willy weise sein könnte – für sich tun sollte: ledig-bleiben. Ein verheirateter Willy befindet sich in einer falschen Position. Mein Willy hier heiratete – aus Neigung auch noch – ein liebenswürdiges Mädchen, soviel ich weiß, (ich hab sie nie gesehen; es war lange danach, als ich Willy kennen lernte) – aber eben so arm wie er selber. Da sagten sich seine Freunde und Verwandten – ›Jetzt wird's ernst: jetzt *muß* etwas für Willy getan werden.‹ Es war leicht zu sagen ›etwas müsse getan werden‹; und ungeheuerlich schwierig, es zu tun. Indes die Verwandten sich noch berieten, starb seine HalbSchwester, die eheliche Tochter des Baronets, starb unverheiratet; und obgleich sie ihn zu Lebzeiten ignoriert hatte, hinterließ sie ihm doch £ 2000. ›Jetzt hab' ich's gefunden‹ rief da einer der Vettern! ›Willy ist doch so für's Landleben! Ich laß ihm, gegen eine bloß nominelle Pacht, einen Bauernhof; für seine 2000 kann er den erforderlichen Viehbestand anschaffen; und da es rundum von Wäldern umgeben ist, wird sein Pachtgütchen ein kapitaler Treffpunkt für JagdGesellschaften werden. So lange ich am Leben bin, soll Willy beritten sein.‹

Willy übernahm auch die Farm; und setzte seine Freunde in Erstaunen, daß und wie er sich um sie kümmerte. Eben fing sie an, sich zu rentieren als ihm plötzlich die Frau starb, mit Hinterlassung eines einzigen Kindes – eines Jungen; und ihr Tod machte ihn so melancholisch, daß er sich seiner Pachtung nicht länger widmen konnte. Er gab sie auf; investierte die Erträge irgendwo als Hypothek, und lebte von den Zinsen als sein eig'ner Herr. Er bereiste eine zeitlang Europa – hauptsächlich zu Fuß – kehrte zurück, nachdem er sich wieder hinlänglich gefaßt hatte – nahm wieder sein altes plan- und zweckloses Leben, von einem LandHaus zum andern auf; und in einem dieser Häuser war es, daß ich und Charles Haughton mit ihm bekannt wurden. Ich möchte hier die Bemerkung einschalten, daß Willy Losely mir zu jener Zeit den Eindruck eines durch und durch ehrlichen Mannes machte. Obschon er gewiß kein förmlicher Pedant war – obschon er viel in wilden Zirkeln, unter ZechBrüdern und Taugenichtsen verkehrt hatte – obwohl er durchaus, aus blanker Lebenslust und Übermut, dann und wann so manchen konventionellen Philister über sein eignes langes Gesicht zum Lachen gebracht hat; trotzdem würde ich geurteilt haben, daß Bayard selbst – und Bayard war mit nichten ein Heiliger – nicht unfähiger gewesen wäre, eine pflichtvergessene, schuftige, schäbige Handlung zu begehen. Ja, gerade in puncto Rechtschaffenheit, konnte man seine Vorstellungen davon verfeinert, beinah quijotisch, nennen. Gebeten etwas zu geben oder zu borgen, war Willy's Hand im Nu in seiner Tasche; aber obgleich er mitten unter reichen Leuten lebte – Alle ebenso gedankenlos wie er selbst – : Willy steckte seine Hand nie in ihre Taschen, borgte nie, war niemals etwas schuldig. Gastfreundschaft nahm er ohne weiteres an – machte frank und freien Gebrauch von Euerm Tisch, Euern Pferden, Euern Hunden – aber von Euerm Gelde?: Nein! Und er bezahlte alles, was er von seinen Wirten annahm, damit, daß er sich zum unterhaltsamsten Gast machte, den ein Wirt jemals bei sich aufgenommen hat. Armer Willy! mir ist es, ich sehe noch sein verschmitztes Lächeln, das förmlich überlief von schalkisch-schlauem Mutwillen! Der bloße Klang seiner Stimme wirkte wie der Ruf ›HitzeFerien!‹ in einer SchulStube. Der unehrlich? ebensogut hätt'ich die MittagsSonne als DiebsLaterne im Verdacht haben können! Ich kann mich entsinnen, daß, als er und ich einmal vom WildentenSchießen, der übrigen Gesellschaft voraus, zu Fuß nach Hause gingen, eine kurze Unterhaltung zwischen uns statthatte, die mich eigentlich recht bewegte; zeigte sie doch, daß unter aller seiner Flüchtigkeit, ein gesundes Fundament von Verstand und richtigem Gefühl vorhanden war. Ich erkundigte mich nach seinem Sohn, der damals ein Schuljunge war – ›Wieso er, wo doch grade WeihnachtsFerien seien, den Vorschlag uns'res Wirtes, den Burschen mit hierherkommen zu lassen, abgelehnt habe?‹. ›Oh‹, sagte er, ›das dürfen Sie nicht glauben, daß ich meinen Sohn dazu anführen wollte, als derselbe windbeutlige Nimmergut aufzuwachsen, wie sein Vater. Mit ihm zusammen zu sein, ist die Freude meines Lebens; sobald ich nur genügend in der Tasche habe, mir diese Freude zu gönnen, schon geh ich und miete mir ein ruhiges Logis, dicht neben seiner Schule, um ihn ein Wochenende lang, von Samstag bis Montag, ganz für mich zu haben – wo er niemals hört, daß wilde Gesellen mich ›Willy‹ rufen, und auffordern possenhafte Gesichter zu schneiden.

Ich hatte sehr gehofft, die jetzige Vacanz auf die beschriebne Art mit ihm zu verbringen; aber seine SchulRechnung war höher als gewöhnlich, und nachdem ich sie bezahlt hatte, verblieb mir nicht 1 Guinee als Reserve – war genötigt, hierher zu kommen, wo man mich umsonst füttert und beherbergt. Den Jungen war sein Onkel mütterlicherseits – respektabler Mann in Geschäften – so freundlich, über die Feiertage zu sich nach Hause zu nehmen; aber mich hat er nicht mit eingeladen, weil seine Frau – (und ich tadle sie gar nicht darob) – der Ansicht ist, ich wäre zu wild für den gesetzten Haushalt eines Städtischen Büroangestellten!

Ich fragte Willy Losely, was er seinen Sohn 'mal werden lassen wollte; und deutete an, daß ich dem Jungen eventuell ein FähnrichsPatent im Heere verschaffen könnte, und zwar unentgeltlich.

›Nein‹, sagte Willy, ›ich weiß, was das bedeutet, mit dem Kapital eines Bettlers, den Gentleman mimen zu müssen: das heißt, hin- und hergeworfen sein wie ein WeberSchiffchen, immer zwischen Unzufriedenheit und Versuchung. Das möcht'ich auf jeden Fall vermeiden, daß der Sohn meiner verlorenen Frau sein Leben genauso vergeudet, wie ich es getan habe. Auch würde er tiefgreifender verdorben werden, als ich. Der hübscheste Junge, der Ihnen je vor Augen gekommen ist – und kühn wie ein Leu! Aber 1 Mal in solcher Gesellschaft‹ – (und er deutete dabei, über die Schulter, in Richtung einiger unserer sportsmännischen Kumpane, deren lautes Gelächter von Zeit zu Zeit an uns're Ohren schlug) – ›einmal in solcher Gesellschaft, und er würde nie wieder 'rauskommen – zu nichts mehr taugen. Ich hab' seiner Mutter auf ihrem SterbeBette zugeschworen, ihn so aufzuziehen, daß er meine Verirrungen vermeiden – daß er kein lästiger Nachtreter und Parasit werden solle! Geschworen hab ich's, daß er schlicht und recht, gemäß seinem tatsächlichen Stande – dem Stand seiner Verwandtschaft von Mutterseite, (*Ich* hab ja gar keinen Stand!) – herangebildet werden solle; und wenn ich ihn noch als ehrlichen großbritannischen Kaufmann erblicken kann – achtbar; aufrecht; dem Höchsten gleichberechtigt – weil keines reichen Mannes Appendix; keines armen Mannes Spott – dann soll mein diesbezüglicher Ehrgeiz befriedigt sein. – Und jetzt begreifen Sie sicher, Sir, warum mein Junge nicht mit-hier ist.‹ – Ihr würdet doch auch sagen, daß ein Vater, der so sprach, das Zeug zu einem rechtschaffenen Mann in sich hatte – wie, Lionel?«

»Ja; und das Herz eines ächten Gentleman außerdem!«

»So dachte auch ich; ich, der ich mir doch einbildete, die Welt zu kennen! Bald nach dieser Unterhaltung verließ ich jenes gastliche Dach; und habe späterhin nur 1 oder 2 Mal noch, auf ähnlichen LandSitzen, William Losely wiedergesehen. Um die Wahrheit zu gestehen: seine HauptGönner und Freunde gehörten nicht ganz zu den Kreisen wo ich verkehrte. Euer Vater allerdings kam von da an ziemlich oft mit Willy zusammen; und sie faßten große Zuneigung füreinander. Charlie war, wie Ihr wohl wißt, jovial – LiebhaberTheater gehörte auch zu seinen Vergnügungen; kurzum, sie wurden dicke Freunde. Einige Jahre darauf, wie das Pech es nun wollte, geschah es, daß Charles Haughton, der damals seine Grundstücke in Middlesex zu Geld machte, ganz dringend 1200 £ benötigte. Er konnte sie gegen einen Wechsel bekommen; aber nicht ohne Bürgschaft. Seine Wechsel standen schon ziemlich niedrig auf dem Markt, und die meisten seiner Freunde, deren Bürgschaft bei den GeldVermittlern noch für etwas besser galt als seine eigne, hatte er bereits erschöpft. In einer schlimmen Stunde war ihm bekannt geworden, daß der arme Willy gerade 1.500 Pfund als Hypothek außenstehen hatte; und seinem Geldverleiher, der gleichzeitig Anwalt für das Anwesen war, auf dem die Hypothek ruhte, war das ebenfalls bekannt. Es waren die Zinsen dieser 1.500 Pfund, von denen Willy lebte; nachdem er alles Übrige seines kleinen Kapitals darauf verwendet hatte, seinen Sohn als kaufmännischen Angestellten in einem erstrangigen HandelsHause unterzubringen. Da fuhr Charles Haughton 'runter zur Jagd, in das Haus, wo Willy gerade als Gast weilte – schoß mit ihm – trank mit ihm – schwatzte mit ihm – bewies ihm zweifellos, daß, lange bevor die drei Monate um seien, sein Grundstück in Middlesex verkauft, der Wechsel eingelöst sein werde: Willy könne wahrhaftig seiner Ehre vertrauen. Willy vertraute also. Gleich Euch, mein lieber Lionel, verfügte er nicht über die ZivilCourage, ›Nein‹ zu sagen. Euer Vater, des bin ich mir sicher, hatte vor zu bezahlen; Euer Vater hegte niemals die Absicht, irgend ein menschliches Wesen kalten Bluts zu betrügen; aber – Euer Vater spielte! Eine EhrenSchuld beim *piquet* hatte den Vorrang vor der Forderung eines WechselMaklers. Jene 1.200 £ gingen vorher weg – Euer Vater war ohne 1 Penny. Der Gläubiger hielt sich an Willy. Der, überzeugt, daß Charles Haughton sein Versprechen doch noch einlösen werde, prolongierte den Wechsel auf weitere drei Monate, zu wucherischen Bedingungen; auch diese Monate vorüber, kam er zu

Eurem Vater in die Stadt, und fand ihn zwischen armseligen vier Wänden versteckt, aus Furcht vor Verhaftung nicht imstande, einen Fuß vor die Tür zu setzen. Willy blieb keine andre Wahl als das Geld zu bezahlen; und als Euer Vater erfuhr, daß und wie es bezahlt wäre, und daß der Wucher Willy's kleines Kapital bis zum Letzten verschlungen hätte – damals war es, wie ich vorhin erwähnte, daß ich auf Charles Haughton's einst strahlendem Gesicht den betrübtesten Ausdruck erblickte, den ich je bei einem Menschen zu sehen bekommen habe. Und ich bin mir sicher, daß all die Freuden, die Euer Vater als Lebemann je genoß, zusammengenommen, die Todesqual und Reue dieses einen Augenblicks nicht aufgewogen haben. Ich respektiere Eure Bewegung durchaus, Lionel; aber Ihr beginnt genau, wie einst Euer Vater begann; und wenn ich Euch diese Geschichte jetzt nicht erzählt hätte, würdet Ihr möglicherweise geendet haben wie einst Euer Vater endete.«

Lionel's Angesicht blieb zugedeckt, und er unterbrach die Erzählung des Obersten nur durch schwere halberstickte Atemzüge. »Wahrlich«, fuhr Alban Morley in nachdenklichem Tone fort – »wahrlich, dieser Schuft – ich meine jetzt William Losely; denn daß er ein Schuft war, stellte sich späterhin heraus – besaß das freundlichste, verzeihendste Gemüt! Er hätte doch nunmehr bei allen seinen Verwandten und Freunden in die Runde gehen, Charles Haughton bloßstellen, und überall erzählen können, durch was für feierliche Versprechungen er zugrunde gerichtet worden war. Aber nein! so eine Story, genau in dem Moment, würde Charles Haughton's letzte Chance, den Kopf je wieder über Wasser zu bekommen, vernichtet haben; und Charles hat mir erzählt (denn via Charles erfuhr ich überhaupt von der ganzen Geschichte), daß Willy's AbschiedsWorte an ihn gewesen seien: ›Macht Euch keine Kopfschmerzen, Charlie – mein Junge ist schließlich etabliert im Leben; und was mich betrifft, ich bin ja wie'ne Katze mit neun Leben: ich würde auf die Beine fallen, und wenn man mich zum DachFenster hinauswürfe. Also: keine Sorgen weiter!‹ So bewahrte er das Geheimnis; und schärfte auch dem GeldVerleiher ein, den Mund zu halten. Tz, armer Willy! Ich habe 1-einziges Mal in meinem ganzen Leben einen reichen Freund gebeten, mir Geld zu borgen; und das war damals. Ich bin zu Guy Darrell gegangen, dessen Praxis in vollster Blüte stand, und habe zu ihm gesagt: ›Leiht mir ein tausend Pfund. Kann sein, daß ich sie niemals zurückzahle.‹ / ›Fünftausend, wenn Ihr wollt‹, antwortete er. / ›Tausend genügen.‹ Nahm ich also das Geld, und schickte es an Willy. Ach, Der sandte es zurück, und schrieb dazu, daß ›die Vorsehung so sehr gütig gegen ihn gewesen wäre: er hätte eben eine kapitale Stelle, mit einem prächtigen Gehalt bekommen‹. Die Katze war tatsächlich auf die Beine gefallen. Er gab mir noch auf, Haughton mit dieser Neuigkeit zu trösten. Das Geld ging also zurück, in Darrell's Tasche; (und ist von da aus vielleicht zu Charles Haughton's Gläubigern gewandert). – Jetzt zu seiner neuen Stelle. Auf jenem Landsitz, wohin Willy, gänzlich von Mitteln entblößt, eingekehrt war, hatte er einen Fremden (keinen Verwandten) getroffen, der zu ihm sagte: ›Ihr lebt hier mit diesen Leuten zusammen – schießt ihnen ihr Wild – reitet ihnen ihre jungen Pferde zu – kümmert Euch um ihre Güter – und sie geben Euch nichts! Ihr seid nicht mehr übermäßig jung – Ihr müßtet längst ein kleines Einkommen haben, daß Ihr auf die Hohe Kante legen, und ständig vermehren könnt. Kommt zu mir; und ich will Euch 300 £ im Jahre geben. Ich habe grade meinem Verwalter gekündigt – übernehmt seinen Posten; aber seid gleichzeitig mein Freund.‹ Selbstverständlich ging William Losely auf solchen Vorschlag ein. Bei dem betreffenden Herrn, dessen Name übrigens Gunston war – (ich hatte ihn vorher schon flüchtig gekannt: die Leute behaupten ja, ich kennte Jedermann) – handelte es sich um einen sauertöpfischen, schwarzgallichten, melancholischen, indolenten, misanthropischen alten Junggesellen. Bei einem splendiden, allgemein bewunderten Wohnsitz, und umfangreichen, allgemein beneideten Ländereien, hauste er überwiegend allein, und räsonnierte mit Vorliebe über die Bitterniß des Daseins und die Nichtigkeit weltlicher Güter. Da er Willy auf jenem Landsitz begegnete – wohin er, durch irgendeine prädestinierte vorübergehende Entspannung seiner Menschenfeindlichkeit, verlockt worden war – hatte man Mr. Gunston, das erstemal seit Jahren, wieder lachen hören. Sagte er zu sich selbst: ›Hier ist ein Mann, der mich tatsächlich unterhält und aufheitert!‹ William Losely hatte es fertig gebracht, dem Misanthropen neuen Geschmack am Existieren beizubringen; und da der Reiche Mann erkannte, daß selbst Geschäftliches angenehm gemacht werden könne, gewann er frisches Interesse am eig'nen Haus, an den eigenen Gärten und Feldern. Der lustigen Gesellschaft Williams zu Gefallen, hat man ihn sogar über seine Ländereien, eine Flinte über die Schultern gehängt, dahin-reiten sehen! Und, während all der Zeit, war das Besitztum, wie man mir erzählt hat, unleugbar gut-verwaltet. Ach!, dieser Kerl, der Willy, war ein gebor'ner Genius, und hätte Jedermanns Affären verwalten können, nur seine eigenen nicht. – Ich vernahm von alledem mit Vergnügen (die Leute sagen ja, ich vernähme schlechthin Alles!) – bis mich eben, eines schönen Tages, bei Tattersall ein SportsMann am Knopfe packt –: ›Habt Ihr schon das Neueste gehört?: Willy Losely steckt im Gefängnis; soll seinen Arbeitgeber beklaut haben.‹«

»Bestohlen!? unglaublich!«, rief Lionel.

»Mein lieber Lionel; damals, nachdem ich *die* Neuigkeit vernommen hatte, ist es geschehen, daß ich bei mir meine große Maxime *Nil admirari* als unveränderlich aufgestellt habe – nie, über nichts mehr, zu erstaunen!«

»Aber natürlich ist er unschuldig gewesen?«

»Im Gegenteil; er gestand, wurde verhaftet, erklärte sich für schuldig, und ward deportiert! Leute, die Willy kannten, meinten, daß Gunston hätte Abstand davon nehmen sollen, ihn vor Gericht zu zerren; beziehungsweise bei der anschließenden Verhandlung sich der ZeugenAussage gegen ihn enthalten sollen; daß Willy doch bis dahin ein wirklich getreuer Verwalter gewesen : der gesamte Ertrag des Grundbesitzes sei durch seine Hände gegangen; allein bei den Geschäften mit Bauholz hätte er, und unentdeckt, den doppelten Betrag des ihm zur Last gelegten Diebstahls auf die Seite bringen können; es könne sich doch nur um eine momentane Verirrung seines Verstandes gehandelt haben, und der reiche Mann hätt' ihn laufen lassen sollen. Aber ich bin da auf der Seite des Reichen Mannes: sein letzter Glaube an die ganze Gattung war vernichtet. Er mußte einfach unerbittlich sein. Nie wieder konnte er sich an etwas ergetzen; nie wieder sich für etwas interessieren. Und er *war* unerbittlich; und – rachsüchtig.«

»Ja, aber was war denn der Tatbestand? – was die Beweise?«

»Bei der Verhandlung selbst ist sehr wenig herausgekommen; weil das Gericht, wo ja ein SchuldGeständnis vorlag, sich lediglich mit dem BeweisMaterial zu befassen brauchte, das zu seiner Verhaftung hingereicht hatte. Der Prozeß blieb in den Londoner Zeitungen auch so gut wie unbeachtet: William Losely war kein stadtbekannter Mann; sein Renommee beschränkte sich auf Solche, die vorwiegend auf den altmodischeren Landsitzen verkehrten, überwiegend ledige Männer, Sport- und JagdFreunde. Doch halt. Der Fall hat mich damals derart int'ressiert, daß ich mir ein *precis*, einen kurzen Auszug, gemacht habe; nicht nur von allem was darüber veröffentlicht wurde, sondern auch das, was ich von den HauptUmständen indirekt in Erfahrung bringen konnte – das ist übrigens eine alte Angewohnheit von mir, wenn immer Jemand aus meiner Bekanntschaft mit der Anklagebehörde in Konflikt gerät. . . .«. Der Oberst erhob sich; schloß die Glastür eines kleinen Bücherschrankes auf; wählte aus dessen Inhalt ein als Buch gebundnes Manuskript; setzte sich wieder, schlug die Seiten um, fand die gesuchte Stelle, und las nun, in Fortsetzung seines Berichtes daraus wie folgt. : »Eines Abends kam Mr. Gunston in William Losely's PrivatWohnung – Losely hatte 2 oder 3 ihm angewiesene Zimmer auf einer Seite des GebäudeKomplexes inne, der im Viereck um einen HofRaum herum lag. Als Losely, auf Mr. Gunston's Anklopfen hin, ihm seine Tür aufmachte, fiel dem Letzteren sogleich auf, daß Loselys Betragen etwas verwirrt schien. Nach einigen Worten über allgemeine Gegenstände, teilte Losely mit, wie er Anlaß habe, am nächsten Morgen für ein paar Tage in dringenden PrivatAngelegenheiten nach London zu fahren. Das paßte Mr. Gunston gar nicht. Er bemerkte, daß Losely's Abwesenheit, gerade jetzt, überaus ungelegen käme. Er erinnerte ihn daran, wie doch, ausgerechnet am nächsten Tage, ein in einiger Entfernung wohnender HandwerksMeister herüber kommen, und sich den Lohn für ein letzthin neuerrichtetes RebenTreibhaus abholen wolle, und daß über dessen Rechnung ein Streit entstanden sei: ob Losely nicht wenigstens solange bleiben könnte, bis der bereinigt wäre? Losely erwiderte, ›daß er den Streit bereits, brieflich, beigelegt, und Abzüge vorgeschlagen habe, mit denen der Handwerker sich auch einverstanden erklärt hätte; sodaß Mr. Gunston ihm lediglich einen Scheck über den Rechnungsbetrag – nämlich 270 £ – zu überreichen brauche.‹ Worauf Mr. Gunston bemerkte: ›Wenn Ihr nicht so gewöhnt wäret, die Rechnungen für mich aus den bei Euch eingehenden Geldern zu bezahlen, dann würdet Ihr wissen, daß ich ganz selten Schecks ausstelle. Und diesmal werd' ich garantiert keinen geben; denn ich hab' das Geld im Hause.‹ Losely merkte an: ›Das ist aber eine schlechte Angewohnheit von Ihnen, so große Summen im Hause zu haben. Man könnte Sie doch bestehlen. Worauf Gunston antwortete: ›Immer noch besser, als große Summen auf 'ner Provinzbank zu haben. Provinzbanken machen gern bank'rott. Mein GroßVater hat mal 1000 £ verloren, weil 'ne Provinzbank fallierte; weswegen mein Vater schon sämtliche Geldeingänge nur in baar annahm; die er dann, von Zeit zu Zeit, wenn er selber hinfuhr, in London deponierte. Ich tue das Gleiche; und bin, zumindest meines Wissens, noch nie um 1 Heller bestohlen worden: Wer sollte wohl in ein großes Haus wie dieses, voll von männlichen Bedienten, einbrechen mögen?‹. ›Das ist richtig‹, sagte Losely; ›wenn Sie also gewiß sind, soviel daliegen zu haben; dann bezahlen Sie bitte die Rechnung, und die Sache ist erledigt. Ehe der Sparks, der Baumeister, sich sein Geld für die neuen Scheunen auf dem Gutshof abholen kommt, bin ich bestimmt wieder zurück – das werden 600 £ sein; aber ich nehme ja nächste Woche Geld für geschlagenes Holz ein; und davon kann er bezahlt werden.‹ Gunston: ›Nein; auch Sparks will ich von dem bezahlen, was ich in meinem SchreibSekretär liegen habe; der HolzHändler kann, was er uns schuldet, direkt an meinen Bankier in London einzahlen.‹ Losely: ›Wollen Sie damit sagen, daß Sie tatsächlich für diese beiden Rechnungen genügend im Hause haben?‹ Gunston: ›Aber gewiß doch; in meinem ArbeitsZimmer im Sekretär. Ich weiß nicht genau wieviel 's sind. Es können 1.500 £ sein – vielleicht auch 1.700. Ich hab's nicht gezählt; ich bin 'n schlechter Geschäftsmann; aber das weiß ich, es sind über 1.400.‹ Losely machte noch eine spaßige Anmerkung, des Sinnes: daß, wenn Gunston niemals Buch über seine Gelder führe, er eigentlich niemals angeben könne, ob er bestohlen worden sei; weswegen er, imgrunde, niemals bestohlen werden könne; da, gemäß Othello, –

›wenn der Beraubte nicht sein Gut vermißt?
: so sagt's ihm nicht!, und er ward nicht beraubt.‹

Gleich da-nach wurde Losely seltsam zerstreut, und schien überhaupt ungeduldig, Mr. Gunston los zu werden; deutete darauf hin, er habe noch die ArbeitsBücher der Leute durchzugehen, sowie Anweisungen für den Landvogt zu Papier zu bringen; und er also morgen, in aller Frühe, aufbrechen werde.«

Hier blickte der Obrist auf von seinem Manuscript, und flocht ein: »Ihr werdet womöglich meinen, daß diese Dialoge – etwa gemäß dem Vorbild der antiken GeschichtsSchreiber – von mir erfunden worden seien? Dem ist nicht so. Ich gebe Euch eine Reportage dessen, was geschah; so wie Gunston – und ich nehme an, daß sein Gedächtnis ziemlich getreu war – es mir *verbatim* wiederholt hat. Also gut –«, (hier wandte Morley sich seinem Manuscript wieder zu), »Gunston verließ Willy; und verfügte sich in sein eigenes ArbeitsZimmer; allwo er, allein mit sich selbst, Thee trank. Als der Diener ihn auftrug, informierte er den Mann: daß Mr. Losely kommenden Morgen, in aller Frühe, nach der Stadt reisen werde; und erteilte Anordnung, : wie jener, der Diener selbst, dafür sorgen solle, daß Mr. Losely, bevor er abführe, sein Kaffee-Frühstück erhalte. Der Bedienstete merkte hier an, ›Mr. Losely habe letzthin sehr verstimmt geschienen; und daß es sich dabei vielleicht um irgendein unangenehmes Ereignis mit diesem Herrn handeln könnte, der vor zwei Tagen bei ihm zu Besuch gewesen sei?‹. Gunston hatte kein Wort von derlei Besuch vernommen: Losely-selbst hatte ja auch nichts davon erwähnt gehabt. Nachdem der Diener gegangen war, beschloß Gunston, der doch über Losely's Zitat hinsichtlich seines Geldes nachdenken mußte, sich zu vergewissern, wieviel er eigentlich in seinem Sekretär liegen habe. Er öffnete ihn also; ging sämtliche Schubladen durch; und fand, verstaut an verschiednen Stellen und zu verschiednen Zeiten, eine größere Summe, als er angenommen hatte – Goldstücke und Banknoten, im Betrag von 1.975 £; davon nahezu 300 £ in Sovereigns. Er strich die Scheine sorgfältig glatt; und sowohl aus Mangel an anderweitiger Beschäftigung, als auch mit der Absicht, Losely zu beweisen, daß er sehr wohl von einem Fingerzeig zu profitieren wisse, trug er sich die Nummern der Banknoten in sein Notizbuch ein; legte sie alle, zusammen mit dem Golde in 1 Schubfach, schloß den Sekretär ab; und ging unlängst danach zu Bette. Tags darauf, (Losely war in aller Frühe abgefahren), erschien der Handwerker, um sich sein Geld für das Treibhaus zu holen. Gunston ging an seinen Sekretär; nahm die Scheine heraus – und fand, daß 250 £ fehlten. Er konnte kaum seinen Sinnen trauen. Hatte er sich denn beim Zählen geirrt? Nein: da war sein Notizbuch, und die fehlenden Scheine getreulich darin eingetragen. Jetzt überzählte er auch die Sovereigns : ? : 142 von ihnen waren verschwunden – alles in allem also, nahezu 400 £ entwendet. Er wies zunächst jeglichen Verdacht gegen Losely von sich; aber da er seine Dienstboten examinierte, sagte der Lakai aus: daß er, gegen 2 Uhr morgens, vom Gebell des HausHundes aufgestört worden sei, den man nachts immer im vorderen HofRaum frei herumlaufen ließ. Da er an Räuber nicht dachte, vielmehr nur befürchtete, der Hund könnte auch den Herrn stören, sei er aus dem Fenster gestiegen (das zu eb'ner Erde lag), um das Tier zu beruhigen; habe aber dann, in dem gegenüberliegenden Winkel des Gebäudes, gesehen, wie sich ein Licht an den Fenstern des Ganges hinbewegt habe, der von

Losely's Zimmern zu Mr. Gunston's ArbeitsRaum führte. Erstaunt darob, zu solcher Stunde, habe er sich jenem Teil der Baulichkeiten genähert; und durch die Ritzen in den FensterLäden des Arbeits-Raumes das Licht, wiewohl sehr schwach nur, gewahrt; (die Fenster des Ganges, mit ihren altmodischen steinernen MittelPfeilern, hatten keine Läden). Er habe ein paar Minuten an der Mauer gestanden und gewartet, als das Licht erneut in dem Gang zum Vorschein kam; und da habe er eine Gestalt rasch dahinschreiten sehen, in einem langen Mantel, den er, an seiner eigentümlichen Farbe, sofort als den von Losely erkannte; aber bevor die Gestalt noch die Hälfte des Ganges zurückgelegt habe, sei das Licht gelöscht worden, sodaß der Diener nichts weiter gewahren konnte. Aber er sei sich, aufgrund des bewußten Mantels, derart sicher gewesen, der Mann müsse Losely sein, daß ihm sogleich alle Überraschung oder gar Alarm vergangen wären; denn bei einigem Nachdenken habe er sich gesagt, daß Losely, der vor seiner Abfahrt eben länger als gewöhnlich aufgeblieben sei, um anstehende Geschäfte zu erledigen, noch einmal in seines Prinzipals ArbeitsRaum gegangen wäre, um irgendwelche Bücher oder Papiere, die er vielleicht dort vergessen hätte, zu holen. Der Hund hob von Neuem an zu bellen, und schien durchaus aus dem Hofraum, auf den er beschränkt war, heraus zu wollen; aber der Bediente konnte ihn allmählig beschwichtigen – ging wieder zu Bett; und hatte sich deshalb etwas verschlafen. Nach dem Erwachen hatte er sich beeilt, das befohlne KaffeeFrühstück in Losely's Zimmer zu bringen; aber Losely war bereits fort. Hier nun schloß sich der nächste verdächtige Umstand an. Es hatte sich die Frage erhoben, *wie* der Sekretär geöffnet worden sei; da der Schlüssel sicher in Gunston's Besitz, und andrerseits keinerlei Zeichen von Gewalt zu erblicken war. Das Schloß war altmodisch, also grob-solide; und eines von denen, die sich zwar mühelos erbrechen lassen, in die ein Schlüssel von modernem Typ aber gar nicht leicht paßt. Da fand man nun, im Gange liegend, einen langen, am Ende krumm gebogenen Nagel; und der (inzwischen herbeigerufene) PolizeiInspektor hatte den guten Einfall, eben diesen Nagel im Schloß des Sekretärs zu probieren – siehe da, er schloß unschwer sowohl auf als wieder zu. Es war klar, daß Jemand, der dem Nagel diese Form gegeben, derlei Instrument nicht zum ersten Mal gebraucht habe; sondern ein geübter Spitzbube sein müsse. Das wiederum hätte, so sollte man meinen, Losely zunächst entlasten können; aber dann war er, was Apparaturen und alles Mechanische angeht, ein so notorisch cleverer Bursch, daß, in Verbindung mit dem FundOrt, der Nagel ihn doch wieder erheblich belastete; und zwar umsomehr, als man auf dem Kaminsims eines der inneren Zimmer seiner Wohnung – einem Zimmer, mitten inne gelegen zwischen dem wo Gunston mit ihm gesprochen hatte, und seiner Schlafkammer, und das er sowohl für seine SchreibArbeiten als auch zur Werkstatt benützte – mehrere genau-ähnliche Nägel liegen fand. Die Nägel, ungewöhnlich lang und dünn und mit einem gotischen Ornament auf dem Kopf, wurden auch in der Tat sogleich von dem GutsTischler als diejenigen erkannt, die nach Losely's eignen Anweisungen angefertigt worden waren; und zwar für eine GartenBank, die auf Gunston's LieblingsSpazierweg aufgestellt werden sollte; hatte doch Gunston, ein paar Tage zuvor, geäußert, wie schön es wäre, wenn man dort einen Sitzplatz hätte; worauf Losely es unternommen habe, solchen nach einer Zeichnung von Pugin auszuführen. Immer noch unwillig, an eine Schuld Losely's zu glauben, begab sich Gunston, zusammen mit dem PolizeiInspektor, dem Diener, und einem Anwalt aus seiner Nachbarschaft, nach London. Es machte keinerlei Schwierigkeit, Losely aufzufinden; er war in der Wohnung seines Sohnes, in der City, unweit des HandelsHauses, wo Dieser kaufmännischer Angestellter war. Als man ihm von dem Einbruch erzählte, wirkte er zunächst nur ungekünstelt überrascht, ohne irgend Furcht an den Tag zu legen. Man fragte ihn, ob er nicht, gegen 2 Uhr morgens, in Gunston's ArbeitsZimmer gewesen wäre? Er sagte: ›Nein, wie sollt' ich?‹. Der Bediente rief: ›Aber ich hab' Euch doch gesehen! – Euch sofort erkannt an dem alten-grauen Mantel, mit dem roten Futter! Ah da liegt er ja!: – : auf dem Stuhl dort-drüben! Ich will beschwören, daß es derselbe ist.‹ In dem Moment begann Losely sichtbar zu zittern, und auffällig blaß zu werden. Als nächstes ward ihm eine Frage in Betreff jenes Nagels vorgelegt:?; aber er schien total betäubt zu sein, und murmelte nur ständig – ›Barmherziger Himmel! der Mantel – wollen Sie damit sagen, Sie hätten meinen Mantel erkannt?‹. Man stellte eine KörperVisitation an – man fand, daß er einige Sovereigns, etwas Silbergeld, sowie eine 5-Pfund-Note bei sich hatte: die Nummer des Scheines entsprach der einen Nummer in Gunston's NotizBuch. Man forderte ihn auf, sich zu äußern, wie er in den Besitz dieser 5-PfundNote gelangt sei? Er verweigerte die Antwort. Gunston sagte, – ›Es handelt sich dabei um einen der Scheine, die mir gestohlen worden sind!‹ Losely rief trotzig: ›Hüten Sie Ihre Zunge! Wieso woll'n Sie das wissen?‹. Gunston versetzte, –: ›Ich habe mir, nachdem ich gestern aus Euerm Zimmer ging, die Nummern meiner GeldScheine notiert. Hier, in meinem NotizBuch, ist die Liste davon – : bitte! . . .‹ Losely schaute hin – : ? – und fiel zurück, wie von einem Schuß getroffen. Losely's Schwager befand sich zu der Zeit gerade im Zimmer; und er rief, –: ›Oh William! Du kannst nicht schuldig sein. Du bist doch der ehrlichste Kerl von der Welt. – Hier muß ein Mißverständnis obwalten, meine Herren. Woher hast Du den GeldSchein, William? – sprich!‹ Losely gab keine Antwort, sondern schien nur in Nachdenken oder Betäubung verloren. –: ›Ich geh' Deinen Sohn holen, William – vielleicht kann er's erklären helfen.‹ Da schien Losely aufzuwachen: ›Mein Sohn! was! wollt Ihr mich vor meinem Sohn bloßstellen? er ist auf's Land gefahren, wie Du weißt. Was hat er damit zu schaffen? Ich hab die Scheine genommen – so – da hab' ich's gestanden! – und nun macht ein Ende.‹ – oder Äußerungen dieses Sinnes.«

»Sonst ist nichts Wichtiges weiter«, sagte der Oberst, in seinem Manuskript blätternd, »ausgenommen die Begründung für solch Verbrechen – und damit wären Wir wieder auf den GeldVerleiher zurückgekommen. Ihr erinnert Euch, daß der Diener aussagte, zwei Tage vor dem Einbruch habe Losely Besuch von einem Herrn gehabt?: es erwies sich, daß dies genau derselbe WechselMakler wieder war, an den Losely sein ganzes bißchen Vermögen hatte auszahlen müssen. Der Mann gab zu Protokoll, wie Losely ein paar Tage vorher an ihn geschrieben hätte, des Sinnes, daß er 2- oder 300 Pfund bei ihm borgen, und sie dann, ratenweise, von seinem Gehalt zurückzahlen möchte: was da die Bedingungen sein würden? Der GeldVerleiher, der zufällig in der Gegend dort zu tun hatte, sprach persönlich bei Losely vor, um die Sache zu diskutieren, und sich zu erkundigen, ob er nicht noch Jemand anders, als Bürgen, auftreiben könnte – wobei er seinen Schwager erwähnte. Losely erwiderte, daß er um eine solche Gefälligkeit niemals und Niemanden ersuchen werde; daß sein Schwager überdem, abgesehen von seinem Gehalt als Abteilungsleiter, über keine pecuniären Mittel verfüge; auch, gesetzt den Fall, daß er (Losely) seine Stelle verlöre – was theoretisch jeden Tag passieren könne, wenn Gunston mit ihm unzufrieden würde – wie könnte er dann sicher sein, daß seine Schulden nicht auf den Bürgen zurückfielen?

Woraufhin der GeldVerleiher anmerkte: wie eben dies sein unsicheres Einkommen genau der Grund sei, weswegen er gern eine Bürgschaft hätte. Und Losely antwortete: ›Schon wahr; aber Ihr wißt, welch Risiko Ihr eingeht, und richtet Eure Bedingungen dementsprechend ein: zwischen Euch und mir geht es, ob Schuld ob Wagnis, um eine rein geschäftliche Angelegenheit; zwischen mir und einem Bürgen jedoch wär'es eine Ehrensache.‹ Schließlich erklärte sich der GeldVerleiher denn auch bereit, die benötigte Summe herbeizuschaffen; stellte allerdings sehr hohe Bedingungen. Losely sagte, er wolle sich's überlegen, und ihm Bescheid geben. Womit das Gespräch ein Ende hatte. Aber Gunston wollte jetzt noch wissen, ›ob Losely jemals früher schon Umgang mit dem GeldVerleiher gehabt; und für welche Zwecke er wahrscheinlich das Geld jetzt wieder brauchen würde?‹; und der GeldVerleiher antwortete, ›daß Losely vermutlich etwelche Spekulationen im Wetten oder GlücksSpiel heimlich vorhabe; denn seinerzeit, als er sich mit Captain Haughton für einen Wechsel über 1200 £ zusammengetan, hätte es sich auch um die Begleichung einer SpielSchuld gehandelt.‹ Und da hat Gunston eben späterhin einem Freunde von mir gestanden, wie dieser Umstand es gewesen wäre, der bei ihm den Ausschlag gab, bei dem Verfahren als Zeuge aufzutreten; wobei Ihr im Auge behalten müßt, daß, wäre Gunston fort geblieben, kein ausreichendes BeweisMaterial zu einer vollständigen Überführung vorhanden gewesen wäre. Aber Gunston erwog bei sich, daß ein Mensch, der sein ganzes Vermögen am Spieltisch durchzubringen fähig wäre, unverbesserlich sein müsse; und wie Losely, weil er vor ihm verborgen habe, daß er durch dergleichen Transaktionen um das Seinige gekommen, doch wohl mehr als nur ein bloßer Bürge auf einem gemeinsamen Wechsel mit Captain Haughton gewesen sein dürfte. Das hätte Gunston niemals begreifen können, wie die menschliche Natur solche Inkonsequenzen in sich zu vereinigen vermöchte: daß derselbe Mann, der imstande war, seinen SchreibSekretär aufzubrechen, andererseits mit seinem gesamten Vermögen sich für eine Schuld verbindlich machen sollte, an deren Unehre er nicht irgendwie Anteil gehabt hätte; und noch weniger: daß ein solcher Mann, einmal den Fall angenommen, er sei so überschwenglich generös-unklug verfahren, nun auch noch immerfort seinen Verlust samt den Gründen dafür verborgen haben solle, lediglich aus zartsinniger Rücksicht für den Ruf Desjenigen, der ihn an den Bettelstab gebracht! Deshalb, mit einem

Wort, betrachtete Gunston seinen unehrlichen Verwalter mit nichten als einen Mann, der in irgendeiner Notlage, nur infolge eines plötzlichen Impulses, durch den ein ganzes früheres Leben widerlegt würde, sich habe verführen lassen; sondern als einen notorischen, sich verstellenden Gauner, dem keine Gnade angedeihn zu lassen die öffentliche Gerechtigkeit erfordere. Und so ist es geschehen, Lionel, daß William Losely verklagt ward, vor Gericht vernommen, und verurteilt zu sieben Jahren Deportation. Dadurch, daß er sich schuldig bekannte, ist seine Strafzeit wahrscheinlich kürzer ausgefallen, als sonst wohl geschehen sein würde.«

Lionel fuhr immer noch fort, zu aufgeregt für Worte zu sein. Der Oberst, der seine GemütsBewegung nicht zu beachten schien, ließ erneut den Blick über das Manuskript hinlaufen ... –

»Ich bemerke grade, daß hier noch einige Zweifel bezüglich des BeweisMaterials gegen Losely aufgezeichnet sind. Der Rechts-Anwalt den ich, sobald ich von seiner Verhaftung erfuhr, nahm, und in seiner Sache an Ort und Stelle selber schickte .. – ?«

»Das haben Sie getan?! 'H, der Himmel lohn es Ihnen!«, schluchzte Lionel heraus. »Aber – mein Vater? – : wo war denn Er?«

»Damals? – schon in seinem Grabe.«

Lionel stieß einen tiefen Seufzer, gleichsam der Dankbarkeit, aus.

»Dieser Anwalt also – ein gerissener Bursch'! – gelangte zu der Ansicht, daß – hätte Losely sich nur nicht so umfassend schuldig erklärt – er ihn, selbst einem ErstGeständnis zum Trotz, hätte frei-bekommen – und den Verdacht auf Irgendjemand Andern lenken können. In jenem Gang zum Beispiel, wo man den Dietrich-Nagel gefunden hatte, war eine SeitenTür zum Park hin: diese Tür hatte man, am nächsten Morgen, von innen her aufgeriegelt angetroffen; folglich konnte durchaus ein Dieb auf solche Weise eingedrungen, und von da unmittelbar in Gunston's ArbeitsRaum gelangt sein. Auch war besagter Nagel dicht neben dieser Tür entdeckt worden – sehr möglich, daß der Dieb ihn, beim Licht-auslöschen, versehentlich fallen gelassen hatte; was ja, der Aussage des Bedienten gemäß, erfolgt sein mußte, als er nahe der erwähnten Tür und des Lichtes nicht mehr bedürftig gewesen war. / Ein weiterer Umstand zu Losely's Gunsten: unmittelbar außen vor der Tür, gleich neben einem LorbeerBusch, hatte sich das Stümpcnen eines jener bekannten-winzigen rosafarbenen WachsLichterchen gefunden, wie man sie oft in StreichholzBüchschen mit-aufbewahrt. Gesetzt, der Dieb hatte das benutzt, dann konnte es scheinen, wie wenn, indem er, kurz bevor er ins Freie trat, das Licht auslöschte, er das restliche KerzenStümpchen sehr natürlich weggeschmissen hätte, wo er im nächsten Moment dann aus dem Hause war. Aber Losely hätte, einmal, das Haus ja gar nicht zu verlassen brauchen; und weiterhin war weder von ihm noch von sonst Irgendjemand auf dem ganzen Gut bekannt, daß er sich je dieser Sorte Wachs-Kerzchen bedient hätte, die weit eher zu den ModeNarrheiten eines Londoner Dandy gehörten. / Auch werdet Ihr behalten haben, daß der Diener nicht etwa das Gesicht des Diebes erkannt hatte; sein Zeugnis basierte einzig und allein auf den Farben eines Mantels, was sich, bei einem KreuzVerhör, unschwer hätte entkräften und entwerten lassen. / Und der Hund hatte angeschlagen, *bevor* das Licht sichtbar wurde: es war also nicht der Lichtschein, der ihn bellen machte. Er wollte fernerhin aus dem HofRaum hinaus: das machte doch den Eindruck, als ob sich ein Fremder in den Anlagen draußen befände. / Diesen Anhaltspunkt verfolgend, konnte der Anwalt ermitteln, daß man, als der Abend zu grauen begann, einen fremden Mann im Park gesehen hatte, der in Richtung auf das Haus zu gegangen war. Und hier kommt ein gewichtiger Pluspunkt: auf der, rund 8 Kilometer von Mr. Gunston's Haus gelegenen EisenbahnStation, war ein fremder Mann gerade noch zurecht gekommen, um seine Fahrkarte zu kaufen und in den Nachtzug einzusteigen, der von Norden her nach London fährt, und dort um 4 Uhr morgens kurz hält. Der Stations-Vorsteher erinnerte sich wohl des Fremden, der ein Billet kaufte; hatte jedoch auf dessen äußere Erscheinung nicht geachtet. Der GepäckTräger indes, hatte von dem, auf einen Wagen Erster Klasse Zueilenden, soweit Notiz genommen, daß er anschließend zum StationsVorstand gesagt hatte: ›Der Herr eben hat aber 'n grauen Mantel angehabt, genau wie der von Mr. Losely: wär' er nich größer und schlanker gewesen, ich hätt' 'n glatt für Mr. Losely gehalten.‹ Nun gut; Losely erschien am Morgen auf eben dieser Station, um einen Frühzug zu benützen; er kam zu Fuß, die Reise-Tasche in der Hand; und Beide, der GepäckTräger wie auch der BahnhofsVorsteher erklärten, er habe damals keinen Mantel angehabt; ja, als er in das Zweiter-Klasse-Abteil einstieg, hatte der GepäckTräger noch zu ihm gesagt : ›Die Luft iss aber recht scharf heut Früh, Sir; daß Se sich man nich erkälten.‹ / Was weiterhin den Zweck betrifft, zu dem Losely von jenem Wucherer hatte Geld borgen wollen, teilte sein Schwager mit, daß Losely's Sohn ein VerschwenderLeben geführt und Schulden gemacht habe; ja, daß er sich sogar vor seinen Gläubigern in einer kleinen KreisStadt versteckt halte, in welcher William Losely, bei seiner Reise nach London, einen Aufenthalt von ein paar Stunden eingelegt hatte. Auch war ihm bekannt, daß der Chef des jungen Mannes, ein paar Tage vorher, freundlich an Losely geschrieben, des Sohnes Extravaganzen bedauert, und zu verstehen gegeben hatte, daß wofern dessen Schulden nicht umgehend beglichen würden, er unweigerlich seine Stelle verlieren müsse, in der er sich ansonsten bald emporarbeiten könnte; denn er sei durchaus flink und gescheidt, und auch so munter und gut-aussehend, daß es unmöglich wäre, keine Nachsicht mit ihm zu üben. Der Kaufmann hatte noch hinzugefügt, daß er versuchen wolle, eine Entlassung des jungen Menschen so lange wie nur irgend möglich hinauszuzögern. Auf den Empfang dieses Briefes hin, war es geschehen, daß Losely Verbindung zu jenem GeldVerleiher aufgenommen hatte; den aufzusuchen er in die Stadt gefahren, und zu dessen Haus sich zu begeben er eben im Begriff war, zu genau der Stunde, da Gunston eintraf. Aber warum noch von einem Wucherer borgen, wenn er just mehr Geld gestohlen hätte, als ihm zu borgen nötig war? / Über das gravierendste Indiz gegen Losely – nämlich daß man in seinem Besitz jene 5 PfundNote entdeckt hatte, deren Nummer sich aufgeschrieben zu haben Gunston beschwören konnte – war allerdings schwer hinwegzukommen; immerhin hätte ein gewandter Advokat doch noch gewisse Zweifel selbst gegen Gunston's Zeugnis erheben können – etwa, wie ein eingestandenermaßen so unachtsamer Mann sich bei der Nummer unschwer verlesen oder verschreiben könne, undsoweiter. / Der Anwalt begab sich, mit diesen Materialien für eine Verteidigung, ins Gefängnis, um mit Losely selber zu sprechen; aber Losely lehnte seinen Beistand ab – wurde sogar sehr ärgerlich – sagte, er wolle lieber den Tod erleiden, als zulassen, daß man den Verdacht auf irgendeinen unschuldigen Menschen lenke; was seinen Mantel anlange, den habe er in seiner ReiseTasche drinnen gehabt. Ihr seht,: schlecht wie er war, hatte er sich immer noch einen inkonsequenten Fond von Ehrenhaftigkeit bewahrt. Armer Willy! er wollte nicht einmal zugeben, daß man einen seiner alten Freunde vorlade, um über seinen Ruf und Charakter im allgemeinen auszusagen. Aber selbst wenn er darauf eingegangen wäre, was konnte das Gericht schon groß tun, wo er fest bei seinem SchuldGeständnis blieb? – Aber jetzt wollen Wir das Thema fallen lassen; es fängt an, mir allzuviel Pein zu bereiten. – ä-Ihr wolltet mir noch etwas von Einem des gleichen Namens mitteilen, sobald meine Geschichte zu Ende wäre – worum handelt sich's?«

»Ich bin so verwirrt«, stammelte Lionel, der immer noch vor Aufregung zitterte. »daß ich Ihnen kaum antworten – kaum die Gedanken zusammennehmen kann. Aber – aber – während Sie diesen armen William Losely da beschrieben; sein Talent für Mimik, und Schauspielern – ich konnt' mir nicht helfen, ich dacht' ich hätte ihn schon einmal geseh'n.« Und Lionel ging daran, von ›Gentleman Waife‹ zu berichten. : »Könnte das der Betreffende sein?«

Morley bewegte ungläubig den Kopf. (Er dachte, das sähe einem romantisch veranlagten Jüngling ähnlich, nun gleich wieder eingebildete Doppelgänger zu entdecken.)

»Nein, mein lieber Junge«, sagte er; »mein William Losely kann schwerlich ein WanderKomödiant geworden sein, der sich auf DorfJahrmärkten produziert. Überdies hab'ich guten Grund zu glauben, daß es Willy mehr als leidlich gehe; (vermutlich hat er, durch irgendeinen Glückstreffer, Geld in Botany Bay gemacht); denn: *wann*, sagtet Ihr, daß Ihr Eurem WanderSchauspieler begegnet wäret? Vor fünf Jahren? – Nun, nicht überlang' *vor* diesem Datum – vielleicht 1 Jahr oder 2? – nein: weniger als 2 Jahr; ich weiß es genau – hat eben dieser exzentrische HalbSchuft an Mr. Gunston, (den Mann, der ihn hatte deportieren lassen), 100 £ überwiesen! Gunston, müßt Ihr wissen, der sich, als er Willy verloren hatte, gelangweilter und griesgrämiger fühlte denn je, versuchte sich dadurch abzulenken und zu zerstreuen, daß er den Vorsitz bei irgendeiner EisenbahnGesellschaft übernahm. Die Gesellschaft erwies sich als eitel Bluff; Alle richteten ihre Entrüstung gegen den einen reichen Mann, der zahlen konnte, wo Andere nur betrogen. Gunston war ruiniert – Portemonnaie und Renommée – floh nach Calais; und dort, es sind noch keine 7 Jahre her, erhielt er von dem armen Willy einen freundlichen, herzlichen, verzeihenden Brief, und 100 £. Ich hab' das von Gunston's nächstem Verwandten, dem er es erzählt, und dazu geweint hat, wie ein Kind. Willy gab keinen Absender an; aber so viel ist ja wohl klar, daß er sich, um die Zeit herum, in zu gesicherten Umständen befunden haben muß, um den MarktSchreier bei Eurer miesen Schmieren-Komödie zu machen. – Tz, armer lieber schuftiger infamer großherziger Willy!«, platzte der Oberst heraus: »Ich wollt' zu GOtt, er hätte einzig mich bestohlen!«

»Sir«, sagte Lionel, »verlassen Sie sich darauf: dieser Mann, wie Sie ihn beschrieben haben, hat niemals Jemanden bestohlen – s'ist unmöglich.«

»Nichts da – sehr möglich! – menschliche Natur«, versetzte Alban Morley. »Und letzten Endes schuldete er Gunston diese 100 £ ja tatsächlich. Denn Gunston hatte, selbst vor der Verhandlung noch, von der ihm entwendeten Summe sämtliche fehlenden Banknoten anonym zugesandt erhalten, minus besagte 100 £; und Willy war deshalb Gunston das Geld noch schuldig; obwohl vielleicht nicht den netten verzeihenden BegleitBrief. Aber weiter jetzt flott – das Thema ist schlimmer als das Zipperlein. Ihr habt also den Namen ›Losely‹ vorher schon mal gehört – durchaus möglich; es gibt eine ganze Menge Mitglieder von der Familie des alten Baronet; aber wann und wo habt Ihr ihn gehört?«

»Das will ich Ihnen erzählen. Der Mann, der den Wechsel (ach, das Wort macht mich ganz krank jetzt) in Händen hat, erinnerte mich bei seinem Besuche daran, daß ich ihn schon einmal im Haus meiner Mutter gesehen hätte – eine flüchtige Bekanntschaft von ihr – versicherte mich seiner größten Achtung – der größten Bewunderung für Mr. Darrell – und überraschte mich dann durch die plötzliche Frage: ob ich Mr. Darrell niemals von Herrn Jasper Losely hätte sprechen hören?«

»Jasper!«, rief der Oberst: »Jasper! – gut, nur weiter.«

»Als ich mit ›Nein‹ antwortete, schüttelte Mr. Poole (so heißt er) bedeutend den Kopf und murmelte: ›Traurige Angelegenheit – sehr böser Handel – könnte Mr. Darrell einen großen Dienst erweisen, wenn er mir's gestatten wollte.‹; und fuhr dann, wie mir schien, fort, allerlei impertinenten Unsinn daherzuschwatzen, über ›bloßgestellte Familien‹, und ›Armut macht die Leute desperat‹, und ›das Beste in solchen Fällen ein Kompromiß‹; und rückte endlich mit der Bitte an mich heraus: ›Mr. Darrell, wenn ich ihn gern hätte und vor sehr großem Kummer und Verdruß bewahrt sehen möchte, dazu zu überreden, Mr. Poole eine Unterredung zu gewähren.‹ Dann verbreitete er sich noch über seinen eignen Ruf im Geschäftsleben der City, und so fort; beschwor mich ›an Zahlung nicht weiter zu denken, bis es mir gänzlich gelegen sei; er werde den Wechsel in seinem Pult ruhen lassen; Niemand solle davon erfahren; er sei nur allzuglücklich, mir einen Gefallen erweisen zu können‹ – legte schließlich seine Karte auf den Tisch, und ging seines Wegs. Nun raten Sie mir: soll ich Mr. Darrell überhaupt etwas von der Sache sagen, oder nicht?«

»Zumindest nicht, bevor ich selber Herrn Poole gesehen habe. Habt Ihr die Summe, ihn zu bezahlen, bei Euch? dann gebt sie mir, und seine Adresse dazu; ich will gleich hin, und den Fall ins Reine bringen. – Könntet Ihr, bitte, einmal läuten? –«. (Zu dem eintretenden Bedienten): »Mein Pferd soll vorgeführt werden.« Dann, als sie wieder allein miteinander waren, wandte er sich unversehens zu Lionel, legte ihm eine Hand auf die Schulter, und ergriff mit der andern warm und herzlich seine Rechte – »Junger Mann«, sagte Alban Morley »Ich hab' Euch gern, sehr – ich int'ressiere mich für Euch – Wer würde das wohl nicht tun? Ich bin diese ganze alte Geschichte noch einmal durchgegangen; habe mir selbst dadurch, wirklich, Schmerzen bereitet – was ich notorisch hasse – einzig und allein zu Eurem Besten. Ihr seht, wohin Wucher und GeldVerleiher die Menschen bringen können. Schaut mir ins Gesicht!: fühlt Ihr nunmehr, daß Ihr die betreffende ›Zivil-Courage‹ künftig aufbringen werdet, woran Ihr vorhin so zweifeltet? Sind solche Sachen ein- für allemal abgetan für Euch?«

»Ein- für allemal, so wahr mir GOtt helfe! Die Lektion ist grausam gewesen; aber ich danke Ihnen, und segne Sie dafür.«

»Ich wußt' es wohl. Und prägt's Euch ein: niemals GeldAngelegenheiten leichtfertig zu behandeln – GELD IST EHRE! Halt noch. Ich habe einem Sohn die Verfehlungen seines Vaters bloßgelegt – es war dies notwendig; sonst hätten, selbst aus seinem Grabe noch, die gleichen Fehler, in Euch, wiederaufleben können. Nunmehr kann ich dieses hinzufügen: falls Charles Haughton – gleich Euch hübsch, lebenslustig, begünstigt von den Männern, verwöhnt von den Frauen – falls Charles Haughton beim Eintritt ins Leben, in einem Spiegel wie ich ihn Euch vorgehalten habe, die Folgen hätte erblicken können, die es hat, wenn man den morgigen Tag verpfändet, um für den heutigen zu bezahlen; dann würde Charles Haughton so entsetzt gewesen sein, wie Ihr jetzt, und ebenso kuriert, wie Ihr. Bescheiden gemacht durch Eure eigne erste Verirrung, seid nachsichtig gegen all die seinen. Nehmt Ihr sein Leben dort auf, wo ich es zuerst kennen gelernt habe: da sein Herz noch redlich, auf seinen Lippen Wahrheit war. Radiert das Intervall dazwischen aus; stellt Euch vor, er habe Euch das Dasein gegeben, um all die Blätter des Lebens, die Wir solchermaßen zu löschen und auszureißen hätten, durch neue zu ersetzen. Bei jedem vermied'nen Irrtum sprecht – ›Also hat der Vater den Sohn gewarnt‹; bei jeder ehrenwerten Handlung, bei jeglich schwerem Opfer, sprecht – ›So zahlt ein Sohn die Schulden seines Vaters.‹«

Lionel, die Hände ineinander gerungen, richtete seine von Zähren überströmenden Augen nach oben, wie wenn er dem Himmel innerlich ein Gelübde ablege. Der Oberst neigte seinen Soldaten-Haarschnitt mit ehrerbietiger Andacht; und glitt, geräuschlos, aus dem Zimmer.

8. Kapitel

Imgrunde nichts als ein rücksichtsvoller RuhePunkt auf einer langen Reise, wie er dem geneigten Leser mildtätig vergönnt wird.

Oberst Morley traf Mr. Poole, eben aus seinem Büro zurückgekehrt, zu Hause an; er verweilte beinahe eine Stunde bei diesem Herrn, und verfügte sich dann geraden Wegs zu Darrell. Da die für sein Zusammentreffen mit jenem französischen Bekannten, der sich wegen eines Dinners auf seine Gastfreiheit verließ, angesetzte Zeit nahezu herangekommen war, fiel Alban's Konferenz mit seinem englischen Freunde zwangsläufig etwas kurz und hastig aus; obschon lang genug, um eine Tatsache in Mr. Poole's Bericht zu bestätigen, die dem Obersten bis dato unbekannt gewesen war, und welche zuzugestehen Guy Darrell einen so heftigen Schmerz bereitete, wie nur je einer in den Kerkern der Inquisition den Lippen eines Gefangenen das Geständnis entrissen hat. Als er dann von Greenwich wieder zurückkehrte – seinen Franzmann hatte er in irgendeinem düsteren Theaterchen abgesetzt; wo jener übelnehmische Ausländer Zeit genug fand, Zeuge von dem Raub und Mord zu sein, den man am Vaudeville eines seiner geschädigten Landsleute begangen hatte – eilte Alban erneut nach Carlton Gardens. Er fand Darrell allein, seine Zimmer hin und her durchmessend, nach einer in seinem früheren Leben angenommenen Gewohnheit, wenn er vielleicht über einen verwickelten RechtsFall nachsann, oder mit sich selbst rang, irgendeines geheimen Kummers wegen. Es gibt Leute mit empfindlichen Nerven, die einer gewissen Tätigkeit des Leibes bedürftig sind, um desto besser ihr Gemüt wieder zu beruhigen; und Darrell war einer von ihnen.

Unter also rastloser Bewegsamkeit, die höchstens mit ähnlich schroffen Pausen abwechselte – beides gleichermaßen in Disharmonie mit der vornehmen Ruhe, die für seines Zuhörers Geschmack und Gewohnheiten bezeichnend war – entledigte sich der stolze Gentleman zumindest eines der Geheimnisse, die er bisher vor seinem JugendFreund verborgen gehalten hatte. Da jedoch dies Geheimnis eng mit der Geschichte einer Person zusammenhängt, bezüglich Deren es angemessen erscheint, daß der Leser jetzt mehr erfahren solle, als sogar Darrell von ihr bekannt war, wollen wir uns eines unserer Vorrechte bedienen, und selbst den Erzähler machen; geschehe dies auch auf Kosten der dramatischen Lebendigkeit wie sie dem Dialoge eignet, so wird es doch für den Leser einen Gewinn an klarer Übersicht über diejenigen Teile der Vergangenheit bedeuten, deren Enthüllung die jetzige Gelegenheit uns gestattet – wollen wir also etwas wie System in die weit unvollständigeren und abgebrocheneren Mitteilungen zu bringen versuchen, womit Guy Darrell die verdrießliche Liste von Alban Morley's peinlichen Themen beträchtlich verlängerte. Auch wird der geneigte Leser vielleicht desto eher unsern Wunsch, seine Neugierde zu befriedigen, passieren lassen, wenn wir ihm mitteilen, daß von Arabella Crane, Darrell nur in einem kurzen und zornigen Satz sprach, und dann noch nicht einmal mit dem Namen unter welchem der Leser sie bis jetzt allein kennt; und mit eben den früheren Verhältnissen von Arabella Crane soll die Reihe unsrer Erklärungen, in epischer Ruhe, einsetzen.

9. Kapitel

Die grimme Arabella Crane.

Es war einmal, da lebte ein Kaufmann namens Fossett, ein Witwer mit drei Kindern, von denen eine Tochter, Arabella, um diverse Jahre das älteste war. Er war ungemein angesehen, galt für einen wohlhabenden Mann, und zuverlässig obendrein – lag seinen Geschäften emsig ob – duldete keinen Teilhaber und keinen Büro-Chef, die sich hätten einmischen oder ihm Vorschriften machen können – hatte es gern bequem und behaglich; aber ohne jedweden Anspruch auf ›Mode‹. Seine Villa war in Clapham gelegen; kein schick-anspruchsvolles, wohl aber solides Gebäude, umgeben von Rasengrund, und NutzGärten die hauptsächlich durch das bemerkenswert waren, was man mit dem technischen Ausdruck ›*Glas*‹ bezeichnet – nämlich eine ganze Reihe von Treibhäusern, nach den letzten wissenschaftlichen Erkenntnissen: die schwersten Ananas, die ersten Erdbeeren. »Auf Blumen versteh' ich mich nicht«, pflegte Mr. Fossett bescheiden zu sagen. »Für mich genügt ein einfacher hübscher Rasen, vorausgesetzt, daß er gut geschoren ist. Aber zu meinem Gärtner spreche ich: ›Treibhäuser heißt mein Hobby – also bitte Gurken zu meinem Fisch!, und zwar das ganze Jahr hindurch!‹.« Aber man nehme ja nicht an, Mr. Fossett hätte nun hiermit groß tun wollen – ganz im Gegenteil. Er dachte genausowenig daran, sich zu ruinieren um Andere zu blenden; als er sich für sie kaputt gearbeitet hätte. Er schätzte ein warmes Heim, geräumige Zimmer, gutes Essen, alte Weine, um der ihnen innewohnenden Verdienste willen; er dachte nicht daran, mit ihnen zu paradieren, und den öffentlichen Neid herauszufordern. Wenn er alleine aß, oder höchstens mit einem einzigen LieblingsGast: dann den besten Lafitte, den ältesten Sherry! – wenn jedoch der Ritus der Gastfreiheit sich weiter, auf gemischtere Gesellschaften zu erstrecken hatte – auf Nachbarn, Verwandte, oder ähnlich flüchtige Bekannte – dann gab's statt Lafitte, Julien; statt Sherry, Kapwein! – Dergestalt, indem er weder fremde Eitelkeit reizte, noch irgend Aufsehen anstrebte, war Mr. Fossett ohne einen Feind, und scheinbar auch ohne Sorgen. Korrekt-förmlich war sein Auftreten; korrekt-förmlich sein Hauswesen; korrekt-förmlich sogar das kleine-kräftige Pferd, das ihn von Cheapside nach Clapham, von Clapham nach Cheapside beförderte. Nicht einmal die Ohren aufstellen konnte dies Pferd, falls es zu scheuen gewünscht hätte – denn die Ohren waren ihm genauso gestutzt, wie seine Mähne und sein Schweif.

Arabella versprach schon früh, sowohl schön zu werden, wie auch dereinst mehr als den gewöhnlichen Anteil von GeistesKraft und Charakter zu besitzen. Ihr Vater ließ ihr aber auch jeglichen Vorteil zugute kommen, den Erziehung gewähren kann. Sie wurde in ein erles'nes TöchterPensionat, vom allerhöchsten Rufe geschickt: die strikteste Disziplin; die besten Lehrkräfte; die längsten Rechnungen. Im Alter von 17 Jahren, war sie die ParadeSchülerin der ganzen BildungsAnstalt geworden. Freunde wunderten sich wohl zuweilen, wieso der smarte Kaufmann sich derart Mühe gäbe, auf seine Tochter soviel an bürgerlicher Ausbildung zu verschwenden, die ihm kein sonderliches Vergnügen zu bereiten schien, und von der er niemals stolz Rühmens machte. Aber bestimmt, wenn sie schon so schlau war – eine erstklassige Musikerin; exquisit im Malen; eine perfekte SprachenKundige – ›da wär' es ja aller Ehren wert von dem alten Fossett, das so bescheiden hinzunehmen; sie niemals, weniger glücklichen Eltern gegenüber, groß auszuschreien, oder Eindruck mit ihr zu schinden – sehr nett von ihm – wirklich verständig – ausgesprochne SeelenGröße.‹

»Mnä-Arabella?«, sagte der würdige Mann eines Tages, kurz nachdem diese seine älteste Tochter die Schule endgültig verlassen hatte; »Arabella«, sagte er, »Missis ***« (er nannte hier den Namen der StudienDirektorin des berühmten Instituts) »macht Dir, in einem Brief den ich heut Morgen von ihr erhielt, ein erstaunliches Kompliment. Sie schreibt, es sei ein wahrer Jammer, daß Du nicht die Tochter eines armen Mannes – daß Du so ausdauernd und so begabt wärest, um ohne weiteres Dein Glück als Lehrerin machen zu können.«

Arabella konnte in diesem Alter noch fröhlich lächeln; und fröhlich lächelte sie jetzt ob des, in diesem Kompliment enthaltenen wunderlichen Einfalls.

»Niemand ist«, nahm der Vater, die Daumen umeinander drehend, und schier durch die Nase sprechend, seine Rede wieder auf: »der das wechselnde Auf und Ab in dieser unsrer irdischen PrüfungsSphäre mutmaßen könnte, zumal auf dem kommerziellen Sektor. Falls jemals, wenn ich einst tot und dahingegangen bin, widrige Umstände über Dich kommen sollten, dann erinnre Dich stets dankbar, daß ich Dir die denkbarbeste Erziehung habe zuteil werden lassen, und nimm Dich Deines kleinen Bruders und Deiner Schwester an, die Beide-mnä – stupide sind.«

Diese kummervollen Worte machten damals keinen sonderlichen Eindruck auf Arabella; allein schon deswegen, weil sie in einem hübschen WohnZimmer gesprochen wurden, dessen Fenster auf den adrett geschor'nen Rasen hinausgingen, den zu scheeren drei Gärtner erforderte, und einer glitzernden SeitenAussicht auf jene Galerien aus Glas, in denen zu Weihnachten die Erdbeeren reif waren, und die Gurken zum Fisch niemals mangelten. Die Zeit verging. Arabella war nun 23 – ein PrachtMädchen, von resolutem Auftreten – weitgehend in Anspruch genommen von ihrer Musik, ihren Zeichnungen, ihren Büchern, und ihren GedankenSpielen. GedankenSpielen – denn gleich den meisten Mädchen mit sehr geschäftigen Köpfchen und müßigen Herzchen, empfand sie ein unbestimmtes Sehnen nach irgendetwas Aufregendem, was über den monotonen TagesAblauf eines JungenDamenLebens hinausging; und die schlummernde Energie ihrer Natur machte sie geneigt, Alles zu bewundern, was außerhalb der gebahnten Heerstraße lag – Alles was wild und verwegen war. Sie hatte bereits zwei oder drei Anträge von jungen, auf dem gleichen kommerziellen Sektor tätigen Herren erhalten, der auch das Arbeitsfeld ihres Vaters in dieser irdischen PrüfungsSphäre darstellte – aber sie gefielen ihr nicht; und gern glaubte sie ihrem Vater, als er sagte, Jene umwürben sie lediglich unter der Voraussetzung, daß er mit einem hübschen Sümmchen herausrücken werde; »wogegen ich« setzte der Kaufmann hinzu, »der Hoffnung lebe, Du werdest einmal einen ehrlichen Mann heiraten, der Dich um Deiner selbst willen liebt, und gern auf Deine Mitgift wartet, bis mein Testament verlesen wird. Denn, wie König William, in der ›*Geschichte von England*‹ zu seinem Sohne spricht: ›Ich gedenke mich nicht eher auszuziehen, als bis ich zu Bett gehe.‹«

Eines Abends, auf einem Ball in Clapham, erblickte Arabella den Mann, der dazu bestimmt war, einen so unheilvollen Einfluß auf ihr ganzes Dasein auszuüben. Jasper Losely war zu diesem Ball von einem jungen Mit-Angestellten, im gleichen Handlungshause wie er selbst, mitgenommen worden; und man wird leicht begreifen, daß er damals, in all der Blüte jener augenfälligen Schönheit – der das MiniaturPorträt, welches Arabella ihm so viele Jahre später unter die Augen gehalten hatte, nur schwache Gerechtigkeit widerfahren ließ – die bewundernden Blicke der ganzen Assemblee auf sich zog. Jasper war zwar jünger als Arabella; aber infolge der Höhe seiner Gestalt, und der selbstbewußten Zuversicht seines Auftretens, wirkte er wie 4- oder 25. Wenn man freilich den Abstand von der Kindheit nach dem Verlust der Unschuld berechnen darf, dann hätte Jasper jedes beliebige Alter haben können! Er hörte dort, daß die Tochter des alten Fossett 'mal ein sehr hübsches Vermögen mitbekommen würde; daß sie eine energische Junge Dame sei, die ihren Vater vollständig beherrsche, und sich ihren Mann selber aussuchen werde; worauf er sich folglich, den ganzen langen Abend hindurch, gänzlich Arabella widmete. Der Effekt, den ein so blendender Verehrer auf Geist und Gemüt dieses unseligen übelberatenen Mädchens hervorbrachte, war ebenso plötzlich, wie er sich als dauernd erweisen sollte. Auch lag wohl ein eigentümlicher Zauber für sie, eben in dem Kontrast, den seine derbgeschwätzige Keckheit, mit der verschämten Förmlichkeit der Schäfer bildete, die bisher um sie geworben hatten, wie wenn sie sich vor ihr fürchteten. Selbst sein blendendes Aussehen faszinierte sie noch weniger, als vielmehr eine Atmosphäre von gewaltiger Vitalität und Kraft wie sie um den gesetzlosen Rohling lag; und die ihr die Elemente eines heroischen Charakters däuchten, obwohl sie imgrunde nichts waren als ebensoviele Merkmale von ausgelassener RadauLaune, prachtvoller Körperlichkeit, geschmeichelter Eitelkeit, und vor allem eines allumfassenden Egoismus. Sie war wie ein Vogel, der festgebannt auf die munt're junge Boa Constrictor hinstarrt, wie sie sich von Geäst zu Geäst schwingt, ihre schimmernden Farben sonnt, und mit all ihrer Schönheit prunkt, unmittelbar bevor sie den Vogel zum Frühstück verzehrt.

Als sie sich an jenem Abend voneinander verabschiedeten, war ihre Intimität bereits so weit vorgeschritten, daß Verabredungen für einen weiteren Verkehr getroffen worden waren. Arabella hatte eine instinktmäßige Ahnung, daß ihr Vater von Jasper Losely weit weniger begeistert sein könnte, als sie selber; und daß, wenn Jasper ihm vorgestellt würde, er ihr möglicherweise den ferneren Umgang mit einem jungen kaufmännischen Angestellten, sei seine äußere Erscheinung auch noch so süperb, verbieten möchte. Da tat sie den ersten falschen Schritt. Sie hatte von Mutterseite eine unverheiratete Tante, die in Bloomsbury wohnte, und kleine

Parties sowohl gab als besuchte, und auf denen Jasper leichtlich eingeführt werden konnte. Sie richtete es so ein, daß sie zu besagter Tante für ein paar Wochen auf Besuch ging, die damals auch sehr artig zu ihr war; mit betonter Gütigkeit wohlangebrachte Geschenke an Erdbeeren, Ananas, MaiKüken undsoweiter entgegennahm; und die ihrerseits, wenn immer es verlangt ward, ein GästeZimmerchen zu offerieren hatte, sowie über die Amüsements gefällig verfügte, wie sie eine Runde kleiner Parties, mitsamt den untrennbar damit verbund'nen unschuldigen Flirts, eben zu bieten hat. Arabella sagte also ihrem Vater nichts von Jasper Losely; und begab sich dafür zu ihrer Tante. Arabella sah Jasper nun sehr oft; sie verlobten sich einander, sie tauschten Gelübde und LiebesPfänder, HaarLocken und dergleichen. Jasper, bereits damals erheblich von Philistern, sprich Gläubigern, geplagt, brannte natürlich mehr und mehr vor Verlangen, sich seines Glücks und Arabellas mutmaßlichen Vermögens zu versichern. Am Ende nahm Arabella denn auch ihren Mut zusammen, und sprach mit ihrem Vater. Zu ihrer freudigen Überraschung, erklärte sich Mr. Fossett, nach einigem MoralPredigen – das sich jedoch mehr auf die Ungewißheit des Daseins im allgemeinen bezog, als auf speziell ihr heimliches Treiben im besonderen – bereit, sich Herrn Jasper Losely anzusehen, und lud ihn ein, zum Dinner herauszukommen. Nach dem Essen, über einer Flasche Lafitte – in einer raffiniert-schlichten aber unglaublich-massiven SilberKanne, die (gemeint ist die Kanne) Jasper's Mund wässern machte – erklärte Mr. Fossett, (indem er zur Einleitung jenes königliche obschon etwas plumpe Dictum Wilhelms des Eroberers zitierte, mit dem er zuvor schon einmal seine Tochter erbaut hatte), daß er Jasper's ehelicher Verbindung mit Arabella seinen vollen Beifall schenke; vorausgesetzt, daß der Junge Herr, beziehungsweise dessen Verwandte, sie so lange auf solid-respektablem Fuße unterhalten, und auf ihre Mitgift warten würden, bis sein (Fossett's) Testament verlesen werde. Worin diese Mitgift bestehen werde?, darüber lehnte Mr. Fossett sogar die geringste Andeutung ab. Worauf Jasper sich, seine Glut beträchtlich abgekühlt, entfernte. Dennoch blieb die Verlobung in Kraft; die Hochzeit wurde schweigend verschoben. Jasper und seine Verwandten eine Gattin unterhalten?: widersinnige Idee! Es würde einen ganzen Clan von Verwandten, und eine Zenana von Weibern erfordert haben, um ihn, Jasper-selbst, auf dem Fuße zu erhalten, auf den er Anspruch zu haben vermeinte! Aber grad' als er die Möglichkeit eines Kompromisses mit dem alten Fossett überlegte – etwa des Sinnes, daß er sich dazu verstehen wolle, der auf sie entfallenden Anteile bis zur Verlesung des Testamentes zu harren; vorausgesetzt, daß Fossett seinerseits sich dazu verstünde, ihm und Arabella, in der Zwischenzeit, Kost und Wohnung benebst einer Kleinigkeit an Taschengeld in der Clapham-Villa zu bewilligen, welche Jasper, obwohl er sich keiner besondern Vorliebe für landschaftliche Schönheiten bewußt war, im Ganzen doch einer StadtWohnung im zweiten Stock vorzog – da erkrankte der alte Fossett; mußte das Bett hüten; war außer Stande, seinen Geschäften obzuliegen; ein And'rer hatte sich ihrer anzunehmen; und die Folge davon war, daß das Haus seine Zahlungen einstellte, und zu Tage kam, daß es eigentlich schon die letzten zehn Jahre insolvent gewesen war. Kein ganz unehrenhafter Bankerott, wohlgemerkt: am Ende erhielten die Gläubiger etwa 7 Schilling für's Pfund; und nicht mehr als vielleicht 40 Familien waren unrettbar zugrunde gerichtet. Der alte Fossett, sicher in seinem Bett, ertrug die Heimsuchung mit philosophischer Gelassenheit; bemerkte zu Arabella, wie er sie schon immer vor dem Auf und Nieder in dieser irdischen PrüfungsSphäre gewarnt habe; kam wieder, mit Stolz, auf ihre erstklassige Erziehung zurück; empfahl neuerlich Tom und Biddy ihrer Obhut; und, mit der Erklärung, daß er ohne Groll gegen irgendeinen Menschen dahinscheide, ergab er sich in den letzten Schlummer.

Als Erstes suchte Arabella eine Zuflucht bei ihrer ledigen Tante. Aber diese Dame, obschon durch ihres Schwagers Fallissement nicht direkt am Portemonnaie betroffen, erwies sich unversöhnlicher gegen sein Andenken, als der am meisten geschädigte Gläubiger – nicht nur, daß sie sich als höchst ungerechterweise betrogen um jene Ananas, Erdbeeren, und MaiKüken betrachtete, durch die sie instand gesetzt gewesen war, kleine Parties, mit ebenso geringen Kosten wie großartiger Show zu geben; nein, sie sah sich vor allem auch des Ansehens beraubt, das bisher, ob einer Nichte mit derartigen Aussichten und Erwartungen, für sie immer mit abgefallen war. Kurz und gut, ihre Bewillkommnung war derart feindselig, ihre Beileidsbezeugungen so beißend, daß Arabella ihre Tür mit dem feierlichen Entschluß verließ, sie niemals wieder zu durchschreiten.

Und ab jetzt kamen die edleren Eigenschaften der Bankerotteurs-Tochter auf einmal zu Tag' und in Gang. Ohne einen Pfennig dastehend, beschloß sie, ganz durch ihre eignen Anstrengungen die jüngeren Geschwister zu erhalten und großzuziehen. Die große MädchenSchule, deren Zierde sie einst gewesen war, nahm sie mit offnen Armen als Lehrerin an; so lange, bis sich eine vorteilhaftere Stellung in einer PrivatFamilie, und mit einem ihrer Talente und Kenntnisse würdigeren Salär gefunden haben würde. Ihr Verkehr mit Jasper mußte notwendigerweise ausgesetzt werden. Sie hatte die Großmut, ihm zu schreiben und anzubieten, ihn von allen Verpflichtungen ihr gegenüber zu entbinden. Nun betrachtete sich Jasper auch ohne solchen Brief sowieso als total entbunden; hielt es aber für weder galant noch besonnen, dergleichen auszusprechen. Arabella konnte sehr wohl einmal eine Stellung mit höherem Gehalt bekleiden, als sie für sich bedurfte; worauf dann Jasper den Überfluß abzuschöpfen unternehmen konnte. Auch jene Tante hatte augenscheinlich etwas zu hinterlassen, wenn auch vielleicht im Augenblick nichts abzugeben. Kurzum, Arabella konnte, wenn schon nicht reich genug für eine Gattin, so doch häufig reich genug für einen Freund in Nöten werden; und so lange, wie er ihr theoretisch fürs Leben angelobt blieb, mußte es ja nicht weniger ihre Pflicht, als sogar ihre Lust sein, ihn zum Leben zu unterstützen. Überdies – und unabhängig von solchen zweifellos klugen wenn auch nicht übermäßig feurigen Motiven, ihr weiterhin sein treues Festhalten am Verlöbnis zu beteuern – empfand Jasper um diese Zeit für das hübsche junge FrauenWesen tatsächlich das, was er Liebe nannte – denn es schmeichelte ihm, daß Eine, die an Bildung alle Mädchen, die er bisher gekannt hatte, so weit überragte, so stolz sein sollte, noch weniger auf seine Neigung zu ihr, als vielmehr auf ihre eigne Neigung zu ihm. So blieb die Verlobung bestehen – Zusammenkünfte keine – Briefe häufig. Arabella, den Blick auf die Zukunft gerichtet, arbeitete schwer; Jasper arbeitete so wenig wie möglich, und war sehr gelangweilt von der Gegenwart.

So groß war – unglücklicherweise, wie sich herausstellen sollte – die Sympathie, nicht nur unter den Lehrern, sondern auch bei ihren alten SchulKameradinnen, die man für Arabellas Glücks-Umschwung empfand; so hoch stand ihr Ruf, sowohl für Standhaftigkeit als Talent; und etwas so achtenswertes lag in ihrem Entschluß, ihre verwaisten Geschwisterchen zu unterhalten, daß ein Versuch unternommen wurde, ihr ein lucrativeres und unabhängigeres Auskommen zu verschaffen, als sie weder an einem Institut noch innerhalb einer PrivatFamilie je erhoffen konnte.

Warum nicht ein kleines Haus nehmen, wo sie samt ihren Mit-Waislein wohnen, und stundenweise Lektionen erteilen konnte? Es fanden sich sofort diverse Familien bereit, ihr Beschäftigung zu geben, und ein, all ihren Bedürfnissen entsprechendes Einkommen schien ihr so gut wie gesichert. Arabella machte sich diesen Plan voll und ganz zu eigen. Sie mietete das Haus; Bridget Greggs, die Pflegerin ihrer Kindheit, ward ihre Dienerin; und nicht lange, so glitt, verstohlen, wenn die Schatten des Abends niedersanken, Jasper Losely in dieses Haus. Sie wußte gegen seinen Einfluß nicht anzukämpfen – hatte nicht das Herz, seine Visiten abzuweisen – er war ja so arm – in solchen Verlegenheiten – und gab vor, so unglücklich zu sein. Da war also, außer den beiden Kleinen, Brüderlein und Schwesterlein, jetzt noch ein Anderer, für den es sich zu mühen galt. Aber was waren Arabella's Einkünfte für einen Mann, der bereits dem GlücksSpiel oblag? Und neue Heimsuchungen trafen sie. Ein ansteckendes Fieber brach in der Nachbarschaft aus; erst bekam es das Brüderchen; tags darauf erkrankte das Schwesterchen; und binnen weniger als 1 Woche zogen die Schwarzen Pferde zwei kleine Särge von ihrer HausTür fort – fort zu dem sonnebeschienenen Rasenplätzchen, auf dem hübschen VorstadtFriedhof, das die mütterliche Große Schwester von den letzten für die Kleinen gemachten Ersparnissen erstanden hatte – : vereinsamte, mutterlose Überlebende! was? und keinen Freund auf Erden, keinen Tröster als diesen gräßlichen Jasper!? Achja! die wahrhaft gefährliche Venus ist nicht jene, mit dem Beinamen ›Erycina‹, die Scherz und Gelächter umringelreihen. Kummer, und jenes Gefühl der Vereinsamung, das uns veranlaßt jeglichen Schritt zu bewillkommnen, wie ein im Finstern gelassenes Kind das Erscheinen eines Lichtchens bewillkommnet, – sie schwächen die Außenwerke weiblicher Tugend mehr, denn all die eitlen Vanitäten des Frohsinns, oder der Schmeicheleien, wie sie den Pfad jeglicher Schönheit durchs WeltGewimmel hindurch zu verfolgen pflegen. Wehe, und nochmals Wehe! nur rasch weiter geeilt in der Erzählung!

Jasper hat noch um einen Grad feierlicher beschworen, seine angebetete Arabella zu heiraten. Aber wann? Wenn sie reich genug sein werden. Sie fühlt sich, als ob aller Mut und Eifer sie verlassen – wie wenn sie nie wieder würde arbeiten können. Sie war kein schwächliches alltägliches Mädchen, das in der Liebe Trost für Schande finden kann. Sie war streng erzogen worden; ihr Sinn für weibliche Korrektheit nicht zu täuschen; und ihre Reue nun, nicht geräuschvoll, aber tief und herb. Zudem drangen auch Beunruhigungen banalerer Natur auf sie ein: sie hatte auf ihre EinnahmeQuellen Vorgriffe – hatte, um Jasper's willen Schulden gemacht – vergebens: ihre Börse war leer; die seine jedoch deswegen nicht voller. Seine Gläubiger drängten ihn; er informierte sie, daß er sich verbergen müsse. So reiste er eines schönen Winter-Tages davon und sie sah ihn ein Jahr lang nicht mehr wieder. Einige Tage, nachdem er sie verlassen hatte, vernahm sie von seines Vaters Verbrechen und Inhaftierung. Auf seines Vaters Bitten hin ward Jasper, mit Hilfe seines MutterBruders, ins Ausland geschickt; geschickt an ein Handelshaus in Frankreich, wo der Onkel ihm eine Stelle vermittelt hatte. In Wahrheit hatte man den jungen Menschen deswegen, unter einem fremden Namen, nach Frankreich spediert, um ihn vor dem Verruf zu bewahren, den der Vater über seinen eignen gebracht hatte.

Bald kam denn auch William Losely's Prozeß und Verurteilung. Arabella empfand die Schmach heftig – konnte nachfühlen, wie sie dem kecken, anmaßenden Jasper zu Herzen gehen mußte, und wunderte sich mit nichten, daß er sich da des Schreibens an sie enthielt. Sie stellte ihn sich vor, darniedergebeugt vor Scham; aber sie selbst ward von der Überzeugung aufrecht erhalten, daß sie sich wiedersehen würden; hielt sie sich doch, in guten wie in schlimmen Tagen, ihm für's Leben verbunden. Aber mittlerweile kamen ihr nun die um seinetwillen eingegangenen Schulden über den Hals. Man zwang sie, sich ihres Hauses wieder zu entäußern; aber gerade um dieselbe Zeit geschah es, daß Mrs. Lyndsay, die sich nach einer erstklassigen Gouvernante für Matilda Darrell umschaute, dringend empfohlen wurde, es doch ja zu versuchen, und sich mit allen Mitteln Arabella Fossett für diesen Posten zu sichern. Die glänzendsten Zeugnisse von jener Schule, in der sie aufgezogen worden war, von den zuständigsten FachLehrern, von den Familien, wo sie in letzter Zeit unterrichtet hatte, mit alledem ward Mr. Darrell derart bombardiert, daß er Mrs. Lyndsay ermächtigte, ein solches Gehalt zu offerieren, daß es nicht wohl verfehlen konnte, eine Lehrkraft von so rarer Befähigung mit Sicherheit zu gewinnen. Und also geschah es, daß Arabella die Gouvernante von Miss Darrell wurde.

Nun gibt es eine bestimmte Sorte von jungen Damen, von denen selbst ihre nächsten Verwandten zu sagen pflegen: ›Aus dem Mädchen werd'ich nicht schlau.‹ Matilda Darrell fiel unter diese Kategorie von Jungen Damen. Sie sprach sehr wenig; sie bewegte sich sehr geräuschlos; sie schien sich selbst als ein Geheimnis zu betrachten, das niemals auszuplaudern sie feierlich geschworen habe. Von frühester Kindheit an, war sie, durch eine verschlag'ne Mutter, mit Verschlagenheit wie durchtränkt worden. War doch Mrs. Darrell eine Frau gewesen, die immer etwas zu verbergen gehabt: jederzeit hatte es da ein Brieflein gegeben, das schleunigst außer Sicht manipuliert werden mußte; irgendeinen Besuch, von dem nicht gesprochen werden durfte; stets das Ein- oder Andere, das Matilda, unter keinen Umständen, Papa gegenüber erwähnen durfte.

Als Mrs. Darrell dann starb, war Matilda zwar immer noch ein Kind, fuhr jedoch bereits standhaft fort, ihren Vater als eine Person zu betrachten, gegen die pausenlos auf der Hut zu sein, die Klugheit von ihr erheischte. Gar nicht, daß sie besondere Angst vor ihm empfunden hätte – er war sehr freundlich zu ihr, wie er es allen Kindern gegenüber war; aber seine aufrechte Natur war der ihrigen einfach unsympathisch. Sie hatte keinerlei Sinn und Gefühl für ihn; – wie hätte sie ihm da ihre Gedanken anvertrauen sollen? Auch hatte sie ein instinktmäßiges Wissen darum, daß diese ihre Gedanken nicht von der Art waren, daß sie mit den seinigen hätten harmonieren können. Dennoch wirkte sie, obschon so schweigsam liebkosungsunfähig zurückhaltend, durchaus mild und gelehrig. Ihre Reserviertheit wurde einer angebor'nen Schüchternheit zugeschrieben – und schüchtern, bis zu einem gewissen Grade, schien sie auch gewöhnlich; aber wenn man gerade dachte, nun hätte man ihr Rätsel gelöst, dann sagte oder tat sie etwas derart kalt-Entschlossenes, daß man genötigt war erneut auszurufen: ›Ich werd' aus dem Mädchen nicht schlau!‹ Sie begriff ihre Lektionen nicht übermäßig leicht; und man hatte sie bei sich schon als stumpf eingestuft, wenn man, durch eine ganz zufällige Bemerkung ihrerseits, plötzlich, zum eignen Erstaunen, erfahren mußte, daß sie eigentlich verdammt helle sei: man hatte gemeint, sie schlafe fest, und sie hatte indes scharf beobachtet. Es hatte geschienen, wie wenn sie, seit dem Tod ihrer Mutter, Mrs. Lyndsay und deren Tochter Caroline lieber habe, als sonst irgendein menschliches Wesen – wenn Jene abwesend waren, hatte sie immer verdrossen und übellaunig gewirkt; und trotzdem vertraute sie ihnen nicht mehr an, als ihrem Herrn Vater. Nun könnte man aus solcher Abschilderung entnehmen wollen, daß Matilda ihrer ganzen Umgebung nichts Zuneigungähnliches einzuflößen imstande gewesen sei. Nichts dergleichen: eben ihr geheimnisvolles Wesen hatte durchaus eine Art von Anziehungskraft – ein Rätsel erzeugt ja immer ein gewisses Interesse. Und dann lag auch über ihrem Gesicht, obwohl weder schön noch auch nur hübsch, eine so trügerische Sanftheit – ein so unterwürfiger, gedrückter Ausdruck. Jeder wohlwollende Beobachter geriet am Ende dahin, mit nachsichtigem Mitleid von ihr zu urteilen: ›In dem Mädchen muß ein großer Fond von Gemüt liegen – wenn man nur erst einmal schlau aus ihr werden könnte.‹

An Arabella schien sie sich sogleich anzuschließen; mehr als jemals an Mrs. Lyndsay, oder auch an Caroline, mit der sie doch wie mit einer Schwester aufgezogen worden war; die aber damals – lustig und quick und voll unschuldiger Furchtlosigkeit – ihre Seele in ihren Augen, und das Herz auf den Lippen – keinerlei Reiz für Matilda hatte; weil sie dort nichts Geheimes zu erforschen gewahrte, und keinen Zweck und Sinn dabei sah, Die groß hinter's Licht zu führen.

Dagegen diese Fremde hier, von so seltnen Talenten, von so entschiednem Charakter, mit dem unveränderlich düsteren Mund, und einer Stirn voll von konzentriertem Kummer – *hier* war Jemand, den sich's zu studieren lohnte; Jemand, mit dem sie Sympathie empfand; denn sie erkannte ja sofort, daß Arabella ebenfalls ›Geheimnis‹ war.

Zu Anfang widmete Arabella, ganz versunken in eig'ne Betrachtungen, Matilda lediglich diejenige mechanische Aufmerksamkeit, wie sie der Lehrer von Beruf jeglichem gewöhnlichen Schüler schenkt. Aber allmählich ersproßte ein Interesse an Matilda in ihrer Brust; und zwar proportional einer verehrenden Dankbarkeit, die sie für Darrell zu hegen begann. Es war ihm bekannt, daß gutbürgerlicher Pomp und Zeremoniell sie in früheren Jahren umgeben hatten; er hatte Achtung vor der löblichen Energie, mit der sie ihre Talente dem Lebensunterhalt der beiden, plötzlich ihrer Sorge und Obhut zugefallenen kleinen Kinder, gewidmet hatte; er konnte ihre Trauer um den Verlust dieser Mit-Waislein, für die sich zu mühen süß gewesen war, nachfühlen; und er bestrebte sich, durch gütigen Vorbedacht und zartsinnige Aufmerksamkeit – die seitens eines so ausgezeichneten und derart vielbeschäftigten Mannes umso höher zu bewerten waren – sie vergessen zu machen, daß sie eine bezahlte Lehrerin sei — sie ganz absichtlich und wie eine Selbstverständlichkeit, auf dem Fuß einer Dame, als Gast, als Freundin zu behandeln. Da er, abgesehen von bloß angelernten Kenntnissen, eine gewisse Kraft und Energie des Intellekts bei ihr wahrnahm, schmeichelte er ihrem gelehrten Stolz wohl zuweilen dadurch, daß er, bei irgendeiner LektüreFrage ihr Gedächtnis in Anspruch nahm; oder hinsichtlich einer Angelegenheit kritischen Geschmacks ihr Urteil zu Rate zog. Sie ihrerseits war, von seiner Ritterlichkeit und Güte, bis in die Tiefen einer Natur angerührt, die, obschon durch ihren unseligen Kontakt mit einer Mentalität wie der Jasper's bereits ernsthaft geschädigt, sich gleichwohl noch jene Fähigkeit zur Dankbarkeit bewahrt hatte, deren Verlust dann die endgültige Ausgeartetheit eines Menschen-Wesens kennzeichnet. Und nicht dies allein: Arabella ward auch, durch den Geist und Charakter Darrell's, zu jener Art von Huldigung bewogen, wie sie eine Frau, die bis dahin nur geistig unter ihr Stehenden begegnet ist, der ersten prominenten Persönlichkeit darbringt, in der sie, halb in Demut halb mit Scheu, eine Verstandeskraft und eine Kultur gewahrt, mit der verglichen ihre eigne Verständigkeit nur ein leicht gezimmertes Glashaus ist, und ihre eignen Kenntnisse nur künstlich hochgetriebne Tropen-Pflanzen.

Dergestalt aus ihrer anfänglichen Lethargie aufgerüttelt, suchte Arabella Darrell's Güte dadurch zu vergelten, daß sie all ihre Energie aufbot, um aus seiner faden Tochter eine gebildete Frau zu machen. Was die bloß ornamentalen Schnörkel einer Éducation angeht, war die Lehrerin erfolgreicher, als sie, bei all ihrer beruflichen Erfahrung und Geschicklichkeit, und nun auch ihrem Eifer, zu hoffen gewagt hatte. Matilda — ohne Ohr, ohne Sinn oder Liebe für Musik — ward eine sehr ordentliche, mechanische Spielerin. Ohne jedwede Anlage für bildende Kunst, eignete sie sich die Wissenschaft der Perspektive an — sie bracht' es sogar zu harmonischgetöntem Colorit — sie füllte ein ganzes Portefeuille mit Zeichnungen und Aquarellen, die in einem Salon herumgehen zu sehen, keine junge Dame hätte zu erröten brauchen. Sie führte Matilda's dünngesponnenen Geist bis an die weiteste Grenze, die er, ohne durchzureißen, nur erreichen konnte; durch eine elegante Reihe ausgewählter Historiker, und harmloser Klassiker für Damen — durch Gallische Dialoge — durch Toskanische Themen — durch deutsche VerbenLabyrinthe — ja, über die GrenzSchranken erstaunter Wissenschaften hinweg, erfolgten Invasionen in die elementareren 'ologien. Und, nachdem all dies geschehen, war Matilda Darrell genau noch dasselbe Geschöpf, das sie zuvor gewesen. In allem, was sich auf Charakter, auf Neigungen, das Herz bezog, wußte selbst diese vollausgebildete Lehrerin keine deutlichklare Antwort zu geben, wenn Mrs. Lyndsay in ihren sanftesten Tönen (und sanftere Töne hat es nie gegeben) wieder einmal seufzte —: »Tz, die arme-liebe Matilda! —: könnt *Ihr* aus ihr schlau werden, Miss Fossett?«. Nein, Miss Fossett konnte auch nicht aus ihr schlau werden. Aber, nach aufmerksamstem Studium, hatte Miss Fossett sich innerlich dahingehend entschieden: daß es hier nichts zum Schlaudrauswerden gebe — daß, wie so viele andere ganz nette Mädchen, Matilda Darrell eine harmlose Null-&-Nichtigkeit sei, eben das, was man ›eine Miss‹ nennt: weißes-weiches Fichten- oder Weidenholz; bei dem Miss Fossett wahrlich alles Mögliche geleistet hatte, seinen Wert als Ziermöbel zu erhöhen, wenn sie es mit Rosen- oder SeidenHolz furniert, die Kanten mit Ormolu verziert--verstärkt, und seine Oberfläche nach Kräften mit Nipp'Sachen und Albums dekoriert hatte. Aber darüber hinaus hielt Arabella, steif und fest, Matilda Darrell für eine im Ganzen ruhige, ehrliche, gute Art von ›Miss‹ — und ihr (Arabella) sehr zugetan. Die Lehrerin war schon so manchen Monat in Darrell's Familie tätig gewesen, als Caroline Lyndsay (die praktisch zusammen mit Matilda aufgezogen war; und alle der Letzteren zuteil gewordenen Lektionen, sei es nun von Miss Fossett oder sonstigen, zeitweise ins Haus kommenden Lehrkräften, geteilt hatte), von Mrs. Lyndsay, ihrer Mutter, zu einem Besuch bei der alten Marquise von Montfort mitgenommen wurde. So war Matilda, die erst nächstes Jahr in der Gesellschaft ein- und vorgeführt werden sollte, längere Zeit fast ausschließlich mit Arabella allein; die nunmehr all ihre Anstrengungen verdoppelte, um das weißeweiche Fichtenholz zu furnieren, und seine schwachen Kanten stärker mit Ormolu zu schützen — so daß, wenn das durch und durch modisch-schicke MöbelStücklein dann ›vorgeführt‹ würde, Alle es bewundern könnten. Nun hatten Miss Fossett und ihre Schülerin die Gewohnheit, in aller Frühe einen Spaziergang auf den ruhigen Promenaden von Green Park zu machen; und eines schönen Morgens, als sie so dahinwandelten — auf ihren harmlosen Pfaden rund umwimmelt von KinderMädchen mit ihren Kleinen, oder ältlichen Leuten, denen früh Bewegung verordnet war — kam plötzlich genau auf ihrem Weg (unvorhergesehen wie jener Wolf, der Horaz einst im SabinerWald erschreckte; aber unvergleichlich tödtlicher als jenes Tier, das damals gleich ausriß): Jasper Losely! Arabella entkam ein schwacher Schrei. Sie konnt' dem Impuls nicht widerstehen – dachte auch gar nicht an Widerstand – vorwärts zu springen – ihre Hand auf seinen Arm zu legen: ! Sie war viel zu aufgeregt, um darauf achten zu können, was das bei ihm vorherrschende Gefühl nun war: ob Entzücken, oder bloß Überraschung. Ein paar hastige Worte wurden zwischen ihnen gewechselt; indes Matilda Darrell einen längeren Seitenblick auf den hübschen Fremdling sandte; und dann ruhig weiter, an ihnen vorbeiging. Jasper seinerseits erklärte, wie er eben, den Moment jetzt, nach London zurückgekehrt sei – daß er jeglichem Gedanken an Kaufmannschaft für immer und ewig Valet gesagt – daß seines Vaters-ä-Unglück (mit diesem beschönigenden Ausdruck bezeichnete er dessen strafweise Deportation) ihn von allen früheren Freunden, Verbindungen, Gewohnheiten, begreiflicherweise getrennt – er deshalb den Namen ›Losely‹ für immer abgelegt habe – (er beschwor Arabella, ihn nicht zu verraten) – sein jetziger Name sei ›Hammond‹ – und daß seine »Aussichten«, wie er sagte, »schöner seien als sie je gewesen«. Unter diesem Namen Hammond, und als freiberuflicher Gentleman, habe er sich einflußreichere Freunde gewonnen, als ihm unter dem Namen Losely, und als kleiner Angestellter, je möglich gewesen wäre. Er erröte förmlich bei dem Gedanken, jemals ein ›kaufmännischer Angestellter‹ gewesen zu sein! Zweifellos werde er jetzt irgendeine RegierungsBeamtenLaufbahn einschlagen; und dann, Oh dann!, mit einem sicheren Einkommen und garantierten AufstiegsMöglichkeiten würde er endlich die so langersehnte Hand des ›besten der Geschöpfe‹ offen beanspruchen können.

Arabella ihrerseits erläuterte in aller Hast ihre dermalige Situation: sie sei Gouvernante bei Miss Darrell – dies-dort sei Miss Darrell – sie dürfe das Mädchen nicht für sich allein gehen lassen – alles weitere schriftlich. Adressen wurden ausgetauscht – Jasper überreichte eine sehr ziere Visitenkarte

Mr. Hammond
Nr. *** Duke Street
St. James's

Arabella, klopfenden Herzens, eilte, sich ihrer jungen Freundin wieder anzuschließen. Nach dem flüchtigen Blick, den sie auf ihren verräterischen Liebhaber hatte werfen können, dünkte ihr, er habe, falls das möglich war, noch gewonnen. Sein Anzug, auf den er immer schon Sorgfalt gelegt, war jetzt mehr nach Art der gebildeten Gesellschaft, das heißt mehr schlicht-korrekt – sein Auftreten entschiedener. Er wirkte durchaus wohlhabend; und sein Benehmen war nie verführerischer gewesen, in seiner Mischung aus ungezwungenem SelbstVertrauen und gleißnerischem Gekose. In der Tat hatte Jasper sich in jenem französischen Handelshause – wohin man ihn geschickt hatte; damit er, während der Prozeß seines Vaters ablief, und die Schande davon noch frisch war, aus dem Wege sei – noch nicht lange aufgehalten, als auch schon gewisse Ungebundenheiten seines Verhaltens, die Entlassung herbeigeführt hatten. Aber mittlerweile hatte er sich bereits viele Freunde erworben gehabt, unter jungen Männern seines Alters – jenen lockeren zügellosen *viveurs;* die, ohne direkt etwas anzustellen, wofür das Gesetz sie als unehrlich belangen könnte, es für ein paar rasche-flotte Jährchen fertig bringen, recht elegant von ihrer Findigkeit zu leben. In jener wunderlich gärenden GesellschaftsOrdnung, wie sie noch immer in einem Lande herrscht, wo ein GeburtsAdel, überaus verarmt und überaus zahlreich (so weit als das Recht, seinem Namen ein ›de‹ vorzusetzen, oder sich ein Krönchen auf die Visitenkarte drucken zu lassen, einen Aristrokraten machen kann) eingestreut ist zwischen eine ehrgeizige, abenteuerliche, rastlose, und ihrerseits nicht unelegante junge DemokratenSchicht – jedwede mit der andern verzementiert durch jene bekannte Fiktion des Gesetzes, *égalité* geheißen – in jener noch ungeword'nen und durcheinander-ringenden Gesellschaft, in der so viel des Althergebrachten unwiederbringlich zerstört, und so wenig des Neuen noch solid unterbaut ist – dort finden sich weit größere Schattierungen, unendlich mehr und subtilere Gradationen und Abstufungen in jenem NiemandsLand des Existierens zwischen Achtbarkeit und Schande, als, zum Beispiel, in einem Land wie dem unsrigen sich auftreiben ließen. Mag es immer sein, daß der französische Roman oder das Drama, den Wesen, die sich durch jenes Zwischenreich dahinbewegen, weniger einen Spiegel denn vielmehr ein VergrößerungsGlas vorhalten – dennoch schildern diese französischen Romane und Dramen, all die UnterKlassen, deren typische Vertreter sie übertreiben, gar nicht ungetreu ab. Jene seltsamen, in ein-großes MenagerieBild zusammengedrängten Kombinationen von Studenten und Grisetten, OpernTänzerinnen, Autoren, Vicomtes, Schwindlern, romantischen Loretten, Börsenjobbern, deren Stammbaum von den Kreuzzügen her datiert, Betrüger die ihre Titulaturen von den DörferNamen entleihen wo ihre Ahnen bestenfalls Sattler gewesen sind – und deren Entlarvung, falls man sie überhaupt ertappt, nur Stoff zum Lachen liefert; zarte Frauen, die wie die gesetzlosesten Männer leben; Männer die, wie die lüderlichsten Weiber, ein Gewerbe aus der Liebe machen, dabei aber im Point d'Honneur so heikel, daß, zweifelt man ihre Wahrhaftigkeit oder ihren Mut nur im geringsten an – : Paff! – und schon liegt man in Charons Kahn; – mag sein, daß die Bevölkerung in jedem zivilisierten Lande einzelne Exemplare hervorbringt, die den eben beschrieb'nen mehr oder weniger entsprechen. Aber wo außerhalb Frankreichs, trifft man sie Alle, wenn auch vielleicht nicht direkt in denselben Salons an, so doch einander beständig sich über'n Weg laufend, kreuzweis hin und her, so daß sich förmlich ein Stadium der Gesellschaft herausgebildet, und einer Literatur von unbestreitbarer Genialität Feuer und Farbe verliehen hat? Und wo wohl lagerte über so buntscheckig gemischten Berycynthischen Orgien gleichzeitig eine so elegant Horazische Atmosphäre? Und wo können Grob- und Plumpheit derart hinter einem geschliff'nen Ausdruck verschwinden, wie in jener diamanten glitzernden Sprache – ganz Gefeiltheit und Gefunkel – die, ebenso freundlich dem Witz in ätherischster Prosa, wie feindlich der Leidenschaft im Sturzbach o'r Wolkenbruch der Poesie, von den Grazien erfunden scheint, aus reinlichster Bosheit gegen die Musen?

In Zirkeln wie diejenigen, deren undeutliche Umrisse hier so unvollkommen zu skizzieren versucht wurden, hatte Jasper Losely bald seinen festen Platz, als *le bel Anglais.* (Feiner Repräsentant der Englischen Nation!) Aber nicht, daß etwa jenen Zirkeln einzig und allein die Ehre seiner Verderbtheit zukäme. Nein! Recht muß Recht bleiben! Treten Wir rüstig ein für Unser Vaterland!: *le bel Anglais* betrat jene Zirkel, bereits ein weit größerer Schurke, als die Meisten derer waren, die er dort vorfand. Aber eines zumindest lernte er dort: einen noch höheren Wert auf seine Jugend, und Stärke, und Hübschheit zu setzen – auf seine Fixigkeit im Improvisieren – auf die rücksichtslose Frechheit, womit er furchtsame Männer einschüchterte, und manchmal sogar tapfere – auf die 6 Fuß 1 Zoll fehlerlose Symmetrie, womit er die einfältigen Weiber bestrickte, und manchmal sogar verständige. Sein auserkor'nes LieblingsLaster jedoch waren GlücksSpiele. Einen Monat bevor

Arabella ihn wiedertraf, hatte er eine selt'ne GlücksSträhne gehabt; zufolge deren er beschlossen hatte, nach London zurückzukehren, alldort – des ›besten der Geschöpfe‹ gänzlich vergessen habend; bis sie ihm, wie beschrieben, über'n Weg lief – eine reiche Erbin aufzuspüren, und mit ihr durchzugehen. Drei seiner französischen Freunde begleiteten ihn: Jeglicher mit derselben Absicht; Jeglicher des Glaubens, London wimmle nur so von Erbinnen. Alle Drei waren sie gut-aussehende Männer. Der Eine war Graf – wenigstens sagte er so. Aber stolz auf seinen Rang? – nicht im Geringsten: ganz für Freiheit! (war doch auch kaum Jemand mehr mit deren Verlust bedroht) – ganz für Brüderlichkeit! (hätte man doch kaum Jemanden weniger zum Bruder haben mögen). Und was gar die *égalité* betrifft? –: der Sohn eines Schusters, der gleichzeitig *homme de lettres* war und für Gazetten schrieb, hatte ein Witzchen über des Grafen Grafentum einrücken lassen: ›Alle Männer sind gleich vor der Pistole‹ sagte der Graf; und in dem beruhigenden Bewußtsein, daß er wenigstens in dieser Hinsicht den Meisten gleich wäre (denn er hatte sich, schon von seinem vierzehnten Jahre an, auf *poupées* eingeübt), forderte er den Sohn Crispin's, und schoß ihn durch die Lungen. Ein Andrer von Jasper's ReiseFreunden war dagegen ganz *enfant du peuple* – rühmte sich, ein FindelKind zu sein – machte Verse von lugubrem Ausdruck; und hatte Jasper beigebracht, wie man beim Whist mischt. Der Dritte war, ebenso wie Jasper, für den Handel bestimmt gewesen; besaß aber, ebenso wie Jasper, eine Seele, die darüber erhaben war. In der Politik war er Kommunist – in der Unterhaltung Philanthrop. Er war der Klügste von ihnen Allen; und befindet sich zur Zeit auf den Galeeren. Die weiteren Fata auch seiner beiden anderen Landsleute zu enthüllen – sie sind verwickelter und obskurer – ist hier nicht meines Amtes; (was LebensWege dieser speziellen Sorte betrifft, ist der von Jasper gerade so viel, wie ich allenfalls werde schaffen können).

Es braucht wohl kaum betont zu werden, daß Jasper es peinlichst vermied, seine alten Freunde aus der City an sein Dasein zu erinnern. Es war sein Bemühen und seine Hoffnung, jegliche Identität mit jenem SträflingsSohn zu verwischen, den man, um ihn Demütigungen zu entziehen, außer Landes geschickt hatte. In diesem Entschluß ward er umso mehr befestigt, weil er in der City keine alten Freunde besaß, von Denen irgendetwas herauszuholen gewesen wäre. Jener arme Onkel, der allein von seinen englischen Verwandten in den Namenswechsel eingeweiht gewesen, war tot; und sein Ende noch beschleunigt worden, durch den Gram über William Losely's Schande, und die schlimmen Nachrichten, die aus Frankreich laufend eingingen, über die Aufführung von William Losely's Sohn. Besagter Onkel hatte eine Witwe hinterlassen, in allzu beschränkten Umständen um auch nur 1 Schilling vergeuden zu können; und überdies von derart strengen Grundsätzen, daß sie, falls sie jemals durch eine wundersame Drehung des Glücks-Rads reich genug geworden wäre, ein fettes Kalb zu schlachten, sie doch einem Verschwender wie Jasper niemals auch nur den SchienbeinKnochen davon gegeben hätte, und wär' es ihr eigener reuiger Sohn gewesen, viel weniger so einem unverschämt-verdorbenen StiefNeffen! Deshalb, gleichwie alle Zivilisation westwärts voranschreitet, kehrte Jasper sein Angesicht vom Osten ab; und entschlug sich ebenso jeglichen Gedankens, jenseits von Temple Bar noch irgendwie nach Geld, Freunden oder Sippen zu suchen, wie etwa ein moderner Walliser von einer Pilgerfahrt nach Asiens Küsten träumen würde, um alldort wieder einmal jene entfernten Verwandten zu umarmen, die Hu Gadarn vor nicht zu zählenden Jahrhunderten hinter sich ließ, als jener mythische Häuptling seine getreuen Kymrier weit über die NebelSee führte, nach diesem-unsrem glücklichen Eiland des Honigs*.

Zwei Tage nach seinem *rencontre* mit Arabella in Green Park, verfehlte der *soi-disant* Hammond – der in der Zwischenzeit erfahren hatte, daß Darrell unermeßlich reich, und Matilda sein einziges noch lebendes Kind wäre – mit nichten, sich erneut in Green Park einzufinden – und wieder – und wieder – und wieder!

Arabella empfand natürlich, wie unrecht es war, wenn sie ihm erlaubte, sie anzusprechen, und auf der einen Seite von ihr zu gehen; während Miss Darrell sich auf der andern befand. Aber auch das fühlte sie, daß es noch weit unrechter sein würde, aus dem Hause zu schlüpfen und ihn allein zu treffen – nicht um die Welt wollte sie sich noch einmal in solche Gefahr begeben! Aber jegliches Zusammensein mit ihm abzulehnen? – sie besaß einfach nicht Kraft genug für *das!* Ihre Wonne, ihn nur zu erblicken, war so unermeßlich! Und eigentlich konnte ja nichts respektvoller sein, als

* *Mel Ynnys* = Insel des Honigs. Eine der poetischen Benennungen, wie sie England in der Sprache der alten Briten gegeben wurden.

Jaspers Betragen und Unterhaltung. Was an wärmeren und leidenschaftlicheren Sentiments zwischen ihnen auszutauschen war, geschah schriftlich. Jasper hatte Arabella zunächst vorgeschlagen, sie möchte ihn Matilda als irgendeinen nahen Verwandten vorstellen — : ? . Aber Arabella wies jed' solches VersteckSpiel von sich; bestand doch ihr einziger Anspruch auf SelbstAchtung noch darin, daß sie ihn als den ihr feierlich Angelobten betrachtete—den Mann, den sie heiraten sollte. Dementsprechend, nachdem sie sich ein zweites Mal so begegnet waren, sagte sie zu Matilda — die sie ihrerseits noch mit keinem Wort, mit keinem Blick befragt hatte —: »Es war vorgesehen, ehe mein Vater starb, daß ich diesen Herrn heiraten solle; sobald sich etwas ergibt, von dem wir leben können, wird unsre Eheschließung erfolgen.«

Matilda gab eine gemeinplätzige aber freundliche Erwiderung. Und auf diese Art stieg sie in Arabellas Vertrauen — insoweit dies Vertrauen geschenkt werden konnte, ohne Jasper's wahren Namen preiszugeben, oder eine dunklere Erinnerung von sich selber. Es war wirklich ein Genuß für Arabella, endlich Jemanden gefunden zu haben, mit Dem sie von jenem Verlöbnis reden konnte, in dem ihre gesamte Zukunft investiert — von dieser Neigung, die ihres Herzens RettungsAnker war — von jenem Heim, mag es immer bescheiden und noch weit bis da-hin sein; aber zu welchem die Zeit selten verfehlt, den Zweien zu verhelfen, die nimmer in der Zuversicht ermüden, einmal Eins zu werden. Wenn Arabella davon sprach, vergaß sie des Verhältnisses von Lehrerin und Schülerin; dann sprach sie als Frau zu Frau — als Mädchen zum Mädchen — als Freundin zur Freundin. Matilda schien gerührt ob des Vertrauens — geschmeichelt, endlich das Geheimnis eines Anderen zu besitzen. Ein bißchen gekränkt war Arabella freilich darüber, daß sie Jasper nicht in dem Grade zu bewundern schien, wie nach Arabella's Ansicht doch die ganze Welt ihn bewundern mußte. Matilda entschuldigte sich. ›Sie habe Mr. Hammond bisher kaum beachtet. Gewiß; sie zweifle nicht daran, daß man ihn für hübsch halten werde; sie allerdings müsse gestehen, daß (und sei es immer schlechter Geschmack) sie persönlich blassen Teint zu kastanienbraunem Haar vorziehe‹; und dann seufzte sie wohl, und sah beiseit'; wie wenn sie, im Lauf ihres geheimnisvollen Lebens, einmal mit einem fatidik-blassen Anlitz, gerahmt von unvergeßlich-kastanienbraunem Haar zusammengetroffen wäre. Darüber, daß man diese Begegnungen mit Mr. Hammond wohl am tunlichsten vor Mr. Darrell verschweige, fiel weder seitens Matildas noch Arabellas je ein Wort. Arabella wollte sich vielleicht nicht so tief erniedrigen, um diese Geheimhaltung zu erbitten; aber es war auch gar nicht nötig, zu bitten; Matilda war immer nur gar zu froh, wenn sie etwas zu verbergen hatte.

Nun hatte Jasper, bei diesen Zusammenkünften, Matilda kaum jemals direkt angeredet; nicht 20 gesprochene Worte konnten zwischen ihnen gewechselt worden sein; und dennoch, bei der dritten Begegnung bereits, hatten Matilda's schlaue Fingerchen über einem schlauen Billettlein sich geschlossen. Und von dem Tage an, bei jeglichem Interview – mit Arabella in der Mitte, Jasper auf der einen, Matilda auf der andern Seite – gingen, hinter Arabellas Rücken, die schlauen Fingerchen und schlauen Brieflein hin und her, die Matilda in Empfang nahm, und beantwortete. Nicht öfter als 12 oder 14 Mal höchstens, war solcher Austausch bewerkstelligt worden. Darrell stand im Begriff, nach Fawley zu ziehen. All dergleichen Zusammenkünfte würden zunächst eingestellt werden müssen. Da, 2 oder 3 Morgen vor dem zum Verlassen London's bestimmten, ward Matilda's Zimmer leer gefunden. Sie war fort. Arabella war die Erste, die ihre Flucht entdeckte; die Erste auch, den Grund dafür zu erfahren. Matilda hatte auf ihrem Schreibtisch einen Brief für Miss Fossett hinterlassen. Er war sehr kurz, sehr ruhig formuliert; und stützte ihre Rechtfertigung auf ein Billet von Jasper (welches beigelegt war) – ein Billet, in dem dieser Galan und Held sich über die Idee, daß er jemals in Arabella verliebt gewesen sein könnte, wacker lustig machte; dafür aber erklärte, wie er Hand an sich legen werde, falls Matilda es abschlüge, mit ihm zu entfliehen. *Sie* brauche, von solch englischem Vertrauen auf ihn, nichts zu fürchten. Nein! Denn

›hätt' er ein Herz voll Falschheit auch,
ihr wehtun könnt' er nie!‹

Jedweden geräuschvolleren SchmerzensAusbruch erstickend – aber keuchend – nach Atem ringend – buchstäblich halb von Sinnen! – stürzte Arabella in Darrell's ArbeitsZimmer. Er, der arglose Mann, still-konzentriert über seine ledernen Bücher gebückt, ward ob ihrer Erscheinung aufgeschreckt. Wenige Minuten reichten hin, ihn über Alles zu informieren, was zu erfahren ihn anging. Wenige knappe Erkundigungen, wenige leidenschaftliche Antworten, setzten ihn vom Allerschlimmsten in Kenntnis –

: Wer und Was war dieser Mr. Hammond? Barmherziger Gott im Himmel!: der Sohn von William Losely? – von einem deportierten SchwerVerbrecher?!

Arabella frohlockte ob einer Reaktion, die ihr einen wenigstens momentanen Triumph über die Rivalin verschaffte, die ihr ein solches Juwel entwendet hatte. Aber aus dem ersten Jammer und Gefühl der Erniedrigung bei solcher Entdeckung sich aufraffend, ergoß Darrell's Zorn sich natürlicherweise nicht über das flüchtig gewordene Kind, wohl aber über dieses Weib mit der ehernen Stirn, das, von ihrer eig'nen Wut und dem Bewußtsein erlittenen Unrechts aufrecht erhalten, mit nichten sich duckte, sondern ihm Trotz bot. Sie, die treulose Gouvernante, habe ihrer Pflegebefohl'nen diesen SträflingsSohn unter einem andern Namen vorgestellt – sie gestehe es ja selbst; sie habe ein unwissend Kind in die Schlingen eines nichtswürdigen MitgiftJägers gelockt: möge sie jetzt noch so sehr Aufregung vortäuschen – Reue heucheln – sie müsse die Komplizin des Menschen gewesen sein! Inmitten all der Verwirrung ihrer Qualen zutiefst getroffen von einer Anschuldigung, die sie nun wenigstens bestimmt nicht verdient hatte, riß Arabella Jasper's jüngste Briefe an sie aus dem Busen – Briefe voller Hingebung und Leidenschaft – legte sie vor Darrell hin, und hieß ihn lesen. Nichts fragte sie jetzt mehr nach Namen und nach Ruf – empfand nichts mehr, als nur noch das ihr widerfahrne Unrecht und ihr Weh. Im Vergleich mit sich, erschien ihr einzig Matilda als die perfide Schuldige – sie selbst als das gekränkte Opfer. Darrell überflog die Briefe mit einem Blick; sie waren unterzeichnet mit ›Dein Dich liebender Gatte‹.

»Was ist das?«, rief er: »seid Ihr mit dem Menschen etwa auch noch verheiratet!?«

»Ja«, rief Arabella, »das heißt, vor Gott!«

Für Darrell's Scharfsinn gab es keinerlei Mißverstehen der Bedeutung solcher Ausdrücke und dieses Blickes; und sein Zorn verdoppelte sich. Einmal in Wut gebracht, war er schrecklich; und hatte, sie an tag zu legen, der Worte wenig not: dann versengte sein Auge, seine Gebärde machte erbleichen! – Nur eines einzigen glühenden FeuerBrandes in Hirn und Herz sich bewußt – eines Gefühls, daß Jugend Frohsinn Hoffnung auf immer dahin seien, und die Welt niemals mehr dieselbe werden könne – verließ Arabella dieses Haus; ihr Ruf war verloren; ihre Talente fortan nutzlos; ja, die Mittel zum nackten Überleben hörten schlagartig auf: Wer würde wohl *sie* noch zum Lehren annehmen? Wer hinfort seine Kinder *ihrer* Aufsicht anvertrauen?

Sie zog sich in ein finsteres Logis zurück – sie schloß sich ein, allein mit ihrer Verzweiflung. Sonderbar wie es bedünken mag, aber ihre Wut über Jasper war geringfügig, im Vergleich mit der Hochspannung ihres Hasses gegen Matilda. Und noch sonderbarer mag es erscheinen, daß sie, da die Gedanken sich aus ihrer ersten Chaotik erholten, sich weniger durch ein Bewußtsein eigener beklagenswerter Verirrungen niedergedrückt fühlte, weniger zermalmt durch Gefühle von Scham und Schande, als vielmehr erbittert gegen die ganze Welt im allgemeinen, und gegen Darrell im besonderen, wenn sie (mit einem nicht-unverständlichen, an ihr nagenden Gefühl erfahrener Ungerechtigkeit), sich die Verachtung zurückrief, mit der Jener alle Entschuldigungen für ihr Verhalten und das dadurch über sie heraufbeschworene Elend, glatt verworfen hatte! Denn, wie in Darrell's Achtung etwas lag, das für Diejenigen, die sie zu würdigen verstanden, unschätzbar war; so war eben auch in seiner Verachtung für Diejenigen, die seine Schätzung zu würdigen gelernt hatten, ein derart niederdrückendes Gewicht an Schmach, wie wenn ein gerechter Richter ein Urteil ausgesprochen hätte, das Einen, und zwar lebenslänglich, ächtete.

Arabella war von ihrem großzügig bemessenen Gehalt nicht viel übrig geblieben. Was sie bis dahin beiseite gelegt, war zu Jasper gewandert – vielleicht um eben die Kosten seiner Flucht mit der verräterischen Nebenbuhlerin zu bestreiten. Als ihr Geld zu Ende war, verpfändete sie die ärmlichen Reliquien ihrer unschuldigen glücklichen Mädchenzeit, die man ihr aus dem Zusammenbruch ihres Vaterhauses mitzunehmen erlaubt, und die sie überall hin mit sich getragen hatte, wie HausGöttlein, – ihre BuchPreise, die Laute, das hübsche Arbeitskästchen, ja sogar den VogelKäficht – all das, was in ihrem späteren Leben bereits erblickt zu haben, der Leser sich erinnern wird: die Bücher nie mehr geöffnet; die Laute zerbrochen; der Vogel lang lang lang schon dem Käfig entschwunden! Niemals dachte sie, daß sie diese Pfänder je wieder einlösen werde, bei jener Schädelstätte, die immer nur nimmt, um ganz selten wieder zurückzugeben, so manch geheiligte Zeichen aus dem Traumland, genannt ›Bessere Tage‹ – das FlitterKrämchen, getragen beim ersten Ball; der Ring, der das früheste LiebesGeständnis begleitete – ja, selbst die KinderKlapper mit Koralle und Schell'chen, die das Kleine in seiner saub'ren Wiege ergetzten; und auch die Bibel, aus der eben die Lippen, die jetzt feilschen um 1 Sechser mehr herauszuschlagen, einem grauhaarigen Vater auf Dessen Sterbe-Bette vorgelesen haben!

Bald waren die auf so erbärmliche Weise aufgebrachten Beträge ebenso erbärmlich wieder zögernd ausgegeben. Mit mürrischer Teilnahmslosigkeit faßte das Weib den nahenden Hunger ins Auge. Sie hatte nicht vor, irgendeine Anstrengung zum überleben zu machen – auch nicht Verwandte oder Freunde um etwas anzusprechen. Es war eine Art Rache, die sie an Andern nahm, wenn sie sich dergestalt dem Tod entgegentreiben ließ. Sie war vor ihm zurückgewichen von Logis zu Logis, eins immer finsterer, immer trostloser als das vorhergehende. Jetzt konnte sie selbst für die bescheidenste Kammer die Miete nicht mehr aufbringen; jetzt hieß man sie gehen – ›wohin‹? Sie wußt' es nicht – kümmerte sich auch nicht mehr darum; schlug aber den Weg zum Fluß ein, gleichsam infolge jenes Instinktes, der, wenn das Gemüt krank ist, kaum weniger unwillkürlich zur SelbstVernichtung tendiert, als in gesunden Tagen zur SelbstErhaltung. Gerad' als sie durch den Laternenschein am Fuß der Westminster Brücke hinging, sah ein wohlgekleideter Mann sie an, und faßte sie dann beim Arm. Sie hob nur den Kopf, mit einer frostigen melancholischen Verachtung, wie wenn sie einen Schimpf erlitten – wie wenn sie gefürchtet hätte, der Mann wisse um den Flecken, der auf ihrem Namen haftete, und träume in seiner Torheit davon, daß die Furcht vorm Tode sie dazu bewegen könnte, erneut zu sündigen.

»Wißt Ihr nicht, Wer ich bin?« sagte der Mann; »dabei ist es weit merkwürdiger, daß ich Euch erkannt haben sollte. Tz, Mein oh Mein! – und was für ein Aufzug! – wie *habt* Ihr Euch verändert! – Armes Ding!«

Bei den Worten ›Armes Ding‹ brach Arabella in Tränen aus; und in diesen Tränen schien das schwere Gewölk um ihr Hirn sich aufzulösen und zu zergehen.

»Ich hab' allerorten nach Euch geforscht und gesucht, Miss«, nahm der Mann wieder das Wort. »Gewiß erkennt Ihr mich aber jetzt: den RechtsAnwalt Eurer armen Tante! Sie ist nicht mehr – letzte Woche gestorben. Sie hat Alles, was sie auf der Welt besaß, Euch hinterlassen; und für eine alleinstehende Dame stellt das, unläugbar, ein sehrsehr hübsches Einkommen dar.«

Und also war es geschehen, daß wir Arabella in dem trübseligen Komfort von Podden Place eingerichtet fanden. »Sie vertauschte«, wie sie angab, »zu Ehren des Andenkens ihrer Tante, ihren eigenen Namen mit dem den Jene getragen, mit ›Crane‹ – was ja auch der MädchenName ihrer Mutter gewesen war.« Auch nahm sie, obgleich noch so jung, den Titel der ›Missis‹ an; den sonst nur allzu venerabel gewordne Alte Jungfern verdrossen akzeptieren, wenn sie aller Mannheit kund und zu wissen tun wollen, daß sie, ab nun, den Vanitäten zärtlicher ›Misses‹ entsagen – daß sie, nunmehr ganz Herrinnen ihrer selbst geworden, unser wertloses Geschlecht verachten und anspeien; dem, wie groß jetzt auch immer seine Reue sein möge, hiermit erklärt wird, daß es vergebens bereue. Der größte Teil des Vermögens ihrer Tante bestand aus Häusern, in verschiednen Distrikten von Bloomsbury. Arabella zog aus einer dieser Wohnungen in die andere; bis sie sich schließlich in der trübseligsten von allen endgiltig niederließ. Und, wie um sie durch Kontrastierung mit der Vergangenheit noch trübseliger zu machen, gab die Schädelstätte, ausnahmsweise einmal, ihre vergrabenen Schätze wieder heraus – die gesprung'ne Laute, den Käficht Vogellos!

* *
*

Ungefähr 2 Jahre nach Matilda's Tod, als Arabella zufällig im Kontor des Agenten war, der die Mieten ihrer Häuser einzog, geschah es, daß ein wohlgekleideter Mann einrat; und, sich über die Barriere lehnend, sagte –: »In der heutigen Nummer der *Times* steht 'ne Anzeige über eine Dame, die sich erbötig macht, einem kleinen mutterlosen Mädchen Obdach, Erziehung undsoweiter zu gewähren; zu mäßigen Bedingungen, da besagte Dame Kinder um ihrer selbst willen liebe – sei's drum; aber man wird, näherer Einzelheiten wegen, an Euer Kontor-hier verwiesen – : ich bitte darum!«

Der Agent zog seine Kladde zu rat; indes Arabella sich an den Fragesteller wandte. : »Für Wessen Kind sucht Ihr ein Obdach, Jasper Losely?«

Jasper zuckte doch. : »Arabella! – Bestes der Geschöpfe! – Und Ihr könntet Euch herablassen, mit einem so erbärmlichen . . .«

»Pscht – laßt Uns gehen. Kümmert Euch nicht weiter um das Inserat einer Fremden. Vielleicht wüßte ich ein Obdach für ein mutterloses Kind – ein Obdach, das Euch gar nichts kosten soll.«

Sie zog ihn auf die Straße. : »Aber kann das womöglich das Kind von – von Matilda Darrell sein?«

»Bella!«, versetzte in kosenden Tönen dieser abscheulichste aller Lady-Killer, »kann ich Euch vertrauen? – könnt Ihr noch meine Freundin sein, trotzdem ich so ein loser Vogel gewesen bin? Aber das Geld! – was kann man ohne Geld in dieser Welt anfangen? ›Hätt'ich ein Herz voll Falschheit auch, Euch wehtun könnt' es nie‹ – wenn ich nicht grad so verdammt in der Klemme gesessen hätte! Aber so wie es jetzt ist, könnten Wir – wenn Ihr Euch nur herablassen wolltet, zu vergeben und vergessen! – eines schönen Tages vielleicht doch noch Hans und Grete werden – nur, seht Ihr, grad' im Moment jetzt bin ich einer solchen Grete nicht würdig. Ihr wißt natürlich, daß ich Witwer bin – kein ganz untröstlicher.«

»Ja; ich las von Mrs. Hammond's Tod in einer alten Zeitung.«

»Und vom Tod auch ihres Kindes – einige Wochen danach – habt Ihr nichts gelesen?«

»Nein; es ist selten, daß ich eine Zeitung ansehe. Ist das Kind demnach tot?«

»Hm – nun Ihr sollt's hören.« Und Jasper hub einen Bericht an, dem Arabella achtsam und mit Anteilnahme lauschte. Am Schlusse machte sie sich erbötig, das Kind, für welches Jasper ein Unterkommen suchte, selbst zu sich zu nehmen. Sie informierte ihn über ihren Namenswechsel und ihre neue Anschrift. Der elende Wicht beteuerte, gleich denselben Abend noch, mitsamt dem Kinde, bei Ihr vorzusprechen; schickte jedoch lediglich das Kind, und sprach mit nichten vor. Auch trat er ihr nicht eher wieder unter die Augen, bis dann, mehrere Jahre danach, diese Augen ihn, so düster funkelnd, in Podden Place willkommen hießen. Aber obwohl er sich, in all der Zwischenzeit, nicht einmal herabließ an sie zu schreiben, so ist doch die Annahme unabweisbar, daß Arabella mehr von seinen Gewohnheiten und seiner Lebensweise in Paris in Erfahrung zu bringen wußte, als sie sich anmerken ließ, da sie einander wieder von An- zu Angesicht gegenüber standen.

Und nun weiß der Leser mehr, als Alban Morley oder vielleicht auch Guy Darrell jemals erfahren werden, von der grimmen Frau in EisenGrau.

10. Kapitel

›Süß ist die Frucht der Widerwärtigkeit,
die, gleich der Kröte, häßlich und voll Gift,
ein köstliches Juwel im Haupte trägt.‹

Die meisten Leute werden willig zugestehen, daß die Kröte garstig und giftig sei; aber, wahrlich, nur Wenige werden sich rühmen können, das ›köstliche Juwel im Haupte‹, das sie, wie der Dichter uns versichert, dort bewahrt, tatsächlich entdeckt zu haben. / Aber alles Unglück wird sich in zwei großen Abteilungen unterbringen lassen — 1.) jene Heimsuchungen, die kein Vorbedacht von Uns fernhalten kann; und 2.) diejenigen Mißgeschicke, die über sich selbst zu bringen, die Leute sich alle mögliche Mühe geben. Heimsuchungen der ersten Gruppe, können durchaus dazu angetan sein, all unsre Tugenden in Bewegung zu setzen, und, in letzter Instanz, unser Wohl befördern. Das ist dann jene Widerwärtigkeit, die uns das Juwel geben kann. Aber, um an das Juwel heranzukommen, müssen wir die Kröte umbringen. — Mißgeschicke der zweiten Gruppe dagegen, dienen nur zu oft lediglich dazu, die Irrtümer oder Laster durch die sie herbeigeführt wurden, zu verstärken. Das ist dann die Widerwärtigkeit, die nur Kröte, und ganz und gar nicht Juwel ist. Wer sich dafür entscheidet, die eignen Kröten groß zu hätscheln und zu mästen, Der wisse, daß die Zunahme an Gift auch das kleinste Stückchen des Juwels absorbiert.

Nie noch habe ich einen gewohnheitsmäßigen GlücksSpieler anders gekannt, als daß er, bei Berechnung der Wahrscheinlichkeiten in den normalen Vorfällen des Lebens, notorisch ungenau gewesen wäre. Kann das daran liegen, daß ein solcher Mensch allmählich ein derart chronischer HoffnungsTrunkenbold geworden ist, um jedwede Chance zu seinen Gunsten sogleich doppelt zu sehen?

Zweierlei hatte Jasper Losely als Selbstverständlichkeiten eingerechnet:

1.) Darrell's schleunige Aussöhnung mit seinem einzigen Kinde.
2.) Daß Darrell's einziges Kind notwendigerweise auch Darrell's Erbin sein müsse.

In beiden Erwartungen sah der Hasardeur sich getäuscht.

Darrell beantwortete nicht einmal die Briefe, die Matilda von Frankreich aus an ihn richtete; jenen Gestaden, zu welchen Jasper sie getragen, und allwo er sie – zwar unter dem angenommenen FamilienNamen Hammond, aber immerhin unter seinem echten Vornamen Jasper – so schleunig wie möglich zu seiner Gattin gemacht hatte.

In der schimpflichen Heirat, die Matilda eingegangen, schienen sich all ihre schlimmsten CharakterAnteile schlagartig dem Auge des Vaters enthüllt zu haben, und er erblickte, was bisher nicht zu sehen er sich bemüht hatte: das echte Kind einer wertlosen Mutter. Eine bloße *mesalliance,* falls sie sich durch einen langen oder vertrauten Umgang mit ihrem Gegenstand hätte beschönigen lassen, würde sein Herz, wie sehr sie eventuell auch an ihm genagt hätte, noch verziehen haben können; aber ohne den geringsten nennenswerten Kampf mit dem PflichtGefühl; ohne die allernormalste Sprödigkeit jungfräulichen Stolzes, sich nach einer so kümmerlichen Werbung, von einem Manne gewinnen zu lassen, von dem sie wußte, daß er einer Andern verlobt sei – die Heuchelei, die Perfidie, diese Vereinigung von Unverschämtheit und Niedrigkeit des ganzen Handels – bewirkte, daß in Darrell's Augen den sonst üblichen Entschuldigungen à la ›Unerfahrenheit und Jugend‹ nicht das mindeste Gewicht hier zukam. Darrell wäre nicht Darrell gewesen, hätte er in sein Haus, an sein Herz, eine Tochter zurücknehmen können, die sich als so erfahren im Betrug, so expert in entehrenden Einfällen erwiesen hatte.

Indes, Darrell's Stillschweigen betrübte wenig die herzlose Braut, und bereitete dem sanguinischen Bräutigam wenig Kummer. Beide dachten, daß Verzeihung und Überfluß lediglich eine Frage der Zeit wären – ein bißchen kürzer, oder ein bißchen länger. Dennoch nahmen ihre Gelder rasch ab, und es ward notwendig, sie aufzufüllen – man kann in Hotels nicht gänzlich von der Hoffnung leben. Ließ Jasper also seine junge Frau in einem netten ProvinzStädtchen, nur wenige Stunden von Paris entfernt, zurück, und verfügte sich seinerseits wieder nach London, entschlossen mit Darrell persönlich zu sprechen; beziehungsweise, sollte der SchwiegerVater den Friedensschluß immer noch hinauszuzögern gedenken, so lebte Jasper doch des Glaubens, daß es ihm keinerlei Mühe kosten werde, auf solch ein El Dorado von ZukunftsAussichten hin, auch schon in der Gegenwart die entsprechenden Summen aufzunehmen. Darrell willigte sofort ein, mit Jasper zusammen zu kommen; allerdings nicht in seinem eignen Hause, sondern bei seinem RechtsAnwalt. Der stolze Mann kämpfte allen sich dagegen auflehnenden Widerwillen nieder; weil er ein solches Herabsteigen für unerläßlich hielt, zu dem klaren und bestimmten Verständnis derjenigen seiner Entschlüsse, von denen Stellung in der Welt und Aussichten des jungen Ehepaares abhingen.

Als Jasper in Mr. Gotobed's Büro gewiesen wurde, fand er Darrell allein, neben dem Kamin stehend – mit einer einzigen ruhigen Geste stoppte er jenen zärtlichen Anlauf gegen seine Brust, wie Jasper ihn sich sorgfältig eingeübt hatte; und also sahen die beiden Männer einander zum ersten Mal; Darrell vielleicht noch empfindlicher gekränkt, da er diese äußerlichen persönlichen Vorzüge an dem aufgetakelten Lüderling erkennen mußte, die eine Tochter seines Hauses zur leichten Beute für so Einen gemacht hatten; Jasper seinerseits, (der sich in dem Glauben gewiegt hatte, ein so berühmter SchwiegerVater müsse zwangsläufig alt und gebrechlich sein) erfuhr einen Schock der allerunangenehmsten Überraschung, beim Anblick eines Mannes, noch keine 40, mit einer Miene, einer Haltung, einem Anstand, wie sie, in jeglicher Versammlung, sämtliche Blicke sogleich von seinem eignen brillianten Selbst weggelenkt haben würden; und der gleichzeitig wie das allerungeeignetste Individuum wirkte, sei's für Pathetik oder für Postobits, sei es um den Segen zu erteilen oder seinen Geist aufzugeben; kurzum das denkbar übelste Untier von einem Schwieger-Papa! Auch waren Darrell's Worte nicht nennenswert tröstlicher als sein Anblick.

: »Sir, ich habe mich dazu verstanden, Euch zu sehen; teils, damit Ihr, ein für allemal, aus meinem eig'nen Munde erfahrt, daß ich keinem Mann das Recht zuerkenne, ohne meine Einwilligung in meine Familie einzutreten, und diese Einwilligung werdet Ihr nie erhalten; andernteils auf daß Jeder, jetzt wo Wir uns von Angesicht kennen, damit auch den Mann kennen möge, dem auszuweichen ihm am geratensten sei. Die Dame, die jetzt Eure Gattin ist, hat infolge meines damaligen EheVertrages, nach meinem Tode ein HeimfallsRecht auf ein kleines Vermögen: von mir wird sie voraussichtlich nichts weiter erben. Da ich aber nicht den Wunsch hege, daß sie, die ich einst Tochter nannte, hinsichtlich ihres Lebensunterhaltes gänzlich von Euch abhänge, wird mein Anwalt Euch darüber informieren, unter welchen Bedingungen ich allenfalls willens wäre, schon während meinen Lebzeiten die Zinsen der genannten Summe auszuzahlen, die Eurer Gattin nach meinem Tode zufallen wird. Sir, ich gebe Euch hiermit die Briefe zu treuen Händen zurück, die jene Dame an mich gerichtet hat, und die, wie leicht zu bemerken ist, nach Eurem Diktat geschrieben worden sind. Keinen Brief von ihr werde ich je beantworten. Nie wird sie ihren Fuß wieder über meine Schwelle setzen. – Und damit, Sir, hat sich jeder mögliche Verkehr zwischen Euch und Mir geendet; was noch bleibt, wird geregelt zwischen Euch und diesem Herrn dort.«

Indem er diese letzten Worte sprach, hatte Darrell eine Seiten-Tür geöffnet – deutete auf die respektable Gestalt von Mr. Gotobed, der hoch neben seinem hohen SchreibPult stand – und bevor Jasper noch ein Wort hatte einwerfen können, war der Schwieger-Vater verschwunden.

Mit angemessener Kürze machte Mr. Gotobed Jasper aufs Unmißverständlichste damit bekannt, daß nicht nur Mr. Darrell's gesamtes kapitalisiertes oder persönliches Eigentum, uneingeschränkt seiner eigenen Verfügung unterstehe – daß nicht nur auf die bedeutenden Liegenden Gründe, die er angekauft, (und die Jasper irgendwie ererbbar, und für unveräußerlichen Landbesitz gehalten hatte), das Gleiche zutraf – ein Tatbestand, ebenso beneidenswert für den durch nichts gebundenen Besitzer, als gehässig für den Gatten von des Besitzers einziger Tochter – sondern daß sogar der AllodialBesitz des armen Gutshauses Fawley und dessen Ländereien einzig und allein Darrell angehöre, mit der 1 Einschränkung jener Mitgift von 10000 £, die die selige Mrs. Darrell ihrem Gatten zugebracht habe, und die, nach Darrell's und ihrem Tod, den Kindern aus ihrer beider Ehe verschrieben sei.

In Ermanglung eines gültigen EheKontraktes zwischen Jasper und Matilda, konnte diese Summe allenfalls nach Darrell's Ableben von Jasper, kraft des Rechts seiner Frau, beansprucht werden, was bedeutete, daß für den augenblicklichen Unterhalt von Weib und (eventuellem) Kind, keine sichere Versorgung bestand; ja diese in Aussicht stehende Erbanfallssumme könnte in der Zwischenzeit so manipuliert werden, daß den Hinterbleibenden möglicherweise die blanke Armut bevorstünde.

»Sir«, sagte der Anwalt, »ich will ganz offen gegen Euch sein. – Es ist mein Bestreben, (ich handle schließlich im Auftrage Mr. Darrell's), diese Summe von 10000 £ dergestalt auf Eure Gattin, beziehungsweise etwelche Kinder, zu überschreiben, daß es – selbst Mrs. Hammonds Einwilligung vorausgesetzt – außerhalb Eurer Macht gestellt sein soll, sie vorwegzunehmen, oder irgend anders darüber zu disponieren. Für den Fall, daß Ihr Euch dieser Macht begäbet – (und sie ist zur Zeit ja nicht viel wert) – hättet Ihr Anspruch auf einen gewissen Ersatz. Ich bin ermächigt, diesen Ersatz großzügig zu bemessen. Vielleicht würdet Ihr es vorziehen, mit mir über Euren eigenen Anwalt zu verkehren? – aber da möchte ich doch anmerken, daß allenfallsige Bedingungen für Euch wahrscheinlich vorteilhafter ausfielen, in dem Verhältnis, als die Negotiationen auf Uns-Beide beschränkt bleiben. Es möchte, um nur Eines zu nennen, erforderlich werden, Eurem Anwalt mitzuteilen, daß Euer eigentlicher Name (bitte tausendmal um Verzeihung!) nicht ›Hammond‹ ist. Speziell das ist ein Geheimnis, das, je mehr Ihr es für Euch behieltet, um desto wertvoller für Euch würde. Wir-Unsrerseits haben keinen Wunsch, es auszuplappern.«

Jasper hatte sich unterdes von dem ersten Schock des Verdrusses und der Enttäuschung einigermaßen erholt; und mit jener Fixigkeit, die so auffällig unregelmäßig einen Geist durchzucken konnte, der sich gemeinhin als träg' erwies, wenn es darum ging, etwas Ehrliches zu durchdenken, erspürte er jetzt auf der Stelle, daß sein richtiger Name Losely einiges wert sei. Er dachte nicht entfernt daran, ihn wieder anzunehmen – war, im Gegenteil, gerad' um die Zeit aufs Ernstlichste bestrebt, ihn zu meiden und in Vergessenheit zu bringen; aber er hatte immerhin ein Recht darauf, und auf ein Recht soll der Mann niemals umsonst verzichten. Demgemäß erwiderte er mit schicklicher Herbheit: »Ich werde meinen FamilienNamen wieder annehmen, sobald es mir beliebt. Falls es Mr. Darrell nicht ansteht, seine Tochter Frau Jasper Losely genannt zu wissen – oder all das bösartige Geschwätz, das meines armen Vaters unglücklicher Prozeß verursachen könnte – dann muß er es sich schon, zum allermindesten, als eine Gunst von mir erbitten, den Namen beizubehalten, den ich vorübergehend angenommen habe –: ein Name aus meiner Familie, Sir! Ein Losely hat einmal eine Hammond geheiratet, wann weiß ich im Moment nicht genau – jedenfalls vor vielen Generationen – können sich's im AdelsLexikon ansehen. Mein Großvater, Sir Julian, war nämlich mit nichten ein WinkelAdvokat, wohl aber ein Baronet von so guter Geburt wie einer im Lande; und mein Vater, Sir –«, (Jasper's Stimme zitterte) – »mein Vater«, wiederholte er, und hieb wütend mit der geballten Hand auf den Tisch, »war ein Gentleman, jeder Zoll von ihm; und ich werde Jeglichen, der ein Wort vom Gegenteil sagt, zum Fenster 'rauswerfen!«

»Sir«, sagte Mr. Gotobed, der in Richtung Klingelzug zurückgewichen war; »ich glaube, Alles in Allem wäre es doch wohl besser, wenn ich mit Euerm Anwalt zusammenkäme.«

Auf diese Andeutung hin kühlte Jasper sich wieder ab; und erkundigte sich lieber, (nach einer flüchtigen Entschuldigung wegen natürlicher-begreiflicher Aufgeregtheit), was Mr. Gotobed ihm denn nun vorzuschlagen hätte? Um diesem unerquicklichen Teil der Geschichte ein Ende zu machen: nach 2 oder 3 Zusammenkünften, auf welchen die beiden VerhandlungsPartner einander, und gründlich, verstehen lernten, kam eine juristisch fixierte Abmachung zustande, gemäß deren die Summe von 10 000 £ unveräußerlich auf Matilda überschrieben wurde, beziehungsweise die Kinder aus ihrer Ehe mit Jasper; im Fall, daß er sie überlebte, sollte er sein Leben lang die Zinsen davon bekommen – im Fall, daß sie ohne Kinder stürbe, sollte, nach Darrell's Ableben, auch das Kapital auf ihn übergehen. In der Zwischenzeit erklärte Darrell sich bereit, jährlich 500 £ an Jasper Hammond oder seine Order zu zahlen (nämlich als 5 % Zinsen von jenen 10 000); immer jedoch nur unter der Voraussetzung, daß Jasper und seine Gattin auch weiterhin ununterbrochen zusammenleben, und ihren Wohnsitz im Ausland haben würden.

Durch ein weiteres, rein-mündliches ZusatzAbkommen, das man nicht einmal dem Papier anvertraute, wurden dieser Summe noch 200 £ jährlich zugesetzt, die jedoch gänzlich Darrell's Ermessen und Belieben anheimgestellt waren; was diese Worte bedeuteten, war klar und deutlich genug zu verstehen gegeben: Zahlung so lange, als Mr. Hammond sein eignes Geheimnis bewahre; und nicht minder nur so lange, als er sich, direkt oder indirekt enthalten würde, die Person, von deren Gutdünken sie abhing, weder zu belästigen, noch auch nur sich an sie zu wenden. – Im Ganzen gesehen, waren die Bedingungen für Jasper günstig genug; er kam in den Genuß eines regelmäßigen Einkommens, unendlich höher, als er je zu hoffen das Recht gehabt hatte; hinreichend sogar – bei vernünftiger Einteilung – für sowohl die Behaglichkeiten des Lebens, als auch eine gewisse Eleganz, für ein junges Paar, das sein Glück in der gegenseitigen Liebe findet, und obendrein noch fern von den horrenden Steuern unsres opulenten England lebt, und seinen EleganzWettbewerben, infolge deren, vor Furcht zu arm zu wirken, Niemand je zu reich ist.

Matilda selbst schrieb nie mehr an Darrell. Aber einige Monate danach, ging ihm ein ungemein wohlgesetztes Briefchen in Französisch zu, dessen Absender sich ihm als eine französische Dame vorstellte, die Madame Hammond erst vor ganz kurzem gesehen und gesprochen habe – sich gegenwärtig, allerdings nur für einige Tage, in London aufhalte, und ihm etwas von solcher Wichtigkeit mitzuteilen habe, daß es doch wohl die Freiheit rechtfertige, die sie sich herausnehme, wenn sie ihn um die Ehre eines Besuches bitte. Nach einigem Zögern, sprach Darrell bei der Dame vor; denn obgleich Matilda seine Zuneigung verwirkt hatte, konnte er doch an ihr höchstwahrscheinliches Schicksal nicht ohne peinliche Befürchtungen denken. Vielleicht hatte Jasper sie schlecht behandelt – vielleicht bedurfte sie anderswo einer ZufluchtsStätte. Und obwohl diese Zuflucht nicht mehr unter ihres Vaters Dach sein konnte; und obwohl Darrell keinerlei Schritte unternommen haben würde, sie von dem Gatten, den sie sich erkiest, scheiden zu lassen; dennoch würde er insgeheim eine relative Erleichterung und Befriedigung empfunden haben, hätte sie ihr Schicksal loszumachen versucht von Einem, von dem sein Scharfblick instinktiv erriet, daß Jener den abschüssigen Pfad der Schande wandeln werde. Mit der dunklen Vorstellung, daß ihm irgendeine Mitteilung werden könne, auf die sich erwidern ließe: daß Matilda, wenn sie etwa gezwungen wäre, ihren Gatten zu verlassen, nie der Heimstätte und der Unterhalts-Mittel einer Dame von Stande zu entraten haben sollte; verfügte er sich zu dem betreffenden Hause – ein hübsches Haus; in einer ruhigen Straße; und kurzfristig von der französischen Dame gemietet. Ein himmellanger *chasseur*, in entsprechender Tracht, öffnete ihm die Tür – ein Page geleitete ihn in den Salon. Er erblickte eine Dame – jung – mit aller Grazie einer Pariserin in ihrem Benehmen – die, nach einigen exquisit-gedrechselten Phrasen nochmaliger Entschuldigung, ihm, als Beleg der Intimität zwischen ihr und Madame Hammond, einen Brief vorwies, den sie von Matilda empfangen; abgefaßt mit gebrochenem Herzen, in töchterlichstem Ton – voll von Beteuerungen der Zerknirschung – des leidenschaftlichen Verlangens nach der Verzeihung ihres Vaters – aber weit entfernt davon, sich über Jasper zu beklagen; oder auch nur die Idee anzudeuten, einen Gatten je zu verlassen, an dessen Seite – wäre nicht die sie ständig verfolgende Erinnerung an einen geliebtenVater! – ihr Los ein ausgesprochen glückliches sein würde. Was dem Schreiben selbst an Pathos etwa noch mangeln mochte, das ergänzte die französische Dame durch ein so unverkennbares ZartGefühl, und durch so viele ergreifende kleine Züge von Matilda's Reue, daß Darrell's Herz sich, seiner Vernunft zum Trotz, zu erweichen begann. Immerhin äußerte er sich nur sehr knapp; und entfernte sich, mit dem Vorsatz, nicht mehr wieder zu kommen. Aber ein zweites Briefchen traf ein: der französischen Dame war soeben, via eine gemeinsame Freundin, ein neuer Brief zugegangen – ›Matilda sei‹, so müsse sie fürchten, ›gefährlich krank!‹ Das führte ihn nun doch von Neuem in jenes Haus; und die arme französische Dame schien ob der empfangenen Nachrichten derart echauffiert – und dennoch wieder so bestrebt, nichts zu übertreiben, oder ihn unnötig zu beunruhigen – daß Darrell schier argwöhnte, seine Tochter möchte im Sterben liegen; und ab nun selber nervös und angstvoll dem nächsten Bulletin entgegensah. Dergestalt folgten insgesamt 3 oder 4 weitere Besuche jenem ersten. Dann allerdings brach Darrell den Verkehr schroff ab; und konnte durch nichts bewogen werden, ihn zu erneuern. Nicht daß er auch nur einen Augenblick lang geargwöhnt hätte, diese liebenswerte Dame hier, die sich so geziemend ausdrückte, und deren Manieren die beste Erziehung besprachen, könne etwas anderes sein als die hochwohlgebor'ne ›Baronin‹ wie sie sich nannte und auch aussah; aber, zum Teil, weil die reizende *Parisienne* ein klein wenig Matilda's alarmierender Krankheit vergessen zu haben schien, über einem nicht direkt dreisten, aber immerhin koketten Bemühn, seine Aufmerksamkeit mehr auf ihre eigne Person zu konzentrieren – und im Moment, wo sie damit anhub, faßte er auch schon eine Abneigung gegen sie, deren er sich zuvor nicht bewußt gewesen war; und dann andernteils, weil – nachdem seine Gefühle sich von dem ersten Eindruck, den die Vision einer reuigen, sich verzehrenden, hinsterbenden Tochter hervorzubringen nicht ermangeln konnte, wieder erholt hatten – seine erfahrungsmäßige Kenntnis von Matilda's Doppelzüngigkeit und Falschheit doch wieder seinen Unglauben an Reue, an Sichverzehren und Dahinsterben rege gemacht hatte. Mochte immer diese Baronin ihn nicht wissentlich-willentlich täuschen – aber Matilda mochte durchaus, ebenso wissentlich wie willentlich, die Baronin täuschen. Weshalb er das nächste, an ihn gerichtete Briefchen der gefühlvollen und eleganten Ausländerin, lediglich mit einer trockenen Entschuldigung beantwortete – der würdevollen Andeutung, daß interne Familien-Angelegenheiten nie zufriedenstellend diskutiert werden könnten, es sei denn im engsten FamilienRat; und daß, falls ihrer Freundin Betrübnis oder Erkrankung tatsächlich irgendwie von dem Glauben herbeigeführt sein sollten, daß die Wahl ihres Lebensweges ihm Schmerz und Pein bereitet habe, es sie vielleicht trösten könne, zu wissen, daß dieser Schmerz sich gelegt habe; und daß seine Wünsche für ihre Gesundheit und ihr Wohlergehen deswegen nicht weniger aufrichtig ausfielen, weil es ihm inskünftig sowohl versagt sei, über die erstere zu wachen, als auch zu dem letzteren beizutragen. Eine Erklärung, welche, nach Verlauf von ein, zwei Tagen, die Baronin mit einem so wunderhübsch stilisierten Briefe erwiderte, daß zu bezweifeln steht, ob Madame de Sevigné sich eines reineren Französisch, Madame de Staël sich glücklicher gewählter Formulierungen hätte bedienen können. Der graziösen Schreibweise entkleidet, war der Kern allerdings recht kärglich: ›. . . Besorgnis um eine so geliebte Freundin . . . so unglücklich . . . ja, noch bemitleidenswerter denn zuvor; jetzt, wo es der Baronin so gut geworden sei, selbst zu erkennen, wie innig eine Tochter einen Vater vergöttern müsse, in dem Manne, den eine ganze Nation verehre! (hier 2 Zeilen mit persönlichen Komplimenten angefüllt) . . . durch ihre erwähnte Besorgnis allerdings genötigt, noch eher als sie anfänglich vorgehabt, die herrliche Metropole dieses erlauchten Landes wieder zu verlassen‹ etc. (hier 4 Zeilen, mit Komplimenten für die Nation angefüllt) – dann, sich noch durch einige bezaubernde Sentenzen über ›Patriotische Altäre‹ und ›Heimische Herde‹ hindurchmanöv'riert habend, tat die Schreiberin sich plötzlich Einhalt – ›wolle nicht länger mehr eine Zeit in Anspruch nehmen, die auf so sublime Weise dem ganzen Menschen-Geschlechte gehöre . . . und schließe daher mit der Beteuerung ihrer *sentiments les plus distinguées*‹. Wenig kam es Darrell in den Sinn, daß diese komplimentenreiche Fremdlingin, (die er übrigens niemals wiedersah), einen solchen Einfluß auf denjenigen Teil seines Geschickes ausüben werde, der ihn damals der vor allem Übel gesichertste dünkte; auf den er damals hinblickte, als den Balsam für jede Wunde – die Vergütung für jeglichen Verlust!

Darrell vernahm von Matilda nicht weiter; bis ihm, nicht lange darauf, die Nachricht von ihrem Tode zuging. Sie war, kurz nachdem sie einem Mädchen das Leben geschenkt, einem SchwächeZustand erlegen. Die Mitteilung erreichte ihn in einem Augenblick, wo sein Gemüt, aus andern Gründen – (deren Darlegung, da sie keinen Teil seiner vertraulichen Eröffnungen Morley gegenüber bildet, tunlicher jetzt noch aufgespart bleibt) – sich im Zustand hochgradiger Niedergeschlagenheit und Verwirrung befand – als er sich bereits in die Einsamkeiten Fawley's zurückgezogen – allen Ehrgeiz verabschiedet, und der Welt entsagt hatte – und diese neue Nachricht betrübte und erschütterte ihn mehr, als dies einige Monate früher der Fall gewesen wäre. Wenn ihm jetzt, in diesem Moment äußerster Verlassenheit, Matilda's Kind gebracht – ihm zum Erziehen übergeben worden wäre – würde er es von sich gestoßen? würde er vergessen haben, daß es die Enkelin eines Verbrechers sei? Ich wag' es nicht zu entscheiden. Aber sein Stolz ward nicht auf eine solche Probe gestellt. Eines Tages erhielt er ein Päckchen von Mr. Gotobed, das die amtlichen Bescheinigungen über den Tod auch des Kindes enthielt, wie sie dem Anwalt von Jasper unterbreitet worden waren, der eigens zu diesem schwermütigen Zweck, freilich auch kombiniert mit einem Vorschlag pecuniärer Art, nach London gekommen war. Durch den nunmehrigen Tod Matilda's und ihres einzigen Kindes, fiel, für den Fall von Darrell's Ableben, jene Summe von 10 000 £ dereinst unweigerlich Jasper anheim. Da die Zinsen mittlerweile an Jasper fortzuzahlen wären, habe der verwitwete Leidtragende Folgendes angeregt: ›wie es für ihn eine große Hülfe, und für Darrell keinerlei Nachteil bedeuten würde, könne das Kapital ihm jetzt-sogleich ausgefolgert werden. Er sei ursprünglich als Kaufmann ausgebildet worden; hätte allerdings zu Lebzeiten seiner Gattin – aus Rücksichtnahme für ihre Familie und alte Herkunft, wie sie Motive der Delikatesse ihm auferlegten – jeglicher Gedanken an Wiederaufnahme seines eigentlichen Berufes sich entschlagen. Nunmehr, da die Verbindung zu Mr. Darrell praktisch aufgelöst sei, möchte es für diesen Herrn ja durchaus eine Erleichterung darstellen, zu wissen, daß ein ihm so mißliebiger SchwiegerSohn, sich, definitiv, nicht nur im fremden Lande, sondern auch in einer sozialen Sphäre angesiedelt habe, allwo sein bloßes Dasein sogar, sehr bald von all Denjenigen vergessen sein würde, die Mr. Darrell womöglich daran erinnern könnten, daß seine Tochter je einen Gatten gehabt. Da böte sich nun jetzt eben eine Gelegenheit, wie sie so vielleicht niemals wieder kommen möchte: ein Handelshaus in Paris, wohlhabend-solid, aber in seinen kaufmännischen Transaktionen still und unauffällig verfahrend, würde ihn als Teilhaber akzeptieren, vorausgesetzt, er bringe ein zusätzliches Kapital von 10 000 £ mit.‹ Nicht ohne Würde fügte Jasper hinzu, daß ›da seine Verbindung mit ihm, Mr. Darrell unglücklicherweise derart abschmeckend sei; und die bloße, sich vierteljährlich erneuernde Überweisung der Zinsen der betreffenden Summe an ihn, die unwillkomm'ne Erinnerung an jene Verbindung automatisch immerwach erhalten müsse, er umso weniger Bedenken trage einen Vorschlag zu unterbreiten, der die eminente Persönlichkeit, die jegliche Allianz mit ihm, Jasper, derart verschmähe, instand setze, ihn ein für allemal los zu werden.‹ Darrell trat sofort Jaspers Vorschlag bei, erfreut, von seinem Leben jedwedes Band abzuschneiden, das es künftighin mit dem Jasper's noch verbinden könnte; und auch das war ihm nicht unangenehm, sein angeerbtes Land dadurch von jeglichem Schilling jener einstigen Mitgift zu befreien, die als Schuld darauf gelastet hatte, und mit Erinnerungen ungetrübter Bitternis verknüpft war. Demgemäß wurde von Mr. Gotobed – nachdem er zuvor noch Sorge getragen hatte, sich zu vergewissern, ob die Urkunden über den Tod des armen Kindes auch wirklich echt wären – Jasper's Vorschlag, samt Dessen endgültigem Verzicht auf jeden weiteren Anspruch an Mr. Darrell's Vermögen, angenommen. Indes verblieben immer noch jene 200 £ pro Jahr, die Jasper zu Matilda's Lebzeiten unter der stillschweigenden Bedingung bezogen hatte, sowohl ›Mr. Hammond‹ bleiben, als auch sich nie persönlich an Mr. Darrell wenden zu wollen – Jasper erkundigte sich, ›ob dieses Jahrgeld weiterlaufen werde?‹. Mr. Gotobed leitete diese Anfrage an Darrell weiter; mit der Bemerkung: wie der Zweck, um dessentwillen man diese ExtraZahlung geleistet, durch den Tod Mrs. Hammond's und ihres Kindes hinfällig geworden, Jasper inskünftig also weder Macht noch Vorwand verblieben wäre, Mr. Darrell zu inkommodieren; und es wenig mehr zu bedeuten habe, welches Namens sich in Zukunft Derjenige bedienen werde, Dessen Verbindung mit dem Hause Darrell gänzlich aufgelöst sei. Worauf Darrell mit Ungeduld erwiderte, ›da betreffs einer Zurücknahme des besagten Jahrgeldes, für den Fall, daß Jasper Witwer würde, damals keine Absprache erfolgt sei, müsse man ihm, schon ehrenhalber, die Berechtigung zuerkennen, jenes Jahrgeld entweder weiter zu empfangen, oder aber eine entsprechende GesamtEntschädigung zu erhalten‹.

Da diese Entscheidung Jasper übermittelt ward, bemerkte dieser

Herr, ›wie das nicht mehr sei, als er von Mr. Darrell's Ehrgefühl erwartet habe‹; worauf er sich selbst und seine 10 000 £, scheinbar hochbefriedigt, nach Paris zurück spedierte. Nicht lang' danach freilich, und er schrieb an Mr. Gotobed: ›da Mr. Darrell selbst auf eine GesamtEntschädigung für die ihm ausgeworfenen jährlichen 200 £ angespielt, und damit doch wohl zu verstehen gegeben habe, daß es ihm ähnlich unangenehm falle, diesen Betrag allvierteljährlich in den KontoAuszügen seiner Bank erscheinen zu sehen, wie damals die QuartalsZinsen jener 10 000 £; so wäre er, Jasper, wohl hinlänglich entschuldigt, wenn er bekenne, daß er eine GesamtEntschädigung nunmehr doch vorziehe. Die Firma, in die einzutreten er im Begriff stehe, sähe es doch lieber, wenn er seinerseits ein etwas größeres Kapital mitbrächte, als er zuerst geschätzt habe, undsoweiter undsoweiter. Ohne sich im geringsten anzumaßen, eine endgültige Summe vorschreiben zu wollen, möchte er lediglich anmerken, wie 1500 oder auch nur 1000 £ auf der Stelle jetzt, seinen Absichten und Plänen im Leben förderlicher sein würden, als eine Rente von 200 £ pro Jahr; zumal er auf diese, da sie lediglich vom guten Willen abhänge, keinerlei vorübergehende Anleihe aufnehmen könne.‹ Darrell, gänzlich in GedankenGänge verloren, denen nichts ferner lag, als Erinnerungen an Jasper, und gereizt, auf solche Art wieder an die Existenz dieses Menschen gemahnt zu werden, schrieb dem Anwalt, der ihm diese Botschaft übermittelt hatte, zurück, ›daß ein, durch sein Wort garantiertes Jahrgeld, nicht nach Mr. Hammond's Begriffen von seinem Wert hochzurechnen sei. Daß diese jährlichen 200 £ demnach mit den seinerzeitigen 500 £ jährlich auf eine Stufe zu stellen seien, denen ein Kapital von 10 000 £ zugrunde gelegen hätte; dementsprechend sei anzusetzen, daß die 200 einem Kapital von 4000 £ entsprächen, wofür er einen Scheck beilege; mit der entschiedensten Bitte aber jetzt an Mr. Gotobed, nicht nur Herrn Hammond aufs Nachdrücklichste klar zu machen, wie hiermit nunmehr jede nur mögliche Abrechnung oder sonstiger Umgang zwischen ihnen endgültig aus sei; sondern daß auch er (= Mr. Gotobed) ihn (Darrell) niemals mehr mit etwelchen Dingen behelligen möge, die in irgendeiner Beziehung zu Affären stünden, die derart endgültig abgeschlossen seien.‹ Jasper strich die 4000 £ ein; und ließ Darrell und Gotobed auch in Frieden, bis zum folgenden Jahre. Dann allerdings richtete er an Gotobed einen ungemein einleuchtenden, geschäftsmäßigen Brief: ›Die Firma, in die er eingetreten sei – Seidenhandel übrigens – befinde sich im blühendsten Zustande; und da habe sich soeben die Gelegenheit ergeben, eine prachtvolle MaulbeerPflanzung in der Provence anzukaufen, inclusive allem Zubehör an *magnanneries etcetera,* die einen immensen Ertrag abwerfen werde. Wenn nun Mr. Darrell es ihm ermöglichte, sich einen Anteil an dieser lukrativen Erwerbung dadurch zu sichern, daß er ihm ein Darlehen von 2- oder 3000 £ gewähre, rechne er (Jasper) zuversichtlich damit, sehr bald eine derart prominente Stellung in der kaufmännischen Welt einzunehmen, daß dadurch die Erinnerung an seine Verwandtschaft, für Mr. Darrell zwar vielleicht nicht weniger widrig, so aber doch weit weniger demütigend gemacht würde.‹

Mr. Gotobed, den strikten Anordnungen, die er von seinem Klienten empfangen hatte, gehorsam, leitete Darrell diesen Brief gar nicht erst zu; wohl aber beschloß er, da er just zu der Zeit Veranlassung hatte, Paris in anderweitigen geschäftlichen Angelegenheiten zu besuchen, sich, ohne Mr. Hammond in Person zu sehen, unter der Hand doch einmal nach Aussichten und Vermögensstand des so aufstrebenden Kaufmanns zu erkundigen. In Paris angekommen, mußte er erfahren, daß derlei Erkundigungen gar nicht so leicht waren – sowohl in den Kreisen der *beau monde* als des *haut commerce,* schien kein Mensch etwas von einem Mr. Jasper Hammond zu wissen. Einige ganz wenige fashionable englische *roués* entsannen sich, ein- oder zweimal, zu Matilda's Lebzeiten, und auch kurz nach ihrem Tode noch, einen sehr gut aussehenden Mann, meteorgleich, durch ein paar nicht ganz astreine *salons* dahinschießen gesehen zu haben; oder wie er in den *Champs Élysées* herumlungerte; oder im *Café de Paris* dinierte; aber letzthin sei dies Meteor verschwunden. Als nächstes bediente sich Mr. Gotobed, vorsichtig, eines ZwischenAgenten, um in der PrivatWohnung, von der aus Mr. Hammond seinen jüngsten Brief adressiert hatte, irgendwelche näheren Aufschlüsse über Jasper zu erhalten: das Ergebnis war, daß Jasper in dieser Privat-Wohnung niemals gewohnt hatte. Er bezahlte dem dortigen *concierge* eine Kleinigkeit dafür, daß er gelegentlich über diesen Briefe empfing die er dann abholte bzw. abholen ließ; und besagter Hausmeister, bei dem es sich unverkennbar um einen getreuen und verschwieg'nen Vertrauensmann handelte, gab seiner Überzeugung dahingehend Ausdruck: daß Mr. Hammond zweifellos in dem Hause wohne, von wo aus er seine Transaktionen lenke; allerdings wo besagtes Haus gelegen sei, oder WELCHER ART diese Transaktionen wären?, dazu bemerkte der Hausmeister mit wohlerzog'nem, dennoch spürbarem Tadel, ›daß Mr. Hammond mit Recht zurückhaltend, er selbst zu unaufdringlich dazu sei, um danach zu fragen‹. Schließlich, da Mr. Gotobed's geschäftliches Anliegen – es bestand, offen gesagt, in dem Auftrag eines bedrängten Vaters, den unklugen Sohn, einen bloßen Jungen noch, aus gewissen unseligen Verbindungen loszueisen – ihn in die Notwendigkeit versetzt hatte, mit Personen umzugehen, die weder der *beau monde* noch dem *haut commerce* angehörten, da trug er von ihnen die Information zusammen, die er anstrebte. Mr. Hammond lebte in Paris, mitten im Herzen eines gewissen Zirkels, bis wohin nur ganz wenige Engländer jemals vordringen. In diesem Zirkel war Mr. Hammond, nachdem er die Mitgift seiner verstorbenen Gattin eingeheimst, Teilhaber an einer privaten Spielhölle geworden; und dieser HöllenRachen hatte sämtliche Gelder, die Jener erhalten, eingeschlungen – eine Hölle, die ja mit ihm eigentlich hätte prosperieren müssen, wenn er mit seinen schurkischen Gewinnen nur besser hausgehalten hätte. Sein SeniorPartner in der gleichen Firma, zog sich bald, mit einem hübschen Vermögen, aufs Land zurück – ohne Zweifel der Besitzer jener ›MaulbeerPlantagen‹, die grad zu verkaufen standen. Aber Jasper warf die Napoleondors eben noch schneller hinaus, als irgendein *croupier* sie zusammenrechen konnte. Und Jaspers natürliches Talent, gediegnes Gold in dünne Luft zu verwandeln, war noch unterstützt worden von einer Dame, die, im Verlauf ihres liebreichen Lebens, schon vermögenderen Männern als Jasper zu Logis in *Sainte Pélagie* verholfen hatte, oder einem EinzelStübchen im *Maison des Fous*. Er war mit dieser Dame bereits zu Lebzeiten seiner Gattin bekannt geworden; und es ward allgemein angenommen, daß Matilda's Entdeckung dieser *liaison*, durchaus zu jener Krankheit beigetragen haben könnte, die mit ihrem Tode endigte; der Name dieser Dame war übrigens Gabrielle Desmarets. *Sie* war immer noch, täglich im Bois de Boulogne, abendlich in Opernhaus oder Theater zu erblicken; *sie* hatte ihre Wohnung auf der Chaussée d'Antin, die für Mr. Gotobed, hätte ihn nach der Ehre ihrer Bekanntschaft gelüstet, nichts weniger als unzugänglich gewesen wäre. Aber Jasper ließ sich weniger vor einer bewundernden Welt sehen. Es hieß, daß er zur Zeit mit einem andern SpielHaus in Verbindung stehe, von wesentlich niedrigerem Rang als das vorhergehende, wo er es fertig gebracht hatte, seine eigene Bank zu sprengen und die eig'ne Kasse zu plündern. Auch hieß es weiterhin, daß er mit Mademoiselle Desmarets gut Freund geblieben sei; aber falls er sie noch in ihrer Wohnung besuchte, zu sehen war er niemals dort. Sein Temperament war ja aber auch derart unberechenbar, sein Mut so verwegen, seine Körperkraft so ungeheuerlich, daß Gentlemen, die weder den Wunsch hatten aus einem Fenster hinausgeworfen, noch eine Treppe hinuntergeschleudert zu werden, jedweden Salon und jegliches Boudoir vermieden, wo eine Aussicht bestand, ihm zu begegnen. Auf diese Weise hatte Mademoiselle Desmarets sich zu der schmerzlichen Wahl verurteilt gesehen: entweder seine Gesellschaft und die von Niemand sonst; oder aber die von Jedermann-sonst und strikte Vermeidung der seinigen. Da sie kein TurtelTäubchen war, hatte sie sich für die letztere Alternative entschieden. Dennoch wurde allgemein geglaubt, daß, wenn Gabrielle Desmarets jemals die Schwäche einer zärtlichen Empfindung gekannt, sie diesem turbulenten Lady-Killer gegolten habe; wie auch daß sie, mit einer Großzügigkeit, die sie niemals, in keinem andern Fall sonst, an den Tag gelegt habe, ihm, wenn sie ihm schon nicht länger beim Verschwenden behilflich sein konnte, doch bei ernstlichen Schwierigkeiten immer wieder finanziell unter die Arme griffe; obwohl, bei einer solchen Umkehrung der normalen Gesetze ihres Daseins, Mademoiselle Desmarets ihrer eig'nen Großmut selbstredend jene verständigen Schranken setzte, die sie in Bezug auf die seinige nicht gekannt hatte; und sie sollte, mit einem Seufzer, gesagt haben: »Das könnt' ich ihm noch vergeben, wenn er mich schlüge, und meine Freunde zu Bettlern machte; aber meine Freunde zu schlagen, und mich zur Bettlerin zu machen – also *das* ist nun nicht mehr die Art von Liebe, bei der die Welt bestehen kann!«

Schockiert bis in die letzten Fasern seines respektablen Nerven-Systems ob der also erhaltenen Aufschlüsse, kehrte Mr. Gotobed nach London zurück. Weitere Briefe von Jasper – die dringender wurden – am Ende sogar unverschämt – bis Mr. Gotobed, endlich zum Antworten geplagt, ihm kurzerhand zurückschrieb, ›daß er derlei Ansinnen Mr. Darrell nicht einmal mitteilen könne und möge; und daß er jedweden weiteren Verkehr mit Mr. Hammond, sei's schriftlich sei es persönlich, sich entschieden verbitten müsse.‹

Als Darrell von einem seiner gelegentlichen Streifzüge auf dem Kontinent, durch die er die Einförmigkeit seines Fawley'er Lebens zuweilen unterbrach, zurückkehrte, ›freundlos, abstrakt und melancholisch‹ wie nur je, fand er einen Brief von Jasper vor, an ihn adressiert, keineswegs kriechend, eher barsch; worin er sich über Mr. Gotobed's ungehörigen Ton beklagte; pekuniäre Unterstützung heischte; und zu verstehen gab, daß er, als Gegenleistung, Mr. Darrell eine Nachricht zu geben vermöchte, die ihm mehr Freude machen werde, als all sein Reichtum ihm erkaufen könne. Darrell schrieb an Mr. Gotobed, und legte diese Notifikation bei; Mr. Gotobed kam persönlich nach Fawley heraus, um ihm die bewußten Enthüllungen über Jaspers Lebensweise zu unterbreiten, die allzu delikat waren – beziehungsweise, korrekter, das Gegenteil von delikat – um sie dem Papier anzuvertrauen. Groß wie Darrell's Dégoût vor der Erinnerung an Jasper bisher schon gewesen war, wird man sich unschwer vorstellen, um wieviel bitterer diese Erinnerung nunmehr ward. Natürlich wurde Herr Jasper keiner Antwort gewürdigt; Der denn auch – nach einem nochmaligen, äußerst ungestümen Ansuchen um ›GELD!‹, erneut begleitet von einem rätselhaften Geprahle mit allerangenehmsten Neuigkeiten, die mitzuteilen in seiner Gewalt stünde – in ein mürrisches Stillschweigen zurückfiel.

Eines schönen Tages, etwas mehr als 5 Jahre nach Matilda's Tod, fand Darrell, heimkehrend von gedankenschwerem Spazier-Gang, einen Fremden vor, der auf ihn wartete. Dieser Fremde war William Losely, frisch von seiner Deportation als Sträfling zurückgekehrt; und – indes Darrell, bei dieser Art sich anzukündigen, noch stand, hochmütig-stumm, und sich wunderte, wie solch ein Gast die Schwelle von seines Vaters Haus überschreiten dürfe – : da begann Jener schon eine Story, die Darrell ebenso frechkeck, wie unbegreiflich vorkommen mußte – : nämlich wie das Kind, das Matilda Jaspern geboren, und dessen SterbeUrkunde ebenso zeremoniös vorgelegt wie fürsichtigerweise verifiziert worden war, noch lebe! Sogleich nach der Geburt aus dem Haus und an eine Amme gegeben, habe diese noch einen anderen Säugling zu versorgen gehabt; und dieses Letztere sei das Kind gewesen das gestorben, und als Matilda Hammond's begraben worden wäre. Losely senior habe dann zu stammeln fortgefahren: wie er hoffe, daß sein Sohn damals nichts von der betrügerischen Verwechslung gewußt, vielmehr selber von der Amme getäuscht worden sei – es sich also um keinen vorsätzlichen Betrug seinerseits gehandelt habe, um an das Vermögen seiner Frau heran zu kommen.

Als Darrell zu diesem Teil seiner Erzählung kam, ward Alban Morley's Gesicht wesentlich ernster und teilnahmsvoller. »Stop!«, sagte er; »William Losely hat Euch versichert, daß nach seiner eignen Überzeugung diese wunderliche Geschichte wahr sei? Zu was für Beweisen hat er sich erbötig gemacht?«

»Beweise! Zum Henker, Mann; meint Ihr, ich sei in solchen Augenblicken bloß der blutlose Advokat gewesen, der Fragen stellt und kreuzverhört? Ich konnte dem Betrüger nur befehlen, sofort das Haus zu verlassen, das seine Füße befleckten.«

Alban tat einen tiefen Seufzer; und murmelte, zu leise als daß Darrell hätte verstehen können, »Armer Willy!«; dann, wieder laut: »Aber, mein lieber Freund, habt einen Moment Geduld mit mir. Gesetzt, die Vertauschung sei, durch die Ränke dieses diabolischen Jasper, tatsächlich bewerkstelligt worden, und ein Kind Eures alten Hauses lebe noch: wär' es dann nicht Erquickung, nicht Trost . . .«

: »Trost!?« rief Darrell, »›Trost‹ in der Verewigung einer Schande?! Die Familie, die zu ihrem alten Rang im Lande wiederzuerheben ich meinem Vater versprach, erneuert im Enkelkind eines Verbrechers! – im Kinde eines noch niederträchtigeren Bauernfängers aus der Spielhölle! – und Ihr, Gentleman und Offizier, bezeichnet mir solchen Gedanken als ›Trost‹? Oh Alban! – pfui über Euch! pfui und aberpfui! Nein – überlaßt solche Einfälle den Lippen eines William Losely! Der wußte natürlich die Hände zu ringen, und einige Worte in dieser Richtung herzustammeln; der schien auf meine Verlassenheit, ohne Nachkommen und Verwandte, durchaus zu rechnen – wie doch kein Erbe meines Reichtums – kein Vertreter des Geschlechts vorhanden sei – ob ich mich denn jeder – klar!: genau Eure Worte! – jeder Erquickung, jedes Trostes selbst berauben wolle? Er bat mich, doch zumindest zu recherchieren.«

»Und was habt Ihr geantwortet?«

»So geantwortet, daß es jegliche Hoffnung auf den Erfolg einer so offenkundigen Betrügerei, schon im Keim knicken und ersticken mußte – geantwortet : ›Wozu recherchieren? Wißt, daß ich, selbst wenn Eure Fabel wahr wäre, keinen Erben, keinen Vertreter des Geschlechtes, keinen Abkömmling, in dem Kinde eines Jasper – in dem EnkelKind eines William Losely – hätte. Ich kann mein Vermögen immer noch dem Sohn von Charles Haughton hinterlassen. Sicher, Charles Haughton war auch ein Verschwender – ein

Spieler; aber er war weder ein gewerbsmäßiger Betrüger, noch ein überwies'ner Verbrecher.«

»Das habt Ihr gesagt? – oh, Darrell!« Der Oberst hielt an sich. (Eben ohne Charles Haughton, den Verschwender und Spieler : wäre William Losely da auch der ›überwiesne Verbrecher‹ geworden? Aber er unterdrückte diesen Gedanken, und fragte lieber hastig): »Und was hat William Losely darauf erwidert?«

»Nichts hat er darauf erwidert – weggeschlichen hat er sich, ohne ein Wort.«

Darrell ging weiter daran, von der Aussprache zu berichten, die Jasper ihm damals in Fawley, während Lionels kurzem Besuch dort, aufgenötigt hatte – seitens Jaspers ein Versuch, ihm dasselbe Märlein aufzubinden, wie schon William getan – von Darrell's Seite genau wieder die gleiche verächtliche Weigerung, es auch nur bis zu Ende zu hören. »Und« fügte Darrell hinzu, »da der Mensch erkennen mußte, wie es unmöglich sei, meine Vernunft zu düpieren: besaß Der doch die unvorstellbare Schäbigkeit, mich um ein Almosen anzugehen! Ich konnte ihm die Verachtung, die ich ihm und seiner Geschichte gegenüber empfand, nicht besser an den Tag legen, als daß ich ihn ausdrücklich als Bettler und Fechtbruder anerkannte: hab' ich ihm also meine Börse vor die Füße geworfen, und ihn stehen lassen.«

»Aber« sprach Darrell fürder, indes seine Stirne düster und immer düsterer wurde – »aber, toll und monströs wie das Flunker-Gewebe sich auch darstellte, die bloße Idee, daß es wahr sein KÖNNTE – eine Annahme, die ihre einzige unangenehme Stärke aus dem Charakter dieses Jasper Losely bezog – aus dem Interesse, das er an dem angeblichen Tod eines Kindes hatte, das allein noch zwischen ihm und jenem Gelde stand, das wegzurapschen er sich sehnte – ein Interesse, welches erlosch, sobald das Geld dann wieder dahin war; oder, richtiger: sich in das ContraInt'resse verwandelte, ein Dasein zu beweisen, von dem er dachte, es würde ihm erneut eine Handhabe über mich geben – dennoch, wie ich sagte, eine bloße Idee, daß die Geschichte wahr sein *könnte*, begann sich mir als Befürchtung aufzudrängen; und falls dem so sein sollte, würde es trotz allem – obwohl mein Entschluß, das Kind Jasper Losely's niemals als einen Repräsentanten, oder gar offizielle Tochter des Hauses, anzuerkennen, selbstredend unerschütterlich bleiben würde – meine Pflicht geworden sein, darauf zu halten, daß ihre erste Lebenszeit beschützt, ihre Kindheit wohl erzogen, ihre Jugend bewacht-behütet, ihre ganze Existenz ausgiebig versorgt werde.«

»Richtig – Eure einfache Pflicht«, versetzte Alban ungeschminkt. »Kompliziert mögen zuweilen die Obliegenheiten sein, die uns als Gentlemen aufgebürdet sind; und ›*noblesse oblige*‹ ist eine Devise voller Probleme, die einen Casuisten in Verlegenheit bringen können; aber unsre Verpflichtungen als Mensch sind gottlob eindeutig – durchaus korrekt, daß Ihr die erwähnte Idee als Alpdruck empfandet – und folglich . . .?«

» – folglich beeilte ich mich, den Spuk auszutreiben. Ich verließ England – ich verfügte mich in jene französische Stadt, wo die arme Matilda gestorben war – ich konnte selbstverständlich keine publiken oder offiziellen Recherchen anstellen, von einer Natur, daß sie eben jenem böswilligen Komplott (falls ein solches Komplott vorlag) mit dem man mich bedrohte, Wichtigkeit oder Bedeutsamkeit verliehen hätten. Aber ich habe den Arzt gesprochen, der sowohl meine Tochter, als auch ihr Kind, behandelt hatte – habe Diejenigen aufgesucht, die Beide lebend – Diejenigen, die Beide tot gesehen hatten. Der Zweifel, den ich im Gemüt gehegt hatte, ward zerstreut – nicht 1 Vorwand blieb übrig, für etwelche fürdere SelbstQuälerei. Die einzige, zur Abrundung des IndizienMaterials notwendige Person, die ich nicht erreichen konnte, war jene Amme, der man das Kind übergeben hatte. Sie wohnte in einem Flecken, etliche Meilen von der betreffenden Stadt entfernt – ich begab mich zu ihrem Haus – sie war ausgegangen. Ich hinterließ Bescheid, daß ich am nächsten Tage wieder vorsprechen würde – tat das auch – aber sie hielt sich versteckt. Ich hätte sie, zweifellos, mit Gewalt auftreiben können; aber zu welchem Zweck, wenn sie, wie's zu vermuten stand, doch bloß Jasper's HelfersHelferin und Werkzeug war? War nicht allein solche Flucht Beweises genug für ihre Schuld, ihren Schrekken? Indirekt erkundigte ich mich nach ihrem Vorleben, nach ihrem Ruf? – die Nachfrage eröffnete ein derartiges Feld von Mutmaßungen, daß ich nur schleunigst meine Augen davon abwandte : dieses Weib hatte eine Schwester, die bei Gabrielle Desmarets in Stellung gewesen war!; und Gabrielle Desmarets selbst hatte sich schon einmal, zu lebzeiten meiner armen Tochter, und unmittelbar nach ihrem Tode wiederum in der Nachbarschaft dort aufgehalten. Und die Amme hatte zwei Säuglinge in Pflege gehabt; die Amme hatte sich mit einem davon nach Paris begeben – und Gabrielle

Desmarets wohnte in Paris – und : oh, Alban, wenn jetzt tatsächlich ein Kind, Jasper Losely's Fleisch und Blut, vorhanden sein sollte, das man meinem Geldbeutel, meinem Mitleid aufzwingen will – dann ist das nicht sein Kind von der unglücklichen Matilda; sondern von jenem nichtswürdigen Weib, um dessentwillen Matilda, im ersten Jahr ihrer Ehe schon, verlassen wurde! Begreift doch, wie selbst die Leichtgläubigkeit in Person wohl vor dieser gräßlichen Falle zurückscheuen würde! – ich anerkennen, adoptieren, als den Letzten der Darrell's proklamieren, den im Ehebruch erzeugten Sprößling eines Jasper Losely und einer Gabrielle Desmarets!? – oder, wenn ich einst im Grabe liege, soll dann ein RechtsAnspruch erhoben werden können auf die Summe, die durch meinen EheVertrag damals auf Matilda's Nachkommenschaft überschrieben ward; und die ich, falls ein Kind am Leben war, rechtlicherweise niemals seinem Vater hätte in die Hände geben dürfen – ein Prozeß mit bestochenen Zeugen – ein betrügerisch bewerkstelligter RechtsAnspruch – ein RechtsAnspruch, der zum Repräsentanten, nicht nur von all meinem Hab und Gut, sondern auch, weit kostbarer noch, meines Stammes und Blutes, ein Subjekt einsetzte, in Gesalt eines – eines – oh –«

Darrell brach, dem Ersticken nahe, ab; und wurde derart blaß, daß Alban besorgt von seinem Sitzplatz aufsprang.

»Es ist nichts«, fuhr Darrell, mit schwächlicher Stimme fort; »und ich muß ja wohl oder übel, mit dem Thema jetzt und hier einmal zu Ende kommen, so daß Wir es nie wieder anzuschneiden nötig haben.«

»Ich bin dann, wie Ihr wißt, einige Jahre im Ausland geblieben. Während dieser Zeit wurden mir 2 oder 3 Briefe von Jasper Losely übermittelt; der dem Datum nach letzte unverschämter, als alle vorhergegang'nen zusammen. Er enthielt Forderungen, die wie Anrechte vorgebracht wurden; und versteckte, auf mich und meinen Stolz berechnete, Drohungen mit öffentlicher Bloßstellung – ›Er sei letzten Endes eben doch mein SchwiegerSohn; und wenn er in Schande geriete, sollte die Welt von unsern Familienbanden erfahren!‹ Genug. Das ist Alles, was ich wußte; bis jetzt auf einmal dieser Mann, der als Jasper Losely's Freund, oder Agent, seinen Vorstoß unternommen, und mich vergangnen Abend, bei Mrs. Haughton, angesprochen hat. Diesen Mann habt Ihr also gesehen und gesprochen; und Ihr sagt, er-ä . . .«?

»– stellt Jasper's Armut als hochgradig dar; seine Stimmung

als skrupellos und desperat; und daß er zu jeglichem Skandal, jeder Gewalttätigkeit kapabel wäre. Es scheint, (wie wenigstens Poole glaubt), daß, obgleich er in Paris den Namen Hammond ständig beibehielt, er jetzt in England sein ›Losely‹ wieder angenommen hat; und zwar scheint er – (nach Poole's Angabe von Zeit und Datum, wo er zuerst Jaspers Bekanntschaft machte) – sich nach seiner fehlgeschlag'nen Attacke auf Euch, damals in Fawley, dieses System eingerichtet zu haben – ob er nun damit den Beginn der Feindseligkeiten ankündigen wollte; oder ob der Ganove, was das Wahrscheinlichere ist, es für zweckmäßig findet, in einem Land den einen Namen, im andern einen andern zu benützen – darüber zu grübeln wäre wohl nutzlos; entscheidend ist, daß der skrupellose Schuft sich länger keine Mühe mehr gibt, die Identität zwischen dem Hammond, der die arme Matilda heiratete, und jenem Jasper Losely, dessen Vater deportiert gewesen ist, zu verbergen. Nun ist es wahr, daß die Enthüllung dieser Identität, einem Mann von Welt jetzt wenig mehr ausmachen würde – einem so Dickfelligen, wie mir, zum Beispiel; aber für Euch wäre sie unangenehm – da gibt's nichts zu leugnen – und deshalb, mit einem Wort, wenn Mr. Poole zu einem Kompromiß rät, der Jasper vor Mangel, und Euch vor Plackereien sicherte, ich ausnahmsweise einmal der gleichen Meinung wie Mr. Poole bin.«

»Wirklich?«

»Ganz gewiß. Mein bester Darrell, wenn in Eurem innersten Herzen etwas derart Gallebitt'res in der Vorstellung lag, daß der Mann, der Eure Tochter, (wiewohl ohne Eure Einwilligung), geheiratet, nicht nur, wie die Welt angenommen haben wird, der normale AbenteurerTyp war; sondern der Sohn des armen lieben – ich meine, dieses Schuftes da, den sie deportiert haben; und er, Jasper-selbst, ein Betrüger und Gauner – wenn schon das so an Euch genagt hat, daß Ihr den wahren Tatbestand selbst mir, Eurem ältesten Freunde, bis auf den heutigen Tag verschwiegen habt – wenn es Euch selbst jetzt noch derartig hart ankommt, den echten Namen dieses Mr. Hammond bekannt zu geben, den unsre gesellschaftlichen Kreise niemals erblickt haben, dessen selbst der Klatsch in Verbindung mit Euch vergessen hat – wie unerträglich würde Euer Leiden dann erst werden, wenn dieser Kerl Euch in den Straßen auflauerte, irgendein elendigliches Mädchen-Wesen an der Hand, und Euch laut anschreiend: ›1 Penny für Eure Enkelin und Euern Eidam!‹ – vergebt mir; aber ich muß Euch das ungeschminkt darstellen. Ihr könnt ihn natürlich der Polizei übergeben — ihn in die TretMühle schicken lassen — aber wird die Sache dadurch gebessert? Oder (noch schlimmer!) : angenommen, der Mann begeht ein Verbrechen, das die Spalten aller Gazetten mit Berichten von seinem Leben und seinen Aventiuren füllt — selbstverständlich inklusive seiner pikanten EntführungsHeirat mit der Erbin des berühmten Guy Darrell:! — kein Ernstzunehmender würde Euch irgend wie ›Schuld geben‹, nicht-Einer Euch deswegen minder respektieren — aber erzählt mir bitte nicht, daß Ihr nicht, und mit Freuden, Euer halbes Vermögen daran setzen würdet, um den Namen Eurer Tochter vor der Zusammenstellung mit dem einer solchen halunkischen Kreatur zu bewahren.«

»Alban«, gab Darell finster zurück, »Ihr könnt in dieser Richtung nichts vorbringen, was ich nicht selbst längst durchdacht hätte. Aber dieser Mensch hat die Sache so gewendet, daß die Ehre-selbst mir verbietet, mit ihm um den Preis meines Namens zu schachern. So lang' er droht, darf ich eine Drohung nicht abkaufen; solang er bei einer Fabel beharrt, aufgrund deren er einen Rechts-Anspruch begründen möchte, via eines Kindes, das als Erbin meines Blutes abzulehnen ich beste Gründe und jegliches Recht habe — so lange würde Alles, was ich ihm bewilligte, wie ein Schweige-Geld erscheinen, um seine Ansprüche zu schwichtigen.«

»Natürlich — Ich versteh' das, und pflichte Euch völlig bei. Aber gesetzt, der Mann widerriefe alle seine Drohungen; gestünde seinen Betrug hinsichtlich dieses vorgeblichen Nachkommen; und willigte überdem ein, sich für den Rest seines Lebens in eine entfernte Kolonie zurückzuziehen, mit einem Jahrgeld, das zwar für seine Bedürfnisse genügte, ihm aber keinen Überschuß darüber hinaus ließe, um seine Laster noch greller, seine Fähigkeit zum Bösen noch eklatanter zu machen — wenn dergleichen zwischen mir und Mr. Poole ausgehandelt werden könnte, dann, meine ich, wäre Euer Friede doch, ohne das geringste Opfer an Ehre, dauerhaft gesichert. Wollt Ihr die Sache in meinen Händen lassen, auf die Versicherung hin —: daß ich der Person nicht 1 Heller geben werde, es sei denn unter den eben angegebenen Bedingungen?«

»Unter diesen Bedingungen, ja, und mit dem größten Dank«, sagte Darrell. »Tut was Ihr wollt; aber eine Gunst noch —: sprecht mir niemals wieder (es sei denn, Ihr wäret absolut dazu gezwungen) von etwas, das mit diesem dunklen Sektor meines Innenlebens zusammenhängt.«

Alban drückte nur die Hand seines Freundes; und Beide blieben für einige Augenblicke stumm. Dann sagte der Oberst, mit einem Versuch zur Aufmunterung: »Darrell, ich erkenne jetzt mehr denn je, daß das Neue Haus in Fawley, das so lang ausgesetzte, vollendet werden muß. Heiraten müßt Ihr wieder! – man kann alte Erinnerungen nie nachhaltig bannen, es sei denn, man hätte gleichzeitig frische Hoffnungen an ihre Stelle zu verpflanzen.«

»Ich fühl' es – ich weiß es!« rief Darrell leidenschaftlich. »Und – oh! wenn eine, eine-einzige Erinnerung ausgerissen werden *könnte!* Aber sie soll's jetzt – sie soll es!«

»Ahà« dachte Alban – »die Erinnerung an sein vormaliges Ehe-Leben! – eine Erinnerung freilich, die selbst den jüngsten und kecksten Benedict vor dem Risiko eines ähnlichen Experimentes zurückbeben machen könnte.« –

Genau im Verhältnis zum Zartgefühl, zum Ernst, zur Tiefe einer MannsNatur, wird sich in ihrem Wesen immer ein Etwas vorfinden, von dem kein männlicher Freund sich einen Begriff machen, und in den Geheimnissen seines Lebens ein Etwas, das kein männlicher Freund jemals mutmaßen kann.

11. Kapitel

Unser alter Freund, der TaschenKannibal, legt unerwarteterweise sowohl Patriotismus, wie auch philosophische Mäßigung an den Tag; insofern als er sich mit einem Steak aus seinem eignen, saftigen Freunde, zu verzehren unter den Lüften seines eignen heimatlichen Himmels, bescheidet.

Oberst Morley hatte also eine zweite Aussprache mit Mr. Poole. Und es überforderte Alban's WeltKenntnis mit nichten, zu entdecken, daß Poole auch kein voreingenommener Freund Jasper Losely's war; daß, aus dem ein- oder andern Grunde, Poole es nicht minder ängstlich hatte als der Oberst, diesen entsetzlichen Klienten, dessen Sache er so warm verfocht, pensioniert und dann in die von Großbritannien möglichst entferntliegende WeltGegend verfrachtet zu sehen, wo ein bisher so rastloser Geist sich niederzulassen nur geruhen werde. Und obschon Herr Poole Darrells unhöfliche Zurückweisung seiner freundschaftlichen Intentionen unverkennbar arg übel genommen hatte, so hätte doch kein Grad von Groll gegen Darrell ein hinreichendes Motiv für ein Benehmen abzugeben vermocht, das praktisch dem christlichen Wunsche gleichkam, Darrell's Seelenruhe durch Losely's lebenslängliches Exil zu erkaufen. Demgemäß nahm Oberst Morley Abschied, mit dem wohlbegründeten Vertrauen in Poole's aufrichtige Entschlossenheit, alles in seiner Macht Stehende aufzubieten, um Jasper dazu zu bewegen, auf die Stimme der Vernunft zu hören. Eigentlich hatte der Oberst gehofft, von Poole auch etwas über den derzeitigen Aufenthaltsort und die etwaigen HülfsQuellen des älteren Losely zu erfahren; aber, wie wir wissen, vermochte Poole .ihm darüber keinerlei Auskunft zu erteilen. Ebensowenig glückte es dem Oberst, nähere Einzelheiten in Betreff jener bewußten Prätendentin zu ermitteln, zu deren Gunsten Jasper hauptsächlich seinen Anspruch auf Unterstützung seitens Darrell ableitete. Und so groß war Poole's Verlegenheit bei Beantwortung aller Erkundigungen in dieser Richtung – ›Wo befand sich denn die junge Person?‹ – ›Mit Wem hatte sie bisher zusammengelebt?‹ – ›Wie sah sie eigentlich aus?‹ – ›Könne der Oberst sie nicht einmal sehen, und ihre Geschichte selbst erzählen hören?‹ – daß sich bei Alban doch der starke Verdacht bildete, ein solches Mädchen existiere überhaupt nicht; daß sie eine nackte Fiktion und MythenFigur sei; beziehungsweise daß, wenn Jasper gezwungen wäre, nun endlich eine bepetticoatete Schöne vorzuzeigen, es sich dabei höchstens um ein für den Fall angeheuertes, listenreiches kleines Hürlein handeln würde.

Poole erwartete Jasper's nächste Visite diesmal direkt mit Ungeduld und zuversichtlicher Freude. Er hegte nicht den geringsten Zweifel daran, daß der brutale Halunke mit Freuden darauf eingehen werde, schriftlich einzuräumen, wie er, bei näherem Nachforschen nun doch gefunden, daß man ihn in seinem Glauben an seine Verwandtschaft mit Sophie getäuscht; wie auch weiterhin, daß es für sein Herz nichts so besonderes Heiliges in England geben, und er sich ohne weiteres dazu verstehen werde, die freieren Lüfte Columbischer Himmelstriche zu atmen; wenn nicht gar, inmitten der Weidegründe des goldreichen Australien, der dortigen Schäfer schuldloses Leben zu teilen. Aber zu Poole's unaussprechlicher Bestürzung, erklärte Jasper verdrossen, daß er nie darauf eingehen würde, sich, bloß um des nackten LebensUnterhalts willen, selbsttätig zu expatriieren!

»Ich bin nicht mehr so jung, wie ich 'mal war«, sagte der Bravo; »ich sprech' jetzt weniger von Jahren, als wie ich mich fühl'. Ich hab' nicht mehr die alte Energie; einst hatt' ich Feuer und Lebensmut – der ist gebrochen; einst besaß ich Hoffnung – jetzt keine mehr; und auf körperliche Anstrengungen bin ich auch nicht mehr eingerichtet – ich hab mir das Faulenzen angewöhnt. Nun noch mal einen neuen Schauplatz zu betreten; weitläufig neu zu planen; in einer wüsten neuen rohen Welt zu leben, wo Jedermann um mich her sich geschäftig rührt und 'rumboxt? – Nee! das würde sich allenfalls für einen windhündigen, federgewichtigen Springinsfeld schicken! Aber schaut Mich an! Seht, wie ich, in den letzten 5 Jahren, an Gewicht zugenommen habe – nichts als solideste Knochen und Muskeln: die Vier Fuhrleute möcht' ich sehen, die mich 1 Zoll von der Stelle bewegen, wenn ich nicht will! Und da jetzt so einfach-weggeblasen zu werden, zu den Antipoden hin, wie wenn ich die Wolle einer verpesteten Distel wäre, *da-zu* bin ich nicht in der Laune, Dolly Poole!«.

»Hm!« machte Poole, und versuchte zu lächeln. »Das ist drollig gesagt – Ihr wart immer ein drolliger Bursche. Aber Oberst Morley's entschiednem Auftreten nach, bin ich mir vollkommen sicher, daß, falls Ihr darauf besteht, in England zu bleiben, Ihr von Darrell nichts 'rausholen könnt.«

»Nu schön; wenn mir mal gar nichts andres übrig sein wird, kann ich ja auch eventuell zu Darrell selber hingeh'n und die Sache mit ihm persönlich ausmachen. Gegenwärtig bin ich noch nicht dazu aufgelegt. Dolly nich langweilig werden!«. Und der Bravo öffnete ein Paar Kinnladen, die für jegliches fleischfressende Tier stark genug gewesen wären; gähnte – gähnte, ähnlich wie ein gelangweilter Tiger im Zoologischen Garten tut, einem philosophischen Beobachter wilder Manieren mitten ins Gesicht.

»Langweilig?«, fragte Poole verblüfft, und vor den weit aufgetanen Kiefern leicht zurückweichend. »Aber ich hätte doch gedacht, kein Gegenstand würde Euch weniger langweilen können, als Erwägungen darüber, wie und von was Ihr leben solltet?«

»Je nun, Dolly, ich hab gelernt, mich mit Wenigem zu begnügen; und, seht Ihr, da leb' ich eben zur Zeit von Euch.«

»Allerdings« stöhnte Poole; »aber das kann nicht für immer so fortgeh'n; und außerdem hattet Ihr versprochen, Ihr würdet mich in Frieden lassen, sobald ich Darrell dahin gebracht hätte, für Euch zu sorgen.«

»Und das werd' ich auch. Verdammt, Sir, zweifelt Ihr etwa an meinem Wort? Das werd' ich. Aber Verbannung nenne ich keine ›Versorgung‹ – und *Basta!* Ich erfahre von Euch, daß Oberst Morley sich erbötig macht, wieder mit diesen lausigen 200 £ pro Jahr anzufangen, die Darrell mir früher bereits einmal ausgesetzt hatte; und die mir monatlich, oder gar wöchentlich, über irgendeinen Agenten in Van Diemen's Land auszuzahlen wären, oder 'ner ähnlichen ZwischenStation auf dem halben Wege zur Ewigkeit, die, als ich in der Schule Erdkunde hatte, noch nich 'mal auf'm Atlas stand. Aber 200 £ jährlich?: ist doch genau mein Einkommen in England-hier; ebenfalls wöchentlich auszuzahlen, und das noch von Eurer angenehmen Person, mit der es eine wahre Lust ist, über alte Zeiten zu schwatzen. Deswegen kommt dieser Vorschlag überhaupt nicht in Frage. Teilt also Oberst Morley mit: einen Schönen Gruß von mir; und, falls er den Betrag verdoppeln, und mir erlauben will, ihn auszugeben, wo es mir beliebt, dann bin auch ich über's Schachern erhaben, und spreche ›abgemacht‹. Und was dieses Mädchen anbetrifft – da ich sie ja doch nicht finden kann; (obwohl, nehmt Euch in acht, darüber das Geringste verlauten zu lassen, auf die Gefahr hin, so platt geschlagen zu werden, wie ’ne Mumie!) – würd’ ich dann auch darauf eingehen, und es Mr. Darrell freistellen ob er sie nun anerkennen will oder nicht. – Aber seid Ihr denn wirklich ein solcher Schöps, Dolly, nicht einzusehen, daß ich das TrumpfAß für meines Gegners jämmerliche Zwei hinwerfen würde, wenn ich ihm schriftlich gäbe, daß mein eignes Kind nicht mein eignes Kind sei, und Alles, was ich dafür bekäme, genau das ist, was ich auch von Euch ’rausholen *und* dabei mein TrumpfAß in der Hand behalten kann? *Basta!* – und noch einmal *Basta!* Es ist doch unverkennbar, wie Darrell daran liegt, jeglicher Befürchtung ledig zu werden, daß Sophie irgendwann einmal über ihn herfallen könnte, mit Klauen und Zähnen; ich meine, wenn er so fest davon überzeugt wäre, daß sie nicht das Kind seiner Tochter ist: na warum macht er denn dann einen VertragsPunkt daraus, ich müsse ihm aber schriftlich geben, daß ich ihn, damals, als ich das Gegenteil behauptete, bloß angeschwindelt hätte? Außerdem hat er augenscheinlich doch auch Angst, es könne in meiner Macht stehen ihn zu ärgern und zu piesacken: warum macht er sonst wohl zur Bedingung, ich dürfe sein bißchen Käse aber nur in einem Verschlag am Ende der Welt beknabbern, angestarrt von Buschmännern und Wombats und Klapperschlangen und Alligatoren, und sonstigen amerikanischen Bürgern oder Britischen Ansiedlern! 200 im Jahr, und der Vater meiner leiblichen Gattin ein Millionär?: eine Beleidigung ist so ein Angebot! – Denkt darüber nach; zieht die Schraube fester an; macht, daß sie zu Bedingungen kommen, die ich ihnen die Ehre erweisen kann, anzunehmen; inzwischen: darf ich Euch jetzt um meine 4 Sovereigns bemühen?« –

Also hatte Poole den Verdruß, den Obersten von Jasper’s Ablehnung der vorgeschlag’nen Bedingungen zu unterrichten, und dafür den GegenVorschlag zu unterbreiten, den zu machen er bevollmächtigt war. Anfangs war Alban überrascht, da er keine Ahnung von den SubsistenzMitteln hatte, die Jasper sich in seinem Heimatland, in Gestalt von Poole’s SchatzTruhen, zu sichern gewußt. Als er jedoch den betrübten Unterhändler des Näheren über Jasper’s BewegGründe sondierte, erriet er immerhin einen Teil der Wahrheit – nämlich, daß Jasper seine Hoffnung auf günstigere Bedingungen, genau auf das Faktum gründete, daß ihm überhaupt Bedingungen angeboten worden waren; worauf Alban fast bewogen ward, es zu bedauern, daß er das geringste Entgegenkommen gezeigt hatte; und er schier des Glaubens wurde, wie

Darrell's Widerwille, einem so frechen Bettler die Tür der Versöhnung auch nur 1 Zoll breit zu öffnen, doch beträchtlich weltweiser gewesen war, als Alban ursprünglich angenommen hatte. Dennoch beauftragte er Poole, um der lieben Sicherheit und Seelenruhe Darrell's willen – einesteils infolge der völligen Durchdrungenheit von seiner eig'nen Fähigkeit, die Dinge zu managen, wie sie der vollendete Weltmann sich zuzuschreiben tendiert; und andernteils doch wegen einer unwiderstehlichen Neugier, den verwegnen Sohn dieses armen lieben WillySchuftes einmal kennen zu lernen, ihn selber über sein vorgebliches Fakten-Material zu vernehmen, und worin denn nun eigentlich das Ziel bestehe, das er sich gesteckt – Jasper mitzuteilen, wie er, Oberst Morley, durchaus bereit und willens sei, ihn in einer persönlichen Zusammenkunft von der Unmöglichkeit zu überzeugen, auf die von ihm gemachten Vorschläge einzugehen; und außerdem, daß ihm noch weit mehr daran gelegen sei, jene junge Person einmal zu sehen, von der Jasper behaupte, sie sei das Kind aus seiner Ehe. –

Jasper, nach einem Moment mürrischen Nachsinnens, lehnte es jedoch ab, sich mit Oberst Morley zu treffen – eine Weigerung, die in gewissem Ausmaß auf seine so empfindliche Eitelkeit zurückzuführen war, die ihm einst Freude bereitet hatte, und nun nur noch Ärger machte. Sich auf solche Weise – verändert, heruntergekommen, vertiert – mit dem feinen Gentleman zu messen, dessen ruhiges Auge ihn schon im Salon der Witwe damals, in den Tagen seines relativen Glanzes, mühelos gezähmt hatte – allein diese Vorstellung war dem verwilderten Bravo schon abschmeckend genug. Dann hatte er auch das Gefühl, daß es weniger vorteilhaft für ihn ausfallen dürfte, mit einem kalten und bedächtigen Vertreter der Darrell'schen Interessen zu argumentieren, als wenn er es mit Darrell selbst zu tun hätte. Und da er nun einmal nicht imstande war, das Kind vorzuzeigen, auf dem sein Recht aufdringlich zu werden, basierte, würde er sich nur dem Feuer eines KreuzVerhörs aussetzen, ohne selbst einen einzigen Schuß im Vorrat zu haben. Demgemäß lehnte er es schlankweg ab, Oberst Morley zu sehen; und erklärte noch einmal, daß die von ihm vorgeschlag'nen Bedingungen sowieso schon die niedrigsten seien, die er akzeptieren würde. »Aber das Eine sagt Oberst Morley noch: falls die Verhandlungen sich zerschlagen sollten, würde *ich* früher oder später nicht verfehlen, meine Ansicht über alle strittigen Punkte mit meinem liebenguten SchwiegerPapa zu erörtern, und zwar in Person!«

»Ja, verflucht!« rief Poole erbittert: »dann geht doch, und trefft Euch mit Darrell selbst! Er ist leicht zu finden.«

»Oh ja«, erwiderte Jasper, und gab ihm den härtesten Blick aus niederwärts gerichteten SchielAugen —: »oh ja; eines schönen Tages kann es wohl so weit kommen. Ich würd' es, wenn möglich, lieber vermeiden — möcht' sein, ich würde die vornehme Ruhe nicht ganz bewahren können. Es ist schließlich keine bloße Geldangelegenheit zwischen Uns, wenn Wir einmal aufeinanderstoßen. Da sind auch noch Beschimpfungen quitt zu machen. Sein Haus verboten zu bekommen, wie ein räudiger Hund? — von einem maulaffigen Advokaten behandelt zu werden, wie der letzte Dreck im Rinnstein?! Die Losely's würden, denk' ich, noch vor 50 Jahren auf die Darrell's herabgesehen haben, und zwar *SO:!;* und was heißt das, mein Vater wäre außerehelich geboren? ist das Blut deswegen nicht dasselbe? Verkümmert eine Rasse etwa sofort, wenn 'mal 'n GoldRing und der Pfaffe dabei gefehlt hat?: schaut mich doch an! (Das heißt, nein; nicht was ich jetzt bin; und noch nicht mal, wie Ihr mich vor 5 Jahren gesehen habt; sondern in meiner ersten JugendBlüte!). War ich dazu geboren, Zahlenkolonnen zu addieren, und am Federhalter zu kauen wie ein StadtSchreiberlein? Haha, mein armer Vater, in der Hinsicht hast Du Dich geirrt! Das Blut schlägt durch! Und ein Rennpferd am Gig eines Spießbürgers das gibt einen wilden Teufel! Soll das Vieh — mit Spat behaftet, und Windgallen, und lahm — am Schluß immer zum Abdecker stolpern: an seinem Auge, ja an seinen Knochen und Innereien noch, wird die Rasse sichtbar sein, von der es stammte!«

Dolly sperrte die Augen auf, und zwinkerte. Niemals, auch in seinen glänzendsten FlitterTagen nicht, hatte Jasper auch nur halb so offenherzig es aufgedeckt, was allem Anschein nach immerfort eine wunde Stelle für seinen Stolz gewesen war; und sein Ausbruch jetzt, wird möglicherweise dem Leser zu einem subtileren Verständnis für die Arroganz, die Leichtfertigkeit und den Egoismus verhelfen, die mit der Unempfindlichkeit des Mannes für Ehre Hand in Hand gingen; und die seltsamerweise gerade seinen gewissen Anspruch auf das Geblüt eines Gentleman, in eine weitere Entschuldigung für die zynische Verachtung eben jener Tugenden verwandelt hatten, für die ein Gentleman sonst am meisten geachtet und geschätzt zu werden wünscht. Aber infolge eines durchaus nicht-unüblichen Vorganges im menschlichen Gemüt, war Jasper's Stolz – je tiefer und tiefer er in den Bodensatz und die Hefen des Glückes versackte – immer deutlicher aus der Gruppe seiner andern und prunkenderen Laster hervorgetreten, von denen er, als noch Gesundheit und Feuer da waren, beiseithin verdrängt und überschattet worden war.

»Hm; naja«, sagte Poole nach einer Pause. »Wenn Darrell Euch gegenüber auch so unhöflich gewesen ist, wie bei mir, wunder' ich mich nicht, daß Ihr ne Pike gegen ihn habt. Aber selbst wenn Ihr, im Gespräch mit ihm, die Beherrschung verlieren solltet, dann dürfte das eher nützen als schaden. Ihr könnt verdammt unangenehm werden, wenn Ihr wollt; und es wäre durchaus möglich, daß die Chancen, Eure eignen Bedingungen durchzupauken, steigen würden, wenn sie 'mal sähen, daß Ihr sowohl beißen als bellen könnt. Geht nur ran an Darrell, und zwiebelt ihn; das ist nicht fair, immer bloß mich-allein zu piesacken!«

»Nicht groß poltern, Dolly! Ja, wenn ich an seiner Tür stehen könnte, oder ihn auf offner Straße anhalten, mit dem Mädchen an meiner Hand, dann wäre Euer Rat gescheit. Um einen Krakeel zwischen einem reichen Mann und einem Schwiegersohn ohne jeden Pfennig, scheert sich die Welt nicht *so* viel, Aber eine int'ressante junge Lady, die ihn ›GroßVater‹ ruft, und ihm zu Füßen fällt – *Die* könnt' er nicht auf ZwangsArbeit verschicken; und selbst wenn *er* nicht an ihre Geburt glaubt: laßt das Dings nur erst in ein paar Zeitungen erschienen sein, und's wird genug geben, Die daran glauben – : in dem Moment hätt' ich eine gänzlich andere AusgangsPosition für Verhandlungen! Und genau deshalb – weil ich, beim nächsten Rencontre mit Herrn Darrell, nicht möchte, daß es eben wieder nur Gebelle, und kein Gebeiße setze – geschieht es, daß ich diese Auseinandersetzung immer noch hinausschiebe. Liegt Alles nur an Eurer eignen Faulheit – strengt Euch doch an, und treibt das Mädchen auf!«

»Aber ich *kann* sie doch nicht auftreiben, und das wißt Ihr auch ganz genau! Und ich will Euch noch was sagen, Mister Losely: Oberst Morley, (und der Mann hat ein schlaues Köpfchen!), glaubt nicht an die Existenz dieses Mädchens.«

»Tut er das nicht?; (Ich fang' allmählich selber an, daran zu zweifeln). – Na, wie dem auch immer sei: an *meiner* Existenz könnt Ihr jedenfalls keinen Zweifel hegen; und ich bin so dankbar für Eure; und da Ihr mir wieder mal die Mühe gemacht habt, für nichts und wieder nichts hierherzukommen, könnt' ich mir eigentlich mein nächstes WochenDeputat gleich im Voraus mitnehm' —: 4 Sovereigns, wenn ich bitten darf, Dolly Poole:!—«

12. Kapitel

Eine neue Haltestelle — auch PferdeWechsel — und die Straße macht eine Biegung.

Als Oberst Morley erfuhr, daß Jasper eine persönliche Konferenz mit ihm ablehne, und daß sein Vorschlag eines Interviews mit Jasper's vorgeblicher Tochter gleichermaßen verschmäht, beziehungsweise beiseite geschoben wäre; verdichtete sich sein Glaube immer mehr, daß Jasper noch nicht mit einer Tochter gesegnet worden sei, gerissen genug um sie vorzeigen zu können. Und vergnügt bei dem Gedanken, daß der Gauner also nicht mit einem Mittel zu Ärgernissen versehen sei, welches, geschickt gehandhabt, durchaus ernstlichen Verdruß hätte bereiten können; und weiterhin überzeugt davon, daß Jasper, wenn er erkennen müsse, wie man fürderhin keine Notiz mehr von ihm nehme, von selbst gezwungen sein werde, um die Bedingungen zu bitten, die er jetzt verwarf; erklärte der Oberst Mr. Poole ganz trocken, ›wie sein vermittelndes Eingreifen somit am Ende sei; und wie, für den Fall, daß Mr. Losely — sei es in Person, sei es durch Mr. Poole, oder Irgendjemanden sonst — sich herausnehme, Mr. Darrell direkt anzugehen, das zuvor gemachte Angebot endgültig und unwiderruflich zurückgenommen werden würde‹. »Was mich betrifft«, setzte der Oberst noch hinzu, »ich werde sehr bald, für den Rest des Sommers, eine AuslandsReise, antreten; sollte Mr. Losely, in der Zwischenzeit, besser von einem Vorschlag denken, der ihn immerhin vor Mangel sicherte, verweise ich ihn hiermit auf Mr. Darrell's Rechtsanwalt. Eurer Darstellung nach, müßte er, bei seiner Entblößtheit von Mitteln, früher oder später ja doch wohl auf diesen Vorschlag zurückgreifen; und es freut mich zu sehen, wie er an Euch einen so besonnenen Ratgeber hat.« — ein Kompliment, das den erbarmenswürdigen Poole nicht im geringsten tröstete.

In den kürzestmöglichen Worten informierte Alban Darrell von seiner Überzeugung: daß Jasper nicht nur über keinerlei Beweise verfüge, um etwelche Ansprüche einer Tochter entscheidend zu unterstützen; sondern daß besagte Tochter selbst, sich immer noch in jenem Teil von Virgil's Hades aufhalte, reserviert für diejenigen Seelen, die bis jetzt noch nie auf der Oberwelt erschienen sind; und daß man Jasper selbst – der, (wie natürlich zu erwarten gewesen), in der Hoffnung auf Bedingungen mehr nach seinem Geschmack, zunächst noch den Spröden spiele – nur ganz ruhig seinen eigenen Betrachtungen zu überlassen brauche, um die Vorteile einer Auswanderung so recht einzusehen. Um weitere 100 £ oder so im Jahre, werde er, das sei allerdings wahr, wohl noch zu feilschen versuchen; und eine solche Forderung könnte es eventuell wert sein, darauf einzugehen. Aber im Großen und Ganzen gratulierte der Oberst Darrell dazu, daß er, und zwar mit hochprozentiger Wahrscheinlichkeit, von seinem Schwiegersohn nur sehr wenig noch, und von des Schwiegersohn's Tochter überhaupt nichts mehr werde zu hören brauchen.

Darrell gab weder Kommentar noch Antwort. Ein dankbarer Blick, ein warmer Händedruck; und, als man auf ein and're Thema übergegangen war, eine entwölktere Stirn und ein angeregteres Lächeln, dankten dem Briten Alban besser denn alle Worte.

—

13. Kapitel

Oberst Morley tut dar, daß er sich nicht ohne Grund des Rufes erfreue, über Jedermann Etwas zu wissen.

»Das paßt sich gut«, sagte Darrell, am Tage nach demjenigen, da Alban ihm die tröstlichen Zusicherungen überbracht, die ihm einen Dorn aus dem Fleische gezogen – ein Gewölk an seinem AbendHimmel zerteilt hatten: »Das paßt sich gut« sagte also Darrell, als er, wenige Schritte von seiner Haustür weg, auf den Oberst stieß. »Bitte, geht doch mit mir bis auf die New Road. Ich hab' Lionel versprochen, das Atelier eines mit ihm befreundeten Malers zu besuchen, in dem er einen Rafael gefunden zu haben beliebt; und in dem ich vermutlich, auf Kosten der lieben Wahrheit, höflicherweise gezwungen sein werde, einen Sudler und Kleckser zu bekomplimentieren.«

»Sprecht Ihr etwa von Frank Vance?«

»Genau Demselben!«

»Oh, da könntet Ihr nicht leicht einem verdienstvolleren Mann einen Besuch, noch einem vielversprechenderen Künstler ein Kompliment machen. Vance ist einer von den ganz Wenigen, die Geschmack mit Geduld, Fantasie mit Fleiß vor der Staffelei vereinigen. Speziell seine weiblichen Köpfe sind exquisit; obgleich sie Alle, wie ich zugeben muß, einander zu sehr gleichen. Der Mann selber ist ein ganz prächtiger Mensch. So viel man auch in der Guten Gesellschaft von ihm her gemacht hat: er ist völlig unverdorben geblieben. Ihr werdet sein Benehmen vielleicht etwas sehr geradezu finden, das Gegenteil von schüchtern; zum Teil vielleicht, weil er von Natur aus, im Innern, die gleiche kraftvolle Frische und Keckheit besitzt, die er seinem Kolorit mitteilt; zum Teil wohl auch, weil er aus seiner Kunst die SelbstAchtung schöpft, die der Patrizier aus seinem Stammbaum bezieht, und da schüttelt er eben einem Herzog lieber die ganze Hand, um den Herzog daran zu verhindern, ihm 1 Finger entgegenzuhalten.«

»Gut«, sagte Darrell mit seinem seltenen, männlichen Lachen. »Da ich-persönlich schüchtern bin, hab' ich Männer gern, die mir auf halbem Weg entgegen kommen. Ich sehe schon, daß wir uns ungeniert vertragen werden.«

»Und vielleicht noch besser, wenn ich Euch mitteile, daß er mit einem alten Freund von uns verwandt ist, noch von Eton her – eine Verwandtschaft, die ihm allerdings keinen übermäßigen Vorteil eingetragen hat: erinnert Ihr Euch noch an den armen Sidney Branthwaite?«

»Na, aber sicher! Er und ich waren dicke Freunde in Eton – Beide annähernd in derselben Situation: stolz & arm; von sämtlichen Jungen in der Schule, hatten wir Zwei das wenigste Taschen-Geld. Tz, armer Branthwaite! ich hab' ihn späterhin ganz aus den Augen verloren – er hat doch dann die KirchenLaufbahn eingeschlagen; nur eine Hilfspfarrerstelle erhalten; und ist sehr jung gestorben?«

»Und hat einen Sohn hinterlassen, noch ärmer als er selbst: und Der hat die Schwester von Frank Vance geheiratet.«

»Ach, was Ihr nicht sagt. Die Branthwaite's waren von guter-alter Familie; wie steht's mit der von Mr. Vance?«

»Oh, respektabel genug. Vance's Vater war einer von diesen hurtig-schlauen Leuten, die allzuviele Sehnen an ihrem Bogen haben. Er war ebenfalls Maler; zugleich aber auch eine Art von Literat – Teilhaber eines Journals, für das er KunstKritiken schrieb. Komponieren tat er auch noch. Hatte gentlemännische Ambitionen, wie ich fürchte; und dazu eine Gattin mit ladyliken Ambitionen. Führten ein Haus, das überlaufen ward von bildernden Künstlern und Literasten – kurzum, Vance-senior war gastlich – sein Weib extravagant. Durchdrungen von dem Glauben, daß die Nachwelt seinen Gemälden jenes Recht werde angedeihen lassen, das seine Zeitgenossen ihnen verweigerten, hielt es Vance nicht für nötig, seiner Familie auch noch andere Subsistenz-Mittel zu hinterlassen – nachdem man seine Bilder-alle verkauft, und seine Schulden-alle bezahlt hatte, blieb g'rade noch genug, ihn unter die Erde zu bringen. Zum Glück hatte Sir***, der große Maler des Tages, bereits eine Vorliebe für Frank Vance gefaßt – damals noch ein bloßer Junge – der aber schon von KindesBeinen an Genie gezeigt hatte, (wie alle wahren Künstler tun) – Sir*** also nahm ihn in sein Atelier, und gab ihm dort Stunden; (es würde Sir***, der ein offenes Herz, aber auch eine verschlossene Hand hatte, wenig ähnlich gesehen haben, mehr zu geben). Aber der Junge brachte es fertig, seine Mutter zu unterstützen, und seine Schwester obendrein: dieser Bursch – der heute ein so anmaßender Verfechter der ›Würde der Kunst‹ ist, wie Ihr oder der

LordKanzler für die des Rechtswesens eifern mögt – hat sich damals so weit erniedrigt, heimlich für Mode- und Galanteriewaren-Handlungen zu arbeiten, und Fächer im Stil von Watteau zu malen – ich besitze selber 2 HandSchirme, die er für einen Laden am Rathbone Place gemalt hat. Ich nehme an, er wird seinerzeit 10 Schillinge für beide gekriegt haben; und jetzt würde jeder Bewunderer Frank's 100 £ fürs Stück bezahlen.«

»Das ist die echte Seele wo der Genius gern hausen mag, und aus der Feuer springt!« rief Darrell herzlich. »Ich bin sehr für diesen Funken, der im Feuerstein lauert, und den Schlag des harten Stahles mit Licht beantwortet. Da bin ich aber froh, daß Lionel einen Freund an einem solchen Mann gewonnen hat. – ä-Sidney Branthwaite's Sohn heiratete Vance's Schwester – *nachdem* Vance schon berühmt geworden war?«

»Nein; noch während Vance ein Junge war. Der junge Arthur Branthwaite war Waise; und wenn er irgendwo noch lebende Verwandte hatte, waren die jedenfalls zu arm, um ihn zu unterstützen. Er schrieb Lyrik, die von den Kritikern hochgepriesen wurde – (verdienen sämtlich gehangen zu werden, diese Kritiker!) – ursprünglich, wie ich annehme, für jenes Journal des alten Vance geschrieben; lernte, kurze Zeit vor ihres Vaters Tode, Mary Vance kennen; verliebte sich sterblich in sie; und, gestützt auf ein Bändchen Verse, aufgrund deren die Kritiker-Alle sich eidlich verbürgten für seinen unvorstellbaren Reichtum – an Fantasie nämlich – stürzte er zum Altar, und opferte dort den Musen ein Weib! Diese Schufte von Rezensenten werden in der Andern Welt 'mal eine finstere Rechnung zu begleichen haben! Tz, der arme Arthur Branthwaite! Um Unsres alten Freundes, seines Vaters, willen, habe auch ich damals ein Exemplar seines Büchleins erstanden – : schmal wie das Bändchen war, ich hab's nicht zu Ende lesen können.«

»Was! – unter aller Verachtung?«

»Im Gegenteil: über allem Verstehen! Sämtliche Poesie, die heutzutage von den Kritikern angepriesen wird, ist ja so schwerverständlich, als wären's Hieroglyphen. Ich bekenne meine Schwäche für Pope und gesunden Menschenverstand. Bis Byron bin ich mit unserm Zeitalter mitgekommen; danach hab' ich aufgegeben. Wie dem auch sei, Arthur ward von den Kritikern als ein mächtiger Fortschritt über Byron hinaus erklärt – ›poetischer in der Form‹ – ›ästhetisch kunstvoller‹ – dabei ›objektiver‹, (oder war es ›subjektiver‹?; ich hab's wahrhaftig vergessen, aber eins von beiden war es, und Unsinn und kein Englisch obendrein), in seinen Ansichten vom Menschen und von der Natur. Durchaus möglich. Das einzige was ich weiß, ist : ich hab die Gedichte gekauft, konnt' sie aber nicht lesen; die Kritiker haben sie wohl gelesen, aber nicht gekauft. Alles Geld was Frank Vance durch Malen von HandSchirmen und Fächern und AlbumMiniatürlein zusammenbringen konnte, hat er jedenfalls, wie ich glaube, dem Armen Poeten hingeschickt; aber ich fürchte, es hat nicht gereicht. Ich hab' Arthur stark im Verdacht, einen weiteren Band, auf eigene Kosten, veröffentlichen gewollt zu haben – eine ›Monodie‹ von Arthur Branthwaite, über irgendein Thema, hab' ich einmal angekündigt gesehen – und zweifellos sind Frank's Fächer und HandSchirme für DruckerRechnungen draufgegangen. Aber die ›Monodie‹ ist niemals erschienen: der Dichter starb bald, und seine junge Frau ebenfalls. Frank Vance ist und bleibt Hagestolz, und rümpft die Nase über alles Feingetue – verabscheut die Dichter – ist beleidigt, wenn man ihm von Ruhm nach dem Tode spricht – und stolz darauf, wenn man ihn für einen Geizhals hält. Hier sind Wir übrigens an seiner Tür.«

14. Kapitel

Romantische Liebe, von Frank Vance und Alban Morley pathologisch betrachtet.

Vance stand vor seiner Staffelei, und Lionel schaute ihm über die Schulter. Nie noch war Darrell munterer angeregter gewesen, als an diesem Tage Frank Vance gegenüber. Die beiden Männer gefielen einander auf der Stelle; und unterhielten sich so vertraulich miteinander, wie wenn der einstige Advokat und der aufstrebende Maler alte ReiseGefährten auf derselben Straße durchs Leben gewesen wären. Darrell war wirklich ein geschulter-feiner KunstRichter, und sein Lob umso befriedigender, als es so einsichtsvoll war. Natürlich zollte er auch den schuldigen Tribut an Bewunderung den weiblichen Köpfen, durch die der Künstler so berühmt geworden war. Lionel nahm seinen großen Verwandten auf die Seite, und zeigte ihm, mit dem Ausdruck wahrer Trauer auf seinem Gesicht, das Porträt, von dem alle diese Varianten eines Ideals ursprünglich inspiriert worden waren – das Porträt Sophie's als Titania.

»Und das-da ist Lionel«, sagte der Künstler, auf den flüchtigen Umriß Zettel's deutend.

»Achwas!«, sagte Lionel ärgerlich. Dann, sich wieder zu Darrell wendend –: »Das ist *die* Sophie, Sir, die Wir damals nicht aufzufinden vermocht haben – ist es nicht ein reizendes Gesichtchen?«

»Das ist es tatsächlich«, versetzte Darrell. »Aber diese unsägliche Verfeinertheit im Ausdruck – diese schalkhaft-durchtriebene, und gleichzeitig zärtliche Eleganz in der kunstlos-wachsamen Attitüde – die sind doch einwandfrei Eure Zugaben zum Original, Mr. Vance; oder?«

»Nein, mein Wort darauf« (Lionel, eifrig); »außer dieser Eleganz, dieser Verfeinertheit, lag in Blick und Wesen jenes MädchenKindes zusätzlich noch etwas ja-Delikates!, dem Vance nicht entfernt gerecht geworden ist –: gebt es zu, Frank!«

»Sei'n Sie beruhigt, Mr. Darrell«, sagte Vance, »hinsichtlich aller Befürchtungen, die Lionel's Enthusiasmus etwa erregen könnte – hat er mir doch mitgeteilt, Titania weile itzt in Amerika. Und dennoch, Alles in Anschlag gebracht, könnte ich fast wünschen, er sähe sie wieder –: keine durchgreifendere Kur für Liebe auf den ersten Blick, als ein zweiter Anblick des geliebten Gegenstandes nach langer Abwesenheit von-einander!«

Darrell *(etwas ernsthaft)* – : »Ein gewagtes HeilMittel – könnt' es nicht auch töten, wenn es nicht kuriert?«

Oberst Morley: – »Aus Vance's ganzer Art möcht' ich entnehmen, daß er die Wirksamkeit an sich selbst erprobt habe.«

Lionel: – »Nein, *mon colonel !* – oh, da steh' ich für Vance. : *Er?* in Liebe? –: Nie!«

Vance errötete was Weniges – gab der Nase eines Römischen Senators, auf dem berühmten klassischen Gemälde, an dem er gerade, im Auftrag eines Kaufmanns aus Manchester arbeitete, einen FarbStups – und erwiderte nichts. (Und Darrell beschaute den Künstler indes mit einem scharfen, forschenden Blick: –).

Oberst Morley: – »Dann umso mehr Ehre für Vance, ob seiner intuitiven Erfassung einer philosophischen Wahrheit. Angenommen, mein lieber Lionel, wir stoßen, eines müßigen Tages, auf einen schönen Roman, glühend und romantisch – angenommen, wir müssen, durch irgendeinen Zufall, mitten im stärksten Int'resse, uns von dem Buch losreißen – wir bleiben im ZauberBann der Illusion – wir rufen uns oftmals die Szenen zurück – versuchen zu erraten, wie es wohl weiter gegangen wäre – halten dafür, daß keine Romanze je so fesselnd gewesen – einfach nur deswegen, weil wir sie nicht zu Ende bringen durften. Gut; wenn dann, diverse Jahre später, die Romanze uns wieder in den Wurf kommt, und wir die Seite aufschlagen, wo wir damals stehen geblieben – wie rufen wir dann nicht, in der Gereiftheit unsres nüchternen Urteils, wohl aus: ›Schales Zeugs! – ist das wirklich dasselbe Stück, das mir einst so schön vorkam? – wie unser Geschmack sich doch ändert!‹«.

Darrell: – »Hängt das nicht auch mit von dem Alter ab, in dem man die Romanze begann?«

Lionel: – »Da möcht' ich weit eher meinen: davon ob das Int'resse tatsächlich tief gewesen ist, Sir – von der wirklichen Schönheit der ...«

Vance (ihn unterbrechend): – » – der Heldin? Nicht im geringsten, Lionel. – Also ich hab' mich tatsächlich einmal verliebt – unglaublich wie sich's immer anhören mag – neun Jahre waren's übrigens vergang'nen Januar. Ich war damals zu arm, um nach der Hand etwelcher jungen Dame streben zu können – weswegen ich auch meiner Liebe keinerlei Worte lieh, sondern ›laß die Verschwiegenheit‹ etcetera etcetera. Sie ging dann auch bald, mit ihrer Mama, nach dem Kontinent, um ihre Erziehung und Bildung zu vollenden – ich blieb zurück, ein ›Denkmal der Geduld‹. Ich hatte Sie immer vor Augen – das schmächtige scheu'ste Geschöpf – eben Achtzehn. Nie kam mir die geringste Idee, sie könnte irgend älter werden, oder weniger schmächtig, geschweige denn weniger scheu. – Na schön; vier Jahre d'rauf, (: just bevor wir unsern Ausflug nach Surrey damals machten, Lionel), kehrte sie nach England zurück, immer noch unverehelicht. Ich eilte zu einer Party, an der sie, wie ich wußte, teilnehmen würde – sah sie, und war kuriert.«

»Unangenehmer Fall von Pocken, oder dergleichen?«, fragte der Oberst, schmunzelnd.

VANCE: – »Nichts weniger! Jedermann sagte, sie habe enorm gewonnen – und das war eben das Elend – sie hatte sich aus meiner Fantasie herausgewonnen. Ich war dem Eindruck, der sich einmal gebildet hatte, treu geblieben wie Siegelwachs; und als ich nun eine feine, vollformige, französierte junge Lady erblickte, gänzlich ungezwungen, bewaffnet mit Lorgnette und Bukett und Tournüre –: fort schlich sich mein Traum, der von dem schmächtigen errötenden Mägdelein. Der Oberst ist absolut im Recht, Lionel; einmal die Romanze unterbrochen, und die Erinnerung verfolgt Einen solang, bis der Gegenstand Einem wieder in den Weg läuft; aber wenn wir eine Erneuerung versuchen, ist die Desillusionierung total; obgleich ich schwöre, daß in meinem Fall das Interesse echt und tief war, und meine Heldin an Schönheit gewonnen hatte. Und so ist's auch mit Euch und jenem lieben kleinen Geschöpflein dort. Seht sie nur erst wieder; und Ihr werdet mich nicht länger plagen, Euch dieses Porträt Titanias zu überlassen, wie sie Zettel's sanften Schlummer bewacht. Alles ein SommernachtsTraum, Lionel! Titania schwindet hinter sich, in die Umarmung Oberons – und würde ja auch nicht mehr Titania sein, wenn Ihr sie zur Madame Zettel machen könntet.«

Selbst Oberst Morley, der doch Jedermann und Alles kennt, gerät in Verlegenheit, jetzt wo die schlichte Frage sich erhebt —: ›Was wird er damit machen?‹

»Ich finde Vance ganz deliciös«, sagte Darrell, als er und der Oberst wieder Arm in Arm dahinschritten. »Das ist endlich einmal keiner von diesen mag'ren Intellektuellen, die außerhalb ihres schmalen beruflichen Sektors nichts zum Verschenken übrig haben. Der Mann hat Humor. Humor: der Stärke reiches Überfließen.«

»Eure Definition gefällt mir«, sagte der Oberst. »Und der Vance'sche Humor, so fantastisch er ist, entbehrt nicht der Feinheit. Wieviel echtes Gutmeinen lag nicht in seiner unverkennbaren Absicht, Lionel durch Hänseln abzubringen von seiner einfältigen Schwärmerei für . . .«

» — für ein hübsches Kind, dazu erzogen, eine herumziehende Komödiantin zu sein«, unterbrach ihn Darrell. »Nennt's bitte nicht ›einfältige Schwärmerei‹; ich möcht es ›ritterliches Mitempfinden‹ heißen. Wär' es etwas anderes als solches Mitempfinden, dann wär' es nicht mehr Schwärmerei — wäre Erniedrigung. Aber wolltet Ihr damit sagen, daß Vance's Geständnis seiner ersten Liebe und ihrer Kur, Eurer Meinung nach nur eine schnurrige Erfindung gewesen ist?«

Oberst Morley: — »Das nicht. So manche ernste Wahrheit wird wie scherzend hingesprochen. Ich hege keinen Zweifel, daß Vance — 'mal abgesehen von der Übertreibung (besser ›verzeihlichen Abrundung‹) eines jeglichen *raconteur* — uns eine Episode aus seinem eignen Leben zum Besten gegeben hat.«

Darrell: — »Meint Ihr demnach, daß ein erwachsener Mann, der wirklich jemals echte Liebe empfunden hat, dann später darüber scherzen könne, und sogar bloßen ersten Bekannten gegenüber?«

Oberst Morley: — »Doch; ja; vorausgesetzt, er sei so durchgreifend kuriert, daß es ihm vor sich selber zum Scherz geworden ist. Und je mehr leichthin er davon spricht, umso tiefer-feierlicher hat er seinerzeit vermutlich empfunden: ›Leichtfertigkeit‹? ist seine Art Rache zu nehmen an einer Passion, die ihn genarrt hat.«

DARRELL: – »Ihr seid anscheinend, was die Kunde der betreffenden Narretei angeht, Expert' und Philosoph zugleich. ›*Consultus insapientis sapientia*‹. Dennoch fällt es mir schwer zu glauben, daß Ihr jemals recht verliebt gewesen seid.«

»Nu sicher bin ich das«, versetzte der Oberst derb; »und zwar sehr häufig! Jeder Mann in meinem Alter ist das gewesen – (Ihr immer ausgenommen). – *Das* war auch wieder so ein Pröbchen männlicher BeobachtungsGabe«, fuhr der Oberst, und doch mit beträchtlicher Herbheit, fort: »Kein Mann hält anscheinend einen andern Mann eines tiefen und romantischen Gefühles für fähig, tz!«

DARRELL: – »Richtig; ich geb' die Seichtigkeit meines Fehlers zu, und bitt' Euch zehntausend Mal um Verzeihung. – Also meint Ihr wirklich, und aufgrund eig'ner Erfahrung, daß an Vance's Theorie, zusammengehalten mit Eurer sehr glücklichen Erläuterung, doch allerhand wäre? Daß Wir, könnten Wir, nach so manchem Jahr, noch einmal die Seite der Romanze aufschlagen, wo Wir seinerzeit abbrachen ...?«

OBERST MORLEY: – »– nicht einen StrohHalm für die Erlaubnis weiterzulesen geben würden! Das steht felsenfest: die Hälfte des eigentümlichen Zaubers einer Geliebten, muß dem Milieu zugeschrieben werden, und den Circumstantien.«

DARRELL: – »Ich versteh' jetzt nicht ganz ...?«

OBERST MORLEY: – »Dann will ich, da mein Beispiel zur Illustrierung Euch eben wohlgefallen hat, mich durch eine andere, hausmannsköstlichere, näher erklären. –: In einem Raum, an den Ihr gewöhnt seid, möge sich ein Möbelstück befinden, oder ein ZierGerät, das zu dem Fleck so genau paßt, daß Ihr sagt – ›das hübscheste Stück, das ich je gesehen hab'!‹. Dann geht Ihr – kehrt wieder – das betreffende Möbel (oder ZierGerät) ist in ein anderes Zimmer versetzt worden. Ihr erblickt es dort, und Ihr sprecht – ›Gütiger Himmel! das ist das Stück, das ich neulich so bewundert habe?‹. Das neue fremde Zimmer paßt nicht dazu – herausgenommen aus der alten Umgebung, den alten Assoziationen, hat es seinen Zauber verloren. So ist es auch mit menschlichen Wesen – man sieht sie an einem Platz, und der Platz würde nichts ohne sie sein; man erblickt sie an einem andern, und der Platz würde enorm gewinnen ohne sie!«

DARRELL (in Gedanken verloren): – »Es gibt Rätsel im Leben, die den Scherzfragen gleichen, welche Kinder uns zu lösen auffordern: man kann mit der Einbildungskraft einfach nicht mehr tief genug hinunter, um richtig zu raten. Obwohl, wenn's Einem dann gesagt wird, muß man zugeben – ›Wie geschickt!‹ Man lernt doch nie aus.«

»Da Ihr nun zu dieser Überzeugung gekommen seid«, versetzte Oberst Morley, dem die Gravität des Freundes Spaß machte, »hoffe ich, daß Ihr es an Vance's und meiner Erfahrung genügen lassen werdet; und daß Ihr, falls Ihr geneigt sein solltet, einer der Jungen Damen, deren Meriten wir ja bereits diskutiert haben, einen Antrag zu machen, Ihr nun nicht etwa plötzlich für nötig halten werdet, auszuprobieren, welche Wirkung eine längere Abwesenheit eventuell auf Euern lobenswerten Entschluß hervorbringen könnte.«

»Nein!« sagte Darrell mit plötzlicher Lebhaftigkeit. »Bevor noch drei Tage ins Land gegangen sind, soll mein Entschluß gefaßt sein.«

: »Bravo! – doch in Bezug auf : Welche von den Dreien Ihr um ihre Hand bitten werdet?«

»Oder in Bezug auf die Idee einer nochmaligen Heirat überhaupt. Adieu; ich klopfe jetzt an dieser Tür hier an.«

»Bei Vyvyan's! Hah, steht es so? Tatsächlich, Ihr seid ein echter Dare-All.«

»Regt Euch noch nicht auf. Ich gehe anschließend mit Lady Adela in eine Ausstellung. Und abends diniere ich bei den Carr Vipont's : noch ist meine Wahl nicht getroffen, und meine Hand noch frei!«.

»Seine Hand noch frei – «, murmelte der Oberst nach, der nunmehr seinen Weg allein fortsetzte. »Jaja – aber drei Tage weiter dann – tz : ›Was wird Er damit machen?‹.«

16. Kapitel

Guy Darrell's Entscheidung.

Zu später Stunde kehrte Guy Darrell vom Dinner bei Carr Vipont's heim. Auf seinem Tisch lag ein Brief von Lady Adela's Vater, der ihn herzlich einlud, die nächste Woche doch auf seinem LandSitz zu verbringen; London leerte sich jetzt schnell. Weiterhin befand sich ein Päcklein auf dem Tisch, mit einem Buch, das Darrell vor ein paar Wochen Miss Vyvyan geliehen hatte, und dabei ein Briefchen von ihr selbst. Während seines Besuchs in ihres Vaters Haus, heut vormittag, hatte er erfahren, daß Mr. Vyvyan sich plötzlich entschlossen habe, sie mit in die Schweiz zu nehmen; mit der Absicht, den künftigen Winter dann in Italien zu verbringen. Der Raum war voll gewesen, von Müßiggängern beiderlei Geschlechts. Darrell hatte sich auch nur kurz verweilt. Der Abschied war etwas förmlich erfolgt – Flora ungewöhnlich schweigsam gewesen. Jetzt öffnete er ihren Brief, und überlas unachtsam dessen erste Zeilen; die folgenden dann allerdings mit ernstem Aug', und mehrmals wechselnder Farbe. Sehr zart legte er das Billetlein nieder; nahm es wieder auf, und las es von neuem. Dann hielt er es an die Kerze, und in Aschen sank es aus seiner Hand. »Das unschuldige Kind«, murmelte er, mit weicher väterlicher Zärtlichkeit, »es weiß nicht, was es schreibt.« Er hob, mit seiner gewohnten Rastlosigkeit bei einsamem Nachdenken, an, im Zimmer auf und ab zu schreiten – hielt oft inne – seufzte öfters schwer. Am Ende ward sein Gesicht klarer – seine Lippen schlossen sich fester. Er ließ seinen vertrautesten Diener kommen. – : »Mills«, sagte er, »ich gedenke morgen, bei SonnenAufgang, die Stadt zu verlassen, und zwar zu Pferde. Packt in die SattelTaschen, was ich für ein-zwei Tage benötige. Es könnte allerdings, theoretisch, möglich sein, daß ich abends, zum Dinner, doch wieder zurück wäre. Weckt mich um 5, und verfügt Euch dann sogleich in den Stall. Eines Reitknechts zur Begleitung bedarf's nicht.«

Am nächsten Morgen, da die Straßen noch verödet, in den Häusern es noch stille war, doch die Sonne strahlte schon hell und die Luft war frisch, ritt Guy Darrell von seinem Hause fort. Er kam am selben Tage nicht zurück; und nicht am folgenden; ja, überhaupt nicht. Vielmehr hielt, am Abend des zweiten Tages, sein Roß dampfend heiß und unverkennbar scharf geritten, vorm Eingang des Gutshauses zu Fawley an; und Darrell warf sich aus dem Sattel, und in Fairthorn's Arme. »Wieder zurück – wieder zurück – : und nie geh ich mehr fort!«, sagte er, in die Runde schauend; »*Spes et Fortuna valete!*«.

17. Kapitel

Eines Mannes Brief – unbefriedigend und Ärgernis gebend, wie MannsBriefe grundsätzlich sind.

Guy Darrell an Oberst Morley

Gutshaus Fawley, 19. August 18**

Ich habe mich entschieden, mein lieber Alban. Es waren keine drei Tage dazu erforderlich; obschon der dritte eben vorbei sein mag, bevor Ihr meinen Entschluß zur Kenntnis nehmen werdet –: Ich werde nie-wieder heiraten: ich gebe auch diesen letzten Traum der Jahre des Alterns auf. Meine Absicht bei meiner Rückkehr in die Londoner Große Welt war die: zu versuchen, ob ich nicht unter den schönsten und attraktivsten Frauen, die die Welt überhaupt hervorbringt – (zumindest für ein englisches Auge) – eine finden könnte, die mich mit dieser ganz-spezifischen Einzigartigkeit der Empfindung inspirieren würde, wie sie allein die Hoffnung rechtfertigen kann, Unsereins vermöchte, als Gegenleistung dafür, die Achtung eines Weibes gewinnen, zusammen mit einem zufriedenen Heim. Diese Absicht ist jetzt, für immer, aufgegeben; und, mit ihr, jeglicher Gedanke an eine WiederAufnahme des Stadtlebens. Theoretisch hätte ich die politische Laufbahn wieder betreten können; wäre es, als Voraussetzung, zuvor gelungen, mir diejenige gesunde Seelenruhe zu sichern, wie sie für die Konzentration von Denken und Streben erforderlich ist. Diesen GemütsZustand kann ich mir nicht verschaffen. Ich habe darum gerungen; ich habe mich vergeblich gemüht. Es heißt oft: die Politik sei eine eifersüchtige Geliebte – sie verlange den ganzen Mann. Der Ausspruch ist, in der Ausdehnung, die man ihm gewöhnlich gibt, nicht hundertprozentig wahr – was besagen soll, daß ein Politiker durchaus noch andere geistige Beschäftigungen nebenher haben dürfe, wenn sie seine Fähigkeiten erweitern, ohne deren politische Nutzbarkeit zu beeinträchtigen. Erfolgreiche Politiker haben sehr wohl mit großen parlamentarischen Mühen und Triumphen, juristische Tätigkeit zu verbinden gewußt, oder auch gelehrte Studien. Aber Eines verlangt die Politik allerdings: daß das *Herz* frei sei, und Frieden habe vor allen zu sehr in Anspruch nehmenden privaten Sorgen und Beängstigungen – auch vor dem ständigen Nagen etwelcher Erinnerungen, oder ähnlichen Unruhen, die den Ehrgeiz abstumpfen und die Energie lähmen. In diesem Sinne fordert die Politik den ganzen Mann. Wenn ich in meinem jetzigen Zustand in die Politik zurückginge, würde ich ihr nicht genügen können, und sie nicht mir. Ich habe das Gefühl, daß die kurze Spanne zwischen mir und dem Grabe, der Ruhe bedürfe: diese Ruhe finde ich hier. Ich habe deshalb die erforderlichen Anordnungen erteilt, das dort zurückgelassene pompöse Bedienten-Gefolge abzudanken; und meinen Agenten angewiesen, mein londoner Haus zu verkaufen, für das was es eben bringen wird. Bisher hatte ich mich immer gesträubt, es abzustoßen – weil ich die, obschon schwache, Hoffnung, ich könnte noch einmal Kraft genug zum Handeln gewinnen, ungern aufgeben wollte. Aber schon der bloße Kampf, mir solche Kraft zu erwerben, hinterläßt mich erschöpfter als zuvor.

Ihr dürft mir getrost glauben, daß es nicht ohne peinliche Gefühle – weniger noch des Stolzes, als der Reue – geschieht, daß ich das große Ziel, auf welches mein ganzes früheres Leben so entschlossen ausgerichtet war, nun resigniert und unerreicht aufgebe. Das Haus, dessen stolze NeuGründung ich einst meinem Vater versprach, wird mit mir in meinem Grabe zu Staub werden. Kein Erbe meines Reichtums wird einmal seine Abstammung auf meines Vaters Blut zurückführen können. Doch liegt natürlich ein gewisser Trost in dem Gedanken, daß Lionel Haughton immerhin Einer ist, dem mein Vater beifällig zugelächelt haben würde. Bei meinem Ableben wird deshalb zumindest der alte Name nicht aussterben: Lionel Haughton wird ihn zusätzlich-annehmen, und sich würdig erweisen, ihn zu führen. Wunderliche Schwachheit von mir, werdet Ihr vielleicht sagen; sei's drum, aber ich kann den Gedanken nicht ertragen, daß der alte Name gänzlich ausgelöscht sein sollte in Unserm Land. Ich verlasse mich natürlich darauf, daß Lionel, und zwar zeitig, eine angemessene und glückliche Ehe eingehen werde – der festen Überzeugung, daß er nicht unedel wählen werde, will ich seiner Wahl ansonsten keinerlei Fesseln auferlegen.

Nur ein Wort noch hinsichtlich jenes verhaßten Gegenstandes, Eurer Freundschaft so zaudernd anvertraut, Eurer Diskretion so dankbar überlassen. Jetzt, wo ich mich erneut in Fawley vergraben habe, wird es sehr unwahrscheinlich, daß der Mann, den zu nennen mir Qualen bereitet, mich hier groß aufsuchen werde. Beziehungsweise, wenn er es tut, kann er mich nicht in dem Maße behelligen, wie es in der londoner Großen Welt der Fall gewesen wäre. Fahrt daher, ich bitte Euch darum, fort, ihn ganz sich selbst zu überlassen. Und, indem ich Euren scharfsinnigen Glauben, – nämlich, daß in letzter Instanz ein solches Kind, wie er zu behaupten vorgibt, überhaupt nicht existiere – mir zu eigen mache, beruhigt sich mein Gemüt auch über diesen Sektor meiner privaten Kümmernisse.

Lebt wohl, alter SchulKamerad! Hier – soweit ich das vorhersagen kann – hierhin, wo einst mein Leben begann, ist es zurückgekehrt; um, wenn es dem Himmel gefällt, auch hier zu enden. Mich zu besuchen, kann ich Euch nicht zumuten: was für mich Ruhe bedeutet, würde für Euch bloßer ZeitVerlust sein. Aber in meinem ebenso späten wie vergeblichen Versuch, erneut in jene Daseinskreise einzutreten, in denen Ihr, ruh'voll und weise, Alles um Euch versammelt habt,

›das, was den Alternden geleiten sollte,
wie Ehre, Lieb', Gehorsam, Freundestrost‹,

hat nichts meine Anstrengung so sehr belohnt – ist mir jetzt nichts so angenehm zu erinnern – als die kurze Erneuerung jenes sorglos-leichten Umgangs, wie ihn Männer meiner Art niemals kennen, es sei denn mit solchen, Deren Lachen einen Luftzug mit zurückbringt aus der alten Zeit von Schulhof und Sportplatz, ›*Vive, vale*‹ – ich will nicht hinzusetzen, ›*sis memor mei*‹. Ich bin Eurer Güte so zahlreich verpflichtet, daß Ihr meiner zwangsweise werdet gedenken müssen, wenn immer Ihr die *nicht* ›peinlichen

Themen‹ früher Freundschaft, und dauernder Dankbarkeit Euch zurückruft. Gedenkt lediglich dieser, wenn etwas Euch erinnern sollte an GUY DARRELL.«

18. KAPITEL

Keine im Umlauf befindliche Münze schwankt derartig im Kurse, wie der Wert eines heiratsfähigen Mannes.

Oberst Morley war zwar nicht überrascht (*das*, wir wissen es, konnte keine neue Erfahrung von menschlicher Verkehrtheit und Launenhaftigkeit bei ihm bewirken), aber doch immerhin recht gestört und recht vexiert, durch den unerwarteten Inhalt der Darrell'schen Mitteilung. Entwürfe für Darrell's Zukunft waren ihm schier wie Planungen für die eig'ne geworden; und das Geplauder mit dem alten SchulFreunde während der ganzen-letzten drei Monate, hatte sich so schön den Freuden seines Alters angereiht. Darrell's abrupte und endgültige Absage an diese gesellschaftliche Welt, brachte sofort eine Lücke in Alban's geistigem Getreibe, und eine in den Zutunlichkeiten von Alban's Herzen hervor. Und kein zureichender Grund angegeben, für eine derart plötzliche Flucht, und einen derart morbiden Entschluß! Gewiß gab es, zwischen den Zeilen, etwas wie ›folternde Erinnerung‹ – irgendeinen ›schwärenden Gram‹ – aber verschieden von denjenigen, um die Alban wußte, wegen deren er konsultiert worden war; nichts als vage und unbestimmte Anspielungen. Jedoch in Was diese ›Erinnerung‹, dieser ›Gram‹, bestand – *das* zu erfahren war Alban Morley, Der doch sonst Alles wußte, sich ziemlich gewiß, niemalen von Darrell herauszubekommen. Ob es in irgendeiner Art mit diesen drei jungen Ladies zusammenhängen konnte, denen Darrell so pervers-unparteiisch Aufmerksamkeiten gezollt hatte? Denn der Oberst ermangelte mit nichten zu bemerken, daß Darrell's Schreiben nicht eine dieser jungen Damen auch nur andeutungsweise erwähnte. War es nicht möglich, daß er tatsächlich für Eine von ihnen ein tieferes Gefühl empfunden hatte, als ein Mann in vorgerückten Jahren es selbst seinem nächsten Freunde gern bekennt? – einen Antrag gewagt, und eine Abweisung erfahren hatte? Dies vorausgesetzt, erriet Alban schon die weibliche Inculpatin, die erst das Gefühl eingeflößt, und dann den Korb ausgeteilt hatte. »Dieses schadenfrohe Kätzchen, diese Flora Vyvyan!«, grollte der Oberst: »hatt' ich doch immer das Gefühl, daß sie unter ihrer *patte de velours* Tigerinnenkrallen berge!«. In Bewegung gesetzt durch diesen Verdacht, machte er sich unverzüglich auf den Weg, um bei den Vyvyan's vorzusprechen. Mr. Vyvyan, Witwer und von jenem ruhigen Gentleman-Typ, der viel im WohnZimmer sitzt, und morgens gern Besucher bei sich sieht, war für ihn zuhause. »Da hat Darrell demnach, für diese Saison, auch die Stadt verlassen«, sagte der Oberst, indem er g'rade auf sein Ziel zusteuerte.

»Tja«, bestätigte Mr. Vyvyan. »Ich hab' heut früh eine Benachrichtigung erhalten, des Inhalts, wie er sich nun aller Hoffnung entschlagen habe ...«

»Hoffnung auf was?«, rief der Oberst.

»– sich mit uns in der Schweiz treffen zu können. Ich bin ganz enttäuscht, und Flora ist noch viel mehr enttäuscht. Sie ist bekanntlich gewohnt, ihren Kopf für sich zu haben; und hatte ihr ganzes Herz daran gesetzt, im Angesicht der Jungfrau, von Darrell den ›Manfred‹ vorgelesen zu bekommen!«

»Hm!«, machte der Oberst. »Was für sie Sport ist, könnte für ihn der Tod sein. Ein Mann von seinen Jahren ist noch nicht zu alt, um sich in eine junge Dame von ihren zu verlieben; aber dazu ist er nun doch zu alt, um, wenn er das tut, einer *solchen* jungen Dame nicht über die Maßen lächerlich zu erscheinen.«

»Oberst Morley –: Pfui!«, rief eine zornige Stimme hinter ihm. Flora war unbemerkt ins Zimmer getreten. Ihr Gesicht war auffällig gerötet, und ihre Lider wirkten, wie wenn jüngsthin Thränen sich darunter hervorgedrängt hätten, und immer noch nachdrängen wollten.

»Was habe ich gesagt, um Ihren Verweis zu verdienen?«, erkundigte sich der Oberst gelassen.

»Gesagt! Sie haben die Vorstellung der Lächerlichkeit mit dem Namen Mr. Darrell's in Verbindung gebracht!«

»Passen Sie sich nur auf, Morley«, sagte Mr. Vyvyan lachend: »Flora ist ausgesprochen abergläubisch in ihrer Verehrung für

Guy Darrell; und Sie können ihr keinen größern Anstoß geben, als anzudeuten, daß er auch bloß sterblich sei – nicht doch Kind, ist doch sehr natürlich! Mal ganz abgesehen von seinem Ruhm: es ist irgendetwas in dem vertraulichen Gespräch des Mannes, oder, richtiger vielleicht, in dem bloßen Klang seiner Stimme, was die meisten andern Gesellschafter flach und fad' erscheinen läßt. Ich fühl' das selber. Und wenn Flora's junge Bewunderer dann um sie her flattern und plappern – unmittelbar nachdem Darrell den Stuhl an ihrer Seite verlassen hat – dann wirken sie freilich als eine recht armselige Gesellschaft. Ich bin überzeugt, Flora«, fuhr Mr. Vyvyan gutmütig fort, »daß die bloße Bekanntschaft mit einem solchen Manne, Dir sehr gut getan hat; und ich hab jetzt direkt Hoffnung bekommen, daß es, wenn Du mal heiratest, nunmehr ein Mann von Verstand sein werde.«

»Hm.«, machte der Oberst erneut, indem er Flora aus dem AugenWinkel, aber mit großer Aufmerksamkeit betrachtete. »Da könnte man ja, um meines Freundes willen, nur wünschen, daß er noch in einem Alter wäre, um Miss Vyvyan weniger – Verehrung – einzuflößen!«

Flora drehte dem Oberst den Rücken; schaute zum Fenster hinaus, und ihr kleiner Fuß schlug dazu, nervös und gereizt, einen Takt.

»Es war seinerzeit ausgesprengt worden, daß Darrell vorhätte, noch 'mal zu heiraten«, sagte Mr. Vyvyan. »Ein Mann von dieser Art benötigt eine sehr überlegene, hochgebildete Frau; und wenn Miss Carr Vipont ihm in den Jahren nur etwas näher gestanden hätte, sie würde genau für ihn gepaßt haben. Aber ich bin andrerseits Patriot genug, zu hoffen, daß er ledig bleiben, und, wie Mr. Pitt, kein andres Weib haben werde, als sein Vaterland.«

Der Oberst hatte nunmehr seine Neugierde befriedigt, und die Gewißheit gewonnen, daß Darrell zumindest hier nicht als Bewerber verschmäht worden war; erhob er sich also, und trat zu Flora hin, um Frieden zu schließen, und sich dann zu verabschieden. Als er ihr jedoch die Hand hinbot, war er ganz betroffen ob der Veränderung auf einem Antlitz, das für gewöhnlich einen so lustigen Ausdruck zeigte – es besprach mehr als bloße Niedergeschlagenheit, es verriet echten Jammer; als sie seine Hand nahm, hielt sie sie fest, und sah ihm sehnsüchtig in die Augen – unverkennbar hatte sie etwas auf dem Herzen, dem sie Ausdruck zu verleihen wünschte, und nicht wußte wie. Zuletzt sagte sie, im

Flüstertone: »Sie sind doch Mr. Darrell's intimster Freund – ich hab's ihn selber sagen hören –: werden Sie ihn bald sehen?«

»Ich fürchte nein; aber warum?«

»›Warum!‹ – Sie, sein Freund, merken Sie nicht, daß er nicht glücklich ist? Ich, die bloße Fremde, hab' das auf den ersten Blick gesehen. Sie sollten ihn aufheitern, ihn trösten; *Sie* haben das Recht dazu – es ist so ein stolzes Privileg.«

»Meine teure junge Lady«, sagte der Oberst gerührt, »Sie haben ein besseres Herz, als ich bei mir gedacht hatte. Es ist richtig: Darrell ist kein glücklicher Mann. Aber könnten Sie mir nicht eine Botschaft mitgeben, die ihn wahrscheinlich mehr aufrichten würde, als eines alten Junggesellen gemeinplätziges Zureden à la ›Herz fassen‹ und ›des Regens von gestern vergessen, und auf den Sonnenschein von morgen hoffen‹?«

»Nein«, sagte Flora traurig; »es wäre wahrlich eine Anmaßung meinerseits, nach der TrösterinnenRolle zu streben; aber –« (ihre Lippen bebten) – »aber wenn ich nach seinem Brief urteilen soll, werd' ich ihn wohl nie mehr wiedersehen.«

: »›seinem Brief‹? Er hat also sowohl Ihnen geschrieben, als auch Ihrem Vater?«

»Ja«, sprach Flora, verwirrt und sich verfärbend – »ein paar Zeilen; als Antwort auf ein einfältiges Brieflein von mir –: ja; richten Sie ihm doch bitte aus, ich würde seine gütigen Ratschläge, seine nachsichtige-zartsinnige Interpretation von – von – mit einem Wort: sagen Sie ihm, daß mein Vater eben Recht hätte; und daß ich, mein ganzes Leben lang, dank der wenigen Wochen die ich Guy Darrell kennen durfte, besser und weiser sein würde.«

»Was für Geheimnisse habt Ihr-Beide denn da zu flüstern?«, erkundigte sich Mr. Vyvyan, von seinem ArmSessel her.

»Stellen Sie Ihr die Frage in 10 Jahren wieder«, versetzte der Oberst, indem er der Tür zuschritt:

»›die schönsten Blätter der Blüte
gibt die Knospe als letzte her‹.« –

Von Mr. Vyvyan begab sich der Oberst zu Lord ***'s Haus. Seine Lordschaft hatte ebenfalls diesen Morgen von Darrell gehört: Darrell hatte die Einladung nach ****-Hall abgelehnt; hätte Geschäfte in Fawley. Lady Adela habe die Enttäuschung mit ihrer gewohnten heitren Seelenruhe ertragen, und sei Einkäufe machen gegangen. Hatte Darrell also, in dieser Ecke hier, seine Hand mit

Gewißheit auch nicht angeboten; hätte er es getan – ob nun angenommen oder abgelehnt – würden sämtliche noch in London zurückgebliebenen Personen die Neuigkeit erfahren haben. –

Verfügte sich der Oberst demnach von da zu Carr Vipont. Lady Selina war zu Haus, und äußerst verdrießlich obendrein. : Carr sei ganz in Erstaunen gesetzt worden, durch einen, aus Fawley datierten Brief von Mr. Darrell – habe die Stadt für diese Saison verlassen, ohne auch nur einen AbschiedsBesuch zu machen – ein höchst excentrischer Mann. Sie müsse fürchten, sein Kopf sei ein wenig angegriffen – daß er das auch wisse, es aber nicht gern zugeben wolle – vielleicht hätten die Ärzte ihm ja verordnet, er solle sich ruhig verhalten, und nicht mit Politik aufregen. »Ich hatte mir auch schon gedacht«, fuhr Lady Selina fort, »daß er womöglich eine wachsende Zuneigung für Honoria empfunden; und dann wieder den AltersUnterschied bedacht, und sich gesagt habe, daß Honoria schließlich jeden Mann heiraten könne, den sie wolle; und er am Ende zu stolz wäre, um eventuell eine Ablehnung zu riskieren. Aber ich will Euch im Vertrauen mitteilen – als einem Verwandten, und guten Freund des Hauses – daß Honoria eine sehr überlegene Persönlichkeit ist, und über das bloße Alter gegebenenfalls hinweg gesehen haben würde: gleiche Neigungen gleicher Geschmack – Ihr versteht. Aber wenn ich mir jetzt wieder Alles so überlege, fang' ich doch an zu zweifeln, ob *das* der wahre Grund für sein Wegrennen sein könne, noch dazu in dieser hastigen verwilderten Art. Meine Zofe erzählt mir, sein HausMeister sei dagewesen, um mitzuteilen, der ganze Haushalt hier solle aufgelöst werden. Das sieht ja aus, wie wenn er London endgültig den Rücken kehren wollte; und das ausgerechnet noch in dem Augenblick, wo, wie Carr sagt, die so lang' hinausgezögerte KRISIS mit Sicherheit über Uns hereinbricht. Ich kann gar nicht sagen, wie satt ich diese klugen Großen Männer habe! – man weiß nie genau, wie man mit ihnen dran ist; und wenn sie nicht unehrlich sind, dann sind sie exzentrisch! Ich hab grad-eben zu Honoria gesagt, daß, Alles in Allem genommen, Große Männer die ermüdendsten lästigsten EheGatten abgäben. Na und? warum seid Ihr so schweigsam? Was sagt Ihr dazu? Warum redet Ihr nicht?«

»Ich erhole mich lediglich langsam von meinem Schock«, versetzte der Oberst. »Da drückt sich Darrell also vor DER KRISIS; und hat zudem nicht einmal andeutungsweise etwas von einer

Bevorzugung Honoria's verlauten lassen, dem einzigen Mädchen in ganz London, das eine sichere, verständige LebensGefährtin für ihn abgegeben hätte – ich hab' ihm das mehrfach gesagt; und er hat es auch nie abgestritten. Aber es liegt ja wenigstens ein Trost in dem Gedanken, daß er hier nicht als Verlust empfunden wird. Das alte Ungeheuer!«

»Nein –«, sagte Lady Selina, besänftigt durch so viel Mitgefühl, »also das will ich nicht sagen, daß er keinen Verlust darstelle. Aufrichtig gestanden – ganz unter Uns – ich bin der Ansicht, daß es ein sehr-großer Verlust ist. Eine Verbindung zwischen ihm und Honoria, würde den gesamten Vipont'schen Einfluß vereinigt haben. Lord Montfort hat das allergrößte Vertrauen auf Darrell; und wenn jetzt diese KRISIS eintritt, wird es unbedingt erforderlich für das Vipont'sche Interesse, Jemanden aufzutreiben, der ein Redner ist, Der sprechen kann. Also wirklich, mein bester Oberst Morley: Ihr, der Ihr einen solchen Einfluß auf diesen überaus seltsamen Mann habt, jetzt solltet Ihr ihn ausüben! Man darf in KRISENZEITEN nicht übermäßig heikel sein: das Land steht auf dem Spiele, Vetter Alban!«

»Ich will gern mein Bestes tun«, sagte der Oberst; »ich bin mir vollkommen klar darüber, daß eine Allianz, die Darrell's Talente dem Hause Vipont, und das Haus Vipont den Talenten Darrell's sicherte, daß die – aber das Reden darüber hat ja keinen Sinn; Wir dürfen Honoria nicht opfern, nicht einmal auf dem Altar vaterländischer Interessen.«

»›Opfern‹! : Unsinn! Sicher, der Mann ist nicht mehr jung; aber andrerseits wieder: was für ein grandioses Wesen; so groß, so klug!«

»Groß und klug – jaja! Aber es ist noch keine fünf Minuten her, da war gerade das in Ihren Augen ein Einwand gegen einen Menschen.«

»Tz, ich hatte die KRISIS vergessen. – Man braucht Große Männer nicht alle Tage; aber es *gibt* Tage wo man Große Männer braucht!«

»Um diesen Aphorismus beneide ich Sie. Aber nach Allem was jetzt angedeutet ward, fürchte ich fast, Honoria möchte ihren Gedanken erlaubt haben, sich mit etwas zu beschäftigen, was vielleicht niemals stattfinden wird; und falls dem so sein sollte, sich womöglich ärgern.«

»›Ärgern‹! eine Tochter von mir ›sich ärgern‹? – und unter

allen meinen Töchtern vollends Honoria! Ein Mädchen mit best-disziplíniertem Charakter! ›Ärgern‹, welch Wort – vulgär!«

Oberst Morley: – »Es ist wahr; ich erröte auch darob; aber wollen Wir einander doch verstehen – : wenn Darrell um Honoria anhielte, dann meinten Sie, Ehrgeiz einmal beiseite, sie würde ihn genugsam schätzen, um ihm eindeutig dėn Vorzug zu geben. –?«

Lady Selina: – »Falls sein Zweifel darin bestehen sollte, dürft Ihr ihn beruhigen. Er ist schüchtern – Männer von Genie sind das grundsätzlich – : *Honoria würde ihn schätzen!* – Bis er seinen Antrag nun wirklich vorbringt, würde es sie kompromittieren, mehr zu sagen, selbst Euch gegenüber.«

Oberst Morley: – »Und wenn sein Zweifel nicht darin bestehen sollte; und wenn ich versicherte, daß Darrell an einen Antrag auch nicht entfernt denke: dann würde Honoria . . .«

Lady Selina: – » – ihn verachten! – Ah; ich erkenne an Eurem Gesicht, daß Ihr meint, ich solle sie *da*-rauf vorbereiten? Ist es so? offen gestanden?«

Oberst Morley: – »Offen gestanden, ja. – Ich glaube, daß Guy Darrell, wie so mancher and're Mann, sich so lange entschlossen hat, wieder zu heiraten, daß er darüber den richtigen Augenblick verpaßt hat, und ihn niemals mehr finden wird.«

Lady Selina schnuppert an ihrer *vinaigrette;* und erwidert dann, in ihrer sanftesten, affektiertesten, höflichsten, und zermalmendsten Manier – :»Der *arme* – LIEBE – ALTE MANN!«.

19. Kapitel

Keinem Manne ist es gänzlich ungestraft erlaubt, den Neid Derer um ihn zu erregen, ja ihres Elends noch zu spotten, dadurch daß er, ganz systematisch und im vollen Bewußtsein der begangenen Handlung – im Zölibat verharrt. Vergebens soll er intriguieren, sich in den Ehen der geschädigteren Freunde, ArmSessel plus FußSchemel oder gar süß-schwatzende Kinderlein zur genüßlichen Ergetzung seines indolenten Alters zu verschaffen. Die rächenden Eumeniden (selber vernachlässigte Alte Jungfern!) werden seine Unverschämtheit demütigen, seine Projekte zuschanden machen, und die Neige seiner Jahre zu den Schrecknissen völliger Vereinsamung verurteilen – selbst zur Gnade der Reue-Gefühle werden sie seine Seele nur ganz selten erwecken!

Der Oberst zeigte sich, bevor er nachhause zurückkehrte, noch flüchtig in dem ein- o'r andern Club; wobei er sich's angelegen sein ließ, für Darrell's plötzliches Verschwinden eine plausible und allgemeinverständliche Auslegung zu verbreiten: die Saison war eben vorbei. Darrell folglich aufs Land gegangen. Der Stadt-Haushalt wurde aufgelöst, weil die Villa in Carlton Gardens verkauft werden sollte: Darrell gefiel die Lage nicht – fand, daß die Luft dort ihn abspanne – Park Lane, oder Grosvenor Square waren höher gelegen. Außerdem waren die TreppenAufgänge ungenügend für ein Haus, das solchen Ansprüchen zu genügen hatte – für richtig-große Gesellschaften nicht geeignet – und da Darrell nächste Saison sich in einer Position befinden könnte, wo er große Gesellschaften zu geben haben würde, undsoweiter undsoweiter. Und da kein Mensch auf die Vermutung verfällt, daß ein Mann sich in eben dem Augenblick vom öffentlichen Leben zurückziehen könne, wo er alle Aussichten auf ein MinisterPortefeuille hat, nahmen die Clubs Alban Morleys Andeutungen ohne jeglichen Verdacht auf; ja, kamen vielmehr dahingehend überein: wie Darrell wieder unvergleichlichen Takt darin bewiese, daß er sich, während jenes politischen ÜbergangsZustandes, wie er einer Krisis grundsätzlich vorangeht, von der Hauptstadt absentiere; und daß es ganz offenkundig wäre, wie er darauf rechne, sobald die Krisis vorbei wäre, eine bedeutende Rolle zu spielen, Beweis:

er fände, daß sein Haus zu klein für ihn geworden sei : ! . Indem er solchermaßen den Weg für eine mühelose Rückkehr Darrell's in diese Welt ebnete, falls er seine Absonderung doch wieder bereuen sollte (eine Möglichkeit, die Alban mit nichten aus seinen Berechnungen wegließ), lenkte der Oberst den Schritt heimwärts, allwo er seinen Neffen George antraf, der dort auf ihn wartete. Der gelehrte Geistliche hatte sich in dem hinteren, gleichzeitig als Bibliothek eingerichteten, WohnZimmer niedergelassen, und nahm sich Freiheiten mit den Büchern heraus. »Was hast Du denn da, George?«, fragte ihn der Oberst, nachdem er ihm die Hand geschüttelt. »Du schienst ja ganz vertieft in den Inhalt; und hättest ohne Gyp's Gebell meine Gegenwart gar nicht bemerkt.«

»Ein Bändchen Gedichte, das mir vorher noch niemals aufgestoßen ist; dabei voll von echtem Genie.«

»Gott steh Uns bei, die Poeme des armen Arthur Branthwaite! Und Du hast tatsächlich gelesen in dem ... – nicht bloß aus Respekt für seinen Vater dazu bewogen? Wirst Du denn schlau aus den Sachen?«

»Es gibt eine ganze Gattung von Poesie, die dem mittleren MannesAlter gerade wegen der Eigenschaften mißfällt, die sie so bezaubernd für junge Leute macht; denn jede Generation hat eine Jugend, mit ganz spezifischen Zu- und AbNeigungen; und folglich auch eine ganz spezifische Poesie, in der diese Zu- und AbNeigungen ihren Ausdruck finden.«

Ab hier begann George metaphysisch zu werden, im etwas allzu deutschen Sinne; worauf das Gesicht seines Onkels einen Ausdruck annahm, der sich nur mit dem eines Mannes vergleichen läßt, der eine schwere und lange Operation befürchtet; und George beeilte sich humanerweise, sein Gemüt wieder zu beruhigen –: »– aber ich möchte Sie im Augenblick nicht langweilen.«

»Danke Dir«, sagte der Oberst, und sein Gesicht heiterte sich auf.

»Aber könnten Sie mir das Buch vielleicht leihen? Ich fahr' über kurz oder lang zu Lady Montfort, und könnt' es unterwegs lesen.«

»Sicher; von mir aus leih ich Dir's bis zur nächsten Saison. Dann müßt' ich's allerdings wiederhaben; zum auf den Tisch legen, wenn Frank Vance 'mal zum Frühstück zu mir kommt. Der Dichter ist nämlich sein Schwager gewesen; und ob schon, aus eben diesem Grunde, Poeten und Poesie eine wunde Stelle für Frank darstellen, hab' ich doch, als er das letzte Mal hier frühstückte aus seinem Händedruck beim Abschied entnommen, daß ihm ein Zeichen von Achtung für Alles was vom armen Arthur Branthwaite übrig geblieben ist, ein gewisses Vergnügen machte. – Soso; da fährst Du zu Lady Montfort? Frag sie doch mal, warum sie mich so ›schneidet‹?«

»Mein teurer Onkel! Sie wissen ja, wie zurückgezogen ihr Dasein gegenwärtig verläuft; aber sie hat mich ausdrücklich beauftragt, Sie ihrer unveränderlichen Achtung zu versichern; und wenn sie ihre Gesundheit und Lebenslust erst einigermaßen wiedererlangt hat, hege ich keinen Zweifel, Sie werden gebeten werden, ihr Gelegenheit zu geben, diese Versicherung auch mündlich abzugeben.«

Oberst Morley: – »Können ihre Gesundheit und Lebenslust, denn fortwährend so lange angegriffen sein, durch den Verlust jenes entfernten Verwandten, den das Gesetz ihren Gatten nannte?«

George: – »Sie ist weit entfernt davon, sich wohl zu fühlen; und ihre Lebensgeister sind tatsächlich schwer gebrochen. – Und jetzt, Onkel, eine kleine Gunst, um die ich bitten wollte: seitdem Sie mich damals Mr. Darrell vorgestellt haben, ist er so freundlich gewesen, mir zwei oder drei Einladungen zum Dinner zukommen zu lassen; die meine häufige Abwesenheit von der Stadt mir aber immer nicht erlaubt hat, anzunehmen. Ich müßte ihm unbedingt einen Besuch machen; und da ich mich etwas schäme, das nicht längst schon früher getan zu haben, wär' es mir sehr lieb, wenn Sie mich nach seinem Hause begleiten könnten? Ein-einziges geschicktes Wort von Ihnen, würde mir einen Rückfall ins Stottern ersparen – wenn ich mich zu entschuldigen habe, fang' ich grundsätzlich an zu stottern.«

»Darrell hat die Stadt verlassen«, versetzte der Oberst unsanft; »und Du hast eine Gelegenheit verpaßt, die nie wieder kommt. Der bezauberndste Gesellschafter; ein Intellekt, so männlich und doch so mild! Nie wieder werd' ich Seinesgleichen finden!« Und, zum ersten Male seit dreißig Jahren, stahl sich schier eine Thräne in Alban Morley's Auge.

George: – »Wann hat er die Stadt verlassen?«

Oberst Morley: – »Vor drei Tagen.«

George: – »Vor drei Tagen! und ist wieder nach dem Kontinent, ja?«

Oberst Morley: – »Nein; in die Eremitage, George! Ach hat Der mir einen Brief geschrieben! Dir ist ja bekannt, wieviele Jahre er sich aus der Welt zurückgezogen hatte. Als er nun, dieses Jahr, wieder erschien, wurden er und ich intimer miteinander, als wir seit unsern Schultagen je gewesen waren; denn obwohl wir früher einmal die gleiche Hauptstadt-hier bewohnten, war er damals doch viel zu beschäftigt, um groß Zeit zur Vertraulichkeit mit einem Müßiggänger wie mir zu haben. Aber just als ich jetzt im besten Verweben meiner paar übriggeblieb'nen DaseinsFäden mit den seinen, glänzenden war: da reißt Der das Geweb' mitten durch; verläßt erneut diese londoner Welt; sagt, er wolle nie mehr in sie zurück.«

George: – »Ich habe aber doch gehört, wie er im Sinne trüge, seine parlamentarische Karriere wiederaufzunehmen; ja sogar, daß er im Begriff stünde, eine zweite Ehe einzugehen, mit Honoria Vipont?«

Oberst Morley: – »Bloßer Klatsch – stimmt nicht. Nein, er will nie wieder heiraten. Vor drei Tagen noch war auch ich mir sicher, daß er's tun werde – war mir sicher, daß ich für meine alten Tage einen Winkel gefunden hätte, in seinem Hause – den bequemsten Sessel in seinem gesellschaftlichen Zirkel; wie meine TagesZeitung neues Int'resse erhalten würde, durch Lob und Preis seines Namens, oder die Wiedergabe seiner Reden; wie ich, stolz, bei White's eintreten würde, in der Gewißheit dort Guy Darrell nennen zu hören; wie ich meine trockne Kenntnis des Lebens dadurch von misanthropischem Rost frei erhalten würde, daß ich *ihm* schlaue Lobreden auf ein glückliches junges Weib hielte, das seiner ganzen Nachsicht bedürfe – *ihr* Lobreden auf den hochgemuten sensiblen Mann, der zärtlichen Respekt beanspruchen könne, und delikat schmeichelndes Liebkosen; – wie ich solchermaßen, Tag um Tag, ein Heim, in das ich mich selbst verpflanzt hätte, immer noch angenehmer gestaltete; und an seinen Kindern Knaben fände, die es zu belehren, Mädchen, die es zu verziehen galt. Mußt nicht eifersüchtig sein, George: ich mag Deine Frau sehr wohl leiden; hab' auch Deine Kleinen lieb; und was ich zu hinterlassen habe, wirst Du Alles einmal erben. Aber für einen antiquierten Jung-Gesellen, der sich gern bis zum Letzten jung erhalten möchte, gibt es kein so-sonniges Fleckchen, als den Herd eines alten Schul-Kameraden. Und dies mein KartenHäuslein hat's über'n Haufen gepustet – reden Wir nicht mehr davon – 's ist ein zu peinliches Thema: ach. – Du hast, als Du das letzte Mal hier warst, Lionel Haughton kennen gelernt –: wie hat er Dir gefallen?«

»Ganz ausgezeichnet, wirklich.«

»Schön; da Du also Darrell nicht mehr besuchen kannst: sprich doch 'mal bei ihm vor.«

George *(angeregt):* – »Genau das, was ich vorhatte – wie ist seine Anschrift?«

Oberst Morley: – »Hier ist seine Karte – nimm sie mit. Gestern Abend noch ist er hier gewesen, sich zu erkundigen, ob ich nicht wisse, wohin Darrell verschwunden sei – wo doch keiner in seinem ganzen Haushalt, geschweige denn ich, bis heute Morgen eine Ahnung hatte, daß Darrell der Stadt endgültig Valet gesagt habe. Du wirst Lionel zuhause antreffen; denn ich hab' ihm sagen lassen, ich würde bei ihm vorsprechen – aber ich bin, gewiß und wahrhaftig, jetzt dazu nicht imstande. Richt' Du ihm von mir aus: Mr. Darrell werde, in dieser Saison, nicht nach Carlton Gardens zurückkehren; habe sich vielmehr nach Fawley verfügt. Mehr braucht Lionel, im Moment, nicht zu wissen – Du verstehst mich? – Und nun, lieber George, : Guten Tag.«

20. Kapitel

Jegliche Generation hat ihren eigenen kritischen Kanon, in der Poesie ebensogut wie in politischen GlaubensArtikeln, Finanz-Systemen, oder sonstwelchen veränderlichen Dingen des Geschmacks, die da heißen ›ein für allemal erledigte Fragen‹ und ›allgemeingültige Ansichten‹.

George, dem Alles was sein Onkel hinsichtlich Darrell's geäußert hatte, immerfort im Kopfe herumging, schlug den Weg nach Lionel's Wohnung ein. Der junge Mann empfing ihn mit der herzlichen Begrüßung, wie sie ein Verwandter Darrell's dem Neffen Oberst Morley's schuldig war; freilich wohltemperiert durch den Respekt, den er dem Ansehen und der beruflichen Würde des beredten Predigers nicht minder schuldete.

Lionel war sichtlich beeindruckt durch die Nachricht, daß Darrell derart unversehens in die düsteren BuchenWaldungen von Fawley zurückgekehrt sei, und legte seine besorgte Teilnahme am Ergehen seines Wohltäters mit einer so spontanen Zärtlichkeit des Gefühls an den Tag, daß George, gleichsam sympathetisch, sich für dasselbe Thema zu erwärmen begann. »Ich kann Ihre Neigung für Mr. Darrell sehr wohl begreifen«, sagte er. »Ich weiß noch, als ich ein Junge war, was für einen mächtigen Eindruck er auf mich gemacht hat; obwohl ich ihn nur selten zu sehen bekam. Er stand damals im Scheitelpunkt seiner Karriere, und hatte für einen Jungen, wie ich war, natürlich immer nur ein paar kurze Augenblicke übrig; aber der ganze Klang seiner Stimme, der Blitz seines Auges, machten, daß ich jedesmal unter Träumungen von Ruhm, und auf Preise erpicht, wieder in die Schule zurückkam. Ich habe einmal einen Teil der OsterFerien in seinem Hause in der Stadt verbringen dürfen; er hatte seinen Sohn, der mein SchulKamerad war, geheißen mich einzuladen.«

Lionel: — »Ach, Sie haben seinen Sohn gekannt? Wie Mr. Darrell diesen Verlust empfunden haben muß!«

George: — »Der Himmel verhüllt seine vorsorglichsten Gnaden oftmals in das, was den Menschen seine empfindlichste Heimsuchung dünkt. Jener arme Junge hätte seine gesamte Natur verändern müssen, hätte sein Leben nicht einem Vater wie Mr. Darrell bittereren Kummer bereiten sollen, als sein Tod gewesen ist.«

LIONEL: — »Ich erstaune ganz! Mr. Darrell sprach von ihm, als von einem vielversprechenden Knaben.«

GEORGE: — »Gewiß; er besaß diejenige Sorte von Energie, die bei einem hoffnungsvollen Vater den Eindruck großer Verheißungen erwecken, und überhaupt Leute älter als er selbst unschwer täuschen kann — ein hübscher Junge, mit hellen Augen und kecker Zunge; und gerade genug Achtung vor seinem Vater, um in dessen Gegenwart seine schlimmsten Eigenschaften in Zaum zu halten.«

LIONEL: — »Worin sollten die bestanden haben?«

GEORGE: — »Hartnäckige Arroganz — erbarmungslose Grausamkeit. Er besaß die Art Stolz, ob deren sein Vater vor Scham den seinigen verloren haben würde, hätte Guy Darrell den Grund dafür erkannt — reiner GeldStolz! Ich weiß noch, wie sein Vater einmal, mit halbem Lachen, zu mir sagte: ›Mein Junge soll sich nicht gedemütigt und gekränkt fühlen, wie es mir in der Schule jegliche Stunde gegangen ist — geflickte Kleidung, und leere Taschen.‹ Und so verfiel Mr. Darrell, aus falsch verstandener Güte, in das entgegengesetzte Extrem; und der Sohn war stolz — nicht auf seines Vaters Ruhm, sondern auf seines Vaters Portemonnaie — und verhielt sich nicht etwa generös, auch nicht direkt extravagant; sondern setzte sein Geld schlicht als Macht ein — eine Macht, die ihm erlaubte, den Gleichgestellten zu beleidigen, und den Sklaven zu kaufen. Mit einem Wort, sein Spitzname in der Schule war ›Sir Giles Overreach‹, was ja Alles sagt. Und der Tod war die Folge seiner befremdlichen Passion, Andere zu foltern. Der Schüler der UnterKlasse, der ihn bedienen mußte, konnte nicht schwimmen und hatte den größten Horror vorm Wasser; und während er das Kind in den Fluß trieb, an einer Stelle wo einem das Wasser übern Kopf ging, da bekam er selbst den Krampf und ertrank. Nein; wenn ich mir vorstelle, was dieser Junge als Mann geworden wäre, mit Darrell's ganzem Reichtum dahinter; oder gar — falls Darrell seine öffentliche Laufbahn weiter verfolgt hätte, (was, wenn der Sohn am Leben geblieben, ja vermutlich erfolgt sein würde) — als Erbe des Ranges und der Titel, die sich der Vater höchstwahrscheinlich erworben, und weitergegeben hätte — ich muß es nochmals wiederholen: des Menschen Heimsuchung ist oft des Himmels Gnade.«

Lionel lauschte entgeistert. George fuhr fort — »Ich wollte, ich könnte einmal eben so offen mit Mr. Darrell selbst darüber sprechen! Finden wir doch eigentlich ständig in dieser Welt, daß kein Irrtum uns dergestalt mißleiten kann, wie jene Irrtümer, die aus der Hälfte einer Wahrheit bestehen, die man von ihrer ergänzenden Hälfte losgerissen hat; und nirgendwo sind derlei Irrtümer gewöhnlicher, als wo der Mensch sie zur Beurteilung eines Ereignisses aus seinem eigenen Leben verwendet, und somit echten Trost und Unglück auseinanderhält.«

LIONEL: – »Wohl wahr; aber Wer könnte das Herz haben, einem trauernden Vater zu erklären, daß sein toter Sohn ein wertloses Subjekt gewesen sei?«

GEORGE: – »Ach, lieber junger Freund, der Prediger muß zuweilen sein eigenes Herz verhärten, wenn er die Seele eines Anderen recht im Innersten treffen will. Aber ich bin mir auch nicht ganz sicher, daß Mr. Darrell eines so grausamen Freundschafts-Dienstes bedürftig wäre. Ich möchte meinen, daß sein klarer Intellekt doch beträchtliche Teile von der Natur seines Sohnes instinktiv erraten haben muß, so daß er instand gesetzt war, den Verlust mannhaft zu ertragen – und er hat ihn tapfer getragen. – Aber jetzt, Mr. Haughton, falls Sie für den Rest des Tages frei sein sollten, möchte ich Ihnen, ganz unzeremoniell, einen Vorschlag machen, ihn hinzubringen: eine Lady, die Mr. Darrell in ihrer frühesten Jugend ebenfalls gut gekannt hat, wünscht ernstlich, Ihre Bekanntschaft zu machen. Sie wohnt an den Ufern der Themse, etwas oberhalb von Twickenham; und ich hab' ihr, für heut Abend, einen Besuch versprochen –: wär' es möglich, daß Wir miteinander in Richmond essen?, und anschließend könnten Wir ein Boot zu ihrer Villa hin mieten –?«

Lionel nahm sofort an; dachte dabei allerdings so wenig an die erwähnte Lady, daß er sich nicht einmal nach ihrem Namen erkundigte – er war schon froh, nur einen Gefährten zu haben, mit dem er von Darrell schwatzen konnte. Er erbat sich lediglich einen Augenblick, um ein paar Zeilen herzlicher Erkundigung an seinen großen Verwandten in Fawley zu Papier zu bringen; und, indes er schrieb, holte George die Gedichte Arthur Branthwaite's hervor, und nahm deren Durchsicht wieder auf. Als Lionel mit seinem gesiegelten Brief ankam, hielt George ihm das Büchlein hin – : »Hier sind ein paar bemerkenswerte Gedichte: von einem Schwager dieses bemerkenswerten Künstlers, des Frank Vance.«

»Frank Vance? Richtig; er hatte einen Schwager, der Dichter war. Ich bewundere Frank so sehr; und obschon er so tut, als rümpfe er über Poesie grundsätzlich die Nase, ist er doch in meiner Vorstellung derart mit poetischen Gebilden assoziiert, daß ich im voraus für Alles eingenommen bin, was ihn, trotz seiner Einstellung, mit Poesie in Verbindung bringt.«

»Dann sagen Sie mir doch jetzt einmal«, und George bezeichnete ihm eine Stelle in dem Bande, »was Sie von diesen Zeilen hier halten. Mein guter Onkel würde sie ›Kauderwelsch‹ heißen. Ich-meinerseits bin mir zwar nicht ganz sicher, daß ich sie korrekt konstruieren könnte; aber als ich in Ihrem Alter war, mein' ich, ich hätt's gekonnt — was sagen Sie dazu?«

Lionel warf einen Blick darauf —, — :»Aber das ist doch herrlich! — nichts kann klarer sein — das drückt auf's präziseste ein Gefühl in mir aus, das ich mir selber nie hab' erklären können!«

»Auf's Haar getroffen«, sagte George lachend. »Die Jugend hat ein Gefühl, das sie nicht erklären kann; und besagtes Gefühl findet Ausdruck in einer poetischen Form, die das mittlere Mannes-Alter nicht grammatisch konstruieren kann. Daß die Dichtung der ganz-großen Art gleichermaßen alle AltersStufen int'ressiert, das ist schon richtig; aber die Welt produziert immerfort auch eine Poesie nicht vom allerersten Range, nicht für die Dauer bestimmt — nicht gedacht universal-gültig zu sein — die dafür aber alle feineren Wechsel und TagesVeränderungen menschlichen Empfindens mitmacht — genau wie diese hübschen ›BlumenUhren‹ in den Gärten, auf deren Ziffernblättern jede Art durch Blühen die Stunde angibt: ihre Knospen öffnet, um sie anzuzeigen; und, nach erfülltem Zweck, wieder dahinwelkt, aus der Zeit hinaus.«

Lionel, ohne dem Kunstrichter sonderlich zuzuhören, hatte indes immer fortgefahren, in den Gedichten zu lesen, und einüber's andre Mal auszurufen: »Wie köstlich! — : wie wahr! —«.

21. Kapitel

Im Leben wie in der Kunst bewegt sich das Schöne in Schlangenlinien.

Und nun haben sie gespeist. George Morley ergreift die Ruder; und das Boot durchschneidet den Tanz der Wellchen, errötend im Gold des SonnenUntergangs. Schöner Fluß! der dem englischen GeschichtenErzähler Stoff zu Legenden liefern könnte, wild wie man sie an den Ufern sammelt, die der Hydaspes bespült, und süß wie die, in denen KephissosGemurmel sich mischt mit Nachtigallen-Schlag und dem Odem von Veilchen! Welcher ächte Englische Poet könnte je Deinen Namen nennen, O Vater Themse, ohne einen melodischen Tribut an Dich? Und welches Kind, das je die langen SommerNachmittage an Deinen grasigen Ufern vertat, und dem die Erinnerung daran nicht heilig ward, als an FeenTage des Lebens?

Schweigend bog Lionel sich über den gleitenden Bord hinaus, mit einem Geist, der fünf Jahre zurückversetzt war, in das gleiche sanfte Strömen. Was für einen unermeßlichen ZeitRaum diese fünf Jahre in seinem kurzen Dasein auszufüllen schienen! Und wie entfernt von dem jetzigen jungen Mann, reich an Attributen des Wohlstands, gerüstet mit allen möglichen Waffen sich auszuzeichnen, wirkte jene Stunde, da der Junge laut gestöhnt hatte, »so entfernt scheint das Glück, der Ruhm so unmöglich!«. Und weiter und ferner noch als seine gegenwärtige weltliche Situation von seiner vergangenen, schien das liebe Bildchen, das zum ersten Mal' in seiner Brust jenes träumerische Gefühl hervorgerufen hatte, das auch die Gestrengsten von uns, im spätern Leben, niemals gänzlich vergessen. Leidenschaften toben und verschwinden; und wenn dann all ihre Stürme ausgebraust haben, ja, kann sein am Rand des Grabes erst, schauen wir zurück, und gewahren, gleich einem Stern, das weibliche Gesicht, und sei es bloß das eines Kindes, das zuerst in uns das große richtungslose Wundern auslöste, ob des Zaubers einer menschlichen Gegenwart, ob der Leere nach einem Lächeln das sich uns entzog! Wie Viele von uns könnten sich nicht, erblickt durch RuinenLücken von Hoffnungs-Gebäuden, eine Beatrice zurückrufen, gesehen wie der Florentiner sie sah : auf Erden ein MädchenKind sonder Arg; im Himmel ein verklärter Geist! Doch; ja: ›Laura‹ war eine reine Affektation – ›Beatrice‹ eine Realität! –

George's Stimme brach, direkt etwas unangenehm, in Lionels Rêverien ein. »Wir nähern uns dem Bestimmungsort; und Sie haben mich noch nicht einmal nach dem Namen der Dame gefragt, der Sie Ihre Huldigung darbringen sollen: es ist Lady Montfort, die Witwe des letzten Marquis. Sie haben zweifellos Mr. Darrell von ihr sprechen hören.«

»Mr. Darrell nie – Oberst Morley oft. Und in Gesellschafts-Kreisen hab' ich ihrer Erwähnung tun hören, als vielleicht der hübschesten, bestimmt aber der hochmütigsten Frau in ganz England.«

»Mr. Darrell sie niemals erwähnen hören? das ist aber doch wirklich seltsam!«, sagte George Morley, der nur auf Lionel's erste Worte einging, und seinen nachträglichen Kommentar unbeachtet ließ. »Sie ist doch, als Kind, viel in seinem Hause gewesen; ist zum Teil mit seiner Tochter erzogen worden.«

»Vielleicht vermeidet er ja aus eben diesem Grunde dann ihren Namen. Nicht öfter als 1-einziges Mal habe ich ihn, entfernt, auf seine Tochter anspielen hören; worüber ich mich auch nicht groß wundern kann, wenn das wahr ist, was Leute, die aber sehr wenig von den näheren Umständen zu wissen schienen, mir erzählt haben : nämlich daß sie, kaum der KinderStube entwachsen, von Hause durchgegangen ist, mit einem gemeinen Abenteurer – einem gewissen Mr. Hammond – und bereits im ersten Jahr dieser unseligen Ehe, im Ausland gestorben sein soll.«

»Ja, das ist als grober Umriß der Geschichte leidlich korrekt; und könnte es, wie Sie schon mutmaßten, erklären, wieso Mr. Darrell die Erwähnung von Jemand vermiede, mit der der Name seiner Tochter assoziativ-verlötet ist. Obwohl andrerseits, wenn Sie ein Thema anschlagen wollen, das Lady Montfort lieb und wert ist, Sie keins wählen könnten, an dem ihr dankbares Herze mehr Anteil nähme, als das Lob des Mannes, der ihre Mutter vor Mangel geschützt, und ihr selbst den Unterricht und die Kenntnisse verschafft hat, die stets ihren hauptsächlichen Trost ausgemacht haben.«

»›Hauptsächlichen Trost‹? Ist sie mit Lord Montfort nicht glücklich gewesen? Was für eine Art Mensch war er?«

»Ich verdanke Lord Montfort meine Pfarrstelle; und habe mich, bei einem Wohltäter, lediglich seiner guten Eigenschaften zu erinnern. – Wenn Lady Montfort mit ihm nicht glücklich gewesen sein sollte, muß man doch Beiden die Gerechtigkeit widerfahren lassen, daß sie sich nie beklagt hat. Aber in Lady Montforts Charakter ist viel, was der Marquis anscheinend nicht zu würdigen gewußt hat; auf jeden Fall hatten sie wenig miteinander gemeinsam; und bei dem, was Lady Montforts hochfahrendes Wesen genannt wurde, hat es sich vielleicht nur um die Würde gehandelt, mit der eine großangelegte FrauenNatur sich eines Mitleids erwehrt, das sie erniedrigen würde – auch einer Bewunderung, die sie beflecken könnte – womit sie also gleichzeitig ihre eig'ne Schönheit beschützt, und den Namen ihres Gatten sichert. – Und da wären Wir schon. Würden Sie vielleicht noch ein paar Minuten im Boot-hier warten, indes ich hingeh', und Lady Montfort auf Ihren Besuch vorbereite?«

George sprang ans Ufer; während Lionel in Deckung einiger großmächtiger WeidenBäume verblieb, deren BlattVorhang seinen Saum in die Fluten tunkte. Durch grüne Lücken im LaubWerk lugend, gewahrte er, am fernen Ende des RasenGrunds, in einer UferKrümme, an der die glitzernde AbendFlut schräger dahinschoß, eine einfältigliche Laube – eine Laube, derjenigen ähnlich, aus der er, fünf Jahre mochten's nun wohl sein, ebenfalls zu SommerSternen aufgeblickt hatte – nicht ganz so dicht vielleicht bedeckt mit Geißblatt; (obschon auch Geißblatt, neuerlich erst gepflanzt, sich rasch die Seiten dort emporschlingelte); und durch all das Gegitter von LattenWerk und Geblätter aus blühendem Gesträuch, konnte er gerade noch einer Figur-darin haschhaft gewahr werden – des weißen Gewandes, weiblicher Gestaltung, in langsam-sanfter Regung – vielleicht der Blumen wartend, die die Laub' umstanden?. Nun hielt sie inne, regte sich nun wieder; jetzt war sie ganz dem Aug' verloren – hatte die Inwohnende ihre Laube verlassen? War die Inwohnende Lady Montfort gewesen? (George Morley's Schritt hatte sich eigentlich nicht in jene Richtung entfernt.)

22. Kapitel

Ein ruhiger Schauplatz – ein unruhiges Herz.

Indes – unweit der UferWeiden, die Lionel Deckung gaben; aber doch wied'rum weit genug, um außer Sicht zu sein – hatte George Morley Lady Montfort gefunden, die ganz für sich saß. Es war ein Fleckchen, auf das Milton die Dame im ›Comus‹ hätte versetzen können – ein Zirkel weichsten Rasengrunds, allüberall umringt (bloß eine Öffnung ausgenommen, die den Blick auf das Glas des Flusses voll frei ließ) mit dichtem BuschWerk dunkler Immergrüne, und Sträuchern von lustigerem Laub; dahinter, all die Runde überhängend, Eichen und Kastanien. Auch Blumen staffelten sich in die Höhe, auf ländlichen Gerüsten und Etageren; aus einem Bassin, besternt mit WasserlilienBlüten, schoß der Strahl einer winzigen Fontäne; ein simples BauernTischchen, auf welchem Bücher lagen, und Geräte zu graziösen weiblichen Arbeiten; so daß der Ort sowohl das heimlich-vertrauliche Aussehen einer Kammer hatte, als auch jene intensive Liebe zum Leben im Freien besprach, der unsre ältlichen Poeten so übervoll sind, von Chaucer an, bis hinunter zu dem Tag, wo dann die Troubadours zu abgeschliffnen Witzbolden wurden, sich für ›Wills's KaffeeHaus‹ entschieden, und die Lerche nicht mehr kam und den Sängern

››Gut Morgen‹ bot,
von ihrem WachTurm hoch im HimmelsBlau.‹

Aber seitdem haben wir, Gott sei Dank!, längst jene englische Poesie wiederbekommen, die in das Geplausch der Wasser mit einstimmt, und in den MorgenAufstand der Vögel; und gradeso wie jene Poesie die größte Frische besitzt, die am meisten vom Leben im Freien gespeist ward, genau so glaube ich, daß es für einen Reichtum an Vitalität, die ihre prickelndsten Freuden in den unschuldigsten Quellen findet, kein sichereres Anzeichen gibt, als den kindlichen Geschmack an eben diesem Leben im Freien. Ob Euch vom Geschick nun der Palast ward oder die Cottage: sorgt, daß sich an Eure InnenKammern eine weite Vorhalle im Schloßhof der Natur anschließe. Laßt die Erde Euch nur Raums genug gewähren, um darauf stehen zu können – nun?:

schaut doch auf! —: ist es nichts, ein Dach über'm Kopf zu besitzen, das sich ›Himmel‹ nennt?

Caroline Montfort (mögen ihre Titel künftig wegbleiben) hat sich verändert, seit wir sie das letzte Mal erblickten. Ihre Schönheit hat nicht dem Grade nach abgenommen, aber der Akzent hat sich verlagert — einerseits gewonnen, andrerseits verloren; ist weniger gebietend, dafür rührender geworden. Immer noch in tiefer Trauer, wirft die düstre Tracht einen blassern Ton über die Wange. Die Augen, etwas eingesunken unter'n Brauen, wirken größer, sanfter. Auch ist ein Ausdruck von Ermüdung da, wie er entweder die angegriffene Gesundheit begleitet, oder nach schweren geistigen Kämpfen und Unruhen sich einstellt. Aber die Kälte und der Stolz der Miene, wie sie Caroline als Gattin eigentümlich waren, sind verschwunden — wie wenn ihr Witwenstand ihrer nicht länger bedürfte. Ein Etwas schier wie Demuth hatte die Oberhand in Aussehen und Haltung, die beide einst so ruhig-majestätisch gewesen waren. Als sie bei der Annäherung ihres Vetters vom Sitze auffuhr, war in ihrem Eifer eine Art nervösen Zitterns — das Blut färbte ihr die Wangen — ein ängstliches Beben der Lippe — ein Schwanken im Ton der süßen leisen Stimme —: »Nun, George?«

»Mr. Darrell befindet sich nicht in London; er hat sich vor drei Tagen nach Fawley begeben; zumindest ist er jetzt, im Moment, dort. Ich hab' es von meinem Onkel, dem er geschrieben, und den seine Abreise nicht wenig vexiert und betrübt hat.«

»Vor drei Tagen? Dann muß er es also gewesen sein! Ich hab' mich nicht getäuscht«, murmelte Caroline für sich, und ihre Augen wanderten die Runde.

»Und an dem Gerücht, von dem Sie hörten, daß er Honoria Vipont ehelichen werde, ist auch nichts Wahres. Mein Onkel ist der Ansicht, er werde nie mehr heiraten, und hat zu verstehen gegeben, daß er sein EinsiedlerLeben in Fawley wieder aufgenommen habe, mit dem Entschluß, es nie mehr zu verlassen.«

Lady Montfort lauschte schweigend, das Gesicht über das SpringBrünnlein gebückt, in dessen spielerischen Strahl sie die Blätter einer Rose säte, die sie, indes George berichtete, zerstreut zerpflückt hatte.

»Ich habe also Ihren Auftrag in so weit erfüllt«, hob George Morley wieder an. »Ich habe mich vergewissert, daß Mr. Darrell sich am Leben und ohne Zweifel wohl befindet; so daß es folglich nicht sein Geist gewesen sein kann, der Sie, in jenem Dickicht drüben, so aufgeschreckt hat. Aber ich habe noch mehr getan: habe dem Wunsch, den Sie einmal ausdrückten, nämlich mit dem jungen Haughton bekannt zu werden, vorgegriffen; da Ihre Begründung, warum Sie die Erfüllung dieses Wunsches immer hinausschoben, so lange Mr. Darrell noch in der Stadt weile, mit seiner Abreise nunmehr hinfällig geworden war, hab' ich es gewagt, und den jungen Mann gleich mitgebracht. Er wartet im Boot drüben —: wollen Sie ihn empfangen? Oder ... — aber meine verehrte Cousine, sind Sie heut nicht doch zu unwohl? Was ist denn? — Oh, ich kann Euch bei Haughton ganz leicht entschuldigen. Ich lauf' schnell hin, und erledige das.«

»Nicht, George, nicht. Ich bin so wohl wie sonst auch. Ich will Mr. Haughton sehen. Alles was Ihr von ihm gehört und mir weiter erzählt habt, interessiert mich so sehr zu seinen Gunsten; und überdies ...« Sie beendete ihren Satz nicht; und fragte dafür, abgelenkt von einem anderen Gedankengange: »Von dem Freunde, den Wir vermissen, habt Ihr keine Nachricht?«

»Bis jetzt nicht; aber in wenigen Tagen werd' ich die Suche erneuern. Also geh ich jetzt, und hole Haughton —?«

»Tut das; und, George, sobald Ihr ihn mir vorgestellt haben werdet, würdet Ihr dann so freundlich sein, und Euch zu dem lieben, sich abängstenden Kind hin verfügen? Sie ist in der Neuen Laube, oder doch nicht weit davon — ihrem LieblingsPlätzchen. Ihr müßt ihre Lebensgeister aufrechthalten, und ihr Hoffnung machen. Ihr könnt Euch gar nicht vorstellen, wie erwartungsvoll sie Euren Besuchen entgegensieht, und wie dankbar sie sich auf Eure Bemühungen verläßt.«

George bewegte, halb mutlos, den Kopf; bemerkte kurz »Bis jetzt haben meine Bemühungen noch keinen sonderlichen Anspruch auf ihre Dankbarkeit zu erheben.«; und schritt rasch zurück, Lionel zu holen.

23. Kapitel

Etwas über ein altes Thema; was aber demungeachtet noch nie gesagt worden ist.

Obgleich Lionel darauf vorbereitet war, in Lady Montfort eine sehr hübsche Frau zu erblicken, überkam ihn die Schönheit ihres Antlitzes dennoch gänzlich unvermutet. Kann doch keine Vorbereitung, durch noch so lobpreisende Beschreibungen, die Wirkung schwächen, die das erste Ansichtigwerden eines schönen Gegenstandes in einem Gemüt hervorbringt, dem die Verfeinerung und Ausbildung seiner Vorstellungen ein ebenso schnelles wie richtiges Verständnis des Schönen gegeben hat. Handle es sich um ein Werk der Kunst, die Szenerie einer Landschaft, oder auch (das Seltenste von Allem) die Göttlichkeit eines MenschenAngesichts: eine nie zuvor erschaute Schönheit trifft uns wie ein Licht-Ausbruch, mit heimlichem Genuß. Und es ist ein erhebender Genuß; die Einbildungskraft fühlt sich reicher um eine neue Idee von Vortrefflichem; denn nicht nur ist wahre Schönheit gänzlich originell, da sie kein Ur- kein VorBild hat, sondern ihr unmittelbarer Einfluß ist rein geistig. Es mag sich seltsam anhören – ich appelliere an jeden denkenden Künstler, ob die Behauptung nicht wahr sei – aber das erste Ansichtigwerden weiblicher Schönheit vom allerersten Range, wirkt so wenig einladend auf jeglichen gröblicheren Instinkt, der sich der Bewunderung beimischen möchte, daß sie vielmehr zurückweist und Distanz setzt. An einer Schönheit, die ein Sensueller nicht so bald erschaut, als ihn auch schon danach gelüstet, muß a priori ein Makel, ein irgendetwas an Niedrigkeit sein. In den höheren Verkörperungen der abstrakten Idee, wie sie sich durch alle unsere Begriffe von moralischem Gutsein und himmlischer Reinheit hindurchzieht – selbst wenn in dem Moment, wo das Auge sieht, das Herz das Bild schon liebt – hat diese Liebe doch immer etwas von der Verehrung in sich, die, wie man sagt, der Reiz der Tugend hervorbringen würde, könnte sie in sichtbarer Gestalt vor uns hintreten; und auch die bloß menschliche Liebe vermag sich nicht eher einzudrängen, bis die holde Scheu der ersten Wirkung durch Gewöhnung weg familiarisiert worden ist. Und ich möchte annehmen, daß eben diese erhebende, ätherisierende BegleitErscheinung der Schönheit es ist, der alle Poeten, alle Schriftsteller die die Realitäten des Lebens dichterisch behandeln wollten, unbewußterweise insofern gehuldigt haben, als sie Das zu göttlichem Rang erhöhten, was, dieser BegleitErscheinung entkleidet, nichts als ein geschmackloses Götzen-Bildlein von angemaltem Ton sein würde. Wenn vom erhabensten Epos bis hinunter zum trivialsten Roman, die Heldin oftmals wenig mehr als ein bloßer Name ist, vor dem wir, als vor einem die Schönheit repräsentierenden Symbol, uns zu verneigen aufgefordert werden; oder wenn wir selbst es fühlen – (seien wir in unserm gewöhnlichen Leben auch noch so indifferent gegen schöne Gesichter) – daß, zumindest in den Künsten, die Einbildungskraft einer Imago des Schönen nicht entraten kann; mit einem Wort: wenn Beide, der Dichter wie der Leser, hier nicht unentschuldigt dastehen gelassen werden, so erfolgt das deshalb, weil in unserm innersten Herzen ein Gefühl lebendig ist, das die Idee des Schönen mit dem Übersinnlichen fest verknüpft. Wollte man sich, (ein Beispiel), eine noch so unbestimmte Vorstellung von der Gestalt bilden, wie sie eine reine erlöste Seele tragen könnte: würde man ihr Ähnlichkeit mit einer garstigen Hexe geben?; oder würde man nicht vielmehr alle Erinnerungen, alle Conceptionen von schönsten Formen plündern, das Heilige Bild damit zu bekleiden? Man tue das – so – und bringe es nun, mit reichster Zier und Anmut angetan, vor sein geistiges Auge – . Nun?, erblickt man jetzt die zureichende Entschuldigung der Poeten, wenn sie der SCHÖNHEIT so hohen Rang einräumten? Erkennt man nun, wie hoch, aus dem Bereich der Sinne, das geheimnisvolle Urbild sich aufschwingt und schwebt? Wäre es, ohne die Idee der Schönheit, möglich, eine Gestalt zu entwerfen, wie sie eine Seele kleiden möchte, die in den Himmel eingegangen ist?

24. Kapitel

Angenehme Überraschungen gehören zu den diversen Neben-Einkünften der Jugend.

Wenn die Schönheit von Lady Montfort's Angesicht Lionel förmlich überrumpelte, so hätte er sich noch mehr wundern dürfen, über die gewinnende Freundlichkeit ihrer Anrede – eine Güte in Blick, Wesen, Stimme, die ihn nicht wie eine zufällige Bekanntschaft willkommen hieß, sondern mehr wie einen Verwandten, den man das erste Mal sieht. Bereits wenige einleitende Sätze brachten, indem sie einen Gegenstand von gemeinsamem Interesse berührten, in ihren Umgang ein Element vertraulich-häuslicher Familiarität. Denn Lionel, der Lady Montfort's huldvollen Empfang ihren FrühzeitErinnerungen an seinen Großen Verwandten zuschrieb, begann sogleich von Guy Darrell zu sprechen; und nur kurze Zeit währte es, da spazierten sie schon zusammen über den Rasen, oder durch gewund'ne GartenGänge dahin, fortwährend an demselben Thema festhaltend, sie durch Frage, er durch Antwort – er, begeistert, sich einmal weitläufig auslassen zu können – sie, vergnüglich lauschend – und Beide aneinander immer mehr Gefallen findend; sie, da sie, in allem was er sagte, ein helles junges Herz erkannte, das von dankbarer und stolzer Zuneigung überging; und er, da er instinktiv erspürte, daß er sich in Gegenwart Einer befand, die mit seinem Enthusiasmus sympathisierte – Einer, die den Großen Mann in seinen beschäftigtsten Tagen gekannt hatte, bevor der Sturmlauf seiner Karriere so plötzlich abbrach; Einer, deren MädchenKindheit dem einsamen Haus des Großen Mannes ein Lächeln geliehen, bevor MädchenKindheit und Lächeln es dann verlassen hatten.

Indes sie dergestalt sich so besprachen, ward Lionel, dann und wann, an einer Krümme des Wegs, in naher Ferne, George Morley's ansichtig, der nicht minder Seit'-an-Seite einer jungen Gefährtin einherschritt; und jedesmal, so oft er diesen Anblick erhaschte, durchschoß es wie seltsam-rastlose Neubegierigkeit seinen Geist, daß es ihn sogar vom Preis' Guy Darrell's ablenken wollte. Wer konnte das sein, diese Dame-da bei George? War es eine Verwandte von Lady Montfort? Trauer trug die Gestalt nicht; die

Figur schien schlank und jugendlich – jetzt passierte sie eben diesen AkazienBaum, – stand, sekundenlang, apart und abgetrennt von George's Silhouette; der eig'ne Umriß freilich undeutlich im zunehmenden ZwieLicht – und war schon wieder weiter-vorbei, verloren in den Lorbeern.

Eine Biegung des Pfades brachte Lionel und Lady Montfort dicht vor die Fenster des Hauses, das, im Vergleich zum Rang der Eigentümerin, nicht groß war, obschon bequem, und keinerlei Anspruch auf architektonische Schönheit machte – dunkelrote Ziegel, ein und ein halbes Jahrhundert alt – unregelmäßig; hier vorspringend, dort zurücktretend; so daß jene Tiefe von Licht und Schatten erzielt ward, wie sie auch den am wenigsten ausgezierten Gebäuden einen gewissen malerischen Reiz verleiht. Der Jasmin und die Rose, die Heckenlilie und der Efeu zogen sich in alle Ecken und Winkel und zwischen den Fenstern empor; und im Ganzen hatte das Haus eben dies Gepräge des HEIMISCHEN, das der fürstlichen Formalität von Montfort Court gemangelt hatte. Eines der Fenster, etwas erhöht und von außen durch ein kurzes geschwungenes Treppchen zu erreichen, stand offen. Anscheinend war gerade Licht in den Raum drinnen gebracht worden, und Lionels Auge ward von dem Schimmer getroffen.

Lady Montfort ging das Treppchen hinauf, und Lionel folgte ihr in jenes Zimmer hinein. Eine Harfe stand in der Ecke – unweit davon ein Piano samt NotenStänder. Auf einem der Tische lagen Mal- und ZeichenGeräte – eine halbvollendete Skizze in WasserFarben.

»Unser ArbeitsRaum«, erklärte Lady Montfort mit warmem fröhlichem Lächeln; (und dennoch konnte Lionel gewahren, daß ihr die Thränen in den Augen standen) – »für mich und meine liebe Schülerin. – (?) –: ja; die Harfe dort gehört ihr. Hat er Musik immer noch so gern? – ich meine Mr. Darrell.«

»Oh ja; obwohl er inmitten einer MenschenMenge nicht groß danach fragt; aber Fairthorn's Flöte kann er stundenlang zuhören – Sie erinnern sich doch an Mr. Fairthorn.«

»Ja, ich entsinne mich seiner«, erwiderte Lady Montfort sanft. »*Seine* Musik liebt Mr. Darrell also immer noch.«

An dieser Stelle stieß Lionel einen Ruf aus, der mehr als bloße Überraschung kundgab. Er hatte sich umgedreht gehabt, um die AquarellSkizze des nähern zu betrachten – ein ländliches Wirtshaus; eine GeißblattLaube; im Vordergrund der Fluß, dort ein Boot – das Ganze eben erst begonnen.

»Die Stelle kenn' ich!« rief er. »Haben Sie diese Skizze davon gemacht?«

»Ich? nein; sie ist von ihr – meiner Schülerin – meinem AdoptivKinde.«

Lionel's dunkle Augen richteten sich, sehnsüchtig und forschend, in die von Lady Montfort; sie fragten, was seine Lippen sich nicht herausnehmen konnten zu fragen –: ›Ihr AdoptivKind? – was ist Sie? – Wer?‹

Wie wenn sie seinen Augen antwortete, sagte Lady Montfort – »Wartet hier einen Moment; ich geh' sie holen.«

Sie verließ ihn; stieg die Stufen wieder in den Garten hinab; gesellte sich zu George Morley und seiner Begleiterin; nahm den Ersteren beiseit' und flüsterte mit ihm; zog dann den Arm der Letzteren durch den Ihren, und führte sie zurück, jenem Zimmer zu; indes George Morley allein im Garten verblieb, sich auf eine Bank warf, und zu den Sternen aufschaute, wie sie jetzt hervortraten, rasch und ihrer viele, obwohl immer Einer um den Andern.

25. Kapitel

>*›Quem Fors dierum cunque dabit*
>*lucro appone.‹*
>
>Horaz

Lionel stand, erwartungsvoll, in der Mitte des Zimmers; und als die beiden FrauenGestalten eintraten, fiel der LichtSchein voll auf ihre Antlitze. Das jüngere Gesicht – es ist Sie! – ist sie, die Unvergessene! – die LangVerlor'ne! Unwillkürlich, wie wenn inzwischen nicht Jahre dahingerollt wären – wie wenn sie immer noch das kleine Mädchen wäre, und er der Junge, der sich solch Schwesterchen sehnlichst gewünscht – sprang er vor und breitete die Arme; und hielt ebenso plötzlich inne, mit Armen die an ihm niedersanken, errötet, verwirrt, beschämt. Sie? jenes VagabundenKind? – Sie! die elegante Figur dort! – der großen Dame Schülerin – ihre AdoptivTochter, – Sie, das arme Wanderlein Sophie! – Sie! – unmöglich!

Aber ihre Augen, anfangs zu Boden geschlagen, sind jetzt auf ihn geheftet. Auch sie zuckt auf – nicht vorwärts, eher zurückbebend; auch ihre Arme heben sich, aber nicht um sie zu öffnen, sondern sie fest auf die eigne Brust zu drücken; und auch sie hat einen plötzlichen Impuls zu bemeistern; und steht dann, gleich ihm, errötet, verwirrt, beschämt.

»Ja«, sagte Caroline Montfort, die Sophie näher an ihre Brust zog, – »ja; Ihr werdet mir, Beide, die Überraschung verzeihen. Ja, Ihr seht vor Euch, herangewachsen zu Stolz und Freude Aller die sie schätzen, jene Sophie, die ...«

»Sophie!« rief Lionel vortretend; »also ist es doch so!; ich wußt' es ja, Ihr wart nicht die Enkelin eines SchmierenKomödianten.«

Sophie richtete sich auf –: »Ich bin's; bin *seine* Enkelin; und noch genau so stolz darauf, wie ich es damals war.«

»Verzeiht mir, oh verzeiht!; ich habe lediglich sagen wollen: daß auch er nicht das war, was er damals schien. – Ihr vergebt mir? –«, er streckte bittend die Hand aus; und Sophie's weiches Händchen sank, vergebend, in die seine.

»Aber er lebt doch? und ist wohlauf? ist hier? ist ...« Sophie brach in Thränen aus; und Lady Montfort machte Lionel ein

Zeichen, sie allein zu lassen, und in den Garten zu gehen. Widerstrebend und halbschwindelnd, einem Träumenden gleich, gehorchte er; und überließ das EnkelKind des Vagabunden den beschwichtigenden pfleglichen Armen Derjenigen, Die er, vor ein-zwei Stunden noch, bloß nach Titulaturen und Rang und einem Ruf für Stolz gekannt hatte.

Nicht viele Minuten, und Lady Montfort stieß wieder zu ihm.

»Ihr habt, ohne es zu wissen«, sagte sie, »an die Ursache der bänglichsten Sorge des armen Kindes gerührt: der Großvater, für den ihre Zuneigung so tief und sensibel ist, ist verschwunden. Aber davon sprech' ich später noch; und wenn Ihr wollt, sollt Ihr zu unsern Beratungen gern hinzugezogen werden. Aber ...«; sie brach ab und schaute in sein Gesicht – ein offenes, biederes Gesicht, das Gesicht eines Gentleman – das Herz eines Mannes in seinen Augen, die Seele eines Mannes auf seiner Stirn; – ein Gesicht, wie geschaffen um zu den Sternen aufzuschauen, deren Licht es just beschien – und, ihre Hand sehr leicht auf seine Schulter legend, nahm sie, mit zögernder Stimme wieder auf – »aber ich komme mir irgendwie ›schuldig‹ vor, wenn ich von Euch verlange, (was ich andererseits als unerläßliche Bedingung doch verlangen *muß*, für den Fall, daß Eure Besuche hier erneuert – eine gewisse Vertrautheit sich ergeben sollte) – und wenn Ihr diese Bedingung nicht einhalten könnt: dann kommt nicht mehr; wir können dann Einander nicht vertrau'n.«

»Oh Lady Montfort, legt mir jedwede Bedingung auf! Ich füge mich von vornherein!«

»Bitte nicht von vornherein. – Die Bedingung lautet: *unverbrüchliche Geheimhaltung!* – Ihr werdet, Niemandem gegenüber!, das Geringste von Euren Besuchen-hier erwähnen; weder von Eurer Vorstellung bei Mir; noch von Eurer Entdeckung, daß meine AdoptivTochter die Enkelin des damaligen SchmierenKomödianten sei! – :? –«.

»Auch Mr. Darrell-gegenüber nicht?«

»*Ihm*-gegenüber am allerwenigsten! (Obwohl dies, ich betone es ausdrücklich, um Mr. Darrell's willen erfolgt, daß ich auf solcher Geheimhaltung bestehe; die übrigens, wie ich inbrünstig hoffe, nicht mehr allzulang hinausgezögert werden wird.).«

»: Um Mr. Darrell's willen?«

»Um seines Glückes willen!«, rief Lady Montfort, die Hände faltend. »Meine Schuld ihm gegenüber ist weit größer als die

Eurige; und indem ich solchermaßen an Euch appelliere, ist mein Plan, wenigstens einen Teil davon abzutragen. Wollt Ihr mir vertrauen?«

»Ja; gern.« –

Und von jenem Abend an, wurde Lionel Haughton zum ständigen Besucher in diesem Hause.

Zwei-drei Tage später verließ Oberst Morley England, um nach einem deutschen Badeort zu reisen, wo er sich jedes Jahr einige Wochen lang zu erholen pflegte; und befreite Lionel dadurch automatisch von der Verlegenheit etwaiger Fragen, wie sie jener geriebene Beobachter ansonsten sehr wohl an ihn hätte richten können. London selbst war jetzt sommer-leer. Lionel fand ein ruhiges Logis in der unmittelbaren Nachbarschaft von Twickenham. Und wenn sein Fuß den schattigen HeckenWeg entlang wandelte; und er, durch das GatterPförtchen dort, in jene Region von Gras und Blumen trat, dann ward es ihm zumute, wie es dem berühmten Minstrel von Ercildoune, der das Vorrecht genoß, das FeenReich nach Belieben zu betreten, zumut gewesen sein mag, wenn er, der Reimer, sich hinstahl, zum gras'gen HügelHang, und dort den Zauber murmelte, der die Pforten Oberons erschließt.

Arno Schmidt

Leviathan und Schwarze Spiegel
Zwei Erzählungen. Band 9110

Alexander oder Was ist Wahrheit
Drei Erzählungen
Gadir / Alexander / Enthymesis
Band 9111

Aus dem Leben eines Fauns
Kurzroman. Band 9112

Brand's Haide
Erzählung. Band 9113

Aus julianischen Tagen
24 Essays
I. Berichte aus der Nicht-Unendlichkeit
II. Und es blitzten die Sterne / III. Berechnungen
Band 9114

Schwänze
Fünf Erzählungen
Kühe in Halbtrauer / Windmühlen / Großer Kain
Schwänze / ‹Piporakemes!›
Band 9115

Kaff auch Mare Crisium
Roman. Band 9117
(erscheint voraussichtlich im Frühjahr 1991)

Fischer Taschenbuch Verlag

fi 636 / 4 a

Arno Schmidt

Nachrichten aus dem Leben eines Lords
Sechs Nachtprogramme
Angria & Gondal / Was wird er damit machen?
Tom all alone's / »Der Titel aller Titel!«
Der Triton mit dem Sonnenschirm / Das Buch Jedermann
Kaleidoskopische Kollidier-Eskapaden
Band 9116

Orpheus
Fünf Erzählungen
Caliban über Setebos
Die Wasserstraße / Der Sonn' entgegen ...
Kundisches Geschirr / Die Abenteuer der Sylvesternacht
Band 9120

Sommermeteor
23 Kurzgeschichten
Trommler beim Zaren / Schlüsseltausch / Rollende Nacht
Der Tag der Kaktusblüte / Die Vorsichtigen / Was soll ich tun?
Seltsame Tage / Schulausflug / Zählergesang / Rivalen
Nebenmond und rosa Augen / Am Fernrohr / Geschichten von der Insel Man / Nachbarin, Tod und Solidus / Lustig ist das Zigeunerleben / Ein Leben im Voraus / Das heulende Haus
Sommermeteor / Kleiner Krieg / Die Wasserlilie / Zu ähnlich
Schwarze Haare / Die Lange Grete
Band 9121

Die Gelehrtenrepublik
Kurzroman aus den Roßbreiten. Band 9126
(erscheint voraussichtlich im Winter 1990)

Fischer Taschenbuch Verlag

fi 636 / 1b

EDWARD BULWER-LYTTON

WAS WIRD ER DAMIT MACHEN?

NACHRICHTEN AUS DEM LEBEN EINES LORDS

Roman

III

Deutsch von Arno Schmidt

FISCHER TASCHENBUCH VERLAG

Titel der Originalausgabe
›What will he do with it?‹

Ungekürzte Ausgabe in 3 Bänden
Veröffentlicht im Fischer Taschenbuch Verlag GmbH,
Frankfurt am Main, November 1990

Lizenzausgabe mit freundlicher Genehmigung
des S. Fischer Verlags GmbH, Frankfurt am Main
Die Erstausgabe dieser Übersetzung von Arno Schmidt
erschien 1971 im Goverts Krüger Stahlberg Verlag GmbH, Stuttgart

Umschlaggestaltung: Jan Buchholz/Reni Hinsch
Gesamtherstellung: Clausen & Bosse, Leck
Printed in Germany
ISBN 3-596-10604-4 (Band III)

ISBN 3-596-10602-8 (Band I)
ISBN 3-596-10603-6 (Band II)
ISBN 3-596-10605-2 (Kassette)

VIII. BUCH

1. Kapitel

›Das kleinste Feuer verbrennt den größten KornHaufen.‹
(Altes Sprichwort).

Guy Darrell nahm den Faden seines EinsiedlerLebens zu Fawley mit einer Ruhe wieder auf, die in ihrer Düstre tiefer war, als sie zuvor gewesen. Das Experiment, in die gesellschaftliche Welt zurückzukehren, war fehlgeschlagen. Die Vorsätze, die zu dem Experiment geführt hatten, waren endgültig aufgegeben. Fünf Jahre näher am Tode; und die letzte Hoffnung, die noch über dem unerbittlich sich verengenden Pfad grabhin geflattert hatte, war, einer treulosen Fackel gleich, der eignen Hand entfallen, und ausgetreten worden von seinem eignen Fuß.

Es war ein eigentümlicher Zug in Darrell's Wesen, all seine Vorhaben irgendwie auf die Nachwelt zu orientieren – Prominenz in der Gegenwart lediglich als ein Leuchtfeuer zu betrachten, von dem aus er den von der Vergangenheit übernommenen Namen, weit hinaus in die Zukunft projizieren konnte. Während all seiner früheren ehrgeizigen Jahre, wo er das Vergnügen der schweren Arbeit geopfert hatte, war sein Ziel immer in die Ferne gesteckt gewesen, weitab vom Hurrah der ZuschauerMenge; und dieser Ehrgeiz hatte nun, abgeschlagen und verzweifelnd, Halt gemacht. Seine Linie würde mit ihm, dem Kinderlosen, aussterben – ihm, der mit ihrer ehrenvollen Erneuerung im Lande so geprahlt hatte! Und sein Genie war gleichfalls kinderlos geblieben – würde gleichermaßen keinen Sprößling seines Hirnes hinterlassen. Durch Müh' und Arbeit hatte er großen Reichtum zusammengehäuft; durch sein Talent sich einen glänzenden Ruf erworben. Aber dieser Ruf war genauso vergänglich wie der Reichtum: angenommen ein halbes Jahrhundert sei über sein Grab hingegangen, und nichts mehr würde übrig sein, um von dem erfolgreichen Advokaten zu künden, dem gefeierten Redner, außer höchstens ein paar mündlich-überlieferten Anekdoten; einer lobenden Notiz in zeitgenössischen Memoiren – vielleicht, wenn's hoch kam, die Zitierung einiger besonders geschliffener Sentenzen, verschwendet an vergessene *causes célèbres,* oder veraltete ParlamentsDebatten – Schnitzel und Fetzen eines großen Intellektes, nach einem weiteren HalbJahrhundert völlig in der Versenkung verschwunden, ohne ein LuftBläschen hinab in die Tiefen der ZEIT.* Hatte er doch an Gesetzen keines ein- und durchgebracht – keinen Posten in der StaatsVerwaltung bekleidet – nicht ein Buch geschrieben. Gleich der Figur auf einer Pendüle, die das Gehäuse ziert aber mit dem GangWerk in keinerlei Verbindung steht, so hatte auch er, ein prominentes Ornament seiner Zeit, keinen Anteil an ihrem Gang gehabt. Entfernt, würde das Aug' ihn eine Weile wohl vermissen; aber die Literatur der Nation, oder ihre Geschichte, waren, ob mit ob ohne ihn, genau die gleichen. So Manche, mit einem Zehnteil seiner Fähigkeiten, haben das Glück, ihren Namen mit Dingen zu verbinden, die überdauern; sie stehen verantwortlich für Maßnahmen, die sie nicht erfanden, die jedoch, ob im guten oder bösen Sinne, sich Generationen-lang auswirken. Sie haben Bände verfaßt, aus denen irgendein VersPaar, eine Stelle in Prosa, sich an den Fels der Zeiten festsetzt, wie eine Muschel, die eine Sintflut überlebt. Aber der Redner, dessen Wirkungen augenblicksgebunden sind – der seine Zuhörerschaft in dem Maße sich untertan macht, wie er die richtige Stunde zu treffen weiß – (wogegen er, der wie Burke über etwas spräche, das, vom Hauptgegenstand abschweifend, zwar das begeisterte Lob der Stuben-Gelehrten erhält, dafür aber damit rechnen muß, daß sein Auditorium sich leert, und also zu wählen hat zwischen momentanem rednerischen Erfolg, oder der bleibenden intellektuellen Berühmt-

* Ein gleiches widerfuhr so manchem Pollio von Gericht und Senat. Fünfzig Jahre weiter, und wie verblaßt werden auf den Seiten Hansard's die Spuren eines Follett sein! Keine DruckerSchwärze kann ihn festhalten, seinen graziosen Anstand – die ÜberzeugungsKraft seiner silbernen Zunge. Und Hundert Jahre weiter: wird nicht selbst Plunket, gewichtigster der Redner wenn er über sein Thema sprach, in einer Versammlung, die immerhin einen Canning, und einen Brougham zu den ihren zählte, für unsre Enkel nur noch eine Fabel sein?

heit) – kurzum, ein Mann, dessen Rhetorik ausgesprochen in der Debatte glänzt, gleicht einem Schauspieler, dem prompt donnernder Beifall, und anschließend gänzliche Vergessenheit lohnt. Waife, auf seiner dörflichen Bühne, würde nicht minder lauten Beifall gewinnen können, gefolgt von nicht minder umfassender Vergessenheit.

Darrell war nichts weniger als blind gegen die Kürze seiner Berühmtheit. Während seiner vorangegangenen Abgeschiedenheit, hatte er sich bei dieser Überzeugung leidlich resigniert gehabt – jetzt machte sie ihn traurig. Damals hatte die, sich selbst nicht eingestandene, Vorstellung, daß er durchaus noch einmal im aktiven Leben auftreten, und etwas leisten könne, was die Welt nicht willig würde umkommen lassen, ihm das stille Antlitz dieser Landschaft, aus deren Bereich und Gesichtsfeld er über kurz oder lang ja doch scheiden mußte, nicht unlieb gemacht. Jetzt war er, am großen Baum der Zeiten, ein schon am Zweig verdorrtes Blatt – ohne daß die geringste Spur in die Rinde eingegraben gewesen wäre.

Allzeit langsam, schwächlichem Bedauern nachzugeben – immer die Feinde im eignen Innern niederzukämpfen bestrebt – fragte Darrell sich eines Abends, während Fairthorn's Flöte eine alte RomanzenMelodie durch die melancholischen Mauern säuselnd hauchte, –: »Ist es denn tatsächlich schon zu spät, dies noch immer rüstig-tätige Gehirn auf Werke zu verwenden, die leben werden, wenn ich längst Staub bin; und die mir den meinem Hause fehlenden Erben, durch die Nachwelt ersetzen?«

Er schloß sich mit unsterblichen Autoren ein – er meditierte über die Wahl eines Themas; seine Kenntnisse waren umfassend, sein Geschmack fein-gebildet; – der Wortschatz? – an Worten konnt' es *ihm* ja wohl nicht fehlen! Warum sollte er wohl nicht schreiben?! – Tja; warum sollt' er nicht? : Derjenige, der nicht in seiner Jugend schon als Schriftsteller die Hand geübt hat, kann, in seinem Alter dann, ebensowenig Schriftsteller sein, wie er, auf Anhieb, Maler – Musiker sein könnte. Wie? Was!: ein Buch nicht schreiben können?! Oh, schon – aber ungefähr so, wie er allenfalls auch ein Gemälde malen, oder ein Lied komponieren könnte. Aber ein Schriftsteller, im echten-höheren Sinne des Wortes – ein Schriftsteller, wie Darrell ein Redner gewesen war – Nein-Nie! Und am allerwenigsten wird Derjenige ein Schriftsteller sein, der ein lebenlang, durch Impuls und Gewohnheit, ein Redner für den

Tag gewesen ist – ein Redner, allzu glücklich begabt, um ihrer zu bedürfen, und zu haschhaft-beschäftigt um auf sie zurückzugreifen: auf sie, die scheinbar langweiligeren Hülfen weitläufig schriftlich-festgehaltener Vorarbeiten – ein Redner also, wie das moderne Leben einen Redner halt bildet – nicht, natürlich, einen Redner der klassischen Welt; der, vor dem Auftritt, seine Sentenzen sorglich-ausarbeitete; und der, nach erfolgtem Vortrag, jegliches ex-tempore sich eingestellt habende ZwischenSpiel gleichermaßen ›einschliff‹ bis zu rhetorischer Exaktheit plus musikalischer Perfektion. Und, weiterhin : wie hat sich der ThemenKreis für einen Mann, vorbelastet mit dem Ruf für offizielle Reputierlichkeit, nicht dadurch eingeengt! Er kann einfach nicht die SelbstVergessenheit aufbringen – kann nicht den Anlauf, Hals über Kopf, wagen – mit dem ein Junger dem Genie die Zügel läßt, und in die Reihen des Ruhms einbricht. Seiner Themen sind nur noch wenige, einfache-strenge – heikel und zögernd ist sein Geschmack. Gehemmt und eingeengt wahrlich sind die Bewegungen Desjenigen, der zum ersten Mal das Forum der Literatur beschreiten will, am Saum seiner Toga bereits den senatorischen Purpur. Guy Darrell, in seinem Alter, als Novize unter die Autoren treten? – er, der große Anwalt, dem KronJuristen keine Akten zur Bearbeitung würden anvertraut haben, wäre er des Kokettierens mit einer der Musen verdächtig erschienen – er, der große Rhetor, der ganze Auditorien elektrisiert hatte, vermittelst jener unversehenen Effekte, wodurch sich eben rednerische Inspiration von schriftlicher Beredsamkeit unterscheidet – er jetzt, in einer sein Leben lang vernachlässigten Kunst, irgendeinen Erfolg erringen, der im richtigen Verhältnis stünde mit seinem sonstigen zeitgenössischen Ruf? – wie unwahrscheinlich! Oder gar ein Erfolg, der diesen seinen bisherigen Ruf noch weit überleben, ihm jenes ›immerwährende Erbteil‹ eintragen würde, welches allein ihn hätte zu der entsprechenden Anstrengung bewegen können? – wie unmöglich! Er konnte es selbst nicht begreifen, inwiefern – wo er doch niemals um eine glücklich gewählte oder prächtig prunkvolle Ausdrucksweise verlegen gewesen war, wenn es darum ging, seinen Gedanken lediglich ihren Lauf über die Zunge zu lassen; und es ihm auch, in vertraulich familiären Korrespondenzen, an ungezwungener Leichtigkeit, ja beredter Eindringlichkeit, keineswegs mangelte – er feststellen mußte, wie seine Worte seinen Ideen, auch seine Ideen seinen Worten, nicht mehr gerecht wurden, in dem

Augenblick, wo seine Feder zum Zauberstab ward, der das Gespenst des grausen Publikums vor ihm heraufbeschwor! Je füllhorniger ihm die Gedanken kamen, umso verwirrender die Auswahl; je mehr seine Fähigkeit zur Würdigung der Vortrefflichkeit anderer Autoren sich schulte und verfeinte, umso schüchterner und frostiger fielen seine eignen Bemühungen um einen makellosen Stil aus. Was übrigens dem ausgekochtesten Autor genau so gehen würde, hätte das Gespenst des Publikums nicht schon seit langem die Macht eingebüßt ihn zu vexieren: während er schreibt, ist die Einsamkeit des echten Autors entweder absolut, oder bevölkert, ganz wie er will. Aber man nehme einem Redner die Zuhörer, und was bleibt von ihm? Er beherrscht das lebende Publikum – das Gespenst des Publikums schüchtert ihn ein.

»Bestimmt, früher einmal«, seufzte Darrell, als er seine bis zur Unkenntlichkeit durchkorrigierten Seiten den Flammen überantwortete – »früher einmal hab' ich bestimmt eine Portion SchriftstellerTalent besessen; hab' sie aber eben auf ProzeßAkten ausgegeben!«

Das Talent des Autors hatte Guy Darrell zweifellos einmal besessen – das Temperament eines Autors nie. Worin besteht das Temperament des Autors? Es würde zu lange dauern, das hier zu definieren. Aber ohne es, kann ein Mensch durchaus ein kluges Buch schreiben, ein nützliches Buch, ein Buch, das eine Lebensdauer hat von 1 Jahr, 10 Jahren, auch 50 Jahren – dennoch wird er vor fernen künft'gen Zeitaltern nie als Repräsentant seines Zeitalters dastehen, das weit mehr in ihm lebte, als er in jenem. Das Temperament des Autors besteht in dem, was ihn zu einer integralen, bedeutsamen, originalen Einheit macht, die ihn unterscheidet von Allen die vor ihm da waren, und Allen die künftig noch kommen werden. Und wie ein KirchenVater einmal gesagt hat, daß das Bewußtsein individuellen Wesens das, den niedrigeren Geschöpfen nicht bewilligte, Kennzeichen der Unsterblichkeit sei – so steht es auch mit diesem individuellen, einen und unteilbaren Temperament; und infolge der innigsten Durchdrungenheit hiervon geschieht es, daß ein Autor, mehr noch als durch alle Werke, die er emanieren mag, unsterblich wird. Ja, mehr noch: seine Werke dürfen untergehen, wie die eines Orpheus oder Pythagoras*;

* Es braucht wohl kaum gesagt zu werden, daß die dem Orpheus oder Pythagoras zugeschriebenen Werke, durchgängig für unterschoben und unecht gelten.

aber er selbst bleibt, mit seinem vollen Namen, aufgrund der Spur seiner Erdentage, gleich Orpheus oder Pythagoras, unzerstört und unzerstörbar.

So gab der Einsiedler die Literatur auf, und kehrte zu den Wissenschaften zurück. Hier war er mehr zuhause. Er hatte, während seiner blendenden akademischen Laufbahn die Wissenschaften kultiviert, mit Eifer und mit Erfolg; und in der Zurückgezogenheit seiner ersten Fawley'er Periode, hatte er die Studien erneuert, hauptsächlich als Mittel zur Ablenkung von folternden Erinnerungen oder unerloschenen Leidenschaften. Nunmehr zum erstenmale betrachtete er die abstrusen Beschäftigungen, in denen er damals aufgegangen war, im Licht einer möglichen Quelle zum Ruhm. Einer in der sternigen Prozession jener Söhne des Lichts zu werden, die ein Gesetz aus dem Statutenbuch des Himmels enträtselten! Wahrlich ein edler Ehrgeiz, nicht unangemessen seinen Jahren und seiner Stellung; auch angenehme Mühe für einen Mann, der die äußerliche Szenerie der Natur mit dichterischer Glut liebte, und ihre inneren Mysterien studiert hatte, mit der minutiösen Forschertätigkeit eines Weisen. Und die Wissenschaft bedarf der Kunst des Autors nicht – sie lehnt deren Reizungen ab – ja, weicht schaudernd vor ihren Fantasieen zurück! Aber was die Wissenschaft andrerseits erfordert, ist eine helle ruhige Heitre im Gemüt des Entdeckers. Die Blitze, in denen Jupiter sich enthüllt, müssen aus heiteren Himmeln flammen. Kein Gewölke birgt jenen Donner –

›Quo bruta tellus, et vaga flumina,
quo Styx, et invisi horrida Taenari
sedes, Atlanteusque finis
concutitur!‹

So lang man die Wissenschaft bloß als Ablenkung und Zeitkürzel auffaßt, solang' wird die Wissenschaft zu keiner Entdeckung führen. Und aus dem ein- oder andern Grunde war Guy Darrell in seiner jetzigen Abgeschlossenheit unruhiger und verstörter, als während der früheren. Die Wissenschaft verfehlte diesmal sogar, ihn zu zerstreuen. Mitten in den erhabensten Betrachtungen – des angespanntesten Experimentierens – schob irgendein ärgerlicher verfolgender Gedanke aus der fernen Welt sich wie ein rüder Schatte zwischen seinen Intellekt und die Wahrheit – eine Verfinsterung des Geistes durch das Herz. Es war eben einfach so, daß Darrell's Genius im wesentlichen für das Handeln geschaffen war. Er besaß das Temperament des echten Redners, samt den Eigenschaften die dazugehören – rasches Überschauen einer Angelegenheit – Verständnis für Menschen wie für Staaten – konstruktive, administrative Fähigkeiten. In einer solchen Laufbahn – und in einer solchen allein! – würde er all seine Kräfte entwickelt, und sich einen unvergänglichen Namen erworben haben können. Jetzt freilich, da auch die Wissenschaft ihr Interesse für ihn eingebüßt hatte, zog er sich von allen früheren Beschäftigungen zurück; und durchwanderte dafür, wohl Stunden lang, die wilden, kaum bevölkerten Landstriche um ihn her. Wie wenn es seine Absicht gewesen wäre, den Leib zu ermüden um dadurch das rastlose Gehirn abzumatten, nahm er seine Flinte zum Vorwand dafür, von SonnenAufgang bis ins AbendZwielicht über die Ländereien hinzuschweifen, die er vor Jahren angekauft hatte, und die so manche Meile von Fawley abgelegen waren. Gibt es doch durchaus Zeiten, wo ein Mann, der sein Leben damit zugebracht hat seinen Geist zu kultivieren, ausfindig macht, daß je mehr er das rein-physische Existieren vorherrschen läßt, er sich umso mehr zu der rüden Kraft seines Wildhüters, oder Tagelöhners herabstimmen kann – korrekter vielleicht: es hilft ihm, seine Nerven abzuhärten, damit sie die Last seiner Betrachtungen eher ertragen.

Auf diesen Streifereien war er nicht immer allein. Fairthorn gelang es weit mehr als früher, sich ebenso regelmäßig wie unbemerkt in die Gesellschaft seines Herrn zu schlängeln. Der treue Mann hatte Darrell, während Dessen langer ununterbrochener Abwesenheit von fünf Jahren, derart schmerzlich vermißt, daß, da er ihn jetzt wieder-hatte, er entschlossen schien, sich für all die verlorene Zeit schadlos zù halten. Indem er von seinen eignen LebensGewohnheiten weitgehend abging, brachte er es fertig, Guy Darrell geschickt aufzulauern – kam dann, wie ein vertrauter dienstbarer Kobold, unter Gestrüpp oder Buschwerk hervorgekrochen; und ließ sich nicht länger durch kurze Einsilbigkeiten oder gerunzelte Brauen davonscheuchen. Und Darrell, der sich zuerst nur widerwillig, und gleichsam aus mitleidiger Güte, der aufgedrungenen Gesellschaft des Flötisten unterwarf, gelangte, stufenweise, da hin, sie zu begrüßen, und sich daran zu entspannen. Fairthorn wußte um die großen Geheimnisse seines Lebens: vor Fairthorn allein auf dem ganzen Erdenrund, konnte er rückhaltlos einen bestimmten Namen nennen, von einem bestimmten Kummer sprechen: mit Fairthorn zu reden, war wie mit sich selber zu schwatzen, oder mit seinen VorstehHunden, oder auch mit seinem LieblingsReh, welch Letzterem er ein neues HalsBand gespendet hatte, mit einer Inschrift, die mehr von dem wahren Beweg-Grunde in sich begriff, der ihn ein zweites Mal in die Schatten von Fawley getrieben, als er je Alban Morley, oder selbst Lionel Haughton gegenüber hätte durchblicken lassen. Alban war zu alt für Confidenzen dieser Art – Lionel um vieles zu jung. Aber der Musiker hier gehörte, wie die Kunst selbst, keiner Altersstufe an; und wenn je der düstre Herr von seiner äußerlichen schlechten Laune und seiner geheimen Hypochondrie etwas nachließ, und einen Anlauf zur Heiterkeit nahm, dann geschah das, in einer Art von grämlichem Mutwillen, bei diesem grotesken, groß-gewachsenen Kinde. Sie munterten einander auf; und sie foppten und plagten einander. Seit' an Seite über die unebne Brache hinschreitend, konnte Darrell, zu Zeiten, seine ganze Seele ergießen, wie ein Dichter seiner Muse gegenüber; und auf eine unversehene Erwiderung oder Unterbrechung durch Fairthorn, einfahren auf ihn, mit wütendem Verweis, oder vernichtendem Sarkasmus, oder auch, wovor der Flötenspieler den größten Degout von Allem hatte, mit einem schrecklichen Zitat aus Horaz, welches Fairthorn unweigerlich vertrieb, daß er weit fort, in BodenSenke oder sonstige Deckung verschwand; aus der ihn nun wiederum Darrell hervorzukirren hatte, in der traurigen Gewißheit, daß Fairthorn jetzt gleich die erste schlaue Gelegenheit nützen werde, ihm seinerseits einen rächenden Stachel in die Seite zu stoßen. Aber wenn die Zwei dann, beim Sternenschein, nachhause kamen – die Hunde todmüd', und der arme Fairthorn nicht minder – 10 : 1 die Wette, daß der Musiker sich, mit seinem ganzen KörperGewicht, auf den nervigen Arm des Herrn lehnte, und Darrell, mit zarter Güte, in das Antlitz des EINEN MENSCHEN blickte, der noch übrig war, sich auf ihn zu stützen. –

Eines Abends, als die beiden Eremiten beisammen in der Bibliothek saßen, ein Jeglicher einträchtig in seiner Ecke, und nach einem langen Schweigen, sagte der Flötenspieler unvermittelt –

»Ich hab mir gedacht . . .«

»›Gedacht‹!«, fiel Darrell, mit seiner mechanischen Ironie, sogleich ein; »das tut mir aber leid. Müßt Euch aufpassen, daß das nicht wieder passiert.«

Fairthorn: — »— Ihr armer lieber Herr Vater . . .«

Darrell (zuckte, fuhr auf; und, in Erwartung eines Stachels): — »Ja, und? mein Vater . . .«

Fairthorn: — »war doch ein großer AltertumsKenner und Antiquar. Wie würde es Den nicht gefreut haben, hätte er der Nation, als Erbstück, eine feine Sammlung von Antiquitäten hinterlassen können! — solchermaßen sein Name durch alle Zeiten zur Aufbewahrung gegeben, und auf eine Art, die mit seinem LebensStudium in engster Verbindung stand. Da gibt es die ›Elgin Skulpturen‹. Gestern erst hat mir der Pfarrer von einer neuen ›Vernon Galerie‹ erzählt: warum eigentlich könnt's nicht im Britischen Museum für alle Ewigkeit einen ›Darrell Saal‹ geben? Vorrat dazu modert reichlich in all den Gemächern drüben, die Sie doch niemals vollenden werden.«

»Dick! mein lieber Dick!« rief Darrell aufspringend, »Eure Hand her! Was für ein grandioser Einfall! Ich hab' nichts anderes tun können, um den Namen meines teuren Vaters zu erhalten — ? — : *Heureka !* — Ihr habt Recht. Macht, daß die Zimmerleute morgen schon mit der Arbeit beginnen: laßt die Verschalungen und Verschläge entfernen; laßt die Räume öffnen; Wir wollen die Vorräte inspizieren, und dasjenige auswählen, was einen ›Darrell Saal‹ würdig ausstatten könnte. Pereat Guy Darrell, der Advokat!: Philip Darrell, der AltertumsKenner, soll wenigstens am Leben bleiben!«

Es ist wundersam, mit welcher Zauberkraft Fairthorn's glückliche Idee von Darrell's Geist Besitz ergriff. Den ganzen folgenden Tag verbrachte er in dem öden verlassnen Skelett des unvollendeten HerrenHauses, das da, zu seiten seines schlichten heimlichen WohnGebäudes, langsam verfiel. Die Gemälde, unter denen sich so manches rarste Original früher Flandrischer oder Italienischer Kunst befand, wurden zart und sorgsam abgestaubt; und dann, an hastig eingeschlag'ne Nägel, an die kahlen grus'ligen Mauern gehängt. Delikate ElfenbeinSchnitzereien, gebildet von der konkurrenzlosen Hand Cellini's — frühe Florentiner Bronzen — mit Geld nicht zu bezahlende Probestücke raphael'scher Keramik, und Venetianische Gläser — kurzum all die kostbaren Nichtigkeiten, wie sie der Sammler mittelalterlicher Kuriositäten für seine Erben aufhäuft, (damit die sie dann wieder, in den Palästen der Könige, und den Museen der Nationen, sich erneut zerstreuen lassen) — wurden hervorgezogen an's ungewohnte TagesLicht.

Das invasionierte Mausoleum schien ein wahres Pompeji des *Cinque Cento* zu sein. Aber all diese mannichfaltigen Schätze zu examinieren, zu ordnen, Methode hineinzubringen, und endlich für nationale Zwecke auszuwählen, stellte sich als Arbeit für Wochen heraus. Um den Zugang zu erleichtern-beschleunigen, veranlaßte Darrell, daß ein leichtgezimmerter behelfsmäßiger Übergang über die Kluft zwischen den beiden GebäudeKomplexen, brückenschlagmäßig, hergestellt werde – er führte von dem, im Giebel des Alten Hauses ausgebauten, ursprünglich nur für wissenschaftliche Studien bestimmten DachZimmer, das aber nun sein habitueller Aufenthalt ward, hinüber, in das geräumigste der unvollendeten Gemächer, das eigentlich die Bestimmung einer großen EmpfangsGalerie des Neuen Hauses gehabt hatte: in eben diese pompöse Galerie hinein, die solchermaßen ›anstoßend‹ an seine puritanische Klause gemacht worden war, versammelte er, nach und nach, die erlesensten Stücke seiner Sammlung. Dunst und Moder wurden durch offene Feuer in den rostlosen Kaminen ausgetrieben; Sonnenschein zum erstenmal dadurch eingelassen, daß man SchalBretter durch Glas ersetzte; grob-eiserne WandLeuchten, in der nächst-besten Schmiede verfertigt, wurden in die Wände eingeschlagen, und zuweilen, nachts, auch angezündet – währenddes Darrell & Fairthorn, Arm in Arm, über ungehobelte Dielungen dahinspazierten, nur in Gesellschaft von HOLBEIN'schen Edelleuten, und PERUGINO's Madonnen. (Worauf, den nächsten Tag, Diverse dieser hochgebor'nen Gesellschaft, sich dislociert und verbannt fanden; je nachdem wiederholte Besichtigung den Geschmack kompromißloser-exclusiver gemacht hatte.) Und Darrell hatte es Alles gefunden: LebensZweck, Amüsement, Beschäftigung – gehaltlos wenn man will, im Vergleich zu jenen Linsen, und Gläsern, und algebraischen Krizzeleien, wie sie ihm einstmals einsame Stunden in der Mansarde dicht-nebenan vertrieben hatten; und doch auch wieder nicht gehaltlos, selbst für den Geschmack des gestrengsten Herrn Weisen, wenn jener Weise geruht hätte, sein Herz einmal nicht hinweg zu räsonnieren. Denn hier war es mit nichten Darrell's Geschmack, der sich selbst-ergetzte; hier war es Darrell's Herz, das, immer-hungrig, endlich Nahrung gefunden hatte. Von diesen lang' vernachlässigten Mahnmalen eines getäuschten und aufgegebenen Ehrgeizes aus, stellte sein Herz, nach zwei Seiten, die Verbindung her – hier mit einer Nation, dort mit seines Vaters Grab. Wie seine Augen funkelten! wie seine Lippen lächelten! Niemand würd' es erraten haben – kennt doch Keiner von uns den Anderen; und am allerwenigsten kennen wir das Wesensinnere Derjenigen, die wir nach ihrem öffentlichen Ruf beurteilen; – aber was für eine Welt von schlichter, inniger LiebesFähigkeit in dieses stolzen Mannes einsamer Brust da, massenhaft und noch unaufgebraucht, lag!

2. Kapitel

Nach überschlägiger Schätzung der Gelehrten müssen 707 Millionen Millionen Vibrationen unser Auge durchdrungen haben, bevor dieses Auge die Tinten eines Veilchens unterscheiden kann. Welche Philosophie kann die Vibrationen des Herzens berechnen, bevor es die Farben der Liebe zu unterscheiden vermag?

Indes Guy Darrell dergestalt seine Stunden in den unvollendeten Trümmern einer für die Nachwelt gebildeten Wohnstatt, und inmitten stummer Reliquien entlegener Generationen verbrachte, waren auf sonnigem Rasen, zu Seiten des hingleitenden Flusses, Liebe und Jugend geschäftig, ihr warmes ewiges Idyll zu weben.

Und da sind sie schon, Liebe und Jugend, Lionel und Sophie, in der Laube, die ihre schlanken Hände mit Geißblatt umwunden haben, in liebevoller Nachahmung jener anderen, ihr durch die Erinnerung an ihren ersten Ferientag so teuer geword'nen Laube damals – sie züchtig dasitzend; er auf der Erde zu ihren Füßen, wie zu der Zeit da Titania seinen Schlaf bewachte. Er hat ihr vorgelesen; das Buch ist seiner Hand entsunken. Was für ein Buch?: jenes Bändchen Gedichte, so unverständlich-dunkel für Alle, ausgenommen träumerische junge Leute, sie, die sich selbst so unverständlich-dunkel sind. Aber was die Meriten dieser Poesien betrifft, so zweifle ich, daß selbst George ihnen voll gerecht wurde. Es ist nicht wahr, glaube ich, daß sie nicht dauern werden. Irgendwann einmal, wenn all der, von Oberst Morley so ungekünstelt verwünschte, Jargon von ›ästhetisch‹ und ›objektiv‹ und ›subjektiv‹ zur ew'gen Ruhe eingegangen ist; dann wird wahrscheinlich auch ein Kritiker, der Englisch schreiben kann, das arme kleine Büchlein dem Publikum ehrlich und fair wieder vorlegen; und mit all seinen vielen und vielfältigen Fehlern wird es seinen Platz in der Zuneigung nicht nur 1 jungen Generation einnehmen, sondern, immerwährend, bei der ewig-träumenden, ewig-heranwachsenden Jugend überhaupt. Aber Du und Ich, mein Leser, haben an den Gedichten jetzt weiter kein Interesse, außer höchstens diesem – daß sie geschrieben worden sind, von dem Schwager jenes grillenhaften, knickrigen Frank Vance, der vielleicht, ohne einen solchen Schwager, sich niemals der Mühsal unterzogen haben würde, vermittelst deren er den Genius ausbildete, der ihm seinen Ruhm eintrug; und wenn er diesen Genius nicht ausgebildet hätte, würde er womöglich niemals Lionel kennen gelernt haben; und wenn er Lionel nicht kennen gelernt hätte, wäre Lionel vielleicht niemals in jenes Dörfchen in Surrey gekommen, allwo er das ›Phänomen‹ erblickte: und, (um solche VOLTAIRE'sche Wenn-Philosophie noch weiter zu verfolgen) – wenn weder Lionel noch Frank Vance, in den Gemütern von Sophie und Lionel nicht so innig verknüpft gewesen wären mit dem Goldglanz des Ferientages auf dem schöngleitenden Fluß, dann hätten Sophie und Lionel eventuell nicht so sehr viel von diesen Gedichten gehalten; und wenn sie Beide nicht so viel von diesen Gedichten gehalten hätten, dann hätte sich zwischen ihnen vielleicht nicht dies VerbindungsGlied der Poesie hergestellt, ohne welches die Liebe zweier junger Leutchen ein Gefühl bleibt – sehr hübsch immer, das ist schon wahr – aber doch bei weitem zu alltäglich, um seiner nun besonders in einem Werk zu gedenken, das so ungewöhnlich lang ist, wie das vorliegende werden zu wollen scheint. Aber somit ist klargestellt, daß es sich bei Frank Vance, unter den Gestalten dieser Historie, mit nichten um eine überflüssige und nebensächliche Person handelt; vielmehr, obschon indirekt so doch recht bedeutsam, eines jener Wesen, ohne Welche der Verfasser eine gänzlich verschiedene Antwort hätte geben müssen auf die Frage, ›Was wird er damit machen?‹.

Aber zurück zu Lionel und Sophie. Die Gedichte haben ihre Herzen einander näher, und immer näher gebracht. Und als das Buch Lionel's Hand entsank, da wußte Sophie, daß seine Augen auf ihrem Antlitz ruhten, und ihre eignen Augen woanders hin schauten. Und das Schweigen war so tief und so süß! Keines noch hatte dem Andern ein Wort von Liebe gesprochen. Und in diesem Schweigen fühlten Beide, daß sie liebten und geliebt wurden.

Sophie! wie kindlich sie noch immer aussah! Wie wenig sie sich verändert hat! – ausgenommen daß die sanften blauen Augen weit gedankenvoller geworden sind, und ihr lustiges Lachen jetzt nie mehr zu hören ist. In diesem LuxusHeim; von dessen bezaubernder Besitzerin mit der zärtlichsten Sorgfalt gehegt und gepflegt; die Romanze ihrer Kindheit nun verwirklicht, und Lionel ihr zur Seite; da vermißt sie den alten verkrüppelten Vagabunden. Und daher rührt es, daß ihr lustiges Lachen nicht länger vernommen wird! – »Ah!«, sagte Lionel, und unterbrach das Schweigen sacht, »wendet Eure Augen nicht so von mir; oder ich muß glauben daß sie voller Thränen stehen!«. Sophie's Brust hob sich; aber ihr Blick war immer noch abgewandt. Lionel erhob sich sanft, und kam auf die and're Seite der stillen Gestalt herum –: »Pfui! *tatsächlich* Thränen! und Ihr wolltet sie vor mir verbergen. Undankbar!«

Jetzt schaute Sophie ihn an, mit aufrichtiger, unaussprechlicher, argloser Liebe in diesen schwimmenden Augen, und sagte, mit rührender Sanftmut: »›Undankbar‹? Würd' ich das nicht eher sein, wenn ich froh und glücklich wäre?«.

Und, als SelbstVorwurf darüber, daß sie nicht genügend unglücklich wäre, jetzt, mit dem jungen Tröster ihr zur Seite, stand auch sie auf; verließ die Laube; und spähte sehnsüchtig den Fluß entlang: man erwartete George Morley; es war möglich, daß er Nachrichten von dem Abwesenden mitbrachte. (Und nun, indes Lionel (Der selbstverständlich wieder zu Ihr getreten ist) all seine Beredsamkeit aufbietet, um ihre Angst zu schwichtigen, und ihre Hoffnungen zu ermutigen; und indes sie dergestalt, in jenem göttlichsten Stadium der Liebe, eh' die Zunge noch wiederholt was die Augen längst gesagt haben, dahinwandeln – hier durch Sonnenschein, an späten Blumen vorbei – dort im Schatten, unter TrauerWeiden, deren Blätter immer am letzten fallen – sei nunmehr erklärt, durch welche Verkettelung von Umständen Sophie dahin gelangt war, der großen Lady Gast zu werden und Waife einmal mehr zum heimatlosen Wanderer.)

welches, neben manch notwendigen Erklärungen, auch diverse altkluge Redensarten illustriert; wie, zum Exempel, ›Wer einen schlimmen Namen hat, ist schon halb gehenkt‹; ›Wer einmal von einer Schlange gebissen worden ist, fürchtet sich vor einem Strick‹; ›Wer nach einem Stern ausschaut, sollte sein Licht auspusten‹; und, schließlich: ›Wenn GOtt will, bringen alle Winde Regen‹.

Der Leser ist bereits davon in Kenntnis gesetzt worden, wie sich Arabella Crane, infolge einer Regung der Weib- und Menschlichkeit, hinsichtlich der Geschicke von Waife und Sophie, aus einem verfolgenden in ein beschützendes Agens umgewandelt hatte. Diese parzielle Umwälzung in ihrem sittlichen Wesen, datierte von jenem Abend, wo sie den Zufluchtsort des Krüppels aufgesucht hatte, um ihn vor Jaspers Anschlägen zu warnen. Wir haben gesehen, vermittelst welchen Kunstgriffs sie den glaubhaften Anschein erweckt hatte, daß Waife und seine Enkelin zu Schiff gegangen, und außerhalb der Reichweite jedweder Behelligung seien; mit welcher Großzügigkeit sie das Geld vorgestreckt, das Sophie von den Ansprüchen des TheaterDirektors frei machte; und wie wohlbedächtig sie ihren Agenten ermächtigt hatte, jene empfehlenden Auskünfte zu erteilen, die Waife das Asyl sicherten, in dem wir seiner zuletzt ansichtig wurden. In ein paar knappen strengen Sätzen hatte sie Waife mit ihrem furchtlosen unbeugsamen Entschluß bekannt gemacht, ihr Schicksal hinfort mit dem Leben seines gesetzlosen Sohnes zu koppeln; und ihn am Ende, dadurch daß sie all seine schlimmen PlünderPläne schon im Keim ersticke, dazu zu nötigen, daß er, abhängig von ihr, ein Leben führen müsse, das weder unsicher noch anrüchig, vor allem aber nicht mehr unehrlich sei. Von dem Moment an, da sie diese Absicht aufdeckte, war Waife's Vertrauen in sie gewonnen. Sein eigenes Herz setzte ihn in den Stand, die Wirkung zu begreifen, die eine so grandiose Selbst-Aufopferung, das gänzliche Sich-in-Anspruch-nehmen-lassen durch einen heroischen Gedanken der Ergebenheit, auf einen Charakter hervorbringen könne, der ansonsten nur unliebenswürdig und rauh war. In der Stärke und Bitternis einer Leidenschaft, die solchermaßen ihre eigne Existenz zu Pfande gab, um damit die eines

Andern abzukaufen, erhielt er den Schlüssel zu ihrer gewalttätigen und eifersüchtigen Natur; erkannte, wieso sie derart grausam gegen das Kind einer NebenBuhlerin hatte sein können; und dann wiederum Mitgefühl für dasselbe Kind gefaßt hatte, im gleichen Verhältnis, wie die unnatürliche Gleichgültigkeit des Vaters die Wut ihrer eignen gekränkten Selbstliebe gedämpft hatte; vor allem aber, wieso, als die Idee, den Mann, der wohl oder übel zum allbeherrschenden Gegenstand ihres Lebens geworden war, völlig mit Beschlag zu belegen und ihn sich gänzlich zuzueignen, mehr und mehr die Herrschaft über ihren Geist gewann, sie gleichzeitig alle minderen und niedrigeren Passionen vertrieb, und die alte niedrige Rache an einem kleinen Kinde allmählich verblaßte vor dem Licht des erwachenden Gewissens, wie es nicht selten durch den Funken eines-einzigen, besseren und würdigeren Gedankens, aus Aschen wieder angefacht werden kann. Und in ihrem bündigen Beschluß, Jasper Losely zu reformieren, fand sich Arabella sogleich auf gemeinschaftlichem Grund und Boden mit seinem Vater wie mit seinem Kinde. Denn wie würde der alte Mann sich ihr nicht verpflichtet fühlen, was würde nicht seine Dankbarkeit, seine Freude sein müssen, wenn sie nicht nur seine makellose Sophie hütete und abschirmte; sondern gleichzeitig auch den schuldbeladnen Sohn vor dem HöllenSchlunde rettete! So war es gekommen, daß, als Arabella Crane, vor nunmehr fast fünf Jahren, Waife's Versteck, in der Nähe des alten blutbefleckten Tower, entdeckt und aufgesucht hatte, gemeinsame Interessen und Sympathien zwischen ihnen ein Band und Bündnis stifteten, das um nichts weniger fest war, weil es weit mehr schweigend anerkannt, als offen ausgesprochen ward. Das erste halbe Jahr, hatte Arabella vom ›Kontinent‹ aus ziemlich oft an Waife geschrieben, und sich sogar, was die Chance einer endgültigen Besserung Losely's betrifft, recht sanguinisch ausgedrückt. Nach und nach wurden die Pausen, in denen sie nichts von sich hören ließ, immer länger, und die Briefe kürzer; obwohl sie immer noch nichts von bösen Wegen, die Jasper neuerdings wieder wandelte, verlauten ließ – sei dies nun aus dem Wunsch, den alten Mann nicht unnötig zu betrüben; sei es, (was ihrem Charakter, der, selbst unter seinen besten Aspekten betrachtet und mild' ausgedrückt, nicht-sanft war, gemäßer gewesen wäre), weil sie ihr Fiasko nicht eingestehen wollte. Immerhin war sie anscheinend ständig um ihn. Immerhin unterlag sein heimliches und düst'res Treiben anscheinend ständig, obschon unbekannt durch welche Mittel, der Beobachtung durch das Gefunkel ihres wild'- und wachsamen Auges.

In der Zwischenzeit war Sophie nun Caroline Montfort vorgestellt worden; und, genau wie Waife es sich so inbrünstig ausgemalt: die einsame, kinderlose Lady hatte an dem schönen, mutterlosen Kinde Gefallen und Interesse gefunden. Oft monatelang, in dem mächtigen öden Gebäu, sich gänzlich selbst überlassen, hatte Caroline sehr bald in der Hütte des KorbMachers ein Ziel für ihre gedankenvollen Spaziergänge gefunden. Sophie's bezauberndes Gesichtchen und reizende Manieren, stahlen sich mehr und immer mehr in Neigungen ein, denen im eignen Hause jegliche Nahrung versagt war. Sie ging auf Waife's Wunsch, derart auserlesene Anlagen durch entsprechende Erziehung zu vervollkommnen, gerne ein; und als die Vertrautheit, schrittweis', wuchs, gelang es endlich, Sophie auch in das große Haus zu locken; und während der Stunden, die Waife auf seine Kreuz-und-QuerZüge verwendete – (denn selbst wo er jetzt doch fester Arbeit fleißig oblag, konnte er seine Lust am Wanderleben nicht besiegen; sondern flocht sein Rohr und seine WeidenRuten lieber, wenn er dabei durch Gras- und WaldEinsamkeiten dahinbummelte) – wurde Sophie zur gelehrigen, hocherfreuten Schülerin, in dem schlichten Zimmerchen mit den ZitzVorhängen, das Lady Montfort der vornehmen Wüstenei ihrer sonstigen PalastUmgebung hatte abgewinnen können. Lady Montfort war nichts weniger als von neugieriger Gemütsart; zutiefst indifferent gegen den Klatsch der Salons, empfand sie auch keinerlei nagendes Verlangen, die Geheimnisse um dörfliche Kamine in Erfahrung zu bringen. Imgrunde sogar mit ihrer Großen Welt wenig bekannt – geschweige denn mit irgendeiner sozialen Welt unterhalb von derjenigen, in der sie sich bewegte; ausgenommen die Fälle, wo sie bescheidnen Sorgen mit zartsinnigen Wohltaten begegnet war – machte der Kontrast zwischen Waife's Betätigung und seiner Ausdrucksweise, weder Argwohn noch Verdacht bei ihr rege: hier war ein Mann, von durchaus einiger Bildung; geboren in einem Stande, der an die Klasse der Gentlemen gränzt; aber ohne jegliche praktische oder berufliche Ausbildung – von grillenhaftem Geschmack – excentrisch und von habitueller WanderSucht – der, im Lauf seines langen Lebens, so Manches an harmloser Weisheit aufgelesen und mitgenommen; aber, vielleicht aus reinlichem Mangel an Weltklugheit, verfehlt hatte, sein Glück zu machen. Seinerseits zufrieden mit einem unauffälligen Altershausen und einem bescheidnen Auskommen – : was war da natürlicher, als daß er keine große Lust verspürte, Außenstehenden die immer-peinliche Geschichte eines Herunterkommens im Leben andauernd anzuvertrauen? Kann ja sein, daß er Verwandte in Höheren Kreisen hatte, die durch seine Geständnisse beschämt worden wären; kann sein, daß er auch nur aus dem männlichen Stolz schwieg, der vor Almosen und Mitleid und dem Geständnis des GescheitertSeins zurückschreckt. Ja, selbst das Schlimmste einmal angenommen – angenommen, Waife's Renommée habe gleichermaßen gelitten wie seine VermögensUmstände – angenommen, sein Name sei angeschmitzt worden durch irgend halb-plausible, umstandsbedingte Indizien, die er wegzuerklären einfach nicht imstande gewesen sei, zur Zufriedenstellung der Freunde oder einer myopischen Welt – : gab es da nicht, hatt' es da nicht immer, viele unschuldige, ebenso heimgesuchte Menschen gegeben? Und Wer konnte Waife reden hören, oder sein schalkisches Lächeln sehen, und nicht fühlen, daß er unschuldig sei? So dachte wenigstens Caroline Montfort. Natürlich; denn wenn es in ihrem spezifisch weiblichen Charakter eine alles durchdringende und alles beherrschende Eigenschaft gab, dann war dies MITLEID. Hätte das Schicksal sie in Umstände versetzt, die geeignet gewesen wären, sämtliche Kräfte ihrer Schönen Seele zu voller Reife zu entwickeln, ihr eigentlicher Posten in diesem Leben wäre der einer BESÄNFTIGERIN gewesen. Welch Kind für einen gramverzehrten Vater! Welch eine Gattin für einen schwerarbeitenden, hochstrebenden, sensiblen Mann von Genie! Welch eine Mutter für ein leidendes Kind! Es schien, wie wenn es ihr ein Bedürfnis wäre, ständig Jemanden zum bemitleiden und pflegen zu haben. Sie war traurig, wenn es Niemanden zum trösten gab; aber ihr Lächeln war wie ein Sonnenstrahl aus Eden, wenn es sich traf, daß es auf einen Kummer fiel, den es erhellen konnte. Aus eben dieser starken Sympathie entsprangen auch ihre Fehler – Fehler der Einsicht und des BeurteilungsVermögens. Klug auf ihrem eignen, frostig-abschreckenden Pfad durch das, was die Welt ›Versuchungen‹ nennt, weil so unsäglich rein – weil für leichtfert'ge Verführer *à la mode*, ihre Denkungsweise so verschlossen war, wie

›unter der glasig kühl durchsicht'gen Welle‹

das Ohr Sabrinas den Kumpanen des Comus gegenüber, – durfte man ihr dennoch nur irgendeinen edlen Plan unterbreiten, der Andern reichen Segen zu versprechen schien, und auf der Stelle ließ sie ihre Fantasie von ihm ergreifen; hin war ihre Klugheit – sie sah dann die Hindernisse nicht, wog nicht die Chancen, die ihm entgegenstanden. Barmherzigkeit kam zu ihr nie allein, sondern grundsätzlich zusammen mit ihren ZwillingsSchwestern, der Hoffnung und dem Glauben.

Dergestalt rollten, günstig für den alten Mann und das schöne Kind, Jahre dahin, bis zu Lord Montforts plötzlichem Tod; wo seine Witwe denn aufgefordert wurde, Montfort Court (das auf den neuen Erben überging) zu räumen, und mit dem entlegnen Witwensitz, der Villa in Twickenham, zu vertauschen. Mittlerweile war sie so an Sophie gewöhnt geworden, und Sophie wiederum ihr derart dankbar zugetan, daß sie Waife den Vorschlag machte, sein holdes EnkelKind als ihre dauernde Gesellschafterin zu sich zu nehmen, ihre Bildung zu vollenden, und auch ihre Zukunft sicher zu stellen. Genau dies war des alten Mannes liebster TagTraum gewesen; obwohl er sich dessen Realisierung immer nur für die Zeit erst vorgestellt hatte, wenn er selbst dann im Grabe liegen werde. Er erbleichte, er wankte, als der Vorschlag, der ihn von seiner Enkelin trennen würde, zum ersten Male an ihn herantrat. Doch erholte er sich, noch ehe Lady Montfort der Herbheit des Schmerzes, den sie hier zufügte gewahr worden wäre, und nahm das großzügige Angebot unter warmen Beteuerungen der Freude und Dankbarkeit an. Aber Sophie! Sophie darauf eingehen, ihren Großvater alt und fern in der einsamen Hütte zu verlassen? Da kannten sie Beide Sophie, mit dem weichen Herzen und der entschloss'nen Seele, wenig, wenn sie derlei Egoismus als bei ihr auch nur entfernt-möglich angenommen hatten. Waife bestand darauf – Waife ward ärgerlich – Waife ward gebieterisch – Waife ward beschwörend – Waife ward pathetisch – Alles vergebens! Aber um jeglicher weiteren Auseinandersetzung ein Ende zu bereiten, ging das Mädchen kühn zu Lady Montfort, und sagte : »Wenn ich ihn verließe, würde ihm das Herz brechen – verlangen Sie das bitte nie mehr.« Lady Montfort küßte Sophie zärtlich, wie nur je eine Mutter ihr Kind für den sanften liebevollen Zug einer edlen Natur geküßt hat; und sagte dann schlicht: »Aber er soll ja gar nicht verlassen sein – er soll auch mitkommen.«

Sie bot Waife Zimmer in ihrem Haus in Twickenham an – : sie habe vor, Bücher zu sammeln – er solle ihr Bibliothekar sein. Der alte Mann schauderte nur, und lehnte ab – lehnte standhaft ab:

er habe ein Gelübde getan, nie mehr Gast zu sein, in keinem Haus! Zuguterletzt ward die Sache durch einen Kompromiß beigelegt: Waife sollte mitziehen, in die Nähe von Twickenham; dort ein Häuslein mieten; seine Kunst darin weiter treiben; und Sophie zwar bei ihm wohnen, aber, genau wie jetzt, einen Teil jeden Tages bei Lady Montfort zubringen.

So wurd'es beschlossen. Waife verstand sich dazu, dicht am Rande der zu dem Witwensitz gehörigen Ländereien, ein kleines Häuschen zu beziehen; freilich nur unter der Bedingung, daß er Miete dafür zahle. Und George Morley bestand auf dem Vorrecht, das Häuschen zum Empfang seines alten Lehrers vorzubereiten, indem er es in seiner äußeren Erscheinung einfach und dörflich beließ; die netten Kämmerchen drinnen jedoch mit allem ausstattete, was seine Kenntnis vom Geschmack und den Gewohnheiten des alten Mannes hinsichtlich Bequemlichkeit und bescheid'nem Luxus, ihm nur immer eingaben; auch ein Räumchen für Sophie, mit den allernettesten Tapeten, nichts als Schmetterlinge und Blumen, und dazu einer schönen Aussicht auf den Fluß. Trotz seiner stolzen Skrupel konnte Waife solche Gaben nicht gut abweisen, von einem Manne, dessen Fortüne und Laufbahn er, durch sein kunstreiches Stundengeben, immerhin sichergestellt hatte. (Unter Uns : er hatte George bereits, obwohl nur in geringem Maße, erlaubt, ihm bei seinen Bemühungen zur Rückzahlung der ihm von Mrs. Crane vorgestreckten 100 £, etwas behülflich zu sein.). Die einem Gewerbe gewidmeten Jahre, das infolge seiner Geschicklichkeit einträglich geworden war, hatten den Korbmacher gerade-soso in den Stand gesetzt, mit seines Schülers Unterstützung jene Schuld, ratenweise, abzutragen. Hatte er also die Befriedigung, sich vorzustellen, daß es sein Fleiß gewesen, dem er die Beschaffung der Summe zuschreiben könne, welcher seine Enkelin ihre Erlösung von diesem abscheulichen Rugge verdankte.

Lady Montfort's Auszug, (der dem von Waife um einige Wochen voranging), ward von den Armen ihrer unmittelbaren Umgebung weit mehr betrauert, als etwa von den wohlhäbigen Familien, die das ausmachten, was man in der Provinz ›Die Gesellschaft‹ heißt; und diese Betrübnis, die solch Eräugnis über das Dörflein rund um den könig-gleichen Herrensitz breitete, verstärkte sich noch, da Waife und seine Enkelin ebenfalls abwanderten.

Denn während der letzten drei Jahre, ermutigt durch Lady

Montfort's Protektion, und die Überzeugung, daß man ihn nicht länger mehr verfolge oder bespitzele, hatte der alte Mann von seinem früheren reservierten und zurückgezogenen Verhalten einiges nachgelassen. Von Natur aus gesellig, hatte er mit den bescheideneren seiner Nachbarn Bekanntschaft geschlossen: war, wenn er die Dorfstraßen entlang schlenderte, bei ihren Häuschen am Zaun stehen geblieben; hatte die Kinder durch Sir Isaak's Kunststücke ergetzt, oder sie mit Nüssen und Äpfeln aus seinem kleinen Obst-Garten regaliert; hatte den fleißigeren unter den Landarbeitern, so manchen wertvollen Tip gegeben, wie sie dem täglichen Lohn aufhelfen könnten, durch Anbau spezieller GartenErzeugnisse, durch Bienen- oder GeflügelZucht; hatte die Kühe der Bauern kuriert; ja, selbst das Herz des OberStallknechts vom Schloß gewonnen, vermittelst einer geheimnisvoll beruhigenden Pille, die einen hochnervösen und bisher unlenksamen Vierjährigen zu heiterem Gehorsam vermocht hatte. Nicht minder beliebt war auch Sophie gewesen. Nicht Einer, der ihr die Gunst von Lady Montfort geneidet – nicht Einer, der sich darüber gewundert hätte. Sie waren allgemein geliebt und geehrt. Vielleicht die glücklichsten Jahre, die Waife gekannt, seitdem seine junge Frau diese Erde verlassen, verbrachte er jetzt in dem Weiler hier, den, wie er sich einbildete, immer noch ihr Schatte umschwebte; denn war es nicht hier gewesen – hier, in dieser Hütte – hier, angesichts dieser grünen Weiden-Bäume, daß ihre ersten, jungfräulich sittsamen Erwiderungen auf seine Briefe voller Liebe und Hoffnung, ihm seine Bettlägrigkeit erleichtert; und ihm – der bis dahin wenig Geschmack an sitzenden Beschäftigungen gefunden – zu eben der Tätigkeit angeregt hatten, die, damals pur zum Spaß erlernt, ihm heut ein Heim und einen sich'ren Unterhalt verschaffte. Ein Heim, in das Verfolgung nicht gedrungen – dessen ruhige Abgeschiedenheit vom Klatsch nicht ausgespäht worden war – ja selbst der Zufall, der Enthüllung drohte, schien unschädlich ihm vorübergegangen. Denn ein Mal – ein Jahr oder so vor seinem Wegzug – hatte sich ein Ereignis zugetragen, das ihn seinerzeit erheblich beunruhigt, dann aber doch zu weiter keinen unangenehmen Folgen geführt hatte. Die Ufer der mächtigen WasserFläche in Montfort Park, wurden von den Familien benachbarter Bauern, Krämer oder Professionisten gelegentlich zum Schauplatz ländlicher Picknicks auserkoren. Eines Tages nun, da Waife auf seinem LieblingsPlätzchen arglos seine Körbe modelte, war er von einer Party derartiger FeiertagMacher, auf die er selbst nicht Acht gegeben, erkannt woden; denn tags darauf erzählte ihm die Wirtin des DorfKruges, (deren Haupt-Kamin er, mit Erfolg, vom Rauchen kuriert hatte), wie eine ›Lady‹ aus dem Picknick-Symposium vom Vortage, viele Fragen über ihn und seine Enkelin an sie gerichtet, und dann recht erfreut geschienen habe, zu hören, daß sie Beide so gut untergekommen wären. Die ›Lady‹ sei von noch einer ›Lady‹ begleitet gewesen, und außerdem von zwei oder drei jungen Herren. Angekommen seien sie in einem, für diese Gelegenheit gemieteten ›Bus‹; und zwar von Humberston her, den Tag nach den berühmten Wettrennen, wo Humberston sich alljährlich mit fremden Besuchern füllte – die Zeit im Jahre auch, da Rugge's Große TheaterSchau das altehrwürdige Städtchen erfreute. Aus ihrer Beschreibung der beiden Ladies, besorgte Waife, daß sie zu Rugge's Truppe gehören könnten. Aber sie hatten Waife nicht als einstmaligen Kameraden bezeichnet; hatten nicht von Sophie als dem ›Phänomen‹ oder dem ›Flüchtling‹ gesprochen. Keine Belästigung erfolgte auf dies Ereignis hin; und schließlich hatte der Erbarmungslose Baron ja auch keinerlei Ansprüche mehr, weder an den Verfolgten Banditen, noch an Juliet Araminta.

Aber der ExKomödiant ist weg gegangen von den Weiden-Bäumen – fort aus dem Weiler. Er befindet sich an seinem neuen Wohnort, an dem majestätischen Fluß – eine WegStunde nur von Rauch und Gedröhn des tumultuarischen London. Er versucht heiter und glücklich dreinzuschauen; aber seine Ruh' ist dahin – sein Herz ist schwer. Seit der Stunde, da Sophie um seinetwillen ein Anerbieten ausschlug, das sie – und nicht nur für ein paar Stunden-täglich, sondern zum bleibenden Aufenthalt – aus eines KorbMachers Hütte, in all die Eleganz und Verfeinertheit einer Sphäre versetzt haben würde, in welcher, falls nur von ihm befreit, ihre Reize und Tugenden ihr durchaus zu einer Verbindung verhelfen konnten, die, solange er sie dergestalt auf sein eigenes Niveau herunterzog, unmöglich schien – seit diesem Tage hatte der alte Mann sich ständig wiederholt: »Ich lebe zu lange.« Während Sophie an seiner Seite war, schien er rüstig bei der Arbeit, und frohen Muts; sobald sie ihn verließ, um sich zu Lady Montforts Haus zu begeben, entsank das Werk seinen Händen, und er vertiefte sich in düstere Gedanken.

Waife hatte anläßlich seines Umzugs nach Twickenham an Mrs. Crane (deren Anschrift damals Paris war) geschrieben, und sie gebeten ihn vorzuwarnen, für den Fall daß Jasper eine Rückkehr nach England erwägen sollte, und zwar postlagernd unter seinem Namen an das HauptPostamt London. Trotz seines späterwachten Vertrauens zu Mrs. Crane, hielt er es nicht für ratsam, sie von Lady Montfort's Angebot an Sophie zu unterrichten, noch auch von der liebevollen Art des vertrauten Umgangs dieser großen Dame, mit dem nunmehr zur Jungfrau herangewachsenen Mädchenkinde. Mit jener instinktiven Einfühlungsgabe in das menschliche Herz – die bei ihm leider nicht habituell so klar und ständig vorhanden war, um stets seinen Nutzen zu wahren; die jedoch zuzeiten, wenn auch nur rasch vorübergehend, merkwürdig lucid auftrat – fühlte er sich mit nichten hundertprozentig sicher, daß Arabella's alteingewurzelter Haß gegen Sophie, (der ja nur im Verhältnis zu des Kindes Verlassenheit abgenommen, und erst dann aufgehört hatte, als das harte Weib, mit einem immer noch an Rache grenzenden Gefühl, sich der Empfindung hingeben konnte, daß Sophie es einzig ihr zu verdanken habe, wenn sie sich eines bescheidnen und verborgnen Asyls erfreue), nicht doch vielleicht wieder-aufleben könnte, falls sie erführe, daß das Kind einer verabscheuten NebenBuhlerin über die Notwendigkeit ihres Schutzes nunmehr erhaben, und in Reichweite eben jener, so weit über der ihrigen stehenden gesellschaftlichen Position sei, von der den Sprößling einer Ehe, die ihr Leben umdüstert hatte, ausgeschlossen zu wissen, einst ihres Daseins Freude gewesen war. Denn es war tatsächlich so gewesen, daß Arabella Crane erst auf Waife's ausdrückliches Versprechen hin: ›seinen so unglücklich ausgefallenen Versuch, ein Anrecht Sophie's auf Guy Darrell geltend zu machen, niemals mehr zu wiederholen!‹, das Kind jenes allererste Mal seiner Obhut überantwortet hatte. Seiner Obhut – seiner – eines überführten Ausgestoßenen! Solange Arabella Crane in Sophie lediglich einen Gegenstand des Mitleids erblicken konnte, mochte sie ihr, hochmütig, Schutz gewähren; wie aber, wenn Sophie ein Gegenstand des Neides wäre: würde dieser Schutz dann noch anhalten? Nein; er riskiert'es lieber nicht, Mrs. Crane mehr anzuvertrauen, als die einfache Mitteilung, daß er und Sophie vom Dorfe Montfort weg, und in die Nähe von London gezogen seien. Wenn Mrs. Crane einmal nach England zurückkehrte, war immer noch Zeit genug, mehr zu sagen; und dann nicht per Brief, sondern in persönlicher Aussprache.

Einmal im Monat also begab sich der alte Mann londonwärts;

um auf dem HauptPostamt nachzufragen: ob etwa irgend Mitteilungen seines Korrespondenten für ihn eingetroffen wären? Jedoch nur ein-einziges Mal seit der Ankündigung seines Umzuges, hatte er von Mrs. Crane gehört, und ihr AntwortBrief war frappant-kurz ausgefallen; bis dann, in jenem unseligen JuniMond, da Guy Darrell und Jasper Losely, Beide, gleichermaßen und am gleichen Tage in die Metropole zurückkehrten, der alte Mann ein Schreiben von ihr in Empfang nahm, das einen wahren Groß-Alarm bei ihm auslöste. Es unterrichtete ihn nicht nur davon, daß sein entsetzlicher Sohn wieder in England – in London sei; sondern, mehr noch, daß Jasper herausbekommen habe, wie jene, damals nach Amerika emigrierten Personen nicht die echten Waife und Sophie gewesen seien, vielmehr sich nur deren Namen angemaßt hätten. Und Mrs. Crane schloß mit diesen unheilverkündenden Worten: – »Es ist angebracht, es jetzt auszusprechen: daß er tiefer und tiefer heruntergekommen ist. Könntet Ihr ihn sehen, Ihr würdet Euch wundern, daß ich weder ihn noch meinen Entschluß fahren lasse. Er haßt mich ärger als den Rabenstein. Aber mir soll er zufallen, und nicht dem Rabenstein – die angemess'ne Strafe für Uns-Beide. Ich bin in London; nicht in meiner alten Wohnung, sondern in seiner Nähe. Sein Vertrauter steht in meinem Sold. Sein Wandel und seine Pläne sind meinem Blick klar-überschaubar – so klar, wie wenn er hinter Glas lebte. Sophie ist inzwischen in einem Alter, wo sie – stünde sie unter der Obhut einer Person, deren Achtbarkeit von keiner Seite her anfechtbar wäre – gesetzlich, gegen ihren Willen, nimmer hinweg-genommen werden könnte; unter Euerm Dach allerdings, könnten Diejenigen, die Jasper überredet hat eine Suche anzustellen, (die eigenhändig sehr aktiv zu betreiben er selbst nicht die Geldmittel besitzt), durchaus Angaben machen, wodurch (wie Ihr bereits einmal erfahren habt) andere, und seien es noch so wohlmeinende Leute, dazu bewogen werden könnten, ihm zu einer Trennung des Mädchens von Euch behilflich zu sein. Er würde jetzt vielleicht sogar öffentlich vor ein PolizeiGericht hintreten, wenn er dadurch hoffen könnte, den reichen Mann derart zu beschämen, daß Der einen unerträglichen Skandal mit Geld abkaufte. In erster Linie jedoch könnte er, und das ist sogar das Wahrscheinlichere, sie heimlich, durch List, in seine Gewalt verlocken; und, bevor man sie dann wieder aufgestöbert hätte: was könnte Alles aus ihr geworden sein? Trennt Euch für einige Zeit von Ihr. Ihr seid es, all Eurer Verkleidungs-

Künste ungeachtet, den man leichter aufspüren könnte; Sie, jetzt schon fast eine Frau, wird so gewachsen und verändert sein, daß man sie nicht wiedererkennt. Bringt sie in irgendeinem sicheren Asyl unter; zumindest solange, bis Ihr wieder von mir gehört haben werdet.«

Waife las diese Epistel (die keine Anschrift des Absenders trug, die ihn instand gesetzt hätte zu antworten) wieder und wieder, im HinterZimmer eines kleinen KaffeeHauses, wohin er sich vor dem Gegaffe und Gedränge auf den Straßen zurückgezogen hatte. Der Entschluß, über dem er ja bereits lange gebrütet hatte, begann nun Gestalt anzunehmen – ward einer schnellen Entscheidung zugetrieben. Nachdem er sich von dem ersten Schock etwas erholt hatte, war sein Plan gemacht und ausführungsreif. Am selben Abend noch besuchte er Lady Montfort. Er empfand, daß die Zeit gekommen war, wo er, um Sophie's willen, den Schleier von der Schmach lüften müsse, die auf seinem Namen ruhte. Um einer ähnlichen Nachgiebigkeit gegen Jasper's Autorität, wie damals die Auslieferung in Gatesboro' gewesen war, vorzubauen, wurde es unumgänglich, Lady Montfort das Geheimnis von Sophie's Eltern und gesellschaftlicher Stellung zu erklären, und die Seelenqual durchzustehen, seinen eig'nen Sohn als die allerletzte Person bezeichnen zu müssen, deren Händen sie je überantwortet werden dürfe. Er kam nicht nur mit einem Gefühl tiefster Demütigung auf diesen Gegenstand zu sprechen, sondern vor allem mit der, ja auch nichts weniger als unbegründeten, Furcht, Lady Montfort könne auf der Stelle eine Belastung ablehnen, die ihre Zurückgezogenheit möglicherweise den widrigsten Plackereien und Überfällen aussetzte. Aber zu seiner ebenso großen Überraschung wie Erleichterung hatte er kaum Sophie's Eltern genannt, als Lady Montfort Zeichen einer Freude an den Tag legte, die alle peinlicheren oder schimpflicheren IdeenVerbindungen in den Schatten treten ließ. »Hinfort, oh glaubt es mir«, sagte sie, »soll Eure Sophie mein eigen Kind sein, mein eigner teu'rster Liebling! – nicht die bescheidne Gesellschafterin – Meinesgleichen ebenso wie meine Schutzbefohlne. Fürchtet nicht, daß Irgendwer sie von mir reißen könne. Ihr habt vollkommen recht mit dem Gedanken, daß mein Dach ihr Heim sein – daß ihr die Erziehung und Stellung werden sollen, zu denen sie ebenso berechtigt ist, wie fähig ihnen zur Zierde zu gereichen. Aber trennen müßt Ihr Euch nicht von Ihr. Ich habe Eurer Erzählung gelauscht: meine Erfahrungen mit

Euch liefern mir die Verteidigung, die Ihr selbst unterdrückt habt – sie stoßen das Urteil um, das Euch verleumderisch angeschmitzt hat. Und noch dringender denn zuvor, bitte ich Euch, Euer Refugium in dem Hause zu nehmen, das auch Eurem Enkelkind Obdach und Schutz gewähren wird.« Edelherzige Frau! und edler noch ob ihrer Unbekanntheit mit dem praktischen Leben: einen Vorschlag zu machen, der mit brennendster Schamröte die Wangen jener Personifikation aller ›Feierlichen Beifallswürdigkeiten‹, nämlich des Hauses Vipont, überzogen haben würde! Aber Gentleman Waife war nicht Schufts genug, um von einer Unwissenheit, die aus so viel Großzügigkeit und Tugend entsprang, profitieren zu wollen. Jedoch enthielt er sich aller GegenVorstellungen; schien vielmehr auf die Möglichkeit eines solchen Arrangements einzugehen; ging, und ließ ihr gütiges Entzücken ungetrübt, – aber eh' noch der Morgen graute, war er fort. Heimlich davongestohlen, unterm Sternenlicht, genau wie er, vor Jahren schon aus dem Verwalterhause auf und davon gegangen war – gegangen, so daß Sophie, beim Erwachen, seine AbschiedsZeilen vorfände, wie sie sie damals auch gefunden hatte, Zeilen die ihr Hoffnung anempfahlen, und Kummer untersagten. ›Es erfolge‹, so schrieb er, ›in ihrem beiderseitigen Interesse, daß er sich auf eine Tour mit den allerangenehmsten Abenteuern begebe. Er brauche das; er habe es schon längere Zeit gemerkt, wie seine LebensGeister in einem derart faden und gesetzten Dasein erschlafften. Außerdem drohe Gefahr von außen – eine Gefahr, die seine kurzfristige Abwesenheit beseitigen werde. Er habe all seine Geheimnisse Lady Montfort anvertraut; sie solle diese gütige Dame als ihre einzige Vormünderin betrachten, bis zu seiner Wiederkehr – denn wiederkehren werde er selbstverständlich; und hernach dann würden sie, für alle Zeiten, so glücklich leben wie im Märchen. Wenn sie etwa einfältig genug sein sollte, sich um ihn zu grämen, würde er ihr das niemals verzeihen: er werde doch gar nicht allein sein; Sir Isaak würde schon auf ihn aufpassen. Er wäre nicht ohne Überfluß an Geld – die Ersparnisse mehrerer Monate; und falls er wirklich mehr brauchen sollte, würde er sich an George Morley wenden. Er werde ihr gelegentlich auch schreiben; freilich allzuhäufige Briefe dürfe sie nicht erwarten; er könne durchaus monatelang ausbleiben – was habe das schon zu bedeuten? Er sei ja wohl alt genug, um selber auf sich aufpassen zu können; und sie sei auch kein Kind mehr, sich die Augen auszuweinen, wenn sie ein gefühlloses Spielzeug verlöre, oder einen dummen alten Krüppel. Sie sei jetzt eine junge Lady; und er rechne zuverlässig darauf, sie als eine berühmte Gelehrte wiederzufinden, wenn er zurückkehre‹. Und so, ganz Prahlerei und Renommisterei, jedwede Versuchung zum Pathos sogleich erstickend, war der alte Mann seines Wegs gegangen; und Sophie, die weinend und halb von Sinnen zu Lady Montfort eilte, und sie beschwor, in alle vier Winde auszusenden, und den Flüchtling aufzuspüren und wiederzubringen, fand sich dort selbst als GastGefangene zurückgehalten. Denn Waife hatte nicht minder einen Brief an Lady Montfort hinterlassen, in dem er sie noch einmal warnte und beschwor: so lieb und teuer ihr Sophie's Sicherheit vor jedwedem Skandal Jasper'scher Ansprüche sei, nicht den geringsten unklugen Versuch zu seiner Entdeckung zu unternehmen. Jeglicher Versuch dieser Art, würde nur eben die Publicity befördern, vor deren Möglichkeit er zu entkommen versuche. Die Begründetheit solcher Vorsicht lag derart auf der Hand, daß Lady Montfort nur ihren allererprüftesten Diener ausschicken konnte, um ganz behutsam in der näheren Umgebung zu recherchieren; so lange, bis sie George Morley von Humberston zu sich herbeschieden, und ihn mit zu Rate gezogen hatte. Sie hatte von Waife die Erlaubnis bekommen, ihm, gegen das Versprechen unverbrüchlichster Geheimhaltung die ihr anvertraute Geschichte weiterzugeben. George ging zwar mit dem tiefsten Mitgefühl auf Sophie's Kummer ein; machte ihr jedoch auch die Unklugheit und Gefährlichkeit einer jeden geräuschvolleren Nachforschung begreiflich. Er versprach seinerseits, keine Mühe scheuen zu wollen, um das Versteck des alten Mannes ausfindig zu machen; und es zumindest zu versuchen, daß er sich entweder bereden lasse zurückzukehren, oder aber ihr zu gestatten zu ihm zu kommen, damit er nicht ganz so vereinsamt und ohne seine Ordnung sei. Auch war dies kein leeres Versprechen: George – obwohl seine Suche durch die ihm auferlegten Einschränkungen permanent behindert wurde – war von so geschultem DivinationsVermögen, und so aktiv beim Verfolgen jeglichen LeitFadens hinter dem Hakenschlag des listenreichen Vagabunden her, daß er tatsächlich mehr als einmal auf dessen Fährte geriet, und den Platz ausfindig machte, wo Waife oder Sir Isaak, nur ganz wenige Tage zuvor, gesehen worden waren. Gleichwohl war es, bis zu dem Tage an welchem Morley zuletzt über seine Fortschritte berichtet hatte, dem ingeniösen Ex-Schauspieler, mit all seiner Fruchtbarkeit an Hilfsmitteln zu Tricks und Verkleidungen, immer noch gelungen, jede Nachforschung zuschanden zu machen. Zunächst jedoch hatte Waife die Gemüter der besorgten Freunde beträchtlich dadurch erleichtert, ja sogar Sophie's schweres Herze erfreut, daß er zwar kurze aber frohgemute Briefe sandte. Diese Briefe hatten nun freilich, durch ihren jeweiligen PostStempel, auf seine Spur geführt; sodaß er, scheinbar verärgert, dies als Grund angab, die Korrespondenz zu unterbrechen; und die letzten sechs Wochen hatte man denn auch keine Zeile mehr von ihm erhalten. In Wirklichkeit war es so, daß der alte Mann, entschlossen seiner SelbstVerleugnung die Krone aufzusetzen, sich mehr und mehr bemühte, die Gedanken seines EnkelKindes von seinem Bilde zu entwöhnen. Er erachtete es als unerläßlich für ihre ganze Zukunft, daß sie, jetzt wo sie in einer so sicheren und so hohen Sphäre eine Heimat gefunden hatte, sich allmählich an eine neue RangStellung im Leben zu gewöhnen haben werde, von welcher er zeitlebens ausgeschlossen war; daß sie jegliche Spur sogar von seiner bloßen Existenz verlieren; eine Verbindung aus ihrem Gedächtnis ausstreichen solle, die nicht nur aufgehört hatte, sie zu schützen, sondern ihr künftig nur noch Schaden und Schande machen könnte; daß er also, wie die Dinge lagen, sich derjenigen Welt die jetzt Ihr zulächelte, gänzlich zu entziehen versuchte. Nicht daß er ihren ersten frischen Kummer unterschätzt hätte; er wußte wohl, daß sie, könnte sie in Erfahrung bringen, wo er sich aufhielte, Alles and're vergessen sein – sie darauf bestehen würde, zu ihm zu fliegen. Aber, ununterbrochen, murmelte er es sich vor: »Jugend hat stets ein sprüchwörtlich kurzes Gedächtnis; hat herben Kummer, aber er hält nicht an; schon jetzt übernarben die Wunden bereits – sie werden nicht wieder aufgehen, wenn man ihnen nur Zeit zum heilen läßt.«

Zuerst hatte er daran gedacht gehabt, sich irgendwo in nicht allzu großer Entfernung zu verbergen, so daß er ein Mal die Woche, oder doch einmal monatlich, sich hätte auf das Grundstück schleichen, und einen Blick auf das Haus werfen können, das sie barg – ihr vielleicht gar, auf ihren Spazierwegen, das ein- oder andere kleine Zeichen von sich hinterlegen. Aber bei nüchternerem Überlegen sah er ein, wie ein solcher Luxus allzu unklug ausfallen könnte; und der Einfall verlor auch an Verlockung für ihn, proportional seiner wachsenden Einsicht in die herbe Weisheit: All- und Jedes zu vermeiden, was dazu angetan war, ihren Kummer um ihn wieder aufzufrischen. Ganz zu Anfang dieser Erzählung hier, anläßlich der kurzen InhaltsAngabe jenes großen Melo-Dramas, in dem Juliet Araminta die Rolle des BanditenKindes gespielt hatte, sind ihre Bemühungen, die Verfolgung vom Schlupf-Winkel des gehetzten Mimen weg zu lenken, mit den Künstchen der FeldLerche verglichen worden, um Auge und Hand vom Nest ihrer Jungen abzuziehen – eine Metapher, die nunmehr für den Vogel Vater angemessener ist, als sie es damals für das Vogel-junge war. Ferner und ferner von dem Neste, auf das all seine Liebe konzentriert war, floh der alte Mann. Was tat's, wenn Jasper ihn jetzt auch entdeckte?: gerade eine solche Entdeckung würde die Verfolgung von Sophie weglenken! Höchst unwahrscheinlich, daß Losely es je erriete, sie könnten sich voneinander getrennt haben; und weit unwahrscheinlicher noch – vorausgesetzt, daß Waife nicht, durch unkluges Herumlungern in Hausnähe, Anhalt und Fingerzeig gab! – daß Losely auch nur im Traum darauf verfallen würde, unter dem Dach der hochgestellten Lady das Kind zu suchen, das einst einem Mr. Rugge entflohen war.

Armer alter Mann! dessen Herz zwar am Brechen, dessen Seele aber so herrlich heiter getröstet war, daß ich dort, wo ich ihn, viele viele Meilen von hier entfernt, stehen sehe, verlassen und geduldig, in einer Ecke des drangvollen Marktplatzes dort drüben, Sir Isaak mit teilnahmsloser Hand an schleifender Leine haltend – Sir Isaak selbst, ungeschoren, reisemüde, besudelt gar, mit hängendem Kopf und melancholischen Augen – ja, wie ich ihn dort sehe, oftmals gestoßen in der Menge, der er, ab und zu, mit der Hand den mächtigen Korb an seinem Arme weist, gefüllt mit einfachen HändlerWaren, und mechanisch dazu murmelt :»Kauft –«, – ja, ich wiederhole, wahrhaftig, wenn ich ihn so dastehen sehe, vermag ich nicht, ihm mitleidig zu nahen; sehe ich doch, was der große Haufe nicht erblickt – den Schatten eines EngelFittichs über seinem grauen Haupte; und ich stehe verehrungsvoll von fern, mit ange-halt'nem Atem, und mit gebeugtem Knie.

4. Kapitel

Die Frau denkt allzuoft mit dem Herzen – woraus sich denn zwei Drittel ihrer Mißgriffe und Verdrießlichkeiten herleiten. Ein genialer Mann denkt ebenfalls zu oft mit dem Herzen – woraus sich denn nicht minder zwei Drittel seiner Verdrießlichkeiten und Mißgriffe herleiten. Folglich besteht zwischen Der Frau und Dem Genius eine Wahlverwandtschaft: Jeder hat ein intuitives Verständnis für die Geheimnisse des Anderen; und je femininer die Frau, je hochrangiger der Genius, umso subtiler die Verständigung zwischen den Beiden. Aber man nehme, bitte, auch ad notam, daß dieses stillschweigende Einverständnis sogleich getrübt wird, wenn menschliche Liebe die Beziehungen durchkreuzt. / SHAKESPEARE *interpretiert auch die verwickeltsten Rätsel im Weibe meist ganz richtig. Und eine Frau war die Erste, die in* SHAKESPEARE *schlummernd-vorhandene künstlerische Begabung ganz richtig zu interpretieren. Aber haben ANNE HATHAWAY und WILLIAM SHAKESPEARE einander deswegen verstanden?*

Unbemerkt von den zwei jungen Leutchen, saß Lady Montfort, und beobachtete sie, wie sie da so am FlußUfer dahinspazierten. Sie hatte sich dort niedergelassen, wo Lionel zum ersten Mal ihrer ansichtig geworden war – in jener Art von gras'gem Kämmerlein, das LaubWerk und RasenGrund abgewonnen, und jetzt rundum mit ineinandergewachsnen HerbstGezweigen von selber eingeschlossen worden war, ausgenommen dort, wo sich der Blick zum Wasser auftat. Falls WeiberHirn dazu überhaupt imstande sein sollte, einen Plan zu entwerfen und durchzuführen, dessen Gewebe absolut frei von auch nur 1 unzarten selbstsüchtigen Faden ist, dann hatte Caroline Montfort, im Zuge eines solchen Planes, jene zwei jung- und schönen Naturen bewußt zusammengeführt. (Und dennoch hatten sie nicht die Oberhand in ihren Gedanken, wie sie ihnen jetzt so zuschaute; und es geschah nicht gänzlich allein für sie, daß ihre Augen sich mit Thränen gefüllt hatten, Thränen, die zugleich süß, und doch voll abgründiger Trauer waren – heilig, ja; und dennoch zutiefst menschlich bedingt.)

Nun lieben es die Frauen bekanntlich notorisch, sich für unverstanden zu halten – eine Schwäche, die nicht selten ganz ungegründet ist; denn Der Mann, und sei er noch so scharfsinnig, versteht nur selten Die Frau, auch die einfachste, ganz und gar. Und hierin hat ihr Geschlecht einen Vorteil vor dem unseren: unsre Herzen liegen entblößt vor ihren Blicken; selbst wo sie niemals wissen können, welcher Art unser Leben war. Wir jedoch können jede Handlung ihres bewachten und von konventionellen Formen eingegrenzten Daseins sehen, indes ihre Herzen zur selben Zeit viele Geheimnisse bergen, zu denen wir niemals des Schlüssels habhaft werden können. Aber Caroline Montfort war nun wirklich, in mehr als dem banalen Sinne des Wortes, zeitlebens eine unverstandene Frau gewesen. Ja, selbst unter ihrem eig'nen Geschlecht besaß sie keine Vertraute. Nur die äußersten Blätter dieser schönen Blume öffneten sich dem Sonnenlichte; die Blätter um das Innere lagen fest übereinandergefaltet, so dicht, wie wenn das Leben selbst in der Knospe wäre.

Da, all die Jahre ihres EheLebens hindurch, ihrem Herzen die natürlichen Ventile eines richtigen Haushalts versagt gewesen waren, so schien, infolge eines seltsamen und unerklärlichen Parallelismus, auch ihr Intellekt eingeengt und an seiner gebührenden Freiheit und Entfaltung gehemmt worden zu sein. Während dieser sterilen Jahre hatte sie viel gelesen – viel nachgedacht – war des Umgangs mit Solchen teilhaftig gewesen, deren Geist Andere unterrichtet; und trotzdem wirkte ihre eigene Intelligenz – die in früher Jugend doch durch besondere Lebhaftigkeit und Aufgewecktheit charakterisiert gewesen, und von der Zeit mit jeglichen weiblichen Kenntnissen angereichert worden war – irgendwie unterkühlt und objektlos. Es ist eben nicht genug, daß ein Geist kultiviert werde – er muß genauso Beweglichkeit haben wie Kultur. Caroline Montfort's Geist war still gelegt, wie eine schöne Gestalt infolge eines ZauberSpruches reglos ruht, wiewohl nicht schläft. (Als er inmitten einer von ihrer Schönheit geblendeten Menge stand, und sein Blick auf ihr ruhte, sagte ein Dichter einmal unvermittelt: »Wäre die Vermutung nicht ein Sacrileg gegen Jemand so Schönes und Stolzes, so würde ich meinen, mir sei die Lösung eines Rätsels gekommen, das mich lange beschäftigt hat: im tiefsten Innern dieser LiljenKönigin, könnten wir die festumhüllenden BlütenBlätter nur auf-falten, möchten Wir vielleicht REUE finden.«) –

Lady Montfort zuckte zusammen – der Schatten noch einer andern Gestalt als ihrer eig'nen fiel übern Rasen. George Morley stand hinter ihr, den Finger auf den Lippen. »Pst –«, sagte er, im Flüsterton; »da, Sophie hält flußaufwärts Ausschau nach mir. Ich dacht' mir's schon – ich hab' mich absichtlich diesen Weg hergestohlen – weil ich erst mit Ihnen sprechen wollte, eh' ich mich ihren Fragen stelle.«

»Was ist denn los? – Ihr macht mich ganz unruhig«, sagte Lady Montfort; nachdem man einen Teil des Parkes erreicht hatte, der mehr vom Flusse ablag, und wohin George schweigend vorangegangen war.

»Nicht doch, meine teure Cousine; es ist weniger Grund für direkten Alarm vorhanden, als vielmehr zu sorgfältigster Beratung und Überlegung; und zwar auch noch über andere Dinge als solche, die sich unmittelbar auf unsern armen Ausreißer beziehen. Sie wissen, daß ich lange davor zurückgescheut habe, bei unsern Nachforschungen die Polizei zu Hülfe zu nehmen. Ich war mir zu klar darüber, welche Pein und Kränkung ein solches Verfahren Waife verursachen würde – (wollen Wir zunächst fortfahren, ihn so zu nennen) – und daß die Entdeckung davon, ihn sogar dazu veranlassen könnte, sich endgültig aus unsrer Reichweite zu entfernen, und England zu verlassen. Aber sein langes anhaltendes Schweigen, und meine Befürchtung, daß irgendeine Krankheit oder ein Unfall ihm zugestoßen sein könnten – vereint mit meinen ernstlichen Besorgnissen vor den Auswirkungen, die der beständige Angstzustand auf Sophie's Gesundheit hervorbringen möchte – haben mich schließlich bewogen, meine früheren Bedenklichkeiten in den Wind zu schlagen. Seit ich Sie das letzte Mal sah, habe ich mich also an einen höheren, in vertraulichen Nachforschungen ähnlicher Art geübten, PolizeiOffizier gewendet: schon am nächsten Tage konnte er mich informieren, wie einer seiner Freunde, ein ehemaliger renommierter Agent der KriminalPolizei, bereits seit Monaten damit beauftragt wäre, eine Person aufzuspüren, die seinem Vermuten nach die gleiche sein müsse, mit deren Ausfindigmachung ich ihn betraut; und zwar ginge Jener mit erheblich weniger Vorsicht und Delikatesse vor, als ich sie ihm auferlegt habe. Diesem Ex-Agenten sei auch der wahre Name des flüchtig Geword'nen genannt – und als Grund der Suche dieser angegeben worden: daß er seine Enkelin ihrem Vater entführt habe und sie vor ihm verborgen halte. Es war leicht für mich einzusehen, warum diese neue Verfolgung bis zur Stunde ergebnislos geblieben sei: weil Niemand daran gedacht hatte, daß Waife sich von Sophie getrennt haben könnte, und die Nachfrage deshalb den Akzent weit mehr auf das EnkelMädchen gelegt hatte, als auf den Großvater--allein. Aber diese Nachforschung der Gegenseite hatte jüngsthin gänzlich aufgehört; und zwar aus dem schrecklichen Grunde –: weil eine andere Sektion der Polizei ein Auge auf den Vater zu werfen begonnen hatte, zu dessen Gunsten die Suche angestellt worden war. Dieser Jasper Losely – (ach! Unser armer Freund hatte nur zu recht, bei der Vorstellung, daß Sophie in Dessen Hände fallen könne, zu schaudern!) – verkehrt habituell in den SchlupfWinkeln der allergesetzlosesten und fürchterlichsten Desperados von ganz London. Er scheint eine Art von Autorität unter ihnen zu sein; aber noch hat man keinen Anhalt dafür, daß er sich bis jetzt die geringste Teilnahme an ihren professionellen Unternehmungen habe zuschulden kommen lassen. Er lebt für eine Person in solcher Gesellschaft verschwenderisch, (hält zum Beispiel verwegne Gesellen frei, denen er jedoch Ehrerbietung einflößt, durch eine KörperKraft und einen Mut, die als ganz-außerordentlich geschildert werden), aber ohne daß eine EinnahmeQuelle sichtbar wäre. Es scheint, daß jener Ex-Agent, der, wie beschrieben, in Jasper Losely's Namen eingesetzt wurde, noch gar nicht einmal von ihm (Jasper) selbst, vielmehr von einem sehr wohlsituierten Manne in Kontribution gesetzt worden ist, dessen Namen ich ermittelt habe – ›Poole‹ heißt er übrigens. Nun hat dieser Ex-Agent es für richtig gehalten, besagten Mr. Poole mit Jasper's üblem Ruf und zweideutiger LebensFührung bekannt zu machen, und seinem AuftragGeber anzudeuten, daß es eventuell unklug sein dürfte, mit einem solchen Menschen Verbindung zu halten; und noch weit-weniger angemessen, ihm bezwecks Auslieferung eines jungen Mädchens die Hand zu leihen: ? –. Woraufhin Mr. Poole derart unruhig geworden wäre, und sich in einem Maße verworren über seine Beziehungen zu jenem Jasper ausgedrückt habe, daß jener Ex-Agent unverzüglich gegen Poole-selbst Verdacht geschöpft; und das Ganze, mit allen NebenUmständen, einem der Vorgesetzten seiner früheren Dienststelle weiter-berichtet habe – via deren wiederum der Mann, den ich besolde, Kenntnis davon erhielt. Aber diesem Ex-Agenten – der es, nach seiner letzten Aussprache mit Poole, abgelehnt hatte, sich irgend weiter damit zu befassen – ist seitdem, über einen Korrespondenten in einem LandStädtchen, den er zuerst mit eingesetzt hatte, ein LeitFaden zu den Wanderungen meines lieben alten Freundes zuhanden gekommen, neuer und meiner Ansicht nach auch hoffnungsvoller, als einer von denen, die ich bisher entdeckt habe. Sie erinnern sich gewiß, wie Sophie, da wir sie nach etwelchen Freunden aus ihrem früheren Dasein befragten, an die Waife sich möglicherweise gewendet haben könnte, ihr kein annähernd so wahrscheinlicher einfallen wollte, als ein FlickSchuster namens Merle, bei dem Er und Sie einst gewohnt, und von dem er ihr oft mit großer Dankbarkeit gesprochen hätte, als Demjenigen, der ihm den Weg zu ihrer Wiedererlangung gezeigt, und ihm bei dieser Gelegenheit besonders viel Vertrauen und Freundlichkeit bewiesen habe. Aber auch daran werden Sie sich erinnern, daß ich diesen Merle nicht ausfindig machen konnte; er hatte das Dörfchen, unweit von hier, in dem er den größeren Teil seines Lebens verbracht, verlassen – nachdem er sein bescheidnes Handwerk zunehmend vernachlässigt hatte, in Verfolgung gewisser, wunderlich-abergläubischer Beschäftigungen, in denen er, je älter er wurde, mehr und mehr aufging. Er war in Armut geraten, seine Habe ihm versteigert worden; und er war davon gezogen, Niemand wußte wohin. Schön; dieser Ex-Agent nun, der von seinem Auftraggeber ebenfalls auf diesen Merle hingewiesen worden war, hat, durch seinen erwähnten Korrespondenten, in Erfahrung gebracht, daß der Schuhflicker sich in Norwich aufhalte, wo er unter dem Namen des ›Weisen Mannes‹ bekannt sei, allerdings in beständiger Gefahr schwebe, in die StrafAnstalt eingewiesen zu werden, als ein Betrüger, der sich mit Astrologie, KristallSeherei, und ähnlichen, ebenso dummen wie ruchlosen Praktiken abgebe. Wahrlich, äußerst merkwürdig! und sehr betrüblich nicht minder«, rief der Gelehrte klagend, indem er so Augen wie Hände aufhob, »daß ein derart begabter Mann wie Unser armer Freund, jemals vertrauten Umgang mit einem FlickSchuster gepflogen haben sollte, der sich mit der Schwarzen Kunst befaßt!«

»Sophie hat mir schon viel von diesem Schuster erzählt«, sagte Lady Montfort, mit ihrem süßen halben Lächeln. »Unter seinem Dach nämlich ist es geschehen, daß sie zum ersten Mal Lionel Haughton's ansichtig ward. Aber mag der arme Mann noch so sehr Ignorant und Enthusiast sein; ihrer Schilderung nach ist er, mit Gewißheit, viel zu gütigen und einfältigen Herzens, um Jemanden vorsätzlich zu betrügen.«

George: – »Möglich. – Aber um in meinem Bericht fortzufahren: vor wenigen Wochen also, hat ein ältlicher lahmender Mann, begleitet von einem Hunde (bei dem es sich offensichtlich um den lieben armen Sir Isaak handelt), zwei Tage lang bei Merle in Norwich gewohnt. Als ich das vernahm, bin ich gleich-gestern selbst nach Norwich gefahren; habe Merle gesehen und mit ihm gesprochen; und über diesen Mann hoffe ich leichter, diskreter und förderlicher als durch jedwedes andere Mittel, unser Ziel zu erreichen. Er könnte, soviel ist offensichtlich, Uns unterstützen; und ebenso offensichtlich hat Waife ihm mit nichten anvertraut, daß er vor Sophie und vor Freunden auf der Flucht ist, sondern vielmehr vor Feinden und Verfolgern. Denn Merle, der für Bestechungen absolut unzugänglich ist, und zuerst betont grob und rüde war, besänftigte sich allmählich, in dem Maße wie meine ehrliche Anteilnahme an dem Flüchtling ihm klarer wurde; und ward es noch mehr, als ich ihm sagte, wie elend Sophie ob des Verschwindens ihres Großvaters wäre, und daß sie sich vor Grämen die Auszehrung zuziehen könnte. Und wir trennten uns schließlich, mit dem Versprechen seinerseits: daß, wenn ich ihm entweder Sophie-selbst hinbrächte (was natürlich überhaupt nicht infrage kommt); oder aber ein paar Zeilen von ihr, die ihn, dadurch daß sie irgendeines Umstandes erwähnten, der sich damals unter seinem Dach zugetragen habe und der nur ihnen-Beiden bekannt sein könne, überzeugen würden, daß der Brief von ihrer Hand stamme; und die außerdem die Versicherung enthalten müßten, daß es zum Besten Waife's und auf ihre ausdrückliche Bitte hin geschehe, wenn er sich in die Suche nach ihrem GroßVater einschalte, und daß er mir rückhaltlos vertrauen könne; er dann Alles in seinen Kräften Stehende tun wolle, um uns zu helfen. So weit steht die Sache also gut. – Aber nun habe ich eben noch mehr zu sagen, und zwar in Bezug auf Sophie selbst. Indes Wir die Spur ihres Großvaters verfolgen, ist die Gefahr für sie nicht geringer geworden. Und diese Gefahr ist mir nie so deutlich vor Augen geführt worden, als bis ich nun tatsächlich durch jenen PolizeiAgenten von dem entsetzlichen Charakter und dem ebensolchen Umgang des Mannes vernahm, der unter dem Namen eines Vaters Ansprüche auf sie erheben könnte. Gewiß, Waife hat Ihnen mitgeteilt, daß sein Sohn ein Bösewicht sei, ein Verschwender, ein Mensch außerhalb des Gesetzes – daß er sie suche, nicht aus natürlicher Zuneigung; sondern lediglich als ein Werkzeug, es plump und rauh einzusetzen, zu dem Zwecke von Mr. Darrell Geld zu erpressen. Aber das bleibt leider weit hinter der schrecklichen Wirklichkeit zurück! Nun stellen Sie sich die Wirkung auf ihre, jetzt schon so 'runtergekommenen Nerven vor – was sag' ich: auf ihr Leben sogar! – wenn dieser verweg'ne Schurke sich gewaltsam hier eindrängte, und zu ihr spräche: ›Komm mit mir; Du bist mein Kind.‹ Und sind Wir Uns denn ganz sicher, daß sie es sich, aus reinem Feinsinn und GewissensAdel, nicht einbilden könnte, es sei ihre Pflicht zu gehorchen, und Jenem zu folgen? Je krasser-heruntergekommen und freundloser seine Lage ist, umso mehr könnte sie es als ihre Pflicht betrachten, ihm zur Seite zu stehen. Ich hab' sie genau studiert, von ihrer Kindheit an. Sie ist jeglichen Irrtums im Urteilen fähig, wenn man ihn ihr nur als hingebende SelbstAufopferung eines Märtyrers darstellen kann. Sie schaudern mit vollem Recht, liebe Cousine. Aber selbst angenommen, sie ließe sich von Uns und (hauptsächlich) durch die Vorstellung bewegen, daß sie durch einen Akt dieser Art ihren geliebten Großvater verraten, ja vielleicht töten werde: welch gewaltsame und peinlichste Auftritte könnten sich trotzdem nicht beim Widerstand gegen die väterliche Autorität eines solchen Unholds zutragen! Welch fürchterliche Publicity sich nicht für immer an ihren Namen heften! Und das ist noch nicht Alles. Selbst gesetzt den Fall, ihr Vater entdecke sie nicht; werde jedoch, durch seine Genossen, zu irgendeiner strafbaren Handlung verleitet, und erfahre die gesetzliche Strafe – ihre Beziehungen, sowohl zu Jenem, vor dem Sie sie schützen wollen, als auch zu Dem, dessen Heim und Herd einmal zu zieren Sie sie so liebevoll erzogen haben, würden plötzlich ins hellste Licht gezerrt – würde die Scham sie nicht umbringen? Und bei solchen Enthüllungen: wie bitter würde nicht Darrell's SeelenQual sein!«

»Oh Himmel!« rief Caroline Montfort, aschenweiß geworden und mit gerung'nen Händen, »Ihr macht mir eiskalt vor Entsetzen! – Aber dieser Mann kann doch nicht so tief gefallen sein, wie Ihr ihn darstellt. Ich hab' ihn schließlich auch gekannt – habe mit ihm gesprochen, in seinen jüngeren Jahren – habe damals gehofft, zu einem Werk der Versöhnung, Verzeihung, behülflich zu sein. Eitel mag er immer sein; extravagant, selbstisch, falsch – doch, ja! falsch war er Allerdinge!; aber dennoch kann der Brutaliker wie Ihr ihn abmalt, der mit Verbrechern gemeinsame Sache macht, nicht Derselbe sein, wie der heitre, geschniegelte, parfümierte, glattgesichtige GlücksRitter, mit dem meine übelberatene Gespielin einstmals aus ihres Vaters Haus floh. – : Ihr schüttelt Euren Kopf? – was wäre Euer Rat?«

»Ihr eigenes Projekt zu beschleunigen – das heißt: auf der

Stelle und resolut den Versuch zu machen, dem armen Kinde seinen besten, seinen rechtmäßigsten Beschützer zu sichern – und alles andere, was unternommen werden könnte um sie vor Gefahr zu bewahren, beziehungsweise ihren Vater von Streichen abzuhalten, zu denen die Verzweiflung ihn treiben könnte – all dies durch *Ihn* tun zu lassen, Dessen Interesse an einer endgiltigen Erledigung des Falles so überwiegend – Dessen Fähigkeit zu urteilen und zu entscheiden, was hier die weislichsten Mittel wären, so unendlich Allem überlegen ist, was innerhalb unsrer eig'nen begrenzten Erfahrung, von dem was Leben heißt, liegt.«

»Aber Ihr vergeßt, daß unser Freund mir bekannt hat, er habe sich bei seiner Rückkehr nach England an – an Mr. Darrell gewandt: Dieser jedoch habe sich hartnäckig geweigert, irgendeinen Anspruch anzuerkennen; und ihm auf's strengste erklärt, wie selbst für den Fall, daß Sophie's Geburt bewiesen werden könnte, er niemals das EnkelKind eines William Losely unter seines Vaters Dach aufnehmen werde.«

»Schon; aber dennoch haben Sie, und mit gutem Grund, auf Erfolg gehofft, dort wo es ihm, dem armen Ausgestoß'nen, mißlang.«

»Ja, ja; ich hatte gehofft, daß Sophie – mit abgeschliffenen Manieren jetzt; nach vollendeter Erziehung – all ihre exquisite natürliche Grazie so kultiviert und verfeinert, daß noch die stolzeste Verwandtschaft mit Recht auf sie stolz sein könnte – ich hatte gehofft, daß man sie, scheinbar ganz zufällig, ihm unter die Augen bringen; daß sie ihn interessieren und bezaubern könnte; und daß der Anspruch dann, in solcher Gestalt erneuert, willkommen geheißen werden würde, und zwar mit Entzücken. Mr. Darrell's jähe Rückkehr zu einer so konsequenten Abgeschlossenheit, hat aber nun jegliche Gelegenheit abgeschnitten, die, wäre er in London verblieben, sich so leicht hätte finden, beziehungsweise herbeiführen lassen. Und urplötzlich, gewaltsam, einen Anspruch erneuern, den solch ein Mann bereits einmal verworfen hat – bevor er das liebe Kind je gesehen – bevor sein Herz und sein Geschmack schon zu ihren Gunsten gesprochen haben – Wer würde dergleichen zu tun wagen? beziehungsweise, wenn er es schon wagte: Wer könnte auf Erfolg hoffen?«

»: meine liebe Lady Montfort!; meine noble Cousine, mit ihrem Ruf so fleckenlos wie der Hermelin ihres Kleides – Wer anders als Sie ! ? «

»Wer anders als ich?: Jedermann eher! Einen Brief von meiner Hand an ihn, würde Mr. Darrell nicht einmal durchlesen.«

George machte große Augen vor Staunen. Caroline's Antlitz war erdwärts gerichtet – ihre Haltung die tiefer gedemütigter Niedergedrücktheit.

»Nicht zu glauben!«, sagte er endlich. »Ich hatte immer geargwöhnt, (und mein Onkel war auch der Ansicht), daß Darrell irgendeinen Grund zur Klage gegen Ihre Mutter habe. Daß er vielleicht der Meinung wäre, sie hätte über seine Tochter nicht genügend gewacht, oder sich hinsichtlich des Charakters der Gouvernante, die sie ihm empfohlen hatte, nicht ausreichend informiert; und daß dergleichen zu einer Entfremdung zwischen Darrell und Ihrer Mutter geführt, die sich dann, zwangsläufig, bis zu einem gewissen Grade auch auf Sie übertragen hätte. Aber Mißverständnisse dieser Art müßten sich doch nunmehr ganz leicht bereinigen lassen. Tz, ›einen Brief, den Sie an ihn richten würden, nicht lesen‹ : was für ein Ausdruck! Wie denn? erinn're ich mich nicht, als ich damals zu Besuch bei meinem SchulKameraden, seinem Sohn, dort weilte, was für einen Einfluß Sie, selbst noch ein bloßes Kind, auf den ernsten vielbeschäftigten, damals auf dem Gipfel seiner Laufbahn befindlichen Mann übten – wie einzig Sie, ohne jede Scheu, in sein ArbeitsZimmer gerannt kommen durften – wie einzig Sie das Privileg hatten, seine Bücher zu ›ordnen‹, seine Papiere zu ›sortieren‹ – so daß wir zwei Jungen förmlich mit feierlichem Respekt auf Sie schauten, als der Bewahrerin aller seiner StaatsGeheimnisse – wie Sie, vergeblich, versuchten, seine Tochter, diese arme schüchterne Matilda, zur Teilnahme an Ihren eignen Keckheiten zu verleiten! – das ist doch Alles wahr, oder nicht?«

»Oh ja, ja – alte Tage, dahin für immer!«

»Erinn're ich mich nicht noch, wie Sie mir versprachen: ich sollte, noch bevor ich zur Schule zurückginge, Darrell laut vorlesen hören? – wie Sie ihm abends dann den Band Milton hinbrachten – wie er sagte, ›Nein, morgen Abend; jetzt muß ich ins Unterhaus gehen.‹ – wie ich staunte, Sie kühnlich erwidern zu hören : ›Morgen Abend wird George schon fort sein; und ich hab' ihm versprochen, daß er Sie vorlesen hören sollte.‹ – wie Er wiederum Sie, unter seinen dunklen Brauen hervor, mit sanftem Ernst ansah, und dazu sagte: ›Das ist recht; Versprechen, einmal gegeben, müssen dann auch gehalten werden. Aber war es nicht vorschnell, etwas im Namen eines Andern zu versprechen?‹ – und Sie versetzten, halb schmeichelnd halb eigensinnig: ›Als wenn *Sie* mir etwas abschlagen könnten! ...?‹. Er nahm das Buch, ohne ein weiteres Wort, und las. Und was für ein Vorlesen das war! – Und können Sie sich nicht mehr entsinnen, wie Sie ein anderes Mal ...«

Lady Montfort (ihn mit nervöser Ungeduld unterbrechend): – »Jadoch, ja – ich brauche nicht an jedes Einzelne erinnert zu werden – ich weiß Alles! Der gütigste, nobelste, geduldigste Freund für ein schwindelköpfiges gedankenloses Kind, unfähig solche Segnung zu würdigen. – Aber jetzt, George: ich kann, ich wag'es nicht, an Mr. Darrell zu schreiben.«

George sann einen Moment nach; und kam dabei auf die Vermutung, daß Lady Montfort etwa, in ihrer unüberlegten, impulsiven Jugendzeit, irgendwie zu der heimlichen Eheschließung von Darrell's Tochter mitgeholfen, und infolgedessen in seinen Gedanken unlösbar vergesellschaftet sein könnte mit der Heimsuchung, die ihm sein ganzes Dasein verbittert hatte. Wenn sich das allerdings so verhielte, wäre sie freilich nicht der passendste Fürsprech zugunsten Sophie's. Als nächstes dachte er dann an seinen Onkel, Darrell's ältesten Freund; ohne zu ahnen, daß gerade Oberst Morley Derjenige sein könne, den Darrell für alle Transaktionen sämtlicher hier infrage kommenden Parteien längst schon zu seinem Ratgeber und Vertreter bestellt habe. Aber gerade als er sich anschicken wollte, die Nützlichkeit eines Briefes an Alban vorzuschlagen – ihn nach England zurück zu zitieren; und ihn dann ins Vertrauen und zur Beratung zuzuziehen – hob Lady Montfort, in ruhigerem Ton, und mit weniger verstörtem Gesicht wieder an –

»Nein; – : Wer könnte für Eine, deren Anrechte, würden sie anerkannt, seine eig'nen GlücksUmstände zutiefst beeinflußten, angemessener in die Schranken treten, als Lionel Haughton? Da! – seht da drüben, wo sie gerade in Sicht kommen – dort, durch die Lücke im Immergrün – wär'es vermessen zu hoffen, daß die Vorsehung, indem sie diese zwei schönen Leben zusammenführte, uns nicht eine Lösung der Schwierigkeiten an die Hand gibt, die unser Handeln lähmen, und unser Urteil beirren? Ich gesteh's, ich habe – sofort im ersten Augenblick da ich aus Sophie's unschuldig-vertrauensvollen Mitteilungen die Wirkung ersah, die jenes erste ZusammenTreffen mit Lionel in ihrer Kindheit auf ihre ganze Fühl- und Denkweise hervorgebracht hatte; seine halbbrüderlich halb-ritterliche Güte; und, vor allem, gewisse zufällige Äußerungen, die er hatte fallen lassen, die ihr ein Dasein voll von Tricks und Verkleidungen verleidet, und ihr die Instinkte ihrer eigentlichen, honetten und wahrheitsliebenden Natur endgültig klar-gemacht hatten – da habe ich, intuitiv, die nach allen Seiten hin segensreichste Romanze geplant und gefördert. Eine Verbindung zwischen Lionel Haughton und Sophie, schien mir das denkbar-glücklichste Ereignis zu sein, das Guy Darrell jemals zustoßen könne. : beide Zweige seiner Sippe vereint! – ein peinliches FamilienGeheimnis beschränkt auf den Kreis der engsten Verwandtschaft – Sophie's allmögliche, obschon nie ganz-geklärte so doch qualvollem Zweifel unterworfene Ansprüche gestillt – ihre Zukunft gleichermaßen gesichert – ihrer eventuellen Rechte unpräjudizierlich – vor allem Darrell's Stolz und Gewissen mit--einander versöhnt. Und wie würde Er, selbst nur als Gattin seines jungen Vetters betrachtet, dies exquisite Wesen nicht haben lieben lernen!«; (Lady Montfort machte eine kurze Pause; und nahm dann wieder auf) –: »Als ich vernahm, daß Mr. Darrell vorhabe, sich wieder zu verehelichen, – geriet mein Projekt allerdings ins Stocken ...«

»Sicher«, sagte George, »falls er neue Verbindungen einginge, würde Sophie in seinem Dasein einen geringeren Platz einnehmen, ob er ihre Herkunft nun akzeptierte oder nicht. Eine Verbindung zwischen ihr und Lionel würde viel von ihren Vorteilen verlieren; und jegliche Intervention zu Sophie's Gunsten, von ihm noch ungnädiger aufgenommen werden.«

Lady Montfort: – »Für diesen Fall hatte ich beschlossen, Sophie als mein eig'nes Kind zu adoptieren; von meinem überreichlichen Einkommen eine ansehnliche Mitgift für sie zurückzulegen; und, ob Mr. Darrell es nun je erfahren hätte oder nicht, zumindest hätte ich immer die heimliche Freude gehabt, mir vorzustellen, daß ich ihn vor der Gefahr späterer Reue bewahre – sollte sie, wie Wir glauben, das Kind seiner Tochter sein, und verlassen, von allem entblößt, in der Welt dasteh'n – ja, die heimliche Freude in dem stillen Bewußtsein, wie eine Mutter Jemanden zu hegen und zu pflegen, Deren rechtmäßiges Heim eigentlich bei Ihm wäre, der in meiner Kindheit mich gehegt und gepflegt hat!«

George (tief bewegt): – »Wie doch, je näher man Sie kennen lernt, die Schönheit die Sie vor der Welt verhüllen, diejenige immer mehr überstrahlt, welcher ansichtig zu werden Sie die Welt nicht verhindern können! Aber Sie müssen Ihr besseres Urteil nicht durch diesen Enthusiasmus aus Dankbarkeit blenden lassen. Sie meinen also, die beiden jungen Leute hätten begonnen, einander aufrichtig lieb zu gewinnen – dann wär' es aber umso notwendiger, keine Zeit mehr zu verlieren, und festzustellen, wie Mr. Darrell eine solche Heirat ansehen würde. Ich bin nämlich seiner Einwilligung mit nichten so sicher, wie Sie es zu sein scheinen. Auf jeden Fall müßte das vorher geklärt sein, ehe ihr Glück ernstlich involviert ist. Darin, daß Lionel der beste Mittelsmann wäre, Sophie's Sache zu vertreten, stimme ich Ihnen zu; gerade seine Großmut, ihr vorrangiges Anrecht auf ein Vermögen zu verfechten, das andernfalls durchaus ihm einmal zufallen könnte, wird vermutlich ins Gewicht fallen bei einem Manne, der selber so großmütig ist, wie es von Guy Darrell allgemein heißt. Aber weiß Lionel denn schon Alles? Haben Sie es schon riskiert, ihm, oder auch nur Sophie selbst, die Art ihres Anspruchs auf den Mann anzuvertrauen, der ihn so stolz in Abrede stellt?«

»Nein; das heißt, ich habe es Sophie's Stolz als Frau schuldig zu sein erachtet, ihr anzudeuten, daß sie, was Vermögen und gesellschaftliche Stellung anbelange, Anspruch auf Gleichberechtigung all Denen gegenüber habe, mit Denen sie hier zusammenträfe. Und das ist ja wahr; selbst nur als das Kind betrachtet, das ich adoptiere und reich mache. Mehr hab' ich nicht gesagt. Und sie hat auch erst seitdem Lionel hier erschienen ist, etwas wie Interesse an ihren verwandtschaftlichen Verhältnissen an den Tag gelegt. Vor der Erinnerung an ihren Vater bebt sie natürlicherweise zurück – seinen Namen erwähnt sie nie. Aber zwei Tage sind's jetzt her, daß sie mich – schüchtern, und mehrfach die Farbe wechselnd – gefragt hat: ob es von Mutterseite her wäre, daß sie zu einem höheren Rang berechtigt sei, als sie bisher gewußt habe?; und als ich antwortete ›Ja.‹. da hat sie geseufzt und gesagt: ›Aber mein lieber Großvater hat mir niemals von ihr erzählt; er hat meine Mutter sogar niemals gesehen. ‹ «.

George: – »Und, wie ich annehme, sprechen auch Sie nicht übermäßig gerne von dieser Mutter? Ich habe, ohne daß Sie es gewahr wurden, Ihrer Ausdrucksweise entnommen, daß Jene nicht ein Mensch war, den Sie hätten groß loben können; und ich möchte nur sagen, daß sie mir, als Jungen, all ihrer Schüchternheit zum Trotz, launenhaft und ränkevoll gewirkt hat.«

Lady Montfort: – »Ach! wie bitterlich muß sie gelitten haben – und wie jung sie doch noch war! – Aber Ihr habt Recht; ich kann zu Sophie nicht von ihrer Mutter sprechen; der Gegenstand ist mit soviel Kummer und Grämen verknüpft. Aber ich habe sie vertröstet, ›daß sie bald Alles erfahren werde‹; und sie hat, mit einer süßen und schwermütigen Geduld versetzt: ›Wenn mein armer Großvater dabei ist und es mit-hört; ich kann warten.‹«.

George: – »Aber verhält sich Lionel, mit seinem flinken Verstand und der geschäftigen Einbildungskraft, gleichermaßen geduldig? Errät er die Wahrheit nicht? Sie hatten ihm doch mitgeteilt, daß Sie ein Guy Darrell nahe berührendes Projekt im Auge hätten; und haben ihm das Versprechen abgenommen, Darrell gegenüber nichts von seinen Besuchen im Hause hier ruchbar werden zu lassen.«

Lady Montfort: – »Er weiß, daß Sophie's Großvater väterlicherseits, William Losely war. Von Euerm Onkel hat er William Losely's Geschichte vernommen, und ...«

George: – »Von Onkel Alban?«

Lady Montfort: – »Oh ja; der Oberst war in früheren Tagen wohl bekannt mit dem älteren Losely, und hat sich zu Lionel mit beträchtlicher Zuneigung über ihn ausgesprochen. Es scheint sogar, daß Lionel's Vater ihn ebenfalls gekannt, und ihn gedankenloserweise in seine eignen pekuniären Schwierigkeiten mit-verwickelt hat. Jedenfalls verkehrte Lionel noch gar nicht lange hier im Hause, als er mich aus heiterem Himmel einmal fragte, ob Mr. Waife's wahrer Name nicht ›Losely‹ wäre? Ich war wohl verpflichtet, das zuzugeben; bat ihn jedoch, im Moment nicht weiter in mich zu dringen; worauf er, mit unverkennbar großer Bewegung versetzte, wie er eine ererbte Schuld gegenüber William Losely abzutragen habe; und daß er der letzte Mensch sei, dem es anstünde, den Glauben an die Unschuld des alten Mannes an dem Verbrechen, wofür das Gesetz ihn verurteilt habe, fahren zu lassen; beziehungsweise, wenn seine Unschuld sich nicht dartun lassen sollte, deswegen hart über ihn zu richten. Ihr erinnert Euch sicher, mit welchem Eifer er sich an Euren Nachforschungen beteiligte; solange, bis Ihr ihm jegliches Eingreifen untersagtet, in der Befürchtung, daß wenn Unser armer Freund von Recherchen seitens Jemand vernähme, den er nicht als Freund erkennen, sondern möglicherweise als Sendling und Kundschafter seines Sohnes betrachten könnte, er sich noch größere Mühe geben würde, um sich verborgen zu halten. Aber von dem Augenblick an, wo Lionel erfuhr, daß Sophie's Großvater William Losely sei, da ward sein Benehmen Sophie gegenüber, noch weit zarter, weit ehrerbietiger. Er hat einen prächtigen Charakter, dieser junge Mensch! – Und Euer Onkel hat also niemals zu Euch von William Losely gesprochen?«

»Nein. Ich selbst wundere mich auch gar nicht darüber; denn Onkel Alban vermeidet ›peinliche Themen‹ grundsätzlich. Das einzige was mich verwundert, ist, daß er ein peinliches Thema im Gespräch mit Lionel wachgerufen haben sollte. – Aber jetzt versteh' ich natürlich, warum Waife, als er meinen Namen das erste Mal hörte, irgendwie bewegt schien; und wieso er mir derart nachdrücklich zur Pflicht machte, ihn, meinen Freunden und Verwandten gegenüber, niemals zu erwähnen geschweige denn ihn zu beschreiben. – Aha; demnach ist Lionel also über Losely's Vorgeschichte im Bilde; weiß aber nicht um die Verbindung von dessen Sohn mit Darrell?«.

»Mit ziemlicher Gewißheit nicht. Er weiß lediglich, was man sich in der Welt allgemein erzählt: daß Darrell's Tochter mit einem gewissen Mr. Hammond, einem Menschen von dubioser Herkunft, durchgegangen, und dann, im Ausland, gestorben ist; mit Hinterlassung eines Kindes, das aber auch schon tot sei. Dennoch argwöhnt Lionel, – und die bloße Art, wie ich ihm Verschwiegenheit einzuschärfen hatte, mußte seinen Argwohn ja bestärken – daß die Losely's auf die ein- oder and're Art mit der Darrell'schen FamilienGeschichte in engerem Zusammenhang stehen. – ? – : Pscht! ich hör' seine Stimme drüben – sie kommen!«

»Meine teuerste Base, soll es also zwischen Uns als abgemacht gelten, daß Sie, frank und frei und ohne Zögern, Lionel nunmehr die Ganze Wahrheit (soweit sie Uns bekannt ist) mitteilen; und es ihm anheimstellen, wie man am besten und rührendsten Darrell zugunsten dieses Kindes stimmen könnte, für Dessen naturgegeb'nen Beschützer Wir ihn nunmehr erachten wollen. Ich werde unterdes meinem Onkel schreiben, nach England zurückzukommen, um Uns in demselben Guten Werk zu unterstützen. – In der Zwischenzeit werde ich Sophie nichts als erfreuliche Nachrichten mitzuteilen haben, aufgrund der neuen Hoffnung, ihren Großvater über Merle ausfindig zu machen.«

In eben dem Moment, da die Sonne zur Rüste ging, kamen Lionel und Sophie in Sicht; – ob ihren Häuptern WestGewölk, gebadet in Gold und Purpur. Sophie, George's gewahrend, sprang vorwärts; und gelangte, athemlos, an seine Seite : ? — . . .

5. Kapitel

Wo Lionel Haughton einmal sein Herz verloren hat, ist es keine Frage mehr, Was ER damit machen wird. Aber Was damit gemacht werden wird, das ist allerdings eine sehr nachdenkliche Frage.

Lionel kam Lady Montfort hinsichtlich des delikaten und verwirrenden Themas, das anzuschneiden ihr Cousin sie so dringend ersucht hatte, zuvor. Denn indes George Sophie auf die Seite führte, und sie über seine Reise nach Norwich informierte, wie auch über seine Unterredung mit Merle; zog Lionel seinerseits Lady Montfort ins Haus, und beschwor sie, in großer Erregung und hastigen abgebrochenen Worten, ihr Verbot zurückzunehmen, das ihm untersagte, seinem Wohltäter mitzuteilen, wie und wo er die jüngstvergangne Zeit zugebracht habe. Er platzte mit einer Erklärung jener Liebe heraus, die Sophie ihm eingeflößt habe, und von der zu hören Lady Montfort ja wohl oder übel gefaßt sein mußte. »Nichts«, sagte er, »als die Achtung für ihre mehr als kindliche Besorgnis in diesem Augenblick, hätte mein Herz so lange am Schweigen halten können. Aber dieses Herz ist so zutiefst verpfändet — gehört so restlos ihr — daß es zur Undankbarkeit, ja zur Unehrerbietigkeit meinem großmütigen Vetter gegenüber würde, wollte ich noch irgend-länger die Gefühle verheimlichen, die meinem ganzen künftigen Dasein seine Färbung geben werden. Und auch zu ihr darf ich nicht sprechen: ›Kannst Du meine Neigung erwidern? — willst Du meinen Gelübden lauschen? — willst Du sie am Altare annehmen?‹ — bis ich die Billigung und Zustimmung gewonnen habe (und ich bin mir sicher sie zu gewinnen), Dessen, der mir mehr als Vater ist.«

»Und Ihr fühlt Euch, trotz des Fleckens auf ihres Großvaters Namen, sicher, diese Einwilligung zu gewinnen?«

»Wenn Darrell erfährt, daß ohne meines armen Vaters Verschulden, dieser Name heut makellos sein könnte – ja! Ich bin schließlich nicht Mr. Darrell's Sohn – der Fortpflanzer seiner Linie. Ich glaube immer noch, daß er eine neue Verbindung schließen werde. Von MutterSeite her kann ich mich keiner besonderen Ahnen rühmen; und soviel haben Sie mir ja schon anvertraut, daß Sophie's Mutter von edler Herkunft war. Alban Morley, da ich ihn zuletzt sprach, teilte mir mit, daß Darrell mich verheiratet zu sehen wünsche, und mir die Wahl der Braut gänzlich freistelle. Ja; doch: ich habe keinerlei Zweifel an Mr. Darrell's Einwilligung. Meine liebe Mutter wird das Kleinod, welches mein Herz so sehr begehrt, mit Freuden an dem ihren willkommen heißen; und Charles Haughton's Sohn an seinem Herd immer einen Platz für William Losely's alte Tage frei halten. Bitte, nehmen Sie Ihr Interdikt jetzt gleich zurück, teuerste Lady Montfort; und vertrauen Sie mir Alles an, was Sie bisher unerklärt gelassen, aber zu offenbaren versprochen haben, sobald die Zeit dafür käme –: die Zeit ist gekommen.«

»Sie ist gekommen«, sprach Lady Montfort mit Feierlichkeit; »und der Himmel gebe, daß sie uns die segensreichen Ergebnisse bringe, die meinen Gedanken vorschwebten, als ich Sophie wie meine eigne Tochter bei mir aufnahm, und in Euch-selbst den Versöhner widerstreitender Verhältnisse begrüßte. Nicht unter diesem-meinem Dach ist es, daß Ihr um William Losely's EnkelKind zu werben habt: doppelt seid Ihr verpflichtet, Guy Darrell um seine Zustimmung, seinen Segen zu bitten. An seinem Herd werbt um Eure Sophie – aus seinen Händen erbittet die Braut, im Kinde seiner Tochter.«

Und Caroline Montfort entwickelte ihrem staunenden Zuhörer die Gründe für den Glauben, welcher den Letzten der Darrell's in Verbindung brachte mit der Enkelin des Sträflings.

6. Kapitel

Leichtgläubige KristallSeher, junge Liebhaber, und gravitätische weise Männer – Alle in derselben Kategorie.

Am nächsten Tage brach George Morley nach Norwich auf, jener altersgrauen Stadt, in welcher, seit den Zeiten da der Däne sie bevölkerte, grundsätzlich stets ein Zauberer oder eine Hexe, ein SternenLeser oder ein KristallGucker sich eines geheimnisvollen Rufes erfreut; und dergestalt, durch alle Wechsel im sozialen Fortschritt uns'res Landes hindurch, die lange Reihe der Vala's und Saga's nicht hat abreißen lassen, die, zusammen mit den Raben und Walküren, von Skandinaviens fichtendüst'ren Küsten zu uns herüberkamen. Merle's Zurückhaltung verschwand, nachdem er Sophie's Brief an ihn zur Kenntnis genommen hatte. Nun machte er George damit bekannt, wie Waife ihm erklärt, daß er Geld die Fülle besitze, ja, ihm sogar ein Darlehen aufgenötigt habe; daß er jedoch ein rühriges Wanderleben über alles schätze, (›es hielte ihn vom Denken ab‹); daß ein HausiererPacken ihm einen Freibrief zum Vagabundieren ebenso liefern würde, wie das Budget, dessen Kosten zu bestreiten; daß er, Merle, von ihm zu Rat gezogen worden wäre, sowohl hinsichtlich eines Sortiments leicht absetzbarer, volkstümlicher Waren, als auch einer Route, auf der er voraussichtlich am wenigsten Konkurrenten antreffen werde. Merle verstand sich bereitwilligst dazu, George bei seiner Suche nach dem Wanderer zu begleiten; den mit Hülfe seines Kristalls aufzuspüren und dingfest zu machen, er übrigens vollkommen ruhig-überzeugt schien. Dementsprechend setzten die Beiden sich in Marsch; auf der – einem oberflächlichen Blick einigermaßen wunderlich und verschlungen scheinenden – Trace, wie sie Merle, der selbstredend auch über einen BekanntenKreis in der altehrwürdigen Profession der Hausierer verfügte, Waife angeraten hatte. Allerdings verurteilte Merle, der unseligerweise mehr auf seinen Kristall vertraute, als auf Waife's verläßliches Festhalten an der ihm vorgeschriebenen Reiseroute, den Oxforder Gelehrten zu einer wahren Irrwisch-Existenz: Zickzack; hin und her geschossen; bald hier bald dort; bis, g'rad als George alle Geduld verloren hatte, Merle zufälligerweise, zwar nicht im Kristall, wohl aber um Nacken und

Schultern einer PächtersTochter, einer Pelerine gewahr wurde, von der er sich unfehlbar gewiß war, sie eigenhändig für Waife's TrageKorb ausgesucht zu haben. Und da das Mädchen, als Antwort auf seine Erkundigungen hin, bestätigte, wie ihr Vater eben diese Pelerine nur wenige Tage zuvor als Geschenk für sie gekauft hätte, und zwar von einem Hausierer in einem benachbarten Städtchen, auf dessen WochenMarkt der Landwirt sich regelmäßig einfand, entwarf Merle rasch ein PlanetenSchema für die Stunde; und da sich ergab, wie das Dritte Haus (›kurze Reisen‹) in günstigem Aspekt zum Siebten Hause (›enthält den gewünschten Gegenstand‹) stünde, sowie in Conjunction zum Elften Hause (›Freunde‹), informierte er den Theologen gravitätisch, daß ihre Mühen am Ende, und die Stunde wie der Mann nah' bei der Hand seien. Nicht übermäßig sanguinisch, vertraute George dennoch sich selbst und den Seher dem nächsten Frühzug an; und man erreichte bald die berühmte Stadt Ouzelford – wohin, sobald die chronologische Ordnung unsres Berichtes (dem wir hiermit ein klein wenig vorgegriffen haben) es erlaubt, wir den wißbegierigen Leser getreulich versetzen werden. –

Mittlerweile war Lionel – der sich ohne das geringste Murren in Lady Montfort's Vorschrift gefügt hatte: nämlich Sophie ab jetzt nicht eher wiederzusehen, bevor die Unterredung mit Darrell stattgefunden, und Dieser seine Einwilligung gegeben habe – in seine londoner Wohnung zurückgekehrt, in freudiger Aufregung, und zuversichtlich auf den schönsten Erfolg rechnend. Seine Absicht war, sich sogleich nach Fawley zu verfügen; aber in der Stadt angekommen, fand er dort ein paar Zeilen von Darrell selbst vor, als Antwort auf einen langen und zutunlichen Brief, den Lionel ihm vor wenigen Tagen geschrieben, und in dem er die Erlaubnis erbeten hatte, ihn in dem alten HerrenHause besuchen zu dürfen; denn mitten in all seiner Liebe zu Sophie, so sehr er darin aufging, war doch auch das Bild seines einsamen Wohltäters, in der düsteren Einsiedelei, oftmals vor ihm aufgestiegen. In seinen Zeilen jedenfalls, lehnte Darrell, nicht unfreundlich aber sehr entschieden, Lionels Anträge ab. »Die Wahrheit, mein lieber junger Verwandter«, schrieb der Klausner – »die Wahrheit ist, daß ich mich, langsam und unter häufigen Rückfällen, durch das GenesungsStadium von einem moralischen Fieber hindurcharbeite. Noch sind meine Nerven abgespannt. Ich bin wie Einer, dem man absolute Ruhe verschrieben; – und Besuche, selbst von den besten

Freunden, als ›gefährliche Aufregungen‹ verboten hat. Euer Anblick – der von Jedermann aus der Großen Welt – besonders jedoch der von Einem, dessen jugendliche Vitalität und reiche Hoffnungsfülle meiner eig'nen müden Erschöpfung wie ein Hohn sein müßte, würde mich nichts als stören, reizen, martern. Sobald ich wieder ganz wohl sein werde, lasse ich Euch gerne kommen, und werde Euern Besuch dann recht genießen. Bis dahin allerdings laßt mein morbides Ohr, unter keinen Umständen und unter keinerlei Vorwand, den Schall Eurer Tritte auf meinem stillen Grund und Boden vernehmen. Schreibt mir oft; aber unterhaltet mich ja nicht mit Neuigkeiten und Klatsch aus der vornehmen Welt – berichtet mir lediglich von Euch selbst; Euren Studien, Euren Gedanken, Euren Gefühlen und Euren Wünschen. Und vergeßt meiner früheren Vorschrift nicht: Heiratet jung, heiratet aus Liebe!; laßt kein ehrgeiziges Verlangen nach Macht, nicht die Gier nach Golde, Euch je dazu verleiten, Eurem Dasein eine Gefährtin zu geben, die nicht die volle Hälfte Eurer Seele ist! Wählt mit dem Herzen eines Mannes; (daß Ihr mit der SelbstAchtung eines Gentleman wählen werdet, weiß ich); und dann seid im Voraus jeglicher Sympathie versichert, sowie der Sanktionierung durch Euren

VERBAUERTEN ABER LIEBENDEN VETTER.«

Nach solchem Brief sah Lionel ein, daß er sich, unter gar keinen Umständen, dem Verbot des Besitzers zum Trotz, jetzt sogleich nach dem alten Herrensitz begeben könnte. Schrieb er also kurz; und beschwor darin Darrell, ihm zu verzeihen, wenn er auf seiner Bitte, in Fawley vorgelassen zu werden, beharre; gestand daß sein Wunsch nach einer persönlichen Aussprache ganz plötzlich und aus speziellem Anlaß dringlich geworden sei; und daß sie nicht allein ihn selbst betreffe, sondern auch ihn, seinen Wohltäter, angehe. Postwendend traf Darrell's Erwiderung ein, kurz und kühl und unter Wiederholung (sogar der recht strengen) seiner Weigerung, Lionel zu empfangen; obwohl er sich bereit erklärte, Allem was sein Verwandter ihm brieflich mitteilen werde, volle Aufmerksamkeit zu widmen. »Wenn es, wie Ihr angebt«, schrieb Darrell mit seiner habituellen Ironie, »sich um eine Angelegenheit handelt, die auch mich angeht, dann verlange ich, als Anwalt in eigener Sache – es ist dies eine VorsichtsMaßnahme, die ich einst jedem meiner Klienten zur Pflicht gemacht habe – ein schriftliches Digest, wie es grundsätzlich einer mündlichen Konsultation voraufgehen sollte.«

Tatsächlich argwöhnte der stolze Mann, daß Lionel irgend, direkt oder indirekt, zugunsten Jasper Losely's angegangen worden sei; und das war nun wahrlich das letzte Thema, bezüglich dessen er seinem jungen Verwandten eine Unterredung bewilligt haben würde. Und Lionel seinerseits war es vielleicht auch nicht so unlieb, solchermaßen genötigt zu werden, seine und Sophie's Sache schriftlich dem Papier anzuvertrauen; war doch Darrell einer von den Männern, deren Gegenwart eine gewisse Scheu einflößt – eine von den Persönlichkeiten, an die uns bei bedeutenden Anlässen zu wenden, wir schriftlich weit weniger Beklemmung empfinden, als im direkten mündlichen Verkehr. Und Lionels Feder flog nur so – sein ganzes Herz, seine ganze Seele, ergossen sich im Gefühl; und, Seite auf Seite hastig füllend, erinnerte er Darrell an jenen Tag, da er dem reichen Mann die Geschichte von dem lieblichen VagabundenKind erzählt hatte; und wie, aus einem Mitgefühl für dies Kind, Darrell's beifällige, pflegliche Zärtlichkeit gegen ihn selbst, zumindest partiell, erwachsen war. Dergestalt hätte er, indirekt, ihrer verlassenen Lage, den Umschwung seiner eigenen Glücks-Umstände zu verdanken gehabt. Weiterhin skizzierte er, kursorisch, die Schicksale William Losely's, wie er sie von Alban Morley überkommen; wobei er, kurz aber pathetisch genug, den Anteil seines eig'nen Vaters an speziell dieser dunklen Historie berührte: falls William Losely sich tatsächlich, durch Versuchung und Not, wegen einer relativ lumpigen Summe, zu einem Verbrechen hätte verleiten lassen sollen? – : würde ohne Charles Haughton diese Nötigung je entstanden sein? Beredter werdend, brachte dann der Liebende die Beiden, GroßVater und GroßKind, in einem ergreifenden Gemälde zusammen – ihre Liebe für einander; die Abhängigkeit des Einen von der Anderen. Er verbreitete sich über Sophie's so bezaubernden, selbstlosen, schlichten, aber so edlen Charakter; berichtete, wie er sie wieder-gefunden; verweilte auf der Bildung, der verfeinernden, die sie Lady Montfort's Fürsorglichkeit verdanke. ›Wieso sie mit Lady Montfort in Berührung gekommen? warum Lady Montfort sie liebgewonnen, sie an Kindes Statt angenommen habe?‹: Weil Lady Montfort ihm gestanden, wieviel ihre eig'ne Kindheit Darrell zu verdanken gehabt; weil, falls Sophie, wie man behaupte, der Sprößling seiner Tochter, die Erbin seiner Linie sei, Caroline Montfort ihre Freude darin fände, sie vor Gefahren zu schirmen, vor Armut zu bewahren, und sie, in allerletzter Instanz, zu befähigen, nicht nur mit Freuden, sondern sogar mit Stolz anerkannt zu werden. ›Warum man ihm auferlegt habe, Darrell ja nicht damit bekannt zu machen, daß er, und ausgerechnet unter Lady Montforts Dach, jenes Kind wiedergefunden, welches, ohne damals von ihren Ansprüchen zu wissen, Darrell selbst vergebens aufzufinden gesucht, und großzügig zu unterstützen beschlossen gehabt hatte?‹ : Weil Lady Montfort wünschte, erst noch ihre Aufgabe zu erfüllen – also Sophie's, durch ihren Kummer um den vermißten Großvater unterbrochene, Erziehung und Bildung zu vollenden; und dann auch, sobald William Losely wieder zurückgekehrt wäre, einiger wirklicher Beweise (gesetzt, es existierten solche) habhaft zu werden, um Sophie's behauptete Abstammung zu erhärten. »Auch«, fügte Lionel hinzu, »scheint Lady Montfort zu fürchten, Ihnen irgendwie Anlaß zum Mißfallen gegeben zu haben – ›was‹ weiß ich nicht; aber was Sie eventuell dazu vermocht hätte, meine mit ihr angeknüpfte Bekanntschaft zu mißbilligen. Sei dem wie ihm wolle; ich wünschte nur, Sie könnten einmal die Ehrerbietigkeit hören, mit der sie grundsätzlich auf Ihren Wert anspielt – oder die Dankbarkeit, mit der sie ihrer Mutter sowie ihrer eigenen frühen Verpflichtungen gegen Ihren Verstand und Ihr Herz gedenkt!«. Abschließend verwob Lionel sämtliche Fäden seiner Herzählung, in dem Bekenntnis der tiefen Liebe, zu der seine romantischen Erinnerungen an Sophie's WanderKindheit, durch den neuerlichen Anblick ihrer anmutigen gebildeten Jugend gereift waren. »Gesetzt«, schrieb er, »ihres ›Vaters‹ Angaben seien falsch – und zweifellos haben Sie hinreichende Gründe sie anzuzweifeln – dennoch, wenn Sie sie schon nicht als Ihrer Tochter Kind lieben können, dann, ich beschwöre Sie: empfangen Sie sie, lernen Sie sie kennen – lassen Sie sich von ihr verehren und lieben: als von meiner Gattin! Erlauben Sie mir, ihr Schützer zu werden, vor einem gesetzlosen Vater – erlauben Sie mir, durch Taten der Treue und Ehre, jedweden Makel, mit dem ihres Großvaters Verurteilung unsere Verbindung beflecken könnte, zu tilgen. Oh, wenn ich zuvor schon ehrgeizig war, wie ehrgeizig werd' ich ab jetzt erst sein! – sowohl um ihret- als um meinetwegen, ihres Großvaters Schmach, meines Vaters Verirrungen, auszulöschen! Aber falls, andererseits, die erforderlichen Nachforschungen beweisen sollten, daß sie tatsächlich von Ihren Vorfahren abstamme – Ihres Vaters Blut in ihren reinen Adern flösse – ach, dann weiß ich wohl, daß ich kein Recht mehr hätte, nach solchem Eheband zu streben! Wer würde dann ihrer

Abstammung von einem William Losely auch nur noch gedenken? Wer nicht allzu stolz sein, nur ihrer Abkunft von Ihnen noch rühmend zu erwähnen? Sämtliche Flecken würden verschwinden, in dem Glanz Ihres Ruhmes, und die Höchsten im Lande sich um ihre Hand bemühen. Und ich bin lediglich der Pensionär Ihrer Mildtätigkeit, und nur von meines Vaters Seite her von edler Herkunft. Aber gleichwohl wage ich zu denken, Sie würden mich nicht verwerfen – würden mir künftige Bewährung gestatten; und ich würde ja auch warten, geduldig warten, bis ich mir als Soldat einen solchen Namen erworben hätte, der mich berechtigen würde, mich mit einer Tochter des Hauses Darrell zu verbinden.«

Bogen auf Bogen ergoß sich so die jugendliche Beredsamkeit – suchte und fand, mit einer Kunst deren sich der Schreiber gar nicht bewußt war, alle Argumente und Gesichtspunkte, die für den hochgemuten Stolz, oder die erlesene Zartheit, wie sie Lionel die vorherrschenden Elemente in Darrell's Charakter zu sein schienen, normalerweise am bestechendsten hätten sein können. –

Er hatte nicht lange auf Antwort zu warten. Schon beim ersten Anblick der Adresse auf dem Umschlag, entsank ihm der Mut; die Hoffnungen, die bis dahin seinen Geist geschwellt hatten, machten schlagartig düstren Vorahnungen Platz. Im allgemeinen stand Darrell's Handschrift im Einklang mit der Intonation seiner Stimme – das heißt, eigentümlich deutlich, mit einer besonderen und originellen Eleganz geformt, dabei jedoch mit der undulatorischen Leichtigkeit, eines natürlichen, aufrichtigen, impulsiven Charakters. Und jene anstandsvolle Sorgfalt in bloßen Kleinigkeiten, wie es das Siegeln eines Briefes ist, und die man – obschon von träumenden Poeten und geistesabwesenden Autoren gern vernachlässigt – bei Männern in hohen öffentlichen Stellungen oft beobachten kann, war bei Guy Darrell der Ausdruck des Gefühls patrizischer Würde, die auch seinen banalsten Handlungen eine gewisse Stattlichkeit mitteilte.

Aber in dem Briefe, wie er jetzt in Lionels Hand lag, war sein Schreiber kaum noch identifizierbar – die Anschrift verwischt, und ihre Buchstaben hingehauen wie von einer Feder, gleichzeitig wütend und zitternd; das Siegel nur ein ungefüger Klecks, und das WappenBild des Reihers, mit dem hochklingenden Wahlspruch, undeutlich und verstümmelt, wie wenn der Stempel zornig weggerissen worden wäre, längst eh' der Siegellack noch erkaltet gewesen. Und als Lionel den Brief nun gar öffnete, zeugte die Handschrift im Innern noch deutlicher von psychischer Zerrüttung – die bloße Tinte schon wirkte dräuend und zornvoll – noch schwärzer dort, wo die Feder gewaltsam ins Papier gepreßt worden war.

»Unseliger Knabe!«, begann die ominöse Epistel, »also durch Euch versucht dieses falsche und verabscheuenswerte Weib, das schon den Mittag meines Lebens verdorren machte, nun auch noch seinen verheerten Abend zu entehren?! Sprecht mir nicht von Lady Montfort's Dankbarkeit und Verehrung! Nicht von ihrer liebevollen, zarten, heiligmäßigen Absicht, meinem kinderlosen Hause die Enkelin eines überwies'nen Verbrechers aufzudrängen! Zeigt ihr diese Zeilen nur; und dann fragt sie: kraft welcher besonderen Kenntnis meines Wesens sie wohl annehmen könne, daß ein Schimpf für meinen Namen, ein Segen für meinen Herd sein werde? Fragt sie, unmißverständlich, wie sie es wagen mag, sich noch immer in meine Gedanken einzudrängen – wagen, sich einzubilden, sie könnte mir etwelche Verpflichtungen auferlegen – wagen zu denken, sie könne in meiner verloren und vertanen Existenz immer noch etwas bedeuten! Lionel Haughton: im Namen aller der Toten, die Wir als gemeinsame Ahnen ansprechen dürfen, befehle ich Euch, aus Eurem Herzen dies Bildlein, das Euern Verstand behext hat, auszureißen, so wie Ihr den Gedanken an eine Schändlichkeit herausreißen würdet! Meine Tochter hat, und dem Himmel sei Dank dafür, keinerlei LiebesPfand aus ihrer faul--abscheulichen Verbindung hinterlassen. Aber ein Mädchen, das von einem notorischen Dieb großgezogen worden ist – ein Mädchen, das ein der Ehre derartig barer Wicht wie Jasper Losely überhaupt versuchen kann zum Werkzeug des Betrugs zu machen, um mich fotlaufend aufzureiben und zu entehren, seien ihre Tugenden und Reizungen auch was sie wollen – ein solches Mädchen könnte ich mir nicht ohne die unerträglichste HerzensAngst, als die Gattin Lionel Haughton's auch nur vorstellen. Aber sie gar als Eure Gattin *empfangen?* sie in diesen Mauern zulassen?: nie, niemals! – Ich verachte es, Euch mit dem Verlust meiner Gunst zu drohen, geschweige denn mit dem Verlust von Geld –: *Wenn Ihr wollt, heiratet sie!* Euch soll ein reichliches, gesichertes Einkommen immer werden. Aber von diesem Augenblick an, trennen sich dann Unsere Lebensbahnen – hört Unsere Verwandtschaft auf. Ihr werdet mich nie wieder sehen; und, bitte, auch nicht mehr ansprechen. – Aber, ach, Lionel, könntet Ihr – könntet Ihr mir dies' letzte krönendste aller Leiden zufügen? Könntet Ihr um eines

Mädchens willen, von dem Ihr doch erst relativ wenig gesehen habt, oder in der Donquijotischen Idee, Eures Vaters Fehler abbüßen zu müssen, die Undankbarkeit vollenden wollen, die ich von Denjenigen erfahren habe, die mir am meisten verdankten? Ich vermag es nicht zu denken. Auch bin ich froh, daß Ihr geschrieben – dies Euer Gesuch nicht persönlich betrieben habt. Ich wäre nicht imstande gewesen, meine Leidenschaft zu beherrschen; Wir wären vielleicht als Feinde auseinandergegangen. Schon so bezwinge ich mich nur mit Mühe! Dieses Weib, dieses Kind, dergestalt verbündet mir auch die letzte Neigung zu entreißen, die meinem verwüsteten Herzen noch geblieben ist! Aber nein! Ihr werdet so grausam nicht sein! Schickt dieses, ich befehle es Euch, an Lady Montfort. Seht weder sie jemals wieder, noch diese Betrügerin, die sie, zu meiner Schande, dort bei sich pflegt und unterhält. Dieses Schreiben wird Euch als Entschuldigung dienen, um mit Beiden zu brechen – MIT BEIDEN!

GUY DARRELL.«

Lionel war wie betäubt. Mehrere Stunden hindurch vermochte er nicht die erforderliche SelbstKontrolle wieder zu gewinnen, um seine Erregungen zu analysieren, oder gar den einzigen Kurs zu erkennen, der jetzt vor ihm lag. Nach so einem Brief, von solch einem Wohltäter, blieb ihm keine WahlFreiheit. Er mußte Sophie aufgeben; aber das Opfer schmetterte ihn zu Boden – preßte die gesamte Manneskraft aus ihm – er warf sich zur Erde, und schluchzte – schluchzte, wie wenn Leib und Seele ihm auseinander gerissen würden, in krampfhaften Zuckungen.

Aber diesen Brief an Lady Montfort schicken? Einen Brief, der in so totalem Widerspruch zu Darrell's sonstiger CharakterWürde stand – einen Brief, in dem Wut und unvernünftigste Raserei ein Gespann zu bilden schienen. Eine derart bittere Sprache des Hasses, der Verachtung, ja sogar der Beschimpfung einer Frau gegenüber; und ausgerechnet der Frau, die nach Lionels Dafürhalten den bloßen Namen des Absenders so verehrend hochhielt – so innig und zart für des Absenders Glück ihre Pläne entwarf! Konnte, durfte er einem Befehl gehorchen, der mehr Darrell selber zu erniedrigen schien, als er Diejenige demütigte, an die er gerichtet war?

Aber ungehorsam sein? Was, außer diesem Schreiben hier, konnte Alles erklären? Und – wie! – klang es hier nicht, hinsichtlich Lady Montfort's, wie ein seltsames Mißverständnis hindurch, das der Brief selbst und nichts anderes als dieser Brief, sie instand setzen würde zu zerstreuen?; und sobald es zerstreut war: konnte nicht Darrell's gesamte Einstellung eine durchgreifende Veränderung erfahren? Ein Schimmer plötzlicher Hoffnung fiel auf seine aufgeregten, stürmischen Gedanken. Er zwang sich dazu, die verwischten ungestümen Zeilen noch einmal zu lesen – ? – klar – unverkennbar: indes der Mann an Lionel schrieb – das Thema scheinbar Sophie – hatte sein zornerfülltes Herz weder den Einen noch die And're gemeint. Ein Verdacht überkam ihn; und mit dem Verdacht neue Hoffnung. Gut, er würde den Brief abschicken, mit nur ganz wenigen begleitenden Worten von sich selber – Worten, die seine maßlose Verzweiflung bei dem Gedanken Sophie zu verlieren, dartun – seinen Glauben andeuten würden, wie Darrell hier, infolge irgendeiner Aberration seiner Urteilskraft die Lionel nicht zu begreifen vermöge, sich eigentlich an Lady Montfort rächen wolle – und endlich mit der Bitte an sie schließen, daß sie, falls dem so wäre, von leidenschaftlicher Hast diktierte Zeilen vergeben, und, im Interesse Aller, nicht jene SelbstRechtfertigung verschmähen möge, die vielleicht doch noch eine Natur wieder besänftigen könnte, die trotz ihrer dermaligen bitter- und grausamen Auslassungen, gleichzeitig solche Schätze an tiefer inniger Liebe und Güte berge. Nein, noch wollte er nicht gänzlich verzagen – noch nicht sie beauftragen, Sophie sein letztes endgültiges Lebewohl zu übermitteln.

7. Kapitel

Der Man-Eater fährt fort, sich in aller Ruhe sein Steak aus Dolly Poole herauszutranchieren; und wird dafür seinerseits dem anatomischen Messer des sezierenden Autors unterworfen./Auch werden zwei Fallen für ihn aufgestellt – die eine von seinen Mit-Maneatern – die andere von dieser totsicheren Verfolgerin, diesem Weibe, das ihn zu retten unternommen hat, allem zum Trotz, was er anstellen kann um gehängt zu werden.

Die ganze Zeit über war der unselige Adolphus Poole die zwar widerwillige aber nimmer versiegende Quelle gewesen, aus der Jasper Losely allwöchentlich die Mittel zum Unterhalt seiner wert- und arbeitslosen Existenz geschöpft hatte. Nie noch war ein Mann gezwungener wohltätig gewesen, und dabei für alle pecuniären Opfer weniger von einem applaudierenden Gewissen belohnt worden, als dieser heimgesuchte Bewohner der Villa Alhambra. Bei dem totalen Fehlschlagen seiner Bemühungen, entweder Sophie ausfindig zu machen, oder aber Jasper zur Annahme von Oberst Morley's Vorschlägen zu bewegen, sah er dies parasitäre Ungeheuer festgebissen in sein Eingeweide, wie einst jenen Geier des klassischen Dulders, von dem uns die Mythologie erzählt. Jasper-seinerseits hatte sich an diese regelmäßige und arbeitsparende Methode, *sa pauvre vie* zu finanzieren, unschwer gewöhnt. Ein Mal in der Woche bei seinem alten Bekannten vorzusprechen; ihn durch ein paar Drohungen einzuschüchtern, oder auch, vermittelst einiger schuftig-garstiger Witze, seinen absterbenden Lippen ein todmattes Lächeln abzuzwingen; seine 4 Sovereigns einzustreichen, davon zu tragen, und sich's damit wohl sein zu lassen, bis der ZahlTag vorschriftsmäßig wiederkehrte – all dies war ein Zustand, den groß zu verbessern Jasper sich nicht übermäßig angelegen sein ließ; denn mit voller Wahrheit hatte er zu Poole geäußert, daß seine ehemalige TatKraft ihn verlassen habe. In dem Maße, wie ein Sensualist vom Schlage Jasper's älter wird und tiefer sinkt, nimmt Indolenz allmählich die Stelle ein, die früher Eitelkeit und Ehrgeiz ausgefüllt haben. Jasper war sich durchaus, und aufs Bitterste, bewußt, daß seine einstige Hübschheit dahin war; daß er jetzt kein MädchenHerz, noch einer Wittib Gold mehr in ConTribution zu setzen vermocht hätte. Und, wie diese Wahrheit ihm voll- und voller zum Bewußtsein kam, bewirkte sie eine wunderliche Revolution in allen seinen Gewohnheiten. Nicht länger mehr scheerte er sich um KleiderModen und schicken Tand – suchte sich eher zu verbergen, als zu paradieren. In der Vernachlässigung seiner Person, der einst so Verabgötterten – in der betonten Vergröberung, die nunmehr sein Äußeres kennzeichnete – sprach sich jene trüb-dumpfe Verzweiflung aus, die die Eitlen erst dann erfahren, wenn das, was sie schick und schäkernd gemacht hat, für immer vorbei-dahin ist. Das menschliche Gemüt paßt sich, in seinem EntartungsProzeß, allmählich der Sphäre an, zu welcher es herabsinkt. So würde Jasper jetzt, auch wenn er die Mittel dazu besessen hätte, kein Kabriolett mehr St. James Street vornehm hinuntergelenkt haben. Er hatte sich, im Verhältnis wie die Aufregung des Spiels ihm vorenthalten ward, mehr und mehr dem Laster des Trunkes ergeben. Denn wie hätte er schon mit Leuten spielen sollen, die nichts zu verlieren hatten; und bei denen er übrigens weit eher die Taube gewesen wäre, als der rupfende Habicht? Und da sich herausstellte, daß er mit dem, was er regelmäßig von Dolly Poole bezog, eigentlich jeden Komfort bestreiten könnte, nach dem seine vertierten Geschmäcker nunmehr verlangten; da kam ihn, zum ersten Mal in seinem Leben, mit dem, was er als ›ein festes Einkommen‹ zu bezeichnen beliebte, eine kuriose Art von haushälterischer Bedachtsamkeit an. Er gesellte sich wohl zu Banditen bei ihren nächtlichen Orgien; hielt sie mit billigen Getränken frei; renommierte, prahlte, bramarbasierte; beteiligte sich jedoch an keinem ihrer Pläne, durch den er das Leben, das Dolly Poole ihm so sicher und bequemlich machte, im geringsten aufs Spiel gesetzt hätte. Seine einst so ruh'losen Energien waren eingelullt; teils durch gewohnheitsmäßiges Betrunkensein; teils infolge körperlicher Schmerzen, die sich in seinen robusten Fibern eingenistet hatten, gleichsam als Anstrengungen einer ungeheuerlichen und immer noch zähen Lebenskraft, Krankheiten auszustoßen, die mit ihrer angebor'nen GesundheitsPracht unverträglich waren. Die solidesten Konstitutionen sind ja diejenigen welche, wenn einmal ernstlich in Mitleidenschaft gezogen, dann die gräßlichsten Schmerzen verursachen; obwohl sie andrerseits den Dulder auch wiederum in den Stand setzen, einen Grad von Schmerz zu ertragen, der einen feiner Organisierten sehr bald hinwegraffen würde. Und Jasper trug seine Schmerzen wacker; obgleich sie ihn zuzeiten in einen Zustand von höchstgradiger Gereiztheit versetzten, und Wehe dann jeglichem seiner Kameraden, dessen Mangel an Vorsicht oder Respekt ihm Gelegenheit gab, sich durch Zorn abzureagieren! Seine Hand war so schwer, sein Arm noch genauso stahlfest wie nur je. George Morley war korrekt unterrichtet worden: selbst von Einbrechern und Gurgelabschneidern, deren gefährliche Unternehmungen er nicht teilte, obwohl er sich furchtlos in ihren Zirkeln herumtrieb, ward Jasper Losely mit Schrecken betrachtet. Das ehrerbietige Entsetzen ruchloser Männer zu sein, wie er einst Gegenstand der Bewunderung närrischer Weiber gewesen, das war Wonne für seine Eitelkeit, die letzte Wonne, die ihr gelassen war. Aber er provozierte dergestalt auch eine Gefahr, für die seine Arroganz ihn blind machte – seine fröhlichsten Kumpel begannen seiner überdrüssig zu werden. Er war in ihren Schlupf-Winkeln bewillkommnet worden, kraft des LosungsWortes oder GeheimPasses, den BundesGenossen in Paris ihm mitgegeben hatten; sowie des Rufes für größten Wagemut und geringste Bedenklichkeiten, den er Cutts verdankte; Cutts, der in ihren geheimnisvollen StammesAbteilungen eine hohe Stellung einnahm, und der dann und wann, sicher und verflucht zugleich, wie der Ewige Jude, auch den Kontinent flüchtig zu besuchen pflegte. Aber als sie erkennen mußten, daß dieser Achilles unter den Griechen lediglich das große Wort führen, seinen Witz nur auf seine privaten Brandschatzungen, und seine Muskelkraft gegen sie selber einsetzen wollte, da begannen sie sehr rasch, nicht bloß seiner herrischen Manier überdrüssig zu werden, sondern sogar seine Verläßlichkeit und Treue gegen die gemeinsame Sache in Zweifel zu ziehen. Und, ganz plötzlich und unversehens, änderte auch Cutts, der Jasper anfänglich als eine wahrscheinlich wertvolle Acquisition für die Familie der Nacht herausgestrichen hatte, seinen Ton, und gab zu verstehen, daß dem Bravo nicht zu trauen sei; daß seine rücksichtslose Laune und das unvorsichtige Gerede im Rausch, ihn zu einem wirklich verläßlichen Komplizen bei einem verwickelteren EinbruchsProjekt unfähig machten; daß er so skrupellos sei, und imgrunde so wenig Sympathie und KlassenBewußtsein habe, um durchaus auch den bezahlten Spion oder gar den KronZeugen zu machen; mit einem Wort, daß es wohlgetan wäre, sich seiner herrschsüchtigen Gegenwart kurzerhand zu entledigen. Freilich war da noch die Körper-Kraft dieses trägen Herkules zu berücksichtigen – wenn er schon der Tu-Nichts war, so doch auch der wildwüthendste Fürchte-

Nichts – daß sie es, trotz ihrer zahlenmäßigen Überlegenheit nicht wagten, offen mit ihm zu brechen und ihn herauszufordern. Niemand wollte also der Katz' – und nun gar *solch* einer Katze! – die Schelle anhängen. Sie fingen lieber Komplotte zu schmieden an, seiner auf gesetzlichem Wege ledig zu werden – nichts konnte ja für so tiefeingeweihte Adepten in Schuld und Sühne einfacher sein, als ihm für irgendeine, von einem Mitglied ihrer eig'nen Bande begangene Gewalttat, die Schuld in die Schuhe zu schieben – überführende Indizien um ihn zu häufen – dann heimlich die Justiz in Kenntnis zu setzen – und ihn schließlich durch falsche Eide ums Leben schwören. Kurzum, der Mann war ihnen ungefähr so im Wege, wie eine Wespe, die sich in ein AmeisenNest verirret hat; und, während die bloße Größe des Eindringlings sie erschreckte, waren diese ehrlichen Ameisen hier fest entschlossen, ihn aus ihrer Zitadelle wieder hinaus zu befördern, sei's lebend oder tot. Die Wahrscheinlichkeit begann sich abzuzeichnen, daß Jasper Losely endlich seinen verdienten Lohn für ein Verbrechen erhalten würde, an dem er so unschuldig war wie ein neugeborenes Kind.

Und in eben diesem kritischen Moment werden Wir, wie billig, erneut der Gegenwart von Arabella Crane gewürdigt.

Sie stand am Fenster im oberen Stockwerk eines Hauses, das in einer schmalen Gasse gelegen war. Das Rouleau war heruntergelassen; aber sie hatte es ein klein wenig beiseit' gezogen, und spähte hinaus. Drinnen im Zimmer, neben dem Kamin, saß eine schmächtige, undeutliche, gnomenartige Gestalt, unbequem hingehockt auf die vorderste Kante eines RohrStuhles, die schattenhaften Knie so hoch hinaufgezogen, daß sie schier das schattenhafte Kinn erreichten. Im Umriß dieser Figur lag etwas derart Unbestimmtes und Körperloses, daß man sie ohne weiteres auch für eine optische Täuschung, eine just wieder im Verschwinden begriffene gespenstige Erscheinung hätte halten können. Aber das Ding verfügte zumindest über eine Stimme, und die redete in einem zwar leisen aber überaus deutlichen ZischGewispel. Als ihr Geflisp're aufgehört hatte, sprach Arabella Crane, jedoch ohne ihr Gesicht umzudrehen, und ebenfalls sehr gedämpft –

: »Ihr seid Euch also sicher, daß Losely, solang' er sein WochenStipendium von diesem Manne-da bezieht, den er in seiner Gewalt hat, auf seiner jetzigen Lebensweise beharren werde. Könntet Ihr ihn vor der Gefahr nicht warnen?«

»Kumpel verpfeifen? Wag' ich nich. – Er'ss unberechenbar.

Könnte antanzen, toll und voll von Schnaps, und ein'n Höllen-Krach anfang'n: Zwei oder Drei bei der Kehle nehm', ihre Köpfe gegen'nander hauen, 's Maul aufreißen und toben-wollen; und dann heißt's ›Messer raus!‹, Gruß aus Sheffield, ein-zwei Gurgeln sind durchgeschnitten, und 'n Kadaver oder sowas flög'in die Themse – meiner bestimmt – seiner vermutlich.«

»Und Ihr meintet, Ihr könntet dieses Komplott gegen ihn noch um 2 oder 3 Tage verzögern?«

»Für zwei, – m-ja. – Ich will ma' sagen, ich würd' mich freuen, General Jas' zu retten. Er hat Knochen wie ein MordsKerl; und wenn er sich nich selber durch Schnaps zugrunde gerichtet hätte – er könnte jetzt an der Spitze des MaiBaums sein – unsres Berufs, mein'ich. Aber inzwischen taugt er für nichts mehr.«

»Achja; und Ihr meint, der BranntWein bringe ihn um?«

»Nein!; eben der BranntеWein wird ihn nicht umbringen, für den Fall, daß er fortfährt, ihn in seiner jetzigen lustigen Gesellschaft zu trinken.«

»Und falls man ihm das Geld entzöge, das er inmitten dieser grus'lijen Kumpane zu vertun sich gewöhnt hat, dann würde er nicht länger ihren Gelagen beiwohnen? Da habt Ihr Recht. Die gleiche Eitelkeit, die ihn Freude daran empfinden läßt, selbst in solcher Gesellschaft der Große Mann zu sein, würde ihn daran verhindern, als Bettler unter ihnen zu erscheinen.«

»Und wenn er nicht mehr das Nötige hätte, den wöchentlichen Beitrag einzuzahlen, dann wäre ein Grund mehr vorhanden, ihm die Tür vor der Nase zuzuschlagen. Der einzige Wunsch uns'rer Leute, und zwar von Allen, ist, ihn los zu werden; und wenn das mit guter Manier geschehen könnte, wär'es nicht nötig zu faulen Mitteln zu greifen. Seine einzige Gefahr wäre dann die, vor der Sie ihn schon so oft gerettet haben: würd'er in seiner Verzweiflung dann nicht irgendeine übereilte Gewalttat begehen? – Straßenraub, oder so was in der Richtung? Mut für jegliche Gewalttätigkeit hat er ohne weiteres; aber nicht mehr kalten Kopf genug, um einen Plan zu entwerfen, den man nachher nicht entdecken könnte. Sehen Sie: ich kann sowohl meine Kumpel daran verhindern, sich an riskanten Unternehmungen, die er eventuell vorschlüge, zu beteiligen; als auch dafür sorgen, daß er-seinerseits (falls er sich darum bewürbe) an keinem ihrer eig'nen Abenteuer teilnehmen dürfte; man weiß, daß ich ein zuverlässiger Ratgeber bin; die Leute haben Respekt vor mir; das Gesetz ist noch nie imstande gewesen, Hand an *mich* zu legen; und wenn ich ihnen sage: ›Dieser Kerl-da säuft, plappert aus, prahlt, und würd' Uns-Alle nur in Schwulitäten bringen.‹, ja dann wollen sie, Keiner, mehr mit ihm zu tun haben – aber *ihn* an etwas verhindern, was seinem eignen benebelten Schädel einzufallen und seiner eig'nen gedankenlosen Hand auszuführen beliebt: das kann ich nicht.«

»Aber Ihr werdet Euch in seinem Vertrauen erhalten, und mich Alles wissen lassen, was er vorhat?«

»Ja.«

»Und mittlerweile muß er zu mir kommen. Und dieses Mal hab' ich mehr Hoffnung denn je; weil seine Gesundheit nachgibt, und er sogar des Verbrechens müde ist. – Mister Cutts?, kommt hier her – sachte. Schaut – ach was, er kann Euch von unten nicht sehen, und Ihr seid in Deckung hinterm Rouleau. Schaut, sag' ich, wo er sitzt –.«

Sie zeigte in ein Zimmer, im ErdGeschoß des gegenüberliegenden Hauses, wo man ein trübes rotes Feuer auf schmutzigem Rost undeutlich gewahrte, und eines sitzenden Mann's Gestalt, den Kopf auf die Arme gebettet, die ihrerseits auf einem kleinen Tischchen ruhten. Auf dem Tisch ein Glas, eine Flasche.

»So verbringt er seine Vormittage«, sagte Arabella Crane, und im Ton ihrer Stimme war wildes bittres Mitleid. »Schaut hin, sag' ich: ist er jetzt furchtbar? *könnt* ihr Angst vor ihm haben?«

»Sogar verdammt viel«, murrte Cutts. »Der dämmert nur vor sich hin; und könnte derlei HalbBetäubung so schnell abschütteln, wie 'ne Bulldogge, wenn man ihm ne Ratte in'n HundeZwinger setzt.«

»Mr. Cutts, Ihr habt mir erzählt, daß er beständig so eine alte Brieftasche mit sich herumschleppt, von der er behauptet, daß sie sein Vermögen enthalte: mit andern Worten: jene Papiere, mittels deren er seinem Opfer das Geld abängstet, was eben jetzt die Ursache seiner Gefährdung geworden ist. Es gibt doch sicher keine Tasche, die Ihr nicht leeren, beziehungsweise leeren lassen, könntet, Mr. Cutts?: 50 Pfund, wenn ich binnen 3 Stunden diese Brieftasche habe.«

»50 sind nicht genug; der Mann, den er ausquetscht, würde mehr bieten, um diese Papiere in seine Gewalt zu bekommen.«

»Möglich; aber dazu ist Losely eben doch nicht Trottel genug gewesen, Euch so zu vertrauen, daß er Euch hinreichend instand gesetzt hätte, wie die betreffenden Verhandlungen einzuleiten und fortzuführen wären. Denn selbst falls sich Name und Anschrift des Mannes unter diesen Papieren fänden, könntet Ihr keinen Gebrauch davon machen, ohne sofort Jasper auf dem Halse zu haben; und sogar wenn Jasper aus dem Wege wäre, hättet Ihr das Opfer noch längst nicht ähnlich in der Hand: Ihr seid nicht über die näheren Umstände informiert; aus ein paar unzusammenhängenden Briefstellen voller Abschweifungen könntet Ihr keine Story konstruieren; und jener Mann – der, soviel kann ich Euch sagen, von Natur ein Schläger, und, verglichen mit jedem andern Mann (Jasper ausgenommen) auch stark ist – er würde Euch beim Kragen nehmen; und wenn Ihr ohne andern Verlust als die Briefe, und ohne andern Gewinn als ein gebroch'nes Bein, wieder aus seinem Hause kämet, könntet Ihr Euch noch gratulieren. Ph!, Ihr wißt das auch ganz genau; sonst hättet Ihr die Brieftasche längst schon gestohlen und Gebrauch davon gemacht! Also: 50 Pfund für die Brieftasche, binnen 3 Stunden. Und wenn Jasper in 6 Monaten noch gesund und munter am Leben ist, weitere 50 £, Mr. Cutts. – Seht! – er regt kein Glied – er muß ganz fest schlafen. Das ist der Augenblick dafür.«

»Was?, in seinem eig'nen Zimmer!«, gab Cutts, mit Verachtung, zurück. »Na, da würd' er doch sofort wissen, Wer's getan hat; und wo wär' dann morgen ich? Nein – das wird auf der Straße gemacht; dazu hat wohl doch noch Jeder das Recht, auf der Queen ihren Straßen 'ne Tasche leer zu machen. Binnen 3 Stunden haben Sie die Brieftasche.«

8. Kapitel

Mercurius ist sowohl der Schutzgott kaufmännischer Spekulanten, als auch hirnverbrannter Poeten; ja, um die Wahrheit zu sagen, er ist der erstgenannten Klasse seiner Protegés weit günstiger, weit mehr Freund in der Not, als der letzteren. / ›Poolum per hostes Mercurius celer denso paventem sustulit aere.‹

Poole saß nach dem Dinner noch bei seiner Gattin. Es war ihm eine gute Spekulation geglückt an dem Tage; worob der kleine Johnny sich, in ein paar Jahren, beträchtlich wohler befinden würde – diverser anderer Leute kleine Johnny's freilich beträchtlich übler dran – aber Jeder muß sehen, wo er bleibt in dieser Welt! Sonnte Poole sich also im Licht des beifälligen Lächelns seiner sanften LebensGehülfin. Auch hatte er sich, von dem altehrwürdigen Portwein, der aus den Gebinden von Onkel Sam in seinen Keller gewandert war, ein ExtraGlas zu Gemüte geführt. Kommerzielles Gedeihen außer-, eheliche Segnungen innerhalb der Mauern von Villa Alhambra – wahrlich, Adolphus Poole ist schon ein beneidenswerter Mann! Aber sieht er auch so aus? Eher wie das Gespenst dessen, was er, nur wenige Monde zuvor, noch gewesen! Seine Wangen sind eingefallen; die Kleider hängen wie Säcke um ihn; in seinen Augen liegt ein gequälter-verstörter Ausdruck, dazu das nervöse Zucken um seine Lippen, und alle Augenblicke lugt er nach der hübschen Pariser Uhr auf dem KaminSims – : ? – ; worauf er seine Attitüde ändert; seinen angetrauten Engel, der ihn fragt ›Was hast Du denn?‹, anschnarcht : ! ; erneut sein Glas füllt; und dann wieder das Feuer anstarrt, wo er vermutlich, in den nimmerstillen WechselAspekten von Kohle und Glut, wunderliche Gestalten wahrnimmt.

Ohja, der morgige Tag wird dies WochenGespenst wieder bringen! Morgen wird Jasper Losely, pünktlich mit dem Glockenschlag Elfe, erscheinen, ihn an eine Vergangenheit zu erinnern, die, falls enthüllt, alle Zukunft zerstören könnte. Und enthüllt kann sie werden, jegliche Stunde, allem SchweigeGeld zum Trotz, das er bezahlen muß, mit seinen eigenen Händen, unter seinem eigenen Dach. Könnte er Einen Andern mit dem Geheimnis dieser Zahlungen betrauen? – fort, Entsetzen! Oder Losely in seiner eig'nen

Behausung besuchen, und dort ihn bezahlen? – lieber tot! Könnte man sich irgendwo auf der Straße mit ihm verabreden? – sich dem Risiko aussetzen, mit einem solchen ›Freund‹ gesehen zu werden?, ›Hochachtbarkeit im Geplausch mit Abschaum‹? – welche Schande! Und Jasper war, im Verlauf seiner 2-3 letzten Besuche, besonders unangenehm gewesen. Hatte laut gesprochen; (und Poole fürchtete immer, daß sein Weib ihr Ohr am SchlüsselLoch haben könnte.) Beim Hinausgehen hatte er, auf dem Korridor, das StubenMädchen getroffen, und sie rasch mal um die Taille genommen. Das StubenMädchen hatte sich bei Mrs. Poole beschwert, und gesagt, sie würde kündigen, wenn man hier handgreiflichen Beleidigungen von solchen häßlichen LumpenKerlen ausgesetzt sei; (ach und weh, zu was ist der arme Ladykiller 'runtergekommen!). Mrs. Poole war von Mal zu Mal inquisitorischer und lästiger geworden, was den Gegenstand solch außerordentlicher Visiten anbelangt; und nun, da ihr Gatte im Feuer herumschürte – nachdem er, durch sein vorangegangenes unmännliches Anschnauzen ihre heimliche Wut erregt hatte – und da Mrs. Poole eine jener unvergleichlichen Gattinnen war, die ihr Temperament völlig in der Gewalt haben; die auf zornige Worte im Moment nie etwas erwidern; dafür jedoch grundsätzlich, mit erlesener Kaltblütigkeit und Selbstbeherrschung, jegliches zornige Wort, im gegebenen Moment dann, mit einem ganz reizenden Stich zurückzahlen – Mrs. Poole also begann in süßem Ton wie folgt –

»Sammy-Schätzchen, Wir wissen ja was Dich so verdrießlich macht; aber es wird Dich nicht mehr lange quälen, Sammylein: dieser schreckliche Mann kommt morgen wieder, gelt? er kommt ja immer am gleichen WochenTag.«

»Haltet Euern Mund, Mrs. Poole.«

»Ja doch, Sammylein, ich halt den Mund ja schon. Aber Sammylein soll nich so von Bettlern hintergangen und ausgenützt werden; denn daß er ein Bettler ist, weiß ich – einer von diesen Gaunern und Schwindlern, die den armen unschuldigen Sam, in seinen bösen wilden Junggesellentagen überlistet und angeführt haben; und sein gutes Herze kann es nun nich ertragen, ihn in Bedrängnis zu sehen; aber Alles muß schließlich mal ein Ende haben.«

»Mrs. Poole – Mrs. Poole – wollt Ihr sofort Eure NarrenKinnbacken stille halten oder nicht?«

»Mein ärmstes liebstes Männchen« sagte der Engel, und preßte ein mildes Thränlein heraus: »Du wirst in den besten Berater-

Händen sein; denn ich bin bei Pa gewesen, und hab' ihm Alles erzählt!«

»Was hast Du?«, stammelte Poole; »Deinem Vater erzählt? – Du hast ...! –«; und der Ausdruck seines Gesichtes ward derart spukhaft, daß Mrs. Poole doch ernstlich in Angst geriet. Sie hatte schon längst gefühlt, daß in der Unterwürfigkeit ihres Gatten gegenüber den Unverschämtheiten eines so rüden Besuchers, etwas sehr Verdächtiges liege. Aber sie wußte auch, daß Tapferkeit nicht seine Stärke war; der Mann ihn also vielleicht mit Drohungen von tätlicher Gewalt einschüchterte. Der Mann konnte eventuell ein armer Verwandter sein; oder Einer, den Poole ruiniert hatte, sei's in vergangenen unreputierlichen SportsmannsTagen, sei es bei den neueren ehrenhaften KaufmannsSpekulationen. Aber bei diesem seinem geisterhaften Aussehen jetzt, flog sie eine Ahnung von der wahren Lage der Dinge an; und sie stand sprachlos und entsetzt. In diesem Augenblick läutete es kräftig an der HaustürKlingel. Poole raffte sich auf, und wankte aus dem Zimmer, und über'n Korridor.

Seine Frau blieb regungslos zurück; zum ersten Mal überkam sie etwas wie Furcht vor ihrem Mann. Bald darauf hörte sie eine strenge weibliche Stimme im Vorraum; und dann einen Freudenruf von Poole selbst. Bei solch unerwarteten Geräuschen faßte sie sich wieder, und ging gleichsam mechanisch auf den Korridor hinaus, gerade noch rechtzeitig genug, um den Saum eines düster eisengrauen Kleides in Poole's ArbeitsZimmer verschwinden zu sehen; während Poole, der die Tür desselben aufgerissen, und das eisengraue Kleid mit unterwürfigen Verbeugungen hineingebeten hatte, das Aug' auf seine Gattin richtete, sekundenschnell ein paar Schritte auf sie zu-tat, und wisperte: »Geh nach oben und rühr' Dich nicht«, in einem Ton, seiner gewöhnlichen groben KommandoStimme derart unähnlich, daß ihr die tiefe Verachtung, mit der sie, obschon lächelnd, ansonsten seine ehelichen Befehle aufnahm, auf der Stelle verging.

Auch Poole verschwand jetzt in seinem ArbeitsZimmer, schloß sorgfältig die Tür hinter sich, und würde seinen DamenBesuch bei beiden Händen gefaßt haben; aber sie machte eine AbwehrBewegung, und blieb, einen Stuhl ablehnend, starr stehen.

»Mr. Poole, ich habe Euch nur wenige Worte zu sagen. Die Briefe, die Jasper Losely die Macht gaben, Geld von Euch zu erpressen, befinden sich nicht länger in seinem Besitz; sie sind jetzt in meinem. Ihr braucht ihn nicht mehr zu fürchten – Ihr werdet ihn ab sofort nicht mehr honorieren.«

»Oh! –«, rief Poole, buchstäblich auf die Knie fallend, »der Segen eines FamilienVaters – eines Kindes, noch keine sechs Wochen alt – komme auf Ihr dreimal gesegnetes Haupt!«.

»Steht auf, und schwatzt keinen Unsinn. Ich übergebe Euch die betreffenden Papiere im Augenblick mit nichten, und verbrenne sie auch nicht. Anstatt in der Gewalt eines umnebelten, unentschlossenen Trinkers, seid Ihr ab jetzt in der Gewalt einer wachsamen klarköpfigen Frau: Ihr seid in meiner Gewalt, und werdet handeln, wie ich es Euch heiße.«

»Sie können nichts Unrechtes verlangen, des bin ich mir gewiß«, versetzte Poole, mit doch erheblich abgekühlter Begeisterung. »Befehlen Sie über mich. Aber die Papiere können doch von keinerlei Nutzen für Sie sein; ich würde anständig bezahlen dafür . . .«

»Seid still und hört zu. Ich behalte diese Papiere – einmal, weil Jasper Losely nicht wissen darf, daß sie in meine Hände übergegangen sind; und zweitens, damit jetzt nicht Ihr-Eurerseits Losely etwelchen Schaden zufügen könnt. Verratet mich an ihn, oder versucht ihn-selbst den Gerichten zu überantworten, und die Dokumente werden rücksichtslos gegen Euch eingesetzt werden; – gehorcht, und Ihr habt nichts zu fürchten und nichts zu zahlen. Wenn Jasper Losely morgen bei Euch vorspricht, fordert ihn auf, Euch die Briefe zu zeigen. Das kann er nicht; er wird Ausflüchte machen. Dann lehnt mit Entschiedenheit, aber ohne Beleidigungen (er ist unbeherrschter Gemütsart) ab, ihn noch fürderhin zu bestechen. Er wird Euch dann vielleicht beschuldigen, Irgendjemanden gedungen zu haben, ihm seine Brieftasche zu entwenden: laßt ihn das ruhig denken. Stop – Euer Fenster hier ist zu eb'ner Erde? – ein VorGarten draußen? –: ahja! laßt doch 3 Polizisten sich in diesem Garten postieren, so daß man sie vom Fenster aus sehen kann. Zeigt auf sie, falls er Euch bedrohen sollte; und wenn er tatsächlich zu Gewalttätigkeiten schreitet, ruft sie zu Hülfe, beziehungsweise geht zu ihnen hinaus. Aber wenn er einmal das Haus dann verlassen hat, dürft Ihr keinen StrafAntrag weiter gegen ihn stellen; laßt ihn ungehudelt von dannen gehen. An glaubhaften Entschuldigungen ob Eurer Nachsichtigkeit werdet Ihr ja wohl nicht groß in Verlegenheit sein: ein Freund aus früheren Tagen – in Dürftigkeit, Unglück, geraten; der sich das Trinken angewöhnt, und für 1 Moment die Beherrschung verloren hat – notwendig ihn hinauszubefördern, gewiß – ihn weiter zu verfolgen jedoch unmenschlich – irgendeine Story, wie sie Euch einfällt. Tags darauf könnt Ihr, wenn Ihr Lust habt, (ich würd' es fast raten), London für kürzere Zeit verlassen. Aber die Zähne werden ihm ausgezogen sein; höchstwahrscheinlich wird er Euch nie wieder behölligen; ich kenne seinen Charakter. – So; ich bin zu Ende; öffnet bitte die Tür, Sir.«

9. Kapitel

Das Wrack und das RettungsBoot im Nebel.

Am nächsten Tag, kurz nach der MittagsStunde, da Jasper Losely von Villa Alhambra zurückkam – in voller Furie, desperat, ohne zu wissen, wohin er sich um Brot wenden, oder an Wem er seine Wut auslassen könnte – ward er plötzlich, in einer öden erst halb-bebauten Straße, die von der Vorstadt zur New Road führte, Arabella Crane's ansichtig, die mitten auf seinem Wege stand. Sie war aus einer der vielen, rechtwinklig kreuzenden Nebenstraßen aufgetaucht, wie sie dies unfertige Nebelbild eines zukünftigen Stadtteils kennzeichnen; und also trafen sich die Frau und der Mann von Angesicht zu Angesicht: nicht ein anderer Passant in Sicht auf der ganzen langen Straße; – in einiger Entfernung der Droschkenstand mit einem dösenden Pferd – in der Runde um sie nur Carcassen aus Ziegeln und Mörtel, einige davon um die Rippen mit hager'n Gerüsten geschient – und alle mehr oder weniger gespenstisch wirkend, in ihrem rohen Ringen nach Gestalt, so trüb durch den fahlen Schleier eines gelblichen Nebels.

Losely fuhr zurück, da er Arabella auf solche Art aufgepflanzt erblickte in seinem Weg; und sein Aberglaube, der schon seit langem ihr Bild mit gescheiterten Plänen und Stunden der Gefahr in Verbindung gebracht hatte, trieb ihm das erzürnte Blut derart rasch durch die Adern zurück, daß er sein eigenes Herz pochen hörte!

MRS. CRANE: – »So! Ihr seht, Wir können nicht anders, Wir müssen Uns immer wieder treffen, lieber Jasper, Ihr mögt tun was Ihr wollt, um mir auszuweichen.«

LOSELY: – »Ich – ich – Ihr erschreckt Einen immer so! – Ihr seid also auch in der Stadt? – um zu bleiben? – in Euerm alten Quartier?«

MRS. CRANE: – »Wozu die Frage? Ihr könnt doch gar nicht wissen wollen, wo ich mich aufhalte – Ihr würdet ja doch nicht vorsprechen. Aber wie geht es? Was treibt Ihr?, wovon lebt Ihr? Ihr seht schlecht aus – Armer Jasper!«

LOSELY (wild): – »Zum Henker mit Euerm Mitleid; gebt mir lieber etwas Geld.«

MRS. CRANE (indem sie ruhig ihre magere Hand auf den Arm legt, der mehr in Drohung als in Bitte auf sie zugefahren gekommen ist; und der Gladiator schrickt tatsächlich zusammen, als sie diesen tödlichen Arm schlicht durch den ihren zieht): – »Ich sagte doch, Ihr würdet immer auf mich treffen, sobald Eure Bedrängnis einen Höhepunkt erreicht hat. Und so soll es bleiben, Jasper, bis diese Eure rechte Hand hier so kraftlos ist, wie die Erde zu Unsern Füßen. Schreitet doch aus – kommt; Ihr habt doch keine Furcht vor mir? – kommt weiter, erzählt mir Alles. Wo seid Ihr grade gewesen?«

Worauf Jasper, dadurch erneut an das ihm widerfahrene Unrecht erinnert, eine ganze Salve von Beschimpfungen Poole's von sich gab; und Mrs. Crane die ganze Geschichte seiner Ansprüche auf diesen Herrn mitteilte – bis zum Verlust seiner Brieftasche, die ihm gemaust worden wäre; und daß Poole erfahren haben müsse, wie er nunmehr waffenlos sei.

»Und dieser Feigling«, sagte er, zähneknirschend, »hopst doch zum Fenster 'raus – und hat drei Polizisten im Garten stehen. Er muß einen TaschenDieb bestochen haben – so ein schäbiger, niedriger Halunke. Aber das krieg' ich schon raus – und dann . . .«

»›Und dann‹, Jasper?; inwiefern werdet Ihr dann besser dran sein? – die Briefe sind einmal fort; und Poole, wenn Ihr ihn erneut bedroht, hat Euch in seiner Gewalt. – Aber jetzt hört zu: Ihr habt nicht diesen Italiäner ermordet, der vor einer Woche, auf den Feldern da-drüben, erstochen aufgefunden worden ist? Für den Mörder sind 100 £ Belohnung ausgesetzt.«

»Ich? – nein. Wie kalt Ihr fragt. In ehrlichem Kampf hab' ich hart zugeschlagen, klar; gemordet? – : nie. Falls ich jemals soweit kommen sollte, würd' ich mit Poole anfangen.«

»Ich aber sage Euch, Jasper, daß Ihr dieses Mordes verdächtig seid; daß man Euch dieses Mordes wegen anzeigen wird; und daß Ihr, hätt' ich Euch nicht glücklicherweise jetzt noch getroffen, wegen dieses Mordes in AnklageZustand kommen, und unweigerlich gehängt werden würdet.«

»Sprecht Ihr im Ernst? Wer könnte mich wohl anzeigen?«

»Diejenigen, die genau wissen, daß Ihr nicht-schuldig seid – Diejenigen, die Euch aber schuldig erscheinen lassen können – die SchurkenHorde, mit der Ihr zusammenhaust, und trinkt und krakehlt! Hab' ich bis jetzt jemals Unrecht gehabt, wenn ich Euch warnte?«

»Das ist doch zu fürchterlich«, stammelte Losely; der weniger an die Verschwörung gegen sein Leben dachte, sondern weit mehr an Ihr Vorwissen, das alles in Erfahrung gebracht hatte: »Das muß Hexerei sein, und nichts Anderes. Wie habt Ihr das 'rauskriegen können, was Ihr mir da erzählt?«

»Das ist meine Angelegenheit; Euch genüg' es, daß ich Recht habe. Besucht diese finstern Schlupfwinkel nicht mehr; sie sind, diesen Moment schon, voll von Schlingen und FußAngeln für Euch. Verlaßt London, und Ihr seid sicher. Vertraut Euch mir an.«

»Und wo sollt' ich hingehen?«

»Seht, Jasper: Ihr habt diese Alte Welt ausgebraucht abgenützt – es gibt keine andere Zuflucht für Euch als die Neue. Wohin Euer Vater einst mußte, dahin geht auch Ihr. Willigt ein; und Ihr sollt keinen Mangel leiden. Sophie könnt Ihr nicht entdecken. All Eure Anschläge auf Darrell's Portemonnaie sind fehlgeschlagen. Aber seid einverstanden, zu Schiff nach AustralAsien zu gehen, und ich sichere Euch ein Einkommen zu, größer als das, was Ihr von Poole erpreßt habt, und das Ihr an jenen ungefährlichen Gestaden verbrauchen könnt, wie Ihr wollt.«

»Und Ihr würdet mich begleiten, wie ich annehme«, fragte Losely mit recht ungraziöser Verdrossenheit.

»Euch begleiten, wie Ihr wollt. Aber dann dort sein, wo Ihr seid – ja.«

Der Unhold hüpfte förmlich vor Wut und Widerwillen.

: »Weib, kommt mir nicht mehr in die Quere, oder es treibt mich noch ...«

»Mich umzubringen? – das wagt Ihr nicht! Schaut mir ins Auge, wenn Ihr könnt – : Ihr wagt es nicht! Tut mir ein Leids an, krümmt 1 Haar auf meinem Haupte, und Eure Augenblicke sind gezählt! – Euer Schicksal besiegelt. Und wären Wir Beide allein beieinander in einer Wüste – nicht 1 menschliches Auge, die Tat zu sehen; nicht 1 menschliches Ohr, mein Röcheln zu vernehmen – ich würde dennoch, unverletzt, an Eurer Seite stehen. Ich, die das mir von Euch widerfahrene Unrecht durch Wachsamkeit, durch unermüdliche Fürsorge, vergolten habe – Ich, die Euch vor so vielen Feinden gerettet, vor so viel Gefahren bewahrt habe – Ich, die nun, wo die ganze übrige Welt Euch meidet – wo alle andern HülfsQuellen versagen – Ich, die jetzt zu Euch sagt: ›Teilt mein Einkommen, aber seid ehrlich!‹ – : *Ich* Schaden von dieser Hand erleiden? Nein; die Schuld wäre allzu unnatürlich – das würde der Himmel nicht zulassen. Versucht es; und der Arm wird Euch, gelähmt, an der Seite niedersinken!«

Jasper's blutunterlaufene Augen suchten den Boden vor dem starren stechenden Blick des Weibes; und seine Lippen, weiß und bebend, weigerten sich, den grimmigen Fluch zu formen, in dem seine brutale Natur ihre Furcht und ihren Haß hätte konzentrieren mögen. In düsterem Schweigen marschierte er weiter; aber gewisse Worte, die sie hatte fallen lassen, riefen seinem eig'nen Wagemut die Möglichkeit eines letzten AuskunftsMittels ins Gedächtnis zurück.

: Sie war in ihn gedrungen, die Alte Welt mit der Neuen zu vertauschen; aber das war schließlich genau das Angebot gewesen, was von Seiten Darrell's an ihn ergangen war. Wenn schon auf diesen Vorschlag, und sei er der ihn überkommen habenden Indolenz noch so zuwider, eingegangen werden mußte? – : dann immer noch besser, allein, sein eig'ner Herr, die Segel zu hissen, als der abhängige Sklave dieser verabscheuten, ihn klettenhaft verfolgenden Wohltäterin zu sein. Und seine Verzweiflung jetzt, verlieh ihm die Entschlossenheit, die ihm bisher gemangelt hatte: er wollte Darrell selber aufsuchen, und dort den bestmöglichen Kompromiß aushandeln. Dieser Entschluß überkam ihn; und reifte langsam in seinem Gemüt, wie er so durch den gilbenden Nebel dahinstakte, seine Nerven sich langsam von ihrer Aufgereiztheit erholten, und seine Gedanken wieder etwas von ihrer alten Durchtriebenheit zurückgewannen, als die Vorstellung, sich Mrs. Crane's Obhut und Wohltuerei entziehen zu können, eine bestimmtere Gestalt annahm.

»Naja«, sagte er endlich, seine Abneigung verbergend, und mit einer Bemühung, den alten, halb kosenden halb übermütigen Tonfall wieder zu finden, »Ihr seid wahrhaftig das beste aller Geschöpfe; und, wie man sagt,

›Hätt' ich ein Herz voll Falschheit auch,
Euch wehtun könnt' ich nie!‹,

so ein undankbarer Köter ich auch scheine, und höchstwahrscheinlich sogar bin. Also ich geb's zu: ich hab' einen Horror vor Euerm beliebten AustralAsien – allein die lange SeeReise! Neue Umgebungen haben keinen Reiz mehr für mich; ich bin nicht mehr jung, obwohl ich's theoretisch noch zu sein hätte; aber wenn Ihr derartig darauf besteht, und Euch tatsächlich dazu hergeben wollt, mich, aller meiner Versündigungen gegen Euch zum Trotz, begleiten zu wollen – gut, kann ich mich auch dazu entschließen. Und was ›Ehrlichkeit‹ angeht?: fragt diese infernalischen Schufte doch mal, die, wie Ihr behauptet, mir mein Leben weg-schwören wollen; und sie werden Euch bestätigen, daß ich, seit meiner Rückkehr nach England, so unschuldig wie ein Lamm dahingelebt habe: und eben das ist meine Schuld in ihren SchurkenAugen. Solange dieser infame Poole mir für meine bescheid'nen Ansprüche das Nötige gab, bin ich ein gebesserter Mensch gewesen. Und gebessert möchte ich bleiben. Ich komm' ja mit ganz Wenig aus jetzt. Wie Ihr schon sagtet: AustralAsien wird der beste Ort für mich sein. Wann wollen Wir abfahren?«

»Ist das Euer Ernst?«

»Aber gewiß doch.«

»Dann will ich mich gleich erkundigen, an was für Tagen die Schiffe abgehen. Ihr könnt mich in meiner alten Wohnung aufsuchen, und Alles soll arrangiert werden. Oh, Jasper Losely, verpaßt jetzt nicht diese letzte Chance, den Gefahren, die sich um Euch sammeln, zu entkommen!«

»Nein nein; das Leben hängt mir zum Hals raus – Alles eigentlich, außer der Ruhe, Arabella – ach, hab' ich Schmerzen wieder!«.

Er ächzte, denn er sagte die Wahrheit. Im Augenblick war das Nagen der monströsen Qual, die sich in die Nerven einbeißt wie der Zahn eines Wolfs, so scharf, daß er sein Ächzen am liebsten hätte zum Gebrüll anschwellen lassen. Die alte Fabel von Herakles und dem vergifteten Gewande, ist sicherlich von irgendeinem geschickten Physiologen erfunden worden, um die Wahrheit zu versinnbildlichen, daß nur in den athletischsten Gestalten der Schmerz seine extremsten Foltergrade erreichen kann. Das Herz des grimmen Weibes ward augenblicks und durchgreifend besänftigt. Sie blieb stehen; sie bat ihn, sich auf sie zu stützen; sie wischte ihm die Tropfen von der Stirn; sie redete ihm zu, in den begütigendsten Tönen des Mitleids. Der Anfall verging so plötzlich wieder, wie das bei neuralgischen Krämpfen die Regel ist; und mit ihm jegliche Dankbarkeit oder Reue in der Brust des Leidenden.

»Ja«, sagte er, »ich komm' und melde mich; aber in der Zwischenzeit bin ich ohne einen roten Heller. Oh, fürchtet nur nicht, daß, wenn Ihr mir jetzt unter die Arme greift, ich Euch wieder auskneifen würde. Ich hab' keine anderweitige HülfsQuelle mehr übrig; und hab' vor allem nicht mehr den Elan wie früher: ich lach' heute nicht mehr über Ermüdung und Gefahr.«

»Aber wollt Ihr mir schwören, bei Allem was Euch heilig ist – falls es, (ach und weh!) überhaupt noch etwas gibt, was Euch heilig wäre – daß Ihr nicht weiter die Gesellschaft dieser Menschen aufsuchen wollt, die sich verschworen haben, Euch in die Hände des Henkers zu liefern?«

»Sie erneut aufsuchen, diese undankbaren, feigen Schurken! Nein nein; das versprech' ich Euch – feierlichst; was ich brauch', ist ärztliche Hilfe; ist Ruhe, sag' ich Euch – Ruhe, Ruhe, RUHE!«

Arabella Crane zog ihre Börse hervor. »Nehmt soviel Ihr wollt«, sagte sie sanft. Jasper, sei es nun aus dem Wunsch sie zu täuschen, oder weil ihre Almosen seiner kuriosen Art von Stolz tatsächlich so abschmeckend waren, daß er sich darauf beschränkte, sie nur in der alleräußersten Notwendigkeit in Anspruch zu nehmen, begnügte sich mit dem dritten oder vierten Teil der Sovereigns, die die Börse enthielt; und nach einigen knappen Worten des Dankes und der Versprechungen, ging er von ihrer Seite, und war bald in dem Nebel verschwunden, der dichter und immer dichter wurde, wie der nachtähnliche wintrige Tag über den schweigenden Straßenzügen zunahm.

Die Frau nahm ihren Weg durch die NebelSchwaden, voller Hoffnung – durch die NebelSchwaden schritt der Mann, gleichermaßen voller Hoffnung. Nachdem er sich in einer Schenke an der Straße durch leichte Speisen und starkes Getränke erquickt hatte, begab er sich zu Darrell's Haus in Carlton Gardens; und, nachdem er dort erfahren, daß Darrell in Fawley sei, eilte er zu der Bahnstation, von welcher aus der Zug nach der dem alten Gutshaus zunächst gelegenen Stadt abging; kam wohlbehalten in jener Stadt an; und übernachtete daselbst.

IX. BUCH

1. Kapitel

Das Geheimnis, welches Guy Darrell selbst Alban Morley nicht anvertraut hat.

Es war ein heiterer Mittag in jenem melancholischen Intermezzo zwischen den Jahreszeiten, wo der Herbst in Wahrheit aufgehört – der Winter noch nicht sichtbar begonnen hat. Dasselbe Miets-Fuhrwerk, das, vor nun mehr als fünf Jahren, auch Lionel nach Fawley getragen hatte, hielt an dem GatterTor zu den wilden düsteren GrassWeiten, die das alte Herrenhaus umgaben. Es war, an der zunächst gelegenen BahnStation der londoner Strecke, gemietet worden von einer Lady, samt Begleiterin, die ihre Dienerin zu sein schien. Der Fahrer stieg ab, öffnete den Wagenschlag; die Lady, nachdem sie noch ein paar Worte zu ihrer Begleiterin gesprochen hatte, stieg aus, ersuchte ihn, bis zu ihrer Rückkehr hier zu warten; und ging dann, ihren Mantel um sich ziehend, alleine in Richtung des HerrenHauses davon. Anfänglich war ihr Tritt fest, ihr Schritt rasch. Noch handelte sie unter der Aufregung des Entschlusses, in der diese Fahrt daheim ebenso plötzlich geplant wie prompt ausgeführt worden war. Aber in dem Maße, wie der Pfad sich durch die Stille altehrwürdiger Gehölze dahinschlängelte, begann auch ihr Mut sie zu verlassen. Ihre Füße wurden laß, ihr Blick wanderte vag' und schüchtern in die Runde. Die Szenerie war nicht neu für sie. Im Schauen noch überkam es ihren kummervoll in sich zurückbebenden Geist wie ein Bildersturz von Erinnerungen an mutwillig glückliche SommerTage, zur Kinderzeit verbracht inmitten dieser RasenGründe und Schatten – Erinnerungen auch, tiefergreifend diesmal, an ihren letzten Besuch (und die Kindheit war damals zu blühender Jugend herangereift gewesen) den sie dem alten Gebäu abgestattet, das, ihrem Blick im Moment noch entzogen durch BodenWellen und das Geäst der riesigen Bäume, dennoch seine Lage durch einen Rauch verriet, der dünn und grau vor dem Hintergrund der durchsichtigen Luftschaft emporstieg. Sie neigte den Kopf und schloß dazu die Augen, weniger noch um das Bild der Landschaft auszuschalten, als vielmehr die Imagines Derer, die geistergleich aufstiegen um sie zu bevölkern, und seufzte schwer, schwer. Nun hatte, nahebei, aufgeschreckt aus ihrem Bett tief im Farn, die von Darrell sich zur Gesellschaft herangekirrte Hindin, längst und mit Neugier schon, diesen seltsamen Eindringling in ihr abgeschiednes Gebiet beobachtet. Aber beim Klange dieses schweren Seufzers jetzt, verließ das Geschöpf, kühn gemacht, seinen StandPlatz, und stahl sich so eng an das kummervolle Weib, daß es ihr Kleid berührte. Kein Zweifel; das Reh war, als Darrell's Begleiterin in seinen versonnensten Stunden, des Klangs von Seufzern gewöhnt geworden, und verband den Ton mit seinen freundlichsten Begriffen von Menschheit.

Die Dame fuhr zusammen, hob die gesenkten Wimpern, und begegnete diesen sanften dunklen Augen, dunkel und sanft wie ihre eignen. Um den Hals des Tieres lag ein schlichtes Band, mit einem SilberPlättchen frisch und neu und augenscheinlich erst jüngst dort angebracht; und als das Geschöpfchen nun den Kopf herstreckte, um seine Liebkosung von gewohnter Hand in Empfang zu nehmen, las die Dame auch die Inschrift – es waren Worte in Italiänisch, und ließen sich etwa so wiedergeben:

›Weiblich, dennoch nicht treulos;
liebevoll aufgezogen, dennoch nicht undankbar‹.

Noch während des Lesens schwoll ihr das Herz dermaßen, ihre Entschlossenheit verließ sie so gänzlich, daß sie sich umwandte, als hätte sie einen AusweisungsBefehl erhalten, und einige hastige Schritte zurück tat. Die Hindin folgte ihr, bis sie neuerlich inne hielt; und ging dann langsam linksab, auf einem schmalen sich senkenden Pfad, der zum Ufer des kleinen Sees führte.

Die Lady hatte sich indes wieder erholt. »Es ist eine Pflicht, und sie muß erfüllt werden« murmelte sie; ließ den Schleier herunter, den sie beim Betreten des Grundstücks ursprünglich zurückgeschlagen gehabt hatte; und eilte fürder, allerdings nicht in der früheren WegRichtung, sondern auf dem, den das Reh eingeschlagen hatte

– vielleicht in der Konfusion und Verwirrung eines zerstreuten abwesenden Gemütes – vielleicht auch in wiedererwachter Erinnerung an die Ortsverhältnisse, denn dieser neue Pfad zum Hause war kürzer, als der verunkrautete HauptFahrweg. Jetzt ward der See sichtbar, heiter und glasigglänzend; Waldland, schon halbentlaubt, spiegelte sich weithin auf seinen stillen Wassern; das Reh machte Halt, hob den Kopf und schnupperte die Luft; beschleunigte dann etwas seine Gangart, und verschwand hinter einem der kleinen, mit Buschwerk bewachsenen Hügelchen, die dem alten Grund und Boden einen so urtümlichen und forstähnlichen Charakter verliehen. Noch weiter schreitend, gewahrte sie nun auch, rechterhand, wie aus der Landschaft die edlen Zinnen und Türme des unvollendeten Bauwerks emporwuchsen; und, dicht zu ihrer Linken, unter einem knorrigen, fantastisch gewachsenen DornStrauch, der stille See zu seinen Füßen seinen stillern Schatten wiederspiegelnd, lag Guy Darrell gelehnt, die Hindin an seine Seite geschmiegt.

So unerwartet kam dieser Anblick – er, den sie zu suchen ausgegangen, und wied'rum doch zu sehen fürchtete, so nah' an ihrem Weg – daß die Lady einen schwachen aber durchdringenden Schrei ausstieß, und Darrell auf die Füße sprang. Sie stand vor ihm, verschleiert, ummantelt, in sich gebückt wie eine Bittstellerin.

: »Hinweg! –« stammelte er wild. »Ist das ein Geist, den meine eigne schwarze Einsamkeit heraufbeschwört – oder eine Täuschung, ein Traum?«

»Ich bin's nur – Ich! – die Caroline, die einst Euch teuer war, so verabscheut sie auch jetzt ist! Vergebt mir! Ich komm' ja nicht für mich selber.« Sie schlug den Schleier zurück – ihre Augen suchten, schüchtern verteidigend, die seinen.

»So«, sagte Darrell, indem er die Arme über der Brust zusammenschlug, in jener ihm eigentümlichen Gebärde, wenn er entweder eine turbulentere Bewegung des Inneren beschwichtigen, oder aber einen gestrengeren Beschluß seines Herzens zu befestigen suchte – »so! Caroline Marquise von Montfort; ist es Uns vom Schicksal also doch verhängt, uns am Ende von Angesicht zu Angesicht gegenüber zu stehen! Ich begreife – Lionel Haughton hat Ihnen meinen Brief übersandt, beziehungsweise gezeigt?«

»Oh, Mr. Darrell! wie konntet Ihr das Herz haben, in solchen Ausdrücken von Einer zu schreiben, die ...«

»... von Einer, die mir das Herz aus der Brust genommen, und es dann in den Kot getrampelt hat? Sicher; Laffen werden faseln

: ›Pfui! der Wortschatz des feinen Mannes enthält keine rauhen Ausdrücke, Damen gegenüber.‹ Galane, denen die Liebe Zeitvertreib ist, verabschieden sich, oder werden verabschiedet, mit gramvoller Eleganz und unter höflichen Verbeugungen – : ich, ma Dame, bin niemals solch ein luftiger Galan gewesen. Ich bin lediglich ein Mann, der es unglücklicherweise ernst gemeint – ein Mann, der, in diese Hände da!, sein innerstes Leben gelegt – der, während er noch in der Blüte seiner Jahre stand, zu Ihnen gesagt hat : ›Da – hier – ist meine Zukunft – : nimm sie; bis sie von der Erde verschwindet!‹. Sie haben dieses Leben substanzlos gemacht, wie das eines Geistes – jene Zukunft steril wie ein Grab. Und jetzt, da Sie es wagen, sich neuerlich in mein bißchen Weg zu drängen, meinem nunja-›eigenen Herd‹ Gesetze zu diktieren – wenn ich da wie ein Mann ausspreche, was ein einfacher Mann empfinden muß . . .: ›Oh, Mister Darrell!‹, spricht dann Ihre beleidigte Ladyschaft: ›wie konntet Ihr nur das Herz dazu haben?‹ – : WEIB! – : bist Du nicht falsch gewesen, wie die AllerFalscheste!? Falschheit hat keine Würde, vor der ein Tadel zurückbeben müßte – Falschheit hat kein Privileg des Geschlechts.«

» : Darrell – Darrell – Darrell – schont mich; schont meiner! Ich bin *so* bestraft worden – bin so elend!«

»Sie? – ›bestraft‹? – Wie!, Sie haben sich doch selbst verkauft : an Jugend, und ein glattes Gesichtchen; an einen hochtönenden Titel, und die Schmeichelei der Großen Welt; und was Sie an RosenBlättern besaßen, wurde zerknittert im prunkvollen EheBett! – (Angemessene Strafe: ein zerknittertes RosenBlatt!). – Schon richtig, der Mann war ein . . . ach, warum soll ich groß-übel von ihm reden? Er wird ja die eigentliche Bestrafung zu tragen gehabt haben; da Sie, seinen Rang freilich akzeptierend, in ihm eine Null erkannten, die Sie weder lieben noch ehren konnten. Hä' –! – : falsch & undankbar zugleich, dem Mann gegenüber, den Sie erkiesten – und dem Mann, den Sie verließen! – Und nunmehr haben Sie den Einen begraben; und so ein Plänchen angelegt, um den Andern herabzuwürdigen – : ? «

»Herabwürdigen! – Oh! diese Beschuldigung ist es gewesen, die mich in tiefster Seele getroffen hat. Alle andern hab' ich ja verdient. Aber *dieser* Vorwurf! Hört – Ihr sollt mich anhören!«

»Dazu steh' ich hier; darein hab' ich mich ergeben. Sagen Sie Alles was Sie zu sagen haben, und sagen Sie es jetzt; denn es wird das letzte Mal auf Erden sein, daß ich mein Ohr Ihrer Stimme leihe.«

»Sei's denn – das letzte Mal –.« Sie hielt inne, um der Sprache wieder mächtig zu werden, Gedanken zu sammeln, Kraft zu gewinnen; (und, wunderlich wie es Denen vorkommen mag, die nie geliebt haben: inmitten all ihres Kummers, all ihrer Demütigung, war's wie ein furchtsames Entzücken ob eines Beisammenseins, das ihr seit ihren MädchenJahren verwehrt gewesen – ja, eine ihr selber unerklärbare Wonne sogar, in diesem rauhen, heftigen, bitt'ren Sturm von Anklagen; denn ein Instinkt sagte ihr, daß kein solcher Groll in der Sprechweise aufgeklungen wäre, hätte nicht immer noch Liebe im Herzen geweilt.)

»Sprecht«, sagte Darrell, mild wider Willen, und besänftigt durch ihr unverkennbares Ringen, ihre Aufregung unter Kontrolle zu bringen.

Zweimal setzte sie an – zweimal versagte die Stimme. Endlich kamen ihr die Worte vernehmlich hervor. Sie begann mit einer Schutzrede für Lionel und Sophie, und gewann etwas Kühnheit durch ihren Eifer für Jene. Sodann suchte sie ihre eigenen Motive zu rechtfertigen – sich von seiner so harten Bezichtigung zu reinigen: *Sie* auf seine Herabwürdigung sinnen?! sie habe sich allenfalls zu weit fortreißen lassen, durch ihr Bestreben, sein Glück zu befördern – ihn auch vor der bloßen Möglichkeit eines SelbstVorwurfes zu bewahren. Zuerst hörte er sie mit einer Art hochfahrender Ruhe an; wobei er, mit Bezug auf Sophie und Lionel, lediglich äußerte: »Ich habe deswegen meinem, Lionel bereits zugeleiteten Entschluß, nichts zu ändern noch hinzuzufügen.« Aber wie sie, ihr selbst unbewußt, dazu überging, die Sache der jungen Leute mit ihrer eig'nen zu vermischen, da brach seine Ungeduld aus: »›Mein Glück‹? Oh; die Aufrichtigkeit, mit der Sie *darauf* bedacht gewesen sind, haben Sie trefflich dargetan! ›Mich vor SelbstVorwürfen zu bewahren‹? – : MICH!? Hat Lady Montfort so total vergessen, daß sie einst Caroline Lyndsay war, um sich in der Rolle eines warnenden Engels zu versuchen, Andre vor den Schrecken von SelbstVorwürfen zu schirmen?«

»Ach!«, murmelte sie schwächlich; »könnt Ihr denn annehmen – wie wankelmütig und undankbar ich Euch auch immer scheinen mag ...«

»›Scheinen‹! –«, wiederholte er.

»Scheinen!«, sagte sie erneut, wenn auch noch so schüchtern –: »scheinen; und mit Recht scheinen; – aber könnt Ihr denn wirklich annehmen, daß ich, sobald mir die Freiheit ward, meiner Reue

Ausdruck zu geben – von Dankbarkeit zu sprechen, von Verehrung – daß ich da unaufrichtig war? Darrell, Darrell, so könnt Ihr doch nicht denken! Jener Brief, der Euch – es mag nun fast ein Jahr sein – im Ausland erreicht hat; und in dem ich meinen Stolz als Frau Euch zu Füßen legte, (wie ich jetzt wieder, durch mein Hierherkommen, tue) – jenen Brief, in dem ich fragte, ob es Euch denn gänzlich unmöglich wäre, mir zu verzeihen; für mich auf immer zu spät, zum Wiedergutmachen – ich hab' ihn auf meinen Knien geschrieben. Es war der Ausbruch meines innersten Herzens. Nein, nein, hört mich zu Ende!: denkt bitte nicht, ich wollte erneut zudringlich werden, mit einer Hoffnung, die so verachtungsvoll zermalmt worden ist!«. (Ein tiefes Rot überzog ihre Wange.) »Ich gab' Euch keinerlei Schuld; allerdings, (darf ich es aussprechen?), hat Eure Strenge auch nicht diejenige Scham bei mir hervorgebracht, wie ich sie gerechtermaßen hätte empfinden müssen, hätt'ich so an irgendeinen andern Mann auf Erden geschrieben als an Euch – Euch, so verehrt seit meinen KinderTagen, daß ...«

»Ja«, unterbrach Darrell sie ungestüm, »ja, nur keine Furcht, daß ich Sie mißverstehen könnte: an einen Jungen, Schönen, Glücklichen würden Sie solche Worte nicht gerichtet haben. Nein!, Sie, die stolze Schöne, – mit, zweifellos, ganzen Heeren von Anbetern und Freiern – Sie würden eher Ihre Hand ins Feuer gehalten, als ihr erlaubt haben, einem jungen Mann, geliebt wie man die Jungen eben liebt, das zu schreiben, was sie, ohne Beschämung, an den Alten Mann zu Papier bringen durfte, den man verehrte, wie man die Alten halt *›verehrt‹!* Aber mein Herz ist bedauerlicherweise noch nicht alt; und die Verehrung, mit der Sie sich so viel wissen, kam mir wie Spott und Hohn. Deswegen ward Ihr Brief, in Stücke zerrissen, Ihnen ohne 1 Wort zurückgesandt – Hohn contra Hohn! Und Sie haben keinerlei Scham empfunden, daß ich Ihr Mitleid auf so rohe Weise verwarf – warum sollten Sie auch?: verworfnes Mitleid ist schließlich nicht verworf'ne Liebe. Ob der Mann sich nun mit dem Alter abgefunden hatte oder nicht, er war deswegen nicht minder alt.«

Diese Deutung ihrer zarten Bußfertigkeit – diese Erklärung seiner so bittern Verachtung – kam Caroline Montfort gänzlich überraschend. Aus was für zuckenden Agonien zerfetzter Selbst-Liebe kam dieser Stolz, der imgrunde nur SelbstHerabsetzung war? Es war dies ein vorübergehender Einblick in die tieferen

Klüfte seines verkohlten verwüsteten Wesens; ein Blick, der beides zugleich, ihre sehnsüchtigbange Zuneigung, wie ihre leidenschaftliche Verzweiflung, noch erhöhte. Vergeblich versuchte sie, die Gefühle in Worte zu fassen, die auf sie einstürmten! – vergebens, vergebens! Eine Frau kann allenfalls murmeln, »Ich hab' Dir Leids getan – : vergib!«; allein sie vermag nicht auszurufen: »Du verschmähst mich; aber ich liebe!«. Vergeblich, vergeblich hob sich ihr Busen und bewegten sich ihre Lippen, vor dem ehrfürchtig-süßen Eindruck seines blitzenden Auges und der begehrten Hoheit seines entrüsteten StirnRunzelns.

»Ah!«, begann er neuerlich, indem er seinen eignen Gedanken mit einer so düster-leidenschaftlichen Beharrlichkeit nachhing, daß es ihn schier ihrer Anwesenheit vergessen ließ – »Ach! ich habe mir selbst gesagt: ›Sie glaubt anscheinend, sie sei dermaßen betrauert und vermißt worden, daß meine Seele auf ihr erstes falsches Lächeln hin zurückgesprungen käme; daß ich ein so schäbiger Sklave meiner Sinne sein könnte, der Verräterin sofort einen GeneralPardon zu gewähren, weil ihr Gesichtchen hübsch genug war, durch alle meine Träume zu gaukeln? – : da täuscht sie sich!; sie ist nicht unerläßlich für mein Dasein! – das hab' ich ihrer Macht entrückt, seit langen langen Jahren! Ich will ihr dartun, jetzt wo sie sich meiner wieder zu erinnern geruht, daß ich doch nicht ganz so-alt bin, um nun schon für den restlichen Abhub eines Herzens dankbar zu sein. Ich will eine Andere lieben! – ich will geliebt werden! Sie soll sich nicht mit geheimem Triumph sagen können, ›Mich zu verwerfen? – : der Alte Mann muß tatsächlich kindisch sein!‹.«

» : Darrell, Darrell – ungerecht – grausam – tötet mich lieber gleich, als so weiterzureden!«

Er achtete ihres Aufschrei's nicht. Seine Worte wogten fürder, in dieser wundersamen, wechselreichen Musik; wie sie, ob nun in Zärtlichkeit oder in Zorn, seiner Stimme ihre magische Gewalt verlieh – verhexend, stillend, übermeisternd jedwede menschliche Seele.

»Aber – den Triumph haben Sie; Sie sehen, ich bin noch immer allein! Ich habe die Welt der Jungen aufgesucht – noch einmal den HeiratsMarkt der Schönen. Ach, wenn mein Auge einen Moment lang gefesselt ward, dann durch etwas, das mich an Sie erinnerte. Ich sah ein Gesicht ohne Fehl, strahlend in seinem jungfräulichen Erröten; hingezogen, nahte ich mich ihm – und wandte mich, seufzend, wieder fort: waren es doch nicht Sie! Ich hörte das silberne Lachen eines Lebens frisch wie ein AprilMorgen: ›Horch!‹, sagte ich mir, ›ist nicht das der holde Freudenton, vor dem alle meine Sorgen sich zerstreuten!‹ Und vergaß im Lauschen der Last meiner Jahre. Warum?: weil, lauschend, ich Ihrer gedachte. ›Hab nicht Acht der verräterischen Wangenröte und des trügerischen Lachens‹, flüsterte die Klugheit; ›such Du Dir in gleichgestimmter Seele die stille Genossin für die Deinige.‹ ›Seele‹? – oh der frigiden Pedanterie! ›Seele!‹ – war nicht die Ihre meinen Augen wie ein aufgeschlag'nes Buch gewesen?, auf jeglicher Seite, wie mich dünkte, irgendeine liebliche PoetenWahrheit, die sich MenschenSinn noch nie zuvor enthüllt hatte? Nein; Sie hatten für mich alle andere Weiblichkeit getötet! Eine Andre umwerben? – eine Andere heiraten? ›Still da drinnen!‹, sagte ich zu mir, ›es *muß* sein! – Es sind volle achtzehn Jahre, daß Wir Uns trennten – wenn ich mir Sie nicht ansehe, wird Sie natürlich ewig Dieselbe von damals bleiben!: Seh' ich Sie wieder, wird die bloße Veränderung, die die Zeit bewirkt haben muß, mich kurieren.‹ Sah ich Sie also verstohlen – und die ganze Vergangenheit brach in dem 1 Moment über mich herein! Ich floh davon – und gab selbst den Traum auf, jemals noch den Fluch der Erinnerung abschütteln zu können – der mit jedem Tropfen meines Blutes vermischten – mit jeder Faser verwobenen – die in jeglichem Nerv zuckt und pocht – Bein von meinem Bein, Fleisch von meinem Fleisch – GiftWurzel, der jeglicher meiner Gedanken entkeimt, nur um sogleich zu verwelken – : der Fluch, Sie geliebt, Ihnen vertraut zu haben!«

»Barmherziger Himmel! kann ich das ertragen?«, rief Caroline, die Hände auf den Busen pressend. »Und ist denn meine Sünde so groß? – ist sie so unverzeihlich? Oh, wenn mir die unaussprechliche Ehre ward, in einem so edlen Herzen, einer so großen Natur, eine so dauerhafte Neigung anzufachen – muß das dann nur – nur als Fluch sein? Warum kann ich denn die Vergangenheit nicht wieder gut machen? Ihr habt ja nicht aufgehört, mich zu lieben. Nennt's nur Haß – es ist dennoch Liebe! Und nun, wo keine Schranke mehr zwischen Unsern Leben besteht, kann ich denn niemals, niemals wieder – jetzt, da ich mich Eurer weniger unwürdig weiß, aufgrund der Qualen die ich empfinde, Euch so verwundet zu haben – : könnt' ich denn nimmer die Caroline von damals sein?«

»Haha!«, und der unerweichliche Mann brach in ein bitteres Gelächter aus – »nun seh' sich doch Einer die wirkliche Grobfädigkeit der WeiberNatur an, wie sie unter all dem feingesponnenen Kleiderkram der Oberfläche sich befindet! Guck Einer diese zarten Geschöpfe, um die Unsereins kaum zu werben wagt! wie wenig sie sogar von dem Götzendienst begreifen, den sie einflößen! ›Die Caroline von damals‹! Schau an: die Jungfrau, deren Hand Wir mit ritterlicher Huldigung berührten; Deren ersten verschämten Kuß Wir heilig hielten, wie ein Lüftchen aus dem Paradies, sie läßt uns im Stich – verkauft sich anderweitig am Altare – läßt dort ihrer Untreue gegen Uns die Weihe der Religion erteilen; – und wenn dann Jahre ins Land gegangen sind, und ein Todesfall ihr die Freiheit wiedergegeben hat, da kommt sie zu Uns, als hätte sie niemals ihr Köpfchen an eines Andern Busen gebettet, nein, sagt bloß schlicht, ›Könnt' ich nicht wieder die Caroline von damals sein?‹. Und Wir-Männer sind womöglich zu rauh, der Treulosen zu vergeben. – : Wo ist denn die Caroline, die ich liebte?! *Sie?* – : Sie sind Mylady Montfort! – Schauen Sie um sich. Auf diesen RasenPlätzen spielten Sie, damals ein Kind, an der Seite meiner Kinder. Die sind tot; aber weniger tot für mich, als Sie. Damals hab' ich nicht im Traum daran gedacht, daß ein solches FeenGeschöpf, für meine ernste und gereifte Existenz, jemals etwas And'res noch sein könnte, als eben ein Kind. Damals, wenn ich einen vorausschauenden Blick auf Ihre Zukunft warf, empfand ich keine Pein, Sie mir als zur Frau herangewachsen – als Braut eines Andern vorzustellen. Mein Herd war seit Jahren verwitwet gewesen; ich dachte nicht entfernt an eine zweite Ehe. Würde ja mein Sohn da sein, sich meines Reichtums zu erfreuen, meine LieblingsTräume zu verwirklichen – da ward mir mein Sohn entrissen! Wer-allein besaß die Macht, mich zu trösten? Wer--allein den Mut, sich in den verdunkelten Raum zu schleichen, wo ich trauernd saß?, sich selbst gewiß, daß ihre Stimme Beschwichtigung bringen würde, und der Anblick ihrer mitfühlenden Thränen die Bitterkeit der meinen zärtlich wegschelten? – Wer anders, als die Caroline von damals! (Ah, jetzt weinen Sie. Aber Lady Montfort's Thränen bergen keinen Talisman für mich!) Sie waren damals immer noch ein Kind – und, als Kind, mein beschwichtigender Engel. Ein Jahr, oder etwas mehr darauf, und meine Tochter, auf die ich nun all meinen FamilienStolz, all meine GeschlechterHoffnungen übertragen hatte – sie, deren Glück ich so viel höher in Anschlag brachte, als selbst meine Ambitionen, daß ich ihre Hand Wem verweigert hatte? : Ihrem jungen Lord Montfort – dieser Marionette; der, wenn man ihn seines TitelTrödels entkleidete, nicht wert war, eine gewöhnliche Puppe zu ersetzen! – diese meine Tochter: ich schloß sie, eines Abends, in die Arme; – beschwor sie, mir zu vertrauen, wenn sie je eine Hoffnung hegen sollte, die ich tätig befördern – einen Kummer erführe, den ich beseitigen könnte; und sie versprach mir's – und sie neigte ihre Stirne meinem Segen – und ehe der Morgen anbrach, da war sie schon entflohen, mit einem Mann, dessen Berührung allein Entehrung und Befleckung darstellte, und war auf immer für mich verloren ... Als ich dann hierherging, um an meines Vaters Grab dem entrüsteten Kummer, den mitanzusehen ich der Welt nicht gestatten wollte, Luft zu machen, da kamen Sie und Ihre Mutter (sie, die für mich so treue Freundschaft vorgab, und so unauslöschliche Dankbarkeit) meine Vereinsamung aufs gütigste zu teilen – und damals?: damals waren Sie schon kein Kind mehr! – und eine Sonne, wie sie mein Leben nie zuvor vergüldet hatte, strahlte aus dem Antlitz der Caroline von damals!«. Er hielt einen Moment inne; (und hatte ihres bitt'ren Weinens nicht Acht); er war der gegenwärt'gen Stunde selbstentrückt, durch das Übermaß jener Pein, die für den Schmerz dasselbe leistet, was die Ekstase für die Freude tut – war dahin-, vondannen getragen durch die SturmFlut von Gedanken und Vorstellungen, wie sie sich während der langen einsamen Tage und heimgesuchten Nächte in seiner Brust aufgestaut, und den langen ÜbergangsZustand vom Hoch-Mittag seiner Mannheit, bis zum allmählich sinkenden Abend hin, gekennzeichnet hatten. Und in diese Pause hinein kam es, fernher, wie ein schwermütig melodisch Getön – sänftlich sänftlich über die kühlblauen Wasser hergetragen – sänftlich sänftlich durch die herbstlich gilben LaubGewinde – die Musik der ZauberFlöte!

» : Hören Sie?«, sagte er; »erinnern Sie sich nicht? Schauen Sie doch die Buche da-drüben an! : damals war sie im Sommer-Kleid. Erinnern Sie sich nicht? als Wir unter dem Baum dort standen – da kam dieselbe, -selbe Weise auf uns zu, musikalisch wie jetzt, sie stieg, und fiel – kam, wie wenn sie, durch eine Stimme aus Elf-Land, das Klopfen meines eignen unklaren Herzens auslegen wollte. Sie hatten grade um Pardon gebeten, für Eine, die immer noch weniger undankbar – weniger treubrüchig – war, als meine Trösterin bald selber sich erwies. Ich hatte Ihnen gelauscht, und mich gewundert, wieso Ärger und Unrecht auf einmal aus der Welt verbannt schienen; und murmelte, noch ohne bewußte Beziehung auf mich selbst, als Antwort, ›Glücklich der Mann, dem Sie mit Ihrem hellen Erbarmen einmal seine Versehen verweisen werden – dessen Kümmernisse Ihre Zärtlichkeit davon scheuchen wird! Aber wenn, Jahre später, Ihnen selbst einmal Kinder geboren sein werden: überlassen Sie mir dann das Eine, das Ihnen am meisten ähnelt, mir die Tochter zu ersetzen, der ich erst werde ehrlich verzeihen können, wenn etwas Anderes in mein verlass'nes Dasein hereingeblüht sein wird – Etwas, das ich lieb haben und hätscheln kann, ohne damit die Erinnerung an Falschheit verbinden zu müssen und die Furcht vor Schande.‹ Ja; als ich aufgehört hatte, kam diese Musik; und wie sie so die SommerLuft durchzitterte, drehte ich mich um, und begegnete Ihren Augen – drehte mich um, und gewahrte Ihr Erröten – drehte mich um, und vernahm einige schwache stammelnde Worte, die Süße der Musik mit göttlicherer Süße übertönend; und wußte plötzlich, wie durch Offenbarung, daß das Kind, das ich gepflegt, erwachsen war zur Frau, die ich liebte. – Meine eigne Seele ward mir bloßgelegt durch diesen HoffnungsBlitz. Licht und Farbe überströmten schlagartig das Universum! Oh, die Caroline von damals! Was Wunders, daß sie so schicksalshaft, so unaussprechlich geliebt ward! Da gibt es die antike Geschichte von jenem Mann, seines Geburtslandes verwiesen, dem ein Orakel aufgibt, ein glücklicheres Eiland sich zu suchen, in unentdeckten Meeren – der mit Allem was sein ist, ein einz'ges Schiff belädt – auf seinen TragAltar die letzten Gluten des verlassnen Herdes sammelt – daneben seine HaushaltsGötter, die gleichermaßen verbannten, stellt: so hatt' auch ich Alles, was das Leben mir an Heiligendem und Geheiligtem gelassen, auf Sie übertragen ... Ich riß mich los von dem alten heimischen Boden, von dem alten rauhfesten Himmel. Durch all die weiten Ozeane der Zeit, erblickte ich nur das verheiß'ne Goldne Eiland. Fabeln, nichts als Fabeln! – ein verlog'nes Orakel – ein gesunkenes Schiff – die Insel eine Fata Morgana! Und dabei war das Leben bis dahin für mich so gänzlich ohne Liebe gewesen! – war mir in derart dürren Arbeiten dahingegangen, ohne auch nur einen Feiertag der Romantik – alle Fontänen der unbekannten Leidenschaft waren versiegelt geblieben – bis der Zauberspruch an den Felsen schlug; und jede Woge jeglicher Tropfe frisch erfunkelten, für den einen-einzigen Stern. Gewiß hatte meine Knabenzeit, wie die aller Männer, auch von ihrem Ideal geträumt: hier nun endlich blühte dies Ideal, zum Leben erwacht, vor mir;

dort, da-drüben, unter diesen BuchenBäumen, – die Caroline von damals. Ach, unglücksel'ges Weib, das jetzt mir zur Seite weint, wohl mögen Sie weinen! Nie kann die Erde Ihnen noch einmal solche Liebe wiedergeben, als Sie mit der meinigen verloren.«

»Ich weiß, ich weiß es – Närrin die ich war! – erbärmliche Närrin!«

»Sicher; aber trösten Sie sich – nichts wilder und betrüblicher als die Narretei in *meinem* Innern! Denn Ihre Mutter hatte ganz Recht. ›Das törichte Kind‹, so sprach sie, ›kennt ihr eignes Herz nicht. Sie hat noch keine Ahnung von der Welt – hat praktisch Niemanden ihres eignen Alters gesehen. Sowohl um Ihret- als auch meiner Tochter willen, muß ich auf dem Experiment einer längeren Trennung bestehen: ein ProbeJahr – dann werden wir sehen, ob sie noch ebenso denkt.‹ Ich staunte über ihre kalte Sachlichkeit; stolz unterwarf ich mich ihren Gründen; und teilte Ihnen furchtlos das Ergebnis mit. Und, Ach!, wie strahlte Ihr Lächeln, als ich, in der AbschiedsStunde, sagte: ›Einen Sommer weiter, und Du wirst wiedergekehrt sein!‹ Vergebens führte Ihre Mutter Sie, unter dem Vorwand daß die Prüfung vollständig werde, außer Landes; nahm Uns Beiden das feierliche Versprechen ab, daß nicht ein Brief zwischen uns gewechselt werden sollte – daß Unser Verlöbnis, dergestalt zu einem bedingten gemacht, für Jedermann ein Geheimnis zu bleiben habe – vergebens insofern, wenn es darauf angelegt war, mich durch Zweifel zu quälen. Nach meinem Credo ist schon der bloße Zweifel Verrat. Aber wie lieblich ward auf einmal das gestrenge Antlitz des Ehrgeizes! – wie schien die Fama plötzlich die Botin zwischen mir und Ihnen! Beim Geräusch des Beifalls sagte ich mir nun: ›Die Luft, die diesen Schall Ihr zuträgt, können sie nicht von Ihrem Ohr ausschließen! Alles, was ich an Ehren jetzt gewinnen kann, soll meine Morgengabe sein für meine königliche Braut!‹ – Sehen Sie, dort, die unvollendete GroßBaustelle – begonnen anläßlich der Geburt meines Sohnes; bei seinem Tod zeitweilig eingestellt; erneut angefangen, nach einem noch anspruchsvolleren Plan, als ich mir Ihre Schritte in seinen Zimmerfluchten – Ihren Schatten an allen seinen Wänden denken konnte. Jetzt längst für immer abgebrochen. Architekten können wohl einen Palast errichten; aber können sie auch ein Heim bauen? Und Sie – Sie – Sie, all die Zeit über – Ihr Lächeln gehörte der Bewerbung eines Anderen – Ihre Gedanken weilten am Herd eines Anderen!«

»Nein, so nicht! – so nicht! Euer Bild hat mich niemals verlassen. Ich war schwindelich, gedankenlos, verwirrt, umgarnt; ich sagt'es Euch doch, in dem Brief, den Ihr mir zurückgeschickt habt – sagte Euch, daß ich hintergangen, getäuscht worden wäre!«

»Langsam – langsam! ›Getäuscht‹? Bilden Sie sich ein, ich sähe nicht Alles was vorgegangen ist, wie in einem ZauberGlase? – : Caroline Montfort, Sie haben mich nie geliebt!; haben nie gewußt, was Liebe war. Plötzlich mitten in die lustige Welt gestoßen, berauscht von dem Effekt Ihrer eigenen Schönheit, verblaßte meine wenig-schaubare, unhelle Gestalt nach und nach – muß in einer Atmosphäre von Blumen und Lüstern, ranzig vom Atem professioneller Schmeichler, nur noch geisterbleich gewirkt haben. Und dann kam gar noch Mylord, mein Herr Marquis – als Cousin zu Intimi- und Familiaritäten berechtigt: zu Visiten nach Belieben; zum Ausreiten mit Ihnen; zum Tanz mit Ihnen; zum Sitzen, Seit' an Seite mit Ihnen, in stillen Winkeln gedrängt-voller BallSäle; Sie schlankweg mit Caroline anzureden – ja was denn? sie sind doch schließlich Verwandte; und ›Cousin & Cousine‹? : das ist im liebreichen Hause Vipont ja schon wie Brüderlein und Schwesterlein; und die Gevatterinnen klatschen; und alles junge Gedam wird neidisch – Der ist ja die beste Partie in ganz-England, dieser Lord Montfort mit dem glauen Gesichtchen! Und Ihre Mutter, die zu Guy Darrell ihr ›Wart' ein Jahr‹ sagte, muß doch wohl auch schon von diesem Cousin geträumt, und ein Anschläglein auf sein WappenKrönchen gehegt haben, da sie das sagte. Und ich war nicht zu sehen, und durfte nicht schreiben; und die Abwesenden sind, bekanntlich, immer im Unrecht – zumal, wenn Cousins anwesend sind! Und ich hör' es förmlich, wie Ihre Mutter von mir spricht – vernehme den sanftsandenden Ton ihrer vernichtenden LobPreisungen à la : ›Schon wieder so eine lange Rede von Deinem alt-klugen Bewunderer! Da bild' Dir nicht ein, Den verzehre der Gram – diese Sorte Männer denkt an nichts, als an BlauBücher und Politik.‹ Und Ihr Cousin macht den ersten Antrag; und Sie versetzen mit einem Seufzerchen: ›Nein, ich bin an Guy Darrell gebunden.‹; und Ihre Mutter sagt zu Mylord : ›Warten; und ruhig weiter kommen – ganz als Cousin!‹. Und ab jetzt, Tag für Tag, träufelt die süße Mrs. Lyndsay in Ihre Ohren die Anspielungen, die Ihr Herz vergiften sollen. Irgendeine Fabel wird zurechtgemacht, mich zu verleumden; und Sie rufen: ›Das ist nicht wahr! Beweist daß es wahr ist; sonst halt ich Guy Darrell die Treue!‹;

und anschließend dann der Vertrag: – ›Wenn die Geschichte erfunden sein sollte, muß mein Cousin gehen!‹ : ›Wenn sie jedoch wahr sein sollte, wirst Du mein gutes gehorsames Mädchen sein, gelt? Ach, Deinem armen Cousin bricht's bald das Herz – ein Advokat von Vierzig freilich hat eins, aus Pergament gemacht!‹. Soso, Sie sind umgarnt worden, und natürlich getäuscht! Ihr Brief erklärte allerdings nicht, um was es bei der Geschichte ging, die man Ihnen serviert hat. Ich frag jetzt auch nichts mehr danach, worum es sich handelte; mir genügt es zu wissen, daß, hätten Sie mich geliebt, Sie mich für jegliche verlogene Geschichte nur desto mehr geliebt haben würden. Aber so ward das Märlein geglaubt, weil es eine Erleichterung war, daran zu glauben. Und nun wird der Vertrag gehalten – der ganze Handel in eleganter Heimlichkeit überstürzt abgewickelt – Schauplatz des Schachers eine GesandtschaftsKapelle – eine Lappalie getauscht gegen die andere: das Jawort einer Kokette, gegen das GrafenKrönchen eines Hampelmannes. Und das ProbeJahr ist, bis auf vier Tage, fast verstrichen; : ›Nur 4 Tage noch!‹ ruf' ich, trunken vor Entzücken, mir zu. Die Zeitungen liegen vor mir: drei lange Spalten für Guy Darrell's Rede vergang'ne Nacht; eine weitere Spalte über ihre Wirkung auf das Parlament, und ergo auf ein Weltreich; und dann zwei Zeilen – 2 kleine Zeilen – für den UrteilsSpruch, der Guy Darrell aus der Welt der Lebenden ausstreicht! : ›Vermählung in der Vornehmen Welt – Marquis von Montfort – Caroline Lyndsay‹. Und die Sonne fiel mit nichten vom Himmel! Das banalste Ende für die abgedroschenste der Romanzen! Solche Sachen passieren in der lustigen Welt doch tagtäglich. Junge Damen haben nun einmal das Privileg, dem Einen Hoffnungen zu machen – ihre Hand einem Andern zu geben. ›Ist die Sünde denn so unverzeihlich?‹, erkundigen Sie sich, mit treuherziger Einfalt. Wie man's nimmt, Lady Montfort! Überlegen Sie selbst: was war mein Dasein, bevor ich es Ihnen zu treuen Händen übergab? Leer an Glück, zugegeben – trübe, einsam – für mich selbst ein Gegenstand von nur geringem Wert. Aber was bedeutete mein Dasein für Andere? – durchaus etwas Warmes Wohltätiges; von praktischem Nutzen; zäh fleißige Fähigkeiten, trainiert für edle Zwecke! Dies Dasein, und was es für Andere war, gelähmt zu haben – darin mag umfassendere und schwärzere Sünde noch liegen, als in der bloßen Untreue gegen die Liebe. Und nun kommen Sie und wagen es, zu bitten. ›Könnte ich jetzt wieder die Caroline von damals sein? ‹ «.

»Ich bitte um Nichts mehr – nicht einmal um Verzeihung«, sagte das unglückliche Weib. »Ich könnte wohl Etwas vorbringen, Euch zu zeigen, wo Ihr mich falsch beurteilt – was mir zur Entschuldigung dienen könnte; aber nein, lassen Wir das.« Und ihre Stimme war doch so ton- und hoffnungslos geworden, daß Darrell nur rasch seine Augen von ihrem Antlitz abwandte, wie wenn er fürchtete, der Anblick ihres Wehs möchte seinen Entschluß wankend machen. Sie war schon, mechanisch, umgekehrt. In düsterem Schweigen schritten Sie, Seite an Seite, dahin, vom SeeUfer fort – zurück, unter dem stachligen DornBaum vorbei – zurück, die moosbewachsene Klippe entlang – zurück, neben hohlen Stämmen, und über die gefallenen Blätter von BaumRiesen, die den Stürmen von Jahrhunderten getrotzt hatten, um vielleicht einmal, morsch und saftlos geworden, eines schönen stillen Tages, wenn alle Winde eingeschlafen sind, niederzubrechen.

Die Flöte hatte aufgehört zu musizieren; die Luft war kalt und schneidend geworden; der kleine Park war bald durchquert; schon kam das GatterTor in Sicht, und das bescheidne Gefährt draußen-davor. Da hielten Beide unwillkürlich an; und Jedes überkam auf einmal das Bewußtsein, daß sie im Begriff zu scheiden stünden – zu scheiden, um Einander in dieser Welt womöglich nie mehr zu begegnen; und dabei war, trotz Allem was gesagt worden, noch so viel unausgesprochen geblieben – ihre Herzen so voll von dem, was, ohweh, ihre Lippen nicht auszusprechen vermochten.

»Lady Montfort –«, sagte Darrell endlich.

Sie schauderte nur beim Klang ihres Namens.

»Ich habe rauh – habe ungezogen zu Ihnen gesprochen . . .«

»Nein – nein . . .«

»Aber ich habe mich dabei zum letzten Mal eines Rechtes bedient, dessen ich ab jetzt für immer entsage. Ich habe zu Ihr gesprochen, die einst Caroline Lyndsay war; einige freundlichere Worte gebühren der Witwe von Lord Montfort. Wie groß auch das Unrecht sein möge, das Sie mir angetan haben – imgrunde unsühnbares Unrecht – ich anerkenne nichtsdestoweniger in Ihrem allgemeinen Wesen Eigenschaften, welche Sie für Einen, den Sie wahrhaft liebten und nie getäuscht hätten, durchaus zu der Segnung machen würden, von der ich einst gehofft hatte, Sie würden sie für mich sein.«

Sie schüttelte nur ungeduldig, kummervoll, mit dem Kopf.

»Es ist mir bekannt, daß – in einer übel-zusammenstimmenden Ehe, und inmitten all der Versuchungen, denen eine umschmeichelte Schönheit ausgesetzt ist – Ihr Lebenswandel untadelig gewesen ist. Vergessen Sie nun den Alten Mann, dessen Gedanken sich besser mit seinem Grabe beschäftigen sollten.«

»Still, stilll – seid menschlich, habt Erbarmen!«

»Ich widerrufe hiermit (und bereue) meine Ungerechtigkeit hinsichtlich Ihrer Motive bei dem Schutz, den Sie diesem armen Mädchen gewährt haben, das Lionel heiraten möchte; ich danke Ihnen für diese Protektion – obgleich ich die Einwilligung zu meines Verwandten Bitte weiterhin verweigern muß. Was also ihre Abstammung auch immer sein mag, es muß mich freuen zu wissen, daß sie, die Lionel so liebt, sicher ist vor einem Elenden wie diesem Losely. Eins noch – nur ein Wort noch – warten Sie – es ist hart für mich, es auszusprechen – : Seien Sie glücklich – verzeihen kann ich nicht; aber Sie segnen, *das kann* ich. Leben Sie wohl; für immer!«

Überwältigender zermalmt durch seine Zartheit jetzt, als durch sein Zürnen vorhin, hatte Caroline sich noch nicht von der Heftigkeit ihres Schluchzens erholen können, als er auch schon geendet hatte – gegangen war – sich verloren hatte im Düster eines nahen Dickichts, wo seinen überstürzten ungestümen Gang noch das Rascheln und Knacken trauernder Zweige verriet, die mit ihren gewelkten Blättern zurückschnellten.

2. Kapitel

Rückblick

Es giebt einen Fleck, wo drei Landstraßen zusammentreffen, geheiligt jener geheimnisvollen Göttin, Diana auf Erden genannt; Luna oder die Mondin im Himmel; und Hekate in den unterweltlichen Bereichen. An diesem Fleck ist es, daß die Jungfrauen Halt machen, und ihre Wahl zwischen den drei ScheideWegen treffen dürfen. Demjenigen, der der Göttin in ihrem Charakter als Diana geweiht ist, geben nur Wenige den Vorzug: diese Straße ist nicht mit Rosen und Myrthen umwachsen. Rosen und Myrthen umschleiern dagegen die Stellen, wo die beiden andern einmünden; und in beiden andern hat Hymen so ziemlich die gleichen, heiter-dreinschauenden Tempel. Aber welche von den zweien hinauf zur himmlischen Luna bringt, oder welche von ihnen zur unterweltlichen Hekate führt, das errät nicht 1 Nymphe unter 50. Falls Deinem Herzen Unheil schwanen sollte, oh Nymphe! – falls, (ob Wolken schon den Pfad zum Mond verhüllen; und Sonnenschein den zur fahlen Hekate umgüldet) Dein Instinkt zurückschrecken sollte vorm Sonnenschein, während Du andrerseits doch auch nicht das WolkenAbenteuer wagen möchtest – Dir ist noch eine Wahl übrig gelassen – noch steht Dir die sich're Straße der Diana offen. Hekate, Oh Nymphchen, ist die Göttin der Geister. Falls Du ihren Pfad erkürst, dann schaue nie zurück; denn die Geister sind hinter Dir.

Wenn Wir uns langsam erholen, von dem Tumult und der Leidenschaftlichkeit irgendeiner heftigen Bedrängnis, dann befällt eine eigentümliche Stille das Gemüt; und die Atmosphäre ringsum wird in dieser Stille zum Erschrecken klar. Währenddes wir mit unserm Kummer rangen, überschauten wir das Ausmaß seiner Verwüstungen nicht. Aber gleich dem Land am Tage nach der Überschwemmung, gleich dem Feld am Tage nach der Schlacht, ist der Anblick unsrer eignen Trübsal, wenn wir nicht länger mehr dem Wüten Einhalt zu tun, sondern die Folgen der angerichteten Zerstörung zu ertragen haben. Klar dehnte sich vor Caroline

Montforts geist'gem Auge jetzt die ganze Ödnis ihres Elends – die Vergangenheit; die Gegenwart; die Zukunft – alles schien in eine einz'ge große Verlassenheit zusammenzufließen. Es ist ja immer seltsam genug, wie zuweilen die ganze Zeit gleichsam im Brenn-Punkt eines Augenblicks konvergieren kann. Es ist ein weitverbreiteter volkstümlicher AberGlaube, daß dergleichen im Moment des Todes eintreten, daß unser gesamtes Dasein sich dann vor dem schon glasigen Auge zusammendrängen solle – ein Panorama Alles dessen, was wir auf Erden getan haben – just dann, wenn die Seele der Erde ihr Gewand zurückgibt. Das aber ist gewiß, daß es Stunden in unserm Dasein gibt, (lange vor jener letzten und gefürchteten), wo dies Phänomen eintritt, und uns darauf aufmerksam macht, daß, wäre die Erinn'rung immer tätig-rege, es keine vergangnen Zeiten geben würde. So stieg nun vor dieser Frau – die, bei aller Berechtigung von Darrell's bittren Vorwürfen, doch eine Natur besaß, lieblich genug, um seine Qual ob ihres Verlusts zu rechtfertigen – das Bildnis ihrer selbst, an jenem Wende-Punkt des Lebens auf, wo die MorgenNebel unsern Weg noch eintrüben; und trotzdem ein einmal gewählter Pfad identisch ist mit einer SchicksalsEntscheidung. Ja, sie hatte gewisse Entschuldigungen, die bei dem Richter, der sein Urteil gesprochen, weder geltend gemacht, noch ihrem vollen Gewicht nach von der strengen Billigkeit gewürdigt worden waren, mit der er, mitten unter Leiden und Zorn, ihre Sache abzuwägen gewünscht hatte.

Caroline's Mutter, Mrs. Lyndsay, war eine von jenen Eltern, die durch die Verbindung von liebevoller KleinBehandlung einer- und hartnäckigster Ausdauer in Entschlüssen andererseits, sich einen außerordentlichen Einfluß auf ihre Kinder zu verschaffen wissen. Niemals verlor sie weder die Kontrolle über sich, noch ihr Ziel aus dem Auge. Zusätzlich war sie noch ein schmächtiges, zartes, pseudoschwächliches Wesen, das, wäre man ihm unfreundlich in den Weg getreten, zweifellos prompt die Auszehrung bekommen hätte. Bei einer starken Dosis gesundesten Verstandes und einer tiefen Kenntnis der menschlichen Natur, war sie egoistisch, weltlich gesinnt, intrigant, herzlos; aber dann auch wiederum so angenehm, so sänftlich, so bezaubernd despotisch; daß es im Ganzen war, als lebe man mit einer Magnetiseurin zusammen, die Einen mit einem Blick entnervt, um Einen dann notfalls mit einer Feder zu Boden zu schlagen. Nur bei einem einzigen großen Vorsatz ihres Lebens war es Mrs. Lyndsay nicht gelungen : als Darrell, reich sowohl durch seine beruflichen Einkünfte, als auch durch das Vermächtnis seines gleichnamigen Verwandten, ParlamentsAbgeordneter geworden, und sich zu jenem Ruf emporgearbeitet hatte, wie er eine solide und gleichzeitig brilliante LebensStellung sichert, da entwarf Mrs. Lyndsay den Plan, diese seine Ehren und Reichtümer, vermittelst eines zweiten Ehebündnisses, nunmehr sich selbst zu eigen zu machen. Nachdem sie, zu Lebzeiten von Mrs. Darrell, so lange Zeit dort im Hause heimisch gewesen war, hatte sich eine Vertrautheit wie unter nahen Verwandten zwischen ihnen eingestellt. Ihre sanften Manieren gewannen ihr seine Kinder; und nachdem Mrs. Darrell's Tod es für sie erforderlich machte, sich einen eignen Haushalt anderswo einzurichten, da hatte sie an Matilda's Zuneigung zu ihr und Caroline eine Entschuldigung, fast noch häufiger Darrell vor die Augen zu treten, und sich von ihm noch öfter zu Rate ziehen zu lassen, als damals, wo sie wirklich in seinem Hause wohnte. Ihr hatte Darrell auch den Antrag anvertraut, den die alte Marquise von Montfort ihm in Betreff einer Verbindung zwischen ihrem jungen Enkel und seinem einzigen noch lebenden Kinde gemacht hatte. Denn so reich das Haus Vipont immer war, gehörte zu seinen traditionellen Grundsätzen unter anderem auch der: daß Reichtum abnähme, wenn er nicht fortwährend ergänzt werde. Spätestens in jeder dritten Generation, wurde es Pflicht in diesem Hause, eine Erbin zu heiraten. Darrell's Tochter, eben siebzehn und noch nicht in die Gesellschaft eingeführt, würde, wenn es ihm so gefiele, eine Erbin sein, nicht Einer von denen nachstehend, die die Recherchen der Frau Marquise in den Salons und KinderStuben der Vereinigten Drei Königreiche hatten entdecken können. Der Antrag der ehrwürdigen Peerin gewährte Darrell natürlich zuerst einmal erhebliche Befriedigung – für das alte RitterGeschlecht wäre es eine ausgesprochene Euthanasie gewesen, in einem Hause zu ersterben, das eine Institution des Empire darstellte; um dann, phönixgleich, in einer langen Linie von Peers wiederaufzuleben, die eventuell den Namen der Erbin verewigen, das Wappen derselben ihrem eigenen Schilde einfügen, und sich unterzeichnen konnten ›Darrell-Montfort‹. Innerlich sagte sich Darrell: ›Alles in Allem würde eine solche Heirat meinem armen Vater gefallen haben.‹ Sie gefiel jedoch nicht Mrs. Lyndsay. Die HauptMasse von Darrell's Vermögen dergestalt weg-verschrieben, würde er selber eine unangenehm andere Partie für Mrs. Lyndsay geworden sein; und außerdem konvenierte es ihr im Moment noch nicht, daß

Matilda derart überstürzt an den Mann gebracht, und somit das stärkste VerbindungsGlied zwischen Fulham und Carlton Gardens durchtrennt werden sollte. Nun hatte Mrs. Lyndsay unter andern auch eine Goldne Regel – (die ich submissest solchen Damen empfehlen möchte, die gleichzeitig um Beliebtheit und Macht bemüht sind) – : sie sprach niemals schlecht von Jemandem, dem sie zu schaden wünschte. Folglich sprach sie, Darrell gegenüber, nicht etwa schlecht von dem Marquis; lobte ihn vielmehr so, daß ihr Lob zu beunruhigen angetan war. Und sie mußte den jungen Peer ja wohl kennen; verbrachte sie doch einen guten Teil ihrer Zeit bei der alten Marquise, die ihre angenehmen Manieren gern hatte. Bis dahin hatte Darrell das betreffende unreife Oberhaupt der Viponts, lediglich als hübsch-lackierte GallionsFigur betrachtet, zu bescheiden um je den Mund aufzutun. Aber nunmehr, wo er sotanes OberHaupt mit sorglicherer Erwägung examinierte; und erkennen mußte, daß es aus der billigsten armseligsten Art Holz bestand, mit einem Herzen, das nur zu gut dazu paßte; da nahm sich Guy Darrell (obschon mit größter Höflichkeit) die Freiheit, die Idee, die letzte BlütenPflanze seiner eig'nen Linie auf einen derart marklosen Stamm umzupfropfen, doch lieber auszuschlagen. Obwohl er, – gleich allen Männern, die zugleich sehr liebevoll und sehr beschäftigt sind, – an seinen eignen Kindern (oder allgemein an Jedem, den er wirklich gern hatte) nicht eher Fehler erkannte, bis solcher Fehler sich ihm förmlich aufzwang; hatte er doch nicht umhin gekonnt zu bemerken, daß Matilda's einzige Chance, ein solides und verläßliches EheWeib zu werden, darin bestand, sich mit einem Gatten zu verbinden, der gleichzeitig ihr Vertrauen gewinnen und ihr Achtung abnötigen könne. Er zitterte, wenn er sich sie als die Frau eines Mannes vorstellte, dessen gesellschaftliche Stellung sie allen fashionablen Versuchungen bloßgeben, und dessen Charakter sie gleichzeitig ohne Guiden und Protektor lassen würde.

Der Marquis, der seiner Großmutter gewohnheitsmäßig gehorchte, und also auch ihren Antrag an Darrell pomadig gutgeheißen hatte, legte bei der Nachricht, daß seine Hand verschmäht worden sei, die lebhafteste Aufregung an den Tag, die er bisher jemals gezeigt hatte. Und so weit es ihm möglich war, ein so kleines Gefühl wie eine Pique zu einer so großen Passion wie Haß zu steigern, so erhöhte sich seine Natur, von diesem Moment an, um HassesLänge: er hätte die Hälfte seiner Ländereien dafür gegeben, um Guy Darrell eine Bosheit anzutun! Mrs. Lyndsay trug Sorge, bei der Hand zu sein, um ihn zu trösten; und die Marquise war ihr noch dankbar dafür, daß sie solch mühsame Aufgabe auf sich nahm. Und im Lauf ihrer diesbezüglichen Unterhaltungen, wußte Mrs. Lyndsay ihm in sein Gemüt das KuckucksEi eines Projektes zu legen, welches unter ihren eignen DaunenFiederchen auszubrüten sie späterhin dann Gelegenheit nahm. : »Es gibt eigentlich nur eine-einzige Art von Frau, mein lieber Montfort, die Ihrer Bedeutung allenfalls noch etwas zusetzen könnte – Sie müßten eine dezidierte Schönheit heiraten: nächst dem Königtum rangiert die Schönheit.« Da nickte das Haupt des Hauses; schien auch ein paar Augenblicke wie zu grübeln; und ließ dann *à propos des bottes* das mysteriöse Wörtlein »Schuhe« fallen. Infolge welchen DenkProzesses das Haupt dergestalt plötzlich bei den Füßen angelangt war, darüber zu vernunften ist nicht meines Amtes; ich weiß lediglich, daß, von diesem Augenblick an, Mrs. Lyndsay so viel Sorgfalt auf Caroline's Schuhwerk verwandte, wie wenn, Aschenbrödel gleich, Caroline's ganzes Schicksal auf dieser Welt von ihrem Pantoffel abhinge. Bei den solchermaßen angedeuteten Gesinnungen und Plänen dieser sensiblen Dame, wird sich männiglich ihren Verdruß vorstellen können, als Darrell sie durch einen Antrag erschreckte, der nun nicht ihr, sondern ihrer Tochter galt. Ihr SelbstGefühl erlitt einen schweren Schock; durch ihren Weltsinn ward ein grausamer Strich gemacht. Mit Guy Darrell als ihrem eig'nen Mann, und dem Marquis von Montfort als dem ihrer Tochter, wäre Mrs. Lyndsay tatsächlich eine wichtige Persönlichkeit in der Welt gewesen. Aber nun gleichzeitig Darrell für sich, und das Marquisat ganz und gar zu verlieren – die Vorstellung war unerträglich! Da es jedoch auch nicht gut möglich war, für ihre mitgiftlose Tochter einen Mann in so hoher Stellung, und dem gegenüber ihre eigenen Verpflichtungen derart groß waren, sofort schlankweg abzuweisen, bediente sie sich einer Politik, die schlechthin bewundernswürdig war, sowohl was die Schlauheit des Entwurfes betrifft, als auch die Geschicklichkeit der Ausführung. Dadurch, daß sie die Bedingung eines einjährigen Aufschubes verlangte, wußte sie ihre BewegGründe so erhaben uneigennützig, so großmütig freundschaftlich erscheinen zu lassen! Niemals würde sie sich's verzeihen können, wenn Er – Er! – der größte, beste der Männer, ein zweites Mal unglücklich in einer Ehe werde, infolge einer Unbesonnenheit jetzt ihrerseits, (ihrerseits, wo sie ihm doch Alles verdanke!) – ja, doch, unbesonnen sei es von ihr gewesen, ihm ein hübsches kokettes Mädchen geradezu in den Weg geworfen zu haben, (»denn Caroline *ist* kokett, Mr. Darrell; fast alle hübschen Mädchen sind das in diesem dummen Alter.«). Kurzum, sie wußte ihre Sache gegen alle Beredtheit selbst eines Darrell durchzusetzen; und ihre Anschläge noch mit dem Schein jener zartsinnigsten Bedenklichkeit zu tarnen, die der Klugheit, wie man sie hohen Grundsätzen und liebevoller Vorsicht schuldet, auch weltliche Vorteile gern aufopfert.

Ja, und was waren nun Caroline's wirkliche Empfindungen für Guy Darrell gewesen? Sie verstand sie *jetzt,* beim Zurückblicken. Sie sah sich selbst, wie sie damals gewesen war – wie sie unter der Buche gestanden, und das himmlische Mitleid, das den Kern ihres Wesens bildete – die verehrende, dankerfüllte Zuneigung, die gleichzeitig mit ihrem eignen Wachstum gewachsen war – wie Alles in ihr danach verlangte, diesem großen und einsamen Leben, Trost und Freude zu sein. ›Ihn lieben‹? : oh sicher liebte sie ihn auch, hingebend, herzlich; aber eben mit der Liebe eines Kindes. Sie war damals noch nicht erwacht zur Liebe des Weibes. Entrückt aus seiner Gegenwart, plötzlich in die Große Welt gestoßen – doch, ja, Darrell hatte das Bild mit zwar sehr strenger, aber doch auch nicht gänzlich ungetreuer Hand skizziert. Was er dennoch nicht gebührend in Anschlag gebracht hatte, war der unvermeidliche Einfluß, den eine Mutter vom Schlage Mrs. Lyndsay's auf ein so gänzlich unerfahrenes Mädchen würde ausüben können – ein Mädchen, derart ohne Arg, ohne Verdacht, und dazu so kindlich ergeben. Weiterhin hatte er die ganze Macht, den ganzen Umfang weiblicher Verschlagenheit nicht richtig eingeschätzt – kein Mann vermag das. Also konnte er auch nicht erkennen, wie, Masche um Masche, die sanfte Mrs. Lyndsay (›eine hübsche Frau; und so hübsche Manieren‹) ihr Geweb' um ›Cousin und Cousine‹ spann; so lange, bis Caroline, – die anfangs, des schweigsamen blondköpfigen jungen Mannes nur immer als des ›Haupts des Hauses‹ gedacht hatte; auch erfreut gewesen war über Aufmerksamkeiten, die dazu dienten andere Bewunderer fern zu halten, von denen sie annahm, sie könnten Guy Darrell's Eifersucht mit mehr Grund erregen – bis Caroline also zu ihrem Schrecken von ihrer Mutter hören mußte, daß sie entweder die herzloseste aller Koketten, oder aber der arme Montfort der mißbrauchteste aller Männer sei. Eben um diese Zeit brachte Jasper Losely, (unter dem Namen Hammond), seine Frau aus der französischen ProvinzStadt, wo sie seit ihrer Verheiratung gewohnt hatten, nach Paris, um Mrs. Lyndsay und Caroline zu besuchen, und ihren Einfluß anzurufen, eine Versöhnung mit dem Vater herbeizuführen. Matilda brachte sehr bald von Mrs. Lyndsay, die überhaupt die bezauberndste Freimütigkeit zur Schau trug, die wahre Natur des Verhältnisses zwischen Caroline und Darrell in Erfahrung. Sie gab diese Information weiter an Jasper, der sie sogleich mit, sehr natürlicher, Bestürzung betrachtete: unter ›Versöhnung mit Guy Darrell‹ verstand Jasper schließlich etwas Substantielles und Praktisches – nicht etwa nur zu dem kümmerlichen Stipendium von 700 £ pro Jahr, das er sich g'rad erwirkt hatte, nun eine bloße sentimentale Verzeihung – vielmehr die volle Wiedereinsetzung der Erbin (wie er sie zu ehelichen sich eingebildet gehabt hatte) in all' ihre Rechte und Anwartschaften. Er hatte keineswegs den Glauben aufgegeben, daß Darrell, früher oder später, die Stimme der Natur doch wieder vernehmen, und sein gesamtes Vermögen seinem einzigen Kinde vermachen werde. Aber damit besagte ›Stimme der Natur‹ freies Spiel habe, war ja wohl auch klar, daß sie nicht etwa noch für andere Kinderlein plädieren könne. Und falls Darrell wieder heiratete, und Sohn auf Sohn bekäme – was für ein schreckliches Dilemma mußte dann nicht für die Stimme der Natur daraus entstehen? Jasper brauchte auch gar nicht lange, um herauszufinden, daß Caroline's HalbVerlöbnis Mrs. Lyndsay nicht minder unwillkommen war, als ihm selber; und daß sie durchaus geneigt war, stillschweigend zu jeglichem Mittel ein Auge zuzudrücken, durch das es annulliert werden könnte. Als erstes wurde Matilda eingesetzt, ein Band zu schwächen, das ganz zu durchtrennen so wünschenswert war. Matilda machte keine Vorwürfe; aber sie weinte: da sei sie sich also *jetzt* sicher, daß sie zeitlebens eine Ausgestoßene, ihre Kinder Bettler sein würden. Eine Klage, die Mrs. Lyndsay mit der pfiffigsten Geschicklichkeit weiter zu verarbeiten wußte: war Caroline sich auch ganz gewiß, daß es nicht unehrenhaft – (Variante: höchst hinterlistig) – gehandelt sei, ihre eigene früheste Freundin des Erbguts zu berauben, das ansonsten ja, zusammen mit Darrell's Verzeihung, Matilda zufallen würde? Diese Vorstellung ward der hochsinnigen Caroline zwar ausgesucht schmerzhaft; vermochte aber nicht die Überzeugung von dem noch größeren Schmerz aufzuwiegen, den sie der Brust, die so auf ihre Treue baute, durch einen Treubruch verursachen würde. Schritt für Schritt nahm die Intrigue gegen den Abwesenden ihren Fortgang. Mrs. Lyndsay verstand auch die Kunst, Zweifel einzuflüstern, aus dem Grunde: Guy Darrell, ein Weltmann, ein kaltblütiger Rechtsanwalt, ein geschäftiger Politiker, *ihm* um eines Mädchens willen das Herz brechen! Ach nein; das gab's nur bei den Jungen (präziser: bei den nicht allzusmarten überklugen Jungen), daß ihnen das Herz ob solcher Kleinigkeiten brach. Montfort allerdings – *das* war ein Mann, dessen Herz gebrochen – dessen Glückseligkeit für immer geknickt werden *konnte!* Der gute Guy Darrell war lediglich durch ritterliche Großmut zu seinem Antrag bewogen worden. »Irgendetwas in Deinen eig'nen kunstlosen Worten, mein liebes Kind, in Deinem Benehmen, hat ihn auf die Meinung gebracht, er habe, Dir selbst unbewußt, Deine Neigung gewonnen – eine Idee, die er, als Gentleman, sich nun auch verbunden fühlte auszusprechen! Sieht ihm so ähnlich. Er *hat* diesen Geist der Ritterlichkeit. Aber ich bin des Glaubens, daß er sich inzwischen voll davon überzeugt hat, wie töricht eine solche Heirat wäre; und daß er Dir, fänd' er sich zu Ende des Jahres frei, und Dich glücklich anderweitig untergebracht, von Herzen dankbar sein würde.«, undsoweiter, undsoweiter. Die Dramatik nahm zu: bei Mrs. Lyndsay begannen unverkennbare Symptome von LungenSucht aufzutreten! Ihr hektischer Husten kehrte wieder; schlafen konnte sie fast gar nicht mehr; ihre Tage waren gezählt – ein geheimer Kummer. Caroline beschwor sie um Offenheit:? – und, geschmiegt an der Mutter Busen, und betaut mit Zähren des Erbarmens, wurden ihr Andeutungen ins Ohr geträufelt, die – obwohl so formuliert, daß sie die allernachsichtigste Schonung für Darrell, und weit mehr Mitleid ob seiner Schwäche, als Abscheu ob seiner Perfidie an den Tag legten – Caroline auffahren machten, mit der Entrüstung empörter Reinheit und beschimpften Stolzes! »Wenn das wahr wäre! – dann würde in der Tat Alles zwischen Uns aus sein! – Aber es ist ja nicht wahr. Ich verlange den Beweis.« : »Aber mein liebes liebes Kind; ich kann doch in einer so delikaten Affäre keine Schritte unternehmen. Kann nicht die Hand dazu reichen, eine Heirat abzubrechen, die Dir so viele weltliche Vorteile bietet – es sei denn, Du könntest mir versprechen, daß, wenn Du jetzt Darrell zurückweist, Du Deinen Cousin erhören würdest. Bei meinem erbärmlichen Gesundheitszustand. würde der angstvolle Gedanke, Dich buchstäblich ohne 1 Pfennig in der Welt zurückzulassen, mich auf der Stelle töten!«

»Oh, wenn Guy Darrell falsch sein sollte – (aber das ist ja

unmöglich!) – dann mach' mit mir Alles, was Du willst. Dir zu gehorsamen und Freude zu machen, würde den einzigen mir noch gebließ'nen Trost darstellen.«

Dergestalt war alles zum *dénouement* des Finales vorbereitet. Mrs. Lyndsay war mit nichten so weit gegangen, ohne die Mittel zur Erreichung ihres Zieles im Rückhalt zu haben; und um dieser Mittel willen hatte sie sich herabgelassen, die in praxi erprüftere Schuftigkeit von Matilda's Gatten anzugehen.

Jasper hatte, während seines diesmaligen Aufenthaltes in Paris, zuerst jene Verbindung angeknüpft, die der Schlimmheit seiner verdorbenen Natur den letzten Schliff gab; mit jener dunklen Abenteurerin, die schon mehrfach, schattenhaft, durch einzelne Partien dieser wechselreichen Erzählung gegaukelt ist. Gabrielle Desmarets stand damals in der Blüte ihrer Jugend; bis dahin nur durch die Art berüchtigt, wie sie ihre bewundernden Opfer zu ruinieren pflegte, und die luxuriöse Üppigkeit mit der sie in ihrem Raube schwelgte. Eingenommen durch die persönlichen Vorzüge, für die Jasper damals so in die Augen fallend war, hatte sie ihr Schicksal gern und willig mit dem seinigen verknüpft. Gabrielle war eine von diesen Incarnationen des Bösen, die in keiner Stadt außer in Paris zu dem gleichen epikuräischen Raffinement gedeihen, oder zu der gleichen zynischen Verdorbenheit degenerieren können. Sie war ungemein witzig, verschlagen bis zum TZ, imstande jede Rolle zu spielen, jeglichen Anschlag auszuführen; und wenn es ihr beliebte, die anstandsvolle unbefleckte Große Dame zu simulieren, hätte sie damit den erfahrensten *roué* hintergehen können. Jasper stellte diese Artistin seiner arglosen Gattin als eine Witwe von Stande vor, die gerade im Begriff stehe London zu besuchen, und durchaus in die Lage kommen könne, Mr. Darrell's Bekanntschaft zu machen, und sich eventuell für sie zu verwenden. Matilda ging bereitwillig in die Schlinge; die Französin verfügte sich unter angenommenem Namen und Titel, und mit verläßlichen, völlig eingeweihten Dienstboten, nach London – und eben dies war (der Leser weiß es bereits) jene wohlredende Baronin gewesen, die sich bei Darrell für die Sache seiner bußfertigen Tochter verwendet hatte! Kein Zweifel, daß die verschmitzte *Parisienne* auf den Effekt ihrer Künste und Reize soweit gerechnet hatte, um ihn zumindest zu einem vorübergehenden Vergessen seines einer Andern verpfändeten Wortes verlocken zu können. Aber selbst falls ihr das nicht gelingen sollte, konnte es für den vorhabenden Zweck gleichermaßen förderlich sein, wenigstens einen Anschein solchen Erfolges zu erwecken. Dementsprechend schrieb sie an eine ihrer Freundinnen in Paris Briefe des Sinnes: wie sie einen sehr reichen Bewunderer an einem gefeierten englischen Staatsmann gefunden habe, dem sie auch ihre ganze Einrichtung hier verdanke etcetera; wobei sie zugleich in überaus witzigen und satirischen Wendungen auf sein EheVersprechen mit dieser jungen englischen Schönheit in Paris anspielte, die zur Zeit solches Aufsehen dort mache – ein EheVersprechen, dessen herzlich müde und im höchsten Grade reuig zu sein, sie ihren Bewunderer schilderte. Ohne daß ein Name genannt worden wäre, waren ihre Schilderungen doch unverwechselbar. Jasper legte diese Briefe selbstredend Mrs. Lyndsay vor – (die Empfängerin hätte sie, wie er angab, einem ihrer eigenen munteren Freunde mitgeteilt) – und deutete gleichzeitig an, daß ihr Zeugnis gegen Darrell ja wohl auch in Miss Lyndsay's Augen hinreichend vernichtend sein würde, falls sich jetzt noch Jemand fände, dessen Wahrheitsliebe Caroline nicht anzweifeln, und der die Behauptungen jener Briefe durch Autopsie erhärten könnte; wozu es völlig genügen würde, wenn der Betreffende Mr. Darrell im Hause einer Person von derart berüchtigtem Lebenswandel aus- und eingehen sähe – : ? Mrs. Lyndsay, die mit vollendeter Raffinesse ihre Würde dadurch rettete, daß sie absolute Blindheit gegen die von ihr selbst stillschweigend geduldeten Tricks affektierte, erklärte feierlich, daß sie in einem UntersuchungsVerfahren, betreffend den bürgerlichen Ruf eines so eminenten Mannes, dem speziell sie soviel verdanke, seinen Namen nimmermehr dem Klatsch anderer Leute anvertrauen könnte: sie-selbst wolle nach London gehen! Sie kenne diese odiose, aber leider nur allzu faszinierende Gabrielle vom Sehen her, (was übrigens Jeder tat, der nur ab und zu in die Oper ging, oder in den *Bois de Boulogne* fuhr). Jasper machte sich anheischig, daß die Pariserin an einem bestimmten Tage, zu einer bestimmten Stunde, auf ihren Balkon treten, und daß, genau zur selben Zeit, auch Darrell dort vorsprechen und Zutritt erhalten solle:? – worauf Mrs. Lyndsay zugab, daß solches Indiz dann freilich genügen werde. Im Bewußtsein ihrer Macht über Caroline, die sich daraus würde herleiten lassen, wenn sie, bei ihrer notorischen Abgespanntheit und angegriff'nen Gesundheit, ihr würde mitteilen können: sie habe eine solche Reise unternommen, um sich mit eig'nen Augen von einer Beschuldigung zu vergewissern, die, sollte sie wahr sein, ihrer Tochter ganzes Verhalten und Geschick beeinflussen müßte – ging Mrs. Lyndsay also nach London – sah Gabrielle Desmarets auf ihrem Balkone – sah Darrell das Haus betreten – und bearbeitete nun, nach Paris zurückgekehrt, bewaffnet mit diesem Zeugnis, sowie den Briefen die zu der Entdeckung geführt hatten, das Gemüt ihrer Tochter dermaßen, daß schon am nächsten Tage der Marquis von Montfort erhört ward. Aber auch Darrell's Probejahr war nahezu verstrichen; jeglicher Aufschub würde gefährlich – jede Aufklärung verhängnisvoll sein, und mußte also vorwegnehmend abgefangen werden. Auch konnte ein langes Verlöbnis nicht geheim gehalten bleiben; dann war es möglich, daß Darrell davon hörte und unverzüglich herüber kam; und desgleichen würde die ehrgeizige Verwandtschaft des Marquis bestimmt nicht verfehlen einzuschreiten, sobald ihnen die Nachricht von seiner beabsichtigten Vermählung mit einer mitgiftlosen Cousine zu Ohren käme. Und Lord Montfort, der von Carr Vipont eingeschüchtert war, und vor seiner Großmutter eine unheimliche Angst hatte, war nicht minder an Geheimhaltung und Beschleunigung gelegen, als Mrs. Lyndsay selbst.

So triumphierte Mrs. Lyndsay denn; und während ihre Tochter sich noch immer unter dem Einfluß einer Aufregung befand, die ihre Urteilskraft umnebelte, und sie zu vorschnellem Handeln, nur um der Qual des Nachdenkens zu entgehen, anstachelte – ward Caroline's ebenso glänzende wie unselige Hochzeit feierlich vollzogen. Der Marquis mietete für seinen HonigMond eine Villa in der entzückenden Umgebung von Fontainebleau; und dieser Mond war noch ganz jung, als der Marquis sich bereits sagte : »Ich finde eigentlich nicht, daß er viel Honig produziert.« Als er sich zuerst durch Caroline angezogen gefühlt hatte, war sie ganz Leben und Munterkeit gewesen – noch viel zu sehr Kind, um sich ob Darrells Abwesenheit groß zu grämen, solang sie gläubig auf eine zukünftige Verbindung mit ihm vertraute – mit einem Temp'rament, von Natur aus wild und quecksilbrig; und dazu eine Welt, die sich vor ihren Füßen auftat, so neu und so brilliant! Diese frische Heiterkeit hatte den Marquis amüsiert – als er jetzt finden mußte, daß sie verschwunden war, fühlte er sich betrogen. Caroline mochte sanft, gelehrig, unterwürfig sein; gut, aber derlei Tugenden, wenn auch von höherer Art als bloße animalische Ausgelassenheit, sind nicht entfernt so unterhaltend. Und seine eig'ne, alles übersteigende Sterilität des Gefühls und Geistes, kam auch erst in den *têtes-à-têtes* des ehelichen Lebens so recht zum Vorschein. Ein gut-aussehender junger Mann, von korrektestem untadligem Benehmen, der gut reitet, gut tanzt, und hübsch den Mund hält, kann auf allen normal-bunten Gesellschaften für einen schüchternen jungen Mann von sensiblem Genius passieren. Aber wenn er Dein Gefährte für's ganze Leben, und überhaupt Dein Alles sein soll; und Du, sobald er zu reden anfängt, erkennen mußt, daß er weder die geringste Idee noch die kleinste Empfindung hat – dann Ach und Weh über Dich, junge Frau; zumal falls Du vorher den Reiz des Intellektuellen, oder die Süßigkeit echter Sympathie kennen gelernt haben solltest! Aber es war nicht an Caroline, sich zu beklagen; und im Ringen mit der eignen SorgenLast, ward sie der Fadheit ihres LebensGefährten auch noch nicht so unmittelbar gewahr. Nein, er, der arme Mann, war es, der sich beklagte. Er entdeckte gerade genug von ihrer geistigen Überlegenheit, um einerseits zu argwöhnen er werde immerfort gedemütigt, und war sich andrerseits sicher, daß er sich schändlich langweile. Ein Vorfall war es dann, der, noch gar nicht so viele Tage nach der Hochzeit, seine zunehmende Gleichgiltigkeit in dauernden Widerwillen verwandelte.

Eines Tages, als Lord Montfort lustlos in Caroline's Zimmer geschlendert kam, fand er sie besinnungslos auf dem Fußboden vor – einen geöffneten Brief ihr zur Seite. Er rief erst die Zofe zu ihrer Hülfe herbei; und nahm sich dann das eheherrliche Recht, den Brief zu lesen, der offenbar ihre Ohnmacht herbeigeführt hatte. Er kam von Matilda, und war in einem Zustand wahnsinniger Aufregung geschrieben. Matilda hatte wenig genug von dem, was man ›ein Herz‹ heißt; besaß dafür jedoch die intensivste Selbst-Liebe, die in puncto Leiden annähernd Herzensstelle vertreten kann. Wenn sie auch für Andern angetanes Unrecht keinerlei Gefühl hatte, so hieß das noch lange nicht, daß sie kein Empfinden für ihr eignes gehabt hätte. Arabella war gerächt: die kaltblütige Schlange von der sie gestochen, hatte den FangZahn der Cobra--Capella gespürt. Matilda hatte durch eine anonyme BriefSchreiberin (vermutlich eine Nebenbuhlerin Gabrielle's) von Jasper's *liaison* mit dieser Abenteurerin erfahren. Erst halb nur erholt von ihrer Entbindung, war sie aus dem Bett aufgestanden – nach Paris geeilt (für dessen Genüsse ihr Gatte sie allein gelassen) – hatte dieses Scheusal von Gabrielle gesehen – in ihr die falsche Baronin erkannt, der Jasper sie vorgestellt – an die sie, nach Jasper's

Diktat, so liebevolle Briefe geschrieben – deren Vermittlung sie in Anspruch genommen hatte, um bei ihrem Vater für sie zu sprechen; – hatte Gabrielle besucht – sie gesehen, in ihren eignen luxuriösen Apartements, und wie Jasper dort wie zuhaus war – hatte einen WutAnfall bekommen – und die Cobra-Capella hatte sich aufgerichtet; und auf Matilda's Erklärung, daß sie sich von ihrem Manne scheiden lassen, zu ihrem Vater zurückgehen, ihm ihr Unrecht bekennen und an seine Gnade appellieren werde, hatte Gabrielle ganz ruhig erwidert: »Tun Sie das; ich-meinerseits werde Sorge tragen, Ihren Herrn Vater wissen zu lassen, daß es sich bei Ihrer, durch Madame la Baronne übermittelten, Bitte um seine Verzeihung, um eine freche Kabale gehandelt hat, seinen Namen anzuschwärzen und seine geliebte Heirat zu hintertreiben. Und bilden Sie sich ja nicht ein, er würde annehmen, Sie hätten bei einem so durchtriebenen Projekt etwa nicht entscheidend mitgewirkt: dazu muß er Sie nun doch zu gut kennen, die Liebe Unschuld.« Jedenfalls erwies sich Matilda Darrell als einer Gabrielle Desmarets nicht gewachsen; rannte aus dem Haus, (indes Jasper zurückblieb, und eine Melodie aus dem *Barbier von Sevilla* pfiff); kehrte allein in die betreffende französische ProvinzStadt zurück; von wo aus sie nun unverzüglich an Caroline schrieb, Dieser ihr Leid klagte, und – ohne groß Gefühl dafür zu zeigen, daß Caroline ja wohl auch ein unerhört Unrecht geschehen sei – hauptsächlich ihrer Befürchtung Ausdruck verlieh, ihr Vater könnte sie jetzt für eine Komplizin an Jasper's Intrigue halten, und ihr die Mittel verweigern, getrennt von jenem Elenden zu leben, den sie mit jeglichem EkelNamen überschüttete, den quasi-gerechte Entrüstung einem schwächlichen Gemütlein nur immer eingeben konnte. Der abschließende Teil des Briefes, verwischt verquollen beklext, war unzusammenhängend, ja fast-faselnd. Tatsächlich war Matilda bereits von der tödlichen Erkrankung ergriffen, die ihr so überstürzt ein frühes Grab bereiten sollte. Vieles von diesem Brief war dem Marquis höchst unint'ressant – vieles davon gänzlich unverständlich. Er begriff nicht, wieso der seine Gattin derart überwältigend berührt haben sollte? Einzig diejenigen Stellen, in denen eine Kabale denunziert wurde, um irgendeine, von Mr. Darrell beabsichtigte Ehe zu hintertreiben, machten ihn etwas unruhig, und schienen ihm eine Erklärung zu erheischen. Aber Caroline, in ihrer HerzensAngst zu der sie erwachte, kam allen seinen Erkundigungen zuvor – ihr waren im Moment nur zwei Vorstellungen gegenwärtig: wie sehr sie Darrell Unrecht angetan – wie undankbar und treulos sie ihm erscheinen müsse; und im ersten Drang ihrer Reue, in der kindlichen Aufrichtigkeit ihrer Seele, kunstlos, offenherzig, ergoß sie all ihre Gefühle gegen den Gatten, den sie sich als Ratgeber und Führer erkoren; wie wenn sie sich bei all ihrem Gram um die Vergangenheit vor einem Gefühl zu bewahren suche, das sie der Verantwortlichkeit gegenüber, die ihre Zukunft an die eines Andern band, weniger treu machen könnte. Ein verständiger Mann nun, würde in einem so noblen Vertrauen (wie schmerzhaft es ihm auch im Augenblick gefallen wäre) eine Garantie für Glück und Sicherheit seines ganzen künftigen Daseins begrüßt haben. Würde erkannt haben, wie verschieden von einer glühenden Liebe – die in Caroline's neuen LebensVerhältnissen allerdings an Schuld gegrenzt; sich als Schuldgefühl dann aber behutsam vor jeglicher Darlegung ihrer Geheimnisse gehütet haben würde – diese infantile, verehrende Zuneigung einem Manne gegenüber gewesen war, ihr so fern stehend durch Zahl der Jahre und geistigen EntwicklungsUnterschied – eine Zuneigung, die ein junger frischer Ehemann, dem man jeden Gedanken jedes Gefühl anvertraut, ja wohl mit einigem Grunde allmählich in den Schatten zu stellen hoffen konnte. Ein klein wenig Langmut, ein klein wenig an feinfühliger und großmütiger Zartheit in diesem Moment, würde Lord Montfort die warme Ergebenheit eines dankbaren Herzens gesichert haben, in dem der überströmende Kummer nicht mehr dem unersetzlichen Verlust eines früheren Liebhabers gegolten hätte, sondern immer mehr der reuigen Scham ob des Unrechts und Verrats an einem vertrauenden Freunde.

Aber von einem Menschen zu verlangen, was nun einmal nicht in ihm liegt, ist vergebens! Lord Montfort lauschte, in mürrisch dummem Mißvergnügen. Daß Caroline den mindesten Schmerz über einen Anlaß zu empfinden vermochte, der ihr Verlöbnis mit diesem anrüchigen Darrell gelöst, und sie dafür zum Rang einer, *seiner* Marquise erhoben hatte, war in seinen Augen ein platterdings unsühnbares Verbrechen. Er bedachte, und ja nicht mit Unrecht, daß Mrs. Lyndsay ihn schandbar getäuscht habe; und ward des festen Glaubens, daß sie eine Komplizin Jasper's gewesen sei, bei jenen Kniffen und Schlichen, die – wie vollkommen einzusehen er Gentleman's genug war – sämtliche daran Beteiligten künftig außerhalb des Bereichs seines Umgangs stellten. Und als Caroline, die allzu heftig geweint und geschluchzt hatte, um in ihres Herrn und Gemahls Antlitz groß lesen zu können, am Ende war, griff Lord Montfort nach seinem Hut, und sagte : »Ich bitte mir aus, nie mehr etwas von diesem Advokaten samt seinen höchst unreputierlichen FamilienVerbindungen hören zu brauchen. Wie Ihr bereits sagtet, habt Ihr und hat Eure Mutter sich äußerst übel gegen ihn benommen; aber das scheint Ihr nicht zu begreifen: daß Ihr Euch mir gegenüber noch viel schlimmer benommen habt. Wenn Ihr Euch herabließet ihm zu schreiben, und Euch auf Erklärungen einzulassen, wie ihr dazu kamt, Lady Montfort zu werden, dann wäre das derart erniedrigend für mich, daß ich es niemals verzeihen würde – nie! Dann dürft Ihr auch gleich weglaufen, das wäre mir genauso lieb – ja, noch lieber. Was Mrs. Lyndsay anbelangt, werde ich ihr verbieten, mein Haus jemals wieder zu betreten. Sobald Ihr mit Weinen fertig sein werdet, gebt Anweisung und laßt Eure Sachen packen. Ich werde morgen nach England zurückkehren.«

Das war vielleicht die längste Rede, die Lord Montfort je an seine Gattin richtete; vielleicht war's auch die rauheste. Jedenfalls betrachtete er sie von dieser Zeit an, wie ein Spanier alten Schlages einen Gast betrachtet haben würde, dem er, gezwungenermaßen, alle Riten der Gastfreundschaft zu gewähren hätte – einen Platz an seinem Tisch, einen Stuhl an seinem Herd – gegen den er aber einen tiefgründigen Widerwillen empfände, und ihn unüberwindlich auf Distanz hielte, mit allem Zeremoniell würdevollen Mißbehagens. Ein Mal nur während ihres ganzen verheirateten Lebens sah Caroline Darrell wieder. Es war unmittelbar nach ihrer Rückkehr nach England, und wenig mehr als einen Monat nach ihrer Heirat. Es war an dem Tage, wo das Parlament, als vorbereitende Maßnahme zu seiner Auflösung, vertagt worden war – das letzte Parlament, dem Guy Darrell als Mitglied angehört hatte. Lady Montfort's Wagen wurd' in dem MenschenGedränge womit die Feierlichkeit die Straßen überfüllt hatte, zum Halten gebracht; und Darrell kam, zu Pferd', an ihr vorüber. Es war nur 1 Blick, für 1 Moment; und der Blick hatte niemals aufgehört, sie zu verfolgen – ein Blick so strenger Verachtung, und gleichzeitig so tiefer Verzweiflung. Keine Sprache vermag ja die Beredsamkeit eines MenschenAntlitzes zu übertreffen, wenn ein großer und gefolterter Geist daraus anklagend redet, zu einer Seele, die sofort begreift. Das zermalmte Herz, die verwüstete Existenz, wurden ihr in der einen Blickung ebenso klar bloßgelegt, wie dem Wand'rer durch die Nacht die Spalten des Abgrunds im Zucken des einen Blitzes.

So begegneten sie einander – so, ohne ein Wort, trennten sie sich. Für ihn brachte dieser eine Moment die Entscheidung bezüglich seiner Flucht aus dem aktiven Leben, zu der seine hoffnungslosen Gedanken den abgehetzten müden Mann jüngsthin sowieso zu gewinnen gesucht hatten. Allein schon zur Sicherung seines eignen Gewissens, wollte er sich nicht erst der ziemlichen Bestimmtheit aussetzen, mit Einer zusammenzutreffen, die als Gattin eines Andern sich vorzustellen, ihm im Innersten und krampfhaft widerstrebte. In jener obersten, exklusivsten Sphäre der Großen Londoner Welt, zu der Guy Darrell's politische Distinktion ihn nun einmal verdammte, war es schlechthin unmöglich, häufige Kollisionen mit Lord Montfort zu vermeiden, als dem Oberhaupt eines Hauses, mit dem Darrell selbst, entfernt, verwandt war – dem mächtigsten Patrizier einer Partei, die in Darrell einen ihrer hervorragendsten Führer sah. Und selbst falls er Lady Montfort's Gegenwart hätte ausweichen können, würde doch ihr Name ständig in seinen Ohren geklungen haben; nein, vor einer so fatidiken Schönheit konnte er sich genau so wenig verstecken, wie vor der Sonne.

Diese Erwägung, samt dem Entsetzen, das sie in ihm hervorrief, vollendeten augenblicklich seinen Entschluß: den nächsten Tag bereits war er in den Gehölzen von Fawley, und setzte die Welt in Erstaunen durch eine, aus diesem seinem Asyl datierte, AbschiedsAdresse an seine Wähler. Nur ganz wenige Tage darauf erreichte ihn die Nachricht vom Ableben seiner Tochter; und wie dies Ereignis allgemeiner bekannt ward, erblickten Viele darin die Erklärung, warum er sich, zeitweilig, vom öffentlichen Leben zurückgezogen habe.

Für Caroline Montfort freilich, und für sie allein, war das Geheimnis einer zerstörten Karriere, eines Verzichts auf Ruhm, unverkennbar enthüllt. Eine zeitlang noch erfuhr sie die Tortur, in jedweder Gesellschaft wohin sie kam, Mutmaßungen und Klätschereien mitanzuhören, die ihr seinen Genius, den anklagenden Schall seines Namens, ins Gedächtnis zurückriefen. Aber Er, der sich der Einsamkeit ergibt, oh, Der ist bald allein und vergessen; und, nach und nach, ward von Darrell so wenig mehr gesprochen, wie von den Toten.

Mrs. Lyndsay hatte niemals während ihrer Anschläge auf Lord Montfort, ihren eignen, ursprünglichen Entwurf auf Darrell aus dem Auge gelassen. Und als jetzt, zu ihrer unsäglichen Erstaunung und Kränkung, Lord Montfort, bevor noch der erste Mond seiner jungen Ehe verstrichen war, Sorge getragen hatte, und zwar in den denkbar knappsten Worten, ihren Traum zerrinnen zu machen: wie sie seinen Haushalt gubernieren, und in den Schlössern der Viponts als rechtmäßige Gebieterin residieren würde, während der lebenslänglichen Minderjährigkeit zu der sie Beide, die unterwürfige Caroline und den lethargischen Marquis, bei sich verurteilt hatte – da wußte sie nichts Eiligeres zu tun, als ein EntschuldigungsSchreiben an Darrell abzufertigen, worin sie, selbstredend, alle Schuld auf Caroline schob. Ach!, hatte sie ihn nicht immerfort gewarnt, daß Caroline seiner nicht würdig sei? – ihn, den größten, den besten der Männer, undsoweiter etcetera. Darrell erwiderte durch einen kurzen Hieb seines schneidenden Sarkasmus – eines Sarkasmus, der all ihre DaunenKissen und GazeSchleier durchschlitzte wie der Säbel Saladins. Die alte Marquise kehrte Mrs. Lyndsay einfach den Rücken. Lady Selina war von zermalmender Höflichkeit. Die hübsche Frau mit den hübschen Manieren befand sich also nicht um einen Deut besser, nach all dem Jammer den sie angerichtet hatte; ging nach Rom; erkältete sich dort; und da sie Keinen mehr hatte, der sie so gut gepflegt hätte wie sonst Caroline, bekam sie endlich wirklich die Schwindsucht und welkte, elegant und tückisch, aus dieser Welt; wie eine Rose welkt, die immer noch ihre Dornen hinterläßt.

Caroline's Wesen entwickelte und hob sich infolge der übernommenen Verantwortlichkeiten, und durch die Reinheit ihres Kummers. Sie unterwarf sich der Verlassenheit und Demütigung ihres ehelichen Loses als einer gerechten Vergeltung; sie bemühte sich, tugendlich und allen Ernstes, aus ihrem Herzen jegliches Gefühl zu verbannen, das ihr mehr von Darrell zurückrufen wollte, als Reue darüber, ein Leben verdüstert zu haben, das gegen ihr Kindertum so gütevoll, gegen ihre Jugend so vertrauend gewesen war. Wir haben sie ja gesehen, wie sie, bei der Erwähnung von Darrell's Namen – bei Anspielungen auf seinen Kummer – sogleich an die Seite ihres frostigen EheHerrn zu fliehen suchte; ob er gleich für sie nichts weiter war, als der Eigentümer des Namens den sie trug – es war immer der behütende Impuls eines zarten wachsamen Gewissens, der ihre Gedanken ebenso ehrlich erhielt, wie ihr Benehmen untadelig blieb. Aber vergebens hatte sie ihren Intellekt zur Unterstützung ihres Herzens aufzubieten versucht – vergebens sich in der Welt um Freundschaften bemüht, Bekanntschaften, die vielleicht das Gedenken an einen Geist hätten in den

Schatten stellen können, der in seinem antiken Gepräge so erhaben gewesen war – so voll Zartheit in seinen Tiefen an unerwarteter Süße und Lieblichkeit – und der ihrem Dasein wieder entnommen worden war, bevor sie seine Seltenheit noch vollkommen begreifen, seinen Wert noch annähernd würdigen gekonnt hatte.

Am Ende ward sie wieder frei; und nunmehr hatte sie es gewagt, ihr eignes Herze gründlichst zu befragen, nach dem Wesen jener Gewalt, die Darrell's Bild noch immer über seine Erinnerungen übte. Und genau deshalb, weil sie so ganz überzeugt war, daß es ihr gelungen sei, ihre alte kindliche Zuneigung zu ihm frei zu halten, von jenem Wachstum zu warmer fraulicher Liebe, das zu ermutigen in ihren damaligen Umständen schuldhaft gewesen wäre, empfand sie es als umso erlaubter, freiwillig eine Sühne anzubieten, die ihr gestatten würde, sich ganz seinen noch übrigen Jahren zu widmen. In diesem Sinne war eines Tages – nach einer Unterhaltung mit Alban Morley; in der Dieser von Darrell als dem Freund, ja praktisch dem eigentlichen Vormund und Beschützer ihrer Kindheit gesprochen, auch ein paar soeben von ihm erhaltene Zeilen andeutungsweise erwähnt hatte, – vor Caroline so lebhaft ein Bild von Darrell's melancholischen Wanderungen und seinem zerstörten Dasein erstanden, daß sie ihm impulsiv, noch den Augenblick, den bewußten Brief schrieb, der Darrell auf Malta erreicht hatte. Sie bezog sich darin nur ganz indirekt auf den Betrug, den man an ihr selbst verübt – viel zu zartfühlend, um auf Einzelheiten eines Skandals einzugehen, von dem sie empfand, daß er ein Hohn auf seine persönliche Würde sei; und in dem überdies die betrügende Partei aus dem Gatten seiner Tochter und ihrer eig'nen Mutter bestanden hatte. Zweifellos wird jede echte Frau begreifen können, warum sie und auf solche Weise an Darrell schrieb; und jeder echte Mann wird gleichermaßen verstehen, wieso dieser Brief seinen Zweck verfehlen, und ihr, verachtungsvoll, wieder zurückgeschickt werden mußte: ihre Gebärde war die Sehnsucht zager unleidenschaftlicher Zuneigung gewesen; und seine der Gegenschlag der sensiblen verbitterten entrüsteten Liebe.

Aber jetzt, da alle ihre Vergangenheit samt ihrem innern Leben an ihr vorüberzog, ward das Weib in ihr, an einem Schmerz so unerträglich wie sie ihn noch nie erfahren hatte, gewahr, daß es nicht länger um büßende Reue für einen beleidigten Freund ging – sondern um Verzweiflung für den größten Liebsten, den sie verloren vertändelt hatte. In jenem stürmischen Dialog war, aus all den konfusen und widerstreitenden Elementen ihres lebenslangen SelbstVorwurfes, LIEBE aufgezuckt – die Liebe des Weibes – war unversehens, blendend, aufgeblitzt, wie in der Jugend die Liebe auf den ersten Blick. Seltsam – aber selbst der Unterschied der Jahre schien verschwunden! Sie, die gereifte kummervolle Frau, war dem Manne, immer noch jung im Herzen, und nur wenig verändert von Gestalt, vielviel näher, als damals das muntre Mädchen von 17 dem gravitätischen Freunde von 40 gewesen war! Seltsam – aber diese seine hemmungslosen Vorwürfe, hatten tiefere Emotionen im Innersten ihrer wilden sterblichen Brust aufgeweckt, als all seine früh're ritterliche Huldigung, die sie zum Ideal eines träumenden Poeten überhöht hatte. Seltsam, seltsam, seltsam! Aber wo *nichts* wunderlich Seltsames ist – findet da jemals Liebe statt?

Und zusammen mit dieser Offenbarung ihres eignen gewandelten Herzens, kam ihr die klarere und frischere Einsicht in Natur und Charakter des Mannes, den sie liebte. Bisher hatte sie immer nur seine Vorzüge und Tugenden erkannt – jetzt gewahrte sie auch seine Begrenzungen; gewahrte sie, *als seien es nur Tugenden mehr,* und liebte ihn darob mehr; und da sie ihn so liebte, verzweifelte sie mehr. Sie erkannte jenen alldurchdringenden unbezähmbaren Stolz, der, verwoben mit seinem Gefühl von Ehre, ebenso unbarmherzig wie gänzlich ohne Rachsucht verfahren mußte. Jetzt begriff sie, daß je mehr er sie liebte, er umso weniger verzeihen würde; und indem sie sich die unerwartete Sanftheit seiner Abschiedsworte zurückrief, fühlte sie, wie in dem Segen den er über sie sprach, der Urteilsspruch beschlossen lag, der jedwede Hoffnung vernichtete.

3. Kapitel

Die Zahl der Freunde eines Mannes sei was sie wolle, es wird Zeiten in seinem Leben geben, wo er 1 zu wenig hat; andrerseits wenn er nur einen einz'gen Feind besitzt, kann er wahrlich von Glück reden, wenn er nicht 1 zu viel hat.

Eine kalte Nacht; scharfer Frost; Winter hat eingesetzt. Die Läden sind geschlossen, die Vorhänge zugezogen, das Feuer brennt hell und klar, und die Lichter sind mild gedämpft in Alban Morley's WohnZimmer. Der alte JungGesell ist wieder daheim. Eben heut war er zurückgekehrt; hatte Lionel zu sich gebeten; und Lionel hatte ihm bereits Alles mitgeteilt, was während seiner Abwesenheit vorgefallen, beziehungsweise ruchbar geworden war – von der Identifizierung Waife's mit William Losely angefangen; bis zu Lady Montfort's Besuch zu Fawley, der zwei Tage vorher stattgefunden, und von dem sie Lionel durch ein paar hastig hingeworf'ne Zeilen unterrichtet hatte; des Sinnes: daß sie unfähig sei, Mr. Darrell's Einwände gegen die Verbindung von Lionel und Sophie abzuschwächen; sich selbst streng tadelte, daß das Gewicht dieser Einwände sich ihr nicht vorher schon in aller Stärke dargestellt hätte; und dann, zum Schlusse Äußerungen ihres Mitgefühls, sowie Ermahnungen zur Standhaftigkeit; in welchem Allem, so kurz gehalten es auch war, die exquisite Güte ihres Wesens einen derartigen Charme ausstrahlte, daß ihre sänftigenden Worte, unfühlbar, Beruhigung vermittelten; ähnlich jenen Geräuschen, vermittelst deren die Natur selbst uns beschwichtigt, Wir wissen oft nicht wie.

Der arme Oberst fand sich inmitten von peinlichen Themen. Obgleich er kein sehr intensives Mitgefühl für die Leiden von Liebenden hatte, und vertrauenden Glauben an eine immerwährende, womöglich ständig wachsende, Zuneigung überhaupt nicht; so hatte doch Lionel's Schilderung des jungen Mädchens, das ein so mysteriöses Verbindungsglied zwischen den zwei Männern bildete, die, jeder auf and're Art, die feinsten SpringFedern seines eigenen Herzens angerührt hatten, ihm eine innige und ritterliche Teilnahme abgenötigt; und vor allem war er aufs tiefste beeindruckt, durch die Stille von Lionels tiefer Entmutigung. Der junge Mann äußerte nicht eine Klage ob der starren Unbeugsamkeit, mit der Darrell sein Elysium zerstört hatte. Er beugte sich einem Willen, mit dem zu rechten vergeblich war; und dem zu trotzen, eine strafbare Undankbarkeit dargestellt hätte. Aber seine Jugend schien wie verdorrt; gesenkten Blicks und teilnahmslos versank er in jene Stumpfheit der Verzweiflung, die nach außen hin so betrüblich der Ruhe der Ergebung ähnelt.

»Ich habe nur einen Wunsch jetzt«, sagte er, »und das ist: sofort zu einem Regiment versetzt zu werden, das sich im aktiven Einsatz befindet. Ich spreche gar nicht davon, daß ich ›die Gefahr wie eine Braut‹ oder etwa ›den Tod‹ suchte – das wäre entweder eine sinnlos abgedroschne Redensart; oder aber gleichsam eine Drohung dem Himmel gegenüber ! Aber ich bedarf irgendeiner heftigen Tätigkeit – irgendeines positiven und unwiderstehlichen Aufrufs an meine Ehre und Pflicht, der mich zwingen würde, gegen diese eigentümliche Schwere anzukämpfen, die sich über mein ganzes Dasein lagern will. Deshalb möchte ich Sie bitten, derlei Versetzung für mich zu arrangieren; und es dann Mr. Darrell in solchen Wendungen beizubringen, daß er nicht noch unnötig-zusätzlich, durch Aufdringen meiner Leiden, gepeinigt wird. Denn obwohl ich ihn gut genug kenne, um überzeugt zu sein, daß Nichts ihn von Entschlüssen abbringen könnte, hinter die er seinen Stolz, oder seinen Begriff von Ehre einmal verschanzt hat, wie in eine Citadelle; so bin ich mir andrerseits doch auch sicher, daß er allen Kummer den diese seine Entschlüsse Andern verursachen, sich selbst zutiefst zu Herzen nehmen würde.«

»Da laßt Ihr ihm nur Gerechtigkeit widerfahren«, rief Alban; »Ihr seid ein nobler Junge, daß Ihr ihn so gut versteht! Sir, Ihr habt das Zeug in Euch, das englische Gentlemen zu so hochherzigen Soldaten macht.«

»Taten, Taten, Taten!«, rief Lionel aus : »Kampf, Streit! Keine andre Chance der Genesung. Ruhe ist so zermalmend; die Einsamkeit so schrecklich.«

Da! wie unterschiedlich die Wirkung ähnlicher Ursachen zum Kummer, in verschiednen Stadien des Lebens! Laßt die ersten TagTräume der Jugend verjagt werden; und Wir rufen : ›Taten! – Kampf und Streit!‹ – ein Schrei, in dem sich, uns selber unbewußt, HOFFNUNG ausspricht, und Uns ganze Welten noch unerschöpfter An- und Aufregungen verheißt. Man zerstreue Uns die letzte goldne Illusion, unter der das Abbild des Glücks noch einmal

Uns're erfahrene Mannheit trog; und die HOFFNUNG schweigt – sie hat keine Neuen Welten mehr anzubieten; – es sei denn allerdings, sie lege ihre irdischen Attribute von sich, streife ihren weniger feierlichen Namen ab, und entschwebe weit Unserm Blick, als ›GLAUBE!‹.

Alban antwortete Lionel nicht sogleich; vielmehr, indem er sich noch bequemer in seinem Sessel zurechtsetzte – die Füße noch gemächlicher auf sein KaminGitter hindrapierte – wälzte der freundliche Mann der Großen Welt, schweigend, alle Mittel und Möglichkeiten, vermittelst deren Darrell vielleicht doch noch erweicht, und Lionel glücklich gemacht werden könnte. Seine Überlegungen entmutigten ihn. »Hat es aber auch wohl je so widrige Zufälle gegeben«, sagte er endlich, und mürrisch genug, »daß Ihr Euch, auf der ganzen weiten Welt, ausgerechnet in das 1 Mädchen verlieben mußtet, gegen das Darrell's Gefühle (Vorurteile, wenn Ihr wollt; gut) wie in Diamant gepanzert sein müssen! Überzeugt, (und anscheinend mit vollem Recht), daß sie nicht seiner Tochter Kind sei; sondern, so unschuldig wie auch immer, eine Betrügerin – wie *kann* er sie als Braut seines jungen Verwandten akzeptieren? wie könnten Wir's erwarten?«

»Wie aber«, sagte Lionel, »wenn sie sich, bei weiterer Untersuchung, dennoch als das Kind seiner Tochter erweisen sollte? – als die einzige überlebende Vertreterin seines Geschlechts und seines Namens?«

»*Seines* Namens? Nimmermehr! Des Namens Losely höchstens – des Namens jenes turbulenten Ganoven, der durchaus noch 'mal am Galgen enden kann – und jenes armen netten liebenswerten Schurken Willy, der Schöps genug war, sich wegen eines Einbruchs deportieren zu lassen! – die Enkelin eines Verbrechers als Repräsentantin des Hauses Darrell! – Aber wie in aller Welt kam Lady Montfort nur darauf, ein derart wildes Project zu begünstigen, und auch Euch noch zur Teilnahme daran zu ermutigen? – tz, sie, die doch wahrlich Darrell hätte besser kennen müssen?«

»Ach! sie hat eben nur Sophie's fein-einfältige Tugenden gesehen, und ihre angebor'ne Grazie; hat an ihre Ansprüche auf Darrell'sche Abstammung geglaubt – und da hat Lady Montfort nur noch an das Heil und den Segen gedacht, den ein so gutes und liebendes Geschöpf seinem freudlosen Herd zubringen werde. Sie hat nicht entfernt an morbiden Stolz und modernde Vorfahrer gedacht, sondern lediglich an beschwichtigende Güte und

LiebesBande. Und außerdem hatte, wie ich inzwischen vermuten lernte, Lady Montfort bei ihrer fördernden Planung für unser Glück – für Darrell's – auch noch ein Interesse, das ihr eigenes betraf.«

»Ihr eigenes?«

»Ja; ich durchschaue jetzt Alles.«

»›Durchschaut‹ was? Ihr macht mich ganz irre!«

»Ich erzählte Ihnen ja schon, daß Darrell, in seinem Schreiben an mich, sich mit erheblicher Bitterkeit über Lady Montfort äußerte.«

»Doch nichts natürlicher als das. Wer würde wohl solche Art Einmischung nicht übel nehmen?«

»Hören Sie zu Ende. Ich habe Ihnen berichtet, daß ich, auf seine eig'ne Anordnung hin, ihr diesen Brief zusenden mußte; daß sie, nach Empfang, persönlich nach Fawley gegangen ist, uns're Sache durchzufechten. Ich versprach mir auch den besten Erfolg.«

»Wie das?«

»Weil Jemand, der selber verliebt ist, durch Intuition, den wundersamsten Einblick in sämtliche LiebesGeheimnisse aller Anderen besitzt. Und wie ich Darrell's Brief so las, war ich mir ganz sicher, daß auch er einmal geliebt habe – (möglicherweise sogar noch-liebte!) – dieselbe Frau, die er hier derart vehement attackierte.«

»Hà!« sagte der Mann der Großen Welt, schon von seinen SchülerTagen her, mit Guy Darrell vertraut – :»Ha! ist es die Möglichkeit! (Und da sagen die Leute noch, ich wüßte Al-les!) – Ihr verspracht Euch besten Erfolg ... ich verstehe. Gewiß, wenn Euer Glaube wahr – wenn da irgendeine alte Inclination vorhanden gewesen sein sollte, eine wieder-belebbare ... irgendein aufzuklärendes, altes Mißverständnis ... halt-stop; laßt mich nachdenken ... wahr; nur zu wahr – : es war genau nach ihrer Verehelichung, daß er der Welt Valet sagte. Ach, mein liebster--bester Lionel! : Licht, Licht! das Licht bricht für mich an! Nicht ohne Grund verspracht Ihr Euch Erfolg. – : Eure Hand her, mein lieber Junge!; endlich seh' ich etwas wie Hoffnung für Euch. Denn wenn der einzige Grund, der Darrell verhindert hat, eine zweite Ehe zu schließen, die unüberwundene Erinnerung an eine Frau wie Lady Montfort war, (und, das ist richtig: wo wäre Ihresgleichen an Schönheit; an Veranlagungen, die seinem Ideal von weiblicher Vollkommenheit so nahe kämen?), – und wenn sie ebenfalls entsprechende Gefühle ihm gegenüber hegte – tja, dann würdet allerdings Ihr jeglicher Chance, Darrell's AlleinErbe zu werden, verlustig gehen, Eure Sophie des ihm so verhaßten Anspruchs, der einzige Sprößling des alten Stammes zu sein, quitt werden; – aber genau durch diese Einbußen könnte es geschehen, daß Lionel Haughton die Braut gewönne, nach der ihn verlangt; und falls dies Mädchen sich doch als das auswiese, was diese Losely's behaupten, dann müßte eben-diese Ehe, die Darrell im Moment so zuwider ist, späterhin sein Glück vollständig machen. Wenn er selber wieder heiratete – in eigenen Söhnen rechtmäßige Repräsentanten und Erben bekäme – sollte er sich (theoretisch) einer Verbindung freuen, die dem Kind seiner Tochter einen so ehrenvollen Namen und einen so zärtlichen Beschützer sicherte. Und was ›Erbschaft‹ anlangt, seid Ihr in Hoffnungen dieser Art schließlich nicht aufgewachsen; habt niemals fest mit dergleichen gerechnet. Eine Summe, bequem ausreichend um standesgemäß und Eurem alten Namen entsprechend zu leben, würdet Ihr auf jeden Fall erhalten; dem Wohlstand Ehren hinzufügen, würde Eure Karriere. Ja; jawohl; das ist der einzige Ausweg aus all diesen Schwierigkeiten: Darrell muß wieder heiraten; und seine Gattin Lady Montfort heißen. Lionel wird es freistehen, Diejenige sich zu erkiesen, die von Lady Montfort gebilligt – befreundet wird – ganz gleich, wo sie her-stammt. : Und ich – Ich, Alban Morley! – werde einen Lehnstuhl an *zwei* glückstrahlenden Herden haben.« –

In diesem Augenblick vernahm man heftiges Geklingel, ein lautes Pochen, von der Haustür her; und unmittelbar darauf, – dem Diener auf der Ferse folgend, und ihn, da er sich erkundigte, welchen Namen er melden solle, einfach beiseite stoßend – kam eine Frau, gekleidet streng in Eisengrau, mit stark-markiertem jetzt verstörtem Antlitz, ins Zimmer geeilt; mit weitem Schritt auf Alban Morley zu, der sich gerad von seinem Sitz erhob; packte ihn am Arm und flüsterte ihm ins Ohr : »Verlieren Sie keine Minute – kommen Sie unverzüglich mit mir – wenn Ihnen die Sicherheit, vielleicht das Leben!, Guy Darrell's lieb ist!«

»Guy Darrell!« rief Lionel; der sie trotz ihrer gedämpften Stimme verstanden hatte.

»: Wer seid Ihr?«, fragte sie, sich grimmig umdrehend; »gehört Ihr zur Familie?«

»Ein Verwandter – beinah sein AdoptivSohn – Mr. Lionel

Haughton«, sagte der Oberst. »Aber, Verzeihung Madame, – Wer sind Sie?«

»Können Sie sich nicht mehr an mich erinnern? Und war't doch so oft in Darrell's Haus, daß Sie mein Gesicht gesehen haben müssen; sicher auch von Ihrem Freund erfahren haben, wie wenig Ursach' ich hätte, mich um ihn oder die Seinigen zu scheeren. Sehen Sie mich noch einmal an : ? – : ich bin jene Arabella Fossett, die ...«

»Ach, jetzt weiß ich wieder; aber ...«

»– aber ich sage Ihnen hiermit, daß Darrell in Gefahr schwebt, und zwar diese Nacht! Stecken Sie Geld zu sich: um noch rechtzeitig hinzukommen, müssen Sie einen ExtraZug mieten. Nehmen Sie Waffen mit – die Sie aber nur zur SelbstVerteidigung benützen dürfen! Nehmen Sie Ihren Diener mit, wenn er tapfer ist. Dieser junge Verwandte hier? – lassen Sie ihn auch mitkommen. Es gilt nur, einem einzigen Mann Widerstand zu leisten; aber dieser eine Mann« sagte sie mit einer verwilderten Art von Stolz, »würde die Stärke und den Mut von Zehnen haben; wäre seine Sache nicht eine solche, die den Starken schwach, und den Kühnen verzagt macht. Es ist kein Fall für PolizeiBeamte, für's Gericht, für einen Skandal; der Dienst hier muß insgeheim geleistet werden, von Freunden, von Verwandten; denn die Gefahr die Darrell bedroht – beugen Sie sich her, Oberst Morley – noch mehr! – ganz dicht ins Ohr –«, und in sein Ohr zischte sie : »denn die Gefahr die Darrell heut Nacht, in seinem Hause, droht, erfolgt vonseiten des Mannes, dessen Namen seine Tochter trug. Das ist der Grund, weswegen ich zu Ihnen komme; Ihnen brauch' ich nicht groß einzuschärfen : ›Schont sein Leben – Jasper Losely's Leben!‹. Denn Jasper Losely's Tod, als Räuber um Mitternacht, würde Darrell's untragbare Schande bedeuten! – Schnell, schnell, schnell jetzt! – kommt, kommt ...«

X. BUCH

1. Kapitel

Rohe Gewalt

Wir verließen Jasper Losely, wie er in jener Kleinstadt, unweit Fawley, übernachtete. Am nächsten Morgen begab er sich, zu Fuß, nach dem alten HerrenHause. Es war derselbe Morgen, an dem Lady Montfort ihre peinliche Aussprache mit Darrell gehabt hatte; und just da Losely sich dem GatterTore näherte, das in den kleinen Park führte, sah er sie wieder in das MietsFuhrwerk einsteigen, das auf sie wartete. Als der Wagen flott an dem Unhold vorüberrollte, schaute Lady Montfort aus dem Fenster, um einen letzten Anblick der ihr immer noch so teuren Landschaft zu erhaschen, obwohl aus Augen, die von VerzweiflungsThränen blind waren. Auf die Art bekam Jasper ihr Gesicht zu sehen, und erkannte sie; Die ihrerseits nicht einmal Notiz von ihm nahm. Überrascht ob des Anblicks, blieb er, vorm PfahlZaun, stehen — : Was mochte Lady Montfort hierher geführt haben? Konnte die Intimität, der seine Betrügerei vor so vielen Jahren ein Ende gemacht, wieder erneuert worden sein? Falls ›ja‹, warum dann aber die unverkennbare heftige Betrübnis auf dem Gesicht, von dem ihm allerdings nur ein hastiger flüchtiger Anblick geworden war? Nun, sei dem wie ihm wolle; es war für ihn nicht länger von dem Interesse, wie's einst gewesen war; und nachdem er ein paar Minuten lang über den Umstand nachgegrübelt hatte, ging er lieber bis ans Tor vor. Aber während seine Hand schon an dem hölzernen Riegel lag, hielt er doch wieder inne — : wie jetzt Zutritt bei Darrell erlangen? — wie sich anmelden? Unter seinem richtigen Namen, war ihm da nicht die Aussperrung gewiß? — als ›Fremder in geschäftlichen Angelegenheiten‹, würde Darrell ihn da wohl bestimmt empfangen? Während er dies noch erwog, vernahm sein Ohr – das, wie all seine anderen SinnesOrgane auch, von Natur so fein war, wie das eines Wilden – im Gezweig des dichten Unterholzes, das einen Teil des kleinen Parkes bedeckte, und hier bis unmittelbar an die Einfriedigung ging, ein schwaches Rascheln. Das Geräusch kam näher und näher; die Zweige wurden brüsk auseinander gebogen; und wenige Augenblicke später, kam Darrell selber aus dem Buschwerk hervor, unmittelbar neben dem Gattertor, das er schnell öffnete, und seinem verabscheuten Schwieger-Sohn buchstäblich von An- zu Angesicht gegenüber stand. Jasper zuckte etwas zusammen; aber die Gelegenheit war zu günstig, um sie verpassen zu dürfen. »Mr. Darrell«, sagte er, »ich komm' Sie da wieder einmal besuchen; schenken Sie mir, diesmal, ein ruhigeres Gehör.« Aber so verändert war Losely; dergestalt von seinen eig'nen Emotionen in Anspruch genommen Darrell; daß diese Worte nicht sogleich die Erinnerung wachriefen. »Ein andermal«, sagte Darrell, indem er hastig weiter vor, und in die Straße trat; »ich habe jetzt keine Muße, für nichts.«

»Pardon; aber nein: *jetzt*«, versetzte Losely, indem er, sich selbst unbewußt, zu Ton und Manieren seiner früheren, zivilisierteren Jahre zurückfand. »Sie erinnern sich meiner nicht, Sir?; nun, s'ist kein Wunder. Aber mein Name ist Jasper Losely.«

Darrell blieb stehen; dann starrte er, immer noch wie verzaubert, die breitschultrige, plumpe Figur vor sich an, eingeknöpft in ihre grobe Windjacke; und erkannte endlich, obschon nur mit beträchtlicher Anstrengung, in dieser rauhen GroßGestalt, in dem entstellten gedunsenen Gesicht, die Wrackstücke jener maskulinen Schönheit, die einst seine ränkevolle Tochter verstrickt hatten. Jasper hätte sich keinen ungeeigneteren Moment für seine Sache aussuchen können. Darrell befand sich immer noch viel zu sehr unter dem Einfluß frischer Aufregung und ungemess'nen Kummers, um jenes Primat der Klugheit über die Leidenschaft aufbringen zu können, das allein ihn eventuell vermocht hätte, etwelchen Anträgen Jasper Losely's ein williges Ohr zu leihen. Und über dem ganzen Mannsbild, an dessen Verbindung mit ihm zu denken schon Bitterkeit und Schmach war, lag jetzt so unverkennbar das Gepräge endgültiger Heruntergekommenheit, daß sämtliche Gentlemans-Instinkte Darrell's sich dagegen auflehnten – zumal ausgerechnet zu dem Zeitpunkt, wo eben erst sein Stolz aufs höchste attackiert und wundgerieben worden war, durch das Aufihneinstürmen all dessen, was ihm schon den bloßen Namen ›Jasper Losely‹ im höchsten Grade verhaßt machte. Was! war es dieses Mannes angebliches Kind, das Lionel Haughton sich zum Weibe begehrte? – sollte das Bündnis mit diesem Manne also erneuert, ja verstärkt werden? – dieser Mensch einen weiteren Anspruch auf ihn und das Seinige dadurch bekommen, daß er ein Elternteil der Braut seines nächsten Verwandten wurde? Was! dieses Mannes Kind war es, das man ihm zumuten wollte, als von seinem eignen Fleisch und Blut stammend anzuerkennen? – als letzten Repräsentanten seines Geschlechts? Dieser Mann! – *Dieser?!* Ein Blitz schoß aus seinem hellen Auge, daß dessen Grau finster ward; dann wandte Darrell sich auf dem Absatz um, und sprach, durch zusammengepreßte Lippen –:

»Wie ich glaube, habt Ihr, Sir, durch Oberst Morley erfahren : daß einzig unter der Bedingung Eurer dauernden Übersiedlung in eine uns'rer entlegensten Kolonien, (oder auch nach Amerika falls Ihr das vorzieht), ich mich dazu verstehen würde, Euch zu unterstützen. Ich denke darüber noch genau so. Ich selbst kann und will mit Euch nicht verhandeln. Oberst Morley ist, so viel ich weiß, im Ausland. Ich verweise Euch also an meinen Anwalt; Ihr wart vor Jahren schon einmal bei ihm; Ihr kennt seine Adresse. Und nun nichts weiter, Sir.«

»Das wird's nicht ganz tun, Mr. Darrell«, sagte Losely, verbissen; und pflanzte sich dabei mitten auf Darrell's Weg; »ich bin vorsätzlich hierher gekommen, um alle Differenzen mit Ihnen zu bereinigen, von Angesicht zu Angesicht; – und ich will . . .«

: »Ihr *wollt!*«, unterbrach ihn Darrell, blaß vor HochmutsZorn, und seine Faust ballte sich vorm Ansturm der Leidenschaft. Bei der Unerschrockenheit seines Wesens, und der Raschheit eines von Natur hitzigen Temperamentes, kam ihm nicht der geringste Gedanke an die Stärke und das SuperSchwergewicht des unverfrornen Eindringlings – an die Gefahr so ungleicher Chancen bei einem körperlichen Rencontre. Aber die Würde, die Alles bei ihm gewohnheitsmäßig durchdrang, und ihm oftmals an Stelle der Besonnenheit diente, kam ihm, zu seinem Glück, auch diesmal zu Hülfe –: *er* einen Mann schlagen, den er derart verachtete? – er diesen Menschen, durch die Ehre eines Schlages von seiner Hand, zu seinem eignen Niveau erhöhen?: Unmöglich! – »Ihr wollt!«, wiederholte er. »Nun gut; sei's drum. Seid Ihr wieder erschienen, um mir einzureden, daß ein Kind meiner Tochter am Leben sei;

und daß Ihr das mütterliche Vermögen meiner Tochter damals nur durch eine wohlerwogene Lüge an Euch gebracht hättet?«

»Ich bin nicht hierhergekommen, um von diesem Mädchen zu parlieren, sondern von Mir. Ich bleibe dabei, daß ich einen Anspruch auf Sie habe, Mr. Darrell; ich wiederhole, daß – drehen und wenden Sie den Tatbestand wie Sie wollen – Sie mein SchwiegerVater sind und bleiben; und es platterdings unerträglich ist, daß es mir an Brod fehlen, oder ich zu blankem Raub getrieben sein soll, indes der Vater meiner Frau ein Mann von nicht zu zählendem Vermögen ist, und keinen Erben hat, außer ... aber ich will jetzt nicht die Sache dieses Kindes betreiben; ich kann sie auch gut und gern auf sich beruhen lassen, wenn sie Ihnen gar so verhaßt sein sollte. Aber ist es denn durchaus Ihr Begehr, daß ich die ein- oder andre Kehle abschneide; und anschließend gehenkt werde, damit ja Allewelt die GalgenRede und das ArmsünderBekenntnis von Guy Darrell's Schwiegersohn zu hören bekomme? Beantworten Sie mir das, Sir!«

»Ich antworte Euch klipp und klar! Einfach darum, weil ich von dem Namen Guy Darrell diese allerletzte Schande fernhalten möchte, geschieht es, daß ich Euch Subsistenzmittel in Ländern anbiete, wo Ihr weniger Versuchungen jener Art ausgesetzt sein werdet, wie sie Euch dazu bewogen haben, die Summen, die Ihr, nach Euren eignen Worten, unter Vorspiegelung falscher Tatsachen von mir erlangt habt, im Sumpf einer Pariser SpielHölle zu investieren. SubsistenzMittel die, wenn sie auch nicht das Laster mästen, so doch zumindest Euch der Notwendigkeit von Verbrechen überheben, sind Euerm Belieben freigestellt. Wählt sie oder verwerft sie, wie es Euch gefällt.«

»Hör'n Sie mal, Mr. Darrell« sagte Jasper, dessen Geduld ob der kalten aufreizenden Verachtung, mit der er hier so auf die Seite geschoben ward, rasch nachzulassen anfing, »ich bin in einem derart desperaten Zustand, daß ich, eh' ich Hungers sterbe, möglicherweise annehmen könnte, was Sie dem Mann Ihrer Tochter so verächtlich hinschmeißen; bloß ...«

»Schuft!«, rief Darrell, ihn unterbrechend, »wollt Ihr es immer und immer wieder als ein ›Anrecht‹ an mich bezeichnen, daß Ihr, unter falschem Namen, mir mein einziges Kind aus dem Hause gelockt habt?; daß sie im fremden Lande sterben mußte – an gebrochenem Herzen, wenn ich recht gehört habe: ist das ein ›Anrecht‹ auf den Vater Eures betörten Opfers!?«

»Es scheint fast so; da Ihr Stolz gezwungen ist, zuzugeben, daß die Welt es dafür halten würde, wenn der KerkerKaplan die letzten Worte Ihres SchwiegerSohnes zu Protokoll nähme! Aber *basta, basta!* hören Sie mich zu Ende, und sparen Sie sich die harten Ausdrücke; denn das Blut fängt mir an zu Kopf zu steigen, und ich könnte gefährlich werden. Hätte jedweder andre Mann mich derart beäugt und gestichelt und verhöhnt, wie Sie's getan, er läge längst tot im Dreck, wie dieser Stein zu meinen Füßen; aber Sie – sind mein SchwiegerVater! – Also: ich gedenke gar nicht groß um den genauen Betrag meines Stipendiums mit Ihnen zu feilschen, gesetzt den Fall ich fügte mich Ihrem Wunsch, und ließe mich kümmerlich in einer dieser rohen unbequemen ErdEcken nieder, wohin man Die, die unsre Alte Welt belästigen, abschiebt, daß sie nicht mehr zu sehen sind. Ich würde lieber meine Zeit hier im Lande ausleben – in Frieden zu Ende leben; und zwar für die Hälfte der Summe, die Sie bewilligen würden, wenn ich mich verschiffen ließe. Wenn Sie wirklich was für mich tun wollen, wär's da nicht besser, Sie täten's so, daß ich zufrieden bin, (bei leichteren Bedingungen noch für Ihr Portemonnaie!); als daß ich unzufrieden wäre, und immer wieder in Versuchung Sie zu behelligen, was ich auf die ein- oder andre Art ja doch könnte, auch von jenseits des HeringsTeiches. Ich könnte mich gleißnerisch-strikt an den Buchstaben einer Abmachung halten, in Melbourne oder Sidney leben, Ihr Geld nehmen; und Sie trotzdem durch Stellvertreter molestieren und plagen. Dies Mädchen, zum Exempel – Ihre Enkelin; schön schön, verleugnen Sie sie, wenn's Ihn'n Spaß macht – aber falls ich herausbekäme, wo sie ist, (was mir, ich gesteh'es, bis jetzt noch nicht gelingen wollte), ich könnt' sie zur hellen Qual Ihres Lebens machen, selbst wenn ich in Australien wäre.«

»Hm«, machte Darrell murmelnd – »jaja; aber –« (sich jedoch plötzlich wieder fassend) – : »Nein! Mann, wenn sie meine Enkelin wäre, Euer leibliches Kind : könntet Ihr auf solche Art von ihr reden? – sie zum Gegenstand eines so niedrigen Geschachers, und so erbärmlicher Drohungen machen? Ihr mögt schlecht sein, wie Ihr wollt, aber das wäre wider die Natur! – selbst bei der allgemeinen Schlechtheit der Natur –- selbst am Sohn eines Verbrechers, und am Bauernfänger einer SpielHölle. Pah! ich verachte Eure Bosheit. Ich will Euch nicht länger mehr anhören. Aus meinem Weg.«

»Nein!«

»Nein?!«

»Nein, Guy Darrell, ich bin noch nicht fertig; Sie sollen meine Bedingungen anhören, und sie auch akzeptieren – eine mäßige Summe, sagen wir ein paar Hundert, jetzt auf den Tisch; und anschließend 200 pro Jahr, die ich in London verbrauchen kann, wie mir's paßt – aber außerhalb Ihrer Kreise, gänzlich außerhalb Ihrer Sicht- und Hörweite. Bewilligen Sie mir das, und ich will Ihnen nie wieder in den Weg kommen – will nicht mehr zu finden versuchen, (beziehungsweise, wenn ich durch Zufall auf sie stoßen sollte, sie nie mehr als mein Kind von Ihrer Tochter bezeichnen), dieses RumtreiberMädchen. Will Sie niemals durch Erwähnung uns'rer Verwandtschaft beschämen. Will auch weder gegen die Gesetze verstoßen, noch von Henkershand sterben; vor allem aber würd' ich nicht mehr lange leben, denn ich habe große Schmerzen, und ich trinke schwer.«

Die abschließenden Worte waren düster gesprochen worden, und nicht ohne ein ganz eigentümlich trauriges Pathos. Und mitten in all seiner gerechten Verachtung und Entrüstung, ward das große humane Herz Guy Darrell's für den Augenblick angerührt. Er verharrte schweigend – zögernden Geistes : wär'es nicht doch wohlgetan – wär'es sowohl für seinen eignen Frieden, als für den jenes armen Kindes, (das Darrell, gleichviel wer nun die Eltern sein mochten, von den Ansprüchen eines so verwegnen Banditen frei wünschen mußte), nicht ebenso sicher, Losely's Wunsch zu befriedigen, und ihn, mit einer Unterstützung die für sein Auskommen hinreichte, in England bleiben zu lassen? Während diese und ähnliche Zweifel durch Darrell's sich langsam besänftigenden Geist zogen, mußte der schuftige Jasper, unglücklicherweise für ihn, darauf verfallen, seine Sache durch zusätzliche Argumente noch unterstützen zu wollen; denn er war durchtrieben genug zu merken, daß er irgendwie Boden gewonnen hatte, aber viel zu plump an Einfühlungsgabe, um seinen Vorteil der rechten Ursache zuzuschreiben. »Sie sehen, Sir«, nahm Jasper, in schier familiären Tönen, wieder auf, »wie kein Hund so zahnlos ist, daß er nicht doch mal zubeißen; und kein Hund so wild, daß er, wenn Sie ihm anständig zu futtern geben, Ihnen nicht doch einen Dienst leisten könnte.«

Darrell sah hoch, und seine Stirn verfinsterte sich allmählig.

Jasper fuhr fort – »Ich hab' angedeutet, inwiefern ich Sie zu plagen vermöchte; vielleicht könnt' ich Ihnen, auf der andern Seite, aber auch einen guten Dienst leisten, bezüglich dieser hübschen Lady da, die grade von Ihrem ParkTor abfuhr, wie ich ankam. Ah! es war doch einmal so weit, daß Sie sie heiraten wollten. Ich hab in der Zeitung gelesen, daß sie Witwe geworden ist: Sie können sie immer noch heiraten. Es ist da mal eine Geschichte gegen Sie in Umlauf gesetzt worden; ihre Mutter hat sich ihrer bedient, um ein altes Verlöbnis abzubrechen – ich könnte diese Geschichte ohne weiteres berichtigen.«

»Das könntet Ihr?«, sagte Darrell, mit jener übermäßigen Ruhe, die von übermäßigem Zorn herrührt; »und womöglich, Sir, habt Ihr die erwähnte Geschichte, um was immer es sich dabei auch handeln mag, gar noch selber erfunden. ›Kein Hund so zahnlos, daß er nicht doch beißen könnte‹ – gelt, Sir?«

»Je nun«, versetzte Jasper, der Darrell's Gelassenheit gründlich mißverstand, »damals schien es einwandfrei in meinem Int'resse zu liegen, daß Sie nicht noch einmal heirateten; – aber *basta! basta!* genug von vergang'nen Dingen. Wenn ich wirklich einmal zugebissen habe, will ich jetzt dafür dienen. Kommen Sie, Sir; Sie sind ein Mann von Welt; lassen Sie Uns den Handel abschließen.«

Aber Darrell's ganze Seele war in Harnisch geraten. Wie, was!: dieser infame Elende hatte auch noch das Märchen aufgebracht, mit dem die Frau, die er geliebt, wie noch nie zuvor eine Frau geliebt worden war, ihren Treubruch entschuldigt hatte, und ihm auf immer verloren gegangen war? Und das mußte er erfahren, jetzt, noch ganz erfüllt von ihrer Gegenwart – mit der qualvollen Überzeugung frisch im Herzen, daß er sie noch liebte, aber nicht verzeihen konnte. – Mit einem so plötzlichen Ansprung, daß Losely dadurch absolut überrumpelt wurde, tat er einen Satz gegen den Bravo; stieß den Koloß, der von sich gerühmt hatte, daß nicht 4 Fuhrleute ihn gegen seinen Willen von der Stelle rücken könnten, beiseite, daß der Weg ihm frei ward; rief, bevor Losely sich noch von seiner Verblüffung erholt hatte, zurückgewandt: »Fluchwürdiger Schuft! Ich widerrufe jedwedes Angebot, ein Leben zu unterstützen, das nur dazu da gewesen ist, all Diejenigen, denen es sich nähern durfte, zu verdüstern und zu verheeren. Verhungert Ihr, oder raubt! geht erbärmlich zugrunde! Und wenn ich über Euer Haupt zum Abschied nicht meinen Fluch ausspreche, geschieht das nur, weil ich weiß, daß der Mensch kein Recht hat zum Fluchen; die einzige Rache, die mein Glaube mir gestattet, besteht darin, daß ich Euch auf Euer eigenes böses Selbst verweise!«

Dies gesagt, schritt Darrell fürder – rasch, ja; aber nicht wie Einer der flüchtet. – Jasper tat drei lange Sätze, und war fast schon an seiner Seite, –, als er durch den Knall einer Flinte aufgeschreckt wurde:! ein Fasan fiel tot auf die Straße; und Darrell's Wildhüter kam, das Gewehr in der Hand, durch eine Lücke in der Hecke, gegenüber der ParkEinfriedigung; als er seinen Herrn so dicht vor sich erblickte, trat er herzu, und entschuldigte sich wegen der Plötzlichkeit seines Schusses.

Was immer Losely's Vorhaben gewesen sein mochte, als er Darrell dergestalt nacheilte – im Moment blieb ihm keine andere Wahl, als es aufzugeben, und zurückzubleiben. Das Dorf selbst war nur einige hundert Meter entfernt; und, Alles in Allem, wozu wäre Gewalttätigkeit gut gewesen, als bestenfalls zur Befriedigung einer augenblicklichen Wut? Gewalttätigkeit konnte Jasper Losely nicht das Einkommen verschaffen, das eben noch innerhalb Reichweite seiner Hand gewesen, und ihr dann so unerwartet wieder entschlüpft war. Er blieb deshalb still auf dem Wege stehen; und sah, wie Darrell, durch ein weiteres GatterTor dicht am HerrenHause, ruhig tiefer in seinen Park schritt. Indes hatte der Wildhüter seinen Vogel aufgehoben; lud jetzt seine Flinte wieder, und sah Jasper dabei argwöhnisch von der Seite an. Der zuschanden geword'ne Gladiator drehte sich am Ende um, und ging, langsamen Schritts, zurück, der Stadt zu, von der er gekommen war. Es war schon spät am Nachmittag, als er seine Ecke im KaffeeZimmer seines Gasthauses (Hauptkundschaft Handlungs-Reisende) wieder einnahm; und, zu seinem Verdruß, war der Raum überfüllt – es war Markttag. Landwirte, nach abgetanen Geschäften, kamen und gingen in rascher Folge; Diejenigen, die nicht an der WirtsTafel speisten, nahmen doch rasch einen Schnell-Imbiß zu sich, oder 'nen SteigbügelTrunk, derweil ihre Pferde gesattelt wurden; Andere warfen einen Blick in die Zeitungen, oder tauschten Bemerkungen über den Zustand der Märkte und der Nation. Jasper, müd' und verdrossen, hatte auf seine bestellten Erfrischungen zu warten; und verfiel währenddem in eine Art von halbem DahinDämmern, wie es bei ihm neuerdings, in den Pausen zwischen Essen und Unfugmachen nicht ungewöhnlich war. Aus dieser schleichenden Betäubung wurd' er plötzlich durch den Klang von Darrell's Namen aufgerüttelt. Drei Bauern, die, den Rücken zum Feuer, dicht neben ihm standen, waren Pächter von Darrell – zwei von ihnen auf den Ländereien, die Darrell in den

Jahren seines territorialen Ehrgeizes aufgekauft hatte; der Dritte wohnte im Weiler Fawley selbst, und hatte den größern Teil des relativ unfruchtbaren Bodens gepachtet, auf den das Patrimonial-Gut beschränkt gewesen war. Diese Landwirte also unterhielten sich über die Rückkehr ihres GutsHerrn in den Landkreis hier – von seiner zurückgezog'nen Lebensweise – seinen merkwürdigen Angewohnheiten – von dem großen, unvollendeten Neuen Hause, das er da verrotten ließ. Worauf der Pächter aus Fawley versetzte: daß man's am Ende doch wohl nicht ganz verrotten lassen wollte; weil, gerade in der letzten Zeit, Arbeiter vom Dorf damit beschäftigt gewesen wären (Einige seien's noch), ein paar von den Räumen oberflächlich in Ordnung zu bringen; und dann fing er an, von der langen Galerie zu erzählen, wo der Squire sich seine ganzen feinen Bilder hingehängt hätte; wie ein VerbindungsGang hergestellt worden wäre, zwischen dieser Galerie und seinem eig'nen Zimmer; und wie er viele Stunden des Tages (und der Nacht nicht minder) in diesem entsetzlich langen Raum zubringe, der so öd' und verlassen wie ein Kirchhof sei; und Mr. Mills habe gesagt, der Herr lebe neuerdings fast ausschließlich entweder in besagter Galerie, oder eben in der jetzt damit verbundnen Dach-Stube des Alten Hauses – so zu sagen total abgeschnitten, ohne jeden Verkehr, als die Augen dieser toten Bilder; oder allenfalls die Ratten, die so aufgeregt geworden wären, ob der Invasion in ihre Quartiere im Neuen Bau, daß man sie, wenn man, in mondhellen Nächten, zu den Fenstern hineinluge, zu Dutzenden sitzen und Männchen machen sehen könnte, wie wenn sie Beratung abhielten; oder sich die kuriosen alten Sachen ansehn wollten, die neben den LattenKisten lagen, aus denen man sie jetzt 'rausgenommen hatte. Dann kamen die ländlichen KlatschGevattern auf den dicht bevorstehenden Zinstag zu sprechen – auf den PächterSchmaus, der, unvordenklichem Brauche gemäß, an eben diesem Zinstage im Alten Herrenhaus gegeben zu werden pflegte – präsidieren würde ja vermutlich Mr. Fairthorn; der Squire selbst würde wohl kaum erscheinen – dann machten sie noch beiläufige Bemerkungen über die Pachtpreise, die Jeder zahle – über die WeizenErnte – merkten an, daß man für den Heimritt vom PächterSchmaus, schönen Mondschein haben würde – warnten Einander lachend, nicht zu viel von Mr. Fairthorn's Punsch zu trinken! – und gingen schließlich ihres Weges; nachdem sie Jasper Losely's Gedächtnis – der, sein anschlägiges Haupt derweil in die mächtige Hand gestützt, all die Zeit über in dumpfen Schlaf verfallen geschienen hatte – folgende zwei Tatsachen sattsam eingeprägt hatten: 1.) daß am dritten Tage, gerechnet von dem an, der sich just seinem Ende neigte, Summen im Betrage von Tausenden ihren Weg ins Herrenhaus zu Fawley finden würden; und 2.) daß eine Verbindung existierte, zwischen dem unvollendeten unbewohnten Bau, und Darrell's eignem, abgelegnem Zimmer. Sobald er sich durch Speis' und Trank hinreichend gestärkt hatte, erhob Jasper sich, zahlte seine Zeche, und ging davon. Geräuschlos und reißend-schnell, entlängst der Heckenreihe, die den Weg nach Fawley säumte, und kaum wahrnehmbar in ihren Schatten, schritt, weitausgreifend, die wilde MenschenBestie, der Witterung seines Raubes nach. Es war Nacht, als Jasper von Neuem die moosigen Pfähle der Einfriedigung um die Bezirke des alten Herrenhauses erreicht hatte. Wenige Minuten später stand er im SchwarzSchatten der StrebePfeiler des unvollendeten Gebäudes. Seine Absicht war, im Moment, nicht zu attackieren, sondern lediglich zu rekognoszieren. Er umstreifte die unregelmäßigen Mauern, geleitet in seiner Erkundung, dann und wann, durch schwachen Sternenschimmer – klarer und vor allem beständiger jedoch durch Lampenschein aus dem anstoßenden Herrenhause – und hier wieder besonders dem hellen Licht aus einem Zimmer hoch im Giebel, zu welchem das dünn-gezimmerte HolzWerk hinging, das die beiden steinernen Gebäude ungefähr so verband, wie ein zarthinfälliger Plan die Vergangenheit, die ein Mann nicht genossen hat, mit einer Zukunft verknüpft, die sich ihm auch nicht erfüllen wird. Da kam Jasper an ein großes unverglastes ErkerFenster, sein Sims nur einige-wenige Fuß über der Erde; von dem die, kreuzweis über'n steinernen MittelPfosten weg genagelten Bretter von den HandwerksLeuten, die Darrell bei den InnenArbeiten beschäftigt hatte, entfernt, und nur durch eine lose-hängende Zeltbahn ersetzt worden waren. Jasper zerrte dies unbedeutende Hindernis auf die Seite; und hatte dann keinerlei Schwierigkeit mehr, durch die geräumigen FensterÖffnungen in das Innere des trübseligen Gebäu's einzusteigen. Sogleich befand er sich in tiefster Finsternis, und nahm seine Zuflucht zu einer Schachtel LuziferHölzchen, die er bei sich hatte; und die Verschwendung von einem Dutzend dieser Schwefelchen, setzte ihn in den Stand, das Terrain zu untersuchen: – er befand sich in einem Raum, den der betreffende Architekt scheinbar als HauptTreppenhaus vorgesehen hatte; eine hohe Leiter, von den

Arbeitern letzthin gebraucht, war an der Wand stehen gelassen worden, so daß ihr oberes Ende an einem Treppenabsatz lehnte, einer großen TürÖffnung gegenüber, die, nach der Pracht des halbfertigen Architravs zu schließen, offenbar nach den vorgesehenen PrunkZimmern hatte führen sollen; zwischen den Giebeln befand sich nur eine ganz leichte, behelfsmäßige Tür aus ungehobelten KiefernBrettern. Zufrieden mit seiner Rekognoszierung, verließ Losely das HausSkelett; und lenkte seine Schritte wieder dem Wirtshaus zu, von dem er hergekommen war. Seine Betrachtungen unterwegs, legten ihm die Zweckdienlich-, nein, die Notwendigkeit eines Komplizen nahe. Werkzeug konnte erforderlich – Verkleidungen würden benötigt – schnelle Pferde zum Verschwinden mußten gemietet werden – und, falls der Raub gelänge, würde der Hauptteil der Beute zweifellos in BankNoten bestehen, welche unterzubringen noch eine and're Hand erfordern würde, als seine eigene; sei's nun den Morgen darauf, in aller Frühe, bei der Bank, oder aber daß man sie ins Ausland schleuste. Als Gehülfen bei all dem, wußte Jasper keinen, der Cutts das Wasser reichen konnte; auch hegte er gegen seinen alten Kumpel nicht den geringsten Verdacht einer Teilnahme an der Verschwörung gegen sich, vor der Mrs. Crane ihn gewarnt hatte. Indem er daher beschloß, jenen altbewährten Freund ins Vertrauen zu ziehen, und ihm einen Anteil an der Beute zu gewähren, beschleunigte er seinen Schritt; kam auf dem Bahnhof gerade noch rechtzeitig für den Spätzug nach London an; und erreichte – die Gefahren, womit er bei seinem WiederErscheinen in irgendeinem der SchlupfWinkel seiner neuen SpießGesellen bedroht war, geringschätzend – den dunklen HinterHof, allwo er in der Nacht seiner Rückkehr nach London, sein erstes Logis aufgeschlagen hatte; und weckte hier Cutts aus seinem Schlummer, mit der Ausmalung eines so verheißungsvollen Unternehmens, daß der kleine Mann schier seine alte Bewunderung für den Genius wieder zu fassen begann, vor dem er sich in Paris ehrfurchtsvoll gebeugt, der sich jedoch in London seine Verachtung zugezogen hatte.

Mr. Cutts nahm, auf jenem Sektor der großen Welt, der er angehörte, eine sehr eigentümliche Stellung ein. Er besaß den Vorteil einer, der großen Mehrheit seiner Genossen beträchtlich überlegenen Erziehung und Ausbildung; war er doch ursprünglich Schreiber bei einem Advokaten von Old Bailey gewesen; und hatte seit jenen frühen Tagen, seine angebor'ne Durchtriebenheit durch eine Vielzahl spekulativer Unternehmungen, sowohl daheim als im Auslande, weiter geschult und abgerundet. Im Lauf dieser Abenteuer hatte er es nicht nur verstanden, Geld zu machen, sondern, was bei den Feinden des Gesetzes äußerst rar ist, es auch fest zu halten. Als eingefleischter Hagestolz hatte er sowieso wenig Ausgaben; und neben seiner JunggesellenBehausung in dem dunklen Hinterhof-hier, besaß er noch ein Etablissement im Herzen der City, unweit der Themse, das der Obhut einer dito unverehelichten Schwester, genauso habsüchtig und verschlagen wie er, anvertraut war. In diesem Etablissement, nach außen hin ein Pfandhaus, wurden die Waren in Empfang genommen, von denen Cutts in seiner HinterhofWohnung erfuhr, daß sie, da für Nichts erworben, wohlfeil weiter verkauft werden sollten. Hauptsächlich dieser GeschäftsZweig war es gewesen, durch den der Mann sich bereichert hatte. Aber sein Netz war so beschaffen, daß es Fische aller Arten aufnehmen konnte. Er war der allgemeine Berater für die Übertreter des Gesetzes. Wenn er bei Anschlägen, zu denen er riet, persönlich mitwirkte, waren die mit solcher Gewißheit erfolgreich, daß er im höchsten Rufe für Glück stand. Aber selten nur nahm er aktiven Anteil an derlei Plänen – ebenso glücklich im Meiden wie im Ausführen. Es war keine leere Prahlerei gewesen, wenn er sich, Mrs. Crane gegenüber, der Geschicklichkeit gerühmt hatte, mit der er sich so lang schon außerhalb der Klauen der Justiz erhielt. Bei einem gewissen Teil der Polizei war er sogar ein ausgesprochener Liebling; denn ging irgendein Gegenstand auf geheimnisvolle Weise ›verloren‹, und sein Eigentümer machte sich zu einem Finderlohn erbötig, der in etwa dem regulären Markt-Wert entsprach? –: Cutts war der Mann ihn wieder herbei zu schaffen. Vor Gewalttätigkeiten hegte er eine heilsame Scheu; nicht daß er Stärke, an Andern, nicht bewundert hätte – nicht weil er etwa, physisch, ein Feigling gewesen wäre – einfach deshalb, weil Vorsicht sein vorherrschender Charakterzug war. Er wendete durchaus Gewalt an, wenn es erforderlich wurde – legte ihr aber genau den gebührenden Wert bei – er wußte sehr wohl einen Einbruch zu planen, und die Beute zu verteilen; aber nur dort, wo der Gewinn groß, und gleichzeitig die Gefahr klein war, lieh er zuweilen seine Hand einem Werk, das sein Kopf guthieß. Als Losely ihm jetzt die Ausraubung eines einsamen LandHauses vorschlug – wobei Jasper, alle Gefahren bagatellisierend, hauptsächlich die lockenden Bilder tausender Pfunde in Gold und Scheinen herauszustellen wußte; verwahrt lediglich von einem älteren Herrn; und an die sich bequem durch einen unbewohnten HalbfertigBau herankommen ließe – da hielt Cutts den Fall doch einer persönlichen Inaugenscheinnahme für wert. Auch betrachtete er sich durch sein allgemeines Abkommen mit Mrs. Crane nicht dazu verbunden, die Aussicht auf eine Summe zu verlieren, die so unendlich größer war, als das, was er bestenfalls von ihr erwarten konnte, wenn er ihr den Anschlag verriet, und eventuell Maßnahmen einleitete ihn zu vereiteln. Wenn Cutts angemessen bezahlt wurde, war er ein höchst getreuer und kluger Agent; und hatte sich, Mrs. Crane gegenüber, bei diversen Anlässen bereits als solcher bewiesen. Aber ›angemessen bezahlt‹ bedeutete eben, daß die Angeberei mehr Geld zu bringen hatte, als wenn er die Sache laufen ließ. Bisher war es für ihn äußerst lucrativ gewesen, Mrs. Crane, die Jasper vor Verbrechen und Gefahr bewahren wollte, zu willfahren. In diesem Fall hier, schien der Gewinn jedoch gänzlich in der andern Richtung zu liegen. Demgemäß brachen, am nächsten Morgen – nachdem man einen MantelSack mit Feilen, Dietrichen, Masken, und diversem andren nötigen ReiseNecessaire gefüllt hatte – Cutts fügte noch eine wohlbedachte Auswahl an politischen FlugSchriften und gewissen Zeitungen hinzu – er und Jasper, auf zwei zwar nur gemieteten, aber kräftigen und schnellfüßigen Kleppern, in Richtung Fawley auf. Sie suchten sich Quartier, in einem auf der entgegengesetzten Seite des Herrenhauses gelegenen Städtchen, als das, von dem aus Jasper sich ihm genähert hatte, aber ungefähr in derselben Entfernung. Nachdem sie dort ihre Stuten gefüttert, getränkt, erfrischt hatten, ritten sie, dem stillen Fingerzeig eines Wegweisers folgend, auf Fawley zu; gelangten in die Nähe des Parkes; allwo Cutts abstieg, über'n Rasen huschte, und im GeHöhl des unfertigen GroßBaus untertauchte; indes Jasper, in einer Krümme des Waldwegs, auf die Pferde aufpaßte. Cutts, dem die Durchmusterung des verlassnen Innern ausgesprochen wohlgefiel, wagte es, in der ringsum waltenden Stille, die Leiter emporzusteigen, der Türe oben einen Dietrich zu applizieren; und, nachdem er sie mit Leichtigkeit geöffnet hatte, sich in die lange Galerie, mit ihren gemäldebedeckten Wänden, einzuschleichen. Durch die Ritzen einer andern Tür, am äußersten fernen Ende, schimmerte ein schwaches Licht. Cutts legte das Auge, erst an die Klinze, dann an das SchlüsselLoch – ? – und sah, daß dies Licht aus einem Raum auf der andern Seite der schmalen

Passage kam, die das Neue Haus mit dem Alten verband. Die Tür jenes Raumes war weit-offen; Kerzen standen auf einem Tisch; und neben diesem Tisch konnte Cutts die Umrisse einer, sitzenden, MannsGestalt unterscheiden – zweifellos der Eigentümer; allerdings ›ältlich‹ wirkte ihm die Gestalt nicht. Mochte sie auch einem Jasper an physischer Kraft nachstehen; sie zeugte immer noch von rüstiger, ungebrochener Mannheit. Irgendwie gefiel diese Gestalt Cutts gar nicht; und er trat seinen Rückzug ins Freie mit unguten Gefühlen an. Immerhin sagte er, als er wieder bei Losely eintraf, »Bis jetzt läßt sich die Sache vielversprechend an – die Lokalität totenstill – verschlossen nur eine-einzige Tür; und die auch noch mit dem gewöhnlichen BauernSchloß, das jeder SchulJunge mit sei'm TaschenMesser aufkriegen kann.«

»Oder 'm krummen Nagel«, ergänzte Jasper.

»Sicher; in guten Händen gibt's kein bessern Dietrich. Aber es sind noch andere Sachen zu bedenken, als bloße TürSchlösser.«

Und Cutts skizzierte, in aller Eile: wie jetzt genau die Stunde wäre, wo einige der hier auf dem Grundstück beschäftigten Arbeiter eventuell im Wirtshaus zu Fawley anzutreffen sein könnten; da wollte er hin reiten, kurz einkehren, und versuchen, ob sich nicht eine Chance ergäbe, einzelne nützliche Aufschlüsse, über Örtlichkeiten und Haushalt-allgemein, mitzukriegen. Er wolle sich für einen HandlungsReisenden ausgeben, auf dem Weg nach der Stadt begriffen, von der sie soeben gekommen; er wolle seine billigen Zeitungen und Flugschriften 'rausholen; über Politik sprechen – alle Arbeiter wären Liebhaber von Politik; und besonders von der Politik, wie man sie in billigen Gazetten und FlugSchriften antrifft. Und in 1 Stunde oder-so, werde er sich wieder bei Losely einfinden.

Der Bravo wartete – sein Pferd graste – der Mond kam herauf, stahl sich durch die Bäume, und brachte das melancholische alte WohnHaus in fantastische Beleuchtung – die noch schwermütigere Neue Ruine. Jasper war, wir haben es bereits einmal gesehen, nicht ohne gewisse abergläubische Vorstellungen; und sie hatten letzthin, da sein Hirn chronisch-überhitzt und seine Nerven schmerzerschlafft geworden, mehr und mehr die Oberhand gewonnen. Er begann den geheimnisvollen Schauder der Stille und des Mondscheins zu empfinden; und einzelne vage Erinnerungen, an frühere schuldlose Tage, überkamen unklar sein Denken, und schienen zuweilen wie Geflüster der Reue – an eines Vaters heitere Liebe –

an FrohGefühle ob des unbezahlbaren Besitzes von Jugend und Kraft – an anstaunendes Lachen und cordiales HändeSchütteln, wie seine Jugend, sein Wagemut, sein unverwüstliches Feuer, sie ihm so oft eingetragen hatten – an all das, was er gewesen; vermischt mit dem Bewußtsein dessen, was er jetzt war; und unbehaglichen Mutmaßungen über die wahrscheinliche Tiefe des finalen Falles. Aber daß ein Mensch sich länger hinter'nander selbst ›Die Schuld‹ gibt, ist sehr selten; und auch Jasper beeilte sich, das zu tun, was manch ein besserer Mann tut, ohne ob seiner Törichtheit zu erröten – nämlich, all die Schuld, die seinem eignen wiss- und willentlichen Mißbrauch niewiederkehrender Stunden zuzuschreiben wäre, lieber auf die unschuldigen Schultern etwelcher Mitmenschen abzuwälzen; oder auch auf die neblichten Umrisse jener umwölkten Gestalt, die alte PhilosophenSchulen und moderne PlagiaToren manchmal ›Die Umstände‹ nennen, manchmal ›Den Zufall‹, manchmal auch ›Das Schicksal‹.

Mit diesem tröstlichen Glauben kam, wie sich's versteht, auch des Teufels großer Luxus – Die Rache. Denn wenn man erst einmal zu sich selber sagt: ›Für Alles was ich leide, spreche ich einen andern Menschen schuldig; oder ich klage das ErzUnsichtbare an, sei das nun ein Fatum, sei es ein Schöpfer!‹ – dann ist die logische Folge, zu Bösem mehr Böses, zur Torheit mehr Torheit zu fügen – es dem Menschen, der Einem derart Unrecht tut, heimzuzahlen, oder auch diesem ErzUnsichtbaren, das Einen so schwer drückt. Von allen unsern Passionen: ist nicht ›Rache‹ diejenige, an der ein Teufel mit dem größten Gusto und Eifer sich beteiligt? Denn was ist letzten Endes ›ein Teufel‹? – es ist ein Wesen, dessen einziges Geschäft auf Erden, in irgendeiner Rache an GOtt besteht!

Nun war Jasper Losely seinem Charakter nach nicht rachsüchtig; reizbar wohl, wie alle eitlen Leute sind – händelsüchtig, aggressiv, aufbrausend ob des Andrangs animalischer LebensGeister; aber die lange vorbedachte Rache war einer Leichtfertigkeit, einem Egoismus grundfremd, der jene SelbstAufopferung, wie sie für Haß und Liebe gleichermaßen erforderlich ist, weit von sich gewiesen hätte. Aber Guy Darrell hatte in dem Gefüge seiner Persönlichkeit eine Leidenschaft treibhausmäßig entwickelt, die ihm nicht angeboren war. Jasper hatte sich so viel von seiner Heirat mit des Großen Mannes Tochter erwartet – so absolut auf Deren Macht gezählt, erst Verzeihung zu erwirken, dann Reichtum herbeizuschaffen – und seine Enttäuschung war derart empfindlich gewesen – derart begleitet von Kränkung und Demütigung — daß er den Mann, den er am meisten beleidigt hatte, als den Mann ansah, der ihn am meisten beleidigt habe. Aber erst in den allerletzten Tagen hatten seine ärgerlichen Gefühle die Gestalt dezidierter Rachsüchtigkeit angenommen. Solang noch eine Chance bestanden hatte, er könne von Darrell das zu seinem Leben unbedingt notwendige an Geld herauspressen, solange hatte er jeden Gedanken, der ihm etwa eine profitlose Befriedigung seiner Wut nahelegen wollte, im Zaume gehalten. Aber jetzt, wo Darrell so verächtlich, so unerbittlich, jegliches Zugeständnis von sich gewiesen hatte — jetzt, wo nichts mehr aus ihm herauszuquetschen war, es sei denn durch Gewalt — da wurden Gewalt und Rache vereint ein Teil seiner Planung. Und dennoch war, selbst bei dem kühnen Frevel auf den er sann, nicht etwa ›Mord!‹ der hervorstechende und kalt akzeptierte Gedanke — oh nein; was seine verwilderte und gestörte Einbildungskraft hauptsächlich anregte, war die Vorstellung: durch Schrecken den Mann zu demütigen, der ihn durch Geringschätzigkeit gedemütigt hatte. Einzudringen in das Heim dieses hochmütigen Verächters — ihm gegenüberzustehen, in seinem eig'nen Zimmer, in der Stille der Nacht, Mann gegen Mann, Kraft gegen Kraft; zu ihm zu sprechen: »Jetzt kann Euch Niemand von mir befreien — jetzt komm' ich nicht mehr als kleiner Bittsteller — ich befehle Euch, meine Bedingungen anzunehmen!« — sich zu weiden an den Ängsten, die, des war der starke Mann fest überzeugt, den reichen Mann darniederbeugen würden, daß er zu seinen Füßen um Gnade flehte — so etwa war das Bild, das Jasper Losely sich heraufbeschwor; und selbst die durch Gewalt gewonnene Beute lachte ihn noch weniger an, als die grandiose Attitüde, die diese Gewalt ihm verleihen würde. Kommen nicht von 10 Morden 9 auf eben diese Weise zustande, daß ein Gedankenspiel in die Tat umgesetzt wird? ›Oh, daß mein Feind mir nur von Angesicht zu Angesicht gegenüber stünde — und Keiner, der dazwischentreten könnte!‹, spricht der rachsüchtige Träumer. Schön, und was dann? *An dem Punkt* hält seine Einbildungskraft inne — hier läßt er den Schwarzen Vorhang fallen; er geht nicht so weit, daß er sich sagte: ›Je nun, *dann* wird eben ein weit'rer Mord der langen Liste, von Kain an, beigefügt werden.‹ Nein; er zerschwatzt lieber seinen Todes-Wunsch; höchstens, daß er, vielleicht, noch nachmurmelt, ›Je nun, *dann* — komme was mag!‹.

Losely fuhr fort die bleichen Mauern anzuschauen, wie sie so, indes der Mond hoch und höher stieg, durchs winterliche Geäst herüberschimmerten. Und nun ging hell das Licht in Darrell's neuem luftigen DachStudio an; und Losely lächelte grimmig, und murmelte – da! genau die Worte! – »Nun *dann*? – dann komme was mag! « . –

Aber eben ward Hufschlag auf der harten Straße laut, und Jaspers Komplize gesellte sich wieder zu ihm.

»Na? und?«, fragte Jasper.

»Aufgesessen!« gab Cutts zurück; »es ist viel zu sagen; aber dabei können Wir reiten.« –

»Also so geht das nicht«, fing Cutts wieder an, während sie rasch den Weg zurück durchmaßen; »Ihr habt mir nicht entfernt alle Schattenseiten mitgeteilt. Im Haus dort sind nicht weniger als 4 Mann – 2 Diener noch außer dem Herrn und seinem Sekretär – und 1 dieser Diener, war's der Butler oder der Lakai, hat Feuer-Waffen, und weiß sie zu gebrauchen.«

»Pff!«, machte Jasper höhnisch; »'ss das Alles? Bin ich nich' allein so gut wie Vier?«

»Nein, es ist noch nicht Alles. Ihr habt mir erzählt, der Herr des Hauses sei ein pensionsreifer ältlicher Mann; und, zugegeben, Ihr habt seinen Namen genannt. Aber das habt Ihr mir nicht gesagt, daß Euer ›Mr. Darrell‹, der berühmte Jurist und Parlamentarier Darrell wäre – ein Mann, über den die Zeitungen in den vergang'nen sechs Monaten sich nicht müde geschrieben haben.«

»Nå und was hat das schon zu bedeuten?«

»›Bedeuten‹! – Zum Beispiel dieses: daß über die von Euch proponierte Angelegenheit, zehnmal soviel Spektakel entstehen würde, als wenn es bloß irgendeinen dümmlichen alten Land-Edelmann beträfe; und ergo zehnmal mehr Gefahr dabei ist! Ûberdem hab' ich aus Prinzip nicht gerne 'was mit Juristen zu schaffen – ein streitsüchtiges, hämisches, widerwärtiges Volk. Und speziell dieser Guy Darrell! Ich will's nur gestehen, General Jas, ich kenne den Mann. Er hat mich 1 Mal ins KreuzVerhör genommen, als ich Zeuge in einer UnterschlagungsSache war; und der Kerl hat doch mein Inneres nach außen gekrempelt, mit einer solchen Leichtigkeit, wie wenn ich ein altes, mit Kleie ausgestopftes NähKissen gewesen wäre. Mir ist, als sähe ich sein Auge jetzt, in dem Moment noch; und ich möchte ebenso gern 'ne geladne Pistole an meiner Schläfe spüren, als dieses Auge nochmal auf meins geheftet haben.«

»Puh! Habt Ihr nich 'ne Maske mit? Und, außerdem, braucht *Ihr* ihn gar nicht zu sehen; ich kann allein vor ihn hintreten.«

»Nein, nein; da könnt's zum Mord kommen! Ich bemenge mich niemals mit Sachen dieser Art, aus Prinzip nicht; Euer Plan tut's nicht. Aber es gibt hier eine gute Möglichkeit, obwohl in ganz anderer Richtung; die Chancen sind viel aussichtsreicher, und die Beute wäre weit größer. Ich hab' gehört, daß die Bilder in diesem spukhaft langen Raum, durch den ich da geschlichen bin, unglaubliche Summen wert sein sollen. Nun sind Gemälde solcher Wert-Klasse wohl bekannt; und im Ausland gibt's Sammler, die für gewisse Bilder nahezu jeden Preis zahlen, und niemals fragen würden, woher die denn stammten; man müßte sie, eventuell für'n paar Jahre, verstecken; und sie nicht eher wieder zum Vorschein bringen, bis jedwedes Gerede, das Einem nachteilig werden könnte, verstummt ist. *Das* wär' eine runde-sichere Sache, sag' ich. Falls die Bilder leidlich-kleinformatig wären, brauchte kein Mensch in dem alten Hause aufgestört zu werden. Ich könnte unschwer, von Händlern auf dem Gebiet, in Erfahrung bringen, welche der Bilder die Darrell besitzt, einen wirklich hohen Preis bringen würden; und mich dann, im Ausland, nach LiebhaberKunden umsehen. Das Alles würde natürlich ein bißchen Zeit erfordern; aber dies Warten würde sich lohnen.«

»Ich will aber nicht warten« sagte Jasper wütend, »und Ihr seid ein Feigling. Ich habe beschlossen, daß ich morgen Nacht im Zimmer dieses Mannes sein will; und daß dieser Mann auf seinen Knien vor mir liegen soll.«

Cutts drehte sich scharf im Sattel herum, und studierte, mit Hilfe des Mondlichts, Losely's Gesicht. »Oho«, sagte er; »ich sehe, Ihr habt mehr als nur einen Einbruch im Sinne. Ihr hegt irgendein Gefühl des Hasses – der Rache; der Mann hat Euch beleidigt?«

»Er hat mich behandelt wie einen Hund« sagte Jasper; »und ein Hund *kann beißen*.«

Cutts überlegte einige Augenblicke lang. : »Ich hab' Euch, ab und zu, von einem reichen Verwandten (oder Bekannten?) reden hören, an den Ihr noch irgendwelche Forderungen hättet: Darrell ist dieser Mann, hab' ich recht?«

»Er ist es; und hört gut zu, Cutts: wenn Ihr etwa versuchen solltet mir hier einen Querstrich zu machen, dreh' ich Euch den Hals um! Und da ich Euch einmal so viel erzählt habe, will ich Euch auch dies noch erzählen – daß mir die spezielle Gefahr, die

Ihr andeutetet, nicht vorhanden zu sein scheint; denn ich habe nicht vor, Darrell's Blut zu vergießen, und glaub' auch nicht, daß er das meinige vergießen würde.«

»Aber es könnte zu körperlichen Auseinandersetzungen kommen – und dann?«

»Ja, wenn schon; dann heißt's eben – Mann gegen Mann«, versetzte Jasper murrend.

Weiter wurde nichts mehr geredet; wohl aber spornten Beide ihre Gäule zu rascherer Gangart. Von den Hufen stoben die Funken. Bald durch breiten Mondschein, bald durch die Schatten-Gitter von Zweigen, flogen die Reiter dahin – Losely's mächtiger Brustkasten, und sein markantes (einst schönes, jetzt fürchterliches) Gesicht selbst im Schatten schreckhaft deutlich – seines Gefährten wesenlose Gestalt mit dem KoboldAntlitz selbst im hellsten Mondschein undeutlich dahinfliegend.

Das Städtchen von dem sie ausgegangen waren, kam wieder in Sicht; und zu der Zeit hatte Cutts auch bei sich den Kurs festgelegt, den seine Klugheit ihm anriet: die Entdeckung, daß Losely bei dem proponierten Unternehmen gleichzeitig ein persönliches RacheGefühl mit zu befriedigen gedachte, hatte bei seinem Komplizen hingereicht für den prompten Entschluß, nichts mit der Affäre zu tun haben zu wollen. Es war eine seiner Maximen, sich aller Transaktionen zu enthalten, bei denen heftige Leidenschaften mit im Spiel waren. Und zumal Streitereien zwischen Verwandten oder Angeheirateten gehörten zu der Sorte, die, wie seine reiche Erfahrung mit der menschlichen Natur ihn gelehrt hatte, übelste Risiken über Jeden brachten, der sich da unberufen einmischte. Andrerseits erkannte er wohl, daß Jasper in desperater Laune war; daß die Wut des Bravo sich ganz leicht gegen ihn selbst richten konnte; und daß es ergo, da argumentieren zwecklos war, das Klügste sein würde, sich zu verstellen. In diesem Sinne – als sie in ihrem Wirtshaus angelangt waren, und über ihrem Brandy-mit--Wasser saßen – nahm Cutts die betreffende Unterhaltung wieder auf; schien, Schritt für Schritt, Jasper's Argumentationen nachzugeben; sprach mit ihm den gesamten OperationsPlan für die nächste Nacht ab; und trug währenddes Sorge, daß die Flasche nicht vergessen wurde. – Der Tag war kaum angebrochen, als Cutts auch schon auf und davon war, und mit ihm seine Tasche voller Werkzeug und Flugschriften. Am liebsten hätte er ja gleich beide Pferde mit sich genommen; aber der StallKnecht, (ohnehin sauer, daß er zu so früher Stunde herausgeklopft ward), würde ihm das von Jasper gerittene Tier, ohne dessen eig'ne ausdrückliche Order womöglich nicht ausgehändigt haben. Immerhin bat Cutts den Knecht, auf jeden Fall daran zu denken, und dem Herrn, bevor der sich entferne, auszurichten, daß er (Cutts) ihm ernstlich anrate, ›sich nicht mit den Bullen einzulassen‹.

Cutts, in London eingetroffen, verfügte sich schnurstracks zu Mrs. Crane's alter Wohnung, gegenüber der Jasper'schen; aber sie war eben nach Podden Place zurückgezogen, und hatte keine neue Anschrift hinterlassen. Als Cutts jedoch seine eigne Behausung erreichte, fand er dort eine Mitteilung von ihr vor, des Inhalts, daß sie, wenn er heut Abend um halb Zehn in ihrem alten Logis vorspräche, er sie antreffen würde; (denn sie hatte ja Jasper's fest-versproch'nen Besuch wirklich erwartet – dann erfahren, daß er seine Wohnung verlassen – und war begreiflicherweise ängstlich, von Cutts zu vernehmen, was denn aus ihm geworden sei). Als Der nun zur bestimmten Stunde erschien und seine Geschichte erzählte, übersah Arabella Crane auf der Stelle die ganze Größe der Gefahr, die ihr Denunziant so weislich vermieden hatte. Und auch Cutts' Versicherung konnte sie nicht trösten: wie Jasper, wenn er sich im Stich gelassen sähe, keine andre Wahl bleiben werde, als ein Unterfangen, das selbst für seine unbekümmerte Verwegenheit als ein 1-Mann-Unternehmen allzu riskant wäre, aufzugeben, oder doch zumindest zu verschieben. Da es für sie längst eine Lebensfrage geworden war, Losely vor der Justiz zu bewahren, so nahm sie auch diesmal Abstand, sein verbrecherisches Vorhaben den Organen der Justiz anzuzeigen; und, glücklicherweise, kam ihr da, wie ein Blitz, die Idee, ihre Zuflucht zu Oberst Morley zu nehmen.

Nachdem somit dem Leser das Vorhergegangene berichtet worden ist, kehren wir zu Jasper zurück. – Er stand erst spät, um Mittag, auf; und da er nach dem Erwachen, aufgrund der am Abend zuvor genossenen Getränke, und infolge des BlutAndrangs nach dem Kopfe, den die Schwere eines solchen TiefSchlafes bewirkte, gewöhnlich noch etwas benommen war, konnte er zuerst gar nicht glauben, daß Cutts das Unternehmen ganz und gar aufgegeben habe – dachte vielmehr, daß dieser Odysseus des Handwerks, mit seiner habituellen Behutsamkeit, ausgezogen sei, um in der Umgebung des Schauplatzes der beabsichtigten Tat, noch einige weitere Informationen einzuziehen. Erst ziemlich spät am Tage ward ihm dieser Glaube endgültig benommen; als ihm, da er vor den PferdeStällen herumschlenderte, der Knecht, der aus den Muskeln und der athletischen Figur des Herrn den Schluß zog, er müsse einer von den großen ViehMästern aus dem Norden sein, ihm Cutts' allegorische Warnung vor ›den Bullen‹ ausrichtete.

Dergestalt im Stich gelassen, nahm Jasper's desperates Projekt nur eine noch konzentriertere Entschiedenheit, eine noch rauhere Einfachheit der Ausführung an. Da er zuerst den Plan des Einbruchs entwarf, hatte seine ursprüngliche Idee darin bestanden, in Darrell's Gegenwart vermummt und maskiert aufzutreten. Jedoch bereits bevor Cutts ihm desertiert war, hatte die nackte Hoffnung auf Beute, angefangen sich dem Begehren nach einem persönlichen Triumph unterzuordnen; und nun, wo Cutts ihn sich selbst überlassen, ja, ihm die Mittel zur Maskierung weggenommen hatte, empfand Jasper bei dem Gedanken, daß sein Vorhaben nunmehr keines der charakteristischen Merkmale eines ordinären Einbruchs haben werde, eigentlich mehr Wohlgefallen als sonst etwas. Nichts von ›Maske‹ nun; seine Stirn sollte so frei und offen sein, wie seine Forderung. Cutts' Bericht von der Leichtigkeit, mit der sich direkt in Darrell's eignes Zimmer eindringen ließ, hatte den Nutzen eines Komplizen sowieso vermindert. Und jetzt, bei dieser Umorganisierung seines ersten hastigen Plans eines ganz gemeinen mitternächtlichen EinbruchDiebstahls, würde er auch zur Realisierung der eventuell anfallenden Beute keines Mittelsmannes mehr bedürfen; sollte Darrell jetzt doch seinen Forderungen nachgeben, wie etwa eine überrumpelte FestungsBesatzung die Bedingungen ihres Eroberers anzunehmen hat. Nichts von Flucht mehr, nichts von verstecken; beim Umwechseln auf der Bank keine Furcht mehr vor gesperrten GeldscheinNummern: abziehen würde er, die Hand in die Hüfte gestemmt, mit jener Straflosigkeit des Beutemachens, wie sie zu den EhrenRechten des Krieges gehört. Und indem Jasper seinen Eigendünkel mit einem so heroischen Aspekt seiner bevorstehenden Heldentat kitzelte, schlenderte er, es war schon finster, ins Städtchen; erstand ein paar lange dünne Nägel samt einem Hämmerchen; und formte, in sein Zimmer zurückgekehrt, mit Hülfe von KaminGlut, FeuerZange und Hammer, besagte Nägel, mit einer Schnelle und Leichtigkeit die den erfahr'nen Praktikus besprachen, zu Instrumenten um, die jeglichem normalen DorfschmiedSchloß unschwer den Dienst des SchlüsselBartes leisten würden. Um Waffen machte er sich keinen Kummer; im

NotFall verließ er sich auf die eignen gewaltigen Hände. Es handelte sich ja auch schließlich nicht mehr um einen unbekannten, unerrat'nen Räuber, der sich, womöglich, durch eine alarmierte Hausgenossenschaft den Weg ins Freie zu erkämpfen haben würde. War nichts als der Besuch, den er, Jasper Losely Esquire, wie unzeremoniell und zu ungewohnter Stunde auch immer, im Hause eines SchwiegerVaters abzustatten für angemessen befand! Im schlimmsten Falle – sollte es ihm mißlingen, Darrell zu finden, beziehungsweise sich eine Unterredung ohne Zeugen zu verschaffen; oder er gar das Pech haben, das Haus zu alarmieren – würde es nur ein Beweis mehr von der Lauterkeit seiner Absichten sein, daß er keine andern Waffen bei sich hatte, als diejenigen die Mutter Natur dem wilden Menschen, als dem mächtigsten ihrer wilden Tiere, verliehen hat. Bestieg er also zur Nacht sein Roß; schlug aber zunächst noch einen Umweg ein, insofern als er sich ein-zwei Stunden auf der Landstraße hielt; um den Landwirten reichlich Zeit zu lassen, vom PächterSchmaus heimwärts zu ziehen; und damit das alte HerrenHaus in tiefem Schlummer liegen könne. Am Ende, da er die Luft für rein und die Stunde für gekommen erachtete, schlängelte er sich zurück, auf den HeckenWeg in Richtung Fawley; und als das SpitzTürmchen der Dorfkirche durch die frostige sternhelle Luft in Sicht kam, stieg er ab; führte sein Pferd in ein dichtes BuchenUnterholz, wie sie eines der charakteristischen Kennzeichen des Ödlandes um diesen abgelegnen Wohnplatz bildeten; band das Tier an einen Baum; und schritt dann zu Fuß fürder, auf die ParkEinfriedigung zu. Leicht, wie der Wolf unter die Schafheerde tritt, schwang er sich über das moosbewachsne Pfahlwerk; erreichte die StrebePfeiler des mächtigen RohBau's –: hoch und klar über ihm, aus Darrell's DachKammer hervor, strömte das Licht; das gesamte Übrige des alten Hauses lag verschwiegen und im Dunkeln, zweifellos in tiefen Schlummer begraben.

Jetzt befindet er sich im Gehöhl des GebäudeGeripps; er steigt die Leiter hinan; das Schloß der Türe vor ihm giebt dem kunstlosen Werkzeug aber in kunstvoller Hand, nach. Da ist er in der langen Galerie, und durch die großen Fenster fällt das Mondlicht breit und klar. Welche KunstSchätze hier an den Wänden! aber wie uneinträglich für des Räubers Gier! Dort, durch eben diese Hallen, die der Hausherr in den Tagen seines Ehrgeizes erbaut, und dabei zu sich gesprochen hat, ›Sie sind für eine ferne Nachwelt‹, geht jetzt der Schritt der Gewalttat, vielleicht des Mordes, seinen verstohl'nen Weg, hin zum Zimmer des kinderlosen Mannes! Durch das unvollendete Gebäude, auf das unvollendete Leben zu, kommt, lang-ausgreifend, der schreckliche Schritt.

Die letzte Tür weicht geräuschlos auf. Der enge hölzerne Korridor, schmal wie die ZugBrücke, die in alten Festungen zwischen dem Raum des Kommandanten im obersten Stock und einer gegenüberliegenden Mauer sich hob und senkte, erstreckt sich vor ihm. Und Darrell's eigne Türe steht halb auf; Lichter auf dem Tisch – im Kamin brennen hell die Scheite. Vorsichtig lugte Losely durch die Öffnung –: ? – Darrell war nicht da; die Örtlichkeit verlassen; aber die gegenüberliegende Tür stand ebenfalls offen. Losely's feines Ohr vernahm ein Geräusch, wie wenn sich leichter Fußtritt rege, im Raum unmittelbar darunter, zu welchem jene gegenüberliegende Tür führte. In einem Nu war der Räuber in die DachStube geschlüpft – schloß und ver-schloß die Tür, durch die er gekommen, und deren Schlüssel er zu sich steckte. Ein nächster langer Schritt brachte ihn in Kaminnähe: direkt daneben hing die KlingelSchnur, wie sie in altmodischen Häusern üblich ist. Losely warf einen Blick in die Runde – ? – : auf dem Tisch, neben den SchreibUtensilien, lag ein FederMesser. Einen Moment mehr, und die Schnur war abgeschnitten, hoch-oben, außer Darrell's Reichweite, und beiseite geworfen. Der Kamin, nur für HolzFeuerung eingerichtet, lieferte auch keine Gerätschaften, in denen der Eigentümer, im Augenblick der Not, eine brauchbare Waffe hätte finden können – nur eine ganz leichte messingne HolzZange, und ein ebenso unmassives Schäufelchen. Gleichwohl entfernte Jasper sie, geräuschlos, und versteckte sie hinter einem schweren alten SchreibSekretär. Aber jetzt wurden Tritte vernehmbar, wie sie die Treppe heraufkamen, die in die DachStube hier führte; – Losely sank in sich zusammen, im Winkel neben dem KaminRahmen. Darrell kam herein, ein Buch in der Hand, dem zulieb' er tatsächlich den Raum hier verlassen hatte – ein Band, der die neuesten ParlamentsBeschlüsse bezüglich Vermächtnissen, das allgemeine Wohl betreffend, enthielt, und der ihm von seinem Anwalt zugesandt worden war; denn er stand im Begriff, eine Vollmacht aufzusetzen, um im Namen seines Vaters, des AltertumsForschers, der Nation die DARRELL'SCHEN SAMMLUNGEN zu vermachen.

Darrell schritt auf den Schreibtisch zu, der inmitten des Raumes stand; legte das Buch darauf nieder, und seufzte – jenen kurzen raschen ungeduldigen Seufzer, der jüngsthin eine seiner eigentümlichen Gewohnheiten geworden war. Da begann der Räuber sich aus dem Versteck zu stehlen; glitt, wandentlang, zu der Tür, durch die Darrell eingetreten war, indes der HausHerr ihm noch den Rücken zukehrte; sperrte auch dieses Schloß, und eignete sich auch diesen Schlüssel zu, genau wie er bei der Tür getan hatte, durch die er eingetreten. Obgleich das Geräusch dieser Prozedur nur ganz geringfügig ausfiel, reichte es doch hin, Darrell aus seiner GeistesAbwesenheit zu erwecken. Er fuhr herum; und im gleichen Augenblick begann Losely auf ihn los zu schreiten.

Sofort begriff Darrell seine Gefahr. Sein rascher Blick erfaßte sämtliche VorsichtsMaßregeln, durch die der Eindringling sein ungesetzliches Vorhaben sattsam verkündete – die zugeschlossne Tür, der abgeschnittne KlingelZug. Hier, zwischen diesen verschwiegnen vier Wänden, muß die Auseinandersetzung zwischen ihm und dem Desperado vor sich gehen. Er war unbewaffnet; aber er war nicht eingeschüchtert. Es galt lediglich Mann gegen Mann. Losely hatte für sich die gewaltige körperliche Kraft; seine Not, seine verzweifelte Lage, seinen Durst sich zu rächen. Darrell hatte zu seinen Gunsten den Intellekt, der GeistesGegenwart verleiht; die Energie der Nerven, deren Vorhandensein Sehnen und Knochen ebensowenig anzusehen ist, wie das Fluidum, das Einen zu Boden fällt, den Leydener Flaschen und Drähten; und endlich jene prachtvolle Art von Stolz, der, selbst wenn Angst vorhanden sein sollte, deren etwaige Auswirkungen unmöglich macht: weil's eine Schande wäre, und Tapferkeit sich von selbst versteht, weil sie ganz einfach zur Ehre gehört.

Als der Bravo sich näherte, zog Darrell sich, mit einer ruhigen und leichten Bewegung, auf die andere Seite des Tisches, so daß er ihn als Hindernis zwischen sich und Losely brachte; dann sagte er, und streckte gleichzeitig den Arm vor: »Halt, Sir; ich verbiete Euch, auch nur 1 Schritt noch näher zu kommen. Ihr seid hier, gleichviel auf welche Weise, um Eure Forderungen an mich erneut zu betreiben. Setzt Euch; ich will Euch anhören.«

Darrell's Gefaßtheit überraschte Losely dermaßen, daß er mechanisch das ihm derart ruhig gegebene Kommando befolgte, und auf einen Stuhl sank – von wo aus er Darrell, unter mürrischdüstren Brauen hervor, mit sinistren Blicken maß. »Ach nein!«, sagte er; »Sie wollen mich tatsächlich anhören jetzt?; aber meine

Bedingungen sind gestiegen.«

Darrell, der sich ebenfalls hingesetzt hatte, gab keine Antwort; aber sein Gesicht war entschlossen, und sein Auge wachsam. Der Bandit wiederholte, in grollenderem Ton: »Meine Bedingungen sind gestiegen, Mr. Darrell.«

»Tatsächlich, Sir? und warum?«

»›Warum‹! Weil Ihnen hier Niemand zu Hülfe kommen kann; weil Sie mir hier nicht entkommen können; weil Sie hier in meiner Gewalt sind!«

»Ich möchte's lieber so formulieren, Sir: ich höre Euch an, weil Ihr Euch hier unter meinem Dach befindet; und Ihr es seid, der in meiner Gewalt ist!«

»Ich in Eurer! Seh'n Sie sich doch um: sämtliche Türen um Sie sind verschlossen. Vielleicht bilden Sie sich ein, Ihr Rufen, Ihr Schreien, könnte Ihnen Hülfe herbeiholen? Versuchen Sie's – erheben Sie Ihre Stimme – und ich erdrossel' Sie mit diesen Händen hier.«

»Wenn ich meine Stimme nicht-erhebe, so geschieht das, erstens, deswegen, weil ich mich vor mir selber schämen würde, wenn ich Hilfe gegen einen einzelnen Mann brauchte; und, zweitens, weil ich meinen Untergeb'nen nicht einen präsumtiven Mörder in dem Mann bloßstellen möchte, den mein verlornes Kind einmal ihren Gatten genannt hat. Still, Sir!, leiser; oder Eure eigne Stimme wird noch Die alarmieren, die unten schlafen. – Und nun: was ist's, das Ihr begehrt? Faßt Euch deutlich, Sir, und möglichst kurz.«

»Na schön; wenn's Ihnen lieber ist, die Sache ganz kalt abzumachen, an mir soll's nicht scheitern. Und dies sind meine Bedingungen: Sie haben heute große Summen in Empfang genommen; diese Summen befinden sich noch im Hause, vermutlich in diesem SchreibSekretär da; und Ihr Leben hängt von meinem Belieben ab.«

»Ihr möchtet die heut eingegang'nen PachtGelder? Die sind im Haus, das ist richtig; aber nicht in meinen Zimmern. Sie wurden von einem Andern entgegengenommen; sie sind unter der Obhut eines Andern. Vergeblich würdet Ihr, durch die vielen Gänge und Korridore dieses alten Hauses, den Raum zu finden versuchen, wo sie aufbewahrt werden. Auch würdet Ihr dabei an der Tür eines Dieners vorbeikommen, der einen so leisen Schlaf hat, daß er Euch, mit großer Wahrscheinlichkeit, hören würde; und er ist bewaffnet, mit Pistolen und einer Büchse. Ihr sagt zu mir : ›Das Geld oder das Leben!‹. Ich sage dagegen zu Euch: ›Weder-noch. Versucht des Geldes habhaft zu werden, und Euer eignes Leben ist verloren. ‹ «.

»Knauser! Das glaub' ich nicht, daß Beträge von solcher Größe nicht in Ihrer eignen Verwahrung sein sollten. Und selbst wenn sie's nicht sind, sollen Sie mir zeigen, wo sie liegen: führen sollen Sie mich über jene Gänge und Korridore, vor denen Sie mich so zärtlich warnen, meine Hand an Ihrer Kehle. Und falls Dienstboten erwachen, oder sonst Gefahr mich bedroht, sollen Sie selbst es sein, der mich rettet – oder sterben! Hah! Sie fürchten mich nicht – wie, Mr. Darrell? ! «. Und Losely erhob sich.

»Ich fürcht' Euch nicht«, entgegnete Darrell, der sitzen blieb. »Ich kann mir nicht vorstellen, daß Ihr hier wäret, und keine andre Absicht hättet, als einen Mord, ohne Nutz und Gewinn. Ihr wär't hier, hieß es, um Bedingungen zu stellen; zu untersuchen, Wessen Leben hier eigentlich in Gefahr ist, wird immer noch Zeit genug sein, wenn alle Eure Vorschläge dargelegt sein werden. Bis jetzt habt Ihr eigentlich nur einen Einbruch proponiert, zu dem behülflich zu sein Ihr von mir verlangt. Unmöglich! Selbst einmal angenommen, Ihr wär't imstande mich umzubringen, wär't Ihr immer noch von ›Beute‹ genau soweit entfernt wie vorher. Und dennoch behauptet Ihr, Eure Bedingungen seien, selbstredend, gestiegen? Mir scheinen sie eher gefallen – auf Null! Habt Ihr sonst noch etwas zu sagen?«

Darrell's Ruhe, die sich in solchen Ironismen so souverän kund tat, begann sich sichtbarlich auf den Banditen auszuwirken – das Magnetisierende in Auge und Stimmklang des Großen Mannes, auch sein standhafter Mut, gewannen allmählich an Einfluß über das bloß wilde, tieferstehende Tier. In einem Versuch, seine angeborene freche Schnoddrigkeit wieder zu erlangen, begann Jasper, mit einer Art seines einstmaligen aufschneiderischen StimmKlangs, »Bon, Mr. Darrell; mir soll's letzten Endes gleich sein, wie ich von Ihnen, in Ihrem eignen Hause, das heraushole, was Sie mir, als armem Bittsteller am Straßenrand, verweigert haben. Gütliche Mittel sind immer angenehmer als böse. Ich bin Gentleman – der Enkel von Sir Julian Losely auf Losely Hall; ich bin Ihr Schwiegersohn; und ich bin am Verhungern. So was darf ja nicht sein: schreiben Sie einen Scheck aus.«

Darrell griff zur Feder; tauchte sie in die Tinte ein; und zog das Schreibpapier zu sich her.

»Ahà! Sie fürchten mich nicht, gelt? Das geschieht jetzt also nicht aus Furcht, halten Wir das fest – alles aus reinlichster Liebe und Barmherzigkeit, nicht wahr, mein wohlaffektionierter SchwiegerPapa. Sie werden mir ergo eine Anweisung über 5000 £ ausschreiben – los los, ich bin bescheiden – Ihr Leben wäre doch wohl das Vielfache von dem wert. Reichen Sie mir den Scheck bitte 'rüber – (ich verlaß' mich auf Ihre Ehre, daß ich beim Einkassieren keine Ungelegenheiten damit habe) – und dann wünsch' ich angenehme Nachtruhe – mein Herr SchwiegerVater.«

Als Losely mit einem spöttischen Gelächter geendet hatte, sprang Darrell unversehens rasch empor, stieß das kleine Fenster, das in seiner Reichweite war, auf, und warf das Papier hinaus, auf dem er geschrieben, und das er um das schwere WappenSiegel geknüllt hatte, das auf dem Tisch lag.

Losely stürzte zu ihm. »Was bedeutet das? – was haben Sie gemacht?«

»Euer Leben gerettet, und das meine, Jasper Losely«, versetzte Darrell feierlich, indem er den Arm aufhielt, der sich gegen ihn erhoben hatte. »Jetzt hat Keiner mehr etwas vor dem Andern voraus.«

»Ich verstehe« grunzte der Tiger, indes ihm der Geifer vor die Lippen trat – »Sie meinen, daß Sie sich durch dieses Papier Jemanden zu Hilfe rufen könnten.«

»Gar nicht – solange ich lebe ist dies Papier wertlos. Schaut es Euch an – das Mondlicht liegt hell auf den Dächern unten – könnt Ihr sehen, wohin das Papier gefallen ist? Auf den Rand eines Geländers, das Euer Fuß nicht erreichen kann; und dicht gegenüber dem Fenster eines Zimmers, wo einer meiner Hausgenossen schläft: morgen früh, wenn er die Läden öffnet, wird sein Auge darauf fallen; und auf dem Papier stehen diese Worte geschrieben ›Wenn ich diese Nacht ermordet worden bin, ist der Mörder Jasper Losely‹; und das Papier ist mit meinem Namen unterzeichnet. Zurück, Sir – wollt Ihr Euch eigenhändig zum Galgen verurteilen?«

Darrell gab den furchtbaren Arm, den er aufgehalten hatte, frei; und Losely starrte ihn an, ebenso verblüfft wie aufgeregt.

Darrell begann von Neuem : »Und nun erkläre ich Euch klipp und klar, daß ich auf keinerlei Bedingungen eingehen kann, die mir auf solche Art gestellt werden. Ich kann eigenhändig keinen Befehl unterzeichnen, den Ihr mir diktiertet; weil das gleichbedeutend wäre, zu unterzeichnen, daß ich eine Memme sei – und mein Name ist Darrell!«

»:Auf die Knie jetzt, stolzer Mann! – unterschreiben sollen Sie, und jetzt sogar auf den Knieen! Ich frag' nicht mehr nach Gold – ich scheer' mich keinen Strohhalm mehr um mein Leben. Ich bin hierher gekommen, den Mann zu demütigen, der, vom ersten bis zum letzten Augenblick, mich so verächtlich gedemütigt hat – und ich will's, ich will's! Auf die Kniee! – auf die Kniee!«

Der Räuber stürzte vorwärts; aber Darrell, dessen Auge nie von seinem Feinde abgelassen hatte, war auf den Ansturm vorbereitet, und wich ihm aus. Losely verfehlte sein Ziel; er verlor das Gleichgewicht, schlug gegen die Ecke des Tisches, der zum Teil noch zwischen ihm und seiner Beute war, und ward vom Fallen nur durch die Nähe der Wand gerettet, an die er mit einer Wucht anprallte, die ihn für den Augenblick beinah betäubte. Inzwischen hatte Darrell den Kamin erreicht, und ein schweres, halb-brennendes Scheit herausgerissen. Jasper, der sich wieder erholte, strich sich das lange verfilzte Haar aus den Augen; maß unerschrocken die furchtbare Waffe, mit der er bedroht wurde; und duckte sich zum zweiten, zum tötlicheren Ansprung.

»Halt, halt, halt, Vatermörder und Wahnsinnsmann!«, rief Darrell, mit einem Auge, das noch heller flammte als der Brand. »Nicht für mein Leben spreche ich – für das Eurige. Bedenkt: falle ich von Eurer Hand, so gibt es keine Hoffnung, keine Zuflucht mehr für Euch! Im Namen meines toten Kindes und unter dem Auge des allrächenden Himmels, schlage ich die Furia nieder, die Euch verblendet, scheuche Eure Seele vom Abgrund zurück!«

So unaussprechlich groß war des Mannes Blick und Gebärde – so voll von schreckenden Tönen das Anschwellen seiner unvergleichlichen, alles-überwältigenden Stimme – daß Losely, inmitten seines Rasens, beeindruckt und wie bezaubert stehen blieb. Seine Brust hob, sein Auge senkte sich; seine Gestalt sank in sich zusammen; selbst die Zunge schien ihm am verdorrten Gaumen zu kleben. Ob die so plötzlich hervorgebrachte Wirkung angehalten haben würde; oder ob der erschreckte Bösewicht sich nicht doch zu erneuter Wut selbst aufgepeitscht haben würde, und zum unsühnbaren Verbrechen, liegt außerhalb jeder Vermutung. Denn in diesem Augenblick vernahm man gleichzeitig eilige Schritte auf dem Korridor draußen, heftige Schläge an die Tür, und rufende Stimmen: »Aufmachen, aufmachen! Darrell, Darrell!« – während die Schelle am Portal des alten Hauses schnell und schrill ertönte.

»Ho! – steht es so?!« heulte Losely, der sich bei diesen unwillkomm'nen Geräuschen sofort wieder erholt hatte. »Aber bildet Euch Alle nicht ein, daß ich mich so fangen lassen würde, wie die Ratte in der Falle. Nein – ich will ...«

»Pssst!«, unterbrach ihn Darrell, indem er das Scheit von sich warf, und rasch auf den Banditen zuschritt – »Pst! – laßt Niemanden erfahren, daß meiner Tochter Gatte in verbrecherischer Absicht hierhergekommen ist. Setzt Euch – hinsetzen, sag' ich!; die Ehre meines Hauses erfordert, daß Ihr in Sicherheit gelangt. Und indem er plötzlich beide Hände auf Losely's breite Schultern stemmte, zwang er ihn auf einen Stuhl nieder.

Während sich diese wenigen Worte jagten, hatten die Schläge gegen die Tür und das Rufen von draußen pausenlos fortgewährt, und die Tür schütterte in ihren nachgebenden Angeln.

»Den Schlüssel – den Schlüssel her!«, wisperte Darrell.

Aber der Bravo war völlig benommen durch die Plötzlichkeit, mit der seine Wut eingeschüchtert, sein Plan durchkreuzt, seine Position sich geändert hatte: aus einem Mann, der Gesetze diktierte und das Leben bedrohte, war ein Mann geworden, den sein beabsichtigtes Opfer protegieren und schützen mußte. Und er war so langsam im Begreifen auch nur des Sinnes von Darrell's Begehr, daß Dieser kaum die Schlüssel, weniger seiner Hand, als mehr der Tasche entrissen hatte, auf die er schließlich mechanisch zeigte, – als auch schon die Tür aufplatzte, und Lionel Haughton, Alban Morley, und der Diener des Obersten im Zimmer standen. Nicht Einer von ihnen gewahrte auf den ersten Blick, Wer im Raume anwesend sei; denn die Beiden befanden sich rechts vom Eingang, ganz in der Ecke, und im Schatten auch. Aber aus den Schatten tönte Darrell's ruhige Stimme ...

»Alban! Lionel! – willkommen jederzeit; aber was bringt Euch hierher zu solcher Stunde, und mit solchem Tumult? Wie, bewaffnet auch!«

Die drei Angeredeten standen versteinert. Dort saß, friedfertig genug, eine mächtige dunkle Gestalt; die Hände auf die Kniee gestützt, den Kopf vornüber gebeugt, sodaß die Gesichtszüge nicht zu unterscheiden waren; und über den Stuhl, in den diese in sich gebückte Figur so konfuse hineindekoriert war, lehnte, ruhig und ungezwungen, Guy Darrell – keinerlei Spur von Furcht oder überstandener Gefahr auf seinem Gesicht; das, obschon recht bleich, dennoch heiter war, mit einem leisen Lächeln um die festen Lippen.

»Hm«, murmelte Alban Morley, der langsam seine Pistole sinken ließ – »tz, da bin ich doch überrascht! – ja, zum ersten Mal seit 20 Jahren: ich *bin* überrascht!«

»Überrascht vielleicht, mich zu solcher Stunde noch auf zu finden? und gar noch in Geschäften mit einer Person – bei verschloss'nen Türen. Je nun, gegenseitig erklären können Wir uns später: Ihr bleibt heute Nacht selbstredend hier. Mein Geschäft mit diesem-ä – diesem Besucher, ist sowieso erledigt. Lionel, öffnet bitte jene Tür – hier ist der Schlüssel – : Sir? –«, (er rührte Losely's Schulter an, und hauchte in sein Ohr: »Erhebt Euch, und sprecht nicht.«) – (dann wieder laut) – »Sir, ich brauch' Euch nicht länger aufzuhalten. – Erlaubt mir, daß ich vorangehe, und Euch den Weg aus diesem alten, unübersichtlichen Haus zeige.«

Jasper erhob sich, einem HalbSchlafenden gleich; und folgte, immer noch gebückter Gestalt und abgewandten Gesichts, Darrell über seine private Treppe hinunter; durch's ArbeitsZimmer; durch die Bibliothek; in die Vorhalle unten; und der Diener des Obersten leuchtete immerfort voran; und Lionel und Morley, noch zu verblüfft, um Worte zu finden, bildeten die Nachhut. Der Diener schob die schweren Riegel an der EingangsTür zurück: und nunmehr waren allmählich auch die Hausbewohner alarmiert worden. Mills erschien als Erster mit der DonnerBüchse; dann der Lakai; dann Fairthorn – : ? –

»Bleibt wo Ihr seid!« rief Darrell; dann öffnete er, eigenhändig, Losely die Tür. »Sir«, sagte er, und sie standen selbander im Mondlicht; »Ihr merkt, wie wahr ich gesprochen habe, ja? – Ihr wart in meiner Gewalt; und wenn die Ereignisse dieser Nacht Euch dahin bringen könnten, eine wachende Vorsehung anzuerkennen, und mit Schaudern eines Verbrechens zu gedenken, vor dem Ihr bewahrt wurdet – nun, so wär' es möglich, daß auch ich, aus Dankbarkeit gegen den Himmel, auf Mittel sinnen möchte, um Andre vor den Gefahren Eurer Verzweiflung zu befreien.«

Losely aber gab keine Antwort; machte sich vielmehr davon, mit lang' verstohl'nen Schritten, daß er nur über'n mondhellen Rasen entkam, ins relative Düster der entlaubten Bäume.

2. Kapitel

Falls der Löwe jemals die Fuchshaut trägt, so trägt er sie immer noch als Löwe.

Als Darrell jetzt mit Lionel und Alban Morley allein war, fiel die ruhige Fassung, mit der er sie zuvor in Erstaunen gesetzt hatte, von ihm ab. In tiefer Erregtheit ergossen sich seine Danksagungen. »Vergebt mir; in Anwesenheit eines Dieners konnte ich nicht gut sagen : ›Ihr habt mich vor einem unnatürlichen Kampfe bewahrt; und den Mann meiner Tochter vom Ende des Mörders gerettet!‹ Aber durch welch wundersame Fügung hattet Ihr von meiner Gefahr vernommen? Wart Ihr direkt mir zu Hülfe geschickt?«

Alban gab eine kurze Erklärung. »Urteilt selber«, sagte er zum Abschluß, »wie groß wohl unsre Besorgnis wurde, da wir – genau gemäß den Anweisungen unsrer Führerin; indes der Fahrer am VorderPortal Alarm läutete, und wir uns den Weg in das Stein-Geripp nebenan bahnten – die Türen bereits offen vorfanden, und fürchten mußten, wir möchten zu spät gekommen sein! – Aber inzwischen wartet die arme Frau draußen, in dem Wagen, der uns vom Bahnhof hergebracht hat. Ich muß gehen, und sie beruhigen.«

»Und, bitte, bringt sie mit her!«, rief Darrell, »um meinen Dank zu empfangen. Halt, Alban: während sie dann bei mir ist, nehmt doch Mills auf die Seite; sagt ihm, wie Ihr gehört hättet, daß ein Anschlag auf das Haus geplant wäre, und sofort gekommen seid, ihn zu vereiteln; daß Eure Befürchtungen sich jedoch als übertrieben erwiesen hätten – der Mann sei mehr ein halbirrer Bettler gewesen, als ein Räuber. Zumindest sorgt dafür, daß Niemand auf seine Identität mit Losely verfallen könne; und suggeriert Mills, die Sache als Bagatelle zu betrachten. Öffentliche Persönlichkeiten sind nun einmal, wie Ihr wißt, den Attacken hirnverbrannter Schwarmgeister ausgesetzt – oder, stop; ich bin ja auch 'mal Anwalt gewesen; und« (fuhr Darrell fort; bei dem die Ironie allmählich ein so integrierender Bestandteil seines Geistes geworden war, um gegen jedwede Prüfung Stich zu halten) »da soll es ja tatsächlich Leute geben, übergeschnappt genug um sich einzubilden, ein Anwalt hätte sie ruiniert! – Lionel, sagt bitte dem armen Dick Fairthorn, er möchte zu mir kommen.« Als der Musiker eintrat, flüsterte Darrell ihm zu : »Geht in Euer Zimmer zurück – öffnet das Fenster – tretet hinaus, und bis zum Geländer vor – dort werdet Ihr etwas Weißes erblicken; es ist ein PapierKnäuel und eingewickelt darin mein altes großes WappenSiegel. Bringt ihn mir her, genau wie Ihr ihn findet, Dick. – Diesen armen Jungen, den Lionel, werden Wir ein-zwei Tage hier beherbergen müssen; merkt's Euch wohl, Dick: keine Dornen für ihn!«

3. Kapitel

Arabella Crane versus Guy Darrell; oder, Weib contra Advokat. Vor Gericht würde der Advokat den Sieg davontragen; aber in einem privaten EmpfangsZimmer, Fuß an Fuß, und Zunge gegen Zunge, hat der Advokat keine Chance.

Arabella Crane betrat das Zimmer: Darrell zögerte – die mit ihr verknüpften Erinnerungen waren derart schmerzlich und zuwider. Aber schuldete er ihr, vielleicht, im Moment nicht direkt sein Leben? Er fuhr mit der Hand rasch einmal über die Stirn, wie wenn er alle früheren Erinnerungen wegwischen wolle; trat dann rasch auf sie zu, und streckte ihr eben diese Hand entgegen. Das finstere Weib schüttelte den Kopf, und wies die angebot'ne Begrüßung zurück.

»Sie sind mir keinen Dank schuldig« sagte sie, mit ihrer harten unanmutigen Stimme; »mir lag nicht daran, *Sie* zu retten; wohl aber ihn.«

»Wie!« sagte Darrell, stutzend; »Sie empfänden keinen Groll dem Mann gegenüber, der Sie doch beleidigt und verraten hat?«

»Was meine Gefühle ihm gegenüber sein möchten, darüber haben Sie überhaupt keine Vermutungen anzustellen; ein Mann kann das gar nicht; und ich bin eine Frau. Ob dessen, was sie einmal waren, könnte ich allenfalls erröten; was sie jetzt sind, kann ich ohne Scham eingestehen. Aber Sie, Mr. Darrell – Sie haben, in der Stunde meiner äußersten SeelenQual; da all meine Zukunft auf immer verwüstet lag, und die Welt zermalmt zu meinen Füßen –

da haben Sie – Sie Mann; Sie ritterlicher Mann! – für mich kein menschliches Mitgefühl gehabt – in Verachtung haben Sie mich aus Ihren Türen gestoßen – in meinem Herzeleid nichts gesehen als nur meine Verirrung – haben mich hinausgeschickt, meines guten Rufs beraubt, gebrandmarkt mit Ihrer Verachtung, zu Hungertod oder Selbstmord. Und da wundern Sie sich noch, daß ich weniger Groll gegen Ihn hege, der mir Unrecht antat, als vielmehr gegen Sie, der genau wußte, daß mir Unrecht widerfahren war, und doch nur verächtlich auf mich und meinen Kummer herabsah? Dabei ist die Antwort so einfach – die Verachtung des Mannes, den eine Frau bloß verehrt hat, wird bei ihr durch keine anderweitige Empfindung austariert, die die Bitternis und Galle mildern könnte. Wogegen das ihr von dem Manne den sie liebte zugefügte Unrecht, außerdem immer noch das übriglassen kann, was es auch mir übrig gelassen hat: das unvergängliche Gefühl eines einstigen Lebens-Abschnitts – wo Alles strahlte, von Freude und Hoffnung; die Erinnerung einer Zeit, wo die Erde mit Blüten bedeckt schien, just im Begriff zur vollen Blume aufzubrechen; wo jeder Himmel, war er auch trübe, RosenFarben trug, wie wenn die Sonne beständig aufgeh'n wolle. Diese Erinnerung, daß ich wenigstens einmal-damals glücklich gewesen bin, verdanke ich ihm, der mich beleidigte und hinterging. Ihnen, als das Glück mir auf immer verloren war, was verdanke ich Ihnen? Können Sie mir das sagen?«

Betroffen schon von ihren Worten, mehr noch von ihrem eindrucksvollen Auftreten; (ob er schon eine Beweisführung nicht anerkannte, wodurch eine Beklagte sich dergestalt zur Anklägerin aufwarf), antwortete Darrell sanft : »Entschuldigen Sie; aber dies ist nicht der Augenblick, um nun meinerseits Erinnerungen an Zorn und Ärger wieder aufzufrischen. Ich bitte Sie lediglich, nachzudenken; Sie werden dann gewiß einsehen, daß ich nicht übermäßig hart gewesen bin: in der gleichen Situation, würde jedweder and're Mann nicht weniger streng verfahren sein.«

»›Jedweder andre Mann‹?«, rief sie; »ohja, durchaus möglich! aber würde die Verachtung jedweden and'ren Mannes meine SelbstAchtung derart haben zermalmen können? Unbill seitens der Schlechten, verbittert uns nicht gegen die Guten; aber Spott und Hohn der Guten, macht uns bösartig gegen die Tugend-selber. ›Jedweder and're Mann‹! Tz! : *Der Genius hat die Verpflichtung, nachsichtig zu sein!* Er sollte die Verirrungen der Menschen so gut kennen – verfällt, bei all seinen großen strahlenden Kräften, selber in solche Verirrungen, wenn er sich herabläßt, menschlich zu sein – daß, wo Andre verachten mögen, er lediglich bemitleiden sollte.« Sie hielt einen Augenblick inne; dann begann sie, langsam, von neuem. »Und Mitleid hätte mir gebührt. Hätten Sie, oder hätte ein Andrer, an Ruf und Ehre gleich hoch Gestellter, damals nur zu mir gesagt, ›Du hast gesündigt – Du mußt leiden; aber die Sünde selbst bedarf des Mitleids, und Mitleid verbietet Dir zu verzweifeln.‹ – nun, dann wär' ich vielleicht auch milder gegen die Dinge dieser Erde gewesen, und weniger verhärtet gegen die Einflüsse des Himmels, als ich war. Das ist Alles; – spielt jetzt keine Rolle mehr. – Mr. Darrell, ich möchte von Ihnen nicht mit zornigen und bitteren Empfindungen scheiden. Oberst Morley sagt mir, daß Sie nicht nur den Mann, den Wir nicht zu nennen brauchen, frei davon gehen ließen; sondern daß Sie auch das Geheimnis seiner Absichten bewahrt haben. Dafür danke ich Ihnen. Danke Ihnen deswegen, weil ich, was von dieser verwüsteten und mißgebildeten Existenz noch übrig ist, in die meinige aufgenommen habe. Und ich möchte diesen Mann vor seinen eignen Anschlägen retten, wie ich meine Seele vor wiedrum ihren eignen Versuchungen bewahren möchte. Sind Sie großherzig genug, mich zu begreifen? Schauen Sie in mein Gesicht – (seins haben Sie bereits gesehen) – irdische Liebe ist ja wohl vertilgt und weggewischt von beiden.«

Guy Darrell neigte sein Haupt mit einer Achtung, die etwas von Ehrfurcht hatte.

»Auch Sie«, sagte das grimme Weib nach einer Pause, und trat näher an ihn heran – »*auch Sie* hätten geliebt, hat man mir erzählt; und auch Sie wären verlassen worden.«

Er fuhr zurück, und schauderte.

»Was ist eigentlich *Ihrem* Herzen von seiner alten Torheit übrig geblieben? Ich würd' es gerne wissen. Ich wäre neugierig zu erfahren, ob es einen Mann geben könne, der wie eine Frau zu fühlen vermag. Ist bei Ihnen nur Groll? Nur Verachtung? Nur Rachsucht? Fühlen Sie Mitleid? oder haben Sie auch den eifersüchtigen, allumfassenden Wunsch, (der die Neigung, aus der er einst entsprang, überdauert): daß das Leben, das sich selbst von Ihnen losriß, trotzdem immer noch in einer schwermütig-wunderlichen Allianz mit Ihrem eignen stehen solle?«

Darrell winkte ungeduldig mit der Hand, um weitere Fragen zu unterbinden; und er mußte mit Gewalt die Erinnerung an den Dienst, den diese Frau hier ihm soeben erwiesen, im Bewußtsein festhalten, um sein hochfahrendes Mißfallen ob einer so vertraulichen Annäherung an seine allerquälendsten Geheimnisse nicht laut werden zu lassen.

Arabella's düster-helle Augen ruhten einen Augenblick lang, sinnend und sehnsüchtig, auf seiner gefalteten Stirn. Dann sagte sie – »Ah, ich seh' schon: der übliche, unbeugsame MannesStolz – keinerlei Pardon dort. Aber geben Sie mindestens das zu, daß Sie gelitten haben.«

»Gelitten!? –« stöhnte Darrell unwillkürlich, und preßte sich die Hand auf's Herz.

»Sie haben's! und Sie geben es zu! MitDulder, ich fühle keinen Zorn mehr gegen Sie. Wollen Wir, Eins das Andre, nicht bemitleiden; aber lassen Sie Uns einander achten. – Nur wenige Worte noch: dies Kind ...«

»Ja – ja – dieses Kind! *Sie* werden die Wahrheit sagen. Sie werden mich nicht zu hintergehen versuchen – nicht wahr, Sie wissen, daß es – beansprucht von diesem Mörder; erzogen von seinem SträflingsVater – daß es *keine* Tochter meines Geschlechtes ist!«

»Ja, wie denn? – würd' es also keine Freude für Sie sein, zu wissen, daß Ihr Geschlecht nicht mit Ihnen endet – daß Ihr EnkelKind vielleicht ...«

»Halten Sie ein, Madame, halten Sie ein – es liegt nichts daran, ob ein einzelner Mann oder eine ganze Rasse zugrunde gehe, vorausgesetzt, daß sie in Ehren untergehen. Wer möchte wohl sich oder seinem Geschlecht den Tag zu erleben wünschen, wo sein WappenSchild befleckt und sein Name entehrt ist? Nein; falls es wirklich Matilda's Kind sein sollte, dann sagen Sie mir das; und ich will auch dieses letzte Unglück, das der Wille des Himmels mir auferlegen mag, wie ein Mann zu tragen suchen. Wenn jedoch, wie ich allen Grund anzunehmen habe, die ganze Geschichte Betrug und Erfindung sein sollte, so sprecht und gebt mir den einzigen Trost, an den ich mich, inmitten des Ruins all meiner andern Hoffnungen, klammern könnte!«

»Fürwahr«, sagte Arabella, mit einer Art gedankenvoller Verwunderung im Ton ihrer sanft geword'nen Stimme – »fürwahr, ob eines Mannes Herz tatsächlich denselben Schlag hat, dieselben Fibern wie das der Frau? Tz! – Hätt' ich ein Kind, wie dieses blauäugige Irrende Mägdlein, mit der zerbrechlich-schutzbedürftigen Gestalt und dem tapfern Geist, der die Sanftheit adelt –: was würde nicht mein Stolz! meine Wonne sein! Und da von Schmach – von Schande zu sprechen? Pfui pfui! je mehr die Schlechtigkeit Anderer ein so unschuldiges Leben verfinstert hat, umso mehr Grund wäre doch, sie zu lieben und zu beschützen. Aber *ich* – ich hab' ja keine Kinder. Soll ich's Ihnen eingestehen? : unter all meinen Missetaten liegt mir als schwerste auf dem Gewissen, daß ich gegen dieses Mädchen so grausam gewesen bin. Sie ist als Klein-Kind meiner Obhut übergeben worden. Ich erblickte in ihr nur die Tochter dieser falschen falschen, niederträchtigen, gleißnerischen Freundin; die sich in mein Vertrauen geschlichen, und anschließend, mit ihrer Aussicht auf Mitgift und Erbschaft, mir den Mann weggekauft hatte, der doch mir mit allen Eiden zugeschworen war! Ich erblickte in ihr natürlich auch Ihren Nachkommen, Ihre rechtmäßige Erbin. Und ich schwelgte im Gedanken einer Rache, an Ihrer Tochter, und an Ihnen. Aber denken Sie ja nicht, *ich* würde sie Ihnen irgendwie unter die Augen geschmuggelt haben! Nein. Ich würde sie haben vegetieren lassen, ohne Bildung, ohne Ahnung eines höheren Loses; und als ich sie ihrem Großvater, dem Sträfling, übergab, da war der Gedanke mir Triumph, daß Matilda's Kind nunmehr eine Landstreicherin werden würde. Abscheulicher Einfall!; aber ich war damals wie unsinnig. Und nun wiederum: dieser arme Deportierte, (den Sie, in Ihrer weltlichen Arroganz so überlegen verachten), er nahm an seine Brust, was als wertloses Unkräutchen weggeworfen worden war. Und wenn, rückschließend, die Blume das erfüllte Versprechen der Knospe ist?, dann könnt' ich nur sagen, daß aus Ihrem vielgepries'-nen StammBaum, noch nie eine so schöne Blume hervorbrach! Und dennoch würden Sie mich womöglich segnen, wenn ich jetzt einfach spräche: ›Geht nur vorüber, kinderloser Mann; sie hat nichts mit Euch zu tun. ‹ ? « .

»Madame, wollen Wir nicht disputieren. Wie Sie selbst, und sehr richtig, andeuteten: des Mannes Herz, und das des Weibes, müssen jedwedes Schläge kennen, die dem andern niemals vertraut sind, und auch nicht sein sollten. – Ich wiederhole meine Frage, und beschwöre Sie noch einmal um eine Antwort.«

»Ich kann nicht mit absoluter Gewißheit antworten; und scheue mich fast, überhaupt zu antworten, damit ich Sie über einen so wichtigen Punkt, nicht etwa irreleite. Matilda's Kind? Jasper hat mir's versichert. Sein Vater hat ihm geglaubt – ich hab ihm geglaubt. Ich habe niemals den Schatten eines Zweifels gehegt, bis...«

»Bis ›was‹? Um Himmelswillen, sprechen Sie!«

»Bis mir vor etwa 5 Jahren (oder etwas mehr) ein Brief von Gabrielle Desmarets zu Augen kam, und ich . . .«

»Ah!: der Sie argwöhnen ließ, genau wie mich, daß dieses Kind die Tochter von Gabrielle Desmarets sei.«

Arabella richtete den Kopf auf, wie eine Schlange, bevor sie zufährt – : »Gabrielle's Tochter?! Meinen Sie? Ihres das Kind, dem ich Obdach gewährte? Ihres das Kind, für das ich just bei Ihnen ein gutes Wort einlegte? *Ihres! ?* « . Sie ward plötzlich ganz still. Augenscheinlich war sie auf die Idee noch nie zuvor verfallen; augenscheinlich schockierte die Sie jetzt; augenscheinlich ging etwas in ihrem Gemüte vor, das ihr nicht gestattete, diese Idee schlankweg zu verwerfen. Als Darrell sie eben wieder anreden wollte, rief sie abrupt: »Nein! sagen Sie jetzt nichts weiter. Es kann sein, daß Sie wieder von mir hören; für den Fall, daß ich etwas in Erfahrung bringen sollte, was zumindest diesen speziellen Zweifel auf die einoder andre Art entscheidet. Leben Sie wohl, Sir.«

»Noch nicht. Erlauben Sie mir wenigstens den Hinweis, daß Sie das Leben eines Mannes gerettet haben, dessen Reichtum immens ist – ?«

»Mr. Darrell, im Verhältnis zu meinen Bedürfnissen, ist mein Reichtum vielleicht genau so immens wie der Ihrige: denn ich verbrauche auch nicht, was ich einnehme.«

»Aber dieser Gesetzlose Unselige, den Sie vor sich selber retten möchten, könnte Ihnen, in absehbarer Zeit, zur Last und Bürde fallen. Nach dem, was heute Nacht vorgefallen ist, zittere ich bei dem Gedanken, daß der Mangel ihm einflüstern könnte, noch andre Häuser zu berauben, andre Leben zu bedrohen. Lassen Sie mich deshalb, bitte, eine Summe zu Ihrer Verfügung stellen, die Sie gänzlich auf eine Weise einsetzen sollen, wie Sie es für's Beste erachten, und die hinreichend ist, ein Ziel zu garantieren, das Wir ja Beide irgendwie gemeinsam haben.«

»Nein, Mr. Darrell« versetzte Arabella verwildert; »was immer Jasper Losely auch sein möge: mit meiner Einwilligung soll er Ihnen niemals für Almosen verbunden sein. Wenn Geld ihn retten kann, vor Schmach und schrecklichem Tod, dann soll dies Geld von mir kommen. Ich hab's gesagt, und dabei bleibt es. Und, hören und merken Sie's, Mr. Darrell: was wäre Reue ohne Wiedergutmachung? (Ich sage nicht, daß ich bereute; aber ich weiß, daß ich wiedergutzumachen suche.)«

Das eisengraue Kleid schwenkte sich eine Sekunde; und war dann aus dem Zimmer entschwunden. –

Als Alban Morley in die Bibliothek zurückkehrte, erblickte er Darrell, in der fernen Ecke des Raumes, auf den Knieen. Wohl mochte Guy Darrell dem Himmel für die ihm in dieser Nacht widerfahr'ne Gnade danken. ›Das Leben gerettet‹? – war *das* alles? Konnte das Leben etwa noch gebessert, froher gemacht werden? Hatte in den Worten des grimmen Weibes etwas gelegen, was Gedanken hinterlassen konnte, die, durch Überlegung, zu Auswirkungen auf's Handeln reifen mochten? – etwas, das von Fällen raunte, in denen, und gar nicht unedel, Mitleid obsiegen dürfe über Verachtung? – in der königlichen Behausung dieser Seele: ward die Ehre *nur* durch Stolz befestigt? – ist ›Stolz‹ nūr der milde König, und nicht auch ein kaiserlicher Despot? Würd' er wieder, wie einen Rivalen, den Verstand blenden? Wieder, wie einen Rebellen, das Herz in Ketten legen? Würd er wieder Bereiche, die heiter blühen könnten, hoffnungslos beschädigen, infolge der Schätze die er verschwendete – der Kriege, die er provozierte? SelbstErkenntnis! SelbstErkenntnis! Traun, vom Himmel herab ward uns die Vorschrift – ›ERKENNE DICH SELBST‹ – eine Wahrheit, die uns das alte heidnische Orakel verkündet hat. Aber welches alte heidnische Orakel hat uns ergänzend mitgeteilt: *wie* man sich erkennt?

4. Kapitel

Der gedemütigte Man-eater. / Er trifft auf einen alten Bekannten, in Gestalt eines Reisenden, der, gleich Shakespeare's ›Jaques‹, ein ›melancholischer Gesell‹ ist; der, noch einmal gleich Jaques, ›groß Ursach zur Betrübnis‹ hat; und der, immer noch gleich Jaques, ›voller Information‹ steckt.

Langsam ritt Jasper Losely durch die klare frostige Nacht dahin; nicht nach dem LandStädtchen zurück, von dem er zu seiner boshaften Unternehmung aufgebrochen war; und auch nicht auf die große HeerStraße nach London. Mit einem wunderlichen Bedürfnis, die Aufenthalte der Menschen zu vermeiden, erkieste er sich – jed'mal wenn es, bei seiner Wegrichtung, zwischen den vielen, nach rechts- oder links-voraus abzweigenden Pfaden; zwischen offenem oder WaldLand, zu wählen galt – den HeckenWeg, der ihm der engste und schlechtest-beleuchtete dünkte. Es war nicht etwa Reue, die an ihm nagte; auch nicht die bloße Enttäuschung in geldlicher Hinsicht; ja, nicht einmal fressender Groll ob der vereitelten Rache – war vielmehr die tiefgehende Demütigung einer krankhaften SelbstLiebe – die Gewißheit, daß er, mit all seiner brutalen Kraft, zu eben dem Zeitpunkt und auf eben dem Schauplatz, auf dem er sich einen so allumfassenden Triumph genüßlich ausgemalt hatte, so gänzlich unvermögend gewesen war. Selbst die relative Ruhe, mit der er hatte entkommen können, war ihm nur peinigende Erinnerung – selbst Verhaftung hätte er vorgezogen; vorausgesetzt, daß solcher Verhaftung Krawall und Schlägerei vorausgegangen wären; das heißt, eine Exhibition seiner Verwegenheit, seiner HeldenTüchtigkeit! Düster über den Nacken seines MietGauls gebeugt, verwünschte er sich selbst, den Trottel, den Feigling. Was würde er erreicht haben? – ein neues Verbrechen auf seinem Gewissen? Vielleicht würde er geantwortet haben – »Alles andre lieber, denn dieses demütigende Fiasko!«. Er zerbrach sich nicht groß den Kopf darüber, mit Hypothesen à la ›ob Cutts ihn verpfiffen habe?‹; oder ›wieso, im Augenblick der höchsten Not, diesem Darrell Hilfe zugekommen sei?‹. Auch empfand er mit nichten jenen Hunger nach Rache, weder an Darrell, noch an seinem Komplizen (falls dieser Komplize den Verräter gespielt haben sollte), wie man ihn, entsprechend seinem zügellosen Charakter eigentlich hätte erwarten können. Im Gegenteil, der Gedanke an Gewalttätigkeit und die damit verbundnen Aufregungen, hatte für ihn etwas, wie Scham bis zur Übelkeit. Darrell hätte in dieser Stunde ohne Harm ihm zur Seite reiten, Cutts hätte erscheinen und ihn aufziehen können —: ›Ich hab' Euer Geheimnis ausgeplaudert, und die Helfer losgeschickt, an denen Ihr zuschanden wurdet!‹; und Losely würde fortgefahren haben, den Kopf hängen zu lassen; würde die herkulische Hand, die entnervt auf der Mähne seines Pferdes ruhte, nicht gegen ihn gehoben haben. Aber ist es nicht normalerweise so, als Reaktion nach allen Aufregungen, bei denen die SelbstLiebe empfindlich gekränkt worden ist? Ist letzten Endes Eitelkeit nicht der Lust des Verbrechens ebenso beigemischt, wie dem Verlangen nach Ruhm?

Bei SonnenAufgang fand Losely sich auf der Chaussee, zu der ein Labyrinth von Pfaden und Stegen ihn geführt hatte, und grade gegenüber einem MeilenStein, der ihn darüber belehrte, wie er längst der Metropole den Rücken gekehrt habe, und sich im Moment an die 10 Meilen entfernt von der Provinzstadt Ouzelford befinde. Inzwischen war sein Pferd völlig ausgepumpt; und auch seine eig'nen chronischen Schmerzen begannen sich empfindlich fühlbar zu machen; so daß, als er, nur wenig weiter, auf ein Wirtshaus am Straßenrand traf, er froh war, Halt machen zu können; und nach einem starken Schnaps, der wie ein OpiumPräparat wirkte, begab er sich zu Bett, und schlief bis tief in den Mittag hinein.

Als Losely dann wieder nach unten kam, war die große GästeStube belegt durch eine Versammlung von Bevollmächtigten für ChausseeBau; und, als er Frühstück verlangte, wies man ihn in ein kleines GastStübchen mit sandbestreutem Fußboden, direkt neben der Küche. Zwei andere Insassen — ein Mann und eine Frau — waren bereits da, und saßen, bei einem Schoppen Halb-und-Halb, an einem Tisch neben dem Ofen. Losely wärmte sich an dem HerdFeuer, und nahm kaum mit einem flüchtigen Blick Notiz von den beiden bescheid'nen Zechern; und sie, nach einem mißfälligen Anstarren der KolossalGestalt, die ihnen die angenehme Glut verstellte, die sie bisher für sich allein gehabt hatten, nahmen auch wieder ihre murmelnde Unterhaltung auf, an der, ebenso wie an dem *vile modicum* das ihre Lippen erfrischte, der Mann den LöwenAnteil für sich nahm. Schäbig und heruntergekommen waren die Kleidungsstücke dieses Mannes – gewendet, und wieder zurück-gewendet, geflickt, gestopft, schmutzig vom Wetter, fettfleckig – aber immer noch haftete ihnen diese Art von verschimmelter grandioser BastardVornehmheit an, der zu entnehmen ist, daß ihr Träger bessere Tage gekannt hat; wie auch, daß er, einmal ins Fallen geraten, bei der abschüssigen Tendenz seines Glückes, vermutlich noch schlimmere kennen lernen werde. Die Frau war ein paar Jahre älter als ihr Gefährte, und sah noch schäbiger und heruntergekommener aus; ihre Kleider wirkten buchstäblich wie aus Staub-Teilchen bestehend, die man irgendwie zusammengekleistert hat; während ihr Gesicht, vor jedem honorigen GeschworenenGericht zur RegierungsZeit König Jakob's des Ersten, ihr die Verurteilung als Hexe gesichert hätte. Man stellte indes Jasper sein Frühstück hin, mit dem BrotLaib, flankiert von der BranntweinBuddel; und während er sich, unlustig, zwang, etwas zu essen, schweifte sein Auge neuerlich zu dem schäbigen Manne hinüber; ja, blieb dies Mal auf ihm haften, mit jener Sorte von Int'resse, mit dem ein Gauner, dem die Ellbogen 'rausgucken, den andern mustert. Und als Jasper so hinblickte, überkam es ihn, schrittweise, wie ein Wiedererkennen dieser plumpen breiten Züge – dieser fuchsigen, unreputierlichen Perücke ... das Erkennen war jedoch nicht gegenseitig; und jetzt erhob sich, nach einem FlüsterWechsel zwischen dem Manne und der Frau, die Letztere; näherte sich Losely, machte einen Knix, und sagte, mit einer hexenhaften HalbStimme – »Fremdling! es steht Euch ein großes Glück bevor. Darf ich wahrsagen?«. So sprechend, zog sie, aus irgendeinem StaubLoch in ihrer Bekleidung, ein Spiel Karten hervor, deren abgegriffne halbverwischte Bilder mit dem Schmutz von MenschenAltern inkrustiert schienen. Indem sie diese Antiquitäten Jasper vor die Nase schob, fügte sie noch hinzu : »Wünscht; und hebt ab.«

»Pff!«, gab Jasper zurück; der, obschon bei gewissen Anlässen und in Bezug auf gewisse Personen, abergläubisch genug, dennoch nicht so hundertprozentig unter dem Einfluß dieses Gebrechens der Einbildungskraft gestanden hätte, um das Geschöpf vor ihm nun gleich für eine Sibylle zu ästimieren; »hau ab; Du drehst Einem den Magen um. Deine Karten stinken; und Du nich' minder!«

»Vergebt Ihr, würdiger Sir«, sagte der Mann, sich nach vorn beugend. »Die Alte mag übelriechend sein, aber sie ist weise. Jene 3 Schwestern, die den Schottischen Than ansprachen, Sir – (Macbeth; Ihr habt es gewiß auf der Bühne gesehen?) – waren garantiert auch nicht süßduftend. Welk, und wild von Tracht, Sir; aber sie wußten Einiges! Sie sieht das Glück in Eurem Antlitz: kreuzt ihr die Hand mit der Münze, daß es sich offenbaren könne!«

»Larifari!«, versetzte der unehrerbietige Losely. »Nehmt sie freiwillig weg, oder ich verbrüh' sie«, und er tat, wie wenn er nach dem Kessel griffe.

Die Vogelscheuche zog sich, murrend, zurück; und Losely, der sein Mahl bald abgemacht hatte, legte die Füße auf den KaminRand unten, und verfiel in's Brüten, ob des Kurses, den er für seinen Unterhalt in der nächsten Zeit einzuschlagen habe. Von dem Gelde, das er vor ein paar Tagen Mrs. Crane's Portemonnaie entnommen, hatte er bereits das letzte Pfund angebrochen. Vor der Vorstellung, zur Stadt zurückzukehren, und sich ihr auf Gedeih und Verderb zu überantworten, schauderte er mit Grauen zurück. Aber hatte er denn noch eine andre Wahl? Während er also grübelte, drehte er sich, ungeduldig, zur andern Seite; und gewahrte, daß der schäbige Mann und der Drache aus Staub, in einer freundschaftlichen Partie Écarté begriffen waren, mit eben den Karten, die sein GeruchsOrgan so sehr beleidigt hatten. Bei diesem Anblick regte sich sogleich der alte Instinkt des BerufsSpielers wieder; er erhob sich, und guckte den Spielern in die Karte – ? – die miserablen Tröpfe spielten natürlich um Nichts; und trotzdem sah Losely mit einem Blick, daß der Mann nichtsdestoweniger die Frau zu bemogeln versuchte! Dies flößte ihm, ganz entschieden, größeren Respekt vor dem Manne ein; und Jener, der das Interesse bemerkte, mit dem Losely sein Spiel verfolgte, schaute auf, und fragte: »Zeitvertreib gefällig, Sir? Was haltet Ihr von einem Spielchen oder zwei? Gern setz' ich meine Pistolen ein – ä-das heißt, Sir, soweit ein VierPfennigstück reicht? Falls Ihr dieses, freilich französischen Spieles, nicht kundig sein solltet, Sir, etwa Cribbage? oder ›Alle Viere‹?«

»Nein«, sagte Losely kummervoll; »aus Euch ist ja nichts rauszuholen; ansonsten ...«; er brach ab, und seufzte. »Aber ich habe Euch schon unter anderen Umständen gesehen: was ist denn aus Euerm WanderTheater geworden? Auch verglückspielt? Obwohl ich, nach dem was ich so von Eurem Spiel hier sehe, meinen möchte, Ihr hättet eigentlich nicht zu verlieren brauchen, Mister Rugge.«

Der Ex-Manager fuhr auf.

: »Wie, Was! Ihr kanntet mich Vor Dem Sturm? – bevor der

Blitz mich traf, wie ich wohl sagen darf, Sir? – bevor ich in Schwierigkeiten geriet, und – ein Wrack ward? – Ihr habt mich gekannt? – (aus der Branche wohl nicht) – als Zuschauer?«

»Ihr sagt es: ›als Zuschauer‹. – War da nicht einst, in Euren Diensten, ein Schauspieler – ein cleverer alter Bursch! – ›Waife‹ nannt' er sich, glaub' ich?«.

»Ha! haltet inne! Bei diesem Namen, Sir, bluten meine Wunden von frischem. An diesem fluchwürdigen Namen, Sir, hängt ein ganzer Roman!«

»Tatsächlich? Dann wird es ja 'ne Erleichterung für Euch sein, ihn zu erzählen«, sagte Losely, ordnete seine Füße auf dem Kaminrand um, und griff begierig nach jeglicher Ablenkung von seinen eignen Betrachtungen.

»Sir, wenn sich ein Gentleman, der ein Gentleman ist, nicht beruflich, sondern als Gunst, eine Probe meines Deklamations-Talents ausbittet, und dabei den funkelnden Becher vor sich hat, an dem Teil zu haben er mich nicht invitiert, so beschimpft er dadurch mein gefallenes Glück. Sir, ich bin arm, – ich gesteh' es frei; es herbstelt um mich; aber noch schlägt in diesem welken Busen das Herz eines Briten!«

»Wärmt es an, Mr. Rugge. Schenkt Euch nur ein vom Brandy – und der Dame dito.«

»Sir, Ihr seid ein Gentleman; Sir: Eure Gesundheit. Alte?: trink auf ›Bessere Tage!‹ für Uns Zwei. Dieses Weib, Sir, *ist,* wenn überhaupt noch etwas, dann ›eine Alte‹; aber sie ist eine Ehre ihres Geschlechts – treu!«

»Jaja; 's ist erstaunlich wie treu die Damen sein können, wenn sie nicht mehr das sind, was man ›schön‹ nennt – ich sprech' aus bitterer Erfahrung«, sagte Losely; der, in dem Maße wie das Getränk seine Düsterkeit verscheuchte, munterer wurde, und jene Leichtfertigkeit der Zunge wiedergewann, die zuweilen an Witz streifen konnte, und die – ursprünglich das Ergebnis sprudelnder Lebensgeister und überquellender Gesundheit – sich bei ihm immer wieder einmal mechanisch einstellte, sobald Kumpane und Geselligkeit ihn aus den Zwischenzeiten von abwechselnd Lethargie und Schmerzen, aufrüttelten. »Aber jetzt, Mr. Rugge, bin ich ganz Ohr: vielleicht seid Ihr so gut, und werdet ganz Zunge.«

Mit tragischer Miene, die auch solch WortSpiel nicht zu entspannen vermochte – (und immer noch nicht entfernt in der massigen Gestalt, und dem verfärbt geduns'nen Antlitz des grobgekleideten Fremden vor ihm, die eleganten Proportionen, das gesunde blühende ShowGesicht, und die gezierte Aufgeputztheit jenes Jasper Losely wiedererkennend, der ihm einst ein Phänomen verkauft hatte, das sich als so flüchtig erwies) – begann Rugge die ausführliche Historie seiner Erleidnisse durch jenen Waife, jenen Losely, jene Sophie. Mit Respekt sprach er nur von Mrs. Crane; und nunmehr erfuhr Jasper zum ersten Male – und zwar eher mit Ärger über die Einmischung, als mit Dankbarkeit für die Großmut – daß sie die 100 £ zurückgezahlt, und somit Rugge's Ansprüche auf das Kind getilgt hatte. Dann ging der ExManager dazu über, von seinen später anschließenden Mißgeschicken zu berichten – die er, ausnahmslos, Waife und dem Phänomen zur Last legte. »Sir«, sagte er, »ich hatte Ehrgeiz. Von Kindesbeinen an habe ich von dem Großen York'er Theater geträumt – buchstäblich zu dreien Malen davon geträumt. Unselige Vision! Dennoch wäre, gleich andern Träumen, auch dieser Traum nach und nach verblaßt – wäre vergessen worden in dieser uns'rer WerktagsWelt – und es würde mit nichten derart um mich herbsteln; wie einst würde ich mich ganzer FreundesScharen erfreuen, und nicht reduziert sein auf die Schrecken der Armut, und eine getreue Alte. Aber, Sir, als ich das erste Mal diesen Teufel in MenschenGestalt, diesen William Waife, an meinen Busen nahm, da bekundete der Mann ein Genie, Sir, daß Dowton, (Ihr habt Dowton gesehen? – grandios, was!), mit ihm verglichen ein Stock war – da flammte, da loderte mein Ehrgeiz auf, Sir – da begann es zu knistern; und mein Kindertraum suchte mich wieder heim; und ich wandelte umher in tiefem Sinnen (Alte, Du erinnerst dich!) – und ich murmelte : ›Das Königliche Theater zu York.‹ Aber, unglaubwürdig wie es klingen mag, der undankbare Skorpion verließ mich, mit der verräterischen Absicht, die Rollen, die ich für ihn geschaffen hatte, auf den londoner Brettern mit Glanz vorzuführen; je nun, die Ewige Gerechtigkeit, Sir, die erfreulich unparteiische, setzte nun auch ihm-seinerseits den SchierlingsBecher an die Lippen, und machte, daß er ein Auge verlor und lahm ging – seine Stimme war zusätzlich auch noch ruiniert – was ihm ja Alles ganz recht geschah. Und wied'rum nahm ich mich des Skorpions an, um des Phänomens willen. Ich hatte selbst einmal ein Baby, Sir, obschon Ihr es vielleicht nicht werdet glauben wollen. Gormerick (das ist diese treue Alte) gab ihm, da es zahnte, Daffy's Elixier ein – aber es starb – Krämpfe. Ich tröstete mich erst dann, als ich das Phänomen auf meiner Bühne herausbrachte – in blaßrotem Satin, mit Perlen. ›Ha!‹, sprach ich, ›es wird doch noch mein werden, das Große Theater zu York!‹. Diese obsedirende Idee, ward bei mir zur Manie, Sir. Die Gelehrten sagen, es gäbe eine Manie, geheißen die MoneyManie – wo Einer nur noch an das Eine denken kann, das not tut – wie der schon erwähnte schuldige Than den Dolch vor sich sah – Ihr versteht mich, Sir. Und als das Phänomen dann verschwunden, und, wie mir suggeriert wurde, nach Amerika gegangen war, (wo ich wohl selber jetzt sein möchte; um in New York oder anderswo, vor einem freien und erleuchteten Volk ›Rolla‹ zu agieren) – da, Sir, befiel mich die genannte Manie stärker und immer stärker. Es war ein ausgesprochener Stolz darin, Sir – ein Britischer Stolz! Ich sprach zu dieser getreuen Alten, ›Wie?: Was? – soll ich York nicht haben, weil ein falsches Kind mir desertierte? Bin ich nicht Manns genug, den Ehrgeiz eines Briten zu verwirklichen, ohne dafür einem Phänomen im Flitterstaat verpflichtet zu sein?‹ Sir, ich übernahm das York! Allein, und auf eigne Hand!«.

»Und«, ergänzte Losely, der eine Art kümmerlicher Befriedigung darin empfand, den grotesken Sorgen von Jemand zu lauschen, dessen Zustand ihm doch noch mieser erschien als sein eig'ner – »als Ihr das York'er Theater übernahmt, habt Ihr Euch, womöglich, übernommen.«

»Sehr wohl, Sir«, versetzte Rugge, halb schmerzlich halb frohlockend: »es war eine Große Angelegenheit; und die Bank von England hätte sich da-ran übernehmen können! Sie verschlang mein Kapital mit einer solchen Mühelosigkeit, Sir, wie ich jetzt eine Auster verschlingen könnte, wenn nur eine auf dem Teller-hier läge! Ich sah, wie's ausgehen würde; sah es schon in der ersten Woche – wo ich-selbst auftrat, impressiv – Kean's LeibRolle, in der ›Eisernen Truhe‹ – ›Mortimer‹, Sir; pff! : es waren nicht für 3 Pfund 10 im ganzen Haus' – gemischtes-geschmiertes Publikum, Sir; und man hatte die Stirn, mich auszuzischen! ›Alte – ‹, (sagte ich zu Mrs. Gormerick-hier), ›dies Theater ist eine Heulende Wildnis!‹. (Deuteronomium 32-10, Sir). Aber in einer wirklich Großen Angelegenheit, von der man das Haupt ist, liegt eben doch eine, unwiderstehliche, Fascination – man geht weiter, und-weiter. Sämtliche Ersparnisse eines dem britischen Drama und den Produkten des heimischen Genius gewidmeten Lebens, gingen darauf, in, wie ich es wohl nennen darf – Windeseile! Aber es war kein gewöhnlicher Gegenstand, Sir, der sich hier den Blicken darstellte – vielmehr was selbst der Himmel (ich beruf' mich auf die Alte, Sir!) mit Vergnügen betrachtet haben dürfte! –: ein Großer Mann, Sir, im Kampf mit den Stürmen des Geschicks; und groß im Fallen, Sir, mit – einer Sensation! York gedenkt dessen, bis auf diesen Tag! Es war mein Benefiz, und ich nahm den Schutz des Gesetzes in Anspruch – er war das einzige Benefiz, das mir ward – und kein Mensch befand sich deswegen um einen Deut besser. Doch ich murre nicht –: ich habe meinen Traum verwirklicht!, und das ist mehr, als Ihr Alle sagen könnt. Seitdem habe ich so manches Nieder erfahren, und nicht 1 Auf. Ich bin ›ein Bote‹ gewesen, Sir – Souffleur, Sir, in meinem eignen, früheren, Theater; in dem mir mein eigener Clown, nachdem er ins tragische Fach geheiratet hatte, als Eigentümer gefolgt war, Sir; indem er mir, indes ich York übernahm, meine Wanderbühne abkaufte, Kulissen, Garderobe, Requisiten, Sir, samt dem Recht, sich auch weiterhin ›Rugge's Große Theatralische Schau‹ nennen zu dürfen – mir abkaufte, für einen Pappenstiel, Sir, einen Song, mit der Überschrift ›Schwermut‹. Tyrannisiert bin ich dort worden, Sir – angeschnauzt und ausgefenstert von einer Kreatur, bekleidet mit einer kleinen, kurzfristigen Autorität und meinen eigenen Beinkleidern – (scharlach!) – wie ich sie in meiner eignen, vielbeklatschten Rolle als ›Hartherziger Baron‹ getragen. Endlich, zusammen mit diesem einen treuen Geschöpf hier, beschloß ich, die Ketten zu brechen – frei zu sein, wie die Luft – kurzum, ein privilegierter Freigelassner, Sir. Wir haben nicht viel; aber, Dank den unsterblichen Göttern, wir *sind* unabhängig, Sir – die Alte, und ich, privilegierte Freigelassene! Und wir leben noch immer – worüber ich, im strengsten Vertrauen will ich's Euch gestehen, nicht wenig verwundert bin.«

»Tcha! Ihr lebt«, sagte Jasper, doch recht int'ressiert; denn wie man überhaupt zu leben haben könnte, war ja in diesem Moment auch für ihn ein Gegenstand erheblichen Zweifels; »Ihr lebt – es *ist* erstaunlich! Wovon?«

»Die Getreue sagt wahr; und manchmal weht uns der Wind aus dieser Richtung Einiges zu – Witwen zumal, und alleinstehende ältere Damen – aber es ist gefährlich. Arbeit ist süß, Sir, wohl; aber nicht ZwangsArbeit in den Kerkern von Bridewell. Sie hat diese Arbeit kennen gelernt, Sir; und in diesen Zwischenzeiten vermißte ich sie sehr. Weine nicht, Alte; ich wiederhole: ich lebe!«

»Ich versteh' jetzt: Ihr lebt von Ihr! Jaja, es sind die besten der Geschöpfe, diese ›Alten‹ wie Ihr sie nennt, sicher. Naja, man kann nie sagen, wozu der Mensch im Leben noch kommt. – Ich nehme an, Ihr habt diesen Waife niemals wiedergesehen, was?; ebensowenig wie diesen andern Gesellen, von dem Ihr sagtet, er wäre so gut-angezogen gewesen, und hätte so gut-ausgesehen, und der Euch das Phänomen verkauft hat; und das Phänomen selber auch nicht – wie?«, fügte Losely, sich streckend und gähnend hinzu, als er sah, daß die BranntweinFlasche leer war.

»Ich habe Waife gesehen – das einäugige Scheusal! Hah! – ich habe ihn erblickt! – und zwar gestern erst; und es ist ein rechter Trost für mich gewesen.«

»Ihr habt Waife gestern gesehen? – wo?«

»In Ouzelford; das ich und die Getreue heute früh verlassen haben.«

»Und?, was hat er getrieben?«, erkundigte sich Losely, mit gutgespielter Gleichgültigkeit. »Betteln, Steine klopfen, oder Was?«

»Nein«, sagte Rugge niedergeschlagen; »das kann ich leider nicht sagen, daß es, um mich im Stil der Posse auszudrücken, nun gleich so ein FestEssen für meine Augen gewesen wäre, Sir. Immerhin war es irgendwas Kümmerliches – anscheinend was wie Höker, oder Hausierer; jedenfalls verkaufte er was aus einem Korbe, mitten auf dem Rialto – ich meine den KornMarkt, Sir – und nicht einmal eine Alte ihm zur Seite, nein, nur ein großer Hund – französische Rasse natürlich; ein britischer Hund würde solchen Umgang verschmäht haben. Und er schaute nicht fröhlich drein; wie er einst, da er noch meiner Truppe angehörte, zu tun pflegte: gelt, Alte, stimmt's?«

»Sein Gewissen schlägt ihm«, sagte die Alte feierlich.

»Habt Ihr mit ihm gesprochen?«

»Leider nein. Ich hätt's ganz gerne getan; aber Wir konnten im Moment grade nicht, in Anbetracht dessen, daß Wir uns nicht im gewohnten Zustande der Unabhängigkeit befanden. Dies getreue Geschöpf wurde just abgeführt, vor den FriedensRichter, und ich ebenfalls – Anklage : ›Betrug an einem KüchenMädchen‹, zu der die Alte lediglich gesagt hatte, ›daß, wenn überhaupt noch Wahrheit in Karten sei, sie in einer eignen Kutsche fahren würde‹. Selbstredend mußte man die Klage fallen lassen; aber wir wurden für die Nacht in die Zellen der Inquisition geworfen; noch einmal in Untersuchung genommen; und, diesen Morgen, aus der Stadt verwiesen; und sind nun auf dem Wege nach-ä – irgend einer andern Stadt; – wie, Alte?«

»Und das Phänomen war nicht bei dem alten Mann? Was ist denn aus ihr so geworden?«

»Vielleicht ist sie bei ihm, in seinem Hause, wenn er eins hat; auf dem Rialto (alias KornMarkt) war sie jedenfalls nicht bei ihm. Vor zwei Jahren war sie bei ihm, das weiß ich; und Beide, er wie sie, waren damals besser dran als heut, möcht' ich annehmen. Und deswegen tat mir's so wohl, Sir, ihn als Hausierer zu erblicken – als ganz gemeinen Hausierer – auch um ihn herbstelte es; genau wie um den Mann, von dem er abfiel!«

»Mhm; – wo waren sie denn damals, vor zwei Jahren?«

»In einem Dorfe, nicht weit von Humberston. Er hatte ein reizendes kleines Haus, Sir, und verkaufte Körbe; und das Mädchen war ebenfalls dort, patronisiert von einer ganz-großen Lady – einer Marquise, Sir! Oh, Götter!«

»›Marquise‹? – ›unweit Humberston‹? Die Marquise von Montfort vermutlich?«

»Durchaus möglich; weiß ich nicht mehr. Alles was mir bekannt ist besteht darin: daß, vor zwei Jahren, mein ehemaliger Clown mein tyrannischer Manager war; und da er sich in solcher Position befand, und diese Welt nun einmal für den jeweiligen Caesar gemacht scheint, (was eine rechte Schande ist, Sir!), sprach er, mit nasenhaftem Hohn zu mir: ›Dieser alte Gentleman Waife, den Ihr auszuhunzen pflegtet, sitzt – samt seiner Juliet Araminta – ganz-schön-dick in der Wolle jetzt!‹. Und der spottmäulige Schelm fuhr fort, und entfaltete vor mir ein Gemälde des Sinnes: daß, als die Schau das letzte Mal in Humberston, anläßlich der RennWoche, auftrat, ein junger Kaufmann, der die ColumBiene umbuhlte, (deren unreife Ideen Ich-selbst noch, eigenhändig, gelehrt hatte, sich auf die leichte fantastische Zehe (kurzum den Tanz) zu konzentrieren), besagte Columbine, samt eine weitere ihrer Schwesternschaft (um ehrlich zu sein: ihre Tante; die unterdes im Surrey, als *Desdemona*, herausgekommen ist), zum Picnic in einem schönen Park eingeladen hatte; – (das nennt man dann womöglich ›Disziplin‹ – haha!). Und dort, Sir, haben sowohl Columbine als ihre Tante, auf dem jenseitigen Ufer eines Stromes, an dem sie zechend lagerten, Waife erblickt.«

»Was der Clown vielleicht nur gesagt hat, um Euch zu kränken.«

»M-m! : Columbine-selbst hat seine Geschichte bestätigt; und gesagt, daß, als sie zum DorfGasthaus und dem TriumphWagen (oder Bus) der sie gebracht hatte, zurückkehrten, sie sich erkundigt habe, ob etwa ein Mr. Waife hier in der Gegend ansässig sei:?; und man ihr geantwortet habe: ›Sehr wohl; mitsamt seiner EnkelTochter.‹ Und sie habe fortgefahren zu fragen, bis Alles so herausgekommen sei, wie der Clown es berichtet. Und Columbine hatte nicht einmal Dankbarkeit, nicht RechtsEmpfinden genug, den Schurken bloßzustellen – nicht einmal, daß er ein treuloser Diener seines Herrn (mein Diener!) gewesen sei, hat sie gesagt. Hat vielmehr die Stirn gehabt, mir zu erklären, ›Jener wär' eine gute alte Seele; und sie habe gedacht, es könnt' ihm schaden‹. Sir, eine Columbine, deren Zehen ich Dutzende und Dutzende von Malen eins versetzen mußte, bevor sie sie anständig auswärts drehen konnte, war unter meiner Verachtung!; aber als mein eig'ner Clown dergestalt über mich triumphierte, daß er vor mir die Vision vom aufgeblas'nen Wohlstand meines Feindes heraufbeschwor, da drang es mir wie ein Messer ins Herz; und wir hatten einen WortWechsel darob, Sir, und – ich überließ ihn seinem Schicksal. Aber ein Hausierer! Gentleman Waife ist zum Hausierer heruntergekommen! Der Himmel ist gerecht, Sir; und aus unsern angenehmen Lastern macht er die Werkzeuge, Sir, die-ä – die ...«

» – uns züchtigen«, fiel die Alte, strenge, ein.

Losely klingelte; und das DienstMädchen erschien. »Mein Pferd, und die Rechnung. – Tcha, Mr. Rugge, ich muß Eure angenehme Gesellschaft jetzt leider verlassen. Ich bin im Moment nicht grade mit überflüssigem Reichtum gesegnet; sonst würd' ich Euch ja gebeten haben, etwas anzunehmen ...«

»Die geringste Kleinigkeit«, unterbrach ihn die Alte, mit ihrer gewohnten feierlichen Miene.

Losely, der (um Kleines mit Großem zu vergleichen) alle Freigebigkeit eines Catilina (›alieni appetens, sui profusus‹) entwickeln konnte, zog die paar SilberMünzen hervor, die ihm noch geblieben waren; und obgleich er kalkuliert haben mußte, daß ihm nach Begleichung seiner Rechnung kaum noch 3 Schilling übrig bleiben würden, schlenkerte er doch 2 davon der Alten hinüber; die, mit einem tiefen Knix, gierig danach griff; und sie dann sogleich dem gefallenen Monarchen an ihrer Seite aushändigte, mit einer loyalen Zähre, und einem schnellen AufSchluchzen, das auch den allerzynischsten Republikaner hätte rühren können.

Einige Minuten später saß Losely wieder zu Pferd; und als er gen Ouzelford ritt, watschelten Rugge und seine verstaubte Getreue in entgegengesetzter Richtung von dannen – watschelten fürder, fußwund und humpelnd, die weite wüste wintrige Landstraße dahin – langsam den Augen entschwindend, so wie ihre Fata künftighin auch aus dieser Geschichte verschwinden. Da gehen sie: vorbei an dem weißen harten Meilenstein; und weiter, den Stamm des gefällten ChausseeBaums entlang, der gekappt und laublos daliegt, und den Weg behindert, bis die Zeit kommt, wo man ihn in den gerammelt-vollen langweil'gen HolzHof schafft; und noch weiter, dort, wo der StraßenGraben sich zu dem stagnierenden Pfuhl erweitert, mit dem mächtigen DungHaufen ihm zur Seite. Dort macht die Straße eine schräge Biegung, und der Misthaufen verdeckt sie. Verschwunden! und nicht ein Pünktchen mehr auf der Uralten Allgemeinen Straße.

5. Kapitel

Kein Wind ist so schneidend, wie derjenige, der aus dem Sektor einsetzt, wo sich die Sonne erhebt.

Die Stadt, der ich den fingierten Namen ›Ouzelford‹ erteile – die, in vergangnen Jahren, Guy Darrell als Abgeordneter im Parlament vertrat; und die, in kommenden Jahren, in ihrer StadtHalle womöglich sein Bild, sei's auf Leinwand, sei es in Stein, aufbewahren und zeigen wird – ist eine der hübschesten in ganz England. Wenn man sich, auf der londoner Straße, ihren Vorstädten nähert, erhebt sie sich, klar und weit vor dem Auge, als Krönung der HochEbene, auf der sie erbaut ist; – schöne weite Aussichten zu beiden Seiten; prächtige, den strengen Anforderungen moderner Bodenbewirtschaftung noch nicht geopferte Knicks und Hecken – ehrwürdige Waldungen, und grüne Weidegründe um so manchen ländlichen Than's freie gastliche Halle her; – nicht nur 1-einziges übergroßes Haus, das auf Meilen in die Runde die Wohnungen von Knight und Squire verdrängt hätte, oder vermittelst des ›legitimen Einflusses des Besitzes‹ die Stimmen rebellischer Bürger drohend manipulierte. Überall, gleich WegZeigern zum Himmel, kann man die KirchturmSpitzen ländlicher Weiler erkennen, wie sie im Busen angenehmer Tälchen ruhen, oder auch sich an sanften Hängen hinaufziehen. Und am Horizont geht die blaue fantastische UmrißLinie umgürtender Hügel unmerklich in die Wolkenlandschaften über. Eine berühmte alte Kathedrale, die die romantischen, efeuüberwachsenen Mauern einer SchloßRuine zum Nachbar hat, ragt hoch aus dem Zentrum der Stadt empor und beherrscht das gesamte Bild – ruhig, wie in selbstbewußter Kraft. Beim Näherkommen beginnen dann die Villen von Kaufleuten und Industriellen, die sich vielleicht vom Geschäft zurückgezogen haben, die Straße zu säumen, mit adretten Gärtchen und immer-glattgeschor'nem Rasen. Nun stiehlt sich der kleine Fluß (oder korrekter wohl Flüßchen), die Ouzel, von der die Stadt ihren Namen bekommen hat, unter ihren vertieften, mit Buschwerk oder alten Bäumen bedeckten Ufern hervor; gleitet, sich zu kurzer Bedeutsamkeit erweiternd, unter den Bögen einer alten Brücke dahin; läuft dann weiter, klar und seicht, um fruchtbare MelkerWiesen zu erfrischen, betupft mit Rinderchen; und entschwindet endgültig den Blicken, wo FarnKraut und Gebüsch seinen schmaler werdenden geschlängelten Weg wied'rum näher-dichter einschließen, und wo das, was unter der StadtBrücke fast ein achtunggebietender geräuschloser Strom war, nun, inmitten pastoraler Einsamkeiten, wieder zum unbedeutenden schwatzenden Bächlein wird.

Aus einer der größten Villen dieses reizenden Vororts, trat eben ein Herr, mittleren Alters, und von überaus milden, im voraus für ihn einnehmenden Gesichtszügen. Eine junge Dame, ohne Hut aber mit einem Tüchlein über das glatte dunkle Haar gebunden, begleitete ihn bis zur GartenPforte, zärtlich beide Hände um seinen Arm geschlungen, und ihn beschwörend: ja nicht an zugigen Örtern zu stehen und sich zu erkälten; nicht in Pfützen zu treten und nasse Füße zu bekommen; bestimmt vor Einbruch der Dunkelheit wieder zurück zu sein, da die Zeitungen immer wieder die schockierendsten Berichte brächten, wie Leute, selbst auf den belebtesten Straßen, gewürgt und beraubt würden; und vor allem: ja nicht, auf keinen!, Bettler, dem er begegnen werde, zu hören und sich anführen zu lassen; und bevor sie ihn endgültig aus dem Pförtchen entließ, knöpfte sie ihm den Mantel erst noch bis zum Kinn hinauf zu, schob ihm zwei Wattebäuschchen in die Ohren – so! – und versah ihn mit einem AbschiedsKuß: '!'. Dann sah sie ihm, liebevoll, eine Minute oder so, hinterdrein; ihm, der mit dem Schritt eines Mannes, der all dieser beMuttinden Mahnungen und umhätschelnden Sorglichkeiten nicht im geringsten bedürftig schien, dahin wandelte.

Sobald er sich außer Sichtweite der jungen Dame, sowie der VillenFenster befand, knöpfte der Herr, mit ruhiger Sorgfalt, seinen Mantel wieder auf, und vergaß auch nicht, die WattePfropfen aus seinen Ohren zu entfernen – »Schlägt ganz erstaunlich ihrer Mutter nach, die AnnaMaria«, murmelte der Gentleman; »bin bloß froh, daß sie so glücklich verheiratet ist.«

Er hatte noch nicht viele Schritte getan, als aus einer Seitenstraße zur Rechten, die zum Bahnhof führte, ein anderer, erheblich jüngerer Herr, dessen Kleidung ihn unverwechselbar als einen Geistlichen uns'rer Kirche kennzeichnete, plötzlich auf ihn stieß. Jeder erkannte, mit Überraschung, sogleich den Anderen.

»Was! – Mr. George Morley?«

»Mr. Hartopp! – Wie geht's Ihnen denn, Sir? – Was hat Sie hierhergeführt, so weit von zuhause?«

»Ich bin zu Besuch bei meiner Tochter, Anna Maria. Sie ist seit kurzem verheiratet – mit dem jungen Jessop; (der alte Jessop ist einer der bedeutendsten Kaufleute in Ouzelford – sehr respektable, würdige Familie). Das junge Paar hat sich glücklich niedergelassen, in einer allerliebsten behaglichen Villa – keine hundert Schritt hinter uns, auf der rechten Seite, die mit dem Portikus, das ist sie. Sehr hübsche Stadt, dies Ouzelford; Sie wollen natürlich auch grade hin? – da können Wir zusammengehen. Ich bin unterwegs, um mir im Städtischen LeseSaal die Zeitungen rasch mal anzusehen – sehr feine Räumlichkeiten, das. Aber Sie kommen vielleicht recte von London, und haben die heutigen Journale schon gesehen? Sind irgendwelche Berichte drin über das Meeting zugunsten der Schulen für Verwahrloste Kinder?«

»Nicht daß ich wüßte. Ich komm' nämlich weder von London heut früh, noch habe ich etwelche Zeitungen gesehen.«

»Ach! – kommt da nicht ein wunderlich aussehender Geselle andauernd hinter uns her?; aber es ist vielleicht Ihr Diener?«

»Das nicht; wohl aber mein ReiseGefährte – vielmehr sogar mein Führer. Ich bin nämlich imgrunde nach Ouzelford gekommen, in der schwachen Hoffnung, hier einen armen alten Freund von mir zu entdecken, nach dem ich schon lang' auf der Suche bin.«

»Vielleicht können Ihnen da die Jessops behilflich sein; die kennen in Ouzelford jeden Menschen. Aber jetzt, wo ich Sie so überraschend getroffen hab', Mr. George, würd' ich doch sehr gern Ihren Rat einholen, über eine Sache, die mir in den letzten vierundzwanzig Stunden beträchtlich auf der Seele gelegen hat; und die eine Person betrifft, die ich-meinerseits durch Zufall in Ouzelford hier entdeckt habe, obschon ich wahrlich nicht auf der Suche nach ihm war – eine Person, über welche Sie und ich, uns schon einmal, vor ein paar Jahren unterhalten haben, als Sie noch bei Ihrem werten Herrn Vater wohnten.«

»Wie?«, sagte George flink: »von Wem sprechen Sie?«

»Von diesem eigenartigen Vagabunden, der mich so angeführt hat – Sie entsinnen sich wohl – nannte sich Chapman damals – wahrer Name William Losely, ein zurückgekehrter Sträfling. Sie behaupteten, er wäre unschuldig; obwohl der Mann sich, als wir ihn vernahmen, selber als schuldig bekannte.«

»Sein ganzes Wesen strafte doch damals sein LippenBekenntnis lügen. Oh, Mr. Hartopp: dieser Mann das ihm zur Last gelegte Verbrechen begehen? – einen sorgfältig-geplanten, vorsätzlichen

Raub? – einen undankbaren, infamen Vertrauensbruch?! Dieser Mann – *dieser!* – er, der jedes Geld, das er nicht selbst verdient, zurückweist; selbst wenn es ihm von ängstlichen, ihn beschwörenden Freunden aufgedrängt wird – er, der jetzt, alt und einsam, freiwillig davongegangen ist, um lieber sein mühsames Brot mit dem bescheidensten Gewerbe sich zu erarbeiten, als das geringste Risiko einzugehen, dem Kinde zu schaden, mit dessen Existenz er sich so lang belastet hatte – *er* ein lichtscheu-mitternächt'ger Dieb? Glaubt ihm nicht, ob auch seine eig'ne Stimme es spricht! Vermutlich um einen andern Mann zu decken, erzählt er den Leuten eine noble Lüge. Aber was ist's mit ihm? Haben Sie ihn tatsächlich gesehen?; und hier in Ouzelford?«

»Ja.«

»Wann?«

»Gestern. Ich war im Städtischen LeseZimmer, und guckte zum Fenster 'raus. Seh' ich, auf der Straße unten, einen großen weißen Hund; – ich erkannte den Hund auf der Stelle, Sir, obgleich er dadurch verändert war, daß man sein natürliches Fell wieder hatte wachsen lassen, und er jetzt so lange Haare hat, wie die Lama's in Peru. ›Das ist doch Sir Isaak‹, sag' ich zu mir; und schon seh' ich, hinter Sir Isaak, auch Chapman ankommen (um ihn so zu nennen), wie er einen Korb mit HausiererWare trägt; und, zu meiner Überraschung Jessop-senior – der ein sehr formeller Mann ist, überaus reserviert und würdevoll, (offen gestanden etwas wichtigtuerisch; aber sagen Sie das nicht weiter) – wie der sich ganz leutselig mit Chapman unterhält, und ihm doch tatsächlich was aus seinem Korbe abkauft. Darauf ging Chapman wieder fürbaß, und war bald außer Sicht. Jessop kommt herein, ins LeseZimmer. ›Ich hab Dich‹ fang ich an, ›mit ei'm alten Mann sprechen sehen, der einen großen französischen Pudel bei sich hat?‹. ›Das ist mal ne gute alte Seele‹, sagt Jessop; ›hat ein Wesen an sich, während er spricht, das Einem direkt zu Herzen geht. Mit Dem möcht'ich Dich gar zu gern bekannt machen.‹ ›Großen Dank auch‹, sag' ich, ›da könnt'ich-ä – angeführt werden.‹ ›Keine Angst‹ sagt Jessop, ›Der würde keine Fliege anführen – das schlichteste, einfachste Geschöpf.‹ Ich will nur gestehen, Mr. George, ich mußte heimlich drüber kichern. ›Und hat er hier sein'n festen Aufenthalt?‹, frag'ich, ›oder ist er bloß so ein WanderHausierer?‹. Worauf Jessop mir denn anvertraute, daß er Jenen schon vor 2 oder 3 Wochen das erstemal gesehen, und ihn hart angelassen habe, weil er ihn als reinen Landstreicher betrachtete; aber Chapman habe so gut geantwortet, und in seinem Korb hätten sich so viele wirklich-nette Sachen gezeigt, daß Jessop auf einmal, er wußte nicht wie, sich dabei ertappte, wie er ein Paar Manschetten für Anna Maria kaufte; und wie sich, im Lauf des Gesprächs dann gar noch herausstellte (durch irgendein geheimes Zeichen, glaub' ich), daß Chapman FreiMaurer sei – und in dieser speziellen Sorte Unsinn, ist Jessop ausgesprochen Enthusiast, ›Meister vom Stuhl‹ oder so was Ähnliches – da war das natürlich eine weitere Attraktion. Kurz und gut, Jessop fand größten Geschmack an ihm; patronisierte ihn, versprach ihm alle mögliche Protektion; und empfahl ihn tatsächlich als Mietsmann in das Häuschen einer ältlichen Witwe, die am Stadtrand wohnt, und früher mal KinderMädchen im Hause Jessop gewesen war. Und was meinen Sie wohl, was Jessop soeben von diesem ›schlichten Geschöpf‹ erstanden hatte?: ein Paar gestrickte-woll'ne Faust-Handschuhe, zum Geschenk für mich!; und, was noch mehr ist, ich hab' sie in diesem Augenblick an – sehen Sie? : hier! – sehr ordentlich, möcht' ich sagen, und enorm warm! Nun hab' ich bisher ganz nach meinem eignen Ermessen gehandelt; habe nicht zu Jessop gesagt: ›Paß Dir auf! – das ist derselbe Mann, der mich angeführt hat!‹. Aber dies Verschweigen liegt mir doch etwas auf dem Gewissen. Einerseits erscheint es mir furchtbar grausam – (selbst falls der Mann, Ihrer menschenfreundlichen Überzeugung vom Gegenteil zum Trotz, früher mal ein Verbrechen begangen haben sollte) – seine Schande auszuschwatzen, und ihm, möglicherweise, sein bißchen Auskommen zu ruinieren. Andererseits: falls er doch immer noch wirklich ein Schurke, ein Einbrecher, und überhaupt ›gefährlich‹ sein sollte, müßte ich da nicht – müßte ich – kurzum, Sie sind Geistlicher, sind ein großer Gelehrter, Sir – was soll ich jetzt machen?«

»Mein bester Mr. Hartopp, quälen Sie sich nicht selbst mit diesem, aller Ehren werten, Dilemma Ihres Gewissens. Lassen Sie mich meinen armen alten Freund nur wiederfinden, meinen Wohltäter kann ich ihn nennen; und ich hoffe, ihn zu überreden, wenn auch vielleicht nicht in das Heim zurückzukehren, das seiner wartet, so doch zumindest mein Gast zu sein, beziehungsweise sich irgendwie meiner Obhut anzuvertrauen. Wissen Sie etwa den Namen dieser Witwe, bei der er logieren soll?«

»Ja – ›Halse‹; und ich kenn' die Stadt gut genug, um Sie, wenn nicht direkt vor das Haus selber, so doch in die unmittelbare Nachbarschaft führen zu können. Bitte, gestatten Sie, daß ich mitkommen darf? ich würd's sehr gerne tun – denn, (Sie werden's, wo ich eben so leichthin über Chapman dahergeredet habe, vielleicht gar nicht erwarten), aber ich hab' mich noch nie in meinem Leben derart für einen Mann int'ressiert, bin noch nie von einem Mann derart bezaubert gewesen; und schon oft hat mich, nachts, der Gedanke verfolgt, : daß ich mich doch wohl zu hart ihm gegenüber benommen hätte; und daß er vielleicht jetzt, in dem Moment, allein auf der weiten Welt umherirre, ein Ausgestoß'ner, seines kleinen Mädchens beraubt, das er mir doch so ans Herz gelegt hatte! Und ich wär' auch gestern hinter ihm her gelaufen, oder hätt' heut Früh bei ihm vorgesprochen und gesagt ›Erlaubt mir, Euch zu helfen‹, – hätte nicht ein Mann, vor dessen Meinung ich (ja unser ganzes Land!) die größte Achtung haben muß, mit so nachsichtsloser Härte von ihm und seinem Sohn gesprochen, und mich, bloß weil ich ihre Namen erwähnte, hart angelassen – ein Mann vom feinsten Ehrgefühl, vom probehaltigsten Charakter – ich meine Guy Darrell, den Großen Darrell. – :?«

George Morley seufzte. »Ich glaube, Darrell weiß persönlich von dem älteren Losely nichts; und ist gegen ihn hauptsächlich voreingenommen infolge der Missetaten des jüngeren, dessen Obhut Sie (und ich kann, ich darf Sie nicht tadeln; war ich doch selber zu dieser Auslieferung behülflich, die sich leicht als schicksalhaft verhängnisvoll hätte herausstellen können) seinerzeit das arme mutterlose Mädchen übergeben haben.«

»Da ist sie jetzt nicht bei ihrem Großvater? Lebt aber doch noch, hoff' ich? – Sie war sehr zart.«

»Sie lebt – sie ist sicher. – : Oh! aufpassen! –«

Er sprach diese letzten Worte, da ein Reiter, der auf der Straße, die zur nahen Brücke führte, rasch herangesprengt kam; und plötzlich, ohne Warnungsruf oder sich irgend achtzugeben, so dicht an unsern zwei Fußgängern vorbeistreifte, daß George Morley gerade noch eben die Zeit hatte, Hartopp vor den PferdeHufen zur Seite zu reißen.

»Also so ein unverfrorner, fahrlässiger, schäbiger Kumpan, tz!«, sagte selbst der milde Hartopp entrüstet, während er sich vom Ärmel die SchmutzSpritzer abwischte, mit denen der Reitersmann ihn bedacht hatte. »Muß wohl betrunken sein!«

Als der Reiter die Brücke erreichte, ward er am Schlagbaum des Zöllners durch ein paar Karren und LastFuhrwerke aufgehalten;

und die beiden Herren kamen auf der Brücke wieder an ihm vorüber, so daß sie dabei sein finsteres, unachtsames Gesicht mustern konnten, sowie die mächtige Gestalt, an der immer noch, trotz grober Gewandung, und der durch Jahre unmäßiger Ausschweifungen bewirkten Veränderungen, die Spuren jenes beneidenswerten Ebenmaßes sichtbar waren, das einst auf so bewundernswerte Weise Herkulische Stärke mit elegantester Spannkraft vereinigt hatte. Beim Eintritt in die Stadt, bog der Reiter sogleich in den Hofraum der nächsten Herberge ein. – George Morley und Hartopp, in geringem Abstand gefolgt von Morley's ReiseGefährten, Merle, gingen weiter ihres Wegs, nach dem entgegengesetzten Ende der Stadt; und, nach 1 oder 2 Erkundigungen nach einer ›Witwe Halse, auf der Prospect Row?‹, kamen sie zu ein paar einzelnen Häuschen, klein aber mit ziemlich großen Gärten dahinter; und sehr hübsch auf einer sanften Anhöhe gelegen, so daß man, von ihrer Front, die volle Aussicht auf die Dächer der Stadt genoß, und die große Kathedrale mit ihren mächtigen schimmernden Fenstern. Mrs. Halse's Wohnung war am äußersten Ende der Gasse. Das Haus jedoch war abgeschlossen; und eine Frau, die vor der Tür des NachbarHauses stand und Stroh flocht, informierte die Besucher, daß Mrs. Halse weggegangen sei, ›auf HalbtagsArbeit‹; und daß ihr Mieter, der seinen eignen HausSchlüssel habe, selten vor Einbruch der Dunkelheit heimkäme; zur augenblicklichen Stunde jedoch mit ziemlicher Sicherheit auf dem KornMarkt, oder einer der umliegenden Straßen zu finden sei, und machte sich erbötig, ihren kleinen Jungen loszuschicken, um ihn aufzutreiben und ›anzubringen‹. George nahm Merle auf die Seite, zur Beratung; und man entschied sich dafür, den Schuhflicker, mit dem Jungen als Führer, auf die Suche nach dem Hausierer loszuschicken; wobei Merle selbstredend dahingehend instruiert wurde, nicht verlauten zu lassen, von Wem er begleitet werde; damit Waife, in seiner Halsstarrigkeit, sich nicht lieber wieder davon mache, als mit seinen Freunden zusammenzukommen, vor denen er ja geflohen war. Merle, und ein krausköpfiger kleiner Schelm, der höchlich erfreut schien bei der Aussicht, Sir Isaak und Sir Isaak's Herrn aufzuspüren, brachen unverzüglich auf, und waren bald den Blicken entschwunden. Hartopp und George öffneten das kleine Pförtchen, und schlenderten in den auf der Rückseite des Häuschens gelegenen Garten, um sich geduldig auf eine Bank unter einem alten ApfelBaum hinzusetzen. Hier warteten sie, und unterhielten sich ein paar Minuten lang; bis George gewahr wurde, daß eines der Fenster auf dieser Seite des Häuschens offen gelassen war; worauf er sich, unwillkürlich, erhob und hineinschaute; während er gespannt das Innere musterte, fühlte er sich, beim ersten Blick schon, überzeugt, daß es sich hier um das Zimmer seines selbst-verbannten alten Freundes handeln müsse: ein sauberes freundliches Stübchen – auf einem Konsölchen innerhalb des FensterRahmens, ein geflochtener weidener Käficht, mit einem Dompfäffchen darin – daneben ein Blumentopf. Zweifellos war das Fenster, das Südsonne hatte, von dem guten alten Manne absichtlich offengelassen worden, um das Vögelchen zu erfreuen und die Pflanze zu erquicken. Waife's wohlbekannte Pfeife, und ein TabaksBeutel, von Sophie's ElfenFingern für ihn gearbeitet, lag auf einem Tisch, zwischen Tür und Fenster, und in Herdnähe; und George gewahrte, erregt und gerührt, die Bibel, die er selbst dem Wanderer geschenkt, ebenfalls auf dem Tische liegend, zusammen mit dem VergrößerungsGlase, dessen Waife sich seit einiger Zeit beim Lesen zu bedienen hatte. Auch tat sich Waife's habituelle Reinlichkeitsliebe überall im Zimmer kund. Für George bestand keinerlei Zweifel, daß selbst die Anordnung der Stühle von seiner Hand herrühre; sowie auch, daß eben diese gefällige Hand dem elendiglichen ›Portrait eines Mannes in blauem Rock und braungelber Weste‹, (das ohne Zweifel den vielbeweinten Gatten der gastfreundlichen Witwe darstellen sollte), den frischen FirnisÜberzug verliehen habe. George winkte Hartopp, ebenfalls zu kommen, und hinein zu lugen; und, wie der würdige HandelsMann ihm über die Schulter hinweg-visierte, wisperte der BibelMann – : »Ob nicht, in der Wohnung eines Menschen, etwas ist, das seinen Charakter abbildet? – Von ›Ich bekenne mich schuldig!‹ ist hier nicht die Spur.«

Hartopp war im Begriff zu antworten, als sie, in der AußenTür, den Schlüssel scharf herumdrehen hörten, und kaum noch Zeit hatten, sich etwas von dem Fenster zurückzuziehen, als auch schon Waife ins Zimmer gehastet kam, gefolgt allerdings nicht von Merle, sondern von dem großen rauhen Reiter, dem sie auf der Straße begegnet waren. »Dem Himmel sei Dank!«, rief Waife, und sank auf einen Stuhl, »jetzt sieht und hört uns Niemand. Nun magst Du reden; nun kann ich hören! Oh, unseliger Sohn meines verlorenen Engels, den ich so vergebens durch Aufopferung all meiner Ansprüche auf die Achtung der Menschen zu retten gesucht habe: zu welchem Zweck suchst Du mich auf? Mir ist nichts mehr übrig, das Du nehmen könntest! Ist es wieder das Kind? Sieh doch – sieh – schau Dich um – durchsuch' das Haus, wenn Du willst – sie ist nicht hier.«

»Hab Geduld mit mir, wenn Du kannst, Vater« sagte Jasper, in beinahe schüchternem Ton; »Du zumindest kannst nichts sagen, was ich nicht geduldig ertragen würde. Aber ich bin in meinem Recht, wenn ich Dich auffordere, mir jetzt unzweideutig und ohne heimlichen Vorbehalt mitzuteilen: ob sich Sophie, wenn schon nicht unmittelbar innerhalb dieser Mauern hier, nicht doch in Deiner Nähe befindet, in dieser Stadt, oder ihren Umgebungen? – kurzum, immer noch unter Deinem Schutz?«

»Nicht in dieser Stadt – nicht in der Nähe – nicht unter meinem Schutz; ich schwöre.«

»Nicht schwören, Vater; ich habe keinen Glauben an anderer Männer Eide. Ich glaube Deinem bloßen-schlichten Wort. Aber nun kommt die zweite Frage – und bedenke, daß ich immer noch strikt in meinem Recht bin – : Wo ist sie? – und unter Wessen Obhut?«

»Das sag' ich nicht. War doch einer der Gründe, warum ich sogar die Luft, die sie atmet, verlassen habe, der: daß Du sie nicht wieder dadurch aufspürtest, indem Du auf meine Spur gerietest. Aber sie befindet sich außerhalb Deiner Macht, sie erneut zu kidnappen und zu verkaufen. Du magst sie allenfalls belästigen, quälen, beschämen, indem Du Dich laut als ihren Vater proklamierst; aber sie noch einmal in Deinen Gewahrsam bekommen, und in Schande und Laster stoßen? – : nie und nimmermehr! Sie ist jetzt bei keinem ohnmächtigen kümmerlichen Sträfling mehr, für den das Gesetz nicht Rücksicht nicht Achtung hat. Sie ist jetzt kein hülfloses Kind mehr, ohne Wahl und ohne Willen. Sie ist sicher vor allem; außer dem einen: dem mutwilligen, nichts einbringenden Versuch, ihr einen Schimpf und Makel anzuheften. Oh Jasper, Jasper, sei menschlich! – sie ist körperlich so zart – ist so empfindlich für Tadel, so bebend empfänglich für Ehre – ich – ich – es gehört sich einfach nicht mehr, daß ich in ihrer Nähe weile. Ich bin ein verschmitzter Landstreicher gewesen, voller Tricks und Possen; und ob ich gleich noch so unschuldig bin, trage ich doch das Brandmal des Verbrechers! Aber Du, auch Du, der sie nie geliebt hat, der sie nicht vermissen kann, dessen Herz mit nichten ob ihres Verlustes bricht, wie das meinige jetzt tut – Du, *Du!* – jetzt plötzlich aufsteigen aus dem dünstenden PestHaus, in dem Du, aus eigner-freier Wahl, Dein Leben lang gehaust hast, und sprechen: ›Komm aus

GOttes lichtem Tag herunter zu mir‹? – Jasper, Jasper, das wirst – das kannst Du nicht; das wäre die Boshaftigkeit eines Teufels!«

»Vater, halt ein!« rief Jasper, sich windend und leichenfahl; »Ich schulde Dir mehr, als diesem Ding aus Rosa und Weiß. Kenne besser als Du den Trug und Trödel all dieser WachsPüppchen, aus denen Gimpel ihre Götzenbildchen machen: an jeglicher StraßenEcke kannst Du sie finden, körbeweis' – ob blau- ob schwarzäugig, immer derselbe wertlose Tand, die gleichen automatenhaften Spielzeuge; aber von jedem Mann, der seine eigne spezielle Docke auf dem Schoß hat und hätschelt, ob er sie nun Schätzchen oder Tochter nennt, erfolgt das gleiche stereotype Gewinsel und Geprahle, daß er in seiner WachsFigur einen Engel an Reinheit besäße. (Nein, hör' mich aus!) ich bin diesem Mädchen nichts schuldig. Was ich Dir schulde, weißt Du. Du verlangst von mir, sie nicht aufzusuchen, und zu ihr zu sprechen, ›Ich bin Dein Vater!‹. Meinst Du damit nicht, es stünde mir noch weit übler zu Gesicht, und müßte Dich nicht weniger verletzen, wenn ich hier plötzlich bei Dir auftauche, und Dich daran erinnere, daß ich Dein Sohn bin?«

»Jasper!«, stammelte der alte Mann, der das Gesicht abwandte; denn dieser Zug echten Empfindens für ihn, der einen solchen Kontrast zu dem Zynismus bildete, mit dem Jasper über andere, nicht minder heilige Bande sich äußerte, hatte den Vater völlig überrumpelt.

»Und«, fuhr Jasper fort, »wenn ich bedenke, wie Du einst mich geliebt – durch welche SelbstAufopferung Du diese Liebe bewiesen hast – dann kann ich nur mit bitterm Groll gegen dieses MädchenGeschöpf mitansehen, wie sie so ganz den Platz in Deiner Zuneigung eingenommen hat, der einmal mein war, – und daß Du so empört gegen mich aufführst, wenn ich nur erwäge, an sie heranzutreten. Was? ich besitze ›die Boshaftigkeit eines Teufels‹; nur weil ich mich nicht still in den Rinnstein legen und da verhungern will; oder auf die Stufe Derjenigen herabsinken, die Eure vornehmen eleganteren Diebe verachten? Soll ich auf unbewachten Höfen nach Irgendetwas herumspionieren, oder mich feig an tür- und fensterlosen Mauern entlang drücken, wo ich doch in diesem armseligen Mädchen, (das, wie Du sagst, so blendend versorgt ist), eine letzte und einzige HülfsQuelle erblicke, die auch Dich davor bewahren könnte, durch Deinen Sohn noch entscheidender herabgewürdigt, noch schwerer heimgesucht zu werden?«

»Was ist es denn, das Du verlangst? Selbst falls Sophie sich in Deiner Macht befände, würde Darrell deswegen nicht geneigter sein, Dich zu bereichern, oder auch nur zu unterstützen. Er wird Dir Deine Geschichte niemals abnehmen, ja sogar das Beweis-Material nicht eines Blickes würdigen.«

»Am Ende vielleicht doch«, sagte Jasper ausweichend. »Mit all diesem Reichtum; und keinem näheren Erben, als einem entfernten Verwandten in Gestalt des Sohns eines bettelarmen Verschwenders und der Tochter eines SchnittwarenHändlers – müßte er ja bestimmt ein EnkelKind weit mehr benötigen als Du; und die Beweise, von denen Du sprachst, haben schließlich Dich überzeugt : *Du* hast ›meine Geschichte‹ geglaubt.«

»›Geglaubt‹ – ja!; denn dieser Glaube war mein Alles auf der Welt! Ach, weißt Du noch, wie freudig ich, nach abgelauf'ner Strafzeit, nichts Eiligeres wußte, als Dich – getäuscht durch die sparsamen Briefe, mit denen Du mich fälschlich aufgemuntert hattest – in Paris aufzusuchen? – in lieblichen Träumungen, daß mir jetzt, nachdem ich Dein Verbrechen gesühnt, Belohnung werden würde, durch Deine erfolgte Besserung – daß ich's erleben würde, Dich geehrt, rechtschaffen, gut zu sehen – dem Gedanken leben zu können, daß Deine Mutter, mit einem Lächeln, vom Himmel auf Uns-Beide herniedersehen könnte – daß Wir-Beide Uns, am Ende, mit Ihr vereinigen würden – Du geläutert durch mein SühnOpfer! Oh und als ich Dich erschauen mußte, so gesunken, so verhärtet, aller Laster froh wie über ebensoviele Orden – Bravo und Teilhaber an einer SpielHölle in Person – oder, noch-schlimmer, Einer, der vom Gewinst armseliger Mädchen lebt; ja, als bealmosten Zuhälter dieser verfaulten Desmarets – mein Sohn, mein Sohn, meiner verlorenen Lizzy Sohn, sich selbst ausgestrichen habend aus meiner Welt, für-immer! – da, da würd' ich gestorben sein; wär'es Dir nicht, (Dich noch brüstend mit der Lüge, die von Darrell sein Gold erpreßte) entkommen, ›Aber das Kind lebt noch‹. ›Dir geglaubt‹? – oh-ja, ja – denn in diesem Glauben blieb mir doch immer noch etwas, was ich hoch-halten, lieben, für das ich leben konnte!«

Hier erstarb des alten Mannes Stimme in einem leidenschaftlichen Schluchzen; und der schreckliche Sohn, so durch und durch verworfen er auch war, glitt von seinem Stuhl, bückte sich zu seines Vaters Knieen, und verbarg das Gesicht in seinen jetzt zitternden UnmenschenHänden. »Vater, Vater«, sagte er, in gebrochenen, ehrerbietigen Tönen, »laß mich Dich nicht so weinen sehen. Du kannst mir ja nicht glauben; aber ich versich're Dir feierlich, daß, wenn in mir noch ein einziger Rest von Zuneigung für irgendein menschliches Wesen ist, ihr Gegenstand Du bist. Als ich damals einwilligte, Dich das Urteil tragen zu lassen, das auf mich hätte fallen sollen, da, dessen bin ich mir sicher, geschah das weniger aus niederträchtiger Selbstsucht, als vielmehr aus absurdester Eitelkeit. Ich bildete mir derart ein, ich sei zu höchstem Glück geboren! – so dazu geschaffen, irgendein reiches Mädchen zu kapern! – und daß Du wiederkehren würdest, um dann meinen Reichtum mit mir zu teilen; daß der Abend Deiner Tage glücklich sein würde; daß Du für Deine eigene Schmach entschädigt sein würdest, durch meinen Glanz! Und als ich dann so heiratete; und am Ende vom SchwiegerVater, der mich verächtlich verschmähte, das ErbschaftsKapital seiner Tochter herausholte, so erbärmlich klein es sich auch im Verhältnis zu meinen Erwartungen erwies, da war mein erster Gedanke, die Hälfte dieser Summe an Dich abzuschicken. Aber – aber – ich lebte unter Solchen, die nichts für so einfältig hielten wie einen guten Vorsatz – nichts für so schlecht wie eine gute Tat. Vor allem dieser spöttische WeibsTeufel, diese Gabrielle! Dann der HexenZauber dieses verfluchten Grünen Tisches! Das Glück ist *gegen* Einen? – : wart' noch! verdoppel' erst das Kapital, eh Du die Hälfte abschickst. Das Glück ist *mit* Einem? – : ja nicht die Flut jetzt unterbrechen! nicht das Kapital zersplittern, grad wo es im Begriff steht, sich zu verdoppeln! Bald ward es lästig, an Dich auch nur zu denken; trotzdem, sobald das je geschah, hab' ich mir immer gesagt, ›Das Leben ist lang; einmal gewinn' ich doch Reichtümer; und er soll sie, früher oder später, mit mir teilen!‹ – *ach basta, basta!* – wie sehr Dir das Alles als müßiges Gewäsch und hohles Geprahle erscheinen muß!«

»Nein«, versetzte Waife schwach; und seine Hand sank hernieder, bis sie Jaspers gebückte Schulter berührte; aber im Moment der Berührung wieder zurückzuckte, wie vor einem elektrischen Schlage.

»So also, wie Du's schildertest, hast Du mich in Paris gefunden. Ich habe Dir mitgeteilt, wo ich das Kind untergebracht hatte; weil ich mir weder vorstellen konnte, daß Arabella sich von ihm trennen würde, noch daß Du den Wunsch hegen könntest, Dich mit einer solchen Bürde zu belasten; – nein, ich hab' es für völlig ausgemacht gehalten, daß Du, wie früher, bei irgendeinem alten

Freunde, oder Vetter auf dem Lande, eine Heimat finden würdest; – hab' mir vielmehr eingebildet, daß es Dich trösten könnte, das Kind dann und wann zu besuchen, weil Du gar so erfreut schienst, als ich sagte, daß es noch lebe. So haben Wir Uns damals getrennt, – Du anscheinend nur ängstlich besorgt, die Kleine davor zu bewahren, daß sie je noch einmal mir oder dieser Gabrielle Desmarets in die Hände falle; ich, eilig bestrebt, Alles zu vergessen, ausgenommen das Leben in Saus und Braus um mich herum; bis ...«

»... bis Du dann zurückkamst nach England, um mir das Lächeln des einzigen Gesichtes zu rauben, von dem ich wußte, daß es niemals Verachtung zeigen würde; und dem guten Manne, bei dem ich sie so sicher geborgen glaubte, mitzuteilen, daß ich ein deportierter Einbrecher wäre, dessen bloße Zuneigung schon ihr Kindertum beschmutzte – o Jasper! Jasper!«

»Das hab' ich niemals gesagt – nicht im Traum daran gedacht, so etwas zu sagen. Arabella Crane hat das getan, in ihrem unbekümmerten WeibsEigensinn, um ihre Zwecke durchzusetzen. Aber, richtig, das Kind hab' ich Dir fortgenommen. Und warum? Zu einem Teil deswegen, weil ich in solcher Geldnot war, daß ich eine ganze Hundertschaft von Kindern für die Hälfte dessen verkauft haben würde, was man mir bot, wenn ich das Mädchen verbindlich in eine Stellung gäbe, die gar so entsetzlich ja wohl nicht sein konnte, in Anbetracht dessen, daß Du sie zuerst dort untergebracht hattest; – und, zum Andern,. weil Du anscheinend davor zurückgescheut hattest, Dich an etwelche alte Freunde zu wenden; Du lebtest, genau wie ich, von der Hand in den Mund: was konnte das Kind anders für Dich sein, als ein Hemmschuh und eine Plage?«

»Und als Nächstes wirst Du mir jetzt vermutlich erzählen wollen« entgegnete Waife mit einer so ungläubig bittren Ironie, daß ihr bloßes Aussprechen ihn auszumergeln schien, so wich seine ganze Gestalt zurück und schrumpfte förmlich ein – »da wirst Du mir jetzt wohl erzählen, es sei aus der gleichen rücksichtsvollen Zärtlichkeit geschehen, daß Du sie mir, ein paar Monate später, wied'rum hast stehlen wollen, um sie jenem ›WeibsTeufel‹ zu übergeben, der sich einmal mehr an Deiner Seite befand; um dort ausgebildet und verschachert zu werden an – oh Graus! – oh Gräuel! – oh unvorstellbares Entsetzen! – dies reine, hülflose Kind! – und Du, mit dem VaterNamen bewaffnet – Du, stark in dieser mächt'gen MannsGestalt!«

»Was meinst Du damit? – Ach, jetzt entsinn' ich mich! Als Gabrielle in London weilte, und ich Dich auf der Brücke gesehen hatte? Aber Wer kann Dir denn das erzählt haben, daß ich zu der Zeit tatsächlich damit umging, Dir das Kind wieder abzunehmen?«

Waife verharrte schweigend. Er konnte Arabella Crane ja nicht verraten; und Jasper schaute verblüfft und gedankenvoll drein. Dann erst schien ihm der grause Sinn von seines Vater anklagenden Worten allmählich richtig klar zu werden; und er rief, mit wütendem Auffahren, und indem er düsterrot wurde – »Aber Wer immer Dir auch insinuiert haben mag, ich hätte den Plan genährt, den auch nur anzudeuten Deine Lippen weiß werden, Der hat gelogen, und zwar schändlich! Hör' und paß auf: es sind viele Jahre her, daß Gabrielle, unter einem andern Namen und als Matilda's Freundin, die Bekanntschaft Darrell's machte, (eine zu lange Geschichte jetzt – nicht des Erzählens wert); er hat, glaub' ich, den Betrug nie entdeckt. Nun hörte ich, daß, genau um die von Dir erwähnte Zeit, Darrell selber nach Frankreich gefahren sei, und dort persönlich nach Tatsachen recherchiert habe, die in Verbindung mit meiner früheren Angabe standen, daß Matilda's Kind tot wäre. Schon diese bloßen Erkundigungen taten ja doch wohl dar, daß er sich gegen meine Versicherungen von Sophie's Anrechten auf ihn, mit nichten so ungläubig verhielt, wie er sich, als ich sie ihm persönlich vortrug, angestellt hatte. (Von da aus ist er dann nach Italien gegangen.) Als ich all das mit Gabrielle durchsprach, machte sie den Vorschlag: daß, wenn das Kind in ihren Besitz gebracht werden könnte, sie sich mit ihm auf die Suche nach Darrell machen wolle – unter dem Namen, bei dem sie ihm zuvor bekannt geworden war – unter dem Titel und Privileg von Matilda's Freundin. In dieser Eigenschaft würde er vielleicht ihr da Gehör schenken, wo er es mir verweigerte. Sie könnte meine Angaben bestätigen – sein Herz erweichen – ihm einen Vergleich abschmeicheln. Und sie war schließlich das raffinierteste Geschöpf! ›Ich würde Sophie erneut verkauft haben‹? das ist richtig. Aber für was? Für ein Auskommen, das mich gleichzeitig des Mangels und jeglicher Kriminalität überhoben hätte. Und an Wen verkauft? An den Mann, der seiner Tochter Kind in ihr gesehen – sie zur Erbin seines Reichtums erzogen – sie wie seine eig'ne Ehre behütet haben würde. Ja wie? und dies war der Plan, der Dich jetzt so schockiert? *Basta, basta!* Und nochmals ›Genug!‹ sag' ich. (Das hätt' ich auch nie geglaubt, ich würde jemals knieweich genug werden, um Entschuldigungen für das zu mümmeln, was ich getan habe!). Und wenn ich es jetzt doch tue, dann weil mir ist, die Worte würden mir wider meinen Willen abgenötigt – aus mir herausgezwungen, wie wenn ich bei Deinem Anblick wieder der wilde, gesetzlose, eigenmächtige Junge wäre, den es dauerte, Dich über seine Fehler betrübt zu sehen; (obschon er prinzipiell seines Kummers vergaß, sobald Du außer Sicht warst).«

»Oh, Jasper!« rief Waife, der nun wirklich, voll, die Hand auf seines Sohnes schuldiges Haupt legte, und sein helles sanftes Auge, tränenschwimmend, auf dieses gesenkte, finstere Gesicht fest heftete. »Du bereust! – oh, Du bereust! ja; ruf Dir Deine KNABENZEIT zurück – ruf sie zurück! Laß' sie jetzt vor Dir stehen, sichtbar, handgreiflich! Da! – schau' – ich seh sie – Du nicht auch? – ein freudiges Bildchen, ohne Furcht! ›Wild gesetzlos eigenmächtig‹, Du hast es gesagt. ›Wild‹ vor überschäumender Lebenskraft; ›gesetzlos‹?. ja, wie der Vogel frei ist, weil die Lüfte dem unerprüften schwelgendjauchzenden Flügelschlag schrankenlos sind; und ›eigenmächtig‹? infolge der Leichtigkeit, mit der die Tapferkeit und Schönheit des strahlenden Lieblings der Natur, jeder seiner muntren Grillen-Launen zwangsläufig den Weg zu bahnen wußten, sei's auch mitten durch unsre Herzen! Still doch! Da ist es Alles wieder! Ich seh es, wie ich es damals in die leere Luft zergehen sah, da Schuld und Schändlichkeit sich zuerst düstrer um Dich schlossen; und mein Herz laut schrie: ›Nicht auf ihn, nicht auf ihn, nicht auf diese herrliche Gestalt voller Hoffnung und Verheißungen – auf mich, dessen Leben, bisher schon nutzlos, nunmehr alle Aussicht verloren hat – auf mich laßt die Schande fallen.‹ Und meine Lippen gehorchten meinem Herzen, und ich sagte – ›Der Wille des Gesetzes geschehe – ich bin der Schuldige.‹ Grausamer – ach, Du Grausamer! War diese sonnige Jungenzeit Dir damals denn schon so lang' entschwunden? Noch in der ersten JugendBlüte, und schon solche ÜberReife in Lug und Trug – daß, da Du Dich an jenem dunklen WinterAbend in mein Zimmer stahlst, Dich mir zu Füßen warfst, lediglich von gedankenlosem Schuldenmachen sprachst, und der Befürchtung, man werde Dich aus einem fleißigen, ehrsamen Beruf verstoßen können; und ich – ich sagte – ›Nein, nein; fürchte nichts; der Chef Deiner Firma hat Dich gern; er hat mir geschrieben, und ich bin schon dabei, das Geld aufzubringen, das Du brauchst; und es wird aufgebracht werden, ganz gleich, was es mich kosten mag; Du sollst gerettet werden; der Sohn meiner Lizzy soll niemals den Boden eines Gefängnisses betreten; meide Du nur künftig die Versuchung: sei ehrlich ab jetzt, und ich werde mir reichlich belohnt vorkommen!‹ – wie, selbst in *dem* Moment warst Du kaltblütig dabei, das Verbrechen zu entwerfen, das selbst mein Grab noch anrüchig machen wird!«

»›Entwerfen‹? – das ist nicht wahr! Wie hätt' ich das können? Nicht eher, als nachdem das, was zwischen Uns vorgefallen, wo Du mit solcher Nachsicht und Güte gesprochen hattest, vorbei war, kam zu meiner Kenntnis, daß ich mich mehr als bloß retten könne – durch Gelder – erhoben nicht auf Dein Risiko hin und mit Verlust für Dich! Erinner Dich: Du hattest mich in dem inneren HinterZimmer gelassen, indes Du nach vorn gingst, um mit Gunston zu sprechen. Da hörte ich ihn reden, von BankNoten, die er nicht gezählt, und also vermutlich nie vermissen würde; hörte ihn umständlich die Stelle beschreiben, wo sie aufbewahrt wurden; und da überkam mich, unwiderstehlich, die Vorstellung – ›Besser ihn berauben, als meinen eignen großmütigen Vater ausplündern.‹ Ich will mich gar nicht für besser ausgeben, als ich war: ich war nicht mehr so ganz Novize, wie Du Dir einbildetest. In meiner Gier nach Vergnügungen und einem eleganten Auftreten, das nicht in meiner Macht stand, war ich davon abgekommen, Dich durch die Bereitstellung der dazu nötigen Mittel ständig zu erschöpfen; für den überflüssigen Reichtum Anderer, hatte ich nicht die gleiche nachsichtige Schonung. Ich hatte's gelernt, vor was für simplen Werkzeugen alte Schlösser auffliegen können; und Niemand hatte mich bisher verdächtigt, so daß ich keine Furcht vor Gefahr kannte, und keiner langen VorÜberlegung bedurfte: ein Nagel auf Deinem Kaminsims; das gespaltne Ende des Hammers der daneben lag, um ihn, sobald er in dem Feuer das einladend vor mir loderte, glühend wäre, krumm zu biegen – ich sag' Dir das nur als Beweis, daß ich mit nichten schon irgendwie ›vorbereitet‹ gekommen bin; nichts war zuvor geplant; Alles, Einfall und Ausführung, war das Werk des Augenblicks. So groß war meine Hast, daß ich mich mit dem roten Eisen bis auf den Knochen verbrannte – ohne Schmerz darob zu empfinden; oder, richtiger, in dem Alter ertrug ich noch jeglichen Schmerz ohne zu winseln. Noch bevor Gunston wieder von Dir ging, stand der gesamte Plan fest – war mein einziges Werkzeug geformt. Du stöhnst. Aber wie hätt' ich mir denn vorstellen sollen, daß eine Entdeckung erfolgen werde? Wie mir einbilden können, daß selbst wenn nie gezählte Gelder vermißt *würden*, der Verdacht auf Dich fallen werde – einen besseren Gentleman als er, dem Du dientest? Und wäre nicht dieser verfluchte Mantel gewesen, in den Du mich so liebevoll hülltest, als ich mich aufmachte, noch den Nachtzug, zurück nach * * * * zu erreichen; wäre, sage ich, nicht dieser verwünschte Mantel gewesen: nicht 1 belastendes Indiz, weder gegen Dich noch mich, hätte ausfindig gemacht werden können – ausgenommen höchstens diese unselige 5-PundNote noch, die ich Dir aufdrang, als Wir uns in * * * * sahen, wo ich mich verborgen halten sollte, bis Du mit diesen Philistern, den Gläubigern, im Reinen wärest. Ja, und warum hab' ich Dir sie so aufgenötigt? – : weil Du mich fragtest, ob ich denn überhaupt genügend bei mir hätte, um in der Zwischenzeit leben zu können; und ich, um Dich daran zu hindern, daß Du jetzt nicht noch Dein eignes Portemonnaie ausschüttetest, sagte ›Ja doch‹; zeigte Dir etwas Gold, und drang Dir die BankNote auf; von der ich sagte, wie ich nicht möchte, daß sie, gewechselt und klein gemacht, für meine Schulden draufginge. Es war ein kindischer ungereimter Wunsch, Dir irgendwie eine Freude zu machen: und Du schienst sie auch so erfreut entgegenzunehmen, als Beweis, wie ich mir Sorgen um Dich mache.«

»Um mich? – nein, nein; um die Ehre – Ehre – die Ehre! Ich dachte, Du seist um unsre Ehre besorgt; und der Beweis Deiner Besorgnis bestand darin, daß Du mir in diese meine gläubigen Hände einen Anteil von Deinem mitternächtlichen Raubzug drücktest!«

»Vater« gab Jasper zurück, bei dem immer noch dies frappante GefühlsGemisch andauerte : aus sanfteren und ehrerbietigeren Regungen, als man in seiner Brust jemals vorhanden geglaubt hätte; und einer moralischen Abgestumpftheit, die (außer in ganz-flüchtigen lichteren Augenblicken) einfach nicht mehr zu unterscheiden vermochte, zwischen Kriminalität und ihren Folgen – zwischen Unehre und Erwischtwerden – »Vater, ich beteure, daß ich niemals auch nur entfernt daran gedacht habe, Dich irgendeiner Gefahr auszusetzen; nein, ich hatte, ganz ehrlich, vor, Dir von dem genommenen Gelde, auf Heller und Pfennig, Alles zurückzuerstatten, was Du eben aufnehmen wolltest; sobald mir nur eine annähernd plausible Geschichte einfallen würde, wie ich es auf honette Weise erworben hätte. Dümmliche Einfälle, und unbeholf'-

ne Entwürfe, wenn ich jetzt so darauf zurückschaue; aber, wie Du sehr richtig erwähntest, ich war noch nicht lange dem Knaben-Alter entwachsen; und, ob ich mir gleich einbildete, ich sei durchtrieben und ausgelernt genug, war ich in Wahrheit noch ganz grün in dem Handwerk, das ich betrieben hatte. *Basta, basta, basta!*«

An dieser Stelle stampfte Jasper, (der sich, während er also monolügnerte, aus seiner knienden Stellung erhoben hatte), schwer auf den FußBoden; wie wenn er sich über den herzschneidenden Anblick seines zum Schweigen gebrachten Vaters ärgere; und fuhr dann, mit einer Stimme, die sich zu bemühen schien, ihr altes gebieterisch-bramarbasierend-prahlerisches Gerolle wieder zu gewinnen, fort –

»Was geschehen ist, kann nicht mehr ungeschehen gemacht werden. Schnips' es beiseite, Vater – schau in die Zukunft: Du, mit Deinem HausiererPacken; ich, mit meinen leeren Taschen! Was kann Dich vor AltersHeim und ArbeitsHaus bewahren? – mich vor GefängnisSchiff oder Galgen?: mir fällt nichts mehr ein; es sei denn, die Personen, die sich des bewußten Mädchens angenommen haben, kauften mich für eine angemessene Summe ab, die Wir dann zwischen Uns teilen könnten. Also sag mir schon, wo sie ist; und überlaß Mir's, den Handel so vorteilhaft abzuschließen, wie ich vermag. – Pff!, warum so zu Tod' erschrocken? ich will sie doch weder terrorisieren, noch kidnappen. Ich will die Kruste des Erpressers, die mir angetrocknet ist, abplatzen machen; will glau und aalglatt sein, als wär' ich immer noch der Stutzer und Lothario – nachgeahmt von möchtegern-Renommisten, verzogen von willfährigen Schönen. Oh ich kann schon noch den Gentleman mimen; zumindest für 1-2 Stündchen, falls sich's der Mühe lohnt. Komm, komm; vertrau mir, und heraus mit dem Geheimnis dieser Verborgnen Maid, deren Int'ressen bei Dir ja nun wirklich nicht schwerer wiegen sollten, als die eines verhungernden Sohnes. Wie, Du willst nicht? Gut, sei's drum. Ich möchte meinen, ich wisse, wo ich mich nach ihr umzusehen – auf welche hochadlige Schwelle ich meinen kühnen Fuß zu setzen hätte; welche schöne Lady, im Gedenken an frühere Tage – an mädchenhafte Freundschaft – an jungfräuliche Liebe – Guy Darrell's abgelehnte Erbin mit erbarmendem Luxus umhüllt. Ah!, Deine Blicke bestätigen mir, daß ich auf der rechten Fährte bin. Ich kenne diese schöne Lady noch aus alten Tagen; sie ist reich – und ich war dazu behilflich, daß sie's wurde. Sie schuldet mir also Einiges. Da will ich doch einmal hingehen, und sie d'ran erinnern. Und – nein, Vater, nein – Du sollst nicht im Arbeitshaus landen, und ich nicht im Gefängnis-Schiff.«

Hier erhob sich der alte Mann, der bis dahin gesessen hatte – erhob sich langsam, schwächlich und mit Anstrengung, bis er seine volle Höhe erreicht hatte; dann schienen Alter Gebrechlichkeit und Schwäche plötzlich von ihm abzufallen. In dem hochgetrag'nen Kopf, der massiven breiten Brust, in der ganzen Erscheinung sprach sich Würde – drückte sich Kraft aus.

»Hör mich an, unglücklicher Verworfener, und achte wohl auf meine Worte! Um dieses Kind vor dem Anhauch der Schande zu bewahren – um sie in Umgebungen zu versetzen, von denen Du mir selbst beteuertest, daß sie ihr rechtens gebührten, inmitten Derjenigen, in deren Wohnungen zu verkehren, ich, da ich Deine gräuliche Bürde auf mich nahm, das Recht verlor – hatte ich mir jetzt ursprünglich vorgenommen, auf dieser Seite der Welt auf jegliche Obhut über sie zu verzichten. Aber bilde Dir nicht ein, daß ich nun, wo Du Dich anschickst, in ihren Frieden einzubrechen, sie noch länger meiden werde. Nein! da meine Bitten Dich nicht bewegen – da meine Aufopferung für Dich so fruchtlos gewesen ist – da meine bittre SelbstEntfernung von ihr nicht den beabsichtigten Zweck erreicht: dann sollst Du, dort wo Du sie findest, wiedrum auf mich stoßen. Und wenn Wir einander dort begegnen; und Du wirklich in der Absicht gekommen bist, ihren Frieden zu zerstören und ihr Glück zu vernichten: ab dann bin ich, William Losely, nicht mehr der Verbrecher. Im Angesicht des Tages will ich dann die Wahrheit verkünden, und es aussprechen, ›Räuber, nun tausche den Platz mit mir in der Verachtung dieser Erde: auf die Anklagebank mit Dir, wo Dein Vater vergebens gesessen hat, um Dich zu retten!‹.«

»Pah, Sir – das kommt etwas spät; Wer würde auf Dich hören?«

»Jeder, der mich einst gekannt hat – Alle würden hören. Freunde von Einfluß und hoher Stellung würden sich meiner Sache annehmen. Eine erneute Untersuchung des Falles würde Tatsachen ergeben, die ich damals zurückgehalten – Indizien, die ich, als ich mich schuldig bekannte, unterdrückt habe – (Undankbarer Du!) – um jeglichen Verdacht von Dir fernzuhalten.«

»Sag meinethalben, was Du willst«, erwiderte Jasper, indem er seine mächtige Gestalt hin und her wiegte, mit einer prahlerischen Geste, die kalten Trotz bekundete: »Ich bin kein Gleißner, nach außen hin auf fleckenlosen Ruf bedacht, daß solche Drohungen mich erschrecken könnten. Wenn Du mir durchaus in die Quere bei dem kommen mußt, was ich stets als meine letzte HülfsQuelle für Speis' und Trank betrachtet habe; dann kann es leicht kommen, daß ich wegen etwas noch Schwererem auf der Anklagebank sitzen muß, als wegen so einer verjährten Lappalie. Jeder für sich; tu doch Dein Schlimmstes – was liegt schon daran?«

»Was daran liegt, daß ein Vater seinen eig'nen Sohn anklagen müßte?! Nein, nein – Sohn, Sohn, Sohn – das darf nicht geschehen! – Sorg', daß es nicht geschieht! – laß mich lieber mein Martyrium vollenden! Ich will ja gar keine Revision eines menschlichen Urteils, außer dereinst vor dem Richterstuhl GOttes. Jasper, Jasper – Kind meiner Liebe: schone das Einzige was mir geblieben ist, um die Klüfte eines durch Dich wüst und öde gemachten Herzens auszufüllen. Sprich nicht von Verhungern, oder neuerlichem Verbrechen. Bleib – bleib hier, und teile meine Zuflucht!: ICH WILL FÜR ZWEIE ARBEITEN!«

Abermals, und diesmal durchgreifend, gab Jasper's scheußliche Leichtfertigkeit und plumpe Renommisterei vor dem Rest menschlichen Gefühls nach, das ihn mit seiner Kinderzeit verknüpfte; und das der Anblick und die Stimme seines schwergekränkten Vaters aus ihm herausgeholt hatte, unter Zuckungen und Wehen, wie ein Seher ein Langbegrab'nes aus seiner Gruft beschwört. Und als der alte Mann jetzt flehend seine Arme gegen ihn ausstreckte, sprang Jasper mit einem KeuchLaut – halb Stöhnen halb Schluchzen – vorwärts; fing beide Hände mit seinem eignen starken Griff; hob sie an seine Lippen, küßte sie; gewann dann mit ein paar reißenden Schritten die Tür, wobei er in heisern gebroch'nen Tönen sagte, »Deinen ZufluchtsOrt teilen! nein – nein – es würde Dir unweigerlich das Herz brechen, täglich, stündlich, sehen zu müssen, wie ich bin! Du für Beide arbeiten! – Du – Du!«. Die Stimme stockte, versagte ihm für einen kurzen Augenblick; dann fuhr er hastig fort: »Was dieses Mädchen betrifft – Du – Du – Du bist – aber egal; ich will versuchen, Dir zu gehorchen – will mich bemühen, gegen Hunger, Verzweiflung, und die Gedanken anzukämpfen, die untergehenden Menschen mit TeufelsZungen zuflüstern. Ich will's versuchen – will mir Mühe geben; wenn mir's nicht gelingen sollte, mach Deine Drohung wahr – zeig mich an – übergieb mich der Justiz – wasch Du Dich rein; aber wenn Du mich nicht mehr zermalmen willst, als mit dem schwersten Fluche: dann sprich nie wieder zu mir, mit so fürchterlicher Zärtlichkeit! Klammer Dich nicht an mich, Alter Mann; laß mich los, sag ich – da – da! – so, weg. Oh, ich hab Dir doch nicht weh getan? Vieh das ich bin – und Du segnest mich noch – Du – Du! Und ich wage nicht, wieder zu segnen! Laß mich gehn – laß mich gehn – laß mich gehn!« Er rang sich aus seines Vaters Umklamm'rung los – übertönte mit starken Lauten seines Vaters ergreifende Beschwichtigungen – hinaus aus dem Haus – hügelab – und war schon dem Blick in den Schatten des sinkenden Abends entschwunden.

6. Kapitel

Gentleman Waife vergißt einen alten Freund nicht. / Der alte Freund versöhnt Astrologie und Bedachtsamkeit miteinander, und befindet sich unverkennbar unter dem Einfluß günstiger Gestirne./ Mister Hartopp mit dem Hut in der Hand vor Gentleman Waife.

Waife schlug rufend, schluchzend, stöhnend bis die Stimme selbst ihm allmählich versagte, längelang auf seiner TürSchwelle nieder. Der Hund, der ausgeschlossen gewesen war, und mit hängendem Kopf und gespitzten Ohren dicht an der Türe geharrt hatte, stürzte, da Jasper hinausrannte, seinerseits sofort hinein. Die zwei Lauscher am offnen Fenster stahlen sich jetzt nach vorn – ? – : da stand der Hund, die Pfoten auf des Alten Mann's Schultern, und versuchte, leise winselnd, dessen Aufmerksamkeit zu erregen.

Zärtlich – ehrerbietig – richten sie den armen Märtyrer auf, in ihren Augen für immer von jedem Makel, jedem Zweifel rein gewaschen – die entehrende Brandmarkung umgewandelt zum heiligenden KreuzesZeichen! Und als der Alte Mann das Bewußtsein am Ende wiedererlangte, fand er seinen Kopf gebettet an der Brust des fleckenlosen edlen Predigers; und der honorige, auf Anstand bedachte Englische Handelsmann, mit seiner instinktgewordnen Wertschätzung für Reputierlichkeit und Achtung vor dem Gesetz, kniete, seine Hand umspannend, an seiner Seite; und da Waife, noch konfus und sich verwundernd, darauf herniederschaute, rief Hartopp, halb schluchzend : »Vergebt mir! Ihr sagtet, wenn ich Alles wüßte, würd' ich bereuen –: ich tu's! ich bereue hiermit! Oh, vergebt mir! – (ich selbst werde mir niemals vergeben).«

» : Hab ich geträumt? Was bedeutet das Alles? Auch Sie hier, Mr. George! Aber – aber da war doch noch EIN ANDERER. Ist er gegangen? – oh – gegangen – gegangen! – verloren, verloren! – : wie? : haben Sie Uns belauscht!?«

»Wir haben gehorcht, ja – an diesem offnen Fenster dort! Erkennt, wie der Himmel, gegen Euren Willen, Eure Unschuld bekannt werden läßt; und, mit dieser Unschuld, Eure erhabne SelbstAufopferung.«

»Pst! Sie werden mich nie verraten, Ja? – Keiner von Ihnen – niemals! Ein Vater gegen seinen Sohn aussagen! – entsetzlich!«

Erneut schien er im Begriff, in Ohnmacht zu fallen. Ein paar Augenblicke später, begann sein Geist sichtlich ein wenig in der Irre zu gehen; und just als Merle – (der mit seinem kleinen Führer-Schelmchen vergebens die ganze Stadt nach dem Hausierer abgeklappert hatte; bis man ihm sagte, er sei gesehen worden, wie ihn, in einer SeitenStraße, ein langer starker Mann im groben Über-Rock angehalten und angesprochen habe; und er dann, gefolgt von dem Fremden, hastig davongeeilt sei) – zurückkam, um Meldung von seinem Mißerfolg abzustatten, hatten Hartopp und George, Waife bereits die Treppe hinauf, in seine SchlafKammer geleitet; ihn auf sein Bett gelegt; und standen jetzt daneben, beobachteten sein verwirrtes beunruhigtes Gesicht, und flüsterten besorgt miteinander.

Soviel verstand Waife aber doch, daß Hartopp den Vorschlag machte, ärztliche Hilfe herbei zu holen, und rief kläglich: »Nein, das würde mich zu Tode erschrecken. Keine Ärzte – keine Horcher. Überlaßt mich mir-selber – Ruhe und Dunkelheit – morgen bin ich wieder wohlauf.«

George zog die Vorhänge um das Bett zu, wobei Waife noch einmal nach seinem Arm griff. »Daß Sie von dem, was Sie gehört haben, nichts ausplaudern werden, das weiß ich; Sie begreifen, wie wenig ich mich zur Zeit um das Urteil der Menschen kümmern kann; aber wie schrecklich wär'es, alles was ich getan habe, wieder rückgängig machen zu müssen – ich als Zeuge gegen meiner Lizzy Kind auftreten! Ich – ich! Ich vertraue Ihnen – lieber, lieber Mr. Morley: machen Sie Mr. Hartopp begreiflich, daß, wenn er mich nicht zum Wahnsinn treiben will, keine Silbe von dem, was er mitgehört hat, verlauten darf – es wäre niedrig von ihm.«

»Nein!« sagte Hartopp, und flüsterte ebenfalls durch die Finsternis – »keine Angst vor mir, ich verhalt' mich ruhig; (obschon es sehr hart ist, nicht wenigstens Williams anzudeuten, daß Ich mit nichten von Euch angeführt worden bin). Aber Ihr sollt Euern Willen haben.«

Sie zogen Merle mit sich fort, – der sich schon wunderte, was diese ganze Unterredung im Flüsterton, von der er hier und da das ein- oder andre Wort aufschnappte, zu bedeuten habe – und überließen den alten Mann, ja, nun nicht gänzlich ›der Einsamkeit‹; denn Waife's Hand, als sie die von George freigab, kam, im Niedersinken, auf den Kopf des Hundes zu liegen. –

Hartopp begab sich in seiner Tochter Haus zurück, wo er im Zustand nicht geringer Aufregung eintraf; über Tisch mehr Wein als gewöhnlich trank, sich einer gebieterischeren Sprache bediente, als man je zuvor von ihm vernommen hatte, und dazu, äußerst menschenfeindlich, über alle Welt und Menschen herzog; zumal bemerkte, wie Williams allmählich unerträglich anmaßend geworden sei, und eigentlich weg-pensioniert werden müßte – kurzum, die gesamte Familie in die allergrößte Verblüff- und Bestürzung versetzte, und sie rätseln machte, was den milden Mann denn plötzlich angekommen sei? Merle fand ein Logis für sich; und entwarf erst einmal ein StundenSchema hinsichtlich dessen, was Waife und ihm im Lauf der nächsten drei Monate begegnen würde; fand jedoch sämtliche Aspekten so schauderhaft und widersprüchlich, daß er gestand, er wäre jetzt bezüglich der Zukunft nicht klüger, als er vor der Konstruktion seines Schemas gewesen. Im Häuschen bei Waife, blieb einzig George Morley; der sich, von Zeit zu Zeit, hinauf in Waife's Zimmer stahl, ihn jedoch nicht durch Sprechen ermüdete. Kurz vor Mitternacht schlief der alte Mann ein; aber sein Schlummer war unruhig und verstört, wie von schrecklichen Träumen. Dennoch stand er früh auf; sehr schwach noch, aber frei von Fieber, und im vollen Besitz seiner GeistesKräfte. Zu George's größter Freude, drückten gleich die ersten Worte, die Waife an ihn richtete, den Wunsch aus, zu Sophie zurückzukehren. ›Er habe geträumt‹, sagte er, ›wie er ihre Stimme vernähme, die ihm gerufen und ihn aufgefordert habe, ihr zu Hülfe zu eilen!‹ Auf den Auftritt mit Jasper schien er mit keinem Wort zurückkommen zu wollen; ein einziges Mal wagte George, diese Erinnerung anzutippen; aber der Blick des alten Mannes ward sogleich so beschwörend, daß er davon abstand. Nichtsdestoweniger war es dem Geistlichen klar, daß Waife's Wunsch zurückzukehren, durch den Glauben herbeigeführt werde, seine Anwesenheit sei nunmehr zu Sophies Schutz erforderlich geworden. Jasper, dessen ReueAnwandlung vermutlich recht kurzlebig sein würde, hatte, soviel war klar, Sophie's Aufenthaltsort entdeckt; und ebenso klar war, daß Waife (und Waife allein) immer noch einen gewissen begrenzten Einfluß über diese rauhe Brust ausübte. Vielleicht hatte der alte Mann jetzt auch nicht mehr die gleiche Furcht vor einem Rencontre mit Jasper, wie früher; ja, eventuell sogar eine leise Hoffnung, daß er, bei einem neuerlichen Zusammentreffen, des Sohnes Herz noch wirksamer möchte rühren können. Er war jedenfalls nicht nur willens mit abzureisen – er brannte darauf; und bei der Abrechnung mit seiner HausWirtin, gewann er viel von seiner alten Munterkeit wieder (oder tat zumindest so); und nahm dann Abschied von Merle, dem er seine jüngsten-gesparten Einnahmen aufzwang, sowie den gesamten geschmackvollen Inhalt seines Korbes. Dann nahm er George beiseite, und flüsterte ihm ins Ohr : »Ein ganzganz ehrlicher und überaus gutherziger Mann, Sir: könnten Sie ihn nicht von seinen Planeten befreien? – die bringen ihn in die traurigste Bedrängnis. Gäb's nicht in Humberston einen off'nen Arbeitsplatz für einen FlickSchuster?«

George nickte, und begab sich zu Merle zurück, der sich noch die Augen mit seinem RockÄrmel wischte. »Guter Freund«, sagte der GottesGelehrte, »könnt Ihr mir noch zwei Gefälligkeiten erweisen, außer der einen großen, die Ihr mir bereits dadurch getan habt, daß Ihr mich mit einem verehrten Freunde wieder zusammenführtet? Als erstes: laßt mich Euch den Inhalt dieses Korbes abkaufen; ich habe Kinder, unter die ich die Sachen als ErbStücke verteilen möchte. Sodann: während unsrer Anreise hierher, habt Ihr mir unter andrem erzählt, wie Ihr in jüngern Tagen – bevor Ihr Euch einem Handwerk widmetet, bei dem Ihr nicht prosperiert zu haben scheint – zu ländlichen Beschäftigungen angelernt worden wäret, und Euch vollkommen auf Kühe und Schafe, ihre Behandlung und ihre Krankheiten, verstündet – tcha, da hab' ich nun ein paar Morgen Kirchenland auf dem Halse – für einen Inspektor nicht genug, für meinen Gärtner zu viel – und ein hübsches Häuschen, das früher dem Schulmeister gehört hat, (aber wir haben ihm ein größeres gebaut); das steht jetzt leer, und wäre Euch zu Diensten. Kommt, und nehmt mir alle (aber wirklich alle) Mühe mit dem Land und dem Viehbestand ab; über den Lohn werden wir keinen Streit bekommen. Aber-ä (hört es wohl, Freund, und achtet Euch danach) – unter einer Bedingung –: gebt Euern Kristall auf; und laßt die Gestirne ihre Angelegenheiten selber abmachen.«

»Nichts für ungut, Hochwürden« versetzte Merle; bei dem sich, während des ersten Teils dieser Anrede, die dankbarste Rührung bekundet; der sich jedoch, bei der nachträglichen Klausel, nicht ohne Würde und tiefes Mißfallen, versteift und aufgerichtet hatte – »mit Vergunst, Hochwürden; aber: Nein! So unnatürlich ist Kit Merle noch nicht, daß er seinem GeburtsPlaneten für ein Linsen-Gericht den Laufpaß gäbe! Da hat es einmal einen Ausländer gegeben – GallenLeo; ich weiß nicht, ob Sie ihn kennen – der getreulich aushielt bei den Sternen, (oder der Sonne, was das Nämliche ist) – und die Sterne hielten zu ihm; und brachten ihm Ruhm und Ehre ein; obschon die Pfarrer ihm erzfeind waren; (er hatte auch Malefizien im 9. Hause, das für die Pfarrer zuständig ist).«

»Ließe sich in der Sache nicht irgendein Kompromiß finden, lieber Mr. George?«, sagte Waife überredend. »Gesetzt, Merle verspräche, seinen Kristall und die astrologischen Schemata für sich zu behalten, oder höchstens mit Ihnen darüber zu reden – *Ihnen* könnten sie ja wohl nicht schaden, Sir, sollt' ich meinen? Und Wissenschaft ist eigentlich etwas Heiliges, Merle: die alten Chaldäer, die doch wirklich große SternSeher waren, haben sich nie soweit entwürdigt, vor dem gemeinen Manne aufzutreten. Mr. George, der ein Gelehrter ist, wird Euch das hinreichend bestätigen können.«

»Einverstanden«, sagte George. »Solange Mr. Merle meine Kinder, mein Gesinde, kurz die gesamte Gemeinde, in glücklicher Unwissenheit über die Zukunft lassen wird, gebe ich ihm meinerseits die vollste Erlaubnis, seine Wissenschaft, wenn immer wir an SommerMittagen oder WinterAbenden ins Plaudern kommen, mit mir zu erörtern; und vielleicht kann ich ja . . .«

»Bekehrt werden?« fragte Waife; mit einem ZwinkerBlick des schalkischen Humors, der ihn stets auf seinem dornigen Lebens-Pfade entlängst des SorgenStromes umgaukelt hatte.

»Das wollte ich ursprünglich nicht sagen« versetzte der Geistliche lächelnd; »eher das Gegenteil. Nun, was sagt Ihr, Merle? soll der Handel als abgemacht gelten?«

»Sir – Gott segne Sie!«, rief Merle, schlicht; »ich verstehe; Sie wollen mich nicht mir selber im Licht steh'n lassen. Und was Gentleman Waife da vom ›Auftreten vor dem Gemeinen Mann‹ gesagt hat, das ist ja ungewöhnlich wahr.«

Dies ins Reine gebracht, (und Merle's Zukunft also auf eine Weise gesichert, von der ihm seine Gestirne, beziehungsweise seine Auslegung ihrer Sprache, nichts vorhergesagt hatten), begaben sich Morley und Waife zum Bahnhof; Merle mit der kleinen Reise-Tasche des Geistlichen, und Sir Isaak mit Waife's Bündel, hinterdrein. Sie hatten noch nicht viele Schritte zurückgelegt, als sie Hartopp begegneten, der sich eigentlich auf seinem Weg zu dem Haus auf der Prospect Row befand. Er war nicht wenig enttäuscht zu erfahren, daß Waife im Begriff stand, so plötzlich abzureisen; er hatte sich's so recht von Herzen ausgemalt: wie er ihn dazu überreden würde, mit ihm zusammen 'nach Gatesboro' zurückzukehren – dort Williams und Mrs. H. in helles Erstaunen zu versetzen; und es überall, auf dem Markplatz und in der High Street zu verkünden: wie er, Josiah Hartopp, als er einst Mr. Chapman für einen guten und einen großen Mann incognito bezeichnet habe, mit nichten ›angeführt‹ worden sei, von Niemandem! Er tröstete sich jedoch über Waife's Ablehnung dieser gutgemeinten Einladung, und seine unerwartet schleunige Abreise, ein wenig dadurch, daß er stolz neben ihm her zum Bahnhof mitspazierte; und, als er den Bahnsteig gedrängt voll von Reisenden fand – einige davon angesehene Bürger von Ouzelford – verbeugte er sich, vor deren Augen, nahezu bei jedem Wort, das Waife äußerte; rief auch dem Schaffner – der seinen Namen und seine Bedeutung gar wohl kannte – und hieß ihn, mit Wichtigkeit, sich diesem alten Herrn gegenüber besonders aufmerksam zu verhalten; zuzusehen, daß er und sein Begleiter während der ganzen Fahrt ein Abteil für sich allein hätten, und daß auch Sir Isaak einen ganz besonders komfortablen Käfig bekäme: (»Ein *ganz*-großer Mann!«, flüsterte er, mit dem Finger der Bedeutsamkeit an den Lippen, »nur möchte er es nicht bekannt werden lassen – im Moment grade.«). Der Schaffner macht große Augen, und verspricht jegliche Gefälligkeit – öffnet die Tür eines ErsterKlasse-Wagens in ZugMitte – versichert Waife, daß er und sein Freund durch keinen andern Fahrgast gestört werden sollen. Die Maschine pustet sich in Bewegung – Hartopp rennt noch ein Stück auf dem Bahnsteig neben dem Zuge her – den Hut in der Hand – er wirft eine Kußhand – ; – dann, als Lokomotive und Tender in den finstren Tunnel drüben hineinschießen, und der Zug dem Blick entschwindet, wendet er sich wieder zurück; sieht Merle stehen, und sagt zu ihm, »Ihr seid bekannt mit diesem Herrn? – dem Älteren?«

»Ja; so manches Jahr.«

»Habt Ihr jemals etwas zu seinen Ungunsten gehört?«

»Ja, einmal – war in Gatesboro'.«

»In Gatesboro' – Ach! – und Ihr habt's nicht geglaubt?«

»Bloß ein' Moment – transitorisch.«

»Ich beneide Euch«, sagte Hartopp; und ging, mit einem Seufzer, seines Weges.

7. Kapitel

Jasper Losely in seinem Element. / Oh junger Leser, Wer immer Du auch sein mögest, Dem die Natur das prächtige Geschenk physischer Kraft verliehen hat, samt den daraus sich ergebenden Freuden, vereint mit dem Wagemut der ihr entspringt – halte, am Schluß dieses Kapitels, einen Moment inne, und überlege : ›Was wirst Du damit machen?‹. Wird es tier-gleich ausfallen?; oder gott-gleich? Mit welchen Vorteilen für's Dasein – seine Wonnen, wie seine Gefahren – imstand seine Beschwerden mit Leichtigkeit zu ertragen, seine Ehren schier mühelos zu erkaufen – beginnst Du Deinen Start ins Leben nicht? Füge Deinen Sehnen einen Geist hinzu, der das Heroische begreift, und was für noble Unternehmen magst Du nicht ausführen! Aber werte Deine Sehnen einzig um ihrer rüden Kraft willen, und diese Kraft kann durchaus nur zu Deiner Scham und Qual ausschlagen. Der Reichtum Deines Lebens wird Dich dann nur zu seiner Vergeudung verlocken. Mißbrauch, anfangs nicht empfunden, wird unweigerlich Sinn und Verstand vergiften. Wilde Bullen durchbohren und zertrampeln ihre Feinde. Du hast eine SEELE ! : willst Du sie auch durchbohren und zertrampeln?

Jasper Losely, nachdem er den Vater verlassen, gab seine letzten Münzen aus, als Bezahlung für Fütterung seines Pferdes und einen Trunk HöllenFeuer für sich selbst. In Hast stieg er auf – in Hast eilte er londonwärts. Nicht einmal Pennies für die SchlagBäume hatt' er mehr; wo er sie offen fand, jagte er Hals über Kopf hindurch; waren sie geschlossen, wie meist bei fortschreitender Dunkelheit, zwang er sein Pferd außenherum, querfeldein, über Knicks und durch Gräben – mehr als einmal stürzte das Tier mit ihm – mehr als einmal warf es ihn aus dem Sattel; denn, obschon ein höchst verweg'ner, war er doch kein sehr geübter Reiter; aber es war nicht ganz leicht, so starke Knochen zu brechen; und er setzte, trotz aller Prellungen und Benommenheit, seinen verwilderten Ritt fort. Da es gen Morgen ging, war der Gaul total erschöpft; und im ersten Dorfe, das er nach SonnenAufgang erreichte, ließ er das arme Tier in einer Herberge zurück; und es gelang ihm sogar, von dem Wirt, gegen Überlassung des Pferdes als Pfand, noch 1 £ zu borgen. Entschlossen, diese Summe sich haushälterisch einzuteilen, legte er den Rest seiner Reise zu Fuß zurück. Als er London erreichte, war es wieder Nacht geworden, und er verfügte sich, geradeswegs, zu Cutt's Logis –?– Der befand sich jedoch im Klub-Zimmer jener lichtscheuen Existenzen, vor denen Losely gewarnt worden war. Seines feierlichen Versprechens gegen Arabella nicht mehr eingedenk, setzte Jasper die Zecher in beträchtliches Erstaunen, da er in den Raum hineingeschritten kam, geradeswegs auf den EhrenPlatz am oberen Ende zu, von dem aus er gewohnt gewesen war, die grimmen Gruppen ebenso zu regieren, wie er sie aus Poole's Börse frei-hielt – : Einer der Stärksten und Gefürchtetsten der Schwarzen Familie hatte just diesen Sitz der Würde inne; und, da er sich, auf Jasper's rüde Aufforderung hin, sauertöpfisch weigerte, ihn zu räumen, fühlte er sich plötzlich beim HemdKragen ergriffen, und, buchstäblich, über die davorstehende lange Tafel geschleudert, daß er, unter Geklirr und Gekrache, inmitten von niederstürzenden Krügen und Gläsern landete. Jasper nahm kalt Platz, indes der Tumult anzuschwellen begann – und brüllte nach etwas zu trinken. Ein alter Mann, der diesen Cavalieren als Küfer und Kellner diente, ging davon, den Auftrag auszurichten; und sobald er hinaus war, legten die zunächst der Tür Befindlichen eine schwere RiegelStange quer darüber. Groll gegen den Eindringling, der den Herrn spielen wollte, nahm rasch zu, und wartete nur noch auf einen günstigen Augenblick, um loszubrechen. Jasper, der die blutunterlaufenen Augen in der Runde wandern ließ, sah, nur wenige Stühle von sich, Cutts, der sich außer Sicht zu drücken versuchte.

»Cutts: herkommen!«, rief er gebieterisch.

Cutts rührte sich nicht.

»Schmeißt mir den Köter rüber – Ihr, die Ihr neben ihm sitzt.«

»Tut's nicht, ja nicht; er hat seinen WutAnfall, er will mich umbringen – mich, der Euch Alle so oft unterstützt und gerettet hat, umbringen. Steht mir bei.«

»Das wollen Wir.« sagten seine beiden Nachbarn einstimmig, indem der Eine nach seinem DolchMesser, der Andre nach seinem Revolver griff.

»Hast Du Angst, Hund, ich könnt' Dir die Ohren stutzen?«, rief Jasper, »daß Du Dich so, den Schwanz zwischen die Beine geklemmt, von meiner Seite drückst? Pah! ich würd'es verschmähen, an ein so mickriges Ding meine Kraft zu verschwenden. –

Alles in Allem bin ich ganz froh, daß Ihr mich habt sitzen lassen; 'ch hab Euch nicht gebraucht. (Euer Pferd könnt Ihr in der Dorf-Herberge zu * * * * abholen. Falls Wir Uns nochmal treffen sollten, bezahl' ich Euch die Miete dafür.) Inzwischen sucht Euch einen andern Herrn – bei mir seid Ihr entlassen. (*Mille tonnerres!* warum bringt mir diese wieselfressige Schnecke denn meinen Brandy nicht? Mit Eurer Erlaubnis –)«, und er eignete sich das randvolle Glas seines NebenMannes an. Dergestalt erfrischt, schaute er sich, durch Rauch und TabaksBrodem, erneut im Kreise um; sah den Mann, den er ausquartiert, und der, eher überrascht als betäubt von seinem Sturz, sich erst stillschweigend erhoben hatte; nun aber, unheilverkündend, mit zweien seiner Kameraden, die ebenfalls auf den Beinen waren, flüsternde Worte tauschte. Jasper wandte sich verächtlich von ihm – vermerkte, mit wachsender Verachtung auf seinem harten grimmen HohnGesicht, das immer zunehmende StirnRunzeln von allen Seiten des Pandämoniums her; und nahm nur mit einem einzigen zornigen Blitz der Augen, zum Abschluß seiner RundSchau, zur Kenntnis, daß der RiegelBalken über der Türe lag, und 2 Gestalten, das Messer in der Hand, sich auf der Schwelle postiert hatten.

»Aha! meine lustigen Kumpane« begann er dann, »Recht tut Ihr daran, daß Ihr die Tür abriegelt: kluge Familien können ihre Differenzen gar nicht genug unter-sich abmachen. Ich bin mit Fleiß hierhergekommen, um Euch Alle miteinander tüchtig auszuschimpfen; und wenn nicht wenigstens Einige von Euch, noch bevor ich zu Ende sein werde, vor Scham die Köpfe hängen lassen, nun, dann werdet Ihr eben, wenn Ihr mal zum letzten tiefen Sprung antretet, noch unbußfertiger sterben als ich gedacht habe.«

Also sprechend erhob er sich, und legte seine mächtigen Arme über der breiten Brust zusammen. Die meisten der Männer waren gleichfalls aufgestanden – Einige jedoch blieben sitzen; im Ganzen mochten etwa 18 oder 20 anwesend sein. Aller Augen waren auf ihn gerichtet; und so manche Hand lag um eine tödtliche Waffe.

»Abschaum der Erde!«, brach Jasper los, mit einer Stimme wie DonnerRollen, »ich habe mich herabgelassen, unter Euch zu treten – ich habe mein Geld unter Euch verteilt. War Einer von Euch zu arm, seine KlubGebühr zu bezahlen – sich einen Trunk Vergessenheit zu kaufen – ich sagte : ›Bruder, nimm!‹. Brach je Krawall bei Euern Lustbarkeiten aus – wurden Messer gezogen – war eine Gurgel in Gefahr –: diese rechte Hand schlug den Aufruhr nieder, drängte den feigen Mord zurück. Wenn ich mich an Euern Schurkereien nicht beteiligt habe, dann ist das geschehen, weil sie gar so kriecherisch und kümmerlich waren. Ich kam als Euer Patron, nicht als Euer Kumpel; ich habe mich nicht mit Euern Geheimnissen bemengt – Euern Raub nicht angerührt. Ich schuldete Euch nichts. Ramsch der Ihr seid! Ihr wart mir schuldig, Speis' und Trank und gute Kameradschaft. Ich gab Euch Spaß, und ich gab Euch Gesetze; und zum Dank habt Ihr ein Komplott unter Euch ausgeheckt, um meiner ledig zu werden; – und zwar *wie?*, ihr weißlebrigten Schufte? Hoho! nicht vermittelst dieser Fäuste, und Messer, und Knittel: all Eure TaubenHerzchen zusammengenommen brachten nicht Mannheit genug da-für auf! Aber mir so ganz stille eine von Euren eignen MemmenTaten in die Schuhe schieben, gelt?; mir Schlingen legen, und falsches BeweisMaterial fabrizieren – falsche Eide zweifellos auch noch – und mich so dem Henker in die Hände schmuggeln: das waren Eure herrlichen Vorkehrungen. – Noch einmal bin ich hier; aber nur noch dies eine Mal. Warum? – je nun, um Euch auszulachen, und anzuspucken, und den gebührenden Fußtritt zu geben. Und falls ein Einziger von Euch auch nur 1 Unze MännerBlut noch in sich hat, dann zeige er mir die Verräter, die dieses jammervolle Projekt ausgetüftelt haben – und wäre Ihrer ein ganzes Dutzend, sie sollen die Spuren dieser-meiner Hand tragen, bis ihre Kadaver dereinst unter's Chirurgen-Skalpell zum Sezieren wandern.«

Er hörte auf. Obgleich jetzt Jeder den Andern gegen ihn hin drängelte, und das ganze HalunkenRudel immer dichter aufschloß, wie Hunde, die einen WildEber gestellt haben, war der Einzige, der etwas Vernehmliches von sich gab, dies dünne Splitterchen Leben, Cutts genannt.

»Seht Ihr, General Jas: es war ein einziger großer Fehler, daß Ihr hierher gekommen seid. Ihr seid früher 'mal ein feiner Kerl gewesen, besonders in der französischen Art das Geschäft zu betreiben – also großer Gewinn und viel Spektakel. Das paßt nicht für Uns; Wir sind ruhige Engländer. Ihr berühmt Euch, die Gentlemen, die Euch bei sich aufgenommen haben, zu prügeln und zu tyrannisieren, und an keinem ihrer Pläne und Risiken teilgenommen zu haben; aber dergleichen ist außer aller Ordnung – nicht ein PräzedenzFall dafür. Woher sollen Wir wissen, daß Ihr nicht etwa ein Spion seid, beziehungsweise dazu gemacht werden könntet?; wo Ihr immerfort betont, Ihr wär't Uns nichts schuldig, und Uns so abgründig verachtet? Die Wahrheit ist: Wir haben Euch allesamt satt. Ihr habt gesagt, Ihr wolltet nur dies eine Mal noch kommen: ausgezeichnet!; Ihr habt Euer Garn gesponnen – nun geht. Das ist Alles, was Wir verlangen; geht in Frieden, und belästigt Uns nie-mehr. – Meine Herren? : ich stelle hiermit den Antrag, daß General Jas aus diesem Klub ausgeschlossen, und ersucht werde, sich zu entfernen.«

»Ich unterstütze den Antrag« sagte der Mann, den Jasper über'n Tisch geworfen hatte.

»Wer für den Beschluß ist, Hand hoch – : ? – : Alle – also einstimmig angenommen. General Jas ist ausgeschlossen.«

»Ihr? mich? ausschließen? ! «, sagte Jasper; der in der Zwischenzeit, dadurch daß er seine athletische Masse hin und her bewegte, etwas Raum um sich gemacht hatte; und nun da-stand, die Hände auf der Lehne des schweren ArmStuhls, von dem er sich erhoben hatte.

Eine gleichzeitige-feindselige Bewegung innerhalb der Gruppe, brachte 4 oder 5 der AllerVordersten nahezu mit ihm in Berührung. Hoch flog der Stuhl, auf den Jasper sich scheinbar gestützt hatte – flog hoch, in seiner rechten Hand : ! – und 2 seiner Angreifer fielen um, wie ein Ochs unterm Schlage des Fleischers fällt. Seine Linke entriß, gleichzeitig, einem dritten der Feinde das Messer; –; und, also bewaffnet mit Klinge und Schild, sprang er, Alle turmhoch überragend, auf den Tisch. Unmittelbar vor ihm befand sich der Mann mit dem Revolver; ein etwas eleganterer Gauner als die Übrigen – ein auf Bewährung Entlassener, der wegen Falschmünzerei deportiert gewesen war – »Soll ich ihn zusammenschießen?« wisperte dieser Spitzbube Cutts zu. Aber Cutts hielt ihm den zögernden Arm zurück: »Nein; zu laut! Knüttel sind sich'rer.« Bautz! (da Cutts noch flüsterte), herabschießend habichtgleich auf seine Beute, stürzte Jasper schon über den Fälscher her; und im nächsten Moment, mit dem Stuhl kreisum in die Gesichter Derjenigen dreschend, die nun tischzu schwärmen wollten, war Jasper mit dem Revolver bewaffnet, den er seinem überrumpelten Eigentümer entrissen hatte; und der SechsSchüssige drohte Tod, nach Rechts und nach Links nach der Seite und nach Vorn und hinterwärts nicht minder, wie er sich auf Gesicht nach Gesicht richtete:! – Augenblicks erfolgte Stille – augenblicks kam der Angriff zum Erliegen. Jeglichermann empfand instinktiv, wie hier keine Unsicherheit diese Hand zittern, diese Kugel fehlen machen würde.

Allüberall, wohin Jasper sich auch wandte, schrak der Feind hinter sich. Und er lachte auf, spöttlich und kühn, da er die weichenden Wichte musterte.

»Nieder mit den Waffen, jeder Einzelne von Euch! – weg mit dem Messer, runter mit dem Knüttel. – So ist's recht. Nieder, Ihr dort! – dort – und dort. Na, alle Waffen nieder? Hier auf den Tisch damit, zu meinen Füßen zusammengehäuft. Hunde, was fürchtet Ihr? den Tod? Der Erste, der sich weigert, stirbt!«

Stumm und knechtisch, wie eine bußfertige Legion auf eines Cäsars Befehl, legten die Schurken ihre Waffen zu hauf.

»Die Tür entriegelt, Ihr Beiden da. Ihr, Redner Cutts, geht voraus; zündet eine Kerze an – öffnet die Tür zur Straße – so – so – gut so. Wer gibt mir den AbschiedsTrunk, auf Eure Gesundheit, aus? – : besten Dank, Sir. Und jetzt zurück getreten – weiter noch: stellt Euch an der Wand auf – und zwar Alle, etwas plötzlich. Spalier gebildet. Haha! – *Ihr* mir was tun – *Ihr* mir Angst machen – Ihr: Ihr! Oder halt! – ich möcht' erst noch eine Entschließung beantragen; hört sie, und jubelt ja!: ›Daß diese Versammlung ihren Beschluß zur Ausstoßung von General Jasper zurücknehme; und vielmehr ihn, den Stolz und die Zierde des ganzen Klub's, bescheidentlichst ersuche, zu bleiben!‹. Wer für den Antrag stimmt, Hand hoch – jetzt Diejenigen, die dagegen sein sollten, die ihrigen? –: einstimmig angenommen! Meine Herren, ich danke Ihnen – stolzester Tag meines Lebens – aber vorher will ich Euch doch noch hängen sehen; und bis dahin, bis dieser Anblick mich erfreut – Gentlemen: Eure Gesundheit.«

Von seiner Höhe herabsteigend, schritt er langsam durch den Raum, unbeschädigt, unbedroht; von der Schwelle her noch ein tiefer spöttischer Bückling: '!' – ; dann weiter, den Gang entlang, zur Haustür. Dort, da er Cutts mit dem Licht in der Hand gewahrte, entspannte er die Pistole, entfernte die Zündhütchen, und überreichte sie dann seinem ehemaligen Associé mit den Worten – »Gebt das hier, mit Dank und Gruß, dem Eigentümer zurück. Ein Wort noch – (habt keine Angst, und sprecht die Wahrheit) –: habt *Ihr* Darrell Hilfe geschickt?«

»Nein; ich schwör's.«

»Schade. G'rade diesen einen Gefallen würd' ich gerne einem so erprobten Freund zu verdanken haben. Geht nur wieder zu Euern SpießGesellein. (Aber vielleicht seht Ihr jetzt ein, warum ich verschmäht habe, mit solch verrotteten Werkzeugen zu arbeiten).«

»Ein fantastischer Kerl, tatsächlich!«, murmelte Cutts, indem sein Auge der entschwindenden Gestalt des triumphierenden Bravo folgte: »Wenn Der bloß ein etwas solideres Gehirn, und etwas weniger flüssiges Feuer drinne hätte: ganz London müßte sich aufpassen! ...«

8. Kapitel

Jasper Losely schläft unter eben dem Portikus, von dem einst die Falschheit von den Schwarzen Rossen fortgetragen wurde. / Er vergißt ein Versprechen; zettelt von Neuem einen alten Plan an; macht einen Besuch an einem gewissen FlußUfer; und eine Tür schließt sich hinter dem Starken Mann und dem Grimmen Weib.

Jasper hatte das wilde Verlangen seiner verletzten Eitelkeit befriedigt. Hatte seinen Anspruch auf Verwegenheit und Gewandtheit, den er bei seinem Rencontre mit Darrell beschämt verwirkt zu haben meinte, erneut und siegreich behauptet. Geschwollenen Kamms, und mit einem ausgesprochenen Hochgefühl, einem animalischen Lustempfinden das alles überwog, Hunger Reue Müdigkeit, stolzierte er seines Weges – er wußte nicht wohin. Zurück in sein früheres Logis wollte er nicht; es war der Bande, von der er sich eben mit solchem Schwung – und einem vagen Entschluß, fürderhin jegliche Zusammenarbeit mit Komplizen zu verschwören, und nur noch sich selbst allein zu vertrauen – losgesagt hatte, allzu vertraut bekannt. Aber die Stunde war schon weit vorgeschritten – die Straßen verlassen – die Luft schneidend kalt. Mußte er sich am Ende doch dem verabscheuten Diktat dieser Arabella Crane beugen? Naja, nach dem was geschehen war, würd'er selbst das vorziehen, als sich noch einmal vor Darrell zu demütigen – denn Darrell's AbschiedsWorte hatten doch wohl unverkennbar angedeutet, daß er für ein BittGesuch nicht so verhärtet sein werde, wie er sich gegen Drohungen gezeigt hatte. Aber Jasper war nicht in der Laune zu bitten. Mechanisch fuhr er fort, in Richtung des öden StadtViertels zu wandern, in dem Arabella ihr Heim und

Wesen hatte: aber die Nacht war inzwischen so weit vorgeschritten, daß er doch davor zurückschreckte, das grimme Weib zu solcher Stunde aufzustören – mit beinah so scheuem Respekt vor ihrem dunklen Auge und der gestrengen Stimme, wie die Geächteten die er just verlassen, vor seiner zerschmetternden Hand und seiner angelegten Pistole empfunden hatten. Demgemäß, als er um sich schaute und sich auf einem der großen freien Plätze von Bloomsbury fand, verfügte er sich unter den Portikus eines der geräumigen herrschaftlichen Häuser, (ohne zu ahnen, daß dies eben die Wohnung war, die einst Darrell innegehabt; und daß, von diesem Portikus aus, die Schwarzen Rosse die Mutter seiner Gattin von dannen geführt hatten); rollte sich dort zusammen, und war binnen wenigen Minuten fest entschlummert – lag in derart schwerem totenähnlich gesunden Schlaf, daß der Schutzmann, der auf seiner Runde an ihm vorbeikam, nach ein oder zwei vergeblichen Versuchen ihn wachzurütteln, sich von seltsamem Erbarmen ergriffen fühlte, und den müden obdachlosen Vagabunden weiter schlafen ließ.

Als Jasper endlich in die graue Dämmerung erwachte, verspürte er eine wunderliche Taubheit in seinen Gliedern; sogar aufzurichten vermochte er sich nur unter Schwierigkeiten. Diese Empfindung verlor sich zwar nach und nach; dafür stellte sich jedoch ein lebhaftes Prickeln die Arme herunter, bis hinab zu den Fingerspitzen ein. Die Ohren klangen ihm von einem dumpfen Geräusch, gleich dem Gesumm' von KirchenGlocken bei einer Beerdigung; und das Pflaster schien auch unter ihm wegzugleiten. Er achtete dieser Symptome, die er der Kälte sowie dem Mangel an Nahrung zuschrieb, nur wenig; und, eher angenehm überrascht, einmal nicht das Genage seiner schon zur Gewohnheit gewordenen Schmerzen zu verspüren, verfügte Jasper sich nunmehr nach Podden Place. Die Haustür war noch nicht aufgeschlossen; und erst als Jasper sein Gepoche ganz hübsch oft wiederholt hatte, geschah es, daß die Riegel zurückgeschoben wurden, und Bridget Greggs erschien. »Ach, Sie sind's Mr. Losely«, sagte sie; zwar mit beträchtlicher Verdrossenheit, aber ohne sichtbare Überraschung. »Mistress hat sich schon gedacht, daß Sie komm' würdn während sie weg iss; und ich sollt' Sie, wenn Sie so wollten, in das SchlafZimmer über dem SchreibwarenHändler bringen, was Sie vor 6 Jahren gehabt haben. Ihre Mahlzeiten möchten Sie hier einnehmen, und Sie sollten das Beste vom Besten kriegen; hat Mistress angeordnet.«

»Ach, Mrs. Crane ist gar nicht in der Stadt«, sagte Jasper, beträchtlich erleichtert; »wo ist sie denn hin?«

»D's weiß ich nich.«

»Wann wird sie zurück sein?«

»In'n paa' Tag'n; hat sie mir gesagt. – Woll'n Sie bitte eintretn und frühstücken? Mistress hat gesagt, es müßte immer tüchtig Vorrat im Hause sein – Sie könntn jeden Augnblick komm'm. (Wolln S' sich bitte die Füße abtreten –?).«

Jasper stieg schwerfällig zum Wohnzimmer hinauf, und erwartete ungeduldig die angekündigten substantiellen Erfrischungen, die auch bald vor ihn hin gestellt wurden. Der Raum sah völlig unverändert aus, wie wenn er ihn erst tags zuvor verlassen hätte – die steif-schmucken BücherRegale – der leere VogelKäfig – die gesprungne Laute – der PatentSorgenstuhl – der FußSchemel – das Sofa, das dem ursprünglichen Meublement ausdrücklich zu seinem speziellen Komfort hinzugefügt worden war, in den Tagen, da man ihn erstmalig als Sohn adoptiert hatte – ja, auf dem KaminVorleger dieselben Pantoffeln, über der RückenLehne des Stuhls derselbe SchlafRock, den er grazios getragen, als noch die Schönheit seiner Gestalt seine zärtliche Rücksichtnahme dafür rechtfertigte.

Für den Rest dieses Tages begnügte er sich mit dem negativen Luxus vollständiger Ruhe; umsomehr da er, bei jeglichem Versuch sich zu bewegen, die gleiche Taubheit der Glieder wie heut früh beim Erwachen verspürte; begleitet von einer Art schmerzhaften SchwereGefühls im Hinterkopf und an der Stelle des Rückgrats, wo der Hauptsitz der Intelligenz mit dem Hauptsitz der Kraft sich verbindet; wie er denn überhaupt einen Widerwillen empfand, sich zu regen, und eine mehr als gewöhnliche Neigung zum Dösen. Den nächsten Tag jedoch, obwohl diese unangenehmen Empfindungen anhielten, bewirkten seine Ungeduld gegen alles Nachdenken und sein Haß gegen das Alleinsein, daß er sich gedrängt fühlte, auszugehen und sich irgend eine Zerstreuung zu suchen. Er wußte keine andere mehr, als den SpielTisch – keinen andern Umgang mehr, als gleichgestimmte Opfer im Sog dieses Strudels. Nun, er kannte schon ein SpielHaus vom niedrigsten Rang, das Tag und Nacht offen stand. Mit dem Wunsch, den kümmerlichen Resten seines, auf jenes Pferd geborgten 1 Pfundes etwas hinzuzufügen, ersuchte er Bridget, gleichgiltigen Tons, ihm doch mit 2 oder 3 Sovereigns auszuhelfen; falls sie sie nicht bei der Hand hätte, könnte sie ja wohl solange in der Nachbarschaft borgen, bis ihre Gebieterin zurückkehrte. Bridget versetzte, mit übel-verhehltem Vergnügen, wie die Herrin ausdrücklich Befehl erteilt habe: Mr. Losely solle Alles erhalten, was er verlange – ausgenommen bar Geld. Jasper errötete vor Wut und Beschämung; sagte jedoch nichts weiter – er pfiff – nahm seinen Hut – ging aus – begab sich nach dem SpielHaus – verlor seinen letzten Schilling – und kehrte dann, finster, zur Dinnerzeit nach PoddenPlace zurück. Die Unfreundlichkeit des Zimmers, die Öde des langen Abends, fingen jetzt an, ihn mit ungekünsteltem Abscheu zu erfüllen, der zu der alten Rechnung seines Widerwillens gegen die abwesende Arabella, als neuer Posten hinzukam. Der ihm angetane Affront, der in den von Bridget so getreulich wiedergegeb'nen Anordnungen lag, ließ ihn die grause Notwendigkeit, unter den starren Despotismus dieser entschlossenen Wächterin zu fallen, mit noch dezidierterem Ekel durchdenken: das war ungefähr so, wie wenn man wieder in die VolksSchule ginge, wo man gegebenenfalls am TaschenGeld abgezogen kriegte, oder sich in'ne dunkle Ecke stellen mußte! Aber welche Zuflucht blieb ihm denn außerdem? Nichts, als an Darrell zu appellieren – noch unerträglicher!; es sei denn – er legte lieber eine DenkPause ein; schüttelte den Kopf, und murmelte »Nein-nein«. Aber dies ›es sei denn‹ *wollte und wollte* wiederkommen – naja; es sei denn, er vergäße seines Vaters Bitten, und sein eig'nes Versprechen – es sei denn, er jage Sophie eben doch auf; und hole von der Großmut, dem Mitgefühl, oder halt der Furcht ihrer Beschützerin, ungefähr ähnliche Bedingungen heraus, wie er sie Darrell abgepreßt haben würde. Er hegte jetzt keinerlei Zweifel mehr, daß das Mädchen sich bei Lady Montfort befände; und hatte das Gefühl, daß wenn sie Sophie wahrhaft liebte, und ihr aus etwelchen zärtlichen Erinnerungen heraus – sei es nun an Matilda, oder aber an Darrell selbst – Schutz und Obdach gewährte, er weit leichter auf die labilen Nerven einer Frau, die vor dem geringsten Krach und Skandal zurückbebt, einwirken könnte, als auf den sturen Stolz seines resoluten SchwiegerPapas. Vielleicht war es ja um Sophie's willen gewesen – vielleicht um ihre Sache zu führen – daß Lady Montfort sich nach Fawley begeben hatte; vielleicht war der unverkennbare Kummer auf dem Antlitz der Dame, wie er es so flüchtig zu sehen bekommen hatte, auf das Fehlschlagen ihrer Mission zurückzuführen. Falls dem so wäre, konnte zwischen ihr und Darrell zur Zeit Uneinigkeit, oder gar ein Bruch, bestehen, der die Marquise für seine Forderungen noch zugänglicher machen würde. Was seinen Vater anging – ach, wenn Jasper seine Trümpfe geschickt und glücklich ausspielte, konnt'es durchaus sein, daß der Vater von seinem Ungehorsam nie etwas erführe; Lady Montfort wäre bestimmt, durch Schmeicheln oder Drohungen, zur Geheimhaltung zu bewegen. Es konnte für ihn, möglicherweise, sogar gänzlich unnötig bleiben, mit Sophie persönlich zusammen zu kommen; selbst wenn sie ihn zufällig zu Gesicht bekäme, würde sie seine veränderten Züge ja bestimmt genau so wenig erkennen, wie Rugge neulich getan hatte. Gedanken dieser Art wurden, im Laufe des Abends, stärker und immer stärker in ihm; und waren, am nächsten Morgen, zu Entschlüssen gereift. Nach dem Frühstück machte er sich auf den Weg – das gleiche TaubheitsGefühl; aber er lief sich's weg. Den Aufenthalt der Marquise von Montfort ausfindig zu machen, war leicht genug: er erfragte ihn ganz keck beim Portier des wohlbekannten StadtHauses des gegenwärtigen Lord; und, nachdem er ihn in Erfahrung gebracht, verfügte er sich sogleich nach Richmond – zu Fuß; und von da zu dem kleinen, locker-besiedelten Weiler, der unmittelbar an Lady Montfort's Villa stieß. Hier traf er zwei drei müßige Schiffer, die in UferNähe herumlungerten; er ließ sich mit ihnen in ein Gespräch über ihr Gewerbe ein, das ihm hinreichend bekannt war, hatte er doch, in den Ferien seiner Jugend, das stärkste Ruder auf diesen Wassern gehandhabt; und ging dann zwanglos zu Erkundigungen über, die auch bereitwillig und ohne Arg beantwortet wurden. : ›Ja, 'ne Junge Dame lebte da bei Lady Montfort; den Namen wüßten sie nich.‹ : ›Gesehen hätten sie sie oft schon, übern Rasen gehn – auch in der Kirche, sicher‹. : ›Ja, hübsch wär sie; sogar sehr.–?–: Blaue Augen und helles Haar, jawoll.‹ Hinsichtlich seines Vaters hörte er lediglich: ›daß ein alter Herr, wie er ihn beschriebe, auch da gewesen sei – lahm, und nur 1 Auge – der bis vor ein paar Monaten in einem Häuschen auf Lady Montfort's Grund und Boden gewohnt habe. Sie hätten aber gehört, er sei jetzt weggegangen. Er hätte immer Körbe gemacht – ob nun direkt zum Verkauf, wüßten sie nich; falls ja, dann wohl zu irgend wohltätigen Zwecken. Er sei wahrscheinlich 'n Gentleman gewesen; denn es hätte immer geheißen, er wär mit dieser Jungen Dame irgendwie verwandt. Aber Lady Montfort's LeibKutscher wohne im Dörfchen drüben; der könne ihm, zweifellos, jeden Aufschluß geben, den er benötige.‹ Sich an den erwähnten RosseLenker zu wenden, war Jasper aber doch zu bedächtig – er hatte, für den Augenblick, genug erfahren. Hätte er seine Recherchen weiter vorangetrieben, würde er sich nur GegenFragen, sowie der Möglichkeit ausgesetzt haben, daß seine Erkundigungen, durch irgendeinen ihrer Diener, Lady Montfort zugetragen, und sie dadurch zu VorsichtsMaßregeln veranlaßt würde; denn ohne Zweifel hätte sein Vater sie vor ihm gewarnt. Daß der Alte Mann inzwischen bereits zurückgekehrt sein könnte, fiel ihm überhaupt nicht ein; und Diejenigen, auf die er sein Frage-AntwortSpiel beschränkte, hatten keine Ahnung von der Tatsache. – Jasper hatte jedoch mitnichten die Absicht, noch am selben Tage Lady Montfort lästig zu fallen: seine gutentwickelte EigenLiebe scheute davor zurück, vor einer Dame solchen Ranges – der er einst, als Bräutigam ihrer Freundin, auf gleichem Fuße vorgestellt worden war; auch als vertrauter Besucher ihrer Frau Mutti – in einem Aufzug zu erscheinen, der eine solche Heruntergekommenheit verriet. Auch in jeder andern Hinsicht war es ratsamer, als wenigstens eine Art Gentleman aufzutreten; mehr Wahrscheinlichkeit, Mitleid zu erregen, wegen durchgemachter Leiden – weniger Wahrscheinlichkeit, eine Entschuldigung zur Zurückweisung seiner Ansprüche zu liefern, und die Tür gewiesen zu bekommen. Nein, wirklich: so angezogen, mit dieser schändlichen WindJacke, und alle andern Kleidungsstücke unangenehm dazu passend – würde irgendein Dienstbote ihn wohl überhaupt einlassen? – konnte er so Lady Montfort unter die Augen treten? Er mußte erst noch einmal zurück – Mrs. Crane's Rückkehr abwarten. Zweifellos würde sie diesen Wunsch begrüßen – bedeutete es ja bereits die halbe Besserung, die äußeren Zeichen einer Heruntergekommenheit von sich zu werfen, mit der man sich schon abgefunden gehabt hatte.

Dementsprechend begab er sich nach der Stadt zurück; weit besser gelaunt, und so in seine Hoffnungen versunken, daß, als er in Podden Place ankam, er es gar nicht gewahrte, wie seine Hand – sei's nun infolge irgendeiner SehStörung, oder aus Mangel an der normalen Zusammenarbeit von Willen und Muskeln – zweimal den Klopfer verfehlte – erst griff sie zu hoch, dann wieder zu niedrig; und daß, als er ihn endlich umfaßt hielt, er das massive Eisen gar nicht fühlte; der Tastsinn schien ihm zeitweilig abhanden gekommen. Bridget zeigte sich. »Mistress ist zurück; sie will Sie sehen.«

Jasper sah nicht übermäßig entzückt aus; er wand sich hin und her, nahm aber dann seinen Mut zusammen, und begann die Stufen hinaufzusteigen – langsam – schweren Tritts. Von dem TreppenAbsatz oben, glühten wieder die finstren glänzenden Augen herab, genau wie sie vor nun rund sechs Jahren seinen unternehmenden Geist schon einmal fast gebändigt hatten; und, beinah mit den gleichen Worten wie damals, sprach eine Stimme, ebenso frohlockend, aber diesmal weniger streng – »Also kommt Ihr endlich zu mir, Jasper Losely – Ihr seid gekommen.« Schnell – flüchtig – mit einem Schritt, so geräuschlos wie der eines Gespenstes, kam Arabella Crane die Stufen herab; aber, und dies war anders als vor Jahren, da er zum ersten Mal dieses Haus aufgesucht: sie griff nicht nach seiner Hand, schaute nicht in sein Gesicht. Es geschah eher mit einer gewissen zurückbebenden Vermeidung einer Berührung – mit einer Art von Schauder – daß sie an ihm vorüberglitt, in das offenstehende Wohnzimmer hinein, und ihm winkte, ihr zu folgen. Einen Moment noch verhielt er; er verspürte ein Verlangen sich zu retirieren – aus dem Hause zu fliehen; seine abergläubische Scheu vor ihren Wohltaten sogar, kam wieder über ihn, und stärker denn je. Aber im Augenblick war ihre Hülfe allzu notwendig – eben zu seiner inbrünstigen Hoffnung, jedweder Unterstützung ihrerseits für alle Zukunft entraten zu können – sodaß, obwohl mit dem undeutlichen Vorgefühl unberechenbaren Unheils, er vor schritt, hinein in das Zimmer; und die Türe schloß sich hinter Beiden.

XI. BUCH

1. Kapitel

›Nie rann der Strom der treuen Liebe sanft!‹ – könnte das nicht vielleicht darum sein, weil, wo keine Hindernisse auftreten, eben keine Prüfsteine für die Echtheit einer Liebe vorhanden sind? Wo sein Lauf völlig glatt ist, da bedeckt sich ein Strom gern dicht mit Bötchen und LustBarken. Wo die Woge schwillt, wo die Sandbank droht, und der Himmel sich umzieht, verziehen sich Bötchen und Barken in'n sichern Port. Schiffe, die auch bei rauhem Wetter aushalten, müssen für lange Reisen gebaut und ausgerüstet sein.

Ich übergehe das freudige Wiedersehen zwischen Waife und Sophie. Übergehe den Bericht, den George seiner schönen Base von dem Auftritt machte, dessen er und Hartopp Zeugen gewesen; in dessen Verlauf Waife's Unschuld zutage gekommen, und seine Gründe, warum er die Strafe des Schuldigen auf sich genommen, ihre Erklärung gefunden hatten. Die ersten, auf Waife's Rückkehr folgenden Tage, mit all ihren Aufregungen, sind abgerollt. Er ist erneut heimisch in dem Häuschen, aus dem er geflohen war; er verweigert es, wie zuvor, seine Behausung in Lady Montforts Villa aufzuschlagen. Aber Sophie ist, nahezu beständig, seine Gesellschafterin gewesen; und Lady Montfort hat in Person täglich mehrere Stunden bei ihm zugebracht – manchmal in seiner ländlichen WohnStube; manchmal in dem kleinen GartenGrundstück rund ums Häuschen, auf das seine Spaziergänge sich beschränken. George Morley seinerseits ist nach Humberston zurückgekehrt, zu Familie und AmtsGeschäften; aber mit dem Versprechen, seinen alten Freund recht bald wieder zu besuchen, und ZukunftsPläne mit ihm zu erörtern.

Der GOttesGelehrte hatte, obschon mit erheblichen Gewissens-Bissen, Waife soviel zugestanden,: daß jedweder Versuch, seinen ehrlichen Namen öffentlich zu rehabilitieren, mit dem Risiko, das von ihm gebrachte Opfer zu widerrufen, zu unterbleiben habe; aber dazu konnte keine Macht dieser Welt ihn bewegen, sich nun zu absolutem Schweigen zu verpflichten! Morley hatte das unabweisbare Gefühl, daß zumindest einige wenige Andere da-seien, Denen man eine Aufklärung über Waife's Schuldlosigkeit schlechterdings zu geben hätte. –

Waife sitzt also jetzt an seinem offenen Fenster. Es ist Mittags-Zeit; aus dem blaßblauen Himmel kommt SonnenSchein – eine ungewöhnliche Milde ist in der wintrigen Luft. Auf dem Tisch neben ihm liegt seine Bibel; er hat just sein Lesezeichen zwischen die Seiten gelegt, und Das Buch ehrerbietig geschlossen. Er ist allein. Lady Montfort – die seit ihrer Rückkehr von Fawley an einer Art hektischen Fiebers gelitten hat, begleitet von einer Mattigkeit, die selbst das bißchen Gang nach Waife's Cottage für sie zu einer Anstrengung machte, welche die Güte ihrer liebreichen Natur sie zwar zu überwinden befähigte, ihr jedoch gleichzeitig nicht erlaubte etwas davon zu gestehen – ist heut früh so viel schlimmer gewesen, daß sie nicht imstand war, ihr Zimmer zu verlassen; und Sophie ist gleich gegangen, nach ihr zu sehen. Waife stützt nunmehr sein Gesicht in die Hand; und dies Gesicht ist trüber und beunruhigter, als es vielleicht auf all seinen Wanderungen gewesen ist: sein Liebling Sophie ist unglücklich, da giebt es gar keinen Irrtum. Während der ersten 2-3 Tage seiner Heimkehr, ist ihr Kummer nicht so in Erscheinung getreten, verscheucht durch die Freude, ihn wiederzusehen – durch den aufregenden Wechsel von zärtlichen Vorwürfen und Erkundigungen – durch Tränen, die ebenso freudvoll schienen, wie das silberne Lachen, das der Heiterkeit entsprach, mit der die Tiefe ihrer Gefühle sich umgab, als er sie endlich wieder an seine Seite genestelt sah; oder wie sie, die Augen voller Liebe zu ihm aufgeschlagen, auf dem Schemelchen zu seinen Knien saß. Dennoch hatte er sie, gleich beim ersten Blick, irgendwie verändert gefunden; ihre Wange war schmäler, ihr Teint bleicher. Das konnte von der Sorge um ihn herrühren; jetzt, wo ihre zärtliche Unruhe behoben war, würde sie wieder sie selbst werden. Aber sie wurde mit nichten wieder sie selbst. Die schlau-lustige und verspielte Sophie, die er verlassen hatte, war verschwunden, wie wenn sie nie mehr wiederkehren wollte. Bald merkte er, daß ihr einst so federnder

Schritt langsam und lustlos geworden war. Oft wenn sie, scheinbar lesend oder handarbeitend, neben ihm saß, gewahrte er, wie ihr Blick gar nicht auf der Seite weilte – die Arbeit plötzlich in den laß gewordnen Händen ruhte; und dann vernahm er sie wohl seufzen – ein kurzer-ungeduldiger, aber gleichzeitig schwerer Seufzer! Keiner der Kummer studiert hat, kann sich über solche Seufzer im Unklaren sein: ob Maid oder Mann; ob Jung oder Alt; ob die sanfte, im Leben noch so unerfahr'ne Sophie, oder der hochfahrende Darrell, müd' der Welt und ihren Ehrungen ausweichend – immer trägt solcher Seufzer den gleichen Charakter, ist das gleiche Symptom einer Allen gemeinsamen Erkrankung; bespricht das gleiche Bemühen, das Herz von einer bedrückenden Last zu befreien; ist das gleiche Anzeichen dafür, daß, tief in jenem feinsten NervenGewebe des Seins, eine herbe, schwärende Erinnerung nagt, jeglichem schmerzstillenden Mittel unerreichbar – einer Pein, die, ohne äußerlich sichtbare Ursache, immer wieder kommt, und ebenso immerfort abzuweisen versucht wird, ohne daß man sich der Anstrengung selbst bewußt ist.

Zuerst hatte der Alte Mann befürchtet, sie könnte, auf die einoder andre Art, während seiner Abwesenheit Kenntnis bekommen haben von dem BrandMal das auf seinem Namen haftete; dem Spruch der Geschwor'nen, der seinen Ruf besudelt; dem Urteil, das ihn aus seiner heimatlichen Sphäre geschleudert hatte; oder auch, daß, wie ihr Verstand unmerklich gereift war, sie von selber angefangen haben könnte, über all die ihn umgebenden Geheimnisse nachzugrübeln – seine vielen Incognitos; sein ständiges Sichverbergen; das Mißverhältnis zwischen seiner sozialen Stellung, und seiner Bildung und seinem Auftreten; dazu seine wiederholten Eingeständnisse, wie es Beschuldigungen gegen ihn gäbe, von denen er sich auf Erden nicht reinwaschen könnte, die ihn aber nötigten, sich ständig versteckt zu halten – daß sie also, beim Nachgrübeln über all diese zu seinen Ungunsten sprechenden Indizien, entweder heimlich doch einer Überzeugung von seiner Schuld Einlaß in ihre Brust vergönnt; oder aber, wie sie zum Weibe heranwuchs, sie ganz allgemein die durch ihn zwangsläufig auch auf sie mit fallende Schande zu fühlen angefangen habe. Oder aber, falls der Grund für ihre Traurigkeit nicht in dieser Richtung zu suchen war: hatte sie etwa Näheres von ihres Vaters schlimmem LebensWandel erfahren?; hatte irgendein Sendling Jasper's auf ihre Sensibilität oder Ängstlichkeit einzuwirken versucht? Nein; das konnte schwerlich der Fall sein; denn auf was für Folgerungen Jasper auch immer seine Vermutung, daß Sophie bei Lady Montfort sei, aufgebaut haben mochte, so war die Richtigkeit solcher Vermutung doch unverkennbar noch von Jasper selber stark bezweifelt worden, sonst hätte er Waife ja nicht so dringend-feierlich auszufragen brauchen! Oder ob sie erfahren hatte, daß sie die Enkelin und natürliche Erbin eines reichen und berühmten Mannes wäre? – eines Großen unter den Großen Englands – der sie mit Verachtung von sich stieß? Härmte, sehnte sie sich nach der ihr gebührenden gesellschaftlichen Stellung?; oder kränkte sie die Verschmähung durch einen Verwandten derartig, dessen Rang freilich so stark gegen das Landstreichertum eines GroßVaters abstach, von dem allein sie anerkannt wurde?

Von solchen und ähnlichen Zweifeln gemartert, fand er sich doch unfähig sie zu lösen; zumindest nicht durch solche behutsamen und delikaten Fragen wie er sie an Sophie direkt zu richten wagte. Denn wenn er sich, mit verzagt schwankender Stimme erkundigte, ›was seinem Liebling denn fehle?‹ – zuckte sie erst etwas zusammen; heiterte sich dann für einen Moment auf; versetzte, ›Nun, da Er zurückgekommen sei, nichts mehr‹; küßte ihn auf die Stirne; begann gleich mit Sir Isaak zu spielen; und wußte sich dann heimlich auf die Seite zu machen.

Aber den Tag vor diesem, wo Wir ihn jetzt allein sitzen sehen, hatte er sie unvermittelt gefragt, ›Ob während seiner Abwesenheit noch sonst Jemand, außer George Morley, bei Lady Montfort vorgesprochen? – IrgendJemand, den auch sie gesehen habe?‹. Und Sophie's Wange war, ebenso plötzlich, erst carmin-rot geworden, anschließend totenbleich; und zuerst hatte sie gesagt: ›Nein‹; und dann ›Ach ja‹; und nach einer weiteren Pause, von ihm wegblickend, hatte sie hinzugefügt – »dieser junge Herr, der – ä-der Uns seinerzeit behülflich war, daß Wir Sir Isaak kaufen konnten, hat zwischendurch Lady Montfort besucht – ist verwandt mit einem lieben-teuren Freund von ihr.«

»Was?, dieser Maler?«

»Nein, der Andere – mit den dunklen Augen.«

»Haughton! –«, sagte Waife, mit dem Ausdruck großer Pein in seinem Antlitz.

»Ja – Mr. Haughton; aber er ist schon lange lange nicht mehr hier gewesen. Ich glaub', er wird nie mehr wiederkomm'm – –«; trotz aller Bemühungen hatte ihre Stimme bei den letzten Worten zu schwanken begonnen, obschon sie sich hastig im Zimmer zu schaffen machte – Waife's Pfeife stopfte; sie ihm, mit einem zagen Lachen, dessen falsche Heiterkeit ihm tief zu Herzen ging, in die Hand drückte; dann, vom offenen Fenster weg, in den kleinen Garten hinaustrat; und dort eines von Waife's LieblingsLiedern, eine schlichte-alte Ballade aus der GrenzerZeit, anzustimmen begann; aber eh' sie noch den ersten Vers ganz herausgebracht hatte, verstummte ihr Sang; und sie hatte sich seinem Blick verloren, wie eine RingelTaube, deren Ruf auch so räschlich kommt und geht, aus undurchdringlicher Heimlichkeit in undurchdringliche Heimlichkeiten.

Aber Waife hatte genug vernommen, was die tiefste Beunruhigung um Sophie's SeelenFrieden zu rechtfertigen, und in seinem eignen Herzen diverse von dessen peinlichsten Erinnerungen zu wecken angetan war. Der mit dem, William Losely durch Lionel Haughtons Vater zugefügten Unrecht bekannte Leser – einem Unrecht, das, in letzter Instanz, alle dem armen Willy anschließend widerfahrenen MißGeschicke herbeigeführt hatte – wird unschwer begreifen, wie schon der bloße Name ›Haughton‹ verwundend für sein Ohr war; und als, bei seiner einzigen, ebenso kurzen wie bittren Aussprache mit Darrell, dieser Letztere fallen ließ, daß Lionel Haughton, wie entfernt verwandt auch immer, ihm ein angenehmerer Erbe sein würde, als das EnkelKind eines notorischen Verbrechers – wenn Willy's gutartige Natur eines, auch nur vorübergehenden Hasses fähig gewesen *wäre* – da würde es gegen diesen, dermaßen herausgestrichenen Sohn des Mannes gewesen sein, der es ihm abgenommen hatte, sein bißlein Alles; womit vielleicht sein eignes Kind zu retten gewesen wäre von des Räubers Schuld, und er selbst von des Räubers Verderben. Längst schon wird der Leser deshalb durchschaut haben, wieso Waife, als er damals Sophie von der BootsFahrt abholen kam, und im Wirtshaus am FlußUfer erfuhr, daß der Name des jüngeren ihrer Begleiter Lionel Haughton sei – wieso er da, sage ich, derart mürrisch sich von dem Jüngling verabschiedet, und Sophie so gebieterisch aufgefordert hatte, sich jeglichen Gedankens an ein WiederTreffen mit dem ›hübschen jungen Gentleman‹ gefälligst zu entschlagen.

Und jetzt mußte sich ausgerechnet dieser Lionel Haughton wieder in die ZufluchtsStätte eingeschlichen haben, wo der arme Waife seinen Schatz so geborgen zurückzulassen gemeint hatte! War er deswegen von ihr geflohen? Mußte er bei seiner Rückkehr ihre

Jugend vom Meltau angefressen, ihre Neigung ihm entwendet finden durch den Sohn von Charles Haughton? Sein eignes Mannes-Alter hatte der Vater geplündert und um seine Unabhängigkeit betrogen: mußte das sein, daß der Sohn jetzt wiederum sein Alter des einzigen Trostes beraubte? Selbst einmal angenommen, daß Lionel Sophie's würdig wäre – angenommen, er habe in ehrlicher Absicht um sie geworben – mußte ein solches Verhältnis nicht fruchtlos bleiben? – ja verhängnisvoll werden? Falls Lionel jetzt tatsächlich von Darrell akzeptiert-adoptiert werden sollte, so kannte Waife die menschliche Natur doch nur allzu gut, um sich einzubilden, Darrell werde mit Wohlgefallen vernehmen, wie Lionel ausgerechnet Jene zum Weibe begehre, Deren Anspruch auf Abstammung von ihm ihn derart gewurmt und aufgebracht hatte. Und just da er in quälende Betrachtungen dieser Art versunken dasaß, geschah es, daß Lady Montfort – nur wenige Minuten, nachdem Sophie's Lied verstummt, ihre Gestalt verschwunden war – ihn besuchen kam; und sein erstes war, sie mit aufgeregten Fragen zu bestürmen: ›Wann wäre denn Mr. Haughton zum ersten Mal erschienen?‹ – ›Wie oft habe er Sophie gesehen?‹ – ›Was sei zwischen ihnen vorgefallen?‹ – ›Ob Lady Montfort denn nicht sähe, daß seinem Liebling das Herz breche?‹.

Aber ebenso plötzlich, wie er sich in dieses DornenLabyrinth von Erkundigungen gestürzt hatte, hielt er auch wieder inne; denn da er, beschwörend, in Lady Montfort's Angesicht schaute, gewahrte er darin noch tiefer eingegrabene Zeichen eines brechenden Herzens, als Sophie, trotz ihrer Blässe und ihrer Seufzer, bisher aufzuweisen hatte. Traurig, in der Tat traurig war die Veränderung auf ihrem Antlitz, seit er den Ort hier, vor Monden, verlassen; obschon Waife, ganz mit Sophie beschäftigt, nicht viel davon bemerkt hatte, bis heut, da er darin Geheimnisse zu lesen suchte, die seines Lieblings Wohlergehen betrafen. Lady Montfort's Schönheit war so vollkommen in jener selt'nen Harmonie der Züge, wie sie Dichter, schon vor Byron, mit Musik verglichen haben, daß auch Kummer die Wirkung dieser Züge auf das Auge ebensowenig beeinträchtigen konnte, als hohes Pathos die Wirkung der Musik für ein Ohr beeinträchtigen kann, das sich ihr hingibt. Aber die Veränderung in ihrem Antlitz schien durch einen Kummer bewirkt, der alle irdische Hoffnung aufgegeben hat. Weswegen Waife Fragen unterdrückte, die den Ton von Vorwürfen hätten annehmen können, und unwillkürlich »Pardon.« murmelte.

Und nun legte Caroline Montfort ihm all die zärtlichen Projektlein dar, die sie zum Glück seines EnkelKindes angesponnen gehabt – wie sie, da Lionel sich als so uneigennützig, so nobel herausstellte, sich eingebildet hätte, in ihm den von der Vorsehung gesandten Vermittler zu erblicken, um Sophie den Platz in der Gesellschaft zu verschaffen, auf den sie zu erheben ja auch Waife so sehnlich gewünscht hatte; daß Lionel, organisch, mit ihr ein Erbe teile, dessen er sie ansonsten berauben könnte – und daß Beide die vereinigte Quelle von Stolz und Freude für den kinderlosen Mann werden sollten, der zur Zeit nur den Einen begünstigte, um die Andere auszuschließen. Auch war des abwesenden Wanderers bei diesen ihren Planungen mit nichten vergessen worden. Oh nein; wenn Sophie's Tugenden erst einmal von Darrell eingesehen, ihre vorgebliche Herkunft von ihm anerkannt sein würden – konnte dann der greise Hüter, der, indem er diese Tugenden so gepflegt, daß sie dereinst an Darrell's Herd erblühten, sich dadurch Einen zutiefst verpflichtet hatte, der, wenn er schon keine Verräterei vergab, so doch grundsätzlich für den bescheidensten Dienst dankbar war – konnte dann dieser Hüter den Glauben an seine Unschuld rechtfertigen, den George Morley stets gehegt, und, wie sich jetzt herausgestellt hatte, mit Recht – : wo, in aller Welt, gab es dann wohl einen Mann, der wie Guy Darrell die befleckte Ehre William Losely's wiederherstellen; oder von dem William Losely sorgliche Freundschaft und unabhängige Muße, mit so unbestreitbarem Recht auf beides, annehmen konnte! Solcher Art war das Gemälde gewesen, das die liebe, die optimistische Einbildungskraft Caroline Montfort's entworfen hatte – die Umrisse von großmütiger Hoffnung gezeichnet; das Colorit hatten zärtliche Fantasieen hergegeben. Aber ach, das Elend mit solchen LuftSchlössern: sie wären alle eingestürzt! Die Schuld daran trüge einzig sie. Anstatt Sophie's künftiges Wohlergeh'n zu sichern, hätte sie Sophie's LebensGlück gefährdet: Diejenigen, die sie zu vereinigen gewünscht, wären nunmehr unwiderruflich getrennt. Bitterlich klagte sie sich selber an – ihren Irrtum, sich zu weitgehend auf Lionel's Einfluß bei Darrell verlassen zu haben – infolge ihrer eig'nen frühen Erinnerung an Darrell's herzliches Wesen, und sein erstaunliches Einfühlungsvermögen in Jugendliche – und wie sie dieserhalb es geduldet habe, daß Lionel und Sophie, Einer mit des Andern einnehmenden Charakter, immer vertrauter würden, und ihre kindhafte Romanze zu ernsthafteren Gefühlen reifte. Auch tat sie, obwohl kurz nur, ihres Besuches bei Darrell Erwähnung, sowie dessen üblen Erfolges; – der wenigen, seitdem zwischen ihr und Lionel gewechselten Briefe, in denen man sich darüber verständigt habe, daß er sich um keinen persönlichen Abschied von Sophie bemühen sollte. Hatte er ihr doch keinen förmlichen Antrag gemacht – keine Gelübde von Liebenden wären getauscht worden – infolgeWessen es nur eine unehrenhafte Grausamkeit darstellen würde, ihr jetzt noch groß zu erklären: ›Ich bin gekommen, Dir zu sagen, daß ich Dich liebe; und daß Wir Uns hiermit für immer trennen.‹ Und wie den Grund dafür gestehen – diesen Grund, der sie ja bis in den Staub demütigen mußte?: daß man Lionel verboten habe, Eine zu heiraten, die Jasper Losely Tochter nenne, und die der, von ihr so verehrte Hüter, für sein EnkelKind halte. Alles was Lady Montfort an Tröstlichem vorzubringen wußte, bestand darin: wie Sophie schließlich noch so jung sei, daß sie besiegen könnte, was vielleicht lediglich ein romantisches MädchenGefühl wäre – beziehungsweise, falls doch eine ernstere Neigung vorliege, sei diese wenigstens nicht durch ein feierliches Verlöbnis verewigt worden – für einen jungen Menschen, der sie wahrscheinlich jahrelang nicht mehr sehen werde; denn Lionel betreibe eifrig seine Versetzung zu einem Regiment im aktiven Einsatz. »Indessen«, sagte Lady Montfort, »ich selbst werde nie mehr heiraten. Ich werde bekannt machen, daß ich Eure Sophie als mein AdoptivKind betrachte. Sollte ich nicht lange genug leben, um aus einem Einkommen, das meine Bedürfnisse um mehr als das Dreifache übersteigt, genügend für sie ersparen zu können, habe ich meine Anwälte angewiesen, zu ihren Gunsten eine LebensVersicherung für mich abzuschließen; das wird dann voll genügen. Mancher Freier – ebenso einnehmend wie Lionel, und vor allem frei von den Bedenklichkeiten, die seiner Wahl Fesseln anlegen – wird noch stolz sein, zu den Füßen einer so Lieblichen zu knieen. Diese meine gesellschaftliche Stellung, die mir bisher noch nie auch nur eine Freude gewährt hat, wird jetzt insofern von Wert, als sie Matilda's Kind eine gewisse Würde verleihen kann; und – und gleichermaßen ...«

Lady Montfort schluchzte.

Waife hatte respektvoll gelauscht, und war für den Augenblick getröstet. Unleugbar, er war von Herzen froh, daß Lionel Haughton, und für immer, von Sophie getrennt ward. Gab es doch kaum einen andern wohlsituierten und angesehenen Mann auf Erden, dem er seine Sophie mit so peinlichen Gefühlen anvertraut hätte, wie diesem Sohne Charles Haughton's.

Die armen jungen Liebenden! alle Sterne schienen gegen sie verschworen! War es nicht genug, daß Guy Darrell sich als so verstockt erwies? mußte sich auch der milde William Losely zu den Maleficien ihres Horoskopes gesellen?

Aber als, den gleichen Abend noch, der Alte Mann sein Enkel-Kind nun eindringlicher denn je zuvor beobachtete, da schwand sein Behagen rasch – böse Ahnungen überkamen ihn – und bald fühlte er sich überzeugt, daß der verhängnisvolle Schaft in der Wunde abgebrochen sei, und das Herz nach innen verblute.

Wahrlich; nicht ohne prophetische Einsicht war es gewesen, daß Arabella Crane zu dem sich abhärmenden, aber still entschlossnen Kinde, hinter den Kulissen von Rugge's Schau, einst gesagt hatte, »Wie wirst Du einmal eines Tages lieben!«. Die ganze anschließende Nacht lag Waife wachend, grübelnd – Pläne wälzend – in seinem erfindsamen, anschlägigen, wahrhaft wundersam fruchtbaren Hirn alle Hilfsmittel wägend und erschöpfend. Vergebens!

Und nun, (am Tage nach dieser erwähnten Unterredung mit Lady Montfort; Deren Unpäßlichkeit ihn zwar betrübt, aber nicht weiter überrascht), – nun, wie er so sitzt und denkt, und abwesend in den hohen, blaßblauen WinterHimmel starrt – nun sinnt der Alte Mann immer noch auf Entwürfe, wie ein liebendes Menschen-Herz mit dem ewigen Verlust jenes Großen Gefühls zu versöhnen sein möchte, von dem es so viele vergängliche Nachbildungen gibt; das jedoch, wenn es einmal von Grund auf, in allen seinen Bestandteilen, echt war – vollständig war in all seinem Reichtum an GefühlsVarianten – niemals vergessen werden kann, und niemals ersetzt.

2. Kapitel

Ein Opfer, den Manen dargebracht.

Drei Seiten von Waife's Häuschen waren von Lady Montfort's Grundstück umgeben; die vierte, mit dem eigentlichen offiziellen Eingang, grenzte an den öffentlichen Weg. Und wie er eben noch so saß, ward er durch ein leises schüchternes Klingeln an dieser Tür, die auf den Weg hinausging, aufgeschreckt. Wer konnte das sein? – doch nicht Jasper! Er begann zu zittern. Das Klingeln wiederholte sich. Eine Magd bildete seinen ganzen Hausstand. Er hörte, wie sie die Tür öffnete – vernahm eine halblaute Stimme, scheinbar eine sanfte frische jugendliche Stimme. Die Tür seines Zimmers ging auf, und die Frau, die den Besucher selbstredend von Gesicht und Namen kannte, da sie ihn ja häufig mit Lady Montfort und Sophie in den Anlagen gesehen hatte, meldete mit heiterem Ton, wie wenn sie frohe Botschaft brächte: »Mr. Lionel Haughton.«

Kaum war die Türe wieder zugemacht – kaum war der junge Mann im Zimmer, als Lionel auch schon, mit all seiner köstlichen ungestümen Treuherzigkeit, Waife's widerstrebende Hand mit seinen beiden eignen ergriffen hatte; und mit Tränen in den Augen, und halberstickter Stimme, Sätze hervorstieß, so lose gefügt, daß sie schier unzusammenhängend wirkten; – bald ein Ausbruch von Glückwünschen – bald ein Stammeln des Beileids – nun wieder Worte, die um Verzeihung für ein Vergehen seinerseits zu bitten schienen – schnellste Übergänge von Enthusiasmus zu Mitleiden – von Freude zu Kummer – ewig wechselnd wie der stürmische April einer jungen frischen herzlichen Natur.

Dergestalt völlig überrumpelt, fand Waife – vergeblich bemüht, kalt und distanziert zu erscheinen; und auch nur ganz verschwommen begreifend, was der unwillkommene Besucher so konfuse ausdrückte – endlich die Stimme, das Geschwärm, den Erguß von Lionel's ungestümer GemütsBewegung zu unterbrechen; und sagte, so trocken wie er nur irgend vermochte, »Ich bin, offen gestanden, in Verlegenheit, den Grund für Etwas einzusehen, was allem Anschein nach Beglückwünschungen an meine Adresse, und Vorwürfe an Ihre eigne darstellen sollen, Mr. – Mr.-ä ...«; seine Lippen konnten den verhaßten Namen nicht komplett herausbringen.

»Mein Name schockiert Sie – kein Wunder«, sagte Lionel tief gekränkt, und senkte dabei niedergeschlagen den Kopf, indem er sacht die Hand des alten Mannes fahren ließ. »›Vorwürfe an meine eigne Adresse‹! – Ach ja, Sir; denn ich bin hier als Charles Haughton's Sohn!«

»Wie!«, rief Waife; »Sie sind im Bilde? Wie konnten Sie erfahren, daß Charles Haughton ...«

LIONEL (ihn unterbrechend): – »Ich weiß. Seine eig'nen Lippen haben die Beschämung darüber eingestanden, Sie derartig geschädigt zu haben.«

WAIFE: »›Gestanden‹? – Wem?.«

LIONEL: – »Alban Morley gegenüber. – Oh glauben Sie mir, meines Vaters Reue war bitter; und sie ist nicht mit ihm zu Grabe gegangen, sie lebt in mir: ich hab' mich so danach gesehnt, mit William Losely zusammenzutreffen!«

Waife saß schweigend zurückgelehnt, mit einer Hand, die sein Gesicht beschattete; während die andere eine kurze Geste machte, wie um weitere Anspielungen auf verjährtes Unrecht zu entmutigen, wenn nicht gar zu tadeln. Lionel, in raschen Tönen, aber nunmehr besserem Zusammenhange, fuhr fort –

»Ich komme, geradeswegs, von Mr. Darrell; wo ich und Oberst Morley« (an dieser Stelle war Lionels Antlitz irgendwie düster-verstört), »uns ein paar Tage aufgehalten haben. Zwei Tage ist es her, daß ich von George Morley diesen Brief-hier erhielt, der mir von London nachgeschickt wurde. Er besagt – (darf ich ihn vorlesen?) – m-›Ihr werdet Euch freuen, zu erfahren, daß unser lieber Waife‹ – Sie entschuldigen den Namen? ...«

»Ich habe keinen andern – nur weiter.«

» – : ›wieder mit seiner Enkelin vereint ist‹.« (Hier seufzte Lionel schwer – ein Seufzer nach SophienArt). »›Noch mehr aber wird Sie die Mitteilung erfreuen, daß es dem Himmel gefallen hat, mich und noch einen Zeugen – der vor mehreren Jahren, bewußt irregeführt, dazu verleitet worden war, Waife für schuldig zu halten – in den Stand zu setzen, unwidersprechliches Zeugnis für die völlige Unschuld meines geschätzten Freundes abzulegen; ja, mehr noch – ich erkläre Ihnen aufs Feierlichste, daß Allem, was eine Schuld zu bezeugen schien, in Wirklichkeit eine Tugend zugrunde gelegen hat, daß Mr. Darrell, wäre sie ihm bekannt, sich in Ehrfurcht vor diesem alten Manne verneigen würde. Sagen Sie das bitte Mr. Darrell von mir; und fügen Sie hinzu, daß, indem ich dies ausspreche, ich gleichzeitig meiner Überzeugung von seiner eignen Teilnahme und Bewunderung für Alles was edel und heroisch ist, Ausdruck verleihen möchte.‹«

»Zu viel – das ist viel, viel zu viel –«, stammelte Waife heraus, wobei er sich, unruhig, abwandte; »aber – aber Sie legen den Brief schon zusammen – : ist das Alles? – : steht nicht noch mehr darin? – : erwähnt er nicht noch Jemand-Anderen? – wie? – wie?«

»Nein, Sir; das ist Alles.«

»Dem Himmel sei Dank! er ist ein EhrenMann! – Trotzdem hat er mehr gesagt, als er gesollt hätte – weit mehr, als er beweisen kann, oder als ich . . .« – er brach ab; und fragte dann unvermittelt: »Und wie hat Mr. Darrell diese Behauptungen aufgenommen? Mit einem ungläubigen Gelächter – gelt? – à la ›Wieso?, der alte Gauner hat sich doch selber für schuldig bekannt!‹.«

»Sir, Alban Morley war anwesend, und konnte von dem William Losely erzählen, den er gekannt; konnte, aus TatsachenMaterial, das er seinerzeit gesammelt, uns erläutern, welcher Art die damals *nicht* vorgebrachten Indizien gewesen seien. Das eigentliche Motiv, das Sie zum Eingeständnis einer Schuld bewog, ich hatt' es längst vermutet: Guy Darrell überkam die Erleuchtung wie ein Blitz!; ihm war es sofort keine bloße Vermutung mehr! Sie wollten wissen, was er gesagt hat? Nur dies: ›Welch große Natur! George hat recht: ich beuge gern mein Haupt in Ehrfurcht!‹.«

»*Das* hat er gesagt? – Guy Darrell? Auf Ehre: hat er das so gesagt?!«

»Können Sie daran zweifeln? Ist er nicht ein Gentleman?«

Waife war schlechthin überwältigt.

»Aber, Sir«, nahm Lionel wieder auf, »ich darf Ihnen nicht verbergen, daß – ob schon George's Brief, und Alban Morley's Eröffnungen hinreichend waren, um Darrell, ohne weitere zusätzliche Fragen, zufriedenzustellen – Ihrem alten Bekannten begreiflicherweise daran lag, einen noch ausführlicheren Bericht zu erhalten, in der Hoffnung, Ihre Unschuld nun auch gesetzlich erhärten zu können. Er ließ daher an seinen Neffen telegrafisch das Ansuchen ergehen, unverzüglich nach Fawley zu kommen. Gestern traf George dort ein –: tadeln Sie ihn nicht, Sir, daß Wir sein Geheimnis jetzt teilen.«

»Ihr wißt . . . gütiger Himmel! Und dieser Advokat wird barbarisch genug sein, um – doch nein; er hat ja selbst ein Interesse daran, den Gatten seiner Tochter nicht öffentlich des mitternächtigen Einbruchs zu bezichtigen; bei ihm ist Jasper's Geheimnis sicher. Und Oberst Morley? – sein grausamer Neffe wird doch gewiß nicht zugeben, daß er mich – mich: einen Fuß schon im Grabe – zum Zeugen gegen meiner Lizzy Sohn nötigt!«

»Oberst Morley ist, auf Darrell's Anregung hin, mit mir nach London gekommen; und wenn er mich nicht zu Ihnen hierher begleitet hat, so ist das darum geschehen, weil er, in diesem Moment-jetzt, eifrig tätig ist, Ihren Sohn ausfindig zu machen; und zwar nicht, um den Zweck Ihrer SelbstAufopferung zunichte zu machen, sondern ihn vielmehr zu vervollständigen. ›Alle anderen Erwägungen‹, hat Guy Darrell gesagt, ›haben ab nun zurückzutreten vor dem einen Gedanken –: daß ein solcher Vater nicht vergebens ein Märtyrer gewesen sein darf.‹ Oberst Morley ist bevollmächtigt, mit Ihrem Sohn, auf jegliche Bedingungen hin, abzuschließen; mit der einzigen Klausel allerdings: daß er, für den Rest seines Lebens, Ihnen keinen weiteren Kummer zufügen, keinerlei Angst mehr bereiten dürfe. Das ist der einzige Gebrauch, den Wir, ohne Ihre vorherige Einwilligung, von dem vernommenen Geheimnis zu machen Uns erkühnt haben. Verzeihen Sie George jetzt?«

Waife's Lippen murmelten Unhörbares, aber sein Gesicht ward immer strahlender; und wie es sich allmählich nach oben richtete, fing Lionel's Ohr auch einen geflüsterten Namen auf – es war nicht Jasper; es war ›Lizzy‹.

»Ach!; warum«, sagte, nach einer kleinen Pause, Lionel betrübt, »warum war es nicht mir vergönnt, Derjenige zu sein, der Ihre Unschuld an den Tag – Ihren Namen wieder zu Ehren brachte? Mir, der ich Ihnen gegenüber doch eine so umfassende ererbte Schuld abzutragen hatte! Und nun – lieber, lieber Mr. Losely . . .«

»Pst! ›Waife‹! – : nennen Sie mich weiter Waife – immer und überall.«

»Wie gern! Ist es doch der Name, unter dem ich mich gewöhnt habe, Sie zu verehren. – Und nun hören Sie mich an: ich bin so lange entehrt, bis zumindest die blanke pecuniäre Schuld entrichtet ist, die Ihnen von meinem Vater her zusteht! Pst! Pst! – Alban Morley sagt das – Darrell sagt das. Darrell hat gesagt, ›er könne mich nicht als Verwandten anerkennen, bevor nicht diese Schuld getilgt sei‹. Darrell hat mir die Mittel dazu vorgestreckt: ›er würde die Schmach seines Verwandten teilen, wenn er das nicht täte‹. Bevor ich noch wagen mochte, auch nur hierher zu kommen, mußte die Summe, die Ihnen von meinem Vater her zusteht, zurückgezahlt sein. Ich bin gestern Abend noch in die Stadt zurückgeeilt – habe mit Mr. Darrell's Anwalt gesprochen – und da hab' ich mir nun allerdings eine große Freiheit herausgenommen – ich hab' die Summe bereits wieder angelegt, und zwar zum Ankauf einer LeibRente für Sie. Mr. Darrell's Anwalt hatte eben einen Klienten da, der eine Summe von der Größenordnung der Ihnen schuldigen, dringend benötigte; da der nun seinen Grundbesitz nicht auf die Dauer mit Hypotheken belasten wollte, machte er sich erbötig, in Form einer JahresRente einen höheren ZinsSatz zu bezahlen, als jede öffentliche Anstalt es getan hätte; und vor allem totsicher, mit soviel LandBesitz dahinter – der Anwalt sagte auch, es wär' ein Jammer, wenn man die Gelegenheit vorbeigeh'n ließe – und da hab'ich's, auf meine Verantwortung, gewagt, für Sie zu handeln. Heut in der Frühe ist Alles abgemacht worden. Die näheren Einzelheiten entnehmen Sie diesem Papier, das ich Ihnen hierlasse. (Wie sich von selbst versteht, ist die Ihnen geschuldete Summe nicht genau dieselbe, die mein Vater erborgte, noch bevor ich geboren war. Hinzugekommen sind die Zinsen – die ZinsesZinsen; mehr aber auch nicht. Ich-selbst versteh' mich nicht auf diese Sachen; Darrell's Anwalt hat Alles durchgerechnet – es muß also richtig sein.«

Waife hatte das Blatt zur Hand genommen; es flüchtig überblickt; es verwirrt, verblüfft, wieder sinken lassen: jene geliehenen Hunderter, aufgeschwollen zu diesen, ihm jetzt wiederkommenden, Tausenden? Und Alles methodisch – fein-säuberlich – arithmetisch-exakt berechnet, bis auf Bruchteile; so daß jeglicher Heller sein rechtmäßiges Eigentum schien; (und ja auch war). Und diese ganze Summe angelegt, in Form einer LeibRente von 500 Pfund pro Jahr – ein Einkommen, das dem armen Gentleman Waife vorkam, wie die Revenüen eines Prinzen!

»Es ist eine ganz geschäftsmäßige Ausrechnung, wiederhole ich, Sir; alles von einem Juristen gemacht. Es ist bestimmt so«, rief Lionel, bestürzt über Waife's Blick und Gebärde. ZinsesZinsen summieren sich zu einem Betrag, der im ersten Moment beträchtlich erscheint; jedes Kind weiß das. Aber Sie können nicht Adam Riese bestreiten, oder die RechenTabellen und all diese Sachen. William Losely, Sie können nicht eine ewige Last von Schande auf dem Haupt von Charles Haughton's Sohn wollen.«

»Armer Charlie Haughton«, murmelte Waife. »Und welche Verbitterung hab' ich nicht immer empfunden, wenn ich an ihn dachte – Bitterkeit auch gegen seinen Sohn. Wie liebt es doch der Himmel, uns die Ungerechtigkeit einsehen zu lehren, die in jedem Zorne liegt! Aber – aber – das kann nicht sein. Ich danke Mr. Darrell bescheidentlich – ich kann sein Geld nicht nehmen.«

»Es ist ja nicht sein Geld – es ist meins: er hat es mir lediglich vorgestreckt. Es kostet ihn in Wirklichkeit nichts; denn er zieht mir die 500 £ jährlich von dem mir ausgeworfenen Taschengeld ab. Und ich brauch' solch ein absurd-hohes Taschengeld auch nicht, jetzt wo ich von der Garde in ein LinienRegiment übergehe – ich habe vor, nunmehr allen Ernstes Soldat zu sein. Zuviel Taschengeld verdirbt den Soldaten – bringt einen nur in lauter Verlegenheiten; das ist auch Alban Morley's Meinung. Und Darrell sagt ebenfalls: ›Sehr richtig; kein Geld der Welt kann eine Befriedigung erkaufen, die der Abtragung väterlicher Schulden gleichkäme!‹ Sie können mir diese Befriedigung nicht mißgönnen – das wagen Sie nicht! – und warum nicht?: weil Sie ein EhrenMann sind.«

»Sachte, sachte, sachte«, sagte Waife. »Lassen Sie sich doch anschauen – nicht von Geld jetzt reden – nicht an Geld jetzt denken! – Welche Ähnlichkeit mit Ihrem Vater! das ist er, ganz er, Den ich jetzt vor mir sehe! Charlie's hübsche helle verspielte Augen – die einen Gerichtsvollzieher vom Pfad der Pflicht hätten verleiten können! Tz! und auch Charlie's glückliches Lachen, bei'm kleinsten Scherz! Aber *das-hier* ist nicht von Charlie – das ist ganz Ihr Eigen«, (indem er, mit sanftem Finger, Lionel's breite ehrliche Stirn berührte). »Armer Charlie! ja, zu Herzen genommen *hat* er sich's – da haben Sie recht – daran erinnere ich mich.«

»Sir«, sagte Lionel, der nunmehr, neben Waife's Stuhl, auf ein Knie gesunken war –: »Sir, – ich hab' in meinem Leben noch keinen Menschen um seinen Segen gebeten – nicht einmal Guy Darrell. Würden Sie mir Ihre Hand auf's Haupt legen? und, oh! daß in jener mystischen Welt, jenseits von Uns, ein Engel es Charles Haughton sagen möge, daß William Losely seinen Sohn gesegnet hat!«

Feierlich, doch zugleich in tiefer Demut – eine Hand auf der Bibel neben sich, die and're auf dem gesenkten Haupt des jungen Soldaten – segnete William Losely den Sohn von Charles Haughton – dann, dies getan, öffneten sich seine Arme unwillkürlich; und dem Segen folgte die Umarmung.

3. Kapitel

Nichts ist so hartnäckig wie eines Jungen Mannes Hoffen; nichts so beredt wie eines Liebhabers Zunge.

Bisher war keinerlei Anspielung auf Sophie gefallen. Wer vor Waife gekniet, und des Alten Mannes Segen empfangen hatte, war nicht Sophie's Liebhaber gewesen, sondern der Sohn von Charles Haughton. Aber lange konnte Waife seinen Liebling nicht aus den Gedanken verlieren – und nicht seine Besorgnis um ihretwillen. Die Mienen seines ausdrucksvollen Gesichtes wechselten urplötzlich. Noch keine halbe Stunde zuvor wäre Lionel Haughton der letzte Mann auf der Welt gewesen, dem er gern und willig seine Enkelin anvertraut hätte – nunmehr, von allen Männern auf der Welt, hätte seine Wahl Lionel Haughton geheißen. Er seufzte schwer; an seinen eigenen veränderten Gefühlen jetzt, konnte er ermessen, wie zärtlich und wie tief die Neigung sein mochte, die Lionel Haughton einem Herzen einflößen konnte, das so frisch war wie das seiner Sophie, so beharrlich anhänglich für einmal empfangene Eindrücke. Aber sie waren ja getrennt für immer; nicht einmal sehen sollte sie ihn mehr. Unruhig warf Waife einen Blick nach dem offenen Fenster – unwillkürlich erhob er sich; schloß es; und zog die Jalousie herunter.

»Sie müssen jetzt gehen, junger Herr« sagte er, schier gröblich.

Mit dem flinken Feingefühl des Liebenden erriet Lionel sogleich, warum die Jalousie vorgezogen, sein Abschied ihm so plötzlich gegeben ward.

»Lassen Sie mir Ihre Adresse da«, sagte Waife; »ich gebe Ihnen schriftlich Bescheid, wegen-ä – dieses Papiers dort. Verweilen Sie aber jetzt nicht länger – bitte – bitte.«

»Haben Sie keine Angst, Sir. Ich versäume mich nicht unnötig hier, etwa mit dem Wunsch – *sie* zu sehen!«

Waife sah zu Boden.

»Ehe ich die Magd ersuchte, mich anzumelden, habe ich erst die Vorsicht gebraucht, mich zu versichern, daß Sie allein wären. Aber einige wenige Worte noch – hören Sie mich mit Geduld. Sind Sie im Besitz irgendeines Beweises, der Mr. Darrell's Vernunft davon überzeugen könnte, daß Ihre Sophie das Kind seiner Tochter sei?«

»Ich habe Jasper's Versicherung, daß sie es ist; und eine Abschrift von der Aussage der Amme, die dasselbe besagt. Mir hat das genügt. Ich hätte ja nicht von Mr. Darrell verlangt, daß er sich ebenso leicht zufrieden gebe; ich hätte ihn lediglich auffordern können, nun selber weiter zu recherchieren, und sich Gewißheit zu verschaffen. Aber er hat mich ja nicht einmal anhören wollen.«

»Jetzt wird er Sie anhören, und mit Respekt.«

»Wird er das!«, rief Waife freudenvoll. »Und wenn er recherchieren sollte; und falls es sich herausstellte, daß Sophie, (wie ich immer geglaubt habe!) nachweislich seiner Tochter Kind wäre, würd' er sie dann nicht anerkennen, und zu sich nehmen, und in Ehren halten?«

»Oh weh, Sir! daß ich Ihnen jetzt keinen Schmerz bereite; aber darin besteht meine Hoffnung nicht. Falls es sich tatsächlich erweisen sollte, daß Ihr Sohn Sie getäuscht hat – daß Sophie in keiner Beziehung mit ihm verwandt ist – daß sie meinethalben das Kind von Bauersleuten wäre, aber von ehrlichen Bauersleuten – seh'n Sie, Sir, *das* ist meine Hoffnung, meine letzte Hoffnung – denn dann könnte ich wiederum vor Ihre Füße hinknien, und mir Ihre Erlaubnis erflehen, ihre Neigung endgültig zu gewinnen, und um ihre Hand zu bitten.«

»Wie denn! – : Mr. Darrell würde in Ihre Verbindung mit dem Kind von Bauersleuten einwilligen; aber nicht in die mit seiner eig'nen Enkelin?!«

»Sir, Sir, Sie zermartern mir das Herz!; aber wenn Sie Alles wüßten, würden Sie sich nicht mehr wundern, es mich aussprechen zu hören – : ›Ich wag' es nicht, Mr. Darrell zu bitten, meine Verbindung mit der Tochter Jasper Losely's zu segnen.‹«

Waife unterdrückte ein Stöhnen; fing an, ungleichen Schritts, den Raum zu durchmessen.

»Aber«, nahm Lionel wieder auf, »bitte gehen Sie selber nach Fawley. Setzen Sie sich mit Darrell zusammen; vergleichen Sie die Gründe für Ihren Glauben, mit den seinigen für das Gegenteil. Jetzt, in diesem Moment gerade, ist sein Stolz gebändigter, als ich es je an ihm erfahren habe. Er wird, relativ ruhig, auf die Prüfung jedweder Unterlagen eingehen; die Wahrheit wird ans Tageslicht kommen. Sir – teurer, teurer Sir! – ich bin nicht ohne alle Hoffnung!«

» : ohne Hoffnung, daß das Kind, das ich so innig geliebt habe, mir künftig nichts mehr auf der Welt sein werde!?«

»›Euch nichts mehr sein‹? Ist denn Erinnerung solch ein Scheme?

– Zuneigung so ein Wetterhahn? Ist die Liebe zwischen Ihnen und Sophie denn nur der Instinkt der BlutsVerwandtheit gewesen? Ist sie nicht vielmehr geheiligt worden durch Alles, was Alter und Kindheit zu einem so reinen Segen füreinander macht, und in gemeinsam getragenen Heimsuchungen wurzelt? Waren Sie nicht der Erste, der sie auf Wanderungen, in Entbehrungen, lehrte, in der Natur eine Mutter zu erblicken, und zu einem Vater zu beten, der da ist im Himmel? Und das wäre Alles ausgelöscht aus Ihrer beider Seelen, wenn sie sich nicht als das Kind jenes Sohnes erwiese, bei dessen bloßem Namen es Sie kalt anweht? Sir: wenn es kein anderes Band gäbe, die bloße Fessel der Abstammung zu ersetzen, warum hätten Sie sich denn dann solch schlaflose Mühe gegeben, ein Kind von Dem zu trennen, Den Sie für seinen Vater halten?!«

Waife stand sprach- und regungslos. Dieser leidenschaftliche Appell hatte ihn aufs nachhaltigste getroffen.

»Und, Sir«, fügte Lionel, in gedämpfterem, trüberem Tone hinzu – »darf ich Sie, Dessen späteres Leben eine einzige, erhabene, SelbstAufopferung gewesen ist, noch fragen: was möchten Sie lieber?; Sophie Enkelin nennen dürfen, aber sie unglücklich wissen; oder sie lediglich als den kindlichen Engel erkennen, den der Himmel Ihnen, in Einsamkeit und Verlassenheit, zur Seite sandte, und sie gleichzeitig glücklich wissen? Oh, William Losely, beten Sie mit mir, daß Sophie nicht Ihr EnkelKind sein möge. Sophie's Heim wird deswegen nicht weniger Ihr Heim sein – ihre Anhänglichkeit Ihnen nicht weniger den verlor'nen Sohn ersetzen – und die gleichen Gebete, die Sie einst ihr beibrachten, können sehr wohl noch ihre Kinder wiederum auf Ihren Knieen lispeln lernen. Gehen Sie zu Darrell – gehen Sie! – und nehmen Sie mich mit sich!«

»Ich will's – ich will's!« rief Waife; und, schon nach Stab und Hut langend – »Kommen Sie – kommen Sie! – Aber Sophie sollte besser nicht erfahren, daß Sie hier gewesen – daß ich mit Ihnen fortgegangen bin; das könnte bei ihr wieder Gedanken auslösen, Träume, Hoffnungen – und am Ende dann noch größern Kummer«. Er hastete geschäftig aus dem Zimmer, um die alte Frau zu instruieren; und auch ein paar eilige Zeilen an Sophie selbst zu schreiben – ihr, auf sein feierlichstes Ehrenwort, zu beteuern, daß es sich diesmal um keine Flucht von ihr fort handele, um etwa erneut sein LandstreicherLeben aufzunehmen – daß er, wenn es dem Himmel gefalle, ganz gewiß heut Abend noch, oder spätestens den Tag darauf, wieder zurück sein werde.

Wenige Minuten später öffnete er neuerlich die Zimmertür; winkte schweigend Lionel; und stahl sich dann, mit raschen Schritten, den stillen HeckenWeg dahin.

4. Kapitel

Guy Darrell's Absichten bei seiner Einladung an Waife.

Lionel hatte den, durch George Morley's Enthüllungen auf Guy Darrell hervorgebrachten Eindruck, nur unzulänglich wiedergegeben, da er ihn nur unvollkommen verstehen konnte. Darrell, eben weil der Selbstaufopferung auch weitestgehend fähig, war vor allen andern Leuten Derjenige, mit bewundernder, an Ehrfurcht grenzen'der Hochachtung, eine SelbstDarbringung zu bewerten, die ihm schier übermenschlich schien – ihm, der einen so überhohen Wert auf guten Namen und unbefleckten Ruf legte. Er hatte Lionel nicht nur willig zugestimmt, sondern ihn sogar förmlich gedrängt, sich zu Waife zu verfügen, und den alten Mann zu überreden, nach Fawley zu kommen. Mit Waife war er jetzt bereit, Sophie's angebliche Verwandtschaft des breiten durchzudiskutieren. Aber auch abgesehen von etwelchen Rücksichten, einen peinlich-verwickelten Fall betreffend, der ihn selber über die Maßen beunruhigte, fühlte Darrell sich gedrängt, den Dulder, in dem er die Erhabenheit eines Helden erkannt hatte, zu sehen, und ihm zu huldigen. Und wenn er Waife, durch Lionel, keinen Brief von seiner eignen Hand übersandt hatte, so nur deshalb, weil er, mit der ausgesuchten Zartheit des Gefühls, die ihm eignete sobald seine edelsten Empfindungen geweckt waren, es für recht und richtig erkannte, daß das ganze Verdienst, die ganze Wonne der Wiedergutmachung des William Losely widerfahr'nen Unrechts, ausschließlich Charles Haughton's Sohn zu überlassen sei; ohne jedes direkte Eingreifen seinerseits. So weit wird man gern zugestehen, daß Guy Darrell nicht Einer von den Leuten war, die, einmal von warmem großmütigem Impulse erfüllt, dann, wenn aus dem Impuls die Tat erwachsen soll, sich schnell wieder durch sparsame KlugheitsRücksichten abkühlen lassen. Guy Darrell konnte nicht großzügig sein nach Drachmen und Skrupeln. Nicht leicht geneigt zu sagen »ich bitte um Entschuldigung« – sich schwer verstehend zu einem »ich bereue« – erst nach aller- aller- allergrößter Überwindung imstande zum »ich vergebe«; aber wenn er erst einmal gesagt hatte, »ich bereue – ich bitte um Entschuldigung – ich vergebe«, dann sagte er das auch aus ganzem Herzen und von ganzer Seele.

Man darf allerdings nicht annehmen, daß Darrell, indem er Lionel zu seiner Gesandtschaft an Waife ermächtigte; oder auch in Voraussicht von etwas, das eventuell zwischen ihm und Waife vorgehen könnte, falls Dieser sich herabließe das alte Haus, aus dem er so verächtlich vertrieben worden war, noch einmal zu betreten, nur 1 Jota seiner Entschlüsse gegen eine Verbindung zwischen Lionel und Sophie geändert, oder auch nur geträumt hätte, etwas davon zu ändern. Gewiß; Lionel hatte ihn soweit gebracht, daß er sagte: »Wenn es über allen Zweifel erhaben bewiesen werden könnte, daß kein Tropfen von Jasper Losely's Blut in dieses Mädchens Adern flösse – daß sie das rechtmäßige Kind von, wenn auch noch so bescheidnen, aber ehrlichen Eltern wäre – dann würde mein Recht, trennend zwischen Euch und ihr zu stehen, aufhören.« Aber die Erfahrung eines Juristen ist weniger leichtgläubig als die Hoffnung eines Liebenden. Und nach Darrell's Urteil war es absolut unwahrscheinlich, daß irgendwelche rechtschaffenen Eltern, und seien sie noch so ärmlich, ihr Kind einem LotterBuben wie Jasper je sollten abgetreten haben; während es and'rerseits so unangenehm-wahrscheinlich war, daß seine eigene Überzeugung nur zu gut begründet, und Sophie sehr wohl Jasper's Tochter sei, wenn auch nicht mit Matilda. –

Der WinterAbend war dichter geworden. George und Darrell saßen, im Gespräch vertieft, beisammen in der Bibliothek; das Thema, natürlicherweise, war Waife; und Darrell lauschte, mit lebhaftem Int'resse, George's malerischem Bericht, von dem launisch-verspielten Humor des Alten Mannes – zusamt dessen scheinbar abspringenden UnterStrömungen von poetischer Fantasie, die gleichzeitig subtile Weisheit waren. Aber da George auf Sophie's herzgewinnende, dabei liebliche Natur zu sprechen kam; (und, sei's auch noch so behutsam, einen diesbezüglichen Appell an Darrell's PflichtGefühl, oder auch nur Empfänglichkeit für gütige Regungen zu richten wagte); da zog sich des Stolzen Mannes Stirn zusammen; und sein stattliches Gehaben verkündete MißVergnügen. –

Glücklicherweise, – (genau in dem Moment, wo weitere Worte eine permanente Kühle zwischen Männern, imgrunde geschaffen einander zu schätzen, hätten herbeiführen können) – ward das Geräusch vernehmbar, von Rädern auf gefror'nem Grund, – das schrille Geläut an der Portal-Tür ...

5. Kapitel

Der Vagabund im Herrenhaus zu Fawley empfangen.

Sehr lahm, sehr schwach, Lionel's Arm ablehnend, aber dafür schwer auf den Krückstock gestützt, trat Waife über die Schwelle des Herrenhauses. George sprang vor, ihn zu bewillkommnen. Der alte Mann schaute mit einer Art von unsteter Zerstreutheit in das PredigerGesicht, und George sah, daß seine Wange auffällig gerötet war. Weiter hinkte er, durch die VorHalle, immer noch auf seinen Stab gestützt, ihm zu Seiten George und Lionel. Ein Schritt, und noch einer, und da stand Darrell! Eilte er, der Gastgeber, nicht vorwärts, um seinen Arm zu offerieren, eine Hand auszustrecken? Nein; derlei Begrüßung würde bei Darrell nur vulgäre Höflichkeit gewesen sein. Als des Alten Mannes Auge auf ihm ruhte, verbeugte der Gentleman vom ersten Range sich tief – neigte sich, wie wir uns vor Königen verneigen!

Sie betraten die Bibliothek. Darrell gab George und Lionel ein Zeichen. Sie verstanden den Wink, und ließen Besucher und Wirt allein.

Lionel zog George in die wunderliche alte SpeiseHalle. »Ich bin sehr beunruhigt um Unsern teuren Freund«, sagte er, in aufgeregten Tönen: »Ich befürchte, daß ich doch zu wenig Rücksicht auf seine Jahre genommen habe, und auf seine sensible Natur; und daß infolge der Aufregung der Unterhaltung zwischen Uns, und der zusätzlichen Anstrengung durch die Reise, er einen NervenZusammenbruch bekommen hat. Wir hatten noch nicht die Hälfte der Strecke hinter uns, und da Wir das EisenbahnAbteil ganz für Uns alleine hatten, hab' ich wohl mit unklugem Eifer immerfort auf ihn eingesprochen – jedenfalls fing er an, plötzlich am ganzen Körper zu zittern, und bekam einen hysterischen Anfall, mit Lachen und Weinen, immer durcheinander. Ich wollte schon auf der nächsten Station aussteigen; aber dann erholte er sich auch wieder so schnell, und bestand auf der WeiterFahrt. Trotzdem, als Wir Uns dann Fawley näherten, nachdem er längere Zeit vor sich hin gemurmelt hatte – (unzusammenhängend, soweit ich einzelne Worte verstehen konnte) – versank er in einen Zustand schwerer Lethargie, oder Betäubung, und sein Kopf fiel auf meine Schulter. Als er den Park betrat, hatt' ich erhebliche Schwierigkeiten, ihn munter zu machen.«

»Der arme alte Mann«, sagte George, mit Gefühl; »gar kein Zweifel: die rasche Aufeinanderfolge von Aufregungen, die er in den letzten Stunden durchzumachen hatte, hat ihn zeitweise überwältigt. Aber das Schlimmste ist ja jetzt vorbei. Seine Unterredung mit Darrell muß ihm das Herz erfreuen, und den Geist beruhigen; und sobald die Aussprache vorüber ist, müssen Wir ihm jegliche Ruhe und Pflege angedeihen lassen. Aber erzählt doch, was zwischen Euch vorgegangen ist – ob er sehr darüber entrüstet war, daß ich's einfach nicht fertig gebracht habe, zu dulden, daß Männer wie Guy Darrell, und Onkel Alban, und Ihr, ihn noch länger für einen GeldschrankKnacker und Dieb halten sollten – ?«.

Lionel hob an mit seinem Bericht; aber er war noch nicht weit damit voran gekommen, als man Darrell's Stimme laut rufen hörte, und die Klingel aus der Bibliothek heftig ertönte.

Sie eilten hinein; und fanden Lionel's Befürchtungen wahr geworden: Waife lag in krampfhaften Zuckungen; und als diese endlich nachließen, und er ohne weiteren Kampf halb auf dem Boden, halb in Darrell's Armen ruhte, war er augenscheinlich all dessen unbewußt, was um ihn vor sich ging. Sein Auge stand offen, blickte aber starr und glasig. Jetzt kam auch die Dienerschaft ins Zimmer gestürzt; Einer ward unverzüglich losgeschickt, um den nächsten praktischen Arzt herbeizuschaffen. »Faßt mit zu – George – Lionel –«, sagte Darrell, »helft, ihn nach oben tragen. Mills: leuchtet voran.« Als sie den TreppenAbsatz erreicht hatten, erkundigte sich Mills: »Welches Zimmer, Sir?«

Darrell zögerte einen Moment; dann leuchtete sein graues Auge auf, in dem gewohnten dunklen Feuer. »Meines Vaters Zimmer – er soll auf dem Bett meines Vaters liegen.«

Als der Arzt eintraf, erklärte er Waife als in drohender Gefahr befindlich – Überdruck im Gehirn. Er verordnete rasch und drastisch wirkende Mittel; von denen die meisten allerdings schon vor seiner Ankunft Darrell eingefallen, und auch teilweise in Anwendung gebracht worden waren; denn Dieser hatte zu viele und vielfältige Erfahrungen durchgemacht, um in den Anfangsgründen Erster Hülfe unbewandert zu sein. »Gesetzt den Fall, ich befände mich im Zustand meines Gastes«, fragte Darrell den Arzt: »was würden Sie dann tun?«

»Augenblicks ein Telegramm an Dr. F*** schicken.«

»Lionel – habt Ihr gehört? Nehmt mein eignes Pferd – es wird Euch tragen wie der Wind – und ab nach ****: dort ist die nächste Aufgabestelle für Telegramme.«

Darrell wich diese ganze, angstvolle Nacht hindurch, nicht von Waife's Lager. Dr. F*** traf in der Frühe ein. Er billigte Alles, was man bisher getan hatte; änderte aber nichtsdestoweniger die Behandlungsweise; und sagte dann, nach einem Aufenthalt von einigen Stunden, zu Darrell: »Ich bin gezwungen, Sie für jetzt zu verlassen, Sir; längeres Bleiben hätte im Moment auch keinen Zweck. Was in meiner Macht steht, der Natur zu Hülfe zu kommen, ist geschehen – das Übrige müssen Wir eben dieser Natur überlassen. Dies Fieber jetzt – dies krampfige Zucken und Hin- und Her-Werfen – sind nichts als die Anstrengungen der Natur, um den Griff des Feindes, den wir nicht sehen, abzuschütteln. Es hängt nunmehr Alles davon ab, welchen Grad von Widerstandskraft und Lebenswillen der Patient noch hat. Glücklicherweise ist sein Körper robust, und dabei nicht zu vollblütig. Wissen Sie zufällig etwas von seiner Lebensweise?«

»Ich kenn' sie«, antwortete George, – »höchst mäßig; ganz frugal und einfältig.«

»Dann müßte er sich, bei beständiger Wartung und pünktlicher Befolgung meiner Vorschriften, eigentlich wieder erholen können.«

»Wenn Pflege und Aufmerksamkeit das Leben meines Gastes retten können, dann soll er nicht sterben«, sagte Darrell.

Der Doktor musterte das blasse Gesicht des Redenden, und die gepreßten Lippen. »Aber, Mr. Darrell, darf ich's sagen: ich möchte Sie nicht auch noch in Behandlung bekommen. Sie dürfen kommende Nacht nicht wieder außer'm Bett zubringen.«

»Bestimmt nicht«, sagte George. »Ich werde allein wachen.«

»Nein!«, fiel Lionel ein, »dieser Posten gebührt mir.«

»Pff!«, machte Darrell; »junge Männer, dem Tod noch so fern, sind längst nicht so aufmerksame Schildwachen gegen seine Streiche, wie Männer in meinen Jahren, die ihn schon in allen Gestalten erblickt haben; und überdem wäre das ja wahrlich ein kümmerlicher Wirt, der aus dem KrankenZimmer seines eignen teuren Gastes desertierte. Also keine Angst um mich, Doktor; es wird nicht viel Männer geben, die Schlaf weniger brauchten als ich.«

Dr. F*** haschte sich Darrell's Puls – ? – : »Unregelmäßig – zu-schnell – : aber was für eine Vitalität! welche Kraft! – tz, der Puls eines jungen Mannes. Mr. Darrell, diese rüstigen Schläge verbürgen Ihnen noch viele Jahre Dienst am Vaterlande.«

Darrell seufzte seinen schon-chronischen Seufzer; und fragte, sich zu Waife's Lagerstatt zurückwendend, den Arzt: »Wann gedenken Sie wieder zu kommen?«

»M-übermorgen.« –

– Als der Doktor dann wieder erschien, befand Waife sich außer unmittelbarer LebensGefahr. Die Natur, unterstützt durch jene ›mäßigen, frugalen LebensGewohnheiten‹, die mit ihren Kräften gut haushalten, hatte, zumindest für eine Zeit, den Feind verdrängt; aber auf seine Attacke folgte eine Periode äußerster Schwäche. Es war klar, daß der Vagant für die kommenden Tage, vielleicht gar Wochen, unter Darrell's Dach gefesselt bleiben würde.

Lionel hatte viel zu sehr Sophie's Ängste im Sinn, als daß er es versäumt hätte, schon am Tage nach Waife's Anfall, sogleich an Lady Montfort zu schreiben. Allerdings brachte er es nicht über's Herz, den vollen Umfang der Gefahr des Alten Mannes weiter zu melden; und, mit der typischen Zuversicht junger Menschen die mit dem Schlimmsten konfrontiert werden, klammerte er sich an den Glauben, daß Alles gut gehen werde. Er enthielt sich auch jeglicher privaten SonderMitteilung hinsichtlich Waife's Zustand an Lady Montfort; auf daß nicht die Betrübnis, die dergleichen unfehlbar bei ihr auslösen würde, Sophie wahrnehmbar werden und sie dazu führen könnte, unbewußt den Grund zu erraten. Also begnügte er sich damit, zu berichten, wie Waife ihn zu Mr. Darrell begleitet habe; und wie man sich, mit aller Freundlichkeit und Ehre behandelt, ein paar Tage lang dort aufhalten werde.

Sophie's Gemüt ward durch solche Nachricht beträchtlich erleichtert; die sie aber gleichwohl mit Staunen und erheblichen Mutmaßungen erfüllte. Daß Waife, der sich so notorisch-hartnäckig zu weigern pflegte, unter irgendeines Mannes Dach als Gast sein Brot zu brechen, nunmehr, und gleich Tage-lang, die GastFreundschaft von Lionel Haughton's so reich- und mächtigem Verwandten akzeptierte? – dies war in der Tat mysteriös. Aber was immer Waife und Lionel zu so vertraulichem Umgang bewogen haben mochte, es konnte nicht umhin, gewisse Hoffnungen zu erneuern, die sie in letzter Zeit zu ersticken bestrebt gewesen war. Und indem sie so manche bruchstückhafte 1-Wort-Erinnerungen kombinierte – wie sie, teils Lionel, teils Lady Montfort, teils Waife-selber, unbemerkt entkommen waren – miteinander in Zusammenhang brachte, ward ihr der wahre TatBestand, (der ihrem angebornen Scharfblick schon hin und wieder aufgeblitzt war), nahezu klar – : war nicht Mr. Darrell dieser betreffende Verwandte ihrer verstorbenen Mutter, auf den sie, bisher nicht zugestandene, Ansprüche besaß? Und Lionel und Waife, Beide, jetzt bei diesem Verwandten! – Gewißlich doch: das schwere Gewölk, das bisher über ihrer Zukunft gelastet hatte, begann die Sonne durch seine, langsam-aufreißenden, Öffnungen durchzulassen? – und Sophie's Antlitz errötete, als der Strahl es traf.

6. Kapitel

Mit persönlichen Zugeständnissen geht es wie mit politischen: wenn man erst einmal damit anfängt, kann kein Mensch mehr sagen, wo das Ende sein wird.

Waife's erste Worte, als er das Bewußtsein wiedererlangte, galten Gedanken an Sophie – er habe ihr versprochen, spätestens am nächsten Tage zurückzukehren; sie werde ganz unruhig sein – er müsse aufsteh'n – müsse unverzüglich los gehen. Als er fand, daß seine Kräfte ihm einfach nicht gestatteten, sich zu erheben, vergoß er Tränen. Nur ganz allmählich, und mit großen Pausen dazwischen, geschah es, daß er mit der Länge und dem Ernst seines Anfalls bekannt, oder sich überhaupt bewußt wurde, wie er sich in Darrell's Haus befände; daß jene Gestalt, von der ihm gewisse traumhafte Erinnerungen geblieben waren, wie sie sich über sein Kissen neigte, ihm den Schweiß abwischte, und ihn mit den holdesten Tönen der holden MenschenStimme begütigte – daß diese Gestalt, so belebend, so brüderlich, derselbe Mann gewesen sei, der ihm einst befohlen hatte, ein fleckenloses Heim nicht durch seine Gegenwart zu besudeln.

All das, wie es sich innerhalb der letzten paar Tage abgespielt hatte, ward ihm schließlich in einem kurzen rührenden Gespräch unter vier Augen mit seinem Gastgeber klar gemacht; wonach es indes, stufenweise, schlimmer mit ihm wurde; sein Geist blieb ungetrübt, aber äußerst deprimiert; seine körperlichen Kräfte schwanden zusehends. Wiederum ward Dr. F * * *, in aller Eile, herbeizitiert. Dieser bedeutende Arzt war, (wie jeder bedeutende Arzt sein sollte), gleichzeitig ein profunder Psycholog; obschon von einer familiären Zwanglosigkeit des Auftretens, und einem stegreifhaft-leichten Umgangston, wodurch seine Analyse dem Geschmack der Kranken weniger wahrnehmbar wurde, als jegliches andere Ingredienz aus seiner Pharmakopöie. Er verwies alle Anderen aus dem Zimmer; er untersuchte seinen Patienten alleine – er sondierte die lebenswichtigen Organe des alten Mannes mit dem Ohr, und mit dem Stethoskop – plauderte mit ihm, bald über seine Gefühle, bald über die und jene TagesNeuigkeit; und kam dann herausgetreten, zu Darrell hin.

»Irgendetwas bedrückt sein Herz, Sir; ich krieg's aber nicht 'raus; vielleicht können Sie's. Man entlaste ihn von diesem Etwas; und sofort werden die Springfedern reagieren, und mein Patient sich umgehend erholen. Alles an ihm ist kerngesund wie Fels-Gestein – bloß das Herz; das ist schrecklich mitgenommen worden; und wird im Moment immer noch mitgenommen. Man kann sein Herz in seinen Augen wahrnehmen: beobachten Sie mal sein Auge; es vermißt irgendein Gesicht, an dessen Anblick es gewöhnt ist.«

Darrell wechselte die Farbe. Er stahl sich in Waife's Zimmer zurück, und ergriff die Hand des alten Mannes. Waife gab ihm den Druck zurück; und sagte : »Eben hatt' ich für Sie gebetet – und – und – es geht rasch zu Ende mit mir. Lassen Sie mich nicht sterben, Sir, ohne der armen Sophie ein letztes Lebewohl zu wünschen!«

Darrell verfügte sich wieder auf den TreppenAbsatz, wo George und Lionel standen, während Dr. F * * * in aller Eile in der Bibliothek eine Erfrischung zu sich nahm, bevor er in die Stadt zurückkehrte. Darrell legte Lionel seine Hand auf die Schulter. »Lionel, Ihr müßt mit Dr. F * * * nach London zurück. Ich kann Euch nicht länger hier behalten; ich brauch' Euer Zimmer.«

»Sir«, sagte Lionel entgeistert; »während Waife noch so krank ist? So unfreundlich können Sie doch nicht sein.«

»Unüberlegter Egoist! wollt Ihr den Alten Mann einer Gegenwart berauben, die ihm doch noch etwas teurer ist, als die Eurige? – George, Ihr werdet auch gehen; aber *Ihr* werdet sogleich wiederkommen. Ihr habt mir gestern erzählt, Eure Frau wäre für ein paar Tage in London; bittet sie, Euch hierher zu begleiten; bittet sie, die arme junge Dame mitzubringen, die mein Gast an seinem Bett zu sehen, sich schier zu Tode grämt – *das Gesicht, das sein Auge vermißt.*«

7. Kapitel

Sophie und Darrell und der Flötenspieler. / Darrell bereitet eine Überraschung für Waife vor.

Sophie ist da. Sie hat diese unerbittliche Schwelle überschritten. Sie weilt als Gast in dem Hause, das sie als seine Tochter zurückstößt. Sie ist schon seit einigen Tagen da. Beim ersten Ansichtigwerden ihres zärtlichen Gesichts ist Waife aufgelebt. Er hat das Bett verlassen; er kann sich, für ein paar Stunden täglich, in ein anstoßendes Zimmer begeben, das provisorisch zu einem privaten WohnRaum für ihn hergerichtet worden ist; kann dort auf- und abgehen, mit einem Schritt, der ob der Wonne, sich dabei auf Sophie's Arm stützen zu können, täglich fester wird.

Seit dem Eintreffen des Mädchens hat Darrell in seiner Wacht über den Patienten nachgelassen. Er betritt jetzt nie mehr die Räume seines Gastes, ohne vorher angemeldet zu sein; und infolge jenes wortlosen Instinktes, wie er in allen Haushaltungen zwischen einer stummen Brust und einer anderen funktioniert – gleichsam infolge eines Gesetzes, gleich stark anzuziehen oder abzustoßen – hier zusammenführend, dort auseinanderhaltend – obgleich in keinem Fall eine Regelung formuliert worden ist; – kraft jener seltsamen Communication, sage ich, ist, wenn Darrell eintritt, Sophie niemals in dem Zimmer des alten Mannes. Selten nur in den 24 Stunden des Tages, begegnen der Wirt und sein schöner junger Gast einander. Aber Darrell ist ein rascher und scharfer Beobachter. Er hat genug von Sophie gesehen, um empfänglich für ihren Scharm zu sein – um die schlichte, natürliche Lieblichkeit ihres Charakters zu durchschauen – um eine tiefe Teilnahme für sie zu empfinden, und ein noch tieferes Mitleid mit Lionel. Soweit möglich schließt er sich ab, sei es in seine PrivatRäume, sei es in seine entlaubten Wälder; und seine Träumereien nehmen an Düsternis ständig zu. Nichts vermag seine finstere Stirn so zu entrunzeln wie Fairthorn's Flöte, oder Fairthorn's vertraulicher Umgang.

Es ist bereits früher angedeutet worden, daß Fairthorn seine Geheimnisse kannte. Fairthorn hatte Caroline Lyndsay abgöttisch verehrt. Fairthorn war das einzige Wesen auf der ganzen weiten

Welt, mit dem Guy Darrell über Caroline Lyndsay reden – dem er die unüberwindliche, und dennoch nicht verzeihende Liebe eingestehen konnte, die ihn nun schon zwei Mal aus der Welt der Gesellschaft vertrieben hatte. Natürlich konnte aber selbst Fairthorn nicht Alles mitgeteilt werden. Darrell konnte jenes Briefes nicht Erwähnung tun,. der ihn auf Malta erreicht hatte; und ebensowenig Caroline's Besuch bei ihm in Fawley; denn derlei, selbst Fairthorn gegenüber, wäre einem Verrat an der *Würde der Geliebten* gleichgekommen. Und mochte Guy Darrell immer über ihre Unbeständigkeit – ihre Herzlosigkeit schmälen – aber damit zu prahlen, daß sie sich durch Angebote, diktiert von der Reue, erniedrigt habe, *das* vermochte Guy Darrell nun und nimmermehr – er war Gentleman. Gleichwohl blieb ja viel zu sagen übrig. Er konnte etwa erwähnen, daß sie, seiner Meinung nach, nunmehr seine Hand akzeptieren würde; und sobald Fairthorn prompt über diesen Gedanken glücklich dreinzuschauen anhob, und Entschuldigungen wegen ihres früheren Wankelmutes hervorzusuchen begann, ach war das da eine Erleichterung für Darrell, so recht in HerzensWut ausbrechen zu können!; aber wenn dann der Flötiste, hinterhältigerweise, den Stiel umdrehte, und sich selbst zu Caroline's Ankläger aufwarf, dann ward dem armen Fairthorn bäldlich bang; denn Darrell's bebender Mund und schwermütig-beistimmende Haltung überwältigten den Angreifer derart mit Selbst-Vorwürfen, daß es ihn, seitab, in eines seiner verborgenen Gebüsche trieb.

Aber in diesem Augenblick war Fairthorn eine ausgesprochene Stütze für ihn, unter Heimsuchungen anderer Art – Fairthorn, der wie er selbst, wie kein Andrer es jemals kann und können wird, die Heiligkeit der Darrell'schen Linie respektiert – der gleich ihm selbst, vor dem bloßen Gedanken zurückschaudern würde, daß die Tochter Jasper Losely's, (und aller Wahrscheinlichkeit nach noch nicht einmal die Tochter Matilda Darrell's) je die Herrin dieser Halle der Ahnen werden sollte, und sei sie noch so niedrig und unbekannt und verfallend – und daß das Kind eines Gauners, eines Diebes, eines mitternächtigen Meuchlers, ein Geschlecht von Rittern und Kriegern fortsetzen solle, in deren makellose Wappenschilder, auf so mancher gotischen Gruft, oder über'm Portal verfallener Schlösser, die heraldischen Zeichen von Bräuten eingegangen waren, den Lenden britischer Könige entsprungen! Dann ward Darrell – während er all der Schöne und Anmut Sophie's, ihrer Reinheit und Herzensgüte, volle Gerechtigkeit widerfahren ließ – mehr und mehr gemartert von der Überzeugung, daß sie niemals die Gattin desjenigen Mannes sein könne, dem, in Ermanglung aller näheren Verwandtschaft, das Erbe des Darrell'schen Namens zufallen sollte.

Auf der andern Seite waren Sophie's Empfindungen, ihrem Gastgeber gegenüber, schier genau so peinlich und verbittert. Die zarte Fürsorge und Ehrerbietung, die er dem geliebten GroßVater hatte angedeihen lassen, wie auch die ergreifende Dankbarkeit, mit der Waife von ihm sprach, vertieften notwendigerweise ihre Voreingenommenheit zu seinen Gunsten, die sie schon als Lionel's Vetter für ihn hegte; und obgleich sie ihn nur so spärlich zu Gesicht bekam, hatte sie doch, wenn sie einander begegneten, keinerlei Anlaß über sein Benehmen zu klagen. Man konnt'es distanziert, wortkarg nennen; aber es war stets gütig und anstandsvoll – eigentlich genau die Art, wie man sie bei einem Hausherrn von notorisch zurückgezog'nen LebensGewohnheiten erwarten konnte, einer jungen GastFreundin gegenüber, von deren Neigungen und Sympathien er durch seine Jahre getrennt; um deren Bequemlichkeit er jedoch ständig-unaufdringlich besorgt war – deren Wünschen er auf's delikateste zuvorkam. Aber war das nun schon Alles, was ihre Einbildungskraft ihr, beim Eintritt in diese altersgrauen Mauern, vorgemalt hatte? Wo blieb der Nachweis einer Verwandtschaft, von der sie geträumt hatte? – wo ein einziges kleines Zeichen, daß sie mehr in diesem Hause sei, als ein bloßer Gast? – wo, oweh!, die Spur davon, daß Lionel sie seinem Verwandten gegenüber auch nur genannt, und daß um Lionel's willen dieser Verwandte sie willkommen geheißen habe? Und Lionel selber auch! – genau den Tag abgefahren, bevor sie eintraf! : *das* hatte sie, rein zufällig, von dem Diener erfahren, der ihr ihr Zimmer gezeigt hatte. Abgereist, und nicht eine Zeile für sie hinterlassen; wär'es auch nur gewesen, ihr sein Beileid ob der Erkrankung ihres GroßVaters zu bezeigen, beziehungsweise ihr Glück zu wünschen, daß die Krankheit sein Leben verschont habe! Sie fühlte sich verletzt, bis ins Innerste. Und als Waife's voranschreitende Besserung, ihren Gedanken mehr Freiheit erlaubte, sich den so vielfältigen Ursachen für Pein und Verworrenheit zuzuwenden; da machte das Geheimnis, das Alles was mit ihrem und Waife's Aufenthalt unter diesem Dach-hier verband und durchschlang, jeglichen ihrer Versuche zu Hypothesenbildungen zuschanden. Der Alte Mann wollte anscheinend auch nicht mit Erklärungen heraus. Voll Schüchternheit fragte sie einmal; aber seine Nerven waren noch so angegriffen, und ihre Erkundigung beunruhigte ihn derart unverkennbar, daß sie es bei diesem einen Versuch, ihrer eig'nen Verwirrung ein Ende zu machen, bewenden ließ, und lieber tat, wie wenn sie zufriedengestellt lächle, als er, nach einer langen Pause sagte; »Noch Geduld, mein Kind; laß mich noch etwas kräftiger werden. Du siehst ja: Mr. Darrell will mich auch noch nicht Dinge mit ihm durchsprechen lassen, die doch erörtert werden müssen, bevor ich wieder gehe; und dann – und dann – : Geduld bis dahin, Sophie.«

Weder George noch seine Gattin gaben ihr einen Leitfaden zu den Grübeleien, die ihr Gemüt verzehrten, an die Hand. Die Letztere, eine gute treffliche Frau, ihrem Manne schüchtern-ergeben, war entweder wirklich in Unkenntnis der BewegGründe, die Waife nach Fawley geführt hatten, oder aber sie stellte sich so; außer, ganz im Allgemeinen, daß Darrell ihm wohl einmal Unrecht getan habe, durch irgendeine falsche Beurteilung, und sich nunmehr beeilt habe, besagtes Unrecht wieder gut zu machen. Und dann küßte sie Sophie wohl zärtlich; und teilte ihr mit, daß lichtere schönere Tage für den Alten Mann und sie, im Anzuge seien. George sagte, mit mehr Autorität – der Autorität des Geistlichen – »Keine Fragen stellen. Die Zeit, die alle Rätsel löst, eilt rasch dahin, und der Himmel lenkt ihre Bewegungen.«

Dergestalt war ihr ganzes Herze wie verriegelt; ausgenommen wo es sich – und auch dort noch nicht mit ganz voller Flut – ergießen konnte, in Briefen an Lady Montfort. Caroline hatte, von George's Gattin, mit unbeschreiblicher Aufregung vernommen, wie Sophie in Darrell's Haus beschieden worden sei; wobei man ihr wohlbedächtig verschwieg, wie gravierend Waife's Erkrankung war. Lady Montfort konnte folglich nur annehmen, daß Darrell's bisherige Überzeugung erschüttert – seine Entschlüsse wankend geworden seien; daß er einen Vorwand gesucht habe, Sophie kennen zu lernen, und sich persönlich ein Urteil über sie zu bilden. Ganz unter diesem Eindruck hatte Caroline, beim Abschied von ihrer jungen Schutzbefohlenen, sie beschworen, ihr immerfort und ganz offen zu schreiben. Sophie empfand eine nicht auszusagende Erleichterung in diesem BriefWechsel. Aber mitteilsamer als Waife oder die Morley's war Lady Montfort in ihren Antworten eigentlich auch nicht; nur schien sie ängstlicher darauf bedacht, daß Sophie sich hauptsächlich der Aufgabe widmen sollte, die Neigungen des

Hausherrn günstig für sich zu stimmen. Sie riet ihr angelegentlich, es doch zu versuchen, und seine Zurückhaltung irgendwie zu durchbrechen – ihn häufiger zu sehen; – als ob das möglich gewesen wäre! Und mehr noch als von Ermahnungen und Beschwichtigungen Sophie's, waren ihre Briefe voll von Erkundigungen über Darrell. Die in Fawley eingehende BriefPost, wurde in einem Beutel gebracht, den Darrell öffnete; aber Sophie hatte bemerkt, wie es mit ganz merkwürdig zusammengepreßten Lippen, und einem auffälligen Wechsel der Farbe geschehen war, daß er die Handschrift auf Lady Montfort's erstem Brief an sie wahrgenommen hatte; und wie, nach jenem ersten Mal, ihre Briefe nicht mehr in dem gemeinsamen Beutel mitkamen, sondern getrennt für sich, und ihr auch niemals mehr von ihrem Gastgeber ausgehändigt wurden.

So waren Tage dahingegangen, an denen Sophie ihre Zeit hauptsächlich in Waife's KrankenZimmer verbrachte. Aber nunmehr nehmen seine Kräfte fast stündlich zu. George kommt häufig in sein WohnZimmer, um Sophie in ihrem Wachen zu entlasten. Dorthin kommt, einmal pro Tag, auch Guy Darrell; und was dann zwischen den beiden Männern vorging, blieb ohne Zeugen. Während dieser Stunden bestand Waife darauf, daß Sophie an die Luft gehe und sich Bewegung mache. Sie ist auch ganz froh, sich allein davon-stehlen zu können – sich hinunterstehlen, die Ufer des friedvollen See's entlang, oder ins Düster der trauernden Waldungen. Hier trifft sie nicht unhäufig auf Fairthorn; der, mehr denn je der Flöte ergeben, gleichzeitig mehr denn je auf Herumschweifen im Freien angewiesen ist; denn man hat ihn mit Nachdruck gewarnt, seinen melodischen Fähigkeiten nicht innerhalb des Hauses zu frönen, damit er, auf keinen Fall, den Patienten beunruhige!

So ist es gekommen, daß Fairthorn und Sophie miteinander Bekanntschaft gemacht haben; sehr distanziert zuerst, und scheu von beiden Seiten; aber, nach und nach, ward sie offener, umgänglicher. – Was Fairthorn betrifft, so war die Absicht, in der er zu solcher Vertraulichkeit die Hand bot, nicht übermäßig freundlich. Er dachte, der arme Mann, daß er imstande sein würde, aus Sophie die ein- oder andre Enthüllung über ihr Vorleben herauszubekommen; die dann, und gar nicht zugunsten ihrer vorgeblichen Ansprüche, das Geheimnis, das ihre Herkunft umlagerte, erhellen könnte. Aber wäre Dick Fairthorn auch der verschmitzteste aller Diplomaten gewesen, bezüglich dieser Hoffnung hätte er sich gleichermaßen getäuscht gesehen. Denn Sophie hatte nichts mitzuteilen; ihre treuherzige Unbefangenheit machte den armen FlötenSpieler total zu schanden. Aus einer unschuldigen, unbewußten Art von Bosheit heraus, begann er, nachdem er sein Spionieren bezüglich Sophie's Herkunft einstellen mußte, sich über die Größe und Würde des Hauses Darrell zu verbreiten. Zur Strafe bekam sie das langatmige genealogische Verzeichnis vorgesetzt, durch dessen Hersagung er schon damals, bei früherem Anlaß, um ein Haar Lionel Haughton aus Fawley vertrieben hätte. Sie mußte mitkommen, und sich das Grab des AltertumsForschers ansehen; und als sie dann dort standen, sprach er zu ihr von Darrell's ehrgeiziger Knabenzeit – seinen dürren, arbeitserfüllten MannesJahren – seinem Entschluß, die in Unbedeutendheit gesunkene Linie wieder emporzubringen – genau das Gelübde, das er einem so bemitleidend verehrten Vater abgelegt hatte. Er versuchte, ihrem Bewußtsein mit allen Mitteln einzuhämmern, wie sie der Gast eines Mannes sei, der einem Geschlecht angehöre, dem makellose Ehre das A und O gewesen wäre; und Der zwar unter bitteren Kümmernissen durchs Leben gewandelt, aber dennoch stets dies Geschlecht hochgehalten, und dessen Ehre zu schützen gewußt habe. Dann bebte Fairthorn's Stimme wohl – seine Augen blitzten sie an, während er sprach. Sie, das arme Kind, konnte gar nicht erraten warum?; aber das fühlte sie, daß er böse auf sie war – *auf sie einsprach.* Und tatsächlich war Fairthorn's dornige Zunge drauf und dran zu dem StachelRufe: »Und wie können Sie es wagen, sich in diese unbeschmutzte AhnenReihe hineinschlängeln zu wollen – wie es zu glauben wagen, die Toten würden sich nicht eher in ihren Gräbern umdrehen, als daß sie in der Gruft der Darrell's Platz machten für die Tochter eines Jasper Losely!« Aber ob sie schon den versteckten Sinn in diesen heraldischen Diskursen des Musikers nicht begreifen konnte, wußte Sophie doch, mit einer Richtigkeit des UnterscheidungsVermögens die intuitiv gewesen sein muß, von den mehr fantastischen Deklamationen des grotesken Genealogikers das zu trennen, was an dem EinzelPorträt des letzten Nachkommen einer alten und langsam verfallenden Familie Echtes und Ergreifendes war; Der sie noch einmal, auf sich abmühenden Schultern, emporgehoben hatte zu Macht und Ansehn; und Der jetzt an der Schwelle des Alters stand, mit dem schwermütigen Bewußtsein, daß die Anstrengung wohl erfolgreich gewesen sei, ja, aber nur für sein eignes flüchtiges Dasein; daß, bei all seinem Gold, bei all seinem Ruhm, die Hoffnung, die es beides erworben, das Gold wie den Ruhm, sich als spöttische Lüge erwiesen hatte; und daß Name und Geschlecht mit ihm zugrunde gehen würden, wenn erst einmal, neben dem Grabe des AltertumsFreundes, die Erde für ihn aufgähnen würde. Und deshalb flößten ihr diese Rezitative eine sanftere, ja zärtlichere Teilnahme für Guy Darrell ein, als sie zuvor bei sich hatte aufkommen lassen; sie erklärten jetzt genugsam das Düster auf seiner Stirn; sie verminderten ihre ursprüngliche unwillkürliche Scheu vor dieser Vornehmheit der Haltung, die sie anfangs nur abgestoßen hatte, als ein Beweis von ÜberStolz.

Indes also Fairthorn und Sophie dergestalt ihre Bekanntschaft weiter ausbauten, schlossen sich Darrell und Waife näher und immer enger aneinander an. Bestimmt wäre Niemand von vornherein geneigt gewesen, irgendeine Übereinstimmung hinsichtlich Geschmack, GeistesRichtung, Erfahrung oder Gefühlen zwischen zwei Männern zu vermuten, deren Leben so grundverschieden verlaufen war – in deren jeweiligen Fehlern oder Vorzügen der Beobachter normalen Schlages nichts als Gegensatz und Widerstreit erblickt haben würde. Unstreitig waren ihre Charaktere einander frappant unähnlich; und dennoch war in Jedem etwas, das der Andere als seiner eigenen Natur verwandt erkannte. Jeglicher war das Opfer seines Herzens gewesen; Jeglicher war über die glühende Pflugschar der SelbstAufopferung geschritten. Darrell hatte seine Jugend dargebracht – Waife sein Alter; – Darrell einem Vater, und den nichts vergeltenden Toten – Waife einem Sohn, dessen Leben der Nachtmahr des seinigen geworden war. Dem einen Manne war DER NAME ein Idol gewesen; für den Andern, war NAME ein Unkraut, weggeworfen in den Kot. Dem Einen war freudloser, schnelldahinschwindender Ruhm geworden – dem Andern Schande, getragen freilich mit einer verspielten Heiterkeit, die nur dann zerschellte und zu Kummer ward, wenn der Hohn der Welt sein Herz der letzten Nahrung zu berauben drohte. Aber etwas Verwandtes bestand zum Beispiel darin, daß Jeder, gleichmäßig, die Eitelkeit alles Irdischen erfahren hatte – so wenig Trost in weltlichen Ehrungen für den triumphierenden Großen Redner – so wenig Elend für den wandernden Mimen, dessen Gewissen, stumm, von dem Urteil von Seinesgleichen an den Himmel appellierte. Und wie, unter all dem Leichtsinn und der Grillenhaftigkeit des Mannes – erzogen und aufgewachsen, und infolge seiner CharakterVeranlagung grundsätzlich dazu tendierend, das Leben nicht von seiner pathetischen, sondern möglichst von der humorvollen Seite zu betrachten – dennoch stets eine tiefe UnterStrömung von ernstem Gefühl und gründlichem Geist bestand; – ähnlich fanden sich auch, inmitten des strengeren und stattlicheren Gewebes des einst ehrgeizig und arbeitsamen Geistes, der Darrell steil hinauf zu Ruhm geführt hatte – inmitten all dieser aufgestauten, intensiven Leidenschaft, die in Kummer keinerlei komödiantisches Element zuließ, und in der Liebe nur das Abbild eines hohen Schicksals zu erblicken vermochte – inmitten all diesem erhabnen Ernst der Seele, bestand dennoch eine lebhafte GenußFähigkeit – fanden sich jene feinen Sensibilitäten für die angenehmen SonnenBlicke des Daseins, wie sie zur Konstitution jedweden GENIUS' gehören, gleichviel wie ernstgroß auch seine Berufung sein möge. Gewiß, schwere Heimsuchungen mögen sie zuletzt abstumpfen können; wie sie letzten Endes alles abstumpfen, was wir von der Natur empfangen haben, da sie uns für's Leben ausrüstete. Im Gemüt Darrell's allerdings, hatten Heimsuchungen die am ernstlichsten von ihm umworbenen Dinge noch weitgehender zertrümmert, als sie seine Fähigkeit beeinträchtigt hatten, geistige Verbindungen herzustellen, zwischen Einbildungen die zum Lächeln anregen, und Gedankengängen die feierliche Lehren vermitteln, oder sich in wahrlich nicht eitle Thränen auflösen. Wäre Darrell in Umstände versetzt gewesen, wie sie das Heim ernster Männer glücklich machen, so hätte Darrell zur Heiterkeit geneigt; wäre Waife in Umstände versetzt gewesen, dazu angetan, ein Talent zu konzentrieren, in einen LebensBereich, umgeben mit schön-geschornen Hecken, und umgürtet mit LorbeerReisern, so hätte Waife zu Ernst und Gravität tendiert.

Nicht in den ersten Konferenzen gleich, die in Waife's Zimmern stattfanden, geschah es, daß der Gegenstand, der den Alten Mann nach Fawley geführt hatte, zur Erörterung kam. Als Waife ihn anzuschneiden versucht – als, nach Sophie's Eintreffen, er sehnsüchtig in Darrell's Gesicht gespäht hatte, bemüht, darin den von ihr hervorgebrachten Eindruck zu lesen; und, unfähig etwas zu entdecken, in zitternden Tönen begonnen hatte, den Fall der so schwer auf ihm lastete, erneut aufzunehmen – tat Darrell ihm sogleich Einhalt. »Pst – noch nicht; bedenken Sie doch, daß es bei Ihrer Ankunft hier, in eben dem Augenblick, da Sie zuerst diesen traurigen Gegenstand zur Sprache brachten, und erkennen mußten, wie verschieden die Gesichtspunkte sind, aus denen wir, Beide, ihn zu betrachten haben, Ihre Nerven nachgaben – Ihre Krankheit über Sie hereinbrach. Warten Wir noch; nicht nur bis Sie sich weiter erkräftigt haben, sondern auch bis Wir einander besser kennen. Ist doch dies Thema eines, das mit all der gesammelten Kraft unsres Geistes zu behandeln sich gebührt – mit aller Ruhe, die jeder von Uns nur aufzubringen vermag, um Gefühle, die das Urteil beirren könnten, im Zaum zu halten. Gegenwärtig lassen Sie uns, bitte, von allen möglichen Sachen plaudern, außer dieser einen; die, das verspreche ich Ihnen, am Ende völlig fair erörtert werden soll.«

Darrell fand jedoch bald heraus, daß die wirksamste Ablenkung von allen mit Sophie in Zusammenhang stehenden Themen, noch durch einen anderen Kanal in des Alten Mannes Neigungen, Hoffnungen und Befürchtungen, sich bewerkstelligen ließ. George Morley hatte, begreiflicherweise, bei seiner Wiedergabe der von ihm abgehörten Auseinandersetzung zwischen Waife und Jasper, während er den Vater völlig reinwusch, auch die Prahlerei und den Zynismus in der Ausdrucksweise des Sohnes einigermaßen gemildert; und dafür die Anflüge von natürlichem Gefühl, womit besagte Prahlerei plus Zynismus abgewechselt hatten, ein wenig hervorgehoben und erhöht. Und Darrell verfügte über Großherzigkeit genug, um den Ekel, womit er sich mit einem Namen befaßte, der mit so vielen düst'ren und verhaßten Erinnerungen verlötet war, zu besiegen; und, unter möglichster Vermeidung allzu-direkter Bezugnahme auf Jasper's Vergangenheit, eine gemeinsame Beratschlagung über die Chancen herbeizuführen, dessen restliches Leben vor dem Schlimmsten zu bewahren. Und, in der Tat, mit Wem angemessener als mit Jasper's Vater, hätte Darrell gleichzeitig so passend und so rückhaltlos einen Gegenstand durchsprechen können, hinsichtlich dessen ihr Interesse und ihre Befürchtungen derart gemeinsam waren? Wie wenn er schon jetzt Waife eine Entschädigung für die Enttäuschung zu geben vorhätte, die Jenen erwartete sobald Sophie's Ansprüche zur Debatte stehen würden, besprach sich Darrell, zur GemütsErleichterung des Alten Mannes, mit ihm über die Möglichkeiten bezüglich des endlichen Schicksals jenes Sohnes beizutragen, dem er so sehr viel geopfert hatte; und ließ sich detaillierter in die Absichten ein, womit er Oberst Morley beauftragt hatte, Jasper ausfindig zu machen, und mit ihm zu verhandeln. Er erhielt vom Obristen fast täglich Bericht: noch hatte Alban Jasper nicht entdeckt; ja, es war ihm nicht einmal gelungen, Mrs. Crane aufzuspüren! Aber ein Gerücht von Jasper's toller AbschiedsVisite in jener RäuberHöhle, aus der er sicher und triumphierend hervorgegangen, hatte das Ohr eines vom Obersten beauftragten Detektivs erreicht, der auf leidlich gutem Fuß mit Cutts verkehrte; und es war schließlich kein geringer Trost, zu wissen, daß Jasper endgültig mit diesen schurkischen Genossen gebrochen habe, und seitdem nie wieder in ihren SchlupfWinkeln gesehen worden war. Was Arabella betrifft, so hatte sie sich Alban nur unter ihrem MädchenNamen vorgestellt, und weder er noch Darrell waren mit demjenigen bekannt, den sie jetzt führte; und da an Waife, zumindest in den ersten-gefährlichen Stadien seiner Krankheit, keine Fragen über diesen Punkt gerichtet werden konnten, so erforderte es eben doch diverse Tage, bevor es dem Obersten gelang, sie als ›Mrs. Crane von Podden Place‹ zu identifizieren – eine Entdeckung, die hauptsächlich via eines entfernten Verwandten von ihr gelang, (an den man ihn in jener berühmten MädchenSchule wies, deren Stolz und Zier Arabella einst gewesen war), und dem zweifellos die pergamentgebundnen RechnungsBücher gehörten, vermittelst deren das arme grimme Weib einst vergeblich Jasper zu ehrlicher Arbeit hinzukirren versucht hatte. Aber das Haus in Podden Place stand abgeschlossen – nicht eine Seele, die eingehütet hätte. Die unmittelbar anstoßenden Häuser waren gleichfalls unvermietet. Immerhin erfuhr der Oberst, von einer Magd aus dem gegenüberstehenden Haus, daß sie gesehen habe, wie ein langer, sehr kräftig aussehender Mann bei Mrs. Crane in die Haustür 'reingegangen wäre; wieder 'rauskommen gesehen hätt' sie ihn nicht; aber ein paar Abende später, als sie grade das Haus zuschloß, in dem sie bedienstet war, hätte sie einen großen privaten Wagen von Mrs. Crane's Tür wegfahren sehen; um zu erkennen, Wer drin im Wagen sitze, wär's schon zu finster gewesen; aber neben dem Kutscher auf dem Bock, habe sie ein Frauenzimmer gesehen, das nach ihrer festen Überzeugung niemand anders als Bridget Greggs gewesen sei, die Dienerin von Mrs. Crane.

Alban war gleich bei dem Agenten gewesen, durch dessen Vermittlung Mrs. Crane ihre Häuser vermietete; hatte dort jedoch keine weiteren Informationen erlangt. Der Oberst war der Meinung, daß es Mrs. Crane gelungen sei, Jasper von London zu entfernen – und daß sie ihn, vielleicht, ins Ausland begleitet habe. Wenn er sich bei ihr befand, war er auf jeden Fall für den Augenblick vor der empfindlichsten Not geschützt; und außerdem in Gesellschaft Einer, die geschworen hatte, ihn vor seinem eigenen schuldigen Selbst zu bewahren. Falls er sich indes noch auf englischem Boden befinden sollte, hegte Alban keinerlei Zweifel, ihn, früher oder später, aufzuspüren.

Im Ganzen genommen, beschwichtigten diese hypothetischen Ergebnisse, so unbefriedigend sie auch waren, doch manche Angst. Darrell strich sie jedenfalls, in seinen Mitteilungen an Waife, nach Kräften heraus; und der Alte Mann war ja, wie Wir wissen, weder schwierig zu trösten, noch Einer der unwiderruflich mit der Hoffnung gehadert hätte.

Und nun macht Waife's Erholung rapide Fortschritte. Darrell ist neuerdings – nachdem er den größern Teil einer Anzahl von Tagen, auf eine Art von Arbeit verwendet hat, der er so manches Jahr entfremdet gewesen war – häufig, und zwar ganze Tage über, abwesend; fährt mit dem frühesten Zug nach London, und kommt abends mit dem letzten zurück. Auch George Morley hat sich einmal, für ein paar Stunden, nach London begeben. Darrell macht, wenn er dann zurück ist, keine Anspielung auf das Geschäft, das ihn in die Hauptstadt geführt hat; und George ebensowenig, aber dieser Letztere wirkt ungewöhnlich lebhaft und freudig erregt. Am Ende, nach einer letzten dieser, seinen sonstigen Gewohnheiten so fremden Exkursionen, treten er und George zusammen in das Zimmer des Alten Mannes, nicht lange vor der frühen AbendStunde, wo der Genesende sich zur Ruhe begibt. Sophie saß, auf einem Schemel, an Waife's Knie, und las ihm aus der Bibel vor; indes seine Hand ganz leicht auf ihrem gesenkten Köpfchen ruhte. Der Anblick rührte Beide, George wie Darrell; aber Darrell war der Ergriffenere von den Zweien: welch junge reine Stimme wird *ihm* dereinst, am Abend des einsamen Alters, aus dem Buch der Hoffnung lesen? Sophie fuhr, in einer gewissen Verwirrung, auf; und als sie, da sie sich aus dem Zimmer entfernte, an Darrell vorüber kam, ergriff Der, sanft, ihre Hand, und forschte bedachtsamer, ernsthafter in ihren Zügen, als er je bisher zu tun geschienen; dann seufzte er, und ließ ihre Hand sinken, indem er murmelte, »Entschuldigen Sie«. Hatte er versucht, aus dem schönen Antlitz etwelche Ähnlichkeiten mit Darrell'schen Lineamenten herauszulesen? Und wenn er sie gefunden hatte, was dann? Aber als Sophie hinaus war, schritt Darrell geradeswegs auf Waife zu, mit heitrer Stirn – mit flammendem Aug' –

: »William Losely«, begann er.

»Bitte : ›Waife‹, Sir«, unterbrach ihn der Alte Mann.

»William Losely«, wiederholte Darrell, »die Justiz sucht, soweit dies, leider jetzt erst, noch geschehen kann, das Unrecht wieder gut zu machen, das an dem Namen ›William Losely‹ verübt worden ist. Ihr alter Freund Alban Morley hat mir sein NotizenMaterial zur Verfügung gestellt, das er während Ihrer ProzeßAngelegenheit gesammelt hatte; worauf ich meinerseits, aus dem was sie ergaben, die Beweisschrift arrangiert habe. Der Minister des Innern ist einer meiner vertrautesten politischen Freunde – ein Mann voller Humanität – von Verstand und Gefühl. Ich habe ihm das BeweisMaterial unterbreitet. Dann, nachdem er es durchgesehen, haben ich, George und Mr. Hartopp, mit ihm gesprochen . . .«

»Mein – Sohn –: Lizzy's Sohn!«

»Sein Geheimnis wird bewahrt bleiben. Die Frage hieß nicht : Wer die Tat beging, für die Sie gelitten haben; sondern lediglich: ob *Sie*, völlig klar und unbestreitbar, unschuldig waren an dieser Tat, und bei Ihrem Geständnis nichts getan haben, als aufs heroischste die Strafe eines Andern auf sich zu nehmen. Es wird kein neues Verfahren eingeleitet werden – ist doch Niemand da, der Strafantrag gestellt hätte. Ich bringe Ihnen hiermit die Amnestie der Königin mit angehängtem Großem StaatsSiegel – darf ich erklärend hinzusetzen, wie diese besond're Form der Königlichen Gnade überaus selten erteilt wird; so daß es all der Überzeugungskraft und der ergreifenden Begleitumstände Ihres SonderFalles bedurft hat, um den InnenMinister zu rechtfertigen, daß er nicht nur dem, was ich zu Ihren Gunsten vorbringen konnte, sondern auch seinen eignen humanen Gesinnungen sein ganzes Ohr leihen konnte. Die Begnadigung unterm Großen StaatsSiegel, unterscheidet sich sehr von einer Begnadigung gewöhnlicher Art: sie reinigt das Geblüt von jedem Flecken des Verbrechens – hebt alle Beeinträchtigung der bürgerlichen Ehrenrechte auf, welche die bloße Verbüßung einer ZuchthausStrafe sonst nicht ohne weiteres beseitigt. Mit einem Wort: auf Ihren speziellen Fall angewandt, stellt sie praktisch eine umfassende und offizielle Bescheinigung Ihrer Unschuld dar. Alban Morley hat die Sorge übernommen, diejenigen Ihrer alten Freunde, soweit sie noch am Leben sind, von diesem Widerruf ungerechtfertigter Schande, wie ihn dies königliche Dokument enthält, in Kenntnis zu setzen – Alban Morley, der bekannt dafür ist, daß er dem HöchstAdligen in England den Rücken zukehren würde, wenn der sich auch nur eines Jockey-Tricks auf der Rennbahn schuldig machte! Hinfort, wenn es Ihnen so gefällt, leben Sie unverborgen, im hellsten TagesLicht; und verlassen Sie sich auf Uns-Drei – den Soldaten, den Advokaten, den Kirchenmann – diesem Papier hier notfalls denjenigen Nachdruck zu verschaffen, den es, gemäß der Absicht Ihrer Souveränin, haben soll.«

»Und jetzt die Hand her, lieber alter Freund!«, rief George. »Können Sie sich noch erinnern, wie ich Sie einst aufforderte, die meinige zu nehmen, als Mann und Gentleman? – : als Mann und Gentleman beehren Sie mich jetzt mit der Ihrigen!«

»Ist das menschen-möglich?«, stammelte Waife; die eine Hand in die von George gelegt; indes die andere sich, flehend, beschwörend, nach Darrell hin ausstreckte – : »ist das möglich? Ich gerechtfertigt – ich gereinigt – und dennoch Jasper nicht auf der AnklageBank! – der Sohn nicht inkriminiert infolge des Vaters Freispruch! Bitt'Euch, sagt mir das noch einmal! – und immer wieder!«

»Es ist so; glauben Sie mir. Alles, was jetzt noch übrig bleibt, ist, diesem Sohn, wenn er noch ein menschlich Herz hat, die Überzeugung beizubringen, daß er schlimmer als ein Vater-Mörder wäre, wenn er sich nicht retten lassen wollte.«

»Und er will – er muß es. Oh, daß ich nur an ihn heran-könnte!«, rief der Prediger aus.

»Und nun«, sagte Darrell – »nunmehr, George, laßt Uns allein. Denn ab jetzt können Wir zwei Väter, von gleicher Position aus, FamilienDifferenzen miteinander erörtern.«

8. Kapitel

Sophie's Ansprüche, geprüft und ins Gebet genommen.

»Ich ergreife diesen Augenblick«, sagte Darrell, sobald er sich mit Waife allein sah – (ach, Leser, wollen *Wir* doch den vertrauten Namen bis zum Ende beibehalten!) – »ich ergreife diesen Augenblick«, sagte also Darrell, »als den ersten Augenblick, in dem Sie sich völlig überzeugt fühlen können, daß kein Vorurteil gegen Sie selber etwa meine Ansichten in Bezug auf Jene trübe, die Sie für Ihre Enkelin halten, um das Thema, das Sie zweimal hierher, in diese Mauern, geführt hat, zu beginnen, und, wie ich zuverlässig hoffe, auch für immer zu erledigen. Am Abend Ihres neulichen Eintreffens hier, übergaben Sie mir diese Abschrift von der Erklärung einer Französin, des Sinnes: daß 2 Kleinkinder zur Pflege bei ihr untergebracht worden wären; daß 1 davon das Baby meiner armen Tochter gewesen sei, und demnächst wieder von ihr fortgenommen werden sollte; daß das Andere ihr von seiner Mutter anvertraut worden sei, einer französischen Dame, von der sie als einer sehr großzügigen und distinguierten Frau spricht, deren Name jedoch auf dem Blatt hier nicht erwähnt ist.«

Waife: – »Das Bekenntnis bezeichnet diese Dame als *›artiste‹* : hervorragende Künstlerin ist der Ausdruck – die also einen Beruf ausübte – als Malerin – Schauspielerin – Sängerin – oder ...«

Darrell (trocken) –: »... Eine vom Ballett! Die Bedeutungen des französischen Wortes sind mir völlig bekannt. Und ich nehme sowieso an, daß in dem Schriftstück der Name aus Gründen der Delikatesse nicht erscheint : das Kind einer hervorragenden französischen Künstlerin, muß nicht unbedingt in der Ehe geboren sein. Aber besagte Dame war der Pflegerin sehr dankbar, ob der Sorgfalt mit der sie ihr Kind, das sehr kränklich war, betreute; und versprach, die Pflegerin, und den Mann der Pflegerin nicht minder, in ihre Dienste zu nehmen. Die Pflegerin gibt selbst an, daß sie sehr arm gewesen, und das Anerbieten der Dame ihr wie eine sich're Versorgung auf Lebenszeit erschienen wäre; daß das Leben dieses Kindes der *›artiste‹* ihr also von höchstem Wert – das Leben des Baby's meiner armen Tochter dagegen von relativ geringer Bedeutung wurde. Aber das KünstlerinnenKind starb; und der Mann der Pflegerin setzte es seiner Frau in den Kopf, Ihrem Sohn – (damals schon Witwer; und der von seinem Kind so wenig gesehen hatte, um leicht getäuscht werden zu können) – weis zu machen, daß das, was gestorben sei, sein Kind gewesen wäre. Kurz darauf ist die Pflegerin dann nach Paris umgezogen, in das Haus der *›artiste‹*; und mit ihr das Kind, das also in Wirklichkeit das meiner Tochter war.«

»Und das wirkt doch Alles überaus wahrscheinlich, wie? – wie?«, fragte der Ex-Komödiant eifrig.

»Mir wirkt«, versetzte der Ex-Advokat, »es überaus wahrscheinlich, daß ein Zeuge, der den GerichtsSaal mit dem Geständnis einer infamen Betrügerei und Lüge betritt, nicht sonderliche Skrupel haben würde, auch noch einige weitere zu servieren. Aber ich fahre fort. – Diese reiche und großzügige *›artiste‹* stirbt; und prompt erwacht in der Pflegerin ihr Gewissen – sie begibt sich zu Mr. Hammond – sie informiert ihn über den von ihr praktizierten Betrug. Eine Dame von Stande, die Matilda gekannt, und auch beide Kinder nebeneinander gesehen hat, da Beide noch sich unter der Obhut der Pflegerin befanden, und die sie sich weit aufmerksamer angesehen hatte, als Ihr Sohn – bestätigt die Geschichte der Frau; weiß anzugeben, das Kind der *›artiste‹* habe dunkle Augen gehabt, keine blauen; auch, daß die *›artiste‹*-selbst von Anfang an im Bilde – aber, da sie eine absonderlich große Zuneigung zu dem unterschobenen Kinde verspürt habe, willens gewesen sei, es zu akzeptieren und wie ihr eigenes zu hegen; und daß sie mehr als eine Person kenne, die gern beeiden wollen, sie hätten die Künstlerin sagen hören, das Kind sei gar nicht ihres. Auf solches Zeugnis hin, nimmt Ihr Sohn das Kind anstandslos wieder zu sich – und dieses Kind ist Ihre Sophie – und Sie verlangen von mir, ich solle sie als Abkömmling meiner Tochter anerkennen. – Schauen Sie mir nicht so ernsthaft ins Gesicht, mein lieber, mein geehrter Gast. War es doch, da Sie in meinem Gesicht lasen, was meine Lippen auszusprechen sich scheuten, daß Ihre Bewegung Sie neulich überwältigte, und Sie sogar das Bewußtsein verloren. Seien Sie jetzt standhafter. Ihre Sophie bedarf meiner nicht – sie steht unter Ihrer Obhut; und Ihr Name ist wieder rein. Auch hat sie eine Freundin – eine Beschützerin – ihres eignen Geschlechtes gefunden: Lady Montfort's Rang sichert ihr eine gesellschaftliche Stellung in der Welt, genauso hoch wie ich ihr bieten könnte; und was die bloße finanzielle Sicherung für sie betrifft, machen Sie sich keinerlei Sorgen da-rüber – sie soll garantiert sein. Aber haben Sie auch mit mir Geduld, wenn ich, ganz ruhig und entschlossen, hinzufüge: daß die Aussage dieser Pflegerin, in meinen Augen, einen noch gröblicheren und armseligeren BetrugsVersuch darstellt, als ich erwartet hatte; und ich kann bloß immer staunen, daß ein Mann von Ihren Fähigkeiten sich damit zufrieden gegeben haben soll, derlei je zu akzeptieren.«

»Oh, Mr. Darrell, sagen Sie das doch nicht! Es war eine solche Tröstung, ein solcher Segen, in der Vorstellung, daß ich – nachdem mein Sohn mir verloren gegangen war – ein unschuldiges liebendes Kind besäße, die Leere in meinem Herzen auszufüllen! Sprechen Sie nicht von meinen ›Fähigkeiten‹. Wenn Sie, dessen Fähigkeiten Niemand in Abrede stellen kann – wenn Sie sich nach einer solchen Trösterin so gesehnt, so nach ihr geschmachtet hätten – wenn Sie gewünscht hätten – ja, wenn Sie nur jetzt noch wünschten, die ganze Geschichte möchte wahr sein – dann würden Sie sie auch geglaubt haben; würden sie jetzt noch glauben – Sie würden es, verlassen Sie sich darauf. Zwei Männer sehen eine und dieselbe Geschichte derart verschieden an – der Eine zutiefst daran int'ressiert, daß sie wahr sei – der Andere fest entschlossen, sie, wenn irgend möglich, für falsch zu halten. Ist dem nicht so?«

Darrell mußte ein wenig lächeln; konnte aber nicht dazu gebracht werden, selbst zu einer so allgemein-gehaltenen Formulierung seine Zustimmung zu geben. Er hatte das Gefühl, wie wenn er einem Anwalt der Gegenseite gegenüberstünde, der aus dem geringsten Zugeständnis sogleich Vorteil ziehen würde.

Waife fuhr fort: »Und was sich an diesem Geständnis am allerunwahrscheinlichsten anhört, wird ja mit einem Schlage nur allzu wahrscheinlich gemacht – wenn-ä – wenn – wir einmal annehmen wollen, mein unglücklicher Sohn, in Versuchung geführt durch den Wunsch, sich-ä ...«

»Ersparen Sie sich's – ich versteh' schon – wenn Wir einmal den Fall setzten, Ihr Sohn wollte durchaus an das Vermögen seiner Frau heran kommen; willigte deshalb zunächst in die Vertauschung der Kinder ein; und gewann noch den Vorteil, jederzeit, wenn es ihm paßte, das Kind wieder für sich zu beanspruchen, und die TauschGeschichte bestätigen zu können; das geb' ich Ihnen zu – und gebe sogar auch das zu, daß diese Hypothese plausibel genug ist, um das große Gewicht zu rechtfertigen, das Sie darauf legen.

Ich will durchaus einräumen, daß es zu einem Zeitpunkt in seinem Interesse lag, sein Kind, obschon noch am Leben, als nicht mehr seiend darzustellen; dann müssen aber auch Sie Ihrerseits mir einräumen, daß er es, späterhin, ebenso für sein Int'resse gehalten haben würde, mir, als meiner Tochter Kind, ein Wesen aufzuhalsen, das sie nie geboren hat! Wir verfitzen Uns hier in eine Kontroverse ohne Fakten, ohne Daten – wollen Wir sie doch beendet sein lassen. Glauben Sie, was Sie freut; warum sollte ich Überzeugungen erschüttern wollen, die Ihr Glück ausmachen? Aber verfahren Sie bitte ebenso-nachsichtig gegen mich. Ich lasse den, wirklich bezaubernden, Eigenschaften Ihrer Sophie volle Gerechtigkeit widerfahren: an sich könnte der stolzeste Vater sie, mit Freuden, sein Eigen nennen!; aber sie als die Tochter von Matilda Darrell anerkennen, das kann, das darf ich nicht. Und dieselbe Geschichte, die *Sie* überzeugt, sie sei *Ihr* EnkelKind; bestärkt *mich* noch viel mehr darin, daß sie *meins* nicht ist!«

»Aber seien Sie – ich beschwöre Sie! – doch nicht so starr, so unbeugsam – (und dabei können Sie so gut, so sänftlich sein!) – sie würde – später vielleicht – wenn ich längst tot bin – einen solchen Segen für Sie darstellen. Ich argumentiere doch nur um Ihretwillen – ich verdanke Ihnen so-viel! Und ich würde wenigstens einen Teil meiner Schuld abtragen, wenn es mir nur gelänge, Sie zu Recherchen zu bewegen – und wenn die Nachforschungen dann beweisen sollten, daß ich recht habe.«

»Ich habe längst und hinreichend recherchiert.«

»Dann will ich gehen, und diese Pflegerin ausfindig machen. Ich werd' sie in's Gebet nehmen. Ich werde ...«

»Halt! Sie sind doch überzeugt: bleiben Sie so!; hegen Sie Ihren Glauben! Forschen Sie nicht weiter!«

»Und warum nicht? – warum!?«

Darrell verharrte stumm.

Waife fuhr sich mit der Hand über die Stirn; und wieder; und rief dann plötzlich –: »Aber wenn ich beweisen könnte, daß sie *nicht* meine Enkelin wäre; dann könnte sie glücklich sein! – dann – dann – ach, Sir, der junge Haughton hat mir erzählt: daß, wenn sie nur ehrlicher Leute Kind wäre – nicht die Tochter Jasper's, nicht die Enkelin von mir – Sie möglicherweise nicht zu stolz sein würden, sie wenigstens als seine Braut zu segnen! Und, Sir, das arme Kind liebt den jungen Mann – wie könnt' sie auch anders? Und in ihrem Alter, ist ein Leben ohne Hoffnung entweder sehr kurz; oder aber sehr-sehr lang! Lassen Sie mich recherchieren! Ich würd' jetzt glücklich sein, sogar wenn ich erfahren müßte, sie sei nicht mein Enkelkind. Ich würd' sie darum nicht weniger lieben; und sie würde noch Andere haben, die sie lieb hätten, dann, wenn ich längst zu Lizzy gegangen bin!«

Darrell war tief bewegt. Für ihn war etwas in diesem alten Mann – wie er immerfort nie an sich dachte; immerfort sein Herz mit ihm davon lief – für ihn, sage ich, war etwas in diesem alten Mann, vor dem Darrell seine Vernunft überwunden, seinen Stolz beschämt und geschweigt fühlte.

»Ja, Sir«, sagte Waife sinnend, »lassen Wir's dabei. Ich bin ja wieder wohlauf. Ich mach' mich morgen auf den Weg nach Frankreich.«

Darrell nahm seinen Mut zusammen. Er hätte gewünscht, den Schmerz, den seine eigne Überzeugung ihm selbst bereitete, Waife zu ersparen. Aber jetzt war Offenheit das Beste. Er legte seine Hand auf Waife's Schulter; sah ihm voll ins Gesicht, und sagte, feierlich – »Ich bitte Sie dringend: lassen Sie das! – Meinen Sie, ich würde nicht in Person die Nachforschungen sofort wieder aufnehmen, und nicht rasten und ruh'n bis die Wahrheit klar zutage läge, wenn ich nicht schon stärkste Gründe hätte, den Zweifel der Gewißheit vorzuziehen?«

»Was meinen Sie jetzt, Sir?«

»Es gibt eine Frau, deren Karriere, gerade in diesem Augenblick, dem Publikum frisch in Erinnerung gebracht wird, als Heldin irgendeines Melodrams, das über die Pariser Bühne läuft – ein Weib, das, als mit den Jahren ihr Ruhm verblaßte und die EinnahmeQuelle versiegte – nämlich als Courtisane; berühmt für die Zahl der Narren, die sie an den Bettelstab gebracht, die jungen Herzen, die sie verdorben hatte – die dann immer noch auf Raub ausging, mit Mitteln, gegen die das Gesetz weniger nachsichtig ist: angeklagt der Schwindeleien, des Betruges, der Fälschung, und zuletzt mehr als nur verdächtig, eine professionelle Giftmischerin zu sein, entzog sie sich dem Urteilsspruch menschlicher Tribunale durch den SelbstMord.«

»Ich weiß, von Wem Sie reden – dieser schrecklichen Gabrielle Desmarets; wenn Die nicht gewesen wäre, würde mein Opfer für Jasper's Zukunft vielleicht nicht so vergeblich gewesen sein! Um Jasper außer Stand zu setzen, Sophie jemals in Reichweite dieses Weibes und ihrem Lebenswandel zu bringen, ist es doch geschehen, daß ich sie mit mir wegnahm.«

»Wäre es aber dann nicht besser, sich jeglicher Frage ›Wer wohl die Eltern Ihrer Sophie sein möchten?‹ zu enthalten; als durch lange Erkundigungen erfahren zu müssen, daß sie allerdings Ihre Enkelin, ihre Mutter freilich Gabrielle Desmarets wäre?«

Waife stieß einen Schrei aus, mehr wie ein Kreisch; und saß dann sprachlos und entgeistert. Endlich rief er aus: »Ich bin überzeugt, daß dem nicht so ist! Haben Sie dieses Weib jemals gesehen?«

»Mit Bewußtsein nie. Aber George hat mir mitgeteilt, er habe Ihren Sohn zu Ihnen selbst sagen hören, daß sie unter einem andern Namen Bekanntschaft mit mir gemacht hätte; und falls das mit der Absicht geschehen sein sollte, sie zur Bestätigung seines Märchens einzusetzen – und falls er Ihnen gegenüber die Wahrheit gesprochen haben sollte – dann war *das* zweifellos jene ›Dame von Stande‹, auf die in dem Geständnis der Pflegerin Bezug genommen wird – dann war zweifellos *das* die Frau, die man mir damals hat als Matilda's *confidante* vorsetzen wollen. In dem Fall also, hätte ich sie gesehen. Was weiter?«

»›Mutter‹ stand nicht in ihrem Gesicht geschrieben! Die konnte niemals eine Mutter gewesen sein. – Oh, lächeln Sie ruhig, Sir; aber ich bin, all mein Leben lang, ein Leser des menschlichen Gesichts gewesen; und da gibt es eben in der ganzen äußeren Erscheinung gewisser Frauen diese förmlich steinerne Unfruchtbarkeit – kein MutterHerz schlägt in ihrem Busen – kein MutterKuß kommt von ihren Lippen.«

»Zugegeben, ich bin nur ein schlechter Leser, was FrauenGesichter angeht«, versetzte Darrell; »aber Diejenige müßte den Weibern-im-allgemeinen schon sehr unähnlich sein, die Ihnen erlaubte, sie auch nur ein Spürchen besser deswegen zu kennen, daß Sie dagestanden und in ihrem Gesicht gelesen hätten bis zum Jüngsten Tage. – Überdies wär' es theoretisch denkbar, daß zu der Zeit, als Sie Gabrielle Desmarets kennen lernten, ihre Lebensweise ihr bereits einen Habitus aufgeprägt hatte, der ursprünglich nicht in ihrem Antlitz geschrieben stand. Ich kann also Ihre poetische Vorstellung, nur durch eine ebenso poetische Illustration meinerseits parieren –: Niobe ward letztlich auch zu Stein; aber sie hatte, bevor sie zum Petrefakt wurde, eine ganz hübsche Menge Töchter in Kurs gesetzt. Pardon, wenn ich vermittelst eines Scherzes Sie von einem Gedanken abbringen wollte, der, wie ich ganz deutlich sehe, wenn man ihm nur einigen Vorschub leistete, Sie genauso schockieren würde, wie mich. Also leisten Sie ihm keinen. Lassen Sie es uns als eine bloße Möglichkeit annehmen, daß fürwitzige Recherchen sogar diese Hypothese bestätigen könnten; aber lassen Sie Uns diese Möglichkeit nach Kräften vermeiden. Überdies hat – (immer vorausgesetzt, weitere Recherchen wären erforderlich) – Jemand versprochen solche anzustellen, Der mit größerer Wahrscheinlichkeit als Einer von Uns imstande sein müßte, die Wahrheit zu ermitteln; und, früher oder später, werden Wir von ihr die Ergebnisse zu hören bekommen – ich meine jetzt diese unselige Arabella Fossett, die Sie als ›Mrs. Crane‹ kennen.«

Waife war zum Schweigen gebracht; fuhr aber fort, schier trostlos, in seinen Händen die Urkunde herum zu drehen, die ihn vom SchmutzFleck des Verbrechens reinigte; und sagte endlich, als Darrell schon im Begriff war, sich von ihm zu verabschieden –: »Und das Ding-hier hat demnach für *sie* keinen Nutzen?«

Darrell kam noch einmal an den Stuhl des Alten Mannes zurück, und sagte sänftlich –: »Freund: nicht einbilden, daß es für die Sehrjungen nur 1 Pfad zum Glück gebe! – Sie härmen sich jetzt, daß ich in eine Heirat meines Lionel mit Ihrer Sophie nicht einwilligen kann. Entlassen Sie doch aus Ihrem Geist den Wunsch nach dem Unmöglichen. Entwöhnen Sie sie sänftiglichst, von Etwas, das nur eines Mädchens erste Grille ist. –«

»Es ist eines Mädchens erste Liebe!«

»Und wenn auch«, erwiderte Darrell, gefaßt, »kein Kummer weicht so zuverlässig einer LuftVeränderung, wie gerade-dieser. – Ich habe wohl auch ein Mädchen gekannt – ebenso lieb'voll, ebenso rein, ebenso reich an allen fraulichen Tugenden, wie Ihre Sophie (und ein höheres Lob soll es meinthalb nicht geben mögen!) – tiefer geliebt, als Lionel je lieben *kann;* die damals ohne Zweifel auch geglaubt hat, sie liebe für's Leben; war gar verlobt; die Treue feierlich verpfändet; und dennoch, binnen weniger als einem Jahr, war sie das Weib eines Andern. LuftVeränderung: HerzVeränderung! Ich unterschätze mit nichten den Effekt, den ein so einnehmender junger Mann wie Lionel, ganz natürlicherweise auf die Fantasie oder auch das Gefühl eines Mädchens hervorbringen wird, das bis jetzt praktisch noch keinen Andern gesehen hat; aber Eindrücke in der Jugend, sind wie Buchstaben in den Sand: man grabe sie scheinbar noch so tief, die Flut rollt doch drüber hin; und wenn die Oberfläche sich zur Ebbe wieder zeigt, sind die Buchstaben verschwunden, die Sande verschieben sich so leicht. Nur Mut! Lady Montfort wird ihr And're vorstellen, mit Figuren genauso elegant wie Lionel, und ebenso schick gekleidet. Bei so vielen Pluspunkten jetzt, gibt es der PatrizierSöhnchen genug, die sich nicht eine Binse d'rum scheeren werden, woher sie stammt; – junge Lords – Lady Montfort weiß selber ausgezeichnet, wie hinreißend junge Lords sein können! Also Mut – bevor ein Jahr ins Land gegangen ist, werden Sie neue Buchstaben in den Sand geschrieben finden.«

»Sie kennen Sophie nicht, Sir«, entgegnete Waife schlicht; »und ich sehe, Sie sind auch entschlossen sie nicht erst kennen zu lernen. Aber Sie sagten, Arabella Crane stelle bereits ihre Erkundigungen an; und sollten diese den Beweis erbringen, daß Sophie nicht das Kind von Gabrielle Desmarets ist – daß sie entweder Ihr eignes Enkelkind ist; oder wenigstens nicht das meinige – daß ...«

»Darf ich Sie, bitte, unterbrechen. Wenn es auf der weiten Welt überhaupt Etwas gibt, das verräterisch und grausam ist, dann ist das eine Falsche Hoffnung! Merzen Sie aus jeglichem sehnsüchtigen GedankenSpiel doch den Glauben aus, dies arme Mädchen könne sich als Jemand erweisen, um den mein Vetter, mit meiner Einwilligung, werben könne als sein Weib. Lionel Haughton ist der einzige vorhandene Verwandte, dem ich dies alte Dach vermachen kann – diese liegenden Gründe, mir deshalb heilig, weil mit ihnen, unlösbar, mein frühester Unterricht in Ehre verbunden ist, und alle Träume, die meinem Leben seine Richtung gegeben haben. Er muß mit der Erbschaft auch den Namen übernehmen, den sie repräsentiert: einzig in seinen Kindern kann es sein, daß der Name Darrell noch im Lande fortlebt. Und ich sage Ihnen jetzt: selbst wenn meine Tochter noch am Leben wäre, sie würde meine Nachfolgerin nicht sein – würde nicht den Namen erben, ihn nicht weitergeben dürfen! Warum? – nicht weil ich christlicher Vergebung unfähig wäre; sondern weil ich einfach nicht begreife, wie ein Gentleman zum Verräter an seinen Ahnen und sich selber werden kann; weil Matilda Darrell falsch war und perfide; weil sie sich als abgestorben für Ehre erwiesen hat, und deshalb ihr GeburtsRecht auf einen ErbAnteil an Ehre unwiderruflich verwirkt war. Und da Sie mich nötigen, rauh und rundheraus zu reden –: während ich in Ihnen einen Mann ehre, den selbst die gesammelte Macht des Gesetzes nicht zu degradieren vermag – während ich, könnten Wir eine Generation überspringen, und Sophie wäre Ihr Kind und das Ihrer Lizzy, mit Stolz eine Verbindung willkommen heißen würde, die Sie und mich zu Brüdern machte – dennoch kann ich nicht – es geht schlechterdings über meine Kraft! – dennoch kann ich das Bild nicht ertragen, mir, Jasper Losely's Tochter, (sei's auch von meinem eignen Kinde!), als Herrin vorzustellen in meines Vaters Haus – als Trägerin von meines Vaters Namen. Es hat keinen Sinn darüber zu streiten. Heißen Sie mich den Sklaven eines Vorurteils – nennen Sie diese Ideen blinde Anhänglichkeit an Antiquiertes – ich bin zu alt um mich zu ändern. Ich heische von Anderen kein Opfer, das ich nicht längst selbst gebracht habe. Und wie groß auch Lionels Kummer über meinen Entschluß jetzt sein mag: wenn er längst vergessen hat, daß er einmal trauerte, wird Kummer immer noch mein Gefährte sein.«

9. Kapitel

Arme Sophie!

Am nächsten Morgen, da Mills Sophie einen Brief von Lady Montfort überreichte, händigte er ihr zugleich auch einen für Waife aus, und sie erkannte Lionel Haughton's Handschrift auf der Adresse. Sie begab sich, geradenwegs, nach Waife's WohnZimmer; denn der alte Mann hatte seinen gewohnten früheren Lebens-Rhythmus wieder angenommen, und war schon auf und angekleidet. Wortlos legte sie den Brief in seine Hände; und stand, indes er ihn öffnete, ruhig an seiner Seite, mit einer gewissen stillen Entschlossenheit im Ausdruck ihres Gesichtes, wie wenn sie alle ihre Kräfte zu einer großen Anstrengung zusammennähme. Der Brief war nach außen hin ein GlückwunschSchreiben. Lionel hatte tags zuvor Darrell getroffen, als dieser eben aus dem Ministerium des Innern kam; und von ihm erfahren, daß Alles, was die Justiz tun kann, um angetanes Unrecht wieder gut zu machen, geschehen sei. *Hier* waren Lionel's Worte zwar kurz, aber herzlich, ja fast freudig; dann allerdings kamen ein paar Sätze zutiefst in Düster getaucht. Da war eine Anspielung, unbestimmt und zartfühlend an sich, auf jene inhaltsreiche Besprechung mit Waife in Hinsicht auf Sophie – ein trüb-feierliches Lebewohl an sie und die Hoffnung – ein leidenschaftliches Gebet für ihr Glück – und dann gleichsam ein gewaltsames Losreißen von einem Gegenstande, zu unerträglich schmerzlich, um noch länger dabei zu verweilen – eine Andeutung, wie es ihm gelungen wäre, seine demnächstige Versetzung zu einem Regiment zu erwirken, das binnen kurzem zum FrontEinsatz kommen werde; daß er schon am folgenden Tage abreisen werde, um zu dem betreffenden, in einem entlegenen Teil des Landes in Garnison liegenden Regiment zu stoßen; und wie er zuverlässig hoffe, daß, sollte der Krieg auch sein Leben verschonen, viele Jahre vergehen würden, bevor er englischen Boden wieder beträte. Der Sinn des Briefes war ergreifender in dem, was er verschwieg, als in dem was er aussprach. Unverkennbar hatte Lionel den Wunsch gehabt, Waife zu benachrichtigen, und es dann ihm zu überlassen, Sophie davon zu unterrichten, daß sie hinfort den Absender als aus ihrem Dasein entschwunden zu betrachten habe – dahingegangen, so unwiderruflich, wie die Toten dahingehen.

Für die Zeit da Waife las, hatte er sich von Sophie ab und zur Seite gewendet; war dann gar aufgestanden – war in die tiefe Nische des alten, noch mit steinernem MittelPfeiler versehenen Fensters getreten, wo er sich halb hinter den Vorhang stecken konnte. Geräuschlos folgte Sophie; und als er mit dem Brief zu Ende war, legte sie ihm die Hand auf den Arm, und sagte, sehr still und gefaßt, »Opa? darf ich den Brief auch lesen?«

Waife fuhr zusammen, und seine erste Erwiderung war, »Nein, Liebes.«

»Es ist aber besser, wenn ich's tue«, versetzte sie, immer mit der gleichen ruhigen Festigkeit; dann allerdings, da sie des Elends auf seinem Gesichte gewahrte, fügte sie mit ihrer gewohnten holden Fügsamkeit, obschon von einem hülflosen armseligen Kopfhängenlassen begleitet, hinzu – »Aber wie Du meinst, Opa.«

Waife zögerte einen Augenblick. War sie nicht im Recht? – würd' es nicht besser sein, ihr den Brief zu zeigen? Letztlich mußte sie doch einmal mit der Tatsache konfrontiert werden, daß Lionel ihr fürderhin nichts mehr sein könne; und würden nicht Dessen eigene Worte sie weniger verwunden, als Alles, was Waife vorzubringen wissen würde? So legte er also den Brief in ihre Hände; und setzte sich schwerfällig nieder, um ihr Angesicht zu beobachten.

Bei den einleitenden beglückwünschenden Sätzen, schaute sie fragend hoch: ? –. Der arme Mann! er hatte zu ihr noch kein Wort von dem verlauten lassen, wovon zu reden, zu anderer Zeit, solch hohe Wonne gewesen wäre; wogegen er jetzt, in Beantwortung ihres Blicks, fast traurig sagte, »Betrifft bloß *mich*, Sophie, was liegt schon da-ran?«. Aber das Mädchen, bevor es nur eine Zeile weiter las, lächelte ihn erst an, und küßte ihm, zärtlich, die gefurchte Stirne.

»Nicht weiter lesen, Sophie«, flocht er schnell ein. Sie aber schüttelte den Kopf; und fuhr fort. Sein Aug' immerfort auf ihr Gesicht geheftet, verfolgte er den Wechsel, der darüber kam, als der Sinn des Schreibens ihr nach und nach klar ward; bis daß, ohne ein lautes Wort, unter kaum einem sichtbaren Heben des Busens, als sie ihm den Brief auf sein Knie legte, die Veränderung so durchgreifend geworden war, daß es schien, wie wenn EINE ANDERE an ihrer Stelle stünde. Bei sehr jungen und sensiblen Personen, zumal weiblichen, (obwohl ich es auch schon bei unserm harten Geschlecht gesehen habe), offenbart sich ein plötzlicher großer Schock, oder auch ein Umschlagen des Gefühls, in eben solch einer schier übernatürlichen Veränderung des Gesichtes. Das ist kein bloßes Erblassen – kein nur haut-tiefer Verlust an Farbe; es ist, wie wenn die gesamte JugendBlüte davongeflogen wäre: Höhlungen, früher nie gewahrt, erscheinen in der eben noch so rund- und glatten Wange; die Muskeln erschlaffen wie bei tötlicher Krankheit; eine Verheerung, wie die von Jahren, scheint ein-einziger Moment bewirkt zu haben; die Flamme selbst verwüstet nicht so plötzlich – verändert nicht so plötzlich – läßt hinter sich kein so unauslöschliches Gepräge von Trostlosigkeit und Verfall. Waife sprang auch gleich vor, und faßte sie an seine Brust.

»Du wirst es ertragen, Sophie! Das Schlimmste ist ja jetzt vorbei. Standhaftigkeit, mein Kind! – Standhaftigkeit! Das menschliche Herz wird wundersam erkräftigt, wenn es nur nicht das Gewissen ist, das es zu Boden drückt – Schmerzen, von denen Wir im Moment meinen, sie müßten uns umbringen, nützen sich ab und vergehen. Ich sage die Wahrheit, denn auch ich habe gelitten!«

»Armer Großvater!« sagte Sophie sanft; und dann sagte sie nichts mehr. Aber als er fortfahren wollte ihr Trost zuzusprechen, oder sie zur Geduld zu ermahnen, drückte sie fest seine Hand und legte den Finger auf ihre Lippen. Augenblicks war er zum Schweigen gebracht.

Über ein kleines begann sie sich im Zimmer umher zu bewegen, und sich, wie gewöhnlich, mit jenen unbedeutenden, kaum bemerklichen AufräumArbeiten zu beschäftigen, von denen sie sich so gerne einbildete, sie trüge damit entscheidend zu des alten Mannes einfältiger Behaglichkeit bei. Sie rückte den ArmSessel in sein LieblingsWinkelchen am Fenster, und davor den Schemel für sein armes lahmes Bein; zog das Tischchen näher an den Sessel, und überschaute die Bücher, die George für ihn aus Darrell's Bibliothek herausgesucht hatte; legte auch den Band, in dem sie sein Lese-Zeichen erblickte, auf den Fleck zunächst bei seiner Hand, und wischte ihm sorglich den Nebel von seinem beschlag'nen LeseGlas; aus dem kleinen WinterBukett, das sie tags zuvor für ihn gepflückt hatte, entfernte sie 1 oder 2 verwelkte oder kränkelnde Schnee-Glöckchen – indes er, die ganze Zeit über, ihr zusah, schweigend wie sie selbst, (richtiger, sich nicht zu reden trauend, damit sein Herz nicht überflösse).

Diese kleinen LiebesDienste vollbracht, tat sie ein paar Schritte auf ihn zu, und sagte – »Bitte, lieber Großvater, erzähl mir doch alles Nähere über das, was Dir da geschehen ist, und das Uns froh machen sollte – das heißt, nach-und-nach – aber über den restlichen Inhalt des Briefes nichts weiter. Ich will es für mich selber so durchdenken; aber sprechen laß Uns nicht mehr davon, lieber Opa; nie mehr – niemals mehr.«

10. Kapitel

Bäume, die gleich der Pappel all ihre Äste aufwärts richten, geben weder Schatten noch Schutz, wie hoch sie auch immer sein mögen. Bäume schützen und beschatten Uns dann am liebevollsten, wenn sie, gleich der Weide, je höher ihre Wipfel emporragen, ihre Zweige umso tiefer herabhängen lassen.

Gewöhnlich, wenn Sophie Waife am Morgen verließ, begab sie sich ins Freie, in den Park, und er konnte sie an seinem Fenster vorbeispazieren sehen; oder sie schaute wohl auch in die Bibliothek hinein, die fast ausschließlich den Morley's überlassen war, und dann hörte er ihren leichten Tritt auf den alten knarrenden TreppenStufen. Aber heut hatte sie sich in ihr eigenes, mit seinem Wohnraum in Verbindung stehendes Zimmer gestohlen – lediglich ein kleiner Vorraum war noch dazwischen – und verblieb dort so lange, daß er unruhig ward. Er humpelte, leise, an ihre Tür, und horchte: ? – er besaß eine Feinheit des Gehör's, fast gleichwertig der seines Sohnes; aber er konnte keinerlei Schluchzen vernehmen – nicht einen Atemzug. Am Ende öffnete er sacht die Tür, und lugte behutsam hinein: –

Das Mädchen saß ganz still am Fuß ihres Bettes – die Augen unverwandt auf den Boden geheftet, den Finger noch gerad so an den Lippen, wie sie ihn hingelegt hatte, als sie um künftiges Schweigen bat; so still, es konnte sogar Schlummer sein. Alle, die Kummer kennen, achten den Kummervollen. Waife wäre ungern zu ihr hin getreten; sagte aber, von seinem Platz auf der Schwelle aus – »Die Sonne scheint grad ganz hell und schön, Sophie: geh doch eine kleine Weile aus, Schätzel.«

Sie sah sich nicht um, sie regte sich nicht; antwortete jedoch mit Bereitwilligkeit – »Ja; gleich.«

Machte er die Tür also zu, und verließ sie. Eine Stunde ging dahin; er schaute erneut hinein; : da war sie noch – auf demselben Fleck, in der gleichen Haltung.

»Sophie, Liebes, es ist Zeit, daß Du Deinen Spaziergang machtest; geh doch – Mrs. Morley ist grade vor meinem Fenster draußen. Ich hab sie gebeten, auf Dich zu warten.«

»Ja – gleich« versetzte Sophie; und regte sich nicht.

Jetzt wurde Waife ernstlich besorgt. Einen Augenblick blieb er steh'n – ging dann in sein Zimmer zurück – griff sich Stab und Hut – kam wieder.

»Sophie: ich würde gerne ein bißchen draußen 'rumhumpeln und die frische Luft atmen; das würd' mir gut tun. Könnt'st Du mir wohl Deinen Arm geben? ich bin doch noch recht schwach.«

Nun regte Sophie sich sogleich – schüttelte die schönen Locken aus dem Gesicht – erhob sich – setzte ihren Hut auf – und war in weniger als einer Minute an der Seite des alten Mannes. Seinen Arm zärtlich durch den ihrigen gezogen, steigen sie die Stufen hinab; sie sind im Garten; Mrs. Morley kommt ihnen entgegen – dann auch George. Waife strengt sich an, eine Unterhaltung zu führen – fröhlich zu sein – Sophie's zerstreutes Schweigen zu decken, indem er den eignen rüstigen, plänkelnden, erratischen Humor nach Kräften spielen läßt. Zwei oder dreimal, wie er sich so auf Sophie's Arm stützt, zieht sie ihn noch näher an sich und gibt ihm einen zarten Druck: sie versteht ihn – sie dankt ihm. – : horch! aus irgendeinem unentdeckten Versteck in WasserNähe – Fairthorn's Flöte! Die Musik füllt die Landschaft wie ein leibhaftig Gegenwärtiges; auf dem stillglatten See halten die Schwäne inne – die zahme Hindin stiehlt sich drüben durch die Laublosigkeiten – und jetzt, aus den gleichen winterwüsten Dickichten, erscheint, langsam tief in Sinnen, auch der Herr der Hindin. Die Musik verhext sie Alle. Guy Darrell erblickt seine Gäste, dort, wo sie bei der steinernen SonnenUhr Halt gemacht haben. Er kommt vor – gesellt sich zu ihnen – beglückwünscht Waife zu seinem Ausgang als Reconvalescent. Er zitiert aus GRAY's ›Ode auf das Vergnügen, das die Abwechslung bringt‹, die wohlbekannte, für solch ein Ereignis zuständige Strophe, ›Seht den Armen, der so lang auf dem DornenBett der Pein‹; und als er mit dieser Stimme, süß wie die Flöte selbst, zu den Zeilen kommt –

›in Sonne, BlauLuft, WolkenHauf,
tut sich das Paradies ihm auf!‹ –

da hob Sophie – wie von plötzlicher Reue getroffen bei dem Gedanken, daß sie (und sie-allein), das dem Alten Mann bei seinem endlichen Entkommen aus dem dumpfen KrankenZimmer hier mit ›Sonne, BlauLuft, Wolkenhauf‹ sich auftuende Paradies jetzt verderbe – scheinbar unvermittelt ihre Blicke vom Boden; und richtete sie voll in ihres greisen Hüters Gesicht, mit einem so zittrig-lächelnden Bemühen um Freudigkeit, daß es – ganz abgesehen von seiner Wirkung auf Waife – Guy Darrell mitten ins Herze ging. Schlagartig erkannte er, wie durch sympathetische Intuition, die SeelenQual, aus der solch Lächeln sich hervor-rang – wußte, wie Sophie nunmehr den Kummer erfahren habe, der zutiefst auch in ihm selbst lag – jenen Kummer, der die gesamte übrige Außen-Welt zu einem KrankenZimmer macht; und der, in den Allen gemeinsamen Gnaden der Natur, nicht mehr das sich auftuende Paradies hoffender Genesung begrüßt! Sein Auge weilte auf ihrem Gesicht, wie da das Lächeln wieder von ihm schwand; und auch er verzeichnete diese VERÄNDERUNG, die Waife so sehr frappiert hatte. Unwillkürlich machte er eine Bewegung an ihre Seite hin – unwillkürlich zog er ihren Arm durch den seinen – sodaß sie den Einen stützte, den sie liebte – und ihrerseits von dem Einen gestützt ward, der sie verleugnete. Guy Darrell mochte genau so hart sein können, in Beschlüssen, die Andere betrübten, als er sich selbst-gegenüber hart sein konnte; aber für DIE ANDERN hatte er wenigstens Mitleid.

Der arme Waife, mit einem so ganz anders gearteten Wesen, vermerkte Darrell's Bewegung; und, allweil bereit sich an den kleinsten Trost zu klammern, sagte er sich innerlich – »Ah, er wird weich. Ich werd' morgen noch nicht abreisen, wie ich vorhatte. Sophie muß ja Fortschritte machen; Wer könnte ihr auch widerstehen?«

Die Unterhaltung erlahmte – die winterige Sonne begann sich schräger zu neigen – Schärfe kam in die Luft – Waife ward hinein geführt – die Morleys gingen mit nach oben auf sein Zimmer, um ihm Gesellschaft zu leisten – Sophie konnte wieder zurück in ihr eignes entkommen. Darrell setzte seinen WanderWeg fort, tief in die BuchenholzLabyrinthe hinein, gefolgt vom Reh.

Die Schwäne tunken ihre Häupter zwischen die WasserPflanzen; die Flöte hat aufgehört; und trüb' und still liegt der graue Horizont, gesehen durch's AstSkelett – gesehen hinter der in Pfeiler und Brustwehr sich zerklüftenden KammLinie des PalastSkeletts.

Darrell macht an diesem Tage keine Visite in Waife's Zimmer; er denkt sich, daß Jener und Sophie den Wunsch hegen werden, möglichst allein zu sein; er fürchtet die Erneuerung des einzigen Themas, über das er kein ermunterndes Wort zu sagen hat. Auch geht ihm Sophie's Lächeln nach; verfolgt ihn Sophie's Gesicht. Vergebens wiederholt er sich mehrfach – »Tz, es wird rasch genug vorübergehn – nur eines Mädchens allererste Einbildung.«

Aber Sophie kehrt, selbst als die Morleys es verlassen haben, nicht in Waife's Zimmer zurück: Waife krabbelt sich in ihr Gemach, wie zuvor; und, wie zuvor, da sitzt sie – ganz still, es könnte Schlummer sein. Jedoch erscheint sie, aus eigenem Antrieb, um, wie üblich, der Mahlzeit beizuwohnen, die er für sich, in sein Zimmer, bekommt: sie bedient ihn – nimmt auch sich, ißt aber nicht davon. Immerhin unterhält sie ihn, beinah heiter; hofft, er werde sich wohl genug fühlen, um im Lauf des nächsten Tages abreisen zu können; ist neugierig, ob Sir Isaak sie sehr vermißt haben wird; liest ihm Lady Montfort's lieben Brief an sich vor; und als das Abendbrot vorbei, und Waife's ArmStuhl näher kaminzu gerückt ist, nimmt sie ihren altgewohnten Platz auf dem Schemelchen neben ihm ein, und sagt – »So, und jetzt Großvater, was hat's bei Dir alles gegeben: was war Dir Gutes widerfahren heut?«

Ach! dem armen Waife ist nach reden nur wenig ums Herz; aber er zwingt sich dazu; es kann ja sein, daß Ihr das gut tut, was er zu berichten hat.

– »Du weißt ja, daß ich, um meiner selbst willen, Gründe zur Geheimhaltung hatte – zum Namenswechsel. Ich vermied ängstlich Alle, die ich in früheren Tagen gekannt hatte; konnte mir keine Betätigung im Leben aussuchen, bei der ich eventuell erkannt worden wäre; ja, mußte es am Ende sogar als Segen und Gnade der Vorsehung erachten, daß – als ich nicht fähig war, Angeboten zu widerstehen, die mich instand gesetzt hätten, besser für Dich zu sorgen, als ich sonst je hätte tun können, und ich auf das Risiko eines Engagements bei einem londoner Theater einging, (ich verließ mich darauf, mein Incognito durch schauspielerische VerkleidungsKünste wahren zu können) – daß da dieser Unfall kam, der die Versuchung, in die ich mich wieder hatte verführen lassen, automatisch und von selbst zunichte machte. Denn, ach Kind! wär' es bekannt geworden, Wer und Was dieser William Waife war, dessen Tricks und BühnenKünstlein harmlose Lust hervorriefen, oder Tränen, nicht minder vergnüglich – da wär' das Publikum aufgesprungen; nicht um Beifall zu klatschen, sondern zu zischen und heulen: ›Raus! raus!‹ – aus beiden Welten, der theatralischen wie der wirklichen! Wär' ich nun wirklich schlecht und unehrlich gewesen, Du – Du-allein fühltest, daß ich es dann gar nicht gewagt haben würde, Dich schuldloses Kind bei der Hand zu nehmen. Du erinnerst Dich, daß, bei meiner Rückkehr zu Rugge's WanderBühne, wo ich Dich mitbrachte, ich die Folgen meines Unfalls übertrieb – StimmVerlust simulierte – mir ausmachte, daß mir ein Auftreten erspart bleiben müsse. Das war nicht nur männlicher Stolz, der vor einer Zurschaustellung körperlicher Gebrechen zurückscheut. Nein. Aber gleich im allerersten Dorf wo wir ankamen, erkannte ich einen alten Freund; und sah, daß auch er, trotz der langen Zeit und des Unfalls, der mich entstellt hatte, mich prompt erkannte, und das Gesicht, wie vor Ekel, abwendete. Ein alter Freund, Sophie – ein alter guter Freund! Ach, es gab mir einen Stich durchs Herz; und ich beschloß, von dem Tage an, Rugge's Bühne früher oder später zu entkommen; und ich willigte auch ein, solange bis die Mittel zur Flucht, und einer weniger abhängigen Lebensweise gefunden sein würden, von dem mit zu leben, was Du verdientest, Kind; denn wäre ich von weiteren alten Freunden entdeckt worden, und sie hätten's ausgeplaudert, dann wäre meine Schande auf Dich mit zurückgefallen; und da war's ja noch besser, Unterstützung von Dir anzunehmen, als das zu riskieren! Denn, ach! der Schein sprach so stark gegen mich, ich hätt' es nie für möglich gehalten, daß die Sache, selbst für die Augen meiner nächsten Freunde, je würde aufgeklärt werden können. Aber die Vorsehung, Du weißt es ja, ist bisher immer so gut gegen Uns gewesen; und da wird sie auch wieder gut zu Uns sein, Sophie. Und da ist nun ausgerechnet der Mann, den ich für den mir gegenüber Härtesten hielt – dieser selbe Guy Darrell, unter dessen Dach Wir Uns befinden – Derjenige gewesen, der den Leuten, auf deren Meinung ich den größten Wert lege, bekannt gemacht hat, daß ich nicht unehrlich bin; und die Vorsehung hat mir, in eben dem Mr. Hartopp, der mich (und jeglicher Andere würde vermutlich genauso gehandelt haben) für zu schlecht beurteilte, um ein passender Gesellschafter für Dich zu sein, einen Zeugen zu meinen Gunsten erweckt! Und deswegen gratulierte man mir jetzt; und, oh Sophie, obgleich ich es wahrlich getragen habe, wie der Himmel uns etwas zu ertragen befähigt, das wir von uns selbst nicht vermöchten – und obgleich man allmählich lernt, unter der SchandenLast, die jene Menge von Leuten, uns ebenso fremd wie sich untereinander, man heißt sie ›DIE WELT‹, auf uns häuft, die Achsel der Geduld zu zucken – dennoch, sich außer Sichtweite eines Freundes schlängeln zu müssen, wie Einer, der mehr zu vermeiden wäre als ein Feind – die ZungenHiebe der Verachtung hinnehmen zu müssen, wie der größte Feigling – am ganzen Leibe wund, selbst vor der Güte des Mitleids sich zu winden und zu krümmen – immerfort das Gefühl, daß, im ganzen Leben, der einzige Zweck von jedem Trick und Kniff, nur der ist: dem Hussa-Hetz'-Hetz'! möglichst zu entschlüpfen, hinein in ein Grab ohne Aufschrift; auf Pfaden, so verstohlen und schlau wie die des armen gehetzten Füchsleins, wenn seine letzte – und einzig verbleibende – Chance, eben auch wird, sich mit Winden und Krümmen unter die Erde zu verschliefen – zu wissen, daß es der undankbarste Betrug wäre, sich den Stuhl an den Tisch, an den Herd des Mannes zu rücken, der, unbekannt mit Deinem Geheimnis, sich's beikommen ließe zu sagen, ›Kommt Freund, seid lustig und guter Dinge‹ – keine BrotRinde annehmen mögen, für die man nicht bezahlt hat; auf daß man sich nicht wie ein Schwindler gegenüber dem netten MitMenschen vorkommen muß, dessengleichen man nicht sein darf! – all das – all das, Sophie, hat mich, zuzeiten, doch mehr verbittert und an mir genagt, als ich eigentlich hätte zulassen dürfen; in Anbetracht dessen, daß ja doch EINER da war, der Alles mit ansah, und Der gewißlich ... nicht weinen, Sophie; es ist ja nun Alles vorüber.«

»Nicht weinen? Och, es tut mir so sehr gut!«

»Ist doch Alles vorüber jetzt. Ich bin unter diesem Dach – ohne Scham ohne Skrupel; und wo ein Guy Darrell, bekannt mit meiner gesamten Vergangenheit, meine Unschuld in den Augen all Derjenigen nachgewiesen hat, an Deren Urteil mir allein etwas lag, da ist mir wieder, als hätt' ich das Recht, kopfhoch und ungescheut, vor jede MenschenAnsammlung hin zu treten – wieder ein Mann unter Männern! Oh Schätzel! laß mich nur Dein altes frohes Lächeln wieder schauen!: das glückliche Lächeln der Jungen, ist der Sonnenschein der sehr-Alten. Sei geduldig – halt' aus; die Vorsehung ist ja so gut, Sophie.«

11. Kapitel

Waife nötigt George Morley die Erfüllung einer jener Versprechungen ab, die entweder Alles oder auch Nichts bedeuten.

Tags darauf trat George Morley früher als gewöhnlich in Waife's Zimmer. Waife hatte nach ihm geschickt. Sophie saß neben ihrem Großvater – seine Hand in der ihrigen. Sie hatte sich die allergrößte Mühe gegeben, heiter zu plaudern – von ihrer äußeren Erscheinung jegliches Wölkchen des Kummers fern zu halten. Aber trotzdem war DIESE VERÄNDERUNG da – ja, sogar noch ausgeprägter, denn am Tage zuvor. Ein paar Stunden intensiven Ringens, eine-einzige Nacht gänzlich ohne Schlaf, drücken sich schon aus auf dem Antlitz früher Jugend. Nicht eher als Wir, abgehärtete Veteranen, durch Kampf und Streit der Art hindurchgegangen sind, wie sie das Leben der unbedeutenden Verantwortlichkeit frischer Rekruten überhaupt nicht erlaubt – erst wenn ›Schlaflose Nächte‹ Uns ein vertrauter Begriff geworden ist – wird Unser Denken in den Stand gesetzt sein, aus unablässiger Übung mit nichten Erschöpfung, wohl aber gleichsam Erholung zu gewinnen – wird ›Denken‹ das Hirn vielmehr ernähren; durch seine eigne unermüdliche, unfleischliche, spirituelle Unsterblichkeit, die Gestalt aufrecht erhalten: erst wenn so manch ein Winter das BlattWerk immer wieder abgestreift hat – erst wenn das WurzelWerk, das den Stamm aufrecht hält, sich weit übers .Vermuten hinaus, und tief ausgespreitet hat – erst dann wird der Anprall des Osts kein Zeichen mehr auf der Rinde hinterlassen.

George hatte wirklich, tags zuvor, diese Art von verheerendem Meltau, der über das Gesicht des Mädchens dahingegangen war, nicht bewußt wahrgenommen; aber er tat es heut – wo sie seinem Blick wieder mehr standhielt, und ihr Benehmen etwas von der offenen genialischen kindlichen Grazie zurückgewonnen hatte, die ihren besonderen Charme ausmachte, und die mit tieferen Bekümmernissen als denen der Kindheit in Verbindung zu bringen relativ schwierig war.

»Sie müssen Großvater ausschelten helfen«, sagte sie. »Es beliebt ihm, sich einzubilden, er wär' noch nicht wohlauf genug, um abreisen zu können; und dabei bin ich fest überzeugt davon, sowohl daß er es ist, als auch daß er sich zuhaus viel schneller erholen wird als hier.«

»Pf! –«, machte Waife; »Ihr jungen Dinger bildet Euch ein, wir alten Leute könnten auch noch solche Springinsfelde sein wie Ihr-selbst; aber wenn schon ausgescholten sein soll, dann mach' Du mal Mr. George nicht durch Deine erhabne Gegenwart verlegen, sondern geh ein Stück aus, Liebchen, solang die Sonne noch anhält; ich seh's aus dem Benehmen dieser Amsel dort, daß schon um Mittag der Himmel bedeckt sein wird.« –

Sobald sie allein waren, sagte George ohne Übergang: »Ihre Sophie sieht aber sehr schlecht aus; und wenn Sie tatsächlich gesund genug wären, um abreisen zu können, möcht' es vielleicht besser für sie sein, Sie kehrten diesem düstern Hause den Rücken. Die bloße Bewegung ist manchmal schon ein treffliches Stärkungs-Mittel.«, fügte George mit Nachdruck hinzu.

»Sie haben also gemerkt, daß sie schlecht aussieht – sehr schlecht«, versetzte Waife bedächtig; »und aus Ihrer ganzen Art und Weise möchte ich entnehmen, daß Sie auch die Ursache erraten?«

»Ich hab' sie vermutlich erraten; und zwar einmal, weil ich, vor zwei Tagen, einen flüchtigen Blick auf Lionel's Gesicht werfen konnte, nachdem er und Mr. Darrell sich in meines Onkels Hause für kurze Zeit miteinander eingeschlossen hatten. Und überdem erriet ich's auch aus einem Brief, den ich von meinem Onkel bekommen habe.«

»Sie haben richtig geraten – nur zu richtig«, sagte Waife; immer in dieser merkwürdig ruhigen, gefaßten Art. »Ich hab Ihr hier, diesen Brief, von dem jungen Haughton gezeigt. Wollen Sie ihn bitte mal lesen.« – George überflog das Schreiben mit dem Auge; und gab es dann schweigend zurück. – Waife fuhr fort –

»Ich hab mich gestern erschrocken, über die wunderliche Gefaßtheit, die sie an den Tag legte. In ihrem Gesicht allein stand zu lesen, was sie litt. Wir haben Uns gestern Abend noch unterhalten. Ich hab' von mir selbst erzählt – von meinen alten Sorgen – um ihr womöglich die Kraft zu geben, die ihrigen zu ertragen; und das Mädchen hat durchaus eine heroische Natur, Mr. George – und sie ist entschlossen, zu überwinden oder zu sterben. Aber sie wird nicht überwinden.«

George begann das bei solchen Anlässen übliche TrostLied anzustimmen. Waife tat ihm sogleich Einhalt: »Alles was Sie sagen können, Mr. George, weiß ich im Voraus; und sie bedarf weder der Mahnung zum Gebet, noch etwelcher Aufmunterung zur Festigkeit. Ich hab mich heut Morgen aus meinem Zimmer geschlichen, es dämmerte schon fast. Unter ihrer KammerTür kam Lichtschein hervor. Ich schaute nur ganz kurz hinein – leise – unbemerkt. Sie war nicht zu Bett gegangen. Sie war beim offenen Fenster – am Himmel erloschen, einer nach dem andern, die Sterne – sie hatte sich hingekniet auf die Dielen, das Gesicht vergraben in die Hand. Sie hat gebetet. Und Sie können sich darauf verlassen, daß es jetzt, in diesem Moment, in ihrer Seele betet. Sie wird sich ganz mir widmen – wird heiter sein – Sie werden ihr Lachen hören, Mr. George; aber überwinden wird sie auf dieser Seite der Welt nicht; längst bevor das neue Jahr aus ist, wird sie auf Unsern Kummer niederschauen, mit ihrem strahlendsten Lächeln; aber Wir, Mr. George, Wir werden sie nicht sehen. Meinen Sie ja nicht, das wäre jetzt nur die närrische Angst eines alten Mannes; ich kenne den Kummer, wie der Arzt eine Krankheit kennt: er hat seine tödlichen Symptome. Pst! lassen Sie mich ausreden. Ich habe eine Hoffnung – sie beruht auf Ihnen.«

»Auf mir?«

»Ja. – Erinnern Sie sich noch, daß Sie einmal gesagt haben: daß, wenn es mir gelingen sollte, Ihrem Geist seine schöne hohe Laufbahn frei zu machen, Sie mir dann der beste Freund sein würden, den ein Mensch je gehabt?; und ich versetzte, ›Einverstanden; aber setzen Sie eine andere Partei in Unsern Kontrakt ein: schenken Sie Ihre Freundschaft meiner Sophie anstatt mir; und falls ich Sie jemals aufrufen sollte, dann seien Sie mir behilflich für ihr Glück und ihre Wohlfahrt‹; und Sie sagten, ›Mit Herz und Seele.‹ So lautete das Abkommen, Mr. George. Inzwischen haben Sie Alles, woran Sie damals verzweifelten; haben die Würde Ihres heiligen Amtes – haben die WortGewalt des Predigers. Ich kann mit Mr. Darrell nicht rechten –: Sie ja! Er besitzt ein Herz – es kann erweicht werden; er hat eine Seele – sie kann befreit werden von der WeidenFessel, die sie niederhält; er hat die Tugenden, an die Sie appellieren können; und er hat jenen Stolz, den Sie, ein Christlicher Geistlicher, ihm als Sünde vorzurücken das Recht haben. Ich kann mit ihm nicht argumentieren; kann dem Manne, dem ich so viel schulde, keine Vorwürfe machen. Aber sämtliche sozialen und geistigen Rangstufen der Menschen, sollten gleich sein vor Ihnen, dem SeelenHirten, dem GOttesGelehrten. Ihr Verkünder des Evangeliums wendet Euch ohne Scheu an die Armen, die Niedrigen, die Ungebildeten –: hat der Himmel Euch Macht und Herrschaft einzig über Diese gegeben? Geh, Prediger! geh! und sprich mit der gleichen Machtvollkommenheit zu dem Großen, dem Hohen, dem Weisen!«

Und des Alten Mannes Blick und Gebärde waren wahrhaft erhaben.

Der Prediger fühlte sich, vom Ohr zum Herzen, von einem Schauder durchlaufen; aber sein Herz war weit mehr ergriffen, als sein Verstand sich angesprochen fühlte. Er schüttelte traurig den Kopf. Die ihm dergestalt vorgezeichnete Aufgabe, überschritt bei weitem die Grenzen, die der Brauch dem Geistlichen der Englischen Hochkirche erlaubt – eindringliches Geheiß einem Mann gegenüber, der nicht einmal seiner eignen Gemeinde angehörte, und dazu noch über die intimsten Angelegenheiten von Heim und Herd dieses Mannes! Unsere Gesellschaft sieht kein solches Privileg vor; und unsre Gesellschaft hat Recht.

Waife, der sein Gesicht nicht aus den Augen ließ, sah sogleich, was in seinem Geiste vorging; und fuhr, wie zur Antwort auf George's innerste Gedanken, ruhig fort –

»Sicher; wenn Sie nichts als der normale DurchschnittsGeistliche wären! Aber Sie sind etwas mehr; sind der Priester, mit einer besonderen Begabung für alle guten Zwecke: Sie haben den Geist, tief zu denken – die Zunge, zu überzeugen – den majestätischen Ernst leidenschaftlichen Eiferns. Auch sind Sie hier ja nicht der Priester allein; sind hier der Freund und Vertraute Aller, für die Sie Ihre Kräfte und Fähigkeiten einsetzen würden. Oh, George Morley, ich bin nur ein armer unwissender Stümper, wenn ich mir herausnehme, Sie in Ihrer Eigenschaft als Christlichen Prediger zu ermahnen; aber, um Ihre eig'nen Worte zu gebrauchen – ich wende mich an Sie als Mensch und Mann und Gentleman – Sie haben damals erklärt, daß ›Gedank' und Eifer nicht stammeln sollten, wenn immer ich sagen würde – Halten Sie Ihr Versprechen!‹. So sag ich denn jetzt – : Halten Sie die Treue dem Kind, dem Freund zu sein Sie mir schwuren!« –

»Ich will gehen – und das gleich«, sagte George, der sich erhob. »Aber keine leichtfertigen Hoffnungen; – ich sehe nicht eine ErfolgsChance. Ein Mann, mir derart überlegen an Jahren, Stellung, Fähigkeiten, Ruf!«

»Wo wäre das Christentum«, gab Waife zurück, »wenn die

ersten Bekenner solche Fragen erhoben hätten? Es giebt den Mut des Soldaten – giebt es nicht auch den des Priesters?«

George gab keine Antwort; aber mit abwesendem Aug', konzentriert gerunzelter Stirn, und langsamem, gedankenschwerem Schritt, verließ er das Zimmer, um Guy Darrell aufzusuchen.

XII. BUCH

1. Kapitel

Der Mann Von Welt zeigt sich gegen die Verhältnisse und Doktrinen der Großen Welt gleichgiltiger, als man annehmen sollte. Allerdings bleibt er seinem Ruf, den er dadurch ja schier aufs Spiel setzt, durch die Geschicklichkeit getreu, mit der er, nachdem er beschlossen hat, seine Kastanien in der Asche von eines andern Mannes Herd zu rösten, diese, sobald sie am heißesten sind, stellvertretend herausholen läßt – von einem KatzenPfötchen.

In jenem Brief, von dem er Waife mitgeteilt, er habe ihn von seinem Onkel erhalten, besaß George hinsichtlich der delikaten und schwierigen Mission, zu der er sich anschickte, eine gewisse zusätzliche Entschuldigung, die er dem alten Mann allerdings nicht anvertraute, damit sie nicht etwa mehr Hoffnungen erwecke, als sie ihrer Natur nach rechtfertigte. In besagtem Brief berichtete Alban Morley, mit einem Grad von Gefühl den er nur selten kundgab, von seiner AbschiedsUnterhaltung mit Lionel, der gerade abgereist war, um zu seinem neuen Regiment zu stoßen. Der arme junge Mensch hatte sich mit den wonnigsten Erwartungen über Wasser gehalten, die Sophie's verlängerter Aufenthalt unter Darrell's Dach, wie er meinte, unweigerlich hervorbringen mußte; er hatte seiner Vernunft eingeredet, daß wenn Darrell erst einmal in der Lage wäre, sie in Person zu sehen und zu beurteilen, er unwiderstehlich zu ihr hingezogen werden müsse; daß die Unschuld, gleich der Wahrheit, mächtig und sieghaft sein werde; – war Darrell doch mit dem Versuch beschäftigt, William Losely's Namen und Geblüt vom Makel des Verbrechens zu reinigen; – war Alban doch beauftragt, mit Jasper Losely auf jegliche Bedingung hin zu unterhandeln, so daß auch von dieser Seite her alle

Möglichkeit künftiger Schande unterbunden sein würde. Oh ja! in des armen Lionel Augen verschwanden alle Hindernisse – die Zukunft wurde licht. Und deshalb, als Darrell – nachdem er ihm von seiner abschließenden Besprechung mit dem Minister erzählt hatte – zum Schlusse sagte: »Ich vertraue eigentlich darauf, daß, da ich William Losely diese Nachricht jetzt bringe, ich zumindest seine Enttäuschung entscheidend mildern werde, wenn ich ihm unmißverständlich klar zu machen habe, wie unmöglich es ist, daß seine Sophie für mich – für *Uns* – jemals mehr sein könne, als eine Fremde; deren Tugenden freilich ein Interesse an ihrem weiteren Wohlergehen erregen« – da war Lionel betäubt, wie von einem Schlage. Kaum daß er murmeln konnte –

»Sie haben sie geseh'n – und Ihr Entschluß bleibt derselbe.«

»Ja, könnt Ihr daran zweifeln?«, hatte Darrell, unverkennbar überrascht, geantwortet. »Der Entschluß mag nunmehr mir, um meiner selbst willen, Kummer machen, wie er mir vorher um Euretwillen Kummer gemacht hat. Aber wo ich mich durch *Euren* Kummer nicht rühren ließ, kann ich mich da durch *meinen* bewegen lassen? *das* wäre doch wohl eine Niederträchtigkeit.«

Bei der Schilderung von Lionel's Gemütszustand, nachdem der junge Soldat Waife sein schriftliches Lebewohl gesagt, und kurz bevor er London verließ, gab der Oberst recht düsteren Ahnungen Ausdruck. »Ich will nicht direkt sagen«, schrieb er, »daß Lionel verwerflicherweise den Tod im Felde suchen werde – auch kommt der Tod dort nicht häufiger zu Denen, die ihn suchen, als zu Denen die ihn vermeiden – aber er geht nun einmal zu einem Einsatz, der mehr als gewöhnlich den normalen Leiden, Entbehrungen, Seuchen ausgesetzt ist – und geht ohne die aufrechterhaltende Kraft der Hoffnung – ohne den Willen und Wunsch zu leben, der doch die eigentliche KraftReserve der Jugend darstellt. Und ich habe mir stets ein Schwarzes Zeichen hinter Diejenigen gemacht, die freudlos, wenn nicht gar verzweifelnd in den Krieg ziehen: man schicke einen jungen Burschen mit geknickten Lebensgeistern ins Lager, mit einem Herzen so schwer wie Blei; und die allererste von jenen Epidemien, die die Glieder mehr lichten als feindliche Kanonen, sagt sich sofort: ›Hier ist der Mann für mich!‹. Jeder Doktor wird Euch bestätigen, daß selbst daheim der Frohe und Leichtherzige sicherer durch jegliche Seuche dahingeht, die den Schwermütigen so gewiß befällt, wie die Malaria einen sumpfigen Landstrich. Hol der Henker Guy Darrell's Ahnen! sie haben

Königin Victoria einen so guten jungen Soldaten gekostet, wie nur je Einer den Säbel an der Seite trug. Vor 6 Monaten noch: wie rüstig und munter sah Lionel Haughton nicht der Zukunft entgegen! – lauter Lorbeer! – kein Wort von Zypressen! Und jetzt? ich hab' das Gefühl, als hätte ich einem Opfer die Hand geschüttelt, das der Aberglaube auf den Gräbern der Toten geschlachtet hat. Ich kann Darrell nicht absolut tadeln: ich möchte eher sagen, daß ich, in gleicher Situation, dasselbe tun würde. Oder halt, nein; bei nochmaligem Überlegen: ich würd' es nicht! Wenn es schon Darrell beliebt, nicht zu heiraten, und keine eig'nen Söhne zu haben, dann hat er deswegen noch lange kein Recht, einen armen Jungen mit Wohltaten zu überhäufen, und dabei zu sprechen, ›Es gibt nur einen Weg, mir Deine Dankbarkeit zu beweisen: denk' Du immer fleißig an meine Ahnen; und sei ansonsten elend für den Rest Deiner Tage!‹. Darrell, traun, hat vor, die Aufgabe der Fortpflanzung des alten Namens Darrell auf Lionel abzuschieben; und der alte Name Darrell darf nie und nimmer befleckt werden, durch die Heirat auf die Lionel unglücklicherweise sein Herz gesetzt hat! Ich respektiere den alten Namen durchaus; aber so ist er nun doch wiedrum nicht, wie etwa Das Haus Vipont – eine britische Institution! Und gesetzt den Fall, irgendeine demokratische Cholera, die sich keinen Pfifferling um Alte Namen scheert, raffte Lionel hinweg: ja was wird denn dann aus dem Alten Namen? Lionel ist doch nicht Darrell's Sohn; Lionel braucht doch nicht, auf Biegen oder Brechen, den Alten Namen anzunehmen: soll der junge Mann leben als Lionel Haughton, und der Alte Name sterben mit Guy Darrell!«

»Was Geburt und Herkunft dieses armen Mädchens anlangt, glaub' ich allmählich, Wir werden da nie etwas Gewisses erfahren. Ich bin vollkommen mit Darrell einverstanden, daß es das Weiseste sein werde, nicht mehr zu forschen. Aber seine Hypothese, daß sie Gabrielle Desmarets' Tochter sei, halte ich für nicht minder weit-hergeholt und unwahrscheinlich. Für mich ist es unendlich glaublicher, entweder daß die Aussage der Pflegerin, die der arme Willy an Darrell weitergab, und die Darrell mir gezeigt hat, die richtige sei (ausgenommen, daß Jasper durchaus in die zeitweilige Annullierung der Existenz seines Kindes eingewilligt haben könnte, solange das zu seinen Absichten paßte) – oder aber, daß, im schlimmsten Falle, die geheimnisvolle junge Lady eben tatsächlich das Kind einer *›artiste‹* ist. Das Erstere angenommen, wäre (ich habe es immer und immer wieder gesagt) eine Heirat zwischen Lionel und Sophie genau das, was Darrell sich sehnlichst wünschen sollte; im zweiten Falle natürlich, gesetzt Lionel wäre das Oberhaupt des Hauses Vipont, stünde die bloße Vorstellung einer solchen Verbindung außerhalb jeglicher Debatte. Aber Lionel ist, *entre nous*, der Sohn eines bank'rotten Verschwenders von der Tochter eines SchnittwarenHändlers! Und Darrell brauchte lediglich dem prächtigen jungen Pärchen 5- oder 6-Tausend pro Jahr auszusetzen; und ich kenne die Welt gut genug, um zu wissen, daß diese-selbe Welt sich sehr wenig um die Stammbäume der Beiden kümmern würde. Und man sollte es doch wahrhaftig Lionel gänzlich freistellen zu wählen, was er vorzöge: ein Mädchen, das er von ganzem Herzen liebt, bei 5- bis 6-Tausend im Jahr; also Glück, und die Aussicht auf Ehrungen in einem glorreichen Beruf, dem er sich dann frohesten Mutes widmen würde – oder aber lebenslängliche Misere; mit dem Recht, nach Darrell's Tod, (der, wie ich hoffe, noch gute 30 Jahre auf sich warten lassen wird!), anstatt ›Haughton‹ den Namen ›Darrell‹ zu führen; was für mich, wär' ich der Letzte der Haughton's, und besäß' ich einigen FamilienStolz, (den ich, dem Himmel sei Dank, nicht besitze) ein unerfreulicher Tausch sein müßte; auch teuer-erkauft durch den Zuwachs von etlichen-weiteren Tausenden per annum, in einem Alter, wo ich dann ebensowenig geneigt wäre sie auszugeben, wie Guy Darrell jetzt selber ist. Aber, bei einem GesamtÜberblick, gibt es Jemanden, den ich noch inniger bemitleide, als selbst den jungen Haughton. Meine MorgenRitte sind in letzter Zeit vielfach in Richtung Twickenham erfolgt, wo ich Uns're schöne Base, Lady Montfort, besucht habe. Das erste Mal bin ich eigentlich nur hingegangen, um ihr eine StrafPredigt darüber zu halten: wie sie diese jungen Leute hat einander so oft sehen lassen können! Aber meine Ungehaltenheit wandelte sich in Bewunderung und Mitgefühl, als ich fand, mit welch zärtlicher, erlesener Freundschaft ohnegleichen, sie die ganze Zeit über nur Pläne für Darrell's Glück im Auge gehabt hat; und mit welcher Reue sie nunmehr all den Kummer überblickte, den eine Freundschaft so dankbar, ein Glaube so natürlich, in aller Unschuld angerichtet haben. Diese Reue reibt sie derartig auf, daß es ihr Tod sein wird. Dr. F * * *, (der nach dem armen lieben Willy sehen kam), hat auch sie in Behandlung; und er hat mir, unter vier Augen, gestanden, daß seine Kunst vergebens – der Fall ihm rätselhaft sei; und daß er die ernstlichsten Befürchtungen hege. Einer solchen Freundin ist Darrell doch wohl auch einige Rücksicht schuldig. Und zu denken, daß hier mehrere Leben dauernd verbittert, wenn nicht gar aufs Spiel gesetzt werden sollen, bloß infolge der unbarmherzigen Dickköpfigkeit des gutherzigsten Mannes, der mir je begegnet ist! Obschon ich nun Darrell meine diesbezüglichen Ansichten mit einer Freimütigkeit kund getan habe, wie ich sie dem ältesten und wertvollsten meiner Freunde schuldig bin, so habe ich doch – in meinen Briefen, die ich ihm schrieb, oder den Unterredungen, die Wir zusammen hatten – mich natürlich niemals so derb und deutlich erklärt, wie ich jetzt an Euch schreibe. Und nachdem ich jetzt einmal so geschrieben habe – ohne mich von seinem grauen Aug', und seiner düstern Stirn unnötig beeindrucken zu lassen – hätte ich halb und halb Lust, hinzuzusetzen – : ›Greift ihn Euch in einem günstigen Moment, und zeigt ihm diesen Brief‹. Ja; gut; ich will Euch Vollmacht geben : falls Ihr meint, es könne irgend von Erfolg sein, zeigt ihm den Brief. Wo nicht, steckt ihn in den Ofen; und betet zum Himmel für Alle-Diejenigen, denen Wir arme Sterbliche in nichts dienen können.«

Auf dem Umschlag hatte Alban noch die Worte hinzugefügt – »Aber Ihr würdet natürlich, bevor Ihr ihm das Inliegende zeigtet, Darrell seelisch darauf vorbereiten, daß er es seinem ganzen Gewicht nach erwäge.« Und in dieser knappen, scheinbar-simplen Einschärfung, hatte der Mann Von Welt wahrscheinlich eben doch wieder seinem Ruf für ehrbare List Genüge getan, von der in dem langen Brief selbst keine Spur sichtbar war.

Obgleich Alban's Mitteilungen seinen Neffen erheblich aufregten, hatte George es dennoch nicht für klug, geschweige denn diskret erachtet, sich der Erlaubnis, sie Darrell vorzuzeigen, zu bedienen. Es schien ihm, als müsse der Stolz seines Wirtes sich weit mehr an solcher Weiterleitung durch die Hand eines Dritten stoßen, als an dem derb-offenen Ton der Gedankengänge und Anregungen des Briefes selbst. Und George hatte bereits beschlossen gehabt, ihn dem Obersten wieder zurückzuschicken; mit der beigefügten dringenden Bitte, ihn von sich aus, so wie er sei, an Darrell zu senden; vielleicht noch mit einem ganz kurzen Postskript, des Sinnes, ›wie, bei nochmaligem Überlegen, er (Alban) seinem alten SchulKameraden doch lieber direkt die Erwägungen und Befürchtungen unterbreiten möchte, die er so rückhaltlos in einem Brief sich habe ergießen lassen, gänzlich ohne die Absicht begonnen, zu der der Schreiber am Schlusse gelangt wäre‹. Aber nunmehr, da der Prediger so strenge MittlerPflichten übernommen hatte, wurde dieser Brief ihm Ausweis und Vollmacht.

George schritt durch die Bibliothek; weiter durch das Studier-Zimmer; dann die schmalgewendelte Treppe hinauf; die schließlich vor eben der luftigen DachZelle endete, in welcher Darrell, zu mitternächtiger Stunde, dem Einbrecher gegenüber gestanden hatte, der Sophie als sein Kind beanspruchte. Mit nervöser Hand pochte George an die Tür.

Jedweder Zudringlichkeit seitens von Gästen oder HausGenossen in seinem einsamen ZufluchtsOrt hier ungewohnt, antwortete dem Pochen Darrell's Stimme ziemlich scharf, ja fast wütend:

»Wer ist denn da?«

»George Morley.«

Darrell öffnete die Tür.

2. Kapitel

›Den guten BogenSchützen erkennt man nicht am Pfeil, sondern an seinem Ziel‹. / ›Ein guter Mann ist nicht mehr zu fürchten als ein Schaf.‹ / ›Dreierlei muß ein guter Chirurg mitbringen: das Auge des Adlers, das Herz des Löwen, die Hand einer Lady.‹ / ›Eine gute Zunge ist eine gute Waffe.‹ / Und trotz so vieler ermunternden und anregenden Sprichwörter, hat George Morley sich Etwas aller ProverbialPhilosophie derart Entgegengesetzten unterfangen, daß es nun wirklich zu einer ernstlichen Frage gerät, Was er damit machen wird.

»Ich komme«, sagte George, »von Ihnen eine der größten Gunstbezeugungen zu erbitten, die ein Mann dem andern zuteil werden lassen kann; es wird eine gewisse Zeit dazu erfordert werden. Hätten Sie zufällig etwas Muße dafür?«

Darrell's Stirn entspannte sich.

»Nehmt nur Platz, mein Lieber George, macht's Euch bequem. Falls es überhaupt in meiner Macht sein sollte, Alban Morley's Neffen einen Dienst oder Gefallen zu erweisen, werde ich mich als Denjenigen betrachten, dem eine Gunst wird.« (Bei sich selbst dachte Darrell, ›der junge Mann ist ehrgeizig – soll ihm wohl in seiner Karriere, zu einem Bistum, behülflich sein‹.)

George Morley: – »Darf ich als Erstes vorausschicken, daß ich Sie eigentlich lange schon über ein Thema konsultieren wollte, das mich, von Kindheit an, ständig interessiert und beschäftigt hat – die alte intrikate StreitFrage nach dem *pothen kakon*, dem Ursprung und dem Nutzen des Bösen, nicht nur in der physischen, sondern auch in der moralischen Welt; sie begreift Probleme in sich, über denen ich als Junge schon gebrütet habe, stundenlang – über die ich, als Student, SeminarArbeiten schrieb – zu der ich, beständig-noch, Beispiele, Erläuterungen zusammentrage, um meine GrundEinsichten als Theologe zu befestigen.«

(»Er schreibt an einem Buch«, dachte Darrell neiderfüllt; »und ein Buch über solch einen Gegenstand, wird ihn ein ganzes-erfülltes Leben lang beschäftigen – Der Glückliche!«.)

George Morley: – »Der Geistliche wird ja, (Sie wissen es), häufig von den Unterdrückten und Entrechteten angegangen –

häufig genug dazu aufgerufen, jene eine CardinalFrage zu beantworten, bei der die Zweifelsucht der Armen und Unwissenden gewöhnlich ansetzt – : ›Wieso leide ich derart? Warum bin ich unterdrückt? Ist das die Gerechtigkeit der Vorsehung? Eignet dem Großen Vater tatsächlich dieses gütige MitGefühl, diese wachsame Sorgfalt, für seine Kinder, von der ihr Prediger uns vorredet?‹. Jederzeit darauf bedacht sein, Beispiele aus dem täglichen Leben, zu denen der Schlüssel bekannt geworden ist, parat zu haben und anführen zu können, muß der Priester sein, der mit VernunftGründen gegen Mißgeschicke anzugehen hat, die durch keinen auf der Hand liegenden Fehltritt herbeigeführt wurden; und wo, nach dem Kanon menschlicher Gerechtigkeit beurteilt, Wolken und Finsternis die göttliche verhüllen – da muß er dennoch das Verhalten GOttes gegen den Menschen rechtfertigen.«

DARRELL: – »Eine Philosophie, die allen andern Schulen voranging, und sie auch überleben wird. Sie ist gleichzeitig mit der Welt selbst ins Leben getreten. Fahrt nur fort; ob das Thema schon unerschöpflich ist, läßt das Interesse daran doch nie nach.«

GEORGE MORLEY: – »Ist es Ihnen auch aufgefallen, Mr. Darrell, daß wenige Schicksale vor Ihren Augen sich abgespielt haben, in denen die unaussprechliche Zartheit des Allwissenden deutlicher sichtbar geworden wäre, als in dem Ihres Gastes William Losely?«

DARRELL (überrascht): – »›Deutlich sichtbar‹? Was mich betrifft, so gesteh' ich frei, daß wenn es je ein Beispiel gab, in dem die göttliche Zartheit, die göttliche Gerechtigkeit, (an denen ich mir nie einen Zweifel erlauben werde), meiner beschränkten Einsicht noch *nicht* wahrnehmbar geworden ist, dann in dem Beispiel eben jenes Lebens, auf das Ihr Euch bezieht. Ich sehe einen Mann von bewundernswerten Tugenden – von einer kindgleichen Einfachheit des Charakters, die ihn der Größe seiner eig'nen Seele sich so gut wie nicht bewußt sein läßt – infolge einer erhab'nen SelbstAufopferung – durch eine Tugend also, nicht durch einen Fehltritt – in die schrecklichste menschlicher Kalamitäten verwickelt – in schmachvollste Degradierung; – im Mittag des Lebens herausgeschleudert aus der Sphäre ehrlicher Menschen – das Brandmal des Verbrechers auf seinem Namen – obdachlos herumirrend im Alter; – endlich widerfährt ihm Gerechtigkeit; aber spät und knapp bemessen; und als sie kommt, bereitet sie ihm nur geringe Freude, weil er, der immer nur an Andre denkt, sein ganzes Herze an ein Kind gehängt hat, das er eben auch wieder nicht glücklich machen kann; zumindest nicht in der Richtung wie er sich erhofft hat! George – nein; Euer Exempel könnte ein Skeptiker eher zu einem Argument gegen Euch verwenden.«

GEORGE MORLEY: – »Schwerlich; es sei denn, der Skeptiker lehne die fundamentale AusgangsBasis ab, von der aus Sie und ich einzig zu argumentieren vermögen; also nicht, wenn eingeräumt werden muß, daß der Mensch eine Seele habe, die für ein anderes Dasein zu entwickeln und anzureichern, der Sinn und Zweck dieses Lebens ist. Wir wissen, von meinem Onkel, was William Losely war, bevor das Unglück ihn befiel – ein lustiger Kumpan und ZechBruder – ein sorgloser offener ›guter Kerl‹ – in dem alle die jetzt von Ihnen gepries'nen Tugenden schlummernd lagen, ungeahnt sogar von ihm selbst. Plötzlich kam DAS UNGLÜCK! – plötzlich erhob sich DIE SEELE! Entehrung eines Namens – und mit ihr die Würde einer Natur! Wie armselig, wie gering, wie unbedeutend war nicht William Losely, der Schmarotzer an LandjunkerTafeln – verglichen mit jenem William Waife, dessen Eintritt in dieses Haus hier, Sie – trotz dem Brandmal des Verbrechers, sobald Sie wußten es sei die Glorie des Märtyrers – mit edler Ehrerbietigkeit begrüßten: den Sie, als der Geist zu Boden geschlagen – und dem Wrack des Körpers nur die Seele noch gelassen war – mit so frommer Sorgfalt warteten, da er auf dem Bette Ihres Vaters lag! Und Sie, der Sie SeelenAdel so hoch in Ehren halten – wollen ausgerechnet Sie, von allen Leuten, mir erzählen: Sie könnten jene Himmlische Zartheit, die sich einen Geist für alle Ewigkeit hier adelte, nicht gewahren?«

»George, Ihr habt recht!«, rief Darrell; »und ich war ein Dummkopf und Stümper; wie der Mensch immer ist, wenn er ein Stäubchen auf seinem Teleskop, mit dem Makel auf der Sonne eines PlanetenSystems verwechselt.«

GEORGE MORLEY: – »Aber schwieriger ist es, das geheimnisvolle Walten der Himmlischen Liebe zu erkennen, wenn keine spektakuläre weltliche Widerwärtigkeit uns zum Innehalten und zur SelbstPrüfung zwingt. Laßt das Schicksal ein Opfer zu Boden schlagen; und selbst der Heide ruft: ›Das war die Hand GOttes!‹. Aber wo Fortuna wenig Wechsel bringt; wo ihr Rad leicht dahinrollt, und in seinem Lauf Reichtum und Ehren herniederfallen – wo die Betrübnis ihr Werk auf das geheime verschwiegne Herz nur beschränkt – da wird selbst der weiseste Mann nicht ohne weiteres bemerken, durch welche Mittel der Himmel den Betreffenden mahnen, necessitieren, ihn näher zu sich werben will. Ich setze den Fall eines Mannes, in dem der Himmel einen begünstigten Sohn anerkennt. Ich denke mir sein äußeres Leben von Erfolgen gekrönt; seinen Geist ausgestattet mit reichen Talenten; seine Natur begabt mit hohen Tugenden; welch ein Erbe, um es durch die kurze ErdenSchule dahinzutragen, bis auf den gebührenden Platz in den Äonen die da hinrollen für immer und ewig! Aber dieser Mann habe, auf jeglichem Beet einer an Blumen reichen Seele, auch ein schmarotzendes Unkraut – und Unkraut und Blumen seien verrankt miteinander, Stengel um Stengel – selbst bis tief ins Wurzelwerk hinunter seien ihre Fibern verschlungen und vereint. Können Sie sich nicht vorstellen, mit welch unermüdlich wachender Sorgfalt der Himmel versuchen werde, die Blume aus dem Unkraut zu entwirren? – wie (um die nicht mehr zureichende Metapher fallen zu lassen) – wie der Himmel für seine warnenden Züchtigungen sich eben diesen Irrtum erkiesen werde, den der Mann sich mit seinen Tugenden derart hat vermischen lassen, daß er ihn selbst für eine Tugend ansieht? – wie der Himmel, stufenweise, langsam, aber hartnäckig, diese schöne Natur wird ganz für sich gewinnen wollen, und auf einem Opfer bestehen, das er einem Andern gar nicht zumuten würde? Um das wahre Wesen des armen William Losely frei zu machen, verordnete der Himmel ihm die Aufopferung seines weltlichen Rufes; um das wahre Wesen Guy Darrell's frei zu machen, verordnet GOtt ihm die Aufopferung seines STOLZES!«

Darrell fuhr zusammen – erhob sich halb; sein Aug' schoß Blitze – seine Wange erblich; aber er blieb still.

»Und nun bin ich bei der Gunstbezeigung angekommen, die ich erbat«, nahm George wieder auf, indem er einen tiefen Atemzug, wie vor Erleichterung, tat. »Eine größere kann ein Mensch seinem MitMenschen kaum gewähren. Ich beschwöre Sie, mir zu glauben, daß ich Sie genugsam respektiere, und liebe, und ehre, um wenigstens für einen Augenblick emporgehoben zu werden in Ihre Freundschaft, so daß ich ein Vorrecht ansprechen darf, ohne welches Freundschaft nur eine leere Form wäre; – genau wie andrerseits keine Freiheit die man sich nimmt, anstößiger sein kann, als sich einem Vertrauen aufzudrängen, das Einem nicht eingeräumt wird; ebenso ist, ich wiederhole es, keine Gunst kostbarer, als das Vertrauen, das ein Mann von Wert Dem bewilligt, der es sich ausbittet, ohne ein anderes Creditiv dafür, als die Lauterkeit seiner Motive.«

Sprach Darrell, beschwichtigt, aber mit Stattlichkeit – »Alle menschlichen Leben sind wie getrennte Kreise für sich; sie mögen einander, bei freundlicher Annäherung, in einem Punkte nahe kommen; aber gerade dort wo sie sich berühren, prallt jeder, davon-rotierend, vom andern ab. Ich begnüge mich mit dieser Andeutung, und frage nur: welchen speziellen Punkt auf meiner Peripherie Ihr berühren möchtet?«

George Morley: – »Ich danke Ihnen von Herzen; und mache mir Ihren Vergleich gern zu eigen: die punktförmige Berührung ist erfolgt; ich bedarf keiner anderen.« Einen Moment hielt er inne, wie um all sein Denken zu konzentrieren; und sagte dann, in sinnenden Tönen – »Ja, doch; ich mache mir Ihr mathematisches Beispiel zu eigen; ich will die Kraft der darinliegenden Wahrheit, sogar durch eine einfältigere Illustration meinerseits noch verstärken. Man hat da diese kleinen, verkürzten Schemata der Geschichte, wie wir sie den Kindern in die Hände geben: in dem und dem Jahr ward ein König gekrönt – eine Schlacht geschlagen; hier war ein großes Desaster, (oder auch ein großer Triumph). Vom wahren Fortschritt und der Entwicklung der betreffenden Nation, deren Annalen solchermaßen zusammengestrichen worden sind – von den komplizierten Ursachen, die gerade zu speziell diesem oder jenem herausragenden Ereignis führten – von dem regen, wechselvollen, vielgestaltigen Leben, das da weitergerauscht ist, von Epoche zu Epoche, erzählt uns der Abriß nichts. Ebenso steht es mit dem Leben jedes einzelnen Menschen: so wie es uns vor Augen liegt, ist es nur ein steriles Excerpt – sind unsern Blicken die Emotionen verborgen, die die eigentliche Bevölkerung des Herzens darstellen. In dem und dem Jahr geschah ein sichtbares Etwas – ein Gewinn – ein Verlust – ein Erfolg – eine Enttäuschung; die Bevölkerung des Herzens krönte (oder auch entthronte) einen König. Das ist Alles, was wir zu wissen bekommen; und selbst die bändereichste Biographie, die je geschrieben wurde, wird immer erst noch (sie kann nicht anders) ein magerer Auszug all dessen sein, was einen Menschen tatsächlich individualisiert und geformt hat. Ich erbitte mit nichten Ihr Vertrauen für irgendein einzelnes Detail oder Faktum in Ihrem Dasein, das außerhalb meines Gesichtskreises liegt. Fern sei von mir dergleichen Neugier, ja Unverschämtheit; aber ich frage Sie dieses Eine –: wenn Sie Ihr vergangenes Leben, als Ganzes, überdenken, wären da nicht Ihre HauptBekümmernisse imgrunde auf ein- und denselben inneren

Hang zurückzuführen? Haben sie nicht aufs Seltsamste wie dirigiert gewirkt, zur Vereitlung eines einzelnen speziellen Zweckes – den bereits Ihre früh'sten Hoffnungen gehegt und genährt haben; und an dem Sie, gleichsam dem Geschick zum Trotz, noch heute entschlossen festhalten?«

»Es ist wahr«, murmelte Darrell. »Ihr beleidigt mich nicht; nur weiter!«

»Und haben diese-Ihre KÜMMERNISSE nicht oftmals und immer wieder, indem sie Ihnen Ziel und Zweck blockierten, sich einer gewissen Uniformität bedient?, sowohl in den Waffen die sie einsetzten, als auch in der Wahl des psychischen Territoriums wo ihre Invasion erfolgte; gleichsam als läge eine Strategie oder Politik zugrunde, die sie sorgfältig anwies, wo sie am meisten peinigen, oder demütigen, oder einen Feind vertreiben konnten, den mit Sturm zu nehmen sie beordert waren? Sie herabwürdigen konnten sie nicht; das war auch nicht ihre Mission. Intakt ließ Ihnen der Himmel eine königliche Natur – eine Erhabenheit des Geistes, unerniedrigt durch Attacken, nicht gegen Sie-selbst, wohl aber gegen Ihren Stolz gerichtet; Ihre persönliche Würde, obschon so eigentümlich sensibel, obschon so bitterlich gereizt, bewährte sich unerschütterlich. Was einen geringern Mann erniedrigt hätte, Sie erniedrigte es nicht; diese Würde ließ Ihnen der Himmel, weil sie ganz einfach gleichermaßen zu Ihrem Geist wie zu Ihren Tugenden gehörte – aber das ließ er zu, daß auch sie eine Quelle der Angst und Qual für Sie wurde. Warum? Weil sie, die Würde, nicht zufrieden damit Ihre Tugenden zu zieren, sich wied'rum schützend mit vor den Fehler stellte, gegen den die Heimsuchungen gerichtet waren. – Sie runzeln die Stirn – verzeihen Sie mir.«

»Ihr habt Euch keiner Überschreitung schuldig gemacht, (es sei denn als Schmeichler!). Wenn ich die Stirn runzelte, ist das unbewußt geschehen – ein Zeichen des Nachdenkens, nicht der Erzürntheit. – Eine kleine Pause, bitte – mein Geist ist im Moment abwesend; ich richte den Blick in meine Vergangenheit –«.

Die Vergangenheit! – War es nicht Alles wahr? Jenes ›Heim‹, vor dessen Portal genau zur rechten Zeit die Schwarzen Pferde kamen; zur rechten Zeit, um vor der letzten, schlimmsten Entehrung zu bewahren; nicht zu bewahren allerdings vor langen FolterJahren, in denen MännerWürde, durch tägliche Attacken auf die Festung des MännerStolzes, wie mit Eggen gepeinigt worden war. Oder die schlau-verräterische Tochter – ihre fürchterliche

Verehelichung – der Mann, dessen Schande sie in ihr Blut aufgenommen hatte; und dessen Dasein noch heute eine Beleidigung und Bedrohung für sein eigenes war! Richtig; welch ein Krieg gegen den Stolz! Und sogar in dieser heimlichen und schicksalhaften Liebe, die von all seinen Kümmernissen noch das einflußreichste und längstandauernde gewesen war: würde da wohl, wenn sein Stolz weniger bitterlich verwundet, und überdem dieser Stolz etwas weniger fest inthronisiert in seinem Charakter gewesen, würde da sein Gram so unerbittlich, seine Bemühungen ihn zu besiegen, gar so vergeblich ausgefallen sein? Und weiterhin, selbst jetzt noch – Was hatte da neulich gesprochen, »ich kann segnen«? – Heilige LIEBE! Und was hatte hinzugefügt : »aber nicht vergeben«? – Gestrenger STOLZ! Und so fort; bis zu diesen letzten Umläufen eines sterilen Daseins jetzt wieder: fühlte er sich nicht selber elend, in Lionel's und Sophie's Elend? Einsam und verloren in seiner Zitadelle des Stolzes – eingeschlossen und berannt von Kummer und Sorgen – und die letzten Hoffnungen, die mit in die Festung geflohen waren, schon bei der bloßen Verteidigung der AußenWerke niedergemacht. Mit der Hand sein Gesicht beschattend, verharrte Darrell, einige Minuten lang, in Schweigen. Schließlich hob er das Haupt; und sein Aug' war ruhig und gefaßt, seine Lippe fest geworden.

»George Morley«, sagte er, »ich erkenne viel Gerechtigkeit in den Ausstellungen an, die Ihr mit so viel Geschick und Zartgefühl gemacht habt, daß, wenn sie vielleicht auch nicht grundlegend bessern, so doch unmöglich mißfallen können, und viel hinterlassen haben, das ernstlich in Einsamkeit und SelbstGespräch erwogen sein will. Aber obwohl ich eventuell eingestehen will, daß Stolz letztlich nichts für Menschen ist; auch, daß ich, in der Verblendung menschlichen Urteilens, öfters Stolz mit Pflicht verwechselt, und für solchen Fehler dann entsprechend gelitten haben mag; dennoch kann ich den einen allüberragenden Zweck meines Lebens – von dem Ihr mit so schockierender Wahrheit es ausspracht, daß es dem Himmel gefallen habe, mich darin zu frustrieren – ich kann ihn nicht für irrig an sich erachten. Ihr habt sicherlich genug von seiten Eures Onkels gehört, auch mit eignen Augen genug von mir gesehen, um zu wissen, was dieser mein Lebenszweck gewesen ist. Ihr seid hinreichend Gelehrter, um mir einräumen zu können, daß es keine unedle Huldigung ist, die sowohl einzelne Persönlichkeiten, als auch ganze Nationen ihren verstorb'nen Ahnen darbringen – solche Huldigung ist ein Instinkt bei allen Naturen, ausgenommen die ganz-vulgären und -schmutzigen. Und wenn ein Mann kein Geschlecht hat, das er sein eigen nennen könnte – dann wird er, wenn er selbst Verdienste aufzuweisen hat, mit Fug und Recht alle Heroen und Barden und Helden seines Vaterlandes seinem Stammbaum vorsetzen! Ein freier Bürger hat Ahnen an sämtlichen glorreichen Häuptern, die je einen Staat geziert haben, unter der einzigen Bedingung, daß er, wie ein Sohn, ihre Gräber verehre, und ihr Andenken bewahre! Und deshalb, wenn immer Diejenigen, die mit TrompetenStimme in den großen Demokratien zu sprechen pflegen, irgendeine zagend-zögernde Generation zu heldischen Taten oder Opfern aufrütteln möchten? ja, dann appellieren sie eben auch gern im Namen der Vorfahren, und rufen die Lebenden auf, sich der Toten würdig zu erweisen! : Das, was ein so lobenswertes – ja, so notwendiges Gefühl bei der Masse ist, kann bei dem Einzelnen doch wohl kein Fehler sein, der den Himmel erzürnen müßte. Gleich allen erhabnen Gefühlen, kann auch dieses durchaus herbe und rauhe Pflichten auferlegen; kann die strenge Unterdrückung so mancher sanften Regung – so manchen lieben Wunsches nötig machen. Aber wir müssen es eben, nach seinen Vorzügen und nach seiner Beschaffenheit als ein Ganzes betrachten. Und wenn Alles was Ihr, mein beredter und subtiler Freund, bis jetzt vorgebracht habt, lediglich dazu bestimmt gewesen sein sollte, ein Plädoyer für dieselbe Sache zu sein, die ich bereits gegen den Anwalt in meinem eigenen Herzen – das durchaus auf Seiten von Lionel's hochsinniger Liebe, und jenes schönen Mädchens unbefangener und rührender Anmut steht! – entschieden habe, dann laßt Uns besser die Sitzung aufheben: der Richter hat keine Wahl, als das Gesetz, das seine Urteile gebieterisch bestimmt.«

George Morley: – »Ich habe mir bis jetzt noch nicht erlaubt, die ganz-allgemeine Argumentation, die zu Gunsten meiner Theorie vorzubringen Sie mir so nachsichtig gestatteten, auf etwelche besonderen Fälle anzuwenden; nämlich, daß im Mikro-Kosmos des MenschenHerzens, bei genauer Prüfung, die gleiche Planung und Harmonie statthat, wie im äußeren Universum; daß in Vergehen und Kummer darob, in Schuld und Sühne, die Axiome und Probleme und Postulate einer Wissenschaft vorhanden und auffindbar sein müssen. Haben Sie, bitte, noch ein wenig Geduld mit mir, wenn ich den gleichen ArgumentenGang noch etwas weiter verfolge. Ich werde nicht die Arroganz haben, einen SpezialFall mir vorzunehmen – zu verfügen, ›Dies solltest Du tun; jenes solltest Du nicht tun‹. Alles, worum ich bitte, ist einzig die Erlaubnis, Ihrer eig'nen umfassenden, unparteiischen Erfahrung, noch einige weitere Andeutungen unterbreiten zu dürfen.«

Versetzte Darrell, unwiderstehlich von dem Thema angelockt, aber mit einem Anstrich seiner gravitätischen Ironie : »Ihr besitzt den wahren Genius der Kanzel, und ich räume Euch deren Rechte gern ein. Ich will lauschen, mit dem ungeheuchelten Wunsch zu profitieren – für Überzeugung theoretisch umso empfänglicher, weil der Notwendigkeit zu antworten überhoben.«

George Morley: – »Sie nehmen das Ziel, das den HauptEhrgeiz Ihres Daseins gebildet hat, in Schutz. Sie sagten, ›kein unedles Ziel‹ – zweifellos! unedle Ziele sind nichts für Sie. Die Frage wäre nur: gibt es keine *edleren,* auf die ein noch höherer Wert zu setzen gewesen wäre; und die in einer Seele, wie die Vorsehung sie Ihnen zuwies, zu größeren Resultaten geführt haben sollten? Gebührt sich ein Ziel, wie Sie es in Schutz nehmen, nicht weit mehr für HülfsKräfte, für Untergebene – als für einen alles-lenkenden, geistig-autonomen Führer und Selbstherrscher, von so mannigfaltigen GeistesGaben? Ich stelle Sie mir einmal vor – den einsamen, kühn-herzhaften Jungen – in diesen alten Hallen; inmitten dieser urtümlichen Landschaften, wo Erinnerungen an alte Zeiten so wenig nur durch Modernes gestört werden – wo Ödland und zarte wilde WiesenWeiten, deren ferne Ränder tief in die Labyrinthe feierlicher Waldungen übergehen, zwanglos den Schauplatz abgeben für GedankenSpiele von längstvergang'nen Tagen – wo Aventiuren und Irrende Ritterschaft und all die hochpoetischen Farbigkeiten alter Zeiten sich ohne Müh' zusammenfinden; und die den toten Vorfahren gebührende Huldigung leicht mit ehrgeizigen Träumen des eignen zukünftigen Lebens zu vereinigen gestatten; – es ist schon eine Vorstellung voll von Interesse und rührendem Pathos, dies freundlose Kind eines alten, ob seines Verfalls nur umsomehr geliebten Geschlechtes, wie es, mit jener Gewißheit der eigenen Kraft, die nur fester Vorsatz gepaart mit ernstem Willen hervorbringen, unerschrocken auf die vor ihm liegende Armut und Mühsal schaut, und sich sein heimliches Gelübde um desto tiefer einprägt: allein, nur auf sich selbst gestellt, das zerstörende Werk von Jahrhunderten rückgängig zu machen, und seine Familie wieder auf den alten Ehrenplatz im Lande einzusetzen!«

George hielt inne; und in Darrell's Auge stand eine Träne.

»Ja«, nahm der Theologe wieder auf – »oh ja; für das Kind, für den Jüngling, für den Mann während seiner ersten wagemutigen Schritte ins tätig-active Leben hinein, nötigt solch Ziel uns durchaus Sympathie und Respekt ab. Aber warten Wir ein paar Jahre – : hat dieses Ziel an Ausdehnung zugenommen? hat es hinaufgeführt zu anderen Zielen, die die ganze Menschheit umfassen? Ist es allein und steril für sich geblieben, in der Brust des erfolgreichen Genies? oder hat es fruchtbar weiter-gewuchert, und sich zu großartigeren Vorhaben entwickelt – mit weitgreifenderem Nutzen? Wenn dem Genie Erfolg beschieden ist, kommt der Zeitpunkt, wo alle Menschen das Recht haben, zu sagen : ›Bruder, hilf uns!‹. Aber Wie? :immer noch kein anderes Ziel, als 1 altes Haus neu-aufzubauen? – 1 Linie wieder zu Ehren zu bringen? Was in einem Stadium einer vor- und aufwärts-gerichteten Laufbahn großgedacht ist, kann in einem anderen durchaus engstirnig und klein sein! Ein Ehrgeiz, der sich lediglich auf den Aufstieg einer Familie beschränkt, können wir unsre Sympathien *dem* noch weihen? Nimmermehr! an einem bedeutend-arrivierten Guy Darrell, war derlei Ehrgeiz blanker Verrat an der Erde! Das MenschenGeschlecht hatte jetzt seine Familie zu heißen! Und DARUM blockierte Ihnen der Himmel ein Ziel, das seinen heimlichen Absichten bei Ihrer Hervorbringung conträr war! DARUM stehen Sie jetzt kinderlos an einem verödeten Herde! – DARUM – sehen Sie hin: Seit' an Seite – drüben der unvollendete GroßBau – hier Ihr eigenes unvollendetes Leben!«

Darrell saß ein Bild des Schreckens. – Es hatte ihm die Sprache verschlagen!

GEORGE MORLEY: – »Hat dieses Ziel letztlich nicht sogar Ihren Intellekt eingeengt? Hat es nicht, in seinem eignen unangenehm gut-zentrierten Umschwung Sie immerwährend frustriert – ja, hat es Sie da nicht zusätzlich jenes Ruhmes beraubt, nach dem Ihre Jugend lechzte, und den Ihr Mannesalter ohne weiteres hätte gewinnen können? Indes Sie, götzendienerisch, am Credo eines ahnherrlichen NAMENS festhielten: hat da Ihr eigener Name sich jenes unvergängliche Anrecht auf die dankbare Verehrung der Zukunft erworben, den die Menschen doch fast immer dem Genie zuteil werden lassen, dessen Ziele fest-verwoben mit der Menschheit selbst sind? Plötzlich, im Zenith des Daseins, umbrandet vom Beifalls-Jubel eines, allerdings nicht ganz ächten, Ruhmes – eher von HochRufen, kurz und lautstark wie ein PöbelHurrah – da unterbrechen Unglücksfälle, die ich alle weder kenne noch mutmaßen kann, Ihre Karriere; – und nunmehr, da Ihr eignes, lebenslängliches Ziel gestoppt, (vielleicht korrekter: Ihrem Auge entrückt worden) ist, da sagt Ihr Genie sich einfach von jedweder nützlichen Betätigung los. Ruhm, ewiger Ruhm, hätte doch immer noch vor Ihnen gelegen, wären Ihre Ziele von solcher Art gewesen, für die ›Genius‹ imgrunde einzig verliehen wird. Sie sinnen? – : der Himmel gebe, daß diese-meine rüden Worte recht tiefinnerlich getroffen haben! Guy Darrell, es ist spät, aber noch nicht zu-spät; die Warnungen des Himmels erfolgen stets zur rechten Zeit! Bedenken Sie: an diesem einen schmal-kargen Ziel, hat sich ja eben die eine große Schwäche, der STOLZ, gewärmt und gemästet! Für uns als Christen, oder als Denker, muß mit nichten schon in dieser Welt jeglicher erfüllten Pflicht ihr ganz besondrer Lohn werden; aber, infolge des schon erwähnten mystischen GESETZES, das den Kummer zu einer Wissenschaft macht, sind Belohnungen oft nur die ganz-normalen Auswirkungen erhabner Pflichterfüllungen. Ist aus Ihrem Stolz, samt Ihrem einen überbewerteten Ziel, Glück für Sie erwachsen? Hat der Erfolg, der Ihnen ja nicht versagt worden war, jene verbindenden KettenGlieder mit der NachWelt geliefert, die Ihre Hand, wäre sie nicht gefesselt gewesen, längst schon geschmiedet haben würde? Gesetzt den Fall, der Himmel spräche: ›Halsstarriges Kind, gieb endlich nach den Warnungen, die meine Liebe Dir hat zukommen lassen! Von einem derart bevorzugten und starken Sohn, verlange ich die größte-schwerste der OpferGaben! Du gabst mir viel, aber nur für Zwecke, die nicht in meinem Gesetz vorgeschrieben waren; opfere mir jetzt das Eine, woran Du Dich am meisten klammerst – den Stolz. Ich mache die Qual, die ich heische absichtlich bitter: ich will die Opfergabe umwunden sehen von den blutenden Fibern, aus denen Du sie lossissest. Was für andere Männer gar keine sonderliche Pflicht darstellte – für Dich ist es eine, weil es Dir eine triumphierende SelbstÜberwindung auferlegt, und der Menschheit die Rückstände einer fälligen und zu lang schon vernachlässigten Schuld abträgt.‹ Angenommen, das harte Opfer wäre vollzogen; dann kann ich mich des Gedankens nicht entbrechen, daß der Himmel, wenn er also von Ihnen verlangte, sich von der Ursache all Ihrer Kümmernisse zu trennen, sogar noch hienieden Freuden für Sie im Rückhalt habe; – kann nicht anders, als mir denken, daß der Abend Ihres Lebens noch einen Sonnenschein kennen lernen sollte, den sein Mittag ihm vorenthalten hat. Aber mit GOtt giebt es kein markten und handeln. Vor Ihnen liegt eine Tugend, umso jäher-mühsamer, als Alles niedergetreten werden muß, was Ihr ganzes bisheriges Leben als Tugend gefeiert hat – unangenehm, herbe, abstoßend. Die einladendsten Argumente zu ihren Gunsten bestehen noch darin, daß sie keinerlei Bestechungen anbietet; Menschen würden Sie ohne weiteres freisprechen, wenn Sie sie verwürfen; und nach den gewöhnlichen MaßStäben uns'rer Welt hätten die Menschen recht mit ihrem Freispruch. Aber wenn Sie, nach reiflicher Überlegung, in Ihrem innersten Herzen zu sich selber sagen, ›Nein, es *ist* eine Tugend‹, dann werden Sie auch ihrem unumlärmten Pfad folgen, hinauf zum Lächeln GOttes!«

Der Prediger schwieg.

Darrell atmete einen langen Seufzer; erhob sich langsam; ergriff George's Hand, drückte sie, warm, in seinen beiden-eignen; und wandte sich dann rasch, und trat davon. In der tiefen Fenster-Nische, allwo durch schmale Scheiben, der Schein einer Winter-Sonne, schief und blaß, die massive Mauer traf, kam er zum Stehen; bedächtig öffnete er die Rahmen und schaute hinaus: über die altererbten BaumRiesen – hin zum gotischen KirchTürmlein – auf das dunkle Immergrün, das seines Vaters Gruft umgab. Und wied'rum seufzte er; aber diesmal schwang es wie ein hochfahrender Ton in solchen Seufzens abgeriss'ner Ungeduld; und George erspürte, daß noch das geschrieb'ne Wort hier bleiben müsse, um die Wirkung des gesproch'nen zu bestärken und zu vertiefen. Zumindest hatte er ja der weisen Vorschrift seines Onkels gehorcht – hatte Darrell's Gemüt schonend vorbereitet, den Inhalt eines Briefes zu erwägen, der, ohne Präambel ausgehändigt, Darrell's Entschluß vielleicht nicht weniger hartnäckig gemacht haben würde; und dabei noch das SchmerzGefühl, das ein solcher Entschluß zwangsweise mit sich führte, vermehrt hätte.

Darrell drehte sich wieder um; und blickte auf George, wie wenn er überrascht wäre, ihn noch immer hier verweilen zu sehen – : ? .

»Es bleibt mir jetzt nur noch, Ihnen diesen Brief, meines Onkels an mich, in die Hände zu legen; er geht ein auf jene Details, die im einzelnen zu erörtern mir nicht angestanden hätte. Denken Sie, ich beschwöre Sie, beim Lesen ständig daran, daß er von Ihrem ältesten Freunde geschrieben ist – von einem Manne, dessen Unterscheidungsvermögen in allen Verwicklungen des Lebens, oder den Finessen im Punkt der Ehre, wahrlich nicht stumpf genannt werden kann.«

Darrell neigte zum Zeichen der Zustimmung sein Haupt, und nahm den Brief entgegen. Und George schickte sich an, das Zimmer zu verlassen.

»Bleibt noch«, sagte Darrell; »es ist am besten, nur eine Zusammenkunft – nur eine Unterredung über den Gegenstand zu haben, der mir soeben aufgenötigt worden ist; auch mag der Brief noch eines Kommentars bedürfen, oder einer Botschaft an Euern Onkel.« Noch stand er zögernd, den auseinandergefalteten Brief in der Hand; und, sein scharfes Auge fest auf George's blasses aber kraftvolles Antlitz gerichtet, sagte er : »Wie kommt es, daß – mit einer Welt- und MenschenKenntnis, die (rein altersmäßig) für begrenzt zu halten Ihr mir vergeben werdet – Ihr dennoch so wundersam das komplizierte menschliche Herz zu lesen versteht?«

»Falls ich diese Gabe tatsächlich haben sollte«, sagte George, »möchte ich Ihre Frage dadurch beantworten, daß ich eine and're stelle: erfolgt es durch Erfahrung, daß wir das MenschenHerz zu lesen lernen? – oder geschieht es durch einfühlende Sympathie? Wenn nur durch Erfahrung: wie steht es dann mit dem Dichter? Wenn der Dichter, wie es heißt, geboren wird, nicht gemacht: bedeutet das dann nicht, weil er dazu geboren ist, auch mit dem mitfühlen zu können, was er niemals erfahren hat?«

»Ich sehe! Es gibt geborene Prediger!«

Darrell setzte sich wieder, und fing mit Alban's Brief an. Er war unverkennbar bewegt, ob der Schilderung von Lionel's Gram durch den Oberst; – »Armer Junge!«, murmelte er vor sich hin – »aber er ist ja tapfer – er ist jung.« Als er an Alban's düstere Vorahnungen kam, über die Auswirkungen der Schwermut auf die innersten KraftQuellen des Lebens, fuhr seine Hand rasch einmal gegen die eigne Brust, wie wenn er einen Schock empfunden hätte! Er sann dann ein Weilchen, bevor er die Lektüre wieder aufnahm; und las anschließend schnell und schweigend weiter, bis sein Gesicht sich plötzlich rötete, und er in hohlem, unsagbar traurigem Ton es wiederholte: »›Soll der Junge Mann leben; und der Alte Name sterben mit Guy Darrell!‹. Ja ja, seh' Einer, wie die Welt immer auf der Seite der Jugend ist! Alles andre spielt keine Rolle, wenn nur die Jugend ihr Spielzeug kriegt!« Wied'rum flog sein Auge ungeduldig fürder; bis er an die Stelle kam, die sich mit Lady Montfort befaßte – da gewahrte George, daß das Blatt in seiner Hand heftig zu zittern begonnen hatte, und selbst seine Lippen weiß wurden. »›Ernstlichste Befürchtungen‹«, murmelte er. »Ich, ›einer solchen Freundin doch wohl auch einige Rücksicht schuldig‹. Tz, dieser Mann ist tatsächlich völlig ohne Herz!«

Seine Hand krampfte sich um das Blatt, das sie hielt, ohne daß er diesmal weiter gelesen hätte. »Laßt mir diesen Brief hier, George; heut Abend noch will ich Antwort geben, auf das-hier – und auch Euch.« Noch während er also sprach, griff er nach seinem Hut; entfernte sich in die verödete GemäldeGalerie; und von da aus weiter, an die frische Luft. George, ängstlich und voller Ungewißheit, suchte die Einsamkeit seines eignen Zimmers auf, und verschloß die Tür.

3. Kapitel

Und endlich wird die große, die Peinliche Frage, fairerweise auch bei Guy Darrell angewendet.

Was wird er damit machen? Was wird Guy Darrell machen mit dem Gedanken, der auf seinem Hirn lastet, in seinem Herzen schwärt, sein unschlüssig gewordnes Gewissen verwirrt? Was wird er mit dem selbstauferlegten Gesetz machen, das ein ganzes vergangnes Leben beherrscht hat? Was wird er mit diesem Schemen eines Namens machen, der, ob im gedrängten MenschenSchwarm, oder an einsamer BegräbnisStätte, sein Auge bezaubert und seinen Schritt hinter sich her gelockt hat, wie ein auffordernd winkendes Gespenst? Was wird er mit dem Stolze machen, dem die Maske so rauh heruntergerissen worden ist? Was wird er mit so lang verehrten Götzenbildern machen? (Ja, *sind* es denn auch Götzenbilder?; oder nicht doch gültige Symbole und Versinnlichungen Heiliger Wahrheiten!). Was wird er mit dem marternden Problem machen, von dessen Lösung die, geweihter Asche schuldige Ehre abhängt; und gleichzeitig die Rechte, die man pochenden Herzen schuldet? Da schreitet er ruh'los dahin, den Stachel dieser Frage in seiner Seite – jetzt über weit sich dehnendes Ödland – jetzt durch die trüben Wälder; oft, mit kurzem-schnellem Seufzer, inne haltend, wobei seine Hand über die Stirn streicht, wie um ein Gewölke weg zu wischen; – jetzt unserm Blick entzogen durch das Immergrün um die Gruft an jenem stillen BegräbnisOrt – jetzt, langsam, wieder auftauchend, mit schwermütigen Augen, die fest auf das Alte Dach geheftet sind! Was wird er damit machen? Die Frage aller Fragen, in der sämtliche Zukünfte sich auftun, hat ihn auf ihrer Folter. Was wird er damit machen? Wollen sehen.

4. Kapitel

Immunis aram si tetigit manus,
non sumptuosa blandior hostia,
mollivit aversas Penates,
farre pio et saliente mica.

Horaz

Es ist Abendgrau. Fairthorn schlendert, ziemlich mürrisch, das SeeGestad' entlang. Er hat, in den letzten drei Tagen, seinen Spaziergang mit Sophie vermißt – ihm fehlt die aufregende Anregung, *zu* ihr, und *von* der Familie zu sprechen; obschon er ihr Int'resse an deren verblichner Herrlichkeit natürlich andrerseits als aufdringlich und impertinent betrachtet. Und nicht minder hat er seine gewohntere, und doch minder irritierende Unterhaltung mit Darrell vermißt. Kurzum, er empfindet sich als irgendwie ›abgesetzt‹; und läßt folglich seine Verstimmung an den Schwänen aus, die ihm auf den Wellen folgen, wie er auf dem rasigen Rand entlangwandelt, wobei sie ihm – durch jenes liebreiche Getön, halb Schnarchen und halb Grunzen, auf das entweder der Wandel der Zeiten oder auch die KlimaVeränderung, die stimmlichen Leistungen dieser klassischen Vögel, die einst, da Moschos lebte, und an den Ufern des Kaystros, so ergreifend-melodisch gewesen sein sollen, reduziert hat.

» : nicht 1 Krümchen! ihr charakterlosen FechtBrüder«, grollte der Musiker. »Bildet Euch wohl ein, die Menschheit habe an nichts anderes zu denken, als Euch mit LeckerBissen zu versorgen! Und dabei, wenn man, während'm TestExamen um 'ne BeamtenStelle Euch aufforderte, eine Definition von *MIR*, Eurem Wohltäter zu geben, würdet Ihr höchstens sagen – ›ein, auf der Stufenfolge der Schöpfung ungemein niedrig-stehendes Ding, ohne Flügel, (ja sogar ohne Federn!); aber von der Vorsehung mit einem eigentümlichen Instinkt dafür begabt, dem normalen SpeiseZettel von Schwänen, ebenso nahr- wie schmackhafte Extra's hinzuzufügen‹! – Ja, grunzt nur!; ich wollt' ich hätt' Euch – in'ner Pastete!«

Langsam, aus der Lücke zwischen jener grauen Klippe und dem großen Weißdorn hervor, kommt das Reh geschritten, und hält just dort zum Trinken an, wo der noch schwächliche AbendStern seinen Glanzstrich übers Wasser zieht. Da läßt der Musiker Schwäne Schwäne sein, und beschleunigt den Schritt, in der Erwartung, auf den gewohnten Begleiter des Reh's zu treffen. Auch wird er nicht enttäuscht. Er stößt auf Guy Darrell dort, wo der DämmerungsSchatten zwischen grauer Klippe und Weißdorn am dunkelsten hereinfällt.

»Lieber MitEinsiedler«, sagte Darrell; schier fröhlich, jedoch mit mehr als der gewöhnlichen Herzlichkeit in Gruß und Stimme, »Ihr findet mich zu rechter Zeit, gerade da ich Eurer bedarf. Ich bin wie Einer, Dessen Augen durch einen heftigen Widerstreit aufgeregter Farben überanstrengt worden sind; und da kommt Eure ruhige Gegenwart wie die Erleichterung, wenn man wieder still ins Grüne schauen darf. Ich habe Neuigkeiten für Euch, Fairthorn. Ihr, der von meinen Geheimnissen mehr weiß als irgendsonst ein Mensch, sollt auch als Erster eine Entscheidung erfahren, die Euch und mich noch-fester aneinander binden muß – allerdings nicht auf diesem Schauplatz, Dick:

›Ibimus – ibimus!
. . . . Supremum
carpere iter, comites, parati!‹.«

»Wie meinen Sie das, Sir?«, fragte Fairthorn. »Mich überkommen grundsätzlich böse Ahnungen, wenn ich Sie Horaz zitieren höre. Dann folgt fast unvermeidlich irgendeine Betrachtung über die Gewißheit des Todes, oder sonstige unangenehme Gegenstände!«

»›Tod‹? Nicht doch, Dick – diesmal nicht. HochzeitsGlocken und Freude, Dick!: bald gibt's eine Heirat bei Uns!«

»Was! Sie wollen endlich heiraten!? Und das muß die schöne Caroline Lyndsay sein! Es muß – es muß! Sie können ja nie eine Andere lieben! das wissen Sie ja selbst, mein lieber, teurer Herr und Meister. Werd' ich Sie also doch noch glücklich sehen bevor ich sterbe.«

»Tz, närrischer alter Freund!«, sagte Darrell, den Arm zärtlich über Fairthorn's Schulter gelegt, und so, langsam, gegen das Haus zu schreitend. »Wie oft muß ich Euch wohl noch sagen, daß für mich keine HochzeitsGlocken erklingen können.«

»Aber Sie haben genauso auch gesagt, daß Sie nach Twickenham gegangen wären, um *ihrer* wieder einmal verstohlen ansichtig zu werden; und daß es dieser ihr Anblick gewesen sei, der Sie zu dem Entschluß bewogen hätte, nie eine Andre zu heiraten. Und wenn ich manchmal auf ihre Wankelmütigkeit schmälte, haben Sie mich da nicht beinah bis zum Unsinnigwerden geängstigt, wie wenn außer Ihnen, Niemand ein Wort gegen sie sagen dürfte? Und jetzt ist sie frei – und haben Sie nicht eingeräumt, daß sie Ihre Hand nicht ausschlagen, und fürderhin treu und beständig sein würde? Und dennoch caprizieren Sie sich darauf – Granit zu sein.«

»Nein, Dick; Granit nicht – ich wollt' ich wär'es.«

»Granit und Stolz«, versetzte Dick, mutig und beharrlich. »Und wenn man vom Granit noch ein Eckchen absplittern kann, am Stolz zerbricht man sich bloß den Spaten.«

»›Stolz‹! – auch Ihr!«, murmelte Darrell kummervoll; dann, wieder laut; »nein, es ist kein Stolz jetzt; was immer es auch gestern noch gewesen sein mag. Aber lieber möcht' ich sämtliche FolterQualen, die fromme Inquisitoren je aus Mitleid mit hartnäckigen Ketzern erfunden haben, über mich ergehen lassen, als die Frau, die ich so schicksalhaft geliebt habe, zu einer langen Büßung verurteilen, deren Elend sie gar nicht zu überblicken vermag. Sie mich annehmen? – sicher! Aber Warum? – weil sie sich einbildet, sie sei mir Genugtuung schuldig – weil sie mich bemitleidet. Und mein eignes Herz erklärt mir unmißverständlich, daß ich möglicherweise grausam, und schäbig, und rachsüchtig werden könnte, müßte ich Tag für Tag mit Einer zusammenleben, Die, da mein Leben noch leidlich im Mittag stand, eine Liebe in mir hervorgerufen hat, die mein Morgen niemals kannte, und dann ständig zu fühlen, daß der einzige Ertrag solch rückkehrender Liebe, lediglich ihr Mitleid wäre, der hereinbrechenden Nacht meines Alters bewilligt. Nein!; wenn sie mich damals schon, vor achtzehn Jahren, da Wir Uns unter jener Buche drüben ›Auf Wiedersehen!‹ sagten, nicht geliebt sondern lediglich bemitleidet hat: da müßt' ich ja nun wirklich ein kindischer alter Geck sein, davon zu träumen, daß FrauenMitleid zur Liebe reife, in dem Maße wie unsre Locken grau werden, und unsre LiebesSchwüre der Jugend nur eine Lächerlichkeit sind. Es ist also gar nicht Stolz, was jetzt hier spricht; es ist eher Bescheidenheit, Dick. – Aber wir dürfen jetzt nicht mehr vom Altern schwatzen, und von Gewesenem: Jugend und HochzeitsGlocken, Dick! Erfahrt also, daß ich, stundenlang, darüber nachgesonnen habe, wie unsres lieben Lionel Glück in Einklang zu bringen wäre, mit meinen altmodischen Begriffen. Man muß ja an die Lebenden wohl ebenso denken, wie an die

Toten, Dick. Ich glaube, ich hab' das Problem gelöst. Ich bin glücklich dabei; und die jungen Leutchen sollen es ebenfalls sein.«

»Sie wollen doch nicht etwa damit sagen, daß Sie Ihre Einwilligung gäben, zu . . .?«

»Jawohl; zu Lionel's Heirat mit diesem schönen Mädchen, um dessen Herkunft Wir Uns nicht mehr kümmern wollen. Große Männer, heißt es, seien ihre eigenen Ahnen: warum dann nicht, ab und zu, schöne Frauen auch? Genug – ich willige ein! Ich werde meinem Verwandten und seiner Braut selbstredend ein reichliches Vermögen aussetzen. Lionel wird noch Zeit genug für seine Flitter-Wochen haben, bevor er in den Krieg zieht. Jetzt kann er mit fröhlichem Herzen fechten, Dick. Die jungen Leute von heutzutage halten unter Kummer und Sorgen anscheinend schlechter aus, als sie zu meiner Zeit zu tun trainiert wurden. Und jene liebenswürdige Lady, die so viel Mitleid für mich aufbringt, hat natürlicherweise noch weit mehr Mitleid für ein reizendes junges Pärchen, für dessen Vereinigung sie so nett intriguierte, um mir im Alter einen warmen Ofen zu verschaffen, gelt Dick? Und eh' ich sie krank werden lasse, und sich verzehren, oder gar – na 'st egal; alles soll so geordnet werden, wie es sich für's Glück der Lebenden gehört. Aber etwas And'res will nicht minder geordnet sein – Wir müssen schließlich an die Toten ebenso denken wie an die Lebenden – und da soll dieser Name ›Darrell‹ mit mir, in der Gruft neben meinem Vater, beerdigt sein. Lionel Haughton wird seinen eigenen Namen führen: Vivant die Haughtons! Pereant – aber mit keinem Makel auf ihrem Schilde – pereant die Darrell's! – Wie? was ist das? Tränen, Dick? Pfui! – seid ein Mann! Und ich bedarf Eurer ganzen Stärke; denn auch Ihr müßt einen Anteil von dem Opfer auf Euch nehmen. Was nun folgt, ist – vorausgesetzt, ich *könne* recht in meinem Innern lesen – nicht ein Diktat des Stolzes. Nein; es ist die endgültige Vollendung, das Aufgeben eines Zieles, an das so viel von meinem Leben vergeudet worden ist – aber ein Aufgeben, das gleichzeitig meinen Grillen von ›Ehre‹ Genüge leistet. Auf jeden Fall, selbst wenn es wieder nur verkleideter Stolz sein sollte, wird es diesmal kein Opfer von Andern fordern; Euch und Mir mag es freilich noch einen argen Stich geben – Wir müssen ihn zu tragen suchen, Dick.«

»Was, in aller Welt, wird jetzt wieder kommen?«, fragte Dick mit Jammermiene.

»Die Schuldigkeit den Toten gegenüber, Richard Fairthorn. Dieses Fleckchen unsres schönen England, allwo ich von den Toten lernte, die Ehre zu lieben – diese arme Herrschaft Fawley – soll, als ein Legat, dem College zufallen, auf dem ich erzogen worden bin.«

»Sir!«

»Sie wird zum Stipendium für ein paar ehrliche wackere junge Gelehrte ausreichen; und wird dergestalt, solange englische Institutionen überhaupt währen, den Studien und der Ehre gewidmet sein. So wird sie möglicherweise für generösere Bestrebungen der Menschheit dienlich werden, als die meinen es, wie's scheint, jemals gewesen sind – auch soll diese Stiftung, genau wie das Darrell--Museum, nicht auf meinen, sondern auf meines teuren Vaters Namen gehen. Das sind meine Pflichten, den Toten gegenüber, Dick! Das Alte Haus wird auf diese Art allerdings nutzlos. Und das Neue Haus war ja immer eine Torheit. Sie sollen beide abgerissen werden, sobald die jungen Leute Hochzeit gehalten haben; – nicht ein Stein darf auf dem andern bleiben! Der Pflug soll über ihre Stätte gehen! Und diesen Auftrag ausgerichtet zu sehen, übertrage ich Euch. Ich hab' nicht die Kraft. Anschließend werdet Ihr dann, aufs Schleunigste, zu mir nach Sorrent kommen; jenem ErdenWinkel, wo Horaz seinen letzten Seufzer auszuhauchen wünschte:

›Ille te mecum locus est beatae
postulant arces – ibi – tu . . .‹«

»Nicht doch, Sir, nicht. Schon wieder Horaz! Das geht zu weit.« Fairthorn war dem Ersticken nah; aber wie wenn die Idee, mit der er eben konfrontiert worden war, diesmal nun wirklich allzu monströs wäre, um sie zu glauben, griff er nach Darrell, mit so unsicherer und gleichzeitig gewalttätiger Hand, daß er ihn schier bei der Gurgel packte, und schluchzte heraus, »Sie scherzen bloß, ja?«

»In vollem Ernst und ganz feierlich, Richard Fairthorn«, sagte Darrell, indem er sachte die Finger ablöste, die ihn mit Erdross'lung bedrohten – »in vollem Ernst, und ganz feierlich, hab' ich Euch meinen, wohlüberlegten, Vorsatz kund getan. Ich bitte Euch dringend, im Namen uns'rer lebenslänglichen Freundschaft, diesem Schmerz ins Gesicht zu sehen, wie ich es tue – resolut, heitren Sinn's. Ich bitte Euch dringend, die Anweisungen, die ich Euch zurücklassen werde, sobald ich England den Rücken kehre – was nebenbei am Tage nach Lionel's Hochzeit erfolgen wird – buchstäblich auszuführen; und dann, lieber alter Freund, ruhige Tage, klare Gewissen –: in Zonen wo ganze Völker dahingeschwunden – stolzeste Städte ins Grab gesunken sind -- wo Wir uns Beide, nur zu bald, schämen werden, unserm kleinlichen Kummer um das verlorene Haus eines Landjunkers nachzuhängen – dort wollen Wir dann moralisieren; recht spotten über eitlen Stolz und basislose Träume; wollen, mit Horaz, Reben pflanzen und Orangen-Bäume – nicht doch, Dick; nicht doch – und selbstverständlich MIT DER FLÖTE!«

5. KAPITEL

Reichlicher strömen die Flüsse, wenn das Eis, das ihren Lauf blokkierte, schmilzt, und zu ihren Wassern beitragen muß. Und wenn eine Schöne Seele nachgibt, wird durch solches Tauen ihre Güte noch mehr geschwellt.

Darrell entkam ins Haus hinein; Fairthorn sank buchstäblich zu Boden, und überließ sich einige Minuten lang unmännlichem Lamentieren. Plötzlich aber fuhr er auf; – seinem Hirn war ein Gedanke – in seine Brust eine Hoffnung gekommen. Er machte eine Kapriole – startete in überstürztem Zickzack – erreichte die Tür der Halle – stürzte sich in sein eignes, geheimnisvolles Versteck – und tauchte, in weniger als einer Stunde, wieder daraus hervor, in der Hand ein Schreiben, mit dem er g'rade noch zurecht kam, um den Briefträger zu erwischen, als dieser Beamte sich soeben, mitsamt dem offiziellen PostBeutel, langen Schritts übern HinterHof entfernte.

Nach also vollzogner Tat, erschien Fairthorn im üblichen Schlenkergang an seinem Platz bei der abendlichen DinnerTafel, just da George Morley das Tischgebet beendete, das einem Mahl voraufging, welches nach Fairthorn's Einschätzung gewöhnlich *das* Große Ereignis des laufenden Tages darstellte. Aber dem armen Manne war der Appetit vergangen. Da Sophie und Waife für sich zusammen speisten, teilten einzig die beiden Morleys das melancholische Mahl mit ihrem Wirt und seinem Sekretär. George verhielt sich nicht minder schweigsam als Fairthorn; Darrell's Verhalten machte ihn ganz irre. Mrs. Morley, die, sobald die Geheimnisse von Andern mit im Spiele waren, von ihrem Gatten prinzipiell nicht ins Vertrauen gezogen wurde, (obgleich er natürlich, was seine eignen anbelangte, *pellucidior vitro*, für ihre GattinnenAugen war) trug die Hauptlast der Unterhaltung; und da sie die beste Frau von der Welt war, die immer etwas Angenehmes zu sagen wünschte, verfiel sie darauf, die lieben alten FamilienBilder zu rühmen, die ziemlich finster von der Wand auf sie herabscheelten; und informierte Fairthorn, wie sie mit ihrer Skizze des Alten Hauses vom See her gesehen, wunderschön vorangekommen, und eigentlich nur noch im Zweifel wäre, ob sie im Vordergrund nicht einige Figuren in alten Trachten anbringen sollte, etwa wie in Nash's ›Ansichten von LandHäusern unserer Barone‹. Aber sie vermochte nicht 1 Wort aus Fairthorn herauszulocken; und als sie sich, auskunftbittend, zu Darrell wandte, da richtete der Hausherr unversehens eine Erkundigung an George, bezüglich der TextQuellen und Autoritäten, womit die Päpstliche Kirche ihre Lehre vom Fegefeuer eigentlich verteidige? Das brachte denn nun eine lange, und zweifellos erzgelehrte Auskunft mit sich, die nicht nur für den Rest des Dinners anhielt; sondern währte, bis Mrs. Morley – höchst erbaut von dem Diskurs; und entzückt, die durch nichts abzulenkende Aufmerksamkeit zu gewahren, die Darrell ihrem hervorragenden Gemahl zollte – den ersten Punkt hinter einem Satz benützte, um sich zurückzuziehen. Fairthorn leerte seine Portwein-Flasche vollends; und, weit entfernt von der Überzeugung, daß es kein Feg'Feuer gebe (vielmehr geneigt, die ganz neue Ketzerei aufzustellen, daß das Fegefeuer manchmal schon auf dieser Seite des Grabes beginne), macht'er sich gleichfalls aus dem Staube, und ward diesen Abend nicht mehr gesehn; auch wurde seine Flöte nicht mehr gehört.

Erhob sich Darrell, und sagte: »Ich möchte für ein paar Minuten zu unserm kranken Freunde hinaufgehen: werd' ich Sie hier noch antreffen, wenn ich zurückkomme? Sie können Ihren Besuch bei ihm unmittelbar nach meinem machen, ja?«

Kaum in Waife's Zimmer eingetreten, ging Darrell stracks auf Sophie zu, und schnitt ihr den Rückzug ab.

»Mein Schöner Gast«, sagte er, mit einer Anmut und Zartheit des Benehmens, die, wenn er so wollte, unwiderstehlich bezaubernd sein konnten – »lehren Sie mich doch irgendeine der Künste, vermittelst deren man eine Erscheinung, in deren Gegenwart selbst ein abgestumpfteres Alter als das meinige noch immer den Zauber empfände, dem die Jugend sich unterwirft, fesseln könnte, anstatt sie zu verscheuchen.« Sanft führte er sie zurück zu dem Sitz, den sie verlassen – ließ sich dicht an ihrer Seite nieder – richtete noch ein paar, von Herzen kommende, Erkundigungen an Waife, wie er sich befinde?, ob er sich behaglich fühle? – und sagte dann, »Sie-Beide dürfen mich, zumindest ein paar Tage lang, noch nicht verlassen. Ich habe, mit heutiger Post, an meinen Vetter, an Lionel Haughton geschrieben. Ich habe es abgelehnt, sein Ambassadeur an einem Hofe zu sein, allwo er selbst, dem Völkerrecht zufolge, sich in persona seinem Sieger zu unterwerfen hat. Hoffnung Adé, daß er mit seiner Freiheit davonkommen könne! Nein-nein!: Ketten, und zwar für's Leben! Dreimal glücklicher Mann, wahrlich, wenn das die gnädige Sentenz sein sollte, die Sie verhängen.«

Als er geendet, hob er Sophie's Hand an seine Lippen; und bevor sie noch den Sinn seiner Worte voll und ganz begreifen konnte – so überrascht, verwirrt, ungläubig ob solchen Schicksals-Wechsels war sie – hatte die Tür sich wieder hinter Darrell geschlossen; und Waife hielt sie bereits an seine Brust gefaßt, indem er murmelte, »Ist die Vorsehung nicht gut zu Uns?«

Darrell war unterdes zu dem Theologen zurückgekehrt. »George«, sagte er, »wolltet Ihr die Güte haben, und Alban ausrichten, daß Ihr mir seinen Brief gezeigt? Habt weiterhin die Güte, an Lady Montfort zu schreiben; und dabei zu erwähnen, wie ich es dankbar anerkennte, ihr Bestreben, mir diejenigen Verluste zu vergüten, infolge deren ich für mich allein zu altern und zu sterben haben werde. Schreibt ihr, daß ihr alter Freund – (Ihr entsinnt Euch, George, daß ich sie als Kind gekannt habe) – in diesem-ihrem Bestreben die gleiche holde HerzensGüte erblicke, die ihn schon einmal beschwichtigt habe, damals als sein Sohn ihm starb, und seine Tochter ihm floh. Fügt ferner hinzu, daß ihr Wunsch gewährt-befriedigt sei: zu jener Heirat, in der sie, mitfühlend, den besten Trost für mein vereinsamtes-gescheitertes Dasein voraussah – zu sothaner Heirat gäbe ich meine Einwilligung.«

»Tatsächlich?! – Oh. Mr. Darrell, wie ehre ich Sie!«

»Oh nein; ich verdiene ebensowenig eine Ehrung für's Einwilligen, als ich Verachtung verdient haben würde, hätte ich weiter auf meiner Weigerung bestanden. Ich habe den Wunsch, das zu tun was ich für recht erachte, jetzt nicht etwa intensiver, als ich ihn vor zwölf Stunden auch hatte. Wem oder Was eine derart plötzliche Änderung des Entschlusses, bei Einem der sehr selten seine Entschlüsse ändert, nun zuzuschreiben sein mag – ob Lady Montfort; oder Alban; oder jener metaphysischen Geschicklichkeit, mit der Ihr einen Schleichweg in meinen Verstand zu finden gewußt, und mich genötigt habt, dessen sämtliche Entscheidungen zu revidieren – das will ich nicht näher zu bestimmen versuchen; dennoch bin ich der ehrlichen Meinung gewesen, mir bliebe kein anderer Kurs, als der von mir eingeschlagene. Oder nein; es ist nicht mehr als recht und billig, zu gestehen, daß Euch das HauptVerdienst dabei zukommt: Ihr habt den Wunsch in mir rege gemacht, Ihr mich zu dem Entschluß bewogen, eine Alternative zu suchen – ich habe eine gefunden. So, und nun stattet Euren Besuch dort ab, wo ich soeben den meinigen abgestattet habe. Ich nehme an, es wird 3 Tage erfordern, ehe Lionel, der sich zu seinem neuen Regiment nach ***** verfügt hatte, hier sein kann. Und dann wird es, wie ich glaube, noch Wochen dauern, bevor sein Regiment eingeschifft wird; und ich bin sehr für kurzen Brautstand.«

6. Kapitel

Fairthorn ängstigt Sophie. / Sir Isaak wird von Darrell eingeladen, und bildet bald das Mitglied eines FamilienZirkels.

So eine süße SingStimme, die plötzlich unter den laublosen Buchen drüben aufklingt! Waife vernimmt sie, um Mittag, von seinem Fenster aus. Horch! Sophie hat wieder zum Gesang gefunden.

Sie sitzt auf einer GartenBank, mit der Aussicht, quer übern See, auf das düstre Alte Herrenhaus, und das ragende PalastGespenst dicht daneben. Mrs. Morley, schwer bei der Arbeit an ihrer Skizze, teilt die Bank mit ihr; und durch das Dickicht dahinter streift Fairthorn, ein rastloser höchst-elender Wanderer, und wütend über alle Beschreibung auch. Er hört diese Stimme singen: bleibt wie angewurzelt stehen, und ist buchstäblich rasend vor Entrüstung. »Singt«, murmelte er, – »singt und jubiliert; und glotzt dabei zu eben dem Haus hinüber, das sie zur Zerstörung verurteilt. Ärger als Nero, der mitten im brennenden Rom seine Leier schlägt!«

Nach und nach spaziert Sophie, die, Wer weiß woran es liegt, heut auf keinem Platz lange ruhig aushalten kann, und jeglicher Gesellschaft sehr rasch müde wird, vom SeeUfer fort, und stößt direkt auf Fairthorn. In ihrer unaussprechlichen geheimen Wonne, rief sie dem Musiker, der ja so oft in den Tagen unausgesprochener geheimer Trübsal sich ihr auf ihren Streifzügen angeschlossen hatte, einen Gruß; und sprang auf ihn zu, mit einem Gesicht, so voller Willkommen und Lust, daß es einen Diogenes aus seiner Tonne gelockt haben würde. Fairthorn wich sogleich seitwärts-zurück, und es grollte aus ihm: »Fort! – ich rate Ihnen gut!« – schnitt das verwildertste GrinseGesicht; wies alle seine Zähne wie ein Wolf; und indes sie noch stumm vor Verwunderung, wenn nicht gar vor Furcht, stand und staunte, verzog er sich, im SeitwärtsGang, wie wenn er sich der eignen mörderischen Neigungen bewußt wäre; wobei er aber den Kopf mehr als einmal noch nach ihr zurückdrehte und gegen sie schüttelte; dann, mit der gewohnten Heimlichkeit, die seine Abgänge grundsätzlich kennzeichnete, war er weg! – verschwunden hinter ein FelsGestein, oder mitten in einen Busch, oder hinein in ein Loch – weiß der Himmel wie; aber er war, gleich jener Dame in der ›Belagerung von Korinth‹, die den Renegaten

Alp vor seinem nahen Ende warnte, jedenfalls ›weg‹.

Zweimal an diesem Tage noch geschah es, daß Sophie auf den enragierten Musiker traf; und jedesmal derselbe drohende Aspekt, und jedesmal das gleiche Sichweghexen!

»Ist Mr. Fairthorn, eigentlich, zuweilen, ein bißchen – wunderlich?«, erkundigte Sophie sich, schüchtern, bei George Morley.

»Immer«, gab George, trocken, zurück.

Sophie fühlte sich doch erleichtert ob solcher Antwort; denn was im Benehmen eines Menschen, und sei's noch so unangenehm, habituell ist, kann selten fürchterlich sein. Gleichwohl konnte Sophie sich nicht entbrechen, zu sagen, –

»Ich wollte, der arme Sir Isaak wär' mit hier.«

»Wirklich?«, sagte eine sanfte Stimme hinter ihr; »und, darf ich fragen: Wer ist Sir Isaak?«

Der Sprecher war Darrell, der mit dem festesten Vorsatz zu ihnen gestoßen war, mehr von Sophie zu sehen und zu wissen; und sich so liebenswürdig und gesellig zu erweisen, wie er nur vermochte. Guy Darrell hatte es niemals fertig gebracht, begrenzt-gütig zu sein.

»›Sir Isaak‹ ist dieser wundervolle Hund, von dem Sie mich schon haben erzählen hören«, gab George zur Auskunft.

»M- – : würde er meinem Reh irgend Schaden zufügen, wenn er her käme?«, fragte Darrell.

»Ach nein«, rief Sophie, »er fügte niemals – Niemandem! – ein Leid zu! Einmal hat er einen verwundeten Hasen gefunden; und da hat er ihn uns so behutsam in seinem Mund angebracht, und schien so ängstlich, daß wir ihn heilen sollten, (was GroßVater auch getan hat); und später-dann hat der Hase wohl ihn manchmal geplagt, aber er den Hasen nie!«

Und George gleich, sonor, –

»›ingenuas didicisse fideliter artes
emollit mores, nec sinit esse feros.‹«

Darrell zog Sophie's Arm durch den seinigen. »Würden Sie noch einmal mit mir an den See zurück-kommen«, sagte er, »und mir helfen die Schwäne füttern? – ä-George? : schickt, bitte, Euern Bedienten express, Sir Isaak holen. Ich bin ganz ungeduldig, seine Bekanntschaft zu machen.«

Sophie's Hand drückte unwillkürlich Darrell's Arm : ! . Sie schaute auf in sein Gesicht, mit so unschuldiger, freudvoller Dankbarkeit; in dem Gefühl, daß ihre ehrerbietige Scheu vor ihm schlagartig, und wie durch Zauber, zergangen war.

So wanderten Darrell und Sophie länger als eine Stunde miteinander umher. Ihr selbst unmerklich, versuchte er es dahin zu bringen, daß sie geistig etwas aus sich herausgehe; und mit Erfolg. Ihm fiel vor allem eine gewisse einfache Poesie des Denkens auf, die sich durch alle ihre Ideen hindurchzog – keinerlei gekünstelte Sentimentalität; sondern eine natürliche Tendenz, in allem Leben irgendetwas Zartes und Schönes ausfindig zu machen, das dem gewöhnlichen Sinn verborgen bleibt. Auch fand er, daß sie, obwohl weit entfernt davon, gelehrt zu sein, dank Lady Montfort, bekannter mit der Literatur war, als er angenommen hatte. Und öfter wechselte er die Farbe, oder atmete seinen kurzen-raschen Seufzer, wenn er ihre Vertrautheit mit Stellen aus seinen LieblingsSchriftstellern erkannte, die er selbst der Caroline von damals empfohlen, oder gar laut vorgelesen hatte.

Am folgenden Tage ging Waife, der jetzt wie durch Zauberschlag genesen schien, mit George spazieren; Darrell wiederum mit Sophie. Sir Isaak trifft ein – unendliche Freude. Das Reh bufft Sir Isaak mit dem Kopf: ! –; Der zieht sich zurück, stellt sich auf die Hinterbeine, bemächtigt sich der Krücke Waife's, legt an: ! – worauf das Reh nun seinerseits retiriert; – eine halbe Stunde später sind Reh und Hund Freunde.

Waife läßt sich, ohne daß viel Worte nötig wären, heute dazu überreden, mit der übrigen Gesellschaft zu essen. Am Abend versammeln sich Alle (den einzigen Fairthorn ausgenommen) um das KaminFeuer. Waife läßt sich von George's Bitten erweichen, ein--zwei Szenen aus Shakespeare vorzulesen; er wählt dazu die letzten Akte von ›König Lear‹. Darrell, der nie ein großer Theatergänger gewesen war; und Der, zu seiner Schande sei es gestanden, seit seinen StudentenJahren nur ganz selten und wenig in Shakespeare hineingeschaut hatte, war von tiefster Bewunderung ergriffen. Er selbst las wohl auch gut – das tun, möcht' ich meinen, alle großen Redner – aber sein Talent war nicht mimisch – nicht nachfühlend; er hätte niemals Schauspieler werden – sich nie mit Existenzen identifizieren können, die seiner eignen wesensfremd, oder gar zuwider waren. Ernst oder froh, streng oder gütig: Guy Darrell, so oft seine Stimmung sich auch änderte, blieb immer Guy Darrell.

Aber wenn Waife sich erst einmal in diese magische Welt der Kunst begab, dann war Waife weg – nichts von ihm blieb übrig; –

die Rolle lebte, wie wenn kein Schauspieler als TrägerSubstanz vorhanden sei —: es *war* der Narr — WAR einfach Lear!

Zum ersten Male fühlte Darrell, was für eine grandiose Kreatur ein großer Schauspieler doch tatsächlich ist — was für ein erleuchteter, dabei unbewußter Kritiker, der Schönheiten zu Tage fördert, von denen nie ein Kommentator sich je etwas träumen ließ! Und als dann die Vorlesung vorüber war, floß die Unterhaltung noch lange weiter fort; der düstre alte Herd erfuhr den Zauber eines gemütlichen häuslichen Kreises. Alle fuhren, ganz ungläubig, auf, da die Uhr ausholte und 1 schlug. Eben als Sophie sich zur Türe begab, glühte hinterm FensterVorhang ein rachsüchtig tück'sches Aug' hervor, und Fairthorn reckte ihr ein grimassierendes Butzen-Antlitz hin, von dem es ewig schade war, daß Waife es nicht zu sehen bekam — es hätte als StudienVorlage für einen Caliban dienen können. Ein kleiner Schrei entkam ihr.

»Was ist denn?«, rief der Hausherr.

»Ach-nichts«, entgegnete sie rasch — bei weitem zu großmütig, die wunderlichen Feindseligkeiten des Musikers zu verpetzen: »Sir Isaak kam mir in den Weg — das war alles.«

»Irgendeinen Abend müssen Wir auch mal Fairthorn's Flöte widmen«, sagte Darrell. »Was für ein Jammer, daß er heut Abend nicht dabei gewesen ist — wie würde Der solch Vorlesen genossen haben — mehr als jeder And're.«

Wozu Mrs. Morley anmerkte — »Er war, im Lauf des Abends, ein- oder zweimal hier; ist aber immer wieder verschwunden.«

»Ja; Verschwinden scheint seine Force«, ergänzte George.

Darrell schaute sogleich verdrossen drein. Es gehörte zu seinen Eigentümlichkeiten, jeden, wenn auch noch so leichten Scherz über einen abwesenden Freund übel aufzunehmen; und gerad' in diesem Moment schlug sein Herz vielleicht wärmer für Dick Fairthorn, als sonst irgendeinen lebenden Menschen. Wäre er nicht fest entschlossen gewesen, seinen Gästen gegenüber so mild und liebenswürdig zu sein, wie seine Natur ihm nur immer erlaubte, — George würde wahrscheinlich mit einem Sarkasmus bedient worden sein, der ihm für den ganzen folgenden Monat gereicht hätte. So wie die Dinge lagen, begnügte Darrell sich jedoch damit, gravitätisch zu versetzen —

»Oh nein, George. ›Verschwinden‹ ist Fairthorn's *Schwäche:* seine *Force* ist die Treue! Wenn je mein Glück mich verließe, Fairthorn würde nie verschwinden; und das ist mehr, als ich mich zu verfechten getrauen möchte, si j'étais Roi, und Fairthorn-ä – ein Bischof.«

Nach dieser unangenehm-wundersamen Metapher, wünschte man sich gegenseitig relativ hastig ›Gut' Nacht‹; und Fairthorn blieb allein zurück, hinter seinem Vorhang; mit Gefühlen, was die Gäste seines Herrn betraf, von denen nur zu hoffen steht, daß sie denen eines christlichen Bischofs seinen MitGeschöpfen gegenüber, so unähnlich wie möglich waren.

7. Kapitel

›Domus et placens uxor‹

Fairthorn findet nichts ›placens‹ in der ›uxor‹, der das ›domus‹ seine Zerstörung verdanken soll!

Und wieder ein neuer Tag!

Lionel wird um 1 oder 2 Uhr nachmittags erwartet. Darrell ist derweil in seinem Zimmer – sein Testament wieder-einmal vor sich. Er hat, in aller Schnelle, einen RohEntwurf von dem Kodizill gemacht, kraft dessen Fawley überwiesen, der Name Darrell überschrieben werden soll, der Obhut dankbarer Gelehrsamkeit; gekoppelt mit Preisen und Stipendien; – ein Öffentliches Eigentum – auf immer verloren für etwelche Repräsentanten seiner eingegrufteten NamensTräger. Auch haben Vorbereitungen zur Abreise aus einem, dem Untergang endgültig-geweihten WohnHaus bereits begonnen: großmächtige Kisten stehen auf dem FußBoden herum; und LieblingsBücher – hauptsächlich wissenschaftliche Werke, oder Klassiker – liegen, gestapelt, daneben, zum Auswählen.

Wie sieht es nun wirklich auf dem Grunde von Guy Darrell's Herzen aus? Fühlt er sich echt ausgesöhnt mit seiner Entscheidung? Trägt die hohe Tugend seiner neu'sten SelbstAufopferung ihren Lohn und Trost in sich? Ist diese urbane Herzlichkeit, diese heit're Güte, durch die er sich seinen Gästen immer lieber und teurer gemacht hat, aufrichtig oder nur angenommener Schein? Vielleicht mag der Ausdruck seines Gesichtes, wie er jetzt die Feder beiseite legt, und die Wange in die Hand stützt, diese Fragen am besten beantworten. Es liegt mehr an reiner Schwermut darüber, als ihm früher, selbst in seinen düstersten Stimmungen, eigen gewesen ist; aber es ist eine weit gedämpftere und sanftere Schwermut geworden; es ist die Schwermut der Resignation – die eines Mannes, der in einem langen Kampfe aufgegeben – der beschwichtigten Nemesis sein Opfer dadurch dargebracht hat, daß er das, was ihm das Teuerste gewesen, ins Meer warf.

Aber in der Resignation, vorausgesetzt sie sei wirklich umfassend, liegt stets auch eine seltsame Erleichterung. Trotz besagter Schwermut ist Darrell weniger unglücklich, als er seit Jahren gewesen. Er hat das Gefühl, wie wenn eine Ungewißheit beendet – eine schwere Last von seiner Brust genommen worden wäre. Hat er doch schließlich, nach bestem Wissen und Gewissen, das Glück der Lebenden gesichert; und, indem er einem Ziel entsagte, dem sein ganzes eignes Leben vergeblich gewidmet gewesen ist, und auch den damit verbundenen Stolz aufopferte, hat er gleichzeitig, um seine eignen Worte zu gebrauchen, ›seine Schuld den Toten gegenüber beglichen‹. Keine Nachkommin eines Jasper Losely und einer Gabrielle Desmarets, wird in dem Hause, wo Treu' und Ehre, zusammen mit den Wrackstücken des Glücks, den Erinnerungen an ritterlichen Ruhm, gehortet gelegen hatten, als Herrin thronen – wird nicht den Namen ›Darrell‹ in Kindern verewigen, deren Blut seine Quelle in der SenkGrube von Schande und Betrug hat. Auch war dies nicht der Trost eines neuerlichen schuldhaften Stolzes; war vielmehr erkauft durch die Abdankung eines Stolzes, der sich in seinen Vorurteilen der Würdigkeit der Lebenden, dem Glück der Lebenden, stur entgegengestellt hatte. Sophie würde nicht für Sünden gestraft sein, die nicht die ihrigen waren – Lionel nicht länger ein Preis versperrt sein, wie ihn die Erde womöglich nie würde ersetzen können. Was lag ihnen schon an einem vermodernden, alten, verödeten HerrenHause – an ein paar hundert jämmerlichen Morgen Landes? Ihre Kinder würden nicht weniger geraten und blühen, wenn ihre SommerFerienTage nicht von diesen dunkelnden Bäumen überschattet – nicht weniger lebhaften Witzes sein, wenn sie unter ihre SchulAufsätze nicht den Namen Darrell, sondern eben Haughton schreiben würden.

Ein leichtes nervöses Anklopfen an der Tür. Darrell hat Fairthorn zu sich beschieden; Fairthorn tritt ein. Darrell nimmt ein Papier zur Hand; es enthält detaillierte Anweisungen bezüglich des Einreißens der beiden Gebäude. Die Materialien des Neuen Bau's können entfernt werden – veräußert, abgefahren, irgendwie, irgendwohin. Die des Alten Hauses sind heilig – nicht 1 Ziegel davon darf aus den umliegenden Grundstücken entführt werden. Nein; vom Grundstein bis hinauf zum First, soll Alles fromm abgetragen – soll anschließend förmlich bestattet werden, tief im stillen Busen des kleinen Sees – dieser See selbst dann zugeschüttet, und in Rasengrund verwandelt werden. Die für den Darrell-Saal im Museum ausgewählten Gemälde und Antiquitäten, sind natürlich sorgfältig nach London zu transportieren – um dort sicher gelagert zu werden, bis die Schenkung durch den Eigentümer an die Nation gesetzlich ratifiziert worden ist. Die übrigen Bilder, sowie die Gegenstände von geringerem Wert, sollen auf eine Auktion geschickt werden. Aber als man nun zu den alten FamilienPorträts im HerrenHause kam, dem alten heimlichen Hausgeräte, das er von Kindesbeinen an vertraulich um sich gesehen, und benützt, und geliebt hatte, da geriet Darrell doch in Verlegenheit; seine Erfindungsgabe ließ ihn im Stich. Diese Frage ward zu weiterer Überlegung zurückgestellt.

»Und warum« fragte Fairthorn mürrisch und rund-heraus, um einen letzten Aufschub durchzusetzen; »warum, (wenn's schon durchaus sein muß), nicht damit warten, bis Sie nicht mehr sind? Warum muß das Alte Haus unbedingt begraben sein, noch bevor Sie es sind?«

»Weil«, antwortete Darrell, »ein solcher, testamentarisch fixierter Auftrag, meinen Erben wie ein ewiger Vorwurf erscheinen, und zumal Lionel bis ins Mark verletzen würde. Zu meinen eignen Lebzeiten ausgeführt, und unmittelbar nachdem ich zu seiner Heirat meinen Segen gegeben habe, kann ich tausend scheck'ge Gründe für die Grille eines alten Mannes anführen, und mein Benehmen dabei wird allein schon jeglichen Verdacht eines verborgenen Affronts gegen sein reizendes unschuldiges Bräutlein zerstreuen.«

»Ich wünschte, von ganzem Herzen, sie wäre am Galgen«, murrte Fairthorn – »hierherzukommen, um so erstaunliches Unheil anzurichten, tz! Aber, Sir: ich kann Ihnen nicht gehorsamen! Reden hat keinen Zweck; Sie müssen sich um Jemand-Andern umsehen. Pastor Morley wird's schon übernehmen – und zweifellos noch mit Vergnügen. Oder dieses alte Hinkebein von Mann, den ich nicht übel Lust habe für einen HexenMeister zu halten. Wer weiß, ob er nicht noch mal eins auf den Kopf kriegt, wenn er sich mit seinem einen verruchten Auge so um sich um sieht; und dann wird's wenigstens auch mit ihm aus und zuende sein, was Manchem zu großer Befriedigung gereichen würde!«

»Pfui, lieber Dick; es gibt doch schlechthin keinen Anderen, den ich darum ersuchen könnte, als Euch. Der Pfarrer würde zu argumentieren anheben, und ich habe von seinen Argumenten langsam genug bekommen; und dieser alte Mann ist so ziemlich der Letzte, den ich meinerseits mit Argumenten hinters Licht führen könnte. *Fiat justitia.*«

»Tut's nicht, Sir; oh tut das nicht; Sie brechen mir mein Herz! – es ist eine Sünde und eine Schande, Sir«, schluchzte der arme getreue Rebell.

»Je nun, Dick; dann muß ich es eben selber beaufsichtigen; und *Ihr* sollt nach Sorrent vorausfahren, und uns dort eine passende Villa mieten. Ich sehe nicht ein, warum Lionel nicht nächste Woche getraut werden könnte; dann wird das Haus frei sein. Und – ja – es *war* schon feige von mir, mich drücken zu wollen. Mir kommt die Aufgabe zu. Und schämen sollt' ich mich, daß ich sie einem Andern aufbürden wollte. Geht wieder zu Eurer Flöte, Dick:

›Neque tibias
Euterpe cohibet, nec Polyhymnia
Lesboum refugit tendere barbiton!‹«.

Nach diesem letzten unbarmherzigen Pfeil aus dem Horazischen Köcher, (›venenatis gravida sagittis‹), vermochte Fairthorn sich nicht länger am Ort zu behaupten; da war ein Scharren und Schlottern – ein Stoßen und Stürzen – und einmal mehr war der Mann verschwunden.

8. Kapitel

Der Flötenspieler tut dar, wie wenig Macht Musik besitzt, die wilde Brust zu besänftigen – selbst nicht die eines Musikers.

Fairthorn fand sich wieder, auf eben demselben Fleck, wo, vor mehr als fünf Jahren nun, Lionel, seinerseits von Fairthorns unaufhörlichen Sticheleien tief verletzt, von Darrell entdeckt worden war. Genau wie damals der Jüngling getan hatte, warf er sich auf den Boden; genau wie der Jüngling damals, brütete er niedergeschlagen, bitterlich – zerfallen mit der Welt und sich selbst. Auf seinen Brief, geschrieben an dem Tage da Darrell ihn so schockiert hatte, einen Brief auf den er seine letzte verzweifelte Hoffnung gesetzt hatte, war keine Antwort erfolgt. In einer Stunde etwa würde Lionel eintreffen; und diese hassenswerte, Fawley zum Untergang verurteilende Heiraterei, (ähnlich wie einst Troja durch die von Paris und Helena) würde unwiderruflich festgesetzt werden. Dann noch eine Woche, und das Werk der Zerstörung würde seinen Anfang nehmen. Er hatte mit nichten die Absicht, Darrell die Aufsicht über dies Werk zu überlassen. Nein; mochte er auch bis zum letzten Moment brummen und sich weigern, so wußte er doch nur zu gut, daß, wenn es zur Entscheidung kam, er, Richard Fairthorn, jegliche Tortur auf sich nehmen würde, wenn sie nur Guy Darrell einen Schmerz ersparte. – ? – : eine Stimme kommt, halblaut-singend, durch den Hain – das Rascheln von Füßen über's verdorrte Laub. Er sieht hoch? – : Sir Isaak mustert ihn, in gravitätischer Prüfung – hinter Sir Isaak Darrell's höchsteig'nes Reh, das sich in aller Geduld von Sophie führen läßt, ja – seinen treulosen Nacken der zerstörenden Hand dieser weiblichen Kriminellen gleichsam darbietet! Diesen Anblick, der zum Schaden noch den Spott fügte, konnte Fairthorn nicht ertragen. Er krabbelte sich in die Höhe – tat einen Tritt in Richtung Sir Isaak's – riß dem Mädchen das Reh aus der Hand, und schaute ihm dann (*ihm* – nicht Sophie, sondern dem Reh) mit so tiefem Vorwurf ins Gesicht, daß, wäre die Kreatur nicht anscheinend schon allen Schamgefühles bar gemacht worden, es ihr unbedingt ins Herz hätte schneiden müssen. Dann, sich zu Sophie wendend, begann er: »Nein, Miss! Ich habe dies Geschöpf aufgezogen – es mit diesen meinen eignen Händen groß-gepäpelt, Miss. Ich habe es Guy Darrell übergeben, Miss; und, was immer Sie auch sonst anstellen mögen, Miss: *das* sollen Sie ihm nicht auch noch weg--stehlen!«

Sophie: – »Gewiß und wahrhaftig, Mr. Fairthorn: um Mr. Darrell's willen hab' ich mir alle Mühe gegeben, Freundschaft mit dem Reh zu schließen – wie Ihr's mit dem armen Sir Isaak ohne weit'res auch tun könntet, wenn Ihr's nur ein bißchen versuchen wolltet – oder auch mich gern haben – ein bißchen, nur ein ganz klein bißchen, Mr. Fairthorn.«

Fairthorn: – »Lassen Sie das!«

Sophie: – »›Lassen‹ was? Es tut mir so leid, wenn ich sehe, daß ich Euch irgendwie geärgert haben muß. Die letzten zwei-drei Tage seid Ihr gar nicht mehr derselbe Mensch mir gegenüber gewesen. Sagt mir, was ich falsch gemacht habe; scheltet mich aus, aber laßt es dann gut sein.«

Fairthorn: – »Halten Sie mir Ihre Hand nicht so her! Lächeln Sie mir ja nicht so ins Gesicht! Ich leide das nicht! Gehen Sie mir aus den Augen! Sie stehen zwischen mir und dem Alten Hause – rauben Sie mir gefälligst nicht auch noch die paar letzten Blicke auf das Heim, das Sie . . .«

Sophie: – »›Das ich‹ – ja was denn?«

Fairthorn: – »Fort, sag' ich, fort – Führen Sie mich nicht noch groß in Versuchung. Sie würden besser tun, keine Fragen zu stellen – das ist alles. Ich sag' Ihnen sonst noch die Wahrheit; (oh, gleich geht's los; die Zunge juckt mir förmlich danach!). Wollen Sie bitte weiter gehen.«

Trotz des grotesken Gebarens und der erstaunlichen Grobheit des FlötenSpielers, war seine tiefe Niedergeschlagenheit so unverkennbar – lag seinem komischen Ärger etwas so Echtes und Ernstes zugrunde – daß Sophie ein vages Vorgefühl von Ungutem zu überkommen begann. Daß sie auf geheimnisvolle Weise die Ursache irgendeines großen Leids für diesen wunderlichen Feind geworden – daß sie ihn, ohne es zu wissen, aufgebracht hatte, war klar; weswegen sie nun auch, mit mehr Ernst als sie bisher gezeigt, zu ihm sagte –

»Mr. Fairthorn, erzählt mir jetzt, wieso ich mir Euer Mißfallen zugezogen habe. Ich bitte Euch ernstlich darum; ganz gleich, wie schmerzlich die Wahrheit auch ausfallen mag, Ihr seid es Uns Beiden nun schuldig, sie nicht länger zu verhehlen.«

Ein Strahl der Hoffnung zuckte durch Fairthorn's entflammtes und verwildertes Gemüt. Er schaute rechts: ? – er schaute links: ? – Niemand war in der Nähe. Er ließ das Reh fahren; tat einen seitlichen Ruck auf Sophie zu; und sagte: »Pst! fragen Sie tatsächlich danach, was aus Mr. Darrell wird?«

»Gewiß tu ich das.«

»Sie würden nicht wollen, daß er, in fernem Land, an gebroch'nem Herzen stürbe? – daß dies Alte Haus dem Erdboden gleich gemacht, und in den SeeGrund begraben würde? Heh Miss – heh?!«

»Wie mögt Ihr mir nur solche Fragen stellen?«, sagte Sophie schwächlich. »Redet deutlich, und zwar auf der Stelle jetzt.«

»Gut; dann will ich's, Miss. Ich glaube, daß Sie, trotz allem, eine gute junge Dame sind – und nicht absichtlich Schande über Alle-Diejenigen bringen möchten, die sich Mühe geben, Sie im Dunkeln zu lassen, und . . .«

»›Schande‹?«, unterbrach ihn Sophie; und ihr, sich seiner Reinheit bewußter Geist erhob sich, und ihr sanftes blaues Auge schoß einen Strahl wie ein Meteor.

»Nein; ich bin überzeugt, das würde Ihnen auch nicht gefallen; und zu irgend einem Zeitpunkt würden Sie's ja doch erfahren, und dann würd'es Ihnen noch weit mehr leid tun. Und dieser Junge, dieser Lionel, so stolz wie Guy Darrell selber (ja noch-stolzer), als ich ihn das letzte Mal sah – daß *Der* so undankbar gegen seinen Wohltäter sein soll! Und, wahrlich, der Tag kann durchaus kommen, wo er Ihnen, oder auch dem lahmen alten Herrn da, den Rücken kehren, und sagen wird, er sei in Schande gebracht worden. Sollt' mich gar nicht wundern! Junge Leutchen, wenn sie mit'nander schäkern, die schwatzen von nichts als Rosen und Engeln und solchen Sachen; aber wenn Ehemänner und -frauen aufeinander losgehen, was sie früher oder später immer tun, dann wird nichts mehr verblümt und beschönigt, dann nehmen sie an Worten grade die spitzesten-schärfsten, die ihnen bloß auf die Zunge kommen wollen. Und in diesem Sinne können Sie sich drauf verlassen, meine teure Miss, daß eines schönen Tages der junge Haughton es einmal aussprechen wird, ›daß Sie ihn das Alte Herrenhaus gekostet hätten, und den alten Namen Darrell‹, und überhaupt seine Schande gewesen wären: das sind genau die Ausdrücke, Miss; wie oft hab' ich das nicht schon Männer und Frauen, immer wieder, zu'nander sagen hören!«

Sophie: – »Oh, Mr. Fairthorn, Mr. Fairthorn! diese entsetzlichen Worte können doch nicht für mich bestimmt sein. Jetzt will ich aber gleich zu Mr. Darrell gehen – will ihn fragen, wieso es möglich sei, daß ich eine Scha ...«; ihre Lippen vermochten das Wort nicht herauszubringen.

Fairthorn: – »Sicher; geh'n Sie nur zu Mr. Darrell wenn Sie wollen. Er wird Alles ableugnen; und mit mir wird er nie wieder ein Wort reden. Sei's drum, mir ist alles egal – ich nehm auf nichts mehr Rücksicht. Sie können mich zum Bettler machen, schön; aber es bleibt deswegen nicht weniger wahr, daß Sie ihn in die Verbannung schicken!«

Sophie (die Hände ringend): – »Habt Ihr denn keine Barmherzigkeit, Mr. Fairthorn? Wollt Ihr Euch nicht erklären?«

Fairthorn: – »Ja; vorausgesetzt, Sie versprechen mir, es mindestens für die nächsten sechs Monate geheim zu halten – (Zeit gewonnen, Alles gewonnen).«

Sophie (ungeduldig): – »Ich tu's, ich versprech's; aber redet, redet jetzt!«

Und, traun, Fairthorn hub an zu reden! Er sprach von Jasper Losely – seinem Charakter – seiner Verkommenheit – sogar von seiner MitternachtsVisite in der Dachstube des Hausherrn. Er sprach von dem Kinde, das man Darrell betrügerischerweise aufzuhalsen versucht hatte – von Darrell's gerechter Entrüstung und seinem Abscheu. Der Mann verfuhr gnadenlos; wenn er auch nicht die geringste Idee hatte, von der Qual die er bereitete, so machte er doch seiner eigenen dadurch Luft. Das ganze Geheimnis ihres vergangenen Lebens ward dem unglücklichen Mädchen mit einem Schlage klar – Alles, was beschirmende Liebe ihr bisher vorenthalten hatte. All ihre undeutlichen Vermutungen, wurden jetzt schreckliche Gewißheit; – erklärt war jetzt, warum Lionel sie geflohen hatte – wieso er jenen Brief geschrieben, über dessen Inhalt sie, (den Finger auf den Lippen, wie um die eig'nen Seufzer ahnungsvoll zu schweigen), gesessen und so schwer nachgesonnen hatte – alles, alles! Sie Lionel jetzt heiraten? : unmöglich! Sie Schande über ihn bringen, als Dank für seine so hochherzige, großmütige Neigung? Sie seinen Wohltäter, den Rehabilitator ihres GroßVaters, von seinem eignen Herd vertreiben?! Sie – sie – jene Sophie, die schon als zartes Kind zurückgebebt war, beim Gedanken an, imgrunde nur verspielte, Notbehelfe, oder die geringsten ÄnderungsVersuche an schlichter ehrlicher Wahrheit! Sie richtete sich in die Höhe, eh' Fairthorn noch zu Ende war; (denn er, der brave FolterKnecht, hätte, sich selbst überlassen, vor Einbruch der Nacht nicht aufgehört).

»Keine Angst, Mr. Fairthorn«, sagte sie, entschlossen; »Mr. Darrell wird nicht in die Verbannung gehen; sein Haus nicht zerstört werden müssen. Lionel Haugthon soll nicht das Kind der Schande ehelichen. Keine Angst, Sir; es ist Alles sicher.«

Sie vergoß weder eine Träne; noch erschien auf ihrem Antlitz jene VERÄNDERUNG geschrieben, die von zerstörter Hoffnung kündet, und die beim melancholischen Lebewohl ihres jungen Liebhabers darüberhin gegangen war. Nein; jetzt hatte sie ja, was sie aufrecht erhielt – jetzt stand einem Kummer eine Tugend zur Seite – jetzt war es Aufgabe der Liebe, den Geliebten vor Schande zu schützen und zu bewahren! Und bei diesem Gedanken, fiel die Schande unschädlich von ihr ab, wie der Regen vom Gefieder eines Vogels. Sie schritt von dannen, die Wange gerötet, die Gestalt hoch-aufgerichtet.

Vor der EingangsTür traf sie auf Waife und die Morley's. Mit einer Art wilden Ungestüms griff sie nach dem Arm des Alten Mannes, und zog ihn zärtlich, pressend, durch den ihrigen. Würden doch hinfort sie-Beide, wie in den vergang'nen Jahren, Eines dem Andern Alles sein. – George Morley musterte ihr Gesicht, wie in gedankenvoller Überraschung. Mrs. Morley, wie gewöhnlich bestrebt, nach Kräften etwas angemessen-Freundliches zu sagen, brach in eine Lobrede auf ihren brillianten Teint aus. So gingen sie, selbander, der Gartenseite des Hauses zu. – ? – : RäderRollen – Hufschlag, und zwar in vollem Galopp – und George Morley, aufschauend, ruft: »Ah! da kommt Lionel! – und, schau, wie Darrell hinauseilt, ihn zu bewillkommnen!«

9. Kapitel

Der Brief, von dem Richard Fairthorn sich die Vereitelung der Verschwörung gegen das Herrenhaus von Fawley versprach. / Schlimme Aspekten für Häuser-allgemein. Auch das Haus Vipont ist bedroht. / Ein Arzt unternimmt, ein angegriffenes Gemüt zu heilen. / Eine seltsame Mitteilung, die den Leser schleunig ins nächste Kapitel hinüberleitet.

Es ist bereits erwähnt worden, wie Fairthorn seine letzte verzweifelte Hoffnung, daß doch noch irgendetwas Fawley vorm Demoliertwerden retten könne, auf einen gewissen Brief gesetzt hatte; der gleichzeitig ihn und seinen Gebieter vor einer Villa im Exil bewahren sollte, gelegen in jenem lachenden ErdenWinkel, wohin schon Horaz den Septimius einlud, da derselbe angeblich alle Vorzüge eines milden Klimas, trefflichen HammelFleisches, und eines kapitalen Weines vereinige; wobei Septimius noch das künftige Vorrecht in Aussicht gestellt wurde, dereinst mit einer Träne die Asche seines poetischen Freundes zu betauen, solange diese Asche noch warm sei – alles Verlockungen, die nicht den geringsten Reiz für Fairthorn hatten, der mit dem Hügelland um Fawley vollkommen zufrieden war – gerechten Abscheu vor allen labb'rigen leichten Weinen hegte – und auch nicht entfernt den Wunsch verspürte, Darrell in Asche verwandelt zu sehen, nur um das Vergnügen zu haben, diese Asche mit einer dekorativen Träne zu betauen.

Der fragliche Brief war an Lady Montfort gerichtet. Unbedenklich das heilige Vertrauen seines Herrn und Meisters mißbrauchend, hatte der verräterische Wicht – nachdem er sie erst einmal, (in einer, mit der dem Schönen Geschlecht schuldigen Achtung fast ebensowenig zu vereinbarenden Sprache, wie der, deren er sich Sophie gegenüber bedient hatte) für all den Jammer verantwortlich machte, den die hinterhältige Heirat Caroline Lyndsay's über Guy Darrell gebracht – erklärt, wie das Mindeste, was Lady Montfort tun könnte, um das von Caroline Lyndsay zugefügte Unrecht wieder gut zu machen, darin bestünde, seinen Herrn nicht zu bemitleiden! – ihr Mitleid bringe ihn schlicht um. Er wiederholte ihr – verbrämt mit einigen grotesken Marginalien eigener

Provenienz; aber im Großen und Ganzen nicht unwahr – was Darrell zu ihm, bezüglich ihres Mitleids, gesagt hatte. Dann informierte er sie von Darrell's Einwilligung in Lionel's Heirat mit Sophie : auch wieder solche kriminellen Sponsalien, an denen Lady Montfort, wie aus Darrell's Äußerungen klar hervorging, ebenfalls irgendeinen verruchten Anteil hatte. Die Konsequenzen einer solchen Heirat malte er ihr ausgiebig und in lugubren Farben vor – den ausgelöschten Namen; das abgeriss'ne Wohnhaus; die Verzichtleistung auf den heimischen Boden sogar. Er beschwor sie, bei Allem was heilig ist, auf etwelche Mittel zu sinnen, um das fürchterliche Unheil abzuwenden, das ursprünglich auf sie zurückgehe, und das zu vollenden sie auch neuerdings wieder geholfen habe. Das Ende seiner Epistel bildete dann ein Versuch, zu versöhnen, zu schmeicheln. Er rief das Bild jener wilden Caroline Lyndsay zurück, der Er doch wohl niemals eine Gunst abgeschlagen – deren ersten AddierVersuchen er assistiert – deren jungem Köpfchen er die elementaren Begriffe von Musik und Tonleiter vermittelt – der er, ob WinterAbend ob SommerMittag, auf seiner Flöte vorgespielt habe, unermüdlich-stundenlang; jener Caroline Lyndsay, die, als sie noch ein bloßes Kind gewesen, Guy Darrell wie an einem seidnen Faden geführt habe, wohin sie wollte. Ach wie wär' er, Fairthorn, damals vor 18 Jahren, in die Luft gesprungen vor Freude, als er sich vorgestellt hätte, Caroline Lyndsay werde nun gleich der ewige Sonnenschein und das Entzücken des Hauses werden, dem sie seither ein lebenlang nichts als Wolken und Kummer gebracht! Und durch all dergleichen Erinnerungen, beschwor Fairthorn sie: entweder diese neue Heirat, bei deren Zustandekommen sie ja offenkundig mitgeholfen, wieder rückgängig zu machen; oder aber, sollte dies nicht gelingen, Guy Darrell zumindest davon zu überzeugen, daß er nicht Gegenstand ihres Mitleids (und sei dies noch so reuevoll und wohlwollend) wäre!

Caroline geriet nach Empfang dieses Briefes beinahe außer sich. Das Bild Guy Darrell's, wie er mit eigner Hand sein Dasein ausstrich im Heimatlande, und auch die letzten Spuren seines Geburtsrechts und seiner Heimstätte vertilgte – die Gewißheit des Einflusses, den sie immer noch über sein verdüstertes und vereinsamtes Leben ausübte – dann wieder die bereits gemachte Erfahrung, daß dieser Einfluß gerade dort versage, wo sie so zärtlich gehofft, er könne beginnen wiedergutzumachen und Segen zu bringen – all das erregte und überwältigte sie mit sehnsuchtsvoller Zärtlichkeit und durch nichts gemilderter Verzweiflung. Was sollte sie machen? Sie konnte sich doch nicht noch einmal anbieten, nur um erneut zurückgewiesen zu werden! Konnte nicht noch einmal schreiben, um mit Gewalt von ihrer Reue den Mann zu überzeugen, der, während er die unbesiegliche Fortdauer seiner Liebe zugegeben, sich dennoch gleichzeitig so standhaft geweigert hatte, in der Frau, die einmal sein Vertrauen getäuscht – die Caroline von damals zu erblicken! Aber, ach, gesetzt er laboriere an der Täuschung, daß ihr Mitleid das Surrogat, und nicht bloß der Begleiter ihrer Liebe sei – wie ihn jetzt darüber aufklären? Wie es ihm sagen – wie ihm schreiben – »Nimm mich; denn ich hab Dich lieb!«. Caroline Montfort hatte gewißlich keinerlei Stolz auf Rang und Stand; aber sie hatte GeschlechtsStolz; und dieser Stolz war, durch all die Jahre ihres EheDaseins hindurch, immerfort herausgefordert worden, aufgemuntert, bestärkt. Um Guy Darrell's willen, und allein ihm zuliebe, hatte sie diesen Stolz von sich geworfen – ihn mit Füßen getreten; solche Demut war sie ihm schuldig gewesen. Aber nachdem solche Demütigung einmal vergeblich gewesen, konnte sie da wiederholt werden? – würde sie dann nicht blanke Entwürdigung sein? Bei jenem ersten Versuch hatte sie sich lediglich seinen Vorwürfen zu beugen gehabt – bei einem zweiten Experiment dieser Art, würde sie möglicherweise seine Verachtung zu ertragen haben. Und dennoch; sie, mit ihrer süßen, ernsten, liebevollen Natur – wie verlangte sie's nach einer neuerlichen Aussprache – nach weiteren gegenseitigen Erklärungen! Ja, wenn der Zufall die Gelegenheit herbeiführen würde – wenn sie nur einen stichhaltigen Vorwand, irgendeinen plausiblen, nicht so unmittelbar mit ihren eignen Interessen zusammenhängenden Grund wüßte, noch einmal in seiner Gegenwart zu weilen! Aber in wenigen Tagen schon würde er England für immer verlassen haben – sein Herz wieder noch verhärteter in seinen Beschlüssen, infolge dieses neuen-letzten Opfers, das er mit solcher Strenge als eine Pflicht Andern gegenüber erkannt hatte. Ihn niemals mehr zu sehen – nie mehr! zu wissen, wie schmerzlich er, bei diesem Opfer jetzt, litt – später, sobald die Reaktion einsetzen würde, die auf jede vorsätzliche SelbstÜberanstrengung unweigerlich folgt, vielleicht noch mehr dann litte – und dabei nicht ein Wörtlein des Trostes von ihrer Seite? – von ihr, die sich doch zu seiner Trösterin geboren fühlte!

Aber diese Heirat, die ihm so teuer zu stehen kam, mußte das sein? Konnte sie, selbst um seinetwillen, es verantworten, trennend zwischen zwei so schöne jugendliche MenschenLeben wie die von Lionel und Sophie zu treten – ihnen anzuvertrauen, was Fairthorn ihr mitgeteilt – an ihre Großmut zu appellieren? So unsägliches Herzeleid zuzufügen, davor bebte sie doch zurück. Konnte das ihre Pflicht sein sollen? In ihrer Unfähigkeit, dies letztere Problem zu lösen, fiel ihr Alban Morley ein; hier zumindest würde er Rat geben – vielleicht irgendeinen Vorschlag machen können. Sie schickte zu seinem Hause, und ließ ihn um einen Besuch bitten. Ihr Bote brauchte einige Stunden, um den Obersten ausfindig zu machen; und auch dann brachte er nur ein paar hastige Zeilen mit zurück – ›Unmöglich, heute zu kommen. Die KRISIS sei endlich eingetreten! Das Land, das Haus Vipont, das gesamte Britische Empire, zitterten in der WagSchale. Der Oberst wäre, für die nächsten zwölf Stunden, jede Sekunde in Anspruch genommen. Er habe den Earl von Montfort, der über alle Begriffe halsstarrig und stupide sei, zu besuchen und zu überreden; Carr Vipont sei stärkstens mit der Arbeit an der Zusammensetzung des neuen Kabinettes beschäftigt – und er, Alban, unterstütze Carr Vipont dabei. Wenn das Haus Vipont, in diesen Augenblicken, sich England versage, dann habe es nicht mit einer bloßen KRISIS sein Bewenden: dann erfolge der *ZUSAMMENBRUCH!* Der Oberst hoffe jedoch, am folgenden Tage, für ein oder zwei Minuten, sich für eine Besprechung mit Lady Montfort freizumachen. Am besten freilich, wenn sie es möglich machen könnte, ihn von einer Fahrt nach Twickenham zu dispensieren; und dafür selbser zu ihm, in die Stadt, zu kommen: falls er nicht zuhause sein sollte, würde er auf jeden Fall Nachricht hinterlassen, wo er zu finden sei.‹

Beim Bart des Jupiter Capitolinus; es gibt im Herzen einer Frau oftmals Revolutionen, während welcher sie gegen eine KRISIS total-hornhäutig ist, und sogar einen *ZUSAMMENBRUCH* nicht fürchtet!

Am Tag' darauf, traf dann George's Brief an Caroline ein, mit der sänftlichen Botschaft von Darrell; und als Dr. F * * * * – dessen Besorgnisse um ihren GesundheitsZustand Oberst Morley keineswegs übertrieben hatte – am Nachmittag bei ihr vorsprach, um sich nach den Wirkungen seiner letzten Rezepte zu erkundigen, da traf er sie in einer so umfassenden Erschlaffung der

Nerven und LebensGeister an, daß er sich doch endlich dazu entschloß, ihr eine Dosis zu verpassen, die Großen Damen gemeinhin nicht sehr bekannt ist – nämlich 3 Skrupel ApothekerGewicht offener Worte, plus 1 Gran Einschüchterung.

»Meine teure Lady«, hob er an, »Ihr Fall gehört zu jenen, bei denen wir Ärzte nur von recht geringem Nutzen sein können. Es liegt Ihnen etwas auf der Seele, das meine Rezepte nicht erreichen können; irgendeine tiefe schmerzliche Belastung – ganz einwandfrei: psychische Belastung. Und wenn Sie die nicht selber kurieren, oder bewußt dagegen angehen können, dann, meine teure Lady Montfort, wird diese permanente Belastung zwar nicht mit der Auszehrung enden – dazu sind Sie zu fein und fest gebaut, um sich von dergleichen Löcher in die Lungen fressen zu lassen – wohl aber mit einer solennen HerzErweiterung, und dann kann der erste plötzliche Schock auf der Stelle verhängnisvoll werden. Das Herz ist wahrlich ein edles Organ – es verträgt viel – aber dennoch sind seiner Tragfähigkeit Grenzen gesetzt. HerzLeiden sind heutzutage weit verbreiteter als ehemals – Über-Bildung und Über-Zivilisation würde ich verantwortlich machen. Sehr junge Menschen sind ihnen nicht so sehr unterworfen; die tendieren zu akuter Aufgeregtheit, nicht zu DauerBelastungen – zwei ganz verschiedne Dinge. So ein guter chronischer stiller Gram von etlichen Jahren Dauer, der dann in dem Alter, wo Gefühl nicht länger bloße Phantasie ist, in eine akute Entzündung ausschlägt, setzt sich, im Körperlichen, gern in ein HerzLeiden um, das manchmal, ohne vorherige Warnung, schlagartig tötet; zuweilen allerdings auch, wenn der Gram beseitigt werden kann, das Leben eher verlängert als verkürzt, insofern man sich daraus eine kluge Vermeidung künftiger Belastungen entnimmt. Da ist zum Beispiel dieser würdige Alte Herr, der in Fawley so plötzlich krank wurde, und um den Sie sich so gesorgt haben: in seinem Fall hatte einwandfrei langjährige-chronische Belastung stattgehabt; dann erfolgte akute Aufregung – und schon konnte das Herz seiner Pflicht nicht mehr nachkommen. Vor 50 Jahren noch würden sämtliche Doktoren ›SchlagAnfall!‹ geschrieen haben – heute wissen wir, daß das Herz den Kopf rettet. Nun, das letzte Mal, da ich ihn sah, war ihm weit munt'rer im Gemüt; und dank seiner frugalen Lebensweise, und seiner konstitutionellen Abneigung gegen jedwede Ausschweifung in SelbstQuälerei, kann er's dem Stethoskop zum Trotz, ohne weiteres auf 80 bringen! Psychische Exzesse also ergeben HerzKrankheiten; Mißbrauch der physischen Kräfte, Lähmung – und beide sind, wie gesagt, häufiger als früher – die ersteren bei Ihrem zarten Geschlecht; die letzteren mehr bei unserm rauheren; und beide liegen sie, hauptsächlich, auf der Lauer nach ihren Opfern beim Eintritt ins mittlere Lebensalter. Tz, ich hab' da grade einen fantastischen Fall von Lähmung!; ein Mann, von der Natur dazu bestimmt, 100 Jahre zu leben – noch nie einem derart grandiosen Körperbau begegnet – *solche* Knochen und Muskeln! Dem hätt' ich Van Amburgh samt seinen 2 besten Löwen vorsetzen mögen: mein Mann hätte sie Alle-Drei erledigt, und zwar binnen 5 Minuten! Und nur umso schlimmer für ihn, meine teure Lady – alles umso schlimmer für ihn. Seine Stärke verleitet ihn natürlich zum Mißbrauch der HauptQuellen des Lebens – und schon springt die Rächerin LÄHMUNG zu, und fällt ihn, mit einem Schlag', zu Boden. Denn Frau Lähmung liebt die Herkulesse über alles; den schwächlichen Invaliden, der klüglich jede Ausschweifung vermeidet, verschmäht sie geringschätzig. Und so kommt es denn, teure Lady, daß besagter Mörder, genannt HerzSchaden, auf der Lauer liegt für all die Herzen, die ihre eigne Kraft, erregt zu fühlen, mißbrauchen; weniger-vitale Herzen, die gleichmäßig sparsam sind in Verbrauch wie Ergänzung, werden verschont – aber Sie hören mir ja gar nicht zu! Und dennoch könnte's sein, daß mein Patient Ew. Ladyschaft nicht gänzlich unbekannt wäre; denn als ich neulich, der Dame gegenüber die ihn wartet und pflegt, zufällig erwähnte, ich könnte heute Morgen nicht kommen, da ich eine Visite bei Lady Montfort zu Twickenham machen müßte; da ward sie ganz aufgeregt wegen Ihnen, und schrieb gleich dieses Briefchen hier, das sie mich bat, Ihnen zu überbringen. (Scheint übrigens sehr an meinem Patienten zu hängen – obwohl weder die Frau noch die Schwester – int'ressiert mich sehr; kapitale KrankenPflegerin; – gescheites Weib außerdem) – ah, hier ist der Brief.«

Caroline, die seinem Vortrag nur wenig Aufmerksamkeit geschenkt hatte, nahm den Brief lustlos entgegen – sah kaum auf die Adresse – und war eben im Begriff, ihn auf die Seite zu legen; als der gute Doktor, dem sehr daran lag, sie, und sei's durch irgendein Mittel, etwas aufzumuntern, sich einmischte: »Nein, meine teure Lady; ich hab' versprochen, mit meinen eignen Augen zuzusehen, wie Sie die Mitteilung lesen; überdies bin ich der neugierigste Mensch von der Welt, und möchte für mein Leben gern ein bißchen genauer wissen, Wer und Was diese Absenderin eigentlich ist.«

Also erbrach Caroline das Siegel, und las wie folgt: –

›Wenn Lady Montfort sich noch an Arabella Fossett erinnert, und die Güte haben will, in Ihrem ersten freien Augenblick in Clare Cottage, Vale of Health, Hampstead vorzusprechen, und nach ›Mrs. Crane‹ zu fragen, werden Ihr Informationen zuteil werden, die vielleicht nicht für Lady Montfort selbst, wohl aber für Mr. Darrell von allerhöchster Wichtigkeit sind.‹

Worauf Lady Montfort den Doktor frappierte, durch die Behendigkeit womit sie auf ihre Füße sprang, und die Klingel zog: '!!!'–

»Was ist denn?«, fragte er.

»Auf der Stelle meinen Wagen!«, rief Lady Montfort, als der Diener eintrat.

»Ah! Sie wollen fahren, und diese arme Dame, diese Mrs. Crane, besuchen, eh? Nun ja; es ist ein scharmanter Ausflug, und genau das, was ich empfohlen haben würde: jegliche Bewegung wird Ihnen gut tun. Moment; Sie erlauben? ... hoho; Ihr Puls geht schon um mindestens 50 Prozent besser! Oh bitte: in welchem Verhältnis steht Mrs. Crane zu meinem Patienten?«.

»Ich weiß es wirklich nicht; – oh, bitte, entschuldigen Sie mich, lieber Dr. F****.«

»Gewiß gewiß; fahren Sie nur, solang der Tag noch schön bleibt. Aber ziehen Sie sich warm an; – und einen geschloss'nen Wagen, ja? Ich schau morgen wieder herein ...«.

10. Kapitel

Was das höchste Kompliment für Die Frau in sich birgt, das der Verfasser dieses Werkes ihrem Geschlecht jemals gezollt hat.

Lady Montfort ist in Clare Cottage eingetroffen. Bridget Greggs weist sie in ein kleines Zimmer im ersten Stock; eine FlügelTür zu einem anderen, dicht verschlossenen Raum – überall Andeutungen von etwas Krankem im Hause – Phiolen auf dem Kamin – auf dem Tisch ein Tablett, mit einer SchnabelTasse für Bouillon – ein Tiegel wärmt sich in Feuernähe – das Sofa eines von denen, die als Bett für Solche dienen können, die der Schlaf flieht; beziehungsweise für Solche, die nachtüber, bei irgendeinem hülflosen Dulder durchwachen wollen – über sein schmales-hartes Kopfstück nachlässig ein FrauenSchal geworfen; – kurzum, Alles bespricht jene pathetische Unaufgeräumtheit und Unbequemlichkeit, die verkünden, wie ein Despot im Hause ist, dessen Willen Ordnung und Form sich unterzuordnen haben; – die gebieterische Tyrannei der Krankheit, die sich eines Lebens bemächtig hat, das innerhalb dieser 4 Wände einen Wert besitzt, der nicht gemessen werden darf an seinem etwaigen Wert in der Welt draußen. Je schwächer und hülfloser der Dulder, um desto souveräner der Despotismus – umso unterwürfiger die Dienstbarkeit.

Binnen einer Minute, (es können auch zwei sein), ging die eine Hälfte der FlügelTür leise auf; schloß sich ebenso leise; und ein grimmes Weib in Eisengrau stellte sich Lady Montforts Blicken dar.

Beim ersten Anschaun konnte Caroline jene Arabella Fossett gar nicht wiedererkennen, an deren hübsches, wenn auch vielleicht etwas zu stark markiertes und düsteres Angesicht sie sich eine recht getreue Erinnerung bewahrt hatte. Aber die gleiche imponierende Weise, die damals so oft den muntren Übermut ihrer jungen Schülerin gedämpft hatte, besaß Arabella immer noch; und als sie jetzt die Große Dame mit einer Handbewegung zum Sitzen veranlaßte, und selbst neben ihr Platz nahm, da bewirkte eine scheue Reminiszenz an SchulzimmerZeiten, daß Caroline's lieblicher Kopf sich in stummem Respekt beugte.

Mrs. Crane: – »Sie haben sich ebenfalls verändert, seit ich Sie das letzte Mal sah, – das sind jetzt über 5 Jahre her; aber Sie sind trotzdem nicht weniger schön. *Sie* könnten immer noch geliebt werden; – *Sie* würden den Mann, den Sie zu retten wünschten, durch Ihr Äußeres nicht von sich scheuchen. Selbst der Kummer ist also parteiisch. Wissen Sie, daß ich Grund habe, Ihnen dankbar zu sein, allerdings ohne irgendein Verdienst Ihrerseits? In einem sehr-dunklen Augenblick meines Lebens – nur von Rachsucht und schlimmen Leidenschaften umdrängt – ist Ihr Gesicht mir über'n Weg gekommen. Das Gute erschien mir darauf so schön – und, auf diesem Gesicht hier, das Böse so wildverstört! (Unterbrechen Sie mich nicht. Ich habe nur ganz wenige Minuten, die ich Ihnen widmen kann.) Ja; beim Anblick dieses Gesichtes wurden sanfte Erinnerungen wach. Sie waren immer gut zu mir gewesen; und vor allem wahrhaftig, Caroline Lyndsay – wahrhaftig. Und andere Gedanken kamen beim Strahl dieses Angesichtes; etwa wie, beim unerwarteten Aufklingen irgendeiner alten Weise, die uns an früh're Tage erinnert, wohl auch andere Gedanken kommen. ›Wie‹ weiß ich nicht zu sagen; aber von dem Moment an regte sich's in meinem Herzen wie etwas mehr Weiblichkeit, als ich seit Jahren gekannt hatte. Noch in der gleichen Stunde ward ich schmerzlichst auf die Probe gestellt – gekränkt bis ins tiefste Innerste. Hätt' ich nicht unmittelbar vorher Sie gesehen, ich würde womöglich von nichts anderem geträumt haben, als von unerbittlicher schrecklichster Rache. Und eine Art RachePlan *habe* ich tatsächlich entworfen – aber er war nicht mehr auf Zerstörung gerichtet; sondern auf Rettung! Ich beschloß, daß der Mann, der bei der bloßen Idee von Gelübden, die er mir schulde, nur höhnisch lachte – Gelübde, die ein Leben ans and're banden – dennoch, früher oder später, ebenso sicher mein werden sollte, wie wenn er seine Schwüre gehalten hätte; daß also zumindest *mein* Schwur ihm gehalten werden solle, als sei er vorm Altar laut-ausgesprochen worden. (– ? Pst! war das nicht ein Stöhnen? – Sie haben nichts gehört, Nein?) ER liegt dort drinnen, Caroline Lyndsay – wahrlich mein geworden, bis daß das Grab Uns scheidet. Diese Hände haben sich über ihm geschlossen; und in ihrem Griff liegt er, hilflos wie ein kleines Kind.« Unwillkürlich zog Caroline sich etwas zurück. Aber als sie dann wieder in dies verhärmte Gesicht schaute, lag darüber der Ausdruck eines so wilden Gemisches aus melancholischer Zärtlichkeit und trotzig-entschlossenem Triumph, daß – mehr von der Zärtlichkeit beeindruckt, als durch den Triumph – das Weib in ihr doch schließlich mit dem Weibe sympathisierte; und Caroline wied'rum nahe rückte; ja näher als zuvor, und in ihren tiefen sanften Augen war allein Mitleid zu erblicken. In diese Augen, wie verzaubert, schaute auch Arabella; und der finsterere, der strengere AusdrucksAnteil auf ihrem eigenen Gesichte, ließ allmählich nach; und schwand ganz; und was zurück blieb, war nur noch melancholische Zärtlichkeit. Sie fuhr fort:

»Ich sagte neulich zu Guy Darrell, daß ich, wenn irgend möglich, ermitteln wollte, ob dieses arme Kind – das ich, in meinen ruchlosesten Tagen, so böslich mißhandelt habe; und das Sie, wie's scheint, so gütig in Ihren Schutz nahmen – tatsächlich die Tochter Matilda's wäre – oder aber, wie er meinte, einer noch weit hassenswerteren Mutter. Ich hatte schon lang' zuvor den Verdacht gefaßt, daß einiger Grund vorhanden sei, an des armen Jasper's Behauptung zu zweifeln; denn ich hatte zufälligerweise Einblick in zwei an ihn gerichtete Briefe erhalten – der eine von jener Gabrielle Desmarets, deren Einfluß auf sein ganzes Leben so verderblich gewesen ist; in dem von irgendeiner schuldbeladnen Beute die Rede war, die sie mit sich nach London brächte; und worin sie ihn einlud, sein Schicksal wieder einmal mit dem ihrigen zu vereinen. Oh, aber diese eiskalte, blutlose Schuftigkeit des ganzen Tones! – diese ungenierte Leichtigkeit, mit welcher Verbrechen, auf denen der Galgen steht, als Gegenstände für Witze behandelt wurden!«. Arabella hielt inne – der gleiche Schauder kam wieder über sie, wie damals, da sie die aus der reizenden BriefTasche entwendeten Episteln zu Ende gelesen hatte. »Aber der Brief enthielt eben auch Anspielungen auf Sophie; sowie einen erneuten Anschlag auf Darrell's Börse, den diesmal Gabrielle persönlich unternehmen sollte. Es war an sich nichts übermäßig Klares; aber immerhin so viel, daß der Zweifel sich einstellte : ›schreibt sie tatsächlich an ihn über sein eigenes Kind?‹. – Der andere Brief stammte von jener französischen Pflegerin, bei der Sophie als KleinKind untergebracht gewesen war. Er berichtete von persönlichen Recherchen, (inclusive eines Besuchs in ihrem eignen Hause), die Mr. Darrell unlängst angestellt habe; und dieser Brief schien nicht minder auf irgendeine Täuschung hinzudeuten, obgleich ebenfalls nur durch wenige, zweifelhafte Worte. Zu jener Zeit bestand die HauptWirkung des durch diese Briefe erregten Verdachtes darin, mich noch geneigter sein zu lassen, die Grausamkeiten wiedergutzumachen, die ich an Sophie, während ihrer Kindheit begangen hatte: wie nun, wenn ich einem kleinen Kinde gegenüber grausam gewesen wäre, das am Ende gar nicht die Tochter dieser falschen, falschen Matilda Darrell war! Ich prägte meinem Gedächtnis die Anschrift der französischen Pflegerin gut ein; mit dem Gedanken, daß wenn ich einmal nach Frankreich käme, ich sie dann aufsuchen und befragen könnte. Aber ich lebte nur für einen Zweck, der mich ganz erfüllte. Auch war Sophie damals nicht in direkter Gefahr; und selbst mein Argwohn hinsichtlich ihrer Geburt schlummerte allmählich ein. Aber weiter: – wieder zu Guy Darrell. Ach, Lady Montfort! sein Leben ist genauso verbittert worden, wie das meine; aber er war ein Mann, und konnt'es also besser ertragen. Er hat es selber dann kennen gelernt: das Elend der gebrochnen Treue, der verrat'nen Liebe; die er, als ihr Meltau über mich fiel, noch so wenig verstehen und mitfühlen konnte; aber Sie haben schließlich eine Entschuldigung für Ihren Wortbruch – wurden Sie selber doch getäuscht und betrogen; und ich will ihm verzeihen; denn er hat seinerseits Jasper verziehen, und Wir sind LeidensGenossen. – Sie weinen? Vergeben Sie mir meine Rauhheit; ich hab' Ihnen nicht wehtun wollen. Versuchen Sie's und hören Sie mir ruhig zu – ich muß schnell machen. Als ich Mr. Darrell verließ, fuhr ich rasch nach Frankreich hinüber. Ich sah die Pflegerin; ich habe die Wahrheit herausbekommen: hier, in diesem Päckchen, sind die Beweise. Ich kam zurück – ich sah Jasper Losely. Er stand unmittelbar davor, Sie aufzusuchen; Sie, an der er sich bereits so schwer vergangen hatte – um entweder das Kind zu beanspruchen; beziehungsweise (und das wohl noch eher) für den Verzicht auf Eine, die Sie praktisch adoptiert hatten, Geld zu erpressen. Da erzählte ich ihm, wie vergeblich er bisher versucht habe, vor mir zu fliehen. Einen nach dem andern zählte ich ihm die verbrecherischen Anschläge her, bei denen ich seine Absichten vereitelt – all die Gefahren, vor denen ich sein Leben gerettet hatte. Ich befahl ihm, das Projekt aufzugeben, das er just wieder starten wollte; ich teilte ihm mit, ich würde, wie so viele and're, auch dies Projekt ihm hintertreiben. Ach und Ach! warum ist diese-meine Zunge so rauh? – warum muß dieses-mein Gesicht die Idee menschlicher Güte derart Lügen strafen? Ich machte ihn lediglich wütender und verrückter; so daß er nur noch den rücksichtslosen Drang empfand, das Leben zu zerstören, das zwischen ihm und all den Zielen stand, denen er gleichsam seine SelbstZerstörung zu Pfand gegeben hatte. Ich dachte, ich würde sterben von seiner Hand. Ich bebte nicht. Ach! diese geisterhafte Veränderung, die über sein Gesicht kam – dieser Blick, voller Bestürzung und abergläubischem Entsetzen; sein Arm gehorcht' ihm nicht; seine Kraft, seine Glieder, versagten ihm den Dienst; er fiel mir zu Füßen – die eine Seite von ihm gelähmt und wie tot! – ? – Pst! das ist seine Stimme – Sie entschuldigen!« und Arabella flog aus dem Zimmer, und vergaß die Tür zu schließen ...

Eine schwächliche Stimme, gleich dem Diskant eines gebrechlichen Alten Mannes, schlug schmerzhaft an Caroline's Ohr –

: »Ich will mich umdreh'n; : Hilfe! Warum werd'ich so allein gelass'n? Es ist grausam, mich so zu lassen ... : grausam!«

In den sanftesten Tönen, deren diese harte Stimme überhaupt fähig war, entschuldigte sich das grimme Weib; – beschwichtigend –

:»Du hast mir's doch erlaubt, Jasper-Liebster. Hast gesagt, es würde Dir eine Erleichterung sein, wenn Sie Dir verziehe, genau wie die Andern auch.«

»Wessen Verzeihung?«, wollte die klagsüchtige Stimme wissen.

»Caroline Lyndsay's – Lady Montfort's.«

»Quatsch! Was hätt' ich Der wohl je zuleid' getan? – Achso – ja! – jetzt weiß ich wieder – (: aber nich nochma' damit anfang'n). Ja – sie verzeiht mir, nehm' ich an? – Gebt mir dies's BreiZeugs; und seid nich' so lange!«

Arabella kam zurück, und zog die Tür hinter sich zu; und während sie sich mit diesem kostbaren BrühNapf auf dem Kamin zu schaffen machte – im Vergleich mit dem die Marquise von Montfort ein durchaus zweitrangiger Gegenstand geworden war – sagte sie, unter ihren eisengrauen Löckchen hervor zu Caroline hinüber sehend –

»Sie haben gehört – *er vermißt mich!* Er kann's nicht aushalten, mich nicht zu sehen – mich: MICH! Sie haben es gehört!«

Schüchtern trat Lady Montfort vor, in der Hand das Tablett mit der SchnabelTasse –

»Ja, ich hab'es gehört! Ich darf Euch nicht aufhalten; aber laßt mich etwas helfen, solang' ich da bin.«

So ward die Brühe also eingegossen, und hergerichtet; und Arabella verschwand mit ihr. Nach wenigen Minuten kehrte sie zurück, winkte Caroline, und sagte mit leiser Stimme –

»Kommen Sie herein – sagen Sie, ›Sie verziehen ihm‹! – Ach,

Sie brauchen keinerlei Angst zu haben; ein Baby würd' ihn jetzt nicht mehr fürchten!«

Caroline folgte Arabella in das KrankenZimmer. Hier war keine Unordnung; alles ganz sorgfältig, ganz aufmerksam angeordnet. Auch ein ausgesprochen angenehmes Zimmer – mit Fenstern, die nach der Sonnenseite des Vale of Health hinausgingen; der Kamin brannte so lustig-hell, war so rein gefegt – selbst keine Spur von Asche war zu sehen; Blumen – teure exotische – auf dem Tisch, auf dem KaminSims; die BettCouch an das Fenster gerückt; und auf dieser Couch, in jenem bunten pompösen MorgenRock früherer Tage, warme Decken über die Füße gebreitet, schneeweiße Kissen als KopfStütze, lag, was zuerst eine vage, ununterscheidbare Masse schien – lag, was, da der Schritt näher kam und das Auge genauer untersuchte, allmählich Jasper Losely wurde.

Ja! tatsächlich zu schwach, um einem Baby Angst zu machen, lag Alles, was von dem Starken Mann übrig war! Kein Feind außer ihm selbst hatte ihn soweit heruntergebracht – den Verschwender, Beschwindler und Räuber seiner eig'nen unbezahlbaren Schätze – die da heißen ›Gesundheit Und Stärke‹ – diese großartigen SparBücher der Freude, die die Natur ihm zum Erbteil gegeben hatte. Einem Baume gleich, der unterhalb einer knorrig gefurchten Rinde heimlich vermodert, und noch einen Moment bevor er fällt, Zeiten und Stürmen Trotz zu bieten scheint; – also, innerlich total verfallen, hatte dies Sinnbild der Kraft dagestanden – also, da kaum ein Lüftchen ging, war er umgestürzt – ›und der Eimer zerbrach an der Quelle, und das Rad zerbrach an der Zisterne; oh Eitelkeit der Eitelkeiten!‹, sagt der Prediger.

Jasper richtete sein trübes Auge gegen Caroline, da sie sacht an seine Seite kam, und schaute sie mit jammervollem Blicke an. Der Schlag, der die Gestalt zerschmettert, hatte das Gesicht verschont; und Krankheit und zwangsläufige Enthaltsamkeit von seinem gewohnten Stimulans, hatten seinem Aussehen viel von der Plumpheit – nach Form wie nach Farbe – genommen, die während der letzten Jahre seine Umrisse entstellte; und hatten die Delikatheit, die mit der Jugend endet, durch diejenige Delikatheit ersetzt, die sich mit dem Herannahen des Todes einstellt; so daß, und gar nicht in geringem Grade, die Schönheit, die ebenfalls eine so fatale Mitgift für ihn gewesen, aufs Neue zum Vorschein gekommen war – die Züge waren, parallel wie Blässe die Farben der

Unmäßigkeit verdrängt, und Abmagerung die geduns'nen Wangen und verschwiemelten Muskeln abschwellen gemacht hatte, wiederum klar und bestimmt geworden. Die Göttin, die mit ihren Gaben die äußere Schale eines MenschenGeistes so sehr geschmückt hatte, war wieder an das Sterbebett ihres Lieblings zurückgekommen, so wie sie einstmals an seine Wiege getreten war – jetzt freilich nicht in ihrer Gestalt als Venus Erycina, Gottheit des Lächelns und der Lust; sondern als warnende Venus Libitina, Gottheit des Gerichts und der LeichenBegängnisse.

»Ich bin ein sehr-sehr armes Geschöpf«, sagte Jasper, nach einer Pause. »Ich kann nicht aufsteh'n – kann mich nicht bewegen ohne Hülfe. Äußerst merkwürdig! – ganz übernatürlich! Sie hatt' es immer gesagt, daß wenn ich meine Hand gegen sie erhöbe, sie mir gelähmt niederfallen würde!«. Er drehte sein Auge, aus dem ärgerliches Entsetzen matt funkelte, zu Arabella hinüber. »Sie ist eine Hexe!« sagte er, und vergrub sein Gesicht mühsam etwas ins Kissen. Und Thränen rollten indes über die Wange des grimmen Weibes.

Lady Montfort: – »Sie ist vielmehr Euer guter SchutzGeist. Ihr müßt nicht unfreundlich gegen sie sein. Über sie habt Ihr jetzt mehr Macht, denn damals, als Ihr gesund und kräftig wart. Sie lebt doch nur, um Euch zu dienen; behandelt sie gut.«

Gegen so holde Stimme konnte selbst Jasper nicht Stand halten. Mit Schwierigkeit arbeitete er sich wieder etwas herum; und schaute dann erneut lange auf Caroline Montfort, wie wenn ihr Anblick ihm gut täte; dann machte er Arabella ein Zeichen; –; die sofort an seine Seite flog, und ihn aufrichtete.

»Bin 'n schlechter Hund gewesen«, sagte er, mit einem jammervollen Versuch seines alten RenommierTons, – »'n ganz schlechter Hund – kurzum, 'n Lump! Aber die Damen haben Alle Nachsicht mit Lumpen – ziehen sie imgrund sogar vor. Nie 'ne Dame kennen gelernt, die ›einen braven jungen Mann‹ auf die Dauer hätte ausstehen können – niemals! Weshalb ich mir denn auch sicher bin, Sie werden mir vergeben, Miss – gnä" Frau – (Wer ist denn die Lady? wenn's ans Vergeben kommt, sind gleich so Viele davon da! Ach, jetz' weiß ich wieder) – Ewr. Ladyschaft wird mir verzeihen – es steht alles Schwarz auf Weiß was ich getan hab' – Bella hat es. Sehen Sie, *diese* Hand hier – ich kann schreiben mit dieser Hand – *die* ist nich gelähmt; (d' 'ss aber auch nich die, die ich gegen sie zu heben versucht hab'. Aber *basta, basta!*, wo war ich gleich? – Mein armer Kopf! Jetz' weiß ich, was es heißt, einen Kopf zu haben – Ach-Ach! – Bumm-bumm! – schwer-schwer – so gewichtig wie 'ne KirchenGlocke – so hohl wie 'ne KirchenGlocke so geräuschig wie 'ne KirchenGlocke!). – Oh Brandy: gib Brandy, Du Hexe! – ä-ä-ich mein' Bella, gute Bella, beste Bella: gib mir Brandy!«

»Noch nicht, Jasper-Liebster. Alle drei Stunden sollst Du welchen bekommen, und die Zeit ist noch nicht soweit, Liebster; Du mußt befolgen, was der Doktor sagt, und Dir Mühe geben, daß Du wieder ganz gesund und stark wirst. – Du erinnerst Dich?: ich hab' Dir erzählt, wie gut Lady Montfort zu Deinem Vater gewesen ist; und da hast Du sie sehen wollen, und Dich bei Ihr bedanken.«

»Mein Vater – mein armer, armer Vater! Sie sind gut zu ihm gewesen? – : dank schön, dank schön! Sehen Sie ihn demnächst? Ich möcht' doch seine Verzeihung noch, eh' ich sterbe. Vergessen Sie's bitte nich; und auch nich – oh auch nich ...«

» – die arme Sophie! –«, half Mrs. Crane ein.

»Ah-jà! Aber sie 'ss ja jetz bestens dran, habt Ihr mir doch erzählt? – kann 'ch ma gar nich denken, daß ich ihr so geschadet haben sollte. (Imgrunde sind doch Mädchen und Frauen dazu bestimmt, daß sie Ei' 'm 'n bissel nützlich sind im Leben) – ach *basta, basta!«*.

»Mr. Darrell ...«

»Ja, ja, ja! : ich vergeb' ihm ja; (beziehungsweise Er-Mir; macht das wie Ihr wollt!). – Aber meines Vaters Verzeihung, Lady Montfort: verschafft Ihr mir *die!?«*.

»Ja, ja, bestimmt!«

Erneut sah er sie an; und er lächelte. – Sänftlich ließ Arabella seinen Kopf auf das Kissen zurück-sinken.

»: – 'n Taschentuch über's Gesicht legen«, sagte er schwächlich; »und allein-lassen. Aber in Rufweite bleiben. Mich schläfert.« Und seine Lider schlossen sich; er schien eingeschlafen, noch bevor sie aus dem Zimmer hinaus gezehenspitzt waren.

»Wollen Sie's übernehmen, seinen Vater zu ihm zu bringen?«, sagte Arabella, als sie und Lady Montfort wieder alleine waren. »In diesem Päckchen-hier ist Jasper's Geständnis hinsichtlich des Einbruchs, für den dieser arme Alte Mann die Strafe verbüßt hat; (d's hab' ich vorher nicht-gewußt!). Aber Sie sahen ja selbst, wie mild er jetzt ist! – wie sein Herz sich gewandelt hat;

(es ist, wirklich!, stärker verändert, als es den Anschein hat; Sie haben ihn eben bloß in einem schlimmeren Augenblick gesehen – Er deliriert heut ein bißchen – das tut er manchmal. – Ich hätte noch Etwas, um das ich Sie bitten möchte – ich hab' da, vor etlichen Monaten, einen Prediger gehört ... er hat mich beeindruckt, wie noch nie ein Prediger zuvor. Man sagte mir, er sei ein Neffe von Oberst Morley – : könnten Sie, eventuell, Oberst Morley überreden-einschalten, daß der einmal hierher, zu Jasper, käme?«.

»Mein Cousin, der George Morley? Er soll kommen, ich versprech's Euch; und ebenso der vergebende Vater Eures armen Patienten. Wär' eventuell noch mehr, was ich tun könnte?«

»Nein. Erklären Sie Mr. Darrell den Grund, wieso es sich so sehr verzögert hat, bevor ich ihm die Mitteilungen übersandte, die er in dem Päckchen finden wird, das ich Ihnen gegeben habe; und das Sie, bitte, vorher öffnen, und den Inhalt selbst erst einmal lesen wollen – zumindest ein Teil davon, in Jasper's Bescheinigung seiner Tricks und Kniffe, Ihre damalige Heirat mit Mr. Darrell zu verhindern, kann vielleicht heut noch von Wert für Sie sein; auch würden Sie gut daran tun, die Papiere Oberst Morley zu zeigen – der kann das Ganze am besten zum Abschluß bringen. Ich hatte ursprünglich vorgehabt, gleich anschließend an meine Rückkehr nach England, und bevor ich Mr. Darrell spräche, diejenigen Recherchen, die, wie Sie sehen werden, noch erforderlich sind, selber anzustellen – aber dann kam eben diese schreckliche Heimsuchung dazwischen! Ich bin einfach nicht imstande gewesen, noch an etwas andres zu denken, als an Jasper; – schrecklich, das Haus in dem er liegt, auch nur für eine Stunde zu verlassen; – erst als Dr. F **** mir beiläufig mitteilte, daß Sie unwohl und leidend seien, und er Sie behand'le, hab' ich mich entschlossen, dem Päckchen noch ein eigenhändiges Geständnis Jasper's beizufügen. Ach, und er hat's so bereitwillig gegeben; und sich den ganzen Tag gestern so gutherzig der Anstrengung des Schreibens unterzogen –: mein Wort darauf, es *ist* eine Veränderung in ihm vorgegangen; *bestimmt, ganz-bestimmt!* Nun ja – ich beschloß jedenfalls, Ihnen das Päckchen, zur Weiterleitung an Mr. Darrell, zu übergeben; denn, ich weiß nicht wie es zuging, aber ich brachte Ihre Krankheit irgendwie in Verbindung mit Ihrem Besuch bei ihm, in Fawley.«

»Meinen Besuch bei Mr. Darrell!«

»Jasper hat Sie gesehen, als Ihr Wagen vom ParkTor wieder abfuhr; ist noch gar nicht so viel Tage her. Oh, Sie wechseln die Farbe? Sie haben diesem Mann Unrecht getan: machen Sie's wieder gut; Sie haben die Macht dazu!«

»Ohweh! nein«, murmelte Caroline, »ich hab' die Macht nicht.«

»Pff – er liebt Sie noch immer. *Sie* sind nicht eine von den Frauen, die ein Mann je vergäße.«

Caroline schwieg; ließ jedoch unwillkürlich den Schleier vor ihr Gesicht fallen. Augenblicks hatte das geschärfte Verständnis des grimmen Weibes die Wahrheit erkannt –

»Ahà! Stolz – Stolz bei Beiden«, sagte sie. »Kann ich verstehen – würd' auch nicht wagen, *ihn* hier zu tadeln. Aber Sie – Sie waren doch die Beleidigerin; Sie haben kein Recht auf Stolz; Sie werden ihn wiedersehen.«

»Nein – niemals – nie!«, stammelte Caroline, in Tönen, kaum hörbar unter'm Schleier.

Arabella war einen Augenblick still; und Lady Montfort erhob sich hastig, um Abschied zu nehmen.

»Sie werden ihn wiedersehen, glauben Sie mir«; und Arabella begleitete sie zur Tür; dann noch –

»Halt – meinen Sie, Er könnte sterben?«

»Gütiger Himmel!: Mr. Darrell? ...«

»Ach was, nein – Jasper Losely!«

»Das will ich doch nicht hoffen. Was sagt denn Dr. F ****?«

»Er läßt sich mir gegenüber nicht d'rüber aus. Aber es ist eben nicht die Lähmung allein; davon könnt'er sich wohl wieder erholen – noch so jung. Aber die zusätzlichen anderen Symptome; diese entsetzliche Gewöhnung an Stimulantien! Er bricht zusammen, wenn er sie nicht bekommt – bekommt er sie, beschleunigen sie seinen Tod. Aber – aber – aber – : Er ist mein jetzt, und nur mein, bis zum Grabe!«

11. Kapitel

Die KRISIS – die öffentliche, und die private.

Lady Montfort's Wagen hielt vor Oberst Morley's Haustür an, just als Carr Vipont heraus kam. Da Carr ihrer ansichtig ward, kam er sogleich geschäftig ans WagenFenster gehastet.

»Beste, teuerste Lady Montfort! – seit Ewigkeiten nicht mehr geseh'n! – Tz, in was für Zeiten Wir leben! Wie unversehens DIE KRISIS über Uns gekommen ist! Was für ein betrüblicher Verlust, der arme teure Montfort; kein Wunder, daß Sie so um ihn trauern! Hatte seine Fehler, klar – sind schließlich Alle arme Sterbliche – aber er hat immer richtig gestimmt; war immer Verlaß auf ihn in KRISENZEITEN! Dagegen dieser verschrob'ne Bube, der zu solchem Unglück für Alle (ihn allein ausgenommen) ins Erbe eingestiegen ist, also das ist (politisch) vielleicht ein sauberer Zeisig! Und was ist ein in sich gespaltenes Großes Haus? Nie noch war die Verfassung derartig in Gefahr – ich sage das wohlbedacht! – und da sitzt das Oberhaupt der Viponts da, und summt, und gähnt, und erkundigt sich: ob Guy Darrell auch bestimmt ins Kabinett mit eintreten werde. Und wenn Guy Darrell nicht-will, haben Wir nicht mehr Chancen die Montfort'schen Interessen zu wahren, als wären Wir ebensoviele arme Peep-o'-day-Boys! Aber Sie entschuldigen mich, ja? – ich muß weiter; jeder Moment ist kostbar in Zeiten einer KRISIS. Stellen S'sich doch vor, wenn Wir bis morgen Abend kein Kabinett bilden können – stellen S'sich vor, was dann passieren kann: dann ziehn die andern Burschen ein, und dann – DIE SÜNDFLUT!«

Und weg ist Carr, um Schrubber und Frau Partington's aufzutreiben, die gegen besagte SündFlut anwischen könnten. Oberst Morley hat Lady Montforts Aufforderung Folge geleistet, und ist zu ihr in den Wagen gestiegen. Bevor sie jedoch noch anheben kann zu sprechen, hat er sich bereits Hals über Kopf in das Thema hineingestürzt, von dem er selber so voll ist. »Stellen Sie sich vor – ach, ich hab ja gewußt, daß es so sein würde, sobald der Moment käme! – : alles hängt ab von Guy Darrell! Montfort, (der ständig in Angst zu leben scheint, 'ne Zeitung könnt' ihm auf den Kopf fallen und ihn zermalmen), behauptet, daß wenn Darrell (den zu begünstigen ihm bloß deswegen beliebt, weil die Zeitungen das tun) es ablehnt einzutreten, sämtliche Gazetten sagen würden, die Krisis sei Mache, und künstlich herbeigeführt. Man bedenke! – ›künstlich herbeigeführt‹ – eine Krisis! Lord Mowbray de l'Arco und Sir Josiah Snodge, (die, Beide, für eine KoalitionsRegierung unerläßlich wären, einander unglücklicherweise aber zutiefst verabscheuen), weigern sich einfach, in ein- und demselben Kabinett zu sitzen, es sei denn, Guy Darrell säße zwischen ihnen – vermutlich um sie vor dem Schicksal der Katzen von Kilkenny zu bewahren, nehm' ich an. Sir John Cautly, unser Matador was die Vertretung der LandBevölkerung angeht, erklärt: daß, wenn Darrell nicht mit eintritt, es deswegen geschieht, weil die Krisis zu weit gehe! Harry Bold, unser populärster Redner, sagt: daß wenn Darrell wegbleibe, es ein Zeichen dafür sei, daß es sich bei der Krisis um eine rückläufige Bewegung hand'le! Mit einem Wort: ohne Darrell wird die Krisis ein Fehlschlag, und das Haus Vipont zerschmettert werden – Lady Montfort –: zerschmettert! Ich hab' heute Morgen, in aller Frühe, nach Fawley ein Telegramm geschickt, (oh daß ich erleben muß, ein solches Wort in die englische Sprache eingeführt zu sehen! – aber, wie Carr immer sagt, was sind das auch für Zeiten!), und Guy darin beschworen, unverzüglich in die Hauptstadt zu kommen – er hat mir mit einer Zeile aus Horaz geantwortet, etwa des Sinnes, ›erst müßt' er mich erschossen sehen!‹. Bleibt nichts übrig, ich muß zu ihm 'runterfahren; ich warte nur noch das Ergebnis gewisser Verhandlungen in Bezug auf VerfahrensFragen ab. Imgrunde hab' ich nur eine-einzige Hoffnung: es gibt da einenbestimmten GesetzesEntwurf, den Darrell, privatim, immer befürwortet hat – für den er Fachmann ist – der, in seinen Händen, im Triumph durchgebracht werden könnte, und zwar in beiden Häusern; eins von diesen Gesetzen, Lady Montfort, das, unzulänglich behandelt, eine ganze Regierung scheitern, andrerseits, so-entworfen wie Guy Darrell es entwerfen könnte, den Minister der es formuliert, und einbringt, und durchsetzt, unsterblich macht. Das ist Alles, was Darrell noch brauchte, um seinen Ruhm und seine Laufbahn zu krönen. Hier wäre endlich die Gelegenheit, sich in der Geschichte seines Landes einen dauerhaften Namen zu sichern; wenn er die jetzt wieder vorübergehen läßt – von sich weist – also dann sag' ich ihm frei ins Gesicht, daß er sein ganzes Leben lang nur ein brillianter Versager gewesen ist! Da er zur Zeit keinen Platz im Parlament innehat, der Gebrauch jedoch den tatsächlichen Besitz eines solchen erheischt, um sich für einen Sitz im Kabinett zu qualifizieren, müssen wir auf seine Stimme im Unterhaus allerdings verzichten. Aber das könnte man arrangieren; wenn Darrell sich nur bewegen ließe, in die Regierung und ins Oberhaus einzutreten, dann würde Sir Josiah Snodge, (der über eine wahre StentorStimme verfügt; und über ein gut Teil Eifersucht nicht minder), sofort mit von der Partie sein – könnte die Vipont'schen Interessen im Unterhaus wahrnehmen – und von dort aus zum Lande reden – könnte jede Nacht reden – auch die ganze Nacht-durch, falls erforderlich. Ja; Darrell muß die Peers-Würde annehmen – muß sich für ein-zwei Jahre seinem großen GesetzEntwurf widmen – der endgültigen Konsolidierung seines Ruhms – der Errettung des Hauses Vipont – dem Heil des Empire; und dann, wenn er durchaus immer noch will, ›solve senescentem‹ – was heißt, daß er dann den Harnisch ablegen, und für den Rest seiner Tage sich von immergrünen LorbeerSchößlingen nähren mag!«

Oberst Morley entledigte sich dieser langen Rede, ohne etwelche Unterbrechung seitens einer Zuhörerin, die sich für jegliches, Guy Darrell betreffendes Wort, für jedwede Hoffnung, ihn für die gesunden Betätigungen des Lebens wiederzugewinnen, brennend interessierte.

Jetzt war die Reihe zu sprechen an Lady Montfort; obschon nach so gewichtigen Gegenständen wie der KRISIS und ihren möglichen Auswirkungen, die PrivatAffären eines armen kleinen Mägdleins wie Sophie – ja, die bloßen PrivatAffären Darrell's selbst, wie ein kläglicher Abstieg wirken mußten. Gleichwohl beeilte sich Lady Montfort – nach ein paar Worten femininen Kommentars über den einzigen Teil in des Obersten Rede, an dem ihr Herz Anteil nahm – ihre Zusammenkunft mit Arabella zu schildern, sowie den betrüblichen Zustand von Darrell's einst so formidablem SchwiegerSohn. Was diesen Letzteren betraf, legte der Oberst nicht mehr Mitgefühl an den Tag, als jeder ächte Engländer, zu der Zeit da ich schreibe, für einen mörderischen Sepoy aufbringen würde, den er vor die Mündung einer Kanone gebunden erblickte.

»Wunderbare Art, ihn los zu werden«, sagte der Oberst trocken. »Große Erleichterung sowohl für Darrell, als auch Jedermann sonst, den dies Ungeheuer gequält und erpreßt hat; mit seinem Leben wird dann das einzige noch vorhandene Hindernis beseitigt sein, den Guten Namen des armen Willy zu rehabilitieren: jetzt hoff' ich noch, es zu erleben, daß ich, aus allen Teilen des Landes, Willy's alte Freunde zusammenladen, und ihnen ein Souper geben kann, bei dem ich mich vermutlich-leider nicht werde betrinken dürfen, (obwohl ich nicht übel Lust dazu hätte!). – Aber ich hab' Sie unterbrochen: bitte, weiter.«

Und Lady Montfort berichtete ihm kurz von dem Inhalt der Papiere, die sie durchlaufen hatte, und die sich auf all die Geheimnisse bezogen, welche die Ursache von so viel Unruhe und Bitterkeit gewesen waren.

Der Oberst streckte begierig die Hand aus, nach den also angeführten Dokumenten. Sein Auge überflog hastig den Inhalt des ersten Aktenstücks, das er angefaßt hatte ... dann sagte er, seine Uhr hervorziehend, »Na-schön; ich habe eine halbe-freie Stunde übrig, um diese Dinge mit Ihnen durchzusprechen – darf ich Ihrem Kutscher Anweisung geben, um Regent's Park herum zu fahren? – (besser, als so vor meiner HausTür stehen zu bleiben: 'ch hab' 4 Alte Jungfern als Nachbarinnen mir-gegenüber)«. Die Anweisung ward dementsprechend erteilt; und der Oberst kehrte wieder zu den Papieren zurück ... plötzlich schaute er auf – sah voll in Lady Montfort's Angesicht:? – mit einem forschenden, überaus nachdenklichen Blick; der sie ihrerseits bewog, die Augen niederzuschlagen, denn sie erkannte, daß er Jasper's Konfession, bezüglich seiner Veranstaltungen um ihr Verlöbnis mit Darrell zu hintertreiben, (das sie in all ihrer Hast und Aufregung von den andern Dokumenten abzusondern vergessen hatte), anscheinend eben las. : »Oh, nicht diese Seiten!; – die sind nicht für Sie bestimmt!«, rief sie, indem sie die Schrift schnell mit der Hand bedeckte.

»Zu spät, meine beste Base – ich hab' es gelesen. Jetzt ist ja Alles klar. Lionel hatte recht. Und ich hatte mit meiner Überzeugung nicht minder recht; obschon Darrell, da ich zuletzt in Fawley war, alle meine Fragen so kalt beiseite schob. Ich empfinde mich nunmehr als voll-gerechtfertigt hinsichtlich all der Mühen, die ich mir gab, um Lionel's Heirat sicher zu stellen – all der gewitzt-gewetzten Grausamkeit meines Schreibens an George! Nehmen Sie zur Kenntnis, Lady Montfort: daß wenn Lionel seine Glückseligkeit der Rücksicht auf Guy Darrell's AhnenKult aufgeopfert hätte, Darrell selbst sich verpflichtet geglaubt haben würde, nie wieder zu heiraten! Das hat er mir gesagt – hat mir gesagt, er würde sich für einen Betrüger erachten, wenn er dann noch irgendeinen Schritt unternähme, Jemanden, von dem er ein solches Opfer verlangt hätte, des Namens und der Erbschaft, für die das Opfer gebracht wurde, zu berauben. Als ich das vernahm, beschloß ich damals bei mir, daß Contino Guy nicht derart unwiderruflich die Tür vor seinem eignen Glück zuschlagen dürfe! – Lady Montfort: Sie wissen, daß dieser Mann Sie liebt – liebt, wie, (ich glaub' es gewiß und wahrhaftig), in Unserm kalten Säkulum noch kein and'rer Mann eine Frau geliebt hat; trotz Desertion – trotz Veränderungen – inmitten von Kummer – inmitten von Unmut – seinem Stolz zum Trotz; – tot für jedwede andere Liebe – zurückscheuend vor jeder anderweitigen Bindung – fort, unablässig fort – in der Tiefe seiner Seele, bis an den Rand des Alters, geheimgehalten und verschlossen, die hoffnungslose Leidenschaft seiner MannesJahre mit sich tragend. Sehen Sie nicht, daß wegen Ihnen, (und Ihnen allein!), Guy Darrell siebzehn lange Jahre hindurch seinem Lande verloren gewesen ist, dem zu dienen und dessen Zierde zu bilden, doch seine eigentliche Bestimmung war? Fühlen Sie es nicht, daß wenn er jetzt auch diese letzte Gelegenheit von sich weist, die also vergeudeten Jahre wieder einzubringen, und sich einen Ruhm zu erwerben, der sehr wohl seinen ahnherrlichen Namen mit den Ehrungen der Nachwelt auf immer verbinden könnte, Sie (und Sie allein!) der Grund dafür sind?«

»Ach – ach! – aber was kann ich denn tun?«

»›Tun‹! – tja; richtig. Der arme Kerl ist ja inzwischen alt geworden. Sie können sich platterdings nichts aus ihm machen! – Sie, noch immer jung, und so unselig schön! – Sie, um Die junge Prinzen wetteifern würden. Richtig; Sie können für Guy Darrell keinerlei Gefühl aufbringen, höchstens Mitleid.«

»›*Mitleid*‹*!:* das Wort haß' ich!«, rief Lady Montfort, mit so ungestümem Schmollen, wie wenn sie immer noch die wetterwendische springlebendige Caroline von damals wäre.

Neuerlich richtete der Mann Der Großen Welt das schlaudurchtriebne Auge auf ihr Gesicht, und ließ ein »Besuchen Sie ihn.« fallen.

»Aber ich *bin* doch bei ihm gewesen! Ihr erinnert Euch, daß ich ging, um ein Wort für Lionel und Sophie einzulegen – vergebens!«

»Gar nicht vergebens. George hat mir grade Nachricht geschrieben, er habe Sie von Darrell's Einwilligung zu ihrer Hochzeit unterrichtet. Und ich müßte mich schon sehr irren, wenn nicht sein HauptTrost in all der Pein, die solche Einwilligung ihn gekostet haben muß, der Gedanke gewesen sein wird: daß es Sie von der Reue und Sorge befreit, die seine Weigerung Ihnen verursacht hatte. Achwas! es gibt nur eine-einzige Person, die Darrell dem Leben und der Welt wiedergeben könnte – und das sind Sie!«

Lady Montfort schüttelte betrübt den Kopf.

»Wenn ich nur einen Vorwand, eine Entschuldigung – um mit Würde – mit SelbstAchtung – zu – zu ...«

»›Vorwand‹?: ›Entschuldigung‹?: die absolute Notwendigkeit erheischt es von Ihnen, sich mit Guy Darrell in Verbindung zu setzen! Sie haben ihm diese Dokumente auszuhändigen – ihm zu erklären, wie Sie dazu gekommen sind. Sophie hält sich bei ihm auf: Sie haben die Verpflichtung, sie in einer Angelegenheit von derart lebenswichtiger Bedeutung für sie, sofort aufzusuchen. Prüde Bedenklichkeiten? Sie? Caroline Lyndsay, die Freundin seiner Tochter – Sie, deren Kindheit in seinem eigenen Hause behütet aufgewachsen ist – Sie, deren Mutter ihm solche Verbindlichkeiten schuldete – Sie sollten Skrupel empfinden, die Erste zu sein, die ihn mit ihn so nahe angehenden Aufschlüssen bekannt macht! Tz, und Warum, wenn ich bitten darf?: weil, wie es scheint, vor einem MenschenAlter Ihre Hand ihm einmal zugesagt gewesen ist; und Sie sich, wie ein junges dummes Ding das Sie damals waren, durch Vorspiegelung falscher Tatsachen haben täuschen lassen?«

Wieder schüttelte Lady Montfort den Kopf, trüb und traurig –.

»Na ja«, sagte der Oberst, neuerlich Ton und Taktik verändernd; »ich will zugeben, daß diese einstigen Bande sich heute nicht mehr erneuern lassen. Der Mann ist inzwischen so alt wie Stonehenge geworden; und für Sie hat schließlich damals kein Anlaß zu der Annahme bestanden, daß er sich derart intensiv grämen würde, bloß weil Sie ihn, und ganz natürlich, für einen hübschen jungen Marquis sitzen ließen.«

»Haltet ein, Sir! haltet ein« rief Caroline ärgerlich. Der Oberst fuhr kaltblütig fort.

»Ja, ich seh' jetzt auch, daß eine solche Ehe nicht mehr in Frage kommt. Aber ist es denn mit dieser Welt schon soweit, daß Einer, gleichviel in welchem Alter, nicht eine Dame zur Freundin haben darf, auch ohne daß sie ihn gleich heiratet? Skrupel mich zu begleiten – mich, Ihren Vetter – mich, Ihren nächsten lebenden Verwandten – mit dem Zweck die junge Dame wieder abzuholen, die Sie ja praktisch adoptiert haben! – Skrupel, sich für ein armseliges halbes Stündchen in dieses baufällige alte Fawley hinein zu trauen!

Haben Sie etwa Angst, die KlatschBasen könnten sagen: Sie, die Marquise von Montfort, liefen einem sauertöpfischen alten Wittiber hinterher, und hätten keinen andern Plan im Sinn, als wie Sie Gebieterin eines Herrnhauses werden könnten, das mehr wie eine GespensterFalle aussieht, als ein Wohnplatz für zivilisierte Wesen? Oder befürchten Sie etwa, Guy Darrell könnte Geck und Narrs genug sein, sich einzubilden, Sie seien erschienen, um ihm Ihre Hand aufzuzwingen? Pff, pff! Solche Bedenklichkeiten würden allenfalls am Platze sein, wenn Sie ein aufdringliches mitgiftloses Mädchen wären; oder er ein eingebildeter junger Laffe, beziehungsweise ein verdächtiger alter *roué*. Aber Guy Darrell? – ein Mann von seiner Stellung, seinem Charakter, seinen Jahren! Und Sie, Base Caroline, was sind Sie? doch gewißlich hoch über all dergleichen jämmerliche Grillen erhaben – durch Ihren Rang unter den ersten adligen Damen Englands – ein großes Vermögen, eine Schönheit, die an sich schon beides ist, Rang und Reichtum – und vor allen Dingen durch einen Ruf, der mit so verehrungswürdiger Reinheit eine langelange Feuerprobe bestanden hat, während welcher doch jegliches Auge nach einem Makel sucht, jedes Ohr nach einem Skandal sich spitzt. Aber wie Sie wollen. Alles was ich sage, ist: daß Darrell's Zukunft höchstwahrscheinlich in Ihren Händen liegt; daß übermorgen die Gelegenheit, einem Geist der sich selber verzehrt und seinen eignen Genius erstickt, zumindest die angemessen-edle Beschäftigung, vermutlich sogar immerwährenden Ruhm zu verschaffen, unwiederbringlich verloren sein kann; und daß ich des festen Glaubens lebe, wenn Sie, morgen, zu Guy Darrell sprächen: ›Sie haben mir Gehör verweigert, da ich eine Fürbitte tat für Etwas, das Sie als Schande für Ihren Namen betrachteten, und was Sie dann dennoch der Stimme der Neigung bewilligt haben, wie wenn es die Stimme der Pflicht wäre – dann hören Sie mich aber jetzt an, wo ich, an der Seite des ältesten Ihrer Freunde, Sie im Interesse Ihrer Ehre, und im Namen Ihrer VorVäter beschwöre . . .‹; – falls SIE DAS SAGTEN, wäre der Mann seinem Lande wiedergewonnen. Sie Ihrerseits werden ein Unrecht gutgemacht haben; und, bitt' schön: hätten Sie Ihrer Würde das Geringste vergeben?«

Caroline hatte sich in ihre Ecke des Wagens zurückgezogen, den Mantel fester um ihre Brust geschlagen, den Schleier herab gelassen; aber kein schützendes Gewand, kein Schleier, vermochte ihre Aufregung zu verbergen.

Der Oberst zog die HaltSchnur am Arm des Kutschers. »Nichts

natürlicher; Sie sind die Witwe des Chefs vom Haus Vipont. Sind (zumindest sollten es sein) zutiefst int'ressiert an dessen Schicksalen. Eine entsetzliche, obschon längst erwartete, KRISIS ist eingetreten. Das Haus erbebt. Ein mit diesem Hause Verbundener könnte ihm unschätzbare Dienste erweisen; es ist gleichzeitig derselbe Mann, an dessen Herd Sie Ihre Kindheit verbracht haben; und, schließlich und endlich: Sie erscheinen mit mir – mir, der ich bekannt dafür bin, Himmel und Erde in Bewegung zu setzen, wegen jeder EinzelStimme – um besagten, dem Hause Verbundenen, aber Schwankenden, zu werben, daß er Uns Beistand und Unterstützung leihe. Ich wiederhole: nichts ist natürlicher; und trotzdem hätten Sie noch Skrupel, dem Hause Vipont zu dienen – Ihr Land zu retten? Oh ja: Sie haben wohl Grund, aufgeregt zu sein! – Doch ich überlasse Sie Ihren eig'nen Betrachtungen. Meine Zeit wird knapp; ich muß hier aussteigen. Vertrauen Sie mir inzwischen diese Unterlagen an; ich möchte diesen langen peinlichen Gegenstand doch endgültig erledigt wissen. Ich verspreche, Ihnen, heute Abend noch, einen eingehenden Bericht zu übersenden; und erbitte meinerseits (und wär's nur vermittelst einer-einzigen Zeile) Antwort auf das BittGebet, das an Sie zu richten ich mich erkeckt habe. –«

12. Kapitel

UND GLEICHZEITIG DAS LETZTE,

in dem der Autor, nach besten Kräften, versucht, eine abschließende Antwort auf die Frage zu geben: ›Was wird er damit machen?‹

Schauplatz: – Die Ufer des Sees zu Fawley. George leiht Waife seinen Arm; Mrs. Morley sitzt auf ihrem FeldStuhl, auf der gegenüberliegenden Seite des Wassers, und legt die letzte Hand an ihre Skizze vom Herrenhause; Sir Isaak, hingelagert, ist in ernsthafte Betrachtung der Schwäne versunken; das Reh beugt sich zuweilen über ihn, und beknabbert sein Ohr; Fairthorn hat sich, unbequem genug, in einen Winkel am Hause, zwischen zwei Strebe-Pfeilern, geschoben, und beobachtet, aus boshaften Augen, zwei junge Gestalten in einiger Entfernung, wie sie da langsam, Seit' an Seite (aber ohne sich zu berühren) einherwandeln, bald dem Blick verschwinden, bald, durch Lücken zwischen den melancholischen entlaubten Stämmen, wieder auftauchen. Darrell, der eben Waife und George verlassen hat, (deren langsamem Tempo er seinen ungeduldigen Schritt nur schlecht anpassen kann), wundert sich, wieso Lionel, den er bei seiner Ankunft, mit ein paar kurzen herzlichen Worten, wegen seines künftigen Schicksals an Sophie verwiesen hat, jetzt schon mehr als eine Stunde braucht, um eine simple Frage zu stellen, auf die man die Antwort ja wohl so ziemlich im Voraus wissen kann. Er geht vor, in Richtung auf besagte melancholische Bäume. Plötzlich trennt sich die eine jugendliche Gestalt von der anderen – kommt, schnellsten Schritts, durch das hohe welke Farnkraut einher. Bleich wie der Tod, packt Lionel mit krampfigem Griff Guy Darrell's Hand, und spricht: »Ich muß Sie verlassen, Sir. GOtt segne Sie: Alles ist aus! Ich war der blindeste Tor – sie lehnt mich ab.«

»›Lehnt Euch ab‹? – unmöglich! Aus welchem Grunde?«

»Sie liebt mich nicht genug, um mich heiraten zu können«, antwortet Lionel, mit bebender Lippe, und einem Versuch zu jener Ironie, in die sich bei unserm hochmütigen Geschlecht jegliche große SeelenQual mit Vorliebe zu flüchten oder zu verstecken sucht. »Ich bin Ihr teuer wie ein Freund, ein Bruder, oder dergleichen; aber mehr auch nicht. Alles ein Versehen, Sir – alles; ausgenommen einzig Ihre wundersame Güte gegen mich – gegen sie – für die der Himmel Sie ewig segnen möge.«

»Sicher, alles ein Versehen – aber höchstens Eurerseits, närrischer Junge«, sagte Darrell zärtlich; machte scharf kehrt, und sah Sophie vorüberhasten, rasch-festen Tritts, und mit Augen, die geradeswegs – ins Leere gerichtet waren. Er warf sich ihr in den Weg.

»Erklären Sie bitte diesem-meinem einfältigen Verwandten hier, daß ›ein schwächlich Herz nie eine Schöne gewann‹. Sie wollen doch gewiß nicht ernstlich und wohlüberlegt ein Herz von sich weisen, das nie vor einer niedrigeren Furcht schwächlich sein wird, als höchstens der, Sie zu verlieren?«

Arme Sophie! Sie hielt die blauen Augen weiter nach Kräften in den kalten grauen Raum gerichtet, und antwortete durch einige kaum vernehmbare Worte – Worte, die anscheinend in jeder Generation die Mädchen, die NEIN zu sagen beabsichtigen, lernen wie die Vögel ihren Gesang lernen: Keiner weiß wer sie ihnen beibrachte; aber sie gehen immer nach der gleichen Melodie. ›Die Ehre zu schätzen wissen‹ – ›dankbar‹ – ›gewiß noch eine Würdigere‹; etcetera etcetera.

Darrell tat dem verleg'nen Formelwesen Einhalt. »Meine Frage, junge Lady, ist überaus ernsthaft; sie beinhaltet das Schicksal zweier MenschenLeben. Wollen Sie damit bewußt sagen, daß Sie Lionel Haughton nicht innig genug lieben, um ihm Ihre Hand zu reichen, und das TreueGelöbnis, das er mit der seinigen verpfändet, zu erwidern?«

»Ja«, sagte auch Lionel, der indes wieder an die Seite seines Verwandten gelangt war; »ja, das ist die Frage: Oh Sophie! –: Ja oder Nein?«

»Nein!« kam es von den blassen festen Lippen – und im nächsten Moment war sie schon an Waife's Seite, und hatte ihn von George fort gezogen. »Großvater, Großvater! – nachhause, heim!; laß Uns auf der Stelle heimfahren, oder ich sterbe!«

Darrell hat all ihre Bewegungen – ihr Angesicht – schärfstens im Auge behalten. Er sieht ihre Geberde – sieht ihren Blick – wie sie sich jetzt an ihren Großvater anklammert. Das blaue Auge starrt nun nicht mehr kalt in die leere Luft; sondern ist aufwärts gerichtet, als erflehe es Stärke von oben. Erhaben ist das junge Gesicht mit all seinem Weh, und all seiner Entschlossenheit.

»Edles Kind«, murmelte Darrell; »ich glaube, ich lese in ihrem

Herzen. In dem Fall dann allerdings: armer Lionel! *Mein* Stolz hat schließlich nachgegeben; *ihrer* wird's nie!«

Indes hatte Lionel ausgiebig mit dem Fuß den Boden gestampft; und, unwillig, die Tränen zurückzudrängen versucht, die sich in seinen Augen sammeln wollten. Darrell schlug den Arm um des jungen Mannes Schultern; und führte ihn, sanft und langsam, von hinnen; dem stachlichten DornBaum vorbei – und weiter entlängst der moosbewachsenen Findlinge.

Inzwischen hat Waife sein Ohr zu Sophie's Lippen herabgebückt. Der verabscheuungswürdige Fairthorn taucht auf zwischen den StrebePfeilern, und verfügt sich im SchlenkerGang zu George hin; denn er dürstet danach, seine Hoffnungen bestätigt zu hören; auch dreht er, im Gehen, noch einmal das Gesicht zurück, um dem düstern alten Hause, das er vorm See gerettet zu haben meint, seinen Glückwunsch zuzugrinsen.

Sophie hat endlich Waife davon überzeugt, daß weder sein Verstand ihn täuscht, noch ihrer in der Irre geht. Sie hat gesagt, »Oh Großvater, laß Uns hinfort Eines dem Andern Alles sein. Du schämst Dich meiner nicht – und ich, ich bin so stolz auf Dich. Aber es gibt noch Andere, die auch mir verwandt sind, Opa, und Die Wir nicht weiter erwähnen wollen; und Du würdest Dich ja auch meiner schämen, wenn ich bewußt Schande über Jemanden brächte, der mir seinen Namen und seine Ehre anvertraut; – und würd' ich noch so stolz auf Dich sein, wenn Du mir trotzdem zumutetest, sowas zu tun?«

Auf diese Worte hin, begreift Waife Alles, und hat auch nicht ein GegenArgument zur Verfügung; und willigt ein, daß Sophie ihn hauswärts führt. Jawohl, sie wollen weggehn von hier – jawohl, es soll keine HeiratsPläne mehr geben! – Sie hatten beinah schon die Tür erreicht, als diese Tür selbst sich heftig auftat, und ein Mann hervorgestürzt kam, der Sophie sofort in seine Arme riß, und ihr die Stirne küßte, die Wangen, mit einer Innigkeit, von der es nur gut war, daß Lionel nichts davon sah! Sprach- und atemlos vor Ärger sträubte sich Sophie, aber vergeblich, bis endlich Waife den Mann beim Kragen packen konnte, und ihn zur Seite schleuderte, mit einem donnernden: »Wie können Sie sich unterstehen, Sir?!«, das von den Hügeln ringsum widerhallte – das Sir Isaak, in vollem Galopp, vom See her ankommen machte – das Fairthorn zurück in seinen PfeilerWinkel scheuchte – Mrs. Morley von ihrer Skizze auffahren ließ – und endlich, da es ans Ohr von Lionel und

Darrell schlug, sie Beide, gleichsam mechanisch, in größter Eile zu der Stelle zog, woher dieses DonnerGeroll erschollen war.

»Wie ich mich unterstehen kann?«, sagte der Mann, indem er den Sitz seines erheblich verschob'nen Anzugs in aller Ruhe wieder ordnete – : »Wie ich mich unterstehen kann, meine leibliche Nichte zu küssen? – meiner eigenen Schwester verwaistes Kind? Verehrungswürdiger Bandit, ich habe ein weit begründeteres Recht dazu, als Ihr. Ach meine liebste, so schwer gekränkte Sophie!: sich vorzustellen, daß ich mich einmal Deines armen bedruckten KattunKleidchens geschämt hab' – : sich vorzustellen, daß ich Ruhm und Vermögen ausgerechnet Deinem süßen Gesichtchen zu danken haben soll – und Du, Du irrtest derweil in der Welt herum – Kind einer Schwester, auf deren Schönheit ich immer so stolz war – von ihr, für die ich, (und ach, vergebens leider!), Watteau's und Greuze's auf Fächer und OfenSchirme gemalt hab'!« Und wieder drückte er sie an seine Brust; und Waife stand diesmal stumm dabei, und Sophie ohne Sträuben – denn die Tränen des Mannes regneten auf ihr Gesicht, und wuschen jegliches schamhafte Erröten fort, ob des Kusses, den sie heiligten.

»Aber wo bleibt denn mein alter Freund William Losely? – wo steckt Willy?«, fragte eine andere Stimme, indes ein hochgewachs'ner dünner Mann aus der Halle geschritten kam, und dem armen Waife, ohne ihn zu erkennen, ins Gesicht schaute.

»Alban Morley!«, stammelte Waife; »*Ihr* habt Euch aber wenig verändert!«

Der Oberst sah noch einmal hin; und wieder; und erkannte dann, endlich, in dem alten, lahmen, einäugigen, nüchtern-dreinschauenden Manne, den wilden jovialen Willy; der einst die ungebärdigsten Füllen gebändigt, die rasendsten Sprünge getan, die muntersten Lieder angestimmt hatte – den tollköpfigen, verträglichen, possenvollen, kindlichen Liebling der Fröhlichen und der Ernsten, der Jungen und der Alten!

: »›Eheu, fugaces, Postume, Postume,
labuntur anni‹ – «,

sprach der Oberst, der unvermerkt auch die ein- oder andere jener horazischen Sentenzen eingesogen hatte, wie sie in dieser klassischen Atmosphäre hier ständig herumschwebelten – für Darrell Medizin, für Fairthorn KrankheitsErreger. »Die Jahre gleiten vorbei, Willy, stumm wie Vögel durch dünne Luft streichen; aber wenn der Freund dem Freunde, nach langer Trennung, wieder begegnet, dann erblickt Jeder den Abdruck ihrer KrähenFüße eben doch auf dem Gesicht des Anderen. Aber Wir sind ja immerhin noch nicht zu alt, Willy, für so manches künftige Treffen, wenn das Feuer im Kamin knistert! Wenn auch unser RennStall nichts andres mehr birgt, unsre SteckenPferde können Wir immer noch besteigen; und so ein echtes VollblutSteckenpferd ist ja grundsätzlich das erste, bei jedem erlegten Wild. Aber Ihr wartet sicher ungeduldig darauf, zu erfahren, aufgrund welchen RechtsTitels dieser Fremde hier Anspruch macht auf so eine unvergleichliche Nichte? So wißt denn ... ah, da kommt ja auch Darrell; Guy Darrell?: begrüßt in dieser jungen Dame die Enkelin von Sidney Branthwaite, unserm alten SchulFreund von Eton her; und ein Gentleman von so gutem Blut wie nur eines im Lande!«

»Gibt kein bess'res«, rief Fairthorn, der sich, überaus-seitwärts, der Gruppe zugesellt hatte; »in Ihres Vaters großem Werk, Sir, über die ›Bronzenen GrabPlatten‹, ist 'ne Notiz drin, über die Genealogie der Branthwaite's.«

»Gestattet mir, meinen Satz zu beenden, Mr. Fairthorn«, nahm der Oberst wieder auf; »›GrabPlatten‹, und seien sie noch so bronzen, sind ein peinliches Thema. – Jawohl Darrell, jawohl Lionel: dieses scharmante Geschöpf – (glaub's gern, daß Lady Montfort so-was adoptieren möchte!) – ist die Tochter von Arthur Branthwaite, aus seiner Ehe mit der Schwester von Frank Vance hier; ein Name, von dem ich, (raffiniert wie ich bin), vermute, daß noch Nationen ihn preisen, und Fürsten seine Werke sammeln werden, wenn so manch ein StammBaum, blasonniert in eitel Azur und *Or*, kein PergamentFetzchen für die Motten mehr hinterlassen haben wird.«

»Ach –«, murmelte Lionel; »war nicht ich es, Sophie, der Dich Deines Vaters Genius lieben lehrte? Entsinnst Du Dich nicht, wie, da Wir über sein Buch gebeugt saßen, es Uns die eignen Gefühle zu verdolmetschen – Uns näher zu einander hin zu ziehen schien? – : es war seine Stimme, aus dem Grabe, die Wir vernahmen!«

Sophie gab keine Antwort; ihr Gesicht lag verborgen an der Brust des Alten Mannes, an den sie sich fester und fester klammerte.

»Ist das so? Ist es gewiß? Besteht keinerlei Zweifel, daß sie das Kind von so geehrten Eltern ist?«, erkundigte Waife sich, zitterig.

»Nicht der geringste«, erwiderte Alban; »wir führen Beweise mit uns, die meine Behauptung aufs klarste dartun werden.«

Der Alte Mann bückte für einen Moment sein Haupt über Sophie's holdes Gelock; dann, gelassen und würdevoll, hob er es wieder: »Einen Augenblick lang bist Du noch mein, Sophie«, sagte er.

»Dein wie immer – nein, noch zärtlicher, dankbarer denn je!«, rief Sophie.

»Es gibt nur einen Mann, dem ich Dich, willigen Herzens, abtrete. Sohn des Charles Haughton: nehmt meinen Schatz hin.«

»Ich gebe meine Einwilligung«, rief Vance, »ob ich schon auf die Seite geschoben werde, gleich einem Hartherzigen Baron. Und, Lionello mio, wenn Frank Vance schon ein Knicker ist: umso besser dann für seine Nichte, eh?«

»Aber . . .«, stammelte Lionel. –

Oh, stammle nicht. Schau in diese Augen; lies in diesem Erröten eben! Schüchtern blickt sie drein, nicht widerstrebend. Sie neigt sich ihm – in all ihrem angebor'nen Reiz geschmückt wie zur Liebe. Sie ist aufgeblüht, und die Lüfte scheinen heller darob. Nicht mehr das vogelfreie Geschöpf der Schande und des Betrugs, sondern das SternenKind von POESIE UND KUNST! Seht, wie sie von dannen gleiten, unter den entlaubten melancholischen Bäumen dahin. ›Entlaubt und melancholisch‹? nicht doch: Grün und Blüte und LenzesLächeln grüßen von jeglichem Zweig!

»Ich nehme an«, sagte Alban, »es wird Lionel jetzt nicht mehr das Herz brechen, wenn er erfährt, daß ich, keine Stunde bevor ich London verließ, von einem Freund bei der GardeKavallerie gehört habe, wie man sich entschieden hat, Lionel's Regiment durch das ***te zu ersetzen; und daß er sich, wie ich fürchte, also noch eine ganze Zeit damit wird abfinden müssen, ruhmlos, aber dafür glücklich zu sein. – Einen Moment, George; ein Wort unter vier Augen.« Alban zog seinen Neffen zur Seite; und berichtete ihm über Jasper's Zustand, und Arabella's Ansuchen. »Aber, bitte, kein Wort am heutigen Tage Willy gegenüber, bezüglich dieses peinlichen Gegenstandes: heute nichts, was seinen Schmerz, ein EnkelKind verloren zu haben, zusätzlich vermehren, oder seinen Trost ob Sophie's Gewinn an Glück und Sicherheit in solchem Verlust, vermindern könnte. Aber morgen geht hin, und beseht Euch den zu Boden geschlagnen Sünder; und bereitet den Vater auf das Schlimmste vor. Ich hab' vergangnen Abend ausdrücklich noch bei Dr. F**** vorgesprochen – er gibt Jasper nur noch wenige Wochen. Er vergleicht ihn mit einem Berg, der nicht nur von einem

Erdbeben erschüttert, sondern zugleich noch von seinen eignen innerlichen Feuern ausgebrannt ist.«

»Nur wen'ge Wochen noch?«, seufzte George. »Nun ja; ›Zeit‹, die dem Menschen Alles dünkt, hat vor Gottes Auge ja nicht einmal die Spur von einer Existenz. Jenem Alten Manne dort, verdanke ich die Kraft der Sprache, zu streiten, zu mahnen, zu trösten; – *unbewußt hat er mich dazu gebildet, am SterbeBette seines Sohnes knie'n zu können!«*

»Ihr glaubt demnach«, erkundigte sich der Mann der Großen Welt, »an die Wirksamkeit einer Reue auf dem SterbeBett; auch wenn ein Sünder so lang gesündigt hat, bis die Kraft zu sündigen ihm versagte?«

»Ich glaube«, versetzte der Prediger, »daß es für einen Gesunden nichts so Unsicheres gebe, als seine Reue bewußt bis zum SterbeBett zu verschieben; ich glaube, daß auf dem SterbeBett selbst, es nicht nutzlos sein könne, wenn man bereut!«

Alban schaute gedankenvoll drein; und George wandte sich wieder Waife zu, dem Vance soeben über die Entdeckung von Sophie's Herkunft berichtete; indes Fairthorn, im Verlauf des Zuhörens, seine Flöte aus der Tasche zu ziehen, und zusammenzuschrauben begann, ungeduldig, in zarten Tönen dem Ausdruck zu verleihen, was seine täppische übelgestimmte Zunge niemals in angemess'ne Worte hätte umsetzen können. Der Oberst stellt sich zu Darrell; und beeilt sich, die Geschichte, die Vance soeben Waife vorträgt, seinerseits zu runden und vervollständigen.

Die dem Leser schuldige Erläuterung sei hier, nach Kräften kurz, gegeben. –

Vance's Schwester war im Kindbett gestorben. Der arme junge DichterGatte – unfähig mit Not und Mangel zu ringen; zum sensiblen Gemüt noch eine schwächliche Körperlichkeit, die der Belastung durch erschöpfende Aufregungen nur unzulänglich widerstehen konnte; enttäuscht ob des ausbleibenden Ruhms; am Glück verzweifelnd; um des bloßen Brotes willen angewiesen auf den noch jungenhaften Bruder seiner Frau; dazu geplagt von kleinlichen KrämerSchulden in einem fremden Land – er war schon rasch dahingesiecht, noch vor dieser letzten Heimsuchung, mit der verglichen alles Andere wie nichts erschien. Unter dieser Heimsuchung brach er sofort zusammen, und starb, ganz wenige Tage nach seiner Frau; mit Hinterlassung eines Kindes, das noch nicht 1 Woche alt war. Eine französische Sängerin, von einigem Ruf in der TheaterWelt, und just auf einer Tournee durch die Provinz begriffen, logierte in dem gleichen Hause wie das junge Paar. Sie besaß jenes impulsiv mitfühlende Herz, wie es bei dem Völkchen, das die prosaische wahre Welt verläßt, um in den hellen FunkelGlanz der falschen einzugehen, sich häufiger findet, als Klugheit oder allzustrenge Grundsätze. Sie hatte dem jungen Paar bereits in dessen letzten Tagen beigestanden, mit ihrer Börse und so manchem kleinen LiebesDienst; war zugegen gewesen bei der Geburt des Kindes – beim Tod der Mutter; und hatte schließlich Arthur Branthwaite versprochen, sich so lange um sein Kind zu kümmern, bis sie es sicher der Verwandtschaft seiner Frau übergeben könnte; wobei er ihr, unter Tränen, das Geständnis machte, daß Diese, arm wie er, solchen Pflegling auch nur als eine Last würden betrachten müssen.

Die Sängerin schrieb an Mrs. Vance, und unterrichtete sie von dem Tod ihrer Tochter, und ihres SchwiegerSohnes, und der Geburt jenes Kindes, das sie binnen kurzem nach England zu schicken vorhabe. Aber das Kleine, das sie mittlerweile zu sich nahm, war schon dabei, sich ihre ganze Zuneigung zu gewinnen; und mit dieser spezifischen Sehnsucht nach Kindern – wie sie einen so eigentümlichen und nahezu allgemein verbreiteten Charakterzug bei französischen Frauen bildet, wenn sie selber kinderlos sind, und der Gattung jener wandernden Bohémiens angehören, die sich von Berufs wegen von den normalen häuslichen Freuden ausgeschlossen findet, für die das Gefühl im Herzen des Weibes ja nicht eher erstirbt, bis die Weiblichkeit selber darin erstorben ist – die Sängerin also klammerte sich förmlich an das kleine Waislein, dem sie im Moment alle Sorge einer Mutter angedeihen ließ. Sie vermochte es nicht mehr, sich von ihm zu trennen; sie beschloß, es als ihr eignes zu sich zu nehmen. Das Wissen um Mrs. Vance's bedrängte Umstände – die Vorstellung, wie die Waise, für sie ein rechter Segen, für ihre eignen Verwandten nur unwillkommen und ein Hemmschuh sein würde – beseitigten jedweden Skrupel eines Gemütes, das sowieso nicht gewöhnt war, längeres verantwortungsvolles Nachdenken einem Impuls im Wege stehen zu lassen. Weswegen sie Mrs. Vance schriftlich mitteilte, daß das Kind nun auch gestorben sei. Sie vertraute darauf, daß bei so armen Verwandten, die schwerlich auf den Verdacht geraten möchten, Irgendjemand könnte Int'resse daran haben, sie ausgerechnet in solcher Hinsicht zu täuschen, ihr bloßer Brief genügen würde. Ihre

Zuversicht war nur zu wohl begründet: Mrs. Vance und der Knabe Frank, deren volles Vertrauen und Dankbarkeit ihrer Korrespondentin gegenüber, längst infolge ihrer LiebesDienste für die jungen Eltern felsenfest stand, nahmen die Mitteilung, daß das Kind nicht mehr sei, ohne Einwendungen oder nähere Erkundigungen auf. Die Sängerin zog fürder, in die nächste Stadt, wohin ihr Engagement sie berief. Das Kind, soweit nur mit der Flasche aufgezogen, fing an zu kränkeln. Der hinzugezogene ärztliche Berater empfahl die natürliche Nahrung; und machte auch, in einem Dörfchen nahebei, eine Amme ausfindig – eben die, der auch Jasper Losely, kurz zuvor, seine eigne Tochter übergeben hatte. Diese Letztere starb; worauf die Pflegerin nach Paris umzog, um direkt bei der Sängerin zu wohnen, die eine einträgliche Dauerstellung bei dem Ensemble eines der hauptstädtischen Theater erhalten hatte. In weniger als zwei Jahren jedoch, fiel die Sängerin selbst einer grassierenden Epidemie zum Opfer. Sie hatte dahin-gelebt, ohne den geringsten Gedanken an ein morgen; ihre Schulden überstiegen ihren Nachlaß; ihre Effekten wurden verauktioniert. Die Pflegerin, die inzwischen Witwe geworden war, wandte sich um Beratung und Zuflucht an ihre Schwester, die im Dienst von Gabrielle Desmarets stand. Gabrielle, die man gleichsam natürlich mit hinzuzog, besah sich das Kind; vernahm dessen Geschichte; nahm Einblick in die Erklärung, welche die Sängerin, als eine Art Geständnis, schriftlich niedergelegt, und, in Anwesenheit eines Notars, vor ihrem Tod noch unterzeichnet hatte; sie überflog die Briefe von Mrs. Vance, und das SchuljungenGekritzel Frank's, sowohl an die Sängerin, als auch an die Eltern des Kindes, was die Schauspielerin beides sorgfältig aufbewahrt hatte; überzeugte sich so von der Armut und sozialen Bedeutungslosgikeit der nächsten Verwandten und natürlichen Vormünder des Kindes; und sprach dann zu Jasper, der grad dabei war, das ihm, als dem überlebenden Erben von Weib und Kind, ausgehändigte Vermögen durchzubringen: ›Hier ist das, was, geschickt ausgewertet, Dich in den Stand setzen könnte, einem reichen Schwiegervater, wenn alles Andre fehlgeschlagen ist, wieder zu Leibe zu gehen. Du hättest lediglich zu behaupten, das Kind wäre seine Enkelin; die Pflegerin können wir leicht bestechen, oder auch bloß überreden, daß sie das Märlein bestätigt. Ich, die er bereits als respektable Baronin und Freundin Deiner Matilda kennt, kann der Geschichte, was ihre Wahrscheinlichkeit anbelangt, leicht noch den letzten Schliff geben. Der Mann steht allein und kinderlos da, und muß sich freuen, daß ein letztes Band ihm noch geblieben. Das Kind ist ungewöhnlich hübsch; ihr Gesichtchen wird für sie sprechen; und sein Herz die Vorstellung viel zu inbrünstig befürworten, als daß seine Recherchen allzu rigoros ausfallen sollten – : nimm das Kind. Zweifellos kannst Du doch, in Deinem Land drüben, Irgendjemanden ausfindig machen, der es für wenig Geld, oder gar umsonst, solange aufzieht, bis der Zeitpunkt gekommen sein wird, wo kein andrer Appell an die Börse Deines SchwiegerPapas mehr verfängt, und Du ihm dann damit zu Leibe gehst.‹

Jasper ging, mit der gelehrigen *insouciance,* womit er Gabrielle's überlegene Gewitztheit immer anerkannte, sogleich darauf ein. Er sprach mit der Pflegerin; auch der war es überaus einleuchtend, daß sie von so armseligen englischen Verwandten nichts zu gewärtigen haben werde, wenn sie denen das Kind überbrächte – belohnen konnten die sie nicht; wenn sie ihr nicht sogar den Glauben ganz verweigern würden. Um des Kindes ledig zu werden, und die Mittel zur Rückkehr in ihr HeimatDorf, samt ein paar hundert Francs zusätzlich im Portemonnaie, zu erlangen, gab es kein Versprechen, das abzugeben sie nicht willig, keine Geschichte die zu erzählen sie zu ehrlich, kein Schriftstück, das zu unterzeichnen sie zu schüchtern gewesen wäre. Jasper ging sowieso eben nach London, wo er ein Abenteuer auf eig'ne Rechnung hatte. Er nahm das Kind mit – traf zufällig Arabella; – der Rest ist dem Leser bekannt. Die Gleichgiltigkeit die Jasper stets an den Tag gelegt hatte, einem Kind gegenüber das nicht sein eig'nes war – die Härte, mit der er immer wieder die Trennung seines Vaters von einem Wesen erwägen und einleiten konnte, das er selber durch falsche Vorspiegelungen der Liebe des Alten Mannes unterschoben hatte, und das er lediglich als eine fremde Belastung für die kärglichen Mittel ihres getäuschten Beschützers betrachtete – die scheinbar launische und befremdliche Art, wie er, (entgegen den Schlußfolgerungen und Ratschlägen Gabrielle's, die sich zwar auf eine überaus umfangreiche Erfahrung hinsichtlich der Glaubensfähigkeit der menschlichen Natur im allgemeinen stützen konnten; jedoch in gänzlicher Unkenntnis der sehr speziellen Darrell'schen Natur gegeben waren), nachdem sein erster BetrugsVersuch so verächtlich von seinem entrüsteten SchwiegerVater zurückgewiesen worden war, immer aufs neue ein halbherzig-unredliches Spiel getrieben hatte, mit einem ErpressungsMittel, das er zwar nicht direkt aus der Hand lassen wollte, von dem er aber sehr wohl wußte, daß es keine strenge Prüfung aushielte – all das wird dem Leser nunmehr klar sein. Und auch das wird der Leser verstehen können, wie Jasper, anläßlich der letzten Unterredung mit seinem Vater, sich schließlich doch wieder gescheut hatte, ihm einfach zu sagen: ›Aber sie ist ja gar nicht Dein Enkelkind!‹; nämlich zum Teil infolge eines gewissen Mitleids, den Alten Mann eines Glaubens zu berauben, in dem Dieser, wie er beteuerte, solchen Trost fand; zum andern Teil aus der Befürchtung heraus, sein Vater könne ihn weiterverraten. Die Idee, sich auch einmal an die wahren Verwandten des Kindes zu wenden, war Jasper natürlich nie in den Sinn gekommen – hielt er sie doch für mindestens ebenso arm, als er selber war: *die* ihm das Kind von Eltern abkaufen, denen zuliebe sie sich, (wie sich aus ihren Briefen einwandfrei ergab), selbst die größten Entbehrungen auferlegt hatten, um sie vor dem nackten Mangel zu bewahren, und am Ende dennoch vergeblich! Der bloße Einfall erschien ihm derart abenteuerlich, daß Jasper die Existenz von so nutzlosen Verwandten längst vergessen hatte. Glücklicherweise hatte die Pflegerin die schriftliche Erklärung der Sängerin aufbewahrt – dazu die Briefe von Frank und Mrs. Vance – Geburts- und TaufSchein des Kindes – ein paar ärmliche Reliquien von Sophie's unglücklichen Eltern: GedichtManuskripte Arthur's – BabyHäubchen mit Monogramm und WappenZierrat, wie die junge Frau sie, vor ihrer Entbindung noch, gestickt – was Alles die Sängerin der Pflegerin ausgehändigt; und was diese nunmehr, bereitwilligst, Mrs. Crane zur Verfügung gestellt hatte; benebst ihrer eigenen förmlichen Aussage über alle Umstände; bestätigt zusätzlich durch die ihrer Schwester, also Gabrielle's alte vertraute Dienerin; die, vom Glück begünstigter als ihre Herrin, inmitten der ländlichen Umgebung ihrer frühen UnschuldsJahre, friedlich von den Zinsen der Summen lebte, die sie sich, freilich in keinem UnschuldsDienst, klüglich erspart hatte – weiterhin bestätigt durch Hinweise auf Viele, durch deren Zeugnis sich, Schritt für Schritt, die Fata des Kindes, von seiner Geburt an, bis zu seiner Auslieferung an Jasper, nachprüfen ließen – und endlich durch das kurze, aber klar ausreichende Geständnis Jasper's selbst, in zittrigen Zeilen von seiner eigenen Hand niedergeschrieben. Einer verfitzten verworrenen GarnSträhne gleich, die, wenn die letzte Verknotung geduldig gelöst ist, plötzlich zum langen-freien Faden wird – also ward dies langverwirrende Geheimnis nunmehr ebenso klar wie fast-banal! Wieviel Jahre des Leidens hätten Darrell erspart bleiben können, wäre er selbst bei der Pflegerin gewesen und hätte sie geduldig ins Verhör genommen – wären seine Nachforschungen weniger gehandicapt gewesen durch die Befürchtungen seines Stolzes – kurzum: wäre der große Advokat nicht sein eigener Klient gewesen!

Schweigend händigte Darrell die Papiere Alban Morley wieder aus, über welche er, indes sie langsam das sanft geneigte SeeUfer hin- und hergewandert waren, sein Auge hatte streifen lassen.

»Gut so«, sagte er; und schaute liebevoll, wie Fairthorn schon vor ihm geschaut hatte, auf das Alte Haus, das nun wieder begnadigt war, und stehen durfte, so lang es hielte. »Gut so«, wiederholte er; und blickte zur andern Seite, auf jenen Teil der Landschaft hinüber, wo er grade noch einen Schimmer von Sophie's lichter-leichter Erscheinung hinter dem stachlichten DornBusch gewahren konnte; und *»gut so«*, wiederholte er, mit einem Seufzer, zum dritten Male. »Gebrechliche menschliche Natur! Alban, könnt Ihr Euch das vorstellen?: ich, der sich einst so davor fürchtete, das arme Kind könnte sich als von meinem Blute erweisen, empfinde jetzt, wo ich die Garantie habe, daß sie es nicht ist, eine gewisse Leere, eine Art von Verlust! Mit Lionel schon bin ich schließlich nur so weitläufig verwandt – was kann ich da seiner Gattin, seinen Kindern sein?: ein reicher alter Mann; je eher er stirbt desto besser. Ein paar Tränen noch; und dann an's Testament! Aber, wie Euer Neffe immer sagt, ›Dies Erdenleben ist nur eine Schule‹: dem neu in die unterste Klasse Eintretenden, scheint der Primus der obersten, der grade abgeht, so alt! Und Uns, wenn Wir zurückblicken, scheint beides, der Tag da Wir neu-eintraten und der da Wir abgingen, praktisch das selbe-gleiche Gestern.«

»Und ich hatte schon so gehofft« sagte Alban kläglich, »daß ich, zumindest für kürzere Zeit, nunmehr mit ›peinlichen Themen‹ fertig sein würde. Ihr scheint darin förmlich zu schwelgen! Contino Guy: Ihr hab die Schule mit nichten schon verlassen; geht gefälligst mit Glanz ab; gewinnt den Ersten Preis!«. Und unverzüglich stürzte Alban sich in DIE KRISIS. Er ward beredt; die Partei, das Land, der Große GesetzEntwurf, Alles würde Darrell anvertraut werden, wenn er sich nur als Mitglied des Kabinetts damit befassen wollte; die PeersWürde, das Haus Vipont, und unsterblicher Ruhm! – beredt wie Odysseus in *›Troilus und Cressida‹*, wo er dem Sohn des Peleus die große Ansprache hält.

Darrell lauschte ihm kühl; nur als Alban des ›großen Gesetz-Entwurfs‹ Erwähnung tat – dem er, da er den praktischen Staatsmännern noch zu unreif erschienen war, längst schon als Denker angehangen hatte – flammte des Redners Auge von jugendlichem Feuer. Ist doch eine Große Wahrheit ewig klar und wahr für ein Großes Herz, das einmal ihrem Keim Nahrung gegeben, und ihre Früchte vorausgesehen hat. Aber als Alban diesen Teil des Themas wieder verließ, schien alles Übrige seinen Zuhörer nur zu ermüden. Sie waren im Verlauf ihres Spazierganges nunmehr auf die gegenüberliegende Seite des Sees gelangt; und standen neben den großen alten Buchen still, mit welchen den kummervollen Besitzer heimlich so heilige und traurige Assoziationen verknüpften.

»Nein, mein lieber Alban«, sagte Darrell; »ich bringe einfach nicht genügend Jugendlichkeit und GeistesFrische auf, um die turbulente Arena, die ich verlassen habe, aufs neue zu betreten. Ach! schaut nur hinüber; dorthin, wo Lionel und Sophie sich ergehen! Man gebe mir – (ich will gar nicht einmal sagen ›Lionels Jahre‹; aber) – Lionel's Reichtum an Hoffnung, und ich könnte noch immer das Bedürfnis nach Ruhm haben, und eine Stimme für England; aber es ist eine tiefsinnige Wahrheit, daß, wenn ein Mann nicht Heim nicht Herd besitzt, ein wichtigstes Verbindungs-Glied zwischen ihm und seinem Lande schlicht ausgefallen ist. Sicher gibt es den ordinären Ehrgeiz – den selbstsüchtigen Willen zur Macht: sie waren niemals sehr stark in mir; und sind zur Zeit weit weniger stark in mir, als der Wunsch nach Ruhe; aber jene wunderschöne, geniale, glorreiche Union aller sozialen Neigungen und Verpflichtungen eines Bürgers, die beim heimischen Herde beginnt, und sich rundum ausweitet, bis sie das ganze Land umfaßt: sie gibt es nicht in des Eremiten Zelle.«

Alban war drauf und dran, die ganze Debatte in verzweifelter Gereiztheit aufzugeben; als sein Auge, bei einem zufälligen Blick in die entlegneren Tiefen des BuchenGehölzes, einen Schimmer erhaschte – gleichviel von Was; jedenfalls beschleunigte sich sein Schritt unmerklich in Richtung besagten Blickes; bis er sich endlich auf das knorrige WurzelWerk eines Baumes niederließ, der der Monarch der ganzen Waldung zu sein schien, weithin sich wölbend, wie jener, unter dem einst der selige Tityrus gelehnt; und hier, außer Sichtweite der andern Gruppen auf dem gegenüberliegenden SeeUfer – hier, wie wenn er sich, für das was er noch zu sagen habe, die düsterste und allerheimlichste Stelle ausgesucht hätte, ließ er, im allerschleppendsten aber sehr deutlichen Ton seiner vornehmen, überkultivierten Sprechweise, dieses fallen; »Ich habe da noch eine Botschaft an Euch, von Lady Montfort. Tz, rastloser Mensch; nun kommt schon näher, und steht endlich einmal still – ich bin todmüde«. Und Darrell trat auf ihn zu; lehnte sich an den Stamm des BaumRiesen; und sprach dann, mit übereinandergeschlag'nen Armen, und durch gepreßte Lippen –

:»Eine Botschaft von Lady Montfort!«.

»Ja. Ich hätte Euch gelegentlich sowieso davon unterrichten sollen, daß sie, als Frau, natürlich dort Erfolg gehabt hat, wo ich, als Mann, trotz unglaublicher Mühe und Beschwerlichkeiten eklatant versagte: sie hat Arabella Fossett *alias* Crane entdeckt, und von ihr die Dokumente erlangt, die Euer Leben für immer von einer DauerBeängstigung wie ein Alpdruck befreien. Ich beschwor sie, mich doch hierher zu begleiten, und die Dokumente persönlich in Eure Hand zu legen – sie schlug's ab; so viel Mühe wart Ihr wiederum nicht wert, mein lieber Guy. Am Ende bat ich sie wenigstens um die Erlaubnis, Euch ein Schriftstück zeigen zu dürfen, das Jasper Losely's Bekenntnis betreffs einer Verschwörung enthält, wodurch vor ein paar Jahren ihr Ohr gegen Euch vergiftet werden sollte – einer Verschwörung so schurkisch ingeniös, daß sie jedwedes einigermaßen zartsinnige und stolze junge Mädchen vom Vorwurf der Unbeständigkeit entlastete, wenn es einem momentanen Impuls von Empfindlichkeit und Verzweiflung nachgab. Aber Lady Montfort wünschte gar nicht, entlastet zu erscheinen; Eure gute Meinung hat aufgehört, von auch nur dem geringsten Wert für sie zu sein. Aber um zur Sache zu kommen: sie bat mich, Euch auszurichten, daß, wenn Ihr lediglich aus Furcht ihr irgendwo zu begegnen Euch derartig in eine EremitenZelle einschlösset – wenn sie Eurem SeelenFrieden tatsächlich so gefährlich wäre – Ihr dergleichen absurder Befürchtung Valet sagen könntet. Sie tritt eine AuslandsReise an; und, unter Uns gesagt, mein Lieber, ich hege keinen Zweifel, daß sie wieder verheiratet sein wird, bevor noch sechs Monate um sind. Ich deutete etwas von Euren Leiden an; worauf sie mich informierte, daß sie nicht das geringste Mitgefühl dafür empfände.«

»Alban Morley; Ihr habt Euch unterstanden so von mir zu sprechen?!«, rief Darrell, fahl vor Wut.

»›Schlage mich, aber höre mich‹. – Es ist wahr, als ich das letzte Mal in Fawley war, wolltet Ihr mir nicht zugeben, daß Sie die

Ursache für Euer isoliertes Dasein, Eure zerstörte Karriere sei; ich aber wußte das besser. (Laßt mich trotzdem noch etwas fortfahren, bevor Ihr mich ganz erwürgt.) Lady Montfort's frühere freundschaftliche Gefühle Euch gegenüber, haben sich unverkennbar total geändert; und sie hat mich beauftragt, noch hinzuzufügen: sie hoffe aber nun wirklich, daß Ihr endlich einmal Euern gesunden MenschenVerstand, und Stolz (von dem Ihr, weißgott, eine anständige Portion besitzt!), ein bißchen anstrengen, und ein absurdes und romantisches Sentiment ausrotten werdet, das ihr so peinlich ist, und so wahr ...«

: »Gar nicht wahr! gar nicht wahr! Was hab' ich Euch getan, Oberst Morley, daß Ihr mich derart verleumden mögt? *Ich?:* Ihnen höhnische und beleidigende Botschaften schicken, Mr. Darrell? Ich – *Ich!* – oh, Sie können's ja nicht glauben – Sie können's nicht!«

Caroline Montfort stand zwischen den Beiden, wie vom Himmel herabgefallen.

Ein Lächeln, halb Triumph halb Ironie, krümmte die Lippe des feinen Gentleman. Es verschwand jedoch augenblicklich, als sein Auge sich vom Antlitz der ernstlich-eifernden Frau, auf das des ernstlich-eifernden Mannes richtete. Unwillkürlich neigte Alban Morley sein Haupt, murmelte ein par unvernehmliche Worte; und entfernte sich, unbeachtet, von der Stelle.

Nicht Verabredung oder Vorbedacht war es, was Caroline Montfort hierher geführt; zwar hatte sie eingewilligt, ihren Vetter nach Fawley zu begleiten, aber noch bevor man das ParkTor erreichte, entsank ihr wieder der Mut: sie wolle doch lieber im Wagen bleiben; der Oberst, gleichviel was das Ergebnis seiner politischen Mission an Darrell sein werde, könne sich ja doch nicht lang' in Fawley aufhalten, sondern müsse, so bald wie möglich, wieder nach London; sie wolle mit ihm zurückkehren. Vance's MitAnwesenheit und die Ungeduld seines Verlangens, sein Nichtchen in die Arme zu schließen, gestatteten dem Oberst auch keine Möglichkeit zu weiterer Argumentation und Verhandlung. Aufgebracht ob dieses neuen Belegs von der kapriziösen Unbeständigkeit alles Weiblichen, war er mit Vance nach dem HerrenHause gewandert. Also allein gelassen, konnte Caroline die sie umgebende Stille und Untätigkeit, so recht ein Nährboden für den wachsenden Tumult ihrer Gedanken, am Ende doch nicht mehr ertragen; wenigstens *einen* Blick – konnt' es doch der letzte sein –

wollte sie noch auf die Schauplätze werfen, wo ihre Kindheit getollt – ihre Jugend den ersten glücklichen Traum geträumt hatte. Nur ein paar Schritte durch diese umhegten Bereiche; vielleicht noch durch diese dichten, Deckung gewährenden Gehölze: dann würde sie sich, unbemerkt, in Sichtnähe des Hauses, des geliebten Sees stehlen, ja womöglich gar eines flüchtigen Anblicks des Besitzers teilhaftig werden können. Sie entschloß sich; sie glitt dahin; sie erreichte den BuchenHain – als, infolge einer scharfen Biegung des UferWeges, Darrell und Alban unversehens auf derselben Stelle ankamen. Das Flattern ihres Gewandes, als sie sich wandte um den Rückzug anzutreten, ward von Alban wahrgenommen; und der Leser begreift nun schon, mit welch verschlag'ner Absicht, der Eingebung eines Augenblicks, der skrupellose RänkeSchmied seine Worte ab jetzt so einrichtete, daß sie ihren Schritt erst fesseln, und anschließend zur SelbstEntdeckung aufreizen mußten. Nun stand sie, zitternd und errötend, vor dem auffahrenden Manne – Er vor Überraschung jeder anderen Empfindung, jeglichen anderen Gefühles bar, als dem unaussprechlicher höchster Wonne, wieder einmal in ihrer Gegenwart zu sein – Sie, die, nach ihrem ersten leidenschaftlichen Ausbruch, sich beeilte, in verwirrten, abgebrochnen Worten ihm zu erklären, wie sie lediglich durch einen Zufall – ein Versehen – ihre Confusion nahm mehr und mehr zu – wie das Motiv erklären, das ihre Schritte so zaub'risch hierher gelenkt?

Plötzlich kam, vom gegenüberliegenden Ufer her, die Musik der magischen Flöte über die Wasser; und ebenso plötzlich stockte Caroline's Stimme und versagte ihr dann ganz.

»Wieder – wieder –«, sprach Darrell träumerisch. »Die gleiche Musik! die gleiche Melodie! und dies der gleiche Platz, auf dem Wir Zwei beisammen standen, da ich zum ersten Mal zu sagen wagte, ›Ich liebe!‹. Sehen Sie! Wir stehen sogar unter demselben Baum! Sehen Sie! da ist das Datum noch, das ich der Rinde einschnitt, als Sie abgereist waren, aber die Hoffnung zurückgelassen hatten. Ach, Caroline, warum kann ich auch jetzt noch nicht resignieren, nicht mich ins Alter ergeben? Warum kommt, während ich hier spreche, Jugendlichkeit wie ein Sturzbach mir in Herz und Seele zurückgeströmt? Warum vermag ich nicht zu sagen, ›Ich nehme Ihre zarte Freundschaft dankbar an; lassen Wir die Vergangenheit vergessen sein; und für das, was mir an Zukunft während meines bißchen ErdenWallens noch bleibt, seien Sie mir wie ein Kind‹? – Ich kann es nicht – ich kann es nicht! Gehen Sie!«

Sie bewegte sich, sänftlich, schüchtern, näher zu ihm hin. »Und sei's nur das, Darrell – sei's auch nur das; aber irgendetwas in Ihrem Leben – lassen Sie mich Ihnen noch Etwas sein!«

»Ah«, sagte er, mit schwermütiger Bitterkeit; »jetzt unternehmen Sie es nicht länger, mich zu täuschen? Jetzt geben Sie zu, daß – als Wir das letzte Mal hier standen, und Uns're Gelübde tauschten; Sie in der frühsten Blüte, und ich in der Reife des Lebens – Sie geben zu, daß es damals nicht die Liebe der Frau gewesen ist, taub gegen alle Verleumdung, unzugänglich für jeden Kunstgriff, der dem Abwesenden Unrecht tun wollte; nicht Liebe der Frau, warm wie das Herz, unsterblich wie die Seele, die Sie mir damals verpfändeten?«

»Darrell, sie war es nicht – ob ich gleich damals dachte, sie sei es.«

»Ah ja«, fuhr er fort; mit einem Lächeln, das sich wie Triumph in die eignen Qualen mischte; »also wäre *diese* Wahrheit endlich zugestanden! Und als Sie, wieder frei, mir damals jenen Brief schrieben, den ich, in kleine Stücke zerrissen, Ihnen wieder zurücksandte – oder da Sie, (es sind erst ein paar Wochen her), mir, in den einsamen Schatten dort-drüben, meine gröblichen Ausbrüche, meine verwilderten Anklagen vergaben, und mir sanft, so-sanft erwiderten – : was waren da Ihre Empfindungen, Ihre Motive? Waren es nicht die einer lang-unterdrückten, gütevollen Reue? – einer Barmherzigkeit, ähnlich der, die den Reichen an den Armen bindet, mit der das Glück sich zum Leid herabläßt? – etwelche Reminiszenzen von Dankbarseinmüssen – nein, meinethalben sogar kindischer Zuneigung? – Alles sehr liebenswürdig; Alles sehr großzügig; Alles durchtränkt von dieser Süßigkeit einer Natur, der ich, allein schon durch die Beängstigungen die ich erfuhr, als ich Sie verlor, unbewußterweise Gerechtigkeit widerfahren ließ; – aber sagen Sie jetzt, bitte, nicht, daß Sie, *selbst neulich,* unter dem Einfluß echter FrauenLiebe gestanden hätten! – : ? « .

»Ich geb' es zu, Darrell –: Nein.«

» : Sie gestehen das ein; und lassen es trotzdem zu, daß ich Sie wiedersehe? Tändlerin! Grausame! : geschieht denn das lediglich, um das Gefühl Ihrer unverminderten, ewig-unwandelbaren Gewalt über mich zu genießen?«

»Ach, Darrell! ach! – : warum bin ich wohl jetzt hier? – : warum sehnte, warum dennoch fürchtete ich mich so zu kommen?

Warum entfiel mir mein Herz, als ich diese Bäume gegen den Himmel emporragen sah? – warum, warum – warum ward es dennoch hier-her gezogen, durch den Zauber, dem ich nicht widerstehen konnte? Ach, Darrell, ach! JETZT bin ich ganz-Frau – und jetzt – jetzt ist es ...«. Sie zog den Schleier vor, und kehrte sich ab; ihre Lippen vermochten das nächste Wort nicht auszusprechen; denn dieses Wort hieß nicht ›Mitleid‹, nicht ›Reue‹, nicht ›Erinnrung‹, ja nicht einmal ›Zuneigung‹; und die Frau liebte jetzt allzusehr, um sie der bloßen Möglichkeit einer Verwerfung bloßzugeben – ihre LIEBE!

»Bleiben, oh bleiben Sie!«, rief Darrell. »Oh, daß ich's wagen dürfte, Sie um die Vollendung Ihres Satzes zu bitten! Ich weiß – weiß es infolge der geheimen Sympathie meiner eigenen Seele, daß Sie mich nun nimmermehr täuschen könnten! Ist es – ist es ... : ? ! «. Auch seine Lippen stammeln; aber ihre Hand liegt, gepreßt, in der seinigen; ihr Kopf ruht an seiner Brust; fortgezogen ist der Schleier von dem süß gesenkten Gesicht; und sänftlich in ihr Ohr stehlen sich die geflüsterten Worte, »Wieder; und diesmal bis zum Grabe – oh, bei diesem heiligenden Kuß, : es ist wieder – die Caroline von damals!«

Voller und voller, Woge auf Woge durch die Luft sich verbreitend, bis sie vermengt scheint und eines geworden mit dem Atem, den die Lauschenden atmen, strömt der Flöte weicher Erguß dahin. Die Sonne neigt sich friedvoll dem Westen zu; nicht ein Wölkchen an diesem Himmel, der, durch jene blattlosen Zweige gesehen, noch klarer wirkt, das Immergrün von ErdbeerBaum und Lorbeer noch lebhafter erscheinen läßt.

Lionel und Sophie haben sich auf jenen moosigen Stamm gesetzt; Jedes auf eine Seite des alten grauhaarigen Mannes; wie wenn sie für ein Weilchen überein gekommen wären, einander zu vergessen, um *ihn* dafür fühlen zu machen, wie liebevoll man seiner gedenke. Sophie hat beide Hände auf die Schulter des Alten Mannes gelegt; schaut in sein Gesicht, und murmelt ihm ins Ohr, mit einer Stimme wie das Gegurr' einer glücklichen Taube. Oh, keine Furcht, Sophie; *er* ist nicht minder glücklich – *er,* der niemals an sich selber denkt. Schau – das verspielte Lächeln um seinen schalkhaften Mund; schau – grad führt er Vance Sir Isaak vor: mit feierlichem Ernst absolviert der Hund seine Kunststücke; und Vance streicht sich sein Kinn mit der Hand, und stellt dabei Betrachtungen an, was Alles hätte geschehen können, wenn er sich damals seine 3 Pfund für eine so famose *KapitalInvestierung* hätte gereuen lassen.

Hinter dieser Gruppe, vom DornBusch beschattet, steht der PREDIGER, ernst und gedankenvoll, in Voraussicht des Kummers, der mit dem morgenden Tag den Alten Mann überkommen muß, sobald er erfährt, daß ein schuldiger Sohn sich seinem Ende nähert; und wie er dann eilen wird, um Jasper's letzte Tage durch Verzeihung zu trösten. Aber das geistige Auge des Predigers blickt nicht allein hinab auf das Sterbebett; weit und hoch übern Tod hinaus blickt das Auge des Predigers! Durch was für Worte, die die Himmlische Barmherzigkeit seinen Lippen leihen mag, wird er der Seele des Sterbenden noch rechtzeitig ihren Weg bereiten?; wie HoffnungsGemurmel rechtfertigen, am Ausgang eines Lebens, das die Schatten seiner eignen Vergangenheit so sehr verdunkeln? Und dann, mit all ihrer noch-frischen Trauer, werden zu ihm, dem Prediger, die Überlebenden kommen – sie, die beiden Leidtragenden! Er, der Alte Mann? Nein; für ihn wird Trost vorhanden sein. Seinen Geist hat des Himmels Güte an Prüfungen gewöhnt; und, leider, ach! für einen *solchen* Sohn: was konnt' ein Vater Bessres hoffen, als einen Tod frei von Schande, und dennoch der Reue Zeit und Spielraum gewährt? – Aber sie, das grimme eisengraue Weib? Bald wird, ich weiß es, des Predigers Anteilnahme sich auf sie konzentrieren – und Balsam mag auch noch in Deine Wunden träufeln, Du arme, grimme, eisengraue, liebende Frau!

Guck! da! dieser Verräter, der FlötenSpieler, über den der tiefe dankbare Schatten vom Rand des geretteten Daches fällt; obschon bis itzt noch unbekannt mit der glückseligen Veränderung im Schicksal seines Herrn, der, über ein Kleines, (vielleicht gar für Söhne, die nun in Wahrheit dem Blute der Darrell's entsprungen sein werden!) die NeubauRuine jetzt vollenden; auch, zu weit edlern Zwecken, den Plan eines bisher unvollkommnen Großen Lebens nunmehr ausführen wird; obschon bis jetzt der Musikus die Freude weder kennt noch ahnt, die sein infamer Verrat an Sophie ja eigentlich auch so wenig verdient; und dennoch, wie infolge jener feineren Wahrnehmungen eines Sinnes, dem sich Veränderungen, ob Freud ob Leid, schon kundtun ehe sie noch eingetreten, und den die Kunst so geheimnisreich Gemütern verleiht, aus denen Musik geboren wird, schwimmen auch seine Melodien, wie von selbst, bereits in Wonne: wie den Vogel beim Herannahen des Frühlings, so macht ihn unbewußte Fröhlichkeit melodisch.

Und Alban Morley – scheinbar ganz mit der Skizze beschäftigt, die seine liebwerte angeheiratete Nichte doch lieber erst noch seinem kritischen Geschmack unterbreitet, bevor sie sie Vance zu zeigen wagt – er späht, unter Brauen hervor, nach dem Gehölz hinüber, aus welchem, all seine dunklen Brüder weit-überragend, die altvertraute RendezvousBuche sich riesenhaft erhebt; und spricht zu sich, leis', »Zehn gegen Eins, daß das alte Haus Vipont nunmehr die KRISIS übersteht; und Tausend gegen Eins, daß ich zuletzt doch noch meinen LehnStuhl finde, am Herde meines alten Schulfreundes, Guy Darrell!«.

Und der See ist so glatt wie Glas; und die Schwäne, der Musik lauschend, ruhen noch immer, die weißen Brüste gegen das Gras des Ufers; und das Reh, von wo es steht, seine Vorderfüße im Wasser, hebt sehnsüchtig den Kopf, mit geweiteten Nüstern und sanftverwunderten Augen, die den Herrn vermissen. Jetzt fällt der Schein der WesterSonne voll auf den BuchenHain; heraus aus dem düstern BuchenHain, hinein ins goldne Sonnenlicht kommen sie – sie kommen – der Mann und seine Gehülfin; zwei Leben, neu-verlobt – zwei Seelen, wiedervereint. Sei es auf immer. Amen.